RETOUR EN CORNOUAILLES

ROSAMUNDE PILCHER

RETOUR EN CORNOUAILLES

PRESSES DE LA CITÉ

Titre original
COMING HOME

Traduit par Claire Beauvillard

Le Code de la propriété intellectuelle n'autorisant, aux termes de l'article
L. 122-5, 2ᵉ et 3ᵉ a), d'une part, que les « copies ou reproductions strictement
réservées à l'usage privé du copiste et non destinées à une utilisation collective »
et, d'autre part, que les analyses et les courtes citations dans un but d'exemple et
d'illustration, « toute représentation ou reproduction intégrale, ou partielle, faite
sans le consentement de l'auteur ou de ses ayants droit ou ayants cause, est illi-
cite » (art. L. 122-4). Cette représentation ou reproduction, par quelque procédé
que ce soit, constituerait donc une contrefaçon sanctionnée par les articles
L. 335-2 et suivants du Code de la propriété intellectuelle.

© 1995 Robin Pilcher, Fiona Pilcher, Mark Pilcher and the Trustees of
  Rosamunde Pilcher's 1988 Trust.
© Presses de la Cité, 1996, pour la traduction française.

ISBN 2-266-07944-1

*Je dédie ce livre à mon mari Gra-
ham, qui a servi dans les rangs de la
Highland Division, à Gordon, à
Judith et à nous tous qui avons été
jeunes ensemble.*

LES ANNÉES D'AVANT-GUERRE

PREMIÈRE PARTIE

LES ANNÉES D'AVANT-GUERRE

1935

L'école publique de Porthkerris se trouvait à mi-pente
de la côte abrupte qui, partant du cœur de la petite ville,
menait aux vastes étendues de lande désertique. C'était
une solide bâtisse victorienne, faite de blocs de granit,
qui possédait trois entrées au-dessus desquelles étaient
inscrits les mots Garçons, Filles et Maternelle, héritage
du temps où la séparation des sexes était de rigueur.
Entourée d'une cour de récréation en bitume et d'une
grande grille de fer forgé, elle donnait au monde extérieur une image plutôt rebutante. Mais, en cette fin
d'après-midi de décembre, elle était bien éclairée et un
flot d'enfants excités et chargés de bottes de Noël, de
ballons flottant au bout d'une ficelle et de petits sacs en
papier emplis de bonbons s'échappait par les portes
grandes ouvertes, se bousculant gaiement, riant et poussant des cris perçants, avant de se disperser pour rentrer
chez eux.

Toute cette agitation avait une raison. C'était la fin du
premier trimestre et la fête de Noël de l'école. Aux
chants avaient succédé les courses de relais dans le grand
hall, où l'on devait se passer de petits sacs de haricots.
On avait dansé sur une musique martelée sur le vieux
piano et goûté de gâteaux fourrés à la confiture et de
citronnade pétillante. Puis les enfants s'étaient mis en
rangs un par un, pour serrer la main de Mr. Thomas, le
directeur, en lui souhaitant un joyeux Noël, et on leur
avait distribué des bonbons.

11

Ce rituel, qui se répétait chaque année, était néanmoins attendu avec impatience et toujours très apprécié.

Peu à peu le flux bruyant se réduisit à un mince filet de retardataires, qui avaient dû se mettre en quête de gants perdus ou d'une chaussure abandonnée. Enfin, tandis que l'horloge sonnait cinq heures moins le quart, sortirent deux filles, Judith Dunbar et Heather Warren, toutes deux âgées de quatorze ans, toutes deux vêtues d'un manteau bleu marine, de bottes de caoutchouc, et d'un bonnet de laine tiré sur les oreilles. Leur ressemblance s'arrêtait là, car Judith était blonde avec de petites couettes, des taches de rousseur et des yeux bleu pâle, tandis que Heather avait hérité de son père le teint mat, les cheveux noir corbeau et les yeux sombres et brillants de quelque ancêtre espagnol échoué sur les côtes de Cornouailles après l'anéantissement de l'Invincible Armada.

Si elles étaient les dernières à sortir, c'était parce que Judith, qui quittait définitivement l'école de Porthkerris, avait dû faire ses adieux non seulement à Mr. Thomas, mais aussi à tous les autres professeurs, à Mrs. Trewartha, la cuisinière, et au vieux Jimmy Richards qui, entre autres tâches subalternes, devait alimenter la chaudière et nettoyer les toilettes.

Comme il ne restait plus personne à saluer, elles traversèrent la cour de récréation et franchirent le portail. Par ce temps couvert, la nuit était tombée de bonne heure et une fine bruine scintillait dans le halo des réverbères. La rue descendait la colline, humide et noire, émaillée de reflets, jusqu'à la petite ville. Pendant quelque temps, aucune ne parla. Puis Judith soupira.

– Eh bien, voilà ! dit-elle d'un ton catégorique.

– Ça doit te faire drôle de savoir que tu ne reviendras plus.

– Oui. Mais le plus bizarre, c'est que je suis triste. Jamais je n'aurais pensé que ça me rendrait triste de quitter une école, quelle qu'elle soit, et c'est pourtant ce qui m'arrive.

– Ce ne sera pas pareil sans toi.

– Pour moi non plus. Toi, tu as de la chance. Tu auras toujours Elaine et Christine. Moi, il faudra que je recommence tout, que je reparte de zéro et que je trouve quelqu'un qui me plaise à Sainte-Ursule. Et puis je devrai porter cet uniforme.

Heather observa un silence compatissant. L'uniforme, c'était presque ce qu'il y avait de pire. A Porthkerris, on mettait ses propres vêtements, qui avaient le mérite d'être gais, pulls de toutes les couleurs, rubans vifs dans les cheveux des filles. Mais Sainte-Ursule était une école privée à l'ancienne. Les filles y portaient des manteaux de tweed vert foncé, de gros bas marron et des chapeaux vert foncé qui transformaient la plus jolie fille en laideron tant ils étaient malseyants. Les externes de Sainte-Ursule étaient elles aussi affublées de ce terrible uniforme, et Judith, Heather et leurs camarades de Porthkerris méprisaient ces malheureuses créatures qui, pour peu qu'elles aient la malchance de voyager dans le même bus, étaient en butte aux taquineries et aux railleries. Rien que de songer que Judith allait rejoindre les rangs de ces bécasses et de ces saintes nitouches était déprimant.

Toutefois, la perspective d'être pensionnaire était pire. Les Warren formaient une famille très unie, et Heather avait peine à s'imaginer séparée de ses parents et de ses deux frères aînés, beaux et bruns comme leur père. A l'école de Porthkerris, ils étaient réputés pour leur espièglerie et leur indiscipline, mais, depuis qu'ils fréquentaient l'école publique de Penzance, un directeur terrifiant les avait quelque peu dressés, les forçant à se plonger dans leurs livres. Ils n'en étaient pas moins d'une drôlerie folle. C'étaient eux qui lui avaient appris à nager, à monter à bicyclette et à pêcher le maquereau dans leur gros bateau de bois. Et comment s'amuser quand il n'y a que des filles ? Peu importait que Sainte-Ursule fût à Penzance, à moins d'une quinzaine de kilomètres. Quinze kilomètres, c'était le bout du monde, s'il fallait vivre loin de papa, de maman, de Paddy et de Joe.

Cependant, il semblait bien que la pauvre Judith n'eût pas le choix. Son père travaillait à Colombo, et, depuis quatre ans, sa mère, sa petite sœur et elle-même étaient séparées de lui. A présent Mrs. Dunbar et Jess retournaient à Ceylan et Judith restait là sans savoir quand elle reverrait sa mère.

Mais les jeux étaient faits, comme disait Mrs. Warren, et il ne servait à rien de pleurer.

– Il y aura les vacances, dit Heather pour lui remonter le moral.

– Chez tante Louise.

– Allons, arrête de broyer du noir. Au moins, tu seras toujours ici. A Penmarron. Imagine que ta tante habite un endroit abominable, dans le nord du pays ou dans une ville quelconque. Tu ne connaîtrais personne. Au moins, nous continuerons à nous voir. Nous pourrons aller à la plage. Ou au cinéma.

– Tu es sûre ?

– Sûre de quoi ? demanda Heather, un peu perplexe.

– Eh bien, je veux dire... sûre que tu voudras encore me voir et être mon amie ? Je serai à Sainte-Ursule et tout ça. Tu ne me considéreras pas comme une horrible snob ?

– Toi alors ! (Heather lui donna une tape affectueuse sur les fesses avec sa botte de Noël.) Pour qui me prends-tu ?

– Ce sera une sorte d'évasion.

– On croirait que tu vas en prison.

– Tu sais ce que je veux dire.

– A quoi ressemble la maison de ta tante ?

– C'est grand, c'est tout en haut du terrain de golf et c'est bourré de plateaux de cuivre, de peaux de tigre et de pieds d'éléphant.

– De pieds d'éléphant ! Mon Dieu, mais qu'en fait-elle ?

– Des porte-parapluies.

– Ça me déplairait. Je suppose que tu n'es pas obligée de les regarder. Tu as ta chambre, n'est-ce pas ?

– Oui, j'ai une chambre. C'est sa plus belle chambre d'amis. Il y a même un lavabo et de la place pour mon bureau.

– Ça n'a pas l'air mal. Je ne comprends pas pourquoi tu fais tant d'histoires.

– Je ne fais pas d'histoires. Ce n'est pas chez moi, c'est tout. Et puis il fait froid là-haut, c'est triste et balayé par les vents. La maison s'appelle Roquebise, pas étonnant. Même quand tout est calme ailleurs, il y a toujours un coup de vent qui fait battre les fenêtres de tante Louise.

– Pas très engageant.

– Et c'est si loin de tout ! Je ne pourrai plus prendre le train, et l'arrêt de bus le plus proche est à trois kilomètres. Tante Louise n'aura pas le temps de me conduire parce qu'elle joue au golf en permanence.

– Elle t'apprendra peut-être.

– Ha ! ha !

– J'ai l'impression que ce dont tu as besoin, c'est un vélo. Comme ça tu pourras aller où tu veux, quand tu veux. Par la route du haut, il n'y a que cinq kilomètres jusqu'à Porthkerris.

– Tu es géniale. Je n'y avais pas pensé.

– Je ne comprends pas pourquoi tu n'en as pas déjà un. Mon père m'en a offert un quand j'avais dix ans. Ce n'est pas vraiment l'idéal dans ce maudit pays, avec toutes ces côtes, mais là où tu es, c'est exactement ce qu'il te faut.

– C'est très cher ?

– Environ cinq livres pour un neuf. Mais tu pourrais en prendre un d'occasion.

– Ma mère n'est pas très douée pour ce genre de choses.

– Comme toutes les mères, à vrai dire. Mais ce n'est pas difficile d'aller chez un marchand de cycles. Fais-le toi offrir pour Noël.

– J'ai déjà demandé un pull. Avec un col roulé.

– Eh bien, demande aussi un vélo.

– C'est impossible.

– Bien sûr que non. Elle ne peut pas refuser. Elle s'en va sans savoir quand elle te reverra, elle te donnera tout ce que tu voudras. Bats le fer pendant qu'il est chaud.

Encore une expression de Mrs. Warren.

– Je verrai, se contenta de répondre Judith.

Elles marchèrent quelque temps en silence, leurs pas résonnant sur le trottoir humide. Elles passèrent devant la boutique de poisson-frites, baignée d'une lumière accueillante, et l'odeur de graisse chaude et de vinaigre qui s'échappait par la porte ouverte était bien alléchante.

– Cette tante, Mrs. Forrester, c'est la sœur de ta mère, n'est-ce pas ?

– Non, celle de mon père. Elle est beaucoup plus âgée. La cinquantaine environ. Elle a vécu en Inde. C'est pour cela qu'elle a un pied d'éléphant.

– Et ton oncle ?

– Il est mort. Elle est veuve.

– Elle a des enfants ?

– Non, je ne crois pas qu'ils en aient jamais eu.

– Drôle, non ? Crois-tu qu'ils n'en voulaient pas ou que... quelque chose... ne s'est pas produit ? Ma tante May n'a pas d'enfants, et j'ai entendu mon père dire que c'est parce que l'oncle Fred n'en a pas. A ton avis, qu'entendait-il par là ?

15

– Je n'en sais rien.

– Ça doit avoir un rapport avec ce que nous a raconté Norah Elliot. Tu sais, l'autre jour, derrière l'abri à bicyclettes.

– Elle fabule, voilà tout.

– Qu'en sais-tu ?

– Parce que c'est trop dégoûtant pour être vrai. Il n'y a que Norah Elliot pour inventer des choses aussi répugnantes.

– Je suppose...

Les deux filles abordaient de temps à autre ce sujet qui les fascinait sans jamais parvenir à une conclusion utile, si ce n'était que Norah Elliot sentait mauvais et que ses blouses étaient toujours sales. Il était toutefois trop tard pour résoudre l'énigme, puisque leur conversation les avait menées au bas de la colline, devant la bibliothèque publique où leurs chemins se séparaient. Heather poursuivait sa route vers le port, par des rues de plus en plus étroites et des ruelles pavées où le pas se faisait hésitant, jusqu'à la maison de granit carrée où vivait la famille Warren, au-dessus de l'épicerie paternelle, tandis que Judith grimpait une autre colline en direction de la gare.

Trempées par le crachin, elles restèrent sous un réverbère et se regardèrent.

– Alors on se dit au revoir, n'est-ce pas ? dit Heather.

– Oui.

– Tu peux m'écrire. Tu as mon adresse. Et téléphone à la boutique si tu veux laisser un message. Enfin... si tu viens pendant les vacances, par exemple.

– D'accord.

– Je ne crois pas que cette école soit si horrible que ça.

– Peut-être pas.

– Alors, au revoir.

– Au revoir.

Mais aucune des deux ne bougea. Elles étaient amies depuis quatre ans. C'était un moment poignant.

– Passe un bon Noël, dit Heather.

Silence. Tout à coup Heather se pencha et planta un baiser sur la joue humide de Judith. Puis, sans rien ajouter, elle descendit la rue en courant et le bruit de ses pas s'atténua peu à peu jusqu'à ce que Judith ne les entende plus. Alors seulement elle poursuivit son chemin solitaire et gravit l'étroit trottoir entre les petites boutiques illuminées, aux vitrines décorées de cagettes de mandarines entourées de guirlandes et de flacons de sels de bain noués de rubans rouges. Même le quincaillier avait fait un effort. « Cadeau utile et présentable », disait un carton manuscrit calé contre un marteau féroce, orné d'un brin de houx artificiel. Elle longea le dernier magasin tout en haut de la côte, la succursale de W.H. Smith [1], où sa mère achetait tous les mois son *Vogue*. Ensuite la route devenait plate et les maisons se raréfiaient, si bien que le vent, privé d'obstacles, donnait toute sa mesure. Il soufflait par petites rafales chargées d'humidité, lui jetant de la pluie au visage. Dans l'obscurité, le vent avait quelque chose de particulier, apportant avec lui le bruit des rouleaux qui grondaient au loin sur la plage.

Au bout de quelque temps, elle s'arrêta pour poser les coudes sur un petit mur de granit et reprendre haleine après le raidillon. Elle vit les silhouettes des maisons s'estomper vers l'anse sombre du port, la route bordée d'un collier de réverbères. Les lampes des bateaux de pêche s'enfonçaient dans la forte houle, parsemant l'encre de l'eau de reflets scintillants. L'horizon se perdait dans l'obscurité, mais au-delà l'océan agité continuait de se soulever à l'infini. Au loin, le phare lançait son signal. Un rayon court, puis deux longs. Judith imagina les vagues éternelles qui, à son pied, venaient se fracasser sur les récifs cruels.

Elle frissonna. Trop froid pour rester dans l'obscure humidité du vent. Le train allait partir dans cinq minutes. Elle se mit à courir, la botte de Noël battant à son flanc, arriva au grand escalier de granit qui plongeait vers la gare et le dévala avec l'assurance insouciante que lui donnait une habitude acquise au fil des ans.

Le petit train attendait à quai. La locomotive, deux wagons de troisième classe, un de première classe et la cabine du contrôleur. Pas besoin d'acheter le billet, car elle avait un abonnement. De toute façon, Mr. William la connaissait aussi bien que sa propre fille. Charlie, le mécanicien, la connaissait aussi, et il avait la gentillesse d'attendre à l'arrêt de Penmarron quand elle était en retard pour l'école, donnant un coup de sifflet tandis qu'elle traversait à toute vitesse le jardin de la maison de Riverview.

Ces allers et retours en train étaient l'une des choses qui allaient le plus lui manquer, car la ligne longeait sur

1. Chaîne de librairies, où l'on vend aussi des magazines. (*N.d.T.*)

cinq kilomètres une côte magnifique, où l'on trouvait tout ce qui pouvait réjouir l'œil. Comme il faisait nuit, elle ne voyait rien pendant que le tortillard avançait en cliquetant, mais elle savait que c'était là. Les falaises et les failles profondes, les baies et les plages, les ravissants cottages, les petits sentiers et les champs minuscules, jaunes de jonquilles au printemps. Puis les dunes de sable et l'immense plage déserte qu'elle en était venue à considérer comme la sienne.

Parfois, on plaignait Judith en apprenant qu'elle n'avait pas de père, puisqu'il était à l'autre bout du monde, où il travaillait pour une prestigieuse compagnie de navigation, la Wilson-McKinnon. C'était horrible de ne pas avoir de père ! Ne lui manquait-il pas ? Quelle impression cela faisait-il de ne pas avoir d'homme à la maison, même le week-end ? Quand le reverrait-elle ? Quand rentrerait-il ?

Elle répondait vaguement à ces questions, d'une part parce qu'elle ne tenait pas à en parler, d'autre part parce qu'elle ne savait pas exactement ce qu'elle éprouvait. Elle avait toujours su que la vie serait ainsi ; c'était le cas de toutes les familles britanniques ayant vécu en Inde et, dès le plus jeune âge, les enfants s'accoutumaient au côté inéluctable des longues séparations.

Judith était née à Colombo et y avait vécu jusqu'à l'âge de dix ans, deux ans de plus que la plupart des petits Anglais nés sous les tropiques. Durant tout ce temps, les Dunbar n'étaient rentrés qu'une seule fois au pays pour de longues vacances, mais Judith avait alors quatre ans et les années avaient estompé le souvenir de ce séjour en Angleterre. Jamais elle n'y serait chez elle. Chez elle, c'était à Colombo, dans le spacieux bungalow de Galle Road, avec son jardin verdoyant, séparé de l'océan Indien par la ligne de chemin de fer à voie unique qui descendait jusqu'à Galle. La proximité de la mer faisait oublier la chaleur. De la mer soufflait toujours une brise fraîche et, à l'intérieur des maisons, des ventilateurs accrochés au plafond de bois brassaient l'air.

Vint inévitablement le jour où ils durent tout quitter. Dire adieu à la maison et au jardin, à l'amah, à Joseph le majordome, et au vieux jardinier tamoul. Dire au revoir à papa. « Pourquoi devons-nous partir ? » avait demandé Judith, tandis qu'il les conduisait au port où le bateau de la compagnie P&O, dont la cheminée fumait déjà, était ancré. « Parce qu'il est temps de partir, avait-il répondu. Il y a un temps pour tout. » Mais ses parents ne lui dirent pas que sa mère était enceinte, et ce ne fut qu'une fois de retour dans la grisaille anglaise, après trois semaines de voyage, que l'on révéla à Judith qu'un bébé allait naître.

Comme ils n'avaient pas de logement où s'installer, tante Louise, alertée par son frère Bruce, prit les choses en main et loua une maison meublée à Riverview. Peu après, Jess naquit à l'hôpital de Porthkerris. A présent le temps était venu pour Molly Dunbar de retourner à Colombo. Jess partait avec elle et Judith restait. Elle les enviait terriblement.

Elles avaient vécu quatre ans en Cornouailles. Presque un tiers de son existence. Dans l'ensemble, ç'avaient été de bonnes années. La maison était confortable, chacun y disposait d'assez d'espace, il y avait un grand jardin plein de coins et de recoins, qui dévalait la colline en une suite de terrasses, de pelouses et d'escaliers de pierre.

Mais on lui avait surtout laissé beaucoup de liberté ; Molly devait s'occuper du nouveau-né et avait peu de temps pour surveiller Judith. Elle était donc ravie qu'elle s'amuse toute seule. De plus, bien qu'elle fût par nature terriblement anxieuse, elle avait rapidement compris que le petit village endormi et ses paisibles environs ne présentaient aucun danger pour l'enfant.

Explorant son territoire, Judith s'était timidement aventurée au-delà des limites du jardin, si bien que la ligne de chemin de fer, la ferme voisine où l'on cultivait des violettes et les rives de l'estuaire devinrent son terrain de jeux. En s'enhardissant, elle découvrit l'allée qui menait à l'église du xiᵉ siècle avec sa tour carrée datant de l'époque des Normands et son cimetière balayé par les vents, aux vieilles pierres tombales couvertes de lichen. Un jour où elle s'était accroupie pour déchiffrer une inscription, elle avait été surprise par le curé qui, charmé de l'intérêt qu'elle portait à ce lieu, lui avait fait visiter l'église et lui en avait un peu raconté l'histoire. Puis ils étaient montés à la tour et s'étaient tenus au sommet dans la bourrasque, tandis qu'il lui indiquait quelques points de repère. C'était comme si on lui révélait le monde, gigantesque carte aux belles couleurs : la campagne en patchwork tel un couvre-lit, avec ses petits champs, le velours vert des pâturages et le velours côtelé brun des labours ; les collines lointaines couronnées de cairns [1] rocheux qui remontaient à des temps immémoriaux ; le Chenal, ses eaux bleues où se reflétait le ciel, tel un immense lac enclavé qui se serait empli et vidé au gré des marées. Ce jour-là, le mascaret était indigo, l'océan turquoise et les rouleaux venaient mourir sur la plage déserte. Elle aperçut la longue côte de dunes qui s'incurvait vers le nord, vers le rocher où se dressait le phare. Au large on distinguait des bateaux de pêche. L'air résonnait du cri des mouettes.

Le curé lui expliqua que l'église avait été construite sur la butte qui surplombait la plage pour que la tour serve de repère aux bateaux qui cherchaient un havre sûr. Il n'était pas difficile d'imaginer les galions d'autrefois, leurs voiles gonflées de vent, arrivant du grand large avec la marée.

Non seulement elle explora les alentours, mais elle fit aussi la connaissance des gens du coin. Les Cornouaillais aiment les enfants et, partout, elle était accueillie avec tant de plaisir que sa timidité naturelle s'évanouissait vite. Le village regorgeait de personnages intéressants. Mrs. Berry, qui tenait l'unique magasin et confectionnait elle-même ses glaces à base de crème instantanée, le vieil Herbie qui conduisait la charrette de charbon, et Mrs. Southey qui avait placé un pare-feu sur le comptoir de la poste pour éloigner les bandits, et qui ne pouvait vendre un timbre sans se tromper sur la monnaie.

Et tant d'autres, plus fascinants encore, qui habitaient un peu plus loin dans la campagne, comme Mr. Willis. Il avait passé une bonne partie de sa vie dans les mines d'étain du Chili avant de revenir au pays, l'aventure terminée, et de s'enraciner dans une cabane en bois, perchée sur les dunes de sable qui dominaient le Chenal. Devant cette cabane s'étendait une étroite bande de sable, jonchée de toutes sortes d'épaves intéressantes : bouts de corde, cageots de poisson éventrés, bouteilles, bottes de caoutchouc détrempées. Mr. Willis était tombé sur Judith un jour qu'il cherchait des coquillages, il avait engagé la conversation et l'avait invitée à prendre une tasse de thé chez lui. Depuis, celle-ci était maintes fois revenue bavarder avec lui.

Mais Mr. Willis n'était pas qu'un oisif ramasseur de coquillages. Il avait en effet d'autres occupations. L'une

1. Monticules ou tumulus celtiques, faits de terre ou de pierres. (*N.d.T.*)

consistait à surveiller les marées et, quand les eaux étaient assez hautes, à en donner le signal pour que les cargos transportant le charbon puissent passer la barre. Il servait aussi de passeur. Il avait installé une vieille cloche de marine à l'extérieur de sa maison, que tirait quiconque souhaitait traverser le Chenal. Alors Mr. Willis émergeait de sa cabane, tirait à l'eau sa barque ventrue et faisait la traversée à la rame. Pour ce service fort inconfortable et parfois dangereux, pour peu que la mer fût agitée et la marée descendante, il prenait deux pence.

Mr. Willis vivait avec Mrs. Willis, qui trayait les vaches pour le fermier du village et qui était souvent absente. Selon la rumeur, ce n'était pas du tout Mrs. Willis, mais une Miss quelque-chose à laquelle on n'adressait pas la parole. Le mystère de Mrs. Willis était lié à celui de l'oncle Fred qui n'en avait pas et, chaque fois que Judith abordait ce sujet avec sa mère, celle-ci pinçait les lèvres et détournait la conversation.

Judith ne parla jamais à sa mère de son amitié pour Mr. Willis. D'instinct elle redoutait qu'on lui conseille de ne plus lui rendre visite et qu'on lui interdise de pénétrer dans sa cabane et d'y prendre le thé. Ce qui était ridicule. Quel mal Mr. Willis pouvait-il bien faire ? Maman était parfois d'une stupidité terrible.

Elle était même terriblement stupide pour beaucoup de choses. Notamment, elle traitait Judith comme Jess, qui avait quatre ans. A quatorze ans, Judith se jugeait assez mûre pour qu'on lui fasse part des décisions importantes susceptibles de l'affecter et que l'on en discute avec elle.

Mais non. Maman ne discutait jamais. Elle se contentait de dire.

J'ai reçu une lettre de ton père, et Jess et moi allons devoir retourner à Colombo.

Ce qui avait fait l'effet d'une bombe, c'était le moins qu'on puisse dire.

Pis encore. *Nous avons décidé que tu serais pensionnaire à Sainte-Ursule. La directrice s'appelle Miss Catto, je suis allée la voir et tout est arrangé. Le deuxième trimestre commence le 15 janvier.*

Comme si elle était un paquet, ou un chien que l'on mettait au chenil.

– Et les vacances ?

Tu resteras chez tante Louise. Elle a très gentiment pro-

posé de s'occuper de toi et de veiller sur toi pendant que nous serons à l'étranger. Elle te donnera sa meilleure chambre d'amis et tu pourras y emporter tes affaires.

Ce qui était quand même le comble. Non qu'elle n'aimât pas tante Louise. Durant leur séjour à Penmarron, elles l'avaient beaucoup vue et celle-ci s'était toujours montrée fort gentille. C'était juste qu'elle n'avait vraiment rien d'attirant. Vieille, au moins cinquante ans, plutôt intimidante et pas du tout tendre. Quant à Roquebise, c'était bien une demeure de personnes âgées, calme et ordonnée. Deux sœurs, Edna et Hilda, servaient de cuisinière et de femme de chambre, aussi vieilles et revêches l'une que l'autre, contrairement à cette chère Phyllis qui faisait tout à Riverview et trouvait encore le temps de jouer au menteur et de lire l'avenir dans les feuilles de thé.

Elles allaient sans doute passer Noël chez tante Louise. Elles iraient à la messe, puis on déjeunerait d'une oie rôtie, et, avant la tombée de la nuit, on irait faire une promenade d'un bon pas sur le terrain de golf, jusqu'au portail blanc qui dominait la mer.

Pas très excitant mais, à quatorze ans, Judith ne se faisait plus beaucoup d'illusions sur Noël. Ça aurait dû être comme dans les livres et sur les cartes de vœux, mais ça ne l'était jamais, car maman n'était pas très douée pour cela et montrait peu d'enthousiasme pour accrocher du houx ou décorer le sapin. Deux ans plus tôt, elle avait déclaré à Judith qu'elle était trop vieille pour avoir une chaussette de Noël.

En fait, si l'on y songeait, elle n'était pas douée pour grand-chose. Elle n'aimait pas les pique-niques sur la plage et détestait les fêtes d'anniversaire. Elle n'osait même pas conduire la voiture. Elles avaient une voiture, bien entendu, une petite Austin minable, mais maman trouvait toujours une excuse pour ne pas la sortir du garage, convaincue qu'elle allait emboutir un autre véhicule ou rater un démarrage en côte.

Enfin. Quoi que l'on fît, cela ne pouvait pas être pire que le Noël qu'elles avaient passé deux ans plus tôt, lorsque maman avait exigé que l'on rendît visite à ses parents, le révérend et Mrs. Evans.

Grand-père avait la charge d'une petite paroisse du Devon et grand-mère était une vieille dame résignée qui, toute sa vie, avait lutté contre une misère distinguée et des presbytères conçus pour d'énormes familles victoriennes. Ils avaient passé un temps tout à fait considérable en allées et venues entre la maison et l'église, et grand-mère lui avait donné un livre de prières comme cadeau de Noël. *Merci, grand-mère*, lui avait dit poliment Judith, *moi qui ai toujours désiré un livre de prières*. Sans rire. Et Jess, qui gâchait toujours tout, avait attrapé la coqueluche et accaparé toute l'attention de maman. Pour le dessert, on alternait la compote de figues et le blanc-manger.

Non, il ne pouvait y avoir pire que cela.

Tel un chien rongeant un os, Judith tourna de nouveau ses pensées vers son premier souci : la perspective d'aller à Sainte-Ursule. Judith n'avait même pas vu l'école, même pas rencontré la (sans doute) terrifiante Miss Catto. Peut-être sa mère redoutait-elle qu'elle se révolte et avait-elle choisi la facilité, mais même cela n'avait pas de sens, Judith ne s'étant jamais rebellée contre quoi que ce soit. Elle se dit qu'à quatorze ans elle pouvait peut-être s'y mettre. Heather Warren se débrouillait depuis longtemps pour n'en faire qu'à sa tête. Elle avait mis son père dans sa poche, il faisait ses quatre volontés. Mais tous les pères ne se ressemblaient pas. Et, pour l'instant, Judith n'en avait pas.

Le train ralentissait. Il passa sous le pont (il suffisait d'entendre le bruit des roues pour le savoir) et s'arrêta dans un crissement. Elle prit ses sacs et descendit sur le quai devant la gare minuscule, qui ressemblait à un pavillon de cricket en bois, avec ses ornements chantournés. La silhouette de Mr. Jackson, le chef de gare, se dessinait dans la lumière qui filtrait par la porte ouverte.

– Bonjour, Judith. Tu es en retard, ce soir.

– Il y avait une fête à l'école.

– Formidable !

Le trajet s'achevait par la plus courte marche à pied possible, puisque la gare était juste en face du portail de Riverview. Elle traversa la salle d'attente qui dégageait une déprimante odeur de toilettes et se retrouva sur le petit chemin sombre, s'arrêtant un instant pour s'accoutumer à l'obscurité. La pluie avait cessé et le vent murmurait dans les hautes branches du boqueteau de pins qui protégeait la gare des intempéries. Il faisait un bruit étrange sans être effrayant. Elle traversa la route, chercha à tâtons le loquet, pénétra dans le jardin et remonta le sentier abrupt, tout en escaliers et en terrasses. Tout en haut trônait la maison accueillante avec ses fenêtres éclairées. La lanterne ornementale accrochée au-dessus de la porte d'entrée avait été allumée, ce qui lui permit de remarquer qu'une voiture qui n'était pas la leur était garée sur le gravier. Tante Louise était sûrement venue prendre le thé.

Une grosse Rover noire. Elle semblait relativement inoffensive, solide et fiable, mais tous ceux qui s'aventuraient sur les routes étroites de West Penwith avaient lieu de s'en méfier. Elle possédait un moteur puissant, et tante Louise, honnête citoyenne, paroissienne modèle et pilier du club de golf, changeait de personnalité dès qu'elle était au volant, fonçant à quatre-vingts à l'heure dans les virages sans visibilité, convaincue que, tant qu'elle gardait la main sur le klaxon, elle avait la loi pour elle. A tel point que, lorsque son pare-chocs mordait sur un garde-boue ou qu'elle écrasait une poule, il ne lui venait jamais à l'idée qu'elle puisse être fautive. Elle admonestait alors ses victimes avec tant de force que celles-ci n'avaient généralement pas le cran de lui faire front et se défilaient sans demander leur reste.

Judith, n'ayant nulle envie d'être confrontée tout de suite à tante Louise, fit le tour de la maison, traversa la cour et entra par la cuisine. Elle y trouva Jess attablée avec ses crayons de couleur et son coloriage, et Phyllis, dans son uniforme de l'après-midi, robe verte et tablier de mousseline, en train de repasser.

Après le froid et l'humidité du dehors, la cuisine était délicieusement chaude. C'était en fait la pièce la plus chaude de la maison, car le fourneau cornouaillais en plomb noir, à poignées de laiton, ne s'éteignait jamais. Le feu couvait doucement, faisant chanter la bouilloire sur la plaque. Un buffet lui faisait face, garni d'un assortiment de plats, de légumiers et d'une soupière. A côté du fourneau il y avait la chaise paillée où Phyllis s'effondrait dès qu'elle avait un moment pour soulager ses jambes, ce qui n'était guère fréquent. La pièce sentait bon le linge chaud ; du plafond pendait un étendoir, chargé de linge à sécher.

Phyllis leva les yeux.

– Bonjour, toi. Pourquoi diable rentres-tu comme ça, en catimini ?

Elle sourit, dévoilant ses mauvaises dents. C'était une

fille maigre à la poitrine plate, au teint pâle et aux cheveux raides et ternes, mais elle avait le caractère le plus charmant que Judith ait rencontré.

— J'ai aperçu la voiture de tante Louise.

— Ce n'est pas une raison. Tu t'es bien amusée à la fête ?

— Oui, fit-elle en plongeant la main dans la poche de son manteau. Jess, c'est pour toi, ajouta-t-elle en lui tendant un sac de bonbons, que la petite fille commença par observer.

— Qu'est-ce que c'est ?

C'était une belle enfant, potelée, aux cheveux d'un blond cendré, mais terriblement gâtée, ce qui exaspérait Judith.

— Des bonbons, évidemment, bêtasse.

— J'aime que les pâtes de fruits.

— Eh bien, regarde si tu en trouves une.

Elle retira son manteau, son bonnet de laine, et s'affala sur une chaise. Phyllis ne lui dit pas d'aller les accrocher, elle s'en chargerait sans doute plus tard.

— Je ne savais pas que tante Louise venait prendre le thé.

— Elle a téléphoné vers deux heures.

— De quoi parlent-elles ?

— Petite curieuse.

— De moi, je suppose.

— De toi et de cette école, d'avocats et d'honoraires, de trimestres et de coups de téléphone. A propos de coups de téléphone, ta tante Biddy a appelé ce matin. Elle a bavardé au moins dix minutes avec ta mère.

Judith dressa l'oreille.

— Tante Biddy ? Que voulait-elle ?

Tante Biddy était la sœur de sa mère, sa préférée.

— Je n'ai pas écouté aux portes. Il faudra que tu le demandes à ta maman.

Elle posa le fer et boutonna le plus beau chemisier de maman.

— Tu ferais mieux d'y aller. Je t'ai mis une tasse et, si tu as faim, il y a des scones et un gâteau au citron.

— Je meurs de faim.

— Comme d'habitude. On ne t'a pas nourrie à la fête ?

— Si. Des petits gâteaux à la confiture. Mais j'ai encore faim.

— Vas-y, sinon ta mère va se poser des questions.

– Quelles questions ?

– Va changer de chaussures, se contenta de dire Phyllis, et lave-toi les mains d'abord.

Elle obtempéra, se lava les mains dans l'arrière-cuisine avec le savon moussant de Phyllis, puis quitta à regret la cuisine douillette et traversa le hall. Derrière la porte du salon on entendait un murmure grave de voix féminines. Elle ouvrit la porte en silence si bien que les deux femmes ne s'aperçurent pas tout de suite de sa présence.

Molly Dunbar et Louise Forrester, sa belle-sœur, étaient assises de chaque côté de la cheminée. Une table pliante, dressée entre elles et couverte d'un napperon brodé, était garnie d'un beau service de porcelaine, avec des assiettes contenant des sandwiches, un gâteau au citron glacé, des scones chauds à la crème et à la confiture de fraise, des sablés et des biscuits au chocolat.

Elles étaient confortablement installées, les rideaux de velours bien tirés et le charbon rougeoyant dans l'âtre. Le salon n'était ni grand ni imposant et, comme la maison avait été louée meublée, il n'était pas très bien aménagé. Un chintz fané ornait les fauteuils, un tapis turc recouvrait le sol et, çà et là, étaient disposées des tables et des bibliothèques, plus fonctionnelles que décoratives. Pourtant, dans la douce lueur des lampes, la pièce avait une jolie touche féminine, car Molly avait rapporté de Ceylan ses bibelots préférés qui en atténuaient le caractère impersonnel. Des objets de jade et d'ivoire, une boîte à cigarettes en laque rouge, un pot bleu et blanc dans lequel on avait planté des jacinthes et des cadres en argent contenant des photos de famille.

– Tu auras tellement à faire, disait tante Louise. Si je peux aider...

Elle se pencha pour poser sa soucoupe et sa tasse vide sur la table et, ce faisant, leva les yeux et aperçut Judith dans l'embrasure de la porte.

– Regarde qui voilà...

Molly se retourna.

– Judith. Je me demandais si tu n'avais pas raté le train.

– Non, je bavardais avec Phyllis, dit-elle en fermant la porte avant de traverser le salon. Bonjour, tante Louise.

Elle embrassa la joue tendue de tante Louise. Celle-ci accepta le baiser, sans toutefois faire mine de le lui rendre.

26

Elle n'était pas du genre à montrer ses émotions. C'était une femme bien faite, avec des jambes d'une finesse et d'une élégance surprenantes, et des pieds longs et étroits dans des richelieus marron impeccablement cirés. Elle portait un tailleur de tweed. Ses cheveux courts et gris étaient artificiellement ondulés et rangés sous un invisible filet. Elle avait une voix grave, que le tabac avait rendue rauque, et même quand elle s'habillait pour le soir d'une robe de velours ou d'un boléro brodé, elle avait quelque chose d'étonnamment masculin, comme un homme qui aurait endossé des habits de femme pour amuser la galerie.

Une belle femme, mais pas jolie. A en croire les vieilles photos sépia, elle ne l'avait jamais été, pas même dans sa jeunesse. En fait, comme elle n'était toujours ni fiancée ni même courtisée, à vingt-trois ans ses parents en avaient été réduits à l'envoyer en Inde chez des amis militaires en poste à Delhi. A la saison chaude, toute la maisonnée partait vers le nord, la fraîcheur des collines et Poona. C'était là que Louise avait rencontré Jack Forrester. Chef d'un escadron de fusiliers du Bengale, Jack venait de passer un an au fin fond de la montagne dans un fort retiré, à échanger des coups de feu sporadiques avec de belliqueux Afghans. Il était en permission à Poona et, après des mois de célibat, recherchait désespérément une compagnie féminine. Et Louise, jeune, les joues roses, sportive et sans attaches, sur laquelle il avait jeté un œil concupiscent et ébloui alors qu'elle bondissait sur un court de tennis, lui parut une créature des plus désirables. Avec détermination et sans finesse – il n'en avait pas le temps –, il la poursuivit de ses ardeurs et, avant de comprendre ce qui lui arrivait, se réveilla un beau matin fiancé.

Aussi curieux que cela puisse paraître, ce fut un ménage solide, bien qu'ils n'aient jamais eu d'enfants. Ils avaient le même amour de la vie au grand air et de ces événements sportifs et ludiques qui émaillaient la vie en Inde. Il y avait des parties de chasse et des expéditions dans les collines, des chevaux pour l'équitation et pour le polo, et tout ce qu'il fallait pour jouer au tennis et au golf, deux activités dans lesquelles Louise excellait. Quand Jack prit sa retraite, ils revinrent en Angleterre et s'installèrent à Penmarron, en raison de la proximité du golf. Et le club devint leur seconde demeure. Par mauvais temps, ils jouaient au bridge et, par beau temps, ils étaient sur le green. Ils passaient aussi des heures au bar, où Jack acquit la fâcheuse réputation de tenir l'alcool mieux que quiconque. Il se vantait d'avoir l'estomac comme un tonneau sous l'œil approbateur de tous ses amis, jusqu'à ce qu'un samedi matin il tombe raide mort au quatorzième trou.

Molly était à Ceylan quand ce triste événement se produisit. Elle écrivit une lettre de sincères condoléances, incapable d'imaginer comment Louise allait se débrouiller sans Jack. Ils étaient de si bons amis, de vrais compagnons. Mais, quand les deux femmes se retrouvèrent, Louise n'avait pas changé d'un iota. Fidèle à elle-même, elle habitait dans la même maison et vivait de la même manière. Chaque jour, elle se rendait sur le terrain de golf et, comme elle avait un excellent handicap et qu'elle tapait la balle aussi fort que n'importe quel homme, elle ne manquait jamais de partenaires.

Louise tendit la main vers son étui, l'ouvrit et glissa une cigarette turque dans son fume-cigarette, qu'elle alluma avec le briquet en or qui avait appartenu à son défunt mari.

– Comment s'est passée cette fête de Noël ? demanda-t-elle à Judith à travers un nuage de fumée.

– Pas mal. Nous avons fait une ronde sur *Le Palais royal*. Il y avait des gâteaux à la confiture, répondit Judith, mais j'ai encore faim.

– Ça tombe bien, nous t'avons laissé plein de choses, dit Molly.

Judith tira un tabouret bas et s'installa entre les deux femmes, le nez sur les friandises de Phyllis.

– Veux-tu du lait ou du thé ?

– Du lait, s'il te plaît.

Elle prit une assiette, un scone et se mit à manger avec précaution, car la crème épaisse et la confiture de fraise étaient si généreusement étalées qu'elles menaçaient de dégouliner.

– As-tu dit au revoir à toutes tes amies ?

– Oui. Et à Mr. Thomas et aux autres. Nous avons reçu un sac de bonbons, mais j'ai donné le mien à Jess. Ensuite je suis revenue en ville avec Heather...

– Qui est Heather ? demanda tante Louise.

– Heather Warren. C'est ma meilleure amie.

– Tu sais bien, dit Molly, Mr. Warren, l'épicier de la place du Marché.

– Oh!

Tante Louise haussa les sourcils et prit un air malicieux.

– Le bel Espagnol. Un homme si séduisant. Même s'il ne vendait pas ma marmelade préférée, je crois que je me fournirais chez lui.

Elle était manifestement de bonne humeur. Judith jugea le moment opportun pour parler de sa bicyclette. Battre le fer pendant qu'il est chaud, comme disait Mrs. Warren. Prendre le taureau par les cornes.

– En fait, Heather a eu une excellente idée. Il me faut une bicyclette.

– *Une bicyclette ?*

– Maman, on a l'impression que je te demande une voiture de course ou un poney. Je trouve vraiment que c'est une bonne idée. A Roquebise, ce n'est pas comme ici, tout près de la gare. Il y a plusieurs kilomètres jusqu'à l'arrêt du bus. Si j'ai une bicyclette, je pourrai me déplacer toute seule, et tante Louise ne sera pas obligée de me conduire. Comme ça, ajouta-t-elle, elle pourra jouer au golf.

Tante Louise s'étrangla de rire.

– Tu as vraiment pensé à tout.

– Cela ne t'ennuierait pas, tante Louise, n'est-ce pas ?

– Pourquoi cela m'ennuierait-il ? Je serai ravie de me débarrasser de toi.

Tante Louise avait un humour bien à elle.

– Mais, Judith, intervint Molly, une bicyclette, n'est-ce pas très cher ?

– D'après Heather, environ cinq livres.

– C'est bien ce que je pensais. Affreusement cher. Et nous avons tant d'autres choses à acheter. Nous n'avons pas encore ton uniforme, et la liste de vêtements de Sainte-Ursule fait des mètres de long.

– Tu pourrais me l'offrir pour Noël.

– Mais j'ai déjà ton cadeau de Noël. Ce que tu m'avais demandé...

– Alors pour mon anniversaire. Tu ne seras pas là, tu seras à Colombo, ça t'évitera de m'envoyer un paquet.

– Mais tu devras rouler sur les grandes routes. Si tu avais un accident...

Tante Louise intervint.

– Sais-tu monter à bicyclette ?

– Oui, bien sûr. Mais je n'en ai jamais demandé avant

29

parce que je n'en avais pas vraiment besoin. Reconnais, tante Louise, que ce serait très commode.

– Mais, Judith...

– Oh, Molly, ne fais pas tant d'histoires! Quel mal cette enfant peut-elle se faire? Et si elle se jette sous un bus, ce sera sa faute. Je te donnerai une bicyclette, Judith, mais comme c'est assez cher, ce sera aussi pour ton anniversaire. Comme ça, *je* n'aurai pas de paquet à t'envoyer.

– Vraiment?

Judith avait peine à croire que ses arguments aient été si convaincants, et qu'elle ait été capable d'obtenir si facilement ce qu'elle désirait.

– Tante Louise, tu es chic.

– Prête à tout pour que tu ne sois pas dans mes pattes.

– Quand l'achèterons-nous?

– La veille de Noël?

– Oh non, dit Molly d'une voix défaillante.

Elle semblait troublée et Louise fronça les sourcils.

– Qu'est-ce qu'il y a encore? demanda-t-elle.

Judith songea qu'il n'y avait aucune raison d'être désagréable, mais tante Louise s'impatientait souvent face à Molly, la traitant plus comme une idiote que comme une belle-sœur.

– Tu as d'autres objections?

– Non... Ce n'est pas ça. (Les joues de Molly rosirent.) Seulement nous ne serons pas là. Je ne t'en ai pas parlé, Louise, parce que je voulais d'abord prévenir Judith. (Elle se tourna vers celle-ci.) Tante Biddy a appelé.

– Je sais. Phyllis me l'a dit.

– Elle nous a invitées à passer Noël et le nouvel an chez elle à Plymouth. Jess, toi et moi.

Judith avait la bouche pleine de scone. Un instant, elle manqua s'étouffer.

Noël chez tante Biddy!

– Qu'as-tu dit?

– J'ai dit que nous irions.

Ce qui était tellement incroyable et enthousiasmant que toute autre pensée, même celle de sa bicyclette neuve, en fut chassée de son esprit.

– Quand y allons-nous?

– Je pensais partir la veille de Noël. Il n'y aura pas trop de monde dans le train à ce moment-là. Biddy viendra nous chercher à Plymouth. Elle était désolée de s'y être prise si tard, pour l'invitation, mais elle s'est décidée sur un coup de tête. Elle s'est dit que, comme ce serait notre dernier Noël ici avant longtemps, autant le passer tous ensemble.

Si tante Louise n'avait pas été là, Judith aurait sauté de joie et dansé autour de la pièce. Mais c'eût été grossier de faire preuve de pareille exultation alors que tante Louise n'avait pas été invitée. Contenant son excitation, elle se tourna vers elle :

— Dans ce cas, tante Louise, peut-être pourrions-nous acheter cette bicyclette après Noël ?

— Il le faudra bien, j'ai l'impression. En fait, j'allais vous inviter chez moi, mais Biddy m'a épargné cette peine.

— Oh, Louise, je suis navrée. Maintenant, j'ai l'impression de te laisser tomber.

— C'est idiot. Un peu de changement nous fera le plus grand bien. Le fils de Biddy sera-t-il là ?

— Ned ? Malheureusement non. Il va faire du ski à Zermatt avec des camarades de Dartmouth.

Tante Louise haussa les sourcils, désapprouvant ces équipées extravagantes et coûteuses. Mais Biddy avait toujours pourri son unique enfant de manière affligeante et ne lui refusait aucun plaisir.

— Dommage, dit-elle laconiquement. Il aurait fait un bon compagnon pour Judith.

— Tante Louise, Ned a seize ans ! Il ne me regarderait même pas. Je m'amuserai bien mieux sans lui...

— Tu as probablement raison. Et, connaissant Biddy, vous allez prendre du bon temps. Ça fait des siècles que je ne l'ai pas vue. Quand est-elle venue chez toi pour la dernière fois, Molly ?

— Au début de l'été dernier. Tu te souviens ? Pendant la vague de chaleur...

— C'est là qu'elle est descendue dîner dans ce costume de plage extraordinaire ?

— Tout à fait.

— Et que je l'ai trouvée prenant le soleil en maillot de bain dans ton jardin. Toute rose. Elle était presque nue.

— Elle est toujours à la pointe de la mode. (Molly se sentit contrainte de défendre, ne fût-ce que mollement, cette sœur frivole.) Avant longtemps, nous porterons toutes des tenues de plage.

— Le Ciel nous en préserve !

– Que feras-tu pour Noël, Louise ? J'espère que tu ne seras pas trop seule.

– Mon Dieu, non. Je serai ravie d'être tranquille. J'inviterai peut-être Billy Fawcett à prendre un verre, et nous irons déjeuner au club. En général, ils font bien les choses.

Judith imagina tous ces golfeurs en knickerbockers et en grosses chaussures faisant les fous avec des chapeaux de papier sur la tête.

– Et puis, peut-être un ou deux tournois de bridge.

– Billy Fawcett ? fit Molly en plissant le front. Je ne crois pas le connaître.

– Non. Un vieil ami de Quetta. Retraité, à présent. Il s'est dit qu'il pouvait toujours essayer la Cornouailles. Il a donc loué l'un des nouveaux pavillons qu'on a construits sur ma route. Je lui ferai connaître des gens. Il faut que tu le voies avant ton départ. Grand golfeur, lui aussi. Je l'ai donc inscrit au club.

– C'est bien pour toi, Louise.

– Qu'est-ce qui est bien ?

– Eh bien... d'avoir un vieil ami qui vienne vivre près de toi. Et qui soit golfeur. Non que tu aies jamais manqué de partenaires.

Mais Louise n'avait pas l'intention de se commettre. Elle ne jouait qu'avec les meilleurs.

– Cela dépend de son handicap, dit-elle en écrasant sa cigarette avec vigueur. (Elle regarda sa montre.) Mon Dieu, il est si tard ? Je dois m'en aller.

Elle prit son sac, s'extirpa de son fauteuil, et Molly et Judith se levèrent à leur tour.

– Dis à Phyllis que son thé était délicieux. Cette fille va te manquer. A-t-elle trouvé une autre place ?

– Je ne crois pas qu'elle ait beaucoup cherché.

– Il aura de la veine, celui qui tombera sur cette perle. Non, ne la sonne pas. Judith me raccompagnera. Et si je ne te vois pas avant Noël, Molly, amuse-toi bien. Donne-moi un coup de fil quand tu rentreras pour me dire à quel moment tu veux apporter les affaires de Judith à Roquebise. Quant à toi, Judith, nous achèterons cette bicyclette au début des vacances de Pâques. De toute façon, tu n'en auras pas besoin avant...

1936

Il faisait si froid qu'en s'éveillant peu à peu Judith eut l'impression que son nez était une entité séparée, qui avait gelé sur son visage. La veille au soir, quand elle s'était couchée, la pièce était trop glaciale pour laisser la fenêtre ouverte, mais elle avait un peu tiré les rideaux et à présent, de l'autre côté de la vitre constellée de givre, brillait la lumière jaune du réverbère dans la rue en contrebas. Il n'y avait aucun bruit. C'était peut-être encore le milieu de la nuit. Puis elle entendit le trot d'un cheval, la charrette du laitier, et comprit que c'était déjà le matin.

Elle allait devoir faire acte de courage. Un, deux, trois. Elle sortit une main du drap et la tendit vers sa lampe de chevet. Son réveil tout neuf, cadeau de l'oncle Bob et l'un de ses préférés, indiquait huit heures moins le quart.

Elle remit vite sa main sous les couvertures et la réchauffa entre ses genoux. Un nouveau jour. Le dernier jour. Elle était un peu déprimée. Les vacances de Noël étaient finies et l'on rentrait à la maison.

La chambre dans laquelle elle se trouvait avait été aménagée dans le grenier de tante Biddy. Maman et Jess avaient pris la plus belle chambre, au premier étage. Judith préférait celle-ci avec ses murs pentus, sa lucarne et ses rideaux de cretonne à fleurs, mais il y faisait un froid polaire, car le faible chauffage des pièces du dessous ne parvenait pas jusqu'au dernier étage. Tante Biddy lui avait donné un petit radiateur électrique et, avec l'aide de deux bouillottes, elle avait réussi à dormir au chaud.

Juste avant Noël, la température avait chuté de manière alarmante. La radio avait annoncé un coup de froid, sans toutefois préparer quiconque aux frimas arctiques qui n'avaient pas cessé depuis lors. Quand les Dunbar traversèrent l'intérieur des terres dans le *Riviera de Cornouailles*, la lande était blanche et l'arrivée sur Plymouth avait tout d'une étape en Sibérie, des vents cinglants balayant la neige sur le quai de la gare.

Malheureusement, tante Biddy et oncle Bob habitaient sans doute la maison la plus froide de toute la chrétienté. Ce n'était pas leur faute, puisque c'était le logement de fonction d'oncle Bob, capitaine du génie maritime et directeur du collège d'ingénieurs de la Marine royale de Keyham. C'était une demeure tout en hauteur avec une terrasse orientée au nord, sifflante de courants d'air. L'endroit le plus chaud était la cuisine au sous-sol, mais c'était le territoire de Mrs. Cleese, la cuisinière, et de Hobbs, musicien de la Marine royale à la retraite, qui venait tous les jours pour cirer les bottes et remplir la chaudière de charbon. Hobbs était un personnage, avec ses cheveux blancs aplatis à la pommade sur sa calvitie, et son œil de corbeau vif et malin. Il avait les doigts jaunis par le tabac et un visage buriné et brun comme une vieille valise. Quand, le soir, on donnait une réception, il se mettait sur son trente et un, enfilait une paire de gants blancs et passait les boissons à la ronde.

On avait donné beaucoup de fêtes et, malgré le froid polaire, on avait passé un Noël de rêve, un Noël comme Judith en avait toujours imaginé sans croire qu'elle en vivrait jamais un. Biddy, qui ne faisait pas les choses à moitié, avait décoré toute la maison – comme un cuirassé, avait fait remarquer oncle Bob –, et son arbre de Noël, planté dans l'entrée, emplissait l'escalier de lumières scintillantes et d'une bonne odeur de résine. C'était le plus magnifique que Judith ait jamais vu. Les autres pièces étaient tout aussi festives, avec des centaines de cartes de vœux accrochées à des rubans rouges, des bouquets de houx et de gui autour des cheminées. Dans le salon et la salle à manger, les grands poêles à charbon brûlaient sans relâche, comme les chaudières d'un navire, alimentés par Hobbs qui les remplissait à ras bord de poussier chaque soir, de sorte qu'ils ne s'éteignaient jamais.

Et il y avait tant eu à faire, tout le temps. Des cocktails, des dîners après lesquels on dansait au son du gramophone. Des amis passaient sans cesse pour le thé ou pour prendre un verre, et, s'il y avait une accalmie, tante Biddy, qui ne s'accordait jamais un instant de répit, suggérait aussitôt une séance de cinéma ou une expédition à la patinoire couverte.

Sa mère était épuisée, Judith le savait ; de temps en temps elle montait se reposer sur son lit en laissant Jess sous la surveillance de Hobbs. Jess adorait Hobbs et Mrs. Cleese et passait la majeure partie de son temps dans la cuisine à grignoter des friandises dont elle n'avait nul besoin. Un vrai soulagement pour Judith, qui s'amusait beaucoup plus quand elle n'avait pas sa petite sœur sur les talons.

Jess les accompagnait parfois, bien sûr. Oncle Bob avait pris des billets pour la pantomime de Noël et, avec une autre famille qui les y avait accompagnés, ils occupaient un rang entier. Oncle Bob avait acheté des programmes pour chacun et une grande boîte de chocolats. Puis la Dame était apparue, avec sa perruque rouge, son corset et son grand pantalon bouffant, et Jess leur avait fait honte en poussant des cris perçants. Maman avait dû la faire sortir au plus vite. Heureusement cela s'était produit au début, si bien que les autres avaient pu s'amuser pendant le reste du spectacle.

Oncle Bob était formidable. Être avec lui, apprendre à le connaître, ç'avait sans aucun doute été la meilleure surprise de toutes ces vacances. Judith ne savait pas que les pères pouvaient être si patients, si intéressants, si drôles. Comme c'étaient les vacances, il n'était pas obligé de se rendre tous les jours au collège, il avait donc un peu de temps libre qu'ils avaient passé ensemble dans son bureau, le saint des saints. Il lui avait montré ses albums de photos, lui avait permis d'écouter des disques sur son gramophone à pavillon et lui avait appris à se servir de sa vieille machine à écrire. Quand ils étaient allés patiner, c'était lui qui l'avait aidée jusqu'à ce qu'elle ait enfin le « pied marin », comme il disait. Lors des réceptions, il s'assurait toujours qu'elle ne restait pas à l'écart, et lui présentait ses invités comme si elle était une grande personne.

Papa, qu'elle aimait beaucoup et qui lui manquait, n'avait jamais été aussi amusant. En se l'avouant, Judith s'était sentie un peu coupable car, ces deux dernières semaines, elle s'était tellement divertie qu'elle n'avait presque pas pensé à lui. Pour compenser, elle y pensait très fort à présent, mais elle pensait d'abord à Colombo, puisqu'il était là-bas et que c'était le seul endroit où elle avait un souvenir vivant de lui. Pourtant c'était difficile. Colombo était loin, dans le temps comme dans l'espace. On croit se rappeler chaque détail, mais le temps émousse les souvenirs, tout comme la lumière estompe les vieilles photographies. Elle chercha un événement auquel raccrocher sa mémoire.

Noël. Évidemment. A Colombo, les Noëls étaient inoubliables, ne serait-ce que parce que c'était incongru sous le ciel lumineux des tropiques, avec la chaleur qui vous crucifiait, les eaux changeantes de l'océan Indien et la brise qui agitait les palmiers. Dans la maison de Galle Road, elle ouvrait ses cadeaux dans la clarté de la véranda et le bruit des vagues. On ne mangeait pas de dinde au dîner, mais au déjeuner on dégustait le traditionnel curry à l'hôtel *Galle Face*. Nombreux étaient ceux qui célébraient Noël ainsi, si bien qu'on eût dit une grande fête enfantine, avec cotillons et langues de belle-mère. Elle songea à la salle à manger emplie de ces familles qui mangeaient et buvaient beaucoup trop, à la fraîcheur de la brise océane, aux ventilateurs qui tournaient lentement au plafond.

Le miracle eut lieu. A présent elle le voyait parfaitement. Papa, assis au bout de la table, arborant une couronne de papier bleu constellé d'or. Elle se demanda comment il avait passé ce Noël solitaire. Quand elles l'avaient quitté, quatre ans plus tôt, un ami célibataire s'était installé chez lui pour lui tenir compagnie. Mais elle avait tout de même du mal à les imaginer tous les deux faisant la fête. Ils avaient sans doute échoué dans un club, avec les autres esseulés et les divorcés. Elle soupira, se dit qu'il lui manquait, mais comment regretter quelqu'un quand on vivait sans lui depuis si longtemps, avec pour seul lien des lettres mensuelles qui mettaient trois semaines à leur parvenir et qui n'étaient guère inspirantes.

Le réveil indiquait huit heures. Il était temps de se lever. Maintenant. Un, deux, trois. Elle repoussa les couvertures, bondit hors du lit et se précipita pour allumer le radiateur électrique. Puis, très vite, elle s'enveloppa dans

sa robe de chambre et glissa ses pieds nus dans ses pantoufles en peau de mouton.

Ses cadeaux de Noël étaient bien alignés sur le sol.
Elle attrapa sa valise chinoise en rotin et l'ouvrit,
s'apprêtant à y ranger son butin. Elle y mit son réveil et
les deux livres que lui avait donnés tante Biddy. Le dernier Arthur Ransome, *Vacances d'hiver*, et un bel exemplaire relié de *Jane Eyre*. C'était apparemment un très
long roman, avec des caractères très petits, mais il y
avait quelques illustrations, des planches de couleur
protégées par des feuilles de papier de soie, si
attrayantes que Judith avait hâte de le lire. Puis les
gants de laine de ses grands-parents et la boule de verre
que l'on secouait pour y déclencher une tempête de
neige. C'était le cadeau de Jess. Maman lui avait offert
un pull, mais elle avait été un peu déçue, parce qu'il
avait un col arrondi et qu'elle voulait un col roulé.
Cependant, tante Louise avait fait des merveilles et,
malgré la bicyclette promise, un paquet enveloppé de
houx attendait sous le sapin. A l'intérieur il y avait un
journal intime épais et relié cuir comme une bible, couvrant cinq années. Le cadeau de papa n'était pas encore
arrivé. Il n'était pas très doué pour envoyer les choses
en temps et en heure, et la poste était lente. Aussi lui
restait-il quelque chose à espérer. Le plus beau cadeau
était peut-être celui de Phyllis. C'était exactement ce
dont Judith avait besoin, un pot de colle avec une petite
brosse et une paire de ciseaux. Elle les rangerait dans le
tiroir fermé à clé de son bureau, à l'abri des doigts bala-
deurs de Jess. Quand lui prenait l'envie de découper
quelque chose ou de coller une carte postale dans son
album, elle devait demander des ciseaux (que l'on ne
trouvait jamais nulle part) à sa mère, et était souvent
réduite à fabriquer de la colle avec de la farine et de
l'eau. Ça n'était jamais efficace et sentait mauvais. Le
simple fait de posséder ces humbles objets donna à
Judith un sentiment d'indépendance.

Elle rangea tout dans sa valise. Il y avait juste assez de
place pour que le couvercle accepte de fermer. Elle la
posa sur le lit avant de s'habiller aussi vite que possible.
Le petit déjeuner attendait et elle avait faim. Pourvu
qu'il y ait des saucisses, et non des œufs pochés...

A l'extrémité de la table de la salle à manger, Biddy Somerville buvait du café noir en s'efforçant d'ignorer une légère gueule de bois. La veille au soir, après le dîner, deux jeunes lieutenants étaient venus présenter leurs hommages, Bob avait sorti une bouteille de cognac et, pendant la petite fête qui avait suivi, elle avait trop bu. A présent, une douleur aux tempes venait lui rappeler qu'elle aurait dû se contenter de deux verres. Elle n'avait pas dit à Bob qu'elle était un peu nauséeuse, car il lui en aurait fait le reproche d'un ton brusque. Il mettait la gueule de bois et les coups de soleil dans le même sac, celui des fautes méritant châtiment.

Il avait beau jeu de dire cela d'autant qu'il n'avait jamais eu la gueule de bois de sa vie. Il se tenait à l'autre bout de la table, caché derrière les pages du *Times*. Comme son congé de fin d'année arrivait à son terme, il était en uniforme. Dans un moment, il refermerait son journal, le plierait, le poserait sur la table et annoncerait qu'il était temps de partir. Le reste de la maisonnée n'avait pas encore fait son apparition, ce qui réconforta Biddy. Avec un peu de chance, elle aurait pris sa deuxième tasse de café quand les autres descendraient et se sentirait mieux.

Molly et ses filles partaient aujourd'hui, et Biddy était triste que le moment de se dire au revoir soit venu. C'était le dernier Noël de Molly avant son retour en Extrême-Orient, et Molly était son unique sœur. Elles ne savaient pas, le monde étant ce qu'il était, quand elles se reverraient. Biddy se sentait un peu coupable, car elle avait l'impression de ne pas avoir fait assez d'efforts pour les Dunbar depuis quatre ans, de ne pas les avoir assez vues. Enfin elle leur avait demandé de venir parce que Ned était parti faire du ski et que l'idée d'un Noël sans enfants ne lui souriait guère.

Ayant peu de points communs avec sa sœur et connaissant à peine ses deux filles, elle n'attendait rien de particulier de ce projet. Mais tout s'était étonnamment bien passé. Bien sûr, Molly avait été incommodée de temps à autre, vaincue par le rythme du tourbillon mondain de Biddy, et s'était retirée dans ses appartements pour se reposer les jambes. Et Jess, il fallait bien le reconnaître, était une sale gosse gâtée, câlinée au moindre pleur.

Mais elle avait découvert en Judith le genre de fille qu'elle aurait aimé avoir. S'amusant seule si nécessaire, ne s'immisçant jamais dans la conversation des adultes, accueillant toute proposition de distraction avec enthousiasme et reconnaissance. Elle était aussi, aux yeux de Biddy, extraordinairement jolie... du moins le serait-elle dans quelques années. Le fait qu'il n'y ait eu personne de son âge dans les parages ne l'avait nullement déconcertée. Lors des réceptions, elle s'était rendue utile, passant noisettes et biscuits, et répondant à qui prenait la peine de lui adresser la parole. La relation qu'elle avait établie avec Bob était une autre bonne surprise, dans la mesure où leur plaisir avait été partagé. Il l'appréciait pour des raisons démodées : ses bonnes manières, sa franchise et son regard direct. Et puis il y avait entre eux une attirance, et la stimulation de se trouver en face de quelqu'un du sexe opposé, d'avoir cette relation père-fille qui, d'une manière ou d'une autre, leur avait manqué à tous deux.

Peut-être auraient-ils dû avoir des filles. Peut-être auraient-ils dû avoir une ribambelle d'enfants. Mais il n'y avait que Ned, que l'on avait envoyé dès ses huit ans dans une école privée, puis à Dartmouth. Les années passaient si vite que le temps où il était petit, avec ses joues de bébé et ses cheveux de lin, ses genoux sales et couronnés, et ses petites mains chaudes, semblait encore tout proche. Voilà qu'il avait seize ans et qu'il était presque aussi grand que son père. Sous peu il aurait terminé ses études et partirait en mer. Il serait grand. Se marierait. Aurait sa propre famille. Biddy soupira. Cela ne lui disait rien d'être grand-mère. Elle était jeune. Elle se sentait jeune. Il fallait repousser à tout prix l'âge mûr.

La porte s'ouvrit, et Hobbs entra à grands pas en faisant craquer ses bottes, avec le courrier du matin et un pot de café noir qu'il posa sur la plaque chauffante de la desserte. Elle aurait aimé qu'il fasse quelque chose pour que ses bottes ne craquent pas.

— Ça pince, ce matin, fit-il observer avec délectation. Les gouttières sont toutes verglacées. J'ai salé les marches devant la porte d'entrée.

— Merci, Hobbs, dit-elle simplement car, si elle avait relevé cette observation, il serait resté à bavarder *ad vitam aeternam.*

Frustré par son silence, Hobbs se lécha les lèvres d'un air morose, redressa une fourchette sur la table pour justifier sa présence et, découragé, se retira. Bob continuait à lire son journal. Biddy parcourut le courrier. Pas de carte postale de Ned, mais une lettre de sa mère, sans doute pour la remercier du petit châle tricoté que Biddy lui avait envoyé pour Noël. Elle prit un couteau pour ouvrir l'enveloppe. Bob baissa son journal, le plia et le fit claquer sur la table avec vigueur.

Biddy leva les yeux.

— Qu'est-ce qui ne va pas?

— Le désarmement. La Société des Nations. Et ce qui se passe en Allemagne ne me dit rien qui vaille.

— Mon Dieu!

Elle n'aimait pas le voir déprimé ou inquiet. Elle-même ne lisait que les bonnes nouvelles et tournait vite la page quand les gros titres n'étaient guère réjouissants.

— C'est l'heure de partir, dit-il après avoir jeté un coup d'œil à sa montre, puis il repoussa sa lourde chaise et se leva.

Grand et bien bâti, il avait une silhouette encore plus imposante avec sa veste croisée à boutons dorés. L'épaisseur de ses sourcils faisait de l'ombre sur ce visage rasé de près, taillé à coups de serpe, et ses cheveux épais, d'un gris anthracite, étaient lissés par une application de lotion capillaire Royal Yacht, suivie d'un vigoureux brossage.

— Bonne journée, lui dit Biddy.

— Où sont-elles toutes? demanda-t-il en contemplant la table vide.

— Pas encore descendues.

— A quelle heure leur train part-il?

— Cet après-midi. Le *Riviera*.

— Je ne pense pas pouvoir venir. Pourras-tu les conduire?

— Bien sûr.

— Dis-leur au revoir pour moi. Dis au revoir à Judith.

— Elle va te manquer.

— Je...

Peu émotif, ou plutôt peu enclin aux démonstrations, il chercha ses mots.

— Ça ne me plaît pas qu'on l'abandonne comme ça. Qu'on la laisse se débrouiller toute seule.

— Elle ne sera pas toute seule. Il y a Louise.

— Il lui en faut plus que Louise ne peut lui donner.

— Je sais. J'ai toujours considéré les Dunbar comme les gens les plus insipides au monde. Mais voilà, Molly a épousé l'un d'eux et s'est apparemment laissé contaminer. Nous n'y pouvons pas grand-chose, ni toi ni moi.

Il réfléchit à tout cela en regardant la grisaille matinale par la fenêtre, et en tripotant les pièces de monnaie dans la poche de son pantalon.

— Tu peux toujours la faire venir ici quelques jours. Judith, j'entends. Pendant les vacances. Cela t'ennuierait beaucoup ?

— Non, pas du tout, mais je doute que Molly soit d'accord. Elle s'excusera en disant qu'elle ne veut pas offenser Louise. Elle est complètement sous sa coupe, tu sais. Louise la traite comme une idiote, mais elle ne lui cloue jamais le bec.

— Soyons honnête, elle est un peu idiote. Mais essaie tout de même.

— Je vais le lui proposer.

Il vint déposer un baiser sur ses cheveux en bataille.

— A ce soir.

Il ne rentrait jamais à la maison en milieu de journée, préférant déjeuner au mess.

— Au revoir, chéri.

Il s'en alla. Elle était seule. Elle termina son café et s'en servit une autre tasse avant de reprendre sa place à la table pour lire la lettre de sa mère. L'écriture tremblante était celle d'une vieille dame.

Ma chère Biddy,
Juste un petit mot pour te remercier pour le châle. C'est exactement ce qu'il me faut pour les froides soirées d'hiver. Avec ce temps exécrable, mes rhumatismes me jouent de nouveau des tours. Nous avons passé un Noël tranquille. Il y avait peu de monde à l'église, l'organiste avait la grippe et Mrs. Fell a dû le remplacer. Comme tu le sais, elle n'est pas très douée. Père a dérapé en remontant la route de Woolscombe. La voiture est cabossée et il s'est cogné le front au pare-brise. Une vilaine ecchymose. J'ai reçu une carte de cette pauvre Edith, l'état de sa mère s'est aggravé...

Trop tôt dans la journée pour tant de morosité. Elle posa la lettre et reprit son café, les coudes sur la table, ses longs doigts autour de la tasse bien chaude, songeant au vieux couple triste que formaient ses parents et s'émerveillant une fois de plus qu'ils aient à deux reprises réussi à accomplir l'acte de passion sexuelle ayant conduit à la naissance de leurs filles, Biddy et Molly. Le plus miraculeux était encore que ces deux filles soient parvenues à s'enfuir du presbytère, à trouver des hommes et à les épouser, échappant à l'ennui redoutable et à la misère distinguée dans lesquels elles avaient été élevées.

Car ni l'une ni l'autre n'avaient été armées pour affronter la vie. Elles n'avaient pas suivi les cours de l'école d'infirmières, n'étaient pas allées à l'université et n'avaient pas appris à taper à la machine. Molly rêvait d'être danseuse. A l'école elle avait toujours été la vedette du cours de danse et elle mourait d'envie de suivre les traces d'Irina Baronova et d'Alicia Markova. Mais ses maigres ambitions avaient été étouffées dans l'œuf par la désapprobation parentale, le manque d'argent et les préjugés du révérend Evans pour qui tout spectacle était synonyme de débauche. Si Molly n'avait pas été invitée à cette partie de tennis chez les Luscombe et n'y avait pas rencontré Bruce Dunbar qui, débarqué de Colombo pour sa première permission, cherchait désespérément une femme, Dieu seul sait ce qui serait arrivé à la pauvre fille. Une vie de vieille fille, sans doute, à aider Mère à arranger les fleurs de l'église.

Biddy était différente. Elle savait ce qu'elle voulait et s'arrangeait pour l'obtenir. Elle avait compris très jeune qu'elle devait prendre son existence en main. Forte de cette conviction, elle avait toujours choisi astucieusement ses amies parmi celles qui seraient susceptibles, un jour ou l'autre, de l'aider à réaliser ses ambitions. Celle qui devait devenir sa meilleure amie, fille d'un capitaine de frégate, habitait une grande maison près de Dartmouth. De surcroît, elle avait des frères. Biddy vit là une mine d'opportunités et, après quelques allusions discrètes, réussit à décrocher une invitation pour le weekend. Elle avait beaucoup de succès en société et s'en félicitait. Elle était séduisante avec ses longues jambes, ses yeux sombres et vifs, sa tignasse de boucles brunes, et assez jeune pour que sa tenue n'ait pas grande importance. Elle savait aussi d'instinct ce que l'on attendait d'elle, quand il fallait se montrer polie ou charmeuse, et comment flirter avec les hommes plus âgés, qui la trouvaient plutôt coquine et lui donnaient volontiers une tape sur les fesses. Mais les frères se révélèrent le meilleur parti. Ils avaient des amis, et ces amis avaient des amis. Le cercle des relations de Biddy s'étendit ainsi sans effort et elle fut bientôt considérée comme faisant partie de la famille, passant plus de temps chez eux qu'à la maison et tenant de moins en moins compte des avertissements et des admonestations de ses parents anxieux.

Cette vie insouciante lui valut une certaine réputation, dont elle se moquait. A dix-neuf ans, elle était fiancée à deux jeunes sous-lieutenants en même temps, changeant de bague quand leur bateau entrait au port, ce qui lui conféra une douteuse notoriété. Mais, à vingt et un ans, elle avait épousé le sérieux Bob Somerville et ne l'avait jamais regretté. Car Bob n'était pas seulement son mari, le père de Ned, mais aussi son ami, fermant les yeux sur sa ribambelle d'amis frivoles et toujours présent quand elle avait besoin de lui.

Ils avaient passé de bons moments ensemble, car elle adorait voyager et jamais elle ne refusait de faire les valises et d'accompagner Bob là où on l'envoyait. C'étaient les deux années passées à Malte qu'elle avait le plus appréciées, mais rien ne lui avait vraiment déplu. Non, il n'y avait pas de doute, elle avait eu beaucoup de chance.

La pendule de la cheminée sonna la demie. Molly n'avait toujours pas fait son apparition. Biddy, qui se sentait un peu moins vaseuse, décida d'allumer sa première cigarette. Elle se leva pour en prendre une dans la boîte qui se trouvait sur le buffet et, en revenant vers la table, prit le journal de Bob et parcourut les titres. Ce n'était pas réjouissant, et elle comprit pourquoi Bob s'était montré déprimé. L'Espagne sombrait dans une sanglante guerre civile, Herr Hitler faisait de bruyants discours sur la remilitarisation de la Rhénanie et, en Italie, Mussolini se vantait du déploiement de ses forces navales en Méditerranée. Pas étonnant que Bob grince des dents. Il ne pouvait supporter Mussolini, qu'il surnommait le gros fasciste, et ne doutait pas un seul instant qu'il suffirait de quelques salves tirées du pont d'un quelconque cuirassé britannique pour le réduire au silence.

Tout cela était quelque peu effrayant. Elle laissa tomber le journal et s'efforça de ne plus penser à Ned qui, à seize ans, était promis à la Marine et mûr pour le combat. La porte s'ouvrit et Molly entra dans la salle à manger.

Biddy ne s'habillait pas pour le petit déjeuner. Elle avait une robe d'hôtesse fort commode qu'elle enfilait tous les matins sur sa chemise de nuit. Et Molly, bien mise, bien chaussée, les cheveux pomponnés, discrètement maquillée, suscita chez sa sœur une pointe d'irritation.

– Je suis désolée d'être en retard.

– Tu n'es pas du tout en retard. De toute façon, ça n'a pas d'importance. As-tu fait la grasse matinée ?

– Pas vraiment. Je me suis levée toute la nuit. La pauvre Jess a fait des cauchemars terribles, qui l'ont empêchée de dormir. Elle rêvait que la Dame de la pantomime était dans sa chambre et voulait l'embrasser.

– Quoi, avec son corset ? Quelle horreur !

– Elle dort encore, le pauvre trésor. Judith n'est pas encore descendue ?

– Elle est sans doute en train de faire sa valise. Ne t'inquiète pas, elle sera là dans un moment.

– Et Bob ?

– Parti. Le travail l'appelle. Les vacances sont terminées. Il m'a dit de te dire au revoir. Je vous conduirai à la gare. Mange quelque chose... Mrs. Cleese a préparé des saucisses.

Molly s'avança vers le buffet, souleva le couvercle du plat, hésita et le reposa. Elle se versa un café et vint rejoindre sa sœur, qui haussa les sourcils.

– Pas faim ?

– Pas vraiment. Je vais prendre un toast.

Ce qui faisait la beauté de Molly Dunbar, c'était son aspect extraordinairement juvénile, ses cheveux blonds soyeux, la rondeur de ses joues et ses yeux pleins d'une sorte d'innocence ébahie. Ce n'était pas une femme intelligente, elle était lente à comprendre la plaisanterie, prenait tout au pied de la lettre, y compris la plus lourde des remarques à double sens. Les hommes trouvaient cela plutôt charmant, puisque cela mettait en valeur leur instinct protecteur, mais cette transparence totale irritait Biddy. En ce moment, toutefois, elle s'inquiétait un peu. Sous le délicat poudrage, le teint de Molly était anormalement pâle et ses yeux étaient cernés.

– Tu vas bien ?

– Oui. Je n'ai pas faim, c'est tout. Et je manque de sommeil. (Elle but son café.) Je déteste ne pas dormir la nuit. C'est comme si on se retrouvait dans un autre monde, et tout devient tellement plus abominable.

– Qu'est-ce qui est abominable ?

– Oh, je ne sais pas trop. Toutes ces choses que j'aurai à faire en rentrant. Acheter des vêtements pour Judith, tout organiser. Fermer la maison. Essayer d'aider Phyllis à trouver une nouvelle place. Et puis aller à Londres, prendre le bateau, et retourner à Colombo. Ici, avec toi, tout cela m'était sorti de l'esprit. Je n'y pensais plus. Maintenant il faut que je redevienne raisonnable. Je me dis aussi qu'il faut que je trouve le moyen de passer quelques jours chez nos parents. Encore une complication.

– Es-tu obligée d'y aller ?

– Je le pense.

– Tu es vraiment masochiste. J'ai reçu une lettre de Mère.

– Tout va bien ?

– Non, tout va mal, comme d'habitude.

– Je me sens même coupable de les avoir laissés seuls pour Noël.

– Moi pas, fit Biddy d'un ton sec. Je les ai invités, bien sûr. Je le fais toujours en priant le ciel qu'ils refusent. Grâce à Dieu, ils ont avancé les mêmes excuses que d'habitude. Les multiples occupations de Père, la neige sur les routes, la voiture qui fait un drôle de bruit, les petits rhumatismes de Mère. Ils sont impossibles. Ils s'engluent dans leur routine. Pas la peine d'essayer d'égayer leur vie, ils n'auraient plus de raisons de gémir.

– Ils sont vieux.

– Non. Ils ont simplement accepté la décrépitude. Si j'étais toi, je ne m'inquiéterais pas pour eux. Tu as d'autres chats à fouetter.

– Je ne peux pas m'en empêcher. (Molly hésita avant de poursuivre avec une certaine violence :) C'est horrible, mais maintenant je donnerais n'importe quoi pour ne pas partir. Je n'ai pas envie de quitter Judith. Je n'ai pas envie que nous soyons tous séparés. J'ai l'impression que je ne suis de nulle part. Tu sais, j'ai parfois ce sentiment bizarre... comme si j'étais dans une sorte de néant, sans identité. Cela se produit quand je m'y attends le moins. En haut d'un bus londonien, ou quand je me penche par-dessus le bastingage d'un paquebot pour regarder son sillage. Et je me dis : qu'est-ce que je fais ici ? Où est ma place ? Qui suis-je ?

Sa voix se brisa. Pendant un instant, Biddy redouta qu'elle n'éclate en sanglots.

– Oh, Molly...

– ... Et je sais que c'est parce que je vis entre deux mondes, et le pire, c'est quand ces deux mondes se rapprochent tant qu'ils se touchent presque. Comme maintenant. Je n'ai l'impression de n'appartenir à aucun des deux. Juste... égarée...

Biddy la comprenait.

– Si cela peut te réconforter, il y a des milliers de femmes comme toi ; les épouses des Anglais qui vivent en Inde sont toutes confrontées au même dilemme...

– Je sais. Mais ça ne me console pas du tout.

– Tu es fatiguée, c'est tout. Une nuit blanche, ça déprime.

– Oui, soupira Molly. (Du moins elle ne pleurait pas. Elle reprit du café et posa sa tasse.) Je ne peux pas m'empêcher de souhaiter que Bruce travaille à Londres, à Birmingham, n'importe où, mais que nous vivions en Angleterre et que nous soyons ensemble.

– C'est un peu tard.

– Ou même que nous ne nous soyons jamais mariés. Que nous ne nous soyons pas rencontrés. Qu'il ait trouvé une autre fille. Qu'il m'ait laissée tranquille.

– Il est peu probable que tu aies jamais rencontré un autre homme, rétorqua brutalement Biddy. Imagine ce que tu serais devenue. Vivre au presbytère avec Mère. Et pas de jolies petites filles.

– C'est l'idée de recommencer. De ramasser les morceaux. De ne plus m'appartenir... dit-elle d'une voix de plus en plus faible, jusqu'au silence.

Les mots restaient suspendus entre elles. Molly baissa les yeux et une légère rougeur lui monta aux joues.

Malgré elle, Biddy était touchée. Elle savait exactement ce qu'il y avait derrière cet étrange et déprimant torrent de confidences. Cela n'avait rien à voir avec les bagages ou les aspects pratiques du départ. Cela n'avait rien à voir avec le fait de quitter Judith. Cela avait tout à voir avec Bruce. Bruce, si terne, lui faisait pitié. Quatre ans de séparation, cela ne valait rien à un ménage, et Biddy doutait que Molly, si féminine, si fastidieuse et si différente, ait jamais été douée au lit. Ce que tous ces maris abandonnés faisaient de leurs désirs sexuels, cela la dépassait. Tout bien réfléchi, cela ne la dépassait pas tant que ça. La solution la plus courante était quelque arrangement discret, mais même l'extravagante Biddy était imprégnée des préjugés de sa génération. Elle mit donc la bride à son imagination et chassa fermement toute cette affaire de son esprit.

La rougeur de Molly s'était estompée. Biddy décida de voir le bon côté de la situation.

– Je suis sûre que les choses se résoudront d'elles-mêmes, dit-elle énergiquement. (Ce qui, même à ses propres oreilles, ne parut pas très convaincant.) Je veux dire... tout cela est plutôt excitant. Dès que tu seras sur le bateau, tu seras une autre femme. Trois semaines sans rien d'autre à faire que de te prélasser sur un transat, quelle aubaine ! Et après que tu auras été malade une bonne fois, tu t'amuseras comme une folle. Tu retrouveras le soleil, les tropiques et les ribambelles de domestiques. Tu reverras tous tes vieux amis. En fait, je t'envie presque !

– Oui, répondit Molly avec un sourire d'excuse, bien entendu. Je suis idiote. Désolée. Je sais bien que je suis idiote.

– Mais pas du tout, petite sotte. Je comprends. Je me souviens que, quand nous sommes allés à Malte, cela m'a fait horreur de quitter Ned. Mais voilà ! On ne peut pas être partout à la fois. La seule chose dont nous soyons certaines, c'est que tu laisses Judith dans une école sympathique et chaleureuse. Comment s'appelle-t-elle déjà ?

– Sainte-Ursule.

– La directrice t'a plu ?

– Elle a très bonne réputation.

– Oui, mais est-ce qu'elle t'a plu ?

– Oui, quand elle ne m'a plus fait peur. Les femmes intelligentes m'effraient toujours un peu.

– A-t-elle le sens de l'humour ?

– Je ne lui ai pas raconté de blague.

– Mais tu es contente de cette école ?

– Oh, oui. Même si je n'étais pas retournée à Ceylan, je crois que j'aurais mis Judith à Sainte-Ursule. L'école de Porthkerris est excellente sur le plan scolaire, mais on y trouve toutes sortes d'enfants. Sa meilleure amie est la fille de l'épicier.

– Ce n'est pas un mal en soi.

– Non, mais ça ne mène nulle part, n'est-ce pas ? Socialement, je veux dire.

Biddy ne put s'empêcher de rire.

– Honnêtement, Molly, tu as toujours été la plus affreuse des snobs.

– Je ne suis pas snob. Mais les gens comptent.

– Certainement.

– Où veux-tu en venir ?

– Louise.

– Ne l'aimes-tu pas ?

– A peu près autant qu'elle m'aime. En tout cas, je n'aimerais pas passer mes vacances avec elle.

Cela plongea instantanément Molly dans un état d'agitation indescriptible.

– Oh, Biddy, je t'en prie, ne te mêle pas de ça et ne commence pas à critiquer. Tout est arrangé, clair et net, et il n'y a plus rien à ajouter.

– Qui te dit que j'allais critiquer ? demanda Biddy qui poursuivit sur sa lancée. Elle est tellement dure, tellement barbante avec son golf, son bridge, et son sacré club. Elle est si peu féminine, si bornée, si...

Biddy fronça les sourcils, cherchant le terme exact, mais seuls les mots « peu chaleureuse » lui vinrent à l'esprit.

– Tu te trompes complètement. Elle est très gentille. Pour moi, elle a été un roc. Et elle m'a proposé de s'occuper de Judith. Je n'ai pas eu à le lui demander. C'est généreux. Elle va lui offrir une bicyclette. Et surtout on peut compter sur elle. Judith sera en sécurité. Je ne m'inquiéterai pas...

– Judith a peut-être besoin d'autre chose que de sécurité.

– Par exemple ?

– D'un espace affectif, de liberté pour grandir à son gré. Elle aura bientôt quinze ans. Il lui faudra déployer ses ailes, se trouver. Se faire des amis. Avoir des contacts avec le sexe opposé...

– Biddy, on peut te faire confiance pour parler de sexe. Elle est beaucoup trop jeune pour penser à ce genre de choses...

– Voyons, Molly, sois raisonnable. Tu l'as vue ces derniers temps ? Toutes ces réjouissances l'ont épanouie. Tu ne dois pas lui reprocher les plaisirs naturels de l'existence. Tu ne voudrais pas qu'elle soit comme nous, enfermée par son éducation, et qu'elle s'ennuie à mourir.

– Peu importe ce que je pense. Je te dis qu'il est trop tard. Elle ira chez Louise.

– Contre vents et marées... J'étais sûre que tu réagirais comme ça.

– Alors pourquoi as-tu mis ce sujet sur le tapis ?

Biddy avait envie de la frapper, mais elle pensa à Judith et s'efforça de maîtriser son impatience croissante pour adopter une tactique moins agressive. La persuasion en douceur.

– Cela l'amuserait peut-être de venir chez nous de temps en temps ? N'aie pas l'air si horrifiée, c'est une proposition tout à fait réaliste. En fait, c'est une idée de Bob. Il s'est entiché de Judith. Cela lui changerait les idées, à Louise aussi.

– Je... il faudra que j'en parle à Louise...

– Pour l'amour du ciel, Molly, prends donc tes responsabilités...

– Je ne veux pas contrarier Louise...

– Parce que je ne plais pas à Louise.

– Non, parce que je ne veux pas tout compromettre et déstabiliser Judith. Pas maintenant. Je t'en prie, comprends-moi, Biddy. Plus tard peut-être...

– Il n'y aura peut-être pas de plus tard.

– Que veux-tu dire ? demanda Molly, visiblement alarmée.

– Lis les journaux. Les Allemands ont opté pour le national-socialisme, et Bob ne fait aucune confiance à Herr Hitler. Et il en est de même avec ce bon vieux Mussolini.

– Tu veux dire... dit Molly en déglutissant, la guerre ?

– Je n'en sais rien. Mais je ne crois pas que nous devions gaspiller nos vies parce que, dans peu de temps, il se pourrait bien que nous n'en ayons plus du tout. Et si tu perds ton temps à tergiverser, c'est que tu ne veux pas que Judith vienne chez moi. Tu considères que j'ai une mauvaise influence sur elle, je suppose. Toutes ces sales réceptions et ces jeunes lieutenants qui passent. C'est ça, non ? Reconnais-le.

– Ce n'est pas ça ! (Le ton montait et la conversation tournait à la dispute en bonne et due forme.) Tu le sais bien. Je te suis très reconnaissante. Bob et toi, vous avez été si bons...

– Pour l'amour du ciel, tu en parles comme d'une corvée. Nous vous avons reçues pour Noël et nous nous sommes tous bien amusés. Un point c'est tout. Je te trouve très faible et très égoïste. Tu ressembles à Mère. Tu n'aimes pas que l'on s'amuse.

– Ce n'est pas vrai.

– Laissons tomber.

Et Biddy, exaspérée, prit le *Times*, l'ouvrit d'un coup sec et s'isola.

Silence. Anéantie par l'horreur de l'existence, l'éventualité d'une guerre, les incertitudes de son avenir immédiat et la colère de Biddy, Molly tremblait d'énervement. Ce n'était pas juste. Elle faisait ce qu'elle pouvait. Ce silence pesant s'éternisait, et elle ne pourrait pas le supporter une seconde de plus. Elle retroussa la manche de son gilet et regarda sa montre.

– Où est Judith ?

Quel soulagement d'avoir pensé à quelque chose, à quelqu'un, sur qui déchaîner son malheur. Elle se leva brusquement, repoussa sa chaise, se dirigea vers la porte qu'elle ouvrit brutalement et appela sa fille qui tardait à venir. Mais il était inutile de crier. Judith était là, à l'autre bout du hall, assise au pied de l'escalier.

– Que fais-tu ?

– Je noue mes lacets.

Elle évita le regard de sa mère. Molly sentit une certaine froideur et, sans être des plus intuitives, elle comprit que sa fille était là depuis quelque temps, que c'était le bruit de leur dispute qui l'avait retenue derrière la porte close et qu'elle avait tout entendu de cette conversation aussi acrimonieuse que regrettable.

Ce fut Jess qui vint à son secours.

– Maman ?

En levant les yeux, elle aperçut l'enfant qui regardait à travers la rampe. Jess, enfin réveillée, toujours dans sa longue chemise de nuit beige, les boucles ébouriffées.

– Maman !

– J'arrive, ma chérie.

– Je veux m'habiller.

– Je viens. (Elle traversa le hall, s'arrêta un instant.) Tu ferais mieux d'aller prendre ton petit déjeuner, dit-elle à Judith avant de monter.

Judith attendit qu'elle fût partie, puis elle se leva et entra dans la salle à manger. Biddy était assise à sa place habituelle et elles échangèrent un regard sombre à travers la pièce.

– Mon Dieu ! dit tante Biddy. (Elle plia le journal et le laissa tomber à terre.) Désolée.

Judith n'avait pas l'habitude que les adultes lui présentent des excuses.

– Ça ne fait rien.

– Prends une saucisse. Tu en as besoin, j'imagine.

Judith obtempéra, mais les saucisses grésillantes ne la consolèrent pas. Elle regagna sa place, le dos à la fenêtre, et regarda son assiette, incapable d'y toucher.

– Tu as tout entendu ? lui demanda Biddy au bout de quelque temps.

– Presque tout.

– C'est ma faute. J'ai mal choisi mon moment. Ta mère n'est pas en état de faire quelque projet que ce soit. J'aurais dû m'en rendre compte.

– Je ne serai pas malheureuse avec tante Louise, tu sais.

– Je le sais. Je ne m'inquiète pas pour ton bien-être, mais je me disais simplement que ce ne serait pas très amusant.

– Je ne me suis jamais amusée comme une grande personne auparavant, dit Judith. Pas jusqu'à ce Noël.

– Tu veux dire que ce que tu ne connais pas ne te manquera pas ?

– Je suppose. Mais j'aimerais beaucoup revenir.

– Je ferai une autre tentative. Un peu plus tard.

Judith saisit son couteau et sa fourchette et coupa une saucisse en deux.

– Va-t-il réellement y avoir une autre guerre ?

– Ma chérie, je ne pense pas. Tu es beaucoup trop jeune pour t'en inquiéter.

– Mais oncle Bob est inquiet !

– Moins inquiet que frustré, à mon avis. Il ronge son frein à l'idée que l'on puisse défier l'Empire britannique. Quand on le titille, il est capable de se transformer en un véritable bouledogue.

– Si je venais chez vous, ce serait ici ?

– Je n'en sais rien. Nous sommes venus à Keyham pour deux ans, et nous devons déménager à la fin de l'été.

– Où irez-vous ?

– Aucune idée. Bob veut reprendre la mer. Dans ce cas, j'essaierai d'acheter une petite maison. Nous n'avons jamais rien possédé de solide, puisque nous avons toujours vécu en garnison. Ce serait agréable d'avoir un point de chute. J'ai pensé au Devon. Nous avons des amis par là. Vers Newton Abbot ou Chagford, pas trop loin de tes grands-parents.

– Une petite maison à vous ! (C'était une merveilleuse perspective.) Achetez-en une à la campagne. Comme ça, je pourrai venir chez vous.

– Si tu veux.

– Je voudrai toujours.

– Non. Aussi curieux que cela puisse te paraître, il se peut que tu ne le veuilles plus. A ton âge, tout change si vite, et pourtant un an peut vous paraître des siècles. Tu te feras de nouveaux amis, tu auras envie d'autre chose. Et dans ton cas, c'est encore plus important, parce qu'il faudra que tu décides toi-même. Ta mère ne sera pas là et, même si tu te sens un peu perdue, un peu seule, en un sens c'est une bonne chose. Quand j'avais quatorze, quinze ans, j'aurais donné tout l'or du monde pour ne pas avoir mes parents sur le dos. Étant donné les circonstances, ajouta-t-elle non sans une certaine satisfaction, je ne me suis pas mal débrouillée, mais j'ai dû prendre les choses en main.

– Ce n'est pas très facile de prendre les choses en main quand on est pensionnaire, fit remarquer Judith, qui trouvait que tante Biddy avait beau jeu de dire cela.

– A mon avis, tu dois apprendre à précipiter les choses, à ne pas te laisser faire passivement. Apprends à bien choisir tes amis et les livres que tu lis. L'indépendance d'esprit, je suppose qu'il s'agit de ça, fit-elle en souriant. D'après George Bernard Shaw, les jeunes ne savent pas apprécier la jeunesse. Quand tu vieilliras, tu comprendras ce que je veux dire.

– Tu n'es pas vieille.

– Peut-être. Mais je ne viens pas de sortir de l'œuf.

Judith mâcha pensivement un morceau de saucisse tout en ruminant les conseils de sa tante.

– Ce que je déteste, reconnut-elle enfin, c'est qu'on me traite comme si j'avais l'âge de Jess. On ne me demande rien et on ne me dit jamais rien. Si je ne vous avais pas entendues vous disputer, jamais je n'aurais su que tu avais proposé de me prendre chez toi. Elle ne me l'aurait jamais dit.

– Je sais. Ce doit être rageant. Il y a vraiment de quoi râler, mais ne sois pas trop dure envers ta mère en ce moment. Sa vie est sens dessus dessous. Qui peut lui en vouloir de jacasser comme une pie ? (Elle rit et Judith l'en remercia d'une ébauche de sourire.) Entre nous, elle est bouche bée devant Louise.

– Je le sais bien.

– Et toi ?

– Elle ne me fait pas peur.

– Bien.

– Tu vois, tante Biddy, je suis très contente d'être venue chez toi. Je ne l'oublierai jamais.

Biddy était touchée.

– Nous aussi, nous avons été très contents de t'avoir. Surtout Bob. Il m'a dit de te dire au revoir. Il regrette de ne pas t'avoir revue. Maintenant... (Elle repoussa sa chaise et se leva.) J'entends ta mère et Jess qui descendent. Déjeune et fais comme si nous ne nous étions pas parlé. Haut les cœurs ! Ne l'oublie pas. Il faut que j'aille m'habiller...

Mais, avant qu'elle ait atteint la porte, Molly et Jess entrèrent. Jess portait une petite robe et des chaussettes blanches, et ses boucles soyeuses étaient bien brossées. Biddy déposa un baiser léger sur la joue de Molly.

– Ne t'en fais pas, dit-elle à sa sœur, ce qui était tout ce dont elle était capable comme excuse, puis elle grimpa l'escalier quatre à quatre pour se réfugier dans le sanctuaire de sa chambre.

Ainsi la querelle fut-elle balayée sous le tapis, et la journée poursuivit son cours. Judith était tellement soulagée de la réconciliation entre sa mère et sa tante que ce ne fut qu'à la gare, alors qu'elle attendait sur le quai battu par le vent le *Riviera* qui les ramènerait en Cornouailles, qu'elle eut le temps de regretter l'absence de l'oncle Bob.

Il semblait affreux de partir sans lui avoir dit au revoir. C'était sa faute, elle était descendue déjeuner trop tard, mais il était dommage qu'il n'ait pas attendu, ne serait-ce que cinq minutes, le temps de se faire des adieux dignes de ce nom. Elle aurait tellement voulu le remercier, et ce n'était pas la même chose de le faire par écrit.

Ce qu'elle avait le plus apprécié, c'était le gramophone. Bien que sa mère ait eu, enfant, des envies de devenir danseuse, ni papa ni elle n'étaient amateurs de musique. Or ces après-midi passés dans le bureau de l'oncle Bob avaient éveillé en Judith quelque chose qu'elle n'avait jamais soupçonné. Oncle Bob possédait des tas de disques différents et, bien qu'elle eût beaucoup aimé les chansons de Gilbert et Sullivan, leurs paroles pleines d'esprit et leurs mélodies faciles, elle avait aussi écouté des morceaux qui l'avaient exaltée, ou au contraire rendue si triste qu'elle avait eu peine à retenir ses larmes. Les arias de *La Bohème*, de Puccini, le concerto pour piano de Rachmaninov, *Roméo et Juliette* de Tchaïkovski et, pure magie, *Schéhérazade* de Rimski-Korsakov, dont le solo de violon lui avait donné la chair de poule. C'était clair, il lui fallait un gramophone à elle. Ensuite elle collectionnerait les disques, comme oncle Bob, et elle les écouterait chaque fois qu'elle le souhaiterait, se laissant transporter dans ce monde extraordinaire dont, jusque-là, elle n'avait même pas imaginé l'existence. Elle allait commencer sur-le-champ à faire des économies.

Ses pieds étaient gelés, et elle se mit à sautiller sur place pour les désengourdir. Tante Biddy et maman papotaient en attendant le train, elles n'avaient apparemment plus rien d'important à se dire. Jess, assise sur le bord d'un chariot à bagages et balançant ses jambes potelées et guêtrées de blanc, serrait Golly, sa poupée de chiffon, ce jouet dégoûtant avec lequel elle s'endormait chaque soir et qui, Judith en était persuadée, n'était qu'un nid de microbes.

Il se produisit alors un vrai miracle. Tante Biddy se tut, jeta un coup d'œil au-delà de maman et dit d'une voix différente :

– Regardez, voilà Bob !

Le cœur de Judith se mit à battre violemment. Elle fit volte-face, oubliant ses pieds glacés. Il venait à leur rencontre, avec sa grande silhouette reconnaissable entre mille et son air chaleureux, sa casquette à galon doré inclinée sur un sourcil frémissant et un grand sourire illuminant ses traits burinés. Judith se força à ne pas courir vers lui.

– Bob ! Que fais-tu ici ?

– J'avais un moment de libre et j'ai décidé d'assister au départ de notre petite troupe. (Il baissa les yeux vers Judith.) Je ne pouvais pas te laisser partir sans te dire au revoir.

– Je suis contente que tu sois venu, dit-elle, rayonnante. Je voulais te remercier pour tout. Surtout pour le réveil.

– N'oublie pas de le remonter.

– Oh! J'y penserai... fit-elle, tout sourires.

Oncle Bob releva la tête, écoutant.

– Je crois que le train arrive.

Effectivement les rails bourdonnaient, et Judith vit, au-delà du virage au bout du quai, l'énorme locomotive vert et noir surgir à l'horizon avec ses cuivres bien fourbis et son panache de fumée. Majestueuse et impressionnante, elle avança lentement le long du quai. Le conducteur, le visage noir de suie, se tenait sur le marchepied et Judith aperçut les flammes vacillantes de la chaudière. Les énormes pistons, tels des bras de géant, tournèrent de moins en moins vite jusqu'à ce que le monstre s'arrête dans un dernier jet de vapeur.

Ce fut alors un beau tohu-bohu. Les portières s'ouvrirent brusquement, des passagers descendirent en traînant leurs bagages. Il y avait un sentiment d'urgence, l'agitation du départ. Puis le porteur souleva les valises pour les mettre dans le train et partit chercher des sièges. Oncle Bob, en militaire consciencieux, lui emboîta le pas pour s'assurer que le travail était bien fait. Molly, qui paniquait un peu, prit Jess dans ses bras et la hissa dans le wagon, puis se pencha pour embrasser sa sœur.

– Tu as été si gentille. Nous avons passé un Noël merveilleux. Dis au revoir à tante Biddy, Jess.

Jess agita le bras de chiffon blanc de sa poupée. Tante Biddy se tourna vers Judith :

– Au revoir, ma chère enfant. Tu as été adorable. (Elle fléchit les genoux et embrassa Judith.) N'oublie pas que je suis là. Ta mère a mon numéro de téléphone dans son carnet.

– Au revoir. Et merci beaucoup.

– Vite. Monte ou le train partira sans toi. Regarde si oncle Bob est sorti, ajouta-t-elle en élevant la voix, sinon vous serez obligées de l'emmener avec vous.

Judith lui sourit, agita la main une dernière fois et s'engagea dans le couloir, derrière les autres.

On avait trouvé un compartiment où il n'y avait qu'un jeune homme qui était resté assis, un livre ouvert sur les genoux, pendant que le porteur empilait les valises sur le porte-bagages au-dessus de lui. Quand tout fut bien rangé, oncle Bob lui donna un pourboire et le congédia.

– Il faut que tu t'en ailles vite, lui dit Judith, sinon le train va partir et tu seras coincé.

– Ce n'est jamais arrivé, répondit-il en souriant. Au revoir, Judith.

Ils se serrèrent la main. Quand elle retira la sienne, elle trouva un billet de dix shillings dans la paume de son gant. Un gros billet de dix shillings.

– Oh, oncle Bob, merci.

– Dépense-le sagement.

– Oui. Au revoir.

Il était parti. Un instant plus tard, il réapparut auprès de tante Biddy sur le quai, juste sous leur fenêtre.

– Bon voyage. (Le train démarra.) Au revoir !

Le quai et la gare s'éloignèrent. Oncle Bob et tante Biddy avaient disparu. C'était fini. Elles étaient parties.

Ensuite on s'installa. Le jeune homme étant assis près de la porte, elles disposaient des places près de la fenêtre. Le chauffage était au plus fort, il faisait très chaud et les enfants ôtèrent gants, manteaux et chapeaux. Molly garda le sien. On mit Jess près de la fenêtre, elle s'agenouilla sur le siège pelucheux et plaqua son nez contre la vitre sale. Judith s'assit en face d'elle. Sa mère plia les manteaux, les fourra dans le porte-bagages, puis elle plongea dans son sac pour chercher le coloriage de Jess et ses crayons de couleur ; enfin, elle s'affala à côté d'elle et poussa un soupir de soulagement, comme si cette opération avait été au-dessus de ses forces. Elle ferma les yeux, mais les rouvrit peu après en battant des cils avant de s'éventer avec sa main.

– Dieu qu'il fait chaud ! dit-elle sans s'adresser à personne en particulier.

– C'est plutôt agréable, répondit Judith, dont les pieds étaient encore glacés.

Mais sa mère fut intraitable.

– Je me demande...

A présent, elle s'adressait au jeune homme, dont elle troublait avec grossièreté la paix et l'intimité. Il leva les yeux de son livre.

– Cela vous ennuierait si nous baissions un peu le chauffage ? demanda-t-elle avec un sourire désarmant. Ne pourrions-nous même entrouvrir la fenêtre ?

– Bien sûr.

Il était très poli. Il posa son livre et se leva.

– Que préférez-vous ? Les deux peut-être ?

– Non, un peu d'air frais fera l'affaire...

– Très bien.

Il s'approcha de la fenêtre. Judith retira ses jambes et le regarda détacher la lourde lanière de cuir, abaisser la vitre de deux centimètres, puis replacer la lanière.

– Comme ça ?

– Parfait.

– Prenez garde que votre petite fille ne prenne une saleté dans l'œil.

– J'espère bien que non.

Il retourna à sa place et reprit son livre. Écouter les conversations des autres et observer les étrangers en essayant de deviner ce qu'était leur vie faisaient partie des occupations favorites de Judith. Maman appelait cela « fixer ». « Ne fixe pas les gens, Judith. »

Mais maman lisait son magazine, et tout allait bien.

Elle observa donc le jeune homme à la dérobée. Son gros livre avait l'air bien ennuyeux, et elle se demanda pourquoi il était si absorbé ; avec ses épaules larges et sa solide constitution il ne semblait pas appartenir à la race des intellectuels ou des rats de bibliothèque. Plutôt sain et robuste, se dit-elle. Il portait un pantalon de velours côtelé, une veste de tweed, un épais col roulé gris et, autour du cou, une écharpe de laine extrêmement longue et bizarrement rayée. Il avait des cheveux d'une couleur indéterminée, ni blonds ni bruns, plutôt mal coiffés, comme s'il avait eu besoin d'une bonne coupe. Comme il lisait, elle ne voyait pas la couleur de ses yeux, mais il portait des lunettes avec une lourde monture d'écaille. Il avait aussi une fossette au beau milieu du menton. Elle se demanda quel âge il avait et lui donna environ vingt-cinq ans. Peut-être se trompait-elle. Elle n'avait pas une grande expérience des hommes. Alors, comment savoir ?

Elle se tourna vers la fenêtre. Dans un instant on passerait sur le pont de Saltash, et elle ne voulait pas manquer les bateaux de guerre à l'ancre dans le port.

Mais Jess s'ennuyait déjà à regarder par la fenêtre et cherchait d'autres distractions. Elle se mit à trépigner, et descendit tant bien que mal de son siège. Ce faisant, elle donna un coup de pied dans le tibia de Judith et lui fit mal.

– Jess, tiens-toi tranquille.

Jess lui donna un coup avec sa poupée. Pour un peu, Judith l'aurait jetée par la fenêtre et l'horrible jouet aurait disparu à jamais, mais elle le ramassa et le lança à Jess. Jess le reçut en pleine figure et se mit à hurler.

– Oh, Judith !

Maman prit Jess sur ses genoux. Quand les cris s'atté-nuèrent, elle s'excusa auprès du jeune homme.

– Je suis désolée, nous vous avons dérangé.

Il leva les yeux de son livre et sourit. C'était un sourire particulièrement charmant, qui dévoila des dents d'une blancheur de réclame pour dentifrice et illumina ses traits banals, si bien qu'il en devint soudain presque beau.

– Pas du tout, la rassura-t-il.

– Venez-vous de Londres ?

Elle était manifestement d'humeur à faire la conversation. Le jeune homme le comprit, lui aussi, car il referma son livre et le posa.

– Oui.

– Y étiez-vous pour Noël ?

– Non, j'ai travaillé à Noël et au nouvel an. Je prends mes vacances maintenant.

– Mon Dieu, quel dommage ! Curieux de devoir travailler à Noël. Que faites-vous ?

Elle se mêlait de ce qui ne la regardait pas, se dit Judith, mais le jeune homme ne semblait pas s'en offenser. En fait, il paraissait très heureux de bavarder, comme s'il en avait assez de ce livre barbant.

– Je suis interne à Saint-Thomas.

– Oh ! un médecin !

Judith était terrifiée à l'idée qu'elle lui dise : « Vous êtes beaucoup trop jeune pour être médecin », ce qui aurait plongé tout le monde dans l'embarras, mais elle ne le fit pas. Cela expliquait le gros livre. Il étudiait probablement les symptômes de quelque obscure maladie.

– Pour vous, ce n'était pas un Noël très amusant.

– Au contraire. Noël à l'hôpital, c'est très sympathique. Les salles sont décorées et les infirmières chantent des cantiques.

– Et maintenant vous rentrez chez vous ?

– Oui. A Truro. Mes parents y habitent.

– Nous allons plus loin. Presque au bout de la ligne. Nous étions chez ma sœur et son mari. Il est capitaine au collège d'ingénieurs.

Elle avait un peu l'air de se vanter. Pour détourner l'attention, Judith dit :

– Voilà le pont.

A sa grande surprise, le jeune homme parut tout aussi fasciné qu'elle.

– Il faut que je jette un coup d'œil, dit-il.

Puis il vint près d'elle et prit appui d'une main sur le

rebord de la fenêtre. Quand il lui sourit, elle s'aperçut que ses yeux n'étaient ni bruns ni verts, mais tachetés, comme une truite.

– Ce serait dommage de manquer ça, n'est-ce pas ?

Le train ralentit. Les poutrelles de fer cliquetèrent et, loin dessous, l'eau froide et luisante grouillait de croiseurs gris aux belles lignes, de destroyers, de chaloupes, de petits canots affairés, arborant tous le *White Ensign*, le pavillon de la Marine royale britannique.

– C'est un pont très particulier, dit-il.

– Pourquoi ? Parce qu'au-delà du fleuve on est en terre étrangère ?

– Pas seulement. C'est le chef-d'œuvre de Brunel.

– Pardon ?

– Brunel. C'est lui qui l'a dessiné et réalisé pour les Chemins de fer de l'Ouest. La merveille de l'époque. D'ailleurs, il est toujours fabuleux.

Ils se turent. Il resta là jusqu'à ce que le train ait traversé le pont avant d'entrer à toute vapeur dans Saltash, sur la rive cornouaillaise du Tamar, puis il retourna à sa place et reprit son livre.

Un peu plus tard, l'homme du wagon-restaurant vint les prévenir que le thé était servi. Molly demanda au jeune médecin s'il voulait se joindre à elles, mais il déclina poliment son invitation. Elles le laissèrent donc et s'engagèrent dans les couloirs bruyants et brinquebalants du train. Dans le wagon-restaurant, on leur désigna une table couverte d'une nappe et de porcelaine blanches. Les lampes à abat-jour roses créaient une ambiance douillette et luxueuse tandis qu'à l'extérieur tombait le soir hivernal. Le serveur apparut avec une théière chinoise, un petit pot de lait, un autre d'eau chaude et un bol de sucre. Jess en mangea trois morceaux avant que sa mère ne s'en aperçoive. Puis un second serveur apporta des sandwiches, des sablés, des tranches de cake et des biscuits au chocolat Jacobs enveloppés de papier d'argent.

Molly versa le thé brûlant, que Judith but en grignotant des sablés. Elle scrutait l'obscurité de plus en plus épaisse ; après tout, la journée n'avait pas été si mauvaise que cela. Elle avait commencé de manière un peu maussade puisqu'on s'était levé en songeant à la fin des vacances, elle avait failli tourner au désastre au petit déjeuner, quand sa mère et tante Biddy s'étaient disputées. Mais elles s'étaient réconciliées, et cette querelle lui avait permis de savoir que son oncle et sa tante souhaitaient l'inviter à nouveau, même si, pour l'instant, elle n'en avait pas la permission. Tante Biddy s'était montrée particulièrement gentille et compréhensive, lui avait parlé comme à une adulte et lui avait donné des conseils qu'elle n'oublierait pas. Oncle Bob était venu à la gare, autre point positif, pour leur dire au revoir et lui avait mis un billet de dix shillings dans la main, ses premières économies pour acheter son gramophone. Enfin, elle avait bavardé avec ce jeune médecin dans le compartiment. Elle aurait aimé qu'il vienne prendre le thé avec elles, mais peut-être n'auraient-ils plus rien eu à se dire. Il était tout de même agréable, d'un abord facile. Pendant la traversée du pont de Saltash, il était tout près d'elle et elle avait senti l'odeur du tweed. Le bout de sa longue écharpe traînait sur son genou. Brunel, lui avait-il dit. C'était Brunel qui avait construit ce pont. Elle songea que c'était le genre de garçon que l'on aimerait avoir pour frère.

Elle termina son biscuit et prit un sandwich à la mousse de saumon en faisant comme si maman et Jess n'étaient pas avec elle, comme si elle était seule, traversant l'Europe dans l'Orient-Express en transportant des secrets d'État dans sa valise chinoise, avec des tas d'aventures passionnantes en perspective.

Peu après, elles regagnèrent leur compartiment, le train entra à Truro et leur compagnon de voyage rangea son livre dans son sac, enroula son écharpe autour de son cou et leur dit au revoir. Par la fenêtre Judith le regarda se frayer un chemin sur le quai bondé. Puis il disparut.

Ensuite ce fut un peu terne, mais on n'était plus très loin et Jess s'était endormie. A la gare de correspondance, Judith trouva un porteur qui se chargea des grosses valises, tandis qu'elle s'occupait des sacs moins volumineux et que Molly portait Jess. En traversant la passerelle qui menait à l'autre quai et au train de Porthkerris, elle sentit le vent qui soufflait de la mer et, bien qu'il fît froid, ce n'était pas le même froid qu'à Plymouth, comme si leur bref voyage les avait conduites dans un autre pays. Ce n'était plus un froid intense, glacial, mais doux et humide. La nuit sentait le sel, la terre labourée et les pins.

Elles s'entassèrent dans le petit tortillard, qui s'en alla

sans se presser, bien différent du grand express de Londres. Cinq minutes plus tard, elles descendirent en se bousculant à l'arrêt de Penmarron, et Mr. Jackson vint à leur rencontre sur le quai, avec sa lanterne.

– Vous voulez que je vous donne un coup de main pour les bagages, Mrs. Dunbar ?

– Non, nous allons laisser le plus gros ici, nous n'emporterons que les petits sacs. Ça ira pour cette nuit. Peut-être le porteur pourra-t-il nous les monter avec son chariot demain matin ?

– Ils seront en sécurité.

Elles traversèrent la salle d'attente, le petit chemin sombre, passèrent le portail et gravirent l'allée pentue. Jess était lourde et Molly s'arrêtait sans cesse pour reprendre haleine. Elles parvinrent enfin à la dernière terrasse. La lumière du porche était allumée. Quand elles atteignirent la maison, la porte s'ouvrit et Phyllis était là pour les accueillir.

– Regardez qui voilà ! (Elle descendit les marches à la hâte.) Donnez-moi l'enfant, Madame, vous devez être épuisée. Quelle idée de la porter tout le long du chemin. Elle pèse beaucoup pour son âge, ça se sent.

La voix suraiguë de Phyllis à son oreille réveilla Jess. Elle cligna des yeux d'un air ensommeillé, elle ne savait plus où elle était.

– Tu as mangé beaucoup de pudding, Jess ? Viens par ici, rentre au chaud. J'ai fait chauffer l'eau du bain, et il y a un bon feu dans le salon et une volaille pour le dîner.

Phyllis était une vraie perle, se disait Molly, et la vie sans elle ne serait plus la même. Quand elle eut écouté le bref récit de leur Noël et leur eut fait part des potins du village, elle emporta Jess pour lui donner son bain et une panade chaude avant de la mettre au lit. Judith, sa valise en rotin à la main, la suivit en bavardant.

– Oncle Bob m'a donné un réveil, Phyllis, dans une sorte d'étui en cuir. Je te le montrerai...

Molly les regarda s'éloigner.

Enfin déchargée de la responsabilité de Jess, elle ressentit aussitôt toute la fatigue du voyage. Elle ôta son manteau de fourrure qu'elle jeta sur l'extrémité de la rampe, puis elle prit la pile de courrier qui l'attendait sur la table de l'entrée. Dans le salon brûlait un bon feu, devant lequel elle resta quelques instants à se réchauffer les mains, tout en s'efforçant de détendre son cou et ses épaules. Enfin elle s'assit dans un fauteuil et parcourut ses lettres. Il y en avait une de Bruce, mais elle ne l'ouvrirait pas tout de suite. Pour l'instant, elle ne désirait qu'une chose : rester tranquillement au coin du feu et reprendre ses esprits.

Elle venait de vivre une journée exténuante, et cette affreuse dispute avec Biddy après une nuit blanche l'avait achevée. « Ne t'en fais pas », lui avait dit Biddy en l'embrassant, comme si c'en était fini de leur querelle, mais, avant le déjeuner, elle était revenue à la charge quand elles s'étaient retrouvées en tête à tête autour d'un verre de xérès en attendant que Hobbs sonne le gong.

Elle l'avait fait gentiment, mais son message était on ne peut plus clair.

— Fais attention à ce que je t'ai dit. C'est pour ton bien et pour celui de Judith. Tu ne peux pas la laisser seule pendant quatre ans, alors qu'elle n'est absolument pas préparée à une telle épreuve. J'ai détesté mes quatorze ans... J'avais l'impression que je ne savais plus qui j'étais.

— Biddy, ce n'est pas vrai qu'elle n'est absolument pas préparée...

Biddy avait allumé l'une de ses éternelles cigarettes, rejeté la fumée et lui avait dit :

— A-t-elle déjà ses règles ?

Sa brusquerie était difficile à accepter, même pour une sœur, mais Molly ne s'était pas démontée.

— Bien sûr, depuis six mois.

— C'est une bénédiction. Et pour ses vêtements ? Elle aura besoin de jolies choses et je ne pense pas que Louise lui sera d'une grande utilité dans ce domaine. Lui donneras-tu de l'argent de poche pour cela ?

— Oui, j'ai laissé de l'argent pour cela.

— Cette robe qu'elle portait l'autre soir est très mignonne, mais ça fait un peu petite fille. Et puis tu m'as dit qu'elle voulait un livre d'Arthur Ransome pour Noël, alors je l'ai acheté.

— Elle adore Arthur Ransome...

— Oui, mais maintenant elle devrait lire de vrais romans... ou du moins commencer. C'est pour cela que je lui ai aussi offert *Jane Eyre*. Quand elle aura mis le nez dedans, elle ne pourra plus s'en détacher. Elle tombera sans doute follement amoureuse de Mr. Rochester, comme toutes les adolescentes, la taquina Biddy, le regard pétillant. A moins que tu n'en aies pas été amoureuse ? Que tu te sois gardée pour Bruce ?

Molly savait qu'elle se moquait d'elle et avait refusé de se laisser faire.

– C'est mon affaire.

– Et quand tu l'as vu pour la première fois, tes genoux se sont mis à trembler...

Biddy exagérait parfois, mais elle était drôle, et Molly n'avait pu s'empêcher de rire. Mais elle avait quand même pris ce discours à cœur et ce qui la dérangeait le plus, c'était que les critiques de Biddy, qui n'étaient pas sans fondement, venaient trop tard pour qu'elle pût améliorer quoi que ce soit. Comme d'habitude, elle avait laissé traîner les choses jusqu'au dernier moment. Et elle avait encore tant à faire.

Elle bâilla. La pendule de la cheminée indiquait six heures. L'heure du rituel du soir : monter l'escalier, prendre un bain, se changer pour le dîner. Elle se changeait ainsi tous les soirs et l'avait toujours fait depuis qu'elle était mariée, bien que, depuis quatre ans, elle ait eu Judith pour toute compagnie. C'était l'une des petites conventions qui étayaient sa vie de solitude, lui apportant une structure et un ordre dont elle avait besoin dans sa monotone existence. Biddy la taquinait à ce sujet car, pour peu qu'elle eût été seule, Biddy, une fois baignée, aurait enfilé sa robe d'hôtesse, peut-être même sa vieille robe de chambre, glissé ses pieds dans des pantoufles et donné l'ordre à Phyllis de servir le dîner sur un plateau devant la cheminée.

Elle s'offrirait aussi un grand whisky-soda. A Riverview, Molly se contentait d'un petit verre de xérès, lentement savouré. Mais son séjour chez Biddy lui avait ouvert les yeux et elle avait bu son whisky comme les autres. L'idée même d'un whisky en ce moment, alors qu'elle était épuisée, était tentante. Elle se demanda un instant si elle devait ou non. Et si cela valait la peine de traverser la salle à manger pour aller chercher la bouteille, le siphon à eau de Seltz et le verre. Après tout, un whisky lui ferait le plus grand bien. Elle cessa de tergiverser, s'extirpa de son fauteuil et s'en servit une bonne rasade. Puis elle revint près du feu, avala une gorgée délicieuse, revigorante, réconfortante, et posa le lourd verre pour prendre la lettre de son époux.

Tandis que Phyllis s'occupait de Jess, Judith reprit possession de sa chambre, sortit ses affaires de nuit, et ouvrit sa valise chinoise qui contenait tous ses cadeaux de Noël. Elle les mit sur son bureau pour les montrer à Phyllis quand celle-ci en aurait terminé avec Jess et lui expliquer qui lui avait donné quoi. Elle rangea le billet de l'oncle Bob dans un tiroir qui fermait avec une petite clé et posa le réveil sur sa table de chevet. Quand Phyllis passa la tête dans l'embrasure de la porte, elle était à son bureau et écrivait son nom sur la page de garde de son nouveau journal.

– Jess est en train de regarder son livre d'images, annonça Phyllis. Elle se rendormira sans s'en apercevoir.

Elle entra dans la chambre et se laissa tomber sur le lit que Judith avait déjà ouvert pour la nuit.

– Montre-moi ce que tu as eu.

– C'était ton cadeau le plus beau, Phyllis, et c'était si gentil.

– Comme ça, au moins, tu ne me demanderas plus tout le temps les ciseaux. Il faudra que tu les caches à cause de Jess. Moi, je te remercie pour les sels de bain. Je préfère « Soir de Paris » à « Coquelicot de Californie ». J'en ai utilisé hier. Une vraie vedette de cinéma. Alors voyons...

Cela prit du temps car Phyllis, généreuse de nature, mit un point d'honneur à tout inspecter avec minutie en s'émerveillant sur toutes ces splendeurs.

– Regardez-moi ce livre. Il faudra des mois pour le lire. C'est pour les adultes, ça. Et ce chandail, si doux ! Et ça, c'est ton journal, avec cette couverture en cuir. Tu vas en avoir des secrets à mettre là-dedans.

– N'était-ce pas gentil de la part de tante Louise qui m'a déjà promis une bicyclette ? Je ne m'attendais pas à avoir deux cadeaux.

– Et le petit réveil ! Plus d'excuse pour arriver en retard au petit déjeuner à présent. Que t'a donné ton papa ?

– Je lui ai demandé une boîte en cèdre avec une serrure chinoise, mais elle n'est pas encore arrivée.

– Ah ! ça viendra. (Phyllis s'installa plus confortablement sur le lit.) A présent, fit-elle, brûlant de curiosité, dis-moi ce que tu as fait.

Judith lui décrivit en détail la maison de tante Biddy

(« Il y faisait un froid de loup, Phyllis, je n'ai jamais vu une maison aussi glaciale, mais il y avait du feu dans le salon et, en fait, ça n'avait pas beaucoup d'importance, parce que nous nous sommes amusés comme des fous. »), la pantomime, la patinoire, oncle Bob, son gramophone, sa machine à écrire et ses photos si intéressantes, les fêtes, le sapin, la table du déjeuner avec sa décoration de houx et de roses de Noël, ses papillotes rouge et or et ses coupelles de chocolats.

– Oh! s'extasia Phyllis avec un soupir d'envie. Ça devait être ravissant.

Et Judith se sentit un peu coupable, car Phyllis n'avait pas dû avoir un Noël bien gras, elle en était consciente. Son père travaillait dans une mine d'étain près de Saint-Just et sa mère, une femme à la grosse poitrine et au grand cœur que l'on voyait souvent avec un enfant calé sur la hanche, quittait rarement son tablier. Phyllis était l'aînée de cinq enfants. Comment s'entassaient-ils tous dans cette minuscule maison mitoyenne? C'était une énigme. Une fois, Judith l'avait accompagnée à la fête de Saint-Just pour célébrer la première chasse de la saison. Ensuite elles étaient allées prendre le thé chez elle. Elles avaient mangé des petits pains au safran et bu du thé fort. Ils étaient sept tassés autour de la table de la cuisine, et le père de Phyllis, assis dans son fauteuil près du fourneau, buvait dans un bol à pudding, ses pieds chaussés de bottes sur la barre de cuivre poli.

– Et toi, Phyllis, qu'as-tu fait?

– Pas grand-chose, en fait. Maman était souffrante, la grippe, je crois, si bien que c'est moi qui ai dû faire tout le travail.

– Quel dommage. Elle va mieux?

– Elle est sur pied, mais elle a toujours une vilaine toux.

– Est-ce que tu as eu un cadeau?

– Oui, maman m'a donné un corsage et Cyril une boîte de mouchoirs.

Cyril Eddy était l'ami de Phyllis, mineur lui aussi. Elle l'avait connu sur les bancs de l'école et depuis lors ils se fréquentaient. Ils n'étaient pas exactement fiancés, mais Phyllis confectionnait des napperons au crochet pour son trousseau. Cyril et elle ne se voyaient pas souvent. Saint-Just était loin et il travaillait par roulements, mais, quand ils parvenaient à se retrouver, ils allaient se promener à bicyclette ou se serraient l'un contre l'autre au dernier rang du cinéma de Porthkerris. Phyllis avait une photo de Cyril sur la commode de sa chambre. Il n'était pas très beau, mais Phyllis assurait à Judith qu'il avait de très jolis sourcils.

– Que lui as-tu donné ?

– Un collier pour son whippet. Il était très content, ajouta-t-elle avec une expression touchante. Et toi, as-tu rencontré de charmants garçons ?

– Oh, Phyllis, bien sûr que non.

– Pas la peine de le prendre sur ce ton. C'est tout à fait naturel.

– La plupart des amis de tante Biddy sont des grandes personnes. Sauf le dernier soir, où deux jeunes lieutenants sont venus boire un verre après le dîner. Mais il était si tard que je suis allée me coucher, et je ne leur ai pas beaucoup parlé. De toute façon, ajouta-t-elle, décidée à être sincère, ils s'amusaient beaucoup trop avec tante Biddy pour me regarder...

– C'est juste une question d'âge. Dans quelques années, tu seras grande et les garçons s'agglutineront autour de toi comme des mouches sur un pot de miel. Tu leur taperas dans l'œil, dit-elle avec un sourire. Aucun garçon ne t'a jamais plu ?

– Je t'ai dit que je n'en connaissais pas. Sauf...

Elle hésita.

– Vas-y ! Dis-moi.

– Il y a bien eu cet homme qui était dans notre compartiment dans le train de Plymouth. Il était médecin et il paraissait très, très jeune. Maman lui a parlé. Ensuite il m'a dit que le pont de Saltash avait été construit par un dénommé Brunel. Il était très gentil. J'aimerais bien rencontrer quelqu'un comme ça.

– Ça arrivera peut-être.

– Pas à Sainte-Ursule.

– On ne va pas dans ce genre d'endroit pour rencontrer des garçons, mais pour avoir de l'instruction. Et ne prends pas ça à la légère. Moi, j'ai dû quitter l'école quand j'étais plus jeune que toi pour être domestique, et je sais tout juste lire, écrire et faire une addition. Quand tu auras fini, tu passeras des examens et tu auras des prix. Le seul prix que j'aie jamais eu, c'était pour avoir fait pousser du cresson sur de la flanelle humide.

– Avec ta mère malade et tout le reste, je suppose que tu n'as pas eu le temps de chercher une autre place ?

66

– Je n'en ai pas le cœur non plus. La vérité, c'est que je n'ai pas du tout envie de vous quitter. Ne t'inquiète pas, Madame a dit qu'elle m'aiderait, qu'elle me donnerait de bonnes références. En fait, je ne veux pas trop m'éloigner de la maison. Il me faut déjà presque toute ma journée de congé pour retourner à Saint-Just à vélo. Je ne pourrais pas en faire davantage.

– Il y a peut-être quelqu'un à Porthkerris qui a besoin d'une bonne.

– Ce serait mieux.

– Tu auras peut-être un travail plus agréable. Avec d'autres domestiques avec qui bavarder et pas tant à faire.

– J'en sais rien. Je ne veux pas faire la boniche pour une vieille chienne de cuisinière acariâtre. Autant tout faire moi-même, même si j'ai la main lourde pour la pâtisserie et si je n'ai jamais su me servir de ce vieux fouet. Madame disait toujours...

Elle s'arrêta net. Judith attendit.

– Qu'est-ce qui ne va pas ?

– C'est drôle. Elle n'est pas montée prendre son bain. Regarde, il est six heures vingt. Je ne m'étais pas rendu compte que j'étais restée si longtemps. Tu crois qu'elle pense que je n'ai pas encore fini avec Jess ?

– Je n'en sais rien.

– Bon, tu vas gentiment descendre lui dire que la salle de bains est libre. Pour le dîner, ça ne fait rien, ça peut attendre. La pauvre est sans doute en train de récupérer de son voyage, mais ça ne lui ressemble pas de ne pas prendre de bain, fit-elle en se levant. Je ferais mieux d'aller surveiller les pommes de terre.

Mais quand elle fut partie, Judith traîna un peu, rangea, retapa son édredon froissé, posa son journal au centre de son bureau. Depuis le 1er janvier, elle y avait écrit tous les jours de sa plus belle écriture. A présent, elle contemplait la page de garde. Judith Dunbar. Pas d'adresse, puisqu'elle n'en aurait bientôt plus. Elle calcula qu'elle aurait terminé ce journal en décembre 1940. Elle aurait alors dix-neuf ans. Ce qui l'effraya quelque peu. Elle rangea le journal dans un tiroir, se peigna et descendit l'escalier en courant pour dire à sa mère qu'en se dépêchant elle avait encore le temps de prendre un bain.

Elle entra en trombe dans le salon.

– Maman, Phyllis dit que si tu veux...

Elle n'alla pas plus loin. Il y avait visiblement quelque chose qui n'allait pas. Sa mère était bien là dans son fauteuil, près du feu, mais le visage qu'elle tourna vers Judith était marqué par le désespoir, gonflé et enlaidi par les larmes. A côté d'elle, il y avait un verre vide et sur le sol, à ses pieds, étaient éparpillés des feuillets de papier pelure couverts d'une écriture serrée.

– Maman ! (Instinctivement elle ferma la porte derrière elle.) Qu'est-ce qui se passe ?

– Oh ! *Judith !*

– Mais qu'est-ce qu'il y a ? insista-t-elle, à genoux sur le tapis, aux pieds de sa mère.

Les pleurs de sa mère étaient pires que tout ce que celle-ci pouvait lui annoncer.

– J'ai reçu une lettre de papa. Je viens de l'ouvrir. Je ne peux pas le supporter.

– Que lui est-il arrivé ?

– Rien.

Molly se tapota le visage avec un mouchoir déjà trempé.

– C'est juste que... nous ne restons pas à Colombo. Il a un nouveau poste... nous devons partir pour Singapour !

– Mais pourquoi pleures-tu ?

– Parce qu'il faudra encore déménager... Dès mon arrivée, nous devrons faire nos valises et repartir. Ailleurs, dans un endroit que nous ne connaissons pas. Où je ne connaîtrai personne. C'était déjà assez dur de retourner à Colombo, mais du moins j'aurais eu ma maison... Et c'est encore plus loin... Et je n'y suis jamais allée... Je devrai... Oh ! Je sais que je suis idiote... (Ses larmes coulèrent à nouveau.) Mais c'est vraiment la goutte d'eau qui fait déborder le vase. Je suis tellement fatiguée et il y a tant...

Mais elle pleurait trop pour dire quoi que ce fût. Judith l'embrassa. Sa mère sentait le whisky, elle qui n'en buvait jamais. Elle tendit le bras et serra maladroitement Judith contre elle.

– J'ai vraiment besoin d'un mouchoir propre.

– Je vais en chercher un.

Laissant sa mère, elle grimpa en courant dans sa chambre et prit un de ses grands mouchoirs d'écolière dans la commode. En refermant le tiroir d'un coup sec, elle leva les yeux, vit son reflet dans la glace et s'aperçut

68

qu'elle avait l'air aussi égaré que sa mère. Ce qui n'allait pas du tout. Il fallait que l'une d'elles reste forte et raisonnable, sinon tout s'effondrerait. Elle respira profondément et reprit contenance. Que lui avait dit tante Biddy ? Tu dois apprendre à précipiter les choses, à ne pas te laisser faire passivement. Eh bien, c'était le moment où jamais. Elle redressa les épaules et descendit.

Elle constata que Molly s'était reprise, elle aussi. Elle avait ramassé sa lettre et arborait même un sourire tremblant quand Judith entra dans la pièce.

– Ma chérie, merci... (Elle prit le mouchoir propre et se moucha.) Excuse-moi. Je ne sais pas ce qui m'a prise. J'ai eu une journée épuisante. C'est la fatigue, je suppose...

Judith s'assit sur le tabouret près de la cheminée.

– Puis-je lire cette lettre ?

– Bien sûr, dit-elle en la lui tendant.

Ma très chère Molly,

Il avait une écriture lisible et régulière, et il écrivait toujours à l'encre noire.

Quand tu recevras ceci, Noël sera derrière nous. J'espère que les filles et toi avez passé de bonnes fêtes. J'ai une grande nouvelle pour toi. Hier matin, le président m'a fait venir dans son bureau et m'a annoncé que l'on m'envoyait à Singapour, comme directeur de la succursale de la compagnie Wilson-McKinnon. C'est une promotion, ce qui signifie que j'aurai une augmentation de salaire et d'autres avantages : une maison plus grande, une voiture de fonction et un chauffeur. J'espère que tu seras aussi contente que moi. Je ne rejoindrai ce nouveau poste qu'un mois après ton arrivée, de sorte que tu pourras m'aider à faire les valises et préparer la maison pour celui qui me remplacera. Puis nous prendrons ensemble le bateau pour Singapour. Je sais que la beauté de notre île te manquera, tout comme à moi, mais je suis ravi à l'idée de voyager et de nous installer ensemble dans notre nouvelle demeure. J'aurai sans doute davantage de responsabilités dans ce poste et davantage de contraintes. Mais je me sens capable de réussir. J'attends avec impatience de vous retrouver, Jess et toi. J'espère qu'elle ne sera pas trop intimidée et qu'elle s'habituera à l'idée que je suis son père.

Dis à Judith que son cadeau de Noël devrait arriver d'un jour à l'autre. J'espère que tu as pu prendre toutes les dispositions, comme nous en étions convenus, pour qu'elle aille à Sainte-Ursule et que les adieux ne seront pas trop déchirants.

L'autre jour, j'ai vu Charlie Peyton au club. Mary attend un bébé pour le mois d'avril. Ils tiennent à nous inviter à dîner...

Et ainsi de suite. Elle n'avait pas besoin d'en lire davantage. Elle replia les feuilles et les remit à sa mère.

— Ça n'a pas l'air mal du tout. C'est bien pour papa. Je ne vois pas pourquoi cela t'attriste.

— Je ne suis pas triste. Simplement... fatiguée. Je suis égoïste, je le sais, mais je n'ai pas envie d'aller à Singapour. Il y fait tellement chaud et humide, et puis une nouvelle maison, de nouveaux domestiques... se faire de nouveaux amis... C'est trop...

— Mais tu n'auras pas à tout faire toi-même. Papa sera là...

— Je sais...

— Ce sera excitant.

— Je n'ai pas envie d'excitation. Je veux du calme et pas de changement. Je veux un chez-moi, et non déménager tout le temps. Et tous ces gens qui exigent des choses de moi et qui me disent que je fais tout mal et qui savent que je suis une incapable...

— Ce n'est pas vrai !

— Biddy me considère comme une idiote, et Louise...

— Ne t'occupe ni de Biddy ni de Louise...

Molly se moucha à nouveau et reprit une gorgée de whisky.

— J'ignorais que tu buvais du whisky.

— Ce n'est pas mon habitude. J'en avais juste besoin. C'est probablement pour cela que je me suis mise à pleurer. Je suis sans doute ivre.

— Je ne crois pas.

Sa mère sourit d'un air penaud et se moqua d'elle-même.

— Je suis navrée de ce qui s'est passé ce matin, de cette stupide dispute avec Biddy. Je ne savais pas que tu écoutais. De toute façon, nous n'aurions pas dû nous comporter d'une manière aussi puérile.

– Je n'écoutais pas aux portes.

– Je sais. J'espère que tu ne me trouves pas méchante et égoïste à ton égard, je veux dire au sujet de l'invitation de Biddy. Mais Louise, eh bien, c'est vrai qu'elle n'apprécie pas Biddy. Voilà encore une complication à laquelle il me faut faire face... Je ne m'y suis pas très bien prise...

– Cela m'est égal, dit Judith avec sincérité. Cela m'est égal d'aller chez tante Biddy, de rester chez tante Louise ou ailleurs. (Puis elle poursuivit car le moment semblait propice.) Mais cela ne m'est pas égal que tu ne me parles jamais de ce qui va se passer. Tu ne prends jamais la peine de me demander mon avis.

– C'est ce que m'a dit Biddy. Juste avant le déjeuner, elle a recommencé. Je me sens coupable parce que tu vas être livrée à toi-même, et que j'ai fait des projets te concernant sans t'en parler. Pour l'école, tante Louise et tout. Et maintenant j'ai l'impression qu'il est trop tard.

– Tante Biddy n'aurait jamais dû te gronder. Et il n'est pas trop tard.

– Il y a tant à faire. (C'était reparti.) J'ai attendu le dernier moment, je n'ai même pas acheté ton uniforme et puis il y a Phyllis, les valises.

Elle était si tendue, si désespérée, que Judith se sentit aussitôt forte, organisée, protectrice.

– Nous t'aiderons, dit-elle. Nous ferons tout ensemble. Quant à cet horrible uniforme, pourquoi ne pas aller le chercher demain ? Où faut-il aller ?

– Chez Medways, à Penzance.

– Parfait, nous irons chez Medways et nous aurons tout en un tournemain.

– Mais il faut des crosses de hockey, une bible et un porte-documents...

– Nous les achèterons aussi. Nous ne reviendrons pas ici tant que nous n'aurons pas tout ce qu'il faut. Nous prendrons la voiture. Tu seras très courageuse et tu nous y conduiras, car nous ne pouvons quand même pas rapporter tout ça par le train.

Molly parut sur-le-champ moins désemparée. Le simple fait que l'on ait pris une décision pour elle lui remontait le moral.

– D'accord, dit-elle, puis elle réfléchit. Nous laisserons Jess avec Phyllis, jamais elle ne tiendra toute la journée. Et nous nous baladerons un peu, rien que nous deux. Nous irons déjeuner au restaurant, nous le méritons bien.

– Et puis, ajouta Judith avec une grande fermeté, nous irons à Sainte-Ursule pour y jeter un coup d'œil. Je ne peux quand même pas aller dans une école que je n'ai jamais vue...

– Mais ce sont les vacances. Il n'y aura personne.

– Tant mieux. Nous ferons un petit tour et nous regarderons par les fenêtres. Tout est arrangé, alors courage ! Te sens-tu mieux maintenant ? Veux-tu un bain ? Ou préfères-tu aller te coucher et que Phyllis te monte ton dîner sur un plateau ?

Molly hocha la tête.

– Non, non, rien de tout cela. Je vais bien. Je prendrai mon bain plus tard.

– Dans ce cas, je vais prévenir Phyllis que nous dînerons dès qu'elle sera prête à servir.

– Un instant. Donne-moi encore une minute ou deux. Je ne veux pas que Phyllis sache que j'ai pleuré. Est-ce que ça se voit ?

– Non, tu as juste le visage un peu rouge à cause du feu.

Sa mère se pencha pour l'embrasser.

– Merci. Tu m'as changé les idées. C'est tellement gentil !

– Ne t'en fais pas. (Puis elle chercha quelque chose de rassurant à lui dire.) Tu étais énervée, c'est tout.

Molly ouvrit les yeux et fit face à la journée qui s'annonçait. Il faisait à peine jour et il n'était pas encore l'heure de se lever. Elle resta donc au chaud, blottie dans les draps de lin, heureuse d'avoir dormi d'une traite, sans mauvais rêves, sans avoir été réveillée par Jess, après être tombée dans un sommeil profond à peine sa tête avait-elle effleuré l'oreiller. En soi, c'était déjà un petit miracle, car Jess était une enfant exigeante. Quand elle ne se réveillait pas à l'aube en réclamant sa mère à grands cris, elle se levait affreusement tôt et grimpait dans son lit. Mais elle était apparemment aussi fatiguée que Molly et, à sept heures et demie, on ne l'avait encore ni vue ni entendue. Peut-être était-ce le whisky, songea Molly. Peut-être devrait-elle en boire tous les soirs pour dormir toujours aussi bien. A moins que son épuisement physique n'ait effacé les angoisses et les appréhensions insurmontables de la veille. Qu'importe. Cela avait marché. Elle avait dormi. Elle se sentait fraîche, revigorée, prête à affronter ce que la journée lui réservait.

Autrement dit, l'achat de cet uniforme. Elle se leva, enfila sa robe de chambre et alla ouvrir les rideaux. C'était un matin pâle et brumeux. Sous sa fenêtre, le jardin pentu était paisible et humide et l'on entendait les cris des courlis, qui venaient du rivage, de l'autre côté de la ligne de chemin de fer. Le ciel était clair et Molly se dit que ce serait peut-être une de ces journées que le printemps volait à l'hiver cornouaillais, où tout était imprégné de renouveau, où l'on sentait la nature s'éveiller dans la douceur de la terre. Cette journée passée avec sa fille aînée, elle en ferait un événement unique, elle en garderait le souvenir précis et vivace, comme une photo dans son cadre, que rien ne viendrait jamais altérer.

Elle quitta la fenêtre, s'assit devant sa coiffeuse et, dans un tiroir, prit l'enveloppe de papier kraft qui contenait la liste de vêtements de Sainte-Ursule et une véritable pléthore d'instructions pour les parents.

Le deuxième trimestre commencera le 15 janvier. Ce jour-là, les internes ne devront pas se présenter après 14 h 15. Veuillez vous assurer que le certificat de santé de votre fille a bien été signé. La secrétaire de Miss Catto vous recevra dans le hall et vous conduira au dortoir. Miss Catto sera enchantée d'offrir le thé à tous les parents qui le souhaitent dans son bureau, à partir de 15 h 30. Les internes n'ont pas l'autorisation d'emporter de bonbons ou quelque nourriture que ce soit dans leur dortoir. La ration de bonbons est de deux livres par trimestre et doit être remise à la surveillante générale. S'il vous plaît, assurez-vous que les bottes et les chaussures de votre fille sont marquées, etc.

Le règlement était, semblait-il, aussi strict pour les parents que pour les pauvres enfants. Elle parcourut la liste des vêtements. Trois pages. « On peut faire l'acquisition des articles marqués d'une croix dans la boutique Medways, Draps et Confection, Penzance. » Presque tout était marqué d'une croix. Si l'on pouvait tout acheter dans la même boutique, cela ne prendrait pas si longtemps. Et il fallait le faire.

Elle remit le tout dans l'enveloppe et partit en quête de Jess.

Au petit déjeuner, elle lui fit manger son œuf à la coque (une cuillère pour papa, une cuillère pour Golly, la poupée) et lui annonça qu'elle resterait seule aujourd'hui.

– Je ne veux pas, fit Jess.

– Bien sûr que si. Tu vas bien t'amuser avec Phyllis.

– Je ne veux pas... répéta-t-elle, obstinée.

– Phyllis et toi, vous emmènerez promener Golly et vous irez acheter des pâtes de fruit chez Mrs. Berry...

– Tu la corromps, intervint Judith, qui était assise en face.

– Tout plutôt qu'une scène.

– Je ne veux pas.

– Ça n'a pas l'air de marcher.

– Mais Jess, tu adores les pâtes de fruit...

– Je ne veux pas...

Les larmes coulèrent sur les joues de Jess, dont les lèvres se crispèrent. Elle se mit à hurler.

– Mon Dieu, c'est parti... dit Judith.

A ce moment-là, Phyllis entra avec des toasts chauds sur un présentoir, qu'elle posa sur la table en déclarant simplement : « Qu'est-ce que c'est que ça ? », puis elle souleva Jess braillante dans ses bras, l'emporta fermement et ferma la porte derrière elle. Quand elle atteignit la cuisine, les pleurs s'étaient déjà atténués.

– Merci, mon Dieu, fit Judith. Maintenant, nous pouvons terminer notre petit déjeuner en paix. Et tu ne vas pas lui dire au revoir, maman, ou elle recommencera.

Ce qui était tout à fait vrai, Molly dut le reconnaître. En buvant son café, elle regarda Judith qui arborait, ce matin, une nouvelle coiffure, les cheveux tirés en arrière et noués avec un ruban bleu marine. Molly n'était pas certaine que cela lui seyait. Cela lui donnait une allure qui n'était plus celle d'une petite fille et ses oreilles, à présent dégagées, n'étaient pas ce qu'elle avait de plus joli. Mais elle ne dit rien, sûre que Biddy aurait approuvé ce silence plein de tact.

– Mieux vaudra partir dès que nous aurons fini, fit-elle. Sinon nous n'aurons pas assez de temps. Si tu voyais la longueur de leur liste de vêtements ! Et puis il faut que tout soit marqué. Comme c'est fastidieux ! Peut-être Phyllis me donnera-t-elle un coup de main.

– Pourquoi ne pas prendre la machine à coudre ?

– Excellente idée. Beaucoup plus rapide et plus net. Je n'y avais pas pensé.

Une demi-heure plus tard, elles étaient prêtes à partir. Molly s'arma des listes, des instructions, de son sac à main et de son chéquier. Elle s'était prudemment équipée en prévision d'une averse – de bonnes chaussures, Burberry et chapeau bordeaux de chez Henry Heath. Judith portait, quant à elle, son vieil imperméable bleu marine et une écharpe écossaise. L'imperméable était trop court et ses longues jambes minces semblaient interminables.

– Est-ce que tu as tout, maintenant ? demanda-t-elle.

– Je crois.

Elles tendirent l'oreille, mais de la cuisine ne leur parvenait que la voix flûtée de Jess en grande conversation avec Phyllis qui devait être en train de monter une crème ou de balayer.

– Ne faisons pas grincer la porte d'entrée, sinon elle voudra venir avec nous.

Elles sortirent donc à pas furtifs et avancèrent sur la pointe des pieds jusqu'à l'abri de bois qui faisait office de garage. Judith ouvrit les portes et Molly s'installa avec précaution au volant de la petite Austin. Après avoir calé deux fois, elle parvint à démarrer, passa la marche arrière et sortit en cahotant. Judith s'assit à côté d'elle et elles partirent. Il fallut un moment à Molly pour prendre de l'assurance, et elles avaient déjà dépassé le village depuis un certain temps quand elle enclencha enfin la vitesse supérieure.

– Je ne comprends pas pourquoi tu as si peur de conduire. Tu te débrouilles très bien.

– C'est que je n'ai pas beaucoup d'entraînement. A Colombo, nous avons toujours eu un chauffeur.

Puis elles traversèrent une nappe de brume. Il fallut donc mettre les essuie-glace en marche, mais il y avait peu de voitures sur la route (c'était tout aussi bien, se disait Judith) et Molly se détendit un peu. Un cheval tirant une charretée de navets surgit de la brume devant elles, mais Molly fit face, klaxonna, accéléra et dépassa le véhicule grinçant.

– Bravo ! dit Judith.

Peu après, la brume disparut aussi rapidement qu'elle était apparue et l'on aperçut la mer, bleu perle dans le faible soleil matinal. Elles virent la grande anse de Penzance et le mont Saint-Michel [1], comme un château de conte de fées sur son rocher. La marée étant haute, il était entouré par les eaux. La route se poursuivait entre la ligne de chemin de fer et les pâturages en pente douce et bientôt la ville s'étendit devant elles, avec son port grouillant de bateaux de pêche. Elles dépassèrent les hôtels fermés pour l'hiver, la gare, et empruntèrent Market Jew Street qui grimpait jusqu'à la statue de Humphry Davy [2] avec sa lampe de mineur, et au dôme du bâtiment de la banque Lloyds.

Elles se garèrent près du marché aux primeurs, devant une rangée de seaux de fer emplis de fragiles bouquets des premières jonquilles. De l'intérieur émanait une odeur de terre et de poireaux. Le trottoir était encombré de paysannes chargées de lourds paniers qui, par petits groupes, échangeaient des potins.

– Il fait beau aujourd'hui, n'est-ce pas ?
– Comment va la jambe de Stanley ?
– Enflée comme un ballon.

Il eût été agréable de traîner un peu, de les écouter, mais Molly, ne voulant pas perdre un instant, traversait déjà la rue en direction de Medways. Judith courut pour la rattraper.

C'était une boutique sombre et surannée, avec des vitrines en verre épais où étaient exposés des vêtements de plein air, des tweeds, des lainages, des chapeaux et des imperméables, tant pour les dames que pour les messieurs. A l'intérieur tout était en bois foncé et il régnait une odeur de chauffage à la paraffine, d'imperméables caoutchoutés et de vendeurs vieillots. L'un d'eux, dont la tête semblait attachée au corps par un col montant qui l'étranglait, s'avança respectueusement.

– Puis-je vous aider, madame ?
– Merci. Nous devons acheter un uniforme pour Sainte-Ursule.
– Premier étage, madame. Si vous voulez bien prendre l'escalier.

1. Ilot surmonté d'une église et d'un petit monastère, construits par les moines de l'abbaye bénédictine de son homonyme normand. (N.d.T.)
2. Chimiste et physicien anglais (1778-1829), natif de Penzance. Entre autres découvertes, il a inventé, pour éviter les explosions dues au grisou, la lampe de sûreté des mineurs. (N.d.T.)

– Et quand on l'aura pris, qu'est-ce qu'on en fait ? persifla Judith en montant.

– Tais-toi, il va t'entendre.

L'escalier large et imposant était muni d'une solennelle rampe en acajou ciré qui aurait été parfaite pour faire des glissades, en d'autres circonstances. Le rayon des enfants, qui occupait tout le premier étage, était spacieux, avec un long comptoir luisant de chaque côté et de grandes fenêtres donnant sur la rue. Cette fois, ce fut une vendeuse qui vint au-devant d'elles. D'un âge certain, elle portait une triste robe noire et semblait avoir mal aux pieds, ce qui n'était guère surprenant après tant d'années passées debout.

– Bonjour, madame. Puis-je vous aider ?

– Oui, dit Molly en cherchant la liste de vêtements dans son sac. L'uniforme de Sainte-Ursule. Pour ma fille.

– Vous allez à Sainte-Ursule ? Merveilleux, n'est-ce pas ? De quoi avez-vous besoin ?

– De tout.

– Cela prendra un peu de temps.

On approcha donc deux chaises en bois courbé et Molly, ayant retiré ses gants, trouva son stylo à plume et s'installa confortablement.

– Par quoi voulez-vous commencer, madame ?

– Par le début de la liste. Un manteau de tweed vert.

– Très jolie matière pour les manteaux. Je vais vous apporter aussi le petit tailleur. C'est pour le dimanche, pour aller à la messe...

Le dos au comptoir, Judith les entendait parler mais ne les écoutait plus, car son attention avait été attirée par quelque chose de beaucoup plus captivant. Devant l'autre comptoir, une autre mère et sa fille faisaient également leurs emplettes, mais comme s'il s'agissait d'une partie de rigolade plutôt que d'une affaire sérieuse. On les entendait rire et bavarder, leur vendeuse était jeune et avenante, et elles semblaient s'amuser toutes trois comme des folles. Ce qui était d'autant plus extraordinaire qu'elles achetaient aussi toute la panoplie de Sainte-Ursule. Elles arrivaient au terme de leur marathon, puisque l'on emballait les piles de vêtements neufs, dont la plupart de ce sinistre vert bouteille, dans du papier de soie avant de les mettre dans de grands cartons que l'on attachait avec des mètres de solide ficelle blanche.

– J'aurais pu vous faire livrer, si vous l'aviez voulu, Mrs. Carey-Lewis. Le camion passe vers chez vous mardi prochain.

– Non, nous les emporterons. Mary veut y coudre les marques. Et puis j'ai la voiture. J'aurai juste besoin d'aide pour les descendre et les mettre dans le coffre.

– Je vais chercher le jeune Will en réserve. Il vous donnera un coup de main.

Elles tournaient le dos à Judith, ce qui n'avait pas beaucoup d'importance, puisqu'il y avait un grand miroir sur le mur opposé. Cela valait mieux en un sens, car elle pouvait ainsi les observer sans se faire remarquer.

Sainte-Ursule. Cette fille allait à Sainte-Ursule. Ce qui ouvrait des perspectives et incita Judith à la regarder de plus près. A vue de nez, elle avait à peu près douze ans, peut-être treize. Très mince, de longues jambes et une poitrine plate comme celle d'un garçon. Elle portait des chaussures lourdes et usées, un kilt et un vieux pull bleu marine qui avait l'air d'avoir appartenu à un homme, en tout cas à quelqu'un de beaucoup plus grand. Une tenue affreusement miteuse, avec un ourlet effiloché et des coudes raccommodés. Mais cela ne faisait rien. Elle était tellement jolie et séduisante qu'avec son cou long et fin et ses courtes boucles brunes elle avait quelque chose d'une fleur sur sa tige, une sorte de chrysanthème hirsute. Sous de longs cils noirs, ses yeux étaient violets, son teint couleur de miel, et elle avait le sourire d'un garnement.

Elle était assise, les coudes sur le comptoir, les épaules osseuses et voûtées, ses jambes grêles enroulées autour des pieds de la chaise. Elle n'était ni gracieuse ni pourtant dénuée de grâce, car elle avait une telle désinvolture, une assurance si démesurée que l'on sentait instinctivement que jamais personne ne lui avait dit qu'elle était gauche, stupide ou bornée.

Le dernier nœud fut fait, la dernière ficelle coupée avec d'énormes ciseaux.

– Comment paierez-vous ce matin, Mrs. Carey-Lewis ?

– Mettez-les sur mon compte, c'est plus simple.

– Maman ! Tu sais que Pops a dit que tu devais tout payer sur-le-champ, parce que tu jettes toujours les factures dans la corbeille à papier.

Cela fit beaucoup rire.

– Ma chérie, il ne faut pas dévoiler mes petits secrets.

Mrs. Carey-Lewis avait une voix grave teintée d'amusement et l'on avait peine à croire qu'elle fût la mère de quiconque. Elle ressemblait à une actrice, à une vedette de cinéma, à une grande sœur pleine de superbe, ou bien encore à une tante formidable. A tout sauf à une mère. Très fin et long, son visage avait une pâleur de porcelaine, avec de beaux sourcils arrondis et une bouche rouge vif. Elle avait des cheveux raides, soyeux et blonds comme les blés, avec une coupe au carré qui ne devait rien à la mode et tout à l'élégance. Elle portait... ce qui était particulièrement osé... un pantalon. De flanelle grise, qui moulait ses hanches étroites et descendait à la cheville en prenant de l'ampleur, comme ceux des étudiants d'Oxford. Sur ses épaules elle avait jeté une veste de fourrure marron foncé, d'une douceur et d'une souplesse inimaginables. Une main aux ongles rouges tenait négligemment la boucle d'une laisse de cuir écarlate au bout de laquelle était attaché ce qui ressemblait à un coussin de fourrure crème.

– Eh bien, voilà qui est fait !

Elle glissa les bras dans les manches de sa veste et, ce faisant, lâcha la laisse.

– Viens, chérie, nous partons. Ça a été moins long que je ne le craignais. Nous allons prendre un café et je t'offrirai une glace.

Le coussin de fourrure, à présent détaché, se dressa sur ses quatre pattes, bâilla à s'en décrocher la mâchoire et tourna vers Judith deux yeux globuleux enchâssés dans une tête aplatie. Une queue en panache s'épanouit au-dessus de son dos. Après avoir bâillé, il se secoua, renifla puis, à la grande joie de Judith, s'avança dignement vers elle en traînant sa laisse, telle une traîne royale.

Un chien. Judith adorait les chiens mais, pour des raisons toutes aussi valables les unes que les autres, elle n'avait jamais eu le droit d'en avoir un. Un pékinois. Irrésistible. Oubliant tout le reste, elle se laissa glisser de sa chaise et s'accroupit pour le saluer.

– Bonjour, dit-elle en posant la main sur sa tête bombée, douce comme du cachemire.

Il leva le museau vers elle et renifla à nouveau. Alors elle lui glissa les doigts sous le menton et lui frotta le cou.

– Pekoe ! Qu'est-ce que tu fais ?

Sa maîtresse vint le chercher et Judith se leva en s'efforçant de dissimuler son embarras.

– Il déteste faire les courses, expliqua Mrs. Carey-Lewis, mais nous n'aimons pas le laisser seul dans la voiture.

Elle se pencha pour prendre la laisse, et Judith sentit son parfum, lourd et sucré comme la senteur des fleurs du jardin de Colombo dont l'odeur ne s'exhalait qu'à la nuit tombée.

– Merci de votre gentillesse. Aimez-vous les pékinois ?

– J'aime tous les chiens.

– Il est très particulier. Un chien-lion. N'est-ce pas, mon chéri ?

Elle avait des yeux fascinants, d'un bleu brillant, bordés de cils noirs. Ne sachant que dire, Judith ne pouvait en détacher les siens. Mrs. Carey-Lewis lui sourit, comme si elle comprenait, se détourna et s'éloigna avec une allure de reine. Sur ses talons, son chien, sa fille et la vendeuse qui chancelait sous le poids des paquets formaient une procession. En passant devant Molly, elle s'arrêta un instant.

– Êtes-vous également en train d'équiper votre fille pour Sainte-Ursule ?

Prise au dépourvu, Molly parut quelque peu égarée.

– Oui, oui, tout à fait.

– Avez-vous de votre vie entière vu des vêtements aussi laids ?

Elle riait et n'attendit pas de réponse. Elle leva le bras en un vague geste d'adieu, mena le petit groupe dans l'escalier et disparut.

Pendant un instant, elles restèrent sans piper mot. Leur départ avait laissé un grand vide. C'était comme si on avait éteint une lampe ou que le soleil s'était caché derrière un nuage. Cela devait se produire chaque fois que Mrs. Carey-Lewis quittait une pièce, songea Judith. Elle emportait son éclat, ne laissant que grisaille derrière elle.

Ce fut Molly qui rompit le silence. Elle s'éclaircit la gorge.

– Qui était-ce ?

– Elle ? C'est Mrs. Carey-Lewis, de Nancherrow.

– Où est Nancherrow ?

– Au-delà de Rosemullion, sur la route de Land's

End. C'est un endroit charmant, au bord de la mer. J'y suis allée une fois, quand les hortensias sont en fleur. Une sortie avec le catéchisme. Nous avons pique-niqué et nous nous sommes bien amusés. Je n'ai jamais vu des jardins pareils.

– Et c'est sa fille ?

– Oui, c'est Loveday, la benjamine. Elle a deux autres enfants, qui sont déjà grands. Une fille et un garçon.

– Elle a de grands enfants ? fit Molly d'un ton incrédule.

– On ne le dirait pas à la voir, n'est-ce pas ? Une ligne de jeune fille et pas une ride.

Loveday. Elle s'appelait Loveday Carey-Lewis. « Judith Dunbar » faisait lourd et maladroit, alors que « Loveday Carey-Lewis », c'était un nom merveilleux, léger comme l'air, comme les papillons dans la brise d'été. Avec un nom comme celui-là, on ne pouvait pas échouer.

– Sera-t-elle pensionnaire à Sainte-Ursule ? demanda Judith à la dame en robe noire.

– Non, je ne crois pas. La semaine seulement. Le week-end, elle rentrera à la maison. Apparemment, le colonel et Mrs. Carey-Lewis l'avaient mise dans une grande école près de Winchester, mais elle n'y est restée qu'un trimestre et elle a fait une fugue. Elle est rentrée chez elle par le train en disant qu'elle n'y retournerait pas, que la Cornouailles lui manquait. C'est pour cela qu'on la met à Sainte-Ursule.

– Elle est un peu gâtée, dit Molly.

– Comme c'est la petite dernière, elle a toujours fait ce qu'elle voulait.

– Bien, dit Molly, légèrement mal à l'aise, je vois. (Il était temps de revenir aux choses sérieuses.) Où en sommes-nous ? Les chemisiers. Quatre de coton et quatre de soie. Judith, va dans le salon d'essayage et passe ce costume de gymnastique.

A onze heures, elles en avaient terminé avec Medways. Molly signa un énorme chèque, tandis que l'on pliait les piles de vêtements avant de les mettre dans des boîtes, mais on ne leur proposa pas de les livrer ni d'appeler un commis pour porter leurs achats jusqu'à la voiture. Peut-être était-on plus important quand on avait un compte chez Medways, songea Judith, peut-être cela incitait-il au respect, voire à la servilité. Mais enfin, si Mrs. Carey-Lewis jetait toutes ses factures à la corbeille, elle n'aurait pas dû être si bien accueillie. Non, c'était simplement qu'elle était ce qu'elle était, Mrs. Carey-Lewis de Nancherrow, terriblement belle et imposante. Molly aurait beau avoir un compte dans une dizaine de boutiques et payer ses notes rubis sur l'ongle, jamais on ne la traiterait comme une reine.

Ainsi, chargées comme des baudets, elles rapportèrent les paquets au marché aux primeurs et les déposèrent avec soulagement sur le siège arrière de l'Austin.

– Heureusement que nous n'avons pas emmené Jess, fit remarquer Judith en claquant la portière. Elle n'aurait pas pu s'asseoir.

La visite chez Medways achevée, elles n'en avaient pas terminé pour autant. Il leur fallait encore passer chez le marchand de chaussures, au magasin de sport (une crosse de hockey et des protège-tibias étaient indispensables au deuxième trimestre), à la papeterie (un bloc de papier à lettres, des crayons de couleur, une gomme, un ensemble pour la géométrie, une bible) et chez le maroquinier (un porte-documents). Elles en examinèrent plusieurs mais, bien entendu, celui auquel Judith tenait était quatre fois plus cher que les autres.

– Celui avec la fermeture Éclair ne pourrait-il faire l'affaire ? demanda Molly sans grand espoir.

– Je ne crois pas qu'il soit assez grand. Et puis *celui-ci* ressemble à une mallette. Il a des poches pour que l'on puisse mettre des choses dans le couvercle et un ravissant carnet d'adresses. Et une serrure et une clé. Je pourrais garder mes secrets. Y mettre mon journal...

Finalement, on prit la mallette.

– C'est vraiment très gentil de ta part, dit Judith en sortant de chez le maroquinier. Je sais que c'est cher, mais si j'en prends soin, il me durera toute la vie. Et je n'ai jamais eu de carnet d'adresses à moi. Ça me sera très utile.

On revint au marché aux primeurs, on se déchargea à nouveau des paquets. Il était midi et demi. Elles descendirent Chapel Street pour aller à *La Mitre*, où elles firent un fabuleux déjeuner de rosbif, de Yorkshire pudding, de choux de Bruxelles frais et de pommes de terre au jus de viande. Comme dessert, il y avait une charlotte aux pommes à la crème de Cornouailles. Elles burent chacune un verre de cidre.

– Que veux-tu faire maintenant ? demanda Molly en payant l'addition.

– Allons jeter un coup d'œil à Sainte-Ursule.

– Tu en as vraiment envie ?

– Oui.

Elles regagnèrent la voiture et traversèrent la ville jusqu'à ce que les maisons, de plus en plus espacées, cèdent la place à la campagne. Puis elles prirent une petite route qui gravissait une colline au sommet de laquelle apparut, sur la gauche, un double portail. Une pancarte indiquait : SAINTE–URSULE, PROPRIÉTÉ PRIVÉE, mais elles n'en tinrent aucun compte et s'engagèrent dans une allée goudronnée, bordée de massifs de rhododendrons aussi grands que des arbres. Au bout d'un court chemin d'accès surgit une bâtisse imposante derrière une étendue de gravier. Deux petites voitures étaient garées au pied des marches du perron, mais il ne semblait pas y avoir âme qui vive.

– Crois-tu que nous devrions sonner pour les prévenir de notre présence ? demanda Molly.

Elle hésitait toujours à s'avancer ainsi sans permission, redoutant qu'un individu furieux ne vienne la réprimander.

– Non, pas la peine. Si on nous demande ce que nous faisons là, nous le leur dirons tout simplement...

En observant la bâtisse, elle vit que le corps de bâtiment était très ancien, avec des rebords de pierre aux fenêtres et une vieille vigne vierge grimpant sur les murs de granit. Mais au-delà du bâtiment d'origine s'étendait une aile neuve, beaucoup plus moderne, avec des rangées de fenêtres et, à l'extrémité, un laboratoire de sciences où l'on apercevait des tables de bois et des becs Bunsen.

– C'est lugubre, observa Judith.

– Les classes vides le sont toujours. A cause des théorèmes et des verbes irréguliers que l'on y apprend. Veux-tu entrer ?

– Pas particulièrement. Explorons plutôt le jardin.

Ce qu'elles firent, empruntant un sentier qui, entre les arbustes, menait à des courts de tennis de gazon. En janvier, sans marques et envahis par l'herbe, ils semblaient abandonnés et n'évoquaient en rien les parties animées de la belle saison. Sinon tout était bien tenu, le gravier ratissé et les bordures taillées.

– Ils doivent employer des tas de jardiniers, dit Molly.

– C'est pour cela que les frais d'inscription sont si élevés. Trente livres par trimestre !

Elles parvinrent ensuite à un patio ensoleillé, pavé et orné d'un banc arrondi, un endroit idéal pour s'asseoir un instant et profiter de la maigre chaleur du soleil hivernal. Face à la baie, elles apercevaient la mer et le ciel pâle entre deux eucalyptus à l'écorce argentée, dont les feuilles aromatiques frissonnaient dans quelque brise mystérieuse.

– L'eucalyptus, se souvint Judith, on en avait à Ceylan. Ça me rappelle quand j'avais un rhume et qu'on me frictionnait la poitrine.

– Tu as raison. Dans le Nord. A Nuwara Eliya. Et des hévéas qui sentaient le citron.

– Je n'en ai jamais vu ailleurs.

– Le climat est doux et tempéré ici, j'imagine.

Molly leva son visage vers le soleil, ferma les yeux.

– Qu'en penses-tu ? demanda-t-elle.

– De quoi ?

– De cet endroit. De Sainte-Ursule.

– Il y a un beau jardin.

Molly ouvrit les yeux et sourit.

– Est-ce une consolation ?

– Bien sûr. Quand on doit être enfermé quelque part, mieux vaut que ce soit beau.

– Ne dis pas ça. Ça me donne le sentiment de t'abandonner dans une espèce de prison. De toute façon, je n'ai pas envie de te laisser. Je voudrais t'emmener avec moi.

– Ça ira.

– Si... si tu veux aller chez Biddy... tu le peux, tu sais, quand tu voudras. J'en parlerai à Louise. Tout cela n'était qu'une tempête dans un verre d'eau, et je tiens à ce que tu sois heureuse.

– Moi aussi, mais ce n'est pas toujours aussi simple.

– Il faut que tu fasses tout pour cela.

– Toi aussi.

– Que veux-tu dire ?

– Ne te mets pas dans un état pareil parce que tu vas à Singapour. Tu t'y plairas probablement, et même plus qu'à Colombo. C'est comme quand on va à une soirée. Celles que l'on redoute le plus sont souvent les plus drôles.

– Oui, soupira Molly, tu as raison. J'ai été stupide. J'ignore pourquoi j'ai paniqué à ce point-là. J'ai eu tellement peur tout à coup. Je n'étais peut-être que fatiguée. Je sais bien qu'il faut que je considère ça comme une aventure. Une promotion pour papa, une vie meilleure. Je le sais. Mais je ne peux pas m'empêcher de redouter tout ça, le déménagement, des gens nouveaux, d'autres amis...

– Ne vois pas si loin. Chaque chose en son temps.

Une fine brume voila un instant le soleil. Judith frissonna.

– J'ai froid. Allons-y.

Elles quittèrent le petit patio et poursuivirent leur flânerie en prenant une allée qui s'enfonçait sous les arbres en grimpant. Au sommet elles découvrirent un jardin clos, mais les fleurs et les légumes avaient fait place à un terrain de net-ball [1] goudronné. Un jardinier balayait les feuilles de l'allée, et il avait allumé un petit feu pour les brûler. Il s'en dégageait une odeur délicieuse. Quand elles approchèrent, il leva les yeux, toucha sa casquette et dit : « B'soir. » Molly s'arrêta.

– Quelle belle journée !

– Assez sec.

– Nous voulons juste jeter un coup d'œil.

– Pour autant que je sache, vous ne faites aucun mal.

Après l'avoir quitté, elles franchirent une porte dans le grand mur de pierre, qui menait au terrain de sport, avec ses poteaux de hockey et un pavillon de bois. Hors du jardin abrité, on sentait davantage le froid et elles marchèrent plus vite, courbées dans le vent, à travers le pré. Elles dépassèrent les bâtiments d'une ferme, une remise et se retrouvèrent sur une route de campagne qui, au-delà d'une rangée de cottages, revenait vers le portail principal, l'allée et la cour de Sainte-Ursule où les attendait la petite Austin.

Elles montèrent dans la voiture et claquèrent les portières. Molly prit la clé de contact, mais ne la tourna pas. Judith attendit, mais sa mère ne fit que répéter ce qu'elle lui avait dit, comme si la répétition pouvait transformer ses désirs en réalité :

– Je veux vraiment que tu sois heureuse.

– Tu veux dire heureuse à l'école ou toujours ?

– Les deux, bien sûr.

1. Sport féminin proche du basket-ball. (N.d.T.)

– Le bonheur qui dure toujours, c'est bon pour les contes de fées.

– J'aimerais que ce ne le soit pas, soupira Molly en démarrant. C'est bête de dire une chose pareille.

– Non, c'est gentil.

Elles rentrèrent à la maison.

La journée avait été bonne, se dit Molly. Une journée constructive, qui lui avait un peu remonté le moral. Depuis la conversation musclée qu'elle avait eue avec Biddy, la culpabilité la tenaillait, non seulement parce qu'elle retournait à Ceylan en abandonnant Judith, mais aussi à cause des malentendus passés et de son propre manque de perspicacité. Cette culpabilité la faisait souffrir, mais le fait de disposer d'aussi peu de temps pour redresser la situation la perturbait encore plus.

Or elle y était plus ou moins parvenue. Non pas tant par les choses qu'elles avaient faites ensemble que par le plaisir de ce moment partagé. Elles y avaient toutes deux mis du leur, ce dont elle remerciait le ciel. Jess n'étant pas là à réclamer une attention permanente, Judith avait été comme une amie de son âge, et toutes les petites extravagances, le déjeuner à *La Mitre*, l'achat de la coûteuse mallette à laquelle Judith tenait tant, lui semblaient un faible prix à payer en comparaison des progrès qu'elle avait accomplis dans ses relations avec sa fille. Elle s'y était peut-être prise un peu tard, mais du moins était-ce fait.

Elle se sentait plus calme, plus forte aussi. Chaque chose en son temps, lui avait dit Judith, et, stimulée et réconfortée par cette coopération, Molly suivit son conseil et refusa de se laisser submerger par ce qu'il lui restait à faire. Elle dressa des listes, classant les tâches par priorité et les rayant dès qu'elle s'en était occupée.

Dans les jours qui suivirent, on organisa donc point par point la fermeture de Riverview et la dispersion de ses occupants. Les effets personnels que Molly avait rapportés de Colombo ou qu'elle avait accumulés durant son séjour furent répertoriés et emballés avant de partir au garde-meubles. La nouvelle malle de Judith, garnie de ferrures en laiton et marquée à ses initiales, était ouverte sur le palier pour accueillir les vêtements que l'on y rangeait soigneusement, une fois marqués et pliés.

– Judith, peux-tu venir m'aider ?

– J'aide, répondit Judith derrière la porte de sa chambre.

– Que fais-tu ?

– J'emballe mes livres pour les emporter chez tante Louise.

– Tous ? Tous tes livres d'enfant ?

– Non, je mets ceux-ci dans une autre caisse. Ils iront au garde-meubles avec tes affaires.

– Tu n'en auras plus besoin.

– Si. Je veux les garder pour mes enfants.

Molly, qui hésitait entre le rire et les larmes, n'eut pas le cœur de discuter. Quelques caisses de plus ou de moins, qu'est-ce que cela pouvait faire ?

– D'accord, dit-elle avant de rayer « chaussures de hockey » sur l'interminable liste de vêtements.

– J'ai trouvé une place pour Phyllis. Du moins je le crois. Elle doit aller se présenter après-demain.

– Où ?

– A Porthkerris. C'est vraiment mieux. Elle sera plus près de chez elle.

– Chez qui ?

– Mrs. Bessington.

– Qui est Mrs. Bessington ?

– Mais enfin, Judith, tu le sais bien. Nous la croisons souvent en faisant les courses. Elle bavarde avec nous. C'est celle qui a toujours un panier et un chien blanc. Elle habite en haut de la colline.

– Elle est vieille.

– Enfin... d'âge moyen. Très dynamique. Mais la bonne qu'elle a depuis vingt ans souhaite prendre sa retraite à cause de ses varices et aller tenir la maison de son frère. Alors je lui ai suggéré de prendre Phyllis.

– Mrs. Bessington a-t-elle une cuisinière ?

– Non, Phyllis fera tout.

– C'est déjà quelque chose. Elle m'a dit qu'elle préférait être seule, qu'elle ne voulait pas être l'esclave d'une vieille chienne de cuisinière acariâtre.

– Judith, tu ne devrais pas dire ces mots-là.

– Je ne fais que répéter ce que m'a dit Phyllis.

– Eh bien, elle ne devrait pas.

– Je ne vois pas ce que tu as contre le mot « chienne ». C'est la femelle du chien, ça n'a rien de grossier.

Les jours passèrent à une vitesse effarante. A présent, les pièces vidées de leurs photos, de leurs tableaux et de leurs ornements étaient devenues impersonnelles, presque trop nues. Sans fleurs et sans cette petite touche personnelle qui l'égayait, le salon était triste et terne. Il y avait des boîtes et des caisses partout. Tandis que Judith et Phyllis travaillaient vaillamment, Molly passait beaucoup de temps au téléphone avec la compagnie de navigation, l'office des passeports, le garde-meubles, la gare, le directeur de la banque, l'avocat, Louise, sa sœur Biddy et, enfin, sa mère.

Ce dernier coup de fil fut le plus épuisant, car Mrs. Evans, qui devenait sourde, se méfiait du téléphone, soupçonnant l'opératrice d'écouter les conversations privées et de les répéter. Il fallut donc de grandes explications et pas mal d'énervement avant que Mrs. Evans comprenne ce qui se passait.

– Qu'est-ce qu'il y a ? demanda Judith qui arrivait à la fin de la conversation.

– Elle est impossible. Mais je crois que c'est arrangé. Après t'avoir déposée à Sainte-Ursule, je fermerai la maison, et Jess et moi nous passerons notre dernière nuit chez Louise. Elle a très gentiment proposé de nous conduire à la gare en voiture. Ensuite nous passerons une semaine chez tes grands-parents.

– Maman, est-ce bien nécessaire ?

– C'est le moins que je puisse faire. Ils vieillissent si vite et Dieu seul sait quand je les reverrai.

– Tu veux dire qu'il se pourrait qu'ils meurent ?

– Eh bien, pas exactement. (Molly réfléchit à la question.) En fait, si, reconnut-elle. Mais je ne veux pas y penser.

– Non, j'imagine. Tu es tout de même une sainte. Tu n'aurais pas vu mes bottes de caoutchouc quelque part ?

Le porteur de la gare monta jusqu'à la porte avec son cheval et sa charrette, sur laquelle on chargea le bureau et les affaires de Judith, que l'on devait transporter chez tante Louise. Il fallut du temps pour tout attacher avec de la corde, puis Judith les regarda s'éloigner en cahotant sur la route, derrière le cheval qui allait l'amble, pour parcourir les cinq kilomètres qui les séparaient de Roquebise. L'homme qui tenait la station-service du village vint faire une proposition pour l'Austin. Ce n'était pas très alléchant, mais la voiture ne l'était guère plus. Le lendemain, il vint en prendre livraison, tendit le maigre chèque et démarra. C'était comme si l'on emmenait un vieux chien chez le vétérinaire pour le faire piquer.

— Sans voiture, comment vas-tu me conduire à Sainte-Ursule ?

— Nous prendrons un taxi. De toute façon, nous n'aurions jamais pu mettre ta malle dans l'Austin. Et une fois que tu seras bien installée, il nous ramènera, Jess et moi, à la maison.

— En fait, je ne tiens pas à ce que Jess vienne.

— Judith ! Pauvre petite Jess ! Mais pourquoi ?

— Elle va nous embêter, pleurer ou je ne sais quoi. Et si elle pleure, tu pleureras et moi aussi.

— Tu ne pleures jamais.

— Non, mais ça se pourrait bien. Je peux lui dire au revoir ici, comme à Phyllis.

— Ce n'est pas très juste.

— Ce sera très bien comme ça. De toute façon, elle ne le remarquera même pas.

Mais Jess le remarqua. Elle n'était pas stupide et elle contemplait le démembrement de sa maison avec la plus grande inquiétude. Tout changeait. Les objets familiers disparaissaient, il y avait des valises dans l'entrée et dans la salle à manger. Sa mère était trop débordée pour s'occuper d'elle. Sa maison de poupée, son cheval à bascule peint en rouge et son chien à roulettes étaient partis du jour au lendemain. On ne lui avait laissé que Golly, qu'elle emportait partout en la tenant par une jambe, le pouce dans la bouche.

Elle n'avait pas la moindre idée de ce qui se passait dans son petit monde, mais cela ne lui disait rien qui vaille.

Le dernier jour, comme la salle à manger avait été dépouillée de son argenterie et de ses couverts et qu'il ne leur restait plus que l'indispensable, elles avaient déjeuné toutes les quatre dans la cuisine. Elles avaient mangé un ragoût et un *crumble* de mûres dans les assiettes ébréchées et dépareillées que leur avait fournies le propriétaire des lieux. Jess, qui ne lâchait plus Golly, se laissa nourrir à la cuillère par sa mère. Quand elle eut terminé son dessert, on lui donna un paquet de pâtes de fruit, rien que pour elle. Pendant que Phyllis desservait la table, elle entreprit de l'ouvrir et ne remarqua donc pas que Judith et sa mère s'étaient éclipsées au premier étage.

Il se produisit alors un événement alarmant. Phyllis se trouvait dans l'arrière-cuisine, à faire la vaisselle. Ce fut donc Jess qui, levant les yeux, aperçut la voiture noire inconnue qui franchit le portail, avança lentement sur le gravier et s'arrêta devant la porte d'entrée. Les joues gonflées de sucreries, elle alla prévenir Phyllis.

– Il y a une voiture.

Phyllis secoua ses mains rougies et prit un torchon pour les sécher.

– Ce doit être le taxi...

Jess accompagna Phyllis, qui fit entrer le chauffeur dans la maison. Il portait une casquette à visière, comme le facteur.

– Vous avez des bagages ?

– Oui. Tout ça.

La malle aux ferrures de laiton, les valises et les sacs, la crosse de hockey et la toute nouvelle mallette étaient empilés au pied de l'escalier. Il fit des allers et retours pour les apporter jusqu'au taxi, où il les fixa solidement sur la galerie pour qu'ils ne tombent pas.

Où les emportait-il ? Jess ne le quittait pas des yeux. Allant et venant, le chauffeur lui sourit et lui demanda comment elle s'appelait, mais elle ne sourit pas et ne répondit pas.

Puis maman et Judith descendirent et ce fut pire que tout, car maman avait mis son manteau et son chapeau, et Judith portait un tailleur vert que Jess ne lui avait jamais vu, avec un col et une cravate comme un homme, et des chaussures marron lacées, et tout cela semblait raide, inconfortable et trop grand. Elle avait l'air tellement bizarre que Jess fut aussitôt prise de panique et se mit à sangloter hystériquement.

Elles étaient toutes les deux sur le point de partir et de l'abandonner à jamais. Ce qu'elle avait obscurément soupçonné était en train de se réaliser. Elle hurla pour que sa mère la prenne dans ses bras et l'emmène avec elle, s'agrippant à son manteau.

Mais ce fut Judith qui la souleva et la serra très fort. Avec le désespoir du noyé s'accrochant à sa bouée, Jess mit les bras autour du cou de sa sœur, pressa ses joues humides contre son visage et sanglota.

– Où allez-vous ?

Judith, qui n'avait pas anticipé une telle réaction, comprit qu'elle avait sous-estimé Jess. On l'avait traitée comme un bébé en imaginant que quelques pâtes de fruit les garantiraient contre toute crise. On s'était lourdement trompé, et cette pénible scène n'était que le fruit de leur erreur.

Elle serra donc Jess en la berçant.

– Oh, Jess, ne pleure pas. Tout ira bien. Phyllis est là et maman rentrera très bientôt.

– Je veux venir.

Elle ne pesait pas bien lourd et ses petits bras dodus étaient insupportablement doux. Elle sentait le savon Pears, et ses cheveux étaient lisses comme des fils de soie. Il ne servait à rien de se rappeler toutes les fois où elle s'était fâchée contre sa petite sœur, c'était du passé, et maintenant qu'elles se disaient adieu, Judith l'aimait de tout son cœur, et c'était la seule chose qui importait. Elle couvrit de baisers les joues de Jess.

– Il ne faut pas pleurer, implora-t-elle. Je t'écrirai et, toi, tu m'enverras tes jolis dessins. Réfléchis, quand je te reverrai, tu auras huit ans et tu seras presque aussi grande que moi.

Les pleurs s'atténuèrent. Judith l'embrassa à nouveau et la tendit à Phyllis, arrachant ses bras de son cou. Jess sanglota de plus belle, mais elle avait cessé de hurler et remis son pouce dans sa bouche.

– Maintenant, prends soin de Golly. Ne la laisse pas tomber par-dessus bord. Au revoir, chère Phyllis.

Elles s'embrassèrent mais Phyllis ne put serrer Judith dans ses bras à cause de Jess. Et elle semblait incapable de dire autre chose que : « Bonne chance. »

– Bonne chance à toi aussi. Je t'écrirai.

– J'espère bien.

Elles étaient toutes réunies devant la maison, là où le taxi attendait. Sa mère déposa un baiser sur la joue humide de Jess.

– Je reviens bientôt, promit-elle. Sois gentille avec Phyllis.

– Ne vous pressez pas, madame. Prenez votre temps. Ce n'est pas la peine de se dépêcher.

Puis elles montèrent dans le taxi, le chauffeur claqua la

portière, se mit au volant et démarra. Le tuyau d'échappement cracha un nuage de fumée nauséabonde.

– Fais au revoir de la main, Jess, dit Phyllis. Dis au revoir gentiment.

Jess agita Golly comme un drapeau, le taxi fit crisser le gravier, et Judith, derrière la vitre arrière, agita la main à son tour jusqu'à ce que la voiture s'engage bruyamment sur la route et disparaisse.

Roquebise, samedi 18 janvier 1936.

Mon très cher Bruce,

Je t'écris de ma chambre chez Louise. Jess dort et, dans un instant, je descendrai rejoindre Louise pour prendre un verre avant le dîner. Nous avons laissé Riverview vide et close. Notre chère Phyllis nous a quittées pour se reposer quelques jours chez elle, avant de se rendre à Porthkerris, chez sa nouvelle maîtresse. Lundi matin, Louise nous conduira à la gare et nous passerons quelques jours chez mes parents avant de partir pour Londres où nous prendrons le bateau. Nous lèverons l'ancre le 31. Mercredi, j'ai conduit Judith à Sainte-Ursule, où je l'ai laissée. Nous n'avons pas emmené Jess, ce qui nous a valu une scène épouvantable avant de monter dans le taxi. Je ne m'attendais pas à un tel désespoir et je ne m'étais pas rendu compte à quel point cela affectait Jess de partir. C'était bouleversant, mais Judith ne voulait pas qu'elle nous accompagne à l'école. Bien entendu, elle avait raison. Mieux valait que cela se passe dans l'intimité.

Je redoutais que cette scène n'impressionne Judith, mais elle s'est comportée en adulte et s'est montrée très tendre envers sa petite sœur. Dans le taxi, nous n'avons évoqué que des questions pratiques, car je ne pouvais me résoudre à parler d'autre chose. Elle était très élégante dans son nouvel uniforme, mais si différente que j'avais l'impression d'emmener une étrangère à l'école. Ces dernières semaines, elle a grandi brutalement et m'a beaucoup aidée à faire les valises et à prendre les dispositions nécessaires. Ironie du sort, on passe des années à élever une enfant et, quand on peut enfin la traiter en amie et en égale, il faut l'abandonner et continuer à vivre sans elle. Quatre ans me paraissent aujourd'hui une éternité. Dès que je serai sur le bateau, en route vers Colombo, je serai moins déprimée. Mais, en ce moment, je traverse une période difficile.

A Sainte-Ursule, j'avais prévu de l'installer dans son dortoir et de prendre le thé avec Miss Catto. Mais dans le taxi, à mi-chemin, elle m'a soudain annoncé qu'elle ne voulait rien de tout cela. Elle désirait que nous nous disions adieu brutalement et que ce soit fini le plus vite possible. Tout irait bien, m'a-t-elle assuré. Elle ne voulait pas de moi dans l'école, parce que alors j'en aurais fait partie. Elle ne voulait pas que ses deux univers se touchent, empiètent l'un sur l'autre en aucune manière. C'était un peu gênant, parce que j'aurais dû me présenter à Miss Catto, montrer un certain intérêt, mais j'ai cédé. Je lui devais quand même bien ça.

Cela ne prit donc que quelques instants. Nous avons déchargé les bagages, un porteur est venu avec un chariot et s'est occupé de sa malle et de ses valises. Il y avait là d'autres voitures, d'autres parents et d'autres enfants, qui rentraient pour le deuxième trimestre. Les filles étaient toutes pareilles dans leur uniforme vert. Judith fut aussitôt l'une d'elles, comme si elle avait perdu toute individualité. Je ne sais pas si cela a rendu nos adieux plus aisés ou plus difficiles. J'ai regardé son doux visage, et j'y ai vu la promesse d'une beauté qui sera là quand je la reverrai enfin. Il n'y avait pas de larmes dans ses yeux. Nous nous sommes embrassées, étreintes, nous nous sommes promis de nous écrire, embrassées de nouveau, puis elle s'est détournée, a gravi les marches et franchi la porte. Elle ne s'est pas retournée. Elle portait son sac de livres, sa crosse de hockey et la petite mallette que je lui ai achetée pour ranger son papier à lettres, son journal intime et ses timbres.

Je sais que tu vas trouver cela bête, mais j'ai pleuré pendant tout le trajet du retour et je ne me suis arrêtée que lorsque Phyllis m'eut donné une tasse de thé bien chaud. Puis j'ai téléphoné à Miss Catto pour m'excuser de mon impolitesse. Elle m'a dit qu'elle comprenait et qu'elle nous informerait de la santé et des progrès de Judith. Mais nous serons si loin! Et les bateaux qui transportent le courrier mettent tant de temps.

Elle s'interrompit, posa son stylo et relut ce qu'elle avait écrit. Tout cela est terriblement sentimental, se dit-elle. Bruce et elle avaient toujours eu du mal à s'ouvrir mutuellement l'un à l'autre, plus encore à partager une intimité ou des secrets. Elle se demanda si sa détresse le troublerait et si elle devait déchirer ces pages et tout recommencer. Mais cela lui avait fait du bien de les écrire et elle n'avait ni le cœur ni l'énergie de faire comme si tout allait bien.

Elle reprit donc son stylo et poursuivit.

Tout est donc terminé et je fais contre mauvaise fortune bon cœur pour Jess et pour Louise. Mais j'ai le sentiment de pleurer mon enfant. Les occasions perdues et les années à venir que nous ne partagerons pas. Je sais que je vis ce que des milliers de femmes comme moi doivent endurer mais cela ne m'est d'aucun secours.

Dans un mois, Jess et moi serons avec toi. J'attends des nouvelles de ton transfert à Singapour. Tu as bien fait, et je suis ravie pour toi.

Avec tout mon amour,

Molly.

P.-S. : le cadeau de Noël de Judith n'est toujours pas arrivé. J'ai donné instruction à Mrs. Southey, du bureau de poste de Penmarron, de le faire suivre à Sainte-Ursule.

Elle relut sa lettre encore une fois, la glissa dans une enveloppe, la cacheta et rédigea l'adresse. C'était fait. Puis elle resta à écouter le vent qui battait et gémissait contre la fenêtre derrière le rideau tiré. La tempête se levait, semblait-il. Le petit bureau était éclairé par le halo de sa lampe mais derrière elle la chambre était plongée dans une silencieuse pénombre. Jess dormait dans un des lits jumeaux, Golly serrée contre sa joue. Molly se leva pour l'embrasser et rajusta ses couvertures. Puis elle s'avança vers la coiffeuse pour arranger ses cheveux et le foulard de soie qu'elle avait noué sur ses épaules. Son reflet pâle flottait, tel un spectre, dans la glace assombrie. Elle sortit de la pièce, referma doucement la porte derrière elle et descendit.

Roquebise était une demeure bâtarde, cela faisait longtemps qu'elle l'avait constaté : bâtie juste après la

Première Guerre mondiale, ni assez moderne pour être confortable, ni assez ancienne pour avoir du charme. Sa situation, en haut de la colline qui surplombait le terrain de golf, l'exposait à tous les vents. Le séjour était ce qu'il y avait de pire : l'architecte, victime d'un malheureux coup de sang – c'était la seule explication plausible –, l'avait conçu comme un hall mâtiné de salon, si bien que l'escalier y descendait et que la porte d'entrée y donnait directement accès. Cette disposition était particulièrement propice aux courants d'air et en faisait un lieu transitoire, comme la salle d'attente d'une gare.

Louise était pourtant là, confortablement installée dans son fauteuil près de la cheminée, avec ses cigarettes, son whisky-soda à portée de main et son tricot. Elle confectionnait des bas. Elle les faisait à la chaîne. Dès qu'elle en avait terminé une paire, elle la rangeait dans un tiroir, fin prête pour la prochaine vente de charité de la paroisse, et recommençait. Elle appelait cela de l'agitation organisée et faisait profiter les bonnes œuvres de son activité.

En entendant le pas de Molly dans l'escalier, elle leva les yeux.

– Ah ! Tu es là ! Je croyais que tu t'étais perdue.

– Excuse-moi, j'écrivais à Bruce.

– Jess dort ?

– Profondément.

– Prends un verre. Sers-toi.

Dans un coin de la pièce attendait un plateau contenant des bouteilles, des verres et un siphon d'eau de Seltz. Tout cela avait quelque chose de masculin, qui rappelait Jack Forrester. D'ailleurs rien n'avait changé depuis sa mort. Ses trophées de golf décoraient toujours le manteau de la cheminée, les photos toutes militaires datant de son séjour en Inde étaient accrochées aux murs, et il régnait partout une ambiance de chasse, entre le pied d'éléphant, les peaux de tigre au sol et les bois de cerf aux murs.

Molly se versa un petit xérès et vint s'asseoir dans un fauteuil de l'autre côté de la cheminée. Louise cessa de tricoter et prit son whisky.

– A ta santé, dit-elle en avalant une gorgée, puis elle regarda Molly par-dessus ses lunettes. Tu n'as pas l'air bien gaie.

– Ça va.

– Tu es désolée d'avoir quitté Judith, je le vois bien. Ne t'inquiète pas. Le temps guérit tout. Tu t'en remettras.

– Je suppose, répondit faiblement Molly.

– Au moins, c'est derrière toi, maintenant. Terminé. C'est fait.

– Oui, c'est fait. Je pense... fit-elle, songeuse.

Mais elle n'alla pas plus loin. Un bruit attira son attention, venant de l'extérieur, par-delà les gémissements du vent. Un pas sur le gravier.

– Il y a quelqu'un dehors.

– Ce doit être Billy Fawcett. Je l'ai invité à prendre un verre. J'ai pensé que ça nous égaierait un peu.

La porte d'entrée s'ouvrit et une rafale d'air froid souleva le coin des tapis, tandis qu'un nuage de suie s'exhalait de l'âtre.

Louise leva la voix.

– Billy, vieux fou, voulez-vous fermer cette porte !

Il la claqua, les carpettes se calmèrent et le feu s'apaisa.

– Quelle soirée pour traîner dehors ! Entrez donc.

Molly était à la fois sidérée et irritée par cette intrusion inopportune. Cette visite était bien la dernière chose dont elle avait envie en ce moment. Elle n'était pas d'humeur à s'entretenir en ce avec des étrangers, et Louise avait manqué de délicatesse en invitant son ami ce soir-là. Cependant, on ne pouvait rien y faire et, le cœur serré, elle posa son verre de xérès, se composa une mine avenante et se tourna dans son fauteuil pour accueillir le visiteur.

– C'est gentil d'être venu, Billy, s'exclama Louise d'une voix forte.

Il n'apparut pas immédiatement. Il ôtait sans doute son manteau et son chapeau. Mais quand il fit enfin son entrée en se frottant les mains, il avait la mine d'un homme qui rend service.

– Me voilà, ma chère, battu par la tempête.

Il n'était pas grand, mais sec et nerveux, et il portait un costume de golf à larges carreaux voyants. Le pantalon était particulièrement volumineux et, émergeant de ses amples plis, ses maigres mollets dans leurs chaussettes jaunes ressemblaient à des pattes d'oiseau. Molly se demanda si c'était Louise qui les avait tricotées et, si oui, lequel des deux avait choisi la couleur. Il avait des che-

96

veux blancs clairsemés sur un crâne luisant, et ses joues étaient striées de couperose. Il arborait une cravate militaire, une épaisse moustache, et ses yeux bleu pâle pétillaient de gaieté. Il devait avoir une cinquantaine d'années.

– Molly, je te présente mon voisin, Billy Fawcett. Le colonel Fawcett, pour faire les choses dans les règles. Billy, voici Molly Dunbar, ma belle-sœur.

Celle-ci esquissa un sourire, tendit la main et dit : « Comment allez-vous ? » en pensant qu'il allait la serrer. Mais il lui prit les doigts et se courba. Pendant un instant, elle crut qu'il allait les baiser et faillit retirer sa main. Mais il était simplement d'une extrême courtoisie.

– Enchanté. J'ai beaucoup entendu parler de vous, ajouta-t-il, une remarque qui brise infailliblement toute spontanéité.

Mais Louise abandonna son tricot et se leva pour prendre les choses en main.

– Prenez un siège, Billy. Après tant d'efforts, vous avez besoin d'un bon whisky-soda.

– Je ne dis pas non.

Cependant, il commença par se planter devant le feu en se frappant les cuisses, ce qui fit fumer son pantalon de tweed qui dégagea une légère odeur de vieille flambée.

Molly reprit son xérès. Billy Fawcett lui sourit d'un air engageant. Il avait des dents jaunes et régulières, un peu comme celles d'un cheval en bonne santé.

– Vous vous êtes donné beaucoup de mal, m'a-t-on dit, pour mettre de l'ordre dans votre maison avant de repartir pour l'Orient.

– Oui. A présent, nous sommes comme l'oiseau sur la branche. Louise a eu la gentillesse de nous héberger quelques jours avant notre départ.

– Je vous envie, je dois le dire. J'aimerais bien retrouver ce bon vieux soleil. Oh, merci, Louise, c'est exactement ce qu'il me faut.

– Asseyez-vous donc, Billy. Votre pantalon va prendre feu.

– Je me réchauffe juste un peu. Eh bien, à votre santé, mesdames !

Il prit une gorgée du liquide ambré et poussa un soupir de contentement, comme s'il attendait cela depuis une semaine. Alors seulement, il s'éloigna du feu brûlant et s'installa sur le sofa. Il semblait fort à l'aise, songea Molly. Elle se demanda s'il rendait souvent visite à Louise et s'il avait l'intention de s'installer à Roquebise de manière plus définitive.

— Louise m'a dit que vous veniez d'arriver à Penmarron, dit-elle.

— Ça fait trois mois, maintenant. Mais je ne suis que locataire.

— Et vous jouez au golf ?

— Oui, j'aime bien faire quelques trous, répondit-il en lançant un clin d'œil à Louise. Mais je ne suis pas du niveau de votre belle-sœur. Hein, Louise ? Nous jouions ensemble en Inde. Quand Jack était encore en vie.

— Depuis quand avez-vous pris votre retraite ?

Molly s'en moquait complètement mais, par égard pour Louise, manifestait un intérêt poli.

— Quelques années. J'ai laissé tomber mon commandement et je suis rentré chez moi.

— Êtes-vous resté longtemps en Inde ?

— Toute ma vie d'officier.

Il n'était pas difficile de l'imaginer jouant au polo et lançant des insultes à son porteur.

— A dix-neuf ans, on m'a envoyé comme jeune officier sur la frontière nord-ouest. Ce n'était pas une mince affaire, je peux vous le dire, que de mettre ces Afghans au pas. Personne n'avait envie de se faire capturer par ces types-là. Hein, Louise ?

Louise ne répondit pas. Il était évident qu'elle ne tenait pas à poursuivre cette conversation. Mais cela ne découragea nullement Billy.

— Après l'Inde, dit-il à Molly, je me suis dit que je ne supporterais pas le froid. Alors j'ai tenté le coup en Cornouailles. Et puis, connaissant Louise... ça m'a aidé à me faire des relations. Quand on est resté si longtemps à l'étranger, les amis ne courent pas les rues, vous le savez.

— Votre femme est-elle de votre avis ?

Cela le décontenança quelque peu, ce qui était l'effet recherché.

— Pardon ?

— Votre femme craint-elle le froid ?

— Je suis célibataire, ma chère. Jamais trouvé la bonne mousmé. Là où je combattais, ça manquait de jolies filles.

— Oui, fit Molly, j'imagine.

– Mais vous connaissez les rigueurs de notre lointain Empire? Où êtes-vous basée? Rangoon, m'a dit Louise?

– Non, Colombo. Mais mon mari doit rejoindre son nouveau poste à Singapour.

– Ah! Le bar du *Raffles*. C'est la vraie vie.

– Je crois que nous aurons une maison à Orchard Road.

– Et vous avez une petite fille? Elle passera ses vacances chez Louise? J'ai hâte de faire sa connaissance. Un peu de sang frais ne nous fera pas de mal. Nous lui ferons visiter le coin.

– Cela fait quatre ans qu'elle vit à Penmarron, dit froidement Molly. Elle n'a pas vraiment besoin qu'on lui fasse visiter la région.

– Non, non, évidemment. (Comme il avait le cuir épais, il ne parut pas le moins du monde troublé par cette légère rebuffade.) Mais c'est bien d'avoir de vieux amis sur qui compter.

L'idée que Judith puisse faire appel à Billy Fawcett pour quelque raison que ce fût l'emplit d'une profonde répugnance. Il ne lui plaisait pas. Elle était incapable de dire pourquoi, ce n'était qu'une antipathie instinctive. Il était sans doute parfaitement inoffensif et c'était un vieil ami de Louise. Louise n'était ni idiote ni naïve. Comment pouvait-elle supporter sa compagnie? Pourquoi ne le saisissait-elle pas par la peau du cou et ne le jetait-elle pas dehors, comme un chien qui a souillé le tapis?

Dans la pièce, le feu lui devint soudain insupportable. Une bouffée de chaleur lui monta le long du corps, lui rougit les joues qui virèrent au pourpre. Elle transpirait légèrement. Brusquement, elle n'y tint plus.

– Voudriez-vous m'excuser un instant, dit-elle.

Il fallait qu'elle sorte, qu'elle prenne l'air, sinon elle allait s'évanouir.

– Jess est tellement agitée dans son sommeil... Je vais juste vérifier. (Elle se leva, s'éloigna.) Je reviens dans un instant.

Grâce au ciel, Louise n'avait remarqué ni ses joues en feu ni son embarras.

Elle les planta là et monta. Dans sa chambre, Jess dormait toujours. Molly prit son manteau et le mit sur ses épaules, puis elle sortit par l'escalier du fond et se retrouva dans la salle à manger où la table était déjà dressée pour le dîner. A l'autre extrémité de la pièce, une porte-fenêtre ouvrait sur un petit jardin pavé clos d'une haie d'escallonias, qui l'abritait en partie du vent. Louise y faisait pousser des plantes de rocaille et du thym. L'été, on y servait des rafraîchissements et des repas légers. Molly ouvrit les lourds rideaux de velours, souleva le loquet de la porte-fenêtre et sortit, aussitôt fouettée par le vent qui repoussait la porte par saccades, si bien qu'elle dut lutter pour la refermer et que celle-ci claqua peu discrètement. Puis elle s'abandonna à la nuit, plongeant son corps brûlant dans le froid, comme si elle pénétrait sous une douche glacée. Elle emplit ses poumons d'air vif et sentit la tempête qui lui ébouriffait les cheveux, dégageant son front humide.

C'était mieux. Elle ferma les yeux et n'eut plus l'impression de suffoquer. Elle était rafraîchie, calmée. Puis elle contempla le ciel. Une demi-lune s'éclipsait par intermittence derrière des nuages noirs. Au-delà il y avait les étoiles, l'univers, l'espace. Elle n'était rien, une tête d'épingle dans l'infini, et elle fut saisie d'une frayeur terrible. Qui suis-je ? Où suis-je ? Où vais-je et que se passera-t-il quand j'y parviendrai ? Elle savait que sa terreur n'avait rien à voir avec le bruit et la fureur de la nuit. Le vent et l'obscurité étaient des éléments connus et familiers. Sa peur, son angoisse n'étaient enracinées nulle part, qu'à l'intérieur d'elle-même.

Elle frissonna. Un frisson de pure terreur. *Comme un spectre passant sur ma tombe*, se dit-elle. Elle serra son manteau plus étroitement autour d'elle. Puis elle s'efforça de penser à Judith, mais c'était pire. Il lui sembla évoquer le souvenir d'un enfant mort, un enfant qu'elle ne reverrait jamais.

Elle se mit à pleurer, comme une mère en deuil. Les larmes lui montaient aux paupières et s'écoulaient, tels des torrents, et les rafales de vent ne laissaient sur ses joues que des traces de sel. Pleurer la soulageait de sa peine. Elle resta ainsi un long moment. Soudain, elle eut trop froid pour rester davantage. Elle rentra donc dans la maison, ferma la porte-fenêtre et tira les rideaux. Puis elle remonta l'escalier à pas furtifs pour ne pas faire de bruit. Après avoir accroché son manteau, elle observa le lit. Elle avait tellement envie de s'y glisser, d'être seule, de dormir. Mais elle se lava le visage avec un gant de toilette chaud, se poudra et se coiffa. S'étant ainsi redonné une contenance, elle revint vers les autres.

En entendant son pas dans l'escalier, Louise leva les yeux.

– Molly, qu'as-tu fait pendant tout ce temps?
– Je suis restée auprès de Jess.
– Tout va bien?
– Oui, fit Molly. Très bien.

Sainte-Ursule, 2 février 1936

Chère maman, cher papa,

Le dimanche est le jour de la correspondance. Je vous écris donc. Tout va bien et je commence à faire mon trou. On s'amuse bien le week-end. Le samedi matin, nous nous entraînons et le dimanche après-midi ont lieu les matches en plein air. Hier, nous avons joué au net-ball. Le dimanche matin, nous devons aller à l'église à pied, deux par deux, ce qui est barbant. La messe est tout aussi barbante : on s'agenouille beaucoup. C'est très solennel. Il y a même de l'encens et une fille est tombée dans les pommes. Puis on rentre pour le déjeuner avant d'aller de nouveau se promener (comme si on en avait besoin), de faire notre correspondance et de prendre le thé. Après le thé, c'est agréable, car nous allons toutes à la bibliothèque et Miss Catto nous fait la lecture à haute voix. Elle nous lit *L'Île des moutons*, de John Buchan. C'est captivant. J'attends la suite avec impatience.

Les cours se passent bien, et je n'ai pas trop de retard, sauf en français, mais on me donne des cours particuliers. Nous faisons de la gymnastique le mardi. C'est difficile de grimper à la corde. Tous les matins, nous prions et nous chantons un cantique dans le gymnase. Nous faisons beaucoup de musique et, une fois par semaine, nous écoutons des disques classiques sur le gramophone. Le vendredi, nous avons une heure de chant.

Mon professeur principal s'appelle Miss Horner. Elle enseigne l'anglais et l'histoire. Elle est très stricte. C'est moi qui suis chargée du tableau noir – nettoyage et approvisionnement en craies.

Je partage un dortoir avec cinq autres filles. La surveillante n'est pas du tout gentille, et j'espère que je ne tomberai jamais malade. Te rappelles-tu la fille qui achetait son uniforme en même temps que nous ? Elle s'appelle Loveday Carey-Lewis et elle est dans mon dortoir, elle près de la fenêtre, moi près de la porte. C'est la seule pensionnaire qui rentre chez elle le week-end. Elle est dans la classe au-dessous de la mienne. Je ne lui ai pas encore beaucoup parlé, car elle a une amie externe, Vicky Payton, qu'elle connaissait avant de venir ici.

J'ai reçu des lettres de tante Louise et de tante Biddy. Et une carte postale de Phyllis. Les vacances de mi-trimestre commencent le 6 mars, nous aurons quatre jours. Tante Louise en profitera pour m'offrir ma bicyclette.

Il fait très froid et très humide. Il y a quelques pièces un peu plus chaudes, mais dans l'ensemble l'école est glaciale. Le pire, c'est quand on joue au hockey, sans gants et les genoux nus. Il y a des filles qui ont des engelures.

Le cadeau de papa n'est toujours pas arrivé. J'espère qu'il n'est pas perdu ou que Mrs. Southey n'a pas oublié de le faire suivre.

J'espère que vous allez tous bien et que la traversée a été agréable. J'ai regardé sur la carte et j'ai trouvé Singapour. C'est à des kilomètres.

Je vous embrasse tous, surtout Jess,

Judith.

A Sainte-Ursule, l'élève de terminale responsable était une superbe créature qui portait le joli nom de Deirdre Ledingham. Elle avait de longues tresses brunes et un buste splendide. Sa tenue de gymnastique vert bouteille était ornée de divers écussons sportifs et insignes indiquant ses fonctions. Si l'on en croyait la rumeur, au sortir de Sainte-Ursule, elle entrerait à l'école d'éducation physique de Bedford pour devenir professeur. C'était un spectacle à ne pas manquer que de la voir sauter sur le cheval-d'arçons. Elle était aussi soliste à la chorale, et il n'était donc pas surprenant qu'elle eût déchaîné des passions chez les plus petites et les plus impressionnables, qui lui écrivaient des lettres d'amour anonymes sur des feuilles arrachées à leur cahier et qui rougissaient jusqu'aux oreilles quand elle leur jetait un mot en passant.

Elle s'acquittait de devoirs divers et variés avec le plus grand sérieux : sonner la cloche, escorter Miss Catto à la prière du matin et organiser la longue file cahotique qui se rendait chaque semaine à grands pas à l'église. Elle était de plus chargée de la distribution quotidienne des lettres et des colis apportés par la voiture de la poste. Cet événement avait lieu lors de la demi-heure précédant le déjeuner. Elle se tenait derrière une grande table de chêne dans le hall, telle une commerçante avisée, et tendait enveloppes et paquets.

– Emily Backhouse. Daphné Taylor. Daphné, tu ferais bien d'aller te coiffer avant le déjeuner, tu es complètement ébouriffée. Joan Betworthy. Judith Dunbar.

Un paquet grand et lourd, emballé dans une solide toile de jute, bien attaché, étiqueté et couvert de timbres étrangers.

– Judith Dunbar ?
– Elle n'est pas là, dit quelqu'un.
– Où est-elle ?
– Je n'en sais rien.
– Et pourquoi n'est-elle pas là ? Que quelqu'un aille la chercher. Non, tant pis. Qui est dans son dortoir ?
– Moi.

Deirdre chercha la fille qui venait de répondre et aperçut Loveday Carey-Lewis à l'arrière de la meute qui se bousculait. Elle fronça les sourcils. Elle avait pris cette nouvelle venue en grippe, l'ayant déjà surprise plusieurs fois à courir dans les couloirs, péché mortel, ou à manger un bonbon à la menthe dans les vestiaires.

– Judith devrait être là.
– Ce n'est pas ma faute, dit Loveday.
– Ne sois pas impertinente. (Une petite pénitence semblait à l'ordre du jour.) Tu ferais mieux de le lui apporter. Et dis-lui qu'elle doit assister tous les jours à la distribution du courrier. C'est plutôt lourd, alors ne le laisse pas tomber.
– Où est-elle ?
– Aucune idée. Cherche-la. Rosemary Castle. Une lettre pour toi...

Loveday avança et plaqua l'énorme paquet contre sa poitrine osseuse. C'était extrêmement lourd. Le serrant contre elle, elle traversa le parquet ciré du hall, puis l'immense salle à manger avant de s'engager dans le couloir qui menait aux classes. Celle de Judith était déserte. Elle revint sur ses pas et gravit le large escalier qui montait vers les dortoirs.

Une élève responsable de la discipline en descendait.

– Mon Dieu, qu'est-ce que tu as là ?

– C'est pour Judith Dunbar.

– Qui t'a dit de le lui porter ?

– Deirdre, répondit Loveday d'un ton suffisant, sûre d'avoir l'autorité pour elle.

– Bon, d'accord, concéda la responsable, déçue. Mais ne soyez ni l'une ni l'autre en retard pour le déjeuner.

Loveday lui tira la langue tandis qu'elle disparaissait, et poursuivit son chemin. A chaque marche, son fardeau lui semblait plus lourd. Que pouvait-il bien y avoir dedans ? Elle atteignit le palier, franchit un autre long couloir et arriva enfin à la porte du dortoir, qu'elle ouvrit d'un coup d'épaule. Puis elle entra en chancelant.

Judith était là, qui se lavait les mains dans l'unique lavabo.

– Je t'ai trouvée, déclara Loveday, qui déposa le paquet sur le lit de Judith où, exténuée, elle se laissa choir.

Devant cette apparition aussi soudaine qu'inattendue, Judith fut submergée par un pénible sentiment de timidité, d'autant que c'était la première fois qu'elles se retrouvaient en tête à tête. Depuis le jour où elle avait rencontré la mère et la fille chez Medways, elle était fascinée par celle-ci et rêvait de faire sa connaissance. Or Loveday avait complètement ignoré sa présence, grande déception de ces premières semaines à Sainte-Ursule, et Judith était d'autant plus triste et convaincue de son insignifiance qu'elle ne l'avait même pas reconnue.

Elle a une amie externe qui s'appelle Vicky Payton, avait-elle écrit à sa mère, mais cette petite phrase anodine était destinée à apaiser tout soupçon. Sa fierté naturelle lui interdisait de donner à penser que l'indifférence de Loveday l'avait blessée. Elle avait subrepticement observé Loveday et Vicky tandis qu'elles buvaient leur lait à la récréation du matin ou qu'elles rentraient à l'école après une partie de hockey, bavardant et riant dans une enviable intimité.

Non que Judith n'eût pas d'amies. Elle connaissait toutes les filles de sa classe à présent et les noms de toutes les élèves, mais elle n'avait pas de véritable amie comme Heather Warren et elle n'avait pas l'intention de se contenter d'une seconde place. « Méfie-toi du premier homme qui t'adressera la parole sur le bateau de la P&O, disait son père, ce sera sûrement le type le plus ennuyeux du bord. » Elle n'avait pas oublié ces sages paroles. Après tout, en pension, c'était un peu la même chose : on se retrouvait en compagnie de tas de gens avec qui on avait peu de choses en commun. Il fallait donc du temps pour trier le bon grain de l'ivraie.

Mais elle sentait obscurément que Loveday Carey-Lewis était différente. Elle avait quelque chose de spécial. Et elle était là.

— On m'a dit de te passer un savon parce que tu n'étais pas à la distribution du courrier.

— Je remplissais mon stylo et je me suis mis de l'encre sur les mains. D'ailleurs ça ne veut pas s'en aller.

— Essaie la pierre ponce.

— Je n'aime pas ça.

— C'est horrible, n'est-ce pas ? En tout cas, Deirdre m'a demandé de te donner ça. Ça pèse une tonne. Allons, ouvre-le. Je veux savoir ce qu'il y a dedans.

Judith prit une serviette et se sécha les mains.

— C'est sûrement le cadeau de Noël de mon père.

— Un cadeau de Noël ! Mais nous sommes en février.

— Je sais. Ça a mis des siècles.

Elle s'assit sur le lit, de l'autre côté de l'impressionnant paquet. Elle vit les timbres, les cachets de la poste et des douanes, et sourit.

— C'est ça. Je croyais qu'il n'arriverait jamais.

— Pourquoi était-ce si long ?

— Ça vient de Colombo. De Ceylan.

— Il habite Ceylan ?

— Oui, il y travaille.

— Et ta mère ?

— Elle vient d'y retourner. Elle a emmené ma petite sœur avec elle.

— Mais tu es toute seule ! Où habites-tu ?

— Nulle part pour l'instant. Enfin, nous n'avons pas de maison ici. Alors je vais chez ma tante Louise.

— Qui est-ce ? Où vit-elle ?

— Je viens de te le dire. Ma tante. Elle habite à Penmarron.

— As-tu des frères et des sœurs ?

— Juste Jess.

– Celle qui est partie avec ta mère ?

– Voilà.

– Mon Dieu, c'est affreux ! Je suis navrée pour toi. Je l'ignorais. Quand je t'ai vue dans cette boutique...

– Alors tu m'as bien vue ?

– Évidemment. Tu me prends pour une aveugle ?

– Non, mais comme tu ne m'as pas adressé la parole, j'ai cru que tu ne m'avais pas reconnue.

– Tu ne m'as pas non plus adressé la parole.

Ce qui était tout à fait exact.

– Tu es toujours avec Vicky Payton, expliqua Judith. J'ai pensé que tu étais son amie.

– Bien sûr que je le suis. Nous étions ensemble à la maternelle. Je la connais depuis toujours.

– Je croyais que tu étais sa meilleure amie.

– Oh là là ! Les meilleures amies ! railla Loveday, visiblement amusée. De toute façon, nous nous adressons la parole maintenant et c'est très bien ainsi. (Elle posa la main sur le paquet.) Ouvre-le. J'ai hâte de voir ce qu'il contient et, comme c'est moi qui me le suis colltiné dans l'escalier, le moins que tu puisses faire, c'est de me montrer.

– Je sais ce que c'est. C'est ce que j'ai demandé. Une boîte de cèdre avec une serrure chinoise.

– Alors dépêche-toi. Sinon la cloche du déjeuner va sonner et il faudra y aller.

Judith ne pouvait pas l'ouvrir à la hâte. Elle avait attendu si longtemps que, maintenant qu'il était là, elle voulait faire durer le plaisir. Et, une fois qu'il serait ouvert, elle voulait prendre le temps d'examiner chaque détail de cet objet tant désiré.

– Nous n'avons pas le temps maintenant. Je le ferai plus tard. Avant le dîner.

– Mais je veux voir, fit Loveday, exaspérée.

– Nous l'ouvrirons ensemble. Je te promets que je ne le regarderai pas sans toi. Nous nous changerons à toute vitesse pour le dîner, et nous aurons tout le temps. Ça va prendre des heures de retirer tous ces emballages. Il suffit de le regarder pour s'en rendre compte. Attendons. Et puis, tout l'après-midi, nous aurons cette merveilleuse perspective devant nous.

– D'accord. (Loveday s'était rendue contre son gré à ses arguments.) Mais comment peux-tu être aussi têtue ?

– Parce que, comme ça, ça dure plus longtemps.

– As-tu une photo de ton papa ?

Loveday dirigea son regard vers la commode de Judith, peinte en blanc, identique aux cinq autres qui étaient disposées autour du dortoir.

– Oui, mais elle n'est pas très bonne, dit-elle en la tendant néanmoins à Loveday.

– C'est lui ? En short ? Il n'est pas mal du tout. Et c'est ta mère ? Évidemment, je la reconnais, elle aussi. Pourquoi Jess n'est-elle pas là ?

– Parce qu'elle n'était pas née. Elle n'a que quatre ans. Papa ne l'a jamais vue.

– Jamais vue ? C'est incroyable. Que va-t-il dire quand il la verra ? Pour elle, ce sera un homme comme un autre, à peu près comme un oncle. Est-ce que tu veux voir mes photos ?

– Oh ! oui.

Elles se levèrent et se dirigèrent vers le coin de Loveday, plus agréable et plus clair puisqu'il se trouvait près des grandes fenêtres. Le règlement de l'école les autorisait à garder deux photos, mais Loveday en avait six.

– Voilà maman, toujours superbe, très élégante avec son renard blanc. Et voilà Pops... n'est-il pas formidable ? La photo a été prise un jour où nous chassions le faisan. C'est pour ça qu'il a un fusil. Tiger est avec lui. Tiger, c'est son labrador. Voilà ma sœur Athena, mon frère Edward, et Pekoe, le pékinois que tu as vu dans le magasin.

Judith était dépassée par les événements. Jamais elle n'aurait imaginé que l'on puisse avoir une famille aussi belle, aussi époustouflante. Ils avaient tous l'air de sortir des pages de papier glacé d'un magazine mondain.

– Quel âge Athena a-t-elle ?

– Dix-huit ans. Elle a passé l'année dernière à Londres, puis elle est partie en Suisse pour apprendre le français. Elle y est toujours.

– Elle veut être professeur de français ?

– Mon Dieu, non. Elle n'a jamais rien fait de sa vie.

– Que fera-t-elle à son retour ?

– Elle restera à Londres, probablement. Maman possède une petite maison à Cadogan Mews. Athena a des tas de petits amis. Le week-end, elle est toujours par monts et par vaux.

Une existence enviable, somme toute.

– Elle a l'air d'une vedette de cinéma, dit Judith, un peu nostalgique.

– Et comment !

– Et ton frère ?

– Edward ? Il a seize ans. Il est à Harrow.

– J'ai un cousin qui a seize ans. Il est à Dartmouth. Il s'appelle Ned. Ta... hésita-t-elle. Ta mère ne paraît pas assez vieille pour avoir de grands enfants.

– Tout le monde le dit. C'est lassant ! (Loveday reposa la dernière photo et s'installa sur son lit étroit et blanc.) Est-ce que tu te plais ici ? demanda-t-elle à brûle-pourpoint.

– Où ? Tu veux dire à l'école ? Ça va.

– C'est toi qui as voulu venir ici ?

– Pas particulièrement. Mais il le fallait. Je devais être pensionnaire.

– A cause du départ de ta mère ?

Judith hocha la tête.

– Moi, j'ai demandé à venir ici, lui dit Loveday, parce que je voulais être près de chez moi. En septembre, on m'a envoyée dans l'école la plus horrible du Hampshire. J'avais tellement le mal du pays que j'ai pleuré pendant des semaines et que j'ai fait une fugue.

Judith, qui le savait déjà puisque la vendeuse du magasin le lui avait dit, fut à nouveau emplie d'admiration.

– J'ai du mal à croire que l'on puisse avoir tant de courage.

– Il ne m'en a pas fallu tant que ça. J'ai simplement décidé que je ne pouvais plus supporter cet horrible endroit. Il fallait que je rentre à la maison. Ça paraît toujours difficile de fuguer, mais c'était très facile. J'ai pris le bus jusqu'à la gare de Winchester, puis je suis montée dans le train.

– Y avait-il un changement ?

– Oui, deux fois, mais j'ai demandé aux gens. Et quand je suis arrivée à Penzance, j'ai appelé maman d'une cabine téléphonique pour qu'elle vienne me chercher. Une fois à la maison, je lui ai dit qu'il ne fallait plus jamais, jamais, m'envoyer si loin et elle me l'a promis. Je suis donc venue ici et, quand Miss Catto a appris que j'avais fait une fugue, elle a demandé à ce que je rentre chez moi le week-end pour que cela ne se reproduise plus.

– Donc...

Mais elles n'eurent pas le temps de poursuivre cette passionnante conversation, tout le bâtiment retentissant du son de la cloche appelant au déjeuner.

– Oh, flûte ! Je déteste cette cloche et nous sommes mardi, il y aura des pruneaux à la crème pour le dessert. Allons-y, sinon nous allons nous faire tirer les oreilles.

Elles descendirent l'escalier quatre à quatre pour rejoindre leur classe. Mais avant de se séparer, elles échangèrent quelques mots :

– Avant le dîner, dans le dortoir. Nous ouvrirons ce paquet ensemble.

– Vivement ce soir !

Après cela, ce fut comme si la journée avait changé de couleur. Judith avait déjà fait l'expérience des exaltations et des brusques bouffées de bonheur que connaissent tous les enfants. Cette fois, c'était autre chose. Un événement. Une suite d'événements. Son cadeau de Noël était enfin arrivé et, grâce à cela, une amitié avec Loveday Carey-Lewis s'était amorcée. Elle avait encore devant elle la perspective de la solennelle ouverture de la boîte de cèdre. Au fil de l'après-midi, sa bonne humeur fut accrue par d'autres bonnes surprises, comme si cette journée était bénie des dieux et que rien ne pouvait l'entacher. Au déjeuner on n'avait pas servi ces pruneaux à la crème qu'elle détestait, mais une génoise à la vanille et au sirop, délicieuse. Ensuite elle avait eu huit sur dix au contrôle sur les verbes français et, au moment d'enfiler sa tenue de sport pour disputer un match sur le terrain de hockey venteux, la pluie grise de la matinée avait cessé. Le ciel était dégagé, bleu vif, la brise tout à fait supportable et les premières jonquilles qui bordaient les allées menant au terrain commençaient à s'ouvrir. Débordante d'énergie, elle prit même du plaisir à la partie de hockey, courant légèrement selon les déplacements du jeu et frappant la balle de cuir avec aisance chaque fois qu'elle lui parvenait. Elle joua si bien qu'à la fin de la partie Miss Fanshaw, le professeur de sport, une femme robuste aux cheveux coupés à la garçonne, munie d'un sifflet à roulette et plutôt avare de compliments, lui donna une tape dans le dos.

– Bien, Judith. Si tu continues à jouer comme ça, nous te prendrons dans l'équipe.

Puis vinrent l'heure du thé, l'étude et le moment de se changer pour le dîner. Elle fonça vers le dortoir, montant les marches deux par deux, tira les rideaux de son alcôve et ôta ses vêtements à la hâte. Elle réussit même à prendre une salle de bains avant tout le monde mais, quand elle revint, Loveday l'attendait déjà, assise sur son lit, vêtue de la robe verte à poignets et col blancs qui constituait la tenue du soir.

– Eh bien, tu as fait vite ! s'exclama Judith.

– Nous n'avons joué qu'au net-ball et je n'ai pas trop transpiré. Dépêche-toi de t'habiller, et nous pourrons commencer. J'ai des ciseaux à ongles pour couper la ficelle.

Judith enfila ses vêtements à la hâte, boutonna le devant de sa robe en mettant ses chaussures, puis se donna un coup de brosse et noua ses cheveux avec un ruban. Elle était prête. Elle saisit les ciseaux, coupa la ficelle, et entreprit de découdre les points grossiers qui maintenaient la toile de jute en place. Sous le jute il y avait une couche de papier kraft, un épais rembourrage de papier journal, ce qui était captivant en soi car il était couvert de mystérieux caractères orientaux. Cela sentait les épices et les terres lointaines. Il y avait enfin une dernière couche d'un papier blanc brillant qu'elle déchira, et le cadeau apparut enfin, qu'elles contemplèrent en silence.

Ce fut Loveday qui le rompit.

– C'est ravissant, souffla-t-elle dans un soupir.

C'était en effet très beau, plus que Judith n'avait osé l'espérer. Le bois était couleur de miel, lisse comme le satin et entièrement sculpté. La clenche décorative était en argent, en forme de fleur, et la serrure chinoise s'y enclenchait comme un cadenas. La clé était fixée au couvercle par une bande de papier collant. Loveday la retira aussitôt et la tendit à Judith, qui l'introduisit dans la serrure, où elle heurta un ressort caché qui libéra le couvercle. Quand elle le souleva, un miroir glissa pour le maintenir ouvert. L'avant de la boîte s'ouvrait comme des ailes, révélant deux ensembles de tiroirs miniatures. Une odeur de cèdre emplit l'air.

– Tu savais que ce serait comme ça ? demanda Loveday.

– Plus ou moins. Ma mère en avait une à Colombo. C'est pour ça que j'en ai demandé une. Mais elle n'était pas aussi jolie que celle-ci.

Elle ouvrit l'un des tiroirs, qui glissa aisément en découvrant un assemblage à queue d'aronde et un intérieur laqué de rouge.

– Quelle cachette pour tes trésors ! Et tu peux la fermer à clé. Et pendre la clé autour de ton cou. Mon Dieu, comme tu as de la chance... Refermons-la, et j'essaierai de l'ouvrir...

Elles auraient pu jouer ainsi pendant des heures si la surveillante n'était entrée en trombe dans le dortoir. Entendant leurs voix, elle tira brusquement les rideaux d'un geste furibond et, ébahies, les deux filles croisèrent son regard noir. Le voile d'infirmière qui lui tombait jusqu'aux sourcils, comme celui d'une religieuse, ne l'avantageait guère.

– Pourquoi chuchotez-vous ainsi ? Vous savez parfaitement que vous n'avez pas le droit d'être à deux dans les box.

Judith, que la surveillante effrayait, ouvrit la bouche pour s'excuser, mais Loveday n'avait peur de personne.

– Regardez, madame, n'est-ce pas merveilleux ? C'est le père de Judith qui la lui a envoyée de Ceylan pour Noël, mais elle a mis des siècles à arriver.

– Et vous, que faites-vous dans le box de Judith ?

– Je l'aidais juste à l'ouvrir. Regardez ça ! Il y a une serrure et de jolis petits tiroirs...

Pour dévoiler tous les charmes de la boîte, elle en ouvrit un d'une manière si gracieuse que la colère de la surveillante retomba légèrement et qu'elle fit même un pas en avant pour jeter par-dessus ses lunettes un coup d'œil à l'objet qui était posé sur le lit.

– Je dois dire, admit-elle, que c'est très joli. (Puis elle retrouva le ton autoritaire qui lui était habituel.) Où diable allez-vous mettre cela, Judith ? Il n'y a pas de place dans votre vestiaire.

Ce problème ne l'avait pas effleurée.

– Je pense... que je pourrai l'emporter chez tante Louise aux prochaines vacances.

– Vous n'auriez pas un endroit un peu sûr, madame ? l'amadoua Loveday. A l'infirmerie ou ailleurs ? Dans une armoire ? En attendant.

– Bien. Je verrai. Peut-être. Pour l'instant rangez-moi ce fourbi avant que sonne la cloche du dîner. Retournez à votre place, Loveday, et que je ne vous y reprenne pas !

– Non, madame. Excusez-nous, madame. Merci, madame.

Le ton de Loveday était si doux et si repentant que la surveillante fronça les sourcils. Mais Loveday se contenta de sourire et, ne trouvant plus rien à redire, la surveillante fit volte-face et s'en alla d'un bon pas. Elles gardèrent leur sérieux jusqu'à ce qu'elle soit hors de portée de voix, puis elles éclatèrent d'un rire inextinguible.

Sainte-Ursule, dimanche 9 février

Chère maman, cher papa,

Mon cadeau de Noël est arrivé cette semaine. Merci, merci beaucoup, papa. C'est exactement ce que je voulais, et même mieux. Je ne peux le garder ni dans ma commode ni dans mon vestiaire. La surveillante l'a donc rangé au fond du placard de la Croix-Rouge, ce qui est gentil de sa part. Mais je ne peux pas en profiter. Quand j'irai chez tante Louise (le 29 février), je l'emporterai et je le mettrai dans ma chambre. Merci encore, il me plaît beaucoup.

Merci aussi, maman, pour la lettre que tu as postée à Londres juste avant de prendre le bateau. J'espère que tu as fait bon voyage et que Jess s'est plu sur le bateau.

Loveday Carey-Lewis m'a aidée à ouvrir ma boîte. Elle est très sympathique. Elle est indisciplinée, mais elle s'en tire toujours bien et se moque de tout ce qu'on peut lui dire. On l'a mise ici parce qu'elle voulait rester près de chez elle. A Nancherrow, elle a un poney. Dans la salle commune, nous devons entreprendre un ouvrage pour la vente de charité. Loveday et moi, nous fabriquons un coussin en patchwork. Je ne crois pas qu'elle soit particulièrement amie avec Vicky Payton. Elle la connaissait, c'est tout. Nous sommes gentilles avec Vicky quand elle vient vers nous. Elle a une autre amie, une demi-pensionnaire, et je ne pense pas qu'elle se soucie de Loveday et de moi.

Loveday a une sœur, Athena, qui est en Suisse, et un frère, Edward, qui est à Harrow. Son père a un chien qui s'appelle Tiger.

Je fais des progrès en français et demain, nous passerons une audition pour faire partie de la chorale.

Baisers à vous et à Jess,

Judith.

Le mercredi de la semaine suivante, quand Judith se présenta consciencieusement pour prendre son courrier,

Deirdre Ledingham lui annonça qu'elle n'avait pas reçu de lettres, mais que Miss Catto voulait la voir sur-le-champ, avant la sonnerie du déjeuner.

Le cœur de Judith battit la chamade et son estomac se noua. Tous les regards s'étaient tournés vers elle, emplis de crainte et d'une sorte de respect, comme si elle avait eu le courage de faire quelque chose de très mal.

Elle fit un rapide examen de conscience et ne trouva rien. Ni course dans les couloirs ni bavardages après l'extinction des feux.

— Pourquoi veut-elle me voir ? hasarda-t-elle avec une hardiesse de petite souris.

— Pas la moindre idée, mais tu le sauras bien assez tôt. Vas-y, grouille-toi. Elle est dans son bureau.

En tant que directrice, Miss Catto exerçait une influence omniprésente sur l'école tout en gardant délibérément ses distances à l'égard des activités quotidiennes de l'établissement. Alors que le reste du personnel se contentait de chambres austères et d'une salle des professeurs encombrée de collègues, de tasses de thé et de manuels scolaires, Miss Catto avait une suite de pièces rien que pour elle au premier étage du bâtiment. Son bureau du rez-de-chaussée était le saint des saints, le centre névralgique de Sainte-Ursule. La directrice était respectée de tous et, quand elle faisait son entrée, sa toge noire flottant derrière elle, pour présider à la prière ou au repas, l'école tout entière se taisait et se levait comme un seul homme.

Comme elle ne donnait de cours qu'aux plus grandes, aux prises avec leur diplôme de fin d'études ou leur examen d'entrée à l'université, Miss Catto n'avait que peu de rapports personnels avec les enfants plus jeunes. Judith ne lui avait adressé la parole qu'une seule fois, le premier jour, lorsque Miss Catto, après avoir appelé son nom, l'avait saluée et lui avait souhaité la bienvenue. Mais, comme toutes les élèves, elle était consciente de l'omniprésence de la directrice, qui pouvait toujours surgir à l'improviste.

C'était donc une sorte d'épreuve que d'être convoquée dans son bureau.

Celui-ci se trouvait au bout d'un long couloir qui desservait plusieurs classes. La porte, peinte en marron, était close. La bouche sèche, Judith frappa.

— Entrez !

Elle ouvrit la porte. Miss Catto était à son bureau. Elle leva les yeux et posa son stylo.

– Oh, Judith, approchez.

Judith referma la porte et entra. C'était une belle matinée. Le bureau, qui donnait sur les jardins, était inondé de soleil. Il y avait un pot de primevères sauvages sur le bureau de Miss Catto et, derrière elle, sur le mur, une peinture à l'huile représentant une crique, une mer indigo et un bateau échoué sur la plage.

– Prenez un siège et asseyez-vous. Et cessez de prendre cet air terrifié, je ne suis pas fâchée contre vous. J'ai juste un mot à vous dire. (Elle s'adossa au fauteuil.) Comment cela se passe-t-il ?

En dépit de ses hautes fonctions et de ses lourdes responsabilités, Miss Catto avait à peine une quarantaine d'années. Elle avait le teint frais et l'allure dynamique d'une femme qui aime le plein air et le sport. Ses cheveux poivre et sel étaient tirés en un chignon net et classique qui dégageait son front lisse. Elle avait les yeux bleu clair, et son regard perçant pouvait se faire charmeur ou intimidant selon les circonstances. Sous sa toge, elle portait un tailleur bleu marine et un chemisier de soie à lavallière. Ses fortes mains carrées étaient nues, mais elle avait des perles rondes aux oreilles et une broche sur le revers de sa veste.

Ayant trouvé une chaise, Judith s'assit en face d'elle.

– Bien, merci, Miss Catto.

– Vous avez obtenu des notes tout à fait satisfaisantes, et je suis contente de votre travail.

– Merci, Miss Catto.

Miss Catto sourit, et son expression sévère devint plus chaleureuse.

– Avez-vous eu des nouvelles de votre mère ?

– Oui, j'ai reçu une lettre postée à Gibraltar.

– Tout va bien ?

– Je pense.

– J'en suis ravie. Venons-en maintenant à ce qui me préoccupe. Vous semblez vous être liée d'amitié avec Loveday Carey-Lewis ?

Avait-elle bien compris ?

– Oui.

– J'avais le sentiment que vous pourriez vous entendre toutes les deux. C'est la raison pour laquelle j'ai demandé à la surveillante de vous mettre dans le même dortoir. Or il se passe la chose suivante : Mrs. Carey-

Lewis m'a téléphoné, parce que Loveday veut vous inviter pour le week-end. Vous a-t-elle parlé de ce projet ?

– Non. Pas un mot.

– C'est bien. Sa mère lui a fait promettre de se taire tant qu'elle ne m'en aurait pas parlé. Cela vous plairait-il d'y aller ?

– Plairait ? (Judith n'en croyait pas ses oreilles.) Miss Catto, cela me plairait énormément.

– Vous devez comprendre que, si je vous permets d'y aller, c'est un grand privilège puisque, officiellement, le seul week-end où les pensionnaires soient autorisées à sortir est celui de la mi-trimestre. Mais étant donné les circonstances, avec votre famille à l'étranger, je crois que cela peut vous faire du bien.

– Oh, merci !

– Vous partirez avec Loveday samedi matin et vous reviendrez avec elle dimanche soir. Je préviendrai votre tante Louise par téléphone, puisque c'est elle qui est légalement responsable et qu'elle doit être tenue au courant de tout ce que vous faites.

– Je suis certaine qu'elle ne dira pas non.

– Je ne le pense pas non plus, mais il est important, et poli, de suivre les règles. Voilà...

Elle se leva en souriant et Judith se hâta d'en faire autant.

– C'est décidé. Je préviendrai Mrs. Carey-Lewis. Allez trouver Loveday à présent pour lui annoncer la bonne nouvelle.

– Bien, Miss Catto, et merci beaucoup...

– N'oubliez pas, fit Miss Catto en élevant la voix, de ne pas courir dans le couloir.

Elle finit par dénicher Loveday dans sa classe, attendant avec ses camarades que retentisse la cloche du déjeuner.

– Espèce de chipie !

Mais Loveday vit ses joues roses et son air extatique et poussa un cri de joie.

– Pussy-Catto [1] a dit oui !

Alors elles s'étreignirent et se lancèrent dans une gigue débridée.

– Elle a dit oui. Je ne l'aurais jamais cru.

– Mais tu ne m'avais pas dit que tu avais demandé à ta mère.

1. *Pussycat* : minou. *N.d.T.*)

115

– Je le lui avais promis parce que nous craignions que Miss Catto ne nous donne pas sa permission, et il n'y a rien de pire au monde que d'être déçu. J'ai eu un mal de chien à garder le secret. C'est une idée de maman. Quand je lui ai parlé de toi, elle m'a dit : « Amène Judith à la maison. » Je lui ai répondu qu'on ne te le permettrait pas. « Laisse-moi faire », m'a-t-elle répondu. Et ça a marché. Ça marche toujours avec maman. Pops dit qu'elle est la femme la plus persuasive du monde. Nous allons bien nous amuser. J'ai hâte de tout te montrer. Je ne peux pas attendre... Pourquoi as-tu l'air si sombre, tout à coup ?

– Mais j'y pense, je n'ai rien à me mettre. Toutes mes affaires sont chez tante Louise.

– Ça n'a aucune importance. Tu emprunteras les miennes.

– Tu es plus mince et plus petite que moi.

– Alors tu prendras celles d'Athena. Ou d'Edward. Ta tenue n'a pas d'importance. Et je te montrerai...

Mais il n'était plus temps, la cloche du déjeuner retentit.

– Ce qu'il y a de mieux quand on rentre à la maison, c'est qu'on n'entend plus cette fichue cloche, lança Loveday d'une voix pleine d'enthousiasme, ce qui lui valut un avertissement de sa responsable de classe choquée, qui la fit rire de plus belle.

Elles étaient prêtes à partir à dix heures du matin, habillées de pied en cap, bagages en main, quand Loveday eut l'une de ses idées de génie.

– Ta boîte de cèdre.

– Quoi ?

– Emportons-la. Comme ça, nous pourrons la montrer à maman.

– Ça va l'intéresser ? fit Judith, dubitative.

– Évidemment. Ne sois pas idiote. Je lui ai tout raconté.

– La surveillante sera furieuse.

– Pourquoi ? Elle sera ravie de s'en débarrasser. Ça encombre son placard. De toute façon, on s'en moque. J'irai si tu veux...

Elles y allèrent ensemble, trouvèrent la surveillante à l'infirmerie, qui donnait une cuillerée d'extrait de malt à une petite maigrichonne. Comme prévu, elle n'était pas enchantée de les voir.

– Vous êtes encore là, vous deux ?

La surveillante n'approuvait pas Miss Catto d'avoir enfreint le règlement pour permettre à Judith de partir pour le week-end, et l'avait bien fait comprendre dès qu'on l'avait informée de ce projet.

– Je vous croyais déjà parties.

– Nous y allons, madame, lui expliqua Loveday d'un ton apaisant, mais nous venons de songer que nous pourrions emporter la boîte de Judith. Comme cela, elle ne vous gênera plus, ajouta-t-elle sournoisement.

– Pour quoi faire ?

– Maman aimerait beaucoup la voir. Et j'ai des coquillages que nous voudrions mettre dans les tiroirs.

– Très bien. Elle est au fond de l'armoire de la Croix-Rouge. Mais ne la rapportez pas, je n'ai pas de place pour ces machins-là. Allons, Jennifer, ne fais pas semblant d'être écœurée. Ce n'est que du malt et ça te fera du bien.

Elles extirpèrent la boîte de sa cachette, dirent au revoir à la surveillante et s'éclipsèrent, Judith avec son trésor, Loveday avec un sac dans chaque main. Elles descendirent l'escalier, parcoururent le grand couloir le plus vite possible sans courir, puis traversèrent le hall...

Deirdre Ledingham épinglait la liste des matches sur le panneau d'affichage vert.

– Où allez-vous ? demanda-t-elle d'un ton autoritaire.

– Chez moi, répliqua Loveday et, sans demander son reste, elle sortit en trombe devant la responsable bouche bée.

C'était une merveilleuse journée, froide et venteuse, avec de grands nuages blancs qui couraient dans le ciel bleu. La voiture des Carey-Lewis était déjà garée sur le gravier. Au volant, Mrs. Carey-Lewis les attendait avec Pekoe sur le siège du passager.

La voiture était une somptueuse Bentley bleu marine, avec un long capot élancé et d'énormes phares argentés. Malgré la fraîcheur, Mrs. Carey-Lewis avait abaissé la capote. Elle portait un manteau de fourrure et un foulard de soie noué autour de la tête pour que le vent ne lui rabatte pas les cheveux dans les yeux.

Elle leva le bras en les voyant.

– Vous voilà, mes chéries. Je me demandais ce que vous faisiez. Vous avez cinq minutes de retard.

– Nous sommes allées chercher la boîte de Judith. Maman, je te présente Judith.

– Bonjour, Judith, ravie de te voir. Mon Dieu, ça a l'air lourd. Mettez tout ça sur le siège arrière. Loveday, installe-toi derrière avec Pekoe et toi, Judith, viens à côté de moi. Quelle matinée superbe ! Je n'ai pas résisté à l'envie de baisser la capote, ça sent bon. Pekoe, ne fais pas d'histoires. D'habitude, tu aimes être derrière. Tiens-le bien, Loveday, sinon, dès qu'il apercevra un mouton il va se lancer à sa poursuite. Tout le monde est bien installé ?

Elle mit le contact, et le puissant moteur démarra. Judith s'adossa au dossier de cuir rembourré et poussa un soupir de contentement ; elle avait craint jusqu'au dernier moment que quelque chose, n'importe quoi, vienne contrecarrer leur projet. Mais il n'était rien arrivé de tel, et tout était pour le mieux. Elles franchirent le portail, s'engagèrent sur la route et Sainte-Ursule s'enfonça dans le passé, loin derrière elles.

Loveday bavardait.

– Nous avons décidé au dernier moment d'emporter la boîte. La surveillante était verte, n'est-ce pas, Judith ? J'ignore pourquoi elle a si mauvais caractère. Pourquoi n'est-elle pas comme Mary ? Je ne crois pas qu'elle nous aime beaucoup, Judith et moi, et toi, Judith ? Maman, qui est à la maison ce week-end ? Quelqu'un d'intéressant ?

– Pas vraiment. Juste Tommy Mortimer, qui vient de Londres.

– Oh ! Oh ! s'écria Loveday d'un ton malicieux. Tommy Mortimer. C'est le bon ami de maman, expliqua-t-elle à Judith. Il lui apporte de fantastiques chocolats de chez Harrods.

– Loveday, tu es ridicule. (Sa mère ne semblait pas agacée le moins du monde, tout juste amusée.) Il ne faut pas croire un mot de ce que dit cette enfant, Judith, mais tu t'en es certainement rendu compte toute seule.

– C'est tout à fait vrai, et tu le sais bien. D'après Athena, il soupire après toi depuis des années, et c'est pour cela qu'il ne s'est jamais marié.

– Athena dit encore plus de bêtises que toi.

– As-tu reçu une lettre d'elle ?

– Ma chérie, quelle question stupide ! Elle n'écrit jamais. Mais nous avons eu un petit mot d'Edward nous annonçant qu'il était sélectionné dans l'équipe de rugby. Jeremy Wells est arrivé ce matin. Pops l'a invité. Pops, Tommy et lui sont partis tirer le pigeon dans les bois.

– Jeremy. Parfait. Ça fait des siècles que je ne l'ai vu. Il est très sympathique, expliqua-t-elle gentiment à Judith. C'était le professeur particulier d'Edward avant qu'il entre à Harrow. Et plus ou moins le petit ami d'Athena. Quand elle avait seize ans, il l'escortait dans les soirées. Son père est notre médecin. Pops adore Jeremy, parce que c'est un excellent joueur de rugby et de cricket. Il est même capitaine de l'équipe du comté.

– Ma chérie, il ne l'aime pas que pour cela.

– Pops va toujours à Twickenham quand la Cornouailles joue, et à Lord's l'été. Et il répète sans cesse que Jeremy est un fusil fantastique, et il s'extasie sur le nombre de faisans qu'il a tirés...

– Ce n'est pas faux, admit Diana Carey-Lewis en riant malgré elle, mais leur amitié consiste en autre chose qu'à tirer sur tout ce qui vole...

Judith avait cessé d'écouter. Tous ces noms qu'elles se renvoyaient comme des balles la mettaient un peu mal à l'aise. Tant de gens, tant de choses, tant de familiarité, tant de mondanités, si étrangers à tout ce qu'elle avait connu jusque-là. Elle espérait qu'elle se montrerait à la hauteur pendant ces deux jours, qu'elle ne commettrait pas d'impair, ce qui embarrasserait tout le monde, à commencer par elle-même. Quant à Loveday, elle n'avait jamais entendu un enfant parler ainsi à sa mère, papotant comme si elles étaient du même âge, la taquinant sur son soupirant, Tommy Mortimer. De tous ceux que l'on avait évoqués, c'était le plus intrigant pour Judith. Les mères qu'elle avait connues n'avaient pas de soupirant ou, si elles en avaient un, elles le cachaient. Mrs. Carey-Lewis n'avait absolument pas honte de son admirateur, semblait-il, elle en était même plutôt fière. Peu lui importait que toute sa famille... y compris son mari, sans doute... soit au courant. Elle les laissait en rire à leur aise, comme d'un sujet de plaisanterie.

Tout cela allait être très intéressant, songea Judith.

Ayant laissé la ville derrière elles, elles traversèrent un petit village de pêcheurs avant de remonter sur le plateau qui s'étendait au-delà. La route étroite serpentait, épousant les contours capricieux des murs de pierres sèches limitant les terres des fermes plantées çà et là, dont on apercevait les bâtiments anciens aux toits bas, recroquevillés sous le vent. Les collines couronnées de cairns de granit descendaient en pente douce jusqu'aux falaises et à la mer, éblouissante sous le soleil. Au large, de petits bateaux de pêche fendaient la houle. Des mouettes planaient au-dessus d'un laboureur qui marchait derrière son cheval, descendant parfois en piqué sur la terre fraîchement retournée.

C'était très différent du reste de la Cornouailles.

— C'est magnifique, dit Judith.

— Tu n'avais jamais pris cette route ? demanda Mrs. Carey-Lewis avec un sourire.

— Non, jamais. Pas aussi loin.

— Ce n'est pas très loin de Penmarron. En Cornouailles, on n'est jamais très loin de rien.

— Si, quand on n'a pas de voiture.

— Ta mère n'avait pas de voiture ?

— Si, une Austin. Mais elle n'aime pas beaucoup conduire, alors nous allions le plus souvent à Porthkerris par le train.

— Quel dommage ! Et pourquoi donc ?

— Elle n'est pas à l'aise. Elle disait que c'était parce qu'à Colombo elle avait toujours eu un chauffeur. Mais c'est idiot. En fait, elle conduit très bien. Elle s'en croit incapable, c'est tout.

— A quoi ça sert d'avoir une voiture, demanda Loveday, si on ne conduit jamais ?

Judith se dit qu'elle n'avait peut-être pas été très loyale et tenta de prendre la défense de sa mère absente.

— Cela vaut mieux que de faire comme ma tante Louise qui conduit sa Rover à cent cinquante à l'heure, généralement du mauvais côté de la route. Maman avait peur de monter avec elle.

— Je la comprends, dit Mrs. Carey-Lewis. Qui est tante Louise ?

— C'est la sœur de mon père. J'irai passer les vacances chez elle tant que maman sera absente. Elle habite Penmarron.

— J'espère qu'elle ne conduira pas à cent cinquante à l'heure avec toi dans la voiture.

— Non, elle va m'acheter une bicyclette.

— Une dame très sensée. Mais c'est dommage que ta maman n'aime pas conduire, parce qu'il y a plein de plages et de criques ravissantes par ici et qu'on ne peut pas y accéder sans voiture. Peu importe, nous te les montrerons, et ce sera d'autant plus amusant pour nous que tu ne les connais pas. Comment appelles-tu ta maman ? demanda-t-elle après quelques instants de silence.

Ce qui était une question plutôt curieuse, songea Judith.

– Maman.

– Et comment vas-tu m'appeler ?

– Mrs. Carey-Lewis.

– Très convenable. Mon mari approuverait cela. Mais puis-je te dire une chose ? Je déteste que l'on m'appelle Mrs. Carey-Lewis. J'ai toujours l'impression que l'on s'adresse à ma belle-mère, qui était vieille comme Hérode et deux fois plus terrifiante. Elle est morte à présent, Dieu merci. Du moins n'auras-tu pas à te soucier d'elle.

Judith ne savait absolument pas que répondre, mais cela n'avait pas d'importance car Mrs. Carey-Lewis poursuivit :

– J'aime que l'on m'appelle « Diana », « chérie » ou « maman ». Et comme je ne suis pas ta mère, que « chérie » serait un peu affecté, je crois que mieux vaut que tu m'appelles Diana.

Elle se tourna pour sourire à Judith, qui remarqua que son foulard était du même bleu intense que ses yeux et se demanda si Mrs. Carey-Lewis le savait et si elle l'avait choisi pour cette raison.

– Mais cela ne vous ennuiera pas ?

– Non, ça me plaira. Ce sera plus facile si nous commençons tout de suite. Parce que, si tu commences par m'appeler Mrs. Carey-Lewis, tu ne pourras plus dire Diana, et *ça*, ça m'ennuierait.

– Je n'ai encore jamais appelé une grande personne par son prénom.

– C'est ridicule. On nous a donné à tous de jolis noms de baptême et nous devons les utiliser. Mary Millyway, que tu vas voir, est... ou du moins était la gouvernante de Loveday quand elle était bébé. Eh bien, nous ne l'avons jamais appelée Nanny. Mary est un si joli nom. De toute façon, je n'aime pas ce mot de Nanny, qui évoque pour moi la plus assommante des mères. Nanny est très fâchée parce que je n'ai pas envoyé Lucinda au lit à l'heure, fit-elle d'une voix snob, fausse mais terriblement bien imitée. Écœurant. Alors partons du bon pied. Dis mon nom à voix haute.

– Diana.

– Crie-le au monde entier.

– Diana !

– Beaucoup mieux. Maintenant, faisons le plus de bruit possible. Toutes ensemble, un, deux, trois...

– DIANA !

Le vent emporta leurs voix jusqu'au ciel. Le ruban gris de la route serpentait devant elles, et elles riaient de bon cœur.

Au bout d'une quinzaine de kilomètres, le paysage changea brusquement. Elles se trouvaient à présent dans une région de rivières et de vallées profondes et boisées. Elles traversèrent Rosemullion, un ensemble de cottages blanchis à la chaux, un pub et une vieille église à la tour carrée, entourée de pierres tombales jaunies de lichen. Un pont ventru enjambait un cours d'eau, puis la route grimpa à nouveau avant de s'aplanir au sommet d'une colline. Apparurent alors une entrée impressionnante, des murs arrondis autour d'un grand portail en fer forgé ouvert, qui encadrait une longue allée boisée et sinueuse qui s'en allait à perte de vue. Diana rétrograda et la Bentley franchit la porte.

– C'est là ? demanda Judith.

– Oui, c'est là. Nancherrow.

L'allée semblait dérouler ses méandres à l'infini. Judith se taisait. Tout était soudain un peu effrayant et intimidant. Elle n'avait jamais vu un chemin d'accès aussi long et commençait à redouter que Nancherrow ne soit pas une maison, mais un château avec des douves, un pont-levis et peut-être même un fantôme. Elle était emplie d'appréhension devant l'inconnu.

– Tu es inquiète ? demanda Diana. Nous avons toujours appelé cela la fièvre du chemin, cette détresse que l'on éprouve en arrivant dans un endroit que l'on ne connaît pas.

Judith se demanda si elle lisait aussi les pensées.

– L'allée est si longue.

– A quoi crois-tu que ça va ressembler ? fit-elle en riant. Ce n'est pas du tout effrayant. Pas de spectres. Ils ont tous été incinérés quand la vieille maison a brûlé en 1910. Mon beau-père s'est contenté de hausser les épaules, puis il en a bâti une autre, beaucoup plus grande et beaucoup plus pratique. Quel soulagement ! Comme ça, nous avons les avantages du neuf et de l'ancien, mais

122

ni fantôme ni passage secret. Rien qu'une merveilleuse demeure que nous adorons tous.

Quand elles arrivèrent enfin à Nancherrow, Judith comprit ce qu'elle voulait dire. Ce fut une brusque apparition. Les arbres s'éclaircirent, le soleil hivernal brilla de nouveau et, après un dernier virage, la maison surgit derrière un terre-plein de galets clairs. Elle était en granit avec un toit d'ardoise, comme les fermes traditionnelles, avec un étage et au-dessus une rangée de lucarnes. Tout le mur, à l'est, était couvert de clématites et de rosiers grimpants. La porte d'entrée se découpait dans une tour ronde au sommet crénelé comme quelque château fort normand, et tout autour s'étendaient de vertes pelouses semées de massifs de fleurs et de parterres jaunes et rouges plantés de jonquilles et de crocus. Devant la maison, plein sud, les pelouses s'étageaient en terrasses entrecoupées d'escaliers de pierre. On apercevait à l'horizon le bleu de la mer.

Or, malgré toute cette splendeur, la maison n'était aucunement terrifiante, ni même impressionnante. Dès le premier instant, Judith tomba amoureuse de Nancherrow et eut l'impression de mieux comprendre Loveday. Maintenant elle savait pourquoi celle-ci s'était enfuie de l'école du Hampshire pour revenir dans cet endroit magique, et avait exigé que sa mère lui promette de ne plus jamais l'envoyer au loin.

La Bentley s'arrêta dignement devant la porte d'entrée, et Diana coupa le moteur.

– Eh bien, nous y voilà, saines et sauves.

Elles sortirent, rassemblèrent leurs affaires et se dirigèrent vers la maison, Pekoe en tête, et Judith, chargée de sa boîte de cèdre, fermant la marche. En haut de l'escalier de pierre, elles franchirent un porche dallé puis des portes vitrées et pénétrèrent dans le hall. Tout ici semblait spacieux mais, en dépit des généreuses proportions du bâtiment, les plafonds n'étaient pas trop élevés, de sorte qu'on avait l'impression de se trouver dans une maison de campagne, une maison de famille, accueillante et sans prétention, et Judith se sentit aussitôt plus à l'aise.

Les murs du hall étaient lambrissés de bois naturel et le parquet ciré était jonché de tapis persans aux couleurs passées. Un grand escalier couvert d'un épais tapis central s'élevait en trois volées jusqu'au palier du premier étage et le soleil filtrait à travers une large fenêtre garnie de rideaux d'un lourd brocart de soie jaune. Au milieu du hall, une table ronde à pied unique supportait une jarre en terre pleine de narcisses blancs, ainsi qu'un livre d'or en cuir élimé, une ou deux laisses à chien, des gants, une pile de courrier. Une cheminée au manteau sculpté faisait face à l'escalier. Dans l'âtre on apercevait un lit de cendres froides, mais Judith se dit que quelques bûches sèches et un coup de soufflet feraient bientôt une belle flambée.

Tandis qu'elle regardait autour d'elle, Diana s'arrêta près de la table et dénoua son écharpe de soie, qu'elle glissa dans la poche de son manteau.

– Loveday, occupe-toi de Judith. Je pense que Mary est dans la nursery. Les garçons rentrent déjeuner à une heure. Ne soyez pas en retard. Soyez au salon à une heure moins le quart.

Après avoir pris son courrier, elle s'éloigna dans le large couloir décoré de meubles anciens joliment cirés, d'immenses vases de porcelaine et de miroirs ornementés. Pekoe suivit ses hauts talons élégants. D'un geste languissant elle les congédia.

– N'oubliez pas de vous laver les mains.

Elles la regardèrent s'éloigner, comme Judith l'avait fait dans le magasin, le jour de leur première rencontre, obscurément fascinées, répugnant à se détourner. Elles attendirent qu'elle ait atteint la porte close à l'extrémité du passage, qui s'ouvrit sur un soleil éblouissant et derrière laquelle elle disparut.

Ce brusque départ lui donna quelques indications intéressantes quant aux relations mère-fille chez les Carey-Lewis. Loveday était très intime avec sa mère, lui parlait comme à une sœur, mais ce privilège avait son prix. Si on la traitait en adulte, on s'attendait à ce qu'elle se comporte ainsi et prenne son invitée en charge. Telle était apparemment la règle, et Loveday l'acceptait sans broncher.

– Elle est partie lire son courrier, expliqua-t-elle inutilement. Viens, allons voir Mary.

Sur ce, elles montèrent l'escalier en traînant leurs sacs. Judith avançait lentement, la boîte lui pesait de plus en plus. En haut s'ouvrait un autre long couloir, réplique de celui dans lequel Diana s'était évanouie. Loveday se mit à courir, son sac battant contre ses jambes maigres.

– Mary !

– Je suis là, mon trésor !

Judith n'avait aucune expérience des nannies ou des nurseries anglaises. Elle avait vu des gouvernantes sur la plage de Porthkerris, dames corpulentes et féroces en robes de coton épais, chapeautées et portant des bas au plus chaud de l'été, tricotant et suppliant constamment leurs protégés soit d'aller se baigner soit de sortir de l'eau, de mettre leur chapeau de soleil, de manger un biscuit au gingembre ou de s'éloigner de ce garnement qui avait peut-être quelque chose de contagieux. Mais grâce au ciel, elle n'avait jamais eu affaire à elles.

Quant aux nurseries, le mot n'évoquait rien d'autre que l'austère infirmerie de Sainte-Ursule avec son sol de linoléum marron, ses fenêtres sans rideaux et son étrange odeur de cannelle mêlée d'antiseptique.

Voilà pourquoi elle pénétra dans la nursery de Nancherrow avec une certaine appréhension, qui se dissipa instantanément quand elle comprit que ses préjugés l'avaient égarée. Car c'était une grande pièce ensoleillée avec une baie vitrée et une banquette qui occupait presque tout le mur exposé au sud, d'où l'on avait vue sur le jardin et sur l'horizon scintillant dans le lointain.

Il y avait une cheminée, une bibliothèque pleine à craquer de livres, des sofas et des fauteuils tapissés de tissu à fleurs, un épais tapis turc et une table ronde recouverte d'une nappe bleue avec un motif de feuilles et d'oiseaux. D'autres détails charmants accentuaient l'impression de confort douillet, de jolis tableaux, une radio sur une table près de la cheminée, un gramophone portable et une pile de disques, une corbeille à ouvrage et des magazines, un grand pare-feu doté d'une barre de laiton poli, et un cheval à bascule tout cabossé qui avait perdu sa queue.

Une planche à repasser était dressée et Mary Millyway avait bien travaillé. Un panier de linge était posé sur le sol, une pile impeccable sur la table. Dans l'air flottait l'odeur rassurante du coton chaud, qui rappela à Judith la cuisine de Riverview et Phyllis. Elle sourit. C'était un peu comme si elle revenait à la maison.

– Eh bien, vous voilà...

Mary avait posé son fer, abandonné la chemise qu'elle était en train de repasser et ouvert les bras à Loveday qui laissa tomber ses sacs sur le tapis pour s'y jeter. Mary la souleva comme si elle ne pesait pas plus lourd qu'une plume et la berça avec un mouvement de balancier.

– Mon vilain bébé, dit-elle en déposant un baiser sur la chevelure sombre et bouclée de Loveday. Alors voilà ton amie ! Chargée comme un baudet. Qu'est-ce que tu as apporté ?

– C'est ma boîte de cèdre.

– Elle a l'air de peser une tonne. Pose-la sur la table, pour l'amour du ciel. (Ce que Judith fit volontiers.) Pourquoi l'as-tu prise ?

– Nous voulions la montrer à maman, expliqua Loveday. Elle est toute neuve. Judith l'a eue pour Noël. Mary, voici Judith.

– Je l'avais deviné. Bonjour, Judith.

– Bonjour.

Mary Millyway, ni corpulente ni féroce, était une grande Cornouaillaise solide qui n'avait guère plus de trente-cinq ans. Elle avait d'épais cheveux blonds et un visage sympathique, aux traits harmonieux et sains. Elle ne portait pas d'uniforme, mais une jupe de tweed gris, un corsage de coton blanc au col fermé d'une broche, et un cardigan en shetland bleu-gris.

Elles s'observèrent.

– Tu fais plus âgée que je ne l'imaginais, dit Mary.

– J'ai quatorze ans.

– Elle est dans la classe au-dessus de moi, expliqua Loveday, mais nous sommes dans le même dortoir. Mary, nous avons besoin de ton aide, parce qu'elle n'a pas de vêtements pour la maison et que les miens seront trop petits pour elle. Peut-elle emprunter quelque chose à Athena ?

– Tu vas t'attirer des ennuis, si tu fais ça.

– Pas les vêtements qu'elle porte en ce moment, quelque chose dont elle ne veut plus. Oh ! tu vois ce que je veux dire...

– Très bien. Je n'ai jamais vu une fille pareille, elle met les choses une fois, puis elle les jette...

– Alors trouve-nous quelque chose. *Tout de suite*, pour que nous puissions retirer ces horribles uniformes.

– Voilà ce que tu vas faire, dit Mary en reprenant son fer calmement et fermement. Va montrer sa chambre à Judith.

– Laquelle est-ce ?

– La rose au bout du couloir.

– Oh, Judith, c'est la plus jolie...

– ... et quand j'aurai fini de repasser, je verrai ce que je peux faire.

126

– Tu en as encore beaucoup à repasser ?

– Ça ne prendra pas plus de cinq minutes. Vas-y, le temps que tu reviennes, je serai prête.

– D'accord. (Loveday fit un grand sourire à Judith.) Viens.

Elle était déjà partie et Judith, qui avait pris son sac, dut courir pour la rattraper. Les portes étaient closes de chaque côté du long couloir, mais des impostes laissaient passer la lumière. Tout au bout, le couloir tournait à droite vers une autre aile et, pour la première fois, Judith prit conscience de la taille de la maison. Là, de grandes fenêtres donnaient sur les pelouses qui s'étendaient jusqu'aux haies d'escallonias et au-delà sur les prés clos de murets de pierre où paissaient des troupeaux de vaches.

– Alors, tu viens ?

Loveday s'était arrêtée un instant pour l'attendre. Elle n'avait donc pas le temps de contempler tout cela.

– C'est tellement grand ! fit Judith, émerveillée.

– Je sais que c'est immense, mais il le faut bien, nous sommes si nombreux. En plus, nous avons toujours des invités. C'est l'aile des hôtes.

A mesure qu'elle avançait, Loveday ouvrait et refermait des portes pour lui donner un aperçu de ce qui se trouvait derrière.

– Voilà la chambre jaune. Et une salle de bains. Là, la chambre bleue... en général, c'est celle de Tommy Mortimer. Oui, il est là, je reconnais ses brosses. Et son odeur.

– Que sent-il ?

– Divinement bon. Le truc qu'il se met sur les cheveux. Et puis voilà la grande chambre. Tu vois ce lit à baldaquin ? Il est très, très ancien. Je crois que la reine Élisabeth a dormi dedans. Une autre salle de bains. Voilà le dressing dans lequel il y a aussi un lit, au cas où les invités auraient un bébé ou quelque chose d'aussi affreux. Quand il y a un vrai bébé, Mary installe un lit à barreaux. Encore une salle de bains. Et voilà ta chambre !

Elles avaient atteint la dernière porte et, avec une certaine fierté, Loveday la fit entrer dans la pièce. Comme toutes les chambres de cette délicieuse demeure, celle-ci était lambrissée. Elle avait deux fenêtres encadrées de rideaux de toile de Jouy rose. La moquette était du même rose et le lit en cuivre était recouvert d'un dessus-de-lit blanc comme neige, ourlé à jour et brodé de marguerites. Il y avait une banquette au pied du lit, où Judith posa son sac, si humble et si vulnérable dans un tel décor.

– Ça te plaît?

– C'est tout simplement ravissant.

Elle aperçut la coiffeuse garnie de la même toile que les rideaux, sur laquelle étaient posés un miroir triple, un plateau de porcelaine à motif de roses et un petit pot contenant des primevères veloutées. Il y avait aussi une immense armoire victorienne, un vrai fauteuil avec des coussins roses et, près du lit, une petite table de chevet avec une lampe, une carafe d'eau et un gobelet renversé sur le col, et une boîte tapissée de cretonne, certainement remplie de gâteaux secs. Au cas où elle aurait faim au milieu de la nuit.

– Et voilà ta salle de bains.

Époustouflant. Elle inspecta le carrelage blanc et noir, la gigantesque baignoire, les larges robinets dorés, les immenses serviettes blanches, les flacons d'huile de bain et les pots de talc parfumé.

– Ma salle de bains à moi?

– En fait, tu la partages avec la chambre de l'autre côté, mais il n'y a personne et tu l'auras donc pour toi toute seule.

Loveday retourna dans la chambre pour ouvrir grand la fenêtre et s'y pencher.

– Regarde la vue que tu as! Il faut quand même se pencher un peu pour voir la mer.

Judith la rejoignit et elles restèrent côte à côte, les bras sur le rebord de pierre, face au vent frais qui sentait les embruns.

Le cou tendu, Judith contemplait la mer, mais ce qu'elle voyait juste en dessous d'elle était beaucoup plus intéressant. Une grande cour pavée, fermée sur trois côtés par des bâtiments de plain-pied aux toits d'ardoise. Au centre s'élevait un pigeonnier autour duquel voletaient des colombes qui emplissaient l'air de leurs roucoulements satisfaits. Tout autour de la cour étaient disposées des jardinières de bois plantées de géraniums. On apercevait aussi les signes d'une activité domestique plus terre à terre: un cellier à gibier grand comme un placard, des poubelles, une corde à linge où pendaient torchons et serviettes. Au-delà de la cour, de l'autre côté d'une route couverte de gravier, une pelouse s'étendait jusqu'à la lisière d'un bois. Il n'y avait pas encore de feuilles aux arbres qui balançaient leurs branches sous le vent venu de la mer.

Apparemment, il n'y avait personne mais bientôt une porte s'ouvrit et une fille en blouse de coton mauve sortit, portant une cuvette d'épluchures de légumes qu'elle déversa dans l'une des poubelles.

– C'est pour les cochons de Mrs. Mudge, chuchota Loveday d'un air important, comme si, telles des espionnes, elles ne devaient pas se faire repérer.

La fille en blouse mauve ne leva pas les yeux. Elle claqua le couvercle sur la poubelle, s'arrêta pour tâter les torchons, puis disparut à nouveau à l'intérieur.

– Qui est-ce ?

– C'est Hetty, la nouvelle fille de cuisine. Elle aide Mrs. Nettlebed, notre cuisinière, qui est mariée à Mr. Nettlebed, notre majordome. Elle est gentille, mais lui a très mauvais caractère. D'après maman, c'est l'estomac. Il a un ulcère.

Un majordome. C'était de plus en plus somptueux. Judith se pencha davantage et regarda juste en dessous.

– Est-ce l'écurie où tu laisses ton poney ?

– Non, c'est le bâtiment des chaudières, la réserve de bois, de charbon et des trucs comme ça. Et les toilettes du jardinier. L'écurie est un peu plus loin, on ne la voit pas d'ici. Je t'y emmènerai après le déjeuner pour que tu fasses la connaissance de Tinkerbell. Tu pourras la monter si tu veux.

– Je ne suis jamais montée à cheval, avoua Judith, sans reconnaître pour autant qu'elle avait peur des chevaux.

– Tinkerbell n'est pas un cheval. C'est un poney. Elle est adorable, ne mord pas et ne rue jamais. (Loveday réfléchit un instant.) C'est samedi. Peut-être Walter sera là.

– Qui est Walter ?

– Walter Mudge. Son père est le fermier de Lidgey... la ferme familiale, et il aide Pops à gérer le domaine. Walter est très gentil. Il a seize ans. Le week-end, il vient parfois panser les chevaux et donner un coup de main au jardinier. Il fait des économies pour s'acheter un cyclomoteur.

– Est-ce qu'il monte aussi ?

– Il entraîne le cheval de Pops quand celui-ci n'a pas le

temps. S'il doit siéger au tribunal ou assister à une réunion quelconque. (Brusquement, Loveday rentra la tête.) J'ai froid. Allons défaire tes bagages.

Elles le firent ensemble. Il n'y avait pas grand-chose à déballer, mais il fallait tout ranger. On accrocha le manteau et le chapeau de Judith dans la penderie, sur un cintre rembourré et recouvert de velours rose. L'intérieur de la penderie sentait la lavande. Puis elle étala sa chemise de nuit sur l'oreiller, pendit sa robe de chambre derrière la porte, disposa sa brosse et son peigne sur la coiffeuse, rangea ses vêtements propres dans un tiroir, sa brosse à dents et son gant de toilette dans l'immense salle de bains. Son journal et son stylo à plume trouvèrent leur place sur la table de chevet, à côté de son réveil et du roman d'Arthur Ransome.

Quand elles eurent terminé, Judith jeta un regard circulaire et constata que ses petites affaires faisaient peu d'effet dans cette pièce si luxueuse, mais Loveday ne prit pas le temps de le remarquer. D'un coup de pied, elle glissa le sac vide sous le lit.

– Une bonne chose de faite, dit-elle. Maintenant, allons voir si Mary nous a déniché quelque chose pour toi. Je ne sais pas ce que tu en penses, mais moi, si je ne retire pas vite cet affreux uniforme, je vais me mettre à hurler.

Elle retourna donc au pas de course à la nursery, en faisant un bruit de tonnerre dans le couloir, comme pour défier toutes les règles de Sainte-Ursule. Elle était de nouveau chez elle, libre.

Mary avait terminé son repassage, replié la planche et mis le fer à refroidir. Elles la trouvèrent à genoux devant une grande armoire, le meuble le plus imposant de la pièce, dont elle avait ouvert le profond tiroir pour disposer divers vêtements autour d'elle, en petits tas bien nets.

– Alors, qu'as-tu trouvé? s'impatienta Loveday. Il n'est pas nécessaire que ce soit élégant. N'importe quoi fera l'affaire...

– Comment ça, n'importe quoi? Tu ne veux quand même pas que ton amie ait l'air de sortir d'une vente de charité...

– Mary, c'est un pull neuf. Athena l'a acheté aux dernières vacances. Qu'est-ce que ça fait dans ce tiroir?

– Tu te le demandes? Elle s'est accroché le coude à du fil de fer barbelé. Je l'ai bien reprisé, mais tu crois qu'elle le porterait? Pas cette petite pimbêche!

– C'est un superbe cachemire. Tiens...

Loveday le tendit à Judith qui le prit. La laine était si douce et si légère qu'on aurait dit du duvet de chardon. Du cachemire. Elle n'avait jamais eu de pull en cachemire. Et celui-ci était rouge, l'une de ses couleurs préférées.

– Voilà aussi un joli chemisier en vichy. Dieu sait pourquoi Athena a mis ça au rebut. Elle en avait assez, sans doute. Et un short long avec lequel elle jouait au hockey à l'école. Je l'ai gardé en pensant qu'un jour il irait à Loveday, fit Mary en l'examinant.

Il était en flanelle bleu marine, plissé comme une jupe.

– Exactement ce qu'il nous faut, approuva Loveday. Ça ira, n'est-ce pas, Judith ? Mary, tu es géniale !

Elle se pencha pour enlacer Mary.

– Tu es la meilleure du monde, Mary. Judith, va mettre ça tout de suite, parce que je veux te montrer tout le reste.

Judith emporta les vêtements qu'elle avait empruntés dans sa chambre, referma la porte derrière elle et posa cérémonieusement le short, le pull et le chemisier sur le lit, comme faisait sa mère quand elle se changeait pour une soirée. En fait, bien que ce fût un samedi parfaitement ordinaire, Judith avait l'impression de s'habiller pour une fête, car tout dans cette merveilleuse demeure, jusqu'à l'atmosphère même, avait un parfum de fête.

Mais... et c'était important... pour le moment elle était seule. Elle se souvenait à peine de la dernière fois où elle avait été seule, sans personne pour lui parler ou lui poser des questions, pour la bousculer ou faire irruption dans son intimité, lui ordonner de faire ceci ou cela, l'en empêcher, sonner une cloche ou exiger son attention. Elle se rendit compte que c'était le plus fabuleux des soulagements. Seule. Tranquille, dans sa chambre à elle, dans un espace vaste et paisible, entourée d'objets agréables à l'œil. Elle se dirigea vers la fenêtre, l'ouvrit et se pencha pour voir les colombes, écouter leur doux roucoulement.

Seule. Il s'était passé tant de choses depuis tant de temps. Des semaines. Des mois même. Noël à Plymouth, les préparatifs du déménagement de Riverview, les courses pour l'école et les adieux. Ensuite Sainte-Ursule, où l'on n'avait jamais une seconde d'intimité.

Seule. Elle comprit combien la solitude, ce luxe, lui

avait manqué et sut que ce réconfort-là lui serait toujours indispensable. Ce plaisir n'était pas tant spirituel que sensuel, comme lorsque l'on portait de la soie, que l'on se baignait nue ou que l'on se promenait sur une plage déserte, le soleil dans le dos. La solitude vous revigorait. Vous rafraîchissait. Elle observa les colombes en espérant que Loveday ne viendrait pas la chercher trop vite. Non qu'elle n'appréciât pas sa présence. Elle était terriblement gentille et accueillante. Mais il lui fallait du temps pour se retrouver et prendre ses repères.

À la lisière de la forêt retentit un coup de fusil. Les hommes tiraient encore au pigeon. Le bruit troubla brutalement le silence, les colombes quittèrent leurs perchoirs et voletèrent, affolées, avant de se reposer à nouveau, bombant le jabot et lissant leurs plumes.

Loveday n'arrivait toujours pas. Elle cherchait probablement une tenue de garçon manqué qui lui convînt, la plus dissemblable possible de ce que lui imposait la discipline rigide de l'école. Au bout de quelque temps, Judith ferma la fenêtre, ôta son uniforme et, savourant lentement ce plaisir nouveau, s'habilla avec les vêtements dont Athena Carey-Lewis ne voulait plus. Puis elle se lava les mains (avec du savon Chanel) et se brossa les cheveux avant de les nouer avec un ruban bleu marine. Alors elle se contempla dans la grande glace de l'armoire. Le résultat était étonnant. Elle était si différente, élégante et richement vêtue. Une autre fille, presque une adulte, totalement nouvelle. Elle ne put s'empêcher de sourire devant son air satisfait et songea à sa mère. C'était exactement le genre d'expérience qu'elles auraient dû partager, et pourtant elle était persuadée qu'en ce moment sa mère l'aurait à peine reconnue.

La porte s'ouvrit brusquement.

– Tu es prête ? demanda Loveday. Qu'est-ce que tu fais ? Tu en as mis un temps ! Que tu es jolie ! Athena y est sans doute pour quelque chose. Même avec un vieux sac, elle serait sensationnelle. Elle doit ensorceler tout ce qu'elle porte, et le charme joue encore. Qu'est-ce que tu veux faire maintenant ?

D'une voix faible, Judith répondit que cela lui était égal, ce qui était vrai. De toute façon, dans l'état euphorique où elle se trouvait, tout serait parfait.

– Nous pourrions aller jeter un coup d'œil à Tinkerbell, mais cela risque d'être trop long. Le déjeuner sera bientôt prêt. Explorons la maison. Je vais te montrer toutes les pièces. Comme ça, tu retrouveras ton chemin.

Judith ne s'était pas trompée : Loveday avait mis un vieux jodhpur déjà trop court pour ses mollets maigrichons, et un pull informe du rouge violacé des prunes trop mûres. Cette couleur rehaussait le bleu-violet de ses yeux magnifiques, mais elle se préoccupait si peu de ces détails qu'il était improbable qu'elle l'eût choisi à dessein, plutôt séduite par les reprises aux coudes et le confort que lui avaient donné l'usure et les lavages.

– D'accord. Par où commençons-nous ?

– Par le haut. Le grenier.

Ce qu'elles firent consciencieusement. Les pièces mansardées s'étendaient à l'infini : réserves, débarras, deux petites salles de bains et quatre chambres.

– Ce sont les chambres de bonne, dit Loveday en plissant le nez. Elles sentent toujours un peu les pieds et la transpiration...

– Combien y a-t-il de domestiques ?

– Trois. Janet, la femme de ménage, Nesta, la femme de chambre, et Hetty qui aide Mrs. Nettlebed à la cuisine.

– Où dort Mrs. Nettlebed ?

– Les Nettlebed ont un petit appartement au-dessus du garage. Maintenant nous allons prendre l'escalier de service. Comme tu as vu l'aile réservée aux invités, nous allons commencer par la chambre de maman...

– Tu as le droit ?

– Bien sûr, elle s'en moque du moment que nous ne tripotons pas ses parfums, fit-elle, puis elle ouvrit la porte et passa devant Judith. N'est-ce pas splendide ? Elle vient de la faire refaire. Un drôle de petit bonhomme est venu de Londres, rien que pour ça. Pops était furieux qu'il ait peint les lambris, mais je trouve ça joli, pas toi ?

C'était le moins que l'on puisse dire, songea Judith. Elle n'avait jamais vu une chambre pareille, si spacieuse, si féminine, avec tant d'objets charmants. Les murs étaient clairs, inondés de soleil. Sous les épaisses tentures bouffantes, couvertes de roses, le vent de la mer gonflait à travers la fenêtre ouverte de fins voilages blancs. Le grand lit à baldaquin était drapé de la même étoffe légère, d'un blanc de neige, et garni d'oreillers brodés ornés de dentelle; surplombé d'un dais avec une petite couronne dorée au centre, on aurait dit un lit de princesse.

– Regarde donc la salle de bains. Elle est toute neuve...

Muette d'admiration, Judith la suivit, les yeux écarquillés. Un carrelage noir brillant, des miroirs teintés de rose, de la porcelaine et un épais tapis blanc. Un tapis dans la salle de bains! Le grand luxe.

– Tu as vu les lampes tout autour de la glace, comme dans une loge d'actrice? Et si tu ouvres, il y a des placards derrière pour tous ses produits de maquillage, ses parfums et ses trucs.

– Qu'est-ce que c'est?

– Ça? Son bidet. C'est français. C'est pour se laver le derrière.

– Ou les pieds.

– Pops était horrifié!

Elles étaient pliées en deux de rire, se tenaient les côtes, chancelaient presque. Une pensée traversa soudain l'esprit de Judith. Contenant son hilarité, elle revint dans la chambre fleurie et doucement parfumée, regarda autour d'elle et ne vit nulle trace d'une présence masculine.

– Où ton père range-t-il ses affaires?

– Il ne dort pas ici. Il a sa propre chambre là-bas, au-dessus de la porte d'entrée. Il aime le soleil le matin, et puis il doit s'éloigner parce qu'il ronfle et qu'il réveille tout le monde. Viens, je vais te montrer autre chose...

Elles quittèrent cette chambre de rêve et poursuivirent leur chemin.

– C'est là que dort Athena et là, c'est Edward. Ici, ce sont des salles de bains. Mary est là, près de la nursery, elle a aussi sa salle de bains, avec une petite cuisine dans le coin pour qu'elle puisse se faire du thé. Et voilà ma chambre...

– Je m'en serais doutée.

– Pourquoi?

– Les vêtements par terre et les poneys sur les murs.

– Et les rosettes du poney-club et tous mes ours en peluche. J'en fais collection depuis que je suis née. J'en ai vingt et ils ont tous un nom. Mes livres et ma vieille maison de poupée, parce que Mary dit que ça encombre la nursery et qu'elle n'en veut plus. Et mon lit orienté

comme ça, pour que je voie le soleil se lever le matin...
Viens, il y a encore des tas de choses à voir. Voilà le placard de la femme de ménage, où l'on range tous les
balais, et la lingerie, et cette autre petite pièce que l'on
n'utilise que quand la maison est bourrée.

Elles avaient fait un tour complet et se retrouvaient en
haut du grand escalier. Au bout du palier il y avait une
dernière porte close.

– C'est là que Pops dort.

Ce n'était pas une chambre très grande et, en comparaison de la splendeur du reste de la maison, elle était
austère et plutôt sombre. Elle contenait de lourds
meubles victoriens et un lit à une place, étroit et haut.
Tout y était parfaitement ordonné. Il y avait des rideaux
de brocart foncé, des brosses en ivoire sur la commode
ainsi qu'une photo de Diana dans un cadre d'argent,
mais peu d'objets personnels. C'était une pièce qui ne
révélait rien.

– C'est terriblement lugubre, n'est-ce pas ? Mais Pops
l'aime parce qu'elle a toujours été comme ça. Il déteste le
changement. Et sa salle de bains lui plaît, parce qu'elle
est ronde... Elle est dans la tour, au-dessus du porche.
Quand il s'assied dans sa drôle de vieille baignoire, il
entend les gens qui arrivent et les reconnaît à leur voix.
Quand il ne les aime pas, il reste dans son bain jusqu'à ce
qu'ils s'en aillent. Comme tu peux l'imaginer, il n'est pas
très sociable.

– Sait-il que je suis là ? demanda Judith, un peu
inquiète.

– Mon Dieu, bien sûr. Maman le lui a dit. Ne
t'inquiète pas, tu lui plairas. Ce sont les amis casse-pieds
de maman qu'il préfère éviter.

Elles terminèrent la visite par le rez-de-chaussée.
Judith commençait à se sentir fatiguée et un peu étour-
die. Et elle avait faim. Le petit déjeuner était bien loin.
Mais Loveday était infatigable.

– Tu as déjà vu le hall. Voilà le bureau de Pops et les
toilettes des hommes, superbes, comme dans les clubs.
Pops s'y enferme des heures après le petit déjeuner pour
y lire *Chevaux et chiens de chasse*. Impressionnant, non ?
Maman appelle ça la salle du trône. Là, c'est le billard.
Les hommes y vont parfois après le dîner et ils jouent
jusque tard dans la nuit. C'est bien quand il pleut l'après-
midi. Et voici la salle à manger... le couvert est mis pour

le déjeuner, comme tu vois. Le petit salon, nous n'y allons que quand il fait un froid de loup, les soirs d'hiver. Je ne t'emmène pas dans le grand salon parce que tu le verras de toute façon avant le repas. Viens que je te présente Mrs. Nettlebed.

Elles terminèrent donc par la cuisine, cœur de la maison. Elle ressemblait à toutes les cuisines de Cornouailles, mais elle était beaucoup plus grande, et l'éternel fourneau y avait été remplacé par une immense cuisinière couleur crème. On y trouvait cependant la même couleur vert bouteille, le même étendoir à linge que l'on hissait au plafond, le même buffet empli de porcelaine et la même table cirée, bien au centre.

Mrs. Nettlebed disposait des fruits confits sur un diplomate. C'était une femme courtaude en blouse rose et en tablier blanc. Elle portait une coiffe de coton blanc, particulièrement malseyante, qui lui tombait sur les yeux. Son visage était rougi et ses chevilles enflées à force de rester debout, mais quand Loveday se jeta sur elle – « Bonjour Mrs. Nettlebed, c'est nous... » –, elle ne fronça pas les sourcils, ne leur demanda pas de ne pas rester dans ses jambes tandis qu'elle préparait le déjeuner. Au contraire, ses joues rondes s'épanouirent en une expression d'enchantement. A l'évidence, Loveday faisait sa joie.

– Mon trésor ! Voilà mon bébé ! Viens donc faire un baiser à Mrs. Nettlebed...

Elle écarta les mains, ses doigts poisseux tendus comme les branches d'une étoile de mer, et se pencha en avant en attendant le baiser réclamé.

– Comme tu as grandi ! Bientôt tu seras plus grande que moi. C'est l'amie que tu as amenée...

– Elle s'appelle Judith.

– Ravie de vous connaître, Judith.

– Comment allez-vous ?

– Vous venez passer le week-end ? Ce sera amusant. Vous allez vous payer du bon temps avec cette petite vaurienne.

– Qu'y a-t-il pour le déjeuner, Mrs. Nettlebed ?

– Du ragoût chasseur, de la purée de pommes de terre et du chou bouilli.

– Y a-t-il de la noix de muscade sur le chou ?

– Je ne servirais pas de chou sans noix de muscade.

– Dans ce cas, j'en mangerai. Les hommes sont-ils rentrés ?

– Je viens de les entendre, qui comptent leurs prises dans la cour. De la tourte au lièvre pour demain. Ils doivent être à l'armurerie, en train de nettoyer leurs fusils. Ça ne devrait pas prendre plus de dix minutes.

– Dix minutes. (Lodevay fit la grimace.) Je meurs de faim.

Elle se dirigea vers le buffet, ouvrit une boîte en fer et prit deux biscuits au beurre. Elle en donna un à Judith et fourra l'autre dans sa bouche.

– Enfin, Loveday...

– Je sais. Ça va me couper l'appétit, et je ne mangerai pas ton délicieux repas. Viens, Judith, allons voir si maman nous propose quelque chose à boire.

Elles trouvèrent Diana au salon, paisiblement blottie dans l'angle d'un grand canapé crème, où elle lisait un roman. Elle fumait une cigarette turque odorante avec un fume-cigarette en jade et, sur la petite table à côté d'elle, il y avait un cendrier et un cocktail. Quand elles arrivèrent en trombe, perturbant sa tranquillité, elle leva la tête et les accueillit avec un sourire.

– Vous voilà, mes chéries. Vous êtes-vous bien amusées ?

– Oui, nous avons tout visité, toutes les pièces, et nous sommes allées dire bonjour à Mrs. Nettlebed. Est-ce qu'on peut avoir un verre ?

– Que voulez-vous boire ?

Contre un mur, une table en miroir était chargée de bouteilles et de verres scintillants. Loveday en fit l'inspection.

– J'avais envie d'une orangeade Corona, mais il n'y en a pas.

– Cet affreux truc pétillant qui vous fait la bouche orange ? Il y en a peut-être dans le cellier. Sonne Nettlebed et demande-lui s'il en a une bouteille cachée quelque part.

La sonnette se trouvait sur le mur, au-dessus de la table. Loveday appuya sur le bouton avec son pouce. Diana sourit à Judith.

– Que penses-tu de la maison que j'aime tant ?

– Elle est belle. Mais je crois que cette pièce est la plus jolie.

Elle l'était en effet. Avec ses lambris et son parquet agrémenté de tapis jetés çà et là, elle était ensoleillée et fleurie. Pas d'humbles jonquilles, cette fois, mais des fleurs de serre plus exotiques, pourpres, blanches et fuchsia, et, dans un angle, dans un pot de porcelaine blanc et bleu, un camélia, dont les branches sombres et luisantes ployaient sous des fleurs d'un rose soutenu. Les tentures et les rideaux étaient de brocart crème, les canapés et les fauteuils couverts de coussins d'épais satin, vert, rose ou bleu pâle, qui ressemblaient à d'énormes et délicieux bonbons acidulés. Des magazines étaient disposés sur une table au centre, revues indispensables à toute maison de campagne qui se respecte : *Tatler* pour les potins mondains, *Sketch* pour le théâtre et la danse, l'*Illustrated London News* pour les événements ordinaires, le *Sporting Dramatic* pour les courses. Mais aussi *Chevaux et chiens de chasse*, le dernier *Vogue*, le *Woman's Journal* et une pile de quotidiens qui ne semblaient pas avoir été ouverts.

Judith aurait aimé être seule, contempler, enregistrer chaque détail de sorte que, si elle ne revenait jamais dans cette maison, elle en garde un souvenir parfait. Sur le grand manteau de la cheminée peint en blanc s'alignaient des figurines en porcelaine de Meissen. Au-dessus était accroché un portrait de Diana, ses fines épaules drapées dans une mousseline de soie bleu-gris, une esquisse de sourire sur les lèvres, comme si elle partageait avec l'artiste un secret des plus intimes et des plus amusants.

– Il te plaît ? demanda Diana qui avait suivi son regard.

– Il vous ressemble beaucoup.

– Très flatteur, fit-elle en riant. Mais de Laszlo a toujours été un flatteur.

La vue que l'on avait des grandes croisées lui était devenue familière. Les jardins en terrasses descendaient doucement jusqu'aux bosquets et aux prairies illuminées de jonquilles. Sur le côté, une porte-fenêtre donnait sur une terrasse close, aussi intime qu'une petite pièce. A travers les parois de verre du jardin d'hiver qui se trouvait au fond, on apercevait un jasmin grimpant, une vigne bourgeonnante et des meubles de rotin au charme vieillot. Tout cela évoquait l'été, la chaleur du soleil, les après-midi paresseux et les grands verres rafraîchissants. Ou bien du thé de Chine servi dans des tasses très fines avec des sandwiches au concombre.

Elle était perdue dans ces rêves délicieux quand Loveday s'approcha d'elle.

– C'est le coin de maman, n'est-ce pas, maman ? Elle y prend des bains de soleil toute nue.

– Seulement quand il n'y a personne dans les parages.

– Moi, je t'ai vue.

– Tu ne comptes pas.

A ce moment-là la porte du fond s'ouvrit doucement et l'on entendit une voix grave.

– Vous avez sonné, Madame ?

Mr. Nettlebed. Loveday lui avait dit qu'il avait un ulcère à l'estomac et, de ce fait, un caractère imprévisible, mais Judith ne s'attendait pas à lui trouver une allure aussi distinguée. C'était un homme grand, aux cheveux blancs et d'une beauté un peu sombre. Il avait l'air d'un entrepreneur des pompes funèbres. Sa tenue confirmait cette impression, car il portait une veste noire, une cravate noire et un pantalon large. Il avait le visage pâle et ridé, les paupières lourdes et il était si impressionnant que Judith se demanda comment on pouvait avoir le culot de lui demander de faire quoi que ce soit, a fortiori de lui donner des ordres.

– Oh, Nettlebed, merci, dit Diana. Loveday voudrait une boisson quelconque.

– Je veux de l'orangeade Corona, Mr. Nettlebed, et il n'y en a pas sur la table.

Cette requête fut suivie d'un long silence lourd de sens. Nettlebed ne bougea pas, se contentant de fixer Loveday de son regard glacial, comme s'il perçait un papillon mort avec une longue épingle en acier. Diana ne dit rien non plus. Le silence se prolongea. Devint pesant. Diana se tourna vers Loveday.

Avec une expression résignée, Loveday se reprit.

– S'il vous plaît, Mr. Nettlebed, voulez-vous avoir la gentillesse d'aller voir s'il y a de l'orangeade Corona dans le garde-manger ?

La tension se dissipa immédiatement.

– Certainement, répondit Nettlebed. Je pense qu'il y en a une caisse sur une étagère du cellier. Je vais m'en assurer.

– Les hommes sont-ils déjà rentrés, Nettlebed ? demanda Diana, alors qu'il s'éloignait.

– Oui, Madame. Ils nettoient leurs fusils à l'armurerie.

– La matinée a-t-elle été bonne ?

– Un bon nombre de lapins et de pigeons, Madame. Et deux lièvres.

– Mon Dieu ! Pauvre Mrs. Nettlebed, il va falloir vider et nettoyer tout ça.

– Je l'assisterai sans doute, Madame.

Puis il s'en alla, referma la porte, et Loveday grimaça.

– Je l'assisterai sans doute, Madame, répéta-t-elle en l'imitant. Quel vieux crétin pompeux !

– Loveday !

La voix de Diana était glaciale.

– C'est ce que dit Edward.

– Edward ne devrait pas se comporter ainsi. Et tu sais parfaitement qu'on ne demande jamais rien à Nettlebed, ni à personne, sans dire s'il vous plaît, et merci une fois qu'on l'a obtenu.

– J'avais oublié.

– Eh bien, ne l'oublie plus.

Elle se replongea dans son livre. Judith se sentait mal à l'aise, comme si cette réprimande lui avait été adressée à elle, mais Loveday n'était nullement décontenancée. Elle se pencha tendrement sur le dossier du sofa jusqu'à ce que sa tête brune effleure les cheveux blonds de sa mère.

– Que lis-tu ?

– Un roman.

– Comment ça s'appelle ?

– *Le Temps dans les rues*.

– De quoi ça parle ?

– D'amour. D'amour malheureux.

– Je croyais que l'amour était toujours heureux.

– Oh, ma chérie, pas toujours. Toutes les femmes n'ont pas la même chance.

Elle tendit la main vers son verre empli d'un liquide doré. Au fond, telle une pierre rare ou une étrange créature marine, une olive était tapie. Elle en but une gorgée. A ce moment-là, la porte du salon s'ouvrit, mais ce n'était pas Mr. Nettlebed qui était de retour.

– Pops !

Loveday quitta sa mère pour se jeter dans ses bras tendus.

– Bonjour, mon bébé.

Il se baissa pour la prendre dans ses bras et l'embrasser.

– Tu nous as manqué. Mais te voilà de retour... fit-il en lui ébouriffant les cheveux.

Il souriait à sa benjamine, comme si elle était la plus

précieuse créature qui fût sur terre. Loveday était très aimée. Par tout le monde. Judith, qui se sentait un peu exclue, observait ces démonstrations inconnues d'elle avec un irrépressible pincement de jalousie.

— Diana. (Avec Loveday pendue à sa manche comme un chiot, il s'avança vers sa femme et se pencha pour l'embrasser.) Je suis désolé, ma chérie, sommes-nous en retard ?

— Pas du tout, répondit-elle en souriant. Il n'est qu'une heure moins le quart. Avez-vous passé une bonne matinée ?

— Splendide.

— Où sont Tommy et Jeremy ?

— Tommy arrive et Jeremy nettoie mon fusil...

— C'est gentil.

Judith, qui, un peu à l'écart, écoutait cette conversation, arborait délibérément une expression neutre et souriante pour dissimuler le choc que lui causait cette apparition. Car le colonel Carey-Lewis, ô surprise, était vieux. Il avait plus l'air du père de Diana que de son mari, et il aurait pu être le grand-père de Loveday. Il avait bien le maintien d'un soldat et se déplaçait à longues enjambées, avec l'aisance d'un homme toujours actif, mais il avait les cheveux blancs et ses yeux, profondément enfoncés dans ses traits burinés, avaient la couleur bleu délavé de ceux des vieux paysans. Ses joues creuses étaient cadavériques, et son long nez se recourbait sur une moustache soigneusement taillée. Il était grand et mince, vêtu de tweed vénérable et de culottes de chasse en moleskine, et au bout de ses mollets de cigogne brillaient des chaussures de marche marron parfaitement cirées.

— Il a dit que c'était le moins qu'il puisse faire.

Puis il se redressa, se détacha de Loveday, lissa ses cheveux de la main et se tourna vers Judith.

— Vous devez être l'amie de Loveday ?

Elle leva les yeux vers lui et croisa son regard bon, attentionné et, pour une raison qu'elle ignorait, terriblement triste. Ce qui était d'autant plus étrange qu'ils semblaient tous les trois très heureux de se retrouver. Quand il lui sourit, cette tristesse se dissipa un peu. Il s'avança vers elle, les bras tendus.

— Je suis ravi que vous ayez pu venir.

— Elle s'appelle Judith, lui dit Loveday.

– Comment allez-vous ?

Ils se serrèrent poliment la main. Les doigts qui se refermèrent sur les siens étaient secs et rudes. Judith sentait l'odeur forte de sa veste de tweed. Soudain, elle comprit instinctivement qu'il était aussi timide qu'elle. Elle l'en aima aussitôt et souhaita le mettre à l'aise.

– Loveday s'est-elle occupée de vous ?

– Oui, nous avons visité la maison.

– Bien. Maintenant vous retrouverez votre chemin.

Il hésita. Il n'était pas doué pour parler de la pluie et du beau temps et, heureusement, ils furent interrompus par l'arrivée d'un autre gentleman, suivi de Nettlebed, qui portait devant lui, telle une offrande votive, une bouteille d'orangeade Corona sur un plateau d'argent.

– Diana, sommes-nous tous tombés en disgrâce pour avoir tant tardé ?

– Ne sois pas stupide, mon cher Tommy. Bonne chasse ?

– Formidable !

Tommy Mortimer se frotta les mains pendant quelques instants, comme s'il était content d'avoir retrouvé la chaleur de la maison et attendait qu'on lui servît un verre pour se revigorer. Il portait lui aussi une tenue de chasse, costume de tweed élégant et gilet jaune canari. Son visage juvénile était aimable et souriant, sa peau lisse et bronzée était parfaitement glabre. Il était difficile de lui donner un âge, car ses cheveux épais étaient presque blancs, mais cela ne faisait qu'accentuer la jeunesse et la vivacité de son allure et le côté théâtral de son entrée en scène. *Me voilà*, semblait-il affirmer. *Maintenant nous allons pouvoir nous amuser.*

Il s'avança vers Diana pour l'embrasser sur la joue, puis tourna son attention vers Loveday.

– Bonjour, vilaine fille ! Tu veux un baiser de ton oncle adoptif ? Comment ça se passe à l'école ? Ont-ils déjà fait de toi une petite lady ?

– Tommy, ne pose pas de questions idiotes !

– Tu pourrais au moins présenter Tommy à ton amie, dit Diana.

– Oh ! Excuse-moi.

Loveday, qui cherchait manifestement à se rendre intéressante, annonça théâtralement :

– Voici Judith Dunbar, qui est à l'école avec moi, et voici, taratata, Tommy Mortimer.

Amusé par son impudence, Tommy éclata de rire.

– Bonjour, Judith.

– Comment allez-vous ?

Cependant, le colonel en avait assez de ces formalités. L'heure était venue de boire un verre. Nettlebed les servit à la table. Un martini pour Mr. Mortimer, une bière pour le colonel, de l'orangeade Corona pour les demoiselles. Diana, qui savourait paresseusement son martini, en refusa un second. Tommy vint s'asseoir sur le sofa à côté d'elle, son verre à la main, un bras gracieusement posé sur les coussins. Judith se demanda s'il était acteur. Elle avait peu l'expérience du théâtre, mais elle avait vu assez de films, serrée contre Heather dans le cinéma de Porthkerris, pour déceler toute l'artificialité de sa posture, son bras tendu, ses jambes élégamment croisées. Peut-être Tommy Mortimer était-il une idole des matinées et elle était trop ignorante pour en avoir entendu parler. Mais, si c'était le cas, Loveday le lui aurait sûrement dit.

Quand il eut terminé le service, Nettlebed s'éclipsa.

Judith avala son orangeade Corona. C'était délicieux, pétillant, et très sucré. Pourvu que les bulles ne la fassent pas roter. Un peu à l'écart, elle s'efforçait de boire lentement, avec précaution. Absorbée par ce problème, elle ne remarqua pas que le dernier chasseur venait d'entrer.

Il avançait d'un pas tranquille, avec ses chaussures à semelle de crêpe, si bien que les autres ne l'entendirent pas non plus. Beaucoup plus jeune, il portait des lunettes, un pantalon de velours côtelé et un gros pull à côtes. Il s'arrêta dans l'embrasure de la porte. Judith sentit son regard se poser sur elle et leva les yeux. Elle vit qu'il la regardait comme elle l'avait elle-même regardé naguère. Incrédules, ils se fixèrent ainsi pendant quelques instants, puis il sourit. Il n'y eut plus alors le moindre doute, tout en lui lui était familier.

Il s'avança vers elle.

– C'est vous, n'est-ce pas ? dit-il. La fille du train.

Judith était tellement heureuse qu'elle était incapable de parler et se contenta de hocher la tête.

– Quelle coïncidence extraordinaire ! Vous êtes l'amie de classe de Loveday ?

Un sourire étirait ses lèvres. L'eût-elle souhaité qu'elle n'aurait pu chasser ce sourire. Elle hocha de nouveau la tête.

– Comment vous appelez-vous ?

– Judith Dunbar.

– Je m'appelle Jeremy Wells.

Elle retrouva enfin sa voix.

– Je l'avais deviné.

– Jeremy ! Je ne m'étais pas rendu compte que tu étais là. (Diana l'avait repéré depuis son canapé.) Tu as dû entrer sur la pointe des pieds. Es-tu en train de te présenter à Judith ?

– C'est inutile, fit-il en riant. Nous nous sommes déjà rencontrés. Dans le train. En venant de Plymouth.

Ils furent aussitôt le centre d'intérêt de l'assistance. On s'étonna de la coïncidence, on voulut connaître tous les détails de leur rencontre. Comment ils s'étaient trouvés dans le même compartiment, avaient contemplé les bateaux de guerre depuis le pont de Saltash et s'étaient dit au revoir à Truro.

– Comment va votre petite sœur ? Celle qui avait une poupée de chiffon ? demanda Jeremy.

– Elle est retournée à Colombo avec ma mère.

– Mon Dieu, je l'ignorais. Elles doivent vous manquer.

– Elles y sont sûrement à présent. Ensuite elles partiront pour Singapour où mon père doit rejoindre son nouveau poste.

– Les rejoindrez-vous ?

– Non, pas avant plusieurs années.

C'était merveilleux. Dans les beaux vêtements d'Athena, un verre à la main et faisant la joie de tous du seul fait qu'elle avait retrouvé un ami, elle se sentait adulte. Elle jetait des coups d'œil furtifs à Jeremy Wells pour s'assurer qu'il était bien là, à Nancherrow, au milieu du clan Carey-Lewis, et que c'était bien lui. Elle se souvenait que, dans le train, quand il avait ouvert la fenêtre, l'extrémité de sa longue écharpe avait traîné sur ses genoux. Elle se souvenait qu'elle avait parlé de lui à Phyllis. *Il était très gentil,* lui avait-elle dit. *J'aimerais bien rencontrer quelqu'un comme ça.*

Et c'était arrivé. Il était là. Maintenant, elle le connaissait. C'était réellement arrivé...

Du vestibule on entendit le gong du déjeuner. Diana termina son verre, se leva, et précéda tout le monde jusqu'à la salle à manger.

144

– Expliquez-moi comment vous avez fait connaissance, Jeremy et vous, dit le colonel.

– J'étais dans le train de Plymouth. Juste après Noël. Nous étions dans le même compartiment.

– Et que faisiez-vous à Plymouth ?

– J'étais chez mon oncle et ma tante. Il est capitaine du génie maritime à Keyham. Nous avons passé Noël chez eux.

– Nous ?

– Ma mère, ma petite sœur et moi. Et puis Jeremy est descendu à Truro, alors que nous allions jusqu'à Penmarron.

– Je vois. Saviez-vous qu'il était médecin ?

– Oui. Il nous l'a dit. Et Loveday et... Diana m'ont appris ce matin que son père était *votre* médecin de famille.

Elle hésita un peu à prononcer si familièrement le nom de Diana devant son vieux mari si distingué, mais le colonel ne parut pas le remarquer. Il était sans doute habitué à la manière dont sa femme traitait les convenances.

– C'est un bon garçon, dit-il en jetant un coup d'œil à Jeremy à l'autre extrémité de la table. Excellent joueur de cricket. Capitaine de l'équipe de rugby de Cornouailles. Je suis allé les voir jouer l'année dernière, à Twickenham. Excellent.

– Elles m'en ont également parlé.

– Dans ce cas, fit-il en souriant, je dois vous ennuyer. Parlez-moi de votre famille. Elle est en Orient ?

– Oui, à Colombo.

– Y avez-vous vécu ?

– J'y suis née. Je ne suis venue ici qu'à l'âge de dix ans. Ma mère attendait Jess, qui a maintenant quatre ans.

– Votre père est-il fonctionnaire ?

– Non, il est dans la marine marchande. Il travaille pour une société qui s'appelle Wilson-McKinnon. On l'envoie à Singapour très bientôt, ajouta-t-elle. Ma mère n'avait pas très envie d'y aller, mais je pense qu'une fois là-bas elle s'y plaira.

– Certainement.

Elle le trouva très courtois de converser ainsi avec elle comme si elle était quelqu'un d'important. Il présidait la longue table, entouré de Judith et de Loveday. Diana était à l'autre extrémité, avec Tommy à sa gauche et

Jeremy à sa droite. Mary Millyway, qui s'était coiffée et poudré le nez, était entrée au moment où ils se mettaient à table, avait pris un siège entre Jeremy et Loveday et s'adressait avec une grande aisance à Jeremy qu'elle connaissait visiblement depuis toujours, lui faisant part des derniers potins concernant la légendaire Athena, tandis qu'il lui parlait de ses travaux à l'hôpital Saint-Thomas.

Tel que l'avait décrit Mrs. Nettlebed à la cuisine, le repas ne semblait pas très affriolant, mais il se révéla délicieux. Le ragoût chasseur était un plat riche, avec une sauce au vin et aux champignons frais, la purée de pommes de terre était lisse et crémeuse, parfaite pour absorber le jus épais, et le chou, légèrement saupoudré de noix de muscade râpée était vert, tendre et croustillant comme les noisettes. On but de l'eau, les hommes de la bière. Nettlebed, qui avait servi les légumes et s'était assuré que les verres étaient pleins, s'était discrètement retiré. Judith fut soulagée de le voir partir. Elle avait peine à ignorer sa présence réfrigérante, et il aurait suffi d'un de ses regards pour que l'on se trompât de couteau ou de fourchette ou que l'on renversât un verre d'eau.

Jusque-là elle n'avait commis aucun de ces crimes et, Nettlebed ne rôdant plus dans son dos, elle commençait à s'amuser.

– Et vous ? demanda le colonel. Allez-vous vous débrouiller toute seule ? Vous plaisez-vous à Sainte-Ursule ?

– Ça va, répondit-elle en haussant les épaules.

– Et les vacances scolaires ?

– J'irai chez ma tante Louise.

– Où cela ?

– A Penmarron. Près du terrain de golf.

A ce moment-là un inexplicable silence tomba sur la table...

– Dans une maison appelée Roquebise, ajouta Judith.

On n'avait entendu que sa voix. De l'autre côté de la table, Loveday se mit à ricaner.

– Qu'y a-t-il de drôle ? demanda son père.

– Je ne l'appellerais pas Roquebise, mais Roquepet, lança-t-elle, puis elle éclata de rire et se serait sans doute étranglée si le colonel ne lui avait pas tapé dans le dos.

Judith était gênée, elle appréhendait une tempête de réprimandes ou, pire, un ordre enjoignant à Loveday de quitter les lieux sur-le-champ. Un tel langage, et à table !

146

Mais personne ne semblait choqué le moins du monde, tout juste amusé, et chacun laissa éclater sa bonne humeur, comme si Loveday avait dit quelque chose d'extrêmement drôle.

– Loveday, vraiment, murmura bien Mary Millyway, mais personne n'y prêta la moindre attention, Loveday moins que quiconque.

Quand elle eut cessé de rire, Diana observa *sotto voce* :

– Heureusement, Nettlebed n'était pas là. Loveday, tu es vraiment vilaine, mais tu es tellement drôle que cela n'a pas d'importance.

Le ragoût terminé, on sonna Nettlebed pour qu'il débarrasse la table. Puis on servit le dessert. Une tarte au sirop, des prunes en conserve et de la crème double. Le colonel, qui avait fait son devoir auprès de l'amie de sa fille, reporta son attention sur Loveday qui en avait long à lui dire sur les iniquités de l'école, l'injustice de Deirdre Ledingham, l'impossibilité d'apprendre l'algèbre et le caractère détestable de la surveillante des dortoirs.

Il l'écouta avec une attention polie, sans discuter ni l'interrompre, et Judith comprit que ces jérémiades lui étaient familières. Son respect pour lui n'en fut que plus grand. A l'évidence, il savait que ces plaintes n'avaient pas le moindre fondement. Mais peut-être savait-il aussi que Loveday parvenait toujours à ses fins et que, pour peu qu'elle n'obtînt pas ce qu'elle désirait par le charme, elle n'hésiterait pas à recourir au chantage. Comme lorsqu'elle s'était enfuie de son premier pensionnat en refusant, sous peine de mort, d'y retourner.

Judith versa une cuillerée de crème sur sa tarte et s'intéressa aux autres conversations. Tommy Mortimer et Diana faisaient des projets pour la saison à venir à Londres, l'exposition florale de Chelsea, Wimbledon, Henley et Ascot. C'était fascinant de les écouter.

– J'ai des billets pour le court central et la tribune royale.

– Juste ciel ! Il faudra que je m'achète des chapeaux.

– Et Henley ?

– Allons-y. J'adore Henley. Tous ces vieux bonshommes en cravate rose !

– Nous donnerons une soirée. Quand viens-tu en ville ?

– Je n'y ai pas encore songé. Dans deux semaines, sans doute. Je prendrai la Bentley. J'achèterai quelques tenues, je ferai les essayages. Il faudra aussi que je trouve un décorateur pour Cadogan Mews, avant qu'Athena ne rentre de Suisse.

– Je connais quelqu'un de formidable. Je te donnerai son numéro.

– Comme c'est gentil! Je te préviendrai dès que je saurai quand je peux venir.

– Nous irons au théâtre et je t'inviterai à dîner au *Savoy*.

– Divin! s'exclama Diana qui remarqua que Judith les observait et lui sourit. Je suis navrée de t'embêter avec mes projets. C'est ta journée, et personne ne t'adresse la parole. Dis-moi, que veux-tu faire cet après-midi? Qu'avez-vous tous l'intention de faire? ajouta-t-elle en haussant légèrement le ton pour demander leur attention.

– Je veux monter Tinkerbell, dit Loveday.

– Ma chérie, c'est un peu égoïste. Et Judith?

– Judith n'aime pas monter à cheval. Elle n'aime pas les chevaux.

– Dans ce cas, il serait peut-être gentil de faire ce dont elle a envie.

– Cela m'est égal, fit Judith, qui redoutait une dispute, mais Loveday ne craignait pas les disputes.

– Oh! Maman, je veux vraiment monter Tinkerbell. Tu sais bien qu'elle doit être montée régulièrement.

– Je ne veux pas que tu y ailles seule. Peut-être Pops peut-il t'accompagner.

– Elle ne sera pas seule, intervint le colonel. Cet après-midi le jeune Walter travaille aux écuries. Je lui ferai dire de seller les chevaux.

– Mais, Pops, pourquoi ne viens-tu avec moi?

– Parce que, mon trésor, j'ai du travail. J'ai des lettres à écrire, des visites à faire et un rendez-vous avec Mudge à quatre heures. (Il jeta un regard indulgent à sa femme à l'autre bout de la table.) Et toi, que comptes-tu faire de ta journée?

– Tommy et moi sommes pris. J'ai demandé aux Parker-Brown de venir faire un bridge. Mais cela ne résout pas le problème de notre invitée...

Judith était très gênée d'être soudain devenue une corvée, et ce fut encore pire quand Diana se tourna vers Mary Millyway:

– Peut-être Mary...

148

Mais elle fut interrompue par Jeremy Wells qui, jusque-là, ne s'était pas mêlé à la discussion.

– Pourquoi ne ferais-je pas quelque chose avec Judith ? lança-t-il. Nous partirons tous ensemble à l'écurie. Puis nous irons tous les deux nous promener à la crique avec les chiens.

Il sourit à une Judith pleine de reconnaissance. Il s'était rendu compte de son embarras et était venu à son secours.

– Cela vous plairait ?

– Beaucoup. Mais ne vous donnez pas cette peine. Je peux très bien rester toute seule.

Visiblement soulagée que tout fût arrangé, Diana s'opposa à ses faibles objections.

– Bien sûr que non. C'est une idée charmante, à condition que les parents de Jeremy ne voient aucun inconvénient à ce qu'il passe tout l'après-midi ici. Après tout, tu ne descends que le week-end et ils doivent se languir de toi...

– J'y retournerai après le thé. De toute façon, papa est de garde, aujourd'hui. Et nous aurons toute la soirée pour être ensemble.

– N'est-ce pas sensationnel ? s'écria Diana, rayonnante. Tout est arrangé et tout le monde est content. Judith, tu vas adorer notre crique, notre chère petite plage. Mais mets une veste ou demande à Mary de te prêter un autre gilet. Il fait toujours froid au bord de la mer. Loveday, n'oublie pas ta bombe. A présent, si nous passions au salon pour prendre le café ?

Cette invitation ne s'adressait pas aux deux filles, semblait-il. Quand les grandes personnes eurent disparu, elles restèrent dans la salle à manger pour aider Mary et Nettlebed à débarrasser la table et, une fois cette tâche accomplie, elles montèrent préparer leur expédition. On leur donna des pulls, Loveday dénicha ses bottes de cheval, ses gants de fil et sa bombe.

– Je déteste cette bombe, dit-elle. L'élastique me serre le menton.

Mais Mary se montra intraitable.

– Pas du tout, et tu la garderas sur la tête.

– Je ne vois pas pourquoi il faut que je mette ça. Beaucoup de filles n'en ont pas.

– Tu n'es pas n'importe qui, et nous ne voulons pas que tu te fasses éclater la cervelle sur un rocher. Voilà ta cravache et deux caramels pour vos poches, dit-elle en prenant deux bonbons dans un pot de verre sur la cheminée.

— Et Jeremy et Walter ? demanda Loveday.

Mary rit, lui en donna deux autres et la chassa avec une tape sur les fesses.

— Oust ! fit-elle. Quand vous reviendrez, le thé sera prêt pour vous deux, ici, près du feu.

Comme deux chiots s'échappant, elles descendirent l'escalier au galop et coururent jusqu'à la porte du salon, devant laquelle Loveday s'arrêta.

— Nous n'entrerons pas, murmura-t-elle, puis elle ouvrit la porte et passa la tête. Jeremy ! Nous sommes prêtes.

— Je vous retrouve à l'armurerie, répondit-il. Dans une minute. J'emmène Pekoe. Tiger est déjà là-bas.

— Bien. Bonne partie, maman. A tout à l'heure, Pops. (Elle ferma la porte.) Viens, passons d'abord à la cuisine pour prendre des morceaux de sucre pour Tinkerbell et Ranger. Et si Mrs. Nettlebed nous donne des bonbons, ne lui dis pas que Mary nous a déjà donné des caramels.

Mrs. Nettlebed ne leur donna pas de bonbons, mais des madeleines qui sortaient du four et qu'elle venait de confectionner pour le thé. Elles étaient toutes chaudes, trop bonnes pour que l'on ait la patience de les garder. Elles les mangèrent sur place, dévalisèrent le sucrier et s'en allèrent.

— Amusez-vous bien... leur lança Mrs. Nettlebed.

Le couloir du fond menait à l'armurerie qui sentait bon l'huile, le lin, les vieux imperméables et le chien. Tout autour de la pièce étaient alignés des râteliers à fusils, des cannes à pêche, des gaffes, des cuissardes et des bottes en caoutchouc dans des compartiments spéciaux. Tiger, qui sommeillait dans son panier, les avait entendues venir et se leva en s'étirant, ravi de refaire un peu d'exercice. C'était un énorme labrador noir, avec un museau carré, des yeux sombres et une queue qu'il remuait comme un piston.

— Bonjour, Tiger, mon amour, comment vas-tu ? As-tu passé une bonne matinée à chercher des lapins et des pigeons morts ?

Tiger émit un grognement satisfait. Il était très doux, ce qui était une bonne chose, car il était trop grand et trop fort pour qu'il pût en être autrement.

– Tu viens faire une jolie promenade ?

– Évidemment, dit Jeremy qui franchit le seuil derrière elles, Pekoe sous le bras.

Il posa le pékinois sur le sol, puis il enfila la veste qui pendait à un crochet. Les deux chiens se firent la fête, Tiger frottant son nez contre le petit pékinois qui, sur le dos, agitait les pattes, comme s'il nageait à l'envers.

– Ils sont tellement drôles ensemble, fit Judith en riant.

– N'est-ce pas ? dit Jeremy avec un grand sourire. Venez, les filles, on ne traîne pas. Walter nous attend.

Ils sortirent par une seconde porte qui donnait dans la cour au colombier. Le froid surprit Judith. A l'intérieur de la maison bien chauffée, qu'inondaient le soleil pâle et le parfum des fleurs, on se prenait à croire que le printemps était arrivé, illusion que dissipait vite une sortie à l'air vif. Il faisait encore beau, mais un fort vent d'est venait de la mer, poussant de temps à autre de gros nuages devant le soleil. Judith se souvint que l'on n'était encore qu'à la mi-février et, malgré son pull, frissonna. Jeremy le remarqua.

– Ne vous inquiétez pas, lui dit-il d'un ton rassurant. Dès que nous marcherons, vous vous réchaufferez.

Dissimulées par un boqueteau de jeunes chênes, les écuries se trouvaient à quelques pas de la maison. Une allée de gravier y menait et, à mesure que l'on approchait, on en distinguait les bâtiments bien tenus qui entouraient sur trois côtés une cour centrale. Là les deux montures attendaient, sellées et attachées à des anneaux de fer fixés au mur. Tinkerbell et Ranger. Tinkerbell était un charmant petit poney gris, Ranger un grand cheval bai qui sembla à Judith, méfiante, aussi gros qu'un éléphant. Il possédait apparemment une force effrayante, et les muscles frémissaient sous son pelage luisant et brossé. Elle résolut de garder ses distances. Elle caresserait le poney, lui donnerait même un morceau de sucre, mais éviterait à tout prix le mastodonte du colonel.

Un jeune homme se tenait auprès des bêtes, serrant la sangle du poney gris. Il les vit venir, rabattit les quartiers de selle et attendit, la main sur le cou de l'animal.

– Bonjour, Walter ! cria Loveday.

– Bonjour, toi.

– Tu es prêt ? Tu savais que nous venions ?

– Nettlebed m'a fait prévenir par la jeune Hetty. (Il inclina la tête devant Jeremy.) Bonjour, Jeremy. Je ne savais pas que vous étiez là.

– J'ai un week-end de congé. Comment allez-vous ?

– Pas trop mal. Vous venez avec nous ?

– Non, pas aujourd'hui. Nous descendons à la crique avec les chiens. Voici l'amie de Loveday, Judith Dunbar.

Walter se tourna légèrement vers elle et hocha la tête pour lui dire bonjour.

C'était un jeune homme exceptionnellement beau, mince et brun, brûlé par le soleil comme un gitan, avec des cheveux noirs qui tombaient en boucles et des yeux sombres comme des grains de café. Il portait une culotte de cheval en velours côtelé, une épaisse chemise à rayures bleues et un gilet de cuir. Quel âge avait-il ? Seize, dix-sept ans ? Mais il avait l'air plus mûr, avec l'ombre d'une barbe d'homme. Il lui fit penser au Heathcliff des *Hauts de Hurlevent* et elle vit parfaitement pourquoi Loveday tenait tant à monter Tinkerbell. En compagnie du superbe Walter Mudge, même Judith comprenait l'attrait d'un après-midi d'équitation.

Ils les regardèrent monter en selle. Walter se hissa avec une grâce et une aisance quelque peu ostentatoires.

– Amuse-toi bien, dit Judith à Loveday.

– Toi aussi, répondit-elle en levant sa cravache.

Ils s'éloignèrent et les sabots firent crisser les gravillons de l'allée. Dans la lumière froide et vive, les deux cavaliers avaient belle allure. Ils se mirent à trotter et disparurent derrière le boqueteau de chênes.

– Où vont-ils ? demanda Judith.

– Probablement jusqu'à Lidgey. Ensuite ils monteront sur la lande.

– J'aimerais apprécier les chevaux.

– On les aime ou on ne les aime pas. Venez, il fait trop froid pour rester immobile.

Ils prirent la même direction que les cavaliers, puis tournèrent à droite, dans un sentier qui traversait les jardins avant de descendre vers la côte. Les chiens coururent devant eux et disparurent à leur vue.

– Ils ne se perdront pas, n'est-ce pas ? fit Judith qui se sentait responsable d'eux.

Jeremy la rassura.

– Ils connaissent cette promenade comme personne. Quand nous aurons atteint la crique, ils y seront, et Tiger aura déjà pris un bain.

Il la précédait et elle le suivit le long du sentier sinueux qui menait vers la mer. Ils dépassèrent bientôt les pelouses tondues et les massifs de fleurs. Une fois franchi un petit portail de fer forgé, le chemin s'étrécissait et plongeait dans une jungle à la végétation semi-tropicale, des camélias, des hortensias à floraison tardive, d'imposants rhododendrons, de luxuriants fourrés de bambous, de hauts palmiers aux troncs couverts d'une espèce de chevelure enchevêtrée. Au-dessus de leur tête les branches dénudées des ormes et des bouleaux murmuraient dans le vent, peuplées de freux croassants. Un cours d'eau apparut sous une masse de lierre, de mousse et de fougères, dont ils suivirent le lit caillouteux. Leur chemin croisait et recroisait son cours grâce à de jolis ponts de bois, à la forme vaguement orientale. On n'entendait que l'eau courante et le vent dans les arbres, le bruit de leurs pas étant amorti par un épais tapis de feuilles mortes.

Au dernier pont, Jeremy s'arrêta pour attendre Judith. Il n'y avait aucune trace des chiens.

— Ça va ?

— Très bien.

— Parfait. Maintenant nous arrivons au tunnel.

Il se remit en marche. Devant eux, la sente plongeait dans une grotte couverte de gunneras, monstrueuses plantes aux feuilles hérissées d'épines et larges comme des ombrelles. Judith en avait déjà vu, mais jamais une telle profusion. Elles étaient sinistres comme des créatures venues d'une autre planète, et il lui fallut du courage pour baisser la tête et suivre son guide dans le tunnel. La lumière du ciel n'y pénétrait pas, et tout y était si humide, aqueux et vert que l'on avait l'impression d'avancer sous l'eau.

Elle hâta le pas pour le suivre, ses pieds glissant sur la pente de plus en plus abrupte.

— Je n'aime pas les gunneras, dit-elle, et il lui sourit par-dessus son épaule.

— Au Brésil, fit-il, on s'abrite sous leurs feuilles quand il pleut.

— Je préférerais être mouillée.

— Nous sommes presque au bout.

En effet, quelques instants plus tard, ils émergèrent de l'obscurité primitive du tunnel pour se retrouver dans la lumière crue de cet après-midi d'hiver. Judith vit qu'ils étaient arrivés au bord d'une carrière de pierre abandonnée. Le sentier se mua en un escalier grossièrement taillé qui zigzaguait jusqu'en bas. Le cours d'eau, que l'on entendait toujours, réapparut pour se jeter du bord de la falaise, déversant ses eaux dans une crevasse rocheuse à laquelle la mousse et les fougères donnaient un vert d'émeraude et que l'humidité ambiante vernissait de brume. Le bruit de la cascade lui emplit les oreilles. Les parois de la carrière étaient couvertes de végétation ; le sol jonché de cailloux et de grosses pierres s'était transformé au fil des ans en un enchevêtrement de ronces, de fougères et de chèvrefeuille mêlés de lychnis des prés et d'aconits jaunes. Dans l'air flottaient le parfum d'amande des ajoncs et l'odeur forte des algues. Enfin la plage était proche.

Avec précaution, ils descendirent l'escalier de fortune, au bas duquel le chemin, à présent réduit à un lacet, suivait le ruisseau en serpentant entre les pierres, jusqu'à l'extrémité de la carrière où se trouvait l'entrée originelle. Une petite pente herbeuse grimpait jusqu'à un portail de bois. Le cours d'eau s'enfonça dans une canalisation et disparut. Ils escaladèrent le portail et se retrouvèrent sur une étroite route de campagne. De l'autre côté, au-delà d'un muret de pierre sèche, se trouvaient les falaises et la mer.

Sur les terres de Nancherrow, la végétation les avait protégés. A présent ils étaient exposés aux rafales du vent qui soufflait du sud-est. Le soleil était caché, la mer d'un bleu intense, tachetée de points blancs. Ils traversèrent la route et grimpèrent le muret à l'aide d'un échalier. Les falaises n'étaient pas abruptes. Un sentier herbeux descendait vers le rivage à travers des fougères épineuses et des touffes de primevères sauvages. La mer était basse et une faucille de sable blanc apparut. Leur ami le ruisseau surgit à nouveau pour se jeter sur le sable du haut de la falaise, avant d'aller rejoindre l'océan en passant par un chenal qui traversait la plage. Le vent redoublait de violence. Les mouettes piaillaient au-dessus de leur tête dans le grondement perpétuel des vagues.

Comme l'avait promis Jeremy, les chiens étaient là. Tiger était trempé et Pekoe creusait un trou, ayant senti quelque affreux déchet enterré là. Il n'y avait pas âme qui vive. Il n'y avait que les chiens, les mouettes et eux.

– Y a-t-il des gens qui viennent ici ? demanda-t-elle.

– Non. Je crois même que la plupart ignorent l'existence de cette crique.

Il descendit en faisant attention et Judith le suivit tant bien que mal. Ils atteignirent enfin un rocher plat qui saillait au-dessus du sable, aux failles jaunies par le lichen.

– Vous voyez, la pente de la plage est forte, si bien que, à marée haute, il y a six mètres de profondeur, et l'eau est claire comme du verre. Idéal pour plonger. (Il lui sourit.) Savez-vous plonger ?

– Oui, mon père m'a appris dans la piscine de l'hôtel *Galle Face*.

– Il faudra venir l'été et me montrer vos prouesses. C'est un endroit tellement parfait. C'est sur ce rocher que nous pique-niquons. Les Thermos ne risquent pas d'être emportées par la marée. Et c'est toujours plus ou moins abrité du vent. Pourquoi ne pas nous asseoir un moment ?

Ce qu'ils firent, en tâtonnant un peu pour trouver un endroit confortable sur la roche dure. Judith n'avait plus froid, réchauffée par la marche, le soleil éblouissant qui traversait l'épaisseur du pull et la présence agréable de son compagnon.

– Je ne sais pas si vous connaissez la plage de Penmarron, dit-elle, mais elle est très différente de celle-ci. Elle est très grande et absolument déserte. Si l'on veut se protéger du vent, il faut monter dans les dunes. C'est très beau, mais c'est...

Elle chercha le mot exact.

– Moins sauvage ? hasarda Jeremy.

– Exactement. Je... suis contente que vous m'ayez amenée ici. Mais j'espère que vous ne vous êtes pas cru obligé de le faire. Je me débrouille très bien toute seule.

– J'en suis certain. Mais ne vous inquiétez pas. J'aime venir ici. Ça me rafraîchit l'âme, sans doute.

Les coudes sur les genoux, il scrutait l'océan à travers ses lunettes.

– Voyez-vous les cormorans sur ce rocher ? Parfois, quand il fait chaud, les phoques viennent s'y dorer au soleil. Les chiens deviennent fous. On ne peut plus rien en faire.

Ils se turent. Judith pensait à Loveday et à Walter, qui devaient caracoler sur la lande, mais le petit pincement de jalousie qu'elle avait éprouvé en les voyant s'en aller, si fringants, avait disparu. Elle était mieux ici avec cet homme sympathique. C'était presque aussi bon que d'être seule.

– Vous connaissez tout par ici, n'est-ce pas ? fit-elle au bout de quelque temps. Je veux parler de Nancherrow. Et des Carey-Lewis. Comme si c'était votre maison et votre famille. Pourtant ça ne l'est pas.

Jeremy prit appui sur ses coudes.

– C'est ma seconde famille, en quelque sorte. J'ai connu les Carey-Lewis parce que mon père est leur médecin. En grandissant, j'ai joué au rugby et au cricket, et le colonel m'a pris sous son aile et m'a encouragé de bien des manières. C'est un grand supporter. Il assistait à tous mes matches, soutenant l'équipe locale. Plus tard, il m'a demandé de chasser avec lui, ce qui est d'autant plus gentil que mon père n'a jamais eu le temps de s'adonner à ce genre de sport et que je n'ai jamais pu lui rendre la politesse.

– Et les enfants ? Athena et Edward sont-ils vos amis ?

– Ils sont beaucoup plus jeunes que moi, mais oui, ce sont mes amis. Quand Athena a commencé à sortir dans les soirées dansantes, on m'a confié la responsabilité de lui servir de cavalier. Non qu'elle ait jamais dansé avec moi, mais on me faisait assez confiance pour l'y conduire et la ramener entière.

– Cela ne vous ennuyait pas qu'elle ne danse pas avec vous ?

– Pas particulièrement. J'ai toujours connu beaucoup d'autres filles.

– Elle est très belle, n'est-ce pas ?

– Ravissante. Comme sa mère. Les hommes tombent comme des mouches.

– Et Edward ?

– Edward, j'ai appris à bien le connaître parce que, quand je faisais mes études de médecine, j'étais éternellement fauché, et le colonel m'a proposé un petit boulot pour les vacances. Faute d'un terme plus adéquat, je suppose que l'on peut dire que j'étais son précepteur. Edward n'a jamais été très doué pour les études. Il avait donc besoin de cours particuliers pour passer ses examens et entrer à Harrow. Et puis, je lui ai donné des cours de tennis et de cricket. Nous allions aussi faire de la voile au club de Penzance. C'était formidable. Vous voyez, j'ai passé beaucoup de temps dans les parages.

– Je vois.

– Que voyez-vous ?

– Pourquoi vous semblez faire partie de la famille.

– On finit par être absorbé. Et vous ? A quoi vous attendiez-vous quand on vous a invitée à passer le week-end à Nancherrow ?

– A rien de particulier.

– La première impression, c'est quelque chose. Mais je ne crois pas que vous ayez été dépassée par les événements.

– Non. (Elle réfléchit.) Mais uniquement parce qu'ils sont tous très gentils. S'ils ne l'avaient pas été, j'aurais eu un peu peur, car c'est si... riche. Je veux dire, des major-domes, des poneys, des gouvernantes et des parties de chasse. En Angleterre, je n'ai jamais connu personne ayant un majordome. A Ceylan, c'est différent, tout le monde a des domestiques, mais ici la plupart des gens se contentent d'une cuisinière qui se charge de l'intendance. Le colonel Carey-Lewis est-il... très, très riche ?

– Pas plus que les autres propriétaires terriens...

– Mais...

– L'argent vient de Diana. Elle est la fille unique d'un monsieur immensément riche, lord Awliscombe. Quand il est mort, elle n'était pas dans la misère.

Apparemment, Diana avait eu toutes les chances.

– Elle a dû avoir une bonne fée pour marraine. Si belle, si riche, si charmante. La plupart des gens se contenteraient volontiers d'une seule de ces qualités. Et elle a l'air tellement jeune. On a peine à croire qu'elle ait de grands enfants.

– Elle n'avait que dix-sept ans quand elle a épousé Edgar.

– Edgar. Est-ce le nom du colonel ?

– Oui. Il est beaucoup plus âgé que Diana, bien sûr, mais il l'a adorée toute sa vie et il a fini par l'avoir. Ce fut un grand mariage.

– S'il l'aime tant, ne se soucie-t-il pas de gens comme Tommy Mortimer ?

– Vous pensez qu'il devrait s'en soucier ? demanda-t-il en riant.

Elle était gênée d'avoir eu l'air d'une sainte nitouche.

– Non, bien sûr que non. Simplement il paraît... il a l'air... bafouilla-t-elle. Je me demandais s'il était acteur.

– A cause de ses grands gestes et de sa voix suave ? On peut s'y méprendre. Non, il n'est pas acteur. Il est joaillier. Il est de la famille des Mortimer, les joailliers de Regent Street. Vous savez, là où l'on achète des cadeaux de mariage et des bagues de fiançailles d'un prix exorbitant. Ma mère y est allée une fois, mais juste pour se faire percer les oreilles. En sortant, elle avait l'impression d'être millionnaire, nous a-t-elle dit.

– Tommy Mortimer n'est pas marié ?

– Non. Il prétend qu'il n'aime que Diana. En vérité, je crois qu'il préfère rester célibataire et qu'il n'a jamais voulu renoncer à sa liberté. Mais c'est le meilleur ami de Diana. Il s'occupe d'elle quand elle va à Londres, et il descend ici de temps en temps, quand il a besoin d'air et de repos.

Tout cela lui semblait toujours difficile à comprendre.

– Et le colonel s'en moque ?

– Je crois que oui. Ils mènent chacun leur vie, ils ont chacun leurs activités. Diana possède cette petite maison aménagée dans une ancienne écurie, à Londres, et elle a besoin de retrouver la grande ville de temps en temps. Edgar déteste Londres. Il n'y va que pour consulter son agent de change ou assister à un match de cricket à Lord's. Jamais il ne va chez Diana, il descend à son club. C'est un homme de la campagne. Depuis toujours. Sa vie, c'est Nancherrow, la ferme, le domaine, la chasse, les faisans et la pêche au saumon dans le Devon. Il est aussi magistrat et siège au conseil du comté. Un homme très occupé. De plus, je vous l'ai dit, il est beaucoup plus vieux que Diana. Même s'il le voulait, il ne pourrait pas la suivre dans les plaisirs qu'elle affectionne.

– Quels sont-ils ?

– Oh ! Les courses, le bridge, les dîners en ville, les boîtes de nuit, les concerts et le théâtre. Elle l'a emmené une fois à un concert et il a dormi pendant tout le spectacle. Il préfère les chansons légères et la musique militaire.

– Il me plaît bien, dit-elle en riant. Il y a tant de gentillesse sur son visage.

– Il est gentil. Il est aussi terriblement timide. Mais il semble que vous ayez trouvé des sujets de conversation et que vous ayez brisé la glace.

À ce moment-là, leur paisible entretien prit brusquement fin. Les chiens, qui en avaient assez du sable et de

158

la mer, vinrent les chercher et grimpèrent jusqu'à eux en grattant la roche. Tiger, qui avait pris un second bain, était dégoulinant et le poil de Pekoe était couvert de sable humide. Le soleil disparut derrière un gros nuage noir, la mer vira au gris, le vent était glacé. Il était temps de reprendre la route.

Ils ne revinrent pas par le même chemin mais suivirent la petite route de campagne et longèrent la côte sur plus d'un kilomètre avant de repiquer à l'intérieur et de gravir le versant d'une vallée ombragée par des chênes rabougris par le vent. Tout en haut ils se retrouvèrent sur la lande, et un chemin privé les conduisit à Nancherrow à travers des prés où paissaient des vaches laitières. Entre ces pâturages, en guise de barrière, on avait jeté des plaques de granit sur de profonds fossés.

– Les anciennes clôtures britanniques, fit remarquer Jeremy qui menait la marche, beaucoup plus efficaces que les barrières parce que les promeneurs et les vagabonds ne peuvent pas les laisser ouvertes.

Tiger suivit le pavage tout naturellement, mais Pekoe s'arrêta dès la première dalle et il fallut le porter.

Il était près de cinq heures, et le soir tombait quand ils regagnèrent Nancherrow. A présent, les nuages envahissaient le ciel, le soleil était parti pour de bon et la lumière baissait.

Judith était fatiguée.

– Loveday est-elle rentrée ? demanda-t-elle, tandis qu'ils parcouraient l'allée interminable d'un pas traînant.

– Sûrement. Walter ne prendrait pas le risque de se faire surprendre par la nuit.

Même les chiens traînaient la patte, mais ils étaient presque arrivés. Les arbres se raréfièrent et, après un virage, la maison apparut avec sa porte vitrée et ses fenêtres éclairées. Toutefois ils n'entrèrent pas par cette porte. Ils passèrent par-derrière et traversèrent l'armurerie, comme à l'aller.

– Règle de la maison, expliqua Jeremy. Pas de chiens à l'intérieur tant qu'ils ne sont pas secs. Sinon tous les sofas et tous les tapis seraient crasseux en permanence.

Il remplit d'eau fraîche les bols d'émail et regarda les chiens boire. Enfin ceux-ci se secouèrent et s'installèrent dans leur panier en soupirant d'aise.

– Voilà, dit Jeremy. Allons trouver Mary. Elle doit nous attendre avec la bouilloire sur le feu. Je voudrais me laver les mains. Je vous retrouve à la nursery.

Judith regagna sa chambre d'un pas las. Mais c'était différent à présent, familier. Elle retournait à Nancherrow, n'y venait pas pour la première fois. Elle habitait la maison, y était acceptée, et c'était *sa* chambre. Elle retira l'épais pull-over qu'elle jeta sur le lit et, dans *sa* salle de bains, se lava les mains avec le savon parfumé et les sécha avec *sa* serviette. Puis elle brossa ses cheveux, que le vent avait emmêlés, et les attacha avec soin. La marche et l'air vif lui avaient donné bonne mine. Elle bâilla. La journée avait été longue et n'était pas encore terminée. Elle éteignit la lumière pour aller prendre le thé.

Jeremy était là avant elle. Installé à la table en compagnie de Mary et de Loveday, il beurrait un scone chaud.

— Nous ne savions pas où vous étiez partis, dit Loveday dès que Judith les eut rejoints. Vous avez mis un temps fou. Mary et moi, nous étions sur le point de lancer les recherches.

Judith prit une chaise. Ce fut un bonheur de s'asseoir. Il y avait une bonne flambée et Mary avait tiré les rideaux sur le soir tombant.

— La crique t'a plu ?

— C'était beau.

— Comment aimes-tu ton thé ? demanda Mary. Avec du lait et sans sucre ? Après toute cette marche à pied, tu as besoin d'une bonne tasse. Je viens de dire à Jeremy qu'il n'aurait pas dû t'emmener si loin.

— Cela m'est égal. J'étais très contente. Et cette promenade à cheval, Loveday ?

Oui, Loveday avait passé un très bon après-midi. Il lui était arrivé des tas d'aventures, Tinkerbell avait sauté une barrière à quatre barres, un vieux chiffon qui flottait sur une haie d'épines avait effrayé Ranger, mais Walter était formidable, il avait réussi à maîtriser sa panique et à le calmer. « J'ai vraiment cru qu'on allait vers la catastrophe. » Ils avaient parcouru des kilomètres de lande au galop, c'était le paradis, et le temps était si dégagé que la vue était illimitée. Tout avait été divin, absolument divin, et elle avait hâte de repartir avec Walter.

— C'est plus amusant qu'avec Pops, parce que Pops fait toujours tellement attention.

— J'espère que Walter n'a pas pris de risques, dit sévèrement Mary.

— Oh ! Mary, tu fais tellement d'histoires. Je suis parfaitement capable de m'occuper de moi-même.

Ils ne cessèrent de manger et de boire que lorsque leur estomac fut empli de scones chauds, de génoises glacées, de sablés et de sandwiches à la Marmite [1], au point de ne plus pouvoir avaler une bouchée. Le dos bien calé dans son fauteuil, Jeremy s'étira à n'en plus finir, et Judith se demanda si le fauteuil n'allait pas s'écrouler sous son poids.

— Je n'en ai pas du tout envie, mais il faut que je m'en aille, sinon je ne serai pas rentré à temps pour le dîner.

— Comment peux-tu penser à manger après tous ces scones ? lui dit Loveday.

— Tu peux parler !

Il se leva ; à ce moment-là, la porte s'ouvrit et Diana apparut.

— Bien, vous êtes tous là à vous goinfrer. Vous m'avez l'air bien à l'aise.

— Avez-vous pris le thé, Mrs. Carey-Lewis ?

— Oui, les Parker-Brown sont partis, ils ont un cocktail, et les hommes sont plongés dans les journaux. Jeremy, on dirait que tu vas nous quitter.

— J'en ai peur.

— Nous avons été ravis de te voir. Dis bonjour à tes parents...

— Merci pour le déjeuner et pour tout le reste. Je vais passer dire au revoir au colonel et à Tommy.

— Va et reviens-nous bientôt.

— Je ne sais pas quand, mais ce sera avec plaisir. Au revoir, les filles. Au revoir, Judith. J'ai été très content de vous retrouver. Au revoir, Mary... (Il l'embrassa.) Et Diana.

Il l'embrassa aussi avant de prendre la porte.

— Il n'est pas du genre à perdre son temps, fit Diana avec un sourire. Il est tellement charmant.

Puis elle s'installa dans le coin du sofa, près du feu.

— Les filles, voulez-vous descendre pour le dîner ou préférez-vous manger avec Mary dans la nursery ?

— Devrons-nous nous changer si nous descendons dîner ? demanda Loveday.

— Ma chérie, quelle question stupide ! Évidemment.

— Dans ce cas, je préfère rester en haut et manger des œufs brouillés, par exemple.

Diana haussa ses jolis sourcils.

— Et Judith ?

1. Pâte à tartiner très nourrissante à base de plantes. (N.d.T.)

– J'adore les œufs brouillés, dit celle-ci. Et je n'ai pas de robe pour me changer.

– Bien, si c'est ce que vous préférez toutes les deux, je vais prévenir Nettlebed. Kitty vous apportera un plateau.

Elle plongea la main dans la poche de son gilet gris et en sortit ses cigarettes et son briquet en or. Elle en alluma une et prit un cendrier.

– Judith, et cette jolie boîte que tu as apportée ? Tu m'as promis de me la montrer après le thé. Apporte-la ici, nous allons la regarder.

Pendant les dix minutes qui suivirent, on s'intéressa donc aux charmes de la boîte de cèdre et à la complexité de la petite serrure. Enchantée, Diana admirait le trésor de Judith sous tous les angles, ouvrant et refermant les tiroirs minuscules, avant de lui promettre sa collection de cauris pour l'un d'eux.

– Tu peux l'utiliser comme boîte à bijoux. Pour tes bagues et tous tes trésors. Ils y seront en sécurité comme dans un coffre-fort.

– Je n'ai pas de bagues. Ni de trésors.

– Tu en auras.

Elle baissa le couvercle une dernière fois avant de fermer la serrure et sourit à Judith.

– Où vas-tu la mettre ?

– Chez tante Louise, je suppose... Je l'emporterai aux prochaines vacances.

– Oui, fit Loveday. Cette vieille vache de surveillante ne veut même pas lui donner un coin de son placard à pharmacie.

– Pourquoi ne la laisses-tu pas ici ? demanda Diana.

– *Ici ?*

– Oui. A Nancherrow. Dans ta chambre. Comme cela, chaque fois que tu viendras, elle t'y attendra.

– Mais... (Elle ne pensait qu'à une chose : on allait la réinviter. Cette visite ne serait pas la seule et unique. On lui demanderait de revenir.) Ne vous embarrassera-t-elle pas ?

– Pas le moins du monde. La prochaine fois, apporte des vêtements que tu laisseras aussi ici, comme si c'était ta seconde maison. Comme cela, tu ne seras plus obligée de fouiller dans les affaires dont Athena ne veut plus.

– J'ai été ravie de les trouver. Je n'avais jamais mis de pull en cachemire.

– Alors garde-le. Nous le pendrons dans ton placard. Le début de ta garde-robe à Nancherrow.

Allongée dans son grand lit douillet, la tête tournée vers la fenêtre, Lavinia Boscawen, qui s'était depuis longtemps faite à l'idée que les personnes âgées dorment très peu, regardait le ciel nocturne que l'aurore éclaircissait. Les rideaux étaient grands ouverts parce qu'elle avait toujours considéré que l'obscurité, le grand air, la lumière des étoiles, les odeurs et les bruits de la nuit étaient beaucoup trop précieux pour que l'on aveuglât les fenêtres.

Les rideaux étaient très vieux. Pas aussi vieux toutefois que Mrs. Boscawen, mais ils comptaient autant d'années qu'elle en avait vécu au Manoir, c'est-à-dire près de cinquante ans. Le soleil et l'usure les avaient fanés, élimés. Telle la laine d'un vieux mouton, l'épaisse doublure ressortait çà et là ; les galons, la cantonnière et les attaches raffinées s'étaient détachés et pendaient en boucles filandreuses. Peu importait. Ils avaient été jolis, elle les avait choisis et aimés. Ils l'accompagneraient jusqu'au bout.

Ce matin-là, il ne pleuvait pas. Elle en remerciait le ciel. Il avait trop plu cet hiver et, bien qu'à quatre-vingt-cinq ans elle eût cessé d'aller et de venir à grands pas dans le village et de faire de longues marches, il lui était encore agréable de sortir dans le jardin et de passer une heure ou deux à s'activer doucement à l'air vif, taillant les rosiers, confectionnant de jolies tresses avec les feuilles des jonquilles, une fois les fleurs fanées. Pour cette dernière tâche, elle avait un agenouilloir que son neveu Edgar lui avait fabriqué à la menuiserie du domaine. Il était muni d'un coussinet de caoutchouc pour protéger ses vieux genoux de l'humidité et de solides poignées qu'elle saisissait pour se redresser. Un appareil très simple, mais si pratique. Tout comme Edgar, que, n'ayant jamais eu le bonheur d'avoir une famille à elle, Lavinia avait toujours chéri comme un fils.

Le ciel pâlit. Une belle journée froide. Elle se souvint qu'Edgar et Diana venaient déjeuner et qu'ils amenaient Loveday, Tommy Mortimer et l'amie de classe de Loveday. Tommy Mortimer était une vieille connaissance. Elle l'avait vu à mainte occasion quand il quittait Londres pour passer le week-end à Nancherrow. Comme il était l'ami de Diana, attentif, affectueux, éternellement en veine de compliments fleuris, Lavinia s'était d'abord méfiée de lui, le soupçonnant d'avoir de mauvaises intentions et lui en voulant de son assiduité auprès de la femme d'Edgar. Mais, au fil du temps, elle s'était fait son idée sur Tommy, s'étant rendu compte qu'il ne présentait aucun danger pour un couple marié. Elle avait fini par se moquer de son extravagance et elle l'aimait bien. Quant à l'amie de Loveday, elle lui était totalement inconnue. Mais il serait intéressant de voir quel genre de fille cette enfant espiègle et rétive avait invitée.

Dans l'ensemble, c'était donc plutôt une perspective réjouissante. Pour le déjeuner, elle avait prévu deux canetons, des légumes frais, un soufflé au citron et des nectarines pochées. Sur l'étagère du garde-manger attendait un excellent stilton. Il faudrait rappeler à Isobel de mettre le vin du Rhin à rafraîchir.

Isobel. A son grand âge, Lavinia avait peu de soucis. A la cinquantaine, elle en était arrivée à la conclusion qu'il était inutile de s'inquiéter des problèmes auxquels on ne pouvait rien. Parmi lesquels sa propre mort, le temps qu'il faisait et la mauvaise tournure que prenaient les événements en Allemagne. Ainsi, une fois les journaux consciencieusement lus, elle passait à autre chose : une nouvelle rose à commander, le buddleia à tailler, les livres de sa bibliothèque et les lettres de ses amis. Il y avait aussi sa tapisserie et l'entretien quotidien avec Isobel concernant l'organisation sans histoires d'une vie domestique modeste.

Mais Isobel lui donnait du souci. N'ayant que dix ans de moins que Lavinia, elle commençait à être dépassée par la cuisine et les besognes qui avaient été les siennes pendant quarante ans. De temps en temps, Lavinia prenait son courage à deux mains pour lui parler de sa retraite, mais Isobel le prenait fort mal, comme si Lavinia voulait se débarrasser d'elle. Inévitablement cette discussion était suivie d'une ou deux journées d'ombrageuse bouderie. On était cependant parvenu à un compromis : à présent, la femme du facteur montait tous les matins la côte depuis le village. Embauchée pour faire « les gros travaux », elle s'était peu à peu insinuée au-delà des portes de la cuisine et avait investi le reste de la maison, cirant les parquets, frottant les dalles du porche. Après son passage, tout reluisait, tout sentait bon, tout était net. Au début, Isobel avait traité cette bonne âme avec un froid dédain et l'on pouvait savoir gré à la femme du facteur, après une longue période de non-coopération, d'avoir fini par vaincre l'hostilité d'Isobel et de s'en être fait une amie.

Mais elle ne venait pas le dimanche, et ce déjeuner représentait un gros travail pour Isobel. Lavinia aurait voulu l'aider un peu, non qu'elle pût en faire beaucoup, puisqu'elle était incapable de faire cuire un œuf à la coque. Mais Isobel faisait toujours montre d'une susceptibilité à vif et, tout compte fait, tout se passait beaucoup mieux si l'on ne se mêlait de rien.

Quelque part dans le jardin, un oiseau chanta. En bas une porte s'ouvrit et se referma. Elle s'adossa à ses oreillers de lin et attrapa ses lunettes sur la table de chevet. C'était une grande table de chevet, presque un bureau, en raison du nombre d'objets, petits mais indispensables, qu'elle devait garder à portée de main. Ses lunettes, son verre d'eau, une boîte de biscuits, un bloc de papier et un crayon bien taillé au cas où une idée géniale lui traverserait l'esprit au milieu de la nuit. Une photo de son défunt mari, Eustache Boscawen, lui jetant un regard sévère depuis son cadre de velours bleu, sa bible, le livre en cours, *Les Tours de Barchester*. C'était la sixième fois qu'elle le lisait, mais Trollope était si réconfortant. En sa compagnie, on se sentait pris par la main et ramené vers un passé plus paisible. Elle eut du mal à trouver ses lunettes. Du moins n'avait-elle pas de dentier pour lui sourire du fond d'un gobelet. Elle était fière de ses dents. Combien de vieilles femmes de quatre-vingt-cinq ans avaient encore les leurs ? La plupart, tout au moins ? Il ne manquait que celles du fond, qui ne se voyaient pas. Elle pouvait encore sourire et rire sans craindre de montrer une bouche édentée ou de perdre son dentier.

Elle regarda l'heure. Sept heures et demie. Isobel montait l'escalier. Elle entendait les marches qui craquaient, et son pas lent sur le palier. Un petit coup et la porte s'ouvrit. Isobel apparut avec, sur un plateau, le verre d'eau chaude et la rondelle de citron que prenait Lavinia tous les matins. Elle aurait dû renoncer à cette tradition, elle pouvait parfaitement s'en passer. Mais cela faisait quarante ans qu'Isobel lui servait son citron chaud et elle n'avait nullement l'intention d'arrêter.

– Bonjour, dit-elle. Il fait frisquet.

Elle fit de la place sur la table et posa le plateau. Ses mains étaient noueuses et rougies, leurs articulations gonflées par l'arthrite, et elle portait un tablier à bavette sur sa robe de coton bleu. Jadis elle se coiffait d'un bonnet de coton blanc aussi volumineux que malseyant, mais Lavinia avait fini par la persuader de renoncer à cet insigne de la servitude. Elle était beaucoup mieux depuis que l'on voyait ses cheveux gris et frisés, tirés en arrière en un petit chignon rond.

– Merci, Isobel.

Isobel ferma la fenêtre sur le chant d'un merle. Elle portait des bas noirs ; ses chevilles enflées débordaient des chaussures à bride usées. C'était elle qui aurait dû être au lit, où on lui aurait apporté quelque breuvage bien chaud. Lavinia aurait aimé ne pas toujours se sentir coupable.

– J'espère que vous n'aurez pas trop à faire aujourd'hui, dit-elle sur une impulsion. Peut-être devrions-nous renoncer à ces déjeuners.

– Ne recommencez pas avec ça. (Isobel arrangeait méticuleusement les rideaux pour s'occuper.) On dirait que je suis morte et enterrée.

– Pas du tout. Je veux juste que vous ne vous éreintiez pas.

– Il y a peu de chance, fit Isobel avec un rire méprisant. De toute façon, tout est en route. J'ai mis la table hier soir pendant que vous dîniez sur votre plateau, et les légumes sont prêts. De jolis choux de Bruxelles, avec un petit peu de gelée. Je vais descendre préparer le soufflé. Cette petite Loveday m'en voudrait s'il n'y avait pas de soufflé.

– Vous la gâtez trop, Isobel, comme tout le monde.

Isobel ricana.

– Tous trop gâtés, ces enfants Carey-Lewis, si vous voulez mon avis, mais ça ne semble pas leur avoir fait de mal.

Elle plia les genoux pour ramasser la robe de chambre de laine de Lavinia, qui avait glissé du fauteuil sur le sol.

– Et je ne les ai jamais approuvés d'envoyer Loveday

dans cette école... A quoi ça sert d'avoir des enfants si c'est pour les expédier à des kilomètres de chez soi ?

– Ils pensaient agir pour le mieux, je suppose. De toute façon, c'est du passé. Elle semble avoir trouvé son bonheur à Sainte-Ursule.

– Bon signe qu'elle ait amené une amie à la maison. Si elle a des amies, c'est qu'elle n'est pas trop contrariée.

– Vous avez raison. Mais n'oublions pas que cela ne nous regarde pas.

– Peut-être, mais on peut avoir son opinion, n'est-ce pas ? (Ayant dit ce qu'elle avait à dire, Isobel se dirigea vers la porte.) Vous voulez un œuf frit pour le petit déjeuner ?

– Merci, ma chère Isobel, ce sera parfait.

Isobel disparut. Le bruit de ses pas s'estompa tandis qu'elle descendait précautionneusement l'escalier en colimaçon. Lavinia l'imagina prenant les marches une à une, la main sur la rampe. Cette culpabilité ne voulait pas s'en aller, mais que faire ? Rien. Elle but son eau chaude citronnée, pensa au déjeuner et décida de mettre sa robe neuve.

Au comportement de Loveday, on comprenait que sa grand-tante Lavinia était l'une des rares personnes – peut-être la seule – susceptibles d'exercer une influence sur sa personnalité rebelle. Pour commencer, elle se leva tôt pour se laver les cheveux, s'habilla sans opposer la moindre objection aux vêtements que Mary lui avait préparés la veille au soir : une robe de laine à carreaux avec un col et des poignets d'une blancheur immaculée, des chaussettes blanches et des chaussures à bride en cuir noir verni.

En allant la retrouver à la nursery où Mary lui séchait et lui brossait les cheveux, Judith s'inquiéta de sa propre tenue. Devant Loveday, si étonnamment jolie et élégante, elle se sentit misérable comme une parente pauvre. Le cachemire rouge était toujours aussi bien, mais...

– Je ne peux pas aller à ce déjeuner en short, n'est-ce pas ? demanda-t-elle d'un air suppliant à Mary. Et cet uniforme est si laid. Je n'ai pas envie de le mettre...

– Bien sûr que non. (Mary était aussi pratique et

167

compréhensive que d'ordinaire.) Je vais te trouver une jolie jupe dans la garde-robe d'Athena. Et puis tu emprunteras une paire de chaussettes à Loveday, les mêmes que celles-ci. Ensuite je cirerai tes chaussures. Tu seras rutilante comme un sou neuf... Tiens-toi tranquille, Loveday, pour l'amour du ciel, sinon nous n'arriverons jamais à sécher cette tignasse.

La jupe, empruntée sans vergogne dans le placard d'Athena, était un kilt muni de lanières de cuir et de boucles à la taille.

– Le kilt, c'est formidable, fit remarquer Mary, parce que, que l'on soit grosse ou mince, on peut toujours s'arranger pour qu'il vous aille.

Elle s'agenouilla pour l'ajuster autour de la taille de Judith et régla les lanières.

– C'est comme quand on selle Tinkerbell, s'écria Loveday en pouffant de rire.

– Pas du tout. Tu sais bien que Tinkerbell se gonfle comme un ballon. Voilà. Parfait. Il est à la bonne longueur. Juste au milieu du genou. Et puis il y a du rouge dans l'écossais qui rappelle celui du pull. (Elle se redressa en souriant.) Tu es ravissante. Le roi n'est pas ton cousin. Maintenant ôte-moi ces chaussures et Mary va te les frotter jusqu'à ce que tu puisses te regarder dedans.

A Nancherrow, le dimanche, on ne servait pas le petit déjeuner avant neuf heures mais, quand les deux filles et Mary firent leur apparition, les autres étaient déjà là et se servaient de porridge brûlant et de saucisses grillées. Le soleil hivernal inondait la salle à manger, et cela sentait délicieusement bon le café frais.

– Nous sommes en retard, je suis désolée... s'excusa Mary.

– Nous nous demandions ce que vous faisiez.

A l'extrémité de la table, Diana portait un tailleur de flanelle gris perle, si parfaitement coupé qu'elle en paraissait mince comme un fil. Son corsage en soie bleu faisait ressortir le saphir de ses yeux. Elle portait des perles serties de diamants aux oreilles et trois rangées de perles à la base du cou.

– Il nous a fallu du temps pour nous apprêter.

– Ce n'est pas grave, dit Diana en souriant aux deux filles. A les voir si élégantes, je comprends. Vous avez fait un travail magnifique, Mary...

Loveday alla embrasser son père. Tommy Mortimer

et lui portaient tous deux une tenue très habillée, un costume avec un gilet, une chemise à col raide et une cravate de soie. Le colonel posa sa fourchette pour serrer sa fille contre lui.

– Je te reconnais à peine, lui dit-il. Une vraie petite lady, en robe. J'avais presque oublié à quoi ressemblaient tes jambes...

– Oh! Pops, ne sois pas bête. (En dépit de son air si distingué, Loveday n'avait manifestement pas l'intention de se conduire en lady.) Regarde-moi ça, vieux gourmand, tu as pris *trois* saucisses. J'espère que tu nous en as laissé...

Plus tard dans la matinée, ils se rendirent tous les cinq à la messe à Rosemullion, confortablement installés dans l'énorme Daimler du colonel. Pour le service, Diana avait coiffé un bibi gris avec une séduisante petite voilette et, comme la journée était belle mais froide, elle s'était enveloppé les épaules de renard argenté.

Après avoir garé la voiture devant le mur du cimetière, ils se joignirent à la file des villageois qui progressait entre les vieilles tombes et les ifs. C'était une petite église, très ancienne, encore plus ancienne que celle de Penmarron, se dit Judith. Elle semblait s'être légèrement enfoncée dans la terre, si bien que l'on passait de la clarté extérieure à une froide pénombre, où régnait une odeur de pierre humide et de livres de prière moisis. Les bancs étaient durs et affreusement inconfortables. Quand ils s'installèrent au premier rang, le son fêlé de la cloche du haut clocher retentit.

Le service commença à onze heures et quart et dura un bon moment car le curé, le bedeau et l'organiste étaient, tout comme l'église, extrêmement vieux et s'embrouillaient un peu. Le seul qui semblait savoir ce qu'il faisait était le colonel Carey-Lewis, qui s'avança promptement vers le lutrin pour lire l'épître, la lut et revint tout aussi promptement à son banc. Un interminable sermon suivit, dont le sujet demeura obscur du début à la fin; on chanta trois cantiques, on fit la quête (dix shillings par adulte et une demi-couronne pour Judith et Loveday), puis vint la bénédiction et l'office s'acheva.

169

Après le froid suintant de l'église, le soleil leur parut chaud. On s'attarda quelque temps sur le parvis, Diana et le colonel échangèrent quelques mots avec le curé, dont les cheveux clairsemés volaient au vent tandis que son surplis battait comme un drap sur une corde à linge. Des paroissiens les saluaient respectueusement en ôtant leur chapeau : « Bonjour, colonel. Bonjour, Mrs. Carey-Lewis... »

Loveday, qui s'ennuyait, se mit à sautiller sur les pierres couvertes de lichen.

– Allons-y, dit-elle en tirant la manche de son père. J'ai faim...

Tout le monde s'éloigna enfin et il fut temps de partir. Mais le colonel regardait sa montre.

– Nous avons dix minutes devant nous, annonça-t-il. Nous allons donc laisser la voiture ici et marcher. Un peu d'exercice ne nous fera pas de mal et nous ouvrira l'appétit pour le déjeuner. Venez, les filles...

Ils se mirent donc en chemin sur la route étroite et sinueuse qui, partant du village, gravissait la colline. De chaque côté s'élevaient de grands murs de pierre, étouffant sous le lierre, et des ormes dénudés dont les hautes branches servaient de perchoir aux freux. A mesure que la pente devenait plus raide, on s'essoufflait.

– Si j'avais su que nous allions marcher, dit Diana, je n'aurais pas mis mes hauts talons.

Tommy glissa un bras autour de sa taille.

– Veux-tu que je te porte dans mes bras ?

– Je ne pense pas que ce serait très convenable.

– Alors je me contenterai de te pousser. Ce sera merveilleux de redescendre, penses-y. Nous pourrons courir. Ou glisser sur les fesses, comme avec une luge.

– Ça ferait jaser dans le pays.

Le colonel marchait devant sans prêter attention à ce badinage. La route continuait, mais ils étaient, semblait-il, enfin arrivés à destination. Car, dans le haut mur de droite, s'ouvrait un portail. Au-delà, un chemin étroit s'incurvait entre deux haies d'escallonias bien taillées. Ce fut un soulagement de se retrouver sur le plat, bien que le sol fût couvert de galets qui gênaient un peu la marche.

Tommy Mortimer avançait péniblement. L'exercice physique n'était pas l'une de ses passions, bien qu'il lui arrivât de tenir une raquette de tennis ou un fusil.

170

– Pensez-vous, demanda-t-il malicieusement, que l'on m'offrira un gin-grenadine ?

– Tu y es déjà allé déjeuner, lui rappela Diana d'un ton vif. On te proposera un xérès, ou peut-être un vin de Madère. Et tu ne réclameras pas de gin-grenadine.

– Ma chère, soupira-t-il, résigné, pour toi, je boirais de la ciguë. Mais reconnais que le madère, ça fait très Jane Austen.

– Ni Jane Austen ni le madère ne te feront de mal.

Le petit groupe longea la haie d'escallonias en un virage au détour duquel apparut le Manoir. Il n'était ni grand ni imposant, mais la dignité de son style avait quelque chose d'impressionnant. Une maison carrée, symétrique et solide, blanchie à la chaux, avec des fenêtres gothiques, un toit d'ardoise grise et un porche de pierre enfoui sous les clématites. À l'abri de la colline, elle semblait tourner le dos au monde et somnoler paisiblement dans le passé depuis des temps immémoriaux.

Il était inutile de frapper ou de sonner une cloche. Quand le colonel approcha, la porte s'ouvrit et une vieille dame s'avança sous le porche. Elle portait un uniforme de femme de chambre, un tablier et une coiffe de mousseline bien plantée sur ses cheveux gris.

– Je pensais bien que vous viendriez directement. Nous sommes prêtes à vous recevoir.

– Bonjour, Isobel.

– Bonjour, Mrs. Carey-Lewis... Beau temps, n'est-ce pas, mais encore frais.

Elle avait une voix aiguë et l'accent de Cornouailles.

– Vous vous rappelez Mr. Mortimer, Isobel ?

– Bien sûr. Bonjour, monsieur. Entrez, et nous fermerons la porte. Puis-je prendre vos manteaux ? Mon Dieu, Loveday, comme tu grandis ! C'est ton amie ? Judith ? Donnez-moi votre fourrure, Mrs. Carey-Lewis, je vais la ranger...

Judith déboutonna le manteau vert de son uniforme et regarda discrètement autour d'elle. Les maisons des autres étaient toujours fascinantes. Quand on franchissait une porte pour la première fois, on sentait l'atmosphère qui y régnait et l'on devinait toujours quelque chose de la personnalité de ceux qui y vivaient. Riverview, si transitoire et si miteuse qu'elle fût, c'était chez elle simplement parce que maman était là : jouant avec Jess, ou dans la cuisine, rédigeant des listes de courses pour Phyllis, ou enfoncée dans son fauteuil au coin du feu, avec tous ses petits objets autour d'elle. En revanche, Roquebise lui avait toujours paru impersonnel, comme un club de golf, et Nancherrow, sous l'égide de Diana, était devenu un luxueux appartement londonien à l'échelle de la campagne.

Mais le Manoir produisait sur elle un effet nouveau. Elle avait l'impression de remonter le temps. Si vieux, datant certainement de l'époque prévictorienne, si bien proportionné, si tranquille que, par-delà le murmure des voix, le lent tic-tac de l'horloge était parfaitement audible. Le sol du vestibule était dallé et couvert de tapis. De là s'élevait un escalier circulaire qui montait devant une fenêtre gothique aux rideaux de lin beige. Il régnait un parfum fascinant où se mêlaient la cire des meubles, la senteur des fleurs et une discrète odeur de pierre humide et de cave froide. Pas de chauffage central, ici, mais un grand feu dans l'âtre et un carré de soleil qui se reflétait obliquement sur le sol par la porte ouverte.

— Mrs. Boscawen est au salon...

— Merci, Isobel.

Diana laissa Isobel porter les manteaux à l'étage et entra la première.

— Tante Lavinia ! s'écria-t-elle d'une voix chaleureuse où l'on décelait un plaisir véritable. Nous sommes tous épuisés d'avoir grimpé la colline. Edgar nous y a contraints. Vous êtes une sainte de tolérer une telle invasion...

— Mais vous êtes tous allés à la messe ! Comme c'est bien. Je ne suis pas venue, je ne pourrais plus supporter un seul sermon de ce curé. Loveday, petit singe, viens me donner un baiser... et cher Edgar. Et Tommy. C'est merveilleux de vous revoir.

Judith restait en arrière, non par timidité mais parce qu'il y avait tant de choses à voir. Une pièce claire, inondée de soleil grâce aux grandes fenêtres orientées au sud. Des couleurs douces, des roses, des crèmes et des verts, passées, jamais vives. Une longue bibliothèque emplie de livres reliés cuir, un buffet en noyer contenant des assiettes à fruits de Meissen, un miroir vénitien au-dessus d'un manteau de cheminée peint en blanc. Dans l'âtre, un feu de charbon tremblotait. Le soleil atténuait l'éclat des flammes, mais faisait scintiller un arc-en-ciel sur les facettes du lustre en cristal. Il y avait des fleurs, encore des fleurs. Des lis au parfum lourd. Tout était éblouissant.

– Judith ?

Elle sursauta quand elle se rendit compte que Diana venait de prononcer son nom. Ce serait abominable si Mrs. Boscawen la trouvait mal élevée ou désinvolte.

– Excusez-moi.

– Tu as l'air hypnotisée, fit Diana en souriant. Viens dire bonjour.

Elle tendit le bras pour l'inciter doucement à les rejoindre et posa la main sur son épaule.

– Tante Lavinia, voici Judith Dunbar, l'amie de Loveday.

Elle fut soudain intimidée. Mrs. Boscawen se tenait très droite dans un fauteuil bas, à demi tournée vers la lumière, dans une robe de laine bleue qui s'évasait autour de ses chevilles. Elle était vieille... sans doute octogénaire. Sous la couche de poudre, ses joues étaient striées de rides et à côté d'elle, à portée de main, Judith remarqua une canne d'ébène à pommeau d'argent. Vieille. Merveilleusement vieille. Mais ses yeux bleu pâle brillaient de curiosité et l'on voyait qu'elle avait été très belle.

– Ma chère, dit-elle d'une voix claire, qui tremblait un peu, puis elle prit la main de Judith et la garda dans la sienne. Comme je suis contente que vous ayez pu venir, vous aussi. J'aime beaucoup faire la connaissance de nouveaux amis.

– Si j'ai demandé à Judith de venir, déclara Loveday tout à trac, c'est parce que toute sa famille est à Colombo et qu'elle n'a nulle part où aller.

– Oh ! Loveday, ce n'est pas une invitation bien chaleureuse, fit Diana en fronçant les sourcils. Tu as invité Judith parce que tu en avais envie. Tu ne m'as pas laissée une seconde en paix tant que je n'ai pas téléphoné à Miss Catto.

– Enfin bon, c'était l'*une* des raisons.

– Tu es très attentionnée, la rassura tante Lavinia, avant de sourire à Judith. Mais Colombo, c'est bien loin.

– Ils n'y resteront pas longtemps. Juste le temps de tout emballer avant de déménager pour Singapour. Mon père doit rejoindre son nouveau poste.

– Singapour! Comme c'est romantique! Je n'y suis jamais allée, mais j'avais un cousin qui faisait partie du cabinet du gouverneur général. D'après lui, c'était l'un des endroits les plus gais qui soient. Des fêtes sans arrêt. Votre mère va bien s'amuser. A présent, trouvez donc de quoi vous asseoir. Il fait tellement beau que je ne pouvais supporter l'idée de rester blottie au coin du feu. Edgar, veux-tu t'occuper de l'apéritif? Assure-toi que tout le monde a bien son xérès. Nous avons dix minutes avant qu'Isobel sonne le gong. Diana, ma chère, quelles nouvelles d'Athena? Est-elle revenue de Suisse?

Au pied de la fenêtre il y avait un long coussin. Comme on ne faisait pas attention à elle, Judith s'y agenouilla pour regarder le jardin en pente par-dessus le toit de la grande véranda. A la lisière de la pelouse s'élevait un boqueteau de pins de Monterey et à travers les branches hautes se dessinait la ligne bleue de l'horizon. Cette vue, la juxtaposition des conifères sombres et d'une mer estivale, lui donna l'extraordinaire sensation d'être à l'étranger, comme si l'on avait été miraculeusement transportés de Nancherrow dans quelque villa italienne baignée par la lumière du sud surplombant la Méditerranée. Cette illusion l'emplit d'un plaisir enivrant.

– Aimez-vous les jardins?

Une fois de plus, la vieille dame s'adressait à elle.

– J'aime tout particulièrement celui-ci, répondit Judith.

– Vous êtes une enfant selon mon cœur. Après le déjeuner, nous mettrons nos manteaux et nous irons faire un tour.

– Vraiment?

– Moi, je n'irai pas, l'interrompit Loveday. Il fait beaucoup trop froid et je l'ai déjà vu des milliers de fois.

– J'imagine que personne d'autre ne voudra nous accompagner, déclara doucement tante Lavinia. Comme toi, Loveday, ils connaissent tous bien le jardin. Mais cela ne nous empêchera pas, Judith et moi, de prendre le temps d'une petite promenade au grand air. Et nous bavarderons pour mieux nous connaître. Où en es-tu, Edgar? Ah, mon xérès. Merci. (Elle leva son verre.) Merci à vous tous d'être venus.

– Judith?

C'était le colonel qui, dans son dos, l'avait appelée. Elle se retourna. Il lui sourit.

– Une citronnade.

Elle s'assit, le dos à la fenêtre, et lui prit le verre des mains. En face d'elle, Loveday, qui s'était installée dans un grand fauteuil avec Tommy Mortimer, buvait aussi de la citronnade. Son regard croisa celui de Judith et sur son visage fripon se dessina un grand sourire. Elle était à la fois si malicieuse et si jolie que le cœur de Judith s'emplit d'affection. D'affection et de gratitude, parce que Loveday avait déjà tant partagé avec elle, et parce que c'était grâce à elle qu'elle était là.

– Ce sont les plus petits bulbes qui lèvent en premier, les aconits, les crocus précoces et les perce-neige. C'est tellement abrité ici, voyez-vous, qu'au nouvel an je vais toujours voir dans le jardin où ils en sont. Je jette tout ce vieux houx poussiéreux et je trouve assez de petites fleurs pour remplir un coquetier. Alors je sens que l'année a vraiment commencé et que le printemps est en chemin.

– Je croyais que l'on devait attendre la fête des Rois. Pour jeter le houx, je veux dire. Qu'est-ce que c'est que cette fleur rose ?

– De la viorne odorante. Ça sent l'été au beau milieu de l'hiver. Et voilà mon buddleia, mais il est un peu triste en ce moment. En été, c'est le champ de bataille des papillons. Il est grand, n'est-ce pas ? Et cela ne fait que deux ou trois ans que je l'ai planté.

Côte à côte, elles descendaient le sentier pentu. Tante Lavinia avait tenu parole et, à la fin du déjeuner, avait laissé les autres au salon et emmené Judith faire un petit tour. Pour cette expédition, elle avait mis une paire de grosses bottes de caoutchouc et une immense cape de tweed, et noué un foulard sur sa tête. Sa canne lui donnait de la stabilité et lui servait à désigner les choses.

– Comme vous le voyez, mes terres descendent ainsi jusqu'au pied de la colline. Tout en bas il y a le potager, et ces pins d'Écosse délimitent le terrain au sud. Quand je suis arrivée ici, tout était terrassé, mais je voulais un jardin disposé comme une maison, avec des pièces ayant chacune leur caractère, inattendu et secret. Nous avons donc planté des haies d'escallonias et de troènes, dans lesquelles nous avons taillé des passages. Le sentier attire l'œil, vous ne trouvez pas ? On a envie d'explorer ce qui se cache derrière. Venez, je vais vous montrer. Vous voyez? (Elles passèrent sous la première arche.) Ma roseraie. Que de vieilles roses démodées! Voici Rosamunde, la plus vieille de toutes. Elle n'est pas très en forme en ce moment, mais quand elle fleurit, les pétales sont rayés rose et blanc. Comme des petites filles en robe de fête.

– Depuis combien de temps habitez-vous ici?

Tante Lavinia s'arrêta une fois de plus et Judith trouva très agréable de se promener en compagnie d'une grande personne qui ne semblait nullement pressée, heureuse de bavarder comme si elle avait la vie devant elle.

– Presque cinquante ans maintenant. Quand j'étais petite, j'habitais Nancherrow. Pas dans la maison de Diana, dans l'ancienne demeure, celle qui a brûlé. Mon frère était le père d'Edgar.

– Vous avez donc toujours vécu en Cornouailles?

– Pas toujours. Mon mari était conseiller du Roi[1] et juge. Nous avons d'abord vécu à Londres, puis à Exeter, mais nous revenions toujours à Nancherrow pour les vacances.

– Y emmeniez-vous vos enfants?

– Ma chère, je n'ai jamais eu d'enfants. Edgar et Diana sont mes enfants et leurs enfants sont mes petits-enfants.

– Quel dommage!

– Comment? De ne pas avoir eu d'enfants? Eh bien, vous savez, toute tristesse a ses compensations. Et j'aurais peut-être fait une mère exécrable. Mais ne nous appesantissons pas sur le passé. De quoi parlions-nous?

– De votre jardin. Et de votre maison.

– Ah, oui. La maison... Regardez, c'est le plus joli lilas rose. Je ne voudrais tout de même pas qu'il s'étende trop... La maison. C'était le manoir du domaine de Nancherrow. Ma grand-mère y a vécu quand elle avait mon âge. Et quand mon mari a pris sa retraite de magistrat, nous l'avons loué au domaine. Plus tard, nous avons été en mesure de l'acheter. Nous y avons été très heureux. Mon mari y est mort alors qu'il se reposait paisiblement dans un transat, sur la pelouse devant la maison. C'était l'été, voyez-vous, et il faisait bon. Maintenant nous arrivons au jardin des enfants. C'est ce que vous allez préfé-

1. Titre important conféré à d'éminents membres du barreau de Londres. (*N.d.T.*)

rer, à mon avis. Loveday vous a-t-elle parlé de la cabane ?

– Non, fit Judith, surprise.

– Non, bien sûr, elle n'y a jamais beaucoup joué. La cabane, ce n'était pas son domaine, c'était plutôt celui d'Athena et d'Edward. Sans doute parce qu'elle était beaucoup plus jeune qu'eux et qu'elle n'avait pas de frère ou de sœur pour lui tenir compagnie.

– Est-ce une maison miniature ?

– Attendez de la voir. Mon mari l'avait fait construire parce que Athena et Edward passaient beaucoup de temps chez nous, des journées entières, et quand ils ont grandi et qu'ils ont eu la permission de dormir dehors, c'était beaucoup plus amusant qu'une tente, vous ne croyez pas ? Le matin, ils préparaient leur petit déjeuner...

– Y a-t-il un poêle dans la cabane ?

– Non, parce que nous avions très peur du feu et que les enfants se brûlent. Mais il y a un foyer en brique à une distance respectable, où Athena et Edward faisaient frire leur bacon et bouillir leurs gamelles. Allons y jeter un coup d'œil. J'ai la clé dans ma poche, car je savais que vous aimeriez y entrer...

Elle précéda Judith, qui la suivait avec impatience. Elles passèrent sous l'arche végétale et descendirent quelques marches de pierre menant à un petit verger planté de pommiers et de poiriers. L'herbe était drue, mais autour des troncs noueux des arbres fruitiers poussaient des perce-neige et des scilles bleues. Les premières jonquilles pointaient le nez, épées vertes fendant la terre grasse. Avant longtemps, ce serait un joyeux concert printanier de jaune et de blanc. Au-dessus de leur tête, sur une branche nue, un merle chantait à tue-tête ; à l'autre bout du verger, dans un coin abrité, s'élevait la cabane. Elle ressemblait à une hutte en rondins avec un toit de bardeaux passés au brou de noix et deux fenêtres de chaque côté d'une porte peinte en bleu. Sur le devant, il y avait un petit porche avec un escalier de bois et une rampe chantournée. Ce n'était pas une maison de poupée, mais une vraie maison où des adultes pouvaient aller et venir sans baisser la tête.

– Mais qui vient ici maintenant ?

– Vous avez l'air désolée, répondit Lavinia en riant.

– C'est tellement joli. On devrait y jouer tout le temps, en prendre soin...

– Mais on en prend soin. Je m'en occupe. Je l'aère et, tous les ans, on met une bonne couche de créosote. Comme elle a été bien bâtie, elle n'est pas humide.

– Je ne comprends pas pourquoi Loveday ne m'en a pas parlé.

– Cela ne lui a jamais dit grand-chose de tenir une maison. Elle préfère récurer l'écurie et rester avec son poney, ce qui n'est pas plus mal. De temps en temps, il y a des enfants. Le catéchisme de Rosemullion fait son pique-nique annuel dans ce verger. Alors la cabane retrouve sa fonction. Mais il y a souvent des bagarres épouvantables, parce que les garçons veulent en faire une forteresse indienne et les filles y jouer au papa et à la maman. Voilà la clé. Ouvrez-moi la porte et je vous ferai visiter.

Judith prit la clé, se baissa pour passer sous les branches traînantes des pommiers, puis gravit les deux marches du porche. Elle n'eut aucun mal à la glisser dans la serrure et à la tourner. La porte s'ouvrit vers l'intérieur et l'odeur de la créosote lui chatouilla les narines. L'intérieur n'était pas sombre, car il y avait une troisième fenêtre sur le mur du fond. Elle aperçut les deux couchettes fixées de chaque côté, sous la pente du toit, la table de bois, les deux chaises, les étagères, le miroir, un cadre avec l'image d'un sous-bois jonché de campanules, et le tapis élimé sur le sol. Une caisse retournée faisait office de buffet de cuisine. Elle contenait un peu de vaisselle, une bouilloire couverte de suie et une poêle à frire. Aux fenêtres pendaient des rideaux à carreaux bleus et, sur les couchettes, on avait disposé des coussins et des couvertures bleus. Au-dessus de sa tête, une lampe à paraffine pendait à un crochet planté dans la poutre principale. Elle imagina la cabane la nuit, la lampe allumée et les rideaux tirés et songea non sans une certaine tristesse qu'à quatorze ans elle était déjà trop vieille pour ces joies innocentes.

– Alors, qu'en pensez-vous ?

Judith se tourna vers Lavinia qui se tenait dans l'embrasure de la porte.

– Parfait.

– Je savais que vous seriez charmée. (La vieille dame renifla.) Pas d'humidité. Juste un peu froid. Pauvre petite maison. Elle manque de compagnie. Nous avons besoin d'enfants, n'est-ce pas ? Une nouvelle génération.

(Elle regarda autour d'elle.) Voyez-vous des traces de souris ? De vilains rats des champs entrent parfois, percent des trous dans les couvertures et y font leur nid.

— Quand j'étais petite, j'aurais vendu mon âme pour une maison comme celle-ci.

— Un nid rien qu'à vous ? Encore un petit rat des champs.

— Sans doute. Dormir ici les nuits d'été. Sentir l'herbe humide. Contempler les astres.

— Loveday ne voudrait pour rien au monde dormir seule ici. Elle prétend qu'il y a des revenants et de drôles de bruits.

— En général, je n'ai pas peur dehors. Mais les maisons sombres m'effraient parfois.

— On s'y sent seul aussi. C'est peut-être pour cela que je passe tant de temps dans mon jardin. Maintenant...

Lavinia rajusta son foulard et arrangea les plis de sa cape de tweed.

— Il fait un peu frais, je trouve. Il est temps d'aller retrouver les autres. Ils vont se demander ce que nous sommes devenues... Devinez ce que fait Loveday en nous attendant ? Elle est en train de jouer aux jonchets avec Mr. Mortimer.

— Aux jonchets ? Comment le savez-vous ?

— Parce que c'est ce qu'elle fait chaque fois qu'elle me rend visite. Et malgré son caractère rebelle, Loveday est esclave de ses habitudes. Je suis contente que vous soyez son amie. A mon avis, vous exercez une bonne influence sur elle.

— Je ne peux pas l'empêcher d'être dissipée à l'école. Elle a sans cesse des avertissements.

— Elle est très turbulente. Mais charmante. Son charme, je le crains, fera sa perte. Verrouillez la porte à présent, et allons-y.

Sainte-Ursule, dimanche 23 février

Chère maman, cher papa,

Pardonnez-moi de ne pas vous avoir écrit dimanche dernier, mais j'étais sortie pour le week-end et je n'en ai pas eu le temps. Miss Catto a été très gentille. Elle m'a permis d'accompagner Loveday Carey-Lewis dans sa famille.

Judith s'interrompit, mâchouilla son stylo et réfléchit. Elle aimait ses parents, mais elle les connaissait bien, eux et leurs petits travers. Il était donc difficile de parler de Nancherrow, pour la bonne raison que tout y était incroyablement merveilleux et qu'elle craignait qu'ils ne comprennent pas.

Jamais ils n'avaient eu un mode de vie aussi somptueux, et personne parmi leurs connaissances ne possédait de maison aussi grande, personne ne considérait le luxe et l'aisance comme acquis. A force de vivre en Extrême-Orient selon les conventions strictes de l'empire des Indes, ils avaient intégré les barrières rigides séparant les classes, sociales autant que raciales, et cette règle tacite qui faisait que chacun connaissait sa place, quelle qu'elle soit, et y restait.

Si elle s'extasiait sur la beauté et le charme de Diana Carey-Lewis, Molly Dunbar, qui n'avait jamais eu beaucoup d'assurance, pourrait la soupçonner d'établir des comparaisons et croire qu'elle sous-entendait que sa mère était laide et sans intérêt.

Et si elle décrivait en détail la splendeur de Nancherrow, les jardins, le domaine, les écuries, les domestiques, les parties de chasse, et le fait que le colonel Carey-Lewis était magistrat et qu'il siégeait à la cour, son père en serait peut-être heurté.

Et si elle s'étendait sur les mondanités du week-end, les cocktails, l'après-midi de bridge, les repas solennels, peut-être auraient-ils l'impression que Judith se vantait, ou même qu'elle critiquait à mots couverts leur existence simple et sans ambitions.

Une chose était sûre. Elle ne parlerait pas de Tommy Mortimer, sinon ils paniqueraient, considéreraient Nancherrow comme l'antre du vice et écriraient à Miss Catto d'interdire à Judith d'y retourner. Ce qui était impensable. Ce qu'il lui fallait, c'était un repère, quelque chose qu'elle puisse leur raconter. Elle eut une brusque inspiration : Jeremy Wells dont l'apparition était tellement inopinée et qui avait consacré son après-midi à lui montrer la crique. C'était un peu comme s'il venait à son secours pour la deuxième fois. A présent qu'elle savait de quoi parler, le reste suivrait aisément. Elle tira son papier à lettres vers elle et noircit la page.

La maison s'appelle Nancherrow, et il s'y est produit une chose extraordinaire. Il y avait là un jeune homme venu passer la journée pour chasser avec le colonel Carey-Lewis. Il s'appelle Jeremy Wells, et c'est le jeune médecin que nous avons rencontré dans le train entre Plymouth et Truro, en rentrant de chez les Somerville. Quelle coïncidence ! Il est très gentil, et son père est leur médecin de famille. Le samedi après-midi, Loveday a monté son poney, Tinkerbell. Il m'a donc proposé de faire une promenade et nous avons exploré la côte. Elle est très rocheuse par ici, avec des plages minuscules, pas du tout comme celle de Penmarron.

Le dimanche matin, nous sommes tous allés à l'église de Rosemullion, puis nous avons déjeuné chez Mrs. Boscawen, la tante du colonel Carey-Lewis. Elle est très vieille, comme sa maison, que l'on appelle le Manoir et qui est pleine d'objets antiques. Elle a une domestique, Isobel, qui travaille chez elle depuis des années. La maison est située en haut d'une colline d'où l'on voit la mer. Il y a aussi un jardin en pente, tout en terrasses. Sur l'une d'elles se trouve un verger et on y a construit une ravissante petite cabane de bois pour les enfants. Mrs. Boscawen (je dois l'appeler tante Lavinia) m'a emmenée la voir après le déjeuner. Nous avons bavardé très gentiment. J'espère que j'y retournerai un jour.

Mrs. Carey-Lewis m'a dit que je pouvais revenir à Nancherrow, ce qui est très gentil de sa part. J'ai écrit une lettre de remerciements. La semaine prochaine, ce sont les vacances de la mi-trimestre, et j'irai à Roquebise. Nous avons quatre jours de congé, du vendredi au lundi. J'ai reçu une carte postale de tante Louise, elle viendra me chercher en voiture vendredi matin et nous irons à Porthkerris acheter ma bicyclette.

J'ai emporté la boîte chinoise à Nancherrow et je l'y laisse pour l'instant, parce qu'à l'école je n'ai pas la place de la ranger. Mrs. Carey-Lewis m'a donné des cauris pour l'un des tiroirs.

Je travaille bien. J'ai eu sept sur dix au contrôle d'histoire. Nous étudions Horace Walpole et le traité d'Utrecht. J'attends avec impatience des nouvelles de la maison d'Orchard Road à Singapour. Cela doit vous faire de la peine de quitter Joseph et l'amah.

Baisers à tous et à Jess,

Judith.

Le vendredi suivant, à Roquebise, Judith contemplait par la fenêtre de sa chambre le terrain de golf et la baie au loin. Mais une pluie douce et tenace noyait le paysage, et un soudain mal du pays lui avait embué les yeux de larmes puériles.

C'était d'autant plus étrange qu'un demi-trimestre s'était écoulé et qu'elle n'avait jamais été déprimée à ce point depuis que Molly lui avait dit adieu devant Sainte-Ursule. En fait, à l'école, elle n'en avait pas le temps. Il y avait toujours tant à faire, tant à apprendre, tant de choses à se rappeler, tant de gens s'agitant, tant de séances d'entraînement, tant de sonneries qu'au moment de se coucher, à l'heure où l'on pleure seule dans son lit, elle tombait de fatigue et se contentait de lire un peu avant de s'endormir.

Quand, à Nancherrow, elle avait évoqué ses parents et Jess au cours de la conversation, répondant poliment à des questions polies, cela n'avait suscité en elle aucun pincement au cœur. En fait, pendant ce week-end de rêve, elle avait à peine pensé à papa et à maman, comme s'ils appartenaient à un monde qui avait temporairement cessé d'exister. A moins qu'avec les vêtements d'Athena Judith n'ait pris une identité nouvelle qui n'avait plus rien à voir avec sa famille, celle d'une personne uniquement absorbée par le présent et les événements à venir.

Maintenant elle songeait à Nancherrow avec mélancolie. Elle aurait aimé rejoindre Loveday dans cet endroit lumineux et fleuri, au lieu d'être coincée en haut de cette colline, dans la maison sans âme de tante Louise, avec trois femmes d'âge mûr pour toute compagnie. Mais, le bon sens venant à la rescousse, elle se dit qu'il pleuvait à seaux sur toute la région, à Nancherrow comme ailleurs. Avec ce temps morne, tout le dortoir s'était réveillé d'humeur sinistre ; la surveillante leur avait ordonné de revêtir imperméables et bottes de caoutchouc. A dix heures, le flot des pensionnaires avait franchi la porte d'entrée et s'était dirigé, les pieds dans les flaques, vers les voitures qui les attendaient. Toujours ponctuelle, tante Louise était là dans sa vieille Rover, mais il n'y avait encore personne pour Loveday qui s'était amèrement plainte d'être forcée d'attendre.

C'était d'ailleurs une bonne chose, car Judith n'avait pas particulièrement envie de présenter tante Louise à Diana. Les deux femmes auraient eu peu de choses en commun, et tante Louise aurait certainement fait des remarques désobligeantes sur les Carey-Lewis tout le long du chemin.

En dépit des intempéries, la matinée avait été bonne. Elles s'étaient arrêtées à Penzance pour faire des courses, puis elles étaient allées à la banque retirer de l'argent de poche pour Judith. Elles avaient fouiné dans la librairie, où Judith avait acheté un nouveau stylo à plume, une fille lui ayant emprunté le sien et écrasé la plume. Dans un salon de thé, elles avaient grignoté des gâteaux avant de rentrer. Pendant le trajet, la conduite de tante Louise qui, malgré la pluie, enfonçait l'accélérateur d'un richelieu bien ciré, lui avait fait dresser les cheveux sur la tête, et Judith avait fermé les yeux en attendant une mort imminente quand tante Louise avait dépassé un car qui se traînait dans un virage, fonçant sur la corniche sans avoir la moindre idée de ce qui pouvait venir de l'autre côté. Mais elles étaient néanmoins parvenues à Penmarron, et c'est en traversant le village que Riverview, maman et Jess avaient commencé à lui manquer. Il lui avait paru si bizarre de rester sur la route principale, de ne pas tourner vers le Chenal et la gare. A leur arrivée à Roquebise, elle avait revu sans joie cette maison surgie à travers les tourbillons de brume, et le jardin sans arbres, si bien entretenu, ne lui avait apporté aucune consolation.

Hilda, la domestique, attendait à la porte pour l'aider à porter ses valises.

– Je les emporte au premier étage, annonça-t-elle, et Judith suivit ses bas d'épais coton noir.

Bien qu'elle connût la maison aussi bien que Riverview, c'était la première fois qu'elle y séjournait et rien ne lui parut familier, pas même les odeurs. Elle eut aussitôt envie d'être ailleurs, n'importe où. Mais pas ici.

Sans raison. Un simple bouleversement affectif, la panique de ne pas être au bon endroit. D'autant plus que sa chambre, l'ancienne chambre d'amis de tante Louise, était très jolie et que les affaires qu'elle avait apportées de Riverview étaient bien rangées dans les tiroirs et les armoires. Son bureau était là, et ses livres sur une étagère. Et des fleurs sur la coiffeuse. Mais rien d'autre.

Pourtant, que désirer de plus ? Qu'est-ce qui pourrait combler ce vide terrible dans son cœur ?

Hilda fit quelques banales observations sur le temps pourri, la proximité de la salle de bains, le déjeuner à une heure, puis s'en alla. Quand elle fut seule, Judith se mit à la fenêtre et succomba à une ridicule envie de pleurer.

Elle voulait Riverview, maman, Jess et Phyllis. Elle voulait sa maison, ses odeurs et ses bruits familiers. Le jardin en pente et la vue paisible sur le Chenal, qui s'emplissait et se vidait avec les marées, et le chuintement rassurant du petit train à vapeur qui rythmait la journée. Le charme modeste du salon fleuri, Phyllis entrechoquant les casseroles dans la cuisine quand elle préparait le repas, et l'accompagnement perpétuel du babil de Jess. Et les odeurs, qui lui manquaient tellement, celle du savon à la lavande Yardley qui émanait de la salle de bains, le parfum sucré des troènes de la haie, et la senteur forte des algues à marée basse. Et les odeurs de cuisine, si alléchantes quand on rentrait affamé. Le gâteau dans le four, les oignons en train de rissoler...

Ce n'était pas bien. Cela ne faisait pas de bien. Riverview avait été loué à une autre famille. Maman, papa et Jess étaient de l'autre côté du monde. Pleurer comme un bébé ne les ramènerait pas. Elle se moucha, puis défit sa valise, allant et venant dans la chambre, ouvrant portes et tiroirs, retrouvant ses vêtements, cherchant quelque chose qui ne ressemble pas à son uniforme. Pas de pulls en cachemire, ici. Juste une vieille jupe et un shetland si souvent lavé qu'il ne démangeait plus. Elle se coiffa et, calmée, tenta de penser à des choses plus gaies. A la bicyclette neuve que l'on achèterait à Porthkerris cet après-midi. A ces quatre jours de liberté, loin de l'école. Elle irait à la plage à vélo et se promènerait sur le sable. Peut-être irait-elle voir Mr. Willis. Elle téléphonerait à Heather et ferait des projets avec elle. La perspective de revoir Heather aurait redonné le moral à quiconque. Peu à peu, son cafard se dissipa. Elle noua ses cheveux avec un ruban et se mit en quête de Louise.

Après un déjeuner de côtelettes d'agneau à la sauce à la menthe et de pommes au four, tante Louise manifesta une étrange curiosité pour la visite de Judith chez les Carey-Lewis.

— Je n'y suis jamais allée, mais on m'a dit que le jardin était magnifique.

– Oui, il y a plein de jolies choses, des hortensias le long de l'allée, des camélias... Et puis ils ont une plage rien qu'à eux.

– Comment est cette enfant ?

– Loveday ? Elle est indisciplinée, mais personne ne semble s'en soucier. Elle a une gouvernante adorable qui s'appelle Mary et qui fait tout le repassage.

– Tu vas avoir des goûts au-dessus de ta condition.

– Non. C'était différent, mais agréable.

– Que penses-tu de Mrs. Carey-Lewis ? Est-elle aussi frivole qu'elle en a la réputation ?

– Elle en a la réputation ?

– Tout à fait. Toujours partie à Londres, ou en voyage dans le sud de la France. Et des amis qui mènent une vie plutôt dissolue.

Judith songea à Tommy Mortimer et se dit, une fois de plus, qu'il serait prudent de ne pas même mentionner son nom.

– Il y avait un jeune homme charmant, Jeremy Wells. C'est le médecin que nous avions rencontré, maman et moi, dans le train de Plymouth. Nous étions dans le même compartiment. Il n'était pas à Nancherrow pour le week-end. Il était juste venu y passer la journée.

– Jeremy Wells ?

– Tu le connais ?

– Non, mais tout le monde a entendu parler de ses exploits sportifs. Il est capitaine de l'équipe de rugby de Cornouailles et il joue pour Cambridge. Il a marqué trois essais lors du dernier match universitaire. Je l'ai lu dans les journaux. Le héros du jour.

– Il joue aussi au cricket. C'est le colonel Carey-Lewis qui me l'a dit.

– Eh bien, tu as côtoyé des célébrités ! J'espère que tu ne t'ennuieras pas trop ici.

– J'ai hâte d'acheter ma bicyclette.

– Nous le ferons cet après-midi. On m'a dit que Pitway's est le meilleur magasin de Porthkerris. Nous irons donc là. Mr. Pitway a une camionnette. Comme cela, il pourra nous la livrer le plus vite possible. A mon avis, tu ne pourras pas rentrer par la grand-route tant que tu ne l'auras pas bien en main. Tu t'entraîneras au village et tu apprendras à tendre la main pour tourner. Je ne veux pas avoir à écrire à ta mère que tu as fini sous les roues d'un camion.

Elle éclata de rire, comme si la blague était bien bonne, et Judith rit aussi, bien qu'elle ne trouve pas cela très drôle.

– Quant au reste du week-end, espérons qu'il cessera de pleuvoir pour que tu puisses te balader. Dimanche, j'ai bien peur de devoir t'abandonner. Je joue au golf toute la journée. Edna et Hilda seront chez elles pour fêter je ne sais trop quoi, le quatre-vingtième anniversaire d'une vieille tante, et elles doivent aider à servir le thé. Tu seras donc toute seule, mais je suis sûre que tu ne t'ennuieras pas.

La perspective d'une journée de tranquillité n'était pas désagréable, mais il serait encore plus amusant de passer la journée chez les Warren.

– Je pourrais peut-être téléphoner à Heather, dit-elle, si cela ne t'ennuie pas. Et y aller dimanche. A moins que Heather ne vienne.

– La petite Warren ? Quelle bonne idée ! Je te laisse faire. Il est bon de conserver ses vieilles amies. Encore un peu de pomme ? Non ? Alors sonne Hilda pour qu'elle desserve la table. Ensuite je prendrai mon café et nous partirons pour Porthkerris vers deux heures et demie. Tu seras prête ?

– Bien sûr.

Elle ne pouvait plus attendre.

La pluie tombait sans discontinuer. Avec ses caniveaux ruisselants et l'eau du port d'un gris morne, Porthkerris était lugubre. Le magasin de cycles Pitway's se trouvait au pied de la colline, et tante Louise gara la Rover dans une ruelle avoisinante. Elles entrèrent. La boutique sentait le caoutchouc, l'essence et le cuir neuf. Il y avait des bicyclettes partout, du jouet d'enfant au vélo de course au guidon éblouissant. Pour Judith, le vélo de course n'était qu'une escroquerie, car quel était l'intérêt de pédaler la tête entre les genoux, les yeux rivés sur la route ?

Mr. Pitway apparut en salopette kaki, et on se prépara à la grande décision. On tomba enfin d'accord sur une Raleigh vert bouteille à selle noire, qui possédait un garde-boue, trois vitesses et d'épaisses poignées en caoutchouc, une pompe pour regonfler les pneus et une trousse à outils au dos de la selle contenant entre autres une burette d'huile. Elle coûtait exactement cinq livres, et tante Louise sortit son porte-monnaie pour compter les billets.

– A présent, Mr. Pitway, je voudrais que vous me la livriez le plus vite possible. Cet après-midi par exemple ?

– Eh bien, je suis seul dans la boutique pour l'instant.

– Sornettes. Votre femme peut très bien garder le magasin pendant une demi-heure. Mettez-la dans votre camionnette et apportez-la, c'est aussi simple que cela. Roquebise, à Penmarron.

– Je sais où vous habitez, mais...

– Parfait. Tout est arrangé. Nous vous attendrons vers quatre heures. Nous vous guetterons. (Elle était déjà presque à la porte.) Et merci pour votre aide.

– Merci de votre visite, répondit le pauvre Mr. Pitway.

Visiblement intimidé par tante Louise, il tint parole. Le temps s'était légèrement amélioré dans l'après-midi et, bien que le ciel fût toujours gris, la pluie avait eu l'obligeance de cesser quand, à cinq heures, la camionnette bleue franchit le portail de Roquebise. Judith, qui attendait son arrivée, se précipita pour aider Mr. Pitway à décharger sa précieuse cargaison. Tante Louise, qui avait également entendu la voiture, la talonna pour s'assurer que tout était bien en ordre et que la bicyclette n'avait été ni abîmée ni rayée durant le bref trajet. Elle remercia Mr. Pitway et lui donna une demi-couronne pour sa peine et pour payer l'essence. Il accepta ce pourboire avec autant d'embarras que de gratitude, attendit que Judith soit montée sur le vélo et ait fait quelques tours sur l'allée circulaire qui bordait la pelouse, toucha sa casquette du bout des doigts, et s'en alla.

– Bien, dit tante Louise. Comment est-ce ?

– Parfait. Merci beaucoup, tante Louise. (Les mains sur le guidon, elle planta un baiser sur la joue réticente de tante Louise.) C'est le plus joli de tous les vélos et de tous les cadeaux. Je vais bien m'en occuper. Je n'ai *jamais* rien eu de mieux.

– N'oublie pas de la mettre au garage et ne la laisse jamais sous la pluie.

– Oh, non. Jamais. Je vais me balader, maintenant. Faire le tour du village.

– Sais-tu faire marcher les freins ?

– Je sais tout faire marcher.

– Alors, vas-y. Amuse-toi bien.

Sur ce, elle retourna à son tricot, à son thé, à son roman.

C'était divin, comme si l'on volait. Elle descendit la colline, traversa le village en pédalant et revit toutes les boutiques et les maisonnettes de la rue principale qu'elle connaissait si bien. Elle passa devant la poste, le pub, devant le croisement qui menait au presbytère, puis descendit en roue libre, à toute allure, la côte boisée qui conduisait à l'extrémité du Chenal, là où la chaussée s'incurvait vers l'embouchure. Elle fit le tour de la ferme aux violettes, pédalant dans les flaques en éclaboussant de tous côtés, et suivit la route cahoteuse le long de la voie ferrée. Celle-ci était toujours abritée et ses bords étaient constellés de primevères. Peu importait la morosité du ciel. L'air était doux et sentait la terre humide. Les gros pneus de la bicyclette effleuraient les bosses et les flaques. Elle était seule et totalement libre, emplie d'une inépuisable énergie. Si on le lui avait demandé, elle serait allée au bout de la terre. Elle se mit à chanter à tue-tête.

La fin du chemin et la première maison. Les grandes villas de Penmarron avec leurs jardins ombragés, clos de hauts murs de pierre. Les pins bruissants de freux au-dessus de sa tête. La gare. Riverview.

Elle freina et s'arrêta en posant le pied à terre. Elle n'avait pas eu l'intention de venir ici, mais la bicyclette y était allée d'elle-même, comme un cheval fidèle, la ramenant à son ancienne demeure sans qu'elle l'eût consciemment voulu. Quand elle leva les yeux, tout se passa bien. Poignant, mais pas insupportable. Le jardin avait l'air bien tenu et les premiers narcisses étaient en fleur. On avait accroché une balançoire à l'un des pommiers. Il était bon de savoir que des enfants vivaient là.

Au bout de quelque temps elle reprit son chemin, passa devant la source où l'eau claire formait une mare où l'on attrapait des têtards et des grenouilles. La route débouchait près de l'église. Elle pensa descendre jusqu'à la plage pour rendre visite à Mr. Willis, mais il était tard, le soir tombait et elle n'avait pas de lampe. La prochaine fois qu'elle irait à Porthkerris, elle en achèterait deux. Un gros phare pour l'avant et un feu arrière rouge. Pour l'instant, il était temps de rentrer.

La route grimpait dur le long du terrain de golf. Judith s'aperçut vite que la pente était beaucoup plus raide qu'elle ne l'avait imaginé. Même en troisième, elle s'essoufflait. Devant le club de golf, elle renonça et mit pied à terre, se résignant à marcher en poussant son vélo.

– Bonjour !

Judith se retourna pour voir qui l'appelait. Un homme sortit du club et descendit les quelques marches qui menaient à la route. Il portait un large pantalon de golf, un pull-over jaune et une casquette de tweed à visière qui lui donnait l'air d'un bookmaker malhonnête.

– Vous devez être Judith. Est-ce que je me trompe ?

– Non, répondit-elle sans avoir la moindre idée de qui il pouvait être.

– Votre tante m'a dit que vous seriez là pour le week-end. (Il avait le teint rougeaud, une moustache et des yeux vifs et malins.) Vous ne me connaissez pas, parce que nous ne nous sommes jamais rencontrés. Colonel Fawcett. Billy Fawcett. Un vieil ami de Louise, du temps où nous vivions en Inde. Maintenant, je suis son voisin.

– Je me souviens, dit-elle, comprenant soudain qui il était. Elle nous a parlé de vous. Vous étiez un ami de l'oncle Jack.

– C'est ça. Dans le même régiment, sur la frontière nord-ouest. (Il lorgna la bicyclette.) Qu'est-ce que c'est que ça ?

– C'est mon vélo neuf. Tante Louise me l'a acheté aujourd'hui. Il a trois vitesses, mais je ne peux pas encore grimper la côte. Alors je pousse.

– C'est ce qu'il y a de pire avec les vélos, mais je dois reconnaître que c'est un bel engin. Vous marchez ? Je vais vous accompagner si je puis...

– Bien sûr, dit-elle, bien qu'il lui fût pénible que l'on troublât sa solitude.

Ils se mirent en chemin, Billy Fawcett adaptant son pas à celui de Judith.

– Avez-vous joué au golf ? lui demanda-t-elle.

– Juste un petit tour au practice. Il faut que j'améliore mon jeu avant de pouvoir affronter votre tante.

– Elle est très bonne, je sais.

– Remarquable joueuse. Elle frappe la balle comme un homme. Et une putteuse redoutable. Quel effet cela fait-il de revenir à Penmarron... ?

Tout au long du chemin, ils poursuivirent leur conversation polie et guindée. Quand ils atteignirent l'embranchement de Roquebise, la route était plate et Judith aurait pu remonter sur sa bicyclette et planter là le colonel, mais c'eût été mal élevé.

Elle s'arrêta à la porte de Roquebise, attendant qu'il lui dise au revoir et poursuive sa route, mais il ne semblait pas se hâter de mettre un terme à leur entretien. Il faisait presque nuit et, derrière les rideaux du salon de tante Louise, on apercevait de la lumière. Le colonel Fawcett était manifestement tenté par cette invitation tacite. Hésitant, il fit un grand geste pour remonter la manche de son pull et plissa les yeux pour consulter sa montre.

– Cinq heures et quart. Eh bien, j'ai un peu de temps devant moi. Si j'entrais avec vous pour présenter mes hommages à Louise ? Cela fait un jour ou deux que je ne l'ai vue...

Judith n'y voyait aucun inconvénient et ne pensait pas que cela ennuierait tante Louise. Ils franchirent donc ensemble le portail et remontèrent l'allée de gravier.

– Je dois ranger ma bicyclette au garage, lui dit-elle devant la porte.

– Ne vous inquiétez pas, je connais le chemin.

Il entra. Sans sonner ni même frapper à la vitre de la porte. Il se contenta de l'ouvrir en criant : « Louise ? » Celle-ci dut lui répondre car il entra en claquant la porte derrière lui.

Quand elle se retrouva seule, Judith lui fit une grimace dans le dos. Le colonel Fawcett ne lui plaisait qu'à demi, elle n'approuvait pas du tout sa désinvolture. Peut-être que tante Louise l'aimait bien et ne trouvait rien à redire au fait qu'il fasse irruption chez elle sans y avoir été convié. Elle poussa sa bicyclette dans le garage et la rangea avec soin, assez loin de la Rover. Étant donné la manière dont tante Louise conduisait, on ne savait jamais.

En prenant délibérément son temps, elle verrouilla les portes du garage. Elle n'avait pas très envie de rentrer. Tout irait bien si elle pouvait se glisser dans sa chambre et attendre le départ du colonel, mais la disposition des lieux lui interdisait toute dérobade. Il suffisait de passer la porte pour se retrouver dans le salon. Il n'y avait pas moyen de s'éclipser discrètement sans manquer à la politesse la plus élémentaire.

Il était déjà installé au coin du feu, comme s'il était là depuis une éternité, et tante Louise lui servait un verre.

– Qu'allez-vous faire de votre week-end ? (Il avait déjà avalé une grande gorgée et berçait son verre entre ses gros doigts courts.) Vous avez des projets ? Vous avez fait vos devoirs ?

Tante Louise était retournée à son tricot. Elle n'avait pas pris de verre, il était trop tôt. Elle s'imposait des règles strictes dans ce domaine. Quand on vivait seule, il le fallait bien.

– Nous n'en avons pas beaucoup parlé. Dimanche, je joue au golf avec Polly et John Richards, et un de leurs amis, qui est à ce qu'ils disent un très bon golfeur...

– Qu'allez-vous faire alors ? demanda Billy Fawcett en se tournant vers Judith.

– J'irai probablement chez une amie à Porthkerris. Je vais lui téléphoner.

– Je ne veux pas que vous vous morfondiez toute seule. Je suis toujours disponible, si vous avez besoin de quelqu'un.

Judith fit celle qui n'avait pas entendu. Tante Louise changea d'aiguilles.

– Ce serait formidable que Mrs. Warren puisse prendre Judith dimanche, parce que Hilda et Edna prennent aussi leur jour de congé. Cette maison n'est pas très gaie quand elle est vide.

– Je pourrais toujours me promener à bicyclette.

– Pas s'il pleut à verse. Il te faudrait un de ces imperméables qui tombent aux chevilles. Et à cette époque de l'année, Dieu seul sait quel temps nous aurons.

Billy Fawcett posa son verre et, en se tortillant un peu, chercha son étui à cigarettes et son briquet dans la poche de son pantalon de golf. Quand il alluma sa cigarette, Judith remarqua qu'il avait les doigts jaunis par le tabac. Sa moustache aussi était un peu jaunie, comme si elle avait été très enfumée.

– Et si on allait au cinéma ? proposa-t-il soudain. J'étais à Porthkerris, ce matin. On passe *Le Danseur du dessus*, avec Fred Astaire et Ginger Rogers. Sûrement un très bon film. Pourquoi ne vous y emmènerais-je pas toutes les deux ? Demain soir ? Je vous invite, bien entendu.

Tante Louise paraissait un peu interloquée. C'était peut-être la première fois que Billy Fawcett lui proposait de *payer* quelque chose.

– C'est très gentil à vous, Billy. Et toi, Judith ? Aurais-tu envie d'aller voir *Le Danseur du dessus* au cinéma ? Peut-être l'as-tu déjà vu ?

Non, Judith ne l'avait pas vu, mais elle en avait envie depuis fort longtemps. Dans un magazine de cinéma que Loveday avait introduit en fraude dans le dortoir, elle avait vu des photos du couple fabuleux tourbillonnant sur la piste. L'une des filles de seconde, qui l'avait déjà vu deux fois à Londres, était tombée amoureuse de Fred Astaire dont elle avait collé la photo à l'intérieur de la couverture de son cahier de brouillon.

Mais elle aurait préféré aller au cinéma avec Heather. Toutes les deux, elles auraient mangé des bonbons à la menthe et se seraient pâmées à souhait dans l'obscurité confinée. Ce ne serait pas la même chose avec tante Louise et Billy Fawcett.

– Non, je ne l'ai pas vu.

– Cela te plairait d'y aller ? demanda tante Louise.

– Oui. (Elle ne pouvait y échapper.) Cela me plairait beaucoup.

– Magnifique ! (Billy Fawcett conclut cette excellente décision d'une grande claque sur son genou tweedé.) Marché conclu. Quand irons-nous ? Six heures ici ? Je crains que vous ne deviez faire le chauffeur, Louise, ma vieille bagnole toussote un peu. Il faut que je la conduise au garage.

– Très bien. Si vous êtes ici à cinq heures et demie, nous irons ensemble. C'est très gentil de votre part.

– C'est avec plaisir. Deux charmantes dames à escorter. Que demander de mieux ?

Il prit son verre, vida le whisky et attendit, la cigarette au bec, le verre vide à la main. Tante Louise haussa les sourcils.

– Un autre, Billy ?

– Eh bien... (Il regarda son verre vide, comme s'il était surpris de le voir en si triste état.) Eh bien, si vous insistez.

– Servez-vous.

– Et vous, Louise ?

Elle regarda la pendule.

– Un petit. Merci.

Il se leva avec effort et se dirigea vers le plateau pour faire le service. A le regarder, Judith se dit qu'il semblait effroyablement à l'aise dans cette maison. Elle se demanda à quoi ressemblait son pavillon ; probablement froid, affreux et sinistre. Peut-être était-il très pauvre et ne pouvait-il s'offrir ni bon feu, ni whisky, ni domestique, ni tout ce confort de l'existence dont les célibataires ont besoin. C'était sans doute pour cela qu'il s'immisçait dans la vie aisée et bien ordonnée de tante Louise. A moins que – comble de l'horreur – il ne fasse à sa manière la cour à tante Louise, en espérant l'épouser.

C'était une idée si terrible qu'elle lui était presque insupportable. Mais pourquoi pas ? C'était un vieil ami de Jack Forrester et tante Louise se plaisait manifestement en sa compagnie, sinon elle l'aurait envoyé sur les roses depuis belle lurette. Elle n'était pas du genre à supporter les imbéciles. A moins qu'elle ne le plaigne et que leurs rapports aient simplement évolué au fil du temps. Cela arrivait.

— Voilà, ma chère...

Judith l'observa avec attention, mais tante Louise prit son verre avec naturel et le posa sur la table à côté d'elle. Ni regards à la dérobée ni sourires secrets. Judith se détendit un peu. Tante Louise était beaucoup trop sensée pour prendre des décisions hâtives, et qu'y aurait-il de plus hâtif que de se lier à un vieil ivrogne sans le sou comme Billy Fawcett ?

— Merci, Billy.

Bonne vieille tante Louise. Judith résolut de chasser ses craintes instinctives de son esprit. Mais elle s'aperçut que l'idée était bien ancrée en elle et qu'il n'y avait plus moyen de l'ignorer.

Le lendemain matin, elle appela Heather. Mrs. Warren décrocha le téléphone, manifesta bruyamment sa joie quand elle comprit qui était en ligne, puis alla chercher sa fille.

— Judith !

— Bonjour.

— Que deviens-tu ?

— C'est le week-end de la mi-trimestre. Je suis chez tante Louise.

— Tu as ton vélo ?

– Oui, nous l'avons acheté hier, chez Pitway. Il est super. J'ai fait une longue promenade hier après-midi. Seulement il faut que j'achète des phares.

– Quelle marque ?

– Un Raleigh. Il est vert bouteille. Trois vitesses.

– C'est formidable.

– Je me demandais si je pourrais te voir demain. Puis-je venir chez toi ?

– Oh, flûte !

– Qu'est-ce qui ne va pas ?

– Nous allons à Bodmin passer le week-end chez mamie. Papa a sorti la voiture et nous partons dans cinq minutes. Nous ne serons pas de retour avant dimanche soir, tard.

– Quel dommage ! (C'était vraiment trop décevant.) Pourquoi faut-il que tu t'en ailles *précisément* ce week-end ?

– Tout est arrangé comme ça. Je ne savais pas que tu viendrais. Tu aurais dû me prévenir.

– Je serai encore là lundi.

– Impossible. Je retourne à l'école. Veux-tu venir prendre le thé lundi ?

– Non, je dois être de retour à Sainte-Ursule à quatre heures.

– Quelle barbe ! fit Heather. Je suis très contrariée. Je voulais te voir. Que tu me racontes tout. Comment est-ce ? T'es-tu fait des amies ?

– Oui, une ou deux. C'est pas mal.

– Ta mère te manque ?

– Quelquefois.

– Sont-elles arrivées là-bas ? A Colombo, je veux dire. Tu as reçu une lettre ?

– Oui, des tas. Tout le monde va bien, Jess aussi.

– Elaine m'a demandé de tes nouvelles, l'autre jour. Maintenant je vais pouvoir lui en donner. Écoute, je te verrai aux vacances de Pâques.

– D'accord.

– Quand est-ce ?

– La première semaine d'avril.

– Bien, appelle-moi dès le début et nous arrangerons quelque chose. Maman dit que tu peux venir coucher deux jours à la maison.

– Dis-lui que ça me ferait très plaisir.

– Il faut que j'y aille, Judith. Papa klaxonne, maman

met son chapeau et s'agite comme une puce dans une couverture.

– Passe un bon week-end chez ta mamie.

– Toi aussi. N'oublie pas, on se voit à Pâques.

– Je n'oublierai pas.

– Salut.

Elle s'en alla, déprimée, annoncer la mauvaise nouvelle à tante Louise.

– Les Warren partent deux jours à Bodmin voir la grand-mère de Heather. Ils ne seront donc pas là demain.

– Ma chérie, comme c'est dommage ! Ce n'est pas grave, vous vous retrouverez aux prochaines vacances. Avec un peu de chance, il fera beau demain. Dans ce cas, je demanderai à Edna de te préparer un pique-nique et tu pourras aller te promener à vélo. A la plage, peut-être. Ou bien monter jusqu'à la colline de Veglos. Les primevères sont en fleur là-haut. Tu me rapporteras le premier bouquet de la saison.

– Oui, peut-être.

C'était quand même une déception. Elle s'affala dans un fauteuil, les jambes allongées devant elle, et suça une mèche de cheveux qui s'était échappée de son ruban. Elle pensait à ce dimanche solitaire en espérant que tante Louise ne mentionnerait pas ce changement de programme devant Billy Fawcett. Elle ouvrit la bouche pour en parler, et se ravisa. Mieux valait ne rien dire. Mieux valait ne rien trahir de son antipathie instinctive envers ce vieux bonhomme inoffensif que tante Louise considérait comme un ami.

Après une matinée bruineuse, l'après-midi du samedi s'éclaircit, le soleil jouant à cache-cache derrière d'énormes nuages venus de la mer. Tante Louise annonça qu'elle allait jardiner, et Judith l'aida à arracher les mauvaises herbes et à tailler les rosiers et les arbustes. Elles ne rentrèrent qu'à quatre heures et demie, mais elles eurent largement le temps de se laver les mains, de se préparer et de prendre une tasse de thé avant que Billy Fawcett se présente, franchissant le portail d'un bon pas, prêt pour la soirée.

Ils s'entassèrent dans la Rover, Billy à l'avant, et partirent.

– Qu'avez-vous fait toutes les deux aujourd'hui ? s'enquit-il.

– Du jardinage, lui dit tante Louise.

Il se retourna pour adresser un grand sourire à Judith, qui vit ses dents jaunies et ses yeux brillants.

– Ce ne sont pas des vacances quand la *memsahib* vous met au boulot.

– J'aime jardiner, fit-elle.

– Et demain? Vous avez eu votre camarade?

Judith regarda par la fenêtre, comme si elle ne l'avait pas entendu, si bien qu'il répéta sa question.

– Vous avez organisé quelque chose?

– Pas vraiment.

Ce fut tout ce qu'elle trouva à dire, en priant le ciel que tante Louise se taise. Mais tante Louise, qui ne se doutait de rien, vendit la mèche.

– Malheureusement, Heather est partie pour le week-end. Mais peu importe, elles se retrouveront pendant les vacances.

Judith avait beau savoir que ce n'était pas sa faute, elle avait envie de la battre.

– Vous allez devoir vous occuper, hein? Eh bien, si vous avez besoin de compagnie, je suis tout à côté.

Il se retourna de nouveau et Judith, aussi insolente que Loveday, lui tira la langue. Il aurait pu la voir dans le rétroviseur, mais elle s'en fichait.

Ce soir-là, quand ils descendirent au village, Porth-kerris n'avait pas le même aspect lugubre que la veille. Le ciel était dégagé et les derniers rayons du soleil couchant jetaient sur la pierre rose des vieilles maisons une lumière dorée qui leur donnait la pâleur translucide des coquillages. La brise était tombée, la mer argentée, et sur le grand croissant de la plage, en contrebas de la route, un homme et une femme marchaient, laissant derrière eux la double trace de leurs pas sur le sable lisse et ferme.

La voiture s'enfonça dans le labyrinthe des rues étroites. Une odeur de poisson frit et de frites s'échappait d'une porte ouverte dans l'air du soir. Billy Fawcett releva la tête et renifla, les narines gonflées, comme un chien flairant une piste.

– Ça fait saliver, hein? Du poisson et des frites. Peut-être, après le spectacle?

Mais tante Louise n'aimait pas l'idée. Peut-être n'avait-elle pas envie de se disputer pour savoir qui devait payer l'addition.

– Pas ce soir, Billy. Edna nous attend, Judith et moi, à la maison. Elle nous aura préparé un repas froid.

Billy Fawcett n'était manifestement pas invité à partager ce frugal dîner. Au fond de son cœur, Judith le plaignait un peu, mais tante Louise ajouta : « Peut-être une autre fois », ce qui atténua la grossièreté de sa réaction. Elle se demanda quel serait son dîner. Probablement un whisky-soda et un paquet de chips. Pauvre vieux. Elle était tout de même contente que tante Louise ne l'ait pas invité à Roquebise. Quand le film serait terminé, elle l'aurait sans doute assez vu.

Tante Louise gara la voiture près de la banque, puis ils traversèrent la rue pour rejoindre le cinéma. Billy Fawcett se mit dans la file devant le guichet pour payer les places. Tante Louise et Judith regardèrent les photos noir et blanc qui montraient des extraits du film. Ce serait certainement drôle, brillant et très romantique. Un frisson d'impatience parcourut Judith, mais tante Louise se contenta de marmonner :

– J'espère que ce ne sera pas *idiot*.

– Je parie que tu vas adorer, tante Louise.

– En fait, j'aime bien la musique légère.

Quand elles se retournèrent, Billy Fawcett n'était pas en vue.

– Où est-il passé, à présent ? demanda tante Louise, comme s'il s'agissait d'un chien lors d'un pique-nique, mais il ressortit bientôt de chez le marchand de journaux d'à côté où il était allé acheter une petite boîte de chocolats au lait Cadbury.

– Il faut bien faire les choses, hein ? Désolé de vous avoir fait attendre. Allons-y.

La salle de cinéma, une ancienne halle au poisson, bondée et confinée comme d'habitude, sentait fortement le désinfectant que l'on vaporisait régulièrement pour lutter contre d'éventuelles puces. Une ouvreuse munie d'une lampe de poche les conduisit jusqu'à leurs sièges. Judith allait se faufiler dans le rang.

– Les dames d'abord, Judith, intervint Billy Fawcett. Laissez votre tante s'installer confortablement.

Ce qui signifiait que Judith serait assise entre eux. Quand ils furent installés, qu'ils se furent débarrassés de leur manteau, il ouvrit la boîte de chocolats et la leur tendit. Ils avaient un petit goût rance, ayant sans doute séjourné des années sur l'étagère du marchand de journaux.

Les lumières se tamisèrent. Ils regardèrent la bande-annonce du spectacle suivant... Un western qui se déroulait apparemment en Amérique du Sud, *L'Étranger de Rio*. Une actrice blonde en haillons pittoresques, le maquillage intact, se débattait, haletante, dans l'herbe de la pampa. Portant un fabuleux sombrero, le héros traversait une rivière sur son cheval blanc en faisant tourner un lasso au-dessus de sa tête. « Ici, la semaine prochaine. La chance de votre vie. Ne le manquez surtout pas. »

– Je le manquerai, dit tante Louise. Ça a l'air nul.

Puis il y eut les actualités. Herr Hitler, se pavanant en culotte de cheval, passait des troupes en revue. Le roi en grande conversation avec des armateurs après le lancement d'un bateau dans le nord de l'Angleterre. De drôles de chiens lors d'une exposition canine. Après les actualités il y eut un dessin animé, et enfin *Le Danseur du dessus*.

– Ce n'est pas trop tôt, soupira tante Louise. J'ai cru que ça ne commencerait jamais.

Mais Judith l'entendit à peine. Bien calée dans son siège, les yeux rivés sur l'écran, elle s'était plongée dans la magie familière, totalement engloutie par l'histoire qu'on lui racontait. Fred Astaire apparut bientôt, tourbillonnant et faisant des claquettes, marchant, déambulant, jonglant avec sa canne, et toujours dansant. Ensuite il rencontrait Ginger Rogers et la courtisait. Ils chantaient « Isn't This a Lovely Day to Be Caught in the Rain ? » et dansaient de nouveau, ensemble cette fois. Puis Fred Astaire et Edward Everett Horton se retrouvaient, pour une raison ou pour une autre, tous deux vêtus de la même façon, et échangeaient une mallette, si bien que Ginger Rogers prenait Fred Astaire pour Everett Horton et se mettait en colère, car Everett Horton avait épousé sa meilleure amie, Madge..

A ce moment-là, Judith se rendit compte qu'il se passait quelque chose d'étrange. Billy Fawcett s'agitait et se tortillait, ce qui attira son attention. Elle changea légèrement de position pour lui laisser plus d'espace et, ce faisant, elle sentit quelque chose sur son genou. C'était la main de Billy Fawcett qui se trouvait là comme par erreur, mais qui y restait, lourde et désagréablement chaude.

Le choc lui ôta brusquement toute concentration et tout plaisir. Malgré son charme et ses scintillements, *Le Danseur du dessus* avait tout simplement cessé d'exister.

Elle continuait de fixer l'écran sans rien voir, sans plus penser à l'intrigue, face à cette situation alarmante et totalement inattendue. Qu'était-elle censée faire ? Savait-il qu'il avait la main sur son genou ? Devait-elle le lui dire ? Si elle le faisait, retirerait-il sa main ?

Mais ses doigts se resserrèrent et il se mit à lui pétrir le genou, et elle comprit alors que ce n'était pas un hasard. Sa main remontait sous sa jupe, jusqu'à la cuisse. Dans un instant, il atteindrait ses dessous. Dans l'obscurité et la chaleur, elle attendait, terrifiée, en se demandant où il s'arrêterait, ce qu'elle devait faire, pourquoi il faisait cela, et comment alerter tante Louise...

Sur l'écran, il se passait quelque chose d'amusant. Le public, y compris tante Louise, éclata de rire. Dans le bruit ambiant, Judith prétendit avoir laissé tomber quelque chose, se glissa hors de son siège et atterrit sur les genoux, coincée entre les deux rangs. Ça sentait affreusement le renfermé.

— Bon sang, que fais-tu ? demanda tante Louise.
— J'ai perdu ma barrette.
— Tu n'en avais pas, il me semble.
— Si, et je l'ai perdue.
— Laisse-la. Nous la retrouverons à la fin du film.
— Chut ! murmura-t-on furieusement au rang derrière elles. *Vous ne pouvez pas vous taire ?*
— Excusez-nous.

Elle se rassit en se tortillant, si près de tante Louise cette fois que le bras du fauteuil lui rentrait dans la cage thoracique. Il aurait certainement compris la manœuvre et lui ficherait la paix.

Mais non. Cinq minutes plus tard, la main était de nouveau là, créature rampante que les coups répétés qu'elle lui donnait avec son journal roulé ne parvenaient pas à écraser. Caressante, mouvante, rampant vers le haut...

Elle se dressa brusquement.

Tante Louise s'exaspéra, ce qui était compréhensible.

— Judith, pour l'amour du ciel !
— Il faut que j'aille aux toilettes, siffla Judith.
— Je t'avais dit d'y aller avant de partir.
— *Chut ! il y a des gens qui regardent. Cela vous ennuierait-il de vous taire ?*
— Désolée, tante Louise, mais laisse-moi passer.
— Passe de l'autre côté. C'est beaucoup plus rapide.
— Je veux passer par là.

199

– *Allez-y ou asseyez-vous. Vous nous gâchez notre plaisir.*

– Excusez-moi.

Elle enjamba les genoux de tante Louise et de tous les spectateurs irrités qui avaient eu le malheur de s'asseoir dans cette rangée. Elle remonta l'allée dans le noir, à toute allure, passa derrière le rideau du fond et trouva les toilettes des femmes, sales et exiguës. Elle s'enferma et resta dans cet endroit puant. Elle en aurait pleuré de dégoût et de désespoir. Que voulait-il, cet homme horrible ? Pourquoi l'avait-il touchée ? Ne pouvait-il la laisser tranquille ? Cela lui était égal de rater le film. L'idée même de retourner dans la salle lui donnait la chair de poule. Elle voulait juste rentrer à la maison et ne jamais le revoir ni lui adresser à nouveau la parole.

« Allons au cinéma », avait-il suggéré sans sourciller en leur faisant croire qu'il leur offrait cela par pure bonté d'âme. Il avait trompé tante Louise, ce qui en faisait un être à la fois astucieux et dangereux. Pourquoi avait-il glissé ses horribles doigts sur sa cuisse ? Cela suffisait à lui donner l'impression d'avoir été souillée. Elle n'avait jamais apprécié Billy Fawcett, mais elle le trouvait surtout lamentable, ridicule. A présent, c'était elle qui était ridicule, et humiliée. Si humiliée qu'elle ne pourrait jamais en parler à tante Louise. L'idée de lui avouer : *Billy Fawcett a essayé de mettre sa main dans ma culotte* lui donnait envie de rentrer sous terre.

Une chose était sûre. Elle retournerait dans le cinéma mais ne bougerait pas tant que tante Louise ne se serait pas levée et n'aurait pas pris sa place à côté de Billy Fawcett. Il suffirait de rester debout, et le couple furibond qui était assis derrière elles ferait le reste. La gêne contraindrait tante Louise à obtempérer, et tant pis si elle était furieuse, puisque toute cette histoire, c'était indirectement sa faute. Billy Fawcett était son ami à elle, elle pouvait donc bien s'asseoir à côté de lui. Judith était certaine que, quoi qu'il advienne, jamais il n'oserait mettre la main dans la culotte de tante Louise.

Le ciel, jusque-là clair avec une pleine lune brillante, s'obscurcit soudain, et le vent se leva de nulle part, heurtant la maison de la colline et hurlant comme autant de fantômes perdus. Dans son lit, terrifiée, elle fixait son carré de fenêtre en attendant ce qui devait inévitablement se produire sans savoir ce que c'était. Aucun espoir de s'échapper, elle savait que la porte était fermée à clé. Malgré le hurlement du vent, elle entendit des pas sur le gravier et un bruit mat quand le haut de l'échelle en bois cogna contre le rebord de sa fenêtre. Il venait, grimpant silencieusement comme un chat. Les yeux fixes, le cœur battant, elle ne bougeait pas, parce qu'il n'y avait rien à faire. Il venait avec ses mauvaises intentions, ses yeux brillants de maniaque, ses doigts chauds et tâtonnants. Elle était perdue. Si elle hurlait, aucun son ne sortirait de sa bouche et personne ne l'entendrait. Tandis qu'elle fixait la fenêtre, pétrifiée, une tête surgit et, bien qu'il fît sombre, elle distingua ses traits. Il souriait...

Billy Fawcett.

Elle se dressa dans son lit et hurla, hurla encore, mais c'était le matin, elle était réveillée et l'image terrible se dissipa. Il n'y avait pas d'échelle, rien que le soleil matinal filtrant par sa fenêtre ouverte.

Un rêve. Son cœur battait comme un tambour, affolé par son imagination survoltée. Elle avait la bouche sèche. Elle but le verre d'eau qui se trouvait près de son lit, puis s'étendit de nouveau, tremblante et exténuée, sur ses oreillers.

Elle allait devoir affronter tante Louise devant leurs œufs au bacon et espérait qu'elle ne serait plus fâchée de ce qui s'était passé la veille lors de leur désastreuse séance de cinéma. Le cauchemar de Judith s'était dissipé, mais le problème posé par Billy Fawcett était toujours aussi réel. « *Si on allait au cinéma ?* » Si gentil, si bien intentionné. Et depuis le début il avait projeté de faire *cela*. Le fait que cet être retors les eût trompées en faisait un ennemi à ne pas mésestimer. Ses débordements étaient incompréhensibles. Elle savait seulement que cela avait plus ou moins rapport avec le sexe et que c'était, par conséquent, horrible.

Judith ne l'avait jamais trouvé sympathique, mais l'avait pris pour une espèce de caricature... ridicule. Le plus affreux, c'était qu'*elle* était ridicule, à présent, parce qu'elle s'était conduite comme une idiote. Et puis il ne fallait pas négliger tante Louise. Billy Fawcett était une vieille connaissance, un lien avec Jack Forrester et leur vie merveilleuse en Inde. Ce serait annihiler sa confiance et mettre un terme à leur amitié que de le lui dire. Et

Judith, si désemparée fût-elle, n'avait pas l'intention de se montrer si cruelle.

Gentiment, tante Louise n'avait pas dit un mot avant qu'elles fussent de retour à Roquebise, seules. Quand le film fut terminé et que le public se fut levé pour entendre un *God Save the King* éraillé, ils étaient sortis en file dans le froid, le vent et la nuit, avant de monter dans la Rover pour regagner Penmarron. Billy Fawcett avait parlé avec animation durant tout le trajet, reprenant et rappelant des dialogues amusants, sifflotant les airs.

Judith fixait sa nuque en souhaitant sa mort.

— Déposez-moi ici, ma chère Louise, dit-il quand ils approchèrent du portail de Roquebise. Je rentrerai tout seul à la maison. Comme c'est gentil de nous avoir conduits. J'ai passé un bon moment.

— Nous aussi, nous avons passé un bon moment, Billy. N'est-ce pas, Judith ? (La voiture s'arrêta, il ouvrit la portière et s'extirpa avec difficulté.) Et merci de nous avoir invitées.

— Ce fut un plaisir, ma chère. Au revoir, Judith.

Il eut l'effronterie de passer la tête par la portière et de lui lancer un clin d'œil. La porte refermée, il s'éloigna. Tante Louise franchit le portail. Elles étaient à la maison.

Elle n'était pas vraiment en colère, juste perplexe, ne sachant trop quelle mouche avait piqué Judith.

— Tu t'es comportée comme une folle. J'ai cru que tu avais une puce, à sauter dans tous les sens comme si tu avais la danse de Saint-Guy. Tu perds des choses, tu en fais tomber, ensuite tu déranges une rangée entière, et toutes ces histoires pour t'asseoir à ma place. Je n'ai jamais vu personne se comporter de la sorte.

Ce qui était tout à fait raisonnable. Judith lui présenta des excuses, lui dit que la barrette imaginaire était sa préférée, le passage aux toilettes indispensable et qu'elle lui avait demandé de changer de place parce que c'était plus simple que de lui enjamber une nouvelle fois les genoux au risque de lui donner un coup de pied. Elle n'avait pensé qu'à son confort...

— Mon confort ! C'est la meilleure, avec ce couple qui me traitait de tous les noms et menaçait d'appeler la police...

— Ils ne l'auraient pas fait.

— La question n'est pas là. C'était très gênant.

202

– Je suis désolée.

– Et puis le film me plaisait beaucoup. Je ne m'y attendais pas, mais c'était amusant.

– Je l'ai trouvé drôle, moi aussi, mentit Judith car, à partir du moment où il avait commencé à la peloter, elle ne se souvenait plus de rien. C'était très gentil de la part du colonel Fawcett de nous y emmener, ajouta-t-elle, espérant dissiper tout soupçon.

– Oui. Pauvre vieux, il est plutôt fauché. Il n'a pas une retraite bien grasse.

La querelle était terminée, semblait-il. Après s'être débarrassée de son manteau et de son chapeau, tante Louise se versa un whisky-soda revigorant et, son verre à la main, l'entraîna dans la salle à manger où Edna leur avait laissé du mouton froid et une salade de betterave, l'idée qu'elle se faisait d'un bon en-cas post-cinéma.

Mais Judith n'avait pas faim. Morte de fatigue. Elle chipota sa nourriture et but un peu d'eau.

– Ça va ? demanda tante Louise. Tu es affreusement pâle. Pourquoi ne pas monter te coucher ?

– Cela ne t'ennuie pas ?

– Pas le moins du monde.

– Excuse-moi pour tout.

– N'en parlons plus.

Le lendemain matin, Judith savait donc qu'il n'en serait plus question. Mais elle se sentait mal à l'aise, comme si quelque chose la démangeait. Contaminée par l'ignoble Billy Fawcett et physiquement sale, comme si son corps avait absorbé la crasse de la petite salle de cinéma et des toilettes fétides où elle avait cherché refuge pour fuir sa main baladeuse. Ses cheveux sentaient la fumée de cigarette, c'était dégoûtant. La veille au soir, elle avait été trop fatiguée pour prendre un bain, elle en prendrait un maintenant. Sa décision prise, elle se leva et alla ouvrir les robinets à fond.

C'était délicieux, bouillant. Elle se savonna chaque centimètre de peau et se lava les cheveux. Séchée, parfumée au talc et les dents brossées, elle se sentit un peu mieux. De retour dans sa chambre, elle écarta d'un coup de pied les vêtements de la veille, dont Hilda s'occuperait, et en prit d'autres. Des dessous, des bas propres et un chemisier repassé et bien raide. Une autre jupe et un pull-over rose pâle. Elle se sécha les cheveux dans une serviette, les coiffa en arrière pour dégager son visage, mit ses chaussures, et descendit.

Tante Louise prenait déjà son petit déjeuner, beurrant un toast, buvant lentement son café. Elle était en tenue de golf, un tailleur de tweed et un cardigan boutonné sur une chemise masculine. Ses cheveux, emprisonnés dans un filet, étaient impeccables. Quand Judith entra, elle leva les yeux.

– J'ai cru que tu faisais la grasse matinée.

– Excuse-moi, mais j'ai décidé de prendre un bain.

– J'ai pris le mien hier soir. Quand on va au cinéma, on a toujours l'impression d'être crasseux. (Les frasques de Judith étaient apparemment pardonnées et oubliées. Elle était d'excellente humeur et attendait sa partie avec impatience.) As-tu bien dormi ? As-tu rêvé de Fred Astaire ?

– Non.

– Mon préféré, c'était l'acteur qui se faisait passer pour un clergyman.

Judith se servit des œufs au bacon et prit un siège.

– Il était d'autant plus comique qu'il était anglais.

– A quelle heure joues-tu au golf ?

– Je leur ai donné rendez-vous à dix heures. Nous commencerons sans doute à la demie, et nous déjeunerons tard au club. (Tante Louise jeta un coup d'œil à la fenêtre.) La journée ne s'annonce pas trop mal. Veux-tu faire une balade avec ta bicyclette ou bien autre chose ?

– Non, je pense que je vais grimper jusqu'à Veglos pour te rapporter des primevères.

– Je demanderai à Edna de te préparer un sandwich qu'elle mettra dans un sac à dos. Avec une pomme et une bouteille de *ginger beer* [1]. Elle part à dix heures et demie avec Hilda pour l'anniversaire de leur tante. Un cousin vient les chercher en voiture. Je ne savais même pas qu'elles avaient un cousin qui possédait une automobile. J'aimerais bien que tu attendes leur départ pour emporter la clé de la porte de derrière. Je prendrai celle de l'entrée. Comme cela, nous serons indépendantes l'une de l'autre. Je vais aussi m'assurer que les fenêtres sont bien fermées. On ne sait jamais. Il y a tellement de gens bizarres dans les parages. Autrefois je ne pensais jamais à fermer les portes, mais Mrs. Battersby a été cambriolée. Toi, tu ferais mieux de prendre un imperméable, si jamais il pleuvait. Et sois de retour avant la nuit.

– Il le faut bien, je n'ai pas de phares.

1. Boisson gazeuse au gingembre. *(N.d.T.)*

– C'est bête ! Nous aurions dû penser à en acheter. (Elle se versa une seconde tasse de café.) Bon, tout est arrangé.

Elle se leva, sa tasse de café à la main, se dirigea vers la cuisine pour donner des ordres à Edna.

Plus tard, chaussée et coiffée d'un béret, les clubs posés à l'arrière de la Rover, elle partit pour le golf après avoir dûment verrouillé la porte derrière elle. Judith la vit s'éloigner puis rentra par la cuisine. Edna et Hilda étaient sur leur trente et un en l'honneur de ce mémorable anniversaire.

Hilda portait un manteau beige, boutonné bas, et un chapeau. Edna avait mis son plus beau tailleur et un béret écossais piqué d'une broche. Des deux sœurs c'était elle que Judith aimait le moins, car elle se plaignait sans cesse et avait le génie pour ne voir que le mauvais côté des choses. Mais elle avait bon cœur et le pique-nique de Judith l'attendait sur la table de la cuisine, emballé dans un petit sac à dos.

– Merci beaucoup, Edna. J'espère que ce n'était pas trop de travail.

– Ç'a été fait en un tournemain. Ce n'est que du pâté de foie. Madame m'a dit que vous emportiez la clé du fond. Alors, laissez la porte ouverte pour notre retour. Nous serons rentrées vers neuf heures.

– Mon Dieu, la fête va durer bien longtemps.

– Il y aura toute la vaisselle à faire.

– Ce sera très amusant, j'en suis sûre.

– Eh bien, je l'espère, fit Edna d'un air morose.

– Allons, allons, Edna, intervint Hilda. Tout le monde sera là. Nous allons nous amuser comme des folles.

Mais Edna hocha la tête.

– Quatre-vingts ans, c'est trop vieux, si tu veux mon avis. Tante Lily est plantée là dans son fauteuil avec ses chevilles si enflées qu'elle peut à peine se lever. Et d'une lourdeur ! Il faut s'y mettre à deux pour la mettre sur pied. Je préférerais manger les pissenlits par la racine plutôt que d'être dans un état pareil.

– On ne choisit pas, lui fit remarquer Hilda. En tout cas, elle aime bien rire. Elle s'est tenu les côtes quand sa vieille chèvre a dévoré tout le linge de Mrs. Daniel, qui séchait sur une corde...

L'arrivée du cousin dans son automobile mit un terme à cette discussion qui aurait pu s'éterniser. Telles deux poules excitées, les sœurs s'agitèrent brusquement, rassemblant leurs sacs et leurs parapluies, le gâteau qu'elles avaient préparé et le bouquet de jonquilles enveloppé dans une feuille de journal.

– A demain.

– Amusez-vous bien.

Elle les regarda monter dans le véhicule branlant, le tuyau d'échappement cracha un nuage de fumée noire, et elles disparurent.

Elle était seule.

Et Billy Fawcett savait qu'elle était seule. Le spectre de ce type, qui traînait dans son pavillon un peu plus bas, l'incita à ne pas lambiner. Elle décrocha son imperméable dans le vestiaire, le roula et le mit dans le sac à dos par-dessus le pique-nique. Puis elle sortit par la porte de derrière, qu'elle verrouilla cérémonieusement. Dans le garage, elle fourra l'énorme clé dans sa trousse à outils, puis elle sortit sa bicyclette sur le gravier, jeta un rapide coup d'œil à la ronde pour s'assurer qu'il n'était pas dans les parages et s'en alla à toute vitesse.

Elle avait un peu l'impression de fuir. Furtivement, promptement, secrètement. Le plus terrible, c'était que, tant que Billy Fawcett traînerait par là, il en serait ainsi.

La colline de Veglos, haut lieu de la région en dépit de sa faible altitude, se trouvait à six kilomètres de Penmarron. Une route étroite y menait et tout autour s'étendait la lande, semée de petites fermes et de bosquets courbés par les vents incessants. Sur la crête se dressaient des cairns, gros rochers empilés les uns sur les autres, et le chemin qui menait au sommet commençait derrière un muret de pierre circulaire. Le bas de la colline était couvert de ronces, de fougères et d'ajoncs, au milieu desquels serpentaient des sentiers touffus. Les fleurs sauvages y poussaient en abondance. L'été, les fossés débordaient de digitales pourpres.

C'était un lieu ancien où régnait une atmosphère particulière. En haut de la colline, au pied du cairn, on discernait les vestiges de huttes des hommes de l'âge de pierre. Par temps de pluie, quand la brume montait de l'océan en tournoyant et que la corne de brume de Pendeen gémissait dans l'ombre, on imaginait aisément que les fantômes de ces petits hommes sombres hantaient encore Veglos.

Quand elles habitaient Riverview, les Dunbar y étaient venues quelquefois au printemps ou en septembre quand les mûres étaient bonnes à cueillir. Il fallait la journée pour une telle expédition et, la promenade étant trop longue pour les jambes de Jess, leur mère prenait son courage à deux mains et les y conduisait dans l'Austin. Phyllis les accompagnait toujours et chacune, même Jess, portait une partie du pique-nique.

Judith se souvenait de ces promenades comme de jours particulièrement heureux.

Mais c'était la première fois qu'elle s'y rendait à bicyclette et la route, qui montait presque continuellement, était épuisante. Elle parvint enfin au pied de la colline, devant le muret de pierre sèche. Elle dissimula sa bicyclette sous les ronces et les ajoncs, mit son sac à dos et commença la longue marche.

La journée était fraîche et belle, des nuages glissaient dans le ciel pâle et une légère brume de mer voilait l'horizon. L'herbe était souple sous le pied. De temps à autre elle reprenait haleine et contemplait le paysage qui s'étendait devant elle comme une carte, et la mer qui enveloppait tout.

Elle arrivait enfin au sommet. Il n'y avait plus que la saillie du cairn au-dessus d'elle. Les derniers pas furent laborieux. Il fallait trouver des appuis pour les pieds et les mains, gravir tant bien que mal les rigoles épineuses avant de parvenir tout en haut, dans les serres du vent avec le monde à ses pieds. Il était presque une heure. Elle s'abrita au pied d'un rocher couvert de lichen jaune et sentit la chaleur du soleil sur ses joues.

Tout était calme et solitaire, avec pour seule compagnie le murmure du vent et le chant des oiseaux. Avec un sentiment de plénitude, elle contempla le paysage, le patchwork bien ordonné des champs, les fermes réduites à la taille de jouets, un homme labourant derrière son cheval suivi d'une nuée de mouettes blanches. L'horizon se perdait dans une lumière diffuse, mais elle discerna Penzance, la tour de l'église et le dôme de la banque. Au-delà, la côte s'étirait à perte de vue. Elle songea à la route qui menait à Rosemullion et à Nancherrow. Elle songea à Loveday et se demanda ce qu'elle faisait. Elle songea à Diana.

Elle aurait aimé que Diana fût là. Rien que Diana, assise à côté d'elle, sans personne d'autre pour l'écouter.

Judith se serait confiée à elle, lui aurait parlé de Billy Fawcett, lui aurait demandé son avis. Car même au sommet de la colline de Veglos, Billy Fawcett hantait ses pensées. Elle aurait beau pédaler, marcher jusqu'à l'épuisement, rien n'apaiserait l'angoisse omniprésente qui lui emplissait la tête.

Le pire était de n'avoir personne à qui en parler. Toute la matinée, elle avait cherché d'éventuels confidents, sans jamais en trouver un seul.

Maman. Hors de question. Au bout du monde. Et même si elle était là, à Riverview, Judith savait que sa mère était trop innocente, trop vulnérable, pour qu'on lui soumît un problème aussi choquant. Elle serait gênée, deviendrait hystérique, et il en sortirait plus de mal que de bien.

Phyllis. A présent, elle travaillait chez Mrs. Bessington à Porthkerris. Mais Judith ignorait où habitait Mrs. Bessington et ne se voyait pas sonnant à sa porte et affrontant cette inconnue pour lui demander la permission de s'entretenir avec sa domestique.

Tante Biddy. Tante Biddy l'écouterait et hurlerait sans doute de rire avant de s'indigner, contacterait tante Louise et provoquerait une querelle. Les relations entre ces deux tantes si différentes n'avaient jamais été très bonnes, et alerter tante Biddy serait comme introduire le loup dans la bergerie. Mieux valait ne pas songer au carnage qui en résulterait et à ses conséquences.

Heather. Ou Loveday. Elles étaient toutes les deux plus jeunes que Judith, et tout aussi naïves. Elles en resteraient bouche bée, ricaneraient ou poseraient des tas de questions auxquelles elle ne saurait répondre. Cela n'arrangerait pas vraiment les choses.

Ce qui la laissait seule à porter tout le fardeau. D'une manière ou d'une autre, elle devait régler ce problème elle-même. Et si ses pires craintes devaient se réaliser, si pour une raison quelconque tante Louise perdait la tête et acceptait d'épouser Billy Fawcett, alors Judith quitterait Roquebise, ferait ses valises et s'en irait chez tante Biddy. Elle ne le supporterait qu'à condition qu'il reste dans son pavillon. Au premier signe qu'il allait devenir Mr. Louise Forrester et prendre possession de Roquebise, elle s'en irait.

Elle avait donc pris une sorte de décision. Avec lassitude, elle s'efforça de chasser tout cela de son esprit pour profiter de son expédition solitaire. L'exploration des cairns lui prit quelque temps, puis elle pique-niqua, assise dans la faible chaleur du soleil, jusqu'à ce que les nuages ramènent la fraîcheur. Alors elle ramassa son sac à dos et redescendit jusqu'aux ravines broussailleuses et couvertes de primevères. Elle en cueillit, attachant les bouquets avec des fils de laine quand ils devenaient trop épais pour la main. Au troisième bouquet, elle se redressa en s'étirant, prise de crampes aux épaules et aux genoux. Levant les yeux, elle vit que le ciel se couvrait à l'ouest et comprit qu'il pleuvrait bientôt. Il était temps de rentrer. Elle prit son imperméable dans le sac à dos et l'enfila. Les primevères allèrent rejoindre les restes de son pique-nique. Elle boucla les lanières du sac et courut jusqu'à l'endroit où elle avait caché sa bicyclette.

Elle était à mi-chemin du village quand le ciel vira au granit et que la pluie se mit à tomber. C'était un déluge et, en quelques instants, elle fut complètement trempée. Cela n'avait pas d'importance. En fait, il était plutôt agréable de pédaler ainsi, la pluie sur le visage et les cheveux dégoulinant dans la nuque, sa bicyclette roulant dans les flaques. Elle traversa le village et prit la grand-route. Le bus local qui allait en cahotant vers Porthkerris la dépassa, les visages des passagers rendus flous par la buée des vitres. Il faisait froid et un vent fort s'était levé, mais l'exercice et l'effort l'avaient échauffée.

Roquebise, enfin. Elle franchit le portail et remonta l'allée du jardin. Elle rangea la bicyclette dégoulinante dans le garage, prit la clé dans sa trousse à outils et se précipita vers la maison. Elle allait prendre un bain chaud, accrocher ses vêtements trempés sur l'étendoir de la cuisine et se préparer une tasse de thé.

Il était bon d'être à l'abri. La cuisine était chaude et, sans la présence d'Edna et de Hilda, silencieuse. On n'entendait que le tic-tac de la vieille pendule et le poêle qui ronflait. Elle retira son imperméable trempé, trouva des pots de confiture vides, qu'elle emplit d'eau pour que les primevères assoiffées se remettent de leur voyage. Elle laissa les pots de confiture et le sac à dos sur la table de la cuisine et se dirigea vers l'escalier.

A ce moment-là, le téléphone qui se trouvait sur la commode près de l'entrée sonna. Elle revint sur ses pas pour répondre, mais, avant même qu'elle ait eu le temps de prononcer un mot, on s'adressa à elle.

– Judith ?

Son sang se glaça.

– Vous êtes là, Judith ? C'est Billy Fawcett. Je vous guettais, je vous ai vue rentrer. Je m'inquiétais pour vous sous cette mousson. C'est pour ça que j'ai jeté un coup d'œil. (Il avait la voix un peu pâteuse. Il avait peut-être déjà tâté de sa bouteille de whisky.) Je viens prendre une tasse de thé avec vous. (Elle osait à peine respirer.) Judith ? Judith, vous êtes là... ?

Doucement, Judith raccrocha et resta plantée là, immobile, d'un calme désespéré, l'esprit clair comme le cristal. Billy Fawcett rôdait. Mais tout allait bien. Grâce à cette chère tante Louise, la porte d'entrée et toutes les fenêtres étaient bouclées. Il n'y avait que la porte du fond qu'elle avait laissée ouverte.

Elle retourna à toute allure dans la cuisine, claqua la porte et la ferma de l'intérieur. En bas, elle était en sécurité. Mais au premier étage ? Elle retourna au pas de course dans le vestibule, monta les marches deux à deux. Il n'y avait pas une seconde à perdre. La veille, dans son rêve, il s'était muni d'une échelle et il était entré par la fenêtre ouverte. Le rêve lui revint dans toute son horreur, sa tête et ses épaules se profilant dans la nuit, et son sourire jauni, et son regard entendu...

Dans les chambres, les fenêtres étaient ouvertes. Elle courut de pièce en pièce pour tout boucler sur son passage. Il ne restait plus que la chambre de tante Louise et, tandis qu'elle fermait tant bien que mal le loquet, elle aperçut Billy Fawcett à travers le rideau de pluie, qui franchissait le portail et remontait l'allée d'un pas alerte. Avant qu'il ne l'aperçoive, Judith se jeta sur la moquette et roula comme une bûche sous l'énorme lit en acajou de tante Louise. Son cœur battait la chamade et elle avait du mal à respirer.

Je vous guettais. Je vous ai vue rentrer. Elle l'imagina à sa fenêtre, muni de son verre de whisky et peut-être d'une paire de jumelles, comme calfeutré dans son fort sur la frontière en attendant de tuer des Afghans. Et il savait qu'elle était seule.

A travers l'averse, elle entendit son pas sur le gravier, le bruit mat de son poing contre la porte d'entrée. Le carillon de la sonnette, dont le son suraigu résonna dans la maison vide. Elle ne bougea pas.

– Judith, je sais que vous êtes là.

Elle enfonça son poing dans sa bouche. Elle se rappela la petite fenêtre de la réserve, toujours ouverte, et fut brièvement terrifiée. Mais le bon sens lui revint : seul un bébé aurait pu passer par là. De toute façon la fenêtre était grillagée pour empêcher les insectes d'entrer.

Le bruit de ses pas s'estompa tandis qu'il faisait lourdement le tour de la maison. Il allait essayer d'entrer par la porte de derrière. Celle-ci étant munie d'un verrou à chaîne, elle reprit courage.

Elle attendit en tendant l'oreille. Il n'y avait que le tambourinage de la pluie, le tic-tac discret du réveil de tante Louise. Après ce qui lui parut une éternité, il revint à la porte d'entrée.

– Judith !

Un hurlement sous la fenêtre, qui la fit sursauter. Trempé et frustré, il perdait manifestement son sang-froid et ne se donnait même plus la peine de paraître amical.

– A quoi jouez-vous ? C'est très grossier. Descendez et laissez-moi entrer.

Elle ne bougea pas.

– *Judith !*

Il s'attaqua de nouveau à la porte d'entrée, tambourinant contre le bois comme un dément. Une fois de plus, la sonnette retentit furieusement.

Le carillon cessa enfin. Long silence. Le vent gémissait contre les fenêtres, dont il faisait craquer les chambranles. Heureusement il y avait ce vent et cette pluie incessante. Il ne resterait pas là indéfiniment, à se faire tremper. Bientôt il reconnaîtrait sa défaite et s'en irait.

– Judith !

Un dernier appel triste, pour la forme. Il perdait espoir. Elle ne répondit pas. Alors il lança d'une voix forte :

– Oh ! bordel de merde !

Puis il s'éloigna en traînant les pieds sur le gravier. Il s'en allait enfin. Il la laissait tranquille.

Elle attendit que ses pas fussent devenus inaudibles, puis rampa jusqu'à la fenêtre et, cachée derrière les rideaux de tante Louise, jeta un coup d'œil inquiet au-dehors. Il avait déjà franchi le portail et, par-dessus la haie d'escallonias, elle aperçut le sommet de son crâne, tandis qu'il regagnait son pavillon.

Il était parti. Les genoux flageolants, elle s'écroula sur

le sol, soulagée. Elle avait remporté cette bataille, mais la victoire était amère, elle avait eu trop peur pour triompher. Et puis il faisait froid. Judith était toujours trempée après sa promenade à bicyclette, frissonnante, sans force pour se lever, se rendre dans la salle de bains, brancher le radiateur et faire couler l'eau chaude.

Il était parti. L'émotion fut soudain trop forte. Elle appuya la tête contre le bois ciré de la coiffeuse de tante Louise et laissa couler ses larmes en silence.

Le lendemain, dans l'après-midi, tante Louise reconduisit Judith à Sainte-Ursule. Elle avait revêtu l'uniforme de l'école. Le week-end de la mi-trimestre était terminé.

– J'espère que tu t'es bien amusée ?

– Beaucoup, merci.

– C'est dommage que j'aie dû t'abandonner dimanche, mais je sais que tu n'es pas une gamine qui a besoin de compagnie en permanence. C'est aussi bien. Je ne supporte pas les enfants exigeants. Dommage pour Heather Warren, mais nous organiserons quelque chose pour les vacances de Pâques.

Judith préférait ne pas penser aux vacances de Pâques.

– Mon vélo me plaît beaucoup, dit-elle.

– Je le surveillerai bien.

Elle ne savait plus quoi dire, d'autant que ce vélo était la seule bonne chose qui lui fût arrivée de tout le week-end. Tout ce qu'elle désirait maintenant, c'était reprendre une vie normale, retrouver la routine et le cadre familier de son école.

Son seul regret, c'était de ne pas avoir rendu visite à Mr. Willis. Elle en aurait eu le temps le matin, mais elle avait trouvé des prétextes pour ne pas le faire. L'amitié se nourrissait de constance, elle le savait, mais Billy Fawcett avait gâché même cela.

Sainte-Ursule, 8 mars 1936

Chère maman, cher papa,

J'ai encore laissé passer une semaine sans vous écrire, car j'étais chez tante Louise. Merci pour votre lettre. J'attends avec impatience des nouvelles de Sin-

212

gapour et de votre maison d'Orchard Road. Je suis sûre qu'elle est ravissante et que vous vous habituerez vite à ce climat un peu chaud et humide. Ce sera drôle de voir les visages jaunes des Chinois à la place des visages noirs des Tamouls. Et au moins maman n'aura plus jamais à conduire.

Ce week-end, il n'a pas fait très beau. Tante Louise m'a acheté une bicyclette. C'est une Raleigh verte. Dimanche, elle a joué au golf avec des amis, et je suis donc allée pique-niquer à la colline de Veglos. Il y avait des tas de primevères. J'ai téléphoné à Heather, mais je ne l'ai pas vue, car elle allait à Bodmin chez sa grand-mère.

Voilà pour le week-end. Rien d'autre que l'on pût raconter sans risque. Mais sa lettre n'étant pas assez longue, elle continua laborieusement.

J'étais très contente de retourner à l'école et de revoir Loveday. Sa sœur Athena est revenue de Suisse. Elle a passé le week-end à Nancherrow. Elle avait amené un ami, mais Loveday l'a trouvé terriblement terne, beaucoup moins sympathique que Jeremy Wells.

Excusez-moi de vous écrire si brièvement, mais je dois bûcher mon examen d'histoire.

Baisers,

Judith.

Polly et John Richards, les amis golfeurs de Louise Forrester, étaient un couple à la retraite qui avait acheté une solide maison de pierre près de Helston, avec deux hectares de jardin et de spacieuses dépendances. Le père de Polly Richards était un riche brasseur et elle avait manifestement hérité une partie de sa fortune, car ils avaient un train de vie beaucoup plus cossu que la plupart des retraités. Ils avaient engagé un couple de domestiques, Mr. et Mrs. Makepeace (lui avait été sous-officier), une femme de ménage et un jardinier. Ce dernier, morose et taciturne, travaillait de l'aube au crépuscule. Alors il rangeait ses outils et se réfugiait dans sa maisonnette en bois, cachée derrière les serres.

Libérés des corvées domestiques, les Richards

menaient une vie sociale très active. Ils possédaient un yacht à Saint-Mawes et, les mois d'été, participaient à diverses régates autour de la Cornouailles. Toute l'année, les visiteurs défilaient chez eux et, quand ils ne naviguaient ni ne recevaient, ils jouaient au golf ou s'installaient aux tables de bridge du club de Penmarron. C'était ainsi qu'ils avaient rencontré Louise et, à force de se défier amicalement sur les greens, ils avaient lié connaissance.

Polly téléphona à Louise. Après quelques plaisanteries, elle en vint au fait.

– Je vous en parle atrocement tard, mais vous ne pourriez pas venir jouer au bridge demain soir ?

Louise consulta son agenda. Excepté un rendez-vous chez le coiffeur, il n'y avait rien.

– Comme c'est gentil. J'en serai ravie.

– Vous êtes un ange. Nous avons un vieux copain de John à la maison, et il meurt d'envie de faire une partie. Pourriez-vous venir à six heures ? C'est un peu tôt, mais nous pourrons en faire une avant le dîner, et vous ne serez pas rentrée trop tard. C'est un peu loin de chez vous, je le crains.

Le langage brusque de Polly s'alliait bien à sa passion de la voile. Les jurons qu'elle lançait à la cantonade quand leur bateau manœuvrait pour rentrer au port de Falmouth étaient légendaires.

– Ne vous faites pas de bile pour ça. J'ai hâte d'être chez vous.

– Alors à demain.

Et sans plus de cérémonie Polly raccrocha.

La route était longue, certes, mais le jeu en valait la chandelle, Louise le savait. Ce fut une soirée splendide. L'ami de John Richards, amiral de la Marine royale, était un bel homme à l'œil malicieux qui avait des tas de choses à raconter. Les cocktails furent somptueux, le dîner et le vin excellents. Louise eut du jeu toute la soirée, et de petites sommes d'argent changèrent de main. Louise rangea ses gains dans son porte-monnaie. Quand la pendule de la cheminée indiqua dix heures, elle fit claquer le fermoir de son sac à main et annonça qu'il était temps de rentrer. On la supplia de rester, de faire une partie de plus, de boire le coup de l'étrier mais, bien que tentée, elle ne se laissa pas fléchir et refusa toutes leurs aimables propositions.

Dans l'entrée, John l'aida à mettre son manteau de fourrure et, une fois les adieux faits, il la raccompagna dans la nuit noire et humide jusqu'à sa voiture.

– Tout ira bien, Louise ?

– Pour le mieux.

– Conduisez prudemment.

– Merci. Quelle belle soirée !

Elle mit les essuie-glaces et partit sur une route luisante sous le faisceau des phares et noire comme le satin. Elle traversa Marazion, puis se dirigea vers Penzance et, en approchant du virage qui menait à la grand-route de Porthkerris, décida impulsivement de prendre le raccourci qui passait par la lande. C'était une route sinueuse et bordée de haies, avec des virages aveugles, mais elle la connaissait bien. Il n'y aurait pas de circulation et elle faisait au moins huit kilomètres de moins.

Sa décision prise, elle tourna à gauche et non à droite et s'engagea sur la côte boisée qui conduisait vers les collines herbeuses et désertes. Le ciel était noir, il n'y avait pas une étoile.

Six kilomètres plus loin, Jimmy Jelks, qui se rendait à Pendeen, roulait dans la même direction au volant d'un camion branlant. Son père, Dick Jelks, exploitait une petite ferme dans le voisinage, où il élevait des porcs et des poules et faisait pousser des pommes de terre et des brocolis. Sa ferme était réputée pour être la plus boueuse du coin. A vingt et un ans, Jimmy vivait chez ses parents, qui le bousculaient, toujours en butte à leurs plaisanteries cruelles, mais, comme il manquait d'esprit et ne savait pas faire la cour aux filles, il avait peu de chance de s'en tirer.

Il s'était rendu à Penzance au début de l'après-midi avec un chargement de brocolis pour le marché. Il était censé rentrer après avoir écoulé la marchandise, mais son père était de méchante humeur et, ayant un peu d'argent en poche, Jimmy préféra traîner sur le marché et blaguer avec qui le voulait bien. Finalement, avide de compagnie, il avait cédé à la tentation de franchir la porte ouverte du *Saracen's Head* où il était resté jusqu'à l'heure de la fermeture.

Il n'avançait pas très vite. Le vieux camion brinquebalait en craquant de toutes parts. Dick Jelks l'avait acheté d'occasion à un marchand de charbon et c'était un catalogue de tous les problèmes mécaniques possibles et imaginables. Une fois ouvertes, les vitres refusaient de fermer. Les poignées tombaient des portes. Les garde-boue avaient succombé à la rouille, et la grille du radiateur tenait avec du fil de fer. C'était une épreuve de force que de mettre le moteur en marche, il fallait remonter la manivelle au prix d'un effort exténuant. Et, une fois en branle, le camion refusait résolument de coopérer, le moteur chauffait, les pneus antiques se dégonflaient et il pétaradait avec virulence.

Ce soir-là, après avoir passé tout l'après-midi sous la pluie, il était encore plus cabochard que d'ordinaire. Les phares, qui n'avaient jamais été très puissants, semblaient avoir perdu courage et éclairaient à peine la route. De temps à autre, le moteur phtisique toussait. Après avoir gravi une côte plus raide que les autres, le camion rendit l'âme en se retrouvant sur le plat. Tous phares éteints, le moteur toussa une dernière fois et les roues, épuisées, s'immobilisèrent brutalement.

Jimmy tira sur le frein et jura. Dehors il n'y avait que l'obscurité et la pluie. Il aperçut le point lumineux d'une ferme au loin, trop loin pour lui être d'une quelconque utilité. Il remonta le col de son manteau et, saisissant la manivelle, descendit et fit le tour du camion pour se mettre à l'ouvrage. Quand il se fut échiné pendant cinq minutes et ensanglanté les articulations des doigts, son esprit confus entrevit la triste réalité. La batterie était à plat et cette saloperie de camion ne bougerait plus. Avec des larmes de rage et de frustration, il lança la manivelle dans la cabine, claqua la portière et, les mains dans les poches, les épaules courbées sous la pluie, se mit en chemin pour parcourir les dix kilomètres qui le séparaient de Pendeen.

Louise Forrester était de bonne humeur, ravie d'avoir opté pour cet itinéraire. Elle affrontait les difficultés, l'isolement et l'obscurité de cette route de campagne, heureuse d'être seule dehors, si tard, par une nuit aussi noire. De plus, elle aimait conduire, stimulée par la sensation de maîtriser la situation au volant de sa puissante automobile. Elle ressentait une excitation de jeune homme à diriger la Rover dans les virages serrés sans ralentir. Elle se mit à chantonner.

Je me comporte d'une manière aussi frivole que Biddy Somerville, cette créature légère, se dit-elle. Mais la soirée avait été bonne. Et elle la terminait en beauté par cette exaltante balade à travers la lande.

La route plongeait devant elle en serpentant jusqu'au fond d'une vallée peu profonde. Tout en bas, elle traversa un petit pont de pierre en dos d'âne avant de grimper à nouveau. Elle passa en troisième et, les phares pointant vers le ciel, la puissante automobile monta à l'assaut de la colline et franchit l'obstacle comme un coureur de steeple-chase.

Elle avait toujours le pied sur l'accélérateur. Elle n'aperçut le camion abandonné, sans lumières, qu'une fraction de seconde avant de le heurter. Le choc et le bruit de métal froissé et de verre brisé furent terribles, mais Louise n'en eut pas conscience. Projetée en avant, elle traversa le pare-brise. Lors de l'autopsie, le médecin légiste déclara qu'elle était morte sur le coup.

Mais on ne pouvait en être certain. Après la collision, il ne se passa rien. Seuls des éclats de verre giclèrent sur le bord de la route et une roue cessa lentement de tourner dans le vide. Dans l'obscurité et la solitude, sous la pluie battante, il n'y avait pas eu de témoin du désastre, personne pour aller chercher du secours. Il ne restait que l'épave tordue et déchiquetée au point d'en être méconnaissable : les deux véhicules en miettes étaient collés l'un à l'autre comme deux chiens en rut.

Puis avec une étonnante soudaineté et un bruit qui retentit dans la nuit noire comme un coup de tonnerre, le réservoir à essence de la Rover prit feu et explosa, constellant le ciel sombre d'étincelles rouges. La campagne environnante en fut illuminée et un nuage sombre de fumée s'éleva dans le ciel, emplissant l'air humide et doux de la puanteur du caoutchouc brûlé.

Deirdre Ledingham ouvrit la porte de la bibliothèque.
– Ah, tu es là... dit-elle.

Judith leva les yeux. C'était un jeudi après-midi, elle n'avait pas de cours et elle était venue là pour faire des recherches pour un devoir de littérature anglaise sur Elizabeth Browning. Mais elle s'était laissé distraire par le dernier numéro de l'*Illustrated London News*, que Miss Catto trouvait très instructif et qu'on livrait donc chaque semaine à Sainte-Ursule. Cette revue abordait divers sujets, dont les actualités, l'archéologie, l'horticulture et la vie des bêtes. Peu férue de zoologie, Judith s'était plongée dans un article inquiétant sur la création et le développement des Jeunesses hitlériennes en Allemagne. Ce mouvement ne ressemblait pas du tout, semblait-il, aux Boy-Scouts, qui se contentaient de monter des tentes, d'allumer des feux de camp et de chanter en chœur. Au contraire, ces jeunes gens-là avaient tout du soldat avec leurs casquettes militaires et leurs brassards à croix gammée, et leurs activités mêmes paraissaient arrogantes et guerrières. Il y avait notamment une photo qui emplissait Judith d'un mauvais pressentiment : un groupe d'adolescents blonds défilaient lors d'une cérémonie officielle, le visage grave, raides comme un escadron de professionnels. Elle essaya d'imaginer ce qu'elle ressentirait si l'on venait à défiler au pas de l'oie dans les rues de Penzance et trouva cette perspective aussi inimaginable qu'affreuse. Et pourtant, sur les visages de la foule assemblée pour les regarder passer, on ne lisait que plaisir et fierté. En Allemagne, c'était apparemment ce que *souhaitaient* les gens ordinaires...

– Je t'ai cherchée partout.

Judith referma l'*Illustrated London News*.

– Pourquoi ? demanda-t-elle.

Au fil des semaines, la routine de l'école lui était devenue aussi familière que si elle avait été chez elle, elle avait pris de l'assurance et la crainte que lui inspirait Deirdre Ledingham s'était nettement atténuée. Sous l'influence de Loveday, qui ne craignait personne, elle s'était rendu compte que l'importance et l'autorité que se donnait Deirdre frisaient parfois le ridicule. Ce n'était qu'une fille comme les autres, malgré ses grands airs, ses insignes et son buste saillant.

– Pourquoi ?

– Miss Catto veut te voir dans son bureau.

– A quel sujet ?

– Aucune idée. Mais tu ferais mieux de ne pas la faire attendre.

Depuis leur premier entretien, Miss Catto ne terrifiait plus Judith, mais elle avait encore assez de respect pour la directrice pour faire ce qu'on lui demandait. Elle empila donc ses livres, vissa son stylo à plume, puis se rendit au vestiaire pour se laver les mains et se coiffer. Enfin, un peu anxieuse, elle frappa à la porte du bureau de Miss Catto.

– Entrez.

Elle était à son bureau, comme la première fois. Mais aujourd'hui, il faisait gris, il y avait des nuages et le soleil ne brillait pas. Son bureau était fleuri non pas de primevères, mais d'anémones.

– Judith.

– Deirdre m'a dit que vous vouliez me voir, Miss Catto.

– Oui, ma chère petite. Venez vous asseoir.

Un fauteuil l'attendait. Elle s'assit en face de Miss Catto. Cette fois, celle-ci ne se perdit pas en vains propos et en vint droit au fait.

– La raison pour laquelle je vous ai fait venir n'a rien à voir avec l'école, ni avec votre travail. Il s'agit de tout autre chose. Mais je crains que ce ne soit un choc pour vous, je veux donc que vous vous prépariez. Vous voyez... c'est au sujet de votre tante Louise...

Judith n'écoutait plus. Elle savait ce que Miss Catto allait lui annoncer. Tante Louise épousait Billy Fawcett. Les paumes de ses mains devinrent moites. Le cauchemar se réalisait. Elle avait prié pour que cela n'arrive pas, et cela arrivait...

Miss Catto poursuivait. Judith se reprit et tenta de prêter attention à ce que disait la directrice.

– Elle rentrait chez elle vers onze heures... Elle était seule... personne alentour...

Elle comprit enfin. Elle parlait de tante Louise et de sa voiture. Rien à voir avec Billy Fawcett. Ses lèvres s'entrouvrirent en un soupir de soulagement, son visage reprit ses couleurs.

– ... Un accident. Une collision épouvantable. (Miss Catto s'interrompit, Judith la regarda et vit sur son visage calme une expression à la fois perplexe et inquiète.) Ça va, Judith ?

Elle hocha la tête.

– Vous comprenez ce que j'essaie de vous dire ?

Elle hocha de nouveau la tête. Tante Louise avait eu un accident de voiture. Voilà. Tante Louise conduisait trop vite, comme d'habitude, doublait dans les virages et faisait fuir les moutons ou les poules d'un coup de klaxon. Mais apparemment, la chance l'avait lâchée.

– Mais elle va bien, n'est-ce pas, Miss Catto? (Tante Louise à l'hôpital du coin, avec un bandage sur la tête, le bras plâtré. Ce n'était que cela. Juste blessée.) Elle va bien?

– Non, Judith. Hélas non. C'était un accident mortel. Elle a été tuée sur le coup.

Judith fixa Miss Catto avec une incrédulité agressive : une chose aussi violente et définitive ne pouvait être vraie. Puis elle vit le chagrin et la compassion dans les yeux de Miss Catto et comprit que c'était vrai.

– Voilà ce que j'avais à vous dire, mon enfant. Votre tante Louise est morte.

Morte. Terminé. A jamais. « Morte » était un mot terrible. Comme le dernier tic-tac d'une pendule, le bruit sec du coup de ciseaux coupant un fil.

Tante Louise.

Elle s'entendit prendre une respiration profonde qui ressemblait à un sanglot.

– Comment est-ce arrivé? demanda-t-elle alors très calmement.

– Je vous l'ai dit. Une collision.

– Où?

– Sur l'ancienne route qui traverse la lande. Un camion tombé en panne. Pas de lumière. Elle a embouti l'arrière.

– Roulait-elle très vite?

– Je n'en sais rien.

– Elle a toujours conduit très dangereusement. Elle allait très vite. Elle dépassait tout le monde.

– A mon avis, là, ce n'était pas sa faute.

– Qui l'a découverte?

– Il y a eu le feu. On l'a aperçu et on a alerté la police.

– Quelqu'un d'autre a-t-il été tué?

– Non. Votre tante était seule.

– Où était-elle allée?

– Dîner chez des amis, je crois. Près de Helston.

– Chez le commandant Richards. Elle jouait au golf avec eux. (Elle pensa à tante Louise rentrant chez elle de nuit, comme elle l'avait fait des milliers de fois. Puis elle regarda Miss Catto.) Qui vous a prévenue?

– Mr. Baines.

Judith ne le connaissait pas.

– Qui est Mr. Baines?

– C'est le notaire de votre tante à Penzance. J'ai cru

comprendre qu'il s'occupait également des affaires de votre mère.

Alors elle se rappela Mr. Baines.

— Maman sait-elle que tante Louise a été tuée ?

— Mr. Baines a envoyé un télégramme à votre père. Une lettre suivra, bien entendu. Et j'écrirai moi-même à votre mère.

— Et Edna et Hilda ?

Pour la première fois, la détresse affleurait dans la voix de Judith.

— Qui sont-elles ?

— La cuisinière et la femme de chambre de tante Louise. Ce sont deux sœurs, elles travaillent chez elle depuis des années... Elles doivent être bouleversées.

— Oui, je le crains. Elles ne s'étaient pas rendu compte que votre tante n'était pas rentrée. Elles ont commencé à soupçonner quelque chose quand l'une d'elles lui a monté son plateau de thé et a trouvé le lit intact.

— Qu'ont-elles fait ?

— Avec beaucoup de bon sens, elles ont appelé le curé. Puis l'officier de police local leur a rendu visite pour leur apprendre la triste nouvelle. Elles étaient naturellement très peinées mais, pour l'instant, elles ont décidé de rester ensemble dans la maison de votre tante.

Elle imagina Hilda et Edna seules avec leur chagrin dans la maison vide, se réconfortant l'une l'autre en buvant du thé. Sans tante Louise, leur vie n'aurait plus de sens, plus de but. Et c'était bien beau de penser à trouver une autre place, mais elles n'étaient plus toutes jeunes comme Phyllis. C'étaient deux vieilles filles qui ne savaient pas se débrouiller seules. Et si elles ne trouvaient pas d'autre place, où iraient-elles vivre ? Que feraient-elles ? Jamais elles ne pourraient se séparer.

— Y aura-t-il un enterrement ?

— Le moment venu, bien sûr.

— Devrai-je y aller ?

— Uniquement si vous le souhaitez. Mais je pense que vous devriez y aller. Bien entendu, je vous y accompagnerai et je resterai tout le temps auprès de vous.

— Je ne suis jamais allée à un enterrement.

Miss Catto se tut. Puis elle se leva et s'avança vers la fenêtre, sa toge noire drapée comme un châle, observant quelques instants le jardin humide et brumeux dont la vue n'apportait aucune consolation.

– Quelle triste journée ! dit-elle, puis elle se retourna et sourit. Les funérailles font partie de la mort, Judith, comme la mort fait partie de la vie. C'est très triste pour quelqu'un de votre âge de devoir affronter cela, mais nous avons tous à le faire. Et vous n'êtes pas seule. Je serai là pour vous aider. La mort fait vraiment partie de la vie. En fait, c'est la seule réalité dont nous soyons absolument certains. Mais ces paroles de réconfort semblent bien banales quand la tragédie vous frappe de si près, et si soudainement. Vous avez été très courageuse, vous avez pensé aux autres. Mais ne vous retenez pas. Ne gardez pas votre chagrin pour vous. Je sais que je suis votre directrice, mais vous pouvez me dire ce que vous avez sur le cœur. Et n'ayez pas peur de pleurer.

Mais Judith n'avait pas la moindre envie de pleurer.

– Ça va.

– C'est bien. Savez-vous à quoi je pense ? Cela nous ferait du bien de prendre une tasse de thé. Cela vous plairait-il ?

Judith acquiesça. Miss Catto appuya sur une sonnette au coin de la cheminée.

– C'est le remède à tout, n'est-ce pas ? Une bonne tasse de thé. Je ne vois pas pourquoi je n'y ai pas pensé plus tôt.

Elle ne retourna pas à son bureau, mais s'installa dans le petit fauteuil au coin du feu. Le feu, préparé, n'était pas allumé. Sans rien dire, elle prit une boîte d'allumettes, se pencha et enflamma le papier journal froissé et le petit bois. Puis elle se rassit, contempla les flammes qui dansaient sur le charbon.

– Je n'ai vu votre tante que deux fois, mais je l'aimais bien. Ce n'était pas une évaporée. Responsable et capable. Une personne solide. Cela me tranquillisait de savoir que vous étiez sous sa responsabilité.

Ce qui les amena, tout naturellement, à la question capitale. Judith regarda par la fenêtre et s'efforça de parler d'une voix aussi naturelle que possible.

– Où vais-je aller maintenant ?

– Nous devons en parler.

– J'ai tante Biddy.

– Bien sûr. Mrs. Somerville, qui habite Plymouth. Votre mère m'a parlé des Somerville, j'ai leur adresse et leur numéro de téléphone. Voyez-vous, Judith, quand les parents sont à l'étranger, nous devons être à même de contacter toute la famille. Sinon notre responsabilité serait vraiment trop grande.

– Tante Biddy m'a toujours dit que je pourrais venir chez elle, si je le souhaitais. Est-elle au courant pour tante Louise ?

– Pas encore. Je voulais d'abord vous l'annoncer. Mais je le lui dirai.

On frappa à la porte.

– Entrez, dit Miss Catto, et l'une des femmes de service passa la tête dans la pièce. Edith, pourriez-vous nous apporter du thé sur un plateau ? Deux tasses et peut-être quelques biscuits.

Edith se retira et Miss Catto poursuivit, comme s'il n'y avait pas eu d'interruption :

– Aimeriez-vous passer vos vacances chez votre tante Biddy ?

– Oui. Je les aime beaucoup, oncle Bob et elle. Ils sont très gentils et très amusants. Mais le problème, c'est qu'ils ne resteront pas à Plymouth. Tôt ou tard, ils quitteront Keyham et oncle Bob repartira probablement en mer. Tante Biddy envisageait d'acheter une petite maison... fit-elle d'une voix faiblissante.

– Y a-t-il quelqu'un d'autre ?

– Il y a Mrs. Warren. Heather Warren était ma grande amie à l'école de Porthkerris. Mr. Warren est épicier, et ma mère les aimait beaucoup. Je suis certaine que je pourrais rester chez eux.

– Eh bien, quoi qu'il en soit, fit Miss Catto avec un sourire, nous trouverons une solution. N'oubliez pas que vous êtes entourée d'amis. Ah ! Voilà notre plateau. Merci, Edith. Posez-le sur la table... Judith, pourquoi ne quittez-vous pas cette chaise inconfortable pour venir vous asseoir ici, près du feu ?

Le pire était derrière elles, se dit Muriel Catto, la mauvaise nouvelle annoncée. L'enfant semblait l'avoir acceptée sans perdre pied. Deux fois déjà, dans sa carrière de directrice, elle avait dû remplir cette tâche difficile, apprendre à l'une de ses élèves la mort d'un proche. Chaque fois elle avait eu le sentiment d'être l'assassin. Parce que le messager devient l'assassin. Tant que l'on n'a pas prononcé les paroles fatales, l'être aimé est encore vivant, il s'éveille, dort, vaque à ses occupations, donne des coups de téléphone, écrit des lettres, va se promener, respire, voit. C'est de le dire qui le tue.

Au début de sa carrière elle s'était imposé des règles strictes. De l'impartialité, pas de favoritisme. Mais Judith avait inconsciemment ouvert une brèche dans ses défenses et, si peu maternelle qu'elle fût, il lui était difficile d'ignorer l'attirance qu'elle éprouvait pour elle. Judith s'était bien intégrée à Sainte-Ursule, semblait très populaire parmi ses camarades, son travail était régulier et satisfaisant, et elle excellait dans les disciplines sportives. Ses relations avec les Carey-Lewis étaient excellentes, et même la surveillante de l'internat n'avait pas trouvé de raison de se plaindre de son comportement.

Et maintenant cela. Un traumatisme qui pourrait bien tout remettre en question. Quand elle s'était assise à son bureau, pleine d'appréhension, en attendant que l'enfant frappe à sa porte, Muriel Catto s'était surprise à souhaiter que cette épouvantable tragédie fût arrivée à n'importe quelle autre élève.

Ce n'était pas seulement parce que Judith était seule, sa famille étant à l'étranger, sans frère ni sœur pour la réconforter. Mais elle avait une personnalité exceptionnelle. Le stoïcisme avec lequel elle avait accepté la séparation (ni larmes ni crise de nerfs), sa franchise désarmante, sa douceur... Comme chez les enfants plus jeunes, chacune de ses pensées se reflétait sur son visage expressif, comme si elle n'avait jamais appris l'art de la dissimulation. Miss Catto priait le ciel qu'elle ne l'apprît jamais.

Elles burent leur thé chaud, réconfortant, et parlèrent non plus de tante Louise, mais d'Oxford, où Miss Catto avait passé son enfance.

– C'est un endroit si merveilleux pour un enfant que cette ville de tours et de clochers, pleine de jeunesse et de savoir infini. Nous avions une vieille maison à Banbury Road, avec un jardin clos et un mûrier. Mon père était professeur de philosophie. La maison était envahie par un flot permanent d'étudiants. Je me rappellerai toujours la porte d'entrée éternellement ouverte, pour que personne n'ait à sonner, et les courants d'air dans toutes les pièces. (Elle sourit.) La maison dans laquelle on a passé son enfance a une odeur, une ambiance, et quand on la sent de nouveau, cette odeur de vieux livres, de cire et de meubles anciens, on est brusquement ramené en arrière, comme si l'on avait toujours huit ans.

Judith tenta d'imaginer Miss Catto à huit ans, mais n'y parvint pas.

— Je vois ce que vous voulez dire, fit-elle. A Colombo, notre maison sentait la mer, parce que nous habitions près de l'océan, et le jasmin, car nous en avions un dans le jardin, qui sentait fort. Et d'autres odeurs aussi, comme le produit que vaporisait l'amah pour tuer les insectes.

— Des insectes ! Quelle horreur ! Y en avait-il beaucoup ?

— Oui. Des moustiques, des araignées et des fourmis rouges. Parfois aussi des serpents. Une fois, un cobra est entré dans le jardin, et papa l'a tué avec son fusil.

— C'est effrayant. Je n'aime pas beaucoup les serpents...

— Il y avait des charmeurs de serpents dans le bazar où nous allions faire des courses. Ils s'asseyaient en tailleur et soufflaient dans une flûte. Alors les serpents sortaient de leur panier en se tortillant. Maman détestait cela, mais j'aimais bien les regarder. (Judith prit un autre biscuit, qu'elle grignota d'un air pensif.) Je ne suis jamais allée à Oxford.

— Vous devriez y aller. A l'université, je veux dire. Il faudrait pour cela que vous passiez le concours d'entrée, mais connaissant vos capacités scolaires, je pense que vous n'aurez aucune difficulté à le réussir.

— Combien de temps devrais-je y rester ?

— Trois ans. Mais ce serait une chance pour vous. Il n'y a rien de plus fabuleux que d'avoir trois ans pour s'immerger dans le savoir...

— Cela coûterait très cher ?

— Ce n'est pas bon marché. Mais dans la vie, on n'a rien sans rien.

— Je ne voudrais pas demander à mes parents une chose qui soit au-dessus de leurs moyens.

Miss Catto sourit.

— Ce n'était qu'une suggestion. Nous avons tout le temps de régler les détails. Désirez-vous une autre tasse de thé ?

— Non, merci, c'était très bon.

Elles se turent. Il n'y avait plus aucune gêne entre elles, à présent. Ç'avait été une bonne idée de prendre le thé. Judith avait retrouvé ses couleurs. Le plus gros du choc était passé. Maintenant, il restait à aborder en douceur la question qu'elle devait lui poser.

– Si vous le désirez, dit Miss Catto, vous pouvez utiliser mon téléphone et appeler l'un de vos amis. Donnez-moi le temps de prévenir Mrs. Somerville, de la mettre au courant de la situation, mais peut-être souhaitez-vous dire un mot à Edna ou à Hilda, ou à un ami de Penmarron.

Le visage tourné vers le feu, Judith hésita quelques instants, puis elle hocha la tête.

– Non, je ne pense pas. Pas encore. Mais c'est très gentil de votre part.

– Mr. Baines voudra sans doute vous voir et s'entretenir avec vous, mais pas avant quelques jours. A ce moment-là, vous saurez ce qui a été décidé pour les obsèques.

Judith respira profondément et lâcha un oui dubitatif.

Miss Catto se cala dans son fauteuil.

– Il y a encore une chose que je dois vous demander, dit-elle. Ne croyez pas que je veuille me mêler de ce qui ne me regarde pas. Vous n'êtes pas obligée de me répondre, si vous ne le souhaitez pas. Mais j'ai le sentiment que, quand j'ai commencé à vous raconter ce qui s'était passé... vous vous êtes imaginé qu'il s'agissait de tout autre chose. Je me trompe peut-être.

Il y eut un long silence. Judith continuait de fixer le feu. Puis elle se mit à tortiller une mèche de cheveux.

– Redoutiez-vous quelque chose ? Est-ce pour cela que vous aviez l'air si terrorisée ?

Judith se mordit la lèvre et marmonna :

– J'ai cru qu'elle allait se marier.

Miss Catto n'en croyait pas ses oreilles.

– *Se marier ?* Vous pensiez que Mrs. Forrester allait *se marier* ? Et qui allait-elle épouser, à votre avis ?

– Le colonel Fawcett.

– Et qui est ce colonel Fawcett ?

– C'est son voisin. C'*était* son voisin, rectifia Judith de manière touchante. Un vieil ami qu'elle avait connu en Inde.

– Et vous n'aviez pas envie qu'elle l'épouse.

– Non.

– Vous ne l'aimiez pas.

– Je le haïssais. (Alors elle regarda la directrice droit dans les yeux.) Il était horrible. S'il avait épousé tante Louise, il serait venu vivre dans sa maison. Et je ne voulais pas.

Miss Catto, qui comprit aussitôt la situation, garda son sang-froid. Ce n'était pas le moment de se laisser gagner par son émotivité.

– Vous a-t-il embêtée ?

– Oui.

– Qu'a-t-il fait ?

– Il nous a emmenées au cinéma et il a mis la main sur mon genou.

– Oh, je vois.

– Deux fois de suite, et puis il a remonté le long de ma cuisse.

– L'avez-vous dit à Mrs. Forrester ?

– Non, fit Judith, je ne le pouvais pas.

– Je ne crois pas non plus que je le lui aurais dit, à votre place. C'est une situation très délicate.

Elle sourit pour masquer la colère intérieure que suscitait en elle le détestable monde des vieux libidineux.

– A Cambridge, nous les appelions des tireurs de jarretelles.

Judith écarquilla les yeux.

– Vous voulez dire... vous voulez dire que cela vous est arrivé *à vous* ?

– Les jeunes étudiantes sont une proie facile. Nous avons vite appris à déjouer leurs manigances et à développer nos propres défenses. Bien sûr, nous étions nombreuses, le nombre fait la force, et nous trouvions toujours quelqu'un à qui nous confier. Mais vous n'avez pas eu ce réconfort-là. Cela a dû être bien pire pour vous.

– Je ne savais pas quoi faire.

– Je l'imagine.

– Je ne crois pas qu'elle l'aurait épousé, mais une fois que j'ai eu cette idée en tête, je n'ai pas réussi à la chasser. Cela m'obsédait.

– Eh bien, voilà un souci de moins. Votre problème a été résolu de manière radicale. Ne dit-on pas qu'à quelque chose malheur est bon, si terrible que ce soit ? C'est bien que vous m'en ayez parlé. Maintenant vous verrez cette sale histoire d'un autre œil.

– Si nous allons aux obsèques, je pense qu'il sera là.

– Je n'en doute pas. Et vous me le montrerez. Vous me direz : « Voilà le colonel Fawcett », et j'aurai le plaisir de lui donner un coup de parapluie sur la tête.

– *Vraiment ?*

– Probablement pas. Vous imaginez les gros titres du

Western Morning News? Une directrice de collège agresse un colonel en retraite. Ce ne serait pas bon pour Sainte-Ursule, n'est-ce pas? (La plaisanterie était moyenne, mais pour la première fois, elle vit Judith sourire spontanément.) C'est mieux, voilà... (Elle regarda sa montre.) Il faut vous en aller, je dois m'occuper de tout ce que j'ai à faire. C'est l'heure du sport. Je suppose que vous avez envie de bavarder un peu avec Loveday. Je vais demander à Deirdre de dire à Miss Fanshaw de vous dispenser toutes deux de hockey, pour que vous puissiez rester ensemble. Promenez-vous dans le parc, grimpez dans un arbre ou allez vous asseoir sur la terrasse. Vous vous sentirez mieux quand vous lui aurez tout raconté.

– Je ne lui parlerai pas du colonel Fawcett.

– Non, cela restera entre nous. (Elle se leva de son fauteuil et Judith l'imita.) Maintenant, c'est fini. Je suis navrée pour votre tante, mais vous avez très bien réagi. Et ne vous faites pas trop de souci pour votre avenir, je m'en charge. Tout ce que je peux vous dire, c'est que vous êtes en de bonnes mains.

– Oui, Miss Catto. Merci. Merci pour le thé.

– Allez-y...

Et, comme Judith franchissait le seuil, elle reprit son rôle de directrice.

– ... et ne courez pas dans les couloirs.

Samedi 28 mars

Keyham Terrace
Keyham
Plymouth

Ma pauvre et chère Judith,
Je viens d'avoir un long coup de téléphone de Miss Catto, qui semble fort sympathique et compatissante. Ma chérie, je suis si désolée pour toi. C'est épouvantable, ce qui est arrivé à cette pauvre Louise. J'ai toujours su qu'elle conduisait à un train d'enfer, mais je n'imaginais pas que cela pût avoir de telles conséquences. Elle m'a toujours paru indestructible et, bien que je n'aie jamais été très indulgente à son égard, je sais que, malgré sa langue de vipère, c'était quelqu'un de bien. Miss Catto m'a dit que tes parents en ont été

informés et qu'elle écrira à ta mère. Elle m'a aussi demandé si, Bob et moi, nous pouvions te prendre pendant les vacances de Pâques. Ma chérie, cela nous aurait fait grand plaisir, mais nous avons des tas de problèmes. Tes grands-parents ont tous deux été malades, et j'ai dû m'en occuper. J'ai cherché une maison dans le Devon, pour que nous ayons un peu de stabilité dans notre existence. Je crois en avoir trouvé une, mais il faudra la restaurer avant de pouvoir nous y installer. Enfin, Bob quitte Keyham en juin et rejoint le HMS *Resolve*, qui est basé à Invergordon, à environ mille six cents kilomètres au nord. Rien que de la pluie et des kilts. Ce n'est pas un poste à terre. Je devrai donc chercher une autre maison, à louer cette fois, pour être auprès de lui.

Tu devines à mes propos que je ne pourrai pas te recevoir pour les vacances de Pâques, mais, cet été, nous serons plus ou moins installés. Alors tu viendras chez nous. Miss Catto m'a assuré qu'elle trouverait quelqu'un pour s'occuper de toi, et elle paraît si sensée que je ne me fais pas trop de souci à ton sujet. J'attends avec impatience de te retrouver cet été.

Mon trésor, toute cette histoire me désole. Dis-moi quand auront lieu les obsèques, bien qu'il soit peu probable que je puisse m'y rendre. Mon père est toujours malade et ma mère a le plus grand mal à s'occuper de lui. Il faut donc que je trouve une gouvernante à demeure pour mes vieux parents.

Oncle Bob se joint à moi pour t'embrasser. Il te dit de ne pas baisser les bras.

Plein de baisers,

Tante Biddy.

Dimanche 5 avril

Chère maman, cher papa,

Je sais que vous avez reçu des télégrammes, et que Miss Catto et Mr. Baines vous ont tous deux écrit. C'est très triste, ce qui est arrivé à tante Louise. Elle me manquera d'autant plus qu'elle a été très gentille avec moi. Elle conduisait très mal, mais Miss Catto dit qu'elle n'était pas responsable de cet accident. Le camion avait été abandonné sur la corniche et elle est rentrée dedans.

Ne vous faites pas de souci pour moi. J'aurais pu aller chez tante Biddy pour les vacances de Pâques, mais, entre la maison qu'elle vient d'acheter et la maladie de grand-père Evans, elle est débordée. Je pourrai passer quelque temps chez les Warren à Porthkerris, j'en suis sûre, et Miss Catto m'a proposé de m'accueillir à Oxford dans la grande maison de ses parents. Cela me plairait, d'autant plus que Miss Catto pense que je serai capable d'entrer dans cette université. Cela m'intéressera donc de voir la ville. Cet été, j'irai chez tante Biddy.

Je suis navrée pour Edna et Hilda, mais peut-être trouveront-elles une autre place où elles pourront rester ensemble. Quelle horrible nouvelle ! C'est violent, un accident de voiture, et tante Louise n'était pas très vieille. Miss Catto dit que la mort fait partie de la vie, mais on ne souhaite quand même pas qu'elle arrive si vite.

Les obsèques ont eu lieu mardi dernier. Miss Catto m'a dit que je n'étais pas obligée d'y aller si je n'y tenais pas, mais j'ai jugé que cela valait mieux. Je portais mon uniforme et la surveillante m'avait fait un brassard noir. Miss Catto m'a accompagnée et Mr. Baines est venu nous chercher toutes les deux en voiture. Il a été très gentil, et je me suis assise à l'avant. Il y a eu une messe dans l'église de Penmarron, où il y avait beaucoup de gens que je ne connaissais pas. Mrs. Warren m'a serrée très fort contre elle et s'est présentée à Miss Catto, puis elle lui a dit que je pouvais venir quand je voulais passer les vacances chez eux. N'est-ce pas gentil de sa part ?

A l'église nous avons chanté des cantiques. Il y avait des tas de fleurs partout. Le curé a dit de belles choses sur tante Louise. Edna et Hilda, qui étaient juste derrière nous, pleuraient, et leur cousin, qui était venu avec son automobile, les a emmenées à la fin de l'office. Elles étaient toutes les deux en noir et semblaient très malheureuses.

Après la messe, nous avons suivi le cercueil. Il faisait très froid et un vent glacé soufflait de la mer mais le ciel était bleu. Au cimetière, l'herbe était courbée par la bourrasque, on sentait les embruns et l'on entendait les vagues. Heureusement, il ne pleuvait pas.

C'était affreux de voir ce cercueil descendre dans le

trou, sachant que tante Louise était dedans. Le curé m'a donné de la terre que j'ai jetée, Miss Catto a lancé un bouquet de primevères, Mr. Baines une rose, ce qui était gentil de sa part. Il devait savoir que tante Louise aimait beaucoup les roses. C'est à ce moment-là que j'ai compris qu'elle était vraiment morte. Puis nous avons dit au revoir à tout le monde, nous sommes retournés à Penzance. Mr. Baines nous a invitées, Miss Catto et moi, à *La Mitre*, et je pensais sans arrêt à notre déjeuner, maman. Tu me manquais et j'aurais voulu que tu sois là.

Presque tous les gens du village étaient venus. J'ai bavardé avec Mrs. Berry et Mrs. Southey, qui m'a donné un baiser moustachu.

Là, Judith ne savait plus que dire. Le souvenir qu'elle avait gardé des funérailles était flou. Elle avait aperçu d'autres visages connus par-ci par-là, sans parvenir à y mettre des noms. Billy Fawcett était là, mais elle ne voulait surtout pas parler de lui. Elle l'avait espionné à la fin de la messe, en remontant l'allée vers la sortie, suivie de Miss Catto. Il attendait tout au fond de l'église, il la regardait, et, forte d'un courage nouveau et ragaillardie par la présence de sa directrice, elle avait soutenu son regard et lui avait fait baisser les yeux. Il s'était détourné, mais elle avait eu le temps de déceler sur ses traits l'expression d'une haine farouche. Il ne lui avait pas pardonné l'humiliation de sa défaite. Elle s'en moquait. Il n'était pas venu au cimetière, ce dont Judith remerciait le ciel. Mais c'était un revenant qui hantait encore ses rêves. Tante Louise n'étant plus là pour lui tenir compagnie et lui offrir du whisky, il renoncerait peut-être, quitterait la Cornouailles et irait finir sa vie ailleurs. Pourquoi pas en Écosse ? Il y avait des tas de terrains de golf en Écosse. Elle souhaitait qu'il aille vivre là-bas. Mais il n'y connaissait probablement personne. En fait, il était si horrible qu'elle avait peine à imaginer qu'il puisse se faire des amis. Selon toute probabilité, il resterait donc là, terré dans son pavillon de location, hantant le club de golf de Penmarron comme un chien errant, allant de temps à autre faire des courses à Porthkerris pour reconstituer ses réserves. Il traînerait toujours dans les parages, et elle eut la lucidité de comprendre qu'elle n'en serait totalement débarrassée que le jour où il mourrait.

Judith, frissonnante, regretta que ce ne soit pas lui qui gise au fond de sa tombe, plutôt que tante Louise. C'était tellement injuste. Pourquoi avait-elle été emportée à jamais quand ce vieux tripoteur pouvait continuer ses sinistres activités ?

Invraisemblables réflexions pour un événement aussi triste, aussi bouleversant. Elle avait également aperçu Mr. Willis, qui se tenait respectueusement à l'écart. Rasé de près, il portait un costume bleu lustré et un col qui semblait l'étrangler. Il avait son chapeau melon à la main et Judith, qui avait gardé l'œil sec pendant toute la cérémonie, avait été touchée aux larmes par tout le mal qu'il s'était donné. Avant de sortir du cimetière, elle s'était éloignée de Miss Catto et de Mr. Baines, qui échangeait quelques mots avec le curé, pour aller saluer son vieil ami.

– Mr. Willis ?

– Ma chère enfant. (Il avait remis son chapeau pour ne plus en être encombré et pris ses mains dans les siennes.) C'est affreux. Et vous, vous allez bien ?

– Oui, ça va. Merci d'être venu.

– Quel choc quand j'ai appris la nouvelle ! Je suis monté au pub mardi soir, et Ted Barney m'a mis au courant. J'ai eu peine à croire. Ce cinglé de Jimmy Jelks...

– Mr. Willis, je ne suis pas venue vous voir aux dernières vacances. Je m'en suis voulu. J'en avais l'intention... mais... pour une raison ou pour une autre, je ne l'ai pas fait. J'espère que je ne vous ai pas blessé...

– Non, je me suis dit que vous aviez assez de choses à faire comme ça sans descendre jusqu'au Chenal.

– La prochaine fois que je serai à Penmarron, je vous promets que je viendrai. J'ai tant de choses à vous raconter.

– Comment vont votre mère et Jess ?

– Bien, pour autant que je sache.

– Qui va s'occuper de vous à présent ?

– Oh ! Ma tante Biddy de Plymouth, je suppose. Tout se passera bien.

– Ah, le sort a été bien cruel pour vous. Quand la grande faucheuse frappe, nous n'y pouvons pas grand-chose, n'est-ce pas ?

– Non, non, pas grand-chose. Mr. Willis, il faut que j'y aille. On m'attend. Je suis tellement contente de vous avoir vu.

Ils se tenaient encore les mains. Mr. Willis avait des larmes plein les yeux. Elle s'était hissée sur la pointe des pieds et avait embrassé sa joue parcheminée, qui sentait le savon et le tabac.

– Au revoir, Mr. Willis.

– Au revoir, ma belle.

C'était un souvenir un peu triste, car elle ne reviendrait peut-être jamais à Penmarron, et les adieux qu'ils s'étaient faits lors de l'enterrements seraient peut-être les derniers. Alors elle se souvint des merveilleux après-midi qu'elle avait passés en sa compagnie, des beaux jours où, appuyé à la coque de son canot, il fumait sa pipe et lui racontait des histoires en attendant que la marée monte et que les cargos transportant du charbon passent la barre. Et ces journées d'hiver froides et humides, encore plus belles, où ils s'enfermaient dans sa petite cabane et se faisaient du thé sur le vieux fourneau ventru.

Mais ce n'était pas le moment de rêvasser, elle devait terminer sa lettre.

Pendant quelques instants, elle se demanda si elle devait mentionner la présence de Mr. Willis à l'enterrement. Elle n'en avait jamais vraiment parlé à sa mère, en raison du statut douteux de la prétendue Mrs. Willis. Mais, dans les circonstances présentes, la vie privée de Mr. Willis était bien peu de chose. Il était l'ami de Judith et il le resterait. Si maman y voyait quelque sous-entendu affreux, la réponse à cette lettre mettrait six semaines à lui parvenir, et de l'eau aurait coulé sous les ponts.

De plus, elle avait envie de parler de Mr. Willis.

Mr. Willis était là, lui aussi. Te souviens-tu de lui ? C'est le passeur qui travaille pour les autorités portuaires. Il était très chic avec son chapeau melon et il a demandé de vos nouvelles. C'était bien qu'il soit là, bien rasé, sur son trente et un.

Demain, dans l'après-midi, Mr. Baines viendra à Sainte-Ursule et nous devrons parler de ce qu'il appelle « les affaires de famille ». Je suppose que cela concerne l'école et d'autres choses. J'espère qu'il n'emploiera pas de mots trop compliqués, et qu'il aidera Edna et Hilda à trouver une autre place.

J'espère aussi que vous allez tous bien et que papa n'est pas trop malheureux de la mort de tante Louise.

Miss Catto dit qu'elle est morte si vite qu'elle ne s'est pas rendu compte de ce qui lui arrivait, qu'elle aimait conduire, mais tout ça n'est pas d'un grand réconfort quand on est si loin et que l'on s'aimait tant. Je vous en supplie, ne vous faites pas de souci pour moi. Nous sommes en vacances vendredi, le 10 avril.

Baisers,

Judith.

– Ah, vous voilà, Judith...

Sans doute avec la permission de Miss Catto, Mr. Baines s'était installé à son bureau, qu'il avait couvert de nombreux documents, éparpillés à côté de sa mallette. C'était un homme très grand, avec des cheveux bicolores comme un terrier à poil dur, et d'énormes lunettes à monture d'écaille. Dans son costume de tweed et sa chemise à carreaux, c'était l'archétype du notaire de campagne prospère. Le cabinet dont il était l'un des associés principaux était installé depuis longtemps à Penzance, dans une superbe maison Régence d'Alverton. Judith le savait car, tous les dimanches, les rangs de Sainte-Ursule passaient par là pour se rendre à l'église. N'ignorant pas que c'étaient les notaires de la famille Dunbar, elle avait pris le temps d'admirer les belles proportions de la maison et de lire les noms – Tregarthen, Opie & Baines – sur la plaque de cuivre bien fourbie, apposée près de la porte d'entrée. Cependant, elle n'avait jamais rencontré Mr. Baines avant le jour de l'enterrement de tante Louise, où il s'était montré très attentionné, les conduisant en voiture, les invitant à déjeuner à *La Mitre*, rendant ainsi cette sinistre journée un peu plus supportable. Grâce à tout cela, ils n'avaient plus à faire plus ou moins péniblement connaissance, ce qui était une bonne chose.

– Comment allez-vous ?

Elle lui répondit qu'elle allait très bien, il se leva pour lui approcher une chaise, puis il retourna s'asseoir sur le trône de Miss Catto.

– Avant toute chose, je veux vous tranquilliser sur le sort d'Edna et de Hilda. Je crois leur avoir trouvé une place chez une vieille cliente qui habite près de Truro. Je me suis arrangé pour leur obtenir un entretien et, si elles prennent cette place, je pense que les deux sœurs y seront très bien. Une dame seule, à peu près de l'âge de

Mrs. Forrester, et des conditions de travail agréables. (Il sourit. Quand il souriait, il paraissait beaucoup plus jeune, et même tout à fait séduisant.) Alors ne vous inquiétez plus pour elles.

– Oh, merci, dit Judith, reconnaissante. C'est exactement ce qu'il leur fallait. Et je sais qu'elles voulaient rester ensemble.

– Voilà une question réglée. Deuxièmement, vous savez que j'ai envoyé un télégramme à votre père pour l'informer du décès de Mrs. Forrester. Eh bien, il m'a répondu il y a quelques jours et il vous embrasse. Il va vous écrire. Avez-vous écrit à vos parents ?

– Oui, je leur ai raconté l'enterrement.

– Très bien. Une triste lettre à rédiger. (Il déplaça quelques papiers sur le bureau et Judith eut un bref instant le sentiment qu'il ne savait pas par où commencer.) Rappelez-moi, quel âge avez-vous ? Quatorze ans ? Quinze ?

– J'aurai quinze ans en juin.

– Ah, oui. Ma fille aînée a tout juste huit ans. Elle entrera à Sainte-Ursule l'année prochaine. Il est heureux que vous y soyez déjà. Vous y recevez une excellente éducation. Miss Catto et moi, nous nous sommes entretenus et, à son avis, vous ferez des études supérieures. (Il sourit.) Avez-vous envie d'aller à l'université ?

– Je n'y ai jamais vraiment pensé. Je crains surtout que ce ne soit abominablement cher.

– Bien, dit Mr. Baines, je vois. Bon, venons-en au fait.

Judith attendit poliment.

– Avant de mourir, votre tante a rédigé un testament exhaustif. Des annuités généreuses ont été prévues pour Edna et Hilda. Tout le reste, tous ses biens, elle vous les a légués.

Judith continua d'attendre.

Mr. Baines retira ses lunettes et plissa les yeux comme un myope.

– Toute sa fortune.

– Cela me paraît beaucoup, fit Judith, qui avait retrouvé sa voix.

– C'*est* beaucoup, répondit doucement Mr. Baines.

– Tout à moi ?

– Tout à vous.

– Mais...

Elle savait qu'elle se conduisait bêtement, mais

Mr. Baines était patient. Il attendait, les yeux rivés sur elle.

— Mais pourquoi moi ? Pourquoi pas papa ? C'est son frère.

— Votre père a un bon travail, une carrière, un salaire régulier, il a eu récemment une promotion et son avenir est assuré.

— Bon, mais... enfin, je croyais que les gens comme tante Louise, les dames seules, laissaient leur argent à des œuvres de charité ou à des pensions pour chats. Ou bien au club de golf. Le club de golf organisait sans arrêt des tournois de bridge pour payer le nouveau chauffage central, rénover les vestiaires ou je ne sais quoi.

Mr. Baines s'autorisa à sourire.

— Peut-être votre tante Louise s'est-elle dit que les vestiaires étaient très bien comme ça.

Judith eut le sentiment qu'il ne comprenait pas.

— Mais pourquoi *moi* ?

— Elle n'avait pas de descendance propre, Judith, pas d'enfants. Personne à charge. Pas de famille. Au fil des ans, elle m'a beaucoup parlé d'elle-même. Quand elle était jeune, les filles ne travaillaient pas et ne faisaient pas carrière. Rares étaient celles que l'on incitait à aller à l'université. Quand on était belle et riche, cela n'avait pas vraiment d'importance, mais pour les jeunes filles ordinaires, issues de la classe moyenne, la seule perspective était le mariage. Votre tante n'était ni riche ni belle. Elle me l'a dit elle-même. En Angleterre, elle avait peu de succès auprès des jeunes gens, et ses parents ont donc fini par l'envoyer en Inde pour se trouver un mari. Elle se rappelait cela sans rancœur, mais comme une sorte d'humiliation. Elle n'était qu'une... jeune fille parmi d'autres, sans attaches, qui traversait l'océan avec une seule idée en tête.

— Se marier, c'est ça ?

— Le pire, c'est que, collectivement, on les surnommait « la flotte de pêche », puisqu'elles s'en allaient pêcher le mari.

— Cela a dû horrifier tante Louise.

— Dans son cas, l'histoire s'est bien terminée, puisqu'elle a épousé Jack Forrester et vécu heureuse avec lui de nombreuses années. Elle a eu de la chance. Mais j'en connais d'autres qui ne s'en sont pas si bien tirées.

– A votre avis, cela l'ennuyait de ne pas avoir d'enfants ?

– Non, je ne crois pas.

– Qu'essayez-vous de me dire ?

– Ma chère, je ne m'y prends pas très bien, n'est-ce pas ? Ce que j'essaie de vous faire comprendre, c'est que votre tante Louise vous aimait beaucoup, et qu'elle ne voulait pas que vous subissiez ce qu'elle avait subi. Elle désirait que vous ayez ce qu'elle n'avait jamais eu. L'indépendance, la possibilité d'être soi, de faire ses propres choix et de les faire quand on est jeune, avec toute la vie devant soi.

– Mais elle l'a fait. Elle a épousé Jack Forrester et elle a eu une vie agréable en Inde.

– Oui, pour elle, ça a marché. Mais elle ne voulait pas que vous soyez obligée de courir ce risque.

– Je vois.

Elle commençait à réaliser l'énormité de ce qui lui arrivait, c'en était presque inquiétant.

– Pourriez-vous répéter ? Ce qui concerne ses biens, je veux dire.

– Bien entendu. Elle vous lègue sa maison et tout ce qu'elle contient. Mais surtout, tous ses placements financiers.

– Mais que ferai-je de sa maison ?

– Je pense que vous devriez la mettre en vente et investir la somme que vous en tirerez.

Il posa son stylo et croisa les bras sur le bureau.

– Je vois que vous avez du mal à digérer tout cela, et je ne vous en blâme pas. Ce que vous devez comprendre, c'est que votre tante Louise était une dame très riche.

– *Riche ?*

– Extrêmement fortunée. Elle vous a laissé de quoi subvenir largement à vos besoins. Vous n'avez probablement aucune idée du montant de sa fortune parce que, bien que vivant confortablement, elle ne faisait preuve d'aucune ostentation.

– Mais... fit-elle, perplexe, les Dunbar n'ont jamais été riches. Maman et papa n'ont jamais parlé que d'économiser, et je sais que mon uniforme était extrêmement coûteux...

– L'argent de Mrs. Forrester ne lui venait pas des Dunbar. Jack Forrester était militaire, mais c'était aussi quelqu'un qui avait des moyens considérables. Il n'avait ni frères ni sœurs et il a donc tout légué à sa femme. Qui, à son tour, vous l'a transmis.

— A votre avis, savait-elle qu'il était riche quand elle l'a épousé ?

— Voyez-vous, répondit Mr. Baines en riant, je crois qu'elle n'en avait pas la moindre idée.

— Cela a dû être une agréable surprise.

— Est-ce une agréable surprise pour vous ?

— Je n'en sais rien. Il est difficile d'imaginer exactement ce que tout cela signifie. (Elle fronça les sourcils.) Mr. Baines, papa est-il au courant ?

— Pas encore. Je voulais vous le dire d'abord. Je l'en informerai, bien évidemment, dès que j'aurai regagné mon bureau. Je lui enverrai un télégramme. Quant à ce que cela signifie, je vais vous le dire, déclara-t-il avec une certaine délectation. Cela signifie la sécurité et l'indépendance jusqu'à la fin de vos jours. Vous pourrez suivre des études à l'université et, si vous vous mariez, vous n'aurez jamais de comptes à rendre à votre mari. La loi garantissant le droit de propriété pour les femmes mariées, l'un des plus beaux textes jamais votés au Parlement, vous assure à jamais la maîtrise de vos affaires, que vous pourrez gérer vous-même, comme vous l'entendrez. Cette perspective vous inquiète-t-elle ?

— Un peu.

— Ne vous faites pas de souci. La valeur de l'argent dépend de celui qui le possède. On peut le dilapider, le gaspiller ou l'utiliser avec sagesse et le faire fructifier. Cependant, pour l'instant, vous n'avez pas à vous soucier d'une quelconque responsabilité. Jusqu'à ce que vous ayez vingt et un ans, cet héritage sera versé sur un fonds et administré par des tuteurs. Je serai l'un d'eux et nous demanderons sans doute au capitaine Somerville de se joindre à notre équipe.

— Oncle Bob ?

— Cela vous semble-t-il être une bonne idée ?

— Oui. (Mr. Baines avait manifestement bien fait son travail.) Bien sûr.

— Je vais donc préparer les documents pour le comité de tutelle. Et en attendant, je m'arrangerai pour que l'on vous verse une sorte d'allocation. A présent, vous vous débrouillerez seule, vous achèterez les vêtements, les livres, les cadeaux d'anniversaire de vos amis... toutes ces menues dépenses dont s'occupent généralement les

238

parents ou les tuteurs. Vous êtes trop jeune pour avoir un chéquier, mais dans un an vous aurez l'âge requis. J'y veillerai.

– Merci beaucoup.

– Vous pourrez faire des courses. Toutes les femmes aiment cela. Je suis certain qu'il y a au moins une chose dont vous avez très envie.

– Cela faisait très longtemps que je voulais une bicyclette, mais tante Louise m'en a acheté une.

– N'y a-t-il rien d'autre ?

– Eh bien... J'économise pour m'offrir un gramophone, mais je n'ai pas encore grand-chose.

– Vous pouvez acheter un gramophone, lui dit Mr. Baines. Et des tas de disques.

– Vraiment ? demanda-t-elle, ravie. En aurai-je la permission ? Vous m'y autoriserez ?

– Pourquoi pas ? C'est une requête relativement modeste. Et peut-être y a-t-il, dans la maison de Mrs. Forrester, quelque chose que vous désiriez garder ? Vous êtes trop jeune pour vous encombrer d'une collection de meubles, mais une pièce de porcelaine ou une jolie pendule... ?

– Non.

Elle avait son bureau, ses livres, sa bicyclette (à Roquebise). Sa boîte chinoise (à Nancherrow). Tout autre objet ne serait qu'un fardeau. Elle pensa au porte-parapluies en pied d'éléphant, aux peaux de tigre, aux bois de cerf, aux trophées de golf d'oncle Jack, mais elle ne voulait rien de tout cela. Roquebise était une demeure emplie des souvenirs d'une autre personne, qui ne signifiaient rien pour elle.

– Il n'y a rien que je veuille garder.

– Bien. (Il commença à rassembler ses documents.) Voilà. Plus de questions ?

– Je ne crois pas.

– Si vous pensez à quoi que ce soit, téléphonez-moi. Mais nous aurons certainement un autre entretien, et je serai alors en mesure de vous donner plus de détails...

À ce moment-là, la porte du bureau s'ouvrit et Miss Catto entra dans sa toge noire flottante, avec une pile de cahiers calée sous le bras. Instinctivement, Judith se leva. Miss Catto la regarda, puis Mr. Baines.

– Je ne vous dérange pas ? Vous avez eu assez de temps ?

Mr. Baines, qui s'était levé lui aussi, les dominait toutes les deux.

— Tout le temps nécessaire. Vous pouvez reprendre possession de votre bureau. Merci de nous l'avoir prêté.

— Une tasse de thé ?

— Merci, mais je dois retourner à mon étude.

— Très bien. Judith, ne partez pas encore. J'ai un mot à vous dire.

Mr. Baines boucla sa mallette et fit le tour du bureau.

— Eh bien, au revoir, Judith, dit-il en lui adressant un grand sourire bienveillant. A la prochaine fois.

— Au revoir, Mr. Baines.

Judith lui ouvrit la porte et il sortit d'un pas pressé. Elle referma la porte et se tourna vers la directrice.

— Eh bien ? demanda Miss Catto.

— Eh bien quoi, Miss Catto ?

— Quel effet cela fait-il de se dire que l'université ne pose plus de problèmes financiers ? La sécurité financière simplifie tellement la vie.

— Je ne savais pas tante Louise si riche.

— Elle n'avait aucune prétention. C'était l'une de ses grandes qualités.

Miss Catto laissa tomber lourdement les cahiers sur son bureau, puis s'y appuya.

— Je trouve que votre tante vous a fait un grand honneur. Elle savait que vous n'étiez pas une écervelée et que vous ne le serez jamais.

— Mr. Baines dit que je peux m'acheter un gramophone.

— Est-ce ce que vous désirez ?

— Je faisais des économies pour cela. Et pour avoir une collection de disques comme celle d'oncle Bob.

— Vous avez raison. Écouter de la musique est aussi enrichissant que la littérature. J'ai une autre nouvelle à vous annoncer, ajouta-t-elle en souriant. Ce soir, dans votre journal, vous allez écrire : « C'est mon jour de chance. » J'ai eu ma mère au téléphone, et elle est enchantée que vous passiez une partie des vacances de Pâques, ou même toutes les vacances, dans notre maison d'Oxford. Mais vous avez une autre invitation et vous pouvez parfaitement l'accepter, si vous le souhaitez. J'ai également longtemps bavardé avec Mrs. Carey-Lewis. La nouvelle de la mort de Mrs. Forrester l'a profondément bouleversée. Elle a lu le compte rendu des obsèques dans le *Cornish Guardian* et m'a téléphoné immédiatement. Elle m'a dit que, bien entendu, vous pouviez passer toutes les vacances de Pâques à Nancherrow. Elle a de la place à revendre, elle vous aime beaucoup et considérerait comme un honneur que vous acceptiez son invitation. (Elle s'interrompit et sourit.) Vous avez l'air étonnée. Cela vous fait-il plaisir ?

– Oui, oui. Mais votre mère...

– Ma chère enfant, vous serez toujours la bienvenue à Oxford. N'importe quand. Mais je pense que vous vous amuserez davantage à Nancherrow. Je sais que vous êtes d'excellentes amies, Loveday et vous. Alors, pour une fois, ne pensez qu'à vous. Faites ce que vous avez *vraiment* envie de faire.

Nancherrow. Un mois à Nancherrow chez les Carey-Lewis. C'était comme si on lui proposait des vacances au paradis ! Mais Judith était terrifiée de montrer tant d'ingratitude.

– Je... je ne sais pas quoi dire...

Miss Catto, la voyant torturée par ce dilemme, prit les choses en main.

– Quelle décision à prendre ! s'exclama-t-elle en riant. Pourquoi ne la prendrais-je pas à votre place ? Allez à Nancherrow pour Pâques et, après, vous viendrez passer quelques jours chez nous à Oxford. Voilà. Un compromis. La vie est faite de compromis. Je ne vous en veux pas du tout d'avoir envie d'aller à Nancherrow. C'est un endroit de rêve, et je suis certaine que le colonel et Mrs. Carey-Lewis sont les plus charmants et les plus généreux des hôtes.

– Oui. Oui, j'aimerais bien.

– Alors vous irez. J'appellerai Mrs. Carey-Lewis pour accepter de votre part, sous certaines conditions.

– Sous certaines conditions ? demanda Judith en fronçant les sourcils.

– Je dois régler la question avec votre mère. Obtenir sa permission. Je vais lui envoyer un télégramme, et nous devrions avoir la réponse dans un jour ou deux.

– Je suis sûre qu'elle dira oui.

– Moi aussi. (Mais Judith avait toujours le front plissé.) Y a-t-il autre chose qui vous soucie ?

– Non, c'est juste que... toutes mes affaires, tout ce que je possède est chez tante Louise.

– J'en ai parlé à Mrs. Carey-Lewis, qui m'a dit qu'ils se

chargeraient de tout cela. Le colonel enverra l'un des camions de la ferme chez Mrs. Forrester pour tout rapporter à Nancherrow. Vous y avez déjà votre chambre et même quelques affaires. Mrs. Carey-Lewis m'a assuré qu'il y avait largement la place de mettre le reste.

– Même mon bureau et ma bicyclette ?

– Même votre bureau et votre bicyclette.

– C'est comme si j'allais *vivre* chez eux.

– Où que vous alliez, Judith, vous devez avoir une base. Cela ne signifie pas que vous ne soyez pas libre d'accepter d'autres invitations. Mais simplement, tant que vous ne serez pas adulte, vous aurez toujours un foyer où aller.

– Comment peut-on être aussi gentil ?

– Les gens sont gentils.

– J'ai vraiment envie d'aller à Oxford. Un jour.

– Et vous irez. Encore une chose. Grâce à la générosité de votre tante, et parce qu'un jour vous serez une femme aisée, vous pourrez accepter la générosité et l'hospitalité sans les considérer comme de la charité. Vous êtes totalement indépendante. Cela facilite considérablement la vie d'être à l'abri du besoin. Cela met de l'huile dans les rouages. Mais n'oubliez pas : parler d'argent, que l'on en manque ou que l'on en ait trop, est d'une extrême vulgarité. Ou l'on se vante ou l'on se lamente et, dans un cas comme dans l'autre, cela ne rend pas la conversation agréable. Comprenez-vous ce que je dis ?

– Oui, Miss Catto.

– Bien. Le plus important, c'est de réaliser que votre tante vous a légué non seulement ses biens, mais encore un énorme privilège, et de lui en être reconnaissante. C'est le droit d'être vous-même, de vivre à votre gré sans personne à qui rendre des comptes. Vous apprécierez mieux tout cela lorsque vous serez plus âgée, mais je vous assure qu'un jour vous comprendrez à quel point ce que je vous dis là est important. Maintenant, j'ai des copies à corriger et il faut que vous vous en alliez. (Elle regarda sa montre.) Trois heures et quart. Vous avez raté le dernier cours et ce n'est pas encore l'heure du sport. Vous avez donc un peu de temps devant vous. Montez à la bibliothèque et lisez...

L'idée même d'aller à la bibliothèque la rendit soudain claustrophobe. La salle poussiéreuse, qui sentait le renfermé, la lumière filtrant à travers les fenêtres closes, l'odeur des vieux livres, le silence pesant (il était interdit de parler). Si elle devait s'y enfermer, elle allait étouffer.

– Miss Catto ? dit-elle avec l'énergie du désespoir.

– Oui ?

– Au lieu de rester à la bibliothèque... ce que j'aimerais plus que tout, ce serait d'aller quelque part pour être seule. Vraiment seule. J'aimerais aller contempler la mer et réfléchir et m'habituer à tout ce qui vient de m'arriver. Juste une heure, avant le thé. Si je pouvais descendre jusqu'à la mer...

Malgré tout son sang-froid, Miss Catto regimba devant cette requête inouïe.

– Jusqu'à la mer ? Toute seule ? Mais cela signifie que vous devrez traverser la ville.

– Je sais que nous n'y sommes pas autorisées, mais ne serait-ce pas possible, pour une fois ? Je vous en prie. Je ne parlerai à personne, je ne mangerai pas de bonbons ni rien. Je veux juste...

Elle allait dire « la paix », mais cela lui parut grossier.

– ... du temps pour moi, je vous en prie.

Miss Catto, contre toute raison, y reconnut le cri du cœur, mais elle hésitait encore. C'était contrevenir à l'une des règles les plus strictes de l'école. On verrait l'enfant, les gens jaseraient...

– Je vous en prie.

Avec la plus grande réticence, Miss Catto céda.

– Très bien. Mais une seule fois, et cela ne se reproduira jamais. C'est uniquement parce que vous devez réfléchir, et que je comprends que vous ayez besoin de temps pour y voir plus clair. Mais n'en parlez à personne, pas même à Loveday Carey-Lewis. Et soyez rentrée à l'heure du thé.

– Je vous le promets.

– Alors allez, fit Miss Catto avec un profond soupir. Je crois bien que j'ai perdu la tête.

– Pas du tout, lui dit Judith, qui fila avant que la directrice ne se ravise.

Elle franchit le portail. L'après-midi était gris et calme, et un soleil voilé éclairait les nuages. Il n'y avait pas de vent, mais du sud venait une brise qui ne soufflait même pas assez fort pour agiter les branches. Les arbres bourgeonnaient, quelques-uns étaient en fleurs. Il régnait un tel calme que l'aboiement d'un chien troublait le silence comme un écho. Elle marcha dans la petite ville déserte. Plus tard, quand les écoles se videraient, elle retentirait des cris des enfants rentrant chez eux, se poursuivant sur les trottoirs, donnant des coups de pied dans les cailloux. Mais, à cette heure, seuls quelques passants faisaient leurs dernières courses ou attendaient le bus. Sur le banc de pierre devant la banque, un couple de vieux, appuyés sur leurs cannes, était assis dans une communion silencieuse et, quand la cloche de la banque sonna la demie, une flopée de pigeons voleta çà et là avant de se poser en se pavanant pour se lisser les plumes.

Les pigeons lui rappelèrent Nancherrow. Ce qui la ravissait le plus, c'était la certitude d'y retourner et d'y passer toutes les vacances de Pâques. Elle y allait non parce que Loveday avait supplié ses parents de l'inviter, mais parce que le colonel et Mrs. Carey-Lewis le lui avaient demandé, l'avaient appréciée et avaient souhaité qu'elle revînt. Elle retrouverait la chambre rose qui, Diana le lui avait promis, serait toujours la sienne, dont les fenêtres donnaient sur la cour et les colombes, et où l'attendait sa boîte chinoise. Elle porterait les vêtements d'Athena et redeviendrait une autre personne.

Aussi étrange que cela puisse paraître, elle se sentait déjà autre, tout ayant tellement changé. Sa solitude altéra le regard qu'elle portait sur ces rues paisibles où l'on ne voyait pas un seul enfant. Les immeubles familiers se présentaient sous un nouveau jour, comme si elle explorait pour la première fois une ville étrangère et en percevait intensément la lumière, les ombres, la pierre et les formes. Dans les vitrines elle se vit passer dans ce manteau de tweed vert bouteille et cet horrible chapeau qui clamaient son appartenance à Sainte-Ursule. Mais au fond d'elle-même, elle était cet être élancé et adulte qui portait des pulls de cachemire et qui émergerait un jour de sa chrysalide, tel un papillon.

Elle tourna dans Chapel Street, passa devant les boutiques d'antiquités, l'hôtel de *La Mitre* et le tapissier avec ses rouleaux de linoléum à motifs. Le brocanteur était assis sur le seuil de sa porte dans un fauteuil et, la pipe au bec, attendait le chaland qui ne viendrait plus aujourd'hui. Quand Judith passa devant lui, il tira sa pipe de sa bouche et la salua d'un coup de tête. Elle se serait arrêtée pour bavarder, si elle n'avait pas donné sa parole à Miss Catto.

Au bout de Chapel Street, une rampe pavée descendait vers le port. La marée montait et les bateaux de pêche se balançaient doucement, comme si la mer respirait, le mât à hauteur de la route. Il y avait une forte odeur de poisson et de varech. Sur les quais des hommes étaient à l'ouvrage, qui appâtaient leurs lignes pour la pêche de la nuit.

Elle les observa un moment. Elle pensa à tante Louise et s'efforça d'éprouver de la gratitude, malgré sa tristesse, mais elle était trop surexcitée pour éprouver quoi que ce fût. Elle songeait qu'elle était riche. Non, pas riche. Mr. Baines avait évité ce mot vulgaire. Très fortunée, avait-il dit. Je suis très fortunée. Si je le voulais, je pourrais sans doute acheter... ce bateau de pêche. Mais elle ne voulait pas plus d'un bateau que d'un cheval. Que désirait-elle par-dessus tout ? Des racines, peut-être. Un foyer, une famille et un endroit à elle. Une appartenance. Pas seulement séjourner chez les Carey-Lewis, tante Biddy ou Miss Catto, ni même dans la chaleureuse famille Warren. Mais même avec tout l'argent du monde, on ne s'achetait pas de racines, elle était bien placée pour le savoir. Alors elle évoqua d'autres extravagances. Une voiture. Quand elle serait assez grande, elle pourrait s'offrir une voiture. Ou une maison, autre fantaisie séduisante. Pas Roquebise, qu'elle n'avait jamais aimé, mais une ferme de granit ou un cottage en pierre avec un palmier dans le jardin. Il serait face à la mer et posséderait un escalier extérieur, avec des géraniums sur toutes les marches. Des géraniums dans des pots de terre. Et des chats. Et un chien ou deux. A l'intérieur, il y aurait un fourneau comme celui de Mr. Willis, où elle ferait la cuisine.

Mais c'était pour plus tard. Et *maintenant* ? Elle allait s'acheter un gramophone, mais elle avait certainement d'autres désirs à combler. Elle finit par décider de se faire couper les cheveux, peut-être, une coupe à la Ginger Rogers. Et des chaussettes vertes pour l'école, pour remplacer ses gros bas marron en fil d'Écosse. Un jour, elle irait chez Medways et s'achèterait des chaussettes. Avec son argent.

Elle quitta le port et les bateaux, poursuivit son chemin, longea le bord de mer, passa devant la piscine et s'engagea sur la promenade. Il y avait là des abris où l'on pouvait s'asseoir, protégé du vent, et lancer des croûtes de pain aux mouettes voraces. De l'autre côté de la route, les hôtels, blancs comme des gâteaux de mariage, contemplaient la mer de leurs vitres transparentes. Elle se pencha par-dessus la rambarde de fer forgé et regarda la plage et le bief argenté de l'océan. De petites vagues venaient lécher les galets, se brisaient avant d'être à nouveau happées en entraînant quelques cailloux. C'était une plage assez quelconque, ni aussi spectaculaire que celle de Penmarron ni aussi belle que la crique de Nancherrow, mais la mer y était éternellement la même, comme l'ami le plus digne de confiance.

Le droit d'être toi-même. C'était Miss Catto tout craché, avec son doctorat, son autonomie et sa féroce indépendance. Elle serait peut-être comme Miss Catto, ferait de brillantes études, passerait sa licence, peut-être même un doctorat, et deviendrait directrice d'école. Mais elle n'avait pas vraiment envie d'être directrice. Pas plus qu'elle ne voulait se marier.

Si vous vous mariez, vous n'aurez jamais de comptes à rendre à votre mari. Cela, c'était Mr. Baines, qui devait s'y connaître dans ce domaine. Mais, pour l'instant, le mariage et ses complications n'étaient pas à l'ordre du jour. Elle était certaine qu'il se passait des choses dans un grand lit, et le souvenir des mains baladeuses de Billy Fawcett (bien que Miss Catto ait remis les choses à leur juste place) était encore assez vif pour la dégoûter de tout contact physique avec les hommes. Bien sûr, si l'on se mariait, c'était avec quelqu'un de très particulier mais, même vu sous cet angle, le mariage ne recelait pas la moindre promesse de plaisir.

Peut-être ne se marierait-elle jamais, mais le problème ne se posait pas encore, et il n'y avait donc pas lieu de s'en inquiéter. Chaque chose en son temps. Les vacances de Pâques à Nancherrow, puis retour à l'école. Quatre ans de pension et ensuite, avec un peu de chance, un voyage à Singapour. La famille retrouvée, maman et papa, Jess et le délicieux et brûlant soleil de l'Orient, l'odeur des rues et les parfums de la nuit, le ciel de velours noir, boîte de bijoux constellée de diamants. Après Singapour, retour en Angleterre peut-être. Oxford ou Cambridge. Son imagination fut alors à court et elle se surprit à bâiller.

Elle était lasse. Fatiguée d'être adulte avec des décisions et des dilemmes d'adulte. Elle avait envie de retrouver Loveday. De glousser et de chuchoter, de concocter des projets pour leur séjour à Nancherrow. Et puis elle avait faim, et ce fut avec soulagement qu'elle entendit la cloche de la banque qui sonnait quatre heures du haut de la ville. L'heure de revenir sur ses pas, si elle voulait du thé. Des tartines beurrées, de la confiture avec un peu de chance, et du quatre-quarts. Un thé en compagnie de Loveday lui parut soudain très alléchant. Elle tourna le dos à la mer, traversa la route et rentra d'un bon pas.

Diana Carey-Lewis détestait plus que tout écrire. Même quand il ne s'agissait que de griffonner une carte postale pour remercier d'un dîner ou d'un week-end, elle remettait ce pensum à plus tard et menait presque toutes ses affaires quotidiennes grâce à cette admirable invention qu'était le téléphone. Mais Edgar avait insisté : elle devait absolument envoyer un mot à Molly Dunbar, la mère de Judith.

— Pourquoi faut-il que je lui écrive ?

— Parce que tu dois lui présenter tes condoléances pour le décès de Mrs. Forrester, et parce que c'est tout simplement poli de la rassurer et de lui dire que nous nous occuperons de sa fille.

— Je suis certaine qu'elle n'a pas besoin que je la rassure. Miss Catto aura dit tout ce qu'il convenait de dire avec sa diplomatie habituelle.

— La question n'est pas là, Diana, ma chérie. Tu dois lui écrire *toi-même*. Mrs. Dunbar attend sûrement que nous nous manifestions, et c'est à toi de lancer la balle.

— Et pourquoi ne pas lui téléphoner ?

— A Singapour ? Non, c'est impossible.

— Je pourrais lui envoyer un télégramme.

— Allons, Diana, sois sérieuse.

— Pourquoi n'écris-tu pas, toi ? Tu sais bien que je déteste ça.

— Parce que c'est à toi de le faire. Débarrasse-t'en ce matin, et sois douce, compatissante et pleine de tact.

Pauvre martyre, elle était donc assise à son bureau et cherchait l'inspiration. A contrecœur, elle prit une feuille d'épais papier à lettres, son stylo à large plume et se mit à l'ouvrage. Avec un sentiment de vertu croissant, elle noircit page après page de sa grande écriture quasi illisible. Après tout, pourquoi faire les choses à moitié?

Nancherrow, Rosemullion, Cornouailles
Vendredi 10 avril

Chère Mrs. Dunbar,

C'est avec un grand regret que j'ai appris par le journal la mort de votre belle-sœur, Mrs. Forrester. Je ne la connaissais pas personnellement, mais je comprends parfaitement le choc et la tristesse que cette nouvelle a dû vous causer. Il m'est difficile de vous écrire sur un sujet pareil, alors que nous n'avons jamais été présentées l'une à l'autre, mais sachez que mon mari et moi-même vous envoyons, ainsi qu'à Mr. Dunbar, toutes nos condoléances pour ce deuil tragique.

Néanmoins nous nous sommes rencontrées, vous et moi. Juste une fois, alors que nous achetions les uniformes de nos enfants chez Medways à Penzance. Je m'en souviens très bien et j'espère que vous n'aurez pas l'impression de recevoir la lettre d'une étrangère.

J'ai invité Judith pour les vacances de Pâques. Nous l'avons déjà reçue un week-end. C'est une invitée charmante et une compagne parfaite pour ma malicieuse Loveday. Nous avons une grande maison et de nombreuses chambres d'amis. Judith s'est déjà installée dans la jolie chambre rose, qui sera désormais la sienne aussi longtemps qu'elle le souhaitera. Edgar, mon mari, a pris des dispositions pour faire transporter toutes ses affaires de Roquebise jusqu'ici. L'un de nos hommes s'y rendra avec un camion, et les domestiques de Mrs. Forrester, qui y vivent encore, nous aideront certainement à empaqueter les vêtements et les divers objets appartenant à Judith.

Je vous promets qu'elle sera entourée d'affection et que nous prendrons soin d'elle. Mais nous ne l'accaparerons pas. Nous savons qu'elle a de la famille à Plymouth et des grands-parents dans le Devon, auxquels elle souhaitera probablement rendre visite. Tout comme à son amie Heather de Porthkerris, et à Miss Catto qui, je le sais, serait heureuse de l'inviter chez elle à Oxford. Mais il est bon que Judith se sente en sécurité, et Edgar et moi, nous ferons tout pour cela.

Je vous en supplie, ne vous imaginez pas que sa présence ici nous donnera davantage de soucis ou de travail. Nous avons de nombreux domestiques et Mary Millyway, la nanny de Loveday, est toujours avec nous. Elle surveille les filles et veille à leur bien-être. Si je suis à Londres, ce qui se produit fréquemment, notre chère Mary est quelqu'un de beaucoup plus sérieux que je ne le serai jamais.

Si je suis à Londres, ce qui se produit fréquemment...
L'imagination de Diana se mit à vagabonder. Elle posa son stylo et contempla par la fenêtre le jardin brumeux, les monceaux de jonquilles, le feuillage vert tendre et la mer dans la brume. Les vacances de Pâques approchant, ce n'était pas le moment de s'en aller, mais elle n'était pas allée à Londres depuis si longtemps. Tout à coup, elle éprouva une irrésistible envie de partir.

Londres, c'était la vie brillante, les vieux amis, les boutiques, les théâtres, les galeries, la musique. Dîner au *Berkeley* et au *Ritz*, descendre en voiture à Ascot pour les courses, déjeuner à *The White Tower* avec le mari d'une autre ou danser jusqu'au petit jour au *Mirabelle* ou aux *Quatre-cents*.

La Cornouailles, bien sûr, c'était chez elle, mais Nancherrow appartenait à Edgar. La Cornouailles, c'était la famille, les enfants, les domestiques, les invités, mais Londres était à elle, à elle toute seule. Diana avait été une enfant unique avec une immense fortune et des parents âgés. Quand son père était mort, un lointain cousin avait hérité le domaine du Gloucestershire, la grande maison de Berkeley Square, ainsi que le titre de Lord Awliscombe. Mais quand, à dix-sept ans, elle avait épousé Edgar Carey-Lewis, l'énorme dot de Diana comprenait la petite maison de Cadogan Square. « Tu habiteras en Cornouailles, lui avait dit son père, mais la pierre est toujours un bon investissement. Et il est parfois utile d'avoir un endroit à soi. » Elle n'avait pas discuté le raisonnement qui sous-tendait une telle affirmation, mais elle lui avait toujours été reconnaissante de sa prévoyance et de son intuition. Sans ce pied-à-terre, elle se demandait parfois si elle aurait tenu le coup. Car il n'y avait qu'entre les quatre murs de sa petite maison qu'elle s'appartenait vraiment.

Elle soupira. Quand les vacances de Pâques seront terminées, se promit-elle, j'irai. Je prendrai Pekoe et la Bentley et je partirai pour Londres. Quelque chose à attendre, à espérer. La vie n'était rien sans cela. Réconfortée par cette perspective, elle reprit son stylo et entreprit de terminer sa lettre à Molly Dunbar.

Ne vous inquiétez de rien, je vous en prie, Judith sera heureuse, j'en suis sûre. Pendant les vacances, la maison est pleine d'amis et de parents. Si elle tombe malade, si elle se couvre de boutons, je vous préviendrai immédiatement.

J'espère que vous vous plaisez à Singapour et dans votre nouvelle maison. Ce doit être merveilleux d'avoir chaud tout le temps.

Avec mes meilleurs sentiments,

Diana Carey-Lewis.

Elle parcourut les pages qu'elle avait écrites, puis les plia en un paquet épais avant de les glisser dans une enveloppe. Elle la ferma et écrivit l'adresse que Miss Catto lui avait dictée au téléphone.

Terminé. Elle avait fait son devoir. Edgar serait content d'elle. Elle se leva et Pekoe s'étira à ses pieds. Ensemble ils longèrent le couloir qui menait au vestibule. Sur la table ronde, au centre, il y avait un plateau d'argent destiné au courrier. Elle y jeta sa lettre. Tôt ou tard, quelqu'un, Nettlebed ou Edgar sans doute, la trouverait, la timbrerait et la posterait.

Terminé. Et dans un mois, elle serait en route pour Londres. Le cœur léger, elle se baissa pour prendre Pekoe dans ses bras et déposa un baiser sur sa tête douce et lisse.

– Et tu viendras avec moi, lui promit-elle, puis, ayant franchi la porte d'entrée, ils se retrouvèrent dans la fraîcheur humide de ce matin d'avril.

Sainte-Ursule, samedi 11 avril 1936

Chère maman, cher papa,

Merci d'avoir envoyé à Miss Catto ce télégramme me permettant de passer les vacances de Pâques chez les Carey-Lewis. Miss Catto a été très gentille, je vous l'ai dit. Elle m'avait proposé de venir chez ses parents à Oxford, mais elle a repoussé l'invitation. J'irai une autre fois, m'a-t-elle dit. Elle n'était donc pas offensée. En fait, c'est elle qui a décidé pour moi.

C'est le premier jour des vacances, et il est dix heures et demie du matin, mais je suis encore ici. Quelqu'un de Nancherrow viendra me chercher à onze heures. Mon bagage est devant la porte. Heureusement, il ne pleut pas. C'est drôle d'être à l'école quand il n'y a plus que quelques personnes de service. L'atmosphère est différente. Je vous écris de la salle d'études, où il n'y a pas âme qui vive. Comme je suis seule, tout le monde est gentil et me traite comme une vraie personne et non comme une fille parmi d'autres. Même l'odeur est différente, ce n'est plus celle de la poussière de craie et des autres élèves, mais celle de la pipe de l'homme à tout faire. Il est en train de réparer les fenêtres, et il fume tout le temps cette affreuse pipe.

Si je ne suis pas partie hier avec Loveday, c'est parce que Mr. Baines voulait m'emmener faire des courses à Truro pour acheter un gramophone. Il m'a dit qu'il vous avait prévenus que tante Louise m'avait très gentiment légué quelque chose dans son testament. Je n'arrive pas encore à y croire, et il me faudra quelque temps pour m'habituer à cette idée. Cela m'ennuie pour Jess, mais je suppose qu'elle est trop petite pour en être fâchée. Bref, Mr. Baines est venu hier après-midi, et nous sommes allés à Truro. Je n'y étais jamais allée. C'est beau, très ancien, avec une cathédrale, des tas de petites rues étroites et un estuaire où sont amarrés des bateaux. Il y a des arbres au bord de l'eau et un palais épiscopal. Quand nous avons eu terminé nos emplettes (un gramophone et trois disques), nous sommes allés prendre le thé au *Red Lion*. Là il m'a expliqué que j'aurai une allocation. Il m'a ouvert un compte d'épargne à la poste, sur lequel il déposera tous les mois *cinq livres*.

Cela me paraît énorme, et je ne pense pas que je les dépenserai. Je les économiserai plutôt et je toucherai des intérêts. Il m'a tout expliqué. Il est si gentil que je n'éprouve aucune timidité en sa présence. Ensuite nous sommes retournés à Penzance, chez lui, où j'ai fait la connaissance de sa famille. Il a des tas d'enfants qui font un bruit d'enfer, et un bébé qui recrache son pain beurré et renverse son lait. Pire que Jess à ses pires moments. A son avis, il faut vendre Roquebise. Il a trouvé une autre place pour Edna et pour Hilda, et...

– Judith ! s'écria la surveillante, d'un ton d'autorité survoltée. Pour l'amour du ciel, je vous cherche partout. Que faites-vous ? La voiture de Nancherrow est là, on vous attend. Dépêchez-vous !

Judith, si grossièrement interrompue, se leva en tentant de rassembler les feuilles de sa lettre et de reboucher son stylo en même temps.

– Excusez-moi, madame, mais j'écrivais à ma mère...

– Je n'ai jamais vu ça. Vous n'avez pas le temps de finir, alors rangez et venez vite. Avez-vous votre manteau et votre chapeau ? Et toutes vos affaires ?

Son impatience était contagieuse. Judith fourra sa lettre inachevée dans sa mallette avec le stylo et en ferma les serrures, puis elle enfila son manteau et mit son chapeau. La surveillante avait déjà filé, emportant la mallette, se hâtant dans son tablier amidonné le long du couloir ciré. Judith dut courir pour la rattraper.

Une fraction de seconde pour voir que la matinée était belle, le ciel bleu vif sous les nuages fuyants et douce l'odeur de la pluie tombée durant la nuit. La voiture attendait, superbement seule au milieu du gravier. Ni la Daimler ni la Bentley, mais un vieux break gigantesque au châssis de bois et très haut sur ses roues, comme un bus. Deux silhouettes masculines étaient appuyées au capot et bavardaient agréablement. L'une d'elles était Palmer, l'un des jardiniers de Nancherrow, il portait sa tenue de travail et, pour l'occasion, une casquette de chauffeur. Elle ne connaissait pas l'autre, un jeune homme blond en pantalon de velours côtelé informe et col roulé blanc. Un étranger. Quand celui-ci aperçut Judith et la surveillante, il vint à leur rencontre. Alors Judith se rendit compte que ce n'était pas du tout un étranger, mais celui qu'elle avait vu sur tant de photos à Nancherrow. Edward. Le frère de Loveday. Edward Carey-Lewis.

– Bonjour ! lança-t-il en lui tendant la main. Vous êtes Judith. Comment allez-vous ? Je suis Edward.

Il avait les yeux bleus de sa mère. Grand et large d'épaules, il avait encore un visage de jeune garçon, la peau bronzée et lisse, le teint frais, et son sourire chaleureux découvrait des dents blanches et régulières. Malgré la décontraction de sa tenue, ses vieilles chaussures de cuir, il avait la délicieuse netteté d'une chemise blanchie séchant au soleil. Sa venue était si inattendue, si excitante que Judith regretta d'avoir plaqué si vite ce hideux chapeau sur sa tête et de ne pas avoir pris le temps de se coiffer.

Mais elle lui serra poliment la main.

– Bonjour.

– Nous pensions que vous nous aviez oubliés. Nous sommes en avance, je le sais, mais nous devons aller à Penzance. Tout est dans la voiture. Êtes-vous prête ?

– Oui, bien sûr. Au revoir, madame.

– Au revoir, ma petite. (Derrière ses lunettes, les yeux de la surveillante brillaient à l'idée qu'elle était en train de côtoyer la haute société.) Passez de bonnes vacances.

– Vous aussi...

– Merci de l'avoir trouvée, madame.

En douceur, Edward débarrassa la surveillante de la mallette qu'elle tenait toujours et poussa Judith dans le dos.

– Et dites à Miss Catto que nous prendrons bien soin d'elle, lança-t-il par-dessus son épaule.

La surveillante resta plantée là, son tablier et son voile flottant dans la brise, à les regarder grimper dans le break et démarrer. Judith, qui jeta un coup d'œil derrière elle tandis qu'ils descendaient l'allée dans un bruit de ferraille, vit qu'elle attendait que l'encombrant véhicule ait disparu à l'horizon.

Elle se cala dans son siège et retira son chapeau.

– Je n'ai jamais vu la surveillante aussi aimable.

– Pauvre vieille bête ! Ce sera sans doute l'événement de sa journée. (Une mèche de cheveux blonds lui tomba sur le front, qu'il balaya d'un geste de la main.) Désolé, mais nous avons dû venir vous chercher nous-mêmes. Pops a une réunion je ne sais où et maman a emmené Loveday au manège du poney-club. Nous avons passé un temps fou à faire monter ce sale poney dans le van, mais Walter Mudge les accompagne. Maman n'aura donc rien de trop ardu à faire là-bas.

– Où sont-ils allés ?

– Je ne sais pas. Dans un endroit formidable au-delà de Falmouth. Vous aimez les chevaux ?

— Pas particulièrement.

— Dieu merci ! Il suffit d'une dans la famille. Personnellement, je n'ai jamais rien pu en faire. D'un côté, ça mord, de l'autre, ça rue, et c'est très inconfortable au milieu. Bref, c'est pour cela que nous sommes ici, Palmer et moi. Vous connaissez Palmer, n'est-ce pas ?

Judith posa le regard sur la nuque rouge de Palmer.

— Je l'ai aperçu à Nancherrow, mais je ne crois pas que nous ayons été présentés.

— Ce n'est pas grave, dit Palmer par-dessus son épaule, je sais tout de vous. Vous allez rester un peu ?

— Oui, pendant les vacances de Pâques.

— Très bien. Bienvenue dans la meute, c'est ce que je dis toujours.

— Dans un mois, lui expliqua Edward, j'aurais pu venir vous chercher moi-même. Je conduirai. Je veux dire, officiellement. Je me balade autour de Nancherrow, mais je n'aurai le droit d'aller sur la grand-route qu'à dix-sept ans. C'est la barbe, mais il n'y a rien à faire, d'autant que j'ai un père fort respectueux des lois et qui siège au tribunal. J'ai donc dû sortir Palmer de son carré de navets pour qu'il fasse le nécessaire.

— Je n'avais jamais vu ce break.

— Je pense bien que non. On ne le sort que dans les cas d'urgence ou les occasions particulières. Il a près de trente ans, mais Pops ne veut pas s'en séparer parce que, selon lui, il sert de cantine roulante quand il pleut les jours de chasse. Et puis, il est parfait pour aller chercher les gens à la gare et transporter le ravitaillement quand la maison est pleine. A propos, cela vous embête si nous ne rentrons pas directement ? Il faut que j'aille chez Medways faire prendre mes mesures pour un nouveau costume de tweed. Comme ça, je ferai d'une pierre deux coups. Cela vous ennuie d'attendre un peu ?

— Non.

En fait, elle était ravie puisque ainsi elle passerait plus de temps en compagnie de ce charmant jeune homme.

— Cela ne prendra pas longtemps. Vous pouvez aller faire des courses. Pops m'a donné cinq livres pour que je vous emmène déjeuner. Il a parlé de *La Mitre*, mais c'est tellement vieillot et je suis un peu las du rosbif au jus. J'ai donc pensé que nous pourrions aller ailleurs. Palmer, dit-il en se penchant, comment s'appelle ce pub de Lower Lane ?

– Vous ne pouvez pas emmener cette jeune fille dans un pub. Elle est trop jeune.

– On fera comme si elle était plus âgée.

– Pas avec cet uniforme.

Edward regarda Judith, qui faisait tout pour ne pas rougir.

– Non, fit-il, ce qui était un peu déprimant, comme s'il l'avait examinée de près et jugé qu'elle n'était pas à la hauteur.

– *Vous*, allez au pub si vous en avez envie, dit-elle. J'irai chercher un sandwich que je mangerai dans la voiture.

Ce qui le fit rire.

– Vous êtes très accommodante, c'est sûr. Bien sûr que non, vous ne resterez pas dans la voiture. Nous trouverons un autre endroit que *La Mitre*.

Judith ne trouva rien à dire. Elle avait toujours considéré *La Mitre* comme un endroit cher et chic. Il semblait à présent que c'était non seulement banal, mais vieillot, et Edward avait des idées sans aucun doute plus gaies. Où qu'ils aillent, elle espéra qu'elle saurait se tenir et ne commettrait pas d'impair. C'était très différent d'être invitée à déjeuner par Edward Carey-Lewis plutôt que par Mr. Baines. Malgré tout, l'excitation était plus forte que l'angoisse.

À présent, ils étaient en ville et roulaient bon train en direction du marché aux primeurs.

– Déposez-nous près de la banque, Palmer, ça ira. Et revenez nous chercher au même endroit dans deux heures.

– Ça me va. J'ai quelques courses à faire pour le colonel.

– Et vous trouverez quelque chose à manger ?

– Ne vous inquiétez pas pour moi, fit Palmer, amusé.

– Oh, non. Une chose est certaine : vous, vous n'êtes pas trop jeune pour le pub.

– Je ne bois jamais pendant le service.

– Moi, je vous crois, mais beaucoup n'en feraient pas autant. C'est parfait, Palmer. Laissez-nous là.

Il se pencha vers Judith pour ouvrir la portière. Elle hésita un bref instant, se demandant si elle allait ou non remettre son chapeau. Règle incontournable, on portait un chapeau avec son uniforme, et elle n'aurait jamais osé se promener tête nue au cours du trimestre. Mais c'étaient les vacances. Elle se sentait libre et pleine d'audace. Et puis qui la verrait et, pour tout dire, qui s'en souciait ? On laissa donc l'affreux chapeau là où il était, sur le plancher. Elle sortit du break, suivie d'Edward, qui claqua la portière. L'imposant véhicule s'éloigna, et ils se dirigèrent tous les deux vers Medways sous le soleil printanier.

C'était drôle de revenir ici. Le même intérieur austère, les mêmes comptoirs cirés, les mêmes vendeurs à col montant. Mais c'était différent. Parce que, la dernière fois qu'elle avait franchi le seuil de ce magasin, elle était avec sa mère et elles se dirigeaient toutes les deux d'un pas mal assuré vers une vie nouvelle, la séparation et Sainte-Ursule. C'était aussi ce jour-là qu'elle avait aperçu Diana et Loveday Carey-Lewis pour la première fois et que, sans connaître leur nom, elle les avait observées à la dérobée, éblouie par la beauté et le charme de Diana. Elle ignorait alors totalement qu'elle deviendrait si proche de ces personnages intrigants et merveilleux.

Mais il en avait été ainsi. Et elle se retrouvait là, quelques mois plus tard, entrant d'un pas décontracté dans la boutique avec le frère aîné de Loveday, reconnue par le clan Carey-Lewis comme l'un de ses membres. Mais ce n'était pas entièrement son fait, et elle le savait. Les circonstances avaient extraordinairement influé sur le cours de son existence. Au début de l'année, son avenir consistait à prendre congé de sa famille et à se préparer à quatre ans de pensionnat et de tante Louise. Mais tante Louise était morte, ce qui lui avait ouvert les portes de Nancherrow.

— Bonjour, Edward.

L'apparition d'un tailleur, émergeant de quelque arrière-salle sombre, vint interrompre ces réflexions troublantes. On avait dû le prévenir, et il était prêt à se mettre à l'ouvrage, avec son mètre pendu au cou et son crâne chauve luisant comme s'il avait été astiqué.

— Bonjour, Mr. Tuckett.

Ils se serrèrent la main, formalité apparemment traditionnelle. Puis le regard de Mr. Tuckett se porta sur Judith.

— Ce n'est pas la jeune Loveday, n'est-ce pas ? fit-il en fronçant les sourcils.

— Mon Dieu, non ! C'est son amie, Judith Dunbar. Elle est à Nancherrow.

– Voilà qui explique tout. Je me disais bien que ce ne pouvait pas être Loveday. Bon, j'ai eu le colonel au téléphone ce matin, qui m'a annoncé votre visite. Un costume de tweed pour la chasse, m'a-t-il dit.

– C'est cela. Tout est devenu trop petit pour moi.

Mr. Tuckett lorgna Edward et s'autorisa une esquisse de sourire.

– Je vois ce que vous voulez dire. Ils doivent bien vous nourrir, là où vous êtes. Voulez-vous choisir d'abord le tweed ou prenons-nous vos mesures ?

– Finissons-en d'abord avec les mesures.

– Très bien. Si vous voulez venir par là...

– Ça ira, Judith ?

– Oui. J'attendrai.

– Prenez une chaise.

Mais quand ils eurent disparu dans le saint des saints de Mr. Tuckett, discrètement caché par un rideau noir, elle monta à l'étage et s'acheta trois paires de chaussettes pour ne plus jamais porter de bas marron en fil d'Écosse, à moins qu'on ne le lui ordonnât. Pour une raison ou pour une autre, ce petit geste d'indépendance lui donna de l'assurance, et elle redescendit d'excellente humeur, trouva une chaise et s'y installa en attendant Edward.

Elle attendit assez longtemps. Enfin Edward et Mr. Tuckett réapparurent. Edward enfilait son pull.

– Désolé, s'excusa-t-il.

– Cela n'a pas d'importance.

– Nous avons dû reprendre toutes les mesures, expliqua Mr. Tuckett. Une taille d'homme, à présent. Ce costume de chasse devrait vous durer quelque temps.

Puis vint le choix du tweed, qui dura encore plus longtemps. Étonnamment, Edward se révéla très difficile. On lui montra d'épais catalogues d'échantillons, qui s'empilèrent peu à peu sur le comptoir tandis qu'il réfléchissait longuement. On discuta beaucoup des divers avantages du tweed Harris comparé à celui du Yorkshire. Devait-il être pied-de-poule, à chevrons ou uni ? Edward se décida enfin pour un tissu d'Écosse résistant, d'un vert-brun discrètement quadrillé de rouge et de fauve pâle. Judith l'examina et approuva son choix.

– C'est très passe-partout, lui dit-elle. On ne vous verra pas dans les sous-bois, et puis cela conviendra aussi pour un déjeuner, et même pour aller à l'église.

– Exactement, mademoiselle, fit Mr. Tuckett, rayonnant. Je vais le commander immédiatement, et je me mettrai au travail dès qu'il arrivera. Votre costume de chasse devrait être prêt avant la fin des vacances. Vous n'avez besoin de rien d'autre ? Des chemises ? Des cravates, des chaussettes ? (Il baissa discrètement la voix.) Des sous-vêtements ?

Mais Edward en avait assez. Il était temps de partir. Mr. Tuckett les raccompagna jusqu'à la porte avec autant de componction et de dignité que Nettlebed en personne, et leur souhaita un bon après-midi.

Une fois sur le trottoir, Edward poussa un soupir de soulagement.

– Ouf ! C'est terminé. Si nous cherchions quelque chose à boire et à manger ?

– J'ai cru que cela vous amusait.

– Jusqu'à un certain point. Mais ça prend du temps.

– J'adore ce tweed.

– De toute façon, il est mieux que le pied-de-poule. Au moins je n'aurai pas l'air d'un bookmaker. Allons, venez...

Il la prit par le coude et lui fit traverser la rue en frôlant deux voitures et une bicyclette.

– Où allons-nous ? demanda Judith qui pressait le pas pour suivre Edward.

– Je ne sais pas. Nous trouverons bien un endroit.

Il en trouva un. C'était un pub, mais avec un jardin, de sorte que Judith n'eut pas à pénétrer dans le bar. Le jardin était tout petit, clos d'un mur de pierre bas par-dessus lequel on avait une belle vue du port et de la mer. Des chaises et des tables étaient disposées çà et là. L'endroit étant bien abrité du vent, il n'y faisait pas trop froid. Il l'installa à une table et lui demanda ce qu'elle désirait boire. Une orangeade Corona, répondit-elle, ce qu'elle aimait le mieux. Il éclata de rire et rentra en inclinant la tête pour passer sous le linteau, puis il ressortit avec son orangeade, une chope de bière et un menu écrit à la main sur une carte écornée.

– Je crains que ce ne soit pas aussi chic que *La Mitre*, mais du moins le silence de mort entrecoupé de rots et le crissement des couverts sur la porcelaine nous seront-ils épargnés. (Il fronça les sourcils en lisant la liste des plats et fit une grimace exagérée, les coins de sa bouche en berne.) Tourte à la viande. Saucisses purée. Feuilletés cornouaillais. Prenons les feuilletés. Vous les aimez ?

– Je les adore.

– Ensuite, nous prendrons un diplomate, de la gelée ou une glace.

– Je n'aurai peut-être plus faim quand j'aurai terminé le feuilleté.

– Peut-être bien.

Edward leva les yeux vers la femme en tablier qui sortait du pub et s'approchait de leur table. Il passa la commande avec aisance et Judith s'émerveilla de sa sophistication.

L'endroit était agréable. Il avait raison. Beaucoup mieux que *La Mitre*. Elle n'avait pas froid avec son manteau et c'était amusant de déjeuner dehors avec les nuages qui passaient dans le ciel et les mouettes qui tournoyaient en piaillant autour des bateaux de pêche. La mer était haute et, tout au fond de la baie, le mont Saint-Michel flottait sur le bleu de l'eau, ses créneaux se découpant dans le ciel clair.

Elle se cala dans sa chaise et but son verre.

– Depuis quand êtes-vous en vacances?

– Deux ou trois jours. Athena est toujours en Suisse. Dieu seul sait si et quand elle rentrera à la maison.

– Je ne savais pas que vous étiez déjà là.

– Pourquoi l'auriez-vous su?

– Loveday aurait pu me prévenir.

– Vous rêvez? Elle ne pense qu'à ce maudit Tinkerbell. (Il lui sourit soudain.) La perspective de passer tout un mois à Nancherrow vous réjouit-elle ou vous donne-t-elle le bourdon?

Elle eut assez d'esprit pour comprendre qu'il la taquinait.

– Non, je n'ai pas le bourdon.

Son sourire s'effaça brusquement.

– Maman m'a parlé de l'accident de votre tante. Affreux. Je suis désolé. Cela a dû être un choc épouvantable.

– Oui, mais je crains qu'elle n'ait jamais conduit très prudemment.

– Je suis allé chez elle, fit-il.

– *Vous?*

– Oui. Palmer et moi avons été désignés pour rapporter toutes vos affaires dans le camion de la ferme. Pour mon premier jour de liberté, j'ai travaillé comme un forçat.

– C'est très gentil de votre part.

– Je n'avais pas le choix.

– A quoi... à quoi ressemblait Roquebise ?

– Sinistre.

– Edna et Hilda étaient-elles là ?

– Les deux vieilles domestiques ? Oui, elles sont encore sur place. Elles nous ont aidés. Tout était prêt et emballé. Impeccable.

– La maison a toujours été sinistre...

Elle se demanda s'il avait vu Billy Fawcett rôder dans les parages, à surveiller ce qui se passait, mais ne lui posa pas de questions. Elle plissa le nez.

– ... et pleine des reliques du séjour en Inde de tante Louise. Des peaux, des pieds d'éléphant et des tambours en cuivre.

– Je n'ai pas vu cette partie de la maison et ne puis donc vous en parler.

– Et mes affaires ?

– Mary Millyway s'en est occupée, je crois. Maman m'a déclaré très fermement que la chambre rose était désormais la vôtre.

– Elle est tellement gentille.

– Pour ce que ça lui coûte. Et elle adore être entourée d'une foule de gens, dit-il en levant les yeux. Voilà nos feuilletés. Je commençais à mourir de faim.

– Voilà, monsieur. (La femme déposa prestement les assiettes devant eux.) Quand vous aurez avalé ça, ça ira mieux.

Les feuilletés étaient très copieux, chauds et odorants. Judith prit son couteau et coupa le sien en deux. Des morceaux grésillants de viande et de pomme de terre s'en échappèrent, et une bonne odeur d'oignon la fit saliver. La brise qui soufflait de la mer lui rabattit les cheveux sur le visage. Elle les repoussa en souriant à son compagnon.

– Je suis tellement contente, lui dit-elle, rayonnante d'une joie qui ressemblait au bonheur, que nous ne soyons pas allés à *La Mitre*.

Comme le vieux break grimpait à vive allure la pente de Rosemullion, Edward eut encore une idée géniale.

– Si nous rendions une petite visite à tante Lavinia ? Je ne l'ai pas encore vue et nous réussirons peut-être à convaincre Isobel de nous donner une tasse de thé.

– J'ai encore le feuilleté sur l'estomac.

– Moi aussi, mais ça ne fait rien. (Il se pencha et donna une tape sur l'épaule de Palmer.) Palmer, vous n'êtes pas obligé de retourner travailler, n'est-ce pas ?

– J'ai les choses que je suis allé chercher pour le colonel. Il les attend. Je lui ai dit que je revenais de suite.

– Dans ce cas, déposez-nous en haut de la côte, et nous rentrerons à pied.

– Comme vous voudrez.

– D'accord. Nous marcherons, répéta-t-il en chassant une mèche de ses yeux. Cela vous dit, Judith, n'est-ce pas ?

– Mais cela n'ennuiera-t-il pas tante Lavinia que nous arrivions sans prévenir ?

– Elle s'en moque. Elle adore les bonnes surprises.

– Il n'est que trois heures et demie. Elle se repose peut-être.

– Elle ne se repose jamais, répliqua Edward d'un ton définitif.

Il avait raison, tante Lavinia ne se reposait pas. Ils entrèrent sans même en demander la permission et la trouvèrent à son bureau, dans son salon inondé de soleil, en train de faire sa correspondance. Il y avait du feu dans la cheminée et, comme la dernière fois, la pièce scintillait de lumière. Quand la porte s'ouvrit, elle se retourna brusquement, ôta ses lunettes, un peu surprise de cette irruption cavalière, mais cela ne dura qu'une seconde. Quand elle reconnut Edward, ses traits s'illuminèrent.

– Mon chéri ! s'écria-t-elle en posant son stylo. Quelle merveilleuse surprise ! Edward, je ne savais même pas que tu étais à la maison.

Elle lui tendit les bras, il s'approcha pour l'embrasser. Judith remarqua qu'elle était habillée beaucoup plus simplement que lors du déjeuner dont elle avait gardé le souvenir. Elle portait une jupe de tweed, des bas épais et des chaussures solides, et un long cardigan boutonné sur un chemisier de soie crème, qui laissait entrevoir l'éclat d'une chaîne d'or et un collier de perles.

– Nous avons décidé de passer en revenant de Penzance. Nous avons demandé à Palmer de nous déposer et nous rentrerons à pied à la maison.

– Ciel, quelle énergie ! Et Judith aussi. De mieux en mieux. Les vacances commencent ? Quelle chance pour moi ! Venez tous les deux, asseyez-vous confortablement. Edward, raconte-moi tout ce que tu as fait. Depuis combien de temps es-tu là ?

Elle se cala dans son fauteuil, Edward tira un tabouret bas et Judith s'assit près de la fenêtre, d'où elle les observa. Elle écouta Edward parler de sa vie à Harrow, de son désir de devenir responsable de classe, des succès et des revers de l'équipe de rugby. Tante Lavinia lui posa des questions sur ses résultats d'examen et sur son éventuelle entrée à Cambridge ou à Oxford, et lui demanda des nouvelles du garçon qu'Edward avait amené à la maison aux dernières vacances. Judith s'émerveilla que quelqu'un d'aussi vieux s'intéresse encore à tant de choses avec tant d'intelligence. Cette femme qui n'avait jamais eu d'enfant montrait beaucoup de perspicacité à l'égard de la jeune génération et savait bien ce qui comptait à ses yeux.

Une fois qu'Edward eut fini de parler de sa scolarité, tante Lavinia lui demanda :

– Et qu'avez-vous fait aujourd'hui, tous les deux ?

Edward lui raconta qu'il était allé chercher Judith à Sainte-Ursule, qu'il s'était occupé de son nouveau costume de tweed, puis qu'ils avaient mangé des feuilletés dans le jardin du pub.

– Comme je vous envie ! Il n'y a rien de plus délicieux qu'un bon feuilleté au grand air. Maintenant, j'imagine que vous avez de nouveau faim, dit-elle en remontant sa manche pour consulter sa montre. Il est presque quatre heures. Pourquoi ne vas-tu pas faire un tour à la cuisine, Edward, pour demander à Isobel de nous apporter du thé ? Avec un peu de chance, elle aura des sablés. Ou bien des toasts chauds et de la crème épaisse ?

– Délicieux. Je me demandais si tu nous le proposerais.

Edward se leva, s'étira longuement et partit en quête d'Isobel. Quand la porte se referma derrière lui, tante Lavinia se tourna vers Judith.

– Maintenant, je vais pouvoir vous dire deux mots. (Elle remit ses lunettes et examina Judith par-dessus la monture. Elle avait retrouvé son sérieux.) Je ne voulais pas en parler devant Edward, mais j'ai eu beaucoup de peine pour vous quand j'ai appris la mort de votre tante dans cet affreux accident de voiture. Comment allez-vous ?

– Je vais bien.

– C'est tellement tragique, surtout pour vous qui avez toute votre famille à l'étranger.

– Ç'aurait été bien pire si tout le monde n'avait pas été si gentil. Miss Catto, Mr. Baines et Diana. Tout le monde, vraiment.

– Diana a une nature très généreuse. Le plus important, c'est que vous ayez été accueillie à Nancherrow. Quand elle m'a informée des projets qu'elle avait pour vous, cela m'a grandement réconfortée. J'ai cessé de me faire du souci. Comme cela, vous aurez un foyer. Rien n'est insupportable du moment que l'on a une famille aimante, même si ce n'est pas la vôtre.

Judith jugea bon de s'expliquer.

– En fait, j'ai de la famille dans ce pays, ma tante Biddy et mon oncle Bob. Ils sont merveilleux, mais ma tante est très occupée en ce moment avec sa nouvelle maison. Mon oncle Bob et mon cousin Ned sont tous deux dans la Marine. Mais je sais que je peux toujours aller chez eux. Cela dit, cela change tout pour moi d'être à Nancherrow.

– C'est une maison tellement gaie ! Il se passe sans cesse quelque chose. Je crois que ce pauvre Edgar en est parfois ahuri. Vous y serez heureuse, j'en suis sûre, mais n'oubliez pas, ma chère Judith, que si, pour une raison ou pour une autre, vous avez le cafard, si vous vous sentez seule ou si vous avez envie de bavarder de choses et d'autres, ou de parler de vos problèmes, je suis toujours là. Au Manoir. Et, après avoir été mariée pendant des années à un avocat, je sais très bien écouter. Vous n'oublierez pas, n'est-ce pas ?

– Non, madame.

– J'entends Edward qui revient. Je l'ai envoyé à la cuisine parce que Isobel l'adore. En général, je ne prends pas le thé avant quatre heures et demie, mais je ne voulais pas qu'elle reste à bouder à la cuisisine. Pour Edward, elle préparera des toasts, de la crème, et sera tout sourire jusqu'à la fin de la journée.

Nancherrow, le même jour, un peu plus tard

A présent, je suis à même de terminer ma lettre. Comme vous le voyez, j'ai retrouvé ma chambre. C'est vraiment la mienne, puisque j'y ai toutes mes affaires.

Mary Millyway a déplacé le lit pour que j'aie la place de mettre mon bureau et mes livres. Il est six heures, la soirée est belle et, par la fenêtre, j'entends les colombes dans la cour. Si je me penche, j'entends aussi la mer.

Pour une surprise, ce fut une surprise : Edward, le frère de Loveday, est venu me chercher à l'école avec l'un des jardiniers, dans le break du colonel Carey-Lewis. Nous sommes allés à Penzance, chez Medways, parce que l'on devait prendre ses mesures pour un costume neuf, puis nous avons déjeuné. Sur le chemin du retour, nous avons pris le thé chez tante Lavinia, Mrs. Boscawen, au Manoir, et nous sommes rentrés à pied. Je ne me souvenais pas que c'était aussi loin et nous étions soulagés d'arriver. Edward est très sympathique. Il a presque dix-sept ans, va à l'école à Harrow et ira ensuite à Oxford, je pense. C'est lui qui est allé à Roquebise chercher mes affaires. Il a vu Edna et Hilda qui y sont encore, mais elles ont trouvé une autre place.

Je n'ai encore vu ni Loveday ni Diana, qui ne sont pas revenues du poney-club. Je n'ai pas vu non plus le colonel Carey-Lewis. C'est Mary Millyway qui est venue m'aider à défaire ma valise et à m'installer. Je les verrai tous plus tard, au dîner.

Écrivez-moi vite et racontez-moi tout ce que vous faites pour que je puisse vous imaginer. Papa, prends des photos pour que je voie si Jess a grandi. Je veux savoir si elle va à l'école ou si elle prend des cours particuliers. Golly est-elle toujours vivante ou a-t-elle été dévorée par un serpent ?

Ma lettre est bien confuse, mais j'avais tant de choses à dire. Tout change si vite qu'il est difficile de ne pas s'y perdre, et je me demande parfois si je n'oublie rien. J'aimerais être auprès de vous pour en parler.

Je vous envoie plein de baisers. Ne vous inquiétez surtout pas. Je vais bien.

Judith.

1938

A Singapour, dans le pavillon d'Orchard Road, Molly Dunbar, qui s'était endormie, se réveilla en sursaut, en sueur, consumée par une peur incompréhensible. *Qu'est-ce qui ne va pas?* se demanda-t-elle. *Que s'est-il passé?* Ridicule, il ne faisait même pas nuit. On était en plein après-midi et une énorme moustiquaire était accrochée au-dessus de sa tête. La sieste. Ni vampires, ni serpents, ni cambrioleurs. Elle avait pourtant les dents serrées, le souffle court, et son cœur battait la chamade. Pendant quelques instants, elle resta immobile, tétanisée, attendant que ce qu'elle redoutait lui saute au visage. Mais rien ne se produisit. Sa panique se dissipa lentement. Un cauchemar peut-être, mais ce rêve, pour peu que c'en fût un, s'était envolé. Délibérément, elle respira plus calmement, força ses muscles à se détendre. Peu à peu, l'inexplicable terreur s'évapora et fit place à une sorte de soulagement las, passif.

Rien, donc. Juste son imagination qui partait dans tous les sens, comme d'habitude, même quand elle se reposait dans la sécurité de sa chambre, son mari à ses côtés. Elle contempla son univers familier pour se rassurer et y puiser quelque réconfort. Des murs blancs, un sol de marbre; sa coiffeuse, drapée d'une mousseline blanche à volants, l'armoire en tek merveilleusement sculptée de volutes. Des fauteuils d'osier et une commode en cèdre. A côté, une porte s'ouvrait sur le vestiaire de Bruce et, au-dessus d'elle, au plafond, tournoyaient les pales d'un ventilateur en bois, qui brassaient l'air pour lui donner un semblant de fraîcheur. Deux lézards étaient recroquevillés sur le mur d'en face, immobiles et sans vie comme deux broches bizarres au revers d'une veste.

Elle regarda sa montre. Trois heures en cet après-midi d'avril et il faisait une chaleur si humide, si intense qu'elle en était presque insupportable. Elle était nue sous un fin drap de batiste, et la sueur lui perlait au front, au cou, aux cheveux et jusqu'à la chute des reins. A l'autre bout du lit Bruce dormait comme une souche en ronflant légèrement. Elle le regarda et envia sa capacité à oublier dans le sommeil la chaleur écrasante de l'après-midi tropical. Et pourtant, à quatre heures précises, il se réveillerait, prendrait une douche, mettrait des vêtements propres et retournerait au bureau pour y travailler deux ou trois heures de plus.

Elle s'étira, ferma les yeux et les rouvrit presque immédiatement. Elle était incapable de rester allongée une seconde de plus. Avec précaution, pour ne pas réveiller son mari, elle se leva en s'enveloppant du fin tissu, puis elle enfila une paire de sandales et sortit à pas furtifs sur la véranda. Grande et ombragée, celle-ci faisait le tour du pavillon, et son toit pentu ne laissait filtrer aucun rai de soleil. Là encore les ventilateurs omniprésents tournoyaient au-dessus de sa tête. Tout au bout, près de la porte ouverte du salon, des tables et plusieurs sièges constituaient un salon extérieur où Molly passait le plus clair de son temps. Des pots bleu et blanc étaient plantés d'hibiscus et d'arbustes à fleurs orange. Au-delà de la véranda le jardin cuisait sous un ciel gris de chaleur. Aucune brise n'agitait les palmes ni les fleurs. Sous ses yeux un mulot grimpa à la tige de la bougainvillée, provoquant une pluie de pétales qui tomba doucement sur les marches de la véranda.

Il régnait un silence total. Jess, les domestiques, les chiens dormaient encore. Molly longea la véranda en faisant claquer les semelles de cuir de ses sandales sur le sol en bois. Puis elle s'affala dans l'une des chaises longues en rotin, les pieds sur le reposoir. A côté, sur une table de jonc, étaient rassemblés tous les objets indispensables à son existence oisive et sédentaire : son livre, sa boîte de couture, des magazines, sa correspondance, son agenda (très important) et sa broderie. Aujourd'hui, il y avait aussi un exemplaire vieux de trois semaines du *Times* de

Londres, que Bruce se faisait régulièrement envoyer. Il aimait bien lire ce qu'il appelait « les vraies nouvelles », bien que Molly le soupçonnât de ne jamais examiner à fond que les résultats de rugby et de cricket.

En général, Molly ne lisait pas le *Times*. Mais maintenant, faute de mieux, elle ramassa le journal et l'ouvrit. Il était daté du 15 mars et les gros titres lui sautèrent aux yeux comme un spectre : le 12 mars, l'Allemagne nazie avait annexé l'Autriche.

C'était du réchauffé, bien sûr, puisqu'on avait entendu la nouvelle à la radio trois semaines plus tôt, presque au moment où l'événement avait eu lieu. Mais Bruce, bien qu'arborant une mine lugubre, en avait peu parlé, ce dont Molly lui avait su gré, car cela lui permettait de chasser la nouvelle de son esprit. Cela ne servait à rien d'être pessimiste. Il se produirait peut-être quelque chose qui remettrait tout en ordre. De toute façon, elle avait d'autres chats à fouetter : veiller aux devoirs de Jess, préparer les menus avec Cookie et tenir son agenda à jour. Elle trouvait cette dernière tâche particulièrement prenante.

Mais à présent... seule, sans personne pour l'observer ou commenter ses réactions, elle rassembla son courage et résista à la tentation d'écarter cette horrible nouvelle. Il y avait une photographie : Hitler défilant en grande pompe dans les rues de Vienne, sa voiture flanquée de troupes allemandes et les trottoirs bondés. Elle étudia les visages dans la foule avec ahurissement ; certains reflétaient toute l'horreur de la situation, mais trop de gens jubilaient, ovationnant le nouveau chef en agitant les drapeaux à croix gammée du nazisme. C'était incompréhensible. Comment un patriote pouvait-il applaudir une telle invasion ? Cherchant la réponse à cette question, elle entreprit de lire le compte rendu des événements et, une fois qu'elle eut commencé, ne put s'en détacher. Si l'on a laissé faire cela, que se passera-t-il ensuite ? se demanda-t-elle, une fois sa lecture terminée.

Rien de bon. A Londres, au Parlement, l'heure était à la gravité. Aux Communes, Winston Churchill avait fait un discours. Cela faisait des années qu'on le traitait de Cassandre prêchant la fatalité et la destruction, quand les autres, pleins d'espoir, continuaient leurs petites affaires. Il semblait à présent qu'il avait raison depuis le début, et ses avertissements retentissaient comme un glas. « ... L'Europe est confrontée à une agression programmée... La seule possibilité qui nous reste... est de nous soumettre ou de prendre des mesures efficaces... »

Assez. Elle plia le journal et le laissa glisser à ses pieds. Des mesures efficaces, c'était la guerre. Même une idiote comme elle était capable de le comprendre. Les gros nuages noirs, qui s'étaient levés à l'horizon de sa vie sans histoires avant qu'elle quitte l'Angleterre pour Colombo, ne s'étaient jamais dissipés. Ils s'étaient amoncelés et menaçaient à présent de couvrir le ciel de l'Europe. Et l'Angleterre ? Et Judith ?

Judith. Elle aurait dû avoir honte, elle aurait dû penser aux autres, aux nations déjà envahies, aux peuples soumis, mais, pour elle, la sécurité de son enfant passait avant tout. S'il y avait la guerre en Europe, qu'adviendrait-il de Judith ? Ne devrait-on pas la faire revenir d'urgence ? Renoncer aux études, abandonner tous les projets et la ramener en quatrième vitesse à Singapour ? Là, la guerre ne les atteindrait jamais. Ils seraient de nouveau réunis et Judith serait sauve.

Mais alors même que cette idée lui traversait l'esprit, elle sut que Bruce ne serait pas d'accord. Ferme partisan du gouvernement, conservateur forcené et farouche patriote, il ne pouvait imaginer que l'Angleterre soit vraiment en danger, envahie ou opprimée. Si Molly provoquait la discussion, Bruce lui rappellerait la ligne Maginot inexpugnable, l'écrasante supériorité de la Marine britannique et la puissance de l'Empire. Judith serait parfaitement en sécurité. Ridicule de paniquer. Ne sois pas idiote.

Elle savait tout cela, parce qu'elle l'avait déjà entendu. Quand Louise Forrester s'était tuée dans cet affreux accident de voiture et qu'ils avaient reçu le télégramme de Mr. Baines leur annonçant cet événement tragique, Molly s'était instinctivement inquiétée pour Judith avant de pleurer Louise, et elle aurait remué ciel et terre pour obtenir un passage sur le prochain bateau et retourner en Angleterre auprès de sa fille. Mais Bruce, bien que très ému par la nouvelle, avait réagi en bon Anglais, gardant ses sentiments pour lui, la tête haute et les pieds sur terre. Pire, il avait vite fait comprendre à sa femme affolée qu'il n'y avait pas lieu d'agir sur un coup de tête. Judith était en pension, Miss Catto s'en chargeait et Biddy Somerville était là en cas de besoin. Le retour d'une mère désemparée n'aurait rien apporté à Judith. Il valait beaucoup mieux la laisser tranquillement poursuivre ses études et laisser les choses suivre leur cours.

– Mais elle n'a pas de *foyer*. Elle n'a nulle part où aller.

Molly pleurait, mais Bruce s'était montré intraitable.

– A quoi bon ? demanda-t-il, perdant patience.

– Je serais avec elle...

– Le temps que tu arrives là-bas, la crise sera passée et ta présence n'aura plus aucune raison d'être.

– Tu ne comprends pas.

– Non, effectivement. Alors calme-toi, écris-lui et ne fais pas tant d'histoires. Les enfants détestent cela.

Et elle ne pouvait rien faire parce qu'elle n'avait aucune fortune personnelle et que, si Bruce refusait d'aller réserver et payer son billet à la capitainerie, elle n'avait qu'à se soumettre. Elle fit tout pour accepter la situation, mais les deux ou trois semaines qui suivirent furent une période difficile. Elle se languissait de la présence physique de Judith, elle aurait voulu la voir, l'entendre, la prendre dans ses bras et la réconforter.

Cependant, en fin de compte, elle comprit que Bruce avait eu mille fois raison. Si Molly avait pris le bateau, elle aurait mis cinq ou six semaines à rejoindre Judith et, pendant ce laps de temps, tous les problèmes s'étaient miraculeusement résolus. Et le vide laissé par la mort de Louise avait été comblé par la généreuse, bien qu'inconnue, famille Carey-Lewis.

L'adoption virtuelle de Judith s'était faite dans les règles. Miss Catto leur avait écrit pour leur dire tout le bien qu'elle pensait du colonel et de Mrs. Carey-Lewis, ajoutant qu'à son avis l'hospitalité qu'ils offraient à Judith ne pouvait être que bénéfique. Leur fille était devenue l'amie de Loveday Carey-Lewis, la famille était établie depuis longtemps dans la région et très respectée, et Mrs. Carey-Lewis avait exprimé avec une grande sincérité son désir d'accueillir Judith chez elle.

Puis, aussitôt après la lettre de Miss Catto, leur était parvenue une lettre de Mrs. Carey-Lewis elle-même, d'une immense écriture presque illisible, mais sur un épais papier à en-tête extrêmement luxueux. Molly avait été malgré elle à la fois impressionnée et flattée : Judith avait manifestement fait une excellente impression, et Molly s'autorisa une certaine fierté. Il ne lui restait plus qu'à espérer que sa fille ne serait pas trop intimidée par la grandeur de ces représentants de la noblesse terrienne.

Nancherrow. Elle se rappelait la seule et unique fois où elle avait vu Diana Carey-Lewis, chez Medways. Leurs vies ne s'étaient croisées qu'un instant, comme deux bateaux dans la nuit, mais elle avait gardé le souvenir vivace d'une belle et jeune femme, d'une petite polissonne à la mine réjouie et d'un pékinois à la laisse rouge. Quand elle avait demandé qui c'était, on lui avait répondu : « C'est Mrs. Carey-Lewis de Nancherrow. »

Tout irait bien. Inutile d'hésiter, aucune raison de réserver des billets. Reconnaissante, Molly avait répondu qu'elle acceptait et fait de son mieux pour chasser la désagréable sensation qu'elle était en train de leur céder Judith.

Bruce avait pris un air supérieur.

— Je t'avais bien dit que cela s'arrangerait.

Attitude qu'elle avait trouvée profondément irritante.

— Tu as beau jeu de dire cela, maintenant. Qu'aurions-nous fait si les Carey-Lewis n'étaient pas venus à la rescousse ?

— A quoi bon ces suppositions ? Tout est arrangé. J'ai toujours su que Judith se débrouillerait toute seule.

— Qu'en sais-tu ? Tu ne l'as pas vue depuis cinq ans ! avait-elle rétorqué, agacée jusqu'à en devenir perverse. A mon avis, elle ne devrait pas vivre en permanence à Nancherrow. Après tout, Biddy est encore là. Elle serait ravie de recevoir Judith.

— Qu'elles s'arrangent entre elles.

Molly avait fait la tête pendant quelque temps, refusant de lui laisser le dernier mot.

— Simplement, je ne peux m'empêcher de penser que je l'ai abandonnée à des étrangers.

— Pour l'amour du ciel, arrête de te tourmenter. Au contraire, réjouis-toi.

Elle avait donc réprimé tous ces petits pincements de ressentiment et d'envie, et s'était fermement persuadée qu'elle avait de la chance, s'appliquant à éprouver de la gratitude et à écrire à sa fille. Deux ans s'étaient écoulés depuis ce jour, Judith aurait dix-sept ans en juin, et il ne s'était pratiquement pas passé une semaine sans qu'une grosse enveloppe couverte de son écriture arrive à Orchard Road. De longues lettres affectueuses avec tous les détails qui intéressent une mère, chacune étant lue et relue, savourée puis classée dans une grande boîte en carton brun, en bas du placard de Molly. Cette boîte contenait ni plus ni moins la vie de Judith, la trace de tout ce qui lui était arrivé depuis le jour où la mère et la fille s'étaient dit adieu.

Les premières lettres ne parlaient que de l'école, des cours, de sa bicyclette neuve et de la vie à Roquebise. Puis ce fut le choc de la mort de Louise, l'enterrement, la première évocation de Mr. Baines et l'étonnante nouvelle de l'héritage de Judith. (Aucun d'eux n'avait jamais eu conscience de l'importance de la fortune de Louise. Mais il était satisfaisant de se dire que Judith n'aurait jamais à demander de l'argent à son mari, l'un des aspects les moins agréables du mariage.)

Puis les premières visites à Nancherrow et l'intégration progressive de Judith au clan Carey-Lewis. C'était un peu comme si on lisait un roman comprenant trop de personnages... des enfants, des amis, des proches, sans parler des majordomes, des cuisinières et des nannies. Peu à peu cependant, Molly avait fini par distinguer tous ces individus et par suivre l'intrigue.

Plus tard, elle leur parla de nouveau des études. Des concerts, des pièces de théâtre, des matches de hockey, des résultats d'examen et d'une petite épidémie de rougeole. Un Noël dans la nouvelle maison de Biddy et Bob dans le Dartmoor, un week-end de mi-trimestre chez les Warren, à Porthkerris. (Molly était contente qu'elle ait gardé des relations avec Heather. Il eût été triste que Judith fût devenue trop chic pour ses anciennes amies.) Puis un séjour estival à Londres avec Diana Carey-Lewis et Loveday, dans la petite maison aménagée dans une ancienne écurie, la tournée des boutiques, les cocktails et, pour couronner le tout, une soirée à Covent Garden, où elle était allée voir danser Tatiana Riabouchinska et les Ballets russes.

Toutes les épreuves et les joies d'une jeune fille ordinaire, qui grandit. Et Molly, sa mère, manquait tout cela. C'est tellement injuste, se dit-elle, submergée par une bouffée de ressentiment. Ce n'était pas bien. Et pourtant, elle savait qu'elle n'était pas la seule. Son angoisse était partagée par des milliers de femmes britanniques. Que l'on soit à Singapour ou en Angleterre, on n'était jamais au bon endroit et l'on se languissait toujours de l'autre. Soit on bravait le froid et la pluie de la mère patrie en rêvant de soleil, soit on fixait, comme elle en ce moment, les jardins brûlés d'Orchard Road en revoyant Riverview, un soir de brume, et Judith remontant de la gare, apercevant sa mère et pressant sa joue contre celle de Molly en prononçant son nom. Parfois Molly plaquait les lettres de Judith contre sa joue, parce que la main de sa fille avait touché le papier.

Elle soupira. Derrière elle, à l'intérieur, la maison s'agitait. Dans la chambre de Jess on entendait la douce voix de l'amah qui réveillait l'enfant. La sieste était finie. Au bout de la pelouse apparut le boy qui servait de jardinier, traînant avec diligence un arrosoir qui débordait. Bruce émergerait bientôt, prêt à partir pour le bureau. Puis viendrait l'heure du thé. La théière en argent, les sandwiches au concombre, les demi-rondelles de citron finement tranchées. Quelle honte si Ah Lin, le major-dome, trouvait sa maîtresse avec pour tout vêtement ce fin tissu ! Elle devait se ressaisir, aller prendre une douche, s'habiller, se coiffer et se présenter une fois de plus comme une *memsahib* respectable.

Mais, avant qu'elle ait pu faire cet immense effort, Jess la rejoignit, fraîche et propre dans une robe sans manches, avec ses cheveux blonds lisses comme la soie, après que l'amah les eut dûment brossés.

– Maman !

– Ma chérie.

Elle tendit le bras pour serrer sa petite fille contre elle et poser un baiser sur sa tête. Jess, qui avait maintenant six ans, était devenue grande et mince dans la chaleur humide de Singapour, comme une fleur tropicale. Son visage avait perdu ses traits de bébé, mais elle avait toujours des yeux ronds et bleus, et ses bras et ses jambes légèrement bronzés avaient la jolie couleur d'un œuf brun qui vient d'être pondu.

En la voyant, Molly se sentit coupable ; elle était tellement absorbée par Judith que, pendant quelques instants, Jess lui était totalement sortie de l'esprit.

– Comment vas-tu ? demanda-t-elle d'une voix que la culpabilité rendit particulièrement affectueuse. Comme tu es jolie et comme tu as l'air fraîche !

– Pourquoi es-tu en tenue de nuit ?

– Parce que je suis paresseuse et que je ne me suis pas encore habillée.

– On va nager au club ?

Molly retrouva ses esprits et se souvint de leurs projets.

– Bien sûr. J'avais oublié.

– Ensuite nous pourrons jouer au croquet ?

– Pas ce soir, mon trésor. Nous n'en aurons pas le temps. Il faut que je rentre à la maison pour me changer avant de sortir dîner.

Jess accepta cela sans sourciller. Elle était maintenant habituée à voir ses parents sortir presque tous les soirs quand ils ne recevaient pas chez eux. Ils ne passaient que rarement une soirée en famille.

– Où allez-vous ?

– A une soirée à la caserne de Selaring. Le colonel nous a invités.

– Qu'est-ce que tu vas mettre ?

– Peut-être ma nouvelle robe lilas. Celle qu'a terminée ma couturière la semaine dernière. Qu'en penses-tu ?

– Et si je t'aidais à choisir ?

Jess aimait énormément les vêtements et passait un temps fou à parader avec les chaussures à hauts talons de sa mère ou à s'envelopper de ses perles.

– Quelle bonne idée ! Viens, allons-y ensemble avant qu'Ah Lin ne me surprenne dans cette tenue.

Elle se leva en serrant pudiquement son voile autour d'elle. Jess saisit sa main libre et traversa la véranda en sautillant. Le petit mulot courait toujours dans les branches de la bougainvillée, et les pétales tombaient en une pluie violette.

Pendant les quelques années passées à Riverview, Judith ne s'était guère fait d'illusions sur Noël. Le manque d'enthousiasme de Molly Dunbar pour ces festivités, sa répugnance à décorer la maison de houx et même à préparer les plats traditionnels ne généraient pas vraiment une atmosphère de fête, de sorte qu'à quatre heures, le jour de Noël, Judith se retirait dans sa chambre avec son nouveau livre, enchantée que la journée fût presque terminée.

Ce n'était pas entièrement la faute de Molly. Les circonstances étaient difficiles. Elle avait peu d'amis, se liait difficilement, et, sans invités, sans le soutien moral d'un mari qui se déguise en père Noël et découpe la dinde, il n'était pas aisé de créer une ambiance gaie et chaleureuse, et sa passivité naturelle l'emportait.

Mais, comme tant d'autres choses, cela aussi avait changé. Il y avait eu trois Noëls depuis les fêtes moroses de Riverview. Chacun avait été différent et, rétrospectivement, mieux que le précédent. Tout d'abord, deux semaines à Keyham chez tante Biddy et oncle Bob. Ces vacances avaient grandement contribué à lui redonner confiance en la magie de Noël. Puis le premier Noël à Nancherrow, la maison scintillante de décorations et emplie de cadeaux. Tous les Carey-Lewis et quelques autres étaient rassemblés et la fête avait duré de la veillée de Noël et de la messe de minuit à la partie de chasse du surlendemain. Diana lui avait offert sa première robe longue, en taffetas bleu pâle, qu'elle avait portée pour le dîner avant de valser avec le colonel tout autour du salon.

L'an passé, en 1937, elle était retournée chez les Somerville, dans leur nouvelle maison en lisière du Dartmoor. Il y avait Ned et un de ses amis, un jeune sous-lieutenant appartenant au même bâtiment. Il avait beaucoup neigé, et on avait fait de la luge. Un soir, ils étaient descendus à Plymouth pour assister à une fête mémorable, donnée dans le carré de l'un des croiseurs de Sa Majesté.

Cette fois, c'était de nouveau à Nancherrow, et Judith, aussi excitée qu'un petit enfant, comptait les jours jusqu'à la fin du trimestre. Le lundi matin, elle avait glané auprès de Loveday, qui rentrait toujours chez elle le week-end, quelques miettes d'information assez alléchantes quant aux divers projets et aux invités.

– La maison sera plus pleine que jamais. Mary Millyway compte les draps comme une malade, et Mrs. Nettlebed est plongée jusqu'au cou dans les farces, les puddings et les gâteaux. Si tu savais comme la cuisine embaume ! Ça sent les épices et le cognac. Athena viendra de Londres et Edward, qui va faire du ski à Arosa, a promis qu'il serait de retour à temps.

Ce qui provoqua une légère inquiétude dans le cœur de Judith. S'il n'était pas là, ce serait épouvantable. Edward était un adulte, à présent, il avait quitté Harrow et suivi un premier trimestre à Cambridge. C'était en partie la perspective de le revoir qui suscitait tant d'impatience en elle. En grande partie. Elle n'était pas amoureuse de lui, bien sûr. On n'était amoureuse que des vedettes de cinéma, des idoles des matinées théâtrales et autres êtres inaccessibles. Mais sa présence apportait tant de vie et de brio que l'on avait peine à imaginer une fête réussie sans lui.

– J'espère qu'il sera là. Et Jeremy Wells ?

– Maman ne m'a rien dit. Il travaille sans doute, à moins qu'il ne soit chez ses parents. Mais je parie qu'il passera nous voir à un moment ou à un autre. Comme toujours. Maman a demandé aux Pearson de venir de Londres. Ce sont de vagues cousins de Pops, mais ils sont jeunes... environ trente ans, je crois. Ils s'appellent Jane et Alistair. J'étais demoiselle d'honneur à leur mariage. A Sainte-Margaret, à Westminster. Terriblement *chic*. Maintenant ils ont deux enfants et ils viennent avec leur gouvernante.

– Comment s'appellent les enfants ?

– Camilla et Roddy, fit Loveday en plissant le nez. Camilla ! Tu ne trouves pas ça affreux ? On dirait une marque de sous-vêtements. Ils sont tout petits. Espérons qu'ils ne hurleront pas tout le temps.

– Ils seront probablement très mignons.

– En tout cas, ils n'auront pas le droit de venir dans ma chambre.

– Je ne m'inquiète pas. Leur nanny les surveillera.

– Mary dit que, s'ils mettent la nursery sens dessus dessous, ils entendront parler d'elle. Oh ! Et dimanche, Pops et moi nous sommes allés choisir un sapin chez le pépiniériste...

La cloche sonna. Elles n'avaient plus le temps de poursuivre leur conversation. Judith se rendit à son cours de français, enchantée à la perspective des réjouissances à venir.

En attendant, à Sainte-Ursule, Noël s'annonçait par l'ambiance religieuse exacerbée de l'Avent. Au rassemblement du matin, on chantait donc des cantiques de circonstance :

> *Viens, viens, Emmanuel*
> *Viens racheter Israël captif...*

Pendant le cours d'arts plastiques, on dessinait des cartes de vœux et l'on fabriquait des décorations de papier. Pendant le cours de musique, on apprenait des cantiques, le chœur se débattant avec les déchants affreusement difficiles de *The First Nowell* et de *O Come All Ye Faithful*. Puis vint la fête annuelle, dont le thème variait chaque année. Cette fois, c'était un bal costumé avec des costumes de papier qui ne devaient pas coûter plus de cinq shillings. Judith avait cousu des volants de papier crépon à une vieille jupe pour faire une tenue de gitane, et Loveday s'était contentée de coller de vieux journaux et de mettre sa bombe de cavalière, se présentant comme *Les Nouvelles des courses*. Son costume se désagrégea au cours de leurs jeux énergiques et elle passa le reste de la soirée avec sa culotte bleu marine et la vieille chemise qu'elle portait sous les couches de *Daily Telegraph*.

Même le temps se mit de la partie pour créer une atmosphère de saison, avec un froid mordant, rare dans cette région où régnait plutôt un climat tempéré. La neige n'était pas encore tombée, mais les fortes gelées avaient couvert les pelouses d'argent et rendu les terrains de sport si durs qu'on avait annulé tous les matches. Dans les jardins, les palmiers et les arbustes semi-tropicaux avaient gelé et l'on avait peine à imaginer qu'ils se remettraient de cette cruelle expérience.

Vinrent enfin la dernière matinée, l'office chanté à la chapelle, et le moment de partir pour Nancherrow. Déjà, sur l'étendue gravillonnée devant la porte d'entrée, voitures, taxis et cars se rassemblaient pour emporter la meute bavarde des écolières. Après avoir dit au revoir à Miss Catto et lui avoir souhaité un joyeux Noël, Judith et Loveday, les bras pleins de livres et de bottes de Noël, s'échappèrent vers l'air vif et la liberté. Palmer était là avec le break déjà chargé de leurs bagages, elles y montèrent et il démarra.

A Nancherrow, les préparatifs allaient bon train. Quand elles franchirent le seuil, Diana descendait en courant l'escalier pour venir à leur rencontre, une couronne de houx dans une main et une longue guirlande argentée dans l'autre.

— Mes petites chéries, vous voilà, saines et sauves. Il fait un froid de canard, n'est-ce pas ? Fermez la porte, qu'il n'entre pas. Je ne vous attendais pas si tôt. Judith, ma douce, je suis ravie de te voir. Mon Dieu, j'ai l'impression que tu as grandi.

– Qui est là? demanda Loveday.

– Jusque-là, il n'y a qu'Athena, et pas un mot d'Edward. Je suppose qu'il s'amuse trop pour cela. Les Pearson arrivent ce soir. Ils viennent de Londres, les pauvres. J'espère que les routes ne sont pas trop épouvantables.

– Et leurs enfants?

– Ils arrivent demain par le train avec leur gouvernante. Tommy Mortimer sera là après-demain. Il est raisonnable, il prend aussi le train. Que de gens à aller chercher à la gare!

– Alors où sont les autres?

– Pops et Walter Mudge ont pris le tracteur et la remorque pour aller me cueillir des masses de houx. Quant à Athena, elle écrit ses cartes de vœux.

– Elle ne les a pas encore faites? Elles n'arriveront pas à temps.

– Eh bien, elle se contentera de leur souhaiter la bonne année, répliqua Diana. Ou bien de joyeuses Pâques, ajouta-t-elle en riant. (Puis elle contempla sa guirlande et son houx, comme si elle cherchait l'inspiration.) Pour décorer l'entrée, je crois. Il y a tant à faire. Pourquoi n'allez-vous pas trouver Mary? demanda-t-elle en se dirigeant vers le salon. Défaites vos valises, installez-vous. Je vous retrouverai au déjeuner...

Après avoir retrouvé sa chambre rose où elle passa ses affaires en revue et resta quelques instants devant la fenêtre ouverte, Judith commença par ôter son uniforme et mettre de confortables vêtements d'adulte. Puis elle entreprit de défaire sa valise. Elle était à genoux en train de fouiller pour trouver une brosse à cheveux quand elle entendit la voix d'Athena, qui l'appelait.

– Je suis là.

Elle interrompit sa fouille pour lever le nez vers la porte ouverte. Elle entendit des pas rapides et légers et, une seconde plus tard, Athena entrait.

– Je passe juste te dire bonjour, te présenter mes vœux et tout ça.

Elle pénétra dans la chambre de Judith et s'affala sur le lit, souriante.

– Je viens de voir Loveday, je savais donc que tu étais là. Comment ça va?

– Bien, répondit Judith en s'asseyant sur ses talons. De tous les membres de la famille Carey-Lewis,

Athena était la personne qu'elle connaissait le moins. Lors de leurs premières rencontres, elle avait toujours été intimidée, subjuguée. Non qu'Athena ne fût ni aimable, ni drôle, ni aussi facile à vivre que peut l'être une sœur aînée, car elle était tout cela. Mais elle était si superbe et si sophistiquée que sa seule présence vous laissait ébahi. Et puis elle ne venait pas souvent à Nancherrow. En ayant fini avec les bals des débutantes et la Suisse, elle passait la majeure partie de son temps à Londres, nichée dans la maison de sa mère, où elle menait une vie de sybarite. Elle ne travaillait pas (sous prétexte que le travail entravait les projets charmants et impromptus) et, quand on s'inquiétait de son oisiveté, elle se contentait d'arborer un sourire éblouissant en murmurant deux ou trois mots sur l'organisation d'un bal de charité à laquelle elle participait, ou sur l'exposition de quelque peintre maudit dont elle devait promouvoir l'œuvre incompréhensible et pour lequel elle professait une admiration sans bornes.

Sa vie mondaine ne connaissait pas de temps mort. Les hommes papillonnaient autour d'elle, abeilles proverbiales autour du pot de miel, et, chaque fois qu'elle se trouvait à Nancherrow, elle passait des heures au téléphone à apaiser des amoureux transis, promettant de les rappeler dès qu'elle serait de retour à Londres ou concoctant quelque histoire improbable pour expliquer pourquoi elle n'était pas libre en ce moment. Le colonel fit remarquer qu'elle l'avait tant de fois cloué sur son lit de douleur que c'était merveille qu'il ne fût pas encore mort.

Mais Judith était indulgente. En un sens, c'était une responsabilité terrible que de posséder une telle beauté. De longs cheveux blonds, une peau sans défaut, d'immenses yeux bleus bordés de cils noirs. Elle était aussi grande que sa mère, mince, avec de longues jambes fines. Elle portait du rouge à lèvres et du vernis à ongles très rouges, de ravissants vêtements à la pointe de la mode. Ce jour-là, on était à la campagne, elle avait donc un pantalon coupé comme celui d'un homme, une chemise de soie, une veste en poil de chameau avec des épaulettes et une broche de diamants scintillante au revers. Judith, qui n'avait jamais vu cette broche, se dit que c'était sans doute le dernier présent de quelque adorateur. C'était là une autre particularité d'Athena. On lui faisait sans cesse des cadeaux. Non seulement pour Noël et son anniversaire, mais tout le temps. Et pas uniquement des fleurs ou des livres, mais des bijoux, des breloques pour son bracelet en or, de coûteux visons, des zibelines. Assise sur son lit, elle emplissait la pièce des effluves romantiques de son parfum et Judith imagina l'énorme flacon en cristal taillé, offert par un homme prêt à toutes les folies pour la conquérir et négligemment posé sur sa coiffeuse à côté de dizaines d'autres.

En dépit de tout cela, elle était charmante, prêtant ses vêtements avec une grande générosité et donnant des conseils de coiffure, sans aucune ostentation. Les hommes, semblait-elle penser, étaient terriblement ennuyeux, et elle était toujours ravie de leur échapper et de passer un peu de temps – pas trop – en famille.

Elle se pelotonna confortablement pour bavarder.

– J'adore la couleur de ce pull. Où l'as-tu trouvé ?

– A Plymouth, à Noël dernier.

– Bien sûr. Tu n'étais pas chez nous, n'est-ce pas ? Tu nous as manqué. Et l'école ? Tu n'en as pas franchement marre ? Quand j'avais dix-sept ans, j'ai failli mourir d'ennui. Et tous ces règlements épouvantables. Ne t'inquiète pas, ce sera bientôt terminé et tu pourras filer à Singapour. Edward dit qu'il ne s'était pas rendu compte à quel point Harrow était abrutissant avant de l'avoir quitté. Je crois qu'à Cambridge il a découvert un nouvel univers.

– Ah... Tu l'as vu dernièrement ?

– Oui. Il est venu passer une soirée chez moi à Londres avant de partir pour Arosa. C'était délicieux, steaks, champagne et des tas de choses à se raconter. Sais-tu ce qu'il fait ? Tu ne vas pas me croire. Il s'est inscrit au club aéronautique de l'université, et il apprend à piloter un avion. Tu ne trouves pas ça effroyablement courageux et héroïque ?

– Si, fit Judith en toute sincérité.

La pensée même qu'il apprît à piloter lui semblait terrifiante.

– Il adore ça. Il dit qu'il n'y a rien au monde de plus fantastique. Flotter dans l'air comme une mouette en regardant les champs minuscules.

– Crois-tu qu'il sera là pour Noël ?

– Il est censé l'être. Un jour ou l'autre. Que vas-tu mettre pour les fêtes ? As-tu quelque chose de nouveau ?

– Eh bien, oui. Ce n'est pas tout à fait nouveau, mais je ne l'ai pas encore porté.

– Alors, c'est nouveau. Raconte.

– C'est fait avec un sari. Maman m'en a envoyé un pour mon anniversaire, ta mère m'a aidée à dessiner un modèle, et nous l'avons apporté chez sa couturière.

C'était délicieux de parler chiffons avec Athena, entre femmes. Loveday ne parlait jamais vêtements, cela l'ennuyait et elle se moquait de son apparence. Mais Athena s'y intéressa immédiatement.

– Ça a l'air sensationnel. Puis-je le voir ? Il est ici ?

– Oui, dans l'armoire.

– Oh ! Montre-le-moi.

Judith se leva pour ouvrir l'armoire et prit le cintre matelassé d'où pendait la précieuse robe, enveloppée dans du papier de soie noir.

– Le papier est censé empêcher le fil d'or de se ternir. Je ne sais pas exactement pourquoi, expliqua-t-elle en le soulevant. C'était extrêmement difficile à dessiner, parce que nous voulions utiliser le motif de la bordure, mais Diana y est arrivée...

La dernière feuille de papier glissa au sol, révélant la robe. Elle la tint devant elle en étalant la jupe dans toute son ampleur. La soie était si fine qu'elle ne pesait presque rien, légère comme l'air. Autour de l'ourlet et des poignets, le motif doré du liseré du sari scintillait dans la lumière.

Athena était bouche bée.

– Ma chérie, elle est divine. Et quelle couleur ! Ni bleue ni turquoise. Absolument parfait.

Judith jubilait. Il était rassurant de voir Athena, plus que quiconque, aussi enthousiaste.

– Et tes chaussures ? demanda-t-elle en plissant les yeux. Dorées ou bleues ?

– Dorées. Un genre de sandales.

– Bien entendu. Il faut que tu portes des bijoux en or. D'énormes boucles d'oreilles. J'ai ce qu'il te faut, je te les prêterai. Mon Dieu, tu vas subjuguer tous les hommes qui se trouveront dans la pièce. C'est vraiment fabuleux, je suis folle de jalousie. Remballe tout ça et range-le avant que ça ternisse ou je ne sais quoi.

Elle regarda Judith replacer, non sans difficulté, la robe dans l'armoire, puis elle bâilla et consulta sa montre.

– Nom d'une pipe, il est une heure moins le quart. Je

ne sais pas si tu es comme moi, mais je meurs littéralement de faim. Descendons avant que Nettlebed ne sonne le gong.

Elle se leva du lit avec grâce et passa la main dans ses cheveux brillants.

— Tu n'as pas rangé grand-chose. C'est ma faute, je t'ai interrompue. Ce n'est pas grave. Tu le feras plus tard. N'est-ce pas fantastique de se dire que ce sont les vacances et que nous avons des jours et des jours devant nous ? Tout notre temps.

Judith fut réveillée par le vent. La bourrasque s'était levée pendant la nuit et soufflait de la mer, hurlant, cognant à la fenêtre et faisant trembler le chambranle. Il faisait encore sombre. Elle avait légèrement entrouvert la fenêtre en se mettant au lit, mais à présent le courant d'air faisait danser les rideaux comme des goules, si bien qu'elle sortit de son lit en frissonnant pour la refermer. Elle alluma sa lampe de chevet et vit qu'il était sept heures. L'aurore n'éclairait pas encore ce matin de tempête. Elle sauta de nouveau dans son lit douillet et remonta l'édredon sur ses épaules. Allongée, bien réveillée, elle songeait à la journée qui l'attendait et à la soirée de la veille. Nancherrow se remplissait lentement. Les derniers invités, Jane et Alistair Pearson, étaient arrivés juste pour le dîner, après un voyage en voiture long et glacial. Toute la famille s'était rassemblée dans le hall pour les accueillir et les embrasser devant le féerique sapin de Noël. Les nouveaux venus étaient plutôt attrayants, ils faisaient plus jeunes que leur âge et apportaient avec eux une pointe de sophistication londonienne, lui avec son manteau bleu marine et son foulard, elle tout en rouge avec un col blanc. Elle portait une écharpe de soie sur la tête, qu'elle dénoua dans la chaleur de la maison, dévoilant des cheveux noirs qui tombaient sur la fourrure soyeuse de son col.

— Oh ! chérie... fit Diana, visiblement ravie. Comme nous sommes contents de vous voir. Vous n'avez pas fait un voyage trop abominable ?

— Ça glissait effroyablement, mais Alistair n'a pas bronché. Nous avons bien cru qu'il allait neiger. Heureusement que nous n'avions ni les petits ni Nanny. Elle aurait eu la peur de sa vie.

– Où sont vos bagages ? Dans la voiture ?

– Oui, et il y a des milliers de paquets à mettre sous le sapin...

– Nous allons les rentrer. Où est Nettlebed ? Nettlebed !

Mais Nettlebed arrivait déjà de la cuisine.

– Ne vous inquiétez pas, Madame, je m'occupe de tout.

Ce qu'il avait fait, naturellement. On avait évidemment installé les Pearson dans la grande chambre au lit à baldaquin où ils devaient encore dormir, à moins que, comme Judith, ils n'aient été dérangés par la tempête.

Celle-ci ne semblait pas vouloir se calmer. Une violente rafale heurta la maison, la pluie gifla les vitres. Espérons que ça ne durera pas toute la journée, se dit Judith. C'était en fait le cadet de ses soucis. Beaucoup plus grave était le fait qu'elle n'avait pas encore acheté un seul cadeau. Elle resta un instant pensive, puis se leva, enfila sa robe de chambre et s'assit à son bureau pour rédiger une liste. Elle écrivit dix-sept noms. Dix-sept cadeaux à acheter, et il ne lui restait que trois jours avant le grand soir. Pas de temps à perdre. Elle fit une rapide toilette, s'habilla et descendit.

Il était huit heures. A Nancherrow, on servait le petit déjeuner à huit heures et demie, mais elle savait que le colonel Carey-Lewis, qui aimait la tranquillité, était toujours en avance pour manger ses œufs au bacon en silence et lire quelques articles du journal de la veille, qu'il n'avait eu ni le temps ni l'occasion de parcourir.

Elle ouvrit la porte de la salle à manger. Le colonel, installé dans son fauteuil à l'extrémité de la table, baissa son journal et regarda par-dessus ses lunettes, visiblement mécontent de cette intrusion. Mais, quand il aperçut Judith, il lui fit bonne figure. Elle se dit, et ce n'était pas la première fois, que c'était sans doute l'homme le plus courtois qu'elle ait jamais rencontré.

– Judith.

– Excusez-moi.

Elle ferma la porte. On avait allumé le feu dans l'âtre et le charbon dégageait une odeur âcre.

– Je sais que je vous dérange et que vous n'avez pas envie de parler, mais j'ai un problème, et j'ai pensé que vous pourriez peut-être m'aider.

– Mais bien sûr. De quoi s'agit-il ?

282

– Eh bien, c'est...

– Non, non, ne me dis rien avant d'avoir mangé quelque chose. Nous discuterons de ton problème ensuite. Ne prends jamais de décision le ventre vide.

Elle sourit. Elle avait beaucoup d'affection pour lui. Au fil de ses séjours à Nancherrow, elle avait fini par aimer profondément le colonel, et leurs relations étaient devenues chaleureuses et intimes. Quant à lui, il traitait Judith sinon comme l'une de ses propres filles, du moins comme une nièce favorite. Docilement, elle se dirigea vers le buffet, prit un œuf à la coque et une tasse de thé, puis retourna s'asseoir à côté de lui.

– Alors, de quoi s'agit-il ?

– De mes cadeaux de Noël, lui expliqua-t-elle. Je n'ai rien acheté. A l'école, c'était impossible, et je n'ai pas eu le temps avant de venir ici. J'en ai envoyé à ma famille il y a très longtemps pour qu'ils arrivent à Singapour à temps, mais c'est tout. Je viens de faire une liste et il m'en faut dix-sept.

– Dix-sept ? fit-il, quelque peu étonné. Sommes-nous si nombreux ?

– Nous le serons à Noël.

– Alors, que veux-tu que je fasse ?

– En fait, rien. Je me demandais simplement si personne n'avait l'intention de se rendre à Penzance en voiture. J'y serais allée aussi pour faire des courses. Je ne veux pas en parler à Diana qui est déjà très occupée avec l'arrivée de ses invités. Mais peut-être pourriez-vous arranger quelque chose.

– Tu as très bien fait de venir me voir. Diana tourne comme une toupie, impossible d'obtenir d'elle une parole sensée, ajouta-t-il avec un sourire. Pourquoi n'irions-nous pas tous les deux à Penzance, ce matin ?

– Oh, mais ce n'est pas ce que je voulais dire. Vous n'êtes pas obligé de m'y conduire...

– Je sais, mais je dois aller à la banque, de toute façon. Alors autant le faire ce matin. (Il leva la tête et observa la rafale de vent et de pluie qui cognait contre la fenêtre, venant de la mer.) On ne peut pas faire grand-chose par une journée pareille.

– Vous devez *vraiment* aller à la banque ?

– Tout à fait. Comme tu le sais, je n'aime pas courir les magasins. C'est pourquoi tous ceux que j'aime reçoivent une enveloppe pour Noël. Cela manque tellement d'imagination que j'essaie d'y mettre un petit air de fête en m'assurant que les billets sont neufs et craquants. J'irai les chercher ce matin.

– Mais c'est vite fait, et moi, il me faudra au moins deux heures. Je ne veux pas que vous perdiez votre temps par ma faute.

– J'irai au club, je lirai les journaux, je verrai quelques amis et, le moment venu, je prendrai un verre, dit-il en remontant sa manche pour consulter sa montre. Si nous ne traînons pas, nous serons à Penzance à dix heures et, sans trop nous presser, nous pourrons être de retour pour le déjeuner. Nous allons nous donner rendez-vous quelque part. A l'hôtel de *La Mitre*, à midi et demi ? Comme cela, tu auras deux heures et demie pour faire tes achats. Si l'on considère le temps que prend Diana pour ce genre de choses, deux heures, c'est à peine suffisant. Il lui faut une demi-journée pour choisir un chapeau.

Il plaisantait si rarement que Judith eut envie de le serrer dans ses bras.

– Vous êtes gentil, dit-elle. Merci de tout cœur. Vous m'ôtez un souci.

– Ne garde jamais tes soucis pour toi. Promets-le-moi. Maintenant, sois gentille, verse-moi une autre tasse de café...

Le temps n'était pas meilleur à Penzance, plutôt pire, même. Une eau sale débordait des caniveaux, charriant des détritus et des branches arrachées. Les passants se débattaient avec leur parapluie que le vent retournait, avec leur chapeau qui s'envolait et s'en allait rouler au loin. De temps à autre, des ardoises, arrachées d'un toit, s'écrasaient sur le trottoir où elles se brisaient en mille morceaux. Il faisait si sombre que l'on éclairait les boutiques et les bureaux en plein jour. On entendait distinctement les rouleaux menaçants qui se brisaient sur la plage et les gens ne parlaient que de maisons inondées, d'arbres abattus, et de la vulnérabilité de la promenade et du port. On avait le sentiment exaltant de soutenir un siège.

Emmitouflée dans un ciré noir, chaussée de bottes de caoutchouc, son bonnet de laine tiré sur les oreilles, Judith avançait péniblement de boutique en boutique, de plus en plus chargée de paquets et de sacs.

A onze heures et demie, quand elle se retrouva chez Smiths, la librairie-papeterie, elle avait des cadeaux pour tout le monde sauf pour Edward : elle ne savait pas quoi lui acheter et elle n'était pas très sûre qu'il serait à Nancherrow pour Noël. *Il sera là*, lui avait promis Diana, mais elle n'en était pas certaine pour autant et elle avait tellement envie de le revoir qu'elle en devenait superstitieuse. Si elle ne lui achetait rien, il viendrait sûrement et Judith n'aurait rien à lui offrir. Mais ne serait-ce pas tenter le diable que de lui acheter quelque chose ? Aussi sûr que deux et deux font quatre, il déciderait au dernier moment de rester à Arosa avec ses amis. A moins que...

– Pourriez-vous vous pousser un peu, s'il vous plaît ?

Une dame en colère, qui essayait de parvenir à la caisse avec sa boîte de papier à lettres, troubla ses réflexions moroses.

– Excusez-moi...

Judith rassembla ses paquets et s'écarta, mais ce petit incident l'avait ramenée à la raison. Évidemment, elle devait acheter un cadeau pour Edward. S'il ne venait pas pour Noël, elle le lui donnerait plus tard. Entourée de piles de jolis livres neufs, elle pensa d'abord en prendre un, puis se ravisa. Et si plutôt... Avec détermination, elle affronta de nouveau la pluie et le vent, et se dirigea vers Medways.

Ce magasin vieillot, généralement si paisible, s'était laissé gagner lui aussi par l'ambiance de fête : des cloches en papier étaient accrochées aux lustres. Il y avait plus de clients que d'habitude, des dames banales choisissant de banales chaussettes de laine grises pour leur époux ou hésitant sans fin sur la taille de l'encolure d'une chemise. Mais Judith ne voulait pas acheter de chaussettes pour Edward, et il avait certainement des tas de chemises. L'eau dégoulinant de son ciré faisait une mare sur le parquet ciré tandis qu'elle restait plantée à se poser des questions. Le plus âgé des vendeurs finit par s'approcher d'elle, ce qui précipita sa décision.

– Une écharpe... dit-elle.

– Pour un cadeau de Noël, n'est-ce pas ?

– Oui, fit-elle. Quelque chose de vif. Ni gris ni bleu marine. Rouge, peut-être.

– Écossais ? Nous avons de ravissantes écharpes écossaises. Cependant, elles sont en cachemire et assez chères.

Du cachemire. Une écharpe en cachemire écossais. Elle imagina Edward nouant négligemment cet article de luxe autour de son cou.

– Cela m'est égal que ce soit un peu cher, répondit-elle.

– Alors, allons y jeter un coup d'œil.

Elle choisit la plus vive, rouge, vert, avec une pointe de jaune. Le vendeur disparut pour l'envelopper, et elle sortit son chéquier et son stylo en attendant qu'il revienne. Puis elle jeta un regard attendri autour d'elle : cette boutique vieux jeu était le cadre de souvenirs merveilleux. C'est là qu'elle avait vu Diana et Loveday Carey-Lewis pour la première fois, là qu'elle avait aidé Edward à choisir un tweed lors de leur première rencontre.

– Voilà, mademoiselle.

– Merci.

Il avait enveloppé l'écharpe dans un papier à motif de houx.

– Et voici votre facture...

Judith fit le chèque. La porte s'ouvrit derrière elle, et il y eut un bref et violent courant d'air. Elle signa, détacha le chèque et le tendit.

Une voix dans son dos l'appela par son nom. Surprise, elle se retourna et se trouva nez à nez avec Edward.

L'étonnement la laissa un instant sans voix, puis se changea en une joie qui venait du cœur. Elle esquissa un sourire ravi.

– *Edward !*

– Surprise, surprise !

– Mais qu'est-ce que tu fais... comment es-tu venu... Que fais-tu ici ?

– Je te cherchais.

– Je te croyais encore à Arosa.

– Je suis rentré ce matin de Londres par le train de nuit.

– Mais...

– Écoute, dit-il en la prenant par le bras, nous ne pouvons pas rester ici à bavarder. Sortons. (Il contempla l'amoncellement de sacs et de paquets dont elle était entourée.) Tout cela est à toi ? demanda-t-il, incrédule.

– Les courses de Noël.

– Tu as terminé ?

– Ça y est.

– Alors allons-y.

286

– Où ?

– A *La Mitre*. Où veux-tu que nous allions ? N'est-ce pas là que tu dois retrouver Pops ?

– Si, mais... fit-elle en fronçant les sourcils.

– Je t'expliquerai tout.

Il ramassait déjà ses paquets et, les mains pleines, se dirigeait vers la porte. Elle rassembla vite les quelques articles qu'il avait laissés sur le sol et courut derrière lui. D'un coup d'épaule il poussa la lourde porte vitrée et attendit qu'elle sorte. Ils se retrouvèrent sous la pluie, la tête baissée contre le vent, et descendirent Chapel Street au pas de course pour se réfugier dans la chaleur du vieil hôtel de *La Mitre*. Il la précéda au bar, qui sentait encore la bière et les cigarettes de la veille, mais où brûlait un bon feu et où il n'y avait personne pour les déranger.

Ils s'installèrent confortablement. Edward empila proprement ses paquets sur le sol.

– Retire-moi ce manteau trempé et réchauffe-toi, lui dit-il. Veux-tu que je commande un café ? Il n'est sans doute pas très bon, mais au moins il sera chaud.

Jetant un regard circulaire dans la pièce, il avisa une sonnette près de la cheminée, qu'il pressa. Judith déboutonna son ciré et, faute de mieux, le posa sur le dossier d'une chaise droite, où il s'égoutta lentement sur le tapis turc fané. Puis elle ôta son bonnet de laine et secoua ses cheveux mouillés.

Un serveur très vieux apparut dans l'embrasure de la porte.

– Nous aimerions du café, s'il vous plaît, dit Edward. Beaucoup. Et des biscuits.

Judith trouva un peigne dans son sac et tenta d'arranger sa coiffure. Il y avait une glace au-dessus de la cheminée et, se hissant sur la pointe des pieds, elle aperçut son reflet. Ses joues étaient rosies par le vent et ses yeux brillaient comme des étoiles. Le bonheur se voit, pensa-t-elle. Elle rangea son peigne et se tourna vers Edward.

Il était superbe, pas rasé, très bronzé, en pleine forme. Après avoir commandé le café, il s'était défait de son anorak trempé, sous lequel il portait un pantalon de velours et un col roulé bleu marine.

– Tu es magnifique, dit-elle.

– Toi aussi.

– Nous ne savions pas que tu rentrais.

– Je n'envoie jamais de télégramme. Mais je viens

toujours. Je n'aurais pas manqué Noël pour tout le ski du monde. Mais si j'avais dit quand je rentrais, maman aurait fait des tas d'histoires pour que l'on aille me chercher à la gare. Et mieux vaut ne pas avoir de date précise, surtout quand on vient d'Europe. On ne sait jamais si on aura le train ou si le ferry marchera.

— Quand es-tu arrivé ? lui demanda Judith.

Il prit ses cigarettes et son briquet dans la poche de son pantalon, en alluma une et laissa échapper un nuage de fumée.

— Je te l'ai dit. Par le train de nuit. Je suis arrivé à sept heures du matin.

— Et personne pour t'accueillir.

Il chercha un siège du regard et jeta son dévolu sur un vieux fauteuil qu'il rapprocha du feu et où il se laissa tomber.

— Alors qu'as-tu fait ?

— C'était un peu tôt pour téléphoner à la maison et demander une voiture. Comme je suis trop radin pour prendre un taxi, j'ai laissé toutes mes affaires à la gare et je suis allé à pied au club de Pops. J'ai cogné à la porte jusqu'à ce qu'on m'ouvre.

— J'ignorais que tu étais membre du club de ton père.

— Je ne le suis pas, mais ils me connaissent et m'ont laissé entrer. Quand je leur ai dit que je voyageais depuis deux jours, que j'étais sale et fatigué, ils m'ont même permis d'utiliser la salle de bains. Je me suis plongé une heure dans l'eau chaude, et une dame très gentille m'a servi un petit déjeuner.

— Edward, tu as un de ces culots ! s'exclama-t-elle, admirative.

— C'était plutôt une bonne idée, non ? Excellent petit déjeuner. Des œufs au bacon, des saucisses et du thé bouillant. Et, tandis que je finissais ce festin gargantuesque — cela faisait douze heures que je n'avais rien mangé —, qui vois-je entrer ? Pops !

— Était-il aussi surpris que moi ?

— À peu près.

— Tu es méchant. Il aurait pu avoir une crise cardiaque.

— Ne dis pas de bêtises. Il était enchanté de me voir. Il s'est assis et nous avons repris du thé ensemble. Il m'a dit qu'il t'avait emmenée en ville pour faire tes courses de Noël et qu'il t'avait donné rendez-vous ici à midi et demi. Je suis allé te chercher pour que tu te dépêches.

– Pourquoi as-tu pensé à Medways ?

– Tu n'étais nulle part ailleurs, j'ai donc échoué là, fit-il avec un grand sourire. Et je t'ai trouvée.

Judith était profondément touchée qu'il ait pris la peine de la chercher dans les rues de Penzance par ce temps de chien. Cela lui faisait chaud au cœur.

– Tu aurais pu rester tranquillement assis au club à lire le journal, dit-elle.

– Je n'avais pas envie de rester tranquillement assis. Je suis resté trop longtemps assis dans des trains sentant le renfermé. Dis-moi ce que tu deviens...

Avant qu'elle ait pu le lui dire, l'antique serveur revint avec un plateau contenant deux pots de café, des tasses, des soucoupes et deux biscuits minuscules sur une assiette. Edward plongea de nouveau la main dans la poche de son pantalon et en sortit une poignée de pièces pour le régler.

– Gardez la monnaie.

– Merci, monsieur.

Quand il eut disparu, Judith s'agenouilla sur le tapis usé jusqu'à la trame et versa le café. Il dégageait une drôle d'odeur, mais du moins était-il chaud.

– Que deviens-tu ? insista-t-il.

– Pas grand-chose. Les études, c'est tout.

– Mon Dieu, je te plains. Ne t'inquiète pas, ce sera bientôt fini et tu te demanderas comment tu as bien pu supporter tout ça. Et Nancherrow ?

– Toujours debout.

– Ha ! ha ! Je veux dire : que se passe-t-il ? Qui est là ?

– Tout le monde, je crois, maintenant que tu es là.

– Et les amis et les parents ?

– Les Pearson de Londres. Ils sont arrivés hier soir.

– Jane et Alistair ? Bien, ils valent le coup.

– Et je crois que les enfants et la gouvernante arrivent ce soir par le train.

– Nous portons tous notre croix, n'est-ce pas ?

– Tommy Mortimer vient pour Noël, mais je ne sais pas trop quand.

– Inévitable. Diana, ma chérie, dit-il en prenant la voix suave de Tommy Mortimer, un tout petit martini ?

– Voyons, il n'est pas si horrible que ça.

– En fait, je l'aime bien, ce vieil original. Athena ne nous a pas ramené un amoureux transi ?

– Pas cette fois.

– Ça, ça se fête. Comment va tante Lavinia ?

– Je ne l'ai pas encore vue. J'ai quitté Sainte-Ursule hier. Mais elle vient au dîner de Noël.

– Majestueuse en robe de velours noir, cette chère vieille dame. (Il avala une gorgée de café et fit la grimace.) Dieu que c'est mauvais !

– Parle-moi d'Arosa.

– Formidable, lui dit-il. Tous les tire-fesses marchaient et il n'y avait pas trop de monde. Une neige fantastique et du soleil toute la journée. Nous skiions le jour et nous dansions presque toute la nuit... Il y a un nouveau bar très couru, *Die Drei Husaren*. Nous en sortions généralement à quatre heures du matin. « Les filles sont faites pour l'amour et les baisers, entonna-t-il, et ce n'est pas moi qui vous dirai le contraire. » Nous demandions cette chanson à l'orchestre tous les soirs.

Nous. Qui était ce « nous » ? Judith réprima un petit pincement de jalousie.

– Qui était avec toi ? demanda-t-elle.

– Oh ! Rien que des amis de Cambridge.

– Ce devait être merveilleux.

– Tu n'as jamais skié ?

– Non, répondit-elle en hochant la tête.

– Un jour, je t'emmènerai.

– Je ne sais pas skier.

– Je t'apprendrai.

– Athena m'a dit que tu apprenais à piloter.

– J'ai appris. J'ai ma licence de pilote.

– Est-ce que ça fait peur ?

– Non, c'est fabuleux. On se sent inviolable. Surhumain.

– Est-ce difficile ?

– Aussi facile que de conduire une voiture et mille fois plus fascinant.

– Je te trouve quand même très courageux.

– Mais c'est l'intrépide homme-oiseau en personne que tu as devant toi ! la taquina-t-il, puis il jeta un coup d'œil à sa montre. Il est midi et quart. Pops va bientôt arriver pour nous ramener à la maison. Le soleil est passé au-dessus de la vergue, alors prenons un verre de champagne.

– Du champagne ?

– Pourquoi pas ?

– Ne devrions-nous pas attendre ton père ?

– Pourquoi ? Il déteste le champagne. J'espère que ce n'est pas ton cas ?

– Je n'en ai jamais bu.

– C'est le moment ou jamais de commencer.

Avant qu'elle puisse s'y opposer, il bondit et appuya une nouvelle fois sur la sonnette.

– Mais, Edward... au milieu de la journée ?

– Bien sûr. Le champagne se boit à n'importe quelle heure du jour ou de la nuit, c'est l'un de ses charmes. Et puis, quel meilleur moyen de commencer à fêter Noël ?

Assise à sa coiffeuse, Judith se penchait anxieusement vers le miroir pour appliquer du mascara sur ses cils. C'était la première fois qu'elle en mettait, Athena lui ayant offert un beau coffret de produits de maquillage Elizabeth Arden. Le moins qu'elle puisse faire pour la remercier, c'était de se familiariser avec la complexité de cet art. Il y avait une petite brosse dans la boîte de mascara, qu'elle avait passée sous le robinet, puis elle avait fait une sorte de pâte. Athena lui avait conseillé de cracher dessus pour le faire durer plus longtemps, mais c'était un peu dégoûtant et Judith avait opté pour l'eau du robinet.

Il était sept heures du soir, c'était Noël et elle s'habillait pour le dîner. Elle s'était fait des bouclettes à l'aide de pinces, puis elle s'était nettoyé le visage avec sa nouvelle lotion et avait mis du fond de teint et une touche de poudre délicieusement parfumée. Le mascara était une sorte de défi. Heureusement, tout se passa bien et elle ne se mit pas la brosse dans l'œil, ce qui aurait eu de fâcheuses conséquences. Quand ce fut enfin terminé, elle se redressa et attendit qu'il sèche sans battre des cils. Son reflet la regardait, les yeux écarquillés comme ceux d'une poupée, mais considérablement embellis. Elle se demanda pourquoi elle n'en avait pas mis plus tôt.

Elle tendit l'oreille. Derrière sa porte close, la maison était pleine de bruits légers, distants. Des plats s'entre-choquant dans la cuisine et Mrs. Nettlebed appelant son mari d'une voix forte. Un peu plus loin, les accents assourdis d'une valse. Edward était sans doute en train d'essayer le gramophone, au cas où sa mère souhaiterait que l'on danse après le dîner. Plus près d'elle, des bruits d'eau et des voix d'enfants provenant de la salle de bains de la chambre d'amis, où la gouvernante des Pearson s'efforçait de préparer les enfants pour les coucher. Mais les deux bambins étaient surexcités après cette longue journée et, de temps à autre, les voix enfantines se changeaient en hurlements et en pleurs. Judith eut une pensée pour la gouvernante, qui leur avait couru après toute la journée. A présent, elle devait être impatiente qu'ils s'endorment pour aller s'asseoir à la nursery et papoter avec Mary Millyway.

Le mascara était apparemment sec. Judith ôta les épingles de ses cheveux, les brossa et les fit bomber. Maintenant la robe. Elle retira son peignoir et la prit sur le lit. Elle la souleva au-dessus de sa tête, légère comme un fil de la Vierge, glissa les bras dans les manches, sentit la soie fine lui mouler le corps. Puis elle boutonna les minuscules boutons sur la nuque avant de remonter la fermeture Eclair à la taille. La robe était un peu longue, mais le problème fut résolu une fois qu'elle eut enfilé ses sandales à hauts talons. Elle mit les boucles d'oreilles en or que lui avait si gentiment prêtées Athena. Son nouveau rouge à lèvres, rose corail, son nouveau parfum, et elle était prête.

Pour la première fois, elle se mira dans la glace en pied de l'armoire. C'était bien. C'était même mieux que cela : elle était vraiment belle. Grande, mince, et surtout adulte. Au moins dix-huit ans. Et elle portait une robe de rêve. Elle fit virevolter ses jupes comme Ginger Rogers, et pria pour qu'Edward l'invite à danser.

Il était temps d'y aller. Elle éteignit les lumières et sortit. Dans le couloir, elle sentit la douceur du tapis à travers les fines semelles de ses sandales. De la porte de la salle de bains lui parvinrent une odeur vaporeuse de savon Pears et la voix fâchée de la gouvernante. Elle songea à aller lui dire bonsoir, mais se ravisa, craignant que Camilla et Roddy ne se remettent à hurler. Elle descendit donc l'escalier et se dirigea vers le salon. Devant la porte grande ouverte, elle respira profondément avant de s'avancer un peu, comme on entre en scène. L'immense pièce aux tons pastel était irisée des reflets du feu, des lampes, et du scintillement des décorations de Noël. Elle aperçut tante Lavinia, majestueuse, tout en velours noir et en diamants, déjà blottie dans un fauteuil au coin du feu. Le colonel, Tommy Mortimer et Edward, groupés autour d'elle, bavardaient, un verre à la main, et n'avaient pas remarqué Judith, mais tante Lavinia la vit immédiatement et lui fit signe. Les trois hommes se retournèrent pour voir qui les avait interrompus.

Toute conversation cessa, il y eut un instant de silence. Ce fut Judith, qui, hésitante, le rompit.

– Suis-je la première ?

– Mon Dieu, c'est Judith ! s'écria le colonel, qui hocha la tête, ébahi. Ma chère, je t'ai à peine reconnue.

– Quelle magnifique apparition !

C'était Tommy Mortimer.

– Je ne comprends pas pourquoi vous avez tous l'air si surpris, les gronda tante Lavinia. Bien sûr qu'elle est belle... et cette couleur, Judith ! Exactement celle du bleuet.

Edward ne dit rien. Il se contenta de poser son verre, de venir jusqu'à elle et de prendre sa main. Quand elle leva les yeux vers lui, elle comprit qu'il n'avait pas besoin de mots, ses yeux parlaient pour lui.

– Nous buvons du champagne, dit-il enfin.

– Encore ? le taquina-t-elle, ce qui le fit rire.

– Viens avec nous.

Des années plus tard, quand Judith se remémorait ce dîner de Noël de 1938 à Nancherrow, elle avait un peu l'impression de contempler une toile impressionniste, aux angles effacés par la douceur des chandelles et la légère ivresse due au champagne. Le feu crépitait, mais les meubles, les murs lambrissés et les tableaux se confondaient pour ne plus être, dans l'ombre, que la toile de fond de la fête. Au centre de la table trônaient des chandeliers d'argent entourés de brins de houx, de papillotes rouge vif, de bols de noisettes, de fruits secs et de chocolats. Sur l'acajou foncé ressortaient des sets de table et des serviettes de lin blanc, où étaient disposés l'argenterie familiale la plus raffinée et des verres de cristal fins et transparents comme des bulles.

Quant aux dix personnes qui se trouvaient autour de cette table, Judith n'oublierait jamais comment elles étaient placées ni comment elles étaient habillées. Les hommes en tenue de soirée, bien sûr, smoking, chemise immaculée et nœud papillon noir. Le colonel avait opté pour un col cassé qui lui donnait l'air de sortir tout droit du cadre doré d'un tableau de l'époque victorienne.

Quant aux femmes, on avait l'impression qu'elles s'étaient concertées pour éviter que les couleurs ne jurent entre elles.

Le colonel se tenait à l'extrémité de la table dans son grand fauteuil Carver, Nettlebed debout derrière lui et tante Lavinia à sa droite. Judith était entre celle-ci et Alistair Pearson, puis venait Athena, déesse solaire en robe de peau d'ange blanche, sans manches. A la gauche du colonel, Jane Pearson, vêtue de rouge comme à l'accoutumée, vive comme un perroquet, était assise à côté d'Edward. Si bien qu'Edward se trouvait en face de Judith qui, lorsqu'elle levait les yeux, croisait son regard. Il lui souriait alors comme s'ils avaient partagé quelque merveilleux secret.

Sa jeune sœur était à côté de lui. A seize ans, Loveday balançait encore entre l'adolescente et l'adulte, mais cette position inconfortable ne semblait pas la gêner le moins du monde. Elle passait toujours le plus clair de son temps aux écuries, à récurer les stalles et à fourbir les selles en compagnie de Walter Mudge. Attachant toujours aussi peu d'importance à sa tenue vestimentaire, elle se contentait le plus souvent de jodhpurs tachés et trop petits et de quelque vieux pull déniché dans la nursery. Ce soir, elle ne portait ni bijoux ni maquillage, ses boucles noires tombaient naturellement autour de son visage plein de vie où brillaient ses étonnants yeux violets. Mais sa robe, sa première robe longue, choisie par Diana à Londres, et l'un de ses cadeaux de Noël, était un pur enchantement. Un organdi du vert vif des jeunes feuilles de hêtre qui dégageait ses épaules, avec un ruché au bord du décolleté et au bas de la robe. Même Loveday avait été séduite et s'était habillée sans se lamenter. Au grand soulagement de tous, notamment de Mary Milly-way, qui connaissait mieux que quiconque son esprit de contradiction.

Diana se tenait à l'autre bout de la table, dans une provocante robe de satin couleur acier. Quand elle bougeait, la teinte de l'étoffe s'altérait de manière subtile, tantôt bleue, tantôt grise. Elle portait des perles et des diamants et, seule pointe de couleur, un rouge à lèvres et un vernis à ongles rouge vif. A côté d'elle était assis Tommy Morti-mer.

La conversation allait bon train, le ton montant au fil des vins et du délicieux repas. D'abord des tranches de saumon fumé roses et fines comme du papier à cigarettes ; puis de la dinde farcie avec des pommes de terre au four, des choux et des carottes au beurre, accompagnée de gelée de canneberge et d'une épaisse sauce au vin. Quand les assiettes furent desservies, Judith n'était plus très à l'aise dans sa robe, mais le festin n'était pas terminé. Suivaient le Christmas Pudding de Mrs. Nettlebed avec une crème au cognac, des tartelettes et des coupelles de crème double. Puis vinrent les noisettes que l'on cassa, les clémentines sucrées que l'on pela et les papillotes que l'on fit claquer.

Quand tout fut terminé, l'heure vint pour les dames de se retirer. Elles quittèrent la table à présent jonchée de papiers de chocolat, de cendriers et de coquilles de noisettes, et se dirigèrent vers le salon où l'on servait le café. Diana menait la marche. En passant, elle s'arrêta pour embrasser son mari.

– Dix minutes, lui dit-elle. C'est tout ce que nous vous accordons pour boire votre porto. Sinon la soirée sera fichue.

– Et qu'allons-nous faire ensuite ?

– Danser toute la nuit, évidemment ! Que veux-tu faire d'autre ?

Effectivement, quand les hommes rejoignirent les femmes, Diana avait tout organisé : on avait poussé les sofas et les fauteuils, roulé les tapis, et près du gramophone elle avait empilé tous ses disques de danse préférés.

Jamais Judith n'oublierait la musique, les airs de cette soirée-là, de cette année-là. *Smoke Gets in Your Eyes, You're the Cream in My Coffee, Deep Purple* et *D'Lovely*.

Elle dansa avec Tommy Mortimer qui menait si bien qu'elle n'avait même pas à penser à ses pieds. Puis ce fut le tour d'Alistair Pearson, qui se contenta de la promener en marchant tout autour de la pièce, comme si elle était un aspirateur. On mit une valse pour tante Lavinia qui avec le colonel formait le meilleur couple de danseurs, le seul qui sache valser convenablement à l'envers. Tante Lavinia souleva d'une main les lourds plis de sa robe, révélant des chaussures à boucles de diamant, et tournoya avec la légèreté et la vitalité de la jeune fille qu'elle avait été.

La valse donnait soif. En se retournant, Judith, qui

venait de se servir un jus d'orange, trouva Edward à ses côtés.

– J'ai gardé le meilleur pour la fin, lui dit-il. J'ai fait mon devoir avec toutes les autres. Maintenant, viens danser avec moi.

Elle posa son verre et se retrouva dans ses bras.

Il m'a suffi de t'apercevoir
Il a suffi d'un soir
Pour que mon cœur s'arrête.

Mais le cœur de Judith ne s'était pas arrêté de battre. Il battait même si fort qu'Edward devait l'entendre. Il la serrait en lui murmurant les paroles de la chanson à l'oreille. Elle aurait voulu que la musique ne s'arrête jamais. Bien sûr, elle s'arrêta et ils durent se séparer.

– Maintenant tu peux prendre ton jus d'orange, lui dit-il, puis il alla le lui chercher.

Il y eut un moment d'accalmie, comme si tout le monde commençait à sentir la fatigue. Sauf Diana. Elle se dirigea vers le gramophone. Quand la musique redémarra avec *Jalousie*, un grand classique, elle se précipita vers le fauteuil où se reposait Tommy Mortimer et le tira par la main. Toujours obéissant, il l'attira contre lui et, seuls sur la piste, ils dansèrent un tango.

Ils le firent avec une expertise de professionnels et un sens très développé de la parodie, leurs corps pressés l'un contre l'autre, les bras tendus et rigides. Chaque pas, chaque pause, chaque balancement était exagéré. Sans sourire, ils se fixaient intensément. Le spectacle était extraordinairement drôle. Sur un dernier accord de guitare, Diana termina en beauté, renversée sur le bras de Tommy, dont le visage se penchait avec passion sur le sien. Ce ne fut que lorsque Tommy la redressa sous un tonnerre d'applaudissements que Diana s'autorisa à éclater de rire. Puis elle vint s'asseoir près de tante Lavinia, qui essuyait quelques larmes de bonheur.

– Diana, ma chérie, tu danses merveilleusement le tango, et tu es vraiment douée pour conserver un visage de marbre. Tu aurais dû faire du théâtre. Ah, cela fait longtemps que je ne me suis pas amusée comme cela, mais il est près de minuit. Ça suffit pour aujourd'hui ! Il faudrait que je rentre.

Aussitôt, le colonel s'avança en s'efforçant de ne pas paraître trop impatient.

– Je vais te reconduire.

– Je déteste quitter une soirée, dit-elle, tandis qu'il l'aidait à se lever de son fauteuil, mais mieux vaut partir quand on s'amuse vraiment! Mon manteau est dans le vestibule, je crois...

Elle fit le tour de la pièce pour embrasser tout le monde et faire ses adieux. A la porte elle se retourna.

– Ma chère Diana... (Elle envoya un dernier baiser.) C'est une soirée très réussie. Je vous téléphonerai demain matin.

– Faites la grasse matinée, tante Lavinia, et reposez-vous bien.

– Peut-être. Bonne nuit, tout le monde. Bonne nuit.

Elle disparut en compagnie du colonel. La porte se referma derrière eux. Diana attendit un moment, puis elle se pencha pour prendre une cigarette. Il y eut soudain une atmosphère étrange, comme si on avait laissé les enfants seuls, sans adultes pour leur gâcher le plaisir.

Sa cigarette allumée, Diana observa ses hôtes.

– Que faisons-nous maintenant?

Personne ne semblait avoir d'idée géniale.

– Je sais! s'écria-t-elle tout à coup avec un grand sourire. Si on jouait aux sardines?

Athena, qui savourait encore du champagne, poussa un grognement.

– Maman, grandis un peu!

– Pourquoi pas? Nous n'y avons pas joué depuis des siècles. Tout le monde sait comment on y joue, n'est-ce pas?

Alistair Pearson déclara qu'il y avait joué une fois mais qu'il en avait oublié les règles.

– Une personne se cache, expliqua Edward. La maison est plongée dans l'obscurité, on éteint toutes les lumières. Les autres attendent. On compte jusqu'à cent, puis on se met à chercher. Quand on trouve celui qui se cache, on ne dit rien. On va discrètement se cacher à côté de lui, jusqu'à ce que tout le monde se retrouve dans un panier de linge, un placard ou n'importe quelle autre cachette. C'est le dernier qui a perdu.

– C'est ça, dit Alistair qui ne débordait pas d'enthousiasme. Je m'en souviens, maintenant.

– Nous devons tous rester au rez-de-chaussée, intervint Diana, c'est notre seule règle. Il y a plein de place et, au premier étage, on risque de réveiller les enfants...

– Ou de se glisser dans le lit de la nurse...

– Oh, *Edward*...

– Par erreur, bien sûr.

– Mais comment choisit-on le premier qui se cache ? demanda Alistair, bien décidé à ce que tout soit clair.

– On tire des cartes. Ce sont les piques les plus forts, ce sont donc les piques qui l'emportent.

Diana se dirigea vers sa table de bridge et prit un jeu, qu'elle disposa en un éventail maladroit avant de passer de l'un à l'autre pour que chacun prenne une carte. Judith retourna sa carte. L'as de pique.

– C'est moi, dit-elle.

Diana chargea Loveday d'éteindre toutes les lumières.

– Toutes les lampes de la maison ? demanda-t-elle.

– Non, ma chérie, pas celle du palier du premier étage. Sinon les gouvernantes pourraient s'inquiéter et tomber dans l'escalier.

– Mais nous *verrons*.

– Pas grand-chose. Dépêche-toi.

– A présent, dit Edward, prenant les choses en main, Judith, nous comptons jusqu'à cent et ensuite nous te chercherons.

– Y a-t-il un endroit où je ne dois pas aller ?

– La cuisine, je pense. Je ne crois pas que les Nettlebed aient terminé. Sinon tu as carte blanche.

Loveday revint.

– C'est sombre et mystérieux à souhait, annonça-t-elle avec une certaine satisfaction. On ne voit pratiquement rien.

Judith se mit à trembler d'appréhension. Ridicule, mais elle aurait préféré que ce fût un autre qui eût tiré la carte la plus forte. *Un, deux, trois...* Une fois la porte refermée, elle fut submergée par une obscurité d'encre. C'était comme si on lui avait mis un sac de velours sur la tête. Elle frissonna. Derrière la porte, ils comptaient encore. *Treize, quatorze, quinze...* Ses yeux s'accoutumaient peu à peu à l'obscurité et, à l'extrémité du vestibule, elle perçut la faible lueur qui tombait du premier étage.

Ce qui améliora un peu les choses. Il n'y avait pas de temps à perdre. Elle avança prudemment à l'aveuglette, terrifiée à l'idée de heurter une chaise ou une table. Où se cacher ? Elle s'orienta à tâtons. A sa droite le petit salon, plus loin la salle à manger. De l'autre côté la salle

298

de billard et le bureau du colonel. Quand elle fut au milieu du vestibule, la pâle lumière du premier étage l'aida à poursuivre son chemin. Elle tourna à gauche, sa main effleura le mur et elle se laissa guider par la moulure de la corniche. Elle heurta une table, sentit le contact froid de feuilles sur son bras nu, puis le montant d'une porte. Ses doigts tâtonnèrent, trouvèrent la poignée qu'elle tourna avant de se glisser à l'intérieur de la pièce.

La salle de billard. Le noir total. Elle ferma doucement la porte, sentit l'odeur familière de feutre poussiéreux et de fumée de cigare. Puis elle tricha et appuya sur l'olive d'une lampe. La salle s'illumina, révélant des meubles couverts de draps protecteurs. Tout était bien en ordre. Les queues dans leur casier attendaient la prochaine partie. Les lourds rideaux de brocart étaient tirés. Elle se repéra, éteignit la lumière et traversa vite l'immense pièce, l'épais tapis turc absorbant le bruit de ses pas.

Devant les grandes fenêtres il y avait un rebord haut et profond où elle se perchait avec Loveday, les après-midi de pluie, pour suivre une partie et tenter de compter les points. Ce n'était pas une cachette très originale, mais elle n'en trouva pas d'autre, et les secondes défilaient à toute vitesse. Elle écarta un rideau, remonta ses longues jupes et grimpa tant bien que mal sur le rebord. Puis elle remit promptement les rideaux en place, arrangeant les plis pour qu'aucun rayon de lumière ne trahisse sa présence.

C'était fait. Elle avait réussi. Elle s'adossa aux moulures du volet. Il faisait un froid de loup, comme dans une pièce minuscule que l'on n'aurait pas chauffée, les vitres des fenêtres étaient glaciales. Dehors le ciel était sombre, balayé par des nuages gris qui s'écartaient de temps à autre pour laisser briller une étoile. Dans la nuit elle contempla la silhouette des arbres nus, dont la cime se balançait dans le vent. Elle n'avait pas remarqué qu'il y avait du vent mais à présent, frissonnante, elle le sentait qui faisait vibrer les fenêtres, comme s'il voulait entrer.

Un bruit. Elle tendit l'oreille. Au loin, une porte s'ouvrit. Une voix forte. « On arrive ! Tu es prête ? » Ils avaient fini de compter. Ils étaient sur sa piste. Elle espéra qu'ils la trouveraient avant qu'elle ne meure de froid.

Elle attendit. L'attente lui sembla interminable. D'autres voix. Des pas. Un rire de femme suraigu. Les minutes passèrent. Puis, très doucement, la porte de la salle de billard s'ouvrit et se referma. Quelqu'un approchait sans bruit. Le tapis absorbait tous les sons, mais elle était certaine que l'on avançait vers elle à pas lents. Elle retint son souffle pour qu'il ne la trahisse pas. Puis on tira doucement le rideau et Edward murmura : « Judith ? » Malgré elle, elle poussa un soupir de soulagement. C'était la fin de l'attente et de l'anxiété.

– Je suis là, murmura-t-elle à son tour.

D'un bond il grimpa sur le rebord et tira à nouveau le rideau. Il était là, grand, fort, tout près d'elle. Et chaud.

– Sais-tu comment je t'ai trouvée ?

– Ne parle pas, ils vont t'entendre.

– Tu sais ?

– Non.

– J'ai senti ton parfum.

– Je gèle.

– Il fait un froid de canard ici.

Il l'attira contre lui, elle avait la chair de poule. Il lui frotta les bras comme s'il avait voulu sécher un chien.

– Mon Dieu, tu es glacée. Et maintenant ? Ça va mieux ?

– Oui.

– On a l'impression d'être dans une petite maison, n'est-ce pas ? Avec un mur, une fenêtre et assez d'espace.

– Il y a du vent dehors. Je ne l'avais pas remarqué.

– Il y a toujours du vent la nuit. C'est un cadeau de la mer. Aujourd'hui, c'est son cadeau de Noël.

Sans autre forme de cérémonie, il la prit dans ses bras, la serra contre lui et l'embrassa. Elle s'était toujours imaginé que le premier baiser d'un homme serait quelque chose de terrifiant, de bizarre, qu'il faudrait s'y habituer, mais Edward l'embrassa avec fougue et cela lui parut plutôt réconfortant, d'autant qu'elle en rêvait obscurément depuis des mois.

Il cessa de l'embrasser, mais la garda pressée contre lui, frotta sa joue contre la sienne et lui taquina l'oreille.

– J'en ai eu envie toute la soirée. Depuis que tu as franchi cette porte avec ton air de... qu'a dit tante Lavinia ? De superbe bleuet.

Il s'écarta légèrement et la contempla.

– Comment un drôle de petit cygne peut-il devenir aussi beau en grandissant ?

Il sourit et il y avait assez de lumière pour qu'elle vît son sourire. Elle sentit sa main chaude courir sur son épaule, dans son dos, lui caresser la taille et les hanches à travers les plis fins de sa robe de soie. Puis il l'embrassa à nouveau, différemment cette fois. Sa bouche s'entrouvrit et sa langue lui écartait les lèvres, tandis que sa main caressait la tendre chair de son sein...

Et tout lui revint en mémoire. Tout ce qui, depuis si longtemps, lui avait quitté l'esprit. L'horreur à nouveau. Elle se retrouvait dans ce petit cinéma sombre et miteux avec la main de Billy Fawcett sur son genou, tâtonnant, remontant...

Sa réaction de panique fut instinctive. Tout à coup, ce qui était agréable et délicieux devint menaçant, et il ne servait à rien de se dire que c'était *Edward*, parce que peu importait. Elle ne pouvait supporter ces avances sensuelles, pas plus qu'elle ne l'avait pu à quatorze ans. L'eût-elle désiré, elle ne pouvait s'y forcer. Elle repoussa violemment Edward.

– *Non !*

– Judith ?

Il y avait de l'ahurissement dans sa voix et, levant les yeux vers lui, elle le vit plisser le front, perplexe.

– Non, Edward, répéta-t-elle en hochant violemment la tête. Non.

– Pourquoi cette panique ? Ce n'est que moi.

– Je ne veux pas. Tu ne dois pas...

Elle le repoussa, et il la lâcha. Elle recula pour s'adosser aux lattes du volet. Aucun d'eux ne prononça un mot. Le silence s'installa entre eux, que troublait le seul souffle du vent. Peu à peu la panique de Judith se dissipa et son cœur retrouva son rythme normal. *Qu'ai-je fait ?* se demanda-t-elle, honteuse. Elle qui voulait tellement être adulte s'était conduite comme une petite idiote gauche et troublée. Elle eut soudain envie de crier de rage. Pensa tout expliquer à Edward, tout en sachant qu'elle ne le pourrait jamais.

– Je suis désolée, dit-elle enfin.

C'était lamentable.

– Tu n'aimes pas qu'on t'embrasse ?

Visiblement, Edward ne savait plus où il en était. Judith se demanda si une fille l'avait déjà traité ainsi. Edward Carey-Lewis, ce jeune homme qui bénéficiait de tous les privilèges, n'avait sans doute jamais, de sa vie entière, rencontré quelqu'un qui lui dise non.

– C'est entièrement ma faute, dit-elle faiblement.

– J'ai cru que c'était ce que tu voulais.

– Je le voulais... Je veux dire... Oh! Je ne sais plus.

– Je ne supporte pas de te voir si malheureuse...

Il fit un pas vers elle et, mue par une sorte de désespoir, elle leva les mains pour le repousser.

– Qu'est-ce qu'il y a?

– Ce n'est rien. Ça n'a rien à voir avec toi.

– Mais...

Il s'arrêta. Tendit l'oreille. Au-delà du rideau on avait ouvert et doucement refermé la porte du billard. On allait les découvrir. Il était trop tard pour faire amende honorable. Désespérée, Judith leva les yeux vers Edward et se dit qu'elle l'avait perdu à jamais. Elle n'avait plus le temps de dire quoi que ce fût. Le rideau s'écarta.

– Je me disais bien que tu serais là, murmura Loveday, et Edward s'accroupit pour lui tendre la main et la hisser sur le rebord de la fenêtre.

La nuit, son vieux cauchemar revint. Le cauchemar qu'elle avait cru mort et oublié. Sa chambre de Roquebise, la fenêtre ouverte, les rideaux gonflés et Billy Fawcett grimpant à l'échelle pour la rejoindre. Paralysée de terreur, elle attendait que sa tête apparaisse, ses yeux brillants, son air entendu et ses dents jaunes. Quand il entra, elle se réveilla en sursaut, trempée de sueur, la bouche ouverte, hurlant en silence.

C'était comme s'il avait gagné. Il avait tout gâché, puisque, comble de l'horreur, elle l'avait confondu avec Edward. Toutes ses inhibitions avaient rejailli, et elle était trop jeune et trop inexpérimentée pour les affronter.

Dans la chambre sombre de Nancherrow, elle pleurait sur son oreiller, parce qu'elle aimait Edward et qu'elle avait tout gâché. Rien ne serait plus comme avant.

Mais c'était compter sans Edward. Le matin, alors qu'elle dormait encore, elle entendit frapper doucement, et sa porte s'ouvrit.

– Judith?

Il faisait noir, mais le plafonnier s'alluma brutalement et l'éblouit. Tirée du sommeil, elle s'assit en clignant des yeux, l'esprit confus.

– Judith?

Edward. Elle le fixa bêtement. Vit qu'il était rasé, habillé, le regard clair, prêt à affronter la journée qui commençait. Il n'avait pas du tout l'air de s'être couché à trois heures du matin.

— Qu'y a-t-il ?

— N'aie pas l'air si inquiète.

— Quelle heure est-il ?

— Neuf heures.

Il s'approcha de la fenêtre pour tirer les rideaux, et la pièce fut emplie de la lumière grise de ce matin d'hiver.

— Je ne me suis pas réveillée.

— Ça n'a pas d'importance. Tout le monde fait la grasse matinée aujourd'hui.

Il alla éteindre la lumière et vint s'asseoir sans cérémonie à côté de son lit.

— Il faut que nous parlions.

Les souvenirs de la soirée l'assaillirent à nouveau.

— Oh ! Edward.

Elle était sur le point de succomber une fois de plus à une irrésistible envie de pleurer.

— Ne sois pas angoissée à ce point. Allons...

Il s'accroupit pour ramasser sa robe de chambre sur le tapis.

— Mets ça, sinon tu vas mourir de froid.

Elle obtempéra et glissa ses bras dans les manches.

— Comment as-tu dormi ?

Elle se rappela l'horreur de son rêve familier.

— Bien, mentit-elle.

— Je suis content. Écoute, j'ai bien réfléchi, et c'est pour cela que je suis ici. Ce qui s'est passé hier soir...

— C'était ma faute.

— Ce n'était la faute de personne. Je me suis peut-être mépris, mais je ne vais pas m'excuser, parce que je n'ai pas le sentiment d'avoir fait quoi que ce soit qui justifie des excuses. J'ai simplement oublié que tu es encore très jeune. Élégante et éclatante comme tu l'étais, j'ai cru que tu étais devenue brusquement adulte. Mais ça ne se passe pas comme ça. On a juste l'air adulte, on ne change pas intérieurement.

— Non, fit Judith en baissant les yeux. J'avais envie de danser avec toi et j'avais envie que tu m'embrasses. Et j'ai tout gâché.

— Mais tu ne m'en veux pas ?

Elle le regarda droit dans les yeux, croisa son regard bleu et franc.

– Non, lui dit-elle. Je t'aime beaucoup trop pour t'en vouloir.

– Dans ce cas, nous pouvons repartir sur de bonnes bases.

– C'est pour ça que tu es venu me réveiller ?

– Pas seulement. Je voulais être certain que nous nous comprenions. Il ne doit y avoir ni tension ni désaccord entre nous. Nous ne sommes pas seuls dans cette maison, et nous allons encore passer quelques jours tous ensemble. Il n'y aurait rien de plus désagréable qu'une atmosphère de sous-entendus ou de têtes sinistres. Tu comprends ce que je veux dire ?

– Oui, Edward.

– Ma mère est d'une perspicacité redoutable en ce qui concerne les rapports entre les gens. Je ne veux pas qu'elle te lance de longs regards interrogateurs, ni qu'elle me pose des questions insidieuses. Alors tu ne prendras pas un air accablé en me voyant ?

– Non, Edward.

– C'est bien.

Judith ne trouva rien à ajouter. Elle resta là à ruminer ses sentiments mêlés.

Son soulagement était immense. Soulagement qu'Edward ne l'ignore pas et ne la méprise pas le reste de son existence, qu'il accepte de rester son ami. Qu'il ne la considère pas comme une petite allumeuse hypocrite. Elle tenait cette expression sophistiquée de Heather Warren, qui la tenait elle-même de son frère Paddy. Paddy avait eu une petite amie qui lui plaisait beaucoup mais avec laquelle il n'était pas arrivé à ses fins, malgré ses cheveux teints, ses jupes courtes et ses manières aguichantes. *C'est une sale petite allumeuse*, avait-il finalement déclaré à sa sœur. A la première occasion, Heather avait fait part de cette captivante information à Judith en lui expliquant que les hommes faisaient peu de cas de ce genre de comportement.

Soulagement, donc. Mais Judith était également touchée par le bon sens d'Edward, qui s'inquiétait avant tout de sa mère et de la fête de Noël. Il avait certainement pensé aussi un peu à elle.

– Tu as tout à fait raison, lui dit-elle.

– Loyauté envers la famille, n'est-ce pas ? fit-il en souriant.

– Ce n'est pas ma famille.

– C'est tout comme...

Elle ne l'en aima que davantage. Elle tendit les bras, l'attira contre elle et déposa un baiser sur sa joue lisse. Il sentait un parfum frais et citronné. Le cauchemar de Billy Fawcett s'envola et l'amour retrouva sa juste place. Elle se laissa aller contre ses oreillers.

– As-tu déjà pris ton petit déjeuner ?

– Pas encore. Il m'a semblé plus important de clarifier les choses.

– Je meurs de faim, dit Judith qui, à sa grande surprise, se rendit compte que c'était vrai.

– On dirait Athena, fit-il en se levant. Je descends. Combien de temps te faut-il ?

– Dix minutes.

– Je t'attendrai.

1939

A Sainte-Ursule, la distribution des prix avait traditionnellement lieu fin juillet, le dernier jour du dernier
trimestre. Cela donnait lieu à une grande cérémonie, qui
se déroulait depuis des temps immémoriaux selon des
règles bien établies. Rassemblement des parents et des
élèves dans le grand hall, un discours ou deux, la remise
des prix, l'hymne de l'école, la bénédiction de l'évêque et
le thé, servi soit dans la salle à manger soit dans le jardin
selon la clémence du temps. Puis tout le monde s'égaillait
et rentrait chez soi pour les grandes vacances.

Le texte de l'invitation à cette réunion annuelle ne
variait jamais :

> Les gouverneurs de l'école de jeunes filles de
> Sainte-Ursule et Miss Catto (docteur de l'université de
> Cambridge)... Distribution des prix... Dans le grand
> hall à 14 heures... S'il vous plaît, soyez à vos places à
> 13 h 45... RSVP à la secrétaire de la directrice...

Le tout sur un joli carton épais à liseré d'or, avec une
impression en creux. Un peu comme une invitation à la
Cour, pensaient certains parents.

Consciencieusement, ils arrivèrent à l'heure dite. A
deux heures moins dix, l'impressionnant hall lambrissé
de chêne était bourré à craquer et, malgré les fenêtres
ouvertes, il faisait extrêmement chaud, les prières ayant
été exaucées, et c'était une belle journée d'été, sans un

306

nuage dans le ciel. En temps normal, le grand hall était un endroit austère, plein de courants d'air et froid comme une église, avec pour seule décoration un vitrail figurant le martyre de saint Sébastien, et la liste des anciennes élèves qui s'étaient distinguées d'une manière ou d'une autre. Ce jour-là, il resplendissait sous les fleurs et la verdure, car on avait sorti les plantes en pots des serres, et leur lourd parfum flottait dans l'air, presque entêtant.

Au fond se trouvait une estrade flanquée de deux volées de marches en bois. C'était de là que Miss Catto dirigeait les prières du matin, debout derrière son pupitre, dictait les instructions quotidiennes, distribuait les avertissements et maintenait plus ou moins l'école en alerte. Ce jour-là, cependant, l'estrade était fleurie d'un véritable parterre de pots de pélargoniums et garnie d'une rangée de fauteuils aux allures de trônes. L'assistance n'attendait plus que l'arrivée de leurs illustres occupants, l'évêque, le président du conseil des gouverneurs, le Lord-Lieutenant du comté, Lady Beazeley (que l'on avait priée de remettre les prix) et Miss Catto.

L'assistance se composait aux deux tiers de parents et d'amis qui s'étaient mis sur leur trente et un. Les mères arboraient des chapeaux, des gants blancs, des robes de soie fleuries et des hauts talons. Les pères étaient pour la plupart en complet foncé, avec çà et là un homme en uniforme. Les petites sœurs portaient des robes en liberty à smocks et des rubans dans les cheveux, les petits frères des costumes marins et des chaussures blanches. On les entendait distinctement geindre et se plaindre de la chaleur et de l'attente.

Edgar et Diana Carey-Lewis faisaient partie de cette foule, tout comme Mr. Baines, le notaire, et sa femme. Les petits Baines étaient restés à la maison, aux bons soins de leur gouvernante.

Les jeunes filles emplissaient le reste de l'auditorium, à l'avant du hall, les plus petites alignées devant sur les bancs du jardin d'enfants, les aînées derrière elles. Elles portaient toutes leur robe de fête en tussor crème à manches longues et garnitures de soie noire, et des bas. Seules les plus petites avaient droit aux chaussettes blanches, plus fraîches. A l'extrémité de chaque rang se tenait un membre de l'équipe enseignante en grande tenue, c'est-à-dire en toge noire. Mais ce jour-là, même ces accoutrements archaïques avaient de l'allure, car chaque professeur avait revêtu l'épitoge universitaire, dont les plis soigneusement disposés révélaient des doublures de soie rubis, émeraude ou saphir.

Judith, qui était assise au dernier rang, regarda sa montre. Deux heures moins deux. Dans un instant apparaîtrait le groupe d'honneur, que Freda Roberts, l'une des responsables générales des élèves, irait chercher dans le bureau de Miss Catto. Judith n'était que simple responsable, ce dont elle remerciait le ciel, étant donné le souvenir qu'elle avait gardé de la redoutée Deirdre Ledingham.

Derrière elle un petit garçon mal à l'aise se tortillait.
– Je veux à boire, gémit-il, mais on le fit taire immédiatement.

Elle compatissait. Cette cérémonie était toujours une épreuve, un peu moins insupportable cette fois parce qu'elle avait dix-huit ans, que c'était la fin de l'école et la dernière distribution des prix. Ces lourdes robes de tussor ne laissaient pas passer un souffle d'air. Elle sentait la sueur lui couler sous les bras et derrière les genoux. Pour oublier sa gêne, elle passa en revue les événements agréables et réjouissants passés ou à venir.

Avec un peu de chance, elle serait reçue à l'examen d'entrée à l'université. C'était le plus important. Les résultats ne seraient publiés qu'ultérieurement, mais Miss Catto, qui avait bon espoir, avait déjà pris des dispositions pour que Judith entre à Oxford.

Mais, même si elle était reçue, ce ne serait pas avant l'année suivante, car elle avait déjà réservé son billet pour octobre sur un bateau de la compagnie P & O en partance pour Singagour, où elle passerait au moins une dizaine de mois avec sa famille. Jess avait maintenant huit ans. Judith était impatiente de les revoir.

Dans l'immédiat, il y avait d'autres bonnes choses en perspective. La fin de l'année scolaire, la liberté et les vacances d'été. Elle avait quelques projets : en août, deux semaines à Porthkerris en compagnie de Heather Warren et de ses parents ; ensuite, peut-être une visite à tante Biddy, mais les dates n'avaient pas encore été fixées.

Sinon Nancherrow. C'est-à-dire Edward.

Dans le hall confiné de l'école, elle bouillait d'une joyeuse impatience. Ce qui s'était passé à Noël derrière les rideaux de la salle de billard et la manière dont il avait réglé cette situation désagréable lui avaient ouvert les yeux sur ses propres sentiments, et elle en était tombée follement amoureuse. Elle avait du mal à imaginer qu'un homme aussi séduisant pût être si compréhensif et si patient. Grâce à lui, cet incident mineur, qui aurait pu provoquer une gêne destructrice, était passé inaperçu. La gratitude et l'admiration renforcèrent son amour pour lui. Et leur complicité n'en fut que plus forte.

La séparation n'y était pas non plus étrangère. La séparation, comme le vent, éteint une petite flamme, mais en attise une plus forte. Judith n'avait pas vu Edward depuis le mois de janvier. Il avait passé les vacances de Pâques dans un ranch au Colorado, invité par l'un de ses camarades, un jeune et brillant étudiant américain qui avait obtenu une bourse pour Cambridge. Ils avaient tous deux pris le *Queen Mary* de Southampton à New York, puis avaient rejoint Denver par le train. Tout cela paraissait très aventureux et, bien qu'Edward n'eût pas la plume facile, il lui avait envoyé deux cartes postales, une vue très colorée des Rocheuses, et une autre représentant des Indiens vendant des paniers. Elle conservait ces précieux souvenirs entre les pages de son journal, avec un cliché qu'elle avait volé dans un album appartenant à Loveday. Si celle-ci avait remarqué sa disparition, elle n'en avait rien dit. Pour l'instant, Edward se trouvait dans le midi de la France, où il séjournait dans la villa de la tante de l'un de ses camarades.

Quand Diana évoqua cette dernière escapade devant les deux filles, elle hocha la tête d'un air sidéré, mais elle était manifestement enchantée de la popularité de son fils bien-aimé.

– Cette manière qu'il a de toujours retomber sur ses pieds, c'est extraordinaire ! Non seulement il a des amis riches, mais ils ont tous des maisons dans les lieux les plus exotiques. En plus, ils l'y invitent. Ce qui est agréable pour Edward, mais un peu triste pour nous. Ne vous inquiétez pas. Avec un peu de chance, il restera à la maison une partie de l'été.

Judith ne s'inquiétait pas. L'attendre une fois de plus, avec la même impatience, faisait partie de son bonheur.

Mais il y avait un autre événement palpitant : Mr. Baines lui avait conseillé de s'acheter une petite voiture. En l'absence d'Edward, elle avait passé les vacances de Pâques à apprendre à conduire et, aussi incroyable que cela puisse paraître, avait obtenu son permis du premier coup. A Nancherrow, il était difficile de conduire l'une des automobiles. Pas question de prendre la Bentley de Diana ou la Daimler du colonel, toutes deux si belles qu'elle redoutait de les abîmer. Et la « petite voiture familiale » était le break, tellement énorme que l'on avait l'impression d'être au volant d'un bus.

Elle avait expliqué cette triste situation à Mr. Baines :

– Quand j'ai envie d'aller faire une course à Penzance, il faut que j'attende que quelqu'un m'y emmène, ce qui n'arrange personne.

Celui-ci s'était montré très compréhensif.

– Je vois, lui avait-il dit, puis il avait réfléchi en silence à la question et s'était décidé : Voyez-vous, Judith, je pense que vous devriez avoir votre propre voiture. Vous avez dix-huit ans et vous êtes parfaitement responsable. Comme cela, vous pourrez aller et venir à votre gré, sans être un fardeau pour les Carey-Lewis.

– *Vraiment ?* (Elle n'en croyait pas ses oreilles.) Une voiture à moi ?

– Cela vous plairait, n'est-ce pas ?

– Plus que tout, mais jamais je n'aurais imaginé que vous me proposeriez une chose pareille. Si j'en ai une, je m'en occuperai bien, je la laverai, j'y mettrai de l'essence et tout et tout. Et je m'en servirai. J'étais tellement frustrée, autrefois, quand maman avait peur de prendre l'Austin. Il y a tant d'endroits charmants où nous aurions pu aller, tant de choses à voir. Mais nous ne l'avons jamais fait.

– Vous ferez tout cela ?

– Pas nécessairement. Mais c'est tellement merveilleux de me dire que, si je veux, je peux. Et puis il y a quelque chose qui me tracasse depuis longtemps. Il s'agit de Phyllis, qui travaillait chez nous à Riverview. Elle avait trouvé une autre place à Porthkerris, mais elle a épousé son fiancé et elle est partie vivre avec lui à Pendeen. Comme il est mineur, la mine leur procure une petite maison. Elle a eu un bébé et j'aimerais vraiment aller la voir. Si j'avais une voiture, je le ferais.

– Phyllis. Oui, je me rappelle Phyllis. C'était elle qui m'ouvrait la porte quand je venais voir votre mère. Elle était toujours souriante.

– Elle est adorable. Nous sommes restées en contact, nous nous sommes écrit des lettres et des cartes postales, mais je ne l'ai pas vue depuis quatre ans. Même quand j'étais à Porthkerris, ce n'était pas possible. Il n'y avait qu'un car par semaine et c'était trop loin pour y aller à bicyclette.

– Quel dommage, n'est-ce pas ? soupira Mr. Baines. Nous habitons ce petit pays et nous sommes aussi loin les uns des autres que si nous habitions des planètes différentes, ajouta-t-il en souriant. Votre voiture et l'indépendance, c'est à mes yeux une nécessité, non un luxe. Mais terminez d'abord vos études, passez votre examen d'entrée à l'université et nous verrons cela. J'en toucherai deux mots au capitaine Somerville.

Et les choses en étaient restées là. Mais Judith avait bon espoir car, tout compte fait, elle ne pensait pas qu'oncle Bob dirait non.

Avec un peu de chance, se disait-elle, elle aurait cette voiture avant d'aller chez les Warren et pourrait se rendre toute seule à Porthkerris. Loveday était également invitée dans la sympathique famille de l'épicier, mais ne s'était pas encore engagée. Elle avait un nouveau poney à dresser, et divers concours hippiques auxquels elle avait prévu de participer et de remporter la victoire. Mais, avec la perspective d'une voiture leur permettant de se déplacer par leurs propres moyens, il se pourrait qu'elle se décide enfin et vienne passer ne serait-ce que quelques jours à Porthkerris. L'idée de traverser le comté à toute allure avec Loveday, dans une voiture de sport à deux places, les valises entassées sur la banquette arrière, semblait si étourdissante qu'elle aurait voulu lui en parler sur-le-champ, mais son amie était deux rangs devant elle, et il lui faudrait attendre.

A dix-sept ans, Loveday quittait elle aussi définitivement Sainte-Ursule. Elle n'avait jamais été nommée responsable de classe et s'était contentée de passer son certificat, mais elle avait clairement fait comprendre à ses pauvres parents que, sans Judith, Sainte-Ursule lui deviendrait insupportable.

– Mais, ma chérie, qu'allons-nous faire de toi ? lui avait demandé Diana, perplexe.

– Je resterai à la maison.

– Tu ne vas quand même pas moisir ici. Tu vas te transformer en chou !

– Je pourrais aller en Suisse, comme Athena.

– Mais tu as toujours dit que tu ne voulais plus jamais que l'on t'envoie loin d'ici.

– La Suisse, c'est différent.

– Ce serait possible, je suppose. Non que cela ait fait du bien à Athena. Tout ce qu'elle a appris, c'est skier et tomber amoureuse du moniteur.

– C'est pour cela que je veux y aller.

Deux heures. Légère agitation au fond du hall, et toute l'assistance se leva avec joie. Enfin la cérémonie commençait. Cela ressemblait un peu à un mariage, songea Judith, avec toutes ces fleurs et tous ces gens bien habillés, les mères s'éventant avec leur feuille de chants, comme si la mariée allait s'avancer avec une majesté de cygne, au bras de son père. L'illusion était si forte que, lorsque l'évêque descendit l'allée à la tête de la petite procession, elle s'attendait presque à entendre l'orgue jouer quelque marche nuptiale.

Mais il n'y eut, bien entendu, pas de mariée. Les invités d'honneur prirent place sur l'estrade, l'évêque s'avança et dit sa petite prière. Tout le monde s'assit.

Discours. Le président du conseil des gouverneurs n'en finissait pas, mais Miss Catto fut brève, vive et drôle, suscitant quelques rires aussi spontanés que bienvenus.

Distribution des prix. Judith décrocha le premier prix d'anglais, ce qu'elle espérait, puis elle monta de nouveau pour recevoir celui d'histoire, auquel elle ne s'attendait absolument pas. Puis vint la remise de la coupe Carnhayl, très convoitée.

Judith réprima un bâillement. Elle savait parfaitement qui serait lauréate : Freda Roberts, qui se dépensait depuis des mois en obséquiosités diverses, léchant les bottes de tous les professeurs.

La coupe Carnhayl, expliquait Miss Catto de sa voix claire, était remise tous les ans à la jeune fille qui, selon le vote démocratique de tout le corps enseignant, avait le plus contribué à la bonne marche de l'école. On ne se fondait pas uniquement sur le travail scolaire, mais aussi sur trois qualités essentielles : l'aptitude générale, le caractère et la persévérance. Cette année, la gagnante était... Judith Dunbar.

Elle resta bouche bée d'incrédulité. Quelqu'un lui donna un coup de coude dans les côtes en lui disant : « Vas-y, idiote ! » Elle se leva tant bien que mal et s'avança pour recevoir ce prix prestigieux. Ses jambes tremblaient tant qu'elle trébucha sur les marches et faillit se casser la figure.

– Bravo, dit lady Beazeley avec un sourire rayonnant.

Judith prit la coupe, fit la révérence et retourna à sa place sous un tonnerre d'applaudissements, les joues rouges comme des betteraves.

Enfin l'hymne de l'école. Déjà en place, le professeur de musique plaqua un accord sur son piano. Tout le monde se leva et huit cents voix s'unirent dans un vacarme de tous les diables.

> *Que celui qui reste vaillant*
> *Malgré tous les désastres*
> *Suive le Maître*
> *Avec constance.*

La musique avait toujours exercé un effet puissant sur Judith, altérant son humeur d'un instant à l'autre. C'était la fin d'une époque, et elle savait qu'elle n'entendrait jamais plus les mots familiers du poème de Bunyan sans se rappeler chaque détail de ce moment-là. La chaleur de l'après-midi, le parfum des fleurs, la grande explosion des voix. Elle ne savait plus si elle était triste ou heureuse.

> *Puisque le Seigneur*
> *Nous défend par son Esprit*
> *Nous savons qu'à la fin*
> *Nous hériterons la vie.*

Heureuse. Elle était heureuse. Avec le ressort de la jeunesse, son moral remonta en flèche. Tandis qu'elle chantait, une autre pensée réjouissante lui traversa l'esprit. La coupe Carnhayl était un atout supplémentaire en faveur de sa nouvelle voiture. Elle l'aurait sûrement pour aller à Porthkerris avec Loveday. Elles prendraient la route ensemble. Deux jeunes filles ayant terminé leurs études. Deux jeunes femmes.

La distribution des prix terminée, tout le monde s'en alla, laissant l'école et le dortoir déserts. Seule Judith resta assise sur son lit à trier le contenu de son sac à main en attendant six heures, heure à laquelle elle devait se rendre dans le bureau de Miss Catto pour lui faire ses adieux. Ses bagages et sa vieille malle élimée étaient déjà en route pour la demeure des Carey-Lewis dans le coffre de la Daimler du colonel. Quand Miss Catto en aurait fini avec elle, Mr. Baines s'était proposé pour la ramener à Nancherrow. Le temps qu'elle passerait avec lui lui fournirait l'occasion de l'entretenir de sa voiture.

Quand elle eut refermé son sac, elle traversa le dortoir pour se pencher à la fenêtre. Les pelouses désertes descendaient vers les courts de tennis et les arbustes. Toute trace de la fête avait été nettoyée et les ombres s'allongeaient sur l'herbe foulée aux pieds. Elle pensa à la première fois où elle avait vu tout cela, le jour où elle était venue s'y promener discrètement avec sa mère. Rétrospectivement, les quatre années qui s'étaient écoulées depuis avaient passé plus vite que Judith ne l'aurait imaginé.

Six heures moins cinq. Il était temps d'y aller. Elle prit son sac et descendit. Le grand escalier était désert et tout semblait étrangement silencieux. Pas d'éclats de voix, pas de sonneries, pas de gammes provenant de la salle de musique. Elle frappa à la porte du bureau, et Miss Catto l'invita à entrer. Judith trouva la directrice confortablement installée dans un fauteuil tourné vers la fenêtre, les pieds posés sur un tabouret. Elle était en train de lire le *Times* mais, quand Judith apparut, elle le plia et le laissa tomber à ses pieds.

— Judith, venez. Je n'ai pas l'intention de me lever. Je suis exténuée.

Elle avait retiré sa toge et son épitoge, qu'elle avait jetées sur son bureau. Ainsi, elle avait une tout autre allure et on admirait mieux sa robe légère, ses jambes moulées dans de fins bas de soie. Ses escarpins bleu marine à petits talons étaient ornés de boucles d'argent. Détendue après cette journée éprouvante, elle était à la fois séduisante et féminine, et Judith se dit qu'il était bien dommage que Mr. Baines ait déjà une femme et une famille.

— Cela ne m'étonne pas que vous soyez épuisée. Vous n'avez pas arrêté de la journée.

Elle avait approché un autre fauteuil de la table basse, où avait été posé un plateau d'argent avec une bouteille de xérès et trois petits verres. Voyant cela, Judith fronça les sourcils. Elle n'avait jamais vu la moindre goutte d'alcool dans cette pièce. Miss Catto remarqua sa perplexité et sourit.

– Ces trois verres sont pour vous, moi et Mr. Baines quand il arrivera. Mais nous n'allons pas l'attendre. Servez-vous, ma chère enfant, et asseyez-vous.

– Je n'ai jamais bu de xérès.

– Eh bien, c'est une excellente occasion de commencer. Et je pense que cela nous fera le plus grand bien.

Judith emplit deux verres et s'assit. Miss Catto leva son verre.

– A vous et à votre avenir, Judith.

– Merci.

– Avant que j'oublie, félicitations pour la coupe Carnhayl. Et n'oubliez pas que ce fut un vote presque unanime et que je n'y suis pour rien.

– C'était quand même un peu surprenant. J'étais persuadée que Freda Roberts l'aurait. J'ai même failli tomber sur ces maudites marches...

– Vous n'êtes pas tombée, c'est le principal. Et maintenant, quel est le programme des vacances ?

Le xérès était bon. Judith se détendit et croisa les jambes, ce qu'elle n'aurait jamais osé faire auparavant, et parla de ses projets à Miss Catto.

– Tout d'abord, je retourne à Nancherrow, puis Mrs. Warren m'a invitée à Porthkerris pour une quinzaine de jours.

– Avec votre amie Heather ? dit Miss Catto, qui n'oubliait jamais un nom. Vous devez être contente.

– Oui, ils ont invité Loveday aussi, mais elle n'arrive pas à se décider.

– C'est bien elle, fit Miss Catto en riant. Elle est peut-être un peu intimidée ?

– Non, ce n'est pas ça. C'est à cause de son nouveau poney. Elle m'a déjà accompagnée à Porthkerris. Nous y avons passé une journée, une fois, et une autre fois tout un week-end.

– Loveday s'y est-elle plu ?

– Énormément. Ce qui m'a surprise, d'ailleurs.

– En amitié, trois, ce n'est pas toujours un nombre facile.

– Je sais, mais Loveday et Heather se sont entendues comme larrons en foire, et Mrs. Warren l'aime beaucoup. Les frères de Heather l'ont taquinée et mise en boîte, mais elle était ravie et elle s'est bien défendue.

– Excellent pour elle de sortir un peu de chez elle, de voir comment vivent les autres et de s'adapter à leurs habitudes.

– J'espère qu'elle viendra et que je pourrai l'y conduire dans ma propre voiture. Mr. Baines vous en a-t-il parlé ?

– Il y a fait allusion.

– C'est lui qui en a eu l'idée. Il a dit que je devais être indépendante et que, si je réussissais mon examen, peut-être... (Judith hésita, ne voulant pas avoir l'air de se vanter.) Mais maintenant que j'ai obtenu la coupe Carnhayl...

– J'espère bien ! s'exclama Miss Catto qui, comprenant ce qu'elle voulait dire, éclata de rire. Mettez-lui les points sur les i, bien qu'il ne puisse pas trouver grand-chose à y redire. L'indépendance ! Quel bonheur ! Dites-m'en davantage. Qu'avez-vous prévu ?

– J'irai sans doute quelques jours chez tante Biddy. Oncle Bob est en mer et Ned a rejoint la Marine royale. Elle est toujours contente d'avoir un peu de compagnie. Nous avons pensé passer un jour ou deux à Londres, où elle m'aidera à acheter des vêtements pour Singapour. Je ne veux pas être trop démodée.

– Bien sûr. Mais promettez-moi une chose. Ne tombez pas amoureuse à Singapour et ne vous mariez pas en jetant Oxford aux orties. Vous avez toute la vie pour tomber amoureuse et vous marier, mais vous n'aurez plus jamais l'occasion d'entrer à l'université.

– Miss Catto, je n'ai nullement l'intention de me marier avant des *siècles*. En tout cas, pas avant vingt-cinq ans.

– Très bien. Et méfiez-vous des aventures sur le bateau. Ça ne m'est jamais arrivé, mais il paraît que c'est fatal.

– Je n'oublierai pas.

Miss Catto sourit.

– Vous me manquerez, dit-elle. Mais c'est votre vie, et l'heure est venue de poursuivre votre chemin. Le plus important, c'est d'être honnête envers vous-même, ne l'oubliez pas. Si vous vous y tenez, vous ne persisterez pas longtemps dans l'erreur.

– Vous avez toujours été si gentille...

– Ma chère enfant, ne dites pas de bêtises. Je fais mon travail, c'est tout.

– Non. Plus que cela. Et je m'en suis toujours voulu de n'avoir pas honoré votre invitation et de n'être jamais allée chez vos parents à Oxford. J'aurais réellement aimé faire leur connaissance, mais... hésita-t-elle.

– Vous avez trouvé une famille d'adoption, enchaîna Miss Catto en riant. Et c'était une solution beaucoup plus satisfaisante. Après tout, une directrice ne peut que vous orienter dans telle ou telle direction. Mais pour se sentir chez soi, avoir un sentiment d'appartenance, il faut s'adresser à quelqu'un d'autre. Et quand je vous regarde, je me dis que Mrs. Carey-Lewis a fait du bon travail. Mais, à mon avis, il est temps que vous retourniez vers votre propre famille. Maintenant...

A ce moment-là, leur conversation fut interrompue par un coup ferme à la porte et l'apparition de Mr. Baines.

– Je ne vous dérange pas ?

– Pas du tout, lui dit Miss Catto.

– Votre chauffeur prend son service, dit-il en donnant une tape sur l'épaule de Judith. Pas trop tôt, j'espère ?

Miss Catto lui sourit de son fauteuil.

– Nous sommes en train de boire un peu de xérès pour nous revigorer. Asseyez-vous et prenez un verre.

Et Mr. Baines s'installa confortablement, accepta un verre et alluma une cigarette, ce qui lui donnait un petit air piquant qui ne lui était pas habituel. Ils bavardèrent. Il avait déjà félicité Judith pour avoir remporté la coupe Carnhayl et ne voyait manifestement aucune raison d'en reparler, mais il prodigua de chaleureuses louanges à Miss Catto pour le bon déroulement de cette journée.

– Nous avons été gâtés par le temps, fit-elle remarquer. J'aimerais quand même que quelqu'un revoie le discours annuel du président. Qui cela intéresse-t-il d'entendre un compte rendu minutieux des dégâts causés aux bancs de la chapelle par la moisissure sèche ? Ou de l'épidémie de rougeole du deuxième trimestre ?

– C'est maladif chez lui, fit Mr. Baines en riant. Quand il prend la parole aux réunions du conseil du comté, tout le monde se prépare à faire un petit somme.

Vint le moment de se quitter définitivement. Les verres de xérès étaient vides et Mr. Baines regardait sa montre.

– Il est temps d'y aller, je crois.

Ils se levèrent.

– Je ne vous raccompagnerai pas, dit Miss Catto à Judith. Je déteste les adieux. Mais donnez-moi de vos nouvelles, dites-moi ce que vous devenez.

– C'est promis.

– Et passez d'excellentes vacances.

– Oui.

– Au revoir, ma chère enfant.

– Au revoir, Miss Catto.

Elles se serrèrent la main. Elles ne s'embrassèrent pas. Elles ne s'étaient jamais embrassées. Puis Judith quitta la pièce, suivie de Mr. Baines, qui ferma la porte. Miss Catto resta seule, calme et pensive, puis elle ramassa le journal qu'elle avait abandonné à l'arrivée de Judith. A mesure que les jours passaient, les nouvelles étaient de plus en plus inquiétantes. Deux mille soldats nazis, vraisemblablement armés, étaient entrés dans Dantzig. Tôt ou tard, Hitler envahirait la Pologne, tout comme il avait annexé l'Autriche et la Tchécoslovaquie. Et il y aurait de nouveau la guerre, et toute une génération, sur le point de commencer une vie riche et belle, serait sacrifiée et décimée par ce conflit navrant.

Elle replia proprement le journal. Il fallait rester forte et résolue, elle le savait, mais aujourd'hui, alors qu'elle venait de saluer Judith pour la dernière fois, une telle tragédie, un tel gaspillage, lui déchirait le cœur.

Sa toge et son épitoge étaient toujours sur le bureau. Elle les prit et les serra contre elle, comme pour se rassurer. La distribution des prix était un obstacle qu'elle devait franchir chaque année et qui l'épuisait toujours, mais il n'y avait pas de quoi être si désespérée, si angoissée. Soudain ses yeux s'emplirent de larmes. Elle enfouit son visage dans l'étoffe noire qui sentait un peu le renfermé, saisie d'une rage muette à l'idée de cette guerre imminente. Elle pleurait sur la jeunesse, sur Judith et sur toutes les occasions à jamais perdues.

Août à présent, et un lundi matin pluvieux. Une pluie d'été, douce et pénétrante, tombait sur Nancherrow. Les nuages gris et bas venus du sud-est assombrissaient les falaises et la mer, et les feuilles alourdies des arbres pendaient en s'égouttant. Les rigoles coulaient et les gouttières gargouillaient. On avait remis au lendemain la lessive hebdomadaire. Personne ne se plaignait. Après une longue période de temps chaud et sec, la fraîcheur était la bienvenue. La pluie tombait avec une inlassable régularité, et les fleurs, les fruits et les légumes assoiffés buvaient l'humidité avec gratitude dans un air empli d'une incomparable odeur de terre mouillée.

Tiger sur ses talons, Loveday émergea de la sellerie et s'arrêta un instant pour emplir ses poumons de cette fraîcheur douce et revigorante. Elle portait des bottes de caoutchouc, un vieil imperméable qu'elle avait enfilé sur un short et un polo de coton rayé, mais elle était tête nue et la pluie faisait friser plus que jamais ses boucles noires.

Elle prit la direction de la ferme de Lidgey en montant vers la lande. Entre le chemin et les murets de pierre couverts de lichen se trouvait un fossé profond, où s'écoulait la pluie, hérissé de buissons d'ajoncs embrasés de fleurs jaunes aux senteurs d'amande. Au-delà du muret s'étendaient des pâturages, où les vaches de Mr. Mudge paissaient une herbe vert vif. Les mouettes, que les intempéries ramenaient vers la terre, tournoyaient en piaillant.

Loveday aimait la pluie. Elle y était habituée, et cela la mettait en joie. Tiger courait devant, et elle accéléra le pas pour suivre son rythme enthousiaste. Elle eut vite chaud et déboutonna son imperméable, qui battit contre ses flancs comme deux ailes inutiles. Le chemin zigzaguait jusqu'au haut de la côte. Lidgey était juste au-delà, mais la brume l'empêchait de voir la ferme. Peu importait, elle connaissait comme sa poche tous les coins et recoins de Nancherrow, les fermes et le domaine. Ces hectares de terre qui appartenaient à son père étaient son royaume et, les yeux bandés, elle aurait retrouvé son chemin n'importe où, même au fond du tunnel des gunneras.

Après le dernier virage, la ferme de Lidgey émergea de la brume au-dessus d'elle, solide et ramassée, entourée de ses dépendances. La fenêtre de la cuisine de Mrs. Mudge brillait comme une bougie allumée, ce qui n'était guère surprenant par ce temps sombre.

Elle atteignit le portail et s'arrêta un instant pour reprendre haleine. Tiger l'avait déjà franchi et elle le suivit, traversant la cour boueuse qui sentait fort. Elle contourna un gros tas de fumier qui fumait doucement en attendant d'être assez mûr pour qu'on le répande sur les champs. Les poules de Mrs. Mudge caquetaient et picoraient tout autour, et, au sommet du tas, son beau coq, les ailes déployées, chantait à tue-tête. Loveday se fraya un chemin sur les pavés glissants, franchit un second portail et pénétra dans le jardin. Une allée pavée menait à la porte d'entrée. Elle retira ses bottes et, en chaussettes, pénétra dans la maison.

Le plafond était bas, le petit vestibule sombre. Un escalier de bois montait au premier étage. Elle poussa la porte de la cuisine, assaillie aussitôt par une délicieuse odeur de pain chaud.

– Mrs. Mudge ?

Devant l'évier, Mrs. Mudge épluchait des pommes de terre, au milieu d'un certain chaos. Elle avait étalé de la pâte à une extrémité de la table tandis qu'à l'autre extrémité s'entassaient journaux, catalogues de graines et factures en attente de paiement. Il y avait des bottes sales près du fourneau auquel étaient accrochés des torchons. Du linge pendait à l'étendoir, les caleçons longs de Mr. Mudge bien en évidence. Il y avait aussi un buffet peint en bleu, aux étagères bourrées de vaisselle dépareillée, jonché de cartes postales cornées, de paquets de cachets vermifuges, de vieilles lettres et de laisses de chien, un vieux téléphone et un panier à œufs crotté. Les poules de Mrs. Mudge pondaient n'importe où, et on devait souvent chercher les œufs au fond du chenil.

Loveday remarqua à peine la pagaille. La cuisine de Lidgey avait toujours été ainsi, et elle aimait cela. C'était très chaleureux. Mrs. Mudge n'était guère plus soignée, flanquée de casseroles noircies, de la pâtée de ses cochons, des plats et des bols dont elle s'était servie le matin et qu'elle n'avait pas encore lavés. Elle portait un tablier qui lui enveloppait le corps et des bottes de caoutchouc. Elle était toujours en bottes, parce qu'elle entrait et sortait sans arrêt pour lancer du grain, aller chercher du petit bois ou porter les paniers de linge sale à la buanderie. Cela ne valait pas la peine de les ôter. Le sol dallé et les carpettes élimées étaient sales, mais la saleté ne se voyait pas trop. Mr. Mudge et Walter n'y trouvaient rien à redire tant ils étaient bien soignés. Pourtant, Loveday savait que la laiterie dont Mrs. Mudge était seule responsable était d'une hygiène irréprochable, abondamment récurée et désinfectée. Ce qui, étant donné le nombre de gens qui buvaient son lait et mangeaient son beurre, était tout aussi bien.

Mrs. Mudge se retourna, une pomme de terre dans une main et dans l'autre un vieux couteau à manche de corne.

– Loveday !

Comme toujours, elle semblait ravie. Elle n'appréciait rien tant qu'une bonne excuse pour mettre la bouilloire sur le feu, préparer du thé et papoter.

– Quelle bonne surprise !

Elle n'avait plus de dents et ne portait son dentier que lorsqu'elle recevait ou dans les grandes occasions, comme la fête de la paroisse. Édentée, elle paraissait assez vieille, mais elle avait à peine la quarantaine. Ses cheveux raides et ternes étaient couverts d'un béret marron qu'elle portait constamment, comme ses bottes et pour la même raison.

– Vous êtes montée jusqu'ici par ce sale temps ?

– J'ai Tiger avec moi. Cela vous ennuie qu'il entre ?

Question d'autant plus idiote que Tiger était déjà là, dégoulinant et reniflant la pâtée des cochons. Mrs. Mudge l'injuria joyeusement, leva un pied, si bien qu'il recula jusqu'à la carpette élimée devant le fourneau, où il se coucha pour se nettoyer à grands coups de langue.

Loveday retira son imperméable, qu'elle étala sur une chaise, puis elle prit un morceau de pâte crue et le mangea. Mrs. Mudge se mit à rire.

– Je n'ai jamais vu une fille aimer autant la pâte crue.

– C'est délicieux.

– Vous voulez une tasse de thé ?

Loveday dit oui, non qu'elle en eût particulièrement envie, mais prendre le thé avec Mrs. Mudge faisait partie de la tradition.

– Où est Walter ?

– Dans le champ du haut avec son père, répondit Mrs. Mudge, qui laissa ses pommes de terre pour remplir la bouilloire et mettre l'eau à bouillir. Vous vouliez le voir ?

– Eh bien, il n'était pas à l'écurie, ce matin, et, quand je suis arrivée, il avait sorti les chevaux.

– Il est descendu tôt, parce que son père voulait qu'il l'aide à colmater l'un des murs. Cette nuit, deux vaches sont sorties sur la route, les sales bêtes. Qu'est-ce que vous lui voulez, à Walter ?

– Juste lui dire quelque chose. Mais vous pouvez lui transmettre le message. Je m'en vais demain à Porthkerris pour une semaine. Il devra donc s'occuper tout seul des chevaux. Il y a plein de foin, et j'ai nettoyé les stalles hier soir.

– Je le lui dirai. Je veillerai à ce qu'il n'oublie pas.

Mrs. Mudge saisit sa boîte à thé, ornée du portrait du roi, sur le manteau de cheminée et la théière marron posée sur un coin du fourneau.

– Pourquoi vous en allez-vous à Porthkerris ?

– Je vais chez les Warren avec Judith. Ils m'ont invitée. Judith y restera deux semaines. J'ai failli refuser, et puis je me suis dit que ce pourrait être amusant. Je m'en veux quand même de laisser le nouveau poney, mais papa pense qu'il faut que j'y aille. En plus, vous n'allez pas me croire, Mrs. Mudge, mais Judith et moi, nous irons toutes seules en voiture ! Aujourd'hui, Judith est partie avec Mr. Baines, le notaire, pour s'en acheter une. Elle n'a que dix-huit ans. Vous ne trouvez pas qu'elle a une sacrée veine ?

Mrs. Mudge, qui disposait bruyamment tasses et soucoupes, en resta bouche bée.

– Une voiture à *elle* ? C'est incroyable ! Et deux jeunes filles qui s'en vont comme ça. J'espère que vous n'aurez pas d'accident et que vous ne vous tuerez pas.

Le thé prêt, Mrs. Mudge prit, dans un plat en terre cuite, un gâteau au safran qu'elle coupa en tranches épaisses.

– Les Warren ? Est-ce Jan Warren, l'épicier ?

– C'est ça. Il a une fille qui s'appelle Heather. C'était l'amie de Judith à l'école de Porthkerris. Et elle a deux frères très, très beaux, Paddy et Joe.

– Oh ! sourit Mrs. Mudge. C'est pour ça que vous y allez !

– Ne dites pas de sottises, Mrs. Mudge, bien sûr que non.

– Je ne les connais pas très bien, mais les Warren sont de lointains parents. Daisy Warren était cousine de ma tante Flo. Une grande famille, ces Warren. Jan Warren était un sacré luron quand il était jeune. Il a fait les quatre cents coups. On n'aurait jamais cru qu'il se rangerait.

– Il aime toujours la plaisanterie.

Mrs. Mudge versa le thé, tira une chaise et s'installa pour bavarder.

– Que se passe-t-il à la maison ? C'est plein à craquer, comme d'habitude ?

– Au contraire. Il n'y a que Pops, Judith et moi. Athena est toujours à Londres, et Edward mène la vie de château dans le sud de la France. Comme d'habitude, nous ignorons quand il rentrera.

– Et votre mère ?

Loveday fit la grimace.

– Elle est partie hier pour Londres. Elle a pris la Bentley et Pekoe.

– Elle est partie à *Londres* ? fit Mrs. Mudge, sidérée, à juste titre. Alors que vous êtes tous là ? Au beau milieu des vacances ?

En fait, Diana Carey-Lewis n'avait encore jamais fait une chose pareille. Bien qu'un peu déçue de la défection de sa mère, Loveday la comprenait.

– Entre nous, Mrs. Mudge, je crois qu'elle est un peu déprimée. Elle avait besoin de s'échapper. Athena lui remonte toujours le moral, et je suppose qu'il lui fallait du changement.

– Pourquoi veut-elle changer ?

– Eh bien, reconnaissez que tout est déprimant, en ce moment. Les événements, je veux dire. On ne parle que de guerre et Edward va rejoindre les réservistes de la Royal Air Force. Je crois que ça l'effraie. Pops est abattu, lui aussi. Il passe son temps à écouter tous les bulletins d'informations et à lire les journaux. Ils sont en train de creuser des abris antiaériens dans Hyde Park et Pops a l'air de penser que nous serons tous gazés. Pas très drôle, comme ambiance, alors elle a fait ses valises.

– Combien de temps sera-t-elle partie ?

– Je ne sais pas. Une semaine. Ou deux. Aussi longtemps qu'il le faudra.

– Eh bien, si c'est comme ça, mieux vaut qu'elle soit ailleurs. Ce n'est pas comme si elle était *indispensable*, n'est-ce pas ? Les Nettlebed et Mary Millyway s'occupent de tout.

Mrs. Mudge avala bruyamment une gorgée de thé, puis trempa d'un air pensif sa tranche de gâteau au safran dans sa tasse. Elle l'aimait ainsi, bien mou, puisqu'elle n'avait plus de dents.

– C'est une mauvaise période pour tout le monde. Mais je ne pense pas que Walter partira. L'agriculture est une activité protégée, c'est ce que dit son père. Il ne peut pas faire marcher la ferme tout seul.

– Et s'il veut s'engager?

– *Walter?* fit Mrs. Mudge d'une voix pleine d'un fier mépris. Il ne va pas se presser pour se porter volontaire. Il n'a jamais aimé qu'on lui dise ce qu'il doit faire. Il avait toujours des ennuis, à l'école, à cause de ça. Je le vois mal dire « Oui monsieur » à un sergent-major. Non. Il ferait mieux de rester ici, il est plus utile.

Loveday termina son thé. Elle regarda sa montre.

– Moi, je ferais mieux de rentrer, je crois. Encore une chose. Il me faut un pot de crème. Mrs. Nettlebed n'en a plus et elle veut faire des framboises à la crème au dîner. En fait, c'est pour cela que je suis venue, et pour prévenir Walter de mon départ.

– Il y a plein de crème à la laiterie. Alors servez-vous, mais rapportez-moi mon pot.

– Je ne pourrai pas, je m'en vais demain. Mais je le dirai à Mrs. Nettlebed.

D'une propreté froide et étincelante, la laiterie sentait le savon phéniqué qu'utilisait Mrs. Mudge pour frotter le sol dallé. Loveday trouva la crème et un pot stérilisé, qu'elle emplit avec une louche à long manche. Tiger, auquel on avait interdit d'entrer, gémit devant la porte ouverte avant de manifester un plaisir extasié quand il la vit réapparaître, tournant en rond à toute allure, comme s'il s'était cru abandonné à jamais. Puis il s'assit, la mine réjouie.

– Viens, gros bêta, on rentre à la maison.

Elle traversa à nouveau la cour de la ferme et s'installa à califourchon sur la barre supérieure du portail. Pendant qu'elle bavardait avec Mrs. Mudge, la brise s'était levée et la pluie s'était un peu calmée. Quelque part au-dessus des nuages, le soleil brillait et un rayon filtrait çà et là comme dans les illustrations de la Bible. Au loin, on apercevait la mer calme et argentée.

Elle songea à Walter, à la guerre imminente, contente qu'il ne soit pas obligé de devenir soldat, car Walter faisait partie de Nancherrow, et Nancherrow était tout ce qu'elle avait jamais connu, et l'idée que cela change la terrifiait. Et puis, elle aimait beaucoup Walter. Il était rude, parfois grossier, et on disait qu'il passait trop de temps, le soir, au pub de Rosemullion, mais c'était le seul jeune homme qu'elle connaissait avec lequel elle se sen-

324

tait parfaitement à l'aise. Depuis qu'Edward était entré à l'école primaire, les amis qu'il avait ramenés à la maison lui semblaient venir d'un autre monde avec leur accent distingué et leurs manières souvent décadentes. Pendant que Loveday nettoyait les écuries ou chevauchait en compagnie de Walter, ils se prélassaient dans des transats ou jouaient mollement au tennis. A table, ils ne parlaient que de gens qu'elle ne connaissait pas et qu'elle n'avait aucun désir de rencontrer.

Malgré sa rudesse, elle trouvait Walter très séduisant. Parfois, quand il pansait l'un des chevaux ou charriait du foin, elle l'observait à la dérobée, ravie par sa force et son aisance, ses bras musclés et bronzés, ses yeux sombres et ses cheveux de jais. Il ressemblait à un beau gitan sorti d'un livre de D. H. Lawrence, et ses premiers émois physiques, elle les devait à Walter. C'était un peu la même chose à Porthkerris, avec les frères Warren. Avec leur accent cornouaillais, leurs jeux brutaux et leurs taquineries, jamais elle n'était intimidée, jamais elle ne s'ennuyait non plus. Elle songea que ce goût pour... elle chercha le mot juste. « Classes inférieures », c'était horrible. « Sans éducation », c'était encore pire. Ce goût pour... les gens vrais, se dit-elle enfin, n'était pas sans rapport avec son enfance. Elle avait été choyée, aimée toute sa vie dans ce havre de sécurité qu'était Nancherrow. Peu importait. C'était son secret, qu'elle ne partageait ni avec Judith ni avec Athena.

Walter. Elle pensa à la guerre. Tous les soirs, ils écoutaient tous, bon gré mal gré, les actualités de neuf heures et, tous les soirs, l'état du monde s'aggravait. C'était comme si un désastre gigantesque se préparait et que personne ne pût faire quoi que ce fût pour l'empêcher. Le carillon de Big Ben qui sonnait à neuf heures commençait à évoquer les trompettes du Jugement dernier. La perspective d'une guerre l'inquiétait bien plus que ne le soupçonnaient ses parents, pourtant elle ne parvenait pas à en imaginer les conséquences dans sa propre maison, dans sa famille et dans leur environnement immédiat. Elle n'avait jamais eu beaucoup d'imagination, elle avait toujours été d'une désespérante nullité en composition littéraire. Y aurait-il des bombes, jetées d'avions noirs, des explosions et des maisons en ruine ? Ou bien l'armée allemande atterrirait-elle quelque part, à Londres peut-être, avant de marcher sur le reste du pays ? Irait-elle jusqu'en Cornouailles ?

Et s'ils venaient, que se passerait-il ? Presque tous les hommes qu'elle connaissait, notamment tous les amis de son père, possédaient un fusil de chasse. Si tout le monde allait à la rencontre des Allemands, le fusil à la main, alors les envahisseurs n'auraient sûrement pas l'ombre d'une chance.

Tiger jappait avec impatience. Elle soupira, chassa ses idées noires et descendit du portail, puis elle prit le chemin du retour en balançant le pot de crème au rythme de sa marche. Pour se donner du courage, elle pensa au lendemain, à leur séjour à Porthkerris chez les Warren. Revoir Heather, Paddy et Joe. Et s'asseoir sur la plage en mangeant des glaces. Et la nouvelle voiture de Judith. Ce serait peut-être une MG décapotable. Elle avait hâte de la voir.

Ainsi, quand elle fut de retour, avait-elle retrouvé sa bonne humeur.

Porthkerris, 9 août 1939.

Chère maman, cher papa,
Pardonnez-moi de ne pas vous avoir écrit depuis si longtemps. Je vais essayer de vous donner très vite toutes les nouvelles, sinon cette lettre sera aussi épaisse qu'un journal. Comme vous le voyez, je suis à Porthkerris chez les Warren. Loveday m'y a accompagnée. Elle a un peu hésité, parce qu'elle vient de recevoir un nouveau poney, Fleet, et qu'elle le dresse pour quelque concours. Elle a fini par se décider à venir, juste pour une semaine, et nous nous amusons tous très bien. Nous sommes un peu à l'étroit, mais Mrs. Warren ne semble pas s'en soucier. Paddy travaille à présent sur le bateau de pêche de son oncle. Il est donc absent la majeure partie du temps. Loveday a pris son lit et, moi, je dors avec Heather. Heather a terminé ses études, elle aussi, et suivra un cours de secrétariat ici même. Ensuite elle ira peut-être à Londres pour chercher du travail.

Nous avons un temps magnifique, et Porthkerris est plein de touristes en short et en sandales. Joe a un petit boulot sur la plage. Il nettoie les cabines et range les transats. Hier, quand nous sommes allées nous baigner, il nous a donné des glaces en douce.

Il y a une nouvelle employée à l'épicerie, qui s'appelle Ellie. Elle a seize ans, je crois. Elle se teint les cheveux en blond avec de l'eau oxygénée. Bien qu'elle ait l'air complètement timbrée, Mrs. Warren dit que c'est la meilleure vendeuse qu'elle ait jamais eue. Elle a compris le maniement de la caisse enregistreuse en un rien de temps.

Ça me fait drôle de me dire que je ne retournerai plus jamais à l'école. Je n'ai pas encore les résultats de mon examen d'entrée à l'université, mais j'ai obtenu les prix d'histoire et d'anglais, ce qui était déjà formidable, et la coupe Carnhayl, ce qui était totalement inattendu. Mais cela valait le coup car, en guise de récompense, Mr. Baines et oncle Bob se sont consultés et m'ont permis de m'acheter une voiture. Mr. Baines et moi, nous sommes allés ensemble au garage de Truro, et nous en avons choisi une. C'est une petite Morris bleu marine avec quatre sièges, adorable. Il y avait aussi une voiture de sport décapotable, mais Mr. Baines a dit que, si je faisais un tonneau (ce que je ne ferai pas), je risquais de me casser le cou. La Morris lui a paru plus sûre. Quoi qu'il en soit, j'en suis absolument ravie et je l'ai ramenée moi-même à Nancherrow, en passant par Camborne, Redruth et Penzance, pendant que Mr. Baines me suivait dans sa voiture, comme un garde du corps ! C'est la plus belle chose que j'aie eue depuis la bicyclette de tante Louise et, dès que ce sera possible, j'irai voir Phyllis et son bébé à Pendeen. Je vous raconterai cela dans ma prochaine lettre.

Bref, Loveday et moi, nous sommes venues ici par nos propres moyens, au lieu de nous faire conduire par un chauffeur dans le break de Nancherrow. Vous n'imaginez pas comme c'était amusant. Nous avons roulé très lentement pour savourer notre plaisir. Il faisait un temps splendide, les haies disparaissaient sous les fleurs, et nous avons pris la route de la lande. Au loin on apercevait la mer bleue. Nous avons beaucoup chanté.

Juste avant que nous partions, Diana Carey-Lewis est allée passer quelque temps à Londres. Quand elle le lui a annoncé, le colonel était un peu abattu, mais tout le déprime en ce moment. Il n'arrête pas de lire les journaux, d'écouter la radio, et je crois que le malheureux a fini par taper sur les nerfs de sa femme. Finalement, il a fait contre mauvaise fortune bon cœur et lui a souhaité bon voyage. C'est vraiment le mari le moins égoïste et le plus charmant. Et comment lui en vouloir de s'inquiéter de ce qui se passe ? Ce doit être épouvantable pour un homme qui s'est battu dans les tranchées pendant toute la dernière guerre. Je suis contente que vous soyez tous à Singapour, loin de tout cela. Au moins, là-bas, vous serez en sécurité.

Il faut que je vous quitte. Loveday et Heather veulent aller à la plage, et Mrs. Warren nous a préparé un pique-nique. Ça sent les petits pâtés chauds. Qu'y a-t-il de mieux que de manger des petits pâtés après un bon bain ?

Je vous embrasse tous comme toujours. Je vous écrirai très bientôt.

Judith.

Chez les Warren, contrairement à Nancherrow, les repas étaient nécessairement très simples. Avec deux hommes commençant leur journée à des heures différentes, le petit déjeuner était très informel. Mr. Warren était dans son magasin et Joe à la plage bien avant que les filles ne sortent du lit. A midi, Mrs. Warren servait son mari quand il y avait un creux à la boutique et qu'il pouvait s'échapper de ses tranches de bacon, de ses paquets de thé et de ses livres de beurre. Comme il était debout depuis l'aube, il avait besoin de s'asseoir un peu et de jeter un coup d'œil au journal local, en mangeant un bon bol de soupe, du pain et du fromage, et en buvant du thé. Mrs. Warren ne s'asseyait pas. Pendant que son mari mangeait, elle repassait, préparait un gâteau, lavait le sol de la cuisine ou épluchait des pommes de terre en l'écoutant gentiment parler des actualités. Quand il avait terminé son thé, roulé et fumé sa cigarette, il retournait travailler, et c'était au tour d'Ellie de venir se reposer. Ellie n'aimait pas beaucoup la soupe, se faisait des sandwiches au pâté et grignotait des biscuits au chocolat, tout en racontant à Mrs. Warren les derniers potins du village ou en discutant de la dernière permanente à la mode. C'était une fille frivole, qui raffolait des garçons, mais Mrs. Warren la connaissait depuis qu'elle était toute petite et sa compagnie l'amusait. Elle l'aimait bien parce qu'elle avait de l'allant, qu'elle travaillait dur, qu'elle était propre comme un sou neuf et toujours aimable avec les clients.

– Cette semaine, il y a Jeanette MacDonald, lui disait Ellie. Et Nelson Eddy. C'est du cinéma à l'eau de rose, si vous voulez mon avis, mais la musique est jolie. La semaine dernière, j'ai vu James Cagney. Ça faisait un peu peur, tous ces gangsters de Chicago.

– Comment peux-tu aller voir toutes ces tueries, Ellie ? Ça me dépasse.

– C'est palpitant. Et s'il y a trop de sang, je me glisse sous le siège.

Loveday resta une semaine, et la manière dont elle s'adapta à la vie de cette modeste demeure au-dessus de l'épicerie, si diamétralement opposée au milieu huppé dans lequel elle avait été élevée, fut pour Judith une source constante d'émerveillement. Les Carey-Lewis faisaient partie de la bonne société, c'était indéniable. Et Loveday avait toujours été gâtée, choyée, entourée de gouvernantes et de majordomes, idolâtrée par des parents gâteux. Mais, depuis sa première visite à Porthkerris, alors qu'elles étaient encore toutes deux à Sainte-Ursule, Loveday avait été conquise par les Warren et tout ce qui les touchait. La nouveauté de cette existence mouvementée en plein centre d'une petite ville active, le fait de se retrouver, dès la porte franchie, dans les rues étroites et pavées qui menaient au port, lui avaient plu. Quand Mr. Warren ou Joe s'étaient mis à la taquiner, elle l'avait très bien pris. Avec Mrs. Warren, elle avait appris à faire son lit, la vaisselle et à étendre le linge dans la cour, derrière la buanderie. L'épicerie qui grouillait toujours de clients était pour elle une distraction permanente, et la liberté que les enfants Warren considéraient comme allant de soi était pour Loveday un bien précieux. Il suffisait de crier dans l'escalier : « J'y vais maintenant », et personne ne vous demandait où vous alliez ni quand vous seriez de retour.

Elle aimait par-dessus tout la plage bondée où elle passait le plus clair de son temps, en compagnie de Judith et de Heather. Le beau temps ne les avait jamais trahies. Une brise fraîche soufflait sous des cieux sans nuages et la plage était couverte de tentes et de parasols rayés et retentissait de la joyeuse clameur des vacanciers. Diana lui avait acheté un maillot de bain neuf, un deux-pièces, auquel Loveday ajoutait une paire de lunettes de soleil, qui lui permettait d'observer les gens de manière éhontée sans se faire remarquer. Judith la soupçonnait d'espérer passer ainsi pour une vedette de cinéma. Mince, bronzée, éblouissante, elle attirait inévitablement les regards et il ne fallait pas longtemps avant qu'un jeune homme ne fasse rebondir son ballon dans leur direction. Il ne se passait pas une journée sans que les trois filles fassent de nouvelles connaissances, sans qu'on les invite à se joindre à une partie de volley-ball, ou à nager jusqu'au plongeoir pour y prendre un bain de soleil sur la natte en fibres de coco détrempée.

La crique de Nancherrow n'avait jamais été aussi divertissante.

Mais le temps passa sans que l'on s'en aperçoive et vint le dernier jour. Chez les Warren, le repas du soir était le seul moment où toute la famille ainsi que ceux qui se trouvaient là et avaient besoin de se sustenter se réunissaient autour de la longue table de la cuisine pour bavarder, rire, et se raconter les menus événements de la journée. Il n'était pas question de se changer. Il suffisait de se laver les mains à la hâte, et chacun s'asseyait dans la tenue qu'il avait portée tout le jour, les hommes avec leur col de chemise ouvert et Mrs. Warren avec son tablier.

Le repas était servi à six heures et demie et, bien que ce fût toujours un véritable festin, on l'appelait traditionnellement le « thé ». On y servait du gigot d'agneau, du poulet ou du poisson grillé, accompagné de purée ou de pommes de terre au four, d'au moins trois sortes de légumes, de sauces et de pickles. Comme dessert, il y avait des gelées, des crèmes parfumées, un gâteau maison ou du fromage et des crackers, le tout arrosé de grandes tasses de thé fort.

Ce soir-là, il n'y avait que la famille. Les parents, Joe et les trois filles, bras nus, fraîches dans les robes de coton sans manches qu'elles avaient enfilées sur leur maillot de bain après une journée sur la plage.

– Vous allez nous manquer, dit Mr. Warren à Loveday. Ce ne sera plus la même chose ici, sans vous pour nous faire tourner en bourrique.

– Vous devez vraiment vous en aller ? demanda Mrs. Warren d'un ton un peu triste.

– Oui. J'ai promis à Fleet de revenir, nous avons du travail toutes les deux. J'espère simplement que Walter l'aura montée, sinon elle sera nerveuse comme tout.

– En tout cas, vous avez eu du soleil, fit Mr. Warren avec un grand sourire. Que va dire votre maman en vous voyant revenir noire comme une petite Indienne ?

– Elle est à Londres. Mais si elle était là, elle serait jalouse. Elle essaie toujours de bronzer. Quelquefois, elle prend des bains de soleil toute nue.

– Dis-lui de venir à la plage, dit Joe en haussant les sourcils. Une attraction de temps en temps ne nous ferait pas de mal.

– Espèce d'idiot ! Elle ne le fait pas sur des plages où il y a du monde. Seulement dans l'intimité, dans le jardin ou sur les rochers.

– Ce n'est pas si intime que ça, si tu es au courant. Tu vas reluquer, c'est ça ?

Loveday lui lança un morceau de pain, et Mrs. Warren se leva lourdement pour mettre la bouilloire sur le feu.

Elle partit le lendemain matin. Palmer était venu la chercher dans le break de Nancherrow. Ce véhicule ne convenait pas vraiment aux côtes raides et aux rues étroites de Porthkerris et Palmer était très énervé quand il arriva, après s'être perdu dans ce dédale de ruelles pavées qu'il connaissait mal.

Cependant, il était là. On descendit les valises de Loveday, que l'on fit passer par le magasin, et tout le monde se retrouva sur le trottoir pour lui dire au revoir, en la couvrant de baisers et de promesses. Elle reviendrait bientôt.

– Quand rentres-tu ? demanda-t-elle à Judith, penchée à la fenêtre du break.

– Sans doute dimanche matin. Je t'appellerai pour te le dire. Embrasse tout le monde pour moi.

– D'accord.

Le break démarra en trépidant et s'ébranla avec la dignité d'un monstre.

– Au revoir ! Au revoir !

Ils agitèrent tous la main, puis l'énorme véhicule tourna au coin de la place du Marché et disparut.

Au début, l'absence de Loveday parut un peu étrange. Comme tous les Carey-Lewis, elle avait le don d'ajouter un certain éclat à toute assemblée. Mais c'était bon d'être seule avec Heather et de pouvoir parler du bon vieux temps sans avoir le sentiment d'exclure Loveday de la conversation.

Elles s'assirent à la table de la cuisine, burent du thé et discutèrent de ce qu'elles allaient faire de leur journée. Elles n'iraient pas à la plage de Porthkerris. Loveday ne voulait jamais rien faire d'autre. Elles profiteraient donc de son absence pour aller un peu plus loin.

– Après tout, j'ai la voiture. Si nous allions dans un endroit vraiment inaccessible ?

Elles tergiversaient encore quand Mrs. Warren se joignit à elles, après être remontée du magasin pour faire une pause. Ce fut elle qui décida.

– Pourquoi ne pas aller à Treen ? En voiture, ce ne sera pas long et, par une belle journée comme aujourd'hui, les falaises seront magnifiques. Et il n'y aura probablement pas un chat. L'accès à la plage est difficile, mais vous avez toute la journée.

Elles allèrent donc à Treen en passant par Pendeen et Saint-Just, et Judith se souvint de Phyllis.

– Il faut que j'aille la voir, un de ces jours. Elle habite quelque part par là, mais je ne sais pas où exactement. Je lui écrirai, parce qu'elle n'a sûrement pas le téléphone.

– Tu peux le faire cette semaine. Et nous irons aussi à Penmarron, si tu veux.

– Non, pas vraiment, répondit Judith en plissant le nez.

– Tu aurais le mal du pays ?

– Je n'en sais rien. Je n'ai pas envie de prendre le risque.

Elle revit la petite gare, Riverview, et songea à rendre visite à Mr. Willis. C'étaient les bons souvenirs, mais il y en avait d'autres qu'elle préférait ne pas déterrer.

A Treen, elles se garèrent devant le pub et traversèrent les champs, avec leurs affaires de bain et leur pique-nique sur le dos. C'était encore une journée sans nuages, pleine du bourdonnement des abeilles dans la bruyère cendrée. La lumière, que la chaleur rendait diffuse, scintillait sur une mer d'huile couleur de jade. Les falaises étaient gigantesques, et la petite crique en forme de faucille s'étendait à leurs pieds. Elles descendirent le long chemin escarpé et, quand elles arrivèrent enfin sur le sable, elles eurent l'impression d'avoir été abandonnées sur une île déserte. Il n'y avait personne en vue.

– Nous n'avons même pas besoin de mettre un maillot de bain, fit remarquer Heather.

Elles se déshabillèrent et coururent, nues, dans les vagues. L'eau était glacée et lisse comme de la soie. Elles nagèrent jusqu'à ce qu'elles aient trop froid pour rester plus lontemps, puis coururent sur le sable brûlant pour aller se sécher avant de s'allonger au soleil sur les rochers.

Elles bavardèrent. Heather lui avoua qu'elle avait maintenant un véritable petit ami, un certain Charlie Lanyon, le fils d'un marchand de bois prospère de Marazion. Elle l'avait rencontré à un dîner entre amis, mais n'en avait pas parlé à sa famille, par crainte des taquineries fraternelles, inévitables si Joe découvrait leur amitié.

– Charlie est vraiment gentil. Pas très beau. De jolis yeux et un sourire charmant.

– Que fais-tu avec lui ?

– Nous allons au dancing ou au pub prendre une bière. Il a une voiture et, en général, nous nous retrouvons à l'arrêt de l'autobus.

– Il faudra bien qu'un jour ou l'autre tu l'amènes à la maison.

– Je sais, mais il est un peu timide. Pour l'instant, nous en restons là.

– Est-ce qu'il travaille avec son père ?

– Non, il est dans un collège technique à Camborne. Il a dix-neuf ans. Mais il est prévu qu'il entre dans l'affaire.

– Il a l'air très sympathique.

– Oui, fit Heather avec un sourire.

Allongée sur le dos, Judith, la main devant les yeux pour les protéger du soleil, se demanda si elle devait parler d'Edward à Heather. Cette dernière s'étant confiée à elle, elle avait le sentiment qu'elle devait le faire, mais elle se ravisa. Ce qu'elle éprouvait pour Edward était trop précieux, trop précaire pour qu'elle en parle à quiconque, même à Heather. Heather ne trahirait jamais sa confiance, mais un secret dévoilé n'était plus un secret.

Le soleil était trop fort. Ses épaules et ses cuisses commençaient à rougir. Elle roula sur le ventre et s'installa le plus confortablement possible sur la saillie rocheuse.

– Tu vas te fiancer ? demanda-t-elle.

– Non. A quoi ça sert de se fiancer ? S'il y a la guerre, il sera mobilisé, je suppose, et nous ne nous verrons plus pendant des années. De plus, je ne veux pas me marier et m'encombrer d'enfants. Pas encore.

Soudain elle se mit à rire.

– Qu'y a-t-il de si drôle ?

– Ça me rappelle Norah Elliot et ce qu'elle nous avait dit derrière l'abri à bicyclettes. Sur la manière de faire des bébés...

Judith, qui ne s'en souvenait que trop bien, éclata de rire.

– Et nous qui la trouvions dégoûtante, qui croyions qu'elle avait tout inventé et qu'il fallait être l'horrible Norah Elliot pour imaginer des choses aussi abominables.

– Et bien sûr, elle avait raison...

Quand elles eurent enfin maîtrisé leur fou rire et essuyé leurs larmes, Heather lui demanda :

– Qui t'en a parlé ?

– De quoi ? Du sexe ?

– Oui. Moi, c'est maman, mais ta maman n'était pas là.

– C'est Miss Catto. Elle en a parlé à toute la classe. Cela s'appelait l'éducation sexuelle.

– Mince, alors ! Ça devait être gênant.

– Curieusement ça ne l'était pas. Et nous avions toutes fait de la biologie, la surprise n'était donc pas trop grande.

– Maman était adorable. Elle m'a dit que ça n'avait pas l'air agréable quand on en parlait, mais que, quand on aimait quelqu'un, c'était quelque chose de très spécial.

– Est-ce que tu éprouves cela pour Charlie ?

– Je ne veux pas coucher avec lui, si c'est ce que tu entends par là...

– Non... mais est-ce que tu l'aimes ?

– Pas comme ça, fit Heather, pensive. Ce n'est pas comme ça. Je ne veux pas être liée.

– Alors, que veux-tu ? Travailler à Londres ?

– Tôt ou tard. Avoir mon petit appartement, un salaire convenable...

– Je t'imagine avec une robe noire à col blanc, assise sur les genoux du patron et prenant des notes.

– Je ne m'assiérai sur les genoux d'aucun patron, je peux te le garantir.

– Porthkerris ne te manquera pas ?

– Je ne vais quand même pas rester ici toute ma vie. Je connais trop de filles qui ont une ribambelle d'enfants et qui ne sont jamais sorties de la ville. Je veux voir le monde. J'aimerais aller à l'étranger. En Australie.

– Pour toujours ?

– Non, pas pour toujours. Je finirai bien par revenir, dit Heather, qui se redressa en bâillant. Il fait chaud, n'est-ce pas ? J'ai faim. Si on mangeait ?

Elles passèrent la journée au soleil. L'après-midi, la mer monta et les premières vagues, peu profondes, parurent moins froides. Elles firent la planche en contemplant le ciel, se laissant doucement bercer. A quatre heures et demie, le soleil était moins chaud, elles en eurent assez et décidèrent de rentrer.

– C'est dommage de s'en aller, dit Heather, tandis qu'elles remettaient leur robe et rangeaient leurs affaires et les restes de leur pique-nique dans leur sac à dos.

Elle se retourna pour regarder la mer qui, dans la lumière fluctuante, avait pris une teinte d'aigue-marine.

– Tu sais, ce ne sera plus jamais ainsi, fit-elle. Juste toi et moi, ici et maintenant. Les choses n'arrivent qu'une fois. Tu ne crois pas, Judith ? Ça se ressemblera peut-être un peu, mais ce ne sera jamais *la même chose*.

– Je sais.

Heather se pencha pour mettre son sac à dos, glissant ses bras nus dans les lanières.

– Viens, on y va. Un peu d'alpinisme.

La montée était effectivement longue et éprouvante, bien que moins effrayante que la descente. Ce fut un soulagement d'atteindre le sommet. Elles s'y arrêtèrent un instant pour reprendre haleine et contemplèrent la crique déserte à leurs pieds, les falaises immuables et la mer paisible et vide.

Les choses n'arrivent qu'une fois.

Heather avait raison. *Ce ne serait jamais tout à fait pareil.* Judith se demanda dans combien de temps elles reviendraient à Treen.

Elles étaient de retour à Porthkerris à six heures, brûlées par le soleil, couvertes de sel et épuisées. La boutique arborait déjà son panneau « Fermé », mais la porte était ouverte. En entrant, elles trouvèrent Mr. Warren en manches de chemise dans son petit bureau, qui mettait de l'ordre dans ses comptes. Il leva la tête de ses colonnes de chiffres.

– Eh bien, regardez qui voilà! Vous avez passé une bonne journée?

– Merveilleuse. Nous sommes allées à Treen.

– Je sais. Maman me l'a dit, fit-il, puis il se tourna vers Judith. Tu as reçu un coup de téléphone, il y a une heure environ.

– Ah?

– Oui. Il veut que tu le rappelles.

Il posa son stylo et fouilla sur son bureau.

– Voilà. Je l'ai noté, dit-il en lui tendant un bout de papier sur lequel il avait écrit deux mots: «Appeler Edward.» Il a dit que tu connaissais le numéro.

Edward. Judith était folle de joie, et elle sentit un sourire se dessiner au coin de ses lèvres. Edward.

– D'où a-t-il appelé?

– Pas dit. Juste qu'il était chez lui.

Heather était en émoi.

– Qui est-ce, Judith?

– Edward Carey-Lewis, tout simplement. Je le croyais encore en France.

– Tu ferais bien de lui téléphoner tout de suite.

Judith hésita. Le téléphone sur le bureau de Mr. Warren était le seul de la maison. Heather remarqua son hésitation.

– Ça ne dérangera pas papa, n'est-ce pas?

– Ça ne m'ennuie pas du tout. Vas-y, Judith!

Et il se leva. Judith était très embarrassée.

– Ne vous croyez pas obligé de vous en aller. Cela n'a rien de confidentiel. Ce n'est qu'Edward.

– J'ai fini pour le moment. Je ferai le reste plus tard. Je monte boire une bière...

– Je vais te la servir, dit Heather dont les yeux noirs pétillaient. Donne-moi ton sac à dos, Judith, que j'étende tout ce qui est mouillé.

Avec un tact consommé, ils la laissèrent seule. Elle les regarda monter l'escalier, puis elle s'installa dans le siège de Mr. Warren, décrocha le récepteur du vieil appareil et donna le numéro de Nancherrow à l'opératrice.

– Allô?

C'était Edward.

– C'est moi, dit-elle.

– Judith.

– Je viens de rentrer. Mr. Warren m'a transmis ton message. Je pensais que tu étais encore en France.

– Non, je suis rentré mardi dernier dans une maison quasiment vide. Pas de maman, pas de Judith, pas de Loveday non plus. Pops et moi, nous menons une existence de célibataires.

– Mais Loveday est rentrée !

– Oui, mais je l'ai à peine vue. Elle passe ses après-midi à l'écurie à dresser son poney.

– Tu t'es bien amusé en France ?

– Formidable. Il faut que je te raconte. Quand reviens-tu ?

– Pas avant la semaine prochaine.

– Je ne peux plus attendre. Et ce soir ? J'ai pensé venir à Porthkerris et t'emmener boire un verre, par exemple. Cela ennuierait-il les Warren ?

– Bien sûr que non.

– Alors disons huit heures. Comment te trouverai-je ?

– Descends la colline et prends la direction du port. C'est derrière l'ancienne place du Marché, l'épicerie Warren. Le magasin sera fermé, mais il y a une porte sur le côté qui est toujours ouverte. Tu pourras entrer par là. Elle est bleu vif avec une poignée de cuivre.

– Impossible à manquer. (Rien qu'au son de sa voix, elle le vit sourire.) Huit heures. A tout à l'heure.

Et il raccrocha. Elle resta là à rêvasser en souriant à tout ce qu'il venait de dire et à toutes les nuances de sa voix. Il venait. Il voulait lui parler de la France. Il voulait la voir. Il venait.

Elle devait se changer, prendre un bain, rincer le sel de ses cheveux. Pas de temps à perdre. Galvanisée, elle bondit hors du fauteuil et monta l'escalier quatre à quatre sans effort.

Elle était en train de mettre du rouge à lèvres dans sa chambre quand elle entendit la voiture tourner à l'angle de la rue et s'arrêter devant l'épicerie. Elle alla à la fenêtre ouverte, se pencha et aperçut tout en bas la Triumph bleu marine et les longues jambes d'Edward qui s'en extirpaient. Il referma la portière avec un bruit mat.

– Edward !

En entendant sa voix, il s'arrêta et leva les yeux.

– On dirait Mélisande, lui dit-il. Descends.

– J'en ai pour une seconde.

Elle prit son sac blanc, jeta un rapide coup d'œil à son reflet dans le miroir, puis descendit l'escalier en courant et se retrouva dans la rue, où les ombres longues s'étendaient sur les pavés chauffés. Appuyé au capot luisant de sa voiture, Edward l'attendait. Il lui tendit les bras et ils s'embrassèrent sur les deux joues. Il portait un pantalon de lin rouille, des espadrilles et une chemise bleu et blanc à col ouvert dont il avait retroussé les manches jusqu'au coude. Il était très bronzé, avec les cheveux éclaircis par le soleil méditerranéen.

– Tu es superbe, dit-elle.

– Toi aussi.

Sa tenue décontractée la rassura. Elle avait résisté à la tentation de s'habiller élégamment et avait enfilé une simple robe de cotonnade bleu faïence rayée de blanc. Elle avait les jambes nues et des sandales.

– Je suis jaloux, dit-il. J'ai l'impression que tu es plus bronzée que moi.

– Nous avons eu un temps formidable.

Il s'écarta de la voiture et, les mains dans les poches, regarda la façade de la haute maison de pierre.

– Quel bel endroit!

– Il y a plusieurs étages, lui expliqua Judith, trois de ce côté, mais deux seulement de l'autre en raison de la déclivité. La cuisine est au premier étage, avec une porte qui donne sur une cour. C'est là que Mrs. Warren fait pousser ses plantes et étend son linge. Elle n'a pas de jardin.

– On ne va pas me laisser entrer?

– Si, bien sûr, si tu veux. Mais je suis toute seule. C'est la fête sur le terrain de rugby. Heather et ses parents sont partis faire un tour sur les manèges et au stand de tir pour gagner des lots.

– Des éléphants en peluche rose?

– Exactement, fit-elle en riant. Et Joe, le frère de Heather, est sorti avec ses copains pour la soirée.

– Alors, où allons-nous? Quelle est la boîte à la mode, cet été?

– Je n'en sais rien. Nous pourrions essayer le *Tackle*.

– Quelle bonne idée! Cela fait des années que je n'y suis pas allé. Veux-tu y aller en voiture ou à pied?

– Allons-y à pied. Cela ne vaut pas vraiment la peine de prendre la voiture.

338

– Dans ce cas, en avant!

Ils se promenèrent côte à côte dans les rues étroites qui descendaient vers le port. Une pensée traversa l'esprit de Judith.

– Est-ce que tu as mangé?

– Pourquoi? Ai-je l'air particulièrement affamé?

– Non. Mais je sais aussi bien que toi que l'on dîne à huit heures à Nancherrow. Je suppose donc que tu n'as pas dîné.

– Tu as raison. Je n'ai pas mangé et je n'en ai pas envie. Si tu veux mon avis, on mange beaucoup trop à la maison. Je ne comprends pas pourquoi mes parents ne sont pas énormes. Ils mangent quatre fois par jour et ne prennent jamais un kilo.

– C'est une question de métabolisme.

– Où as-tu appris ce mot savant?

– Oh! On nous a bien éduquées, à Sainte-Ursule.

– *On nous a bien éduquées*, répéta Edward. N'est-ce pas merveilleux de savoir que c'est fini? Quand j'ai enfin quitté Harrow, j'avais du mal à y croire. Je rêvais que j'y retournais et je me réveillais la nuit, trempé de sueur et plein d'appréhension.

– Voyons, ce n'était quand même pas si terrible. Je parie que tu as une boule dans la gorge quand tu entends des petits garçons chanter l'hymne de l'école.

– Non, mais je veux bien croire que j'en aurai une à cinquante ans.

Ils arrivèrent au port. La soirée était si belle, si dorée que les rues grouillaient de monde. Tous les estivants déambulaient le long du quai en s'arrêtant pour contempler les bateaux de pêche. Ils léchaient des glaces ou mangeaient du poisson et des frites dans un cornet de papier journal. On reconnaissait les touristes à leurs vêtements bariolés, à leur peau de homard – à cause du soleil – et à leur accent de Manchester, de Birmingham ou de Londres. La mer était haute et le ciel pullulait de mouettes voraces. Quelques vieux autochtones qui habitaient encore les maisons du port avaient sorti leurs chaises de cuisine pour s'y asseoir, vêtus de noir et vociférants, afin de profiter de la douceur du soir et regarder passer le monde. Devant le *Tackle*, de jeunes vacanciers, bronzés et bruyants, étaient installés à une table de bois et buvaient de la bière.

– J'espère que ce n'est pas trop bondé, dit Edward

avec une grimace. La dernière fois que je suis venu ici, c'était en hiver et, à l'intérieur, il n'y avait qu'un ou deux types qui fuyaient leur femme. Nous allons quand même tenter le coup.

Il passa devant elle, baissant la tête sous le linteau tordu de la porte. En avançant dans la pénombre, Judith fut assaillie par une forte odeur de bière et de transpiration, par un épais nuage de fumée de cigarette et un vacarme de voix conviviales. Elle ne l'avait pas dit à Edward, mais c'était la première fois qu'elle allait au *Tackle*. Elle regarda autour d'elle avec une certaine curiosité en cherchant à découvrir ce que cet endroit avait de si particulier.

– C'est pire que je ne l'imaginais, déclara Edward. On s'en va ou on reste ?

– Restons.

– D'accord. Prends une table s'il y en a une qui se libère. Je vais chercher à boire. Que veux-tu ?

– Un panaché ou du cidre. Ça m'est égal.

– Je te prends un panaché.

Il la planta là et se fraya un chemin jusqu'au bar, tandis qu'elle le regardait jouer des coudes avec une extrême politesse.

– Désolé... Excusez-moi... Cela ne vous dérange pas... ?

Il était à portée de voix du barman quand le groupe qui occupait la table sous le minuscule regard d'une fenêtre donna des signes de départ. Judith s'approcha d'eux.

– Excusez-moi, vous partez ?

– Tout à fait. Nous devons remonter jusqu'à notre pension. Vous voulez la table ?

– Nous aimerions nous asseoir.

– Bien sûr. Ici, c'est comme le Trou noir de Calcutta [1].

Ils étaient quatre et il leur fallut quelque temps. Judith resta à proximité pour écarter d'éventuels intrus et, dès qu'ils furent partis, elle se glissa sur l'étroit banc de bois et posa son sac à ses pieds en gardant une place pour Edward.

Quand il revint avec une chope pour lui et un verre pour elle, sa débrouillardise l'enchanta.

– Tu es géniale, dit-il en posant délicatement les

1. Allusion à la célèbre prison de Calcutta au XVIIIᵉ siècle, désigne un endroit particulièrement sombre et surchauffé. (*N.d.T.*)

verres avant de se glisser à ses côtés. Comment as-tu fait ? Tu as fait des grimaces pour les faire fuir ?

– Non, ils s'en allaient de toute façon. Ils rentraient dans leur pension de famille.

– On a eu de la veine. C'est terrible quand il faut rester debout toute la soirée.

– Je ne me rendais pas compte que le *Tackle* était si petit.

– Minuscule, acquiesça Edward en allumant une cigarette. Mais c'est très couru. Il y a des tas d'autres pubs en ville, mais je suppose que les touristes trouvent l'endroit pittoresque. Ce qui est le cas, mais Dieu que c'est bondé ! Il n'y a même pas de place pour un malheureux jeu de fléchettes. On risquerait de crever l'œil de quelqu'un. A ta santé, fit-il en levant son verre. C'est tellement bon de te revoir. Cela fait si longtemps.

– Depuis Noël.

– Si longtemps que ça ?

– Tu as passé les vacances de Pâques en Amérique.

– C'est vrai.

– Parle-moi de la France.

– C'était magnifique.

– Où es-tu allé ?

– Dans une villa sur les hauteurs de Cannes. Très rural. Entouré de vignes et d'oliveraies. La terrasse de la villa où nous prenions nos repas croulait sous la vigne vierge et, dans le jardin, il y avait une petite piscine glacée, alimentée par un barrage construit sur le cours d'eau qui descend de la montagne. Il y avait aussi des cigales, des géraniums roses. A l'intérieur, ça sentait l'ail, l'huile solaire et les gauloises.

– A qui appartient cette villa ?

– Aux Beath, un vieux couple charmant. Je crois qu'il travaille pour les Affaires étrangères.

– Tu ne les connaissais pas ?

– Jamais vus de ma vie.

– Et comment...

Edward soupira et s'expliqua patiemment.

– A Londres, je suis allé à une réception avec Athena. J'y ai rencontré une fille très agréable et, au cours du repas, elle m'a dit que son oncle et sa tante possédaient une villa dans le sud de la France. Et elle m'y a invité avec un ou deux copains.

– Edward...

– Pourquoi ris-tu ?

– Parce qu'il n'y a que toi pour aller à une réception à Londres et finir par passer deux semaines dans le midi de la France.

– Je me suis plutôt bien débrouillé.

– Elle devait être ravissante.

– Ce genre de villas rend les filles assez jolies. Tout comme un compte en banque bien garni rend séduisante la plus hideuse des femmes. Aux yeux de certains hommes.

Il la taquinait. Elle sourit. A Noël, quand Edward lui avait parlé de son séjour en Suisse, elle n'avait pu réprimer un petit pincement de jalousie en pensant à toutes ces inconnues qui avaient skié avec lui et avec lesquelles il avait dansé toute la nuit. Mais à présent, sans doute parce qu'elle était plus âgée et plus sûre d'elle, elle n'était pas jalouse. Après tout, quand il ne l'avait pas trouvée en rentrant à Nancherrow, Edward n'avait pas perdu de temps avant de la rejoindre. Signe qu'elle comptait *un peu* pour lui et qu'il n'avait pas laissé son cœur dans le sud de la France.

– Ensuite, Edward ?

– Pardon ?

– Tu as dit qu'un ou deux copains étaient également invités.

– Oui. Et elle s'était arrangée avec une amie, mais tous les garçons qui leur plaisaient étaient déjà pris. Donc... fit-il en haussant les épaules, elle m'a demandé de venir. Et comme je ne dis jamais non à une proposition honnête, j'ai immédiatement accepté avant qu'elle change d'avis. Alors elle m'a dit : « Amène un ami » et, sans réfléchir, j'ai proposé un type, Gus Callender.

C'était la première fois que Judith entendait ce nom.

– Qui est-ce ?

– Un Écossais sombre et austère qui vient du fin fond des Highlands. Il est à Pembroke avec moi, dans le génie, mais je n'ai appris à le connaître que cet été. Nous avions des chambres au même étage. C'est un type timide, réservé, mais très gentil, et j'ai tout de suite pensé à lui parce que j'étais presque certain qu'il n'avait rien projeté pour les vacances. Du moins rien qui ne puisse être annulé.

– Et il s'est bien entendu avec le reste de la maisonnée ?

– Bien sûr, répliqua Edward, surpris que Judith pût douter de son impeccable jugement en matière de mondanités. J'en étais convaincu. L'une des filles est tombée follement amoureuse de son air ténébreux. Le genre Heathcliff. Mrs. Beath me répétait sans cesse qu'elle le trouvait *mignon*. En plus, il est un peu artiste, ce qui est un atout supplémentaire. Il a fait un tableau à l'huile de la villa, qu'il a fait encadrer pour l'offrir aux Beath en remerciement. Ils étaient aux anges.

C'était apparemment quelqu'un d'intéressant, se dit Judith.

– Ingénieur et artiste, drôle de mélange.

– Pas vraiment. Pense aux dessins techniques. La géométrie dans toute sa complexité. Il se trouve que tu as de fortes chances de le rencontrer. Quand nous sommes enfin arrivés à Douvres, je lui ai proposé de venir à Nancherrow avec moi, mais il devait retourner dans sa lugubre Écosse pour passer quelque temps avec papa et maman. Il ne parle pas beaucoup de sa famille, mais j'ai l'impression qu'il n'a pas des parents très passionnants.

– Alors, pourquoi ai-je toutes les chances de le rencontrer ?

– Il viendra peut-être plus tard. L'idée semblait le tenter. On ne peut pas dire qu'il ait sauté sur l'occasion, mais il ne saute jamais sur rien.

Quand Edward regarda Judith, il s'aperçut qu'elle riait et fronça les sourcils.

– Qu'y a-t-il de si drôle ?

– J'espère qu'il n'a pas le menton fuyant et qu'il n'est pas trop sinistre, sinon Loveday va le crucifier.

– Loveday est casse-pieds. Gus n'a évidemment pas le menton fuyant. Tous les Écossais ont un menton volontaire.

– Il n'est jamais venu en Cornouailles ?

– Non.

– S'il est peintre, il tombera sous le charme. En général, ils ne veulent plus s'en aller.

– Connaissant Gus, je crois que sa carrière d'ingénieur est assurée. Il est beaucoup trop consciencieux pour se laisser distraire. Par tradition, les Écossais ont un immense respect pour l'éducation. C'est pourquoi ils sont tellement intelligents et inventent des trucs comme l'imperméable, le pneu gonflable ou le goudronnage des routes.

Mais Judith en avait assez de parler de Gus Callender.

— Raconte-moi ton voyage en France. C'était beau ?

— C'était formidable de descendre dans le Sud, mais moins drôle de remonter. Après Paris, les routes qui mènent à Calais sont très encombrées, et nous avons dû attendre une demi-journée avant d'obtenir une couchette sur le ferry.

— Pourquoi ?

— La panique. La trouille de la guerre. Toutes les petites familles britanniques qui passaient leurs vacances en Bretagne et en Belgique ont brusquement décidé d'abréger leur séjour et de rentrer précipitamment chez elles.

— Que redoutent-elles ?

— Je n'en sais rien. Que l'armée allemande franchisse soudain la ligne Maginot et envahisse la France, je suppose. Pas de chance pour les hôteliers. Tu imagines la tête des propriétaires de l'*Hôtel de la Plage* voyant leur gagne-pain reprendre le chemin de l'Angleterre.

— Cela va aussi *mal* que ça, Edward ?

— Assez mal, je dois le reconnaître. Ce pauvre vieux Pops se ronge les sangs.

— A mon avis, c'est pour cela que ta mère s'est réfugiée à Londres.

— Elle n'a jamais eu pour habitude de regarder la cruelle réalité en face. Très douée pour la garder à distance, mais pas pour l'affronter. Elle a téléphoné hier soir, juste pour s'assurer que nous survivions tous sans elle et pour nous donner des nouvelles de Londres. Athena a un nouveau petit ami, il s'appelle Rupert Rycroft et il appartient à un régiment de Dragons de Sa Majesté.

— Dieu que c'est chic !

— Pops et moi, nous avons parié sur la durée de leur liaison. Cinq livres chacun. Je vais me chercher une autre bière. Et toi ?

— Ça va. Je n'ai pas encore fini.

— Ne laisse personne me piquer mon siège.

— Non.

Il se dirigea de nouveau laborieusement vers le bar, et Judith resta seule, ce qui ne la dérangeait pas car il y avait beaucoup de choses et de gens à observer. Très mélangé, songea-t-elle. Deux ou trois hommes âgés, visiblement des gens du cru, étaient vissés aux bancs de bois disposés de chaque côté de la cheminée, la chope à la main, parlant entre eux, un mégot collé aux lèvres. Ils semblaient être là depuis l'ouverture.

Il y avait aussi un groupe de gens huppés, qui séjournaient sans doute dans l'un des grands hôtels situés en haut de la colline et qui avaient fait une incursion au *Tackle* pour voir comment vivaient les indigènes. Ils avaient des voix distinguées et ne paraissaient pas dans leur élément. Tandis qu'elle les observait, ils en eurent sans doute assez, car ils terminèrent leur consommation et s'apprêtèrent à quitter les lieux.

Leur départ créa un vide qui ne fut pas instantanément comblé, et Judith eut une vue dégagée sur le banc qui se trouvait à l'autre extrémité de la salle. Il y avait là un homme seul, un verre à moitié plein posé devant lui. Il la regardait. La fixait. Elle vit ses yeux qui ne clignaient pas, sa moustache tachée par la nicotine, et la casquette de tweed enfoncée sur son front. Sous ses sourcils frémissants, il avait un regard pâle et fixe. Elle but une gorgée de son panaché et reposa vite son verre. Sa main s'était mise à trembler. Son cœur battait à tout rompre et le sang se retira de ses joues.

Billy Fawcett.

Elle ne l'avait pas revu depuis l'enterrement de tante Louise et n'avait jamais eu de ses nouvelles. A mesure que les années passaient – et maintenant ses quatorze ans lui semblaient bien loin –, le traumatisme de son enfance s'était peu à peu dissipé, mais sans jamais disparaître complètement. C'était plus fort qu'elle. Le souvenir de Billy Fawcett avait failli gâcher ses relations avec Edward. Et bien entendu, c'était à cause de lui qu'elle ne voulait pas retourner à Penmarron.

Lors de ses premières visites chez les Warren, alors qu'elle était encore écolière, elle avait vécu dans la terreur de revoir Billy Fawcett au détour d'une rue. Mais le scénario tant redouté ne s'était jamais réalisé et, peu à peu, au fil des ans, ses craintes s'étaient apaisées et elle avait repris courage. Il avait peut-être quitté Penmarron, son pavillon et le club de golf pour aller vivre ailleurs. Ou bien, pensée réjouissante, il était peut-être mort.

Mais il n'était pas mort. Il était là, au *Tackle*, à l'autre bout de la salle, et il la fixait de ses yeux luisants, deux cristaux de roche dans un visage rubicond. Elle chercha Edward, mais Edward était coincé au bar et elle ne pouvait quand même pas l'appeler au secours. *Oh, Edward, reviens !* implora-t-elle en silence. *Reviens vite.*

Mais Edward traînait, échangeant quelques propos amicaux avec l'homme qui se tenait à ses côtés. Et Billy Fawcett se levait, prenait son verre et s'avançait vers une Judith pétrifiée, hypnotisée comme un lapin devant un serpent. Elle le regarda venir. Il n'avait pas changé, un peu plus décrépit, un peu plus miteux. Ses joues rouges étaient striées de veines pourpres.

– Judith.

Il appuya sa vieille main noueuse sur le dos d'une chaise pour chercher l'équilibre.

Elle ne dit rien.

– Ça ne vous ennuie pas que je m'asseye à côté de vous ? dit-il en tirant une chaise sur laquelle il posa ses fesses avec précaution. Je vous ai aperçue, poursuivit-il. Je vous ai reconnue dès que vous avez franchi le seuil. (Son haleine puait le tabac et le whisky.) Vous avez grandi.

– Oui.

Edward se dirigeait vers eux. Elle leva vers lui des yeux qui criaient au secours et Edward, quelque peu perplexe, fronça les sourcils en trouvant ce vieil ivrogne assis à leur table.

– Bonjour, fit-il poliment, mais il semblait méfiant et, dans sa voix, il n'y avait aucune affabilité.

– Cher monsieur, excusez-moi...

Billy Fawcett, qui avait du mal à s'exprimer, s'y reprit à deux fois.

– Excusez-moi de vous avoir interrompus, mais Judith et moi sommes de vieux amis. J'avais deux mots à lui dire. Je m'appelle Fawcett. Billy Fawcett. Ancien colonel de l'Armée des Indes, ajouta-t-il en lorgnant Edward. Je ne crois pas que nous ayons eu le plaisir... fit-il d'une voix traînante.

– Edward Carey-Lewis, dit Edward sans lui tendre la main.

– Enchanté.

Billy Fawcett saisit son verre d'une main tremblante et ingurgita une grande lampée de whisky avant de le reposer.

– D'où venez-vous, Edward ?

– Rosemullion. Nancherrow.

– Je ne connais pas, jeune homme. Je ne me promène

pas beaucoup en ce moment. Que faites-vous comme métier ?

– Je suis à Cambridge.

– Ah, Cambridge, « ses flèches rêveuses, ses collines bleutées »... (Puis il plissa les yeux, comme s'il tramait quelque chose.) Edward, vous n'auriez pas une cigarette par hasard ? Apparemment, je n'en ai plus.

En silence, Edward sortit son paquet de Players et lui en offrit une. Billy Fawcett la saisit non sans difficulté, puis il plongea la main dans sa poche et en sortit un briquet métallique. Il lui fallut une certaine concentration pour l'allumer, puis pour approcher la flamme de l'extrémité de la cigarette, mais il y parvint enfin, aspira une longue bouffée, toussa misérablement, et posa ses coudes sur la table avec l'intention de s'incruster.

– Judith habitait à côté de chez moi, fit-il sur le ton de la confidence. Avec sa tante Louise. A Penmarron. Nous avons passé de bons moments ensemble. Une femme merveilleuse, Louise. Ma meilleure amie. Ma seule amie, en fait. Vous savez, Judith, si vous n'étiez pas arrivée, j'aurais probablement épousé Louise. Elle me consacrait beaucoup de temps avant votre venue. Nous étions bons amis. Elle m'a beaucoup manqué quand elle s'est tuée dans cet accident de voiture. Elle m'a vraiment beaucoup manqué. Je ne me suis jamais senti aussi seul. Abandonné.

Sa voix tremblait. Il leva une main tavelée pour essuyer une larme. Judith fixait son panaché. Elle ne voulait pas regarder Billy Fawcett, et elle avait trop honte pour regarder Edward.

– Pour vous, c'était une autre paire de manches, hein, Judith ? poursuivit-il. Vous ne vous êtes pas trop mal débrouillée, n'est-ce pas ? Vous avez raflé le gros lot. Vous saviez de quel côté votre tartine était beurrée. Moi, vous vous en fichiez. Vous avez tout foutu en l'air. Vous ne m'avez même pas adressé la parole à l'enterrement de Louise. Vous m'avez ignoré. Et vous m'avez tout pris. Louise avait toujours dit qu'elle s'occuperait de moi, mais elle ne m'a rien laissé du tout. Même pas l'un des trophées de golf de Jack, bon sang !

Il rumina un instant sur cette injustice, puis lâcha une bordée d'injures.

– Petite salope rusée.

Un crachat atterrit sur la table, tout près de la main de

Judith. Un long silence s'ensuivit, et Edward écarta légèrement sa chaise.

– Tu n'as plus envie d'écouter ces discours, Judith, n'est-ce pas? demanda-t-il calmement.

– Non, fit-elle en hochant la tête.

Edward se leva sans se presser et toisa le vieil ivrogne.

– Vous feriez mieux de vous en aller, dit-il poliment.

Billy Fawcett leva vers lui une face apoplectique, où on lisait une incrédulité mêlée d'étonnement.

– M'en aller? Jeune freluquet, je m'en irai quand je voudrai, et ce n'est pas le cas.

– Si. Vous avez fini. Fini de boire et d'insulter Judith... Allez-vous-en maintenant.

– Allez vous faire foutre! dit Billy Fawcett.

Pour toute réponse, Edward prit Billy Fawcett par le col de sa veste déformée et l'obligea à se lever.

– Je vous interdis de poser la main sur moi... Je vous l'interdis... Me traiter comme un malfaiteur... Je vais appeler la police...

Le temps qu'il proteste, Edward l'avait jeté dehors. Billy Fawcett, choqué, les jambes coupées, s'effondra dans le caniveau. Il y avait foule autour d'eux, et tout le monde fut témoin de son humiliation.

– Ne revenez pas ici, lui dit Edward. Ne pointez plus jamais votre sale nez dans cet endroit.

Étendu dans le caniveau, Billy Fawcett trouva encore la force de protester :

– Sale petit blanc-bec, hurla-t-il, je n'ai même pas fini mon verre!

Edward rentra dans le bar à grands pas, prit le reste de whisky et alla le lui jeter au visage.

– Il est fini maintenant, dit-il. Alors rentrez chez vous.

Billy Fawcett perdit connaissance.

Joe Warren, qui rentrait chez lui d'un pas tranquille après avoir passé la soirée en compagnie de son copain Rob Padlow, arriva sur le port devant le *Tackle* juste à temps pour assister à une scène qui attira son attention. Un attroupement de badauds plus ou moins horrifiés, un vieux bonhomme étendu dans le caniveau et un grand jeune homme blond en manches de chemise qui l'aspergeait de whisky avant de retourner dans le pub.

Joe n'avait pas l'intention de faire un tour au *Tackle*,

mais une scène aussi spectaculaire éveilla sa curiosité. Le vieux paraissait évanoui. Il l'enjamba donc et suivit son agresseur à l'intérieur du pub, où il eut la surprise de le voir s'asseoir à la table sous la fenêtre à côté de Judith.

Celle-ci était blanche comme un linge.

— Que s'est-il passé ? demanda Joe.

Elle leva le nez, le vit, mais ne put que hocher la tête. Joe se tourna donc vers son compagnon.

— Vous êtes le frère de Loveday ?

— Tout à fait. Edward.

— Je suis Joe Warren, dit-il en tirant la chaise dont Billy Fawcett avait été brutalement délogé. Pourquoi avez-vous fait ça ? demanda-t-il doucement.

— C'est un vieil ivrogne agressif. Il m'a insulté et m'a dit qu'il voulait finir son verre, alors je l'ai aidé à le finir. Aussi simple que ça.

— Eh bien, il est complètement K.O., à présent. A-t-il embêté Judith ? fit-il en fronçant les sourcils. Tu es bien pâle. Ça va ?

Judith prit une profonde respiration. Elle était résolue à ne pas trembler, à ne pas pleurer et à ne pas se conduire comme une idiote.

— Oui, ça va. Merci, Joe.

— Tu connaissais le bonhomme ?

— Oui, c'est Billy Fawcett.

— Et vous ? demanda Edward à Joe.

— De vue seulement, parce qu'il vient ici deux ou trois fois par semaine. Plutôt docile, en général. Jusqu'ici on n'avait jamais eu à le virer. Il t'a ennuyée, Judith, n'est-ce pas ?

— Joe, c'est fini.

— On a l'impression que tu vas t'évanouir, fit Joe en se levant. Je vais te chercher à boire. J'en ai pour un instant.

Il disparut avant que Judith ait pu l'en empêcher. Elle se tourna vers Edward.

— Je n'ai pas encore terminé mon verre, fit-elle remarquer d'un air malheureux.

— Je crois que Joe pensait à quelque chose de plus fort. Dis-moi, ce vieux crapaud était-il réellement un ami de ta tante ?

— Oui.

— Elle devait être folle.

— Non, pas vraiment. Elle avait du cœur, c'est tout. Son mari et elle l'avaient connu autrefois, quand ils

349

étaient tous en Inde. Elle se sentait un peu responsable de lui, j'imagine. Ils jouaient au golf. Il habite un horrible petit pavillon à Penmarron. Oh, Edward, comment va-t-il rentrer chez lui ?

– Je l'ai laissé entouré de badauds ébahis. L'un d'entre eux aura sans doute la mauvaise idée de le prendre en pitié.

– Mais ne devrions-nous pas faire quelque chose ?

– Non.

– J'ai toujours pensé qu'il désirait épouser tante Louise. Il voulait une maison confortable, bien sûr, et son argent et son whisky.

– Il m'a tout l'air d'être une éponge.

– Je le déteste.

– Pauvre Judith, c'est horrible.

– Et il...

Elle pensa à la main de Billy Fawcett remontant le long de sa cuisse et se demanda comment expliquer cela à Edward pour qu'il la comprenne. A ce moment-là, Joe revint et lui tendit un petit verre de cognac.

– Bois ça, et ça ira mieux.

– Tu es gentil, Joe. Et tu ne diras rien à tes parents, n'est-ce pas ? C'est terminé, maintenant. Je ne veux pas que ça se sache.

– Je ne vois pas ce que je pourrais raconter. Un vieil ivrogne dans le caniveau. Rien à voir avec toi. Je vais peut-être aller y jeter un coup d'œil.

Ce qu'il fit avant de revenir leur annoncer qu'un passant charitable avait eu pitié de lui et appelé un taxi. On avait poussé Billy Fawcett sans façon et il était parti. Sur ces bonnes paroles, Joe leur déclara qu'il rentrait chez lui.

– Vous ne voulez pas que je vous offre un verre ? demanda Edward.

– Non, j'ai assez bu ce soir. Il me faut mon lit et une bonne nuit réparatrice. Bonsoir, Judith.

– Bonsoir, Joe. Et merci encore.

– Avale ce cognac, ma belle...

Et il disparut.

Ils ne dirent rien pendant quelque temps. Judith but lentement le cognac, qui lui brûlait la gorge mais l'aidait à apaiser les battements de son cœur paniqué.

A côté d'elle, Edward alluma une cigarette et rapprocha le cendrier.

– Tu as besoin de parler à quelqu'un, n'est-ce pas ? dit-il enfin. Si c'est le cas, je suis tout à fait prêt à t'écouter. (Elle ne dit rien, se contentant d'observer ses mains.) Tu le détestais. Sûrement pas à cause de son ivrognerie.

– Non, ce n'était pas ça.

– C'était quoi alors ?

Elle commença à raconter son histoire et, une fois lancée, elle s'aperçut que ce n'était pas aussi difficile qu'elle l'avait pensé. Elle lui parla du départ de Molly et de Jess, de la fermeture de Riverview et de Louise Forrester à laquelle on l'avait confiée. Puis de l'entrée en scène de Billy Fawcett et de son intimité apparente avec Louise.

– Je l'ai détesté dès le premier jour. Il avait quelque chose de... sordide. Et il était toujours si égrillard, les yeux brillants...

– Ta tante ne s'en apercevait pas ?

– Je n'en sais rien. Bref, j'étais terrifiée à l'idée qu'elle l'épouse mais, à présent, avec le recul, je suis tout à fait sûre qu'elle n'aurait jamais fait une bêtise pareille.

– Alors que s'est-il passé ?

– Il nous a emmenées au cinéma. J'étais assise à côté de lui, il m'a touché la cuisse et s'est mis à me tripoter, dit-elle en regardant Edward. J'avais quatorze ans, Edward, et pas la moindre idée de ce qu'il voulait. J'ai paniqué et j'ai tout fait pour changer de place. Ensuite, tante Louise m'a terriblement houspillée, ajouta-t-elle en fronçant les sourcils. Tu ne vas pas rire, au moins ?

– Non, je te le promets. En as-tu parlé à ta tante ?

– Je ne pouvais pas. Je ne sais pas pourquoi. Je ne pouvais pas.

– Est-ce tout ?

– Non.

– Alors raconte-moi la suite.

Elle lui parla du dimanche pluvieux où tante Louise l'avait laissée seule et où elle était allée à Veglos à bicyclette pour fuir Billy Fawcett.

– Il nous espionnait depuis son pavillon. Je suis certaine qu'il avait des jumelles. Il savait que j'étais seule, ce jour-là, parce que tante Louise avait vendu la mèche en toute innocence. Bref, quand je suis rentrée...

– Ne me dis pas qu'il t'attendait...

– A peine étais-je à l'intérieur qu'il a téléphoné pour m'annoncer sa venue. Alors j'ai bouclé portes et fenêtres, j'ai foncé au premier étage et je me suis cachée sous le lit de tante Louise. Pendant dix minutes environ il a hurlé, juré, cogné aux portes, sonné pour que je lui ouvre. Moi, je suis restée sous le lit, complètement terrifiée. Jamais je n'ai eu aussi peur. J'en ai fait des cauchemars. Il m'arrive encore d'en faire. Toujours le même : il pénètre dans ma chambre. Je sais que c'est puéril, mais quand je l'ai vu ce soir, j'étais terrorisée...

— Suis-je la première personne à qui tu racontes tout cela ?

— Non. Après la mort de tante Louise, j'en ai parlé à Miss Catto.

— Qu'a-t-elle dit ?

— Oh, elle a été gentille, mais très pratique. Elle m'a dit que ce n'était qu'un vieux libidineux et qu'il ne fallait plus y penser. Mais on ne peut pas échapper à ce qu'on a dans la tête, n'est-ce pas ? Si je pouvais agir physiquement, tuer Billy Fawcett par exemple ou l'écraser comme un insecte, ce serait peut-être plus facile. Mais je ne peux pas m'empêcher de sauter au plafond en hurlant comme une imbécile chaque fois que quelque chose me le rappelle.

— Est-ce ce qui s'est produit à Noël, quand je t'ai embrassée dans la salle de billard ?

Ce souvenir, le simple fait qu'Edward l'évoque, l'embarrassa tant qu'elle se sentit rougir comme une pivoine.

— Cela ne ressemblait pas du tout à ce que m'a fait Billy Fawcett, Edward. Tu ne dois pas croire une chose pareille. C'est simplement que... quand tu m'as touchée... tout est allé de travers.

— A mon avis, tu es traumatisée.

Au bord des larmes, elle se tourna vers lui.

— Mais pourquoi est-ce que je n'arrive pas à m'en débarrasser ? Je ne veux pas vivre avec ça le reste de mon existence. Et j'ai encore peur de lui, d'autant qu'il me hait...

— Pourquoi te hait-il à ce point ?

— Parce que je ne l'ai pas laissé m'approcher. Et parce qu'à sa mort tante Louise m'a légué tout son argent.

— Je vois. Je l'ignorais.

— On m'avait demandé de ne le dire à personne. Non que ce soit un secret, mais Miss Catto trouvait vulgaire de parler d'argent. Ta mère est au courant, bien entendu, et ton père aussi. Mais c'est tout.

– Beaucoup d'argent ?

Judith acquiesça d'un air mélancolique.

– Mais c'est absolument merveilleux !

– Effectivement. C'est pour cela que je peux acheter des cadeaux et que j'ai ma petite voiture.

– Et cela, Billy Fawcett ne te le pardonnera jamais ?

– Il a assisté aux funérailles de tante Louise. Ce jour-là, s'il avait pu me tuer, il l'aurait fait volontiers.

Edward sourit alors.

– Si l'on pouvait tuer du regard, nous serions tous morts depuis longtemps.

Il écrasa sa cigarette, la prit dans ses bras et l'embrassa sur la joue.

– Ma chère Judith, quelle vilaine tempête dans un verre d'eau ! Sais-tu ce que j'en pense ? Je pense que tu as besoin d'un catalyseur. Un jour il se produira quelque chose, et tout se résoudra, et tu seras délivrée de tes mauvais souvenirs. Tu ne dois pas laisser ce traumatisme s'immiscer entre l'amour et toi. Tu es beaucoup trop charmante pour cela. Et tous les hommes ne seront pas aussi patients que moi.

– Oh ! Edward, je suis désolée.

– Tu n'as aucune raison d'être désolée. Mais quand tout cela sera derrière toi, préviens-moi. Maintenant, je crois vraiment que je ferais mieux de te ramener chez toi. Quelle soirée !

– Le meilleur, c'était de t'avoir ici.

– Quand reviens-tu à Nancherrow ?

– Dimanche en huit.

– Nous t'attendrons.

Il se leva et attendit qu'elle s'extirpe de l'étroite banquette. Dehors le crépuscule était là, dans toute sa splendeur. Le soleil avait disparu à l'horizon et le ciel tournait au bleu saphir. De petites vagues venaient lécher le quai et le port était cerné des lumignons flottants des bateaux de pêche. Il y avait encore quelques passants qui profitaient de la tiédeur du soir, se refusant à rentrer, mais Billy Fawcett était parti.

Edward prit son bras et ensemble ils regagnèrent à pied la porte bleue de la maison Warren.

Il lui téléphona le lendemain matin. Judith était dans la cuisine et aidait Mrs. Warren à faire la vaisselle du petit déjeuner quand Ellie monta l'escalier au triple galop.

– Judith, il y a un coup de fil pour vous. C'est un certain Edward.

– Edward! (Mrs. Warren eut un petit sourire narquois.) Il ne perd pas de temps.

Judith fit celle qui n'avait pas entendu. Sans ôter son tablier elle descendit dans le bureau de Mr. Warren.

– Edward?

– Bonjour.

– Il n'est que neuf heures. Pourquoi appelles-tu si tôt?

– Pour te demander si tu as bien dormi.

– Que tu es bête! Bien sûr. Je suis navrée de ce qui s'est passé hier soir, mais je n'y pouvais pas grand-chose. Es-tu bien rentré? Question stupide. Évidemment tu es bien rentré.

– Oui. Mais... hésita-t-il. Je te téléphone aussi pour une autre raison. Voilà, c'est un peu la panique ici.

– Quelque chose qui ne va pas? demanda Judith, le cœur serré.

– Non, pas vraiment. En fait, si. Tante Lavinia est tombée malade. Hier, elle a jardiné, semble-t-il, elle est restée trop longtemps dehors et a attrapé froid. Elle s'est couchée, mais son état s'est aggravé. Maintenant elle a une pneumonie. La pauvre Isobel a appelé Mary Millyway, le médecin est venu et une infirmière s'occupe de la vieille dame à plein temps, mais nous sommes tous un peu inquiets. Ça s'est passé si vite...

– Oh! Edward, je ne peux pas y croire.

Tante Lavinia paraissait indestructible.

– Elle ne va pas mourir, n'est-ce pas?

– Eh bien, elle est très vieille. Nous devons tous mourir un jour, j'imagine, mais personne ne veut qu'elle meure tout de suite.

– Ta mère est-elle là?

– Pops lui a téléphoné hier, tard dans la soirée. Elle revient aujourd'hui.

– Et Athena?

– Athena est en Écosse avec Rupert Rycroft depuis le début de la semaine. Nous avons un peu hésité à la prévenir, et puis Pops s'est dit que, si le pire arrivait et qu'Athena ne savait même pas que tante Lavinia était malade, elle ne le lui pardonnerait jamais. Alors il a demandé son numéro à maman et a téléphoné dans je ne sais quelle vallée perdue. Mais Athena était déjà partie dans les collines et il a dû se contenter de laisser un message.

– Pauvre Athena. Tu crois qu'elle va venir ?

– Je ne sais pas. C'est effroyablement loin. Nous verrons bien.

– Et Loveday ? Comment va-t-elle ?

– Elle va bien. Elle pleure un peu, mais Mary Millyway la console du mieux qu'elle peut, et Loveday ira mieux dès que maman sera de retour.

– Est-ce que tu as pu aller voir tante Lavinia ?

– Pops y est allé. Elle l'a reconnu, mais elle était visiblement très faible. Si l'on me donne le feu vert, je me rendrai avec lui au Manoir cet après-midi.

– Il n'y a pas grand espoir, semble-t-il ?

– Ne soyons pas pessimistes. C'est une dure à cuire. Elle finira peut-être par nous enterrer tous.

– Je rentre à Nancherrow dès aujourd'hui, si je peux me rendre utile.

– Non, surtout pas. Je ne t'ai prévenue que parce que tu aurais été contrariée si on ne l'avait pas fait. Je sais que tu as pour tante Lavinia les mêmes sentiments que nous tous. Mais n'abrège pas tes vacances. Nous t'attendrons dimanche prochain, ou quand tu voudras. A propos, Gus sera là aussi. J'ai trouvé un message en rentrant, hier soir. Il vient d'Écosse. Il est déjà en route.

– Oh, *Edward* ! Ce n'est pas le moment d'avoir des invités. Tu ne peux pas lui demander de venir plus tard ?

– Non. J'ignore où il est. Je ne peux pas le joindre.

– Le pauvre. Il va arriver dans une de ces pagailles...

– Ça ira. Il n'est pas difficile. Il comprendra.

Judith se dit que les hommes, y compris Edward, pouvaient être extrêmement obtus. Il avait toujours invité des amis à Nancherrow et considérait comme un dû le bouleversement et l'organisation qu'exigeaient ces visites prolongées. Elle imaginait la pauvre Mary Millyway, déjà aux prises avec une crise familiale, obligée de faire face à une corvée supplémentaire : annoncer à Mrs. Nettlebed qu'il y aurait une bouche de plus à nourrir ; prendre des draps propres dans l'armoire à linge ; demander à Janet de préparer l'une des chambres d'amis ; veiller aux serviettes et au savon ; vérifier les cintres de l'armoire et les petits gâteaux dans la boîte en fer de la table de chevet.

– Je devrais peut-être rentrer.

– Absolument pas. Je te l'interdis.

– D'accord. Mais je suis de tout cœur avec vous. Dis-leur que je les embrasse. Dis à ton père que je l'embrasse.

– Entendu. Ne t'inquiète pas.

– Et je t'embrasse.

– Moi aussi.

Elle entendit le sourire dans sa voix.

– Au revoir, Judith.

Au volant de sa Lagonda vert bouteille, Gus Callender quitta Okehampton et gravit en vrombissant la côte raide qui, depuis la bourgade, s'en allait dans la campagne. C'était une belle matinée d'août avec une petite brise, et tout alentour avait le charme de la nouveauté, car il n'était jamais passé par là.

Cela faisait deux jours qu'il était parti, prenant son temps, profitant de sa liberté et de l'agréable puissance de sa voiture (il avait acheté cette Lagonda un an plus tôt avec l'argent qu'on lui avait donné pour ses vingt et un ans. C'était d'ailleurs le plus beau cadeau qu'on lui ait jamais fait). Bien sûr, cela n'avait pas été facile de quitter la maison ; ses parents pensaient qu'après deux semaines en France il serait content de finir ses vacances avec eux. Mais il avait tenu bon, les avait amadoués et leur avait promis de revenir bientôt. Sa mère avait fini par se résigner et lui avait bravement souhaité bon voyage en agitant son mouchoir comme un petit drapeau. En dépit de toutes ses résolutions, il avait momentanément éprouvé une ridicule culpabilité heureusement oubliée dès que la maison s'était trouvée hors de vue.

Il était passé par Deeside, Carlisle et Gloucester. Il abordait à présent la dernière partie de ce long voyage. Après l'Écosse (pluvieuse) et les Midlands (gris), il lui semblait arriver dans un monde neuf et baigné de soleil. Au sommet de la côte apparut le Dartmoor, paysage sans limites de buttes rocailleuses et de marécages qui changeaient subtilement de couleur au passage des nuages poussés par le vent d'ouest. Il vit les courbes des collines qui s'élançaient vers le ciel, le vert émeraude des tourbières, les cairns de granit où le vent avait façonné des sculptures primitives et étrangement modernes à la fois.

Son œil de peintre fut séduit, une envie de crayon et de brosse lui démangea les doigts, et il faillit s'arrêter, ici et maintenant, pour tenter de saisir en quelques croquis cet endroit et cette lumière afin de les fixer à jamais.

Mais s'il s'arrêtait, il y resterait jusqu'à la fin de la journée. Or il était attendu à Nancherrow dans le courant de l'après-midi. L'art attendrait. Il songea à la France et au tableau qu'il avait fait de la délicieuse villa des Beath. Il fredonna l'air à la mode qui avait rythmé ces vacances, un air qu'il entendait à la radio alors qu'ils se faisaient dorer au bord de la piscine, ou tandis qu'ils buvaient du vin le soir sur la terrasse, en regardant le soleil glisser derrière les collines bleutées.

Launceston. Un petit pont marquait la limite du comté. Il était en Cornouailles. Devant lui s'étendait la lande de Bodmin. Quelque part par là se trouvait l'*Auberge de la Jamaïque*. Il était onze heures et demie, et il se demanda s'il allait s'arrêter pour boire et manger quelque chose, mais renonça. Il verrait à Truro. La route était déserte. Il accéléra et se laissa aller à une exaltation qui ne lui était guère familière.

Au fond de sa vallée, Truro sommeillait sous le soleil de midi. Il aperçut la flèche de la cathédrale, le scintillement argenté de l'eau. Il entra dans la ville, se gara devant le *Red Lion* et entra. La salle était sombre et sentait la bière et le frais. Quelques hommes âgés lisaient le journal en fumant la pipe. Gus s'installa au bar et, après avoir commandé une demi-pinte de bière, demanda au barman s'il pouvait manger un morceau.

– Nous ne servons pas de repas, ici. Il faudra aller dans la salle à manger.

– Dois-je réserver une table ?

– Je vais prévenir le maître d'hôtel. Vous êtes seul ?

– Oui.

Le barman lui versa une bière et la posa sur le comptoir.

– Vous êtes en voyage ?

– Oui, ma voiture est dehors.

– Vous venez de loin ?

– En effet. D'Aberdeen.

– Aberdeen ? C'est au nord de l'Écosse, non ? Combien de temps vous a-t-il fallu ?

– Deux jours.

– Vous avez fait du chemin. Vous allez encore loin ?

– Jusqu'au bout. Au-delà de Penzance.

– Au Land's End, je parie ?

– Exactement.

– Vous habitez l'Écosse ?

– Oui, j'y suis né et j'y ai grandi.

– Sans vouloir vous offenser, vous n'avez pas d'accent. Il y a un mois ou deux, nous avons eu un Écossais de Glasgow et je ne comprenais pas un mot de ce qu'il racontait.

– L'accent de Glasgow n'est pas commode.

– Pas commode du tout.

Un couple de clients franchit le seuil, le barman s'excusa et alla les servir. De nouveau seul, Gus alluma une cigarette. Face à lui, derrière les étagères emplies de bouteilles, un miroir couvrait le mur. Dans ses profondeurs troubles, il aperçut des fragments de son propre reflet. Un jeune homme sombre, qui faisait plus que son âge, des yeux bruns, des cheveux bruns, le teint pâle, bien rasé. Il portait une chemise de coton bleu et avait noué un foulard autour de son cou en guise de cravate, mais cette note de fantaisie ne parvenait pas à altérer son aspect austère. Ténébreux, même.

Un peu de gaieté, sinistre individu, dit-il à son reflet. *Tu es en Cornouailles. Tu as réussi. Tu y es enfin.*

Vous avez fait du chemin, lui avait fait remarquer le barman, qui s'était montré en cela plus subtil qu'il ne l'imaginait. Gus leva son verre en son honneur. *Vous avez fait du chemin.* Il but la bière fraîche et boisée.

C'était Edward Carey-Lewis qui, le premier, l'avait appelé Gus, et ce surnom lui était resté. Avant cela, il s'appelait Angus, fils unique de parents âgés. Son père, Duncan Callender, un homme malin, d'humble origine, avait réussi dans les affaires à Aberdeen. Quand Angus était entré en scène, il avait déjà amassé une coquette fortune dans les fournitures pour bateaux. Au fil des ans, ses affaires s'étaient diversifiées, englobant désormais une entreprise de vente en gros de quincaillerie et un parc immobilier de plus en plus important.

Angus avait passé sa petite enfance au cœur d'Aberdeen, dans une maison de granit au milieu d'un jardin clos de murs. Ce jardin consistait en une pelouse à l'avant, un coin pour étendre le linge derrière la maison et un lopin de terre où sa mère faisait pousser des haricots et des choux. Un petit univers pour un petit garçon, dont il était parfaitement satisfait.

Mais pas Duncan Callender. Celui-ci était parvenu là où il était à force de travail, d'honnêteté et de persévérance, gagnant ainsi le respect tant de ses employés que de ses pairs. Mais cela ne lui suffisait pas. Car il avait des ambitions pour son fils unique et était déterminé à lui donner une éducation de gentleman.

Aussi, quand Angus eut sept ans, la famille déménagea de la maison confortable et sans prétention qui avait été son foyer pour s'installer dans une énorme demeure victorienne située sur les rives de la Dee. Duncan Callender faisait chaque jour le trajet entre cette maison et son bureau d'Aberdeen, tandis qu'Angus et sa mère s'efforçaient de s'y accoutumer. Après les rues de la ville, les commerces et le bruit des trams, les collines majestueuses et les vallées qui bordaient la Dee semblaient étrangères et imposantes, tout comme leur nouvelle demeure avec ses lambris de chêne fumé et ses vitraux, ses tapis écossais et ses cheminées assez larges pour y rôtir un bœuf, si tant est qu'on en eût envie.

On avait embauché des domestiques pour s'occuper de cette immense bâtisse. Alors que naguère Mrs. Callender se contentait d'une cuisinière et d'une femme de ménage, elle devait à présent donner des ordres à six domestiques à demeure et à deux jardiniers dont l'un habitait la loge située près du portail. C'était une épouse et une mère dévouée mais une âme simple, et cette lutte permanente pour conserver les apparences l'angoissait terriblement.

A Aberdeen, elle était dans son élément, connaissant sa place, bien en sécurité dans la dignité d'une maison modeste et bien tenue. Mais sur les bords de la Dee, elle était totalement dépassée. Elle avait le plus grand mal à communiquer avec les gens du village et fut bientôt persuadée que leurs faciès austères et leurs réponses monosyllabiques à ses timides avances montraient le peu de cas qu'ils faisaient d'elle et le mépris où ils tenaient les « nouveaux riches ».

Quant à ses terrifiants voisins, vieilles familles nobles installées dans leurs châteaux et leurs domaines depuis des générations, ils lui étaient aussi étrangers que des créatures d'une autre planète. Lady Ceci et le marquis de Cela, hautains et dégingandés dans leurs tweeds. Mrs. Huntingdon-Gordon, qui régnait en seigneur sur un élevage de labradors perché en haut d'une colline. Et le général de division Robertson, qui lisait le prêche à l'église le dimanche comme s'il aboyait des ordres de bataille.

Ce fut une période difficile, mais elle ne dura pas longtemps pour Angus. A huit ans, on l'envoya en pension dans un coûteux collège du Perthshire, ce qui mit virtuellement un terme à son enfance. Au début, ses camarades se moquèrent de lui et le malmenèrent. A cause de son accent prononcé ; parce que son kilt était trop long ; parce qu'il ne possédait pas le bon stylo ; parce qu'il était le premier de sa classe et qu'on le traitait de bûcheur. Mais il avait une stature d'athlète et jouait bien au football. Après qu'il eut fait saigner du nez le matamore des petites classes devant toute la cour de récréation, on le laissa tranquille et il s'intégra rapidement. Quand il revint dans la vallée de la Dee pour les vacances de Noël, il avait pris cinq centimètres et oublié son accent. Sa mère pleura secrètement l'enfant qu'elle avait perdu, mais Duncan Callender était aux anges.

– Pourquoi n'invites-tu pas quelques-uns de tes copains à la maison ? demanda-t-il, mais Gus fit la sourde oreille et sortit faire du vélo.

Après ses études primaires, on l'envoya à Rugby. Ce fut à cette époque qu'il se découvrit un don pour le dessin et la peinture dont il n'avait jamais soupçonné l'existence. Avec les encouragements d'un professeur compréhensif, il développa un style personnel, emplissant son carnet de croquis de dessins au crayon, pâlement teintés de gouache : les terrains de sport, un garçon travaillant sur un tour de potier, un maître se dirigeant à grands pas vers sa classe, des livres plein les bras et sa toge noire flottant comme de grosses ailes.

Un jour, à la bibliothèque, feuilletant un exemplaire de la revue *The Studio*, il lut un article sur les peintres de Cornouailles et l'École de Newlyn, illustré d'une gravure en couleur d'une œuvre de Laura Knight : une jeune fille contemplant la mer sur un rocher. La mer était d'un bleu paon, mais il ne devait pas faire très chaud, car la jeune fille, dont les cheveux cuivrés étaient tressés en une natte qui lui tombait sur l'épaule, portait un pull.

Pour une raison inconnue, l'article enflamma son imagination. La Cornouailles. Peut-être deviendrait-il un peintre professionnel et s'installerait-il en Cornouailles, comme tant d'autres avant lui. Il se vêtirait de tenues excentriques tachées de peinture, se laisserait pousser les cheveux, fumerait des Gitanes. Il aurait toujours à ses côtés quelque amoureuse dévouée, aimant s'occuper de la maison et, bien entendu, jolie. Ils vivraient dans une maison de pêcheur ou dans une grange aménagée avec un escalier extérieur en granit et une porte peinte en bleu et des géraniums rouges dans des pots en terre...

L'illusion était si forte qu'il sentait presque la chaleur du soleil, l'odeur du vent marin mêlée aux senteurs des fleurs sauvages. Un fantasme. Un rêve d'écolier. Jamais il ne serait peintre, car il était déjà orienté vers les maths et la physique, programmé pour l'université de Cambridge et un diplôme d'ingénieur.

Mais le rêve était trop précieux pour y renoncer définitivement. Il prit son canif, découpa soigneusement la gravure en couleur, et la glissa dans une chemise contenant quelques-uns de ses dessins. Plus tard, il l'encadra et l'inconnue du bord de mer décora désormais les murs de sa chambre.

Rugby élargit ses horizons dans d'autres domaines. Trop réservé pour avoir des amis intimes, il était néanmoins très apprécié et on l'invitait de temps à autre à passer une partie des vacances dans des maisons de campagne, dans le Yorkshire, le Wiltshire ou le Hampshire. Il acceptait poliment, était gentiment reçu et s'efforçait de ne pas commettre de bévues.

– Et d'où venez-vous ? lui demandait telle ou telle mère lors de leur première tasse de thé.

– D'Écosse.

– Vous avez de la chance. D'où exactement ?

– Mes parents possèdent une maison dans la vallée de la Dee.

Puis, avant qu'elle se mette à parler de pêche au saumon et de landes regorgeant de grouses, il changeait de sujet et demandait une tranche de gâteau au gingembre. Avec un peu de chance, on n'en reparlait plus.

Quand il rentrait à la maison après ces visites, le

contraste était rude. En vérité il se désintéressait de plus en plus de ses vieux parents, la hideuse demeure le rendait claustrophobe, et les journées entrecoupées seulement de repas longs et ennuyeux semblaient interminables. Les tendres attentions de sa mère l'étouffaient, tandis que l'encombrante fierté de son père et l'intérêt qu'il lui portait ne faisaient qu'aggraver les choses.

Mais tout n'était pas aussi sombre. A dix-sept ans, une bonne surprise l'attendait, bien que ce ne fût qu'une demi-aubaine. La rumeur se répandit dans le voisinage que, malgré la vulgarité certaine de ses parents, le petit Callender était non seulement bien de sa personne mais tout à fait présentable. Si quelque hôtesse avait par hasard besoin d'un célibataire de plus... Des invitations gravées commencèrent à arriver, priant Angus d'assister à diverses festivités auxquelles ses parents n'étaient pas conviés. Des fêtes, des bals d'été où l'on dansait le quadrille, et où ses partenaires se nommaient lady Henrietta MacMillan ou bien l'Honorable Camilla Strokes. Il savait conduire à présent et, au volant de la lourde Rover paternelle, il se rendait à ces réceptions élégantes en tenue de soirée, chemise blanche amidonnée et cravate noire. L'habitude de fréquenter les maisons de campagne du Yorkshire, du Wiltshire et du Hampshire lui rendit grand service : il savait affronter la solennité des grands dîners habillés, danser ensuite jusqu'au petit jour, sourire, se montrer attentionné envers les gens importants, bref, il donnait entière satisfaction.

Mais il lui semblait quand même jouer un rôle. Il était ce qu'il était, sans illusions sur son origine sociale et son éducation. Un soir, en parcourant le long trajet qui le ramenait chez lui après l'une de ces soirées dansantes, tandis que le ciel s'éclaircissait aux premières lueurs de l'aube, il songea que, depuis qu'il avait eu sept ans et que sa famille avait quitté Aberdeen, il était incapable de se rappeler un seul endroit où il se fût senti chez lui. Certainement pas dans la maison de son père. Ni dans les hospitalières gentilhommières du Yorkshire, du Wiltshire et du Hampshire où il avait été si bien accueilli. Quel que soit le plaisir qu'il y avait pris, il avait toujours l'impression d'être à part et d'observer les autres. Et il voulait être intégré.

Cela arriverait peut-être un jour. Comme de tomber

amoureux. Ou d'entendre une voix. Ou d'entrer dans une pièce inconnue et de la reconnaître aussitôt. Un endroit où personne ne serait condescendant et où il n'aurait besoin ni de label ni d'étiquette. Où on l'accueillerait simplement pour lui-même. « Angus, cher ami, comme c'est gentil d'être venu et comme nous sommes heureux de vous voir ! »

Or les choses devaient s'améliorer de manière surprenante. Après une adolescence plus pénible et plus difficile pour Gus que pour la plupart de ses pairs, Cambridge fut une révélation et un soulagement. Tout de suite, il considéra la ville comme la plus jolie qu'il ait jamais vue, et Trinity comme une splendeur architecturale. Les premières semaines, il consacra ses heures de loisir à s'y promener, et apprit bientôt à s'orienter dans le dédale des vieilles rues et des cours anciennes. D'éducation presbytérienne, il assistait à l'office du matin à la chapelle de King's College pour le seul plaisir d'écouter la chorale de jeunes garçons aux voix d'anges, et ce fut là qu'il entendit pour la première fois le *Miserere* grégorien dont la splendeur l'emplit d'une joie inexplicable.

Bientôt, lorsqu'il se fut familiarisé avec son nouvel environnement, son instinct de peintre se réveilla et il remplit plusieurs carnets d'esquisses au crayon. Barques plates sur fond de pelouses bordées de saules ; le pont aux Soupirs, les cours intérieures du collège Corpus Christi, les deux tours de King's College se profilant sur l'immense ciel des plaines marécageuses du Norfolk. L'ampleur, la pureté des proportions, la perspective, tout lui était défi. Les teintes vives des pelouses et du ciel, les vitraux, les feuillages d'automne, tout l'incitait à prendre son crayon. Il était au cœur du savoir et de la culture, mais aussi au cœur d'une beauté et d'une harmonie entièrement façonnées par l'homme.

Il appartenait à l'université de Pembroke, où il faisait des études d'ingénieur. Edward Carey-Lewis était également à Pembroke, mais il y suivait des cours d'anglais et de philosophie. Ils étaient arrivés en même temps, au trimestre d'automne de 1937, mais ce ne fut que deux ans plus tard ou presque qu'ils apprirent enfin à se connaître et devinrent amis. Il y avait des raisons à cela. Étudiant des matières différentes, ils ne se trouvaient pas dans les mêmes tutorats. Leurs chambres étaient situées dans des bâtiments différents et les habituelles relations de voisinage étaient exclues. Tandis que Gus jouait au cricket et au rugby, Edward passait tout son temps au club aéronautique de l'université pour obtenir son permis de pilote.

Leurs chemins se croisaient rarement, mais Gus avait remarqué Edward au réfectoire de l'université, dans les grandes occasions, où tous les étudiants étaient conviés en grande tenue. Ou descendant Trinity Street dans sa Triumph bleu marine, avec une jolie fille à ses côtés, parfois deux qui se serraient. Dans un pub bondé au milieu du tohu-bohu ambiant où il réglait généralement l'addition. A chacune de ces rencontres, Gus ne pouvait s'empêcher de le trouver plus heureux, plus beau, plus sûr de lui. Il en ressentit une antipathie instinctive (due à l'envie ? Il se refusait à l'admettre, même en son for intérieur) mais, avec sa discrétion innée, il garda ses sentiments pour lui. Cela ne servait à rien de se faire des ennemis et, après tout, il n'avait jamais adressé la parole à ce type. Simplement Edward Carey-Lewis était trop beau pour être vrai. Personne n'avait tout dans la vie. Il devait bien y avoir un ver dans le fruit, mais ce n'était pas à Gus de le découvrir.

Il en resta donc là et se concentra sur ses études. Mais le destin, toujours capricieux, en avait décidé autrement. Au trimestre de l'été 1939, on attribua à Gus Callender et à Edward Carey-Lewis des chambres au même étage de Pembroke, où ils partageaient une cuisine. Un jour, en fin d'après-midi, alors qu'il faisait chauffer la bouilloire pour le thé, Gus entendit quelqu'un monter l'escalier de pierre en courant et s'arrêter sur le seuil.

– Bonjour ! dit une voix.

En se retournant il aperçut Edward Carey-Lewis dans l'embrasure de la porte, une mèche blonde sur le front et sa longue écharpe de collège nouée autour du cou.

– Bonjour.

– Vous êtes bien Angus Callender ?

– C'est exact.

– Edward Carey-Lewis. Nous sommes voisins, apparemment. Comment est votre chambre ?

– Bien.

– Vous faites du thé ?

Il s'invitait sans vergogne.

– Oui. Vous en voulez ?

– Avez-vous quelque chose à manger ?

– Oui, du cake.

– Parfait, je meurs de faim.

Edward était donc entré, ils s'étaient assis devant la fenêtre ouverte et avaient bu du thé dans des chopes. Gus fuma une cigarette et Edward mangea presque tout le cake. Ils parlèrent. De tout et de rien, mais au bout d'une quinzaine de minutes Gus se rendit compte qu'il s'était lourdement trompé sur le compte d'Edward Carey-Lewis, qui n'était ni bête ni snob. Sa décontraction et son regard bleu et franc n'avaient rien de forcé. Son aisance lui venait non de son éducation privilégiée, mais du fait qu'il était tout simplement bien dans sa peau, ne se considérant ni pire ni meilleur que n'importe lequel de ses contemporains.

La théière vidée et le gâteau achevé, Edward se leva et se mit à fouiner dans l'appartement de Gus, lisant les titres de ses livres, feuilletant ses magazines.

– J'aime la peau de tigre que vous avez mise devant la cheminée.

– Je l'ai achetée chez un brocanteur.

Puis Edward jeta un coup d'œil à ses tableaux, passant de l'un à l'autre comme un éventuel acheteur.

– Belle aquarelle. Où est-ce ?

– Le Lake District [1].

– Vous en avez toute une collection. Les avez-vous achetées ?

– Non, je les ai peintes.

Edward se retourna, bouche bée.

– Vraiment ? Mais vous avez un talent fou. C'est bien de savoir que, si vous ratez l'examen de licence, vous pourrez toujours faire bouillir la marmite en jouant du pinceau.

Puis il reprit son inspection.

– Est-ce que vous utilisez aussi la peinture à l'huile ?

– Parfois.

– C'est vous qui avez fait celui-ci ?

– Non, reconnut Gus. C'est une reproduction que j'ai découpée dans un magazine, quand j'étais à l'école. Mais je l'aime tant que je l'emporte partout, pour l'accrocher là où je peux le regarder.

– Est-ce cette jolie fille qui vous a tapé dans l'œil, ou les rochers et la mer ?

1. « Région des lacs », dans le nord de l'Angleterre. (N.d.T.)

– Le tout, je suppose.

– De qui est-ce ?

– Laura Knight.

– C'est en Cornouailles, dit Edward.

– Je le sais, mais comment l'avez-vous deviné ?

– Ça ne peut pas être ailleurs.

– Vous connaissez la Cornouailles ? demanda Gus en fronçant les sourcils.

– Évidemment. J'y habite. J'y ai toujours vécu. C'est chez moi.

– C'est extraordinaire ! lança Gus, après un instant de réflexion.

– Pourquoi ?

– Je n'en sais rien. Je me suis toujours beaucoup intéressé aux peintres cornouaillais, c'est tout. Cela m'étonne que tant de gens aussi talentueux se soient rassemblés aussi loin de tout et conservent pourtant une telle influence.

– Je ne suis pas très au courant, mais Newlyn est envahi d'artistes. Par colonies entières. Comme les souris.

– En avez-vous rencontré ?

Edward hocha la tête.

– On ne peut pas dire. Je crains bien d'être un béotien en la matière. À Nancherrow, nous avons des tas de tableaux de chasse et de sombres portraits de famille. Vous voyez le genre. Des ancêtres qui louchent, un chien à leurs pieds. À une exception près, ajouta-t-il, réflexion faite. De Laszlo a peint ma mère. C'est charmant. On a accroché le tableau au-dessus de la cheminée du salon.

Edward parut soudain s'essouffler. Sans cérémonie, il bâilla à s'en décrocher la mâchoire.

– Mon Dieu, je suis crevé. Je vais prendre un bain. Merci pour le thé. Votre chambre me plaît.

Il se dirigea à grands pas vers la porte, l'ouvrit et se retourna.

– Que faites-vous ce soir ?

– Rien de particulier.

– Nous sommes quelques-uns à aller à Grantchester boire un verre au pub. Voulez-vous vous joindre à nous ?

– J'aimerais beaucoup. Merci.

– Je frapperai à votre porte à sept heures et quart.

– D'accord.

Edward sourit.

– A tout à l'heure, Gus.

Gus pensa avoir mal entendu. Edward était déjà sorti.

– Comment m'avez-vous appelé ?

– Gus, répondit Edward en passant la tête dans l'embrasure de la porte.

– Pourquoi ?

– Parce que je trouve que ça vous va bien. Angus ne vous va pas. Angus a des cheveux roux, d'énormes chaussures de randonnée et des knickerbockers en tweed.

Gus se mit à rire.

– Faites attention. Je viens tout droit d'Aberdeen.

Mais Edward ne se démonta pas pour autant.

– Dans ce cas, dit-il, vous savez très bien ce que je veux dire.

Sur ce, il s'en alla en refermant la porte derrière lui.

Gus. Il était devenu Gus. Et l'influence d'Edward était telle qu'après cette première soirée on ne l'appela plus jamais autrement.

Il eut tout à coup très faim. Au premier étage, dans la salle à manger à moitié vide – tapis persans, nappes blanches amidonnées et voix assourdies sur fond de bruits de couvert –, il mangea tout ce qu'on lui donna, de la soupe au pudding en passant par le bœuf aux carottes. Puis, se sentant un autre homme, il régla l'addition et se retrouva dehors. Il marcha un peu sur les trottoirs pavés jusqu'à ce qu'il trouve une librairie où il acheta une carte d'état-major de l'ouest de la région. De retour dans sa voiture, il alluma une cigarette et déplia la carte. Nancherrow. Au téléphone, Edward lui avait donné quelques vagues instructions, mais en regardant la carte Gus se rendit compte que seul un imbécile pouvait se perdre. De Truro à Penzance, puis la route de la côte qui menait au Land's End. Il suivit le chemin du doigt et s'arrêta à Rosemullion, où l'on distinguait clairement la rivière et le pont. Puis Nancherrow, un mot en italique, une ligne en pointillé pour indiquer le chemin d'accès, un minuscule symbole pour la maison. Il était bon de la trouver inscrite sur la carte par quelque géographe bien informé. Ainsi matérialisée, ce n'était plus un simple nom distraitement évoqué ni le fruit de son imagination. Il plia la carte, la posa sur le siège à ses côtés, et démarra.

Il roula le long de l'épine dorsale du comté, où l'on apercevait les vestiges d'anciennes mines d'étain, ruines industrielles de vieilles machineries et cheminées qui s'éboulaient. Laid. Quand arriverait-il à la mer ? Il avait hâte de la voir. Enfin la route devint pentue et le paysage changea. A sa droite apparurent une rangée de hautes dunes de sable, un estuaire profond, et enfin l'Atlantique, brièvement, des rouleaux verts déferlant sur un banc de sable. Au-delà de l'estuaire, la route tournait vers l'intérieur des terres, traversant des pâturages où paissaient des vaches laitières bordés de murets de pierre sèche. Des routes étroites descendaient en pente raide vers des vallées boisées aux noms obscurs ou religieux, signalés par d'engageants panneaux. Tout sommeillait dans la chaleur et la lumière de l'après-midi. Les arbres projetaient leur ombre tachetée de soleil sur le macadam et il y avait dans l'air une sorte d'intemporalité, comme si l'été devait durer toujours.

Gus aperçut, scintillante dans la lumière diffuse, la grande étendue de la baie du Mont, d'un bleu vif contre le flou de l'horizon. Une flottille de petits bateaux voguait au large, les écoutes choquées, les voiles pourprées penchées.

Tout cela lui parut extrêmement familier, comme s'il revenait dans un endroit qu'il connaissait depuis longtemps et qu'il aimait. *Oui. Oui, tout est là. Comme ça l'a toujours été. Comme je savais que cela serait.* L'avancée de la jetée du port, la forêt de hauts mâts, l'air bruissant des cris des mouettes. Un petit train à vapeur sortit de la gare et longea le rivage. Une enfilade de villas, leurs fenêtres brillant dans la lumière, leurs jardins regorgeant de magnolias et de camélias. Et, par-dessus tout cela, l'odeur fraîche et salée du varech et de l'océan, qui s'engouffrait par la fenêtre de la voiture.

C'était à tout cela qu'il appartenait. Il avait l'impression de revenir à ses racines, comme si tout ce qu'il avait fait jusque-là, tous les lieux où il avait vécu n'avaient été qu'un intermède, un entracte. Étrange... non, après tout, pas si étrange que cela : tout simplement il voyait, pour la première fois, les paysages que les peintres cornouaillais qu'il avait étudiés et dont il s'était fait le fougueux disciple lui avaient rendus familiers, Laura Knight, Lamorna Birch, Stanhope, Elizabeth Forbes et tant d'autres. Il se souvint alors de son rêve d'enfant qui avait surgi dans la bibliothèque de Rugby : venir en Cornouailles, y vivre la vie de bohème et peindre ; s'acheter un cottage blanc, baigné de soleil, et planter des géraniums devant la porte. Et il sourit, se souvenant qu'il rêvait aussi d'une compagne. Personne en particulier. Elle n'avait jamais eu de visage, mais elle était jeune, belle, éminemment apte à servir de modèle et excellente cuisinière. Sa maîtresse, bien entendu. Tout en conduisant, Gus éclata de rire devant l'innocence de sa jeunesse perdue et les rêves inoffensifs du garçon qu'il avait été. Puis il cessa de rire car, maintenant qu'il était là, maintenant qu'il était vraiment venu, ces rêves lui semblaient tout à fait réalisables.

Tout en évoquant ces souvenirs, il avait traversé la ville et gravi une côte, raide comme un toit. En atteignant le sommet, il vit que le paysage avait de nouveau radicalement changé. Les fermes isolées étaient entourées par la lande, brune et couronnée de cairns. La mer, à sa gauche, était omniprésente, et son odeur puissante le disputait à présent au parfum doux et moussu des rivières.

Et soudain cet autre rêve, oublié depuis longtemps, chassé de son esprit, lui revint, poignant et très réel : un jour, il arriverait dans une maison qu'il n'avait jamais vue auparavant et, instantanément, violemment, il sentirait qu'il y était chez lui, bien plus qu'il ne l'avait jamais été dans la sinistre demeure victorienne au bord de la Dee ou dans les maisons hospitalières de ses amis de classe. Cambridge se rapprochait un peu de ce fantasme-là, mais Cambridge était une université, un endroit où l'on apprenait, pas un coin du monde où plonger ses racines, où retourner en sachant qu'il serait toujours là, familier, confortable comme une vieille paire de chaussures. Chez lui. *Gus. Cher Gus, tu es de retour.*

Mieux valait oublier. La rêverie était le privilège des êtres très jeunes. Avec fermeté, Gus chassa tout cela de son esprit et s'appliqua à l'immédiate tâche consistant à ne pas perdre son chemin. Au croisement, un panneau de bois lui indiqua « Rosemullion », et il comprit qu'il ne lui restait plus qu'une dizaine de kilomètres à parcourir Son bon sens s'envola par la fenêtre, cédant la place à l'enthousiasme irraisonné d'un gamin rentrant de l'école pour les vacances. Rentrant chez lui. Bizarre... Gus n'avait jamais exulté à l'idée de rentrer à la maison. Au contraire, c'était chaque fois une sorte de devoir pénible qu'il remplissait à contrecœur, retournant fidèlement vers ses parents mais ne restant pas plus de quelques jours avant de chercher désespérément un prétexte pour s'en aller. Son père et sa mère étaient vieux et n'y pouvaient rien, bien ancrés dans leurs habitudes et lamentablement fiers de leur fils, mais pour une raison ou pour une autre, cela ne faisait qu'aggraver les choses. Non que Gus eût honte d'eux en quelque façon. En fait, il en était plutôt fier, de son père en particulier. Mais il s'était éloigné du vieil homme avec lequel il avait peu de points communs et détestait avoir à lutter pour soutenir la plus banale des conversations. Et tout cela parce que le vaillant Duncan Callender avait voulu que son fils devienne un gentleman, avait exigé qu'il reçoive une coûteuse éducation dans un établissement privé et l'avait ainsi introduit dans un monde que ni la mère de Gus ni lui-même n'avaient connu et ne connaîtraient jamais.

La situation était cruelle. Ironie du sort. Mais ce n'était pas Gus qui avait élevé la barrière entre eux. Même avant de quitter Rugby, il s'était résigné à cette situation désagréable et s'était efforcé de ne pas avoir mauvaise conscience. Sinon il passerait le reste de son existence avec au cou la pierre de sa propre culpabilité.

Enfermée dans la framboisière [1], Loveday cueillait des fruits. Il était bon d'avoir quelque chose à faire, tout était si horrible en ce moment. L'angoisse et les craintes que suscitait l'état de santé de tante Lavinia avaient assombri la maison tel un nuage. Cela avait même supplanté les informations dans l'ordre des priorités de son père qui, au lieu d'écouter la radio, passait son temps au téléphone avec le médecin, avec Diana à Londres, avec Athena en Écosse, avec diverses infirmières pour qu'elles se relaient constamment au Manoir. On avait longuement discuté de l'opportunité de transporter tante Lavinia à l'hôpital, mais on avait fini par décider que les fatigues d'un trajet en ambulance et la détresse de se retrouver dans un cadre inconnu lui feraient vraisemblablement plus de mal que de bien. On permettrait donc à tante Lavinia de rester paisiblement où elle était, dans sa maison et dans son lit.

1. Structure grillagée enfermant les arbustes pour les protéger des oiseaux. (N.d.T.)

C'était la première fois que Loveday était confrontée à une maladie qui pouvait se révéler mortelle. Les gens mouraient, bien entendu, elle le savait. Mais pas dans sa propre famille. Pas tante Lavinia. De temps en temps, elle faisait un réel effort pour imaginer la vie sans la vieille dame, mais celle-ci avait toujours fait partie de Nancherrow et son influence sur toute la famille était si forte, si bienveillante, que Loveday n'y parvenait pas. C'était tout bonnement impensable.

Elle longea la rangée d'arbustes, cueillant les fruits rouges et sucrés à deux mains avant de les laisser tomber dans le solide panier qu'elle portait en bandoulière grâce à un bout de ficelle. C'était un bel après-midi ensoleillé, mais un petit vent mordant soufflait de la mer et elle portait un vieux pull de cricket appartenant à Edward, jaune et rapiécé. Il était beaucoup trop long, pendouillait sur sa jupe de coton, mais Loveday appréciait son confort fraternel.

Elle était seule ; après le déjeuner, son père, Edward et Mary Millyway étaient montés au Manoir. Pops y avait donné rendez-vous au médecin, Edward resterait un peu auprès de tante Lavinia et Mary les avait accompagnés pour tenir compagnie à la pauvre Isobel. Elles s'installeraient dans la cuisine pour prendre le thé. C'était sans doute Isobel qui, d'eux tous, avait le plus besoin de réconfort. Tante Lavinia et elle vivaient ensemble depuis plus de quarante ans. Si tante Lavinia mourait, il était probable qu'Isobel ne lui survivrait pas longtemps.

– Et toi, ma chérie ? avait demandé son père à Loveday. Veux-tu venir aussi ?

Alors elle s'était approchée de lui, lui avait mis les bras autour de la taille et avait pressé son visage contre son gilet. Il avait compris et l'avait serrée fort contre lui.

– Non, avait-elle dit d'une voix étouffée.

Si le pire devait advenir, elle voulait garder intact le souvenir de tante Lavinia, alerte et gracieuse, participant à toutes les réjouissances familiales. Pas celui d'une dame âgée et malade, clouée au lit et les oubliant peu à peu.

– Est-ce que c'est affreux de ma part ? Devrais-je y aller ?

– Non, je ne crois pas.

Elle pleura, il l'embrassa et sécha ses larmes avec son grand mouchoir blanc. Ils étaient tous très gentils avec Loveday. Edward la prit dans ses bras en lui disant :

– De toute façon, il faut bien qu'il y ait quelqu'un ici pour l'arrivée de Gus. Il sera là dans l'après-midi et, s'il n'y avait personne pour l'accueillir, ce serait manquer aux lois de l'hospitalité. Tu seras à toi toute seule le comité d'accueil.

Loveday, qui reniflait un peu, ne trouvait pas l'idée excellente.

– Faut-il que je reste à la maison ?

– Non, bien sûr que non, fit Mary en riant. Fais ce que tu veux. Je suis certaine que Fleet apprécierait un bon galop.

Mais pour une fois, Loveday n'avait pas envie de monter Fleet. Elle voulait rester dans l'enceinte de Nancherrow, où elle se sentait en sécurité.

– Je l'ai montée hier, dit-elle.

– Alors tu pourrais peut-être aller chercher des framboises pour Mrs. Nettlebed. Elle voulait faire de la confiture. Aide-la donc à les préparer et à les peser.

Ce qui n'était pas vraiment passionnant mais valait mieux que de ne rien faire du tout. Loveday soupira.

– D'accord.

– C'est bien, dit Mary qui la réconforta d'un baiser. Et nous dirons à tante Lavinia que tu penses bien à elle et que, dès qu'elle ira un peu mieux, tu monteras la voir. N'oublie pas que ta mère rentre de Londres, aujourd'hui. Elle sera fatiguée, déprimée, et nous ne voulons pas qu'elle arrive dans une maison trop triste. Pour elle, essaie de ne pas trop t'inquiéter.

Elle était donc allée chercher des framboises. Il lui fallut quelque temps pour remplir les deux paniers que Mrs. Nettlebed lui avait donnés, mais ils étaient enfin pleins à ras bord de beaux fruits mûrs. Elle en avait mangé quelques-unes, pas trop. Un panier dans chaque main, elle se fraya un chemin entre les arbustes et sortit de la framboisière en refermant soigneusement le loquet derrière elle, pour que les oiseaux n'y pénètrent pas.

Dans la cuisine, Mrs. Nettlebed était en train de glacer un gâteau au chocolat avec des tas de volutes et des petits morceaux de fruits confits. Loveday laissa tomber les paniers sur la table.

– Ça ira comme ça, Mrs. Nettlebed ?

– Parfait, fit cette dernière avec un bon sourire, tu es un amour.

Loveday se pencha en travers de la table, trempa son doigt dans le bol de glaçage et le suça.

– Regarde-toi, Loveday ! Tu es dans un état ! Ce pull est couvert de jus de framboise. Tu aurais pu mettre un tablier.

– Ça ne fait rien. Ce n'est qu'un vieux pull. Voulez-vous que je vous aide à faire la confiture ?

– Je n'ai pas le temps maintenant, plus tard. Et puis tu as mieux à faire, parce que le visiteur est arrivé.

– Le visiteur ? demanda Loveday avec un pincement au cœur. (Pendant qu'elle ramassait les framboises, elle avait oublié que l'on attendait ce fichu ami d'Edward.) Flûte, il est déjà là ? J'espérais qu'il n'arriverait pas avant le retour d'Edward. A quoi ressemble-t-il ?

– Aucune idée. Nettlebed l'a fait entrer et l'a conduit jusqu'à sa chambre. Il est sans doute en train de défaire sa valise. Tu devrais monter lui dire bonjour et l'accueillir gentiment.

– Je ne me souviens même pas de son nom.

– C'est Mr. Callender. Gus Callender.

– Il le faut vraiment ? Je préférerais faire la confiture.

– Oh, Loveday ! Dépêche-toi.

Et Mrs. Nettlebed lui donna une petite tape sur les fesses en la renvoyant.

Loveday s'en alla à contrecœur. Monta l'escalier de service et enfila le couloir qui menait aux chambres d'amis. A mi-chemin une porte était ouverte. Elle s'arrêta, hésitante. Il était là, qui lui tournait le dos, les mains dans les poches, regardant par la fenêtre. Il avait posé ses bagages sur la banquette en bois au pied du lit, mais ses valises étaient fermées et il ne semblait pas avoir fait le moindre effort pour s'installer. Avec ses tennis usés, elle n'avait fait aucun bruit sur le tapis du couloir et se rendit compte qu'il ne s'était pas aperçu de sa présence, ce qui la mit mal à l'aise. Les roucoulements des colombes montaient de la cour, sous la fenêtre. Au bout de quelque temps, elle lui dit bonjour.

Surpris, il fit volte-face. Ils se regardèrent quelques secondes en chiens de faïence, puis il lui sourit.

– Bonjour.

Loveday était déconcertée. Elle ne s'attendait pas à cela. Elle s'attendait à un autre de ces jeunes fats qu'Edward ramenait pour les vacances depuis qu'il était à l'école. Tous taillés sur le même modèle, ils ne l'avaient jamais enthousiasmée. Mais celui-ci était d'un tout autre genre, et elle le vit aussitôt. D'abord, il paraissait plus vieux qu'Edward, plus mûr et plus expérimenté. Brun et mince, plutôt sérieux. Intéressant. Pas du genre à faire des réflexions oiseuses ou à la traiter en gamine attardée. Jusqu'à présent, seuls Walter Mudge et Joe Warren, avec leur virilité et leur décontraction, lui avaient donné une idée du type d'homme qu'elle commençait à trouver dangereusement séduisant. Aussi étrange que cela puisse paraître, Gus Callender leur ressemblait un peu : les mêmes yeux, les mêmes cheveux bruns, mais il était plus grand, moins costaud que Walter ou Joe. Quand il souriait, tout son visage s'éclairait et il n'avait plus du tout l'air sérieux.

Elle perdit brusquement sa timidité.

— Vous êtes Gus Callender.

— C'est exact. Et vous devez être Loveday.

— Je suis navrée, mais il n'y a que moi ici. Et j'étais allée chercher des framboises.

— Cela n'a pas d'importance. Votre majordome...

— Mr. Nettlebed.

— ... m'a accueilli.

Loveday jeta un coup d'œil à ses bagages et se hissa sur le bord du lit.

— Vous n'avez pas rangé grand-chose.

— Non. Pour être sincère, je me demandais si je devais le faire.

— Pourquoi dites-vous cela ?

— Mr. Nettlebed m'a laissé entendre qu'il y avait quelques problèmes. Quelqu'un de malade dans la famille. Et qu'Edward était allé voir sa tante...

— Notre grand-tante Lavinia. Oui. Elle a une pneumonie. Elle est très âgée, et c'est donc inquiétant.

— Ce n'est pas le moment d'avoir des invités. Il semble que, par simple tact, je devrais m'en aller.

— Ne faites surtout pas cela. Edward serait déçu et très contrarié. De toute façon, tout est prêt pour vous, nous attendions tous votre arrivée, et cela n'aurait donc pas de sens, n'est-ce pas ?

— J'aurais préféré qu'Edward m'appelle pour me prévenir. Je ne serais pas venu.

— Il n'a pas pu, parce que cela fait très peu de temps qu'elle est malade, et il ne savait pas où vous étiez. Allons, ne vous en faites pas. Cela ne change rien que vous soyez là ou non. (Ce qui n'était pas agréable à entendre.) Tout le monde serait très fâché si je vous laissais filer. Et je sais que maman veut faire votre connaissance. Elle est à Londres, mais elle rentre aujourd'hui à cause de tante Lavinia. Pops est en grande conversation avec le médecin, et Mary Millyway remonte le moral d'Isobel. Quant à Judith, c'est mon amie, elle habite ici la plupart du temps, mais elle est encore à Porthkerris.

Gus était de plus en plus perplexe. Loveday fit un effort pour clarifier la situation.

– Mary Millyway était ma gouvernante, elle est adorable, elle fait tout. Isobel est la vieille bonne de tante Lavinia.

– Je vois.

– Ils seront tous rentrés pour le thé, j'en suis sûre, et vous verrez Edward à ce moment-là. Quelle heure est-il ?

Il consulta la lourde montre en or attachée à son poignet nerveux par un bracelet de cuir.

– Juste trois heures.

– Bien, fit-elle, pensive. Qu'aimeriez-vous faire ? (Elle n'était pas très douée pour jouer les hôtesses.) Défaire vos valises, aller vous promener ?

– J'aimerais prendre l'air. Je déferai mes bagages plus tard.

– Nous pourrions descendre à la crique. Si vous voulez, vous pouvez vous baigner, mais il y a du vent. L'eau froide ne me dérange pas, mais je déteste le vent.

– Alors ne nous baignons pas.

– D'accord, nous marcherons. Tiger est parti avec Pops, sinon nous l'aurions emmené, déclara-t-elle en se laissant glisser du lit. Le chemin qui descend vers la mer est plutôt raide, glissant même. Avez-vous des chaussures à semelles de crêpe ? Et peut-être un pull ? L'air risque d'être vif sur les falaises.

Son autoritarisme le fit sourire.

– D'accord pour tout.

Il avait posé un gilet en épais shetland bleu marine sur le dossier d'une chaise. Il le prit, le jeta sur ses épaules et en noua les manches autour de son cou en guise d'écharpe.

– Passez devant, dit-il à Loveday.

Comme il s'agissait d'un nouveau venu, elle ne le fit pas passer par l'escalier de service, mais par le couloir, l'escalier principal et la porte d'entrée. Sa voiture était garée là, et Loveday, amusée, s'arrêta pour l'admirer.

– Mon Dieu, quel superbe véhicule ! Est-ce que ça va affreusement vite ?

– Elle peut aller très vite.

– Elle a l'air flambant neuve. Des phares chromés et tout et tout.

– Cela fait environ un an que je l'ai.

– Un jour, j'aimerais bien que vous m'emmeniez faire un tour.

– Je vous emmènerai.

Ils se mirent en chemin. Quand ils eurent dépassé l'angle de la maison, le vent leur fouetta le visage, frais et salé. Au-dessus d'eux, d'immenses nuages blancs couraient dans le ciel bleu vif. Ils traversèrent les pelouses en terrasses et s'engagèrent sur le sentier bordé de buissons et de palmiers incongrus.

Au bout de quelque temps, le chemin devint trop étroit pour marcher côte à côte, et Loveday passa devant. Elle allait de plus en plus vite, de sorte qu'il fallait à Gus une certaine concentration pour suivre son rythme infernal. Il se demanda si elle le faisait exprès, pour le taquiner, tandis qu'il trottinait dans son sillage, baissant la tête sous le tunnel de gunneras, glissant sur les marches abruptes qui débouchaient dans le fond de la carrière. Puis ils traversèrent la carrière jusqu'au portail, qu'ils escaladèrent. Une route de campagne, un échalier de pierre (une sorte de course d'obstacles) et enfin les falaises.

Elle l'attendait sur une motte d'herbe tachetée de thym pourpre. Le vent faisait bouffer sa jupe de coton sur ses longues jambes bronzées. Ses yeux violets reflétaient une gaieté débordante quand il arriva, un peu haletant, à ses côtés.

– Vous courez comme un lapin, lui dit-il quand il eut repris son souffle.

– Ce n'est pas grave. Vous avez suivi le rythme.

– Vous avez eu de la chance que je ne me sois pas cassé le cou. Je croyais faire une promenade, pas un marathon.

– Mais ça valait le coup. Admettez-le, ça valait le coup.

Alors Gus regarda et vit la mer d'un turquoise foncé, la bande de sable et les énormes rouleaux qui se brisaient sur les rochers au pied des falaises, dans une explosion d'arc-en-ciel. Tout cela était très revigorant et très spectaculaire. Loveday frissonna.

– Avez-vous froid ? lui demanda-t-il.

– Un peu. D'habitude nous descendons sur les rochers, mais la mer est haute aujourd'hui et nous serions trempés par l'écume.

– Alors n'y allons pas.

Ils s'abritèrent derrière un immense roc, jaune de lichen et d'orpin. Loveday s'installa sur un épais coussin d'herbe, ramena ses genoux contre elle et les enveloppa de ses bras en se pelotonnant dans son pull pour avoir plus chaud. Gus s'étendit auprès d'elle.

– Voilà qui est mieux, dit-elle. On ne voit pas la mer, mais on l'entend et, au moins, on ne sera pas trempés. (Puis elle ferma les yeux et se tourna vers le soleil.) C'est *beaucoup* mieux, reprit-elle quelques instants après. Il fait plus chaud. C'est dommage que nous n'ayons rien emporté à manger.

– Je n'ai pas vraiment faim.

– Moi si. Toujours. Comme Athena. Je crois qu'Athena va rentrer. A cause de tante Lavinia. Elle était en Écosse. Vous vivez en Écosse, n'est-ce pas ?

– Oui.

– Où exactement ?

– Dans l'Aberdeenshire. Sur les bords de la Dee.

– Près de Balmoral ?

– Pas tout à fait.

– Êtes-vous près de la mer ?

– Non, il n'y a que le fleuve.

– Mais les fleuves, ce n'est pas la même chose, n'est-ce pas ?

– Non, pas du tout la même chose.

Loveday se tut et songea à tout cela, le menton sur les genoux.

– Je ne crois pas que je pourrais vivre loin de la mer.

– Ce n'est pas si terrible.

– C'est pire que ça. C'est une torture.

– A ce point-là ? fit-il en souriant.

– Oui. Et je le sais parce que, quand j'avais à peu près douze ans, on m'a envoyée en pension dans le Hampshire et j'ai failli en mourir. Rien n'allait. Je m'y sentais étrangère. Rien n'était comme il fallait, ni les maisons, ni les haies, ni même le ciel. J'avais toujours l'impression que le ciel était juste au-dessus de ma tête, qu'il m'écrasait. Cela me donnait des migraines terribles. Je serais morte, si j'avais dû rester là-bas.

– Mais vous n'êtes pas restée ?

– Non, j'ai tenu un trimestre, et je suis rentrée à la maison. Et j'y suis depuis lors.

– Et l'école ?

– A Penzance.

– Et maintenant ?

– Je ne vais plus à l'école.

– Vous en avez assez ?

– Je n'en sais rien, répondit-elle en haussant les épaules. Athena est allée en Suisse. Il se pourrait que j'y aille aussi. Mais s'il y a la guerre, il se pourrait bien que je n'y aille pas.

– Je vois. Quel âge avez-vous ?

– Dix-sept ans.

– Trop jeune pour être mobilisée. O

– Mobilisée pour quoi ?

– La guerre. Dans les services. Pour faire des munitions.

– Je ne vais certainement pas rester devant un tapis roulant à fabriquer des balles, rétorqua Loveday, horrifiée. Si je ne vais pas en Suisse, je n'irai nulle part. S'il y a la guerre, il sera déjà bien assez difficile d'être courageux ici, à Nancherrow. Je ne pourrais certainement pas être courageuse à Birmingham, à Liverpool ou à Londres. Je deviendrais folle.

– Pas nécessairement, dit Gus pour tenter de la calmer, regrettant d'avoir abordé un tel sujet.

– Vous croyez qu'il y aura la guerre ? demanda-t-elle d'une petite voix.

– Probablement.

– Que vous arrivera-t-il, à vous ?

– Je serai mobilisé.

– Tout de suite ?

– Oui. J'appartiens à l'armée territoriale. Aux Gordon Highlanders. Mon régiment régional. Je me suis enrôlé dans ce bataillon en 1938, quand Hitler a envahi la Tchécoslovaquie.

– Appartenir à l'armée territoriale, qu'est-ce que cela veut dire ?

– Militaire à temps partiel.

– Vous êtes entraîné ?

– Jusqu'à un certain point. Deux semaines en camp d'entraînement tous les étés. A présent, je suis tout à fait capable de tirer et de tuer un ennemi.

– A condition qu'il ne vous tue pas d'abord.

– Vous n'avez pas tort.

– Edward sera dans la Royal Air Force.

– Je sais. On peut dire que nous avons tous deux pressenti la menace, j'imagine.

– Et Cambridge ?

– Si la poudrière saute, nous n'y retournerons pas. Nos examens attendront.

– Jusqu'à la fin de la guerre ?

– Je suppose.

– Quel gâchis ! soupira Loveday. A Cambridge, tout le monde pense comme Edward et vous ?

– Absolument pas. Il y a chez les étudiants des positions politiques extrêmement variées. Certains sont aussi à gauche qu'on peut l'être sans toutefois franchir le pas et devenir communistes. Les plus braves d'entre eux sont déjà partis se battre en Espagne.

– Extrêmement courageux.

– Oui, pas très sensé, mais extrêmement courageux. Et puis il y en a d'autres pour qui le pacifisme résoudra tout, d'autres encore qui font l'autruche et enfouissent leur tête dans le sable en faisant comme s'il ne devait rien arriver.

Il éclata soudain de rire.

– Il y a même un type impossible, un certain Peregrine Haslehurst...

– C'est incroyable. Comment peut-on s'appeler comme ça ?

– Je vous jure que c'est vrai. De temps en temps, quand il ne sait pas quoi faire de sa peau, il vient me chercher et m'autorise gracieusement à lui offrir un verre. Il a généralement une conversation des plus banales, mais si l'on en vient à discuter de choses sérieuses, il a une attitude d'une légèreté qui confine à la folie. Comme si la guerre qui s'annonce n'était pas plus grave qu'un match de cricket ou que le Wall Game [1] à Eton, où Peregrine a passé sa jeunesse.

– Il fait peut-être semblant. Il appréhende peut-être autant que nous tous.

– Vous voulez parler du flegme britannique ? De notre légendaire sang-froid ?

– Je ne sais pas. Sans doute.

– Des traits de caractère que je trouve extrêmement agaçants. Ils me font penser à Peter Pan, qui s'envole

1. Sorte de football pratiqué à Eton. (*N.d.T.*)

avec sa petite épée pour livrer bataille au capitaine Crochet.

– Je détestais Peter Pan, dit Loveday. J'ai vraiment détesté ce livre.

– C'est extraordinaire, moi aussi. « Mourir serait une grande et fabuleuse aventure. » C'est la phrase la plus stupide qu'on ait jamais écrite.

– Je crois qu'il n'est pas le moins du monde aventureux de mourir. Et je suppose que tante Lavinia n'est pas non plus de cet avis.

Loveday se tut et songea à tante Lavinia, qu'elle avait réellement oubliée pendant quelques instants.

– Quelle heure est-il ? demanda-t-elle.

– Quatre heures et demie. Il faudrait qu'on vous offre une montre.

– On m'en a offert, mais je les perds. Nous devrions rentrer.

Elle déplia ses longues jambes et se dressa brusquement, soudain impatiente de s'en aller.

– Les autres ne devraient pas tarder. J'espère qu'il n'est rien arrivé d'affreux.

Il songea que tout ce qu'il pourrait répondre à cela serait vain, et ne dit rien. C'était agréable de s'asseoir au soleil, le dos contre le rocher, mais quand il se leva, il sentit le vent lui fouetter les joues et le froid pénétrer la laine épaisse de son pull.

– Allons-y. Si on avançait à une allure raisonnable, cette fois ?

Il parla d'un cœur léger, non que cela eût la moindre importance, puisque Loveday ne l'écoutait pas. Elle s'était arrêtée et lui tournait le dos, comme si elle quittait les falaises, les mouettes et la mer déchaînée à contrecœur. A ce moment-là, Gus vit non pas Loveday, mais la fille du tableau de Laura Knight. Elle portait les mêmes vêtements, les tennis usés, la jupe de coton à rayures, le vieux pull (délicieusement taché de jus de framboise). Seuls ses cheveux étaient différents. Pas de natte rousse sur l'épaule, telle une lourde corde. Au lieu de cela, le vent ébouriffait la tignasse de chrysanthème aux boucles noires de Loveday.

Lentement, ils revinrent sur leurs pas. A présent, Loveday ne semblait pas pressée. Ils traversèrent la carrière et gravirent tant bien que mal l'escalier qui menait au sommet de la falaise de schiste. Puis ils montèrent la côte à travers bois, faisant halte de temps à autre pour reprendre haleine sur l'un des petits ponts de bois et contempler les eaux sombres du ruisseau qui coulait à leurs pieds. Quand ils émergèrent enfin du sous-bois et que la maison apparut au-dessus d'eux, Gus, épuisé, avait très chaud. Les jardins abrités chauffaient au soleil, les pelouses bien tondues descendaient en pente douce. Il s'arrêta un instant pour enlever son pull. Loveday l'attendit. Il croisa son regard, et elle lui sourit. Puis ils repartirent.

— Ce qui est très agaçant, lui dit-elle, c'est que, quand il fait vraiment chaud et qu'on arrive là, on a envie de reprendre un bain...

Elle s'arrêta brutalement. Son sourire s'effaça et elle resta immobile, aux aguets. Gus entendit le moteur d'une voiture qui approchait au loin, puis il l'aperçut : une imposante Daimler sortit des bois au bout de l'allée et s'arrêta à côté de la maison.

— Ils sont de retour.

Tandis qu'ils remontaient de la crique en bavardant, Loveday semblait d'excellente humeur, mais elle avait à présent la voix emplie d'appréhension.

— Pops et Edward sont rentrés. Je me demande ce qui s'est passé...

Laissant Gus en plan, elle traversa la pelouse en courant et gravit les terrasses successives. Il l'entendit les appeler.

— Pourquoi avez-vous mis tant de temps ? Que se passe-t-il ? Tout va bien ?

En priant le ciel qu'il en fût ainsi, Gus la suivit d'un pas délibérément lent. Son assurance s'était évanouie et il aurait voulu être ailleurs, n'être jamais venu. Étant donné les circonstances, Edward avait toutes les excuses pour avoir oublié son ami de Cambridge, qu'il avait si simplement invité. En le voyant, il se sentirait contraint de l'accueillir cordialement. Pendant quelques instants, Gus regretta de n'avoir pas obéi à son instinct, qui lui dictait de remettre ses valises dans sa voiture et de s'en aller. C'était Loveday qui l'avait persuadé de rester. Elle s'était trompée. Ce n'était certainement pas le bon moment pour recevoir un étranger.

Mais il était trop tard pour changer quoi que ce fût.

Lentement, il gravit l'escalier de pierre de la dernière terrasse et avança en terrain plat. La Daimler était là, garée à côté de sa propre voiture, les portières ouvertes. Ses occupants formaient un petit groupe autour de Loveday. Mais Edward, quand il aperçut Gus, lui sourit et ouvrit ses bras.

– Gus ! Ravi de te voir.

Il était visiblement heureux et Gus sentit ses réserves l'abandonner.

– Moi aussi, dit-il.

– Navré de tout cela...

– C'est moi qui devrais être navré...

– Pour quelle raison ?

– J'ai tout simplement l'impression que je ne devrais pas me trouver là.

– Ne sois pas idiot, nom d'une pipe ! Je t'ai invité...

– Le majordome m'a appris que ta tante était malade. Es-tu bien sûr que je peux rester ?

– Ta présence ici ne changera rien. Sauf que tu nous remonteras le moral. Quant à tante Lavinia, c'est une vieille dure à cuire, et elle semble tenir bon. Maintenant, as-tu fait bon voyage ? Combien de temps as-tu mis ? J'espère que tu as été accueilli à peu près convenablement et que Loveday ne t'a pas laissé te débrouiller tout seul. Je lui avais donné des instructions strictes pour qu'elle s'occupe de toi.

– Ce qu'elle a fait. Nous sommes descendus à la crique.

– Elle ne cessera jamais de m'émerveiller. D'habitude, elle n'est pas aussi sociable. Viens que je te présente mon père et Mary...

Edward se tourna vers les autres et, perplexe, fronça les sourcils.

– Mary semble avoir disparu, constata-t-il en haussant les épaules. J'espère qu'elle a prévenu Mrs. Nettlebed et qu'elle lui a demandé de faire chauffer la bouilloire. Viens que je te présente au moins mon père. Pops !

Le colonel était en grande conversation avec sa fille, il tentait visiblement de la rassurer et de la réconforter. Mais, à l'appel d'Edward, il se tut et leva la tête. Voyant Gus, il écarta doucement Loveday. Il s'avança vers lui en faisant crisser ses chaussures sur le gravier, grand, vêtu de tweed, maigre comme un épouvantail et, s'il n'avait nulle envie d'accueillir un étranger sous son toit à un moment aussi inopportun, il n'en montra rien. Gus ne vit que la douceur de son regard pâle et son sourire timide et satisfait.

– Gus, je te présente mon père, Edgar Carey-Lewis. Pops, voici Gus Callender.

– Comment allez-vous, monsieur ?

Le colonel lui tendit une main que Gus serra.

– Gus, cher ami, lui dit le père d'Edward. Comme c'est gentil à vous d'être venu, et je suis très content de vous voir !

Le lendemain matin, à dix heures, Edward Carey-Lewis appela l'épicerie des Warren à Porthkerris et demanda qu'on lui passe Judith.

– Qui dois-je annoncer ? s'enquit une voix féminine au fort accent cornouaillais.

– Juste Edward.

– Ne raccrochez pas.

Il ne raccrocha pas. « Judith est là ? Dites-lui qu'on la demande. » La voix de la femme lui parvenait de loin. Il attendit.

– Allô ? dit Judith d'une voix anxieuse. Edward ?

– Bonjour.

– Qu'y a-t-il ?

– Tout va bien. Les nouvelles sont bonnes.

– Tante Lavinia ?

– Il semble qu'elle soit tirée d'affaire. Nous avons eu des nouvelles du Manoir. Apparemment, elle s'est réveillée ce matin et a demandé à l'infirmière de nuit ce qu'elle faisait à son chevet. Puis elle a réclamé une tasse de thé.

– C'est tout bonnement *incroyable*.

– Pops et maman se sont précipités pour voir où elle en était, et j'ai pensé qu'il fallait que je t'appelle.

– Vous devez tous être tellement soulagés. Chère vieille dame !

– Méchante vieille plutôt, qui nous a fait une telle frayeur. Et tout le monde rapplique des quatre points cardinaux. Maman est arrivée hier soir, visiblement exténuée. Athena et Rupert ont quitté l'Écosse. Ils sont en route, nous ne savons pas où ils sont et nous ne pouvons donc pas leur dire de faire demi-tour et de retourner à Auchnafechle ou je ne sais où. Ici, c'est un vrai cirque.

383

– Ça ne fait rien. La seule chose qui compte, c'est qu'elle aille mieux.

– Quand reviens-tu ?

– Dimanche.

– Si elle peut recevoir des visites, je t'y emmènerai.

– Dimanche matin. Je serai de retour dimanche matin.

– Alors je t'attends. Comment vas-tu ?

– Je commence à avoir envie d'être avec vous tous.

– Il n'y a pas de quoi. On a l'impression de vivre au beau milieu de Piccadilly Circus. Mais tu me manques. Sans toi, il y a comme un vide dans la maison.

– Oh, Edward !

– A dimanche matin.

– Au revoir. Et merci de m'avoir appelée.

Le premier jour, Rupert Rycroft fit la grasse matinée. Quand il s'éveilla, ouvrit les yeux et fixa d'un regard trouble le mur d'en face, il se sentit désorienté. Il avait tant voyagé, dormi dans tant de lits inconnus en un laps de temps si court qu'en voyant ce mur tapissé d'un papier peint rayé et ces rideaux à grosses fleurs, à demi tirés, il ne savait plus où il se trouvait.

Mais cela ne dura qu'un instant. La mémoire lui revint aussitôt. La Cornouailles. Nancherrow. Il était enfin arrivé chez Athena après avoir traversé le pays dans le sens de la longueur, sans quitter le volant. De temps en temps, Athena lui avait proposé sans conviction de le relayer, mais Rupert préférait avoir les choses en main, et sa voiture était trop précieuse pour qu'il la confiât à qui que ce soit. Même à Athena.

Il sortit maladroitement un bras nu des draps et saisit sa montre. Dix heures. Il se rallongea en grognant. Dix heures du matin. Horreur. En l'accompagnant jusqu'à sa chambre, le colonel lui avait dit : « Le petit déjeuner est à huit heures et demie, mais dormez tout votre soûl. » Le cerveau de Rupert lui avait mystérieusement obéi. Un peu comme lorsqu'il savait qu'il devait être prêt pour le rassemblement à sept heures et demie du matin, même s'il s'était abruti d'alcool à la soirée de la veille.

Ils étaient arrivés à minuit et demi, et seuls les parents d'Athena étaient là pour les accueillir, le reste de la maisonnée s'étant déjà retiré. Athena, qui s'était montrée vive et bavarde pendant toute la journée, était restée silencieuse la dernière heure du voyage, et Rupert savait qu'elle avait hâte d'arriver tout en redoutant ce moment. Hâte d'être enfin au sein de sa famille, et craignant les nouvelles que l'on allait lui annoncer. Son angoisse était si personnelle que Rupert, conscient qu'il ne devait pas s'en mêler, ne dit rien et la laissa tranquille.

Mais en fin de compte, tout se passa bien : la vieille tante qui était si malade n'était plus sur le point d'expirer. Rupert avait galamment sacrifié une semaine de chasse à la grouse et produit un effort digne d'un marathonien pour ramener Athena chez elle, en pure perte. C'était dur à avaler, mais il fit bonne figure.

Athena, quant à elle, était naturellement aux anges. Elle se tenait avec sa mère dans le hall de Nancherrow, éclairé et haut de plafond, dans les bras l'une de l'autre, et leurs mots tendres, leurs explications, leurs phrases inachevées trahissaient leur émotion.

– ... C'est incroyable...
– Tu es venue de si loin...
– ... J'avais tellement peur qu'elle soit morte...
– Oh, ma chérie...
– ... Nous avons roulé toute la journée...
– Si fatiguée...
– ... Son état va-t-il réellement s'améliorer... ?
– ... Espérons. Si loin. Peut-être n'aurions-nous pas dû te prévenir...
– ... Je devais être là...
– ... gâché tes vacances...
– ... cela n'a pas d'importance... Rien n'a d'importance.

Rupert avait déjà fait la connaissance de Diana Carey-Lewis. Elle se trouvait dans la petite maison de Cadogan Mews quand Rupert était venu chercher Athena pour l'emmener en Écosse. Il avait alors trouvé, et trouvait encore, qu'elles ressemblaient plus à des sœurs qu'à une mère et sa fille. Ce soir, en cette heure tardive, Diana était raisonnablement enveloppée d'une longue robe de chambre de laine rose, mais le colonel était toujours en smoking de velours et nœud papillon de soie. Rupert éprouva un agréable sentiment de familiarité. Comme son propre père, le colonel se changeait visiblement chaque soir pour le dîner. Il s'avança, la main tendue.

– Edgar Carey-Lewis. Comme c'est gentil à vous de nous avoir ramené Athena. Vous devez avoir l'impression de vous être donné tout ce mal pour rien.

Le vieil homme semblait si confus, si compatissant, que Rupert fit de son mieux pour le rassurer.

– N'allez pas penser une chose pareille, monsieur. Tout est bien qui finit bien, voilà tout.

– C'est généreux de votre part. Mais quelle déception pour vous de manquer votre partie de chasse ! Dites-moi, ajouta-t-il d'un air désarmant où l'on décelait une étincelle de curiosité quelque peu déplacée, comment était la grouse ?

– Nous avons passé deux jours formidables.

– Qu'y avait-il au tableau ?

– Plus de soixante couples. Quelques splendides vols.

– Vous avez hâte d'y retourner, j'imagine.

– Non, monsieur, cela n'en vaut plus la peine. Je n'étais convié qu'une semaine.

– Je suis navré. Nous avons tout gâché.

– Pas du tout.

– En tout cas, vous êtes le bienvenu ici. Restez tant que vous voudrez, dit-il en examinant Rupert d'un œil approbateur. Je dois dire que vous prenez cela très bien. Si j'étais à votre place, je rongerais mon frein. Et si je vous offrais un verre avant d'aller vous coucher ?

Dix heures du matin. Rupert sortit du lit pour ouvrir les rideaux. En regardant par la fenêtre, il aperçut la cour pavée qui résonnait des roucoulements des colombes. Il y avait des jardinières plantées de géraniums et une corde où le vent faisait danser un linge d'une blancheur impeccable. Au-delà de la cour s'étendaient une pelouse et un petit bois. En allongeant le cou, il eut le bonheur de voir la mer à l'horizon. Tout baignait dans la lumière d'un beau matin d'été et il se dit avec philosophie que, puisqu'il ne pouvait pas chasser la grouse à Glenfreuchie, cet endroit était sans doute le meilleur des pis-aller. Il s'écarta de la fenêtre, bâilla et s'étira. Il avait une faim de loup. Il alla se raser.

Au rez-de-chaussée, Rupert ne rencontra personne, ce qui le déconcerta un peu. En effectuant un tour de reconnaissance, il trouva la salle à manger, occupée par un monsieur grand et imposant qui était manifestement le majordome. Nettlebed. Athena lui avait parlé de Nettlebed.

– Bonjour, dit-il.

Le majordome, qui disposait des plats sur la plaque chauffante, se détourna du buffet.

– Bonjour, Monsieur. Capitaine Rycroft, n'est-ce pas ?

– C'est exact. Et vous êtes Nettlebed.

– Tout à fait.

Rupert s'avança vers lui et ils se serrèrent la main.

– Je suis épouvantablement en retard.

– Le colonel m'a prévenu qu'il vous avait dit de dormir, Monsieur. Mais je suis certain que vous souhaitez manger quelque chose... Il y a du bacon et des saucisses ici et, si vous voulez une tomate frite, Mrs. Nettlebed vous la préparera avec plaisir. Et du café. Mais si vous préférez le thé... ?

– Non, le café, c'est très bien.

Rupert regarda la longue et belle table d'acajou où il n'y avait qu'un seul couvert.

– Il semble que je sois le dernier.

– Il n'y a plus qu'Athena qui ne soit pas descendue, Monsieur. Et Mrs. Carey-Lewis nous a prévenus de ne pas l'attendre avant le déjeuner.

– En effet. Elle a besoin de sommeil.

Il se servit de bacon et de saucisses, et Nettlebed lui versa son café.

– Vous avez fait un long voyage, Monsieur ?

– A peu près la longueur du pays. Dites-moi, où sont-ils tous passés ?

– Le colonel et Mrs. Carey-Lewis sont au Manoir, lui répondit Nettlebed. Ils y vont tous les matins pour rendre visite à Mrs. Boscawen et s'assurer que l'infirmière a les choses bien en main. Edward a conduit Mary Millyway à Penzance pour y faire quelques emplettes et le ravitaillement de Mrs. Nettlebed. Loveday est partie avec Mr. Callender chercher un endroit pittoresque pour qu'il puisse faire des croquis.

– Qui est Mr. Callender ?

– Mr. Gus Callender est un ami de Cambridge de Mr. Edward. Apparemment, c'est un artiste amateur.

– Il séjourne également ici ? Vous avez la charge d'une sacrée maisonnée ! Pas étonnant qu'Edward soit parti au ravitaillement.

– Rien d'extraordinaire, Monsieur, lui assura pudiquement Nettlebed. Mrs. Nettlebed et moi, nous sommes habitués à avoir une maison pleine.

– Quand j'aurai terminé mon petit déjeuner et tant qu'Athena n'aura pas fait son apparition, que me suggérez-vous comme occupation ?

Nettlebed s'autorisa un sourire, appréciant en connaisseur l'assurance du jeune homme.

– Les journaux du matin sont dans le salon, Monsieur, et comme il fait très beau ce matin, peut-être préférerez-vous les lire dehors au soleil. Vous trouverez des fauteuils de jardin de l'autre côté de la porte-fenêtre. A moins que vous ne souhaitiez prendre un peu d'exercice ? Une promenade peut-être... ?

– Non, l'exercice peut attendre. Je vais m'étendre au soleil et jeter un coup d'œil sur l'actualité.

– Excellente idée, Monsieur.

Il prit le *Times* au salon, l'emporta au jardin, mais ne le lut pas. Il s'installa dans une chaise longue en rotin, plissa les yeux et contempla la charmante perspective du jardin. Le soleil était chaud, un oiseau chantait quelque part et, en contrebas, un jardinier tondait la pelouse du court de tennis. Il se demanda si, plus tard, on lui proposerait de jouer au tennis. Puis il cessa de penser au tennis et médita sur le problème que lui posait Athena.

A la réflexion, il avait peine à comprendre comment il en était arrivé à ce dilemme, qui avait changé de nature au moment où il s'y attendait le moins. Il avait vingt-sept ans, était officier de cavalerie, capitaine des Dragons de Sa Majesté, et il avait toujours préservé sa folle existence de célibataire endurci. Une guerre s'annonçait, et il allait être envoyé dans quelque coin perdu au beau milieu de la mêlée pour y recevoir un éclat d'obus, une balle, peut-être même y être tué. Le mariage était bien la dernière chose dont il avait besoin.

Athena Carey-Lewis. Il était descendu de Long Weedon à Londres pour assister à une fête avec quelques-uns de ses camarades de régiment. Une froide soirée d'hiver, un salon au premier étage, à Belgravia, une lumière chaude. Et presque aussitôt il l'avait remarquée à l'autre bout de la pièce et l'avait trouvée étonnamment belle. Elle était en grande conversation avec un homme qui avait quelques kilos de trop et l'air bête. A la première blague insignifiante, elle avait ri en le regardant. Et son sourire était un pur enchantement, et son nez n'était pas des plus classiques, et ses yeux bleu foncé avaient la couleur des jacinthes. Rupert avait hâte de lui mettre la main dessus. Plus tard, le moment venu, leur hôtesse les avait présentés l'un à l'autre.

– Athena Carey-Lewis, mon cher. Vous vous êtes sûrement déjà rencontrés ? Non ? Athena, Rupert Rycroft. N'est-il pas délicieux, avec son visage buriné et son teint hâlé ? Et son verre est vide ! Donnez-le-moi que je le remplisse...

A la fin de la soirée, il avait laissé tomber ses camarades et l'avait emmenée dans sa voiture. Ils étaient allés au *Mirabelle*, puis au *Bagatelle*, et il l'avait enfin raccompagnée, l'abandonnant à la porte d'une petite maison de Cadogan, parce qu'il devait rentrer dans le Northamptonshire pour le rassemblement de sept heures et demie le lendemain matin.

– Est-ce votre maison ?

– Non, c'est celle de ma mère.

– Est-elle là ?

– Non, il n'y a personne. Mais vous ne pouvez pas entrer.

– Pourquoi ?

– Parce que je ne le veux pas. Et parce que vous devez retourner dans le Northamptonshire.

– Vous reverrai-je ?

– Je ne sais pas.

– Puis-je vous téléphoner ?

– Si vous voulez. Nous sommes les seuls Carey-Lewis dans l'annuaire.

Elle lui fit un baiser sur la joue.

– Au revoir.

Et avant qu'il ait pu l'en empêcher, elle était sortie de la voiture, avait ouvert sa porte, s'était glissée à l'intérieur et avait refermé derrière elle. Il resta un moment à regarder dans le vague, se demandant, dans une demi-ivresse, s'il n'avait pas rêvé cette rencontre. Puis il soupira, passa en première et s'éloigna en faisant ronfler le moteur. Il fut tout juste de retour à Long Weedon pour le rassemblement du matin.

Il téléphona, mais on ne lui répondit jamais. Il écrivit une lettre, puis une carte postale, mais ne reçut pas de réponse. Enfin, un dimanche matin, il se présenta à la porte de la petite maison, et, quand Athena ouvrit, pieds nus, en déshabillé de soie, il lui tendit un bouquet de fleurs en déclarant :

– Partons ensemble pour le Gloucestershire.

– Pourquoi le Gloucestershire ? demanda-t-elle.

– Parce que c'est là que j'habite.

– Pourquoi n'êtes-vous pas dans le Northamptonshire en train de dresser des chevaux ?

– Parce que je suis là et qu'on ne m'attend au rapport que demain soir. Venez, je vous en prie.

– D'accord, dit tranquillement Athena. Mais qu'attendra-t-on de moi ?

Il se méprit sur le sens de sa question.

– Rien.

– Ce n'est pas ce que je voulais dire. Comment dois-je m'habiller ? Vous voyez ? Une tenue de bal, une autre pour les promenades dans la boue, une robe d'hôtesse peut-être ?

– Une tenue d'équitation.

– Je ne monte pas.

– Jamais ?

– Non, je déteste les chevaux.

Rupert tiqua, car sa mère ne parlait que de cela et ne pensait qu'à cela. Mais il persévéra.

– Quelque chose pour le dîner, et quelque chose pour l'église.

Ce fut tout ce qu'il trouva à dire.

– Mon Dieu, nous allons faire les quatre cents coups ! Votre mère est-elle au courant de ma venue ?

– Je l'ai prévenue en catastrophe. Je lui ai dit que vous viendriez peut-être.

– Je ne vais pas lui plaire. Je ne plais jamais aux mères. Je n'ai pas de conversation.

– Vous plairez beaucoup à mon père.

– Je ne vais vous attirer que des ennuis.

– Athena, je vous en prie, laissez-moi entrer et allez faire votre valise. Nous n'avons pas le temps de discuter.

– Je ne discute pas. Je vous préviens simplement que cela risque d'être un échec total.

– Nous verrons cela en temps et en lieu.

La visite d'Athena dans le Gloucestershire ne fut pas une réussite. La famille de Rupert habitait Taddington Hall, vaste édifice victorien au milieu de jardins d'une austère solennité. Au-delà s'étendaient le domaine, le parc, la ferme, des bois, une rivière à truites et une réserve de faisans. Son père, sir Henry Rycroft, était lord-lieutenant du comté, colonel de son régiment, maître de meute, président de la section locale du parti conservateur ainsi que du conseil du comté, et enfin juge de paix. Lady Rycroft était tout aussi active au sein de divers comités et, quand elle n'organisait pas les activités des Guides, de l'hôpital du Cottage ou du conseil d'éducation, elle pêchait, jardinait ou chassait à courre. L'apparition d'Athena causa un choc à ses parents et, quand elle ne fut pas à l'heure au petit déjeuner, sa mère trouva bon d'interroger Rupert.

– Que fait-elle ?

– Elle dort, j'imagine.

– Elle a certainement entendu la cloche.

– Je n'en sais rien. Veux-tu que j'aille la réveiller ?

– Ce n'est même pas la peine d'y penser.

– Très bien.

– Que fait donc cette fille ? intervint son père.

– Je l'ignore. Rien, je suppose.

– Mais qui est-elle ? insista lady Rycroft. De quelle famille vient-elle ?

– Vous ne les connaissez pas. Ils vivent en Cornouailles.

– Je n'ai jamais vu une fille aussi indolente. Hier soir, elle s'est contentée de rester assise. Elle aurait dû apporter son ouvrage.

– De la couture ? Je ne crois pas qu'elle sache enfiler une aiguille.

– Jamais je n'aurais cru, Rupert, que tu te lierais avec une *bonne à rien*.

– Je ne suis pas lié avec elle, mère.

– Et elle ne monte même pas à cheval. Tout à fait extraordinaire...

A ce moment-là, la porte s'ouvrit et Athena apparut, vêtue d'un pantalon de flanelle grise et d'un pull en angora bleu pâle, jolie comme un cœur.

– Bonjour, dit-elle. Je ne savais pas dans quelle pièce j'étais censée prendre le petit déjeuner. La maison est tellement immense que je me suis perdue...

Non. Pas une réussite. Rupert, étant l'aîné des deux fils, devait hériter Taddington Hall, et sa mère avait une idée précise du genre de fille qu'il devait épouser. Priorité des priorités, celle-ci devait être bien née et avoir des relations. Après tout, il était capitaine des Dragons et, dans un tel régiment, le statut social des épouses était extrêmement important. Un peu d'argent n'était pas à négliger, bien qu'il n'ait eu nul besoin de se mettre en quête d'une héritière. Son aspect physique importait peu, pourvu qu'elle ait un accent convenable et de bonnes hanches pour porter la descendance mâle des Rycroft et assurer ainsi la continuité de la lignée. Bonne cavalière, bien entendu, et capable, le moment venu, de prendre en main l'administration de Taddington Hall, une propriété difficile à gérer, avec son énorme demeure et ses hectares de terres et de jardins, conçus avec cette ampleur ostentatoire qu'affectionnaient tant les victoriens.

Athena était l'antithèse de cet idéal.

Mais Rupert s'en moquait. Il n'était pas amoureux d'Athena et il n'avait nullement l'intention de l'épouser. Sa beauté, la douce folie de sa conversation et son imprévisibilité totale l'enchantaient. Tantôt elle l'agaçait, tantôt sa sincérité enfantine le touchait au cœur. Elle ne semblait pas avoir idée de l'effet qu'elle produisait sur lui et elle était capable de partir en week-end avec un autre jeune homme ou de disparaître sans prévenir pour aller skier à Zermatt ou rendre visite à un vieil ami à Paris.

Au début du mois d'août, il avait enfin réussi à lui mettre la main dessus.

– J'ai une longue permission devant moi, lui dit-il sans préambule, et je suis invité à chasser la grouse. Dans le Perthshire. On m'a dit que vous pouviez venir aussi.

– Qui ?

– Les Montague-Crichton. Jamie Montague-Crichton et moi étions ensemble à Sandhurst [1]. Ses parents sont charmants, et ils possèdent un ravissant pavillon de chasse tout en haut de Glenfreuchie. Rien que des collines, de la bruyère et des feux de tourbe le soir. Dites que vous viendrez.

– Devrai-je monter à cheval ?

– Non, juste marcher un peu.

– Est-ce qu'il va pleuvoir ?

– Avec un peu de chance, non, et s'il pleut, vous pourrez toujours lire à l'intérieur.

– Je peux très bien rester sans rien faire. Ce que je déteste, c'est que l'on m'oblige à faire des choses.

1. École d'officiers de l'armée britannique. (N.d.T.)

392

– Je sais. Je comprends. Venez donc. Ce sera très amusant.

Elle mordilla sa lèvre rose, hésitante.

– Combien de temps devrons-nous rester là-bas ?

– Une semaine ?

– Et à la fin de la semaine, serez-vous toujours en permission ?

– Pourquoi me demandez-vous cela ?

– Faisons un marché. Si je vous accompagne en Écosse, vous viendrez avec moi en Cornouailles ? Et vous resterez à Nancherrow pour faire la connaissance de maman, de Pops, d'Edward et de Loveday ?

Rupert était pris au dépourvu, mais immensément heureux de cette invitation qu'il n'avait pas sollicitée. Athena l'avait si peu encouragé, l'avait traité si cavalièrement qu'il ne savait jamais si elle se plaisait en sa compagnie ou si elle se contentait de le supporter. Il ne s'attendait pas à ce qu'elle l'invite chez elle.

Non sans peine, il dissimula sa joie. Une manifestation trop exubérante risquait de la faire fuir ou de l'inciter à changer d'avis. Il fit mine de réfléchir à sa proposition.

– Oui, dit-il. Je pense que c'est possible.

– Oh, très bien. Dans ce cas, je vous accompagnerai je ne sais où.

– A Glenfreuchie.

– Pourquoi les noms écossais ressemblent-ils tous à des éternuements ? Faut-il que j'achète des tas de tenues en tweed qui vont me démanger ?

– Un imperméable et de bonnes chaussures suffiront. Et une ou deux robes de bal pour les danses des Highlands.

– Seigneur, quel luxe ! Quand désirez-vous partir ?

– Nous quitterons Londres le 15. Le trajet est long et nous prendra un certain temps.

– Nous nous arrêterons pour la nuit ?

– Si vous voulez.

– Deux chambres, Rupert.

– Je vous le promets.

– D'accord, je viens.

Autant Taddington Hall avait été un échec, autant Glenfreuchie fut un succès. Ils eurent un temps idéal, un ciel bleu, des collines couvertes de bruyère pourpre. Le premier jour, Athena fit joyeusement des kilomètres à pied, resta avec Rupert sur sa butte de tir et se tut quand on le lui demanda. Les autres étaient charmants et décontractés, et Athena, dont on n'exigeait rien, s'épanouit comme une fleur. Au dîner, ce soir-là, elle porta une robe longue d'un bleu vif, qui rehaussait le saphir de ses yeux, et tous les hommes tombèrent sous le charme. Rupert était très fier.

Le lendemain, à sa grande surprise, elle se leva tôt, prête à passer la journée sur la colline.

– Vous n'êtes pas obligée de venir, lui dit-il tandis qu'elle prenait place à la table de la salle à manger, où elle avala un copieux petit déjeuner.

– Avez-vous envie que je vienne ?

– Plus que tout. Mais je ne m'offenserai absolument pas si vous décidez de passer la journée ici. Vous pourriez aussi nous rejoindre avec les paniers du déjeuner.

– Merci beaucoup, mais je ne veux pas être le panier du déjeuner. Et ne me traitez pas comme si j'étais une violette alanguie.

– Excusez-moi, je ne m'en étais pas rendu compte.

Lors de la première course de la journée, Rupert tira la plus haute butte, et la difficile ascension de la colline où la bruyère arrivait à hauteur du genou exigeait un peu d'escalade, presque de l'alpinisme. C'était une belle matinée d'août. L'air limpide était plein du bourdonnement des abeilles et les coqs de bruyère chantaient à tue-tête. De temps à autre, ils faisaient une pause pour se rafraîchir les mains et leur visage dans le torrent glacé et, quand ils parvinrent, en nage, au sommet, ils furent récompensés de leurs efforts par la vue qui s'étendait devant eux. Une brise fraîche soufflait au nord-est, depuis les pentes couleur prune des lointains monts Grampians.

Plus tard, sur la butte, en compagnie d'Athena, il attendit en silence, patiemment, avec les autres fusils. Venant du nord, invisibles des buttes dont les séparait le plissement des collines, une rangée de rabatteurs marchaient sur la lande frémissante, armés de drapeaux, de bâtons et de tout un répertoire d'injures, levant devant eux les vols de grouses. C'était traditionnellement un moment d'intense excitation et Rupert fut soudain submergé par une sensation de bonheur extrême, total, par cette inexplicable extase qu'il n'avait pas éprouvée depuis qu'il était tout petit garçon.

Il se retourna, se pencha impulsivement et embrassa la joue d'Athena.

– Pourquoi avez-vous fait ça ? demanda-t-elle en riant.

– Aucune idée.

– Vous devriez vous concentrer, pas m'embrasser.

– C'est que...

De la ligne de rabatteurs monta un cri : « Terminé ! » Et une seule grouse s'envola au-dessus de leur tête, mais, le temps que Rupert se ressaisisse, arme son fusil et tire, il était trop tard. L'oiseau poursuivit son vol sain et sauf. De la rangée de rabatteurs monta une voix, parfaitement audible dans le calme.

– Espèce de crétin !

– Je vous avais bien dit de vous concentrer, fit Athena d'un ton suffisant.

A six heures du soir, ils retournèrent au pavillon, hâlés et las. En descendant péniblement les derniers mètres de la colline, Athena déclara :

– Je vais immédiatement me plonger dans un bain chaud, et puis j'irai m'allonger sur mon lit et je m'endormirai sans doute.

– Je vous réveillerai.

– D'accord. Je ne voudrais surtout pas manquer le dîner. Je meurs de faim.

– Jamie a parlé de danses folkloriques.

– Oh ! Pas un *bal* ?

– Non. On se contentera de rouler les tapis et de passer des disques au gramophone.

– Seigneur, quelle énergie ! Une chose simplement : je ne sais pas danser les danses folkloriques.

– Je vous apprendrai.

– Vous savez danser ça ?

– Pas vraiment.

– C'est abominable. Nous allons gâcher la fête.

– Vous êtes incapable de gâcher quoi que ce soit. Et puis rien ne saurait gâcher cette journée.

Quand ils entrèrent dans le pavillon, Mrs. Montague-Crichton, qui n'était pas allée chasser dans les collines, trop accaparée par ses devoirs domestiques, descendait l'escalier.

– Athena, ma chère, je suis désolée, mais on vous a appelée de chez vous.

Athena s'immobilisa et Rupert la vit pâlir.

– C'était votre père, qui voulait vous prévenir que Mrs. Boscawen était très malade. Il m'a expliqué qu'elle était très âgée. Il pensait que vous aimeriez peut-être rentrer chez vous.

Ce fut la réaction d'Athena qui fit tout basculer. Comme une enfant, elle fondit en larmes. Rupert n'avait jamais vu une fille aussi rapidement et aussi profondément bouleversée. Le bruit de ses pleurs perturba grandement Mrs. Montague-Crichton qui, en bonne Écossaise, ne pensait pas que l'on dût montrer ses sentiments. Rupert, qui s'en aperçut, prit Athena par le bras et la conduisit dans sa chambre d'une main ferme, fermant la porte derrière eux dans l'espoir d'étouffer le bruit de ses sanglots.

Il pensait qu'elle allait se jeter sur le lit pour se laisser aller à son chagrin mais, sanglotante et haletante, elle prit aussitôt sa valise dans le placard et y fourra n'importe comment les vêtements qu'elle saisissait par poignées dans les tiroirs. Il n'avait jamais vu quiconque se comporter ainsi, sauf dans les films.

– Athena ?

– Je dois rentrer chez moi. Je vais appeler un taxi. Prendre le train.

– Mais...

– Vous ne comprenez pas. C'est tante Lavinia. Pops n'aurait jamais appelé s'il pensait qu'elle se remettrait. Et si elle meurt, je ne le supporterai pas, parce qu'elle a toujours été là. Et je ne veux pas que Pops et maman soient malheureux sans moi.

– Athena...

– J'y vais tout de suite. Soyez un ange, renseignez-vous sur les trains qui partent de Perth. Voyez si je peux retenir une couchette ou quelque chose. N'importe quoi. Mon Dieu, pourquoi faut-il que je sois si loin ?

Ce qui lui donna le sentiment d'être plus ou moins à blâmer. Sa détresse le désolait et il ne supportait pas de la voir si malheureuse.

– Je vais vous conduire... dit-il.

Il s'attendait à ce que cette suggestion totalement dénuée d'égoïsme suscite une gratitude émue, mais Athena, toujours aussi imprévisible, s'irrita et perdit patience.

– Ne soyez pas *idiot*, dit-elle en retirant ses vêtements des cintres de la penderie. C'est impossible. Vous êtes ici... (Elle jeta quelques vêtements sur le lit et revint en chercher d'autres.)... pour chasser la grouse. C'est pour cela que vous êtes venu. Vous ne pouvez pas vous en aller comme ça et laisser Mr. Montague-Crichton avec un fusil en moins. Ce serait très mal élevé.

Elle roula sa robe de chambre en boule et la mit dans un coin de la valise, puis elle se tourna vers lui.

— Et vous vous amusez tellement, lui dit-elle d'un ton tragique, des larmes plein les yeux. Je sais que vous attendiez ce moment... depuis... si... longtemps...

Ce qui était vrai, mais n'arrangeait rien. Il la prit dans ses bras et la laissa pleurer. Il était complètement dépassé. Il n'aurait jamais imaginé qu'Athena fût capable d'une émotion aussi forte, d'un tel amour, d'une telle sensibilité à l'égard de sa famille. Elle lui avait dissimulé, délibérément peut-être, ses sentiments les plus profonds et Rupert avait l'impression de découvrir sa face cachée.

Son mouchoir était sale, couvert de sueur et d'huile de fusil. Il attrapa donc une serviette et la lui tendit pour qu'elle se mouche et qu'elle sèche ses yeux.

— Je vous emmènerai, répéta-t-il. De toute façon, nous devions aller en Cornouailles. Nous arriverons un peu plus tôt que prévu, voilà tout. J'expliquerai la situation aux Montague-Crichton, et je suis certain qu'ils comprendront. Mais il faut d'abord que je prenne un bain et que je me change. Je vous suggère de faire de même. Puis nous partirons dès que nous serons prêts...

— Je ne comprends pas pourquoi vous êtes si gentil.

— Non ? fit-il en souriant. Ce sont des choses qui arrivent.

Remarque qui lui parut stupide, mais qui était en fait un euphémisme.

Tout le monde se montra extrêmement gentil et compatissant. On alla chercher la voiture de Rupert au garage, on l'amena devant la porte d'entrée, on prit leurs bagages pour les mettre dans le coffre. Jamie leur promit d'appeler Nancherrow et de prévenir le père d'Athena de leur retour. Mrs. Montague-Crichton prépara des sandwiches, remplit une Thermos, « juste au cas où... ». On se dit au revoir, puis ils descendirent la longue route de la vallée, qui menait à la route nationale.

Athena avait cessé de pleurer.

– C'est dommage que ce soit si beau, dit-elle en regardant par la fenêtre. À peine suis-je arrivée ici que nous devons déjà repartir.

– Nous reviendrons, lui dit-il, mais ces mots sonnaient faux et elle ne répondit pas.

Quand, ayant franchi la frontière, ils approchèrent de Scotch Corner, la nuit était tombée et Rupert savait que, s'il ne dormait pas, il somnolerait au volant et les enverrait tous les deux dans le fossé.

– Nous devrions nous arrêter dans un hôtel pour la nuit, dit-il. Demain matin, nous partirons dès l'aube et, avec un peu de chance, nous ferons le reste du trajet dans la journée.

– D'accord.

Elle semblait épuisée, il tenta de lui remonter le moral en lui disant plaisamment :

– Des chambres séparées.

Athena se taisait.

– C'est ce que vous désirez ? dit-elle au bout de quelque temps.

– N'est-ce pas ce que *vous* désirez ?

– Pas nécessairement, dit-elle d'une voix neutre.

Elle regardait la route sombre devant elle, au-delà du long rayon lumineux des phares.

– Vous ne me devez rien, fit-il. Vous le savez bien.

– Ce n'est pas à vous que je pense, mais à moi.

– Vous êtes *sûre* que c'est ce que vous désirez ?

– Je ne suis pas d'humeur à rester seule.

– Mr. et Mrs. Smith alors.

– Mr. et Mrs. Smith.

Ils dormirent donc ensemble. Leur lassitude et son désir s'apaisèrent dans le confort anonyme et tranquille d'un lit immense. Et l'ultime question, celle qu'il n'avait pas posée, trouva une réponse, car il découvrit ce soir-là que, malgré toutes ses aventures, ses ribambelles d'admirateurs et ses week-ends à Paris, Athena était encore vierge. Et ce fut la chose la plus touchante, la plus merveilleuse qu'il eût jamais connue. Comme si elle lui avait fait sans contrepartie un cadeau inestimable, qu'il garderait précieusement le reste de sa vie.

D'où le dilemme. Celui-ci s'était peu à peu insinué en lui, venant du fons de son inconscient, s'approchant de la surface, prêt à bondir à tout moment, alors qu'il se disait avec la plus grande fermeté qu'Athena n'était qu'une liaison parmi d'autres, une fille de plus. Mensonges. A quoi servait-il de se mentir quand la perspective d'une existence sans elle lui était absolument insupportable ? En fait, elle était devenue son avenir.

Là. C'était fait. Il respira profondément et poussa un long soupir.

– Tu sembles bien sombre.

En tournant la tête, il aperçut Athena qui lui souriait dans l'embrasure des portes-fenêtres. Elle portait une robe de lin sans manches et avait noué un foulard de soie à pois, bleu et crème, autour de sa taille fine.

– Tu ressembles à une star du théâtre qui fait son entrée, lui dit-il. « Quelqu'un veut jouer au tennis ? »

– Toi, tu es l'image de la désolation. Qui prend ses aises, tout de même. Ne te lève pas.

Elle tira une seconde chaise qu'elle approcha de lui, et où elle s'assit de biais, lui faisant face.

– Pourquoi soupires-tu ?

– C'était peut-être un bâillement, dit-il en lui prenant la main. Tu as bien dormi ?

– Comme une souche.

– On ne t'attendait pas avant l'heure du déjeuner.

– Le soleil m'a réveillée.

– As-tu pris ton petit déjeuner ?

– Une tasse de café.

– En fait, je ne bâillais pas. Je réfléchissais.

– Ah bon ? Ça avait l'air exténuant.

– Je me disais que nous devrions peut-être nous marier.

Athena parut quelque peu ébahie.

– Mon Dieu ! dit-elle.

– Ça te sidère à ce point ?

– Non, mais tu l'as dit à un curieux moment.

– Qu'a-t-il de curieux ?

– Je ne sais pas. Tout, en fait. Tante Lavinia qui meurt et qui ne meurt plus, nous qui revenons d'Écosse à toute allure... J'ai l'impression que je ne sais pas trop ce qui va arriver. Sauf que nous sommes apparemment à la veille d'une guerre horrible.

C'était la première fois que Rupert l'entendait faire une remarque sérieuse sur la situation en Europe. Tout le temps qu'ils avaient passé ensemble, elle lui avait toujours présenté un visage charmant et si insouciant qu'il n'avait pas voulu lui gâcher son plaisir.

– Ça te fait peur ? demanda-t-il.

– Évidemment. Je tremble rien que d'y penser. Et je déteste *attendre*. Et écouter les nouvelles. C'est comme lorsqu'on regarde le sable couler dans un sablier. Tous les jours, c'est de plus en plus affreux et de plus en plus désespéré.

– Si cela peut te rassurer, nous sommes tous dans la même galère.

– C'est pour des gens comme ce pauvre Pops que je m'inquiète le plus. Il a déjà connu ça, et maman dit qu'il se désespère, bien qu'il fasse tout pour le cacher. Pas pour lui, mais pour nous tous. Surtout pour Edward.

– C'est pour cela que tu ne veux pas te marier ?

– Je n'ai pas dit ça.

– Est-ce que tu t'imagines femme d'officier ?

– Pas vraiment, mais ça ne veut pas dire que ça ne me plairait pas.

– Tu suivras le tambour ?

– Si ça explose, je suppose qu'il faudra suivre plus d'un tambour.

– C'est tout à fait vrai. Pour l'instant, je n'ai pas grand-chose à t'offrir, si ce n'est des années de séparation. Si tu penses que tu ne le supporteras pas, je comprendrai très bien.

– Oh ! Ça, je le supporterai très bien, dit-elle avec une grande assurance.

– Alors qu'est-ce qui t'est insupportable ?

– Des choses stupides qui n'ont sans doute aucune importance pour toi.

– Dis toujours.

– Eh bien... je ne voudrais pas me montrer critique ou grossière, mais je ne crois pas que je m'intégrerai tellement bien dans ta famille. Reconnais-le, Rupert, je ne leur ai pas fait grande impression.

– Ma mère est un peu exigeante, répondit-il, compatissant, mais elle n'est pas idiote. Elle est capable de s'accommoder de n'importe quelle situation. Quant à Taddington Hall, je n'en hériterai et je n'en serai responsable, avec un peu de chance, que dans des dizaines d'années. Cela dit, je respecte mes parents, mais ils ne m'ont jamais intimidé.

– Comme tu es courageux. Tu veux dire que tu irais contre leur volonté ?

– J'ai l'intention d'épouser quelqu'un que j'aime, pas une maîtresse de meute ni la future candidate du parti conservateur.

Ce qui la fit rire, et elle redevint aussitôt elle-même. Il l'attira contre lui et l'embrassa.

– Il est certain que je n'entre dans aucune de ces catégories, dit-elle.

– Voilà une chose stupide de réglée, fit-il en se calant dans son siège. Quelle est l'objection suivante ?

– Tu ne riras pas ?

– Je te le promets.

– Eh bien, je n'ai jamais voulu me marier.

– Te marier ou être mariée ?

– Me marier. Les réceptions de mariage et tout ça. Je déteste les mariages. Je n'aime même pas y assister. J'ai toujours l'impression que c'est une épreuve horrible pour tout le monde. Surtout pour la pauvre mariée.

– Je croyais que toutes les jeunes femmes rêvaient du jour de leurs noces.

– Pas moi. J'en ai tellement vu, comme demoiselle d'honneur ou comme invitée. C'est toujours pareil, si ce n'est que chacun est un peu plus extravagant et prétentieux que le précédent. Et puis il faut des mois pour organiser un mariage, des essayages, des listes d'invités, et les vieilles qui minaudent en parlant de la lune de miel, et la cousine hideuse comme demoiselle d'honneur. Ensuite ce sont les centaines de cadeaux consternants. Les porte-toasts, les vases japonais et les tableaux dont on ne voudrait pas sur ses murs pour tout l'or du monde. On passe son temps à rédiger des lettres de remerciements dont on ne pense pas un mot, et tout le monde est tendu, malheureux et on fond en larmes toutes les cinq minutes. Ce qui est miraculeux, c'est qu'on se marie, mais je parie que la plupart des filles font une dépression pendant leur voyage de noces...

Il écouta patiemment Athena jusqu'à ce qu'enfin elle perde haleine. Cet éclat fut suivi d'un long silence.

– Je t'avais dit que c'étaient des choses stupides, fit-elle d'un air boudeur.

– Non, répondit Rupert, pas stupides du tout. Mais je crois que tu attaches trop d'importance à des détails. Moi, je te parle de la vie tout entière, et tu renâcles pour un seul jour. Une tradition. A mon avis, au train où va le monde, nous avons parfaitement le droit de jeter la tradition par la fenêtre.

– Ça m'ennuie de te dire ça, Rupert, mais ma mère sera anéantie.

– Bien sûr que non. Elle t'aime et elle comprendra. Maintenant, nous avons passé au crible les avantages et les inconvénients. Quant au mariage, quand nous en serons au moment crucial, nous n'avons besoin de personne, excepté toi et moi.

– Tu es sincère?

– Évidemment.

Elle lui prit la main et y déposa un baiser, et il se rendit compte qu'elle avait les larmes aux yeux.

– C'est bête d'avoir envie de pleurer. Mais je n'avais jamais pensé que cela puisse se produire. Que mon meilleur ami et mon amant seraient une seule et même personne. Tu es mon amant d'Écosse, Rupert. On dirait que ça se mange, tu ne crois pas? Mais c'est encore plus important que tu sois mon meilleur ami, parce que ça, ça dure toujours.

– C'est vrai, lui dit Rupert, qui dut faire un effort pour que sa voix ne tremble pas, tant il était touché par ses larmes et tant il se sentait empli d'un amour protecteur. C'est ça qui est réellement important.

– Est-ce que tu as un mouchoir?

Il lui en donna un, et elle se moucha.

– Quelle heure est-il, Rupert?

– Midi pile.

– J'aimerais que ce soit l'heure du déjeuner. Je meurs de faim.

Ce ne fut que le dernier jour de son séjour à Porthkerris que Judith se rendit à Pendeen pour voir Phyllis. Non qu'elle n'en ait pas eu envie plus tôt, mais il y avait toujours tant de choses à faire que les jours passaient à une vitesse alarmante. Et puis il était compliqué de la contacter. Il fallait tant de temps pour échanger des lettres. Judith avait envoyé une carte postale à Phyllis en lui proposant une ou deux dates. Elle avait enfin reçu sa réponse sur une feuille de papier arrachée d'un carnet.

Le mieux serait de venir samedi, à trois heures. Nous prendrons le thé. Je suis à environ un kilomètre et demi au-delà de Pendeen. Une rangée de maisonnettes sur la gauche. Numéro deux. Cyril est de service à Geevor, ce week-end, mais Anna et moi t'attendrons. Baisers, Phyllis.

Samedi.

– C'est mon dernier jour ! soupira Judith. Dommage que nous n'ayons pu arranger cela plus tôt.

– Ça ne fait rien. Maman veut aller à Penzance acheter un chapeau pour le mariage de Daisy Parson, et si je ne l'accompagne pas, elle va revenir avec un truc qui ressemblera à un pot de chambre. Toi et moi, nous ferons quelque chose le soir. Nous demanderons à Joe de nous emmener au dancing.

Le samedi après-midi, elle se mit donc en route. Il faisait encore beau et chaud, mais un vent vif soufflait de la mer et l'Atlantique était parsemé de moutons blancs. Les nuages filaient dans le ciel et, tandis que la voiture gravissait péniblement la lande, elle vit leur ombre courir sur les collines rousses. Au sommet, la vue était magnifique : le plateau verdoyant, les falaises au loin, les ajoncs jaunes jaillissant des crêtes, l'horizon dégagé et la mer indigo. Pendant quelques instants, elle fut tentée de s'arrêter sur le bas-côté pour contempler le paysage, mais Phyllis l'attendait et il n'y avait pas de temps à perdre.

« Je suis à environ un kilomètre et demi au-delà de Pendeen. Une rangée de maisonnettes sur la gauche. » Les instructions de Phyllis n'étaient pas difficiles à suivre. Après Pendeen et la mine de Geevor où le pauvre Cyril trimait sous terre, le paysage changeait brutalement, soudain désolé, presque sévère. Plus de petites fermes au milieu des pâturages verts, encadrés de murets de pierre remontant à l'âge du bronze, et pas un seul arbre en vue, pas même un tronc rabougri sous le vent.

Quand elle arriva, la rangée de maisons minières isolée au milieu de nulle part lui parut inexplicable. On aurait dit un alignement de cubes posés là au hasard. Chaque maison avait une fenêtre au premier étage, une au rez-de-chaussée, et tous les toits étaient en ardoise grise. Un muret de pierre et des petits jardins boueux séparaient les habitations de la route. Le jardin du numéro deux s'enorgueillissait d'un carré de gazon, de quelques pensées et de beaucoup de mauvaises herbes.

Judith sortit de sa voiture, prit la gerbe de fleurs et les paquets qu'elle avait apportés pour Phyllis, ouvrit le portail branlant et remonta l'allée. Elle était à mi-chemin lorsque Phyllis ouvrit sa porte, la petite Anna dans les bras, et courut à sa rencontre.

– Judith ! J'attendais ta venue en guettant par la fenêtre. J'ai cru que tu t'étais perdue.

Elle fixa la voiture d'un air incrédule.

– C'est à toi ? Quand tu m'as dit que tu venais avec ta propre voiture, je n'en ai pas cru mes oreilles. Elle est jolie. Jamais rien vu d'aussi neuf...

Elle avait changé. Pas vraiment vieilli, mais maigri et perdu un peu de sa fraîcheur. Sa jupe et son pull tricoté étaient trop larges pour elle, comme s'ils avaient appartenu à quelqu'un de plus gros, et ses cheveux raides étaient secs comme de la paille. Mais elle avait les yeux brillants et rien ne pourrait effacer son sourire.

– Oh, Phyllis !

Elles s'étreignirent. Il y avait bien des années de cela, c'était Jess qui, dans les bras de Phyllis, gênait leurs embrassades. A présent c'était Anna qui se mettait entre elles, arborant une expression de mécontentement.

– Elle nous regarde comme si nous faisions quelque chose d'abominable, dit Judith en riant. Bonjour, Anna.

Anna lui jeta un regard noir.

– Quel âge a-t-elle ?

– Huit mois.

– Elle est joliment potelée.

– Elle a son caractère. Entre, le vent est taquin et mieux vaut ne pas rester ici sous l'œil des voisins...

Elle fit volte-face et franchit le seuil, suivie de Judith. Elles pénétrèrent directement dans une petite pièce sombre qui constituait manifestement le séjour. La fenêtre n'apportait que peu de lumière, mais un poêle cornouaillais donnait de la chaleur et une des extrémités de la table était soigneusement dressée pour le thé.

– Je t'ai apporté quelques petites choses...

Elle posa ses paquets là où il y avait de la place.

– Judith, il ne fallait pas...

Mais les yeux de Phyllis brillaient de joie et d'impatience à l'idée de la surprise qui l'attendait.

– Attends un moment, je fais chauffer l'eau et nous prendrons une tasse de thé.

Calant le bébé contre son épaule, elle fit ce qu'elle

avait dit, puis tira une chaise et s'assit, sa fille sur les genoux. Anna attrapa une cuillère et la mit dans sa bouche en bavant.

– Elle fait ses dents, le petit amour.

– Tu devrais peut-être mettre les fleurs dans l'eau.

– Des fleurs ! Des roses ! Tu sais, je n'ai pas vu de roses depuis des années, pas comme celles-ci. Et ce parfum. Dans quoi vais-je les mettre ? Je n'ai pas de vase.

– Une cruche fera l'affaire. Ou un pot à confiture. Dis-moi où je peux en trouver un.

Phyllis ouvrit doucement le papier de soie qui enveloppait les longues tiges.

– Il y a un vieux pot à cornichons dans ce placard. Et le robinet est derrière la porte, dans le lavoir. Regardez-moi ça ! J'avais oublié comme c'était beau.

Judith ouvrit la porte du placard, trouva le pot à cornichons, l'emporta au fond de la pièce, descendit deux marches et se retrouva dans une sorte de buanderie humide et sombre, simple appentis calé contre le mur du pavillon. Le sol était dallé et les murs blanchis à la chaux. Ça sentait le savon de ménage et le bois mouillé de l'égouttoir. Le froid et l'humidité la firent frissonner. Dans un coin, tel un grand monstre menaçant, trônait une lessiveuse, près d'un évier en terre sous lequel on apercevait un tub de fer galvanisé. L'évier avait un robinet. Un escalier de bois à claire-voie menait à la pièce du dessus. Visiblement, le bébé dormait avec son père et sa mère.

Au fond de la buanderie, une porte vitrée mal ajustée provoquait un courant d'air sournois. A travers la vitre on apercevait une cour cimentée, une corde à linge où des couches et des chemises d'homme se balançaient au vent, un landau branlant et des toilettes de guingois. C'était sans doute dans cet endroit sinistre que Phyllis passait le plus clair de son temps, à allumer le feu sous la lessiveuse ou à transvaser des bouilloires d'eau chaude pour faire la vaisselle emplissant l'évier. En imaginant le dur labeur qu'impliquaient les tâches ordinaires de la vie quotidienne, Judith fut accablée. Pas étonnant que Phyllis soit si maigre. Mais comment avait-on pu concevoir pareille maison, sans penser à la femme qui devrait y travailler ? C'était incompréhensible. Seul un homme pouvait avoir fait cela, se dit-elle.

– Que fais-tu ? cria Phyllis à travers la porte. J'en ai assez d'attendre.

– J'arrive.

Elle ouvrit l'unique robinet, remplit le pot à cornichons et le rapporta dans la pièce en refermant énergiquement la porte derrière elle.

– Sinistre, cette vieille buanderie, non ? Et on y gèle en hiver, sauf quand la lessiveuse fonctionne.

Mais Phyllis avait dit cela joyeusement et ne trouvait manifestement rien à redire à cette installation des plus sommaires. Elle arrangea les roses, une à une, dans le pot à cornichons, puis se rassit pour les admirer.

– Ça change tout, n'est-ce pas, des fleurs ? Ça donne une autre allure.

– Ouvre le reste, Phyllis.

Phyllis mit quelque temps à dénouer la ficelle et à plier le papier qu'elle conserva pour un usage ultérieur.

– Du savon ! La lavande de Yardley, comme en utilisait ta maman. Je vais le garder pour les grands jours. Mets-le dans le tiroir avec mes dessous. Qu'est-ce qu'il y a là-dedans ?

– C'est pour Anna.

– Oh ! regarde. Un petit manteau, dit Phyllis en le tendant devant elle. Elle n'a pratiquement jamais rien eu de neuf. Depuis qu'elle est née, elle ne porte que des choses qu'on m'a données. Regarde, Anna. N'est-ce pas ravissant ? Tu le mettras dimanche prochain, quand tu iras voir mamie. C'est si doux, cette laine. Tu seras comme une petite princesse.

– Ça, c'est pour Cyril. Mais mange-les s'il n'aime pas ça. J'ai pensé lui offrir des cigarettes, mais j'ignorais s'il fumait.

– Non, il ne fume pas. Il prend un verre de bière de temps en temps, mais il ne fume pas. Ça lui prend les poumons. Il tousse affreusement. Ça doit avoir un rapport avec son travail à la mine.

– Mais il va bien ?

– Oui. Désolée qu'il ne soit pas là aujourd'hui. Tu ne l'as jamais vu, n'est-ce pas ? Malgré tout le temps que j'ai passé chez ta mère ?

– Je ferai sa connaissance un autre jour.

– En un sens, dit Phyllis, c'est plus facile sans lui. Nous allons pouvoir bavarder tranquillement.

Elle ôta le papier d'emballage du dernier paquet.

– Pas possible ! Des chocolats. Cyril les adore. Anna, regarde ce ruban et cette jolie boîte. Tu vois le chaton et le petit chiot dans leur panier ? C'est ravissant, Judith. Ce que tu es gentille...

Elle sourit, étourdie et ravie, mais elle avait les yeux brillants de larmes et Judith se sentait coupable. C'était si peu de chose, et Phyllis en pleurait presque de gratitude.

– Je crois que l'eau bout, dit-elle.

– Eh oui.

Phyllis prit Anna sous son bras, et se précipita sur la bouilloire qui crachouillait pour préparer le thé.

Au fil des ans, elles étaient toujours restées en contact, échangeant lettres et cartes de vœux, mais elles avaient beaucoup de petites choses à se raconter. Ce qui impressionna le plus Phyllis, c'était qu'à dix-huit ans Judith possède sa propre voiture. Et sache la conduire ! Pour Phyllis, c'était presque un miracle. Elle n'en revenait pas.

– Quand l'as-tu achetée ? Comment as-tu pu te l'*offrir* ?

Dans la langue de Phyllis, offrir signifiait payer. « Je ne peux pas m'offrir de robe neuve », disait-on, ou bien « Cette année, nous ne pouvons pas nous offrir de vacances ».

Judith hésita. Cela semblait terriblement injuste de parler d'argent dans ce vilain petit pavillon devant une Phyllis si usée. Ici, on ne faisait certainement pas beaucoup d'économies. Mais elle était bien décidée à se débarrasser de ce pesant secret. Quand c'était arrivé, elle n'avait pas pu l'écrire à Phyllis. Les mots auraient donné à tout cela un aspect trop matérialiste, trop cupide. Mais, du temps de Riverview, Phyllis était sa meilleure amie, sa confidente, et elle ne voulait pas que cela change, et tout changerait s'il y avait des secrets entre elles.

– C'est tante Louise, Phyllis, avoua-t-elle enfin. Je ne te l'ai pas écrit, parce que je voulais te le dire de vive voix. Quand elle est morte, vois-tu, elle m'a légué tout son argent, sa maison... et tout. Dans son testament.

– Oh !

Phyllis resta bouche bée devant une nouvelle aussi étonnante.

– Je n'aurais jamais pensé qu'il arrivait des choses pareilles dans la réalité. Je croyais que c'était juste bon pour les romans.

– Je n'y ai pas cru, moi non plus. Il m'a fallu un temps fou pour m'habituer à cette idée. Bien entendu, je ne peux pas le dépenser avant vingt et un ans, mais Mr. Baines, le notaire, et mon oncle Bob Somerville sont les gérants de mon fonds de placement et, quand j'ai très envie de quelque chose et qu'ils pensent que c'est faisable, ils me donnent la permission de l'acheter.

Phyllis en était toute rose d'excitation.

– Je suis tellement contente pour toi...

– Tu es gentille. J'ai tant de chance que j'en ai un peu honte...

– De quoi as-tu honte ? Mrs. Forrester voulait que tu aies tout ça, où est le mal ? Ça n'aurait pas pu arriver à quelqu'un de plus gentil. Et puis elle a réfléchi, tu peux me croire, elle n'était pas idiote. J'ai toujours pensé qu'elle avait bon cœur, cette dame-là, même si elle avait une drôle de manière de le montrer. Directe, on pourrait dire... (Phyllis hocha la tête, visiblement ébahie.) La vie est bizarre, non ? Tu n'avais que trois sous d'argent de poche par semaine, et te voilà avec une voiture. Tu te rends compte ! Et tu conduis. Rappelle-toi ta maman, une vraie poule mouillée chaque fois qu'elle devait faire démarrer cette petite Austin. Bon sang, elle n'avait pas tort d'avoir la trouille, quand on pense à la fin de Mrs. Forrester. Horrible. Un incendie sur la lande. On le voyait à des kilomètres. Et c'était *elle*. Quand j'ai lu le journal le lendemain matin, je n'y croyais pas. Enfin, c'était quand même une conductrice dangereuse. A West Penwith tout le monde le savait. Ça n'en est pas moins triste pour autant.

– Tu as raison, reconnut Judith.

– Je me suis fait du souci pour toi. A l'époque, je veux dire. Et puis je me suis dit que tu t'installerais chez les Somerville. Je ne t'ai pas demandé de leurs nouvelles. Comment va Mrs. Somerville ? Je l'aimais bien, elle me faisait toujours rire. Quand elle devait venir passer quelques jours à Riverview, je l'attendais avec impatience. Elle ne prenait pas de grands airs.

– Pour autant que je le sache, ils sont tous en parfaite santé. Mes grands-parents sont morts, tu sais, à quelques mois d'intervalle et, bien que ce soit triste pour maman et tante Biddy, je crois que ç'a été un soulagement. Tante Biddy passait tout son temps sur les routes pour aller au presbytère voir s'ils allaient bien ou s'ils ne mouraient pas de faim ou d'autre chose.

– C'est terrible, la vieillesse. Ma grand-mère est devenue comme ça. Elle vit seule et ne prend pas la peine de se nourrir, ou elle oublie. Parfois quand j'y fais un tour, je ne trouve pas un gramme de nourriture dans la maison. Et elle, elle est assise là avec son chat sur les genoux. Je comprends que ta tante Biddy ait été soulagée.

– Elle a acheté une jolie petite maison près de Bovey Tracey. J'y suis allée deux ou trois fois. Mais je suis le plus souvent chez les Carey-Lewis à Nancherrow. J'y retourne demain...

Comme elle prononçait ces mots, un sourire se dessina sur ses lèvres. Edward. Demain elle reverrait Edward. Elle ne pensait pas à lui tout le temps, ne se languissait pas de sa présence, mais quand il surgissait dans ses pensées au détour de la conversation, elle ne pouvait ignorer les battements accélérés de son cœur, cette sensation d'étourdissement. Et là, dans la pauvre demeure de Phyllis, elle songea que, même en l'absence de l'être aimé, le simple fait de savoir qu'on le retrouverait bientôt distillait le bonheur.

– ... Demain matin.

– Formidable. A présent, tu dois les considérer comme ta propre famille. Quand tu m'as écrit pour m'annoncer que tu allais habiter chez eux, j'ai cessé de m'inquiéter. J'étais certaine que tu serais bien. Et puis, il y a ce jeune homme que tu as retrouvé...

Judith fronça les sourcils. Un bref instant, elle ne comprit pas à qui Phyllis faisait allusion.

– Un jeune homme ?

– Tu sais bien. Tu m'as écrit pour m'en parler. Le jeune homme que tu as rencontré dans le train, le soir où vous êtes revenues de Plymouth. Il était chez les Carey-Lewis...

Elle eut brusquement une illumination.

– Oh ! tu veux parler de Jeremy Wells.

– C'est ça. Le jeune médecin. Il est toujours dans le coin ?

– Oui, mais ne prends pas cet air coquin. Nous le voyons rarement. Quand il a quitté Saint-Thomas, il est revenu à Truro, où il travaille dans le cabinet de son père. A présent, c'est un médecin de campagne très occupé, qui a peu de temps pour les mondanités. J'ai eu une grippe épouvantable à Pâques. C'est lui qui est venu et il a été très gentil.

– Il ne te plaît plus? Tu l'avais pourtant trouvé pas mal, dans le train.

– Cela fait des années. De toute façon, il a plus de trente ans, maintenant. Beaucoup trop vieux pour moi.

– Mais...

Phyllis n'avait manifestement pas l'intention de s'en laisser conter et entendait bien poursuivre dans cette voie. Mais Judith tenait à garder son secret, même à l'égard de Phyllis. Ce fut Anna qui lui fournit un prétexte pour détourner la conversation.

– Phyllis, je crois qu'Anna s'endort.

Phyllis baissa les yeux vers l'enfant. Anna, qui avait bu du lait dans une timbale en fer-blanc et mangé toute une tartine beurrée, suçait vigoureusement son pouce. Ses yeux se fermaient, ses longs cils tombaient sur ses joues roses.

– Oui, dit Phyllis, baissant le ton jusqu'au murmure. Elle n'a pas dormi, ce matin. Je vais la mettre dans son landau. Elle fera un petit somme...

Elle se leva en berçant doucement l'enfant dans ses bras.

– Voilà, mon petit amour. Maman va te mettre dans ton landau, dit-elle en ouvrant la porte du fond, puis elle descendit les marches qui menaient à la buanderie. Dors bien, papa rentrera bientôt...

Judith resta seule. Le vent se levait et soufflait sur la lande, faisant battre la fenêtre mal ajustée. Sa tasse entre les mains, elle regarda autour d'elle. Décidément, ce n'était pas un bel endroit. Décor miteux, plancher mince, tout disait le manque d'argent et la dureté de la vie. Tout était propre comme un os blanchi, bien sûr, et aussi sinistre. Le sol était recouvert de linoléum, craquelé par endroits et si défraîchi que le motif d'origine était effacé. La carpette près de l'âtre était usée jusqu'à la corde et le velours fané de l'unique fauteuil était troué, si bien que le crin ressortait. Elle ne vit ni radio, ni téléphone, ni photos au mur. Rien qu'un calendrier de colporteur, criard, accroché par une punaise. Les boutons de cuivre bien fourbis du fourneau et le tisonnier étincelant étaient les seules notes de gaieté. Elle se rappela que Phyllis faisait des napperons au crochet pour son trousseau et se demanda ce qu'étaient devenus ces trésors. Il n'y en avait trace nulle part. Peut-être dans la chambre...

Mais Phyllis était de retour. Judith se retourna quand elle ferma la porte.

410

– Elle va bien ?

– Elle dort profondément, dit-elle, puis elle prit la théière et remplit les tasses avant de se rasseoir. Bon, j'ai gardé le meilleur pour la fin. Parle-moi de Jess et de ta maman...

Ce qui dura un certain temps. Judith avait apporté la dernière lettre de Singapour et un portefeuille contenant des photos prises par son père.

– Voilà leur maison... Là, c'est Jess avec le jardinier chinois.

– Ce qu'elle a grandi !

– En voici une prise lors d'une fête quelconque au club de cricket de Singapour. Maman est jolie, n'est-ce pas ? Là ils se baignent. Maman avant une partie de tennis. Elle s'y est remise. Elle joue le soir quand il fait frais.

– Ce doit être un endroit merveilleux...

– Elle n'avait pas envie d'y aller, tu te souviens ? Et maintenant elle est ravie ! Il se passe tant de choses. Des réceptions sur les bâtiments de la Marine et dans les casernes. Bien sûr, il fait affreusement chaud, beaucoup plus chaud qu'à Colombo parce que c'est très humide, mais elle semble s'y être accoutumée. Tout le monde fait la sieste l'après-midi.

– Maintenant que tu as fini tes études, tu vas les rejoindre. Tu te rends compte ! Quand pars-tu ?

– J'ai mon billet réservé pour le mois d'octobre...

– C'est très bientôt. Combien de temps resteras-tu là-bas ?

– Un an. Ensuite, avec un peu de chance, l'université.

Elle songea à tout cela et soupira.

– Je ne sais pas, Phyllis, vraiment je ne sais pas.

– Qu'est-ce que tu veux dire par là ?

– Je ne sais pas ce que je ferai s'il y a la guerre.

– Ce Hitler, c'est ça ? Il ne va pas t'empêcher de retrouver ta famille, quand même...

– Les compagnies maritimes fonctionneront encore, je suppose. A moins qu'on ne transforme tous les paquebots en transports de troupes, en hôpitaux flottants ou Dieu sait quoi.

– Oh ! Ils navigueront. Il faut que tu partes. Ça fait tellement longtemps que tu attends ça.

Phyllis s'interrompit, puis hocha pensivement la tête.

– C'est terrible, n'est-ce pas ? Toutes ces incertitudes. Ça ne va pas. Pourquoi ce Hitler ne laisse-t-il pas les gens tranquilles ? Et ces pauvres Juifs. Quel mal y a-t-il à être juif ? On ne choisit pas sa naissance. Nous sommes tous des créatures de Dieu. Je ne vois pas la nécessité de mettre le monde sens dessus dessous, de déchirer les familles...

Elle eut tout à coup l'air si accablée que Judith essaya de la réconforter.

— Tout ira bien pour toi, Phyllis. La mine, c'est tellement important. Cyril ne sera pas obligé de partir comme soldat, on lui trouvera un emploi dans la réserve. Il continuera simplement à travailler à Geevor.

— Tu parles, lui dit Phyllis. Il partira, oui. Il a pris sa décision. Emploi de réserviste ou pas, si la guerre éclate, il s'engagera dans la Marine.

— Il s'engagera dans la Marine ? Mais pourquoi, si on ne l'y oblige pas ?

— La vérité, reconnut Phyllis, c'est qu'il en a marre de la mine. Son père était mineur, mais Cyril n'a jamais voulu faire ce métier. Il a envie de prendre la mer depuis qu'il est petit. La marine marchande. Mais son père n'a pas voulu en entendre parler et, par ici, Cyril ne pouvait pas faire grand-chose d'autre. Il a quitté l'école à quatorze ans, et voilà.

Bien qu'elle fût peinée pour Phyllis, Judith n'en éprouvait pas moins une sorte de compassion pour Cyril. Il n'y avait pas pire à ses yeux que d'être contraint d'aller sous terre quand on n'en avait pas envie. Mais c'était un homme marié, à présent, et il avait quand même des responsabilités.

— S'il y a la guerre, il va sauter sur l'occasion ?

— Tout ce qu'il y a de plus probable.

— Et toi ? Et le bébé ?

— Je ne sais pas. Nous nous débrouillerons, j'imagine.

Une angoisse de plus. Des questions lui vinrent à l'esprit, mais l'une était plus importante que les autres.

— A qui est cette maison ?

— A la compagnie minière. Ils l'ont proposée à Cyril avant notre mariage. S'ils ne l'avaient pas fait, nous en serions toujours à nous faire la cour. Nous n'avions pas un seul meuble, mais nos familles nous ont aidés. Maman nous a donné le lit, et la grand-mère de Cyril nous a offert cette table et quelques chaises.

— Est-ce que vous devez payer un loyer ?

— Non, c'est comme une maison de fonction.

– Et si Cyril part à la guerre, devrez-vous vous en aller ?

– Oui. On ne me laissera pas l'occuper seule. Ils en auront besoin pour une autre famille.

– Alors que se passera-t-il ?

– Je retournerai chez maman, je crois.

– Dans la maison de Saint-Just ? Phyllis, il n'y aura pas assez de place pour vous tous !

– Il faudra bien.

– C'est trop cruel.

– J'ai essayé de le persuader, Judith. De lui faire voir les choses à ma façon. Mais il est têtu. Je te l'ai dit, il a toujours voulu naviguer, fit-elle en reniflant. Il y a des moments où je me demande s'il ne prie pas pour que la guerre éclate.

– Ne pense pas des choses pareilles. Je suis sûre que non. Il n'a pas idée des dangers qu'il affrontera. Il n'y a pas que la mer, mais les fusils, les torpilles, les sous-marins et les bombes.

– Je lui ai dit tout ça. Mais on ne peut pas empêcher un homme de se battre pour son pays. On ne peut reprocher à un homme de faire la seule chose qu'il ait jamais vraiment désirée.

– Je trouve tout de même cela très injuste. Et toi, qu'est-ce que tu désires ?

– Ce que je désire ? Tu sais ce que je désire ? J'y pense quelquefois. Un endroit pour vivre qui serait joli, avec des fleurs et une vraie salle de bains. J'étais vraiment gâtée quand je vivais chez vous à Riverview. C'était la première salle de bains que je voyais de ma vie, et l'eau chaude qui coulait des robinets, et l'odeur du savon de ta mère. Et le jardin. Je n'oublierai jamais le jardin, où on allait s'asseoir, les après-midi d'été, pour prendre le thé, et tout ça. Des fleurs partout. J'ai planté des pensées devant, mais il n'y a pas de soleil ici. Rien que du vent. Je ne me plains pas. Nous avons un toit, je sais, et je n'aurai probablement jamais rien de mieux. Mais ça ne coûte rien de rêver, n'est-ce pas ?

– Non, rien, répondit Judith en hochant la tête.

Le silence retomba ; elles n'avaient plus grand-chose à se dire. Tout cela était trop affreux et trop déprimant. Au bout d'un moment Phyllis se cala dans son fauteuil et fit un grand sourire.

– De quoi avons-nous l'air, toutes les deux, assises comme deux vieilles à un enterrement ?

413

Alors Judith se souvint avec amour et gratitude que, si dure que soit la situation, Phyllis avait toujours su voir le bon côté des choses.

– A faire la tête comme si on allait nous fusiller.

– Que disait donc ta mère, Phyllis ? Ne t'inquiète pas, ça n'arrivera peut-être jamais.

– Et si ça arrive, ça s'en ira au lavage.

Phyllis souleva le couvercle de la théière et jeta un coup d'œil à son contenu.

– Ça m'a l'air froid comme la pierre et noir comme l'encre. Si on remettait la bouilloire pour en faire un autre ?

Il était déjà tard quand Judith reprit la route de Porth-kerris. Pendant qu'elle bavardait avec Phyllis, d'épais nuages s'étaient accumulés, qui venaient de la mer, apportant avec eux une brume humide qui tomba sur la lande tel un brouillard. Il fallut réveiller Anna pour la rentrer et la protéger de la pluie. Phyllis ouvrit la porte du fourneau pour la simple joie de voir les braises. A présent, derrière le va-et-vient des essuie-glaces, la route, traversant le paysage tourmenté, avait la couleur du plomb, ruban de satin gris foncé serpentant dans la lande détrempée.

Assez déprimant en soi sans l'inquiétude que Judith ressentait pour Phyllis. *Nous avons une maison*, lui avait écrit Phyllis. *Nous allons nous marier*. Et plus tard, *je vais avoir un bébé*, et tout semblait si bien, c'était ce que Phyllis avait toujours désiré. Mais la réalité était une désillusion, et elle avait eu du mal à quitter Phyllis, à l'abandonner dans ce pavillon sinistre, au milieu de nulle part. Après qu'elles se furent dit au revoir et qu'elle eut fait demi-tour, Phyllis et sa fille étaient restées sur le seuil, agitant la main, et elle les avait regardées dans son rétroviseur, de plus en plus petites à mesure qu'elle s'éloignait, puis il y avait eu un virage et elle les avait perdues de vue.

Injuste. Tout cela était d'une injustice criante.

Elle pensa à Phyllis du temps de Riverview. Tout le monde l'aimait, se reposait sur elle, la traitait comme un membre de la famille, et elle ne se rappelait pas l'avoir vue une seule fois grincheuse ou de mauvaise humeur. Sa cuisine était toujours un havre de paix et de gaieté. Elle se rappela les promenades où l'on cueillait des fleurs dont on apprenait le nom avant de les mettre dans un pot à confiture au centre de la table de la cuisine. Et Phyllis, si pimpante dans sa blouse à rayures blanches et roses, courant après Jess dans l'escalier, ou traversant la pelouse avec le thé avant de le servir sous le mûrier.

Mais cela ne servait à rien d'être sentimentale. Après tout, Phyllis avait choisi d'épouser Cyril, avait même attendu des années pour cela. La vie d'une femme de mineur était dure et Phyllis, fille de mineur, le savait mieux que quiconque. Son bébé était mignon, et ils avaient de quoi manger, mais... c'était quand même injuste.

Pourquoi Phyllis devait-elle vivre et élever son enfant dans de telles conditions, pour la simple raison que son mari était mineur? Pourquoi les mineurs n'avaient-ils pas une jolie maison comme celle des Warren? Pourquoi était-il plus gratifiant d'être épicier que mineur? Ceux qui trimaient sous terre auraient dû être mieux payés que ceux qui faisaient un métier agréable. Et pourquoi certains, comme les Carey-Lewis, étaient-ils si riches, si privilégiés, alors que Phyllis devait faire bouillir son eau avant de faire la vaisselle et traverser la cour par tous les temps pour aller aux toilettes?

Et s'il y avait la guerre, Cyril partirait, abandonnant Phyllis et son bébé. Non pas, semblait-il, par patriotisme, mais simplement parce qu'il attendait depuis longtemps de quitter Pendeen et la mine pour partir en mer. Elle se demanda combien de milliers de jeunes hommes dans ce pays feraient de même. Des jeunes gens qui n'avaient presque jamais quitté leur village, sauf pour se rendre en car à la ville voisine à l'occasion d'une sortie avec le patronage ou d'un concours de fléchettes.

L'invention de la bicyclette avait révolutionné la vie rurale anglaise. Les garçons avaient enfin pu parcourir plusieurs kilomètres pour courtiser les filles du village voisin, et cette mobilité avait considérablement réduit l'endogamie et les malformations congénitales dans les communautés isolées. Si une simple bicyclette pouvait accomplir un tel changement, une guerre moderne allait certainement mettre en pièces les conventions sociales et les traditions que l'on respectait depuis des temps immémoriaux. Étant donné l'état d'esprit dans lequel elle se trouvait, Judith se dit que ce ne serait finalement pas une mauvaise chose. Néanmoins, la perspective immédiate d'une mobilisation générale, des bombardements et des attaques au gaz, restait terrifiante.

Qu'adviendrait-il alors de Phyllis et d'Anna ? *Ils ne me laisseront pas seule ici. Je retournerai chez maman, j'imagine.* Dépossédée. Une femme mariée à qui l'on refuserait un foyer, si humble fût-il. *Tu sais ce que je désire ? Un endroit pour vivre qui serait joli, avec des fleurs et une vraie salle de bains.*

Si seulement on pouvait faire quelque chose. Si seulement il y avait un moyen de l'aider. Mais il n'y en avait pas. Et puis, ç'aurait été se mêler de ce qui ne la regardait pas. Tout ce que Judith pouvait faire, c'était rester en contact avec elle, aller la voir à Pendeen le plus souvent possible, et être là, si nécessaire, pour ramasser les morceaux.

L'horloge du clocher marquait cinq heures quand elle se gara devant l'épicerie des Warren. Le magasin était ouvert et le serait encore une heure. Le samedi soir, il y avait souvent du monde jusqu'à la dernière minute, des gens qui entraient pour faire des provisions pour tenir tout le dimanche. Ce soir-là, quand Judith poussa la porte, il y avait plus d'animation que d'habitude, une demi-douzaine de clients faisaient la queue en attendant d'être servis, et Heather, seule au comptoir, un peu dépassée, faisait de son mieux.

Ce qui était surprenant. Heather, qui en était parfaitement capable, travaillait rarement à la boutique. On ne l'appelait pour donner un coup de main qu'en cas d'urgence.

— Vous avez dit une demi-livre de sucre ?

— Non, une livre. Et je ne veux pas de sucre semoule, mais du sucre cristallisé...

— Excusez-moi...

Quand elle se retourna pour attraper l'autre sac sur l'étagère, Heather aperçut Judith et leva les yeux au ciel, en un cri muet d'exaspération. Elle était visiblement à cran.

— Je devrais peut-être en prendre une livre et demie.

— Pour l'amour du ciel, Betty, décidez-vous.

— Heather, où sont ton père et Ellie ? demanda Judith.

Heather releva brutalement la tête tout en versant le sucre dans la balance.

— Là-haut.

— *Là-haut ?*

416

– Dans la cuisine. Tu ferais mieux d'y aller.

Judith la laissa donc à son triste sort en se demandant ce qui se passait, et gravit l'escalier qui menait à la cuisine. La porte, qui était toujours ouverte, était ce soir-là bien close. Elle entendit de bruyants sanglots. Elle ouvrit, entra et trouva Ellie et les Warren autour de la table de la cuisine. C'était Ellie qui pleurait et depuis un bon moment à en juger par son visage bouffi. Mrs. Warren se tenait près d'elle et son mari était assis en face, les bras croisés sur la poitrine, le visage de marbre. Judith était pleine d'appréhension.

– Que s'est-il passé ?

– Ellie a eu des problèmes, lui répondit Mrs. Warren. Elle nous en a parlé. Ça ne t'ennuie pas que nous mettions Judith au courant, Ellie ?

Ellie, perdue dans ses larmes, hocha la tête.

– Arrête de pleurer, si tu peux. C'est fini.

Ébahie, Judith tira une chaise et se joignit au petit groupe.

– A-t-elle eu un accident ?

– Non, rien de tel, bien que ce soit grave.

Mrs. Warren posa la main sur celle d'Ellie et la serra fort. Judith attendit, et Mrs. Warren lui raconta l'horrible histoire. Ellie était allée au cinéma. Elle avait l'intention de sortir avec son amie Iris, mais celle-ci s'était décommandée au dernier moment, et Ellie y était donc allée seule. Au milieu du film, un homme était venu s'asseoir à côté d'elle, avait posé la main sur son genou et il était remonté le long de sa jambe. Alors elle avait vu...

A ce moment-là, Ellie ouvrit la bouche comme un bébé et se remit à brailler tandis que ses larmes coulaient comme de l'eau de pluie dans un caniveau.

– Qu'a-t-elle vu ?

Ce qu'Ellie avait vu était indicible, du moins pour Mrs. Warren, qui rougit, détourna le regard et pinça les lèvres. Mr. Warren, quant à lui, n'eut pas les mêmes scrupules. Il était visiblement dans une colère noire.

– Les boutons de sa braguette étaient ouverts et son truc était sorti...

– Ellie a eu la peur de sa vie. Voilà, Ellie, voilà. Ne pleure plus.

– Elle a donc fait ce qu'il fallait. Elle est sortie et est venue nous trouver. Elle était trop bouleversée pour rentrer chez elle. Elle n'a pas le courage d'en parler à sa mère.

Cela arrivait souvent. Des jeunes filles, même des gamines qui avaient été à l'école de la rue comme Ellie, n'osaient pas en parler à leur mère ni à leur tante. Elles avaient trop honte. Elles ne trouvaient pas les mots pour s'expliquer. Elles s'enfuyaient pour aller se cacher dans les toilettes, ou se précipitaient dans la rue en pleurant hystériquement.

– En avez-vous parlé au gérant du cinéma ? demanda Judith, en connaissant déjà la réponse.

Ellie s'essuya les yeux avec son mouchoir roulé en boule, et parvint à bredouiller quelques mots à travers ses sanglots.

– Non... pas pu... et qui m'aurait crue ? On aurait dit que c'étaient des histoires... comme si j'avais pu l'inventer...

Cette perspective lui semblait si terrible qu'elle se remit à pleurer comme une Madeleine.

– Avez-vous vu le visage de cet homme ? insista Judith.

– Je n'ai pas voulu regarder.

– Avez-vous une idée de son âge ? Était-il jeune ? Ou... plus âgé ?

– Il n'était pas jeune.

Pathétique, Ellie fit un effort pour se ressaisir.

Il avait la main osseuse. Il me tripotait. Sous ma jupe. Et il sentait mauvais. Le whisky...

– Je vais préparer une bonne tasse de thé, dit Mrs. Warren, qui se leva pour aller chercher la bouilloire qu'elle mit sous le robinet.

Pendant quelque temps, Judith se tut. Elle pensa à Edward. Que lui avait-il dit ? *Je pense que tu as besoin d'un catalyseur. Un jour il se produira quelque chose, et tout se résoudra.* Un catalyseur. Une raison de régler son compte à Billy Fawcett et de guérir du traumatisme qu'il lui avait infligé bien des années auparavant. A la table de cuisine des Warren, elle n'avait aucun doute quant à l'identité du vieux libidineux. En plus, il était devenu exhibitionniste. Cette pensée lui donna la chair de poule. Pas étonnant que la pauvre Ellie soit dans un tel état. Judith n'éprouvait plus la moindre pitié pour Billy Fawcett, et la colère était beaucoup plus saine qu'une vaine compassion. Un catalyseur. A moins que ce ne soit une vengeance ? Quoi qu'il en soit, elle s'en moquait. Elle savait ce qu'il fallait faire et elle allait y prendre le plus grand plaisir.

Elle respira profondément et déclara avec fermeté :

– Nous devons avertir le gérant du cinéma. Nous devons également aller trouver la police et porter plainte.

– Nous ne savons pas qui c'est, fit remarquer Mrs. Warren.

– Moi je sais.

– Comment le sais-tu ? Tu n'étais pas là.

– Je le sais parce que je le connais. Et parce qu'il m'a fait la même chose quand j'avais quatorze ans.

– *Judith ! Ce n'est pas possible !*

La voix de Mrs. Warren, son expression, reflétaient son incrédulité.

– Si. Il ne s'est pas exhibé, mais je suis certaine que c'est lui. Il s'appelle Fawcett. Le colonel Billy Fawcett. Il habite Penmarron. Et c'est le personnage le plus horrible que j'aie jamais connu.

– Tu ferais mieux de nous raconter.

Elle leur raconta. Toute l'histoire, depuis le jour où elle était venue s'installer chez tante Louise à Roquebise. Le cinéma, sa tentative de pénétrer dans la maison par effraction alors qu'elle y était seule, sa malveillance lors de l'enterrement de tante Louise, et enfin la soirée où elle était allée au *Tackle* avec Edward Carey-Lewis.

Ellie, distraite par ce récit, avait cessé de pleurer. Quand Judith en arriva au moment où Edward avait jeté son verre au visage du vieil homme, elle esquissa même un sourire.

Mais Mrs. Warren ne trouvait pas cela drôle.

– Pourquoi ne nous en as-tu rien dit ? s'indigna-t-elle.

– Pourquoi vous l'aurais-je dit ? Pour quoi faire ? Qu'aurions-nous pu y faire ?

– Empêcher ce vieux malfaisant de recommencer.

– Eh bien, c'est ce à quoi nous allons nous employer maintenant. A cause de ce qui est arrivé à Ellie.

Elle se tourna vers celle-ci, passa un bras autour de ses frêles épaules et la serra contre elle.

– Vous avez très bien fait de venir tout raconter à Mrs. Warren. Si j'avais été plus sensée, j'en aurais parlé à tante Louise, mais je n'ai pas été aussi courageuse que vous. Il ne faut plus vous inquiéter, Ellie, il ne faut pas que ça vous gâche la vie. La plupart des hommes sont charmants, gentils, amusants. Il n'y en a que quelques-uns qui rendent les choses si laides et si effrayantes.

Maintenant, nous devons nous assurer que cela ne se reproduira pas. Prévenir la police pour que Billy Fawcett soit puni et pour qu'il ne recommence jamais. Je me porterai témoin à charge, s'il le faut, et si on l'envoie en prison, je serai ravie. Je m'en fiche. Je sais simplement que, pour Ellie, pour moi et pour toutes les autres filles qu'il a tripotées, il faut en finir avec lui une bonne fois pour toutes.

Après ce long et fervent discours, elle se rassit pour reprendre son souffle. Elle avait momentanément réduit l'assistance au silence.

– Je dois dire, Judith, intervint enfin Mrs. Warren, que je ne t'avais jamais vue comme ça.

Judith rit malgré elle. Tout à coup elle se sentait forte, adulte, emplie d'une volonté implacable.

– C'est peut-être tout aussi bien, fit-elle en se tournant vers Mr. Warren. Qu'en dites-vous ?

– J'en dis que je suis d'accord, répondit-il en se levant. Maintenant. Tout de suite. Inutile de perdre une minute. Ellie, que vous le vouliez ou non, vous allez nous accompagner, Judith et moi. Tout ira bien, nous ne vous quitterons pas et nous approuverons tout ce que vous direz. Ensuite, je vous ramènerai chez votre maman, et nous lui expliquerons ensemble ce qui s'est passé.

Il tapota l'épaule d'Ellie et planta un gros baiser sur sa tignasse couleur paille.

– Ce n'était pas votre faute, ma fille. Rien de tout ça n'est votre faute.

Et ce fut donc fait. Cela prit du temps. Au commissariat de police, le sergent de service n'avait jamais eu affaire à une situation aussi délicate, son activité habituelle se limitant aux vols de bicyclettes et au ramassage des ivrognes. Il s'acquitta tant bien que mal des différentes étapes de la procédure. Puis il fallut prendre la déposition d'Ellie, ce qu'il fit avec une lenteur exaspérante. La détresse de la jeune fille, avivée par la froideur administrative des lieux, n'arrangeait pas les choses, et l'on dut l'exhorter à persévérer dans sa démarche. Quand tout fut enfin terminé, on la ramena chez elle, visite qui engendra son lot d'explications, de réactions horrifiées et de fureur, et d'innombrables tasses de thé pour se réconforter. Quand tout le monde fut calmé, Mr. Warren et Judith, exténués, purent enfin regagner leur logis. Ils trouvèrent la boutique close et les volets fermés. Heather, Mrs. Warren et Joe les attendaient au premier étage pour dîner. Le repas était prêt, mais Mr. Warren n'avait pas envie de manger tout de suite.

– Je vais prendre un verre, déclara-t-il, puis il se dirigea vers le placard où il conservait une bouteille de Black and White pour les temps de crise. Qui m'accompagne ? Joe ?

Mais Joe, amusé par le comportement inhabituel de son père, hocha la tête.

– Toi, maman ? Heather ? Judith alors ?

Comme il n'y avait pas d'amateurs, il se servit un bon verre qu'il avala d'un trait, puis il annonça qu'il était prêt à découper le rôti de porc.

Plus tard, une fois la vaisselle faite, la cuisine ayant retrouvé sa propreté habituelle, Judith descendit dans le bureau de Mr. Warren et téléphona longuement à Mr. Baines. Celui-ci se montra tout d'abord vexé qu'elle ne se soit pas confiée à lui, qu'elle ne lui ait pas raconté cette expérience malheureuse avec le redoutable Billy Fawcett. Mais il retrouva vite son calme et se montra compréhensif et de bon conseil. Mr. Warren et elle avaient fait exactement ce qu'il fallait, lui dit-il. Il était temps que l'on mette un terme aux activités de ce vieux goujat. Quant à témoigner au tribunal de Bodmin, Mr. Baines lui promit de faire tout ce qui était en son pouvoir pour que Judith n'ait pas à le faire, lui proposant de la représenter et de s'occuper de tout.

Judith lui en fut profondément reconnaissante et le lui dit.

– Ne me remerciez pas, lui répondit-il. Je suis là pour ça, puis il changea de sujet et ils bavardèrent de choses et d'autres avant de se dire au revoir et de raccrocher.

Ce soir-là, dans le calme et l'obscurité de sa chambre, Judith, allongée dans son lit, fixait le plafond. Quelle extraordinaire journée ! Ce n'était pas simplement la fin de ses vacances chez les Warren, plus le fait qu'elle ait enfin réussi à voir Phyllis, mais surtout la certitude que l'épisode Billy Fawcett était terminé. « Je voudrais tuer Billy Fawcett, avait-elle dit à Edward, ou l'écraser comme un insecte. » Et aujourd'hui, elle avait fait mieux que cela. Avec l'aide de Mr. Warren, de la pauvre Ellie et du lugubre sergent, elle avait mis en marche la roue de la loi : Billy Fawcett allait payer pour ses horribles méfaits, et ainsi elle allait exorciser son propre fantôme. Les jeux étaient faits et elle savait qu'il ne viendrait plus jamais hanter ses cauchemars. Plus jamais elle ne se réveillerait pétrifiée par la peur, hurlant en silence. Plus jamais il ne s'interposerait entre elle et ce qu'elle désirait le plus au monde. C'était un sentiment merveilleux que d'être délivrée de ce spectre qui rôdait aux confins de son esprit depuis quatre ans et qui avait failli tout gâcher entre Edward et elle.

Ce qui l'amena tout naturellement à penser à Edward. Elle retournait à Nancherrow le lendemain matin, et elle allait le revoir. Si tante Lavinia allait mieux, ils iraient ensemble au Manoir lui rendre visite. L'occasion d'être seule avec lui, peut-être de lui parler. De lui dire qu'il avait eu raison, qu'elle avait eu besoin d'un catalyseur. De lui expliquer ce qui s'était produit. Et de lui donner généreusement l'occasion de triompher : « Je te l'avais bien dit. »

Ce serait comme une renaissance. Maintenant il n'y avait plus de place pour les terreurs enfantines, car elle n'avait plus de raison d'avoir peur. Pour se mettre à l'épreuve, elle s'imagina qu'Edward l'embrassait, comme il l'avait embrassée à Noël, quand ils s'étaient cachés derrière les rideaux de la salle de billard. Elle se rappela ses bras autour d'elle, sa main qui lui caressait les seins, la pression de sa bouche et sa langue qui tentait de lui ouvrir les lèvres...

Elle fut soudain submergée par le désir, une tension au creux du ventre, une bouffée de chaleur à lui couper le souffle. Elle ferma les yeux et se tourna brusquement sur le côté, pelotonnée comme un bébé, les bras serrés autour des genoux. Seule dans le noir, elle sourit, car elle était en train d'accepter une merveilleuse vérité.

Seul dans sa chambre à Nancherrow, Rupert Rycroft se changeait pour le dîner, après s'être lavé et rasé pour la seconde fois de la journée. Il finissait de nouer son nœud papillon. Il lui fallait pour cela se tenir devant la glace et plier un peu les genoux, car il était plus grand que la plupart des hommes. Quand il eut terminé, il fit une pause et inspecta le visage ordinaire, banal, que lui renvoyaient les miroirs depuis toujours. Des oreilles un peu trop grandes, des yeux vagues et tombants, un menton qui avait fâcheusement tendance à couler dans son col. À son actif, cependant, une moustache militaire bien taillée qui contribuait à mettre un peu d'ordre dans ces traits mous, et la peau tannée par le cruel soleil de Palestine et d'Égypte qui avait gravé un canevas de rides autour des yeux et de la bouche, ce qui lui donnait une certaine maturité, l'apparence d'un homme plus âgé et plus expérimenté.

Du moins l'espérait-il.

Il avait des cheveux brun foncé, épais et doux, et, après le bain, tout à fait indomptables. Mais la lotion Royal Yacht et quelques coups de brosse en ivoire les remirent dans le rang, bien disciplinés, coupés court sur la nuque et sur les côtés comme ceux de tout bon soldat.

Il enfila son pantalon et tenta de faire reluire ses chaussures avec son mouchoir sale. Leur aspect ne s'améliora pas pour autant, et il songea d'un air rêveur au deuxième classe Stubbs, son ordonnance qui, avec un peu de salive, un os et une bonne dose d'huile de coude, obtenait un brillant parfait, même d'une paire de bottes d'entraînement.

Mais pas de Stubbs. Cela irait comme ça. Il mit sa veste de smoking en soie, glissa ses cigarettes et son briquet dans ses poches, puis il éteignit la lumière et quitta la pièce.

Il était sept heures et l'on ne dînerait pas avant huit heures. Mais Rupert trouva le colonel Carey-Lewis au salon, seul, déjà prêt, confortablement installé dans son fauteuil pour lire le journal en profitant d'un whisky-soda revigorant avant que les hordes occupant sa maison ne viennent troubler sa tranquillité. C'était exactement ce qu'espérait Rupert. C'était exactement ce que faisait son père, quand Taddington Hall était envahi par les invités.

Le colonel abaissa son journal et s'efforça de ne pas avoir l'air trop contrarié. C'était un homme extrêmement courtois.

– Rupert.

– Ne vous levez pas, monsieur, je vous en prie. Pardonnez-moi d'être un peu en avance...

– Pas du tout. Pas du tout.

Le journal fut plié et posé.

– Servez-vous un verre. Venez donc vous asseoir.

Rupert, que la perspective d'un petit remontant enchantait, obtempéra.

– J'espère que vous êtes confortablement installé. Assez d'eau chaude ? Avez-vous pris un bon bain ?

– Excellent, merci, monsieur.

Son verre à la main, il alla s'asseoir à côté du colonel, sur le tabouret près de la cheminée, ses longues jambes repliées comme la lame d'un canif.

– J'avais chaud et je transpirais. Athena m'a fait jouer au tennis...

Bien que Rupert eût prévu ce tête-à-tête avec son hôte, il le redoutait néanmoins car le colonel Carey-Lewis était manifestement un homme timide, qui ne savait pas parler pour ne rien dire. Mais ses craintes se dissipèrent naturellement au cours de la conversation, et leurs intérêts communs leur donnèrent matière à discussion. La chasse, les chevaux et l'armée brisèrent la glace sans difficulté. Puis le colonel s'enquit de ses parents et de sa carrière. Eton, Sandhurst, les Dragons de Sa Majesté, ses postes en Égypte et en Palestine, et à présent le camp d'équitation du Northamptonshire.

– Le problème, c'est que Long Weedon est trop proche de Londres. On est tenté de faire un saut en ville à la moindre occasion et, bien entendu, il faut rentrer, généralement au petit matin avec une gueule de bois de tous les diables, pour arriver à temps pour la revue.

Le colonel sourit.

– Ce n'est que l'un des inconvénients de la jeunesse. Parle-t-on de mécaniser les Dragons ?

– Pas encore, monsieur. Mais pour être honnête, dans une guerre moderne, un régiment de cavalerie me paraît quelque peu anachronique.

– Que penseriez-vous des chars d'assaut ?

– Je serais navré de renoncer aux chevaux.

Le colonel leva la tête, et son regard bleu se porta vers la fenêtre ouverte et les jardins qui s'étendaient à perte de vue, baignés dans la lumière dorée du soir.

– Je crains que nous ne devions faire la guerre. Tant de mois ont passé, tant de compromis et de traités. Pour rien, autant que je puisse en juger. Tous les espoirs se sont éteints, un à un. D'abord l'Autriche, la Tchécoslovaquie, et maintenant la Pologne. Tout à coup il est trop tard. La Pologne, ce n'est qu'une question de temps, Hitler n'a pas besoin de mobiliser ses troupes. L'armée allemande est prête à se mettre en marche sitôt qu'on lui en aura donné l'ordre. Ce sera sans doute bientôt. La première quinzaine de septembre, avant les pluies d'octobre. Avant que les boues de novembre n'arrêtent leurs chars.

– Et la Russie ?

– Le grand point d'interrogation. Si Staline et Hitler signent un pacte, c'est que la Russie donne le feu vert à l'Allemagne. Le signal du départ, ajouta-t-il en regardant Rupert. Et vous ? Qu'adviendra-t-il de vous ?

– Je retournerai probablement en Palestine.

– Ce sera une guerre aérienne. Edward sera dans la Royal Air Force.

Il prit son verre et le vida d'un trait, comme s'il s'agissait d'une potion.

– Versez-m'en un autre, cher ami. Et resservez-vous.

– Ça va comme ça, je vous remercie, monsieur.

Rupert se leva pour remplir le verre du colonel, puis revint à sa place.

– En fait, dit-il, je voulais avoir une conversation avec vous.

Les traits de son hôte s'illuminèrent d'un éclair de malice.

– N'est-ce pas ce que nous étions justement en train de faire ?

– Non, c'est-à-dire...

Rupert hésita. Il ne s'était jamais livré à un tel exercice et craignait de louper son coup.

– Je voudrais vous demander la main d'Athena.

Il s'ensuivit un silence étonné, puis le colonel Carey-Lewis dit :

– Bonté divine ! Pourquoi ?

Rupert fut déconcerté par cette réaction inattendue. Mais il fit de son mieux.

– Eh bien, je l'aime énormément, et je crois qu'elle aussi. Je sais que le moment est mal choisi pour nous marier, avec cette guerre qui couve et l'incertitude de notre avenir, mais je pense tout de même que c'est une bonne idée.

– J'ignore quelle épouse elle ferait.

– Vous avez l'air dubitatif, monsieur.

– Elle a toujours été tellement écervelée. Le portrait craché de sa mère.

– Mais vous avez épousé sa mère, monsieur.

– Je l'ai épousée. Et elle n'a jamais cessé de me distraire et de me séduire. Quand j'ai épousé Diana, je l'aimais depuis des années. Athena et vous ne vous connaissez pas depuis si longtemps.

– Assez longtemps, monsieur.

– Lui en avez-vous parlé ?

– Oui, oui, nous en avons parlé.

– Femme de militaire. Des années de séparation. Vous avez parlé de tout cela ?

– Oui, de tout cela.

– Et l'avenir ? Les projets d'avenir, alors que ce désastre est suspendu au-dessus de notre tête, inutile d'y songer. Qu'en pensez-vous ?

– Je ne sais pas. Je peux seulement vous dire que Taddington Hall me reviendra à la mort de mon père.

– Athena dans le Gloucestershire ? Vous croyez que c'est une bonne idée ? Elle déteste les chevaux, vous savez. Elle ne s'en approche pas à moins d'un mètre.

– Oui, je sais, répondit Rupert en riant.

– Et vous voulez quand même l'épouser ?

– Oui.

– Quand ?

– Le plus tôt possible.

– Il faut des mois pour préparer un mariage.

– Nous... eh bien, nous ne tenons pas à ce genre de mariage. Athena a horreur des grandes réceptions. Je crains fort que Mrs. Carey-Lewis ne soit déçue, mais nous avons pensé à quelque chose de très intime. Nous nous contenterons même de passer à la mairie. Je pourrais obtenir une autorisation spéciale.

– Bien, bien. Cela me fera des économies. Tout est bon à prendre.

– Je l'aime vraiment, monsieur.

– Je l'aime aussi. C'est une fille charmante et drôle, qui m'a toujours enchanté. Cela dit, je vous plains de devoir faire face à tant d'incertitudes mais, si le pire se produit et que vous êtes séparés, Athena pourra toujours revenir à Nancherrow en vous attendant.

– J'espérais que vous me le proposeriez. Mes parents l'accueilleraient volontiers, bien entendu, et s'efforceraient de la rendre heureuse, mais Athena et ma mère sont comme le jour et la nuit, et je ne crois pas qu'elles s'entendront très bien.

– Il est dommage pour vous que votre future femme n'aime pas les chevaux.

426

– Oui. Dommage. Mais ce n'est pas la fin du monde.

– Dans ce cas, je pense que nous avons tout passé en revue. Tout ce que je puis vous dire, c'est que vous pouvez l'épouser et que je vous souhaite tout le bonheur possible dans ce monde cruel.

– Encore une chose, monsieur...

– Oui ?

– Quand les autres descendront, ne dites rien. N'annoncez pas nos fiançailles, ni rien de ce genre, si cela ne vous ennuie pas.

– Pourquoi pas ?

– Eh bien, nous en avons parlé, Athena et moi, mais je ne lui ai pas encore fait ma demande. Et elle ne m'a pas encore vraiment dit oui.

Le colonel était stupéfait. On l'eût été à moins.

– Très bien. Pas un mot, mais clarifiez les choses le plus vite possible, soyez gentil.

– Oui, monsieur, et merci.

– Inutile de laisser ce genre de décision en suspens. Battez le fer pendant qu'il est chaud, c'est ce que je dis toujours. Sinon tout se gâte.

– Ça retombe comme un soufflé.

– Un soufflé ? fit le colonel, pensif. Oui. Oui. Je vois ce que vous voulez dire.

Le dimanche matin, quand il y avait de nombreux hôtes dans la maison, la cuisine de Nancherrow s'activait comme une ruche. Les portes et les fenêtres avaient beau être ouvertes, la température, par cette belle journée de septembre, montait sans relâche, si bien que Mrs. Nettlebed était toute rouge et transpirait abondamment.

Neuf personnes à nourrir dans la salle à manger et cinq à la cuisine. Non, rectifia-t-elle, huit dans la salle à manger, car Mrs. Carey-Lewis gardait le lit – une crise de foie, avait dit le colonel – et il faudrait sans doute lui porter un petit plateau. Mrs. Nettlebed avait accepté sans broncher cette excuse, mais dans l'intimité Mr. Nettlebed et elle s'étaient dit que Mrs. Carey-Lewis était tout simplement épuisée. Toute cette bringue à Londres et ce retour en catastrophe, alors que tout le monde pensait que Mrs. Boscawen était à l'agonie. Bien sûr, elle s'était remise miraculeusement, mais l'inquiétude avait été grande. Et la maison était pleine à craquer. Pas très reposant. Si Mrs. Nettlebed avait été à la place de Mrs. Carey-Lewis, elle serait elle aussi restée au lit et n'en serait sortie que quand les choses se seraient calmées.

A la table de la cuisine elle mélangeait de la farine, du sucre et du beurre dans un grand bol de faïence, qu'elle émietta entre ses doigts. Quelles que soient la saison et la température ambiante, le colonel appréciait un pudding chaud et, ce dimanche, il y aurait un *crumble* aux pommes et aux fruits secs arrosé d'une cuillerée de cognac. Les pommes étaient déjà pelées, coupées et disposées, pétales vert pâle, dans un plat creux. Hetty les avait préparées après avoir épluché plusieurs livres de pommes de terre, lavé deux choux-fleurs, émincé un chou et équeuté quatre petits paniers de fraises. A présent, elle s'activait dans l'arrière-cuisine pour nettoyer ce que Mrs. Nettlebed appelait le « matériel », poêles, bols, passoires, couteaux de cuisine et râpes.

Dans le four mijotait une côte de bœuf de douze livres. L'arôme de la viande mêlé au parfum de l'oignon dont Mrs. Nettlebed l'avait truffée filtrait à travers la porte du four. Comme accompagnement, on servirait des pommes de terre et des navets sautés, du Yorkshire pudding, de la sauce au raifort et de la moutarde forte.

Le pudding était presque terminé. Deux plats de verre contenant des fraises fraîches et un soufflé au chocolat attendaient sur l'étagère du garde-manger. Une fois qu'elle aurait glissé le *crumble* aux pommes dans le four chaud, Mrs. Nettlebed s'attaquerait au Yorkshire pudding. Hetty aurait pu le préparer, mais elle avait la main lourde avec le batteur.

La porte de la cuisine s'ouvrit. Mrs. Nettlebed, pensant que c'était son mari, dit sans lever la tête :

– Crois-tu qu'il faudrait de la chantilly avec le soufflé ?

– Ce serait délicieux, répondit un homme qui n'était pas Mr. Nettlebed.

Mrs. Nettlebed releva la tête d'un geste brusque et aperçut dans l'embrasure de la porte Jeremy Wells. Ravie, elle pensa qu'il était bien la seule personne dont l'apparition inopinée, alors qu'elle s'activait pour préparer le déjeuner du dimanche, pouvait lui faire plaisir.

– Eh bien ! dit-elle.

– Bonjour, Mrs. Nettlebed. Comme ça sent bon ! Qu'y a-t-il pour le déjeuner ?

– Une côte à l'os au four.

Elle le regardait, rayonnante, la coiffe de travers et les mains blanches de farine.

– Docteur Wells. On ne vous voit plus guère.

(Jadis, quand il donnait des cours particuliers à Edward, il n'était que « Jeremy ». Dès qu'il fut reçu à son examen de fin d'études, elle lui donna du « docteur ». A ses yeux, il le méritait bien, après tant d'années d'études et d'examens. Pour qu'il n'y eût pas de confusion, quand on parlait de lui, on disait le jeune Dr Wells, alors que l'on qualifiait son père de vieux Dr Wells, au grand dam de ce dernier.)

– Qu'est-ce que vous faites là ? Le colonel vous a-t-il demandé de venir ? Il ne m'a rien dit.

Jeremy ferma la porte derrière lui et s'approcha de la table.

– Pourquoi m'aurait-il fait venir ?

– Mrs. Carey-Lewis. Elle ne va pas bien. *Il* prétend que c'est une crise de foie, mais Nettlebed et moi ne sommes pas de cet avis. Épuisée, si vous voulez mon opinion, après tout ce qui s'est passé. Saviez-vous que Mrs. Boscawen avait été malade ?

– Oui, je l'ai appris. Mais le pire est passé, semble-t-il ?

– Elle nous a fait une de ces peurs. Tout le monde est rentré de Londres, d'Écosse ou de Dieu sait où en pensant qu'elle allait rendre l'âme.

– J'en suis désolé.

– Si ce n'est pas le colonel qui vous a fait venir, que faites-vous là ? demanda-t-elle en fronçant les sourcils.

– Je suis simplement venu vous voir, dit-il en prenant un morceau de pomme dans le plat creux. (S'il avait été Loveday, elle lui aurait donné une tape sur la main.) Où sont-ils tous ?

– A l'église. Sauf Mrs. Carey-Lewis. Comme je vous l'ai dit, elle est au lit.

– Je devrais peut-être monter la voir.

– Si elle dort, laissez-la se reposer.

– Oui. La maison est pleine ?

– A craquer, oui.

Mrs. Nettlebed saisit le plat creux et saupoudra les pommes du mélange de farine, de sucre et de beurre.

– Athena a amené son ami, le capitaine Rycroft, et il y a aussi un ami d'Edward. Un certain Mr. Callender.

– Et Loveday ?

– Loveday est là, bien sûr. Et Judith rentre ce matin.

– Où était-elle ?

– A Porthkerris, chez les Warren.

– Y a-t-il assez à manger pour moi ?

– A votre avis ? Assez et plus encore. Vous avez vu Nettlebed ?

– Non, je n'ai vu personne. Je suis entré, c'est tout.

– Je lui dirai de mettre un autre couvert... Pourquoi ne montez-vous pas voir Mrs. Carey-Lewis ? Et si elle veut se lever, dites-lui donc de rester où elle est. Hetty ! Tu as bientôt fini ? Il y a encore de la vaisselle, et j'ai besoin de toi pour battre la crème...

Jeremy la laissa à ses occupations et monta jusqu'à la chambre de Diana par l'escalier de service. Il frappa doucement à sa porte, et elle lui dit d'entrer. Il s'attendait à trouver la pièce plongée dans une pénombre seyant à une malade, mais les rideaux étaient ouverts. Pourtant Diana était encore au lit en liseuse de voile bordée de dentelle, adossée à une pile d'oreillers en duvet. A ses côtés, Pekoe était roulé en boule et profondément endormi sur un oreiller de dentelle.

– Jeremy.

– Bonjour.

– Que fais-tu ici ? Edgar ne t'a pas demandé de venir, n'est-ce pas ? Je lui ai dit de ne pas se faire de souci.

– Non, il ne m'a pas appelé.

Il referma la porte et vint s'asseoir négligemment au bord du lit. Elle ne semblait pas fiévreuse, mais exténuée, pâle et émaciée, comme si sa peau fine avait été tirée sur l'ossature de son visage. Ses cheveux d'ordinaire impeccables étaient délicieusement ébouriffés et il y avait des cernes sous ses yeux magnifiques.

– Vous avez l'air exténuée, dit-il.

– Je le suis. Mais Edgar raconte à tout le monde que c'est une crise de foie.

– Qu'avez-vous fait pour vous mettre dans un état pareil ?

– A t'entendre, on croirait que je me suis trop bien amusée. En ce moment, il n'y a rien de particulièrement drôle. Lavinia a été très malade, et la guerre nous pend au nez. Un de ces jours, Mary et moi allons devoir acheter des centaines de mètres d'horrible coton noir, pour faire des rideaux pour chaque fenêtre de la maison. En vérité, je suis fatiguée, malheureuse, déprimée, et je n'ai plus l'énergie de faire semblant. Alors je me suis mise au lit et j'ai dit à Edgar que je ne me sentais pas bien. Il préfère me voir malade plutôt que malheureuse.

– Vous inquiétez-vous pour Mrs. Boscawen ?

– Un peu, oui. Elle n'est pas encore tirée d'affaire. Elle nous a fait tellement peur. De toute façon, j'étais éreintée. A Londres, je sortais tous les soirs, et j'ai dû rentrer en toute hâte à la maison. Jamais je n'avais conduit la Bentley aussi longtemps et aussi vite sur cette abominable A 30, et la déviation d'Exeter était encombrée.

– Mais vous y êtes parvenue.

– Oui, et je suis arrivée ici pour trouver une Isobel hystérique et chercher des infirmières, et pendant ce temps-là les autres me ramènent des amis à la maison. Pour couronner le tout, Edgar m'a annoncé que le jeune homme qui est venu avec Athena a l'intention de l'*épouser* !

– Le capitaine Rycroft ?

– Qui t'a parlé de lui ?

– Mrs. Nettlebed.

– Il s'appelle Rupert. Il est absolument charmant. Dans les Dragons. Plutôt conventionnel et totalement inattendu. Mais nous ne devons rien dire parce que, apparemment, il n'a encore rien demandé à Athena. Les gens sont drôles, n'est-ce pas ?

– Voilà une nouvelle tout à fait réjouissante !

– En un sens, oui, mais s'ils se fiancent, ils tiennent à se marier dans la plus stricte intimité, terriblement vite. Dans un bureau de l'état civil ou quelque chose comme ça. Ce n'est pas très gai. Mais comment être joyeux quand les journaux ne parlent que de choses sinistres, que tout empire de jour en jour et qu'Edgar me fait écouter les actualités de neuf heures tous les soirs ? J'ai l'impression que je vais être malade de terreur.

Sa voix tremblait et, pour la première fois, Jeremy éprouva une réelle inquiétude. Depuis le temps qu'il la connaissait, il n'avait jamais vu Diana Carey-Lewis aussi proche de la crise de nerfs. Elle lui avait toujours semblé maîtresse d'elle-même, insouciante, encline à voir le côté drôle ou ridicule des situations les plus sérieuses. Mais cette Diana-là avait perdu son énergie et, par conséquent, une grande partie de sa résistance.

Il posa la main sur la sienne.

– Il ne faut pas avoir peur, Diana, vous qui n'avez jamais peur de rien.

– Depuis un an, je fais l'autruche. J'enfouis ma tête dans le sable en faisant comme si de rien n'était, comme s'il allait se produire un miracle, comme si un imbécile à chapeau noir allait encore signer un bout de papier pour que nous puissions continuer à vivre. Mais cela ne sert plus à rien. De se leurrer, j'entends. Il n'y aura pas de miracle. Encore une guerre terrible.

Jeremy vit avec inquiétude qu'elle avait les yeux pleins de larmes et qu'elle ne faisait aucun effort pour les sécher.

– Après l'armistice de 1918, on nous a dit que cela ne se reproduirait jamais. Une génération entière d'hommes jeunes balayée dans les tranchées. Tous mes amis. Disparus. Et sais-tu ce que j'ai fait ? J'ai cessé d'y penser. Je les ai purement et simplement chassés de mon esprit, je les ai jetés comme de vieux rebuts dans une malle et j'ai poussé la malle au fond d'un grenier poussiéreux. Mais à présent, vingt ans après seulement, ça recommence et je ne peux pas empêcher les souvenirs d'affluer. Des choses affreuses. Quand je suis allée à la gare de Victoria pour dire adieu à tous ces garçons en kaki, dans la fumée des locomotives, et ces trains qui démarraient pendant que tout le monde agitait la main... les mères, les sœurs et les fiancées qui restaient sur le quai... Et puis ces interminables listes de morts, ces pages et ces pages imprimées en tout petits caractères, à chaque ligne le nom d'un jeune homme que la guerre avait fauché avant même qu'il ait eu le temps de vivre. Je me souviens d'être allée à une soirée où il y avait une petite fille qui s'est assise devant le piano à queue et s'est mise à chanter « Que le grand monde continue de tourner ». Tout le monde a repris en chœur, sauf moi, je ne pouvais m'empêcher de pleurer.

Elle sanglotait en se tamponnant les joues avec un inutile mouchoir bordé de dentelle.

– Vous n'avez rien de plus robuste que ça ?

– Les femmes ont toujours des mouchoirs ridicules, n'est-ce pas ?

– Prenez le mien. Un peu vif, mais propre.

432

– Quelle jolie couleur! Il est assorti à ta chemise bleue, dit-elle, puis elle se moucha vigoureusement. Je parle trop, n'est-ce pas?

– Pas du tout. J'ai l'impression que vous avez besoin de parler et je suis là pour vous écouter.

– Cher Jeremy, tu es vraiment le plus charmant des hommes. Tu sais, je ne suis pas aussi bête que j'en ai l'air. Je sais que cette guerre est nécessaire. Je sais qu'on ne peut pas continuer à laisser faire ces horreurs en Europe... tous ces gens qu'on opprime, qui perdent leur liberté, que l'on emprisonne et que l'on assassine, juste parce qu'ils sont juifs.

Elle s'essuya les yeux et glissa le mouchoir sous son oreiller.

– Juste avant que tu n'arrives, j'étais en train de lire ce livre. Ce n'est qu'un roman, rien de très profond... mais il rend tout cela si réel...

– Qu'est-ce que c'est?

– *La Fuite*, d'une femme qui s'appelle Ethel Vance. Ça parle de l'Allemagne. D'une école de jeunes filles, très chic, cosmopolite, dirigée par une comtesse d'origine américaine. Ces jeunes filles apprennent à skier, étudient le français, l'allemand et la musique. Tout cela est tout à fait charmant, civilisé. Mais tout près, dans la forêt, au-delà des pistes de ski, il y a un camp de concentration où est incarcérée une actrice juive condamnée à mort.

– J'espère que c'est elle qui s'enfuit.

– Je n'en sais rien, je n'en suis pas encore à la fin. Mais ça fait froid dans le dos. Parce que c'est ce qui se passe, aujourd'hui. Ça arrive maintenant, à des gens comme nous. Et c'est tellement horrible qu'il faut arrêter ça. Je suppose que c'est à nous de le faire, ajouta-t-elle avec un sourire mélancolique, rayon de soleil par un jour de pluie. Voilà. Je ne vais plus gémir. C'est tellement bon de te voir. Mais je ne comprends toujours pas ce que tu fais ici. Je sais que c'est le week-end, que tu as le col ouvert et une tenue décontractée, mais pourquoi n'es-tu pas en train de concocter des potions, de prescrire des remèdes ou d'ausculter les gens? A moins que ton père ne t'ait donné un jour de congé?

– Non. En fait, mon père et ma mère sont partis aux îles Scilly pour quelques jours. Papa voulait saisir l'occasion car, au train où vont les choses, Dieu seul sait quand il en aura de nouveau la possibilité.

– Et le cabinet ?

– Nous avons pris un remplaçant.

– Un remplaçant ? Mais tu...

– Je ne suis plus associé à mon père.

– Il t'a flanqué dehors ?

– Pas exactement, répondit Jeremy en riant. Pour l'instant, mon père continuera seul. Je me suis engagé dans la Marine et j'ai été recruté par le commandant en chef du service médical. Lieutenant-colonel Jeremy Wells, médecin de la Marine. Qu'en dites-vous ?

– Très impressionnant, Jeremy, mais effrayant et courageux. Étais-tu vraiment obligé de faire ça ?

– Je l'ai fait. Je suis même allé à Gieves acheter mon uniforme. Je ressemble un peu à un chasseur d'hôtel de cinéma, mais je suppose que nous nous y habituerons tous.

– Tu seras superbe.

– Je dois me présenter à la caserne de Devonport jeudi prochain.

– Et jusque-là ?

– Je veux vous voir tous. Vous dire au revoir.

– Tu resteras ici, bien entendu.

– S'il y a un lit.

– Cher ami, il y a toujours un lit pour toi. Même si la maison est pleine. As-tu apporté une valise ?

Il eut la bonne grâce de prendre un air penaud.

– Oui. Au cas où vous m'inviteriez.

– Mrs. Nettlebed t'a-t-elle parlé de Gus Callender ? Le copain de Cambridge d'Edward ?

– Elle m'a dit qu'il était là.

– Plutôt intéressant. Un peu ténébreux. Loveday s'est entichée de lui, je le crains.

– *Loveday ?*

– N'est-ce pas étonnant ? Tu sais à quel point elle s'est toujours montrée grossière et désinvolte avec les amis d'Edward. Elle leur donnait d'affreux surnoms et imitait leur voix affectée. Eh bien là, c'est autre chose. On dirait qu'elle boit ses paroles. C'est la première fois que je la vois s'intéresser à un jeune homme.

Jeremy trouvait cela très drôle.

– Et comment prend-il cette dévotion ?

– Plutôt calmement, je dirais. Mais il se conduit très bien.

– Qu'est-ce qui le rend si intéressant ?

– Je n'en sais rien. Il est très différent des autres amis d'Edward. Et puis il est écossais, mais il ne dit pas grand-chose sur sa famille. Réservé, sans doute, pas beaucoup d'humour. Pourtant c'est un artiste. La peinture est son violon d'Ingres, et il est étonnamment doué. Il a déjà fait de très jolis croquis. Demande-lui de te les montrer.

– Des profondeurs insoupçonnées...

– Oui. Mais pourquoi pas ? Nous sommes tous tellement extravertis que nous nous attendons toujours à ce que les autres suivent notre exemple. De toute façon, tu feras sa connaissance. Nous nous sommes tous mis tacitement d'accord pour ne pas taquiner Loveday, ne l'oublie pas. Même Edward fait preuve d'un tact incroyable. Après tout, nous avons tendance à oublier que notre bébé a bientôt dix-huit ans. Il est peut-être temps qu'elle tombe amoureuse de quelque chose qui n'ait pas quatre pattes et une queue. Et je dois avouer qu'il est très gentil avec elle. C'est tout à fait charmant.

Elle bâilla et s'adossa de nouveau à ses oreillers.

– Quel dommage que je sois si fatiguée. Je n'ai envie que d'une chose : dormir.

– Alors dormez.

– Ça m'a fait beaucoup de bien de te parler.

– Une consultation sert entre autres à cela.

– Il faudra m'envoyer ta note.

– C'est cela. Reposez-vous bien. Avez-vous envie de manger quelque chose ? Voulez-vous déjeuner ?

– Pas vraiment, répondit-elle en plissant le nez.

– Un peu de soupe ? Un consommé, par exemple ? Je vais en parler à Mrs. Nettlebed.

– Non, mais préviens Mary, elle n'est pas loin, et dis-lui que tu restes parmi nous. Elle te trouvera une chambre.

– Bien, dit-il en se levant. Je viendrai vous voir plus tard.

– C'est tellement rassurant de te savoir ici, comme autrefois. Tout va beaucoup mieux ainsi, ajouta-t-elle avec un sourire plein d'affection et de gratitude.

Il quitta la chambre de Diana en refermant la porte derrière lui et hésita un instant ; il aurait dû se mettre en quête de Mary Millyway, mais il ne savait pas où la chercher. Puis il entendit de la musique et oublia complètement Mary Millyway. Cela venait de l'extrémité de l'aile des invités. La chambre de Judith. Elle était là. Elle était rentrée de Porthkerris. Défaisant sans doute ses bagages. Et pendant ce temps, elle avait mis un disque sur son gramophone, pour lui tenir compagnie.

Bach. *Jésus, que ma joie demeure!*

Il écouta, empli d'une nostalgie douce et pénétrante, ramené avec une vive acuité au temps des vêpres dans la chapelle de son école. Il se rappela la lumière dorée qui filtrait à travers les vitraux, le grand inconfort des bancs de chêne et les voix pures des jeunes choristes. Il sentait presque la poussière des livres de chant.

Il descendit le couloir, l'épais tapis étouffant le bruit de ses pas. La porte de Judith était entrouverte. Il la poussa doucement. Ses valises et ses sacs étaient abandonnés par terre. Judith était installée à son bureau en train d'écrire, concentrée, et son profil se dessinait dans l'encadrement de la fenêtre ouverte. Une mèche de cheveux couleur miel lui tombait sur la joue et elle portait une robe de coton bleu semé de fleurs blanches. Elle était si adorable que Jeremy aurait aimé que le temps s'arrête, que ce moment dure l'éternité.

Dix-huit ans était un âge curieux pour une fille, un temps suspendu entre l'âge ingrat et l'épanouissement de la féminité. Il était en train de contempler le bouton fermé d'une rose qui s'ouvrait, jour après jour, et atteindrait bientôt la perfection. Tout le monde ne connaissait pas cette métamorphose magique, et il avait rencontré beaucoup de jeunes filles montées en graine, à l'étroit dans leur chemise, et à l'allure aussi féminine qu'un entraîneur de rugby.

Mais il avait vu ce miracle se produire chez Athena. Qui, du jour au lendemain, était passée de la gamine blonde aux longues jambes à l'objet du désir de tous les hommes. C'était à présent le tour de Judith, et il se rappela la petite fille à qui il avait adressé la parole dans le train, quatre ans plus tôt. C'était un peu triste. Mais il y avait aussi lieu de se réjouir. Son père, le vieux Dr Wells, avait servi comme médecin officier du front pendant la Première Guerre mondiale et lui avait parlé, rarement toutefois, de cette expérience effarante. La seule certitude qu'avait Jeremy quant aux mois et aux années à venir, c'était qu'il devrait affronter la solitude, l'épuisement, l'inconfort le plus extrême, la terreur, et que les souvenirs qu'il aurait gardés des jours meilleurs seraient alors les garants de sa santé mentale.

Maintenant. Cet instant saisi au vol comme une mouche dans de l'ambre serait l'un de ces précieux souvenirs.

Il allait parler, mais la musique de Bach s'arrêta de manière solennelle à ce moment-là. Le silence qui suivit les derniers accords s'emplit du roucoulement des colombes de la cour.

– Judith ?

Elle leva les yeux, et il vit que son visage était pâle d'appréhension.

– Diana est malade, dit-elle.

Ce n'était pas une question, mais une affirmation. Voilà ce que c'était que d'être médecin.

– Pas du tout, répondit-il aussitôt. Exténuée, simplement.

– Oh ! s'exclama-t-elle en posant son stylo, le dos collé à la chaise. Quel soulagement ! Mary m'a dit qu'elle était au lit, mais pas qu'on était allé te chercher.

– Mary ne le savait pas. Je ne l'ai pas encore vue. Je n'ai croisé que Mrs. Nettlebed. Apparemment, ils sont tous allés à la messe. On ne m'a pas appelé, je suis venu, c'est tout. Et Diana va bien, ne t'inquiète pas.

– Je devrais peut-être aller la voir.

– Laisse-la tranquille. Je crois qu'elle dort. Tu lui rendras visite plus tard. Est-ce que je te dérange ? demanda-t-il, hésitant.

– Bien sûr que non. J'étais en train d'écrire à ma mère, mais je n'avance pas beaucoup. Entre, viens donc t'asseoir. Je ne t'ai pas vu depuis des mois.

Il enjamba les valises qui n'avaient pas été ouvertes et s'assit dans un petit fauteuil ridicule, beaucoup trop étroit pour lui.

– Quand es-tu rentrée ? s'enquit-il.

– Il y a environ une demi-heure. J'avais l'intention de défaire mes bagages, puis j'ai décidé d'écrire à mes parents. Cela fait si longtemps que je ne leur ai pas écrit. Il s'est passé tant de choses.

– Tu t'es bien amusée à Porthkerris ?

– Oui. On s'y amuse toujours beaucoup. C'est un peu le cirque. Tu as pris un jour de congé ?

– Non, pas exactement.

Elle attendait qu'il s'explique. Comme il ne le fit pas, elle sourit.

– Tu es extraordinaire, Jeremy. Tu ne changeras jamais. Tu es exactement comme lors de notre première rencontre, dans le train de Plymouth.

– Je ne sais pas comment je dois le prendre. J'ai toujours pensé qu'on pouvait s'améliorer.

– C'était un compliment, fit-elle en riant.

– Je suis en permission, dit-il.

– Je suis certaine que tu le mérites.

– Permission avant d'embarquer. Je me suis engagé dans le service de santé de la Marine. Je dois me présenter à Devonport jeudi prochain, et Diana m'a invité à rester ici jusqu'à mon départ.

– Oh, *Jeremy* !

– Quand on y pense, ce n'est pas rien, n'est-ce pas ? J'y ai songé tout l'été, et maintenant il me semble que plus ça explosera vite, plus vite nous serons débarrassés. Et je pourrais bien participer au début des opérations.

– Qu'en pense ton père ?

– J'en ai discuté avec lui et, heureusement, il est de mon avis. Ce qui est bien, de sa part, parce qu'il va devoir assumer seul le fardeau du cabinet.

– Prendras-tu la mer ?

– Avec un peu de chance.

– Tu nous manqueras.

– Tu m'écriras. Tu seras ma correspondante.

– D'accord.

– Marché conclu, dit-il en s'extirpant non sans difficulté du petit fauteuil. Il faut que j'aille trouver Mary Millyway pour lui donner mon billet de logement. Les autres devraient bientôt rentrer de l'église, et j'aimerais faire un brin de toilette avant le déjeuner.

Judith avait, elle aussi, une nouvelle à lui annoncer.

– Sais-tu que j'ai une voiture ?

– *Une voiture ?* fit-il, très impressionné. A toi ?

– Oui, répondit-elle, rayonnante, ravie de sa réaction. Toute neuve. Une ravissante petite Morris. Il faudra que je te la montre.

– Tu peux m'emmener faire un tour. Quelle enfant gâtée ! Je n'ai pas eu de voiture avant vingt et un ans. Elle avait coûté cinq livres et ressemblait à une vieille machine à coudre à roulettes.

– Elle roulait bien ?

– A merveille. Au moins quarante-cinq à l'heure par grand vent.

Toujours dans l'embrasure de la porte, il se tut et écouta. En bas on entendait distinctement des voix, des pas, des portes qui claquaient et le joyeux aboiement de Tiger.

– On dirait que ceux qui étaient à l'office sont de retour. Il faut que j'y aille. A tout à l'heure...

De retour. Ils étaient tous là et envahissaient la maison, la famille, et deux étrangers dont Judith n'avait pas encore fait la connaissance. Edward était parmi eux. En bas. Son cœur se mit à battre la chamade, la lettre pour Singapour attendrait. Elle repoussa les feuillets et défit ses bagages à la hâte. Changea de chaussures, se lava les mains, mit du rouge à lèvres et, après réflexion, un nuage de parfum. Ce fut tout. Ce n'était pas le moment d'en faire trop. Elle était en train de se coiffer devant la glace quand elle entendit la voix de Loveday.

– Judith !

– Je suis là.

– Que fais-tu ? Nous sommes tous là. Descends nous voir... Mon Dieu, tu es superbe. Comment ça s'est passé ? Tu t'es bien amusée ? Quand es-tu rentrée ? As-tu vu maman ? La pauvre, elle n'est pas dans son assiette...

– Non, je ne l'ai pas vue. Je crois qu'elle dort. D'après Jeremy, elle est simplement fatiguée.

– Jeremy ? Il est là ?

– Il est arrivé juste avant moi. Il reste quelques jours. Mary et lui sont en train de chercher un endroit où il pourra dormir. A propos, toi aussi, tu es superbe. Où as-tu déniché cette veste ravissante ?

– C'est à Athena. Elle me l'a prêtée. Schiaparelli. N'est-ce pas joli ? Judith, il faut que je te parle vite de Gus avant que tu fasses sa connaissance. C'est tout simplement l'être le plus merveilleux que j'aie jamais rencontré et nous avons fait plein de choses ensemble. Et il n'a jamais l'air de se lasser de moi.

Tandis qu'elle lui faisait part de cette nouvelle extraordinaire, lui ouvrant son cœur sans chercher le moins du monde à dissimuler son penchant pour Gus, son visage rayonnait d'une joie lumineuse que Judith n'y avait encore jamais vue. Elle avait toujours été jolie, mais à présent elle était magnifique. C'était comme si elle avait enfin renoncé à cette brusquerie d'adolescente qu'elle cultivait délibérément et décidé de grandir du jour au lendemain. L'amour, se dit Judith, allait aussi bien à Loveday que la petite veste rouge qu'elle avait empruntée à Athena.

– Mais, Loveday, pourquoi l'ennuierais-tu ? Personne ne s'est jamais lassé de toi.

– Non, mais tu comprends ce que je veux dire.

– Oui, et c'est formidable pour toi.

Judith se coiffa.

– Quel genre de choses avez-vous faites ensemble ?

– *Tout*. Nous nous sommes baignés, je lui ai montré la ferme, nous nous sommes occupés des chevaux et je l'ai emmené dans de jolis endroits pour qu'il puisse peindre. C'est un artiste remarquable. Il pourrait avoir un succès fabuleux, j'en suis certaine. Mais il veut devenir ingénieur. Ou soldat.

– Soldat ?

– Les Gordon Highlanders. S'il y a la guerre.

Même cette perspective ne jetait aucune ombre sur les traits radieux de Loveday.

– Jeremy s'est engagé dans la Marine, dit Judith.

– Déjà ?

– C'est pour ça qu'il est ici. Une sorte de permission avant de s'embarquer.

– Mon Dieu !

Mais, avec l'égocentrisme des jeunes amoureuses, Loveday ne s'intéressait qu'à elle-même et à l'objet de son désir.

– J'ai hâte que tu rencontres Gus. Mais ne sois pas trop gentille avec lui, sinon il risquerait de te préférer à moi. La vie n'est-elle pas extraordinaire ? J'étais persuadée qu'il serait comme tous ces fainéants qu'Edward ramenait à la maison, mais il ne leur ressemble pas du tout.

– Heureusement pour lui, sinon tu lui aurais fait passer un mauvais quart d'heure.

– Tu te souviens de Nigaud, qui a failli s'évanouir quand Edward a rapporté un lapin qu'il avait tué à la chasse ? fit-elle en riant.

– Loveday ! Le pauvre, tu as été tellement cruelle avec lui. Et il ne s'appelait pas Nigaud, mais Nigel.

– Je sais, mais reconnais que Nigaud, ça lui allait mieux. Allez, dépêche-toi, tout le monde t'attend, nous prenons un verre dans le jardin. Cet après-midi, nous descendrons à la crique. La mer sera haute, et nous irons nager...

– J'irai peut-être voir tante Lavinia.

– Heureusement qu'elle n'est pas morte ! Je ne l'aurais pas supporté. Viens donc. Je ne peux plus attendre. Arrête de te pomponner. Tu es superbe...

Judith suivit Loveday, et fut éblouie quand elle sortit par la porte-fenêtre du salon. Le jardin était baigné de lumière et le soleil de midi faisait tout scintiller. Les feuilles vert argenté de l'eucalyptus frissonnaient, des pétales de rose s'envolaient sur la pelouse, et la frange épaisse et blanche du parasol de Diana, planté dans le trou central d'une table en fer forgé très ornée, dansait dans le vent.

Sur la table on avait posé un plateau avec des verres, des cendriers, et des bols en terre cuite contenant des chips et des noisettes. Au-delà de l'ombre du parasol, des chaises de toile étaient disposées en un vague demi-cercle et l'on avait étalé des plaids sur l'herbe.

Judith chercha Edward, qui n'était pas là. Seules trois silhouettes les attendaient, gracieusement disposées comme par quelque artiste, désireux d'animer le paysage d'un élément humain. Cette impression était si forte que Judith contempla la scène, comme elle aurait observé un tableau dans un cadre doré, accroché au mur d'une galerie prestigieuse, avec pour titre : *Avant le déjeuner, Nancherrow, 1939*. Une œuvre que l'on eût aimé posséder, si chère fût-elle, et garder à jamais.

Trois silhouettes. Athena, étendue sur un plaid, prenait appui sur les coudes, ses cheveux blonds flottant au vent, son visage caché derrière une énorme paire de lunettes noires. Les hommes, qui avaient tiré deux fauteuils, s'étaient installés en face d'elle. L'un était très brun, l'autre blond. Ils avaient ôté leur veste et la cravate qu'ils portaient à l'église, et roulé leurs manches de chemise, tentant de se donner une allure décontractée, malgré leur pantalon rayé et leurs chaussures cirées. Elle se répéta leurs noms : Gus Callender et Rupert Rycroft. Lequel était Gus ? Qui était l'homme qui avait ravi le cœur rebelle de Loveday et provoqué en quelques jours une telle transformation, métamorphosant l'adolescente rebelle en une jeune femme radieuse, qui s'habillait en Schiaparelli, mettait du rouge à lèvres et dont les yeux violets brillaient de tout l'éclat de l'amour ?

Loveday, incapable de contenir son impatience, courut les rejoindre. En faisant ainsi irruption, elle interrompit leur conversation. Les deux jeunes gens se levèrent, non sans quelque difficulté, de leur transat.

– Ne vous levez pas, vous aviez l'air si bien...

Judith la suivit sur l'herbe en plein soleil, et fut momentanément submergée par la timidité, comme chaque fois qu'elle rencontrait des inconnus, tout en espérant que cela ne se voyait pas trop. Les deux jeunes gens étaient grands, mais le blond était exceptionnellement long et mince...

– Il n'y a rien à boire ? J'ai la gorge sèche après tous ces cantiques et toutes ces prières.

– Ça vient, ça vient, un peu de patience, dit Athena à sa jeune sœur, et Loveday s'effondra sur le plaid à côté d'elle.

Athena tourna ses lunettes noires vers Judith.

– Bonjour, ma chérie, ravie de te voir. J'ai l'impression que ça fait des siècles que tu es partie. Tu ne connais ni Gus ni Rupert, n'est-ce pas ? Les garçons, voici Judith, notre sœur adoptive. La maison est à moitié vide quand elle n'est pas là.

Athena, comme sa mère, avait le don de vous faire sentir que vous étiez aimé. Judith oublia sa timidité.

– Bonjour, dit-elle en souriant, et ils se serrèrent la main.

C'était Rupert le plus grand, l'ami d'Athena qui avait sacrifié sa semaine de chasse pour la reconduire en Cornouailles. Militaire, de toute évidence, l'archétype de l'officier avec sa moustache bien taillée, sa coupe de cheveux impitoyable et un menton indéniablement rentré. Il n'avait pourtant pas l'air mou avec son visage tanné par un soleil étranger, sa poignée de main était ferme et il baissait vers elle des yeux aux paupières lourdes, avec une expression à la fois amusée et amicale.

Mais l'attirance de Loveday pour Gus était difficile à comprendre. En cherchant ce qui avait bien pu amener Loveday à baisser sa garde, Judith demeura perplexe. Gus avait des yeux noirs comme le café, un teint olive et un menton profondément fendu qui semblait avoir été taillé au burin par un sculpteur. Sa bouche large était joliment dessinée mais ne souriait pas. Il avait l'allure d'un homme étrangement réservé, timide peut-être. Que cet énigmatique jeune homme fût l'objet des bouillonnantes confidences amoureuses de Loveday lui parut pour le moins déconcertant. Comment diable cela avait-il pu se produire ?

— Enchanté de faire votre connaissance, lui dit-il, et l'esquisse d'un sourire effleura ses lèvres.

Il parlait posément, mais sans l'accent traînant et snob que prenaient tous les amis d'Edward. Une personnalité originale, se dit Judith. Pourquoi pas ?

— Où allez-vous vous asseoir ? Je vais vous chercher un fauteuil.

Et il en apporta un.

— Où sont-ils tous ? demanda à nouveau Loveday.

— Pops est allé voir maman, lui dit Athena tandis que les autres reprenaient leur place au soleil. Edward est allé chercher quelque chose à boire. Nettlebed ne voulait pas sortir les alcools pour qu'ils ne chauffent pas au soleil.

— Savais-tu que Jeremy était là ?

— Nettlebed nous a prévenus. Charmante surprise. Maman sera ravie.

— Il est en permission avant de s'embarquer. Il va devenir médecin dans le service de santé de la Marine. Il doit se présenter à Devonport la semaine prochaine.

— Mon Dieu ! s'écria Athena. Quel cran ! Le cher homme, un acte aussi désintéressé, c'est bien de lui.

— Dis-nous qui est Jeremy, demanda Rupert.

— J'allais le faire quand Judith et Loveday sont arrivées. Encore un que notre famille a adopté. Nous l'avons toujours connu. Son père est notre médecin, et lui a été le professeur particulier d'Edward. Il a dû arriver quand nous étions à l'église.

— Il va rester, intervint Judith. Jusqu'à son départ.

— Nous allons le gâter tout particulièrement.

Gus avait posé sa veste sur l'herbe à côté de lui. Il tendit la main pour y prendre ses cigarettes et son briquet. Un objet glissa et tomba sur l'herbe aux pieds de Judith. Celle-ci aperçut un petit carnet de croquis, attaché par un élastique. Loveday, qui était assise sur l'herbe, le vit elle aussi et se jeta dessus.

— Ton carnet de croquis. Il ne faut pas le perdre.

— Oh... excusez-moi, dit-il, quelque peu gêné, puis il tendit la main, mais Loveday ne voulut pas le lâcher.

— Laisse-moi le montrer à Judith. Ça ne t'ennuie pas. Tu es tellement doué, je veux qu'elle le voie. Je t'en prie.

– Je suis certain que ça ne l'intéresse pas...

– Ne sois pas si modeste, Gus. Bien sûr que si. Comme nous tous.

Judith eut pitié de Gus, qui n'avait manifestement pas envie d'étaler ses œuvres intimes.

– Loveday, il n'a peut-être pas envie que nous regardions...

– Il ne s'agit pas de regarder mais d'admirer.

Judith se tourna vers Gus.

– Vous avez toujours un carnet de croquis sur vous ?

– Oui.

Il lui sourit soudain, reconnaissant qu'elle ait pris son parti, et ce sourire métamorphosa ses traits austères.

– On ne sait jamais quand il se présentera quelque chose qui vaudra la peine d'être dessiné, et c'est affreux de ne rien avoir sous la main pour le faire. Certains prennent des photos, moi je suis plus doué pour le dessin.

– Est-ce que cela arrive même à l'église ?

– Cela se pourrait, répondit-il en riant. Mais je n'aurais tout de même pas le culot de me mettre à dessiner à la messe. Cela dit, je le porte toujours sur moi. (Il reprit le carnet à Loveday et le lança sur les genoux de Judith.) Faites comme vous voulez.

– Vous êtes sûr ?

– Tout à fait. Ce ne sont que des croquis... rien de très bon.

Mais Loveday, enthousiaste, vint s'agenouiller auprès de Judith, retira l'élastique et tourna les pages avec un commentaire élogieux et possessif.

– Et voilà la crique. N'est-ce pas ravissant ? Gus a fait ça en deux minutes. Là c'est le rocher penché en haut de la lande, et la grange de Mrs. Mudge avec les poules sur les marches...

L'émerveillement de Judith croissait à mesure que l'on tournait les pages. Elle savait qu'elle était en train de contempler l'œuvre d'un véritable artiste. Chaque croquis au crayon était dessiné avec précision et une abondance de détails et dûment titré et daté. *La crique de Nancherrow. La ferme de Lidgey*. Après les avoir dessinés, il les teintait des pâles nuances de l'aquarelle, avec des couleurs originales où s'exprimait sa sensibilité. La cheminée de la vieille mine de fer était lilas dans la lumière du soir, le granit teinté de rose corail et le toit d'ardoise d'un bleu de jacinthe. Couleurs que Judith, comme les autres sans doute, n'avait encore jamais perçues.

Une plage, maintenant. Des vagues surgissant d'un horizon bleu et flou, roulant sur le sable crémeux. Puis l'église de Rosemullion. Judith regarda le vieux porche, ses pierres sculptées et le portail soutenu par des chapiteaux romans. Et elle eut presque honte, car Gus avait vu la beauté et la symétrie que, bien qu'elle y soit passée un nombre incalculable de fois, elle n'avait pas pris le temps d'apprécier.

Elles n'en étaient qu'à la moitié du carnet.

– C'est le dernier, tout le reste est blanc, annonça Loveday, qui tourna la dernière page avec solennité. Attention, taratata, c'est moi ! Gus a fait un dessin de moi.

Cela allait sans dire. Loveday, assise au sommet d'un rocher, son profil se découpant sur le fond marin, dans une robe de coton rose pâle, avec ses pieds nus et le vent qui ébouriffait ses boucles brunes. Judith remarqua que Gus avait pris quelques libertés, accentuant la longueur des membres, la minceur du cou, les épaules osseuses et saillantes, la crânerie, la grâce naturelle de sa pose. Pourtant il avait saisi l'essence même de Loveday, ce qu'elle avait de plus vulnérable, de plus doux. Tout s'éclaira brusquement et Judith comprit que la relation entre Gus et Loveday n'était pas à sens unique, comme elle l'avait d'abord cru. Ce portrait miniature était fait avec amour, et elle eut soudain l'impression d'être une voyeuse, de surprendre un instant d'intimité.

Le silence s'était installé entre eux. Plus loin, elle percevait les voix douces de Rupert et d'Athena qui bavardaient. Athena tressait un collier de marguerites.

– Ça te plaît, Judith ? demanda Loveday, rompant le silence.

Judith referma le carnet d'un coup sec et remit l'élastique.

– C'est bien fait, n'est-ce pas ?

– Très bien fait.

Quand elle leva les yeux, elle vit que Gus l'observait. Pendant une fraction de seconde, il passa entre eux un courant intense. *Vous comprenez. Je sais que vous savez. Ne dites rien.* Il n'avait rien dit, mais les mots lui parvenaient comme un message télépathique. Elle lui sourit et lui lança le carnet qu'il attrapa comme une balle de cricket.

– Mieux que cela. Vraiment excellent, Loveday a raison. Merci de m'avoir permis de le regarder.

– Je vous en prie.

Quand il se détourna pour prendre sa veste, le charme fut rompu, le moment passé.

– Ce n'est qu'un passe-temps, dit-il en replaçant son carnet dans sa cachette. Je ne voudrais pas en dépendre pour gagner ma vie.

– Je parie que tu préférerais être peintre plutôt qu'ingénieur, intervint Loveday.

– Je peux être les deux.

– De toute façon, je ne crois pas que tu finirais mort de faim dans une mansarde.

Il rit de la remarque de Loveday et hocha la tête.

– Ce n'est pas si sûr...

Une porte claqua quelque part, à l'intérieur de la maison. Athena, sa couronne de marguerites entre les mains, leva la tête.

– Ce doit être Edward. Que fait-il ? Je suis complètement desséchée.

Edward. Aussi curieux que cela puisse paraître, pendant un bref instant, Judith l'avait oublié. Mais immédiatement, Gus, Loveday et toute spéculation à leur sujet lui sortirent de l'esprit. Edward arrivait. Elle vit les deux jeunes gens surgir par la porte-fenêtre, portant des plateaux chargés de bouteilles et de verres. Edward et Jeremy s'avancèrent sur la pelouse ensoleillée, riant d'une plaisanterie qu'elle n'avait pas entendue. Son cœur se mit à battre, elle avait envie de courir à sa rencontre et ce fut pour elle un instant de certitude absolue. Elle l'aimait plus que tout, l'avait toujours aimé et l'aimerait toujours. Et elle avait quelque chose d'extraordinaire à lui dire... un secret à ne partager qu'avec lui. Ce serait lui faire un beau cadeau, songea-t-elle, un cadeau qui lui avait coûté très cher. Mais ce serait pour plus tard. Quand ils seraient seuls. Pour le moment, il lui suffisait de le regarder traverser la pelouse.

Gus, qui s'était levé, faisait de la place sur la table, tandis que Rupert restait allongé, sa longue carcasse gracieusement étendue sur la toile du transat, les yeux mi-clos pour se protéger du soleil.

On posa enfin les plateaux avec un bruit mat.

– Dieu que c'est lourd, dit Edward. Que ne faut-il pas faire pour vous, tas de fainéants !

– Nous sommes aussi desséchés que la poussière, se lamenta Athena sans une ombre de reconnaissance. Qu'est-ce que vous faisiez ?

– On papotait avec Nettlebed.

– Jeremy, quelle divine surprise ! Viens me faire un baiser.

Jeremy obtempéra consciencieusement.

– Et voici deux nouveaux venus, Gus et Rupert. Jeremy, tu es bien courageux de prendre la mer. J'ai hâte de te voir en uniforme. Qui va faire le barman ? Je meurs d'envie d'un gin-tonic. Avez-vous apporté de la glace ?

Edward se tenait entre Judith et le soleil. Le visage tendu vers lui, elle vit ses yeux bleus et sa mèche de cheveux blonds. Il s'appuya sur les bras de sa chaise longue pour l'embrasser.

– Tu es bien rentrée ? dit-il.

– Il y a une heure environ.

– Que veux-tu boire ? lui demanda-t-il, après s'être redressé en souriant.

Cela suffisait, pour l'instant, elle n'en demandait pas davantage.

Quand on eut servi à boire et que chacun fut installé, on fit des projets pour l'après-midi.

– Nous avons décidé d'aller à la crique, annonça Loveday. Que les autres le veuillent ou non, Gus et moi, nous y descendons. La mer est haute à cinq heures, ce sera parfait.

– Quand veux-tu partir ? demanda Athena.

– Après le déjeuner. Dès que possible. Et j'emporte un pique-nique... Oh, venez donc tous ! s'écria-t-elle en regardant Rupert avec des yeux suppliants. *Vous* avez envie de venir, n'est-ce pas ?

– Bien sûr. Et Athena ?

– Je ne manquerais ça pour rien au monde. Nous irons tous. Sauf Pops, qui n'est pas amateur de pique-niques.

– Ni ta mère, intervint Jeremy qui s'était assis en tailleur sur l'herbe, une chope de bière entre les mains. Elle reste au lit toute la journée.

– Ordre du médecin ? demanda Athena. Elle n'est pas malade, au moins ?

– Non. Juste un peu fatiguée. Elle va dormir.

– Dans ce cas, demandons à Mary de venir avec nous. Peut-être nous aidera-t-elle à préparer le pique-nique. On ne peut quand même pas mettre encore Mrs. Nettlebed à contribution, alors qu'elle a fait la cuisine pour le déjeuner. De toute façon, le dimanche après-midi, elle se repose les jambes, et elle a bien raison.

– Je donnerai un coup de main, proposa aussitôt Loveday. Il y a une boîte entière de biscuits au chocolat, et Mrs. Nettlebed a fait un gâteau au citron. Je l'ai vu ce matin avant d'aller à l'église.

– Il faudra emporter des litres de thé et de citronnade. Nous emmènerons aussi les chiens.

– Ça commence à ressembler à une expédition militaire, dit Rupert. Je sens qu'on va bientôt me demander de creuser des latrines.

Athena lui donna une tape sur le genou.

– Ne sois pas bête.

– Ou de planter la tente. Je suis nul dans ce domaine. Elle s'effondre toujours.

Malgré elle, Athena éclata de rire.

– Et pour les feux de camp? Es-tu doué pour ça? Non, tout bien réfléchi, nous n'avons pas besoin de nous faire du souci. Edward sera là, et c'est un as du feu.

– Pourquoi voulez-vous faire du feu par une journée pareille? fit Edward en fronçant les sourcils.

– Pour faire cuire des trucs.

– Quoi, par exemple?

– Des saucisses. Nous emporterons des saucisses. Ou des pommes de terre sous la braise. A moins que quelqu'un n'attrape un poisson.

– Avec quoi?

– Un trident. Un hameçon au bout d'une ligne.

– Personnellement, je crois que nous devrions renoncer à allumer un feu de camp. Il fait trop chaud et c'est trop compliqué. De toute façon, Judith et moi, nous ne venons pas.

La nouvelle fut accueillie par des cris de déception.

– Il faut absolument venir. Pourquoi ne voulez-pas nous accompagner?

– Nous avons d'autres obligations. Nous allons voir tante Lavinia au Manoir.

– Est-elle au courant?

– Évidemment. Elle a insisté pour que nous venions. Pas très longtemps, bien sûr. Mais elle n'a pas vu Judith depuis sa maladie. Nous irons donc.

– Bien, fit Athena en haussant les épaules. Si ça ne dure pas longtemps, vous nous rejoindrez plus tard. Nous vous laisserons un panier à emporter. A propos... fit-elle en relevant ses lunettes noires pour consulter sa montre.

– Je sais, dit Rupert, tu meurs de faim.

– Comment as-tu deviné?

– L'instinct. Pur instinct animal. Écoute bien... dit-il en redressant la tête, tu n'as plus longtemps à défaillir. On vient à la rescousse...

A ce moment précis, le colonel Carey-Lewis fit son apparition à la porte du salon et traversa la pelouse en direction du petit groupe. Il portait toujours le costume avec lequel il était allé à la messe, et le vent balayait son crâne dégarni. En approchant il sourit timidement et s'efforça de discipliner ses cheveux.

– Comme vous avez tous l'air bien installés, leur dit-il. Je crains de vous déranger.

Les quatre hommes étaient déjà debout.

– Nettlebed m'a demandé de vous annoncer que le repas allait être servi.

– Pops chéri, tu n'as pas le temps de prendre un verre?

– J'ai déjà bu un xérès avec ta mère.

– Comment va-t-elle?

Athena se leva en balayant les brins d'herbe et les tiges de marguerites qu'elle avait sur les genoux.

– Bien. Mary vient de lui porter un bol de soupe. Elle n'a pas envie de déjeuner. A mon avis, elle va rester là-haut toute la journée.

Athena embrassa son père.

– Mes pauvres chéris, dit-elle doucement. Tant pis. Viens.

Et elle lui prit le bras pour rentrer dans la maison. Les autres rassemblèrent verres et bouteilles, dont ils chargèrent à nouveau les plateaux.

Sans qu'on le lui ait demandé, Gus en prit un.

– Où est-ce que je le mets?

– Si tu veux me suivre, dit Edward. Nous allons à l'office...

La petite procession rentra, Judith fermant la marche avec un cendrier et quelques verres que l'on avait oubliés. Derrière elle, le jardin désert chauffait au soleil, et l'ombre du parasol, avec sa frange soulevée par le vent, s'étendait sur les transats vides et sur les plaids.

Quand le déjeuner fut achevé, on servit le café à la table de la salle à manger, à la demande d'Athena.

– Si nous passons tous au salon, fit-elle fort justement remarquer, nous allons nous affaler dans les fauteuils, nous endormir ou lire le journal, et l'après-midi sera terminé avant d'avoir commencé.

Loveday était du même avis.

– Je ne veux pas de café. Je vais commencer à préparer le pique-nique. Tu viens m'aider, Mary ? A deux, ça ira beaucoup plus vite. Tu vas nous accompagner, ajouta-t-elle d'un ton enjôleur. Ça fait si longtemps que tu n'es pas descendue à la crique. Et nous emmènerons les chiens.

– Tu ne prendras pas Pekoe. Il est pelotonné sur le lit de ta mère comme un petit prince. On ne le fera pas bouger.

– Bien, nous emmènerons Tiger. S'il te plaît, viens m'aider.

Mary soupira. Il était évident qu'elle aurait préféré rester assise cinq minutes et digérer tranquillement le festin du dimanche mais, comme d'habitude, Loveday obtint ce qu'elle désirait.

– Je n'ai jamais vu une enfant aussi têtue, lui dit Mary, qui se leva néanmoins en s'excusant auprès du colonel et suivit Loveday, sa tasse à la main.

Judith entendit Loveday lui dire d'un ton solennel :

– Nous allons beurrer des tartines et faire chauffer la bouilloire pour préparer des litres de thé...

Edward s'impatientait également, mais pour une tout autre raison.

– Nous devrions renoncer au café, dit-il à Judith, et aller tout de suite au Manoir. En général, tante Lavinia est très alerte après le déjeuner, mais ensuite elle a sommeil et s'endort. C'est le bon moment pour qu'elle soit au mieux de sa forme.

– Ne restez pas trop longtemps, leur conseilla son père. Elle ne tient pas plus d'une demi-heure.

– D'accord, Pops, promis.

– Quand serez-vous de retour ? demanda Athena.

– Vers trois heures et demie, je suppose.

– Vous nous rejoindrez à la crique ?

– Bien sûr. Mais ne nous attendez pas.

– Nous laisserons un panier pour vous sur la table du vestibule.

– A t'entendre, on dirait que c'est un gage.

– Non. Juste un moyen de vous faire venir. C'est un temps idéal pour aller nager au large des rochers.

– Nous y serons. Tu es prête, Judith ?

Elle se leva. Les autres, souriant, restèrent à table, le colonel, Athena et Jeremy, Rupert Rycroft et l'énigmatique Gus.

– Au revoir, dit-elle.

– A tout à l'heure...

– Embrasse tante Lavinia pour nous...

– Surtout pour moi...

– Dis-lui que je monterai la voir ce soir...

Ils sortirent. Devant la porte étaient alignées plusieurs voitures. Ils montèrent dans celle d'Edward, garée en plein soleil. Il y faisait une chaleur étouffante, et les sièges de cuir étaient brûlants.

– Quelle fournaise !

Edward baissa les vitres pour faire un courant d'air. Pour le déjeuner, par déférence envers son père, il avait remis une cravate. Il la retira d'un coup et ouvrit le premier bouton de sa chemise bleue.

– J'aurais mieux fait de me garer à l'ombre. N'importe, ça rend plus alléchante la perspective de plonger dans la mer. Le moment venu, ce sera d'autant plus agréable que nous aurons le sentiment d'avoir accompli notre devoir.

– Ce n'est pas vraiment un *devoir*, observa Judith.

– Non.

Edward démarra et ils s'éloignèrent sur l'allée au gravier irrégulier.

– Mais ne t'attends pas à retrouver la tante Lavinia joyeuse et active que nous avons tous connue et aimée. Elle a été secouée, et ça se voit.

– Elle n'est pas *morte*, c'est la seule chose qui compte. Et elle reprendra des forces.

Songeuse, elle se dit que tante Lavinia était, malgré tout, très âgée.

– Mon Dieu, je ne lui ai rien apporté. J'aurais dû lui acheter des fleurs. Ou des chocolats.

– Elle en a à revendre. Et du raisin, de l'eau de Cologne et des boîtes de savons Chanel. Il n'y a pas que la famille qui se soucie d'elle. Elle a des amis dans tout le pays, qui sont venus lui présenter leurs respects et se réjouir qu'elle n'ait pas passé l'arme à gauche.

– Ce doit être délicieux d'avoir encore des tas d'amis à son âge. Ce serait affreux de vieillir seule.

– Vieille, seule et pauvre, c'est encore pire.

Cette remarque ressemblait si peu à Edward que Judith fronça les sourcils.

– Comment le sais-tu ?

– Les vieilles gens sur le domaine... Pops m'emmenait les voir. Pas par paternalisme, juste pour s'assurer que tout allait bien. Ce n'était généralement pas le cas.

– Que faisiez-vous, alors ?

– On n'y pouvait pas grand-chose. Ils refusaient le plus souvent de bouger. Ils ne voulaient pas aller vivre chez leur fils ou leur fille, l'idée d'une quelconque assistance sociale les indignait... ils voulaient simplement mourir dans leur lit.

– C'est compréhensible.

– Oui, mais pas très facile à gérer. Surtout quand on a besoin de la ferme qu'ils habitent pour loger un nouveau fermier ou un garde forestier.

– Vous ne pouviez quand même pas les jeter à la rue ?

– Tu parles comme dans les romans victoriens. Bien sûr que non, nous ne les jetions pas à la rue. Nous les aidions et nous veillions sur eux jusqu'à ce qu'ils meurent enfin.

– Et où vivait le jeune fermier en attendant ?

– Chez ses parents, répondit Edward en haussant les épaules, ou dans un logement quelconque. On doit simplement prendre tout le monde en considération.

Judith pensa à Phyllis et parla à Edward de ses tristes conditions de vie.

– J'étais heureuse de la retrouver, mais c'était horrible de la voir dans un endroit aussi sinistre. Et si Cyril s'engage et s'embarque, elle devra s'en aller, parce que la maison appartient à la compagnie minière.

– L'inconvénient du logement de fonction.

– C'est tellement injuste.

– Mais si l'on veut que les gens travaillent pour vous, il faut les loger.

– Chacun ne devrait-il pas avoir sa propre maison ?

– C'est une utopie, autrement dit ça n'existe pas.

Judith se tut. Ils descendaient la côte de Rosemullion. Les arbres projetaient leur ombre sombre et mouchetée sur le macadam, et le village somnolait au bord de la petite rivière. Judith se dit qu'il était curieux d'avoir une telle conversation avec Edward, qu'elle aimait plus que tout et qu'elle n'avait pas revu depuis le soir où il l'avait débarrassée de Billy Fawcett. Il était pourtant bon de savoir qu'ils pouvaient parler de tout un tas de choses, plus profondes. Et elle lui en parlait avec facilité et naturel, parce qu'elle le connaissait depuis longtemps et qu'il avait fait partie de sa vie bien avant d'être tout pour elle.

Elle revint à Phyllis.

– Crois-tu que cela se réalisera un jour ? L'utopie, je veux dire. Crois-tu qu'un jour tout ira bien pour tout le monde ?

– Non.

– Et l'égalité ?

– L'égalité, ça n'existe pas. Pourquoi avoir un sujet de conversation aussi sérieux ? Si nous parlions plutôt de quelque chose de gai pour arriver au Manoir avec un sourire rayonnant ? Comme ça, tout le monde sera ravi de nous voir.

Ce qui fut bien entendu le cas. Isobel ouvrit la porte au moment où l'infirmière descendait l'escalier avec le plateau du déjeuner de tante Lavinia. Malgré la chaleur, l'infirmière était en grande tenue : tablier amidonné, voile blanc et épais bas noirs. Elle avait une allure impressionnante, et Judith bénit le ciel de ne pas être la pauvre malade confiée aux soins d'un tel parangon de vertu. Mais tante Lavinia n'était pas du genre à se laisser intimider par qui que ce soit, pas même par ce char d'assaut.

Elle s'appelait sœur Vellanowath. Edward, qui en avait la bouche pleine, la présenta à Judith, et celle-ci dut réprimer un fou rire en lui serrant la main. En montant au premier étage, elle lui donna un coup de coude.

– Pourquoi ne m'as-tu pas dit qu'elle avait un nom pareil ? murmura-t-elle quand l'infirmière fut hors de portée de voix.

– J'ai voulu te faire la surprise.

– Elle ne s'appelle tout de même pas Vellanowath.

– Si, si.

Mais il riait lui aussi.

La chambre de tante Lavinia était emplie de soleil, de fleurs, de scintillements d'argent et de cristal, de photographies et de livres. Elle était étendue dans son lit, le dos soutenu par une pile d'oreillers à volants de dentelle, et elle avait les épaules enveloppées dans un châle de la plus belle laine de Shetland. Ses cheveux blancs étaient bien coiffés et, quand ils apparurent sur le seuil, elle retira ses lunettes et leur tendit les bras.

– Mes chéris, cela fait si longtemps que j'attends ce moment. J'étais tellement impatiente que j'ai à peine mangé... poisson cuit à la vapeur et crème aux œufs, et moi qui meurs d'envie de manger de l'agneau. Venez m'embrasser. Ma chère Judith, je ne vous ai pas vue depuis bien trop longtemps...

Elle était plus mince. Beaucoup plus mince. Elle avait tant maigri que son visage était émacié et ses yeux enfoncés dans leurs orbites. Mais ils étaient plus brillants que jamais, et il semblait qu'elle ne pouvait plus s'arrêter de sourire.

– J'ai honte de ne vous avoir rien apporté, dit Judith, après l'avoir longuement embrassée.

– Je ne veux pas de cadeaux, je ne veux que vous. Et Edward. Mon cher petit, comme c'est gentil d'être venu. Je sais parfaitement que, par une belle journée comme celle-ci, tu meurs d'envie de descendre à la crique et de plonger dans l'eau.

– Tu as le don de double vue, tante Lavinia, dit Edward en riant. Mais ne t'inquiète pas, ça peut attendre. Les autres partiront devant, Judith et moi, nous les rejoindrons plus tard.

– Dans ce cas, je n'aurai pas le sentiment d'être égoïste. Assieds-toi, il y a un fauteuil confortable, et raconte-moi tout. Tu sais, j'ai toujours pensé qu'il serait ennuyeux d'être malade, mais pas le moins du monde. J'ai vu plus de vieux amis ces derniers temps que depuis des années. Certains sont assez sinistres, il faut bien l'admettre, et murmurent comme si j'étais sur le point de mourir, mais la plupart sont aussi agréables que d'ordinaire. J'avais oublié que j'avais tant d'amis. Maintenant...

Judith avait approché une chaise du lit, et tante Lavinia lui prit la main et la serra fort. C'était une main de vieille dame, tout en os, en articulations et en bagues. Elle semblait très fragile.

– Comment se sont passées vos vacances à Porthkerris ? Et qui est à Nancherrow ? Parlez-moi donc du petit ami d'Athena...

Ils restèrent une demi-heure, le temps qui leur avait été alloué, bavardèrent, rirent beaucoup, et mirent tante Lavinia au courant de tout ce qui s'était passé ou allait se passer. Ils lui parlèrent de Rupert, de Jeremy et de Gus...

– Gus, c'est ton ami, Edward ? Ton père m'a dit que

Loveday avait enfin des étincelles dans les yeux. La vie est étonnante, et cette manière dont les petites filles grandissent soudain... J'espère qu'elle ne sera pas meurtrie. Et Diana, ma chère Diana, comment tient-elle le coup ?

Ils lui parlèrent donc de Diana, et il fallut rassurer tante Lavinia, très inquiète.

– Simplement fatiguée. Elle a eu tant à faire.

– C'est entièrement ma faute. J'ai fait une telle frayeur à tout le monde. C'est une sainte, la chère petite. Elle est montée tous les jours pour s'assurer que tout marchait bien... Enfin, si Jeremy est à Nancherrow, il veillera sur elle.

Elle ne leur demanda pas pourquoi Jeremy était à Nancherrow et, par une sorte d'accord tacite, ni Edward ni Judith ne lui dirent qu'il était en permission avant de s'embarquer. Elle se ferait du souci pour lui et se tourmenterait en songeant à la guerre imminente. Pour l'instant, on pouvait au moins lui épargner cela.

– Est-ce que vous restez ici le reste de l'été ? demanda-t-elle à Judith.

– En partie, oui. Plus tard, j'irai dans le Devon chez tante Biddy. Nous passerons quelques jours à Londres pour acheter des vêtements pour Singapour.

– Singapour ! J'avais oublié que vous nous quittiez. Quand votre bateau part-il ?

– En octobre.

– Combien de temps resterez-vous là-bas ?

– Environ un an.

– Votre mère va être aux anges ! Quelles retrouvailles ! Je suis si contente pour vous, ma chérie...

La visite arrivait à son terme. Edward regarda discrètement sa montre.

– Nous devrions peut-être partir, tante Lavinia. Nous ne voulons pas t'épuiser.

– Vous ne m'avez pas du tout épuisée. Vous m'avez juste fait un grand plaisir.

– Désires-tu quoi que ce soit ? Veux-tu que j'aille chercher quelque chose ?

– Non, j'ai tout ce qu'il me faut. Si, se ravisa-t-elle. Vous pouvez faire quelque chose pour moi.

– De quoi s'agit-il ?

Tante Lavinia lâcha la main de Judith qu'elle avait tenue pendant toute leur conversation, et se retourna dans son lit pour atteindre le tiroir de sa table de chevet, où elle prit une clé attachée à une étiquette froissée.

– La cabane, dit-elle en la tendant à Edward, qui la prit.

– La cabane ?

– C'est moi qui m'en occupe. Je l'aère régulièrement, j'ôte les toiles d'araignée et je m'assure qu'il y fait bien sec. Elle a été très négligée depuis que je suis tombée malade. Avant de retourner à Nancherrow, voulez-vous aller vérifier, Judith et toi, que tout va bien ? J'ai tellement peur que l'un des garnements du village ne vienne rôder et n'y fasse des dégâts. Pas méchamment, bien sûr, juste en chahutant. Vous m'ôteriez un tel souci en y allant.

Edward, qui s'était levé, éclata de rire.

– Tante Lavinia, tu me surprendras toujours. Tu n'avais vraiment pas besoin de te faire du souci pour la cabane.

– Mais je m'en fais. C'est important pour moi.

– Dans ce cas, je te promets que Judith et moi nous ouvrirons toutes les portes et toutes les fenêtres, et que, s'il y a la moindre souris ou le moindre insecte, nous les chasserons.

– Je savais que vous comprendriez, dit tante Lavinia.

Le vieux jardin sommeillait, parfumé, dans la chaleur de l'après-midi. Edward précéda Judith sur le sentier, traversa la roseraie et descendit l'escalier de pierre qui menait au verger. L'herbe avait été fauchée, ratissée et amassée en petits tas. Sur les arbres, les fruits parvenus à maturité commençaient à tomber et à pourrir sur le sol, juteux et entourés de guêpes. L'air sentait vaguement le cidre.

– Y a-t-il quelqu'un pour ramasser les fruits ? demanda Judith.

– Oui, mais le problème, c'est que le jardinier vieillit, tout comme tante Lavinia et Isobel. Pour ramasser les pommes et les ranger pour l'hiver, il faudrait qu'on lui donne un coup de main. J'en parlerai à Pops. Walter Mudge ou l'un des garçons pourrait monter, un jour.

Il se pencha pour passer sous les branches qui pendaient, lourdes de fruits. Au-dessus de leur tête, un merle chantait. Bien à l'abri dans son bosquet, la cabane paressait au soleil. Edward gravit l'escalier, mit la clé dans la serrure et ouvrit la porte. Judith le suivit à l'intérieur.

Ils étaient tout près l'un de l'autre dans le petit espace entre les deux couchettes. Une agréable odeur de créosote flottait dans l'air chaud et confiné. Une énorme mouche bleue bourdonnait autour de la lampe tempête qui pendait de la poutre centrale. Dans un coin s'étirait une immense toile d'araignée constellée de mouches mortes.

— Beurk, dit Edward qui dut lutter pour ouvrir les fenêtres quelque peu gauchies.

La mouche bleue s'envola.

— Que faire de la toile d'araignée ? demanda Judith.

— On l'enlève.

— Avec quoi ?

Il plongea la main au fond du cageot qui tenait lieu de placard et en sortit une balayette et une vieille pelle à poussière.

— Nous devions tout le temps balayer, lui dit-il.

Le nez plissé de dégoût, elle le regarda retirer la toile d'araignée avant de sortir pour la jeter dans l'herbe.

— Et ensuite ? lui demanda-t-il.

— Je pense que c'est tout. Pas de trace de souris. Ni de nid. Ni de trous dans les couvertures. Il faudrait peut-être faire les vitres.

— Tu t'en chargeras, un jour où tu n'auras rien de mieux à faire.

Il remit la pelle et la balayette dans leur placard de fortune et s'installa au bord de l'une des couchettes.

— Tu pourras jouer à la maîtresse de maison.

— Est-ce ce que vous faisiez ici ?

Elle s'assit sur l'autre couchette, en face de lui. Cela ressemblait à une conversation dans une cabine de bateau ou dans un compartiment de troisième classe.

— Non, nous, c'était pour de vrai, des feux de camp et tout. On épluchait des pommes de terre pour préparer les repas les plus répugnants auxquels, pour une raison que j'ignore, nous trouvions toujours un goût sublime. Des saucisses, des côtes d'agneau ou du maquereau frais, si nous étions allés à la pêche. Mais nous étions de piètres cuisiniers. Ce n'était jamais bien cuit, ou alors complètement brûlé.

— Que faisiez-vous encore ?

— Pas grand-chose. Ce que nous aimions par-dessus

tout, c'était dormir avec les portes et les fenêtres ouvertes en écoutant les bruits de la nuit. Parfois il faisait vraiment froid. Une nuit, il y a eu un orage...

Il était si près qu'elle aurait pu le toucher, poser la main sur sa joue. Il avait la peau lisse et bronzée, les bras couverts de poils blonds et fins, les yeux du même bleu que sa chemise, la mèche rabattue sur le front. Elle serra ses bras autour d'elle sans rien dire, contemplant sa beauté, écoutant sa voix.

– ... des éclairs fendaient le ciel. Cette nuit-là, un navire a fait naufrage au large de Land's End et, quand nous avons vu éclater les fusées de détresse, nous les avons prises pour des comètes...

– Comme c'est merveilleux...

Leurs regards se croisèrent.

– Ma chère Judith, tu es devenue ravissante. Le savais-tu ? Et tu m'as vraiment manqué.

– Oh, Edward...

– Je ne te le dirais pas si ce n'était pas sincère. Et je trouve que nous sommes bien ici, tous les deux, loin de la horde des autres.

– J'ai quelque chose à te dire, fit-elle.

Son visage s'altéra de manière subtile.

– D'important ?

– Pour moi, en tout cas.

– De quoi s'agit-il ?

– Eh bien... c'est au sujet de Billy Fawcett.

– Ce vieux bouc ? Ne me dis pas qu'il a recommencé.

– Non. Il est parti. Pour de bon.

– Explique-toi.

– Tu avais raison. Tu m'as dit que j'avais besoin d'un catalyseur et il s'est produit quelque chose. Tout a changé.

– Raconte-moi.

Elle lui parla d'Ellie et de ce qui lui était arrivé au cinéma. De ses larmes et de sa confession devant Judith et les Warren. De la fureur de Mr. Warren et de leur visite au commissariat de police pour porter plainte contre Billy Fawcett pour outrage aux bonnes mœurs.

– Ça a pris du temps. Les roues de la justice tournent lentement. Mais c'est fait.

– Bravo. Il était temps d'arrêter ce vieux salopard. Et maintenant, que va-t-il se passer ?

– Je suppose que l'affaire sera jugée au tribunal de Bodmin...

– Entre-temps il va mariner dans son jus. Ça devrait le dissuader de tripoter les petites filles.

– Je me suis sentie très forte, Edward. Très adulte. Je n'avais plus peur.

– Dans ce cas... dit-il en souriant.

Il posa les mains sur ses épaules, se pencha à travers l'espace étroit qui les séparait et l'embrassa sur la bouche. Un doux baiser qui devint vite passionné. Cette fois, elle ne le repoussa pas, elle voulait le laisser faire, aller jusqu'au bout, et, quand ses lèvres s'entrouvrirent, un frisson électrique la parcourut et son corps tout entier se tendit vers lui.

Il se leva, la prit dans ses bras et l'étendit sur la couchette. Il s'assit auprès d'elle, balaya les cheveux de son visage puis, doucement, défit les petits boutons de perle qui fermaient le corsage de sa robe de coton.

– Edward...

Sa voix n'était plus qu'un murmure.

– L'amour ne s'arrête pas là. Ce n'est que le début...

– Je n'ai jamais...

– Je sais. Mais moi, si. Je l'ai déjà fait, et je vais t'apprendre.

Il fit doucement glisser sa robe sur ses épaules, les bretelles de satin de son soutien-gorge. Elle sentit l'air frais sur ses seins nus. Elle n'avait pas peur. Paisible et excitée à la fois, elle prit sa tête entre ses mains et le regarda droit dans les yeux.

– Je t'aime, Edward. Je veux que tu le saches *maintenant*...

Après cela ils n'eurent plus ni le temps ni le besoin d'en dire davantage.

Un bourdonnement. Ce n'était plus la mouche bleue, cette fois, mais un énorme bourdon, ivre de nectar. Judith ouvrit les yeux et le regarda voler pesamment sous le plafond mansardé avant de se poser sur l'un des carreaux poussiéreux.

Elle s'étira. Edward était étendu à ses côtés sur l'étroite couchette, et Judith était lovée au creux de son épaule. Elle tourna la tête, ses yeux brillants étaient grands ouverts, si proches. Elle y vit tant de nuances de bleu qu'elle eut l'impression de contempler la mer.

– Tu vas bien ? demanda-t-il très doucement, très calmement.

Elle acquiesça.

– Ni meurtrie ni blessée ?

Elle hocha la tête, sourit.

– Tu es exceptionnelle. Comment te sens-tu à présent ?

– J'ai sommeil.

Elle posa la main sur sa poitrine nue, sentit les muscles sous sa chair ferme et bronzée.

– Quelle heure est-il ?

Il leva le bras pour consulter sa montre.

– Trois heures et demie.

– Si tard.

– Tard pour quoi ?

– Je pensais que nous n'étions restés là qu'un moment.

– Le temps passe plus vite quand on s'amuse, comme le dit Mary Millyway, fit-il avec un gros soupir. Nous devrions peut-être nous secouer. Si nous n'allons pas à ce pique-nique, on va nous poser des milliers de questions.

– J'imagine. Non, j'en suis sûre.

Il l'embrassa.

– Reste allongée un moment. Nous ne sommes pas pressés à ce point-là. Lève la tête pour que je me dégage. J'ai des crampes.

Il se redressa en lui tournant le dos, puis il se rhabilla. Dans le verger, au-delà de la porte ouverte, la brise agitait les branches des pommiers. Des ombres dansaient sur les murs de rondins de la cabane. Elle entendit le chant d'un merle, le cri des mouettes au loin, et encore plus loin le bruit d'une voiture qui gravissait la côte de Rosemullion. Edward sortit et prit ses cigarettes et son briquet dans sa poche. Judith se tourna sur le côté pour le regarder. Tout en fumant, il cala une épaule contre le montant de bois du petit porche. De dos, il ressemblait à l'illustration d'une nouvelle de Somerset Maugham, un peu échevelé et délicieusement décadent avec ses pieds nus et la distinction de sa cigarette.

Edward. Elle esquissa lentement un sourire. A présent, ils ne pourraient plus revenir en arrière. Ils avaient franchi le pas et il s'était montré d'une douceur merveilleuse pour la faire sienne de la manière la plus totale. Ils formaient un couple. Un couple. Un jour, quelque part, ils se marieraient. Ensemble à jamais. Il n'y avait pas l'ombre d'un doute, et cette perspective l'emplit d'un réconfortant sentiment de permanence. Pour quelque raison, elle ne se souciait guère des rites sociaux – demande en mariage, fiançailles, épousailles – qui accompagnaient cet état de fait. Ce n'étaient que des conventions sans importance ; tels des païens, Edward et elle s'étaient déjà engagés l'un envers l'autre.

Elle bâilla, s'assit et attrapa ses vêtements qui gisaient par terre. Elle s'habilla et voulut se recoiffer, mais elle n'avait pas de peigne. Sa cigarette terminée, Edward revint vers elle et se rassit. Ils étaient face à face, comme une heure auparavant, un siècle auparavant, un monde auparavant.

Elle ne dit rien.

– Il faut vraiment que nous y allions, dit-il enfin.

Elle n'avait pas envie de partir. Elle avait tant de choses à lui dire.

– Je t'aime, Edward. (C'était le plus important.) Je t'ai toujours aimé, je crois.

Il était merveilleux de pouvoir prononcer ces mots-là, de ne plus avoir à les cacher.

– C'est comme si tout se réalisait d'un seul coup. Je ne peux pas imaginer que j'aimerai jamais quelqu'un d'autre.

– Mais si, dit-il.

– Oh, non. Tu ne comprends pas, je ne le pourrais pas.

– Si, si, répéta-t-il d'un ton très doux. Tu es adulte, maintenant. Dix-huit ans. Et toute la vie devant toi. Ce n'est que le début.

– Le début d'une vie où je serai avec toi, où je t'appartiendrai.

– Non, fit-il, pas avec moi...

– Mais...

– Écoute-moi. Ce que je suis en train de dire ne signifie pas que je ne t'aime pas énormément, intensément. Que je ne me sente pas tendre envers toi, protecteur. Toutes ces choses. Tous ces mots que l'on doit dire. Toutes ces émotions que l'on doit éprouver. Mais ils appartiennent à l'instant présent. A ce moment, à cet après-midi. Pas vraiment éphémères, mais certainement pas éternels.

Elle l'écoutait attentivement, choquée, incrédule. Il ne savait pas ce qu'il disait. Il ne savait pas ce qu'il faisait. L'assurance d'être aimée, au-delà de tout, à jamais, s'évanouit lentement. Pourquoi n'éprouvait-il pas la même chose qu'elle ? Pourquoi n'avait-il pas compris ce qui était pour elle une certitude ? Qu'ils étaient faits l'un pour l'autre. Qu'ils s'appartenaient.

Mais à présent...

C'était plus qu'elle n'en pouvait supporter. Elle chercha frénétiquement les failles de son raisonnement, les raisons de sa perfidie.

– Je sais. C'est la guerre. Il va y avoir la guerre et tu devras partir te battre dans la RAF. Tu risques d'être tué et tu ne veux pas me laisser seule...

– La guerre n'a rien à voir avec ça, l'interrompit-il. Qu'il y ait la guerre ou non, je veux vivre ma vie avant de m'engager. De me ranger. D'avoir des enfants. De succéder à mon père à Nancherrow. Je n'ai que vingt et un ans. Je ne peux pas prendre une décision qui engagera mon avenir, même si on me mettait un revolver sur la tempe. Je me marierai peut-être un jour, mais pas avant trente-cinq ans. Et à ce moment-là, tu auras fait ton chemin, pris tes propres décisions et tu seras heureuse, dit-il avec un sourire encourageant. Singapour. Tu pars pour Singapour. Tu épouseras probablement un *taipan* [1] immensément riche, ou un planteur de thé, et tu vivras dans le luxe, avec toutes les richesses de l'Orient, servie par des domestiques silencieux et fidèles.

Il ressemblait à un adulte essayant d'amadouer un enfant boudeur.

– Et pense au voyage. Tu ne seras pas encore au canal de Suez que tu auras fait au moins une vingtaine de conquêtes...

Il disait n'importe quoi. Elle perdit patience et attaqua :

– Ne plaisante pas, Edward, parce que ce n'est pas drôle du tout.

– Non, répondit-il avec une ironie désabusée, je suppose que non. J'essaie de me donner du courage, parce que je ne voudrais pas te faire de mal.

– Tu es en train de dire que tu ne m'aimes pas.

– Si, je t'aime.

– Pas comme moi.

– Peut-être pas. Je te l'ai dit, je me sens très protecteur à ton égard, comme si j'étais en quelque sorte responsable de ton bonheur. Comme pour Loveday, et non, puisque tu n'es pas ma sœur. Mais je t'ai vue grandir, tu

1. Chef d'une entreprise étrangère en Chine. (*N.d.T.*)

fais partie de la famille depuis des années. L'incident avec ce salaud de Billy Fawcett m'a fait prendre conscience de certaines choses. De ta solitude. De ta vulnérabilité. Ça m'a donné la chair de poule de penser que tu avais été traumatisée par ce vieux cochon. Je ne pouvais pas supporter l'idée que ça recommence...

Elle commençait enfin à comprendre.

– Alors tu as couché avec moi. *Tu* m'as fait l'amour. *Toi.*

– Il fallait que ce soit moi qui prenne ta virginité, pas n'importe quel rustre avide et maladroit qui t'aurait fait passer un mauvais quart d'heure et t'aurait dégoûtée des joies du sexe.

– Tu avais pitié de moi. Tu m'as fait une faveur. Une bonne action.

Elle se rendit compte qu'elle avait mal à la tête, une douleur lancinante aux tempes.

– Tu m'as joué un bon tour, conclut-elle amèrement.

– Judith, ma chérie, ne crois surtout pas cela. Je t'aime, j'ai les meilleures intentions du monde à ton égard, mets au moins ça à mon crédit.

Mais ce n'était pas suffisant. Ça ne le serait jamais. Elle baissa les yeux sur ses pieds nus. Fléchissant les genoux, elle attrapa une sandale, qu'elle enfila avant de boucler la lanière.

– Je me suis rendue affreusement ridicule, dit-elle. Ce n'est peut-être pas si surprenant, après tout.

– Pas du tout. Ce n'est pas ridicule d'aimer. Mais quand on donne tout son amour, il ne faut pas se tromper de destinataire. Je ne te conviens pas. Tu as besoin de quelqu'un de tout à fait différent, quelqu'un de plus âgé qui te donnera toutes ces choses merveilleuses que tu mérites et que je ne peux sincèrement te promettre.

– J'aurais aimé que tu me dises tout cela avant.

– Avant, ce n'était pas pertinent.

– Tu parles comme un notaire.

– Tu es fâchée.

– Ça te surprend ? rétorqua-t-elle en se tournant vers lui, les yeux brûlants de larmes.

Il le remarqua et s'en alarma aussitôt.

– Ne pleure pas.

– Je ne pleure pas.

– Je ne supporterais pas de te voir pleurer. Ça me donnerait l'impression d'avoir été dégueulasse.

– Et qu'est-ce qu'on devient, maintenant ?

– Nous restons amis, fit-il en haussant les épaules. Il n'y a rien de changé.

– On continue comme avant ? On se montre pleins de tact et on ne contrarie pas Diana ? Comme nous l'avons déjà fait. Je ne suis pas sûre d'en être capable, Edward.

Il ne répondit pas. Elle attacha l'autre sandale, et il se chaussa à son tour. Puis il alla fermer les fenêtres. Le bourdon s'était envolé. Elle se leva pour sortir, mais il lui barra le passage de son bras et la força à lui faire face.

– Essaie de comprendre, lui dit-il comme elle le regardait droit dans les yeux.

– Je comprends. Parfaitement. Mais ce n'est pas plus facile pour autant.

– Rien n'est changé.

Ce qui était la chose la plus idiote et la plus fausse qu'un homme lui eût jamais dite. Elle se dégagea et courut dans le verger, baissant la tête sous les branches et s'efforçant de ne pas fondre en larmes.

Derrière elle il verrouilla soigneusement la porte. C'était fait. Tout était fini.

Ils retournèrent à Nancherrow en silence. Ce n'était certainement pas le moment de parler de la pluie et du beau temps, et le mal de tête de Judith avait atteint des proportions qui ne lui permettaient pas la moindre conversation. Elle commençait à avoir la nausée et d'étranges formes évanescentes dansaient dans son champ de vision.

Elle songea avec mélancolie à la suite de la journée. Arriver à la maison, puis repartir et rejoindre la bande qui pique-niquait à la crique. Descendre dans le jardin, traverser le tunnel des gunneras, la carrière, ressortir sur les falaises et apercevoir les autres en contrebas, campés sur le rocher traditionnel. Les corps bruns, huilés pour se protéger du soleil, les serviettes aux couleurs vives étalées, les chapeaux de paille et les vêtements abandonnés là où ils étaient tombés. Les voix fortes et les bruits de plongeon du haut du rocher qui surplombait la crique. Et surtout le scintillement de la lumière, l'éclat implacable de la mer et du ciel.

Trop. En approchant de la maison, elle respira profondément et dit :

– Je n'ai pas envie de descendre à la crique.

– Il faut que tu viennes, déclara Edward d'un ton teinté d'impatience. Tu sais bien qu'ils nous attendent.

– J'ai mal à la tête.

– Oh, *Judith*...

Il pensait manifestement qu'elle cherchait une excuse.

– C'est vrai. Mes yeux me font mal, ma tête me torture et j'ai mal au cœur.

– Vraiment ?

Réellement inquiet, il se tourna vers elle.

– C'est vrai que tu es pâle. Pourquoi n'as-tu rien dit ?

– Je le dis.

– Quand cela a-t-il commencé ?

– Il y a quelque temps.

Ce fut tout ce qu'elle trouva à lui répondre.

– Je suis désolé, fit-il, sincèrement contrit. Pauvre Judith. Dans ce cas, pourquoi ne pas prendre une aspirine et t'allonger un peu en rentrant ? Tu te sentiras vite mieux. Nous descendrons à la crique plus tard. Ils ne rentreront pas avant sept heures au plus tôt. Nous avons plusieurs heures devant nous.

Elle songea avec envie au calme de sa chambre, aux rideaux tirés qui la protégeraient de la lumière implacable, à la fraîcheur de l'oreiller sous sa tête douloureuse. La paix. La solitude. Un peu de temps pour retrouver sa dignité et panser ses plaies.

– Peut-être bien. Ne m'attends pas.

– Je ne veux pas te laisser seule.

– Je ne serai pas seule.

– Si. Mary est descendue à la crique avec les autres, et Pops fait la tournée des fermes avec Mr. Mudge, comme tous les dimanches.

– Ta mère est là.

– Elle est malade.

– Ça ira.

– Mais tu viendras quand tu n'auras plus mal à la tête ?

Cela semblait important pour lui.

– Oui, dit-elle pour éviter toute discussion. Quand il fera plus frais, peut-être.

– Un bain du soir te fera le plus grand bien, il chassera tes sombres pensées, t'éclaircira les idées.

Et elle se dit que ce serait merveilleux si c'était possible. Mais quoi qu'elle fasse, sa tête ne cessait de bouillonner, de passer et de repasser des souvenirs qu'elle aurait tant voulu oublier.

Edward se gara devant la porte, ils sortirent de la voiture et entrèrent. Sur la table, au centre du vestibule, trônait un panier empli de boîtes métalliques et de petites bouteilles Thermos. Il y avait aussi deux serviettes à rayures rouges et blanches bien pliées sur le dessus, le slip de bain d'Edward et le maillot de Judith. Athena avait laissé un mot sur le plateau d'argent du courrier, à côté du panier.

Vous ne pourrez pas dire que nous n'avons pas pensé à tout. Les maillots sont prêts pour que vous ne perdiez pas de temps. Ne traînez pas. Athena.

– Tu ferais mieux d'y aller, dit Judith.

Mais il se sentait visiblement coupable de la laisser seule. Il posa les mains sur ses épaules et la regarda bien en face.

– Tu es *sûre* que tu vas bien ?

– Bien entendu.

– Est-ce que tu as de l'aspirine ?

– J'en trouverai. Va-t'en, Edward.

Il ne bougea pas.

– Tu me pardonnes ?

Il était comme un petit garçon qui avait besoin d'être rassuré, qu'on lui dise que tout allait bien dans son petit monde.

– Oh, Edward. C'était autant ma faute que la tienne.

Ce qui était vrai, mais cela lui faisait tellement honte qu'elle aimait mieux ne pas y penser.

Toutefois, cela suffit à Edward.

– Bien, dit-il en souriant. Je n'aime pas quand tu es fâchée contre moi. Je ne pourrais pas supporter l'idée que nous ne soyons plus amis.

Il l'embrassa sur la joue, saisit le lourd panier sur la table et s'en alla.

Il se retourna une dernière fois avant de sortir.

– Je t'attendrai, lui dit-il.

De stupides larmes affluaient de nouveau aux yeux de Judith, et elle hocha la tête en souhaitant qu'il s'en aille. Il franchit le seuil, se profila un instant dans la lumière et disparut. Le bruit de ses pas sur le gravier s'atténua et mourut dans l'après-midi d'été, assoupi sous la canicule.

Elle resta debout dans la maison vide et silencieuse. Pas un bruit. Juste le lent tic-tac de l'horloge au pied de l'escalier. Il était quatre heures et quart. Ils étaient tous partis, il ne restait plus qu'elle et, en haut, la malade qui dormait sans doute dans son lit somptueux, Pekoe pelotonné à ses côtés.

Elle se dirigea vers l'escalier, mais elle était si épuisée qu'elle s'écroula sur la première marche et appuya son front contre la rampe de bois. Les larmes se mirent à couler et bientôt elle sanglotait comme un enfant. Cela n'avait plus d'importance, puisqu'il n'y avait personne pour l'entendre. Et cela la soulageait un peu de se laisser aller à son chagrin. Ses yeux versaient des torrents de larmes, son nez coulait et elle n'avait naturellement pas de mouchoir. Elle tenta de sécher ses yeux avec sa robe, mais elle ne pouvait quand même pas s'y moucher...

A ce moment-là, elle entendit des pas sur le palier au-dessus d'elle.

– Judith ?

Mary Millyway. Judith se figea au milieu d'un gros sanglot.

– Que fais-tu ici ?

Judith, qui essuyait frénétiquement ses larmes, était incapable de répondre.

Mary descendit.

– Je vous croyais partis à la crique depuis des heures. Et puis, par la fenêtre de la nursery, j'ai vu Edward traverser seul le jardin. Mrs. Boscawen va bien, n'est-ce pas ? demanda-t-elle d'une voix anxieuse.

Judith s'essuya le nez du revers de la main, comme un gosse des rues.

– Oui, fit-elle en hochant la tête. Elle va bien.

– Vous n'êtes pas restés trop longtemps ? Vous ne l'avez pas épuisée ?

– Non.

– Alors pourquoi avez-vous mis tant de temps ?

– Nous sommes allés à la cabane nettoyer les toiles d'araignée.

– Et pourquoi toutes ces larmes ?

Mary s'assit à côté de Judith et l'entoura de son bras.

– Dis-moi. Qu'est-ce qu'il y a ? Que s'est-il passé ?

– Rien. J'ai... j'ai juste mal à la tête. Je n'avais pas envie de descendre à la crique.

Elle se tourna vers Mary et aperçut le visage familier criblé de taches de rousseur, et la tendresse de son regard.

– Vous... vous n'auriez pas un mouchoir, Mary ?

– Bien sûr.

Mary sortit un mouchoir rayé de sa poche et le lui tendit. Judith, reconnaissante, se moucha et se sentit un peu mieux.

– Je croyais que vous deviez accompagner les autres.

– Non. Je ne voulais pas laisser Mrs. Carey-Lewis seule, au cas où elle aurait besoin de quelque chose. Qu'allons-nous faire pour soulager ce mal de tête ? Ce n'est pas en restant assise ici comme un vieux tas de charbon que tu vas t'en débarrasser. Si tu montais avec moi à la nursery ? Il y a sûrement quelque chose dans mon armoire à pharmacie. Ensuite, un peu de repos et une tasse de thé. J'étais sur le point de mettre la bouilloire...

Le réconfort de sa présence, sa normalité et son bon sens furent comme un baume pour Judith. Elle la conduisit à la nursery, l'installa dans un coin du vieux sofa et tira les rideaux pour que le soleil ne vienne pas l'éblouir. Puis elle disparut dans la salle de bains adjacente et revint avec un verre d'eau et deux cachets.

– Prends ça et ça ira vite mieux. Reste tranquillement assise, je vais faire du thé.

Judith avala consciencieusement les cachets avec de l'eau froide, s'adossa au sofa et ferma les yeux. Elle sentit la brise qui s'engouffrait par la fenêtre ouverte, l'odeur rassurante du linge fraîchement repassé, le parfum des roses que Mary avait cueillies et mises dans un vase bleu et blanc au milieu de la table. Elle avait toujours le poing serré sur le mouchoir de Mary, elle s'y accrochait comme à un talisman.

Mary revint avec une théière, des tasses et des soucoupes sur un petit plateau. Judith se redressa.

– Ne bouge pas, dit Mary. Je vais poser le plateau sur le tabouret.

Elle approcha son vieux fauteuil à bascule et s'installa confortablement, dos à la fenêtre.

– Il n'y a rien de tel qu'une bonne tasse de thé quand on a le cafard. Tu as tes règles, n'est-ce pas ?

Judith aurait pu mentir et dire oui, c'eût été une merveilleuse excuse, mais elle n'avait jamais menti à Mary et, même à cet instant, ne pouvait se résoudre à le faire.

– Non, ce n'est pas ça.

– Quand cela a-t-il commencé ?

– Dans... l'après-midi.

Elle prit la tasse fumante des mains de Mary.

– Merci, Mary. Vous êtes un ange. Je suis tellement contente que vous ne soyez pas allée à la crique. Je ne sais pas ce que j'aurais fait si vous n'aviez pas été là.

– Je ne crois pas que je t'aie jamais vue pleurer comme ça, répondit Mary.

– Probablement pas...

Elle but son thé à petites gorgées. Brûlant et délicieusement rafraîchissant.

– Il s'est passé quelque chose, n'est-ce pas ?

Judith leva les yeux, mais Mary se versait une tasse de thé avec application.

– Pourquoi dites-vous ça ?

– Parce que je ne suis pas une imbécile. Je vous connais tous, mes enfants, comme si je vous avais faits. Il s'est passé quelque chose. Tu ne serais pas là à pleurer comme une Madeleine pour rien.

– Je... je ne suis pas sûre d'avoir envie d'en parler.

– Tu peux m'en parler à moi, aussi bien qu'à n'importe qui. J'ai des yeux pour voir, Judith, et je t'ai vue grandir. J'ai toujours un peu redouté que cela n'arrive.

– Que quoi arrive ?

– C'est Edward, n'est-ce pas ?

Quand Judith leva les yeux, elle ne vit ni curiosité ni désapprobation dans les yeux de Mary. Celle-ci énonçait un simple fait. Elle ne jugeait ni ne blâmait. Elle connaissait les enfants Carey-Lewis, leurs charmes et leurs défauts, mieux que quiconque.

– Oui, dit-elle, c'est Edward.

Ce fut un immense soulagement de le reconnaître, de le dire à haute voix.

– Tu es tombée amoureuse de lui ?

– Le contraire eût été presque impossible.

– Vous vous êtes disputés ?

– Non, pas de dispute. Juste une sorte de malentendu.

– Vous en avez parlé, tous les deux ?

– Oui. Tout ce que nous avons découvert, c'est que nous n'éprouvions pas la même chose. J'ai cru que c'était bien de lui dire ce que j'éprouvais, vous comprenez, mais... je me suis trompée et, finalement, j'ai compris que je n'avais fait que me ridiculiser...

– Ne pleure plus. Tu peux m'en parler. Je comprendrai...

Judith dut faire un effort pour se ressaisir, et but une autre gorgée de thé.

– Évidemment il n'est pas amoureux de moi. Il m'aime bien, mais il ne veut pas de moi pour la vie. C'était... déjà arrivé. A Noël dernier. Mais j'étais trop jeune pour faire face... j'ai paniqué. Et nous nous sommes disputés, et cela aurait pu être affreusement pénible et gênant pour tout le monde. Mais ça ne l'a pas été, parce qu'avec beaucoup de bon sens, Edward était prêt à oublier ce qui s'était passé et à faire comme si de rien n'était. Mais cet après-midi...

Elle ne pouvait quand même pas tout raconter à Mary. C'était trop intime. Privé. Choquant même. Elle contemplait sa tasse et sentait le rouge lui monter aux joues, la trahir.

– Vous êtes allés un peu trop loin cette fois, n'est-ce pas ?

– On peut dire ça.

– Eh bien, c'est déjà arrivé et ça arrivera encore. Mais j'en veux un peu à Edward. C'est un homme adorable, qui charmerait les oiseaux dans les arbres, mais il ne pense pas aux autres, ni à l'avenir. Il effleure la vie comme une libellule. Je n'ai jamais vu un garçon pareil, il se fait des amis, les ramène à la maison et passe au suivant avant qu'on ait eu le temps de dire ouf.

– Je sais. Je l'ai toujours su.

– Encore une tasse de thé ?

– Dans un moment.

– Comment va le mal de tête ?

– Un peu mieux.

Ce qui était vrai. Mais ce soulagement s'accompagnait d'un sentiment de vacuité, comme si la douleur avait vidé son esprit de sa substance.

– J'ai dit à Edward que je descendrais à la crique. Plus tard. Quand il ferait plus frais.

– Mais tu n'as pas envie d'y aller ?

– Non. Mais ça n'a rien à voir avec ce que je ressens. C'est juste que je n'ai pas envie de les voir... Loveday, Athena et les autres. Je ne veux pas qu'ils me regardent, qu'ils me posent des questions, qu'ils se demandent ce qui s'est passé. Je n'ai envie d'affronter personne. J'aimerais disparaître.

Elle s'attendait à ce que Mary lui dise : « Ne sois pas si bête ; ça ne sert à rien de fuir ; on ne disparaît pas comme ça. » Mais Mary ne dit rien de tel.

– Je ne crois pas que ce soit une mauvaise idée, fit-elle.

Judith la regarda, sidérée, mais son visage reflétait le plus grand calme.

– Que voulez-vous dire, Mary ?

– Où est Mrs. Somerville en ce moment ? Ta tante Biddy ?

– Tante Biddy ?

– Oui, où habite-t-elle ?

– Dans le Devon. A Bovey Tracey. Elle a une maison là-bas.

– Tu dois aller chez elle ?

– Oui. Un de ces jours.

– Je me mêle de ce qui ne me regarde pas, je sais. Mais je pense que tu devrais partir tout de suite.

– Tout de suite ?

– Oui, tout de suite. Cet après-midi.

– Mais je ne peux pas m'en aller comme ça...

– Écoute-moi bien, ma chère enfant. Et jusqu'au bout. Il faut que quelqu'un le dise, et il n'y a que moi pour le faire. Ta mère est à l'autre bout du monde et, malgré toute sa gentillesse, Mrs. Carey-Lewis n'a jamais été d'un grand secours dans ce genre d'affaires. Je te l'ai déjà dit, je t'ai vue grandir, je te connais depuis que Loveday t'a ramenée de Sainte-Ursule. Cette famille t'a adoptée, tu en fais partie et c'est très bien ainsi. Mais ce n'est pas ta famille et, si tu ne fais pas très attention, tu risques de perdre ton identité. Tu as dix-huit ans à présent. Je crois qu'il est temps de couper le cordon et de suivre ta voie. Ne crois pas un instant que je veuille me débarrasser de toi. Tu me manqueras beaucoup, et je ne veux pas te perdre, mais tu es une personne à part entière, et je crains qu'en restant ici, à Nancherrow, tu ne perdes cela de vue.

– Depuis combien de temps pensez-vous cela, Mary ?

– Depuis Noël dernier. J'ai deviné que tu étais en train de tomber amoureuse d'Edward. J'ai prié pour que cela n'arrive pas, parce que je savais comment cela finirait.

– Et bien sûr, vous aviez raison.

– Je n'aime pas avoir raison. Je sais seulement que ce sont de fortes personnalités, ces Carey-Lewis. Tu t'es mise affectivement dans le pétrin et le mieux à faire, c'est de prendre l'initiative. Ne serait-ce que pour retrouver ta dignité.

Judith savait qu'elle avait raison. C'était à peu près ce

qui s'était produit le soir où Billy Fawcett avait effrayé cette pauvre Ellie au cinéma. Judith avait pris les choses en main et emmené tout le monde porter plainte au commissariat. Tante Biddy ne connaissait pas Edward. Tante Biddy ne poserait pas de questions. Elle serait tout bonnement ravie d'avoir un peu de compagnie et une excuse pour donner un ou deux cocktails.

Mais les complications d'un tel départ lui semblaient énormes.

— Comment puis-je partir? Sans excuse? Ce serait trop mal élevé.

— Tout d'abord, descends dans le bureau du colonel et téléphone à Mrs. Somerville. As-tu son numéro? Alors appelle-la et demande-lui si ça ne l'ennuie pas que tu viennes ce soir. Trouve n'importe quelle excuse si elle te demande pourquoi. Tu iras avec ta petite automobile. Tu ne devrais pas mettre plus de quatre heures et, avec un peu de chance, il n'y aura pas trop de circulation.

— Et si elle n'est pas là? Ou si elle ne veut pas de moi?

— Elle voudra de toi. De toute façon, tu devais lui rendre visite. Tu seras juste un peu en avance. Nous dirons que c'est à cause d'elle que tu es partie. Nous mentirons. Nous dirons qu'elle n'est pas bien, qu'elle est toute seule, qu'elle a la grippe ou qu'elle s'est cassé la jambe. Nous dirons qu'elle t'a appelée, et que ça semblait tellement urgent que tu as filé.

— Je ne sais pas mentir. Tout le monde s'en apercevra.

— Tu n'auras pas besoin de mentir. Je le ferai. Ce soir, le colonel ne rentrera pas avant le dîner. Il est allé voir du bétail avec Mr. Mudge du côté de Saint-Just. Quant à Edward, Athena, Loveday et les autres, ils ne remonteront pas des falaises avant une bonne heure.

— Vous voulez dire... que je n'aurai pas à leur dire au revoir?

— Tu ne les reverras pas tant que tu ne seras pas assez forte pour cela.

— Je reviendrai quand même. Avant de partir pour Singapour. Il faut que je dise au revoir au colonel et à Diana.

— Bien sûr. Et ils t'attendront tous avec impatience. Mais pour l'instant, c'est trop te demander que de continuer comme si de rien n'était après ce qui s'est passé. Et puis, à mon avis, c'est trop demander à Edward.

– Ce sera comme un catalyseur, n'est-ce pas ?

– Je n'ai pas la moindre idée de ce qu'est un catalyseur. Tout ce que je sais, c'est que tu ne peux être que toi-même. Au bout du compte, tu ne pourras pas y échapper.

– Vous parlez comme Miss Catto.

– Ça pourrait être pire.

– Et vous, Mary ? demanda-t-elle en souriant. Vous faites aussi partie de la famille, mais je ne crois pas qu'ils vous aient absorbée ni que vous ayez perdu votre identité.

– C'est différent. Je travaille pour eux. C'est mon métier.

– Mais vous ne les quitterez jamais.

Mary éclata de rire.

– C'est ce que tu crois ? Tu penses que je resterai toujours ici, de plus en plus vieille et de moins en moins utile... A faire un peu de repassage, en attendant qu'Athena ait une ribambelle d'enfants pour recommencer avec les nuits blanches, les couches et les pots... Et puis avoir une attaque, devenir sénile, un fardeau dont il faudrait s'occuper... C'est comme ça que tu vois mon avenir ?

Judith était d'autant plus gênée et honteuse que c'était la vérité. La domestique dévouée, la vieille servante en châle assise dans son fauteuil, tricotant des vêtements que personne ne portera jamais, à qui l'on apporte des tasses de thé et dont on se plaint dans l'intimité tant elle est casse-pieds.

– Je ne vous imagine pas ailleurs qu'à Nancherrow, dit-elle.

– Eh bien, tu as tort. Quand j'aurai soixante ans, je prendrai ma retraite et j'irai vivre dans un petit cottage sur la propriété de mon frère, sur la route de Falmouth. Il m'appartient. J'ai fait des économies et je le lui ai acheté deux cent cinquante livres. Je serai donc indépendante. Et voilà comment je finirai mes jours.

– Comme c'est bien, Mary. Mais je ne sais pas ce qu'ils feront sans vous.

– Ils se débrouilleront. Personne n'est indispensable.

– Sont-ils au courant de vos projets ?

– Le colonel, oui. Quand j'ai acquis ce cottage, je lui

en ai parlé. Il est venu voir la maison et m'a offert une expertise.

– Et Mrs. Carey-Lewis ?

Mary hocha la tête en riant.

– Je ne crois pas un instant que le colonel le lui ait dit. Il la protège, vois-tu. De tout. Comme une enfant. Bon, déclara Mary avec son sens pratique habituel. Nous perdons du temps. Ce n'est pas en papotant que nous ferons avancer les choses. Si tu t'en vas, nous devons nous remuer...

– M'aiderez-vous à faire mes valises ?

– Appelle d'abord ta tante, répondit Mary. Inutile de mettre la charrue avant les bœufs.

Diana se réveilla. Elle avait dormi tout l'après-midi. Elle s'en aperçut dès qu'elle ouvrit les yeux, car le soleil était bas et ses rayons obliques passaient par la fenêtre qui donnait à l'ouest. A côté d'elle Pekoe somnolait encore. Elle bâilla, s'étira, se cala contre ses oreillers et se dit que tout serait parfait si le sommeil, en même temps que la fatigue, chassait toutes les angoisses, si l'on pouvait s'éveiller l'esprit clair et serein, aussi lisse et vide qu'une plage nettoyée par la marée.

Mais il n'en était rien. Ses angoisses l'assaillaient à nouveau. Elles l'avaient simplement attendue. Tante Lavinia était encore fragile. La guerre était sur le point d'éclater. Quand ? Nul ne le savait. Dans deux semaines, peut-être. Une semaine. Voire dans quelques jours. Les interminables bulletins radiophoniques et les journaux avec leurs gros titres se faisaient d'heure en heure plus alarmants. La mine angoissée d'Edgar lui déchirait le cœur. Il essayait de faire bonne figure mais n'y parvenait pas toujours.

Et les jeunes. Jeremy, son fidèle, son pilier depuis tant d'années. Voilà qu'il était sur le point de s'embarquer, médecin de la Marine. Il était le premier à partir mais, dès que la guerre serait déclarée, tous les autres seraient mobilisés à leur tour. Son précieux Edward piloterait ces affreux avions, assez dangereux en eux-mêmes sans que les Allemands leur tirent dessus. Et son ami Gus, qui était déjà officier des Gordon Highlanders. Jamais ils ne reverraient les merveilleuses flèches de Cambridge, cette ville insouciante, dédiée aux études et aux plaisirs. Quant à Rupert, il était militaire de carrière, certes, mais le problème était qu'Athena et lui désiraient se marier. Il serait expédié dans quelque désert inhospitalier avec son cheval où il se ferait tirer dessus. Et Athena serait seule des années durant à voir se faner sa jeunesse. Toute cette jeunesse dorée allait perdre de précieuses années qui ne reviendraient pas.

Et la petite Loveday. Dix-sept ans et amoureuse pour la première fois, sans espoir de se lier à l'objet de ses rêves de jeune fille. Diana ne savait pas ce qu'il adviendrait de Loveday. Comment réagirait-elle, confrontée à une guerre terrible ? Cela dit, elle avait toujours été imprévisible.

Diana tourna la tête vers la petite pendule en or à son chevet. Il était quatre heures et demie. Elle avait envie d'un thé, mais n'avait pas le cœur de sonner et de faire monter Mrs. Nettlebed, dont les pieds étaient enflés. Et puis elle s'ennuyait. Peut-être devrait-elle se lever... Si elle parvenait à trouver assez d'énergie, elle se lèverait, prendrait un bain, s'habillerait et descendrait. Jeremy lui avait conseillé de garder la chambre, mais il n'avait pas imaginé qu'elle s'ennuierait à ce point...

On frappa à sa porte.

– Qui est-ce ?

La poignée tourna et la porte s'entrouvrit.

– C'est moi, Judith. Vous êtes réveillée ?

– Oui.

– Je ne vous dérange pas ?

– Pas du tout. Je m'ennuyais justement. J'ai besoin de quelqu'un à qui parler.

Judith entra, ferma la porte et vint s'asseoir au bord du lit de Diana, propre et nette dans un chemisier blanc et une jupe de coton rayée. Elle avait les cheveux lisses, bien peignés, et sa taille mince était ceinte d'une ceinture de cuir rouge.

– Comment vous sentez-vous à présent ? demanda Judith.

– Oh, mieux. Juste paresseuse.

– Avez-vous dormi ?

– Tout l'après-midi, répondit Diana en fronçant les sourcils. Pourquoi n'es-tu pas à la crique avec les autres ?

– J'avais un peu mal à la tête. Edward y est allé seul.

– C'est la chaleur. Comment va tante Lavinia ?

– Elle était très en forme. Bavarde comme tout. Étonnant, quand on pense à ce par quoi elle est passée.

– Tu crois qu'elle pourra reprendre toutes ses activités ?

– Bien sûr.

Judith hésita un instant puis :

– Diana, j'ai quelque chose à vous dire. A vous expliquer. Je dois m'en aller. Tout de suite.

Étonnement.

– T'en aller ? Mais pourquoi, ma chérie ?

– C'est un peu compliqué. J'étais en train de prendre le thé avec Mary, et le téléphone a sonné...

– Je ne l'ai pas entendu...

– Vous dormiez, je suppose. C'est tante Biddy. Biddy Somerville. Elle a attrapé une affreuse grippe. Bien entendu, oncle Bob et Ned sont en mer, elle est toute seule, elle n'a personne, excepté une dame qui vient tous les jours à bicyclette de Bovey Tracey. Bref, c'était une sorte d'appel au secours. Elle m'a demandé si je voulais bien m'occuper d'elle. D'après son médecin, il ne faut pas qu'elle reste seule.

– Mais, ma chérie, c'est abominable. La pauvre femme. Veux-tu lui demander de venir ici avec nous ?

– Vous êtes gentille, mais je ne pense pas qu'elle puisse faire le voyage. Il faut que je parte. De toute façon, je devais y aller. Ça n'a donc pas beaucoup d'importance.

– Comme tu es gentille.

Judith sourit. Diana s'aperçut alors qu'elle avait l'air extrêmement lasse. Ses beaux yeux étaient cernés et son rouge à lèvres vif ne faisait qu'accentuer la pâleur de ses joues. La pauvre enfant avait mal à la tête. Un bref instant, Diana se demanda quelle était la cause de cette indisposition. Elle aurait dû le lui demander, elle en était consciente, manifester une inquiétude toute maternelle, mais dans son état actuel elle ne se sentait pas assez forte pour entendre d'autres confidences et être confrontée à d'autres problèmes. Il se pouvait fort bien qu'Edward n'y soit pas étranger. Raison de plus pour ne rien savoir. Tout compte fait, même si elle aimait Judith, ce n'était pas sa fille et, pour l'instant, il lui suffisait largement d'affronter l'incertitude du sort des siens.

– Évidemment, il faut que tu partes, si l'on a besoin de toi, dit-elle. Comment iras-tu ?

– Je prendrai ma voiture.

– Tu conduiras prudemment, n'est-ce pas ?

– Bien sûr.

– Quand pars-tu ?

– Tout de suite. Mary m'a aidée à faire mes bagages. Deux ou trois vêtements, c'est tout. Je ne crois pas que j'y resterai très longtemps. Je reviendrai, si vous le voulez bien, pour vous voir tous avant de prendre le bateau pour Singapour.

– Bien sûr que tu reviendras.

– Vous préviendrez le colonel pour moi ?

– J'oubliais. Tu ne l'auras pas vu. Et les autres. C'est horrible de s'en aller sans leur dire au revoir. Ne pourrais-tu faire un saut à la crique avant ton départ ?

– Je n'ai pas le temps. Vous leur direz au revoir pour moi.

– Oui, mais je suis certaine qu'ils seront extrêmement déçus.

– Je... je suis désolée. Il faut me comprendre.

– Ma chérie, ce n'est pas ta faute.

Judith se leva et se pencha pour embrasser la joue de Diana.

– Ça ne durera pas longtemps.

– Dans ce cas, ne nous disons pas adieu. Juste au revoir.

– Au revoir.

– Bon voyage.

Judith sourit et se dirigea vers la porte. Mais Diana la rappela au moment où elle sortait.

– Qu'y a-t-il ?

– Mary est-elle dans les parages ?

– Oui.

– Dis-lui qu'il faut sortir Pekoe et demande-lui d'avoir la gentillesse de m'apporter une tasse de thé.

Judith referma la porte derrière elle et prit le couloir de la nursery. Mary était assise près de la fenêtre et observait le jardin.

– As-tu vu Mrs. Carey-Lewis ?

– Oui, elle était réveillée. J'ai dit un mensonge. Mais ça va. Elle ne m'a pas posé de questions... Elle m'a juste demandé de vous dire que Pekoe devait sortir et d'avoir la gentillesse de lui monter une tasse de thé.

– Ça n'arrête pas, n'est-ce pas ? fit Mary avec un sourire désabusé.

– J'aurais eu honte de m'en aller sans lui dire au revoir.

– Non, ça n'aurait pas été bien. Enfin, c'est fait. Il est l'heure de partir. Je t'accompagne...

– Non, je vous en prie. Je ne le supporterais pas et je me remettrais à pleurer.

– Tu es sûre ?

– Certaine.

– Bien. Alors, au revoir.

Elles s'étreignirent tendrement.

– Ce n'est que pour quelque temps, ne l'oublie pas. Nous nous reverrons bientôt. Donne de tes nouvelles et conduis prudemment.

– Bien sûr.

– Tu as assez d'essence ? Il y a un garage ouvert le dimanche à Penzance, près de la gare.

– J'y ferai le plein.

– Et l'argent ? As-tu assez de liquide ?

– Dix livres. C'est plus qu'il n'en faut.

– Ne pleure pas sur Edward, lui conseilla Mary. Ne regarde pas en arrière et n'aie pas le cœur brisé. Tu es trop jeune et trop ravissante pour ça.

– Ça ira.

Elle laissa Mary, un peu désemparée, dans la nursery, et descendit l'escalier en courant. Elle avait déjà sorti sa voiture du garage, et Mary avait mis sa valise sur le siège arrière. Elle se mit au volant, démarra ; elle avait le plus grand mal à ne pas pleurer, mais elle tint bon.

« Ce n'est pas définitif », se dit-elle, mais cela en avait tout l'air. Surgi de nulle part, un poème lui vint à l'esprit. Sa mère le lisait à voix haute à Colombo, il y avait longtemps de cela, alors qu'elle n'était qu'une toute petite fille. Elle s'en souvenait.

A la maison et au jardin, aux champs et aux pelouses,
Aux barrières que nous avons enjambées...

Elle jeta un coup d'œil au rétroviseur latéral et aperçut le reflet de Nancherrow, baigné de soleil, qui s'éloignait en rapetissant au fur et à mesure.

A la fontaine et aux écuries, à l'arbre et à la balançoire,
Au revoir, au revoir à tout cela.

Et elle se souvint de la première fois où elle était venue ici, dans la Bentley de Diana, où elle avait vu la maison, les jardins et la mer au loin, fascinée sur-le-champ, amoureuse. Elle savait qu'elle y reviendrait, mais le Nancherrow qu'elle avait connu ne serait plus jamais le même.

Quand elle s'enfonça sous les arbres, la maison disparut, et Edward avec elle. Elle était de nouveau seule.

DEUXIÈME PARTIE

LES ANNÉES DE GUERRE

Perchée sur la colline qui dominait la petite ville de Bovey Tracey, la maison de Biddy Somerville s'appelait Bickley. La date de construction, 1820, était gravée sur le linteau de la porte d'entrée. C'était une vieille maison de pierre, solidement bâtie, crépie et blanchie à la chaux, avec un toit d'ardoise et de grandes cheminées. A l'intérieur, les plafonds étaient bas et le sol irrégulier par endroits. Les portes, une fois closes, ne le restaient pas toujours. Le rez-de-chaussée comprenait la cuisine, la salle à manger, le salon et le vestibule. On avait transformé un grand placard en vestiaire où l'on accrochait les manteaux et où les bottes en caoutchouc s'entassaient avec un assortiment de fusils, de cannes à pêche et de rames. Au premier étage se trouvaient les trois chambres et une salle de bains, et au-dessus un grenier étouffant contenait des malles-cabines, de vieilles photos, divers uniformes de marin mangés aux mites, les trains et les puzzles de Ned, abandonnés depuis des lustres et que Biddy ne pouvait se résoudre à jeter.

On accédait à la maison par une petite route étroite et sinueuse, infranchissable par temps de neige, et un portail toujours ouvert marquait l'entrée de la propriété.

Après le portail, une allée empierrée conduisait à la porte d'entrée. Le jardin n'était pas grand. Sur le devant un peu d'herbe et des massifs de fleurs maigrelets, à l'arrière quelques dépendances, un petit potager et une pelouse. Le reste, à flanc de colline, constituait un paddock où quelque précédent propriétaire gardait des poneys. Le sommet était couronné d'un bosquet de pins et d'un muret de pierre marquant les limites du terrain. Au-delà de ce mur, à perte de vue le Dartmoor, vaste étendue d'herbe, de fougères, de bruyères et de tourbières, couronnée de buttes rocheuses et mélancoliques. En hiver, les poneys sauvages en quête de fourrage descendaient jusqu'au mur et Biddy, prenant en pitié ces pauvres créatures, leur donnait du foin. Le vent soufflait et la côte disparaissait souvent sous un voile de pluie ; mais l'été, on avait au sud-ouest une vue magnifique sur les toits gris et rapprochés de la petite ville, les pâturages et les fermes, Torbay et les eaux scintillantes de la Manche.

Non sans courage, les Somerville avaient acheté Bickley dans un état de dégradation avancée. Après le décès de la vieille dame qui l'avait habitée près d'un demisiècle, la maison était restée vide pendant quatre ans, ses enfants se querellant sur le sort de la propriété. Jusqu'au jour où un notaire exaspéré avait conseillé à la famille de ne plus perdre de temps et les avait convaincus de la mettre en vente. En venant la visiter, les Somerville trouvèrent le prix ridiculement bas et sautèrent sur l'occasion. S'ensuivirent de longs et exaspérants travaux de réaménagement. Maçons, électriciens, plombiers, plâtriers et charpentiers promenèrent leurs bottes dans les vieilles pièces, plantèrent d'énormes clous de maçonnerie dans des tuyaux cachés, posèrent le papier à l'envers et traversèrent les vitres de la fenêtre gothique de l'escalier avec le haut d'une échelle. Biddy passait son temps à les harceler ou à les amadouer, leur offrant une tasse de thé quand elle ne leur montrait pas de quel bois elle se chauffait. Enfin, Bob déclara que tout était plus ou moins terminé, camions et camionnettes passèrent, pour la dernière fois, le portail dans un bruit de ferraille, et Biddy emménagea.

C'était la première maison qu'elle possédait, si différente des casernes de la Marine qu'il lui fallut quelque temps pour en épuiser la nouveauté. Elle n'avait jamais été bonne ménagère ni bonne maîtresse de maison, et Hobbs et Mrs. Cleese, les deux piliers de Keyham, étaient partis. Mrs. Cleese n'aimait pas la campagne, se méfiait énormément des vaches et désirait rester à Plymouth. Hobbs, ayant atteint la limite d'âge, avait été contraint par les autorités à prendre sa retraite. Il était mort peu après. En se rendant consciencieusement à ses funérailles, Biddy aurait juré qu'elle avait entendu craquer ses bottes quand il était parti pour le mess du Grand Officier dans les cieux.

Il avait fallu trouver d'autres domestiques. A Bickley, on ne pouvait loger personne et, de toute façon, Biddy ne voulait plus de personnel à demeure. Elle avait donc loué les services de deux dames du village, qui venaient tous les jours, l'une pour faire la cuisine, l'autre le ménage. Elles arrivaient ensemble à huit heures du matin et repartaient à midi. Mrs. Lapford était la cuisinière, Mrs. Dagg la femme de ménage. Le mari de Mrs. Dagg, Bill, qui était laboureur, travaillait avec deux lourds chevaux de trait dans une ferme voisine et passait le samedi et les soirs d'été pour bêcher le jardin de Biddy. Tous deux rivalisaient d'ignorance quant à la culture des fleurs et des légumes, mais Bill savait manier la bêche et pouvait se procurer d'abondantes quantités de fumier de cheval. Sous sa responsabilité, les roses étaient florissantes, même si le reste n'était guère brillant.

Libérée des soucis domestiques, Biddy se ménagea une vie sociale. Elle n'avait pas l'intention de passer ses journées à confectionner des bouquets, à faire des confitures et à tricoter des chaussettes, et elle n'eut aucun mal à trouver d'autres distractions. Elle avait déjà un large cercle d'amis de la Marine qui habitaient dans le coin, et fit bientôt la connaissance de quelques familles du comté, qui résidaient dans d'antiques demeures entourées d'hectares de terres qu'elles avaient héritées de leurs parents. Les nouveaux venus ne franchissaient pas aisément le seuil de ces grandes maisons, mais la Royal Navy vous en ouvrait tout grand les portes, et l'hospitalité y était généreuse. Biddy était invitée à des thés suivis d'un bridge ou d'un mah-jong. On conviait Bob à la chasse au faisan ou à d'excellentes parties de pêche. Ensemble, ils assistaient à des dîners terriblement guindés, à des concours hippiques à peine moins guindés, et à des après-midi de tennis joyeux et familiaux. Sociables et amusants, ils rendaient méticuleusement les invitations et, de fil en aiguille, ils furent bientôt au bout de leurs peines : acceptés.

Août 1939 : Biddy était satisfaite. Le seul nuage à l'horizon, et pas des moindres, était la menace croissante de la guerre.

Dimanche soir, neuf heures et demie, Biddy était assise près de la fenêtre ouverte du salon et regardait les ombres du crépuscule s'étendre sur le jardin. Elle attendait Judith. Bob avait passé le week-end à la maison, mais il était retourné à Devonport après le thé. Il n'y était pas obligé mais, en cette période de tension, il devenait nerveux dès qu'il s'éloignait de son bureau plus d'une journée, craignant que ne lui parvienne un message capital exigeant des mesures immédiates.

Elle était donc seule. Pas tout à fait seule, cependant, car elle avait une chienne couchée à ses pieds. C'était un colley à taches irrégulières, qui avait une bonne tête mi-blanche, mi-noire, un pelage épais, une queue en plumeau, et qui se nommait Morag. C'était la chienne de Ned, un animal errant qu'il avait déniché en se promenant sur les docks de Scapa Flow [1] où, crasseux et affreusement maigre, il fouillait les poubelles pour trouver de quoi manger. Très choqué, Ned lui avait attaché un bout de corde autour du cou et l'avait conduit au commissariat de police, mais personne n'avait signalé de perte, et il n'avait pas eu le cœur de l'abandonner. Il était donc reparti, le colley à ses côtés, attaché à sa laisse de fortune. Il ne disposait plus que d'une heure avant de retourner à bord et de se présenter au rapport. Ned se fit donc indiquer le vétérinaire le plus proche. C'était un homme bon, qui accepta de garder l'animal pour la nuit, de lui donner un bain et de le nourrir. Ned reprit son taxi et regagna son bateau juste à temps, franchissant la passerelle au galop comme un coureur d'obstacles en manquant de renverser l'officier de garde.

Le lendemain, après avoir réfléchi à la question, Ned demanda un long week-end qu'on lui accorda, à son grand étonnement. Puis il téléphona au vétérinaire, qui accepta de garder le chien deux jours de plus. Le vendredi, sitôt sa liberté retrouvée, Ned alla chercher le colley. Ils prirent ensemble le ferry qui traversait l'estuaire de Pentland et, à Thurso, sautèrent dans le train de nuit.

Le lendemain matin, vers onze heures, il arriva chez ses parents à l'improviste, pas rasé, avec son colley en laisse.

— Elle s'appelle Morag, annonça-t-il à Biddy devant

1. Base navale anglaise dans les Orcades, au large de l'Écosse. (*N.d.T.*)

une fricassée d'œufs, de saucisses, de bacon, de tomates et de champignons. C'est une chienne écossaise, elle portera donc un nom écossais. Je me suis dit qu'elle pourrait vivre avec toi.

— Mais, mon chéri, je n'ai jamais eu de chien.

— C'est l'occasion de t'y mettre. Elle te tiendra compagnie quand papa sera absent. A propos, où est-il ?

— A la chasse au faisan.

— Quand rentre-t-il ?

— Vers cinq heures.

— Bien, je le verrai. Je peux rester jusqu'à demain matin.

Biddy regarda la chienne. Sa chienne. Elle l'appela par son nom, et Morag se dressa et donna un grand coup de queue. Les yeux légèrement asymétriques n'étaient pas de la même couleur, ce qui lui donnait une expression sympathique, comme si elle lui faisait de l'œil.

— Tu es plutôt mignonne, dit-elle à la chienne.

— Elle t'adore, je t'assure.

Quand Bob revint de la chasse, il était tellement content de trouver son fils qu'il remarqua à peine le chien. Et quand il se rendit compte que Morag allait s'installer définitivement chez lui, Ned lui avait nettoyé son fusil, mettant Bob hors d'état de soulever la moindre objection.

Ce qui ne signifiait pas que tous les doutes étaient levés.

— Elle ne va pas faire de cochonneries, n'est-ce pas ?

— Bien sûr que non, papa. Elle ira dans le jardin.

— Où va-t-elle dormir ?

— Dans la cuisine, j'imagine. Je lui achèterai un panier à Bovey Tracey. Et un tapis, un collier et une laisse. Et un bol. Et de quoi manger...

Bob songea alors que Ned avait déjà consacré beaucoup de temps et d'argent à Morag, et perdu un long et précieux week-end pour ramener ce chien à sa mère. D'autres dépenses seraient fatales à la paye de sous-lieutenant qu'il avait durement gagnée.

— Non, je les achèterai moi-même, dit-il avant de consulter sa montre. Nous avons tout juste le temps de faire un saut chez le quincaillier avant la fermeture. Tu choisiras les accessoires de ton chien et je paierai la note.

Tout cela avait eu lieu deux mois plus tôt et, à présent, Biddy avait du mal à imaginer sa vie sans Morag. C'était un animal doux et peu exigeant, qui aimait les grandes promenades mais pouvait parfaitement se contenter de jouer dans le jardin, si l'on n'avait pas envie de marcher ou si l'on préférait faire un bridge avec des amis. Cet après-midi-là, Morag s'était passée de balade car, malgré le beau temps, Bob était resté à la maison pour éliminer la paperasserie de son bureau, vider les armoires et jeter les vêtements usés ou ceux dont il ne voulait plus. Cette tâche accomplie, il s'était rendu au garage qui avait désespérément besoin d'un grand nettoyage de printemps. Pour se débarrasser des rebuts, il avait fait un feu et entassé derrière la porte du fond tout ce qui ne brûlait pas, faux cassées, vieux bidons d'essence, tricycle ayant perdu une roue et tondeuse rouillée, en attendant le prochain passage de la benne à ordures.

Biddy ne comprenait que trop ce que cela signifiait. Elle connaissait son mari comme si elle l'avait fait et savait que seule une intense activité physique l'aidait à chasser ses angoisses. Le cœur lourd, elle l'observa par la fenêtre de la cuisine. Il se préparait à la guerre, résolu à nettoyer le pont de son bateau avant la bataille.

Puis il n'y eut plus rien à faire. Il rentra pour prendre une bonne tasse de thé à la table de la cuisine. Ils étaient donc ensemble quand Judith téléphona. Le téléphone était dans le vestibule et Biddy alla répondre.

– Qui était-ce ? demanda Bob, quand elle revint.

Biddy s'assit, avala une gorgée de thé refroidi.

– C'était Judith.

– Que voulait-elle ?

– Venir. Tout de suite. Aujourd'hui. Elle arrive de Cornouailles en voiture. Elle sera là vers dix heures.

Bob haussa ses sourcils épais.

– Que se passe-t-il ?

– Aucune idée.

– Comment était-elle ?

– Bien, répondit-elle, puis elle réfléchit. La voix un peu crispée, peut-être.

– A-t-elle dit pourquoi elle voulait venir ?

– Non, aucun détail. Elle s'expliquera en arrivant.

– Appelait-elle de chez les Carey-Lewis ?

– Oui.

– Il a dû se passer quelque chose.

488

– Peut-être s'est-elle disputée avec son amie Loveday. A moins qu'elle n'ait fait quelque bêtise.

– Ça ne ressemble pas à Judith.

– Non, n'est-ce pas? Ne t'en fais pas. Quoi qu'il en soit, elle arrive. Elle m'aidera à confectionner des rideaux noirs pour le couvre-feu. J'ai acheté un coupon de cet affreux coton, mais je ne l'ai pas encore coupé. Judith est un as de la machine à coudre.

Elle se leva pour vider sa tasse tiède dans l'évier avant de se verser du thé chaud. Morag, espérant qu'on allait lui donner quelque chose à manger, se dressa sur sa carpette élimée et la regarda.

– Ce n'est pas l'heure du dîner, espèce de gourmande, lui dit Biddy. Ma petite chérie, Judith ne te connaît pas encore. Elle ne sait même pas que tu existes. Si tu es gentille avec elle, elle t'emmènera peut-être te promener.

Elle se redressa et s'adossa à l'évier.

– Je n'ai même pas à faire son lit, Mrs. Dagg a préparé la chambre d'amis vendredi matin. De toute façon, elle devait venir plus tard, et nous avions projeté d'aller à Londres lui acheter une garde-robe pour Singapour. Nous n'avons fait qu'avancer la date.

Elle croisa le regard de son mari, en face d'elle.

– Oh, Bob, ça ne sert à rien de se faire du souci prématurément. Nous verrons bien.

– S'il y a quelque chose qui ne va vraiment pas, elle ne voudra peut-être pas te le dire.

– Si. Je le lui demanderai. Nous nous entendons bien. De toute façon, je ne supporte pas les non-dits.

– Fais preuve de tact, mon amour.

– Bien entendu, mon chéri. Tu sais bien que j'adore cette enfant.

Peu après onze heures, au moment où Biddy commençait à s'inquiéter, à s'imaginer accidents et pannes d'essence, Judith arriva. Par la fenêtre, Biddy aperçut le faisceau lumineux de ses phares qui montaient la côte, puis elle entendit le bruit du moteur qui se rapprochait. Elle quitta la pièce, traversa le vestibule et alluma la lampe qui était accrochée au-dessus de la porte. Debout dans le vent et l'obscurité, Morag sur ses talons, elle vit la petite Morris passer le portail.

Les phares s'éteignirent, la portière s'ouvrit et Judith apparut.

– Ma chérie, quel soulagement! Je t'ai presque crue

morte, dit-elle en la serrant dans ses bras. Le voyage a-t-il été pénible ?

— Pas trop mauvais, mais long. Je t'avais dit que j'arriverais vers cette heure-là.

— Je sais que je m'inquiète pour rien.

— Il y a beaucoup de vent, par ici. A un moment, j'ai cru que je m'étais perdue, dit Judith, puis elle baissa les yeux. Qu'est-ce que c'est que ça ?

— Morag. Notre chien.

— Vous n'avez jamais eu de chien !

— Nous en avons un, à présent. Elle est à Ned.

— Comme elle a l'air gentille ! Bonjour, Morag. Depuis combien de temps est-elle ici ?

— Deux mois. Viens, ne restons pas là à bavarder. Où sont tes bagages ?

Biddy prit la valise de Judith sur le siège arrière de la Morris.

— C'est tout ?

— C'est tout ce dont j'ai besoin.

— J'espérais que tu resterais longtemps.

— On ne sait jamais, dit Judith d'une voix qui n'avait rien de gai. Peut-être.

Elles rentrèrent dans la maison. Biddy ferma la porte à clé derrière elle et posa lourdement la valise sur la première marche de l'escalier. Elles se firent face dans la lumière vive du vestibule. Judith avait l'air d'aller bien, se dit Biddy. Un peu pâle, et beaucoup plus mince que la dernière fois qu'elle l'avait vue, mais pas malade. Ni au bord des larmes. Peut-être faisait-elle simplement bonne figure...

— Où est oncle Bob ?

— Il est retourné à Devonport après le thé. Tu le verras probablement le week-end prochain. De quoi as-tu envie ? De manger ? De boire ? Je peux te donner un peu de soupe.

— Me coucher. Juste me coucher, fit Judith en hochant la tête. Je suis épuisée.

— Veux-tu une bouillotte ?

— Je n'ai besoin de rien. Un lit et un oreiller, c'est tout.

— Alors, monte. Ta chambre habituelle. Et ne te lève pas, demain matin. Je t'apporterai une tasse de thé vers neuf heures.

— Je suis désolée, dit Judith.

— Pourquoi diable ?

– Pour m'être imposée aussi cavalièrement.

– Ne sois pas ridicule. Nous sommes toujours ravis quand tu viens.

A cette heure tardive et vulnérable, il fallait éviter à tout prix de faire du sentiment. Les confidences et les confessions attendraient le matin.

– File maintenant. Va te reposer. Et dors bien.

– Oui...

Judith prit sa valise et gravit l'escalier. Biddy la regarda. Elle eut soudain envie que Bob soit là, qu'il n'ait pas été obligé de partir. Pour se réconforter, elle se versa un whisky-soda et, son verre à la main, se rendit dans la cuisine, donna une dernière caresse à Morag, verrouilla les portes et les fenêtres et monta. Du palier, elle vit que la porte de Judith était fermée. Une chouette hulula au-dehors, mais la maison était silencieuse.

Ce ne fut pas Biddy qui réveilla Judith, mais Morag. Dans son sommeil elle entendit un grattement à la porte, puis un gémissement faible et insistant. A demi consciente, Judith se leva, alla ouvrir la porte en vacillant, fit entrer la chienne, referma et se recoucha. Presque aussitôt, elle se rendormit profondément. Quand Biddy vint la réveiller à neuf heures avec la tasse de thé promise, Morag, pelotonnée à l'extrémité du lit, pesait lourdement et chaudement sur ses pieds.

– Je me demandais où elle était passée, dit Biddy en posant la tasse de thé fumant sur la table de chevet. Je l'ai sortie pour qu'elle fasse pipi et elle a disparu.

Elle ne gronda pas Morag et ne la chassa pas du lit, se contentant de lui dire qu'elle était une petite maligne. Puis elle ouvrit les rideaux de cretonne, laissant entrer la lumière du jour. Ma première journée sans Edward, pensa Judith, qui aurait préféré que cela ne vînt pas si vite.

– Il y a un peu de brume, mais je crois qu'il va faire beau. As-tu bien dormi ?

Une chose à la fois. C'était la seule façon de combler le vide insupportable qu'il avait laissé. Judith fit un immense effort pour se redresser et regonfler ses oreillers derrière sa tête.

– Comme une souche, répondit-elle en bâillant avant d'écarter les cheveux de son visage. J'étais exténuée.

– C'est normal. Un tel trajet toute seule. Tu avais l'air vidée.

Biddy vint s'asseoir au bord du lit, ce qui fit grincer les ressorts. Elle portait un pantalon et une chemise à carreaux, comme pour faire les foins. Quelques fils d'argent striaient ses cheveux bouclés, naguère si bruns, et elle avait un peu grossi, mais ses traits n'avaient pas changé, ni son rouge à lèvres, ni ses yeux brillants, ni les petites rides creusées par le rire.

– J'ai jeté un coup d'œil à ta petite voiture. Elle est ravissante. Tu dois l'adorer.

– Oui.

Judith but une gorgée de thé, qui était chaud et fort. Biddy attendit un instant avant de dire :

– Tu veux parler ?

L'estomac de Judith se noua, mais elle tenta de faire front.

– De quoi ?

– Crever l'abcès. Il s'est passé quelque chose. Tu t'es disputée avec Loveday ? A moins que ce ne soit plus grave ?

Elle avait la sensation aiguë et douloureuse du couteau que l'on remue dans la plaie.

– Qu'est-ce qui te fait dire ça ?

– Ma chérie, je ne suis pas une demeurée, s'impatienta Biddy. Et je ne suis pas seulement une tante, mais une mère. Je n'aime ni les cachotteries, ni les silences, ni les bouderies...

– Je ne boude pas...

Biddy passa outre.

– Ce n'est pas dans ta nature d'agir sur une impulsion. Alors dis-moi. Quelle que soit la raison qui t'ait fait quitter les Carey-Lewis si précipitamment, je comprendrai. Je n'ai pas eu moi-même une vie irréprochable. En fait, elle est pleine de taches et d'imperfections. Et mieux vaut en parler.

Judith ne répondit pas. Elle buvait son thé en s'efforçant de mettre de l'ordre dans ses pensées tandis que Biddy attendait patiemment. Derrière la vitre le ciel était brumeux, mais l'air était chaud. La chambre était simple et exiguë, à des années-lumière de la superbe pièce de Nancherrow, mais agréablement familière, car Judith y avait toujours couché quand elle venait à Bickley. Rien n'avait changé, rien n'avait été amélioré. Les rideaux de cretonne n'étaient toujours pas assortis à la moquette à fleurs, les dessus-de-lit en chenille des lits jumeaux étaient jaunes et le papier peint rayé bleu et blanc. La décoration n'avait jamais été le fort de Biddy. Mais il y avait un pot de marguerites sur la coiffeuse et, au-dessus de la cheminée à l'ancienne, la photo d'un port, avec une mer bleue et des bateaux de pêche, qu'il faisait bon regarder avant de s'endormir.

En soupirant, elle croisa le regard de Biddy. Biddy était sa vraie famille, pas une famille d'opérette. Être là avec elle, c'était un peu comme d'enfiler une vieille paire de chaussures après avoir marché toute la journée avec d'inconfortables escarpins à talons hauts.

– Je me suis complètement ridiculisée, voilà tout, dit-elle en reposant sa tasse.

– Comment cela ?

Judith lui raconta tout par le menu, en commençant par le jour où Edward était venu la chercher à l'école pour ses premières grandes vacances, jusqu'à la veille où tout avait pris fin parce qu'elle croyait qu'Edward l'aimait autant qu'elle l'aimait, qu'elle le lui avait dit, et qu'elle avait subi l'humiliation de se voir rejetée.

Elle ne mentionna pas toutefois Billy Fawcett. Elle éprouvait à cet égard une sorte de loyauté envers cette chère tante Louise. Elle ne lui avoua pas non plus qu'elle avait couché avec Edward, qu'elle s'était laissé séduire et qu'elle avait joyeusement renoncé à sa virginité. Biddy ne se choquait pas facilement, mais on ne savait jamais, avec les adultes. Elle avait ressenti un plaisir tellement étourdissant quand Edward lui avait fait l'amour que Judith ne voulait qu'on lui fasse éprouver ni regrets ni remords.

– Le pire, c'est qu'il y avait tant de monde à Nancherrow... Toute la famille, et des amis. La maison était pleine. Je ne pouvais pas supporter l'idée qu'ils me regardent. C'est Mary Millyway qui m'a suggéré de venir chez toi. Comme je devais y aller de toute façon, autant partir quelques jours plus tôt. C'était la seule chose à faire.

– Et Mrs. Carey-Lewis ?

– Diana ? Elle est clouée au lit, contrariée par je ne sais quoi. Mais même si elle n'avait pas été malade, je ne me serais pas confiée à elle. Elle est très gentille, mais ce n'est pas son genre. Et c'était d'autant plus impossible qu'il s'agit d'Edward. C'est son seul fils, et elle en est folle.

– Est-ce que tu lui as dit que tu venais chez moi ?

– Oui.

– Quelle excuse as-tu trouvée ?

– Je lui ai raconté que tu avais la grippe, que tu étais seule et que tu avais besoin que l'on s'occupe de toi.

– Eh bien, murmura Biddy.

– Heureusement, elle a semblé le croire. Je suis allée lui dire au revoir. Je n'ai dit au revoir à personne d'autre. Ils étaient tous descendus se baigner près des falaises. Edward aussi. Je ne lui ai donc pas fait mes adieux.

– C'est sans doute tout aussi bien.

– Sans doute.

– Combien de temps vas-tu rester chez nous ?

Judith se mordit la lèvre.

– Pas longtemps. Jusqu'à ce que je me sois ressaisie. Est-ce possible ?

– J'espère que ça prendra des siècles, parce que j'adore t'avoir ici. Veux-tu savoir ce que j'en pense ?

Et elle dit à Judith ce qu'elle pensait, des choses que Judith avait déjà entendues des milliers de fois. Des clichés peut-être, qui n'étaient devenus des clichés qu'à force d'être avérés. Le premier amour est toujours celui qui fait le plus mal. Un de perdu, dix de retrouvés. Tu n'oublieras pas Edward, jamais, mais la vie ne s'arrête pas à dix-huit ans, elle ne fait que commencer. Enfin, le temps guérit tout. Tout cela passera.

Quand elle eut terminé, Judith souriait presque.

– Qu'y a-t-il de si drôle ? demanda Biddy, quelque peu offensée.

– Rien. Mais tu parles comme l'un de ces petits textes que l'on brodait au point de croix et que l'on accrochait dans les chambres.

– Je vois, les proverbes et les dictons, du genre « Plus qu'hier et bien moins que demain ». C'est ça ?

– Oui, et « Il y a loin de la coupe aux lèvres ».

– J'en ai trouvé un formidable. « C'est au coin de la vie que le vent souffle le plus fort. » Ça a l'air très édifiant, mais ça ne veut rien dire.

Elles éclatèrent de rire.

– Oh, Biddy... toute cette histoire me navre...

Judith se pencha et serra Biddy dans ses bras. Tante Biddy la berça d'avant en arrière en lui tapotant le dos, comme un bébé après le biberon.

– On ne peut rien contre l'amour. Et ne te crois pas obligée d'être gaie. Ça ne me déprimera pas que tu aies le cafard de temps en temps, à condition de savoir pourquoi. Il est très important de s'occuper. J'ai des rideaux à couper et à coudre, et une longue liste de provisions à stocker, de la paraffine par exemple, au cas où la guerre éclaterait et provoquerait instantanément une pénurie. Et des tas de courses à faire. Prends un bain et habille-toi. Mrs. Lapford est dans la cuisine, où elle te fait des œufs au bacon. Elle sera affreusement vexée si tu ne viens pas manger.

Biddy avait raison. Il était capital de trouver une occupation, de préférence idiote. Le pire était passé, tout avait été dit, on n'en reparlerait plus.

Après avoir pris un bain et sorti quelques vêtements propres de sa valise, elle descendit. Mrs. Lapford et Mrs. Dagg l'accueillirent chaleureusement. Après son petit déjeuner, elle fit la liste des courses avec Biddy. De la paraffine, des bougies et des ampoules électriques. De l'essence pour la tondeuse. Des boîtes de soupe. Des aiguilles pour la machine à coudre et des bobines de fil noir pour les rideaux, des vis pour fixer du grillage aux fenêtres. Et puis les provisions quotidiennes. Des aliments pour Morag, du beurre, des macaronis, un poulet, des pommes de terre, des biscuits et du pain. Deux bouteilles de gin, deux de whisky, un siphon à eau de Seltz, du soda et trois citrons.

– On dirait que tu prépares une réception.

– Non. Juste les provisions habituelles. Nous aurons peut-être quelques invités pendant le week-end, quand Bob sera de retour. Mets aussi des chips et des biscuits au chocolat...

Une fois achevée, la liste était très longue. Biddy prit son sac et son panier, puis elles montèrent dans la petite Morris et descendirent jusqu'à la bourgade.

L'après-midi, elles se promenèrent avec Morag avant de s'attaquer aux rideaux. Pendant que Judith installait la vieille machine à coudre sur la table de la salle à manger, plaçait les canettes et une aiguille neuve, tante Biddy prit les mesures des fenêtres et, à genoux sur le sol, coupa les diverses longueurs. Le coton noir et dense sentait un peu l'encre de Chine.

– Je n'ai jamais rien coupé d'aussi barbant, fit remarquer Biddy. Heureusement que je n'ai pas une immense maison avec des dizaines de fenêtres.

Elle lui tendit les deux premières pièces, qu'elle destinait à la salle à manger. Il fallait faire une couture double pour que ce soit plus solide, et un grand ourlet piqué avec un bourrelet pour les alourdir. Dès que le premier fut cousu, elles l'accrochèrent à l'aide d'une tringle souple et de petits crochets vissés à l'encadrement de la fenêtre. C'était affreux, trop saillant pour être discret. Elles reculèrent et examinèrent leur œuvre sans plaisir.

– Je n'ai jamais rien fait d'aussi laid. J'espère que ce sera efficace.

– Nous verrons bien ce soir, à la nuit tombée, lui dit Judith. Nous mettrons les rideaux et j'irai voir dans le jardin si l'on aperçoit de la lumière.

– Même s'il n'y a qu'un rai, nous irons en prison ou nous aurons une amende. C'est presque l'heure du thé et nous n'en avons fait qu'un. Il va nous falloir une éternité pour en mettre dans toute la maison.

– Remercie le ciel de ne pas habiter Nancherrow. Il doit y avoir environ cent quarante-trois fenêtres.

– Qui va faire leurs rideaux ?

– Je n'en sais rien. Mary Millyway, je suppose.

– Pauvre femme, c'est tout ce que je puis dire, fit Biddy en allumant une cigarette. Arrêtons-nous. Je vais faire chauffer la bouilloire.

Elles abandonnèrent les mètres de coton noir et la machine à coudre sur la table de la salle à manger, fermèrent la porte et remirent cette tâche au lendemain.

Après le thé, Judith sortit avec Morag dans le jardin, arracha quelques mauvaises herbes et cueillit un bol de framboises pour le dîner. Un peu plus tard, oncle Bob téléphona et, quand Biddy eut terminé, Judith bavarda avec lui.

– A samedi, conclut-il. Dis à Bids que je resterai un peu à la maison.

Devant la fenêtre ouverte, Biddy faisait de mauvais gré quelques points sur une tapisserie apparemment constellée de nœuds.

– Cela fait des mois que je suis là-dessus, dit-elle à Judith. Je ne sais pas pourquoi je me donne cette peine. Ce sera horrible sur un fauteuil. Je devrais peut-être me remettre au tricot. Ma chérie, tu n'attends pas un coup de fil d'Edward, au moins ?

– Non, répondit Judith.

– Bien. Ça m'a effleuré l'esprit. Il n'y a pas pire chose

au monde que d'attendre un coup de téléphone. Mais si tu veux l'appeler, vas-y.

– Tu es gentille, mais je n'en ai aucune envie. Je n'aurais rien à lui dire, vois-tu.

Biddy, lasse de sa tapisserie, piqua l'aiguille dans le canevas et le jeta à côté d'elle. Elle regarda la pendule, annonça avec satisfaction que le soleil était passé de l'autre côté de la vergue et se servit son premier whisky-soda de la soirée. Son verre à la main, elle monta prendre un bain. Judith lut le journal et, quand Biddy réapparut en robe d'hôtesse bleu saphir, elles essayèrent les nouveaux rideaux noirs qu'exigeait le couvre-feu.

– Inutile d'en faire d'autres tant que nous ne sommes pas certaines que celui-là est efficace, fit remarquer Judith, qui sortit dans le jardin pendant que Biddy tirait la double épaisseur des rideaux avant d'allumer la lumière.

– Tu vois quelque chose? cria-t-elle pour qu'on l'entende à travers le tissu qui absorbait les sons.

– Rien du tout. Pas une lueur. C'est une vraie réussite.

Elle rentra. Elles se félicitèrent de leur habileté, et Biddy reprit un verre. Judith se rendit dans la cuisine pour faire réchauffer les macaronis au gratin de Mrs. Lapford, préparer une salade et, la table de la salle à manger étant encombrée de leurs travaux de couture, mettre le couvert.

Tout en accompagnant leur dîner d'un verre de vin blanc, elles parlèrent de Molly, de Jess et du voyage à Singapour.

– C'est en octobre, n'est-ce pas, que tu prends le bateau? Nous n'avons pas tant de temps que ça pour faire nos courses à Londres. Essayons de fixer une date. Nous pouvons descendre à mon club, et même aller au théâtre. La semaine prochaine, ou la suivante. Il y a toujours de ravissantes tenues de croisière chez Liberty, même au beau milieu de l'hiver. Je dois avouer que je t'envie de t'éloigner de ce climat déprimant. Je m'embarquerais volontiers pour le canal de Suez et l'océan Indien. Promets-moi de m'envoyer un fez d'Aden.

Après le dîner, elles firent la vaisselle avant de regagner le salon. Ce furent bientôt les actualités de neuf heures. Abris antiaériens et sacs de sable à Londres. Les troupes nazies en marche. Anthony Eden prenant l'avion pour une destination quelconque avec une missive du gouvernement britannique. La mobilisation des réservistes était imminente. Visiblement incapable de supporter plus longtemps ces nouvelles sinistres, Biddy régla la TSF sur Radio-Luxembourg et la pièce, doucement éclairée et parfumée par les senteurs du jardin qui entraient par la fenêtre ouverte, résonna de la voix de Richard Tauber.

Les filles sont faites pour l'amour et les baisers,
Et ce n'est pas moi qui vous dirai le contraire.

Et Judith fut de nouveau auprès d'Edward, lors du dernier Noël, le jour où il était rentré de Suisse. Il l'avait cherchée, et ils avaient couru ensemble sous la pluie, chargés de paquets, et bu du champagne au bar de l'hôtel de *La Mitre*. Ce souvenir était si vivace qu'elle entendit les cris des mouettes dans la tempête, revit les lumières de Noël sur les trottoirs mouillés. Et elle savait qu'il en serait toujours ainsi. Elle aurait beau faire, Edward serait toujours là. J'ai survécu une journée, se dit-elle. Une journée sans lui. C'était la première étape d'un voyage de milliers de kilomètres.

Quand Bob Somerville revint à Bickley le samedi matin, il s'était produit un certain nombre d'événements assez alarmants.

Morag, qui était allée chasser sur la lande, était revenue avec quatorze tiques incrustées dans son épais pelage, que l'on avait eu du mal à retirer. C'était un travail répugnant dont Judith s'était chargée, Biddy étant trop dégoûtée. Judith avait déjà vu le colonel Carey-Lewis procéder à cette horrible opération sur Tiger. Les tiques enlevées, il fallut donner un bain antiseptique à Morag, qui détestait cela et se débattit tant qu'à la fin Judith et Biddy étaient aussi trempées que le chien.

En Autriche, à Obersalzberg, Herr Hitler annonça, lors d'un discours devant ses généraux, que la destruction de la Pologne commencerait dans quelques jours.

Le monde apprit une sinistre nouvelle : les nazis et les Russes venaient de signer un pacte de non-agression. Rien ne pourrait plus empêcher la guerre, semblait-il.

Biddy et Judith, ainsi que les Dagg, les Lapford et un grand nombre de gens du village, se présentèrent dans le hall de l'école où l'on distribuait des masques à gaz, que l'on emporta chez soi, avec autant de précaution que de dégoût, comme s'il s'agissait de bombes à retardement, et que l'on fourra sous la table du vestibule en priant ardemment le ciel de ne jamais avoir à s'en servir.

Bill Dagg, qui était venu faire quelques heures de jardinage par une soirée chaude et humide, coinça Biddy dans le potager où elle arrachait des laitues pour le dîner. Appuyé sur sa bêche, il engagea la conversation et en vint au point qui le préoccupait. Ne devrait-on pas bêcher et fumer le bas du paddock pour y planter des pommes de terre ? Biddy lui répondit que cela prendrait des jours et des jours, qu'elle n'aimait pas beaucoup les pommes de terre et qu'elle leur préférait l'herbe verte du paddock, mais Bill était têtu et bien décidé à n'en faire qu'à sa tête. Après tout, fit-il remarquer en ôtant sa casquette pour gratter son crâne chauve, si Hitler arrivait à ses fins, l'Angleterre mourrait de faim. C'était honteux de laisser sommeiller de la bonne terre où l'on pouvait faire pousser quelque chose. Et si l'on avait des patates, on ne mourrait pas de faim. Dévorée par les moustiques, Biddy se laissa convaincre et Bill, triomphant, alla chercher une pelote de ficelle pour délimiter son nouveau champ de pommes de terre.

Enfin, Judith acheva la confection des rideaux noirs, un véritable travail de Romain. La dernière paire était pour la chambre de Ned, dans laquelle elle se rendit pour les y accrocher. C'était la plus petite pièce de la maison. Ned dormait sur une couchette au-dessus d'un ensemble de tiroirs d'acajou. Les rideaux de lin étaient bleu marine et les murs blancs couverts de photos datant de ses classes préparatoires et de ses années au collège naval de Dartmouth. Il y avait aussi une grande affiche en couleur représentant une jeune fille à demi nue. Il possédait encore un bureau, avec une lampe et une chaise, mais c'était tout, car il n'y avait pas de place pour d'autres meubles. Pour fixer les crochets dans le chambranle de la fenêtre, Judith dut monter sur une chaise. Quand elle se retourna pour descendre, elle aperçut le vieux nounours de Ned, borgne et pelé, sur l'oreiller de la couchette. Cet ours en peluche à côté de la blonde pulpeuse avait quelque chose de terriblement touchant. Elle pensa à Ned Somerville, ce qui détourna ses pensées d'Edward Carey-Lewis. Elle se souvint des bons moments passés avec lui et espéra qu'elle le reverrait bientôt. Il lui avait un peu tenu lieu de frère.

– Judith, appela Biddy du rez-de-chaussée.

– Je suis là.

– Aurais-tu vu mon sécateur ?

– Non, mais je vais le chercher.

Elle descendit de la chaise et quitta la chambre de Ned en refermant la porte derrière elle.

Samedi 26 août. Bob Somerville arriva de Devonport juste avant midi. Quand Biddy entendit le moteur ronfler dans la côte, elle laissa tomber ce qu'elle était en train de faire (éplucher un chou-fleur, Mrs. Lapford ne venant pas le week-end) et, sous le soleil, s'avança à sa rencontre. Il sortit de voiture, fatigué et échevelé. Il était en uniforme. Sa casquette à feuilles de chêne dorées lui tombait sur le front, il portait une vieille veste aux galons ternis. Il attrapa la poignée de cuir usée de sa mallette et vint embrasser sa femme.

– J'ai eu peur que tu n'y arrives pas, lui dit-elle.

– Je suis là.

– C'est tellement affreux ! Je pensais que ce serait la panique.

– C'est la panique. Mais je voulais vous voir, toutes les deux.

Elle glissa son bras sous le sien et ils rentrèrent ensemble dans la maison.

– Veux-tu un verre ? lui demanda-t-elle au pied de l'escalier.

– Plus tard, Biddy, fit-il en hochant la tête. Je monte pour ôter cette tenue crasseuse et me mettre à l'aise. Ça m'aidera à retrouver mes esprits. Ça sent bon. Qu'y a-t-il pour le déjeuner ?

– Un ragoût de mouton.

– Délicieux.

Les rideaux noirs étant terminés et la machine à coudre rangée, elles avaient de nouveau investi la salle à manger. Judith avait mis la table et, quand Bob descendit dans son vieux pantalon de velours côtelé et sa chemise fanée et confortable, elle alla le saluer. Il la serra fort dans ses bras. Biddy enleva à la hâte son tablier et l'on prit un verre au soleil, dans le jardin. Bob but une bière, Judith du cidre et Biddy son éternel gin-tonic. Il demanda des nouvelles. On lui parla des pommes de terre de Bill Dagg et des tiques de Morag (on n'évoqua ni les masques à gaz ni le traité germano-soviétique). Bob attira la chienne contre lui, lui caressa la tête et lui dit qu'elle était bête et dégoûtante. Elle remua la queue, l'air béat.

Il se cala dans son fauteuil en levant la tête vers le soleil. Un avion, qui bourdonnait comme une abeille, passa lentement dans le ciel, jouet d'argent suspendu dans le temps et l'espace.

— J'espère que nous n'avons ni invités ni invitations, ce week-end.

— Un apéritif ce soir, répondit Biddy. Ici. C'est tout. Rien que de vieux amis.

— Qui ?

— Les Barking et les Thornton. Mais si tu veux, ajouta-t-elle, je les décommande. Ils comprendront. Je me suis dit que nous avions tous besoin de nous remonter le moral.

— Ne les décommande pas. Je serai content de les voir.

L'avion disparaissait au loin derrière un nuage vaporeux.

— Est-ce tout ?

— C'est tout.

— A quelle heure viennent-ils ?

— A six heures et demie.

— Pourquoi ne pas inviter Miss Lang ? demanda-t-il après un instant de réflexion.

Judith fronça les sourcils. Elle avait rencontré, au cours de ses visites précédentes, les Barking et les Thornton. Les Barking, un couple de retraités de la Marine, s'étaient installés à Newton Ferrars, où ils avaient acheté une petite maison qui avait un accès direct à la mer avec une rampe pour leur voilier. Dès que les hostilités commenceraient, James Barking reprendrait du service. Biddy était au courant, et c'était l'une des raisons pour lesquelles elle les avait invités. Les Thornton, Robert et Emily, habitaient Exeter. Robert était avoué et capitaine d'un bataillon de l'armée territoriale du Devonshire. Biddy jouait au bridge et au tennis avec Emily Thornton. Mais Miss Lang...

— Qui est Miss Lang ? demanda-t-elle.

— C'est une vieille fille, une fonctionnaire à la retraite qui est venue vivre ici, dit Biddy. Elle possède une petite maison de pierre à l'autre bout de la ville avec une porte jaune qui ouvre sur la rue et un ravissant jardin par-derrière. Bob est amoureux d'elle.

– Je ne suis pas amoureux d'elle, protesta paisible-ment Bob. Je la trouve intelligente et très intéressante.

– Quel âge a-t-elle? demanda Judith.

– Environ soixante-cinq ans, fit Biddy en haussant les épaules. Très soignée, mince et alerte. Nous avons fait connaissance lors d'un déjeuner chez les Morrison, il y a trois mois. (Elle se tut un instant, songea à Miss Lang.) Tu as raison, Bob, je devrais l'inviter. Ne crois-tu pas que ce soit incorrect... de la prévenir si tard?

– Je ne crois pas qu'elle soit femme à s'offenser facile-ment.

– Ne se sentira-t-elle pas de trop au milieu de tous ces vieux amis?

– Biddy, ma chérie, tu reçois beaucoup trop bien. En plus, Miss Lang a passé sa vie à organiser des confé-rences internationales à la Société des Nations et à tra-vailler dans les ambassades de Paris ou de Washington. Je ne la vois pas perdre sa langue en présence de quel-ques bucoliques habitants du Devon.

– Je l'ai croisée, l'autre jour, et j'aurais dû le lui demander à ce moment-là. Mais c'était dans le hall de l'école. On nous distribuait les masques à gaz. Elle faisait la queue dans une autre file et, de toute façon, ce n'était pas vraiment le moment de lancer des invitations.

– Va l'appeler.

Biddy rentra donc donner son coup de téléphone et revint leur annoncer que Miss Lang était ravie, se moquait tout à fait d'avoir été prévenue si tard et vien-drait à Bickley à six heures et demie.

Bob prit la main de Biddy et y déposa un baiser.

– Bien joué.

Puis il dit qu'il mangerait bien quelque chose. Biddy retourna à la cuisine mettre son tablier et dresser son ragoût de mouton.

Miss Lang était un peu en retard. Les Thornton et les Barking étaient déjà arrivés, on leur avait servi à boire, ils avaient allumé une cigarette et bavardaient agréable-ment entre amis qui se connaissent depuis longtemps. Au bout de quelque temps, Judith put s'esquiver à la cuisine où chauffait une fournée de vols-au-vent au poulet, que Biddy avait visiblement oubliée. Ils étaient légèrement brunis. Elle était en train de les disposer sur un plat bleu et blanc quand elle aperçut, par la fenêtre de la cuisine, une petite voiture verte franchir le portail et se garer devant la porte d'entrée.

Elle abandonna ses vols-au-vent pour accueillir la dernière invitée. Sur le seuil se trouvait une dame longue et mince, aux cheveux blancs, en jupe de flanelle grise et cardigan de cachemire bordeaux. Simple, mais très élégante.

– Miss Lang ?

– Je suis en retard.

– Cela n'a aucune importance.

– Le téléphone a sonné juste au moment où je partais. C'est toujours comme ça, n'est-ce pas ?

Elle avait des yeux gris clair, vifs et intelligents, et ressemblait un peu à ce que serait Miss Catto dans vingt ans, se dit Judith.

– Et qui êtes-vous ?

– Judith Dunbar, la nièce de Biddy.

– Bien sûr, elle m'a parlé de vous. Quel plaisir de vous rencontrer ! Vous séjournez ici ?

– Oui, pour quelque temps. Entrez, je vous prie.

Elle s'arrêta dans le vestibule. La petite réunion battait son plein et l'on entendait les rires et les bavardages par la porte du salon.

– En fait, j'étais en train de m'occuper de vols-au-vent un peu trop cuits...

Miss Lang lui adressa un sourire compréhensif.

– Ne vous inquiétez pas, je me débrouillerai très bien toute seule.

Sur ce, elle traversa le vestibule et entra dans le salon. Judith entendit la voix de Biddy :

– Ah ! Voilà Miss Lang. Nous sommes ravis de vous voir...

De retour dans la cuisine, Judith constata avec soulagement que les vols-au-vent étaient intacts, car Morag aurait fort bien pu les renifler et les dévorer. Elle les disposa sur l'assiette et les apporta au salon. Celui-ci était bondé, car huit personnes, c'était beaucoup. Quand Miss Lang avait fait son apparition, ils s'étaient tous levés pour les présentations, puis ils s'étaient rassis dans leur fauteuil et avaient repris la conversation. Judith passa les vols-au-vent à la ronde.

Plus tard, sur le rebord de la fenêtre, en compagnie de Biddy et d'Emily Thornton, elle écoutait avec amusement le récit du dernier scandale au tennis-club quand Miss Lang se joignit à elles pour contempler par la fenêtre la pelouse verdoyante où s'allongeaient les ombres ; elle dit qu'elle ne savait pas comment faisait Biddy pour avoir de si belles roses.

Biddy parla de manière très concrète de son unique succès en matière d'horticulture.

— C'est le fumier de cheval, lui expliqua-t-elle. J'en ai une source inépuisable.

— M'en voudriez-vous beaucoup si j'allais y jeter un coup d'œil ? Elles sont exceptionnelles.

— Bien sûr que non. Judith vous fera une visite guidée. Cela ne t'ennuie pas, ma chérie ?

— Pas du tout, si ce n'est que je ne connais pas tous les noms...

— On a l'impression que je demande à leur être présentée, dit Miss Lang en riant.

Elle posa son verre de xérès et Judith la précéda, laissant Biddy et Emily Thornton aux délices d'un ragot plus croustillant encore que le précédent. Elles passèrent par la porte vitrée qui menait dans le jardin de devant. Les chaises longues sur lesquelles ils s'étaient assis à l'heure du déjeuner étaient encore là, et un hochequeue sautait sur l'herbe.

— Quelle délicieuse soirée ! s'exclama Miss Lang. Et quelle vue ! J'ignorais qu'ici elle s'étendait aussi loin. Ma maison est dans la rue principale, je n'ai donc pas de vue, mais en prenant ma retraite, j'ai pensé qu'il valait mieux ne pas être trop éloignée des voisins et des commerces. Comme cela, quand je serai vraiment décrépite et que je ne pourrai plus conduire, je resterai indépendante.

Elles se promenèrent lentement sur l'herbe.

— Parlez-moi de vous, à présent. Êtes-vous la nièce qui part pour Singapour ? Oh ! Cette rose est vraiment ravissante, et je connais son nom : Ena Harkness. Elle est énorme ! dit-elle en se penchant pour sentir la corolle veloutée. Et un parfum divin ! Quand prenez-vous le bateau ?

— Je dois partir en octobre.

— Depuis combien de temps n'avez-vous pas vu vos parents ?

— Quatre ans.

– C'est trop long. Une séparation trop cruelle. Quel âge avez-vous ?

– Dix-huit ans.

– Vous avez terminé vos études, bien entendu.

– Oui, cet été.

– Vous entrez à l'université ?

– Je n'ai pas encore reçu les résultats.

– Ah ! l'attente ! Terrible. Je m'en souviens. Combien de temps resterez-vous à Singapour ?

– Environ un an. Si j'ai réussi l'examen, je pense que j'entrerai à Oxford. Je devrai alors revenir.

– Mais c'est merveilleux... Les années que j'ai passées à l'université ont été parmi les plus heureuses de ma vie.

Non seulement elle ressemblait à Miss Catto, mais elle tenait le même langage.

– Les langues. Vous devriez essayer d'apprendre quelques langues. Vous parlez français, bien entendu. Et l'allemand ?

– Je n'ai jamais fait d'allemand.

– Du latin ?

– Pas très douée pour le latin.

– Dommage. Avec le latin, vous avez déjà fait la moitié du chemin pour savoir l'italien et l'espagnol. Ah ! voilà une rose dont je ne connais pas le nom.

– Moi non plus.

– Nous devrons donc le demander à Mrs. Somerville.

– Je doute qu'elle le sache... Le jardinage n'est pas son fort.

– Dans ce cas, je devrai le chercher. Pendant ces quatre années où vos parents étaient à l'étranger, comment vous êtes-vous débrouillée ? Qui vous accueillait pour les vacances ?

Cela semblait vraiment l'intéresser, sans qu'elle manifestât pour autant la moindre curiosité. Judith lui parla sans réticence, avec une certaine objectivité, des Carey-Lewis et de Nancherrow, comme s'il s'agissait d'une période de sa vie qui était révolue et n'avait pas laissé de traces. Ce qui était d'autant plus étrange qu'elle ne parvenait pas à en parler à Biddy ou à Bob sans que le douloureux souvenir d'Edward lui revînt en mémoire. Elle lui parla de tante Louise, de Loveday et de la générosité de Diana et d'Edgar Carey-Lewis.

Miss Lang l'écouta avec la plus grande attention.

– Les gens peuvent être d'une infinie gentillesse, fit-elle remarquer, et nous l'oublions parfois. Je ne dirai pas que vous avez eu de la chance, parce que je déteste ce mot. On dirait que vous avez décroché le gros lot dans une quelconque loterie. Mais je suis ravie pour vous, parce que cela a dû totalement vous changer la vie.

– Biddy était toujours là, bien sûr. Je savais que je pouvais venir chez elle.

Elles arrivaient au fond du jardin. La dernière rose était jaune. Après l'avoir admirée, Miss Lang se tourna vers Judith.

– J'ai pris un grand plaisir à bavarder avec vous, dit-elle. J'espère que je vous reverrai.

– Je l'espère aussi, Miss Lang.

– Je n'en ai pas encore parlé à Mrs. Somerville, poursuivit-elle après un instant d'hésitation, mais j'aimerais que vous m'appeliez tous Hester. C'est mon nom. Je vis ici, à présent. J'y suis chez moi. Et l'on m'appelle Miss Lang depuis beaucoup trop longtemps. Il est temps de changer d'image.

Hester. Judith se rappela le jour lointain où Diana Carey-Lewis lui avait dit à peu près la même chose et où, roulant à toute allure dans la Bentley découverte, Judith, Loveday et Diana avaient crié « Diana » dans le vent.

– J'aimerais beaucoup vous appeler Hester, répondit-elle.

– C'est donc décidé. Les moustiques commencent à piquer. Il est temps de rejoindre les autres.

Depuis Haytor, la vue était très dégagée sur l'étendue du Dartmoor, les villages, minuscules jouets jetés sur un tapis, des vallées, des rivières et des champs et, au loin, de Teignmouth à Start Point, la mer argentée et scintillante. Morag bondissant sur leurs talons, Judith et Bob Somerville avaient grimpé les sept kilomètres de sentier à travers la lande avant d'atteindre leur but, puis ils s'étaient assis sur l'herbe pour reprendre haleine à l'abri d'un rocher. Biddy n'était pas venue avec eux. Elle était allée à l'église, ce qui ne lui ressemblait pas. Aucune heure n'était fixée pour le déjeuner, leur avait-elle assuré. Il était donc inutile de se dépêcher de regagner Bickley. Ils pouvaient prendre leur temps.

Ils restèrent assis en silence, sans gêne. C'était une matinée calme, que seuls les bruits de la campagne troublaient de temps en temps. Le bêlement d'un mouton, l'aboiement d'un chien, le bruit d'un moteur qui rétrograde avant de gravir une côte. Les cloches de la petite église, au loin. La brise agitait les fougères.

Judith arracha un brin d'herbe.

– Oncle Bob, dit-elle, pourrions-nous parler un peu ?

Il avait sorti sa pipe et sa blague, et il remplissait le fourneau en tassant le tabac.

– Bien sûr. Tu peux toujours me parler.

– C'est un sujet épineux.

– Ne s'agirait-il pas par hasard du jeune Carey-Lewis ?

Elle se tourna vers lui. Il allumait sa pipe avec l'allumette qu'il avait tirée d'une boîte de Swan Vestas. Le tabac avait une odeur sucrée et la fumée s'éleva en un fin panache gris.

– Biddy t'a raconté ?

– Évidemment.

Il remit les allumettes dans la poche de sa vieille veste de tweed, si élimée que, par endroits, on eût dit de la ficelle tissée.

– Elle me dit tout. Tu aurais dû t'en douter. Je suis désolé. Un amour non partagé rend très malheureux.

– Il ne s'agit pas d'Edward, mais de Singapour.

– Comment cela ?

– Je crois que je n'irai pas. Ça fait une éternité que j'y pense, mais je n'en ai encore parlé à personne. C'est affreux, parce que j'ai l'impression d'être tiraillée entre deux directions opposées. D'une part, j'ai très envie d'y aller. Je désire plus que tout revoir maman, papa et Jess. J'ai attendu ce moment chaque minute, chaque jour, pendant quatre ans. Et je sais qu'il en est de même pour maman. Plus qu'un an, me disait-elle dans ses lettres. Plus que six mois. Plus que trois mois. Elle a préparé ma chambre et projeté des tas de choses, de donner une grande fête en l'honneur de mon arrivée, d'aller passer des vacances à Penang. J'ai réservé mon billet, et rien ne m'empêche de prendre le bateau...

Elle se tut. Bob attendit.

– Et d'autre part ? demanda-t-il.

Judith respira profondément.

– La guerre. Tout le monde sera pris dans l'engrenage. Tous les gens que j'aime vraiment. Ned et toi, et tous mes amis. Jeremy Wells, Joe Warren, Heather aussi probablement. Athena Carey-Lewis et Rupert Rycroft... Elle va sans doute l'épouser et il fait partie des Dragons de Sa Majesté. Et Gus Callender, l'ami d'Edward. Et Edward. En partant pour Singapour, je serai le rat qui quitte le navire. Je sais bien que nous ne coulerons pas, mais ça ne m'empêche pas d'avoir cette impression. La semaine dernière, Biddy et moi, nous sommes allées chercher des masques, nous avons fait des stocks de bougies et de paraffine, cousu des rideaux noirs pour le couvre-feu. A Singapour, ma mère se contente de donner ses ordres à des tas de domestiques, de se rendre à son club, de jouer au tennis et de se mettre sur son trente et un pour dîner en ville. Ça m'amuserait énormément de jouer les grandes dames comme ça, mais j'aurais sans cesse mauvaise conscience. Ce serait différent s'il y avait la plus petite probabilité que la guerre les touche, d'une façon ou d'une autre, comme lors de la Grande Guerre. Mais là, j'aurais l'impression de fuir, de déserter en laissant les autres faire le sale boulot. Faire la guerre, autrement dit.

Elle se tut, ne trouvant plus ses mots. Bob ne réagit pas immédiatement.

– Je comprends ton point de vue, dit-il enfin, mais ça me fait de la peine pour tes parents, surtout pour ta mère.

– C'est ce qui m'embête le plus. Si ce n'était pour elle, je n'envisagerais même pas d'aller à Singapour.

– Rappelle-moi ton âge.

– Dix-huit ans.

– Tu peux y rester un an et revenir.

– Je ne veux pas prendre ce risque. Tout peut arriver. Je pourrais être coincée là-bas pendant des années.

– Et l'université ? Oxford ? Je croyais que c'était au programme.

– Pas avant un an. Et je n'ai pas encore mes résultats d'examen. Je crois qu'Oxford peut attendre. Ce n'est pas aussi impératif que de rester en Angleterre. Il se peut que j'entre à l'université. Mais l'important, pour l'instant, c'est que je ne veux pas déserter. M'enfuir. Je veux rester ici et partager toutes les horreurs qui se produiront immanquablement.

La pipe au bec, Bob cala ses épaules contre le granite couvert de lichen.

– Que veux-tu que je te dise ?

– J'espérais que tu m'aiderais à me décider.

– Je ne peux pas. C'est à toi de prendre une décision.

– C'est si difficile.

– Je te dirai simplement deux choses. Si tu vas rejoindre tes parents, je suis convaincu que personne ne te jettera la pierre. Vous avez été séparés trop longtemps et, après toutes ces années de solitude, je crois que tu mérites de t'amuser un peu. Et si tu ne t'en vas pas... il faut que tu comprennes que ce sera dur. Cela dit, c'est ta vie. Tu en es responsable.

– Si je reste en Angleterre, me trouveras-tu cruelle et égoïste ?

– Non, je penserai que tu fais preuve d'un patriotisme et d'un désintéressement sans limites. Et je serai très fier de toi.

Patriotisme. C'était un drôle de mot, que l'on ne prononçait pas souvent et qui recouvrait un sentiment aussi profond que la loyauté ou l'affection que l'on éprouvait envers ses amis. Elle songea aux chants que braillaient les filles de Sainte-Ursule lors de la fête de l'Empire ou de l'anniversaire du roi.

> *Ce trône des rois, cette île-sceptre*
> *Cette terre de Majesté, ce siège de Mars,*
> *Cette forteresse, bâtie par la nature pour lutter*
> *Contre l'emprise des guerres...*

« Je serai très fier de toi. » Sans doute n'avait-elle besoin que de cela.

– Je crois que je vais rester, dit-elle. J'appellerai la compagnie maritime pour annuler mon billet, puis j'écrirai à maman. Elle sera désespérée, je le sais, mais il faudra qu'elle comprenne.

– Mieux vaut envoyer d'abord un télégramme. En mettant à la fin « lettre suit ». Une fois que tu auras fait ça, que tu auras brûlé tes vaisseaux, tu écriras une belle lettre où tu mettras tout ce que tu viens de me dire. Dans la Marine, on appelle ça « donner ses raisons écrites ».

– Oui. Tu as tout à fait raison. C'est ce que je vais faire. Tout de suite. Oh ! quel soulagement ! Tu es formidable, oncle Bob.

– J'espère simplement que tu ne regretteras pas ta décision.

– Je suis sûre que non. Je me sens déjà beaucoup

mieux. Et si ça fait des histoires épouvantables, tu me soutiendras, n'est-ce pas ?

– Je serai ta seconde ligne de défense. Maintenant que cette question est réglée, que vas-tu faire ? Y as-tu déjà pensé ?

– Oui. J'aimerais m'engager dans l'armée, mais ça ne sert à rien tant que je n'ai pas une quelconque qualification. Sinon on va me faire nettoyer les armes ou préparer les gueuletons officiels. Heather Warren, mon amie de Porthkerris, va apprendre à taper à la machine et à prendre des notes en sténo. Je me suis dit que je pourrais le faire avec elle. La sténo et la dactylo, ce n'est pas grand-chose, mais c'est déjà une compétence. Je retournerai vivre à Porthkerris et je demanderai à Mrs. Warren de m'héberger comme hôte payant. Je sais qu'elle acceptera, elle est très hospitalière. J'y suis allée si souvent et, si Joe s'engage, je prendrai sa chambre.

– A Porthkerris ?

– Oui.

– Pas à Nancherrow ?

– Non. Pas seulement à cause d'Edward. Je crois aussi que j'ai vécu assez longtemps chez les Carey-Lewis. Il faut que je prenne mon indépendance. De toute façon, Nancherrow est loin de tout. Si je veux apprendre quoi que ce soit, ce serait on ne peut plus incommode.

– Tu tiens vraiment à retourner en Cornouailles ?

– Pas vraiment. En fait, je crois que j'ai besoin de m'en éloigner. Je ne suis pas encore tout à fait remise.

– Alors pourquoi ne pas rester ici ? Avec Biddy ?

– Je ne peux pas rester ici indéfiniment.

– Pas indéfiniment. Pour le moment. J'aimerais que tu restes. Je te demande de rester.

Judith le regarda, perplexe. Elle vit son profil taillé à coups de serpe, solide, ses épais sourcils. Elle vit aussi ses cheveux grisonnants, les rides profondes qui creusaient son visage et, tout à coup, il lui fut facile d'imaginer ce qu'il deviendrait quand il serait très vieux.

– Pourquoi veux-tu que je reste ici ? demanda-t-elle.

– J'aimerais que tu tiennes compagnie à Biddy.

– Mais elle a des amis à la pelle.

– Ned lui manque, et Dieu sait ce que je vais devenir. Elle aime bien que tu sois là. Vous vous occuperez l'une de l'autre.

– Mais il faut que je fasse quelque chose. Je souhaite vraiment apprendre la sténo et la dactylo.

– Tu peux très bien le faire ici. A Exeter ou à Plymouth.

– Mais comment ferai-je le trajet ? Tu as dit toi-même que l'essence serait la première chose rationnée. Je ne pourrai pas prendre ma voiture, et de Bovey Tracey il n'y a qu'un bus par jour.

Bob sourit.

– Tu as vraiment le sens des détails. Tu feras une excellente secrétaire.

Il se redressa et se pencha pour tapoter sa pipe contre le talon de sa chaussure.

– Une chose à la fois, tu veux bien ? Je trouverai, je te le promets. Je ne te laisserai pas oisive et les mains vides. Mais reste un peu avec Biddy.

Elle comprit soudain qu'elle l'aimait vraiment beaucoup.

– D'accord, fit-elle en se penchant pour embrasser sa joue tannée.

Il la serra fort contre lui. Morag, qui s'était couchée dans les fougères un peu plus loin, vint voir ce qu'ils faisaient. Oncle Bob lui donna une petite tape sur le flanc.

– Viens, paresseuse, lui dit-il. Nous rentrons à la maison.

Il était presque deux heures et demie quand ils rentrèrent, affamés, assoiffés et moulus de fatigue. Ils avaient fait une promenade magnifique. Ils approchèrent de Bickley par le chemin de la lande, franchirent le muret de pierre au bout du paddock et descendirent vers la maison à travers les herbages. Plus vive que jamais, Morag sauta le muret comme un obstacle de steeple-chase et courut vers le bol d'eau qui l'attendait devant la porte.

Judith et oncle Bob avancèrent plus lentement. Au bas du paddock, ils s'arrêtèrent pour inspecter le futur carré de pommes de terre de Bill Dagg. L'endroit avait été délimité avec de la ficelle, un quart du terrain avait été retourné, et la terre y était brune et riche. Judith s'accroupit pour en prendre une poignée d'où émanait une douce odeur humide, et qu'elle fit glisser entre ses doigts.

– Je parie qu'il y poussera les meilleures pommes de terre du monde, dit-elle.

– Une fois que ça aura été bêché. Un travail qui ne me dirait rien. Autant que ce soit Bill Dagg qui...

Oncle Bob tendit l'oreille. Judith entendit aussi. Une voiture gravissait la colline. Bob fronça les sourcils.

– Qui cela peut-il être ?

Ils attendaient côte à côte, les yeux rivés sur le portail ouvert. Le bruit du moteur se rapprocha, puis la voiture apparut sur la route et s'engagea dans l'allée de Bickley. Les pneus firent crisser le gravier. Un véhicule noir de la Royal Navy, avec un officier au volant.

– Nom de Dieu, marmonna Bob dans sa barbe.

– Qui est-ce ?

– Mon officier de transmissions.

La voiture s'arrêta et un jeune homme en uniforme de lieutenant en sortit. Bob alla à sa rencontre, se baissant pour passer sous la corde à linge. Judith hésita, essuya sa paume pleine de terre et le suivit à pas lents.

Le lieutenant s'avança et salua.

– Capitaine Somerville.

– Whitaker, que faites-vous ici ?

– Un message, capitaine. Je l'ai reçu il y a une heure. Je suis venu tout de suite. J'ai pensé qu'il valait mieux le remettre en mains propres.

– Avec une voiture de service ?

– J'ai idée que vous allez avoir besoin d'un moyen de transport, capitaine.

Il lui tendit le message. Bob Somerville le lut, avec ses cheveux ébouriffés, ses chaussures poussiéreuses et sa vieille veste de tweed. Judith observait ses traits avec anxiété, mais il ne laissa rien paraître.

– Oui, dit-il en levant les yeux vers le lieutenant Whitaker. Mieux valait me le remettre en mains propres. Merci.

Il consulta sa montre.

– J'ai besoin d'un quart d'heure. Il faut que j'aie une conversation avec ma femme, que je mange un sandwich et que je fasse ma valise.

– Bien, capitaine.

Bob fit volte-face pour pénétrer dans la maison et se souvint *in extremis* de Judith.

– Whitaker, voici ma nièce, Judith Dunbar. Donnez-lui les détails. Et si vous êtes gentil avec elle, elle vous fera peut-être une tasse de thé.

– Je n'en aurai pas besoin, merci beaucoup, capitaine.

– Dans quinze minutes.

– Je vous attends, capitaine.

Oncle Bob rentra, refermant intentionnellement la porte derrière lui, et Judith comprit qu'il désirait être seul. Seul avec Biddy. Pleine d'appréhension, elle imaginait déjà une invasion imminente, ou de très mauvaises nouvelles de Ned.

– Que se passe-t-il ?

– Il s'agit d'un rendez-vous très spécial, lui confia le lieutenant Whitaker. Le commandant en chef de la flotte a demandé au capitaine Somerville de faire partie de son état-major.

Soulagement. Il ne s'agissait pas des choses terribles qu'elle redoutait.

– Immédiatement. Avec toute la diligence requise. C'est pourquoi j'ai pris une voiture officielle.

– Où se trouve la flotte ?

– A Scapa Flow.

– Vous n'allez pas le *conduire* à Scapa Flow !

Le lieutenant Whitaker éclata de rire, ce qui lui donna aussitôt un air plus humain.

– Non, je pense que le capitaine Somerville fera le trajet par l'antenne aérienne de la flotte.

– Ned est basé à Scapa Flow.

– Je sais.

– Tout cela est si soudain.

Elle croisa son regard, y lut de la compassion et tenta de sourire.

– Je suppose que dorénavant tout sera comme ça...

Soudain, le lieutenant Whitaker perdit sa raideur officielle et devint un jeune homme parfaitement aimable et charmant.

– Écoutez, dit-il, si nous allions nous asseoir quelque part pour fumer une cigarette ?

– Je ne fume pas.

– Eh bien, moi, j'ai envie d'en griller une.

Ils allèrent donc s'asseoir sur les marches de pierre qui menaient à la pelouse, et Morag vint les y rejoindre. Il faisait chaud au soleil. Il fuma sa cigarette et lui demanda ce qu'elle avait fait ce matin avec le capitaine Somerville. Elle lui raconta leur promenade à Haytor et lui vanta la vue du haut de la colline. Elle lui dit que, pour l'instant, elle resterait à Bickley avec Biddy et comprit en prononçant ces mots qu'oncle Bob n'aurait plus le temps de penser à son avenir à elle. Il lui faudrait se débrouiller seule.

Quinze minutes plus tard exactement, Bob réapparut, Biddy à ses côtés. Le lieutenant Whitaker écrasa sa cigarette et se leva prestement pour serrer la main de Biddy. Celle-ci semblait légèrement ébahie, mais elle était mariée à la Marine depuis assez longtemps pour avoir appris à prendre ces départs précipités avec courage et philosophie. Quant à oncle Bob, de nouveau en uniforme, de nouveau responsable, il semblait à la fois distingué et énergique, quelque peu distant sans s'être pour autant mué en étranger, comme s'il s'était déjà éloigné d'elles pour se laisser absorber par sa vie professionnelle, la vraie.

Le lieutenant Whitaker prit son bagage, qu'il mit dans le coffre de la voiture. Oncle Bob se retourna pour embrasser sa femme.

– Au revoir, ma chérie.

– Essaie de voir Ned et embrasse-le pour moi.

– Bien sûr.

Vint le tour de Judith.

– Au revoir.

– Au revoir, oncle Bob.

Ils s'étreignirent, il lui demanda de prendre bien soin d'elle et elle lui répondit qu'elle le ferait.

Le lieutenant Whitaker attendait en tenant la portière ouverte. Bob s'installa sur le siège du passager, le lieutenant Whitaker claqua la porte, fit le tour du véhicule et se mit au volant.

– Au revoir !

La voiture franchit le portail et disparut. Bob Somerville était parti. Biddy et Judith tendirent l'oreille jusqu'à ce qu'elles n'entendent plus le bruit du moteur, puis se tournèrent l'une vers l'autre.

– Ça va ? demanda Judith.

– Non, je suis anéantie, répondit Biddy, qui parvint à ricaner. La Marine me donne parfois envie de vomir. Le pauvre. Il part en coup de vent, avec un sandwich au bœuf pour tout déjeuner. Mais le cher homme frétille comme un gardon. C'est un tel honneur. Une nomination si prestigieuse. Et je suis vraiment contente pour lui. J'aurais simplement préféré que ce ne soit pas si rapide et que Scapa Flow ne soit pas à l'autre bout du pays. Je lui ai demandé si je pouvais l'accompagner, mais il m'a dit que c'était hors de question. Il faut donc que je poireaute ici. Il paraît que tu vas rester un peu, ajouta-t-elle en levant les yeux vers Judith.

– Ça ne te dérange pas ?

– C'est idiot, mais en ce moment je ne pourrais pas supporter de vous perdre tous les deux. Je suis ravie que tu me tiennes compagnie. Oh, ma chérie... fit-elle en hochant la tête pour refouler son émotion, c'est bête, mais j'ai envie de pleurer...

– Allons, viens, dit Judith en lui prenant le bras. Nous allons nous faire une tasse de thé bien fort.

Plus tard, Judith se souviendrait toujours de ce dimanche d'août et du départ d'oncle Bob comme du moment précis où la guerre avait commencé. Les événements de la semaine suivante – la mobilisation, le rappel des réservistes, l'invasion de la Pologne et le discours de Mr. Chamberlain déclarant la guerre – ne furent plus rétrospectivement que des formalités concrétisant les débuts de ce combat mortel qui devait se poursuivre pendant près de six ans.

Bickley, South Devon, 13 septembre 1939

Chère Diana,

Pardonnez-moi de ne pas vous avoir écrit plus tôt, mais il s'est passé tant de choses que je n'en ai pas eu le temps. Je suis navrée de vous avoir quittés si précipitamment, mais je sais que vous m'avez comprise.

Judith croisa les doigts et mentit à nouveau.

Tante Biddy n'était vraiment pas bien et j'ai bien fait de venir. A présent elle va beaucoup mieux, sa mauvaise grippe est terminée.

Elle décroisa les doigts.

Mis à part le fait que la guerre a enfin éclaté (après ces deux affreuses semaines, c'est un soulagement), j'ai beaucoup de choses à vous dire. Tout d'abord, j'ai décidé de ne pas aller à Singapour. Les raisons de ce changement de programme sont trop nombreuses et trop complexes pour que je vous les explique. En bref, je ne pouvais m'embarquer pour l'Extrême-Orient et ses plaisirs quand tout le monde ici s'apprêtait à faire la guerre. Ma présence en Angleterre ne changera pas grand-chose, je le sais, mais j'aurais eu trop mauvaise conscience. Le pire a été de prévenir mes parents. J'ai d'abord annulé mon billet, puis je leur ai envoyé un télégramme. J'ai presque reçu leur réponse par retour du courrier (comment ont-ils pu faire si vite ?), des pages entières pour me supplier de changer d'avis, mais mon oncle Bob me soutient et j'ai tenu bon. Je leur ai écrit une très longue lettre pour leur donner mes raisons et j'espère qu'ils comprendront quelle est notre situation en Angleterre et ce que les gens ressentent. J'espère que vous ne me trouverez pas effroyablement égoïste. Ma mère le pense certainement, et elle est d'autant plus déçue qu'elle attendait ces retrouvailles avec impatience et que j'ai ruiné tous ses espoirs.

De toute façon, je reste ici.

Autre nouvelle : mon oncle Bob a été appelé à Scapa Flow en tant que capitaine du génie dans l'état-major du commandant en chef de la flotte. Il a été spécialement choisi pour cette tâche, ce qui est tout à fait prestigieux, mais il nous manque quand même énormément. Bien entendu, Biddy ne peut le rejoindre et doit donc rester ici. Je reste avec elle.

Je pense qu'elle s'engagera sous peu dans la Croix-Rouge mais, pour l'instant, il y a assez à faire ici. Mrs. Lapford, sa cuisinière, va s'occuper de la cantine d'une usine, près d'Exeter, et participer ainsi à l'effort commun. Mrs. Dagg, qui fait le ménage, reste avec nous. Femme d'ouvrier agricole, elle a décidé que, comme effort de guerre, la priorité des priorités était de bien nourrir son mari !

Quant à moi, j'avais résolu, avant le départ de mon oncle, d'apprendre la sténodactylographie. Je me demandais comment trouver quelqu'un pour me l'enseigner (ici, nous sommes loin de tout), mais tout s'est arrangé. Biddy a une amie à Bovey Tracey, qui s'appelle Hester Lang, une fonctionnaire à la retraite. L'autre jour, elle est venue jouer au bridge ; la partie terminée, nous avons pris un verre, et tout en bavardant, je lui en ai parlé. Elle m'a promis de me donner des cours. Elle est tellement efficace que je vais sûrement apprendre en un tournemain. J'aurai un professeur particulier, en quelque sorte. Dès que je taperai à une vitesse convenable, je m'engagerai dans l'armée. Dans le corps des auxiliaires féminines de la Marine, probablement. Au moins l'uniforme est joli !

J'espère que tout le monde va bien. Vous me manquez tous beaucoup. Je me demande si Mary a confectionné les rideaux noirs. Il m'a fallu toute une semaine pour faire ceux de Biddy et la maison est minuscule comparée à Nancherrow. Je regrette de vous avoir quittés si brusquement, mais embrassez le colonel Carey-Lewis, Mary, les Nettlebed, Loveday, tante Lavinia et tous les autres pour moi.

Encore une chose. On devait m'envoyer mes résultats d'examen à Nancherrow, à moins que Miss Catto ne vous les communique par téléphone. Quoi qu'il en soit, quand vous les aurez, voulez-vous avoir la gentillesse de me les envoyer ou de demander à Loveday de me téléphoner ? J'ai hâte de savoir. Non que cela change quoi que ce soit. Maintenant, je ne crois pas que j'irai à l'université.

Je vous embrasse,

Judith.

La réponse à cette missive ne parvint à Bickley que deux semaines plus tard. Elle glissa dans la boîte aux lettres et tomba sur le paillasson avec le reste du courrier, grosse enveloppe portant l'écriture enfantine de Loveday, dont la nullité en orthographe avait toujours fait le désespoir de Miss Catto. Judith fut d'autant plus surprise qu'elle n'avait jamais reçu de sa vie une lettre de Loveday qui, à sa connaissance, n'avait jamais rédigé que des cartes de vœux. Elle emporta la lettre dans le salon, se pelotonna dans un coin du sofa et ouvrit la lourde enveloppe.

Il y avait à l'intérieur les résultats de son examen d'entrée à l'université et plusieurs feuillets du beau papier à lettres de Nancherrow pliés en un gros paquet. Elle déplia tout de suite le formulaire officiel avec un soin anxieux, comme s'il risquait d'exploser. D'abord incrédule, elle fut ensuite submergée par le soulagement, l'excitation et la satisfaction d'avoir accompli quelque chose d'important. Si elle n'avait pas été seule, elle aurait sauté et dansé de joie, mais Biddy était chez le coiffeur. Elle se contenta donc de les relire, puis elle s'attaqua à la longue missive de Loveday.

Nancherrow, le 22 septembre

Ma chère Judith,

Nous avons été très heureux de recevoir ta lettre, qui est restée sur le bureau de maman, mais tu sais qu'elle déteste écrire, et elle m'a donc demandé de le faire. C'est une preuve d'amour, je peux te le dire, mais il tombe des hallebardes et je ne pourrais pas faire grand-chose d'autre.

Avant tout, voilà tes résultats d'examen. Quand l'enveloppe est arrivée, j'ai dû l'ouvrir bien qu'elle te soit adressée et je les ai lus à voix haute au petit déjeuner. Maman, papa et Mary ont tous applaudi. Tu es brillante. Toutes ces mentions, et deux félicitations du jury. Miss Catto doit danser le fandango. Peu importe que tu n'ailles pas à l'université, tu pourras faire encadrer ton diplôme quand tu le recevras et l'accrocher dans les toilettes ou quelque endroit plus convenable.

Tu es bien courageuse de ne pas aller à Singapour. Je ne sais pas si j'aurais eu la volonté de renoncer à toutes ces réjouissances. J'espère que ta mère t'a pardonné. Quelle nouvelle formidable concernant ton oncle ! Il doit être terriblement efficace et intelligent pour avoir un tel poste. J'ai dû regarder où se trouvait Scapa Flow dans un atlas. C'est presque au Cercle polaire ! J'espère qu'il a emporté des tas de sous-vêtements de laine.

Ici les choses bougent. Pearson nous a quittés, il s'est engagé dans le régiment d'infanterie du duc de Cornouailles. Janet et Nesta se demandent encore ce qu'elles vont faire, bien qu'on ne les ait pas appelées. Janet pense devenir infirmière, mais Nesta préférerait fabriquer des munitions quelque part. Elle n'a jamais aimé passer le bassin. De toute façon, elles seront toutes deux bientôt parties. Dieu merci, les Nettlebed restent fidèles au poste, ils sont trop vieux pour se battre, et Hetty est encore ici, elle aussi. Elle a hâte de s'engager dans le corps des auxiliaires féminines de l'armée de terre et de défiler en uniforme kaki, mais elle n'a que dix-sept ans (trop jeune), et Mrs. Nettlebed lui répète sans cesse qu'elle est trop naïve pour qu'on la lâche au milieu d'une bande de soldats excités. Je trouve que Mrs. Nettlebed est mesquine : elle n'a tout simplement aucune envie de récurer les casseroles.

Mary est en train de confectionner les rideaux noirs. Elle coud sans arrêt et maman a engagé une certaine Miss Penberthy pour l'aider. Elle habite à Saint-Buryan et vient tous les jours à bicyclette pour faire de la couture. Comme elle sent la transpiration à plein nez, nous ouvrons toutes les fenêtres. Il reste encore des pièces sans rideaux et, à la nuit tombée, nous ne pouvons même pas ouvrir la porte. J'espère que Miss Penberthy aura bientôt fini et qu'elle s'en ira.

Maman a tenu une réunion pour la Croix-Rouge dans le salon, et papa dispose des baquets d'eau partout au cas où nous prendrions feu. Je n'ai pas encore très bien compris pourquoi, mais je suis certaine qu'il doit y avoir une raison. Il commence à faire froid. Quand l'hiver viendra, nous mettrons des housses dans le grand salon et nous vivrons dans le petit salon. Si l'on en croit papa, il faut économiser le fuel et cultiver des tas de légumes.

Maintenant, des nouvelles des autres. J'ai gardé cela pour la fin, parce que je ne veux oublier personne.

Tante Lavinia va bien, se lève un peu et s'assied au coin du feu. C'est terrible pour elle de voir éclater une autre guerre. Elle a vu la guerre des Boers, la Grande Guerre, et maintenant celle-ci. C'est trop pour une seule vie.

Quand tu es partie, tu nous as manqué énormément, mais les autres ont suivi très vite. Jeremy est parti le premier, puis Rupert a filé à Édimbourg, dans un endroit appelé la caserne Redford. Tous les chevaux de la cavalerie y ont été amenés depuis Northampton, dans des trains je suppose, car c'est beaucoup trop loin pour que les pauvres chéris y soient allés au trot. Je t'en dirai plus sur Rupert.

Ensuite, ce fut le tour d'Edward et de Gus. Edward est dans un camp d'entraînement quelque part en Angleterre, mais nous ne savons pas où exactement. Pour toute adresse, maman a un numéro de poste restante, ce qui lui déplaît souverainement. J'imagine qu'il pilote, qu'il boit de la bière au mess et qu'il s'amuse comme un fou.

Gus s'est rendu à Aberdeen, le quartier général des Gordon Highlanders. Les adieux ont été déchirants. Je n'ai pas pleuré pour les autres, mais pour lui si. C'est tellement moche de rencontrer le seul homme dont je pourrai jamais tomber amoureuse, et de me le voir enlever par ce monstre de Hitler. J'ai pleuré toutes les larmes de mon corps au fond de mon lit, mais j'ai cessé quand j'ai reçu une lettre de lui. Je lui ai répondu. J'ai aussi une photo de lui, que j'ai prise avec mon appareil et que j'ai fait agrandir (elle est un peu floue, mais bien quand même) et encadrer. Elle est à mon chevet et je lui dis bonsoir tous les soirs et bonjour tous les matins. Je parie qu'il est superbe en kilt. Je vais essayer de le persuader de m'envoyer une photo de lui en grande tenue.

Suite de l'histoire de Rupert.

Trois jours après son départ, Athena nous a brusquement annoncé qu'elle se rendait elle aussi à Édimbourg. Et elle a pris le train. N'est-elle pas extraordinaire ? Elle habite au *Caledonian Hotel*. D'après elle, c'est gigantesque, effroyablement victorien, et il y fait un froid de loup, mais ça n'a apparemment aucune importance parce qu'elle voit Rupert de temps en temps. Si elle se moque du froid, c'est qu'elle est vraiment amoureuse de lui.

Quant à moi, je ne bouge pas. Maman va acheter des dizaines de poules, et je m'en occuperai, et ce sera ma contribution à l'effort de guerre. Walter Mudge va m'apprendre à conduire le tracteur pour que je l'aide à la ferme. Peu importe ce que je fais, que j'entretienne la chaudière ou que je nettoie les toilettes, du moment qu'on ne me demande pas de m'engager dans un truc sinistre.

Mr. Nettlebed vient de nous annoncer une joyeuse nouvelle : l'essence va être rationnée et nous devons tous nous engager sur l'honneur à ne pas remplir de jerrycans et à ne pas faire de réserves. Dieu sait ce que nous ferons pour l'approvisionnement. Penzance est beaucoup trop loin pour y aller à vélo ! Nous allons abattre les moutons de Walter, j'imagine !

J'ai hâte de te revoir. Reviens dès que tu le pourras. Mary demande si tu veux qu'elle t'envoie des vêtements d'hiver ?

Je t'embrasse très, très, très fort.

Loveday.

P.-S. Dernière minute : Formidable. On vient de téléphoner d'Édimbourg. Papa a décroché dans son

520

bureau. Athena et Rupert sont mariés. Ils se sont mariés civilement, avec pour témoins l'ordonnance de Rupert et un chauffeur de taxi. Exactement ce qu'Athena a toujours désiré. Maman et papa sont partagés entre la joie et la fureur d'avoir raté la cérémonie. Je crois qu'ils aiment beaucoup Rupert. J'ignore quand elle nous reviendra. Ce n'est pas drôle d'être mariée et de vivre toute seule au *Caledonian Hotel*.

Judith plia la lettre et la remit dans l'enveloppe où elle replaça également ses résultats d'examen. Elle se sentait bien, pelotonnée sur son sofa, à regarder par la fenêtre en pensant à Nancherrow. C'était presque comme si elle y était retournée. Elle imagina Athena et Rupert se mariant civilement, Miss Penberthy cousant ses rideaux noirs, Gus en kilt, le colonel et ses seaux d'eau, Loveday et ses poules. Et Edward. Quelque part en Angleterre. Qui s'entraînait. Qui s'entraînait pour quoi ? Il avait déjà sa licence de pilote. Question stupide. Il s'entraînait pour la guerre, évidemment, pour descendre en piqué, tirer et envoyer au sol les bombardiers ennemis. *Il pilote, il boit de la bière au mess et il s'amuse comme un fou.*

Depuis ce dernier dimanche passé à Nancherrow, ils ne s'étaient pas donné signe de vie. Loveday était la première à lui envoyer de ses nouvelles. Judith n'avait ni écrit ni téléphoné ; elle n'avait rien à ajouter à ce qu'elle lui avait déjà dit, et le souvenir de sa propre naïveté, le choc effroyable que lui avait causé le rejet d'Edward lui faisaient encore mal. Edward ne lui avait ni écrit ni téléphoné, mais elle s'y attendait. Il avait assez longtemps fait preuve de constance et de compréhension, et nul n'avait une patience éternelle. Sa défection, son départ de Nancherrow sans même lui avoir dit au revoir avaient dû l'exaspérer. Edward n'avait aucune raison, aucun besoin de courir après elle. Son existence dorée serait toujours emplie de femmes ravissantes, qui feraient la queue pour lui tomber dans les bras.

Mais il lui était encore impossible de garder la tête froide en évoquant son souvenir, le son de sa voix, son rire et cette mèche de cheveux qui lui tombait sur le front et qu'il devait constamment repousser. Tout ce qui l'avait ravie.

Depuis qu'elle était à Bickley, elle avait tout fait pour ne pas se laisser aller à la rêverie – ne pas imaginer qu'elle entendait une voiture gravir la côte et que c'était Edward, venu la chercher, parce qu'il ne pouvait pas vivre sans elle. Ce n'étaient que des fantasmes puérils, et maintenant, dans tous les sens du terme, elle n'était plus une enfant. Mais il hantait ses rêves la nuit, rêves où elle se consumait de bonheur et de plaisir, car elle savait qu'Edward allait venir la rejoindre, il était en route, il l'aimait... Et elle s'éveillait, heureuse, pour voir ce bonheur disparaître dans la froide lumière du matin.

Terminé. A présent, son souvenir ne lui donnait plus envie de pleurer. Les choses s'amélioraient peu à peu. En tout cas, ç'aurait pu être pire. Elle avait réussi son examen et, pour l'instant, ces réconforts bien concrets l'aidaient à tenir le coup. *Le tout est d'avoir confiance en soi*, lui avait enseigné Miss Catto et, tout compte fait, deux félicitations, ça vous remontait le moral. Elle entendit claquer une porte, et la voix de Biddy. Biddy était de retour avec une fabuleuse permanente. Elle s'extirpa du sofa et alla mettre sa tante au courant.

On était fin septembre quand Judith commença ses cours de sténo et de dactylographie. Hester Lang dut procéder à quelques préparatifs. Elle possédait une impressionnante machine à écrire – une vraie, pas une portable comme celle d'oncle Bob –, qu'il fallut faire nettoyer dans une boutique d'Exeter et munir d'un ruban neuf et d'un cache pour que Judith ne puisse pas regarder furtivement le clavier. Elle acheta aussi quelques manuels, car cela faisait un certain temps qu'elle-même avait pratiqué ces deux disciplines et elle avait besoin d'une petite mise à jour. Enfin, elle téléphona pour lui annoncer qu'elle était prête.

Le lendemain, Judith descendit la côte et se présenta à la porte de Hester. C'était un peu comme une rentrée des classes. Dans l'air automnal les feuilles prenaient des teintes mordorées. Les jours raccourcissaient et, chaque soir, le rituel du couvre-feu avait lieu un peu plus tôt. Sous peu, elles prendraient le thé à quatre heures et demie, les rideaux bien tirés. Judith regrettait les longues soirées où l'on contemplait le paysage par la fenêtre. Rester enfermée avec la lumière électrique la rendait claustrophobe.

Mais ce jour-là, à neuf heures du matin, le temps était

clair, et l'air vif sentait la fumée d'un feu d'herbes sèches allumé par quelque jardinier. Pendant le week-end, elle avait cueilli des mûres avec Biddy, dans les haies de la ferme voisine, et le fermier leur avait promis un chargement de bûches, les restes d'un vieil orme abattu par les tempêtes de l'hiver précédent. Bill Dagg les leur livrerait avec le tracteur et la remorque, et on les conserverait, avec la tourbe, contre le mur du garage. En brûlant du bois, on ferait durer le stock de charbon. Au train où allaient les choses, il était peu probable que l'on puisse se réapprovisionner de sitôt.

Hester habitait une maison de pierre grise à un étage, qui faisait partie d'un lotissement, si bien qu'elle avait des voisins de chaque côté. Les autres maisons étaient un peu tristes avec leurs portes noires ou marron à la peinture écaillée et leurs rideaux de dentelle encadrant des petits pots d'aspidistras. Mais la porte de Hester était jaune pâle, ses fenêtres étaient voilées d'une résille blanche comme neige, et, le long du vieux décrottoir, elle avait planté une clématite qui grimpait déjà sur le flanc de la maison.

Judith appuya sur la sonnette, et Hester vint lui ouvrir, impeccable comme d'habitude.

– Vous voilà ! Vous devriez avoir un cartable d'écolière. Quelle matinée divine ! Je suis en train de faire du café.

Judith en sentit l'arôme frais et alléchant.

– Je viens de prendre mon petit déjeuner, dit-elle.

– Eh bien, prenez-en juste une tasse pour me tenir compagnie. Nous ne sommes pas obligées de nous mettre au travail tout de suite. Vous n'êtes jamais venue chez moi, n'est-ce pas ? Le salon est par là. Faites comme chez vous, j'arrive.

La porte était ouverte. Judith se retrouva dans une longue pièce spacieuse et claire qui occupait tout le rez-de-chaussée, un mur de séparation ayant été abattu. Elle était meublée et décorée de manière simple et moderne, et ne ressemblait nullement à ce qu'avait imaginé Judith. Une sorte d'atelier, se dit-elle. Les murs étaient blancs, la moquette beige et les rideaux en lin naturel. Les rideaux noirs obligatoires étaient roulés, de sorte que la lumière matinale filtrait à travers la trame lâche du lin. Un kilim était jeté sur le dossier du sofa devant lequel il y avait une table basse composée d'une plaque de verre soutenue par deux lions de porcelaine ancienne, sans doute venus de Chine il y avait bien longtemps. Sur cette table s'empilaient des livres et au centre trônait une sculpture moderne.

Surprenant. En poursuivant son inspection, Judith aperçut une toile abstraite accrochée au-dessus de la cheminée, sans cadre. Granuleuse et brillante, la peinture semblait avoir été appliquée au couteau. De chaque côté de la cheminée, deux niches contenaient une collection de coupes vertes et bleu vif. Il y avait des étagères emplies de livres, certains reliés cuir, d'autres avec des jaquettes neuves et glacées, des romans et des biographies qui vous donnaient envie de lire. Par la fenêtre on apercevait le jardin, longue pelouse flanquée de massifs débordants de dahlias et d'asters de couleurs vives.

Quand Hester revint, Judith, près de la fenêtre, tournait les pages d'un livre de reproductions en couleur des œuvres de Van Gogh.

Elle leva les yeux, referma le livre et le reposa sur la table à côté des autres.

– Je ne sais jamais si j'aime Van Gogh ou non, dit-elle.

– Il est un peu déroutant, n'est-ce pas ? fit Hester en posant le plateau sur un tabouret laqué rouge. Mais j'aime ses ciels d'orage, ses champs jaunes et ses bleus crayeux.

– La pièce est ravissante. Pas du tout ce que j'attendais.

Hester s'installa dans un fauteuil à larges accoudoirs en riant.

– A quoi vous attendiez-vous ? A des fauteuils à oreillettes et à de la porcelaine du siècle dernier ?

– Pas exactement, mais pas à ça. La maison était-elle ainsi quand vous l'avez achetée ?

– Non. Elle était comme toutes les autres. J'ai fait abattre un mur. J'ai installé une salle de bains.

– Vous avez dû faire ça très vite. Ça ne fait pas très longtemps que vous êtes là.

– Mais je possède cette demeure depuis cinq ans. Je venais y passer le week-end quand je travaillais encore à Londres. Je n'avais pas le temps de faire des rencontres, je passais mon temps à faire la chasse aux maçons et aux peintres. Ce n'est que quand j'ai vraiment pris ma retraite que j'ai pu m'installer ici et me faire des amis. Prenez-vous du lait et du sucre ?

– Juste du lait, merci, dit-elle en prenant la tasse des mains de Hester, puis elle s'assit sur le canapé. Vous avez des objets tellement fascinants. Et tous ces livres.

– J'ai toujours été une collectionneuse. Ces lions chinois m'ont été légués par mon oncle. Le tableau, je l'ai acheté à Paris. Les verres, je les collectionne depuis des années. Quant à la sculpture, c'est une œuvre de Barbara Hepworth. Étonnant, non ? On dirait un fabuleux instrument à cordes.

– Et vos livres...

– Tant de livres. Trop de livres. Vous pouvez m'en emprunter quand vous voulez. A condition de me les rapporter.

– Il se pourrait bien que je le fasse.

– Vous êtes manifestement une lectrice assidue, une fille selon mon cœur. A part la peinture et les livres, qu'aimez-vous ?

– La musique. C'est mon oncle Bob qui me l'a fait connaître. Et puis j'ai eu un gramophone et maintenant, je possède une belle collection de disques. J'adore ça. On peut choisir selon son humeur.

– Allez-vous au concert ?

– Il n'y a pas beaucoup de concerts à West Penwith, et je me rends très rarement à Londres.

– C'est ce qui me manque le plus depuis que j'habite ici. Et le théâtre. Mais rien d'autre, en vérité. Je suis très contente.

– C'est si gentil de m'avoir proposé de m'apprendre la sténo et la dactylo...

– Pas du tout. Ça fera fonctionner mon cerveau et ça me changera des mots croisés. J'ai tout installé au salon. Pour taper à la machine, il faut une bonne table bien stable. A mon avis, trois heures par jour, c'est suffisant. Qu'en pensez-vous ? Disons de neuf heures à midi ? Et nous ne travaillerons pas le week-end.

– Comme vous voudrez.

Hester termina son café, puis elle se leva.

– Venez, dit-elle. Nous allons commencer.

A la mi-octobre, six semaines après le début de la guerre, il ne s'était pas passé grand-chose, ni invasion, ni bombardements, ni combats en France. Mais tous avaient l'oreille collée au poste de TSF pour écouter le récit des horreurs qui accompagnaient la destruction de la Pologne. Face aux souffrances que connaissait l'Europe de l'Est, les petits désagréments et les privations de la vie quotidienne étaient presque bien accueillis, donnant un sens au plus banal sacrifice.

A Bickley, par exemple, Mrs. Lapford était partie pour travailler dans une cantine d'usine. Or, Biddy ne s'était jamais fait cuire un œuf de toute son existence. Mais Judith avait passé beaucoup de temps dans les cuisines à regarder Phyllis préparer des crèmes et des gâteaux glacés, à faire de la purée pour Mrs. Warren ou à l'aider à préparer les thés pantagruéliques que l'on prenait quotidiennement à Porthkerris. A Nancherrow, Mrs. Nettlebed aimait bien se faire aider pour les confitures ou la marmelade, et ne dédaignait pas qu'on lui donne un coup de main pour battre les œufs en neige afin de préparer une génoise. Mais l'expérience de Judith s'arrêtait là. Nécessité fait loi. Elle dénicha un vieux livre de recettes, se noua un tablier autour de la taille et se mit en cuisine. Au début, il y eut beaucoup de côtelettes carbonisées et de poulets rosés à l'os, mais peu à peu elle prit le coup de main et réussit même un cake qui n'était pas mauvais, bien que tous les raisins secs et les cerises aient sombré au fond comme du plomb.

Autre désagrément, les commerçants de Bovey Tracey, le boucher, l'épicier, le marchand de légumes, le poissonnier, avaient cessé de livrer la marchandise à cause du rationnement de l'essence. On acheta donc d'énormes paniers et des filets, et l'on trimballa les provisions de bouche. Ce n'était pas trop difficile, mais cela prenait un temps fou de remonter la côte jusqu'à Bickley, chargé comme un baudet, et c'était pour le moins épuisant.

Et puis il commençait à faire froid. Judith, qui avait longtemps vécu à Nancherrow, où l'on n'éteignait jamais le chauffage central avant les premières chaleurs du printemps, avait oublié ce que c'était que d'avoir froid. Le froid à l'extérieur ne lui posait aucun problème mais, à l'intérieur, c'était épouvantable. Il n'y avait pas de chauffage central à Bickley. Deux ans plus tôt, quand elle était venue pour Noël, il y avait du feu dans chaque chambre et le fourneau tournait à plein régime, vingt-quatre heures sur vingt-quatre. A présent, on devait se montrer parcimonieux et l'on n'allumait du feu que dans le salon, et encore jamais avant le déjeuner. Biddy semblait ne pas sentir le froid. Après tout, elle avait joyeusement survécu à Keyham, et Judith ne se souvenait pas d'avoir connu un endroit plus glacial. A mesure que l'hiver approchait, on commençait à geler tout autant à Bickley. Le haut de la colline était exposé de plein fouet aux morsures du vent d'est. Les vieilles portes et les fenêtres fermaient mal, laissant passer des courants d'air. Judith, qui attendait ces mois longs et sombres sans grand enthousiasme, fut reconnaissante à Mary de lui avoir envoyé un énorme carton empli de vêtements chauds.

Samedi 14 octobre. Au réveil, Judith sentit sur son visage l'air glacé qui passait par la fenêtre ouverte et, ouvrant les yeux, elle vit que le ciel était gris et que les feuilles du hêtre au fond du jardin étaient déjà rousses. Elles tomberaient bientôt. Il faudrait alors les ramasser, les brûler, et l'arbre serait dénudé.

Elle resta un moment au lit. Si les choses avaient suivi leur cours, s'il n'y avait pas eu de guerre et si elle n'avait pas eu à prendre cette grande décision, elle serait en ce moment sur un paquebot de la compagnie P & O dans le golfe de Gascogne, avec peut-être le mal de mer, mais en route pour Singapour. Brusquement, sa famille lui manqua et elle se laissa aller à une terrible nostalgie. Elle était apparemment destinée à vivre chez les autres et, si accueillants fussent-ils, il était parfois déprimant de penser à tout ce qu'elle manquait. Elle pensa au bateau qui franchirait le détroit de Gibraltar avant de pénétrer en Méditerranée, et à cet univers oublié où le soleil brillait toujours. Puis le canal de Suez, l'océan Indien, et la Croix du Sud qui se levait tous les soirs un peu plus haut dans un ciel de saphir. Elle se souvint qu'en approchant de Colombo, bien avant qu'apparaissent à l'horizon les brumes de Ceylan, il flottait dans l'air une senteur d'épices, de fruits et de bois de cèdre, que le vent chaud soufflait sur la mer.

Mais il était déraisonnable d'imaginer tout cela, impensable de regretter quoi que ce soit. Il faisait froid dans sa chambre. Elle se leva, ferma la fenêtre sur l'humidité du matin, s'habilla et descendit.

Biddy était déjà à la cuisine, ce qui était inhabituel, puisque Judith descendait toujours la première. Emmitouflée dans sa robe de chambre, elle faisait bouillir de l'eau pour le café.

— Que fais-tu debout de si bonne heure ?

— Morag m'a réveillée en geignant. Ça m'étonne que tu ne l'aies pas entendue. Je suis descendue pour la faire sortir, elle est allée faire pipi et elle est revenue immédiatement.

Judith regarda Morag, effondrée dans son panier avec une expression attendrissante dans ses yeux dépareillés.

— Crois-tu qu'elle soit malade ?

— Elle n'a pas l'air dans son assiette. Elle a peut-être des vers.

— Ne me parle pas de ça.

— Il faudrait sans doute l'emmener chez le vétérinaire. Que veux-tu pour le petit déjeuner ?

— Apparemment, il n'y a plus de bacon.

— Alors peut-être des œufs à la coque.

Pendant le repas, elles discutèrent de ce qu'elles feraient de leur samedi. Judith dit qu'elle devait descendre à Bovey Tracey pour rendre à Hester Lang un livre qu'elle lui avait emprunté et qu'elle ferait les courses. Biddy avait l'intention de s'occuper de sa correspondance. Elle alluma une cigarette et attrapa son bloc de papier et son crayon pour rédiger l'inévitable liste de courses. Du bacon, des aliments pour chien, un gigot d'agneau pour le déjeuner du dimanche, du papier-toilette, du savon Lux...

— Voudrais-tu avoir la gentillesse de passer à la mercerie et de m'acheter une livre de laine imperméabilisée ?

— Pourquoi veux-tu de la laine imperméabilisée ? demanda Judith sans dissimuler sa surprise.

— J'en ai marre de cette stupide tapisserie. Je vais me remettre à tricoter. Je ferai des chaussettes pour Ned.

— Je ne savais pas que tu savais tricoter des chaussettes.

— Je ne sais pas, mais j'ai trouvé un merveilleux modèle dans le journal. Ça s'appelle des chaussettes en spirale, on tourne, on tourne et on n'a jamais à dessiner le talon. Quand Ned aura fait un gros trou, il n'aura qu'à les retourner et le trou se retrouvera sur le cou-de-pied.

— Je suis sûre que ça va lui plaire.

— Il y a aussi un modèle de passe-montagne. Tu pourrais peut-être en faire un pour lui protéger les oreilles.

— Merci bien, mais pour l'instant j'ai assez à faire avec

ma cuisine. Écris « laine » sur la liste et je verrai si je t'en trouve. Il te faudrait aussi des aiguilles...

Le samedi matin, Bovey Tracey ressemblait un peu à Penzance un jour de marché : les gens de la campagne arrivaient des villages éloignés et des fermes de la lande pour faire les provisions de la semaine. Ils encombraient l'étroit trottoir de paniers et de poussettes, s'attardaient pour bavarder à l'angle des rues, attendaient leur tour chez le boucher et chez l'épicier en échangeant potins et nouvelles familiales, baissant le ton pour parler des maladies et des décès.

Tout prenait donc beaucoup plus de temps qu'à l'ordinaire et il était déjà onze heures quand Judith, chargée d'un panier et d'un filet débordants, se dirigea vers la maison de Hester Lang et sonna à la porte.

– Judith !

– Je sais que c'est samedi et je ne suis pas venue pour faire de la sténo, mais pour vous rendre le livre que vous m'avez prêté. Je l'ai fini hier soir.

– Je suis ravie de vous voir. Venez donc prendre une tasse de café.

Le café de Hester était toujours délicieux. Avec le frais parfum qui s'échappait de la cuisine, il ne fallut pas insister longtemps pour la convaincre. Elle déposa ses paniers dans le petit vestibule et sortit le livre de la grande poche de sa veste.

– Je voulais vous le rapporter avant qu'il ne se salisse ou que Morag ne le mâchonne.

– Pauvre bête, je suis certaine que jamais elle ne ferait une chose pareille. Remettez-le à sa place et prenez-en un autre, si vous le désirez. J'arrive dans un instant...

Elle avait emprunté *Les Grandes Espérances*, l'un des volumes reliés cuir de la collection complète des œuvres de Charles Dickens, qu'elle remit à sa place. Même par cette matinée grise, le salon était clair et accueillant. Elle parcourait les titres avec délectation quand elle entendit sonner le téléphone du vestibule, puis Hester qui répondait :

– Ici le 826, Hester Lang à l'appareil.

Peut-être pas Dickens, cette fois. Quelque chose de contemporain. Elle prit *Tempête mortelle*, de Phyllis Bottome, et le feuilleta au hasard.

La conversation téléphonique se poursuivait. Entre de longs silences, Hester parlait d'une voix qui ne fut bientôt plus qu'un murmure.

– Oui, l'entendit dire Judith, oui, bien sûr.

Puis ce fut le silence. Debout dans le salon de Hester, Judith attendait.

Elle commençait à se demander ce qui se passait lorsqu'elle entendit Hester raccrocher. Elle referma son livre et leva les yeux vers la porte. Mais Hester ne vint pas aussitôt et, quand elle apparut, elle paraissait délibérément calme et maîtresse d'elle-même, comme si elle avait pris le temps de se composer une façade.

Elle ne dit rien. Leurs regards se croisèrent d'un bout à l'autre de la pièce.

– Il y a quelque chose qui ne va pas?

– C'était... répondit Hester d'une voix tremblante, puis elle se ressaisit et retrouva son ton habituel, calme et neutre. C'était le capitaine Somerville.

Ce qui était sidérant.

– Oncle Bob? Pourquoi vous appelle-t-il? Il n'a pas pu obtenir Bickley? Le téléphone marchait pourtant, hier.

– Ça n'a rien à voir avec le téléphone. Il voulait me parler.

Elle ferma la porte et s'assit sur une petite chaise dorée.

– Il s'est produit une chose affreuse...

Il faisait bon dans la pièce, mais Judith se mit à frissonner et son estomac se noua.

– Que s'est-il passé?

– Hier soir... un sous-marin allemand a percé une brèche dans les défenses de Scapa Flow. La plupart des bâtiments de la flotte étaient en mer, mais le *Royal Oak* était à l'ancre dans le port... Il a été torpillé, il a coulé très vite... impossible à quiconque se trouvait à l'intérieur de s'échapper...

Le bateau de Ned. Mais pas Ned. Ned allait bien. Ned aurait survécu.

– Il y a environ quatre cents rescapés parmi l'équipage... La nouvelle n'a pas encore été rendue publique. Bob m'a demandé d'avertir Biddy avant qu'elle ne l'apprenne par la radio. Il veut que j'y aille. Il ne peut supporter l'idée de le lui annoncer par téléphone. Il faut que j'y aille...

Pour la seconde fois, la voix de Hester flancha. Sa belle main soignée essuya des larmes qui n'avaient pas encore coulé.

– Je suis touchée qu'il ait pensé à moi, mais j'aurais préféré qu'il demande cela à n'importe qui d'autre...

Elle n'avait pas pleuré. Elle n'allait pas pleurer.

Judith déglutit et se força à dire :

– Et Ned ?

– Ma chère enfant, je suis tellement navrée, répondit Hester en hochant la tête.

Ce ne fut qu'à ce moment-là que la vérité lui sauta au visage, et Judith comprit que Hester Lang était en train de lui annoncer la mort de Ned Somerville.

Bickley, le 25 octobre 1939

Cher colonel Carey-Lewis,

Merci pour la lettre si gentille que vous avez envoyée après la mort de Ned. Nous avons traversé une période très pénible, mais Biddy est reconnaissante de recevoir du courrier. Elle lit tout. Cependant, elle est incapable de répondre.

Après le naufrage du *Royal Oak*, oncle Bob n'a pas pu venir nous rejoindre immédiatement en raison de l'attaque allemande et de ses conséquences, d'autant qu'il se trouvait lui-même à Scapa Flow. Mais il est venu passer quelques jours la semaine dernière. C'était vraiment terrible. Il s'efforçait de réconforter Biddy, alors qu'il était aussi peiné et perdu qu'elle. A présent, il est reparti, et nous sommes de nouveau seules.

Je resterai ici tout l'hiver. Quand viendra le printemps, j'aviserai, mais je ne peux pas laisser Biddy seule tant qu'elle n'a pas surmonté ce deuil. Elle a une chienne, Morag, que Ned lui avait donnée, mais j'ignore si c'est pour elle un réconfort ou un pénible souvenir. Quant à moi, je suis triste qu'aucun de vous n'ait jamais rencontré Ned. C'était quelqu'un que j'aimais beaucoup.

Embrassez tout le monde pour moi, et merci encore de votre lettre.

Bien à vous,

Judith.

Nancherrow, le 1er novembre 1939

Ma chère Judith,

La mort de ton cousin Ned nous a tous terriblement affectés. J'ai pensé à toi pendant des jours et des jours et j'aurais aimé être à tes côtés. Maman dit que, si tu veux venir quelques jours avec ta tante Biddy, ne serait-ce que pour vous changer les idées, elle serait ravie de vous recevoir. Mais peut-être ta tante préfère-t-elle rester dans sa maison et dans son environnement familier.

Pops dit que cette attaque du sous-marin allemand à Scapa Flow constitue une manœuvre héroïque. Quant à moi, je refuse de dire un seul mot en faveur des Allemands et je trouve Pops beaucoup trop magnanime.

Si je te donne quelques nouvelles, ne crois pas que j'attache plus d'importance à ce qui se passe ici qu'à la mort de Ned.

Tout d'abord, Athena est à la maison. Elle va avoir un bébé. Rupert est parti outre-mer avec son régiment et ses chevaux. Sans lui, le *Caledonian Hotel* avait perdu de son charme. Elle est donc rentrée. Je crois qu'il est retourné en Palestine.

Gus est en France avec la division des Highlands et le corps expéditionnaire britannique. Je lui écris beaucoup et je reçois au moins une lettre par semaine. Il m'a envoyé une photo de lui en kilt. Il est absolument superbe.

L'autre jour, j'ai vu Heather Warren à Penzance. Elle apprend la sténodactylo à Porthkerris pour entrer au Foreign Office ou trouver un quelconque poste d'auxiliaire. Elle m'a dit de te dire qu'elle t'écrirait dès qu'elle aurait un moment, que Charlie Lanyon est dans l'infanterie et qu'il est parti en France lui aussi. J'ignore qui est Charlie Lanyon, mais elle a dit que tu le saurais. Joe Warren s'est également engagé dans l'infanterie, mais Paddy pêche toujours.

Edward n'écrit pas, mais il téléphone de temps en temps. Nous devons parler très vite, parce qu'il n'a droit qu'à trois minutes. Ensuite ça fait *ping* et c'est terminé. Il a l'air de se plaire. Il pilote l'un de ces nouveaux avions que l'on appelle Spitfire. Ce serait bien qu'il rentre pour Noël, mais c'est peu probable.

Les poules sont arrivées. Nous les avons enfermées dans une cage grillagée sur la pelouse de derrière. Elles font un de ces boucans. Elles ont de petites maisons de bois avec des compartiments pour leurs œufs et des portes que l'on ferme la nuit pour tenir le vilain renard en respect. Elles n'ont pas encore commencé à pondre, mais une fois qu'elles s'y seront mises, nous ne mangerons plus que des œufs.

Il commence à faire terriblement froid. Pops est très strict en ce qui concerne le chauffage. Tous les meubles du salon ont été recouverts de housses et le lustre est enveloppé dans un sac pour le protéger de la poussière. C'est tristounet, mais le petit salon est beaucoup plus douillet.

Mr. Nettlebed est notre préposé aux raids aériens. S'il oublie le couvre-feu, ou si l'on aperçoit un rai de lumière, c'est lui qui portera la responsabilité de cette négligence et qui sera condamné à payer une amende par le tribunal. Ha ! ha !

Aussi incroyable que cela puisse paraître, Tommy Mortimer est aussi préposé aux raids aériens, mais à Londres. Il n'a pas pu s'engager à cause de son âge et de ses pieds plats (j'ignorais qu'il avait les pieds plats). Il travaille donc pour la défense civile. Il nous en a parlé quand il est descendu pour le week-end. S'il y a des bombardements aériens, il doit rester sur le toit de la bijouterie à Regent Street avec un seau d'eau et une pompe à main portative. Si la boutique est bombardée, crois-tu qu'il y aura des diamants partout sur le trottoir ?

Maman va bien. Elle est contente qu'Athena soit là. Elles se tiennent les côtes en lisant *Vogue*, comme toujours, et s'essaient à tricoter de la layette.

Je t'embrasse. Viens nous voir, si tu en as envie.

Loveday.

Bickley, samedi 30 décembre

Chère maman, cher papa,

La fin de l'année approche, et je suis contente qu'elle se termine. Merci beaucoup pour mon cadeau de Noël, qui est arrivé au début du mois, mais que je n'ai ouvert que le grand jour. Ce sac à main est ravissant, et c'est exactement ce dont j'avais besoin. J'ai beaucoup apprécié le coupon de soie, et je me ferai faire une jupe longue quand j'aurai trouvé une vraie couturière. La couleur est splendide. S'il vous plaît, remerciez Jess pour le calendrier qu'elle a dessiné. Dites-lui que ses singes et ses éléphants sont parfaits.

Le froid s'est brusquement accentué, et la neige recouvre le Dartmoor et les routes. Les toits des maisons ont d'épais chapeaux blancs, et Bovey Tracey ressemble à une illustration de carte de vœux. Tous les matins, nous distribuons du foin aux poneys de la lande, qui descendent de la colline pour s'abriter du vent derrière le muret et, quand nous emmenons Morag se promener, c'est un peu comme si nous marchions péniblement vers le pôle Sud. Il ne fait pas beaucoup plus chaud dans la maison, pas tout à fait aussi froid qu'à Keyham mais presque. Je vous écris dans la cuisine parce que c'est la pièce la plus chaude. Je mets deux pulls.

Oncle Bob est venu passer quatre jours à Noël, puis il est reparti. Je redoutais les fêtes sans Ned, mais Hester Lang est venue à notre secours. Elle nous a invités à déjeuner, sans sapin, sans guirlandes, sans rien, comme si c'était une journée comme les autres. Hester avait chez elle un charmant couple d'amis venus de Londres, assez âgés mais très cultivés et intéressants. Pendant le déjeuner, nous n'avons pas parlé de la guerre, mais de galeries d'art et de voyages au Moyen-Orient. Il me semble qu'il était archéologue.

Judith s'interrompit, posa son stylo et souffla sur ses doigts glacés. Elle se demanda si elle aurait le courage de se faire du thé. Il était presque quatre heures. Biddy et Morag n'étaient pas encore rentrées de promenade. Derrière les carreaux de la cuisine, le jardin était gelé et blanc de neige. Les branches sombres des pins, agitées par le vent qui venait de la mer, étaient l'unique touche de couleur, et le seul signe de vie un rouge-gorge picorant des noisettes dans le sac que Judith avait accroché à une branche.

En observant le rouge-gorge, elle songea à ce Noël triste et gris auquel, grâce à Hester Lang, ils avaient survécu. Puis, s'autorisant le luxe d'un peu de nostalgie, elle se rappela le Noël précédent et Nancherrow, la belle maison remplie d'invités, la lumière et les rires, les décorations scintillantes, l'odeur résineuse du sapin, et les cadeaux entassés sous ses branches.

Et les cantiques que l'on avait chantés à la messe dans l'église de Rosemullion, les casseroles s'entrechoquant dans la cuisine de Mrs. Nettlebed, tandis qu'elle préparait quantité de plats délicieux, les valses de Strauss.

Elle se rappela le moment où elle s'était habillée pour le dîner dans sa jolie chambre rose, l'odeur du maquillage, et le toucher de la soie quand elle avait enfilé avec délectation sa première robe du soir. Puis elle avait franchi la porte du salon, et Edward était venu lui prendre la main en lui annonçant :

– Nous sommes en train de boire du champagne.

Il y avait un an. Un an seulement. Une autre époque, déjà un autre monde. En soupirant, elle reprit son stylo et poursuivit sa lettre.

La santé de Biddy est bonne mais elle ne peut pas encore faire grand-chose seule. C'est d'autant plus difficile que je passe toute la matinée chez Hester Lang à taper à la machine et à apprendre la sténo. Souvent Biddy n'est pas levée quand je m'en vais. Bien entendu, Mrs. Dagg vient. Elle n'est donc pas toute seule, mais elle semble s'être désintéressée de tout. Elle ne veut rien faire ni voir personne. Ses amis l'appellent, mais elle refuse même de jouer au bridge. Les visites ne lui font aucun plaisir.

La seule personne qui ne se laisse pas éconduire est Hester Lang. Je ne sais pas ce que nous aurions fait sans elle. Elle passe presque tous les jours à Bickley, sous un prétexte ou sous un autre. Je crois qu'elle organise un tournoi de bridge, la semaine prochaine, et qu'elle insistera pour que Biddy y participe. Il est vraiment temps que Biddy voie des gens. Pour l'instant, elle est sortie avec Morag et, quand elle reviendra, je lui préparerai une tasse de thé.

Elle ne parle jamais de Ned, moi non plus, car je ne l'en crois pas encore capable. Tout ira mieux quand elle s'investira dans la Croix-Rouge ou quelque chose de ce genre. Elle a trop d'énergie pour ne pas participer à l'effort de guerre.

J'espère que tout cela ne vous déprimera pas trop. Il serait vain de vous dire que Biddy va bien, puisque ce n'est pas vrai. Mais je suis certaine qu'elle ira bientôt mieux. Quoi qu'il en soit, je reste avec elle. Nous nous entendons très bien. Ne vous inquiétez donc pas pour nous.

Après-demain, ce sera le nouvel an. 1940. Vous me manquez tous terriblement. J'aimerais parfois être avec vous, mais, après ce qui s'est produit, je suis sûre d'avoir pris la bonne décision. Comme nous nous ferions du souci, si Biddy était seule.

Je dois m'arrêter, je suis gelée. Je vais mettre quelques bûches dans la cheminée du salon et tirer les rideaux noirs. Biddy et Morag sont de retour. Je les vois remonter l'allée depuis le portail. Nous avons dû déblayer la neige et recouvrir le chemin avec les cendres de la chaudière, pour que le pauvre postier (qui vient à pied) puisse distribuer le courrier sans se casser la jambe.

Je vous embrasse tous très fort. Je vous écrirai l'année prochaine.

Judith.

1940

A la fin du mois de mars, après un hiver particulièrement rigoureux, la neige et le verglas avaient presque disparu. Il n'en restait que quelques traces çà et là sur la lande, dans les fossés où le soleil ne pénétrait pas ou contre les murets de pierre sèche les plus exposés. A mesure que les jours rallongeaient, le vent d'ouest adoucissait l'air, les arbres bourgeonnaient et les oiseaux revenaient vers leur habitat estival. Des primevères sauvages parsemaient les hautes haies du Devon et, dans le jardin de Bickley, les premières jonquilles pointaient leur tête jaune dans la brise.

En Cornouailles, à Nancherrow, la maison se remplit de réfugiés sophistiqués venus de Londres pour les fêtes de Pâques. Tommy Mortimer soutira une semaine de permission, quittant la défense civile et sa pompe à main portative, et Jane Pearson amena ses deux enfants pour tout le mois. Le mari de Jane, le solide et brave Alistair, était soldat en France, et sa gouvernante, plus jeune qu'on ne l'imaginait, avait repris du service comme infirmière dans un hôpital militaire du pays de Galles. Privée de nanny, Jane avait bravement pris le train pour Penzance, bien qu'elle fût seule pour amuser et discipliner ses rejetons. Dès son arrivée, elle s'en était déchargée sur Mary Millyway, avant d'aller se pelotonner sur le canapé pour siroter un gin-orange et bavarder avec Athena. Elle habitait toujours la petite maison de Lincoln Street et s'y plaisait tant qu'elle ne projetait nullement de quitter

537

Londres. Jamais elle ne s'était autant amusée, sortant tous les soirs, déjeunant au *Ritz* ou au *Berkeley* avec de brillants lieutenants-colonels de l'armée de l'air ou de jeunes officiers de la Garde.

– Et Roddy et Camilla ? demanda Athena, comme s'il s'agissait de chiots, s'attendant presque à ce que Jane lui dise qu'elle les mettait au chenil.

– Ma femme de ménage les garde, répondit Jane d'un ton dégagé, ou je les laisse à la bonne de ma mère. Ma chère, il faut que je te dise. C'est absolument captivant...

Et elle la régalait du récit d'une fabuleuse soirée de plus.

Tous ces invités apportaient avec eux leur carte de rationnement pour acheter du beurre, du sucre, du bacon, du saindoux et de la viande, mais Tommy leur offrit une réserve de friandises d'avant-guerre, qui venaient de chez Fortnum & Mason. Un aspic de faisan, des noix de cajou enrobées de chocolat, du thé parfumé et de petits pots de caviar Beluga.

Mrs. Nettlebed, lorgnant l'assortiment de présents que l'on avait déposé sur sa table de cuisine, fit remarquer qu'il était bien dommage que Mr. Mortimer n'ait pu mettre la main sur un jambon.

Le personnel de Nancherrow était maintenant considérablement réduit. Nesta et Janet, tout excitées à l'idée de porter l'uniforme, étaient parties fabriquer des munitions et participer à l'effort de guerre. Palmer et l'aide-jardinier avaient été mobilisés et, pour les remplacer, on ne trouva que Matty Pomeroy, un vieux retraité de Rosemullion, qui venait tous les matins sur une bicyclette grinçante et travaillait à une allure d'escargot.

Hetty, trop jeune pour être d'une quelconque utilité, s'activait toujours dans l'arrière-cuisine, où elle cassait des plats et faisait tourner Mrs. Nettlebed en bourrique. Les invités devaient à présent mettre la main à la pâte, tirer les rideaux dans leur chambre pour le couvre-feu, faire leur lit, participer à la vaisselle et porter des bûches. On servait toujours les repas, avec une certaine solennité, dans la salle à manger, mais le salon était fermé, enseveli sous des housses. La belle argenterie avait été nettoyée, enveloppée de peaux de chamois et soigneusement rangée pour la durée de la guerre. Nettlebed, délivré de la fastidieuse corvée de l'astiquer, ce qui occupait naguère la majeure partie de son temps, se laissa imperceptiblement attirer au-dehors. Cela se fit peu à peu ; au début, Nettlebed sortait s'assurer que le vieux Matty ne se cachait pas derrière l'abri de jardin pour fumer sa pipe malodorante. Puis il se proposa pour déterrer une ou deux rangées de pommes de terre pour Mrs. Nettlebed ou pour cueillir un chou. Bientôt il prit le potager en charge, planifiant semailles et récoltes et surveillant Matty Pomeroy, avec sa minutie et son efficacité habituelles. Il s'acheta une paire de bottes de caoutchouc à Penzance et, ainsi chaussé, creusa un sillon pour planter des haricots à rames. Peu à peu ses traits graves et pâles se tannèrent au soleil et son pantalon devint trop grand pour lui. Athena déclara qu'au fond de son cœur Nettlebed était un fils de la terre et que, pour la première fois de sa vie, il suivait sa véritable vocation, et Diana, très amusée, trouva plutôt chic d'avoir un majordome bronzé, à condition qu'il récure la terre qu'il avait sous les ongles avant de servir le dîner.

Lavinia Boscawen mourut le soir du 8 avril, au beau milieu des fêtes de Pâques.

Elle mourut dans son lit, au Manoir. Tante Lavinia ne s'était jamais pleinement remise de la maladie qui avait tant affolé sa famille, mais elle avait paisiblement passé l'hiver, se levant chaque jour, s'asseyant au coin du feu et tricotant activement des chaussettes kaki. Elle n'avait pas souffert. Un soir, elle était simplement allée se coucher comme d'habitude et ne s'était pas réveillée.

C'était Isobel qui l'avait trouvée. La vieille Isobel était montée tant bien que mal avec le thé (Earl Grey, une rondelle de citron) de Mrs. Boscawen, avait frappé à la porte, puis était entrée pour réveiller sa maîtresse. Elle avait posé le petit plateau sur la table de chevet, ouvert les rideaux et soulevé l'étoffe noire.

– Belle matinée, fit-elle observer, mais elle n'obtint pas de réponse.

Elle se retourna.

– Belle matinée... répéta-t-elle tout en sachant, soudain, qu'il n'y aurait plus jamais de réponse.

Lavinia Boscawen reposait tranquillement, la tête sur son oreiller de duvet, comme elle s'était endormie. Elle avait les yeux clos et paraissait plus jeune de quelques années et très paisible. Isobel, vieille et experte en rituels funèbres, prit un miroir d'argent sur la coiffeuse, qu'elle porta aux lèvres de Mrs. Boscawen. Rien ne vint le ternir.

Isobel posa le miroir et recouvrit doucement le visage de Mrs. Boscawen du drap brodé. Puis elle tira le rideau noir et descendit. Dans le vestibule, non sans réticence car elle avait toujours détesté cet horrible instrument, elle décrocha le téléphone et demanda à l'opératrice de lui passer Nancherrow.

Nettlebed, qui était en train de mettre le couvert du petit déjeuner dans la salle à manger, entendit le téléphone sonner dans le bureau du colonel. Il jeta un coup d'œil à la pendule, vit qu'il était huit heures moins vingt, posa la fourchette qu'il avait à la main et s'en alla répondre.

– Ici Nancherrow.

– Mr. Nettlebed ?

– Lui-même.

– C'est Isobel. Du Manoir. Mr. Nettlebed... Mrs. Boscawen est morte. Pendant son sommeil. Je l'ai trouvée ce matin. Le colonel est-il là ?

– Il n'est pas encore descendu, Isobel, répondit-il en fronçant les sourcils. Vous en êtes tout à fait certaine ?

– Tout à fait. Il n'y a plus un souffle qui sorte de ses lèvres. Paisible comme une enfant, la chère dame...

– Êtes-vous seule, Isobel ?

– Bien sûr, je suis seule. Qui voulez-vous qu'il y ait ?

– Vous sentez-vous bien ?

– Il faut que je parle au colonel.

– Je vais le chercher.

– J'attends.

– Non, n'attendez pas. Il vous rappellera. Restez près du téléphone pour l'entendre.

– Je n'ai aucun problème d'audition.

– Vous êtes sûre que vous allez bien ?

– Contentez-vous d'aller dire au colonel de me rappeler sur-le-champ, bougonna Isobel avant de raccrocher.

Nettlebed reposa le récepteur et réfléchit un instant. Mrs. Boscawen morte.

– Merde alors ! dit-il à voix haute, puis il quitta la pièce et monta à pas lents.

Le colonel se rasait dans sa salle de bains. Il portait une robe de chambre à motifs de cachemire sur son pyjama à rayures, des pantoufles de cuir et une serviette autour du cou. Il s'était rasé la moitié de la face, l'autre était encore blanche de mousse parfumée. Un coupe-chou à la main, il écoutait les nouvelles que diffusait le poste de radio portatif qu'il avait posé sur le couvercle d'acajou des toilettes. En approchant, Nettlebed entendit le ton grave et mesuré du journaliste de la BBC. Quand il s'éclaircit discrètement la gorge et frappa quelques coups sur la porte ouverte, le colonel se retourna et leva la main pour le faire taire. Les deux hommes écoutèrent ensemble le bulletin de la matinée. Des nouvelles graves. Les troupes allemandes avaient envahi le Danemark et la Norvège au petit matin. Trois transports de troupes étaient entrés dans le port de Copenhague, les ports et les îles étaient occupés et les passes maritimes du Skagerrak et du Kattegat étaient à présent sous le contrôle de l'ennemi. La marine allemande avait débarqué des troupes dans tous les ports norvégiens jusqu'à Narvik. Un destroyer britannique avait été coulé...

Le colonel éteignit la TSF, puis il se tourna vers la glace et continua de se raser. Son regard croisa celui de Nettlebed dans le miroir.

— Ça a vraiment commencé, dit-il.

— Oui, Monsieur. Il semble.

— Toujours l'élément de surprise. Mais pourquoi serions-nous surpris ?

— Je n'en ai pas la moindre idée, Monsieur.

Nettlebed hésita, rechignant à parler en un tel moment.

— Je suis navré de vous déranger, Monsieur, mais je crains d'avoir à vous annoncer une nouvelle encore plus triste.

Un coup de rasoir traça une bande de peau lisse sur la joue savonneuse.

— Isobel vient d'appeler, Monsieur, du Manoir. Mrs. Boscawen est décédée. Pendant la nuit, dans son sommeil, Isobel l'a trouvée ce matin et a téléphoné tout de suite. Je lui ai dit que vous la rappelleriez, Monsieur, et elle attend près du téléphone.

Il se tut. Au bout de quelque temps, le colonel se retourna. Il y avait sur ses traits une telle expression de tristesse et de peine que Nettlebed eut le sentiment d'être un assassin. Le silence s'installa entre eux, et Nettlebed ne trouva pas les mots pour le remplir. Puis le colonel hocha la tête.

– Dieu que c'est difficile à accepter, Nettlebed.

– Je suis désolé, Monsieur.

– Quand Isobel a-t-elle appelé ?

– A huit heures moins vingt, Monsieur.

– Je descends dans cinq minutes.

– Très bien, Monsieur.

– Nettlebed... Allez me chercher une cravate noire, s'il vous plaît.

A Bickley, quand le téléphone sonna, ce fut Judith qui décrocha.

– Allô ?

– Judith, c'est Athena.

– Seigneur, quelle surprise !

– Maman m'a demandé de t'appeler. Je crains que ce ne soit pour une très triste nouvelle, enfin, triste pour nous tous. Tante Lavinia est morte.

Stupéfaite, Judith ne trouva rien à dire. Elle prit une chaise et se laissa tomber comme une masse.

– Quand ? parvint-elle enfin à articuler.

– Lundi soir. Elle est allée se coucher et ne s'est pas réveillée. Ni malade ni rien du tout. Nous faisons tout notre possible pour nous féliciter de cette mort si paisible, mais c'est quand même la fin d'une époque.

Elle paraissait très calme, adulte et résignée. Judith était surprise. Quand tante Lavinia avait été si malade, Athena s'était mise dans un tel état que Rupert avait dû la ramener en voiture du fin fond de l'Écosse jusqu'en Cornouailles. Mais à présent... Étaient-ce le mariage et la maternité qui avaient produit cette métamorphose, ce comportement objectif et rationnel ? Quoi qu'il en soit, Judith en louait le ciel. Il eût été insupportable d'apprendre une telle nouvelle à travers un torrent de larmes.

– Je suis consternée, dit-elle. Vous l'aimiez tant, elle faisait tellement partie de vous. Vous devez tous être anéantis.

– Oui, tout à fait.

– Comment va ta mère ?

– Bien. Et Loveday aussi. Pops nous a fait un petit laïus, nous disant que nous ne devions pas penser à nous-mêmes, mais à tante Lavinia, si paisible, qui n'avait plus à se soucier de cette sale guerre. N'est-ce pas abominable ? Du moins n'aura-t-elle plus à lire les journaux et à contempler ces horribles cartes avec des flèches partout.

— C'est gentil de m'avoir prévenue.

— Judith, ma chérie, il fallait évidemment qu'on te prévienne. Tante Lavinia t'a toujours considérée comme faisant partie du clan. Maman demande si tu viendras à l'enterrement. Ce n'est pas une perspective bien réjouissante, mais nous y serions tous très sensibles.

— Quand est-ce ? fit Judith, hésitante.

— Mardi prochain, le 16.

— Serez... serez-vous tous là ?

— Bien sûr. Toute la tribu. Pas Edward toutefois, qui est prisonnier sur son terrain d'aviation en attendant de descendre les bombardiers allemands, j'imagine. Il a essayé d'obtenir une permission pour deuil familial mais, les choses étant ce qu'elles sont, ça a été refusé. Mais tous les autres seront présents. Y compris Jane Pearson, qui est là avec ses petits monstres, et je crois que Tommy Mortimer souhaite venir. C'est trop bête. Il a passé quelques jours ici, puis il est rentré à Londres. Il va falloir qu'il revienne. Nous lui avons dit et redit que ce n'était pas nécessaire, mais il aimait énormément tante Lavinia, bien qu'elle ne lui ait jamais offert que du xérès, jamais de gin-grenadine. Mais viens, je t'en prie. Reste un peu. Tout est prêt pour t'accueillir. Nous n'avons jamais donné *ta* chambre à personne.

— Je vais... je vais en parler à Biddy.

— Tout se passera bien. En plus, il est grand temps que nous te revoyions. Viens dimanche. Comment feras-tu ? En voiture ?

— Je devrais peut-être économiser mon essence.

— Alors saute dans un train. J'irai te chercher à Penzance. Nous n'avons pas trop de problèmes d'essence. Pops et Nettlebed reçoivent tous les deux des tickets supplémentaires parce qu'ils appartiennent à la défense civile. Attrape le *Riviera*...

— Bien...

— Viens, je t'en prie. Dis oui. Nous avons tous hâte de te voir et je veux que tu admires mon ventre arrondi. Tout le monde t'embrasse, et Loveday me charge de te dire qu'elle a une poule préférée qui porte ton nom. Il faut que je file, ma chérie. A dimanche.

Judith se mit en quête de Biddy et lui expliqua la situation.

– Ils veulent que je vienne à Nancherrow pour les funérailles.

– Bien sûr que tu dois y aller. Pauvre vieille dame. Quelle tristesse ! s'écria Biddy en jetant un coup d'œil à Judith qui se mordait la lèvre. Tu as envie d'y aller ?

– Oui, je pense.

– Tu n'as pas l'air très sûre de toi. Edward sera-t-il là ?

– Oh, Biddy...

– Sera-t-il là ?

– Non, il n'a pas pu obtenir de permission, répondit-elle en secouant la tête.

– S'il était là, aurais-tu envie d'y aller ?

– Je n'en sais rien. Je trouverais sans doute un prétexte.

– Ma chérie, tout cela s'est passé il y a six mois et, depuis, tu vis avec moi comme une petite nonne. Tu ne vas pas te languir d'Edward Carey-Lewis le reste de ton existence. De toute façon, il ne sera pas là, alors vas-y. Va revoir tes jeunes amis.

– J'ai mauvaise conscience de te laisser toute seule. Qui fera la cuisine ? Il ne faut pas que tu te laisses mourir de faim.

– Ne t'inquiète pas pour ça. J'achèterai des feuilletés chez le boulanger et des tas de fruits. Et maintenant que tu m'as montré, je sais me faire cuire un œuf à la coque. Mrs. Dagg me préparera de la soupe et, de toute façon, j'adore le pain à la margarine.

Mais Judith demeura sceptique. Si l'on se fiait aux apparences, Biddy était remise. Elle s'était engagée dans la Croix-Rouge et se rendait chez Hester Lang deux matinées par semaine afin d'emballer des colis pour les troupes qui se battaient en France. Mais Judith, qui vivait avec elle jour après jour, savait qu'une part de Biddy était morte avec Ned et qu'elle ne parviendrait jamais à accepter vraiment la mort de son unique enfant. Certains jours où le soleil brillait et où l'air était léger, elle retrouvait un peu de son ancienne joie de vivre et de son humour, et lançait quelque observation impromptue, merveilleusement drôle, et elles éclataient de rire. Pendant un bref instant, c'était comme s'il ne s'était rien passé. Mais elle était souvent si déprimée qu'elle restait au lit, refusait de se lever et fumait comme un sapeur, l'œil rivé sur la pendule pour ne pas manquer l'heure du premier verre de la soirée. Souvent, Judith le savait, elle ne résistait pas à la tentation de prendre un peu d'avance. En rentrant de promenade, elle trouvait Biddy dans son fauteuil, serrant son précieux verre à deux mains comme si sa vie en dépendait.

– Cela me déplaît de te laisser seule, voilà tout.

– J'aurai Mrs. Dagg. Et Hester en bas de la route, et toutes ces charmantes dames de la Croix-Rouge. Morag me tiendra compagnie. Ça ira. Et puis, tu ne vas pas moisir ici indéfiniment. Maintenant que Hester et toi en avez terminé avec la sténodactylo, tu n'as plus aucune raison de rester. Bien sûr, je n'ai pas envie que tu t'en ailles, mais tu ne dois pas refuser de partir à cause de moi. Regardons les choses en face, il faut que je sois indépendante. Quelques jours sans toi, ce sera un bon entraînement.

Judith se laissa donc fléchir.

– D'accord, dit-elle avec un sourire.

Tout à coup, elle fut tout excitée, comme si elle partait en vacances, ce qui n'était pourtant pas le cas, et, bien qu'elle fût impatiente de revoir Nancherrow, il n'en restait pas moins que les deux personnes qu'elle aimait le plus seraient absentes. Tante Lavinia était morte, et Edward retenu par les exigences de la guerre. Non. Pas uniquement les exigences de la guerre. Edward était perdu à jamais à cause de sa propre naïveté et de son inexpérience. Il était sorti de sa vie et elle ne pouvait s'en prendre qu'à elle-même.

Mais – et c'était un grand mais – Nancherrow lui était fidèle, et elle retournait dans ce lieu chaleureux et luxueux, où l'on jetait ses responsabilités par-dessus bord et où l'on avait la délicieuse sensation de redevenir enfant. Juste pour quelques jours. Ce serait sans doute affreusement triste, mais elle allait retrouver sa chambre rose, ses affaires, son bureau, son gramophone et sa boîte chinoise. Elle se vit ouvrant grand la fenêtre, se penchant pour apercevoir la mer et entendre les roucoulements des colombes autour du pigeonnier. Et rire avec Loveday, revoir Athena, Mary Millyway, Diana et le colonel. Le cœur empli de reconnaissance, sachant que c'était ce qui pouvait lui arriver de mieux à défaut de rentrer chez elle, elle se demanda si tante Lavinia, où qu'elle soit, était consciente de la richesse de son héritage.

Le voyage en Cornouailles fut imprégné de nostalgie et de souvenirs. La gare de Plymouth, qu'elle connaissait bien à présent, était bondée de jeunes marins avec leurs paquetages, détachement en route pour le nord du pays. Regroupés sur le quai d'en face, ils se faisaient houspiller par un sous-officier exaspéré qui tentait de les mettre en rang. Quand le *Riviera de Cornouailles* entra en gare, ils disparurent momentanément derrière l'énorme locomotive à vapeur, mais ils étaient encore là quand le train démarra, jusqu'à ce que Judith n'ait plus qu'une image floue d'uniformes bleu marine et de jeunes visages aux joues roses.

Très vite le *Riviera* s'engagea sur le pont de Saltash. Le port était rempli de bateaux de guerre, qui n'étaient plus gris mais couverts d'une couche de peinture pour le camouflage. Puis la Cornouailles, maisons au crépi rose, vallées profondes et viaducs. Le train s'arrêta à Par.

– Par, Par, correspondance pour Newquay, entonna le chef de gare, comme à son habitude.

Truro. Judith aperçut la petite ville ramassée autour de la haute tour de sa cathédrale et se souvint qu'elle y avait acheté son gramophone avec Mr. Baines, qui l'avait invitée à déjeuner au *Red Lion*. Elle pensa aussi à Jeremy, à leur première rencontre, à la manière dont il avait rassemblé ses affaires et dit au revoir avant de descendre du train. A ce moment-là, elle était persuadée qu'elle ne le reverrait jamais, qu'elle ne connaîtrait jamais son nom.

Enfin Hayle et l'estuaire, bleu à la marée montante, et, de l'autre côté, Penmarron. En avril, les pignons de Riverview étaient visibles à travers le feuillage des arbres.

A la bifurcation, elle retira sa valise du porte-bagages et resta debout dans le couloir, pour ne pas manquer la première échappée sur la baie du Mont et la mer. Le long de la côte, les plages étaient barrées de fil de fer barbelé et l'on apercevait des cubes de béton occupés par des soldats, destinés à repousser toute invasion venant de la mer. La baie scintillait pourtant sous le soleil, comme d'habitude, les cris des mouettes et l'odeur forte des algues emplissaient l'air.

Athena l'attendait, aisément repérable sur le quai avec sa chevelure blonde soulevée par la brise. On voyait qu'elle était enceinte, car, en vieux pantalon de velours déformé et en chemise d'homme, les manches retroussées et les pans flottant au vent, elle ne faisait aucun effort de coquetterie pour dissimuler ses formes.

– Judith !

Elles se retrouvèrent sur le quai, et Judith posa sa valise pour la prendre dans ses bras. Avec cette allure de gavroche qui ne lui ressemblait guère, Athena était néanmoins parfumée, comme toujours, de quelque essence aussi sublime que coûteuse.

– Comme c'est bon de te voir ! Tu as perdu du poids, j'en ai pris, déclara-t-elle en se caressant le ventre. N'est-ce pas fascinant ? Il grossit de jour en jour.

– Quand naîtra-t-il ?

– En juillet. Je ne peux plus attendre. C'est tout ce que tu as comme bagages ?

– A quoi t'attendais-tu ? A des malles-cabines et à des cartons à chapeaux ?

– La voiture est à l'extérieur. Rentrons à la maison.

La voiture lui causa un choc. Ce n'était pas l'un de ces véhicules hauts et dignes qui étaient l'apanage de Nancherrow, mais une petite camionnette en piteux état, avec H. WILLIAMS, POISSONNIER écrit en majuscules sur le côté.

– Qui s'est lancé dans le commerce du poisson ? demanda Judith avec amusement.

– N'est-ce pas excellent ? Pops l'a achetée d'occasion pour économiser l'essence. Tu n'as pas idée du nombre de gens qu'on peut entasser à l'arrière. Nous ne l'avons que depuis une semaine, et nous n'avons pas encore eu le temps d'effacer le nom. A mon avis, nous devrions le garder. Je trouve ça extrêmement chic. Maman aussi.

Judith mit sa valise dans le véhicule qui sentait le poisson, et elles démarrèrent. La camionnette fit une embardée et frôla de peu le mur du port.

– C'est tellement gentil d'être venue. Nous redoutions tous que tu ne te décommandes à la dernière minute. Comment va ta tante ? Est-ce qu'elle tient le coup ? Pauvre Ned. C'est vraiment affreux. Nous avons tous été atterrés.

– Elle va bien. Elle se remet, je crois. Mais l'hiver a été long.

– Tu parles ! Qu'est-ce que tu as fait ?

– J'ai appris la sténodactylo. J'ai acquis la vitesse requise et rien ne m'empêche plus de m'engager ou de travailler.

– Quand ?

– Je ne sais pas. Un jour ou l'autre. Avez-vous des nouvelles de Jeremy Wells ? s'enquit-elle, changeant de sujet.

– Pourquoi me demandes-tu ça ?

– Je pensais à lui dans le train. Quand nous sommes passés à Truro.

– Son père est venu nous rendre visite, l'autre jour. Camilla était tombée de la balançoire et s'était ouvert la tête. Mary pensait qu'il faudrait peut-être un point de suture, mais elle n'en a pas eu besoin. Jeremy sillonne l'Atlantique sur un destroyer. Des convois de navires marchands. Il ne s'est pas appesanti sur la question, mais j'ai l'impression que c'est plutôt dur. Gus est en France avec la division des Highlands, mais il ne se passe pas grand-chose là-bas.

– Et Rupert ? demanda Judith avant qu'Athena ne se mette à parler d'Edward.

– Oh, il va bien. Il m'écrit des tas de lettres amusantes.

– Où est-il ?

– En Palestine. Dans un endroit appelé Gedera. Je ne suis pas censée le dire au cas où un espion m'entendrait. Il appartient toujours à un régiment de cavalerie, car ils ne sont pas encore mécanisés. Après ce qui est arrivé à la cavalerie polonaise, on aurait pu penser qu'ils s'équiperaient de chars au plus tôt, non ? Mais je suppose que le ministère de la Guerre sait ce qu'il fait. Il écrit souvent. Il est enchanté que j'attende un bébé. Il me propose sans arrêt des noms impossibles comme Cecil, Ernest ou Herbert. Typiquement Rycroft. Abominable.

– Et si c'est une fille ?

– Je l'appellerai Clementina.

– C'est une sorte d'orange.

– Ce sera peut-être un bébé orange. Quoi qu'il en soit, elle sera adorable. En ce moment, je m'occupe sans arrêt d'enfants, avec Roddy et Camilla à la maison. Je les ai toujours trouvés un peu trop gâtés – tu te souviens de leurs jérémiades à Noël ? Mais Mary Millyway les a dressés et ils sont vraiment charmants. Ils font des réflexions tordantes.

– Et Tommy Mortimer ?

– Il arrive demain. Il voulait apporter sa queue-de-pie, mais Pops lui a dit que ce n'était pas la peine.

– Est-ce que cela fait drôle de ne plus avoir tante Lavinia ?

– Oui. Bizarre. Comme s'il y avait une pièce vide dans la maison, sans fleurs et les volets clos. C'est tellement définitif, n'est-ce pas ? La mort, je veux dire.

– Oui, c'est tout à fait définitif.

Quand ce fut terminé, tous convinrent que Lavinia Boscawen avait eu des funérailles *parfaites*, comme elle les aurait elle-même organisées. Un doux après-midi de printemps, l'église de Rosemullion emplie de fleurs, et tante Lavinia, paisible dans son cercueil, attendant que ses amis les plus intimes viennent la saluer une dernière fois. Toutes sortes de gens qui, pour rien au monde, n'auraient manqué la cérémonie s'étaient tassés sur les bancs étroits et inconfortables. Ils venaient des quatre coins du pays et de tous les horizons, du Lord-Lieutenant jusqu'au marin retraité de Penberth qui avait approvisionné Mrs. Boscawen en poisson frais pendant des années.

Isobel était présente, bien entendu, tout comme le jardinier du Manoir qui avait revêtu son plus beau costume de tweed vert avec une rose Gloire-de-Dijon à la boutonnière. De Penzance arrivèrent Mr. Baines, Mr. Eustick (le directeur de la banque), et le propriétaire de l'hôtel de *La Mitre*. La vieille douairière lady Tregurra avait pris un taxi depuis Launceston et ne s'en portait pas plus mal, mais d'autres étaient moins alertes, qui avaient besoin d'un peu d'aide pour aller de l'entrée du cimetière à l'église, avançant pesamment sur le sentier avec leurs cannes et leurs béquilles, ajustant longuement leurs appareils auditifs et leurs cornets acoustiques une fois assis. Un vieux gentleman arriva en fauteuil roulant, poussé par un domestique à peine moins âgé. Pendant que l'église se remplissait, l'orgue essoufflé exhalait la musique à peine reconnaissable du *Nemrod* d'Elgar.

Les gens de Nancherrow occupaient les deux premiers bancs. Edgar Carey-Lewis, Diana, Athena, Loveday et Mary Millyway étaient assis au premier rang. Derrière eux se trouvaient leurs invités, Judith, Tommy Mortimer,

Jane Pearson, Mr. et Mrs. Nettlebed. Hetty était restée à la maison pour s'occuper de Camilla et de Roddy Pearson. Mary et Mrs. Nettlebed étaient vaguement inquiètes, Hetty n'étant ni très intelligente ni très sérieuse. Mais, en partant pour l'église, Mrs. Nettlebed lui avait fait une peur de tous les diables en la prévenant que si, à son retour, elle trouvait ces enfants avec des perles dans le nez, Hetty s'en repentirait.

En empruntant à droite et à gauche, ils étaient tous parvenus à se vêtir d'un noir d'encre. Tous excepté Athena, qui portait une ample robe de grossesse de crêpe crème et qui ressemblait à un bel ange serein.

Tout le monde fut enfin installé. La cloche cessa de sonner et l'orgue s'arrêta net au beau milieu du morceau. Du fond de l'église, par la porte que l'on avait laissée ouverte, on entendait les oiseaux gazouiller.

Le vieux prêtre se leva péniblement et éprouva aussitôt le besoin de se moucher. Cela lui prit quelque temps, et tous attendirent patiemment tandis qu'il fouillait dans sa poche, trouvait son mouchoir, le dépliait et soufflait bruyamment dedans avant de le remettre à sa place. Puis il se racla la gorge et annonça enfin d'une voix chevrotante que Mrs. Carey-Lewis lui avait demandé d'indiquer que tous seraient les bienvenus à Nancherrow, après la cérémonie, pour y prendre des rafraîchissements. Cette tâche capitale remplie, il ouvrit son missel, les membres de la congrégation qui en étaient capables se levèrent, et le service commença.

« Je suis la résurrection et la vie, dit le Seigneur, celui qui croit en Moi, même dans la mort, vivra... »

On chanta un ou deux cantiques, le colonel Carey-Lewis lut un passage de la Bible adapté à la circonstance, on pria et ce fut fini. Six hommes s'avancèrent pour hisser le cercueil de tante Lavinia sur leurs épaules, l'entrepreneur des pompes funèbres et son assistant, le colonel, Tommy Mortimer, le bedeau et le jardinier au costume vert, qui avait l'air d'un petit lutin s'étant trompé d'adresse, comme le fit remarquer Athena par la suite. On emporta le cercueil (étrangement petit) vers le cimetière ensoleillé, et le cortège suivit, chacun à son allure.

Judith, qui se tenait un peu en retrait, assista à la mise en terre en écoutant les paroles rituelles : « Poussière, tu retourneras en poussière, et cendres, tu redeviendras cendres. » Il était difficile de croire que ces sentences définitives s'appliquaient à tante Lavinia. En regardant autour d'elle, elle aperçut, un peu à l'écart, la longue silhouette de Mr. Baines et se souvint des obsèques de tante Louise, du vent glacé qui soufflait sur le cimetière de Penmarron et de la gentillesse du notaire en ce jour terrible. Puis elle songea à Edward et regretta qu'il ne fût pas là pour porter tante Lavinia jusqu'à sa dernière demeure et lui dire adieu comme il l'eût souhaité.

Le salon de Nancherrow n'étant plus utilisé, au retour de l'enterrement, on se regroupa dans la salle à manger. Tout avait été préparé pour lui donner un air festif. Il y avait un gigantesque bouquet de jeunes branchages de hêtre et de gouttes-de-sang, que Diana avait mis la matinée entière à composer. Des bûches flambaient dans l'âtre, bien qu'il ait fait si chaud l'après-midi qu'on avait laissé les fenêtres ouvertes pour que l'air frais et salé de la mer pénètre dans la maison.

La grande table, déployée dans toute sa longueur, avait été recouverte d'une nappe blanche et les pâtisseries de Mrs. Nettlebed (deux journées de travail bien remplies) y étaient disposées, livrées à l'admiration de tous avant de l'être à leur appétit : des génoises, des tartes au citron, du pain d'épice, des scones, de minuscules sandwiches au concombre et au fromage blanc, des gâteaux glacés et des sablés.

Sur le buffet trônaient deux théières en argent, l'une contenant du thé de Ceylan, l'autre du thé de Chine, un pot à eau en argent, un pot de lait et un sucrier, ainsi que la plus belle porcelaine coquille d'œuf. Il y avait aussi (plus discrètement) un flacon de whisky, un siphon d'eau de Seltz et quelques verres en cristal taillé. Les fauteuils que l'on avait disposés tout autour de la pièce furent peu à peu occupés par les plus infirmes et les plus bancals, les autres restant debout à deviser de choses et d'autres. Bientôt on haussa le ton jusqu'à un brouhaha digne des cocktails les plus animés.

Embauchée par Diana, Judith aidait à passer les plateaux pleins de bonnes choses, s'arrêtant çà et là pour bavarder ou pour remplir une tasse vide. Elle était tellement occupée qu'il lui fallut attendre quelque temps avant de pouvoir saluer Mr. Baines. Elle se dirigeait vers le buffet, une tasse et une soucoupe dans chaque main, quand ils se trouvèrent face à face.

– Judith ?

– Mr. Baines. Comme je suis heureuse de vous voir et comme c'est gentil d'être venu...

– Je ne pouvais pas ne pas venir. Vous semblez très occupée.

– Ils veulent tous du thé. Je crois qu'ils n'ont pas l'habitude de tasses aussi minuscules.

– Je voudrais vous dire deux mots.

– Vous m'avez l'air bien sérieux.

– Rassurez-vous, ce n'est pas grave. Pensez-vous que nous puissions nous retirer cinq minutes ? Il y a bien assez de domestiques et je suis certain que vous n'êtes pas indispensable.

– Eh bien... d'accord. Mais je dois d'abord m'occuper de ces deux dames, qui ont une soif dévorante.

– J'ai eu un bref entretien avec le colonel Carey-Lewis, qui m'a permis d'utiliser son bureau.

– Dans ce cas, je vous rejoins dans un instant.

– Parfait. Cela ne prendra que quelques minutes.

Loveday passa avec un plateau de scones, et il en prit un au passage.

– C'est pour me sustenter jusqu'à ce que vous veniez me retrouver.

Au buffet, Judith remplit les tasses, qu'elle rapporta à Mrs. Jennings, qui tenait le bureau de poste de Rosemullion, et à son amie Mrs. Carter, qui faisait les cuivres de l'église.

– Vous êtes charmante, lui dit-on. Nous avons tellement chanté que nous avons la gorge sèche. Y a-t-il encore du pain d'épice ? Avec Mrs. Nettlebed, j'étais sûre que nous aurions un thé délicieux...

– ... Comment fait-elle avec le rationnement ? Je l'ignore...

– ... Vous pouvez être certaine qu'elle a des réserves...

Judith leur apporta du pain d'épice et les laissa à leur gourmandise. Elle sortit d'un air détaché, soulagée de s'éloigner du bruit et des bavardages, longea le couloir et entra dans le bureau du colonel, qui était ouvert. Mr. Baines l'attendait, appuyé contre le lourd bureau et grignotant tranquillement son scone. Avec un mouchoir de soie, il s'essuya les doigts.

– Quel festin !

– Je n'ai rien mangé, j'étais trop occupée à nourrir les autres.

Elle s'affala dans un fauteuil de cuir. C'était bon de se reposer et de retirer ses escarpins de cuir noirs, inconfortables avec leurs talons hauts. Elle le regarda et fronça les sourcils. Il avait dit qu'il n'y avait rien de grave, mais il n'avait pas une mine particulièrement réjouie.

– De quoi vouliez-vous me parler ?

– D'un certain nombre de choses. De vous, surtout. Comment allez-vous ? Bien ? insista-t-il en la voyant hausser les épaules. Le colonel Carey-Lewis m'a appris la triste nouvelle de la mort de votre cousin. Quelle tragédie !

– Oui. Il n'avait que vingt ans. C'est très jeune pour mourir, n'est-ce pas ? Et c'est arrivé au tout début des hostilités... presque avant que nous nous soyons faits à l'idée que nous étions en guerre. C'était complètement inattendu.

– Il m'a dit que vous aviez décidé de ne pas rejoindre votre famille et de rester dans notre pays.

– Vous êtes très au courant, fit Judith avec un sourire mélancolique.

– Je vois le colonel de temps en temps au club de Penzance. J'espère que vous avez de bonnes nouvelles de Singapour...

Elle lui parla donc de la dernière lettre de sa mère, puis lui expliqua que Hester Lang lui avait donné des cours de sténodactylo, qui l'avaient occupée durant le long et triste hiver qu'elle venait de passer à Bickley.

– J'ai acquis une bonne vitesse de frappe, je pourrais donc quitter Biddy pour travailler, mais j'hésite à la laisser seule...

– Il y a un temps pour tout. Cela viendra peut-être plus vite que vous ne le pensez. Quoi qu'il en soit, vous semblez tenir le coup. J'ai autre chose à vous dire. Il s'agit du colonel Fawcett.

Judith se figea. De quelle abominable nouvelle Mr. Baines allait-il lui faire part ? Elle n'imagina pas un instant que cela puisse ne pas être abominable, car le simple fait de parler de Billy Fawcett suffisait à l'emplir d'appréhension.

– De quoi s'agit-il ?

– N'ayez pas l'air aussi pétrifiée. Il est mort.

– *Mort ?*

– C'est arrivé la semaine dernière. Il se trouvait à la banque de Porthkerris pour encaisser un chèque, je crois.

Le directeur de la banque est sorti de son bureau et lui a dit très poliment qu'il souhaitait lui parler de son découvert, lui demandant de bien vouloir le suivre. Le vieil homme a été saisi d'une colère noire, son visage a viré au bleu, il a poussé un cri et est tombé sur le dos. Vous imaginez la consternation. Il venait d'avoir une grave crise cardiaque. On a appelé une ambulance qui l'a transporté à l'hôpital de Penzance, mais il était mort à l'arrivée.

Judith ne trouva rien à dire. A mesure que Mr. Baines s'expliquait, l'horreur et le choc qu'elle avait d'abord éprouvés cédaient la place à une furieuse envie de rire. Elle imaginait si bien la scène, et cela lui semblait plus ridicule que tragique... comme le soir où Edward Carey-Lewis l'avait jeté dans le caniveau devant le *Tackle*.

Au bord du fou rire, elle porta la main à sa bouche, mais ses yeux la trahirent et Mr. Baines sourit avec compassion.

— Je suppose que nous devrions prendre une mine grave, mais j'ai eu exactement la même réaction quand on me l'a raconté. Sans son côté menaçant, ce n'était plus qu'un homme ridicule.

— Je ne devrais pas rire.

— Comment s'en empêcher ?

— Il y a tant de gens qui meurent.

— Je sais, je suis navré.

— A-t-il été jugé ?

— Bien sûr. Devant le juge des assises trimestrielles de Saint-Michel. Il a plaidé coupable et son avocat a avancé des tas de circonstances atténuantes n'ayant aucune pertinence : sa vieillesse, sa loyauté de soldat, des traumatismes subis en Afghanistan, etc. Il s'en est donc tiré avec une grosse amende et un bon savon. Il a eu de la chance qu'on ne l'envoie pas en prison, mais je crois qu'il menait une vie assez lamentable. Personne ne voulait plus avoir affaire à lui à Penmarron et le club de golf lui avait demandé de démissionner.

— A quoi passait-il ses journées ?

— Aucune idée. A mon avis, il se saoulait. Tout ce que nous savons, c'est qu'il a cessé d'aller au cinéma.

— Quelle fin lamentable !

— Je ne le plains pas. De toute façon, il est trop tard pour cela.

— Je suis surprise que Mr. Warren ou Heather ne m'aient pas informée de sa mort.

– Je viens de vous le dire, c'est très récent. Il y avait un entrefilet dans le *Western Morning News*, il y a quelque jours. Billy Fawcett était un homme qui n'avait pas bonne réputation et qui n'était pas aimé.

– C'est pour cela que ce devrait être triste.

– Ne soyez pas triste. Et oubliez définitivement cette malheureuse histoire.

A ce moment-là, Mr. Baines se redressa et saisit la mallette qu'il avait mise sur un fauteuil. Il la posa sur le tapis et s'assit en croisant les jambes. Rien qu'à l'observer, Judith devina qu'il allait ôter ses lunettes et les nettoyer avec son mouchoir de soie. Ce qu'il fit. Elle avait compris depuis longtemps que c'était le signe qu'il se concentrait.

– Venons-en maintenant aux affaires proprement dites, dit-il en chaussant ses lunettes, puis il croisa les bras. C'est peut-être un peu précipité, mais je voulais vous en toucher deux mots avant que vous ne repartiez dans le Devon. Il s'agit de la maison de Mrs. Boscawen...

– Le Manoir ?

– Exactement. Je me demande ce que vous me diriez si je vous conseillais de l'acheter. Je sais, ce n'est pas le moment le mieux choisi pour en parler, mais j'y ai réfléchi et, étant donné les circonstances, j'ai pensé que mieux valait ne pas perdre de temps.

Il se tut. Leurs regards se croisèrent de part et d'autre de la pièce. Judith se demanda s'il n'avait pas soudain perdu la raison. Il attendait manifestement sa réaction devant cet étonnant projet.

– Mais je ne veux pas d'une maison, dit-elle. J'ai dix-huit ans. La dernière chose dont j'aie besoin en ce moment, c'est bien d'une *maison*. Il y a la guerre, je vais sans doute m'engager dans l'armée et je serai partie pendant des années. Que deviendrais-je s'il fallait en plus me soucier d'une maison ?

– Laissez-moi vous expliquer...

– En plus, le Manoir n'est certainement pas à vendre. Ne fait-il pas partie du domaine de Nancherrow ?

– Il en faisait partie autrefois. Dès qu'il l'a pu, le mari de Mrs. Boscawen a acheté la propriété.

– Le colonel Carey-Lewis ne souhaite-t-il pas le racheter ?

– Je lui en ai parlé. Apparemment non.

– Vous avez déjà parlé au colonel de tout cela ?

– Bien entendu. Je ne vous aurais rien proposé sans avoir d'abord son opinion sur la question. C'est trop important. J'avais besoin non seulement de son approbation, mais aussi de son avis.

– Pourquoi est-ce si important ? Pourquoi est-il important d'acheter le Manoir ?

– Parce que, en tant que gestionnaire de vos biens, je considère que l'immobilier est le meilleur placement possible. La pierre ne perd jamais sa valeur, et, bien entretenue, ne peut que s'apprécier. D'autre part, c'est le bon moment pour acheter, le prix des maisons a chuté, comme toujours en temps de guerre, et il est au plus bas. Je sais que vous êtes très jeune et que l'avenir est incertain, mais nous devons néanmoins nous montrer prévoyants. Quoi qu'il advienne, vous aurez un port d'attache. Des racines à vous. Pensez aussi à votre famille. Grâce à Mrs. Forrester, c'est vous qui êtes riche. Si vous êtes propriétaire du Manoir, vos parents et Jess auront un endroit où aller quand ils quitteront Singapour. Un point de chute, tout au moins en attendant de se trouver une maison.

– Mais ça n'arrivera pas avant des années.

– Certes, mais ça arrivera.

Judith se tut. Elle comprit tout à coup que cela valait la peine d'y réfléchir. Le Manoir. A elle. Sa maison. Des racines. La seule chose qu'elle n'avait jamais eue et qu'elle avait tant désirée. Calée dans le grand fauteuil, elle fixa l'âtre vide et laissa son imagination vagabonder vers la vieille maison, ses pièces tranquilles et vieillottes, la pendule qui faisait tic tac et l'escalier qui craquait sous les pas. Le salon ensoleillé, les tapis et les rideaux fanés, et toujours un parfum de fleurs. Elle songea au couloir de pierre humide et froid qui menait aux anciennes cuisines comme si le temps s'était arrêté, sentiment qui l'avait toujours enchantée. Elle pensa à la vue que l'on avait des fenêtres, l'horizon à travers les branches des pins d'Amérique, le jardin descendant en terrasses vers le verger, la cabane d'Edward et d'Athena... Saurait-elle affronter des souvenirs aussi disparates ? Pour l'instant, elle n'en savait rien.

– Je ne peux pas prendre une décision aussi vite.

– Réfléchissez.

– C'est ce que je fais. Il faut que vous compreniez une chose : j'ai toujours rêvé d'avoir une petite maison qui n'appartiendrait qu'à moi. Mais ce n'était qu'un rêve. Et si je ne peux pas l'habiter, à quoi cela sert-il ? Si j'achetais le Manoir, qu'en ferais-je ? Je ne peux pas le laisser vide, à l'abandon.

– Il ne sera pas nécessairement vide, fit remarquer Mr. Baines d'un ton on ne peut plus mesuré. Isobel s'en ira, bien entendu. Elle a déjà projeté de s'installer chez son frère et sa belle-sœur. Avant sa mort, Mrs. Boscawen s'est arrangée pour qu'elle touche une pension et qu'elle finisse ses jours avec toute la dignité requise. Quant à la maison, on peut la louer. A une famille londonienne qui aurait hâte de se replier à la campagne, par exemple. Il y aura des preneurs à la pelle, j'en suis convaincu. A moins que nous ne trouvions un couple de retraités pour s'en occuper, ou quelqu'un qui serait ravi d'avoir un toit et un petit revenu... poursuivit-il d'un ton persuasif, mais Judith ne l'écoutait plus.

Quelqu'un qui serait ravi d'avoir un toit, quelqu'un qui s'occuperait du jardin et qui ferait le ménage, comme si c'était sa propre maison. Qui considérerait la vieille cuisine comme le comble du luxe et pleurerait de joie devant la petite salle de bains aux murs revêtus de lambris à rainures peints en blanc, avec ses toilettes à la chasse d'eau équipée d'une chaîne au bout de laquelle pendait une poignée où il était écrit : TIREZ.

– ... Bien évidemment, la propriété n'est pas en excellent état. J'ai l'impression que le sol de la cuisine est couvert de moisissure sèche, qu'il y a quelques taches d'humidité au plafond du grenier, mais...

– Phyllis, dit Judith.

Mr. Baines, qu'elle venait de couper en plein élan, fronça les sourcils.

– Pardon ?

– Phyllis. Phyllis pourrait s'en occuper.

L'idée mûrit, s'épanouit. Avec une étincelle dans les yeux, elle se pencha, les mains croisées sur les genoux.

– Vous vous rappelez Phyllis ? Elle travaillait chez nous, à Riverview. Elle s'appelle Phyllis Eddy, à présent. Elle a épousé Cyril, son fiancé, et elle a un bébé. Je suis allée la voir cet été, pendant mon séjour à Porthkerris. J'ai pris la voiture. Je ne l'avais pas vue depuis quatre ans...

– Mais si elle est mariée...

– Vous ne comprenez donc pas ? Cyril était mineur,

mais il s'est engagé dans la Marine. Il l'a abandonnée. Il a toujours voulu partir en mer. Jamais être mineur. Elle m'a écrit pour me raconter tout ça quand Ned est mort. Elle m'a envoyé une lettre si gentille...

Et elle se lança dans de longues explications sur Phyllis et sur l'humilité de sa vie dans cette triste maisonnette loin de tout, à la sortie de Pendeen. Comme c'était un logement appartenant à la compagnie minière, elle avait dû retourner chez sa mère...

– ... Et ils sont déjà beaucoup trop nombreux à vivre là. Tout ce que Phyllis demande, c'est une maison à elle, avec un jardin et une salle de bains. Elle pourrait amener son bébé et s'occuper du Manoir pour nous. Ne serait-ce pas un arrangement idéal ?

Elle attendit, pleine d'espoir, que Mr. Baines la félicite de son intelligence. Mais Mr. Baines était beaucoup trop prudent pour cela.

– Judith, vous n'êtes pas en train d'acheter un logement pour Phyllis. C'est un investissement que vous faites.

– Mais c'est *vous* qui m'incitez à l'acheter, *vous* qui me suggérez de prendre une gardienne. Je trouve cette solution idéale.

– Très bien ! acquiesça-t-il. Mais Phyllis voudra-t-elle quitter sa mère pour s'en aller à Rosemullion ? Sa famille ne lui manquera-t-elle pas ? Ne se sentira-t-elle pas isolée ?

– Je ne crois pas. A Pendeen, c'était tellement sombre qu'elle ne pouvait même pas faire pousser des pensées dans le jardin. Et elle était déjà à des kilomètres d'eux. Rosemullion est juste au bas de la côte. Quand Anna sera assez grande, elle ira à l'école du village. Elles se feront des amis. Phyllis est tellement adorable que tout le monde voudra être son ami.

– Vous ne croyez pas qu'elle se sentira seule ?

– Cyril parti, elle est seule de toute façon. Autant être seule dans un endroit agréable.

Mr. Baines, manifestement époustouflé par cette volte-face, retira ses lunettes, s'adossa au fauteuil et se frotta les yeux. Puis il remit ses lunettes.

– Apparemment, nous sommes passés d'un extrême à l'autre. Calmons-nous un peu et essayons de trouver un moyen terme, de voir quelles sont nos priorités. C'est un grand pas que nous nous apprêtons à franchir, un pas coûteux. Il faut donc que vous soyez sûre de ce que vous voulez.

– Combien cela coûte-t-il?

– Environ deux mille livres, à mon avis. Nous devrons faire face à des réparations et à des rénovations diverses, qui pourront pour la plupart attendre la fin de la guerre. Nous prendrons un expert...

– Deux mille livres? C'est une somme énorme.

Mr. Baines s'autorisa un petit sourire.

– Mais une somme qui reste tout à fait dans nos moyens.

C'était incroyable.

– Il y a donc tant que ça? Dans ce cas, allons-y! Oh! ne discutez plus.

– Il y a cinq minutes, vous me disiez que vous n'en vouliez pas.

– Eh bien, admettez-le, ça m'a fait l'effet d'une bombe.

– J'ai toujours eu le sentiment que c'était une maison pleine de bonheur.

– Oui.

Détournant les yeux, elle repensa à la cabane, à cet après-midi d'été, à l'odeur de la créosote et au bruit du bourdon sous le toit. Mais elle ne devait pas laisser ces souvenirs, si pénibles fussent-ils, l'empêcher de faire ce grand pas en avant. Phyllis, à laquelle elle tenait tant, était plus importante, dans l'immédiat, qu'Edward. Elle se tourna vers Mr. Baines avec un grand sourire.

– S'il vous plaît, achetez-la pour moi.

– Vous en êtes sûre?

– Tout à fait sûre.

Ils discutèrent encore des avantages et des inconvénients de l'affaire. Bob Somerville n'étant pas disponible, puisqu'il était totalement absorbé par ses occupations militaires à Scapa Flow, une réunion des gestionnaires ne serait pas possible. Mais Mr. Baines le contacterait et ferait appel à un expert. Entre-temps, il ne fallait rien dire. Surtout pas à Phyllis, lui conseilla Mr. Baines non sans sévérité.

– Et mes parents?

– Vous devriez leur écrire pour les prévenir de vos intentions.

– De toute façon, ils ne recevront pas la lettre avant trois semaines.

– Date à laquelle nous aurons une idée de la suite des événements. Quand retournez-vous dans le Devon ?

– Dans un jour ou deux.

– J'ai votre numéro de téléphone. Je vous appellerai dès que j'aurai des nouvelles.

– Que se passera-t-il alors ?

– Vous devrez revenir en Cornouailles pour que nous mettions au point les derniers détails de l'affaire. Et quand tout sera signé et scellé, vous pourrez prévenir votre amie Phyllis.

– J'ai hâte de le faire.

– Un peu de patience.

– Vous avez été si gentil.

– Je vous ai gardée beaucoup trop longtemps, dit-il après avoir consulté sa montre. Le thé doit être terminé.

– Ce n'est pas un thé, c'est une réunion de funérailles.

– Ça ressemble à une fête.

– Est-ce mal d'être aussi surexcitée le jour de l'enterrement de tante Lavinia ?

– La raison d'une telle surexcitation, à mon sens, lui ferait le plus grand plaisir, conclut Mr. Baines.

Mais un mois passa à Bickley avant qu'elle ne reçoive un coup de téléphone de Mr. Baines. Un jeudi matin, Biddy était à une réunion de la Croix-Rouge chez Hester et, dans le jardin, Judith cueillait les premiers muguets pour embellir le salon. Le bouquet de tiges minces grossissait dans ses mains et, dans leur couronne de feuilles pointues, les clochettes dégageaient un parfum délicieux...

Elle entendit le téléphone sonner dans la maison. Attendit au cas où Mrs. Dagg serait allée décrocher. Mais il continua à sonner et elle traversa la pelouse au pas de course avant de se précipiter dans le vestibule.

– Allô, ici Bickley.

– Judith ? Roger Baines à l'appareil.

– Mr. Baines, dit-elle en posant soigneusement son bouquet de muguet sur la table de l'entrée. J'attendais votre coup de fil.

– Désolé, mais cela a pris plus de temps que je ne l'imaginais. Maintenant, nous sommes au bout de nos peines, je crois. L'expert...

Mais Judith se moquait de ce qu'avait dit l'expert.

– Pourrons-nous acheter le Manoir ?

– Oui, tout est arrangé. Nous n'avons plus besoin que de votre présence et de quelques signatures.

– Quel soulagement ! Je pensais qu'il s'était passé quelque chose, un empêchement quelconque ou un parent inconnu faisant valoir ses droits sur la propriété.

– Non, rien de si désastreux. La seule chose, c'est qu'il coûte trois mille livres et que le rapport de l'expert n'est pas si bon que cela...

– Peu m'importe.

– Mais cela *devrait* vous importer.

Au ton de sa voix, elle comprit qu'il trouvait cela amusant.

– En tant que propriétaire, vous devez être au courant de tous les défauts... On n'achète pas chat en poche.

– Un jour, nous ferons des réparations. Le plus important, c'est de l'avoir.

Elle pouvait enfin en parler à Phyllis. Elle irait en voiture jusqu'à Saint-Just pour le lui annoncer. Plus elle y pensait, plus elle avait hâte de voir sa tête.

– Que voulez-vous que je fasse ? demanda-t-elle.

– Revenez en Cornouailles dès que possible, et nous signerons tous les papiers.

– Quel jour sommes-nous ?

– Jeudi.

– Je viendrai lundi. Est-ce assez tôt ? J'ai besoin de temps pour m'organiser ici, m'occuper des repas du week-end, entre autres. Mais je serai là lundi. Biddy et moi, nous avons économisé des tickets d'essence et je pourrai donc prendre la voiture.

– Où logerez-vous ?

– A Nancherrow, je suppose.

– Si vous le souhaitez, vous pouvez venir chez nous.

– C'est très gentil. Merci. Mais je suis certaine que je pourrai rester à Nancherrow. De toute façon, je vous appellerai dès que je connaîtrai l'heure de mon arrivée. Sans doute pour le déjeuner.

– Venez directement à mon bureau.

– Entendu.

– Au revoir, Judith.

– Au revoir, et merci.

Elle raccrocha et resta quelques instants immobile, un sourire idiot aux lèvres. Puis elle ramassa son bouquet de muguet et se dirigea vers la cuisine.

Mrs. Dagg était assise à la table pour sa pause de la matinée, pendant laquelle elle buvait une tasse de thé fort et grignotait les restes qu'on lui avait mis de côté dans le garde-manger. Il y avait tantôt quelques bouchées de chou-fleur au gratin, tantôt un sandwich de gigot froid. Ce jour-là, son casse-croûte se composait d'une pêche au sirop, relief du dessert de la veille au soir, agrémentée d'une cuillerée de crème anglaise. Tout en se régalant, Mrs. Dagg lisait les potins dans le journal. Mais ce matin-là, elle les avait délaissés pour des nouvelles plus sérieuses.

Elle releva la tête quand Judith entra. C'était une femme maigre aux cheveux gris permanentés, qui portait une blouse couverte de pivoines, confectionnée par l'une des dames patronnesses du village dans une chute de cretonne provenant d'un rideau. Ses couleurs vives avaient attiré l'œil de Mrs. Dagg à Noël dernier, lors de la vente de charité de la paroisse. Depuis, les mêmes couleurs vives attiraient chaque jour l'œil de Judith et de Biddy.

Généralement de bonne humeur, elle semblait aujourd'hui au trente-sixième dessous.

– Je ne sais pas, vraiment... dit-elle.

– Qu'est-ce que vous ne savez pas, Mrs. Dagg ?

– Ces Allemands. Regardez cette photo, regardez ce qu'ils ont fait de Rotterdam. En ruine. Et l'armée hollandaise qui capitule, et ils envahissent la France. Moi qui pensais qu'ils ne franchiraient pas la ligne Maginot. C'est ce que tout le monde disait. J'espère que ce ne sera pas comme la dernière fois, les tranchées et tout ça. Dagg était dans les tranchées. Il n'avait jamais vu autant de boue.

Judith approcha une chaise et s'assit en face de Mrs. Dagg. Celle-ci repoussa le journal et mangea sa pêche sans joie. Judith jeta un coup d'œil aux gros titres et comprit ce dont parlait Mrs. Dagg. Ces cartes et ces flèches noires qui ne cessaient d'avancer. Les Allemands avaient traversé la Meuse. Où était donc le corps expéditionnaire britannique ? Elle pensa à tous ceux qui se trouvaient là-bas : Gus, Charlie Lanyon, Alistair Pearson, Joe Warren et les milliers de jeunes soldats anglais.

– Ils ne peuvent pas envahir la France, dit-elle. Ce n'est qu'un assaut. Sous peu, c'est sûr, les flèches pointeront dans l'autre sens.

– Eh bien, je n'en sais rien. Si vous voulez mon avis,

vous êtes bien optimiste. Mr. Churchill nous a promis du sang, de la sueur et des larmes. Il a eu raison de nous le dire franchement. Ça ne sert à rien de croire que cette guerre, ce sera du gâteau. Et on ne mettrait pas sur pied des équipes de Volontaires pour la défense du territoire si on ne pensait pas que les Allemands allaient nous envahir. Dagg va s'engager. Il dit qu'il vaut mieux assurer notre sécurité que d'avoir des regrets. Je me demande bien à quoi il servira. Il n'a pas une assez bonne vue, il n'est même pas capable de tirer un lapin, alors un Allemand !

Mrs. Dagg refusant tout optimisme, Judith replia le journal et le repoussa.

– Mrs. Dagg, dit-elle, il faut que je vous demande quelque chose. Je dois rendre visite à mon notaire. Pourriez-vous vous occuper de Mrs. Somerville ? Comme la dernière fois ?

Elle s'attendait à ce qu'elle accepte immédiatement et la rassure en lui disant qu'elles s'étaient très bien débrouillées et qu'il en irait de même cette fois-ci. Mais curieusement Mrs. Dagg ne manifesta aucun enthousiasme devant cette innocente proposition. Elle se contenta de baisser les yeux en tripotant un reste de pêche. En l'observant, Judith vit les joues de Mrs. Dagg se marbrer de rouge tandis qu'elle se mordait les lèvres.

– Mrs. Dagg ?

Mrs. Dagg posa sa cuillère.

– Qu'est-ce qui ne va pas ?

Lentement, Mrs. Dagg releva le nez et leurs regards se croisèrent.

– Je ne crois pas que ce soit une bonne idée, répondit-elle.

– Pourquoi ?

– Eh bien, à dire vrai, Judith, je ne veux pas prendre cette responsabilité. Pour Mrs. Somerville, je veux dire. Pas toute seule. Pas sans vous.

– Pourquoi ?

– Quand vous n'êtes pas là... fit-elle, les yeux noyés d'angoisse, quand vous n'êtes pas là, elle *boit*.

– Mais...

Toute joie s'évanouit, et le cœur de Judith s'emplit de crainte.

– Mais, Mrs. Dagg, elle a toujours aimé prendre un verre. Un gin au déjeuner, et deux whiskies le soir. Tout le monde le sait. Oncle Bob le sait.

– Il ne s'agit pas de ça, Judith. Elle boit énormément. Trop. C'est dangereux.

Elle dit cela calmement et si catégoriquement que Judith comprit que Mrs. Dagg n'exagérait pas.

– Comment le savez-vous ? lui demanda-t-elle. Comment pouvez-vous en être sûre ?

– Au nombre de bouteilles vides. Vous savez où on les met, dans un cageot dans le garage. On le sort toutes les semaines pour le passage de l'éboueur. Quand vous n'étiez pas là, je suis venue un matin. Mrs. Somerville n'était même pas levée. Je suis montée voir si elle allait bien. Sa chambre puait l'alcool et elle dormait comme une masse. Le cageot à bouteilles ne débordait pas, non, rien de tel. Alors j'ai jeté un coup d'œil dans la poubelle, et sous les boîtes de conserve et les vieux journaux, j'ai trouvé deux bouteilles de whisky vides et une de gin. Elle les avait cachées pour que je ne les voie pas. Les ivrognes agissent comme ça. Dissimulent les preuves. J'avais un oncle qui ne pouvait pas s'empêcher de boire. Il y avait des bouteilles vides dans toute la maison, même dans son tiroir à chaussettes et derrière les toilettes.

Elle s'interrompit devant l'horreur croissante que reflétaient les traits de Judith.

– Je suis désolée, Judith. Vraiment. Je ne voulais pas vous le dire, mais il le faut. Je crois que ça n'arrive que lorsqu'elle est seule. Elle va bien quand vous êtes là, mais je ne viens que le matin et, avec le chien pour seule compagnie, j'ai l'impression qu'elle ne supporte pas la solitude. Le capitaine est si loin et Ned est mort.

Soudain Mrs. Dagg se mit à pleurer, et Judith ne put le supporter. Elle posa sa main sur la main usée par le travail de Mrs. Dagg.

– Je vous en prie, Mrs. Dagg, ne vous mettez pas dans cet état. Vous avez eu tout à fait raison de m'en parler. Je ne l'abandonnerai pas. Je ne la laisserai pas seule avec vous.

– Mais...

Mrs. Dagg prit un mouchoir, se tamponna les yeux et se moucha. Maintenant qu'elle avait dit ce qu'elle avait sur le cœur, elle commençait à se sentir mieux.

– Mais vous deviez aller voir votre notaire. C'est important. Vous ne pouvez pas remettre ça.

– Non.

– Peut-être, suggéra timidement Mrs. Dagg, Miss

Lang pourrait-elle l'inviter ? C'est tout ce dont Mrs. Somerville a besoin. Juste un peu de compagnie.

– Non, je ne peux pas imposer ça à Hester Lang. Ce serait trop lui demander, et puis Biddy aurait la puce à l'oreille. Je... bredouilla-t-elle en se creusant la tête, je vais l'emmener. Faire comme si nous prenions des vacances. Le temps est plus clément et la Cornouailles sera belle. Nous irons toutes deux en voiture.

– Où irez-vous ?

– Je... j'avais l'intention de séjourner à Nancherrow. Chez mes amis.

Elle pouvait très bien y aller et y emmener Biddy, assurée de l'hospitalité infinie de Diana Carey-Lewis. Mais, étant donné l'état de Biddy, ce n'était peut-être pas une bonne idée d'aller à Nancherrow. Elle ne pouvait supporter l'idée de Biddy s'enivrant au dîner sous l'œil glacial de Nettlebed.

– Mais non. Nous irons à l'hôtel. A *La Mitre*, à Penzance. Je vais appeler pour retenir des chambres. Et je ne la quitterai pas, je lui ferai faire le tour de la région et je l'emmènerai là où nous habitions. Ça lui fera du bien. Elle est restée ici, avec sa tristesse, tout l'hiver. Il est temps de changer de cadre.

– Et le chien ? demanda Mrs. Dagg. Vous ne pouvez pas garder le chien à l'hôtel.

– Pourquoi ?

– Elle risquerait de faire ses besoins sur la moquette.

– Je suis sûre que non...

– Vous pouvez me la laisser, proposa Mrs. Dagg sans grand enthousiasme.

– Vous êtes très gentille, mais nous nous débrouillerons très bien. Nous nous promènerons sur la plage avec Morag.

– C'est tout aussi bien. Dagg n'aime pas beaucoup les chiens. Pour lui, leur place est dehors, pas au salon.

Une pensée effleura l'esprit de Judith.

– Mrs. Dagg, avez-vous parlé à votre mari... de Mrs. Somerville et des bouteilles vides ?

– Je n'en ai pas dit un mot à quiconque. Rien qu'à vous. Dagg aime bien la bière, mais il ne supporte pas les ivrognes. Je n'avais pas envie qu'il me demande de ne plus travailler pour Mrs. Somerville. Vous savez comment sont les hommes.

– Oui, dit Judith, qui ne le savait pas.

– Moins on en dit, mieux c'est, voilà ma devise.

– Vous êtes une véritable amie, Mrs. Dagg.

– Oh ! ne dites pas de sottises.

Mrs. Dagg était redevenue elle-même. Elle prit sa tasse, but une gorgée de thé et fit la grimace.

– Froid comme la pierre.

Elle alla jeter le contenu de sa tasse dans l'évier.

– Refaites-en, Mrs. Dagg, et je vous accompagnerai.

– A ce train-là, le ménage ne sera pas fini.

– Au diable le ménage ! fit Judith.

En Cornouailles, les premières chaleurs de l'été furent les bienvenues. Une brise rafraîchissante qui sentait les embruns tempérait l'ardeur du soleil, et la campagne avait revêtu les douces couleurs de mai : vert frais des jeunes feuilles et de l'herbe nouvelle, fleurs crème des châtaigniers, rose des rhododendrons, blanc des aubépines et mauve poussiéreux des grappes de lilas débordant par-dessus les murs des jardins. La mer, tranquille sous un ciel sans nuages, était lumineuse, rayée de bleu-vert et de violet. Aux premières heures de la matinée une brume s'étendait à l'horizon, que dispersait plus tard la brûlure du soleil.

Les rues de Penzance étaient bondées. En sortant de l'hôtel de *La Mitre*, Judith remonta Chapel Street et s'engagea dans le marché aux primeurs au moment où l'horloge de la banque sonnait la demie de midi. Il faisait très chaud. Les jambes nues, elle portait une robe de coton et des sandales. Les échoppes étaient ouvertes, des cageots de fruits et de légumes terreux empilés sur les trottoirs. Sur l'étal de marbre du poissonnier, sur un océan de glace pilée, s'alignaient, les yeux morts et fixes, cabillauds, sardines et maquereaux luisants. Les nouvelles du jour noircissaient les placards du marchand de journaux : LES ALLEMANDS ONT ATTEINT LA CÔTE BELGE. Près de la porte, il y avait pourtant, comme d'habitude, l'innocente et saisonnière collection de seaux et de pelles, de chapeaux de soleil en coton, de filets à crevettes et de ballons de plage sentant le caoutchouc. Il y avait même quelques touristes venus de Londres, de Reading ou de Swindon, de jeunes mères avec des petits enfants et de vieilles grands-mères aux chevilles enflées dans leurs chaussures de plage neuves.

Elle traversa le marché et s'engagea dans Alverton Street, où se trouvait la belle maison Régence qui abritait les bureaux de Tregarthen, Opie & Baines. Derrière la porte à tambour, la lumière inondait le hall par une fenêtre dans l'escalier. Judith sonna et la réceptionniste vint accueillir la nouvelle venue.

— Bonjour.

Sous une permanente grise et soignée, elle portait des lunettes sans monture.

— J'ai rendez-vous avec Mr. Baines. Judith Dunbar.

— Il vous attend. Vous connaissez le chemin ? Première porte à droite en haut de l'escalier.

Judith monta. Il y avait un tapis turc dans l'escalier et, sur le palier, les portraits des précédents associés, avec leurs favoris et leurs montres à chaîne. Sur la porte de droite, une plaque de bronze portant son nom, « Roger Baines ».

Elle frappa.

— Entrez ! cria-t-il.

Il se tenait derrière son bureau.

— Judith.

— Me voilà.

— Parfaitement à l'heure. Quelle exactitude ! Venez vous asseoir. Vous êtes très estivale.

— C'est l'été.

— Quand êtes-vous arrivée ?

— Il y a une heure environ. Nous avons quitté Bickley tout de suite après le petit déjeuner. Il n'y avait pas beaucoup de circulation sur la route.

— Mrs. Somerville est-elle avec vous ?

— Oui, et le chien. Nous nous sommes installées à *La Mitre*. Elle a emmené Morag courir sur la plage, mais je l'ai prévenue que je rentrerais tard pour le déjeuner.

— Quelle bonne idée de l'avoir amenée !

— Je me demandais si elle aurait envie de venir. En fait, elle a sauté sur l'occasion. Je crois qu'un peu de changement ne lui fera pas de mal. De plus, elle a hâte de voir le Manoir et de visiter la région.

— Combien de temps comptez-vous rester ?

— En fait, aussi longtemps que nous le souhaiterons. Nous avons fermé sa maison, et les Dagg s'occuperont de tout.

— Tout cela est très satisfaisant. Il fait un temps merveilleux. Alors ne perdons pas de temps et venons-en à nos affaires...

Cela ne prit pas longtemps. Quelques papiers à signer (on appela Miss Curtis, la réceptionniste, comme témoin) et un chèque à rédiger. Jamais Judith n'aurait imaginé qu'elle le ferait un jour un chèque aussi énorme. Trois mille livres sterling ! Mais elle le signa et le fit glisser sur le bureau. Avec une pince, Mr. Baines l'attacha aux autres documents.

– Est-ce tout ?

– C'est tout. A l'exception d'un ou deux points de détail dont nous devons absolument parler, dit-il en se calant dans son fauteuil. Le Manoir est habitable immédiatement. Isobel part cet après-midi. A cinq heures, son frère viendra la chercher en voiture pour la conduire chez lui.

– Elle n'est pas trop bouleversée ?

– Non. En fait, je crois qu'elle est ravie de commencer une nouvelle vie à l'âge de soixante-dix-huit ans. Elle a passé ces deux dernières semaines à récurer tous les coins et recoins, pour que vous ne trouviez pas la moindre trace de poussière ou le moindre robinet terni, fit-il en souriant. J'ignore où elle puise tant d'énergie. La femme de ménage lui a donné un coup de main. Avec un peu de chance, elle ne mourra donc pas tout de suite d'une crise cardiaque.

– J'aimerais la voir avant son départ.

– Nous irons à Rosemullion après le déjeuner. Comme cela, elle pourra vous remettre les clés et vous donner les dernières instructions.

– Et les meubles ?

– C'est de cela que je désirais vous parler. Mrs. Boscawen a légué tous ses meubles au colonel Carey-Lewis, pour lui et sa famille. Mais, comme vous le savez, Nancherrow est déjà meublé et aucun des enfants n'a pour l'instant sa propre maison. Voilà ce qui a été fait. Quelques objets ont été emportés pour que chaque membre de la famille ait un souvenir de Mrs. Boscawen. Quant au reste, la majeure partie, les Carey-Lewis souhaitent que vous le gardiez.

– Oh, mais...

Mr. Baines ne tint aucun compte de ses protestations.

– Il n'y a rien qui ait une valeur considérable, rien non plus qui soit en très bon état. Mais, pour l'instant, c'est tout à fait utilisable et cela fera l'affaire jusqu'à ce que vous ayez le temps et l'occasion de faire vous-même quelques achats.

– Pourquoi sont-ils si gentils ?

– Je crois qu'ils sont soulagés de ne pas avoir à résoudre ce problème et, comme me l'a fait remarquer Mrs. Carey-Lewis, si on mettait tout cela aux enchères, on n'en tirerait sans doute pas grand-chose. Il y a encore un ou deux petits désagréments. Mrs. Carey-Lewis et Isobel ont débarrassé les vêtements et les effets personnels de Mrs. Boscawen, et le colonel s'est occupé de trier les papiers et les documents de son bureau, mais rien d'autre n'a été fait. Il y a donc des tiroirs emplis de vieilles lettres, de photos, et de tous les souvenirs que l'on accumule au long d'une vie et qu'il faudra trier. Je crains que cette tâche ne vous revienne, mais ce n'est pas pressé. Si vous trouvez quoi que ce soit susceptible d'intéresser les Carey-Lewis, mettez-le de côté et donnez-le-leur. Cela dit, je suis certain que tout cela finira par un grand feu.

Ce « grand feu » les amena à évoquer le jardinier en costume vert.

– Qu'est-il devenu ? A-t-il pris sa retraite, lui aussi ?

– J'ai eu une conversation avec lui. Il y a trop à faire dans ce jardin pour lui, mais il habite Rosemullion et il montera la côte, j'en suis sûr, deux ou trois fois par semaine pour tondre et désherber. Si vous le souhaitez, bien entendu.

– Je ne voudrais surtout pas que ce jardin soit laissé à l'abandon.

– En effet, ce serait dommage. Dans quelque temps, nous chercherons quelqu'un de jeune qui viendra plus régulièrement. Cela vaudrait peut-être la peine d'acheter une maisonnette... une loge de jardinier ne ferait qu'accroître la valeur de la propriété...

Il poursuivit, suggérant d'autres améliorations à apporter au fil du temps, et Judith songea qu'il était extrêmement rassurant avec sa voix posée et les projets que lui inspirait un avenir qui, ces derniers temps, semblait si précaire. Les Allemands avaient atteint la côte belge, menaçant la Manche et le corps expéditionnaire britannique stationné en France. Jeunes et vieux, les hommes rejoignaient les équipes de Volontaires pour la défense du territoire, et l'invasion pouvait avoir lieu d'un jour à l'autre. Le soleil n'en était pas moins généreux, les enfants s'éclaboussaient dans la piscine et le marchand de journaux vendait des filets à crevettes et des ballons de plage en caoutchouc. Elle était là, dans un bureau vieillot de notaire qui n'avait sans doute pas changé depuis un siècle, en compagnie de Mr. Baines dans son éternelle veste de tweed, en train de discuter raisonnablement de la possibilité d'ajouter une autre salle de bains au Manoir, de changer la tuyauterie et de refaire l'antique cuisine. Elle avait l'impression d'être prise en sandwich entre deux univers, un passé sûr et des lendemains terrifiants, et elle se demanda, perplexe, lequel des deux était le plus réel.

Elle se rendit compte qu'il s'était tu, tout comme elle avait cessé de prêter attention à ce qu'il disait. Le silence s'installa entre eux.

— Mais tout cela est reporté à une date ultérieure, dit-il enfin.

— Vous avez l'air bien sûr que nous aurons un avenir, répondit-elle en soupirant. Tout va si mal pour nous. Je veux parler des nouvelles. Et si nous ne gagnons pas la guerre ?

— *Judith !* s'écria-t-il, sincèrement étonné et même un peu choqué.

— Admettez qu'il n'y a rien de bien encourageant.

— Perdre une bataille, ce n'est pas perdre la guerre. Il y aura forcément des revers. Nous luttons contre une armée féroce, efficace et bien préparée. Mais nous ne serons pas battus. A la fin, nous nous en tirerons. Ça prendra peut-être quelque temps, mais il est impensable qu'il en soit autrement.

— Vous avez l'air bien sûr de vous, lui dit Judith, songeuse.

— Je le suis.

— Comment faites-vous ?

— Un sentiment viscéral. Je le sens jusque dans la moelle de mes os, comme disent les vieux. Une certitude, une conviction inébranlable. Et je considère cette guerre comme une espèce de croisade.

— Du Bien contre le Mal ?

— Ou de saint George contre le dragon. Ne doutez pas. Ne perdez pas courage.

Il n'agitait pas d'étendard et ne brandissait pas de lance, il avait une femme et trois jeunes enfants, mais il était si calme et si résolu que Judith surmonta ses incertitudes. La vie continuait, il y aurait un avenir. Cela prendrait du temps, il faudrait affronter des moments de doute, de terreur et d'angoisse, mais le défaitisme était vain et si, avec toute son expérience de la vie, Mr. Baines gardait son sang-froid, Judith pouvait bien en faire autant.

– Je ne douterai plus, répondit-elle en souriant. Du moins j'essaierai.

Elle se sentit tout à coup intrépide, comme délivrée d'un poids, et presque insouciante.

– Merci. Excusez-moi, mais j'avais besoin d'en parler à quelqu'un.

– Vous avez bien fait de vous confier à moi.

– Allez-vous vous engager comme Volontaire pour la défense du territoire ?

– C'est déjà fait. On ne m'a pas encore fourni de fusil, mais j'ai un brassard. Ce soir, je me rends au camp d'entraînement pour apprendre à présenter les armes avec un manche à balai.

Cette image et le sérieux de son ton firent rire Judith, ce qui était le but recherché. Content que tout soit redevenu normal, il se leva.

– Il est une heure et quart. Nous allons retourner à *La Mitre* pour fêter cela en déjeunant avec Mrs. Somerville. Puis nous irons à Rosemullion et vous prendrez possession de votre maison.

Après un déjeuner agréable et animé à *La Mitre* (mouton rôti aux câpres, et Biddy visiblement ravie de se trouver en compagnie d'un homme qu'elle ne connaissait pas et qui se montrait plein de sollicitude), ils avaient pris la voiture de Mr. Baines pour se rendre à Rosemullion. Biddy s'installa à l'avant avec Mr. Baines, Judith et Morag à l'arrière, et Judith ouvrit la fenêtre pour que la chienne puisse sortir sa tête couleur pie.

– Qu'en ferons-nous quand nous serons au Manoir ? demanda Judith. Isobel ne verra pas d'un bon œil des traces de pattes sur son sol ciré.

– Nous la laisserons dans la voiture. Nous nous garerons à l'ombre en laissant les fenêtres ouvertes. Quand Isobel sera partie, nous la lâcherons.

Isobel les attendait, vêtue de son plus beau tailleur noir, avec un chapeau de paille à cerises qui avait dû connaître d'innombrables dimanches d'été. Ses deux petites valises étaient posées au pied de l'escalier, près d'un grand sac à main. Elle était prête à partir, mais elle avait tout le temps de leur montrer les lieux, de la cuisine au grenier, se délectant modestement de l'admiration qu'ils exprimèrent devant le travail accompli : rideaux nettoyés, parquets cirés, cuivres polis et carreaux propres.

À mesure que l'on avançait, elle distribuait diverses instructions comme autant de faveurs. « Les clés sont toutes sur ces crochets à côté du buffet : porte d'entrée, porte de derrière, garage, remise, porte du jardin, cabane. La rangée doit être vérifiée matin et soir. La belle argenterie est allée à Nancherrow, mais j'ai rangé ce que nous avions de mieux dans ces tiroirs. L'armoire à linge est là, et la camionnette de la blanchisserie passe le mardi. Faites attention au robinet d'eau chaude, l'eau est brûlante. »

Une pièce après l'autre, ils visitèrent toute la maison. Judith avait appréhendé de se sentir comme une intruse. Peut-être la présence de tante Lavinia hantait-elle toujours le Manoir, si bien qu'elle hésiterait à entrer, à ouvrir les portes sans frapper. Heureusement, elle ne ressentit rien de tel, sans doute parce que tout était si soigné, si net, si propre, comme si Isobel avait dissipé, en frottant, les vestiges de la présence de la propriétaire précédente. Il n'y avait pas de fleurs, les coussins étaient lisses et bien gonflés, livres et magazines avaient été rangés et il n'y avait ni corbeille à ouvrage, ni lunettes, ni broderie à demi terminée sur la table, à côté du fauteuil de tante Lavinia. Certains objets avaient disparu, récupérés par les Carey-Lewis, laissant un vide aussi visible qu'une dent manquante. Un meuble d'angle empli de porcelaine Rockingham, le miroir vénitien au-dessus de la cheminée du salon, le bol de porcelaine contenant un pot-pourri, le portrait de tante Lavinia enfant dans un cadre de bois. Rien de tout cela n'avait d'importance. La maison n'était plus celle de Lavinia Boscawen, mais la sienne.

Ils passèrent des cuisines au salon puis à la salle à manger. Au premier étage, ils visitèrent la petite salle de bains, la chambre de tante Lavinia, la chambre d'amis. Au-dessus dans les combles, la chambre où dormait Isobel dans un lit de fer-blanc, et en face un débarras où s'entassaient encore de vieilles boîtes, des malles-cabines, un mannequin de couturière, des paquets de vieux magazines entourés de ficelle, des machines à coudre qui avaient rendu l'âme, des bouts de moquette et de linoléum roulés, et quatre cadres vides.

– J'aurais bien aimé débarrasser tout ça, dit Isobel, mais comme ce n'est pas à moi, je ne savais que faire de toutes ces saletés. Mrs. Carey-Lewis m'a dit de les laisser là. La malle-cabine est pleine de vieilles lettres et de photos...

– Ne vous inquiétez pas, la rassura Judith. Vous avez déjà beaucoup fait. On y mettra de l'ordre un jour ou l'autre...

– J'ai donné un coup de balai et j'ai ôté quelques toiles d'araignée. C'est une jolie pièce avec une fenêtre. J'ai toujours pensé que ça ferait une belle chambre, mais où aurions-nous mis tout ce bazar...

Pendant ce temps, Biddy, qui n'avait pas dit grand-chose, s'était plantée devant la fenêtre et contemplait la vue.

– Vous avez raison, Isobel. Ça ferait une chambre idéale. On voit la mer. Et aujourd'hui, elle est si bleue ! Cette vue ne vous manquera-t-elle pas ? demanda-t-elle en se tournant vers Isobel, souriante.

Isobel hocha la tête et les cerises de son chapeau s'entrechoquèrent.

– Il y a un temps pour tout, Mrs. Somerville. Pour moi, ce n'est plus la même chose depuis que Mrs. Boscawen n'est plus là. Et puis la vue est belle depuis la maison de mon frère. Ça donne sur les champs et sur la laiterie.

Elle avait visiblement surmonté son chagrin. Peut-être cette orgie de nettoyage de printemps en avait-elle eu raison. Elle était prête à partir, dans tous les sens du terme. Ils quittèrent le grenier et redescendirent. Quand ils arrivèrent dans le vestibule, une petite Austin remontait l'allée et fit crisser le gravier en s'arrêtant devant la porte ouverte. Le frère d'Isobel venait la chercher.

Tout à coup Isobel s'agita, se souvenant de détails qu'elle avait oublié de signaler. Et qu'avait-elle fait de son livret d'assurance ? On le trouva dans son sac à main. Il y avait six chiffons à poussière propres sur la corde à linge, qu'il faudrait rentrer. S'ils désiraient une tasse de thé, il y avait du thé dans la boîte et un pot de lait sur l'étagère du garde-manger...

Mr. Baines parvint enfin à la calmer, lui assura que tout était parfaitement en ordre et qu'elle ne devait pas faire attendre son frère. On chargea la petite automobile, on se serra la main, on installa Isobel sur le siège du passager, et ils s'éloignèrent, sans même un regard en arrière, comme le fit remarquer Mr. Baines.

– Je suis contente, déclara Judith, tandis qu'ils agitaient consciencieusement la main jusqu'à la disparition de l'Austin. Ç'aurait été affreux si elle s'était mise à pleurer. J'aurais eu l'impression de la mettre à la porte.

– Et elle va avoir une vue ravissante sur la laiterie. Que voulez-vous faire, à présent ?

– Devez-vous retourner au bureau ?

– Non. Je vous consacre toute ma journée.

– Bien. Alors restons un peu. Je vais libérer Morag et lui donner de l'eau. Puis nous ferons chauffer la bouilloire et nous prendrons une tasse de thé.

– On dirait ma fille quand elle joue à la maîtresse de maison, fit Mr. Baines avec un sourire.

– Mais là, c'est pour de vrai.

Il faisait si chaud cet après-midi-là que l'on prit le thé à l'abri de la véranda. Mr. Baines sortit des fauteuils de rotin usés où ils s'installèrent. Quelques nuages hauts et vaporeux passaient dans le ciel, avant de se disperser comme de la fumée chassée par le vent. La brise agitait les branches d'un prunus en fleur, dont les pétales en tombant formaient un tapis rose sur la pelouse verte. Quelque part une grive chantait. Pendant qu'ils prenaient le thé dans le service de porcelaine tendre ornée de roses de tante Lavinia, Morag partit en exploration pour délimiter son territoire et se familiariser avec toute odeur intéressante.

Biddy s'inquiéta un peu.

– Elle ne va pas se perdre, n'est-ce pas ?

– Sûrement pas.

– Où s'arrête le jardin ?

– Au pied de la colline. Il descend en terrasses. Il y a un verger tout en bas. Je te le montrerai plus tard.

La grive chantait toujours. Biddy posa sa tasse, se cala dans son fauteuil et ferma les yeux.

Judith et Mr. Baines la laissèrent se reposer et firent un nouveau tour de la maison, cette fois avec un œil de fouine pour repérer les défauts dont il faudrait s'occuper immédiatement. Une tache d'humidité dans le grenier d'Isobel ; une autre dans la salle de bains ; un robinet qui fuyait dans la cuisine ; de la moisissure sèche dans l'arrière-cuisine.

— Il faudra que je trouve un plombier, dit Mr. Baines.

Puis il sortit pour jeter un coup d'œil aux gouttières et voir s'il manquait des ardoises ou si les charnières étaient rouillées.

Sa présence n'étant plus nécessaire, Judith retourna auprès de Biddy. En passant par la cuisine, elle prit la clé de la cabane au crochet. Il n'y avait rien de tel que le présent. Il lui fallait chasser l'unique fantôme du Manoir le plus tôt possible, pour qu'il n'y ait pas un seul coin de sa nouvelle demeure d'où elle n'ait pas balayé les souvenirs.

Biddy n'avait pas bougé. Morag était revenue et se reposait à ses pieds. Cela faisait longtemps que Judith n'avait pas vu Biddy aussi paisible. C'était dommage de la déranger, mais elle ne dormait pas. Judith approcha un tabouret de rotin et s'assit en face d'elle.

— Veux-tu voir le jardin ?

— Qu'as-tu fait de notre ami le notaire ? demanda Biddy en se tournant vers elle.

— Il inspecte les gouttières.

— Quel homme charmant !

— En effet.

— Mrs. Boscawen devait être une dame très tranquille.

— Qu'est-ce qui te fait dire ça ?

— Je n'ai jamais vu un endroit aussi paisible. Pas un bruit. Rien que des oiseaux, des mouettes et un jardin ensoleillé. Et cette échappée sur la mer.

— La première fois que je suis venue ici, il y a des années, j'avais l'impression d'être à l'étranger. Quelque part au bord de la Méditerranée. En Italie, par exemple.

— Exactement. Comme dans les romans de Forster. J'avais oublié la Cornouailles. Je ne suis pas venue ici depuis si longtemps... depuis le dernier été à Riverview. C'est comme autrefois. Un autre pays. Le Devon paraît si loin.

— Est-ce une bonne chose ?

— Oui, c'est une bonne chose. C'est apaisant de se retrouver dans un endroit... une maison... où il n'y a pas de souvenirs de Ned.

C'était la première fois, depuis la mort de Ned, que Judith l'entendait prononcer son nom.

– Ça aussi, c'est bien? demanda-t-elle.

– Oui. Ça ne devrait pas l'être, je devrais chérir les souvenirs, mais il y en a trop à Bickley. Quand je me réveille la nuit, je crois entendre sa voix. Je vais dans sa chambre, j'enfouis la tête dans son oreiller et je pleure de désespoir. L'hiver a été si terrible. Sans toi, je ne sais pas comment j'aurais tenu.

– C'est fini, maintenant, dit Judith.

– Je dois quand même y retourner. Surmonter mes faiblesses, faire face...

– Tu n'es pas obligée d'y retourner. Nous pouvons rester ici. C'est ma maison. Nous emménagerons demain, si tu veux. Tu peux y rester des jours, des semaines, des mois. Tout l'été. Pourquoi pas?

– Oh! Judith! Quel programme! Quand en as-tu eu l'idée?

– A l'instant. Pendant que tu parlais. Rien ne nous en empêche.

– Mais ma pauvre petite maison du Devon! Je ne peux tout de même pas l'abandonner.

– Tu peux la louer meublée pour l'été. A la famille d'un officier de marine basée à Devonport. C'est si pratique et si près de Plymouth. Tu peux facilement faire circuler le message dans les mess. Tu la louerais en un rien de temps.

– Mais les Dagg...

– Si tu la loues à des gens gentils, les Dagg seront ravis de continuer à s'occuper de la maison et du jardin. Ici, tu prendrais des vacances et tu m'aiderais à débarrasser tous les cartons du grenier.

Biddy éclata de rire.

– Ce ne seraient pas de vraies vacances.

Mais son enthousiasme croissait à vue d'œil.

– Rien ne t'empêche de rester. Allez, Biddy, dis oui. Tu le mérites bien.

– Mais tu... tu ne peux pas rester indéfiniment avec moi, nous étions d'accord sur ce point, et livrée à moi-même, je ne serai bonne à rien...

– Je vais demander à Phyllis de venir vivre au Manoir, tu ne seras donc pas seule. Tu aimais bien Phyllis, et Anna est charmante. Même si je m'engage comme auxiliaire féminine de la Marine, vous pourrez vivre ici toutes les trois. Vous vous tiendrez compagnie. Et je t'emmène-rai à Nancherrow. Une fois que tu auras fait la connaissance de Diana et de tous les autres, tu ne te sentiras plus seule. Tu t'occuperas de la Croix-Rouge avec elle au lieu de le faire avec Hester Lang. Ne vois-tu pas que tout s'arrange à la perfection ?

Malgré elle, Biddy hésitait encore.

– Et Bob ?

– Nous l'appellerons pour le mettre au courant de notre projet.

– Et les permissions ? Il faut que je sois là, s'il est en permission.

– C'est juste un peu plus loin que le Devon. Si tu veux, tu pourras faire un saut à Londres et l'y retrouver. Ne dis plus rien, accepte. En tout cas, jusqu'à la fin de l'été.

– Je vais y réfléchir, répondit Biddy d'une voix faible.

Mais Judith n'en tint aucun compte.

– Voilà ce que nous ferons : ce soir, nous rentrerons à *La Mitre*, où nous passerons encore une nuit. Ensuite nous achèterons du ravitaillement et nous reviendrons demain. Nous ferons les lits et nous cueillerons des tonnes de fleurs. Nous alimenterons le fourneau ce soir pour qu'il ne s'éteigne pas. Comme ça, nous aurons plein d'eau chaude pour les bains et le reste, voilà !

– Et Morag ?

– Oh ! Biddy, Morag sera ravie d'être ici. N'est-ce pas, ma chérie ? Elle se sent déjà chez elle. S'il te plaît, dis oui. A quoi me servirait d'avoir une maison, si je ne peux pas en profiter ?

Biddy capitula enfin.

– D'accord. Nous tenterons le coup. Pendant deux semaines. Ça alors ! fit-elle en riant. Je me demande de qui tu tiens cette force de persuasion. Ni de ta mère ni de ton père, en tout cas.

– J'aime à penser que je la tiens de toi. Viens vite, que je te montre le jardin avant que Mr. Baines ne veuille rentrer à Penzance.

Biddy se leva et elles s'en allèrent ensemble dans la douce chaleur de l'après-midi. Elles traversèrent la pelouse et longèrent la roseraie avant de descendre au verger. Là, les vieux pommiers noueux n'étaient plus qu'une brume de feuillage tendre. L'herbe était haute et parsemée de coquelicots et de marguerites sauvages.

Biddy respira l'air parfumé.

– On dirait un tableau de Monet.

Morag bondissait devant elles.

– Qu'est-ce que c'est que cette petite maison ?

– Oh ! C'est la cabane. J'ai la clé. Tante Lavinia l'avait fait construire pour Athena et Edward Carey-Lewis. Ils y campaient l'été.

– Tu veux me la montrer ?

– Oui.

Elle passa devant Biddy, baissa la tête sous les branches des pommiers, puis elle gravit les marches de bois, mit la clé dans la serrure et ouvrit. Elle sentit l'odeur de la créosote, vit la couchette et la couverture rouge où elle avait découvert et perdu son amour.

Ce n'est que le début de l'amour.

Mais c'en était la fin.

Il ne faut pas se tromper de destinataire quand on donne tout son amour.

Elle se rappela le bourdon sous le toit et leva les yeux. Il y avait de nouveau des toiles d'araignée. Ses yeux s'emplirent de larmes.

– Judith.

Biddy était juste derrière elle.

Elle sécha ses larmes et se tourna vers elle.

– C'est trop bête.

– Edward et toi ?

– Il fallait que je vienne. Je n'y étais pas retournée. Il fallait que je vienne aujourd'hui.

– Tu prends le taureau par les cornes ?

– Je suppose.

– Ça fait mal ?

– Oui.

– Elle est à toi, maintenant, dit Biddy. Tu pourras la remplir de tes propres expériences, t'y faire des souvenirs. Tu as eu du courage de venir ici.

– En ce moment, je ne me sens pas très courageuse.

– Et si ça ne marche pas, tu pourras toujours en faire une chambre d'amis. Pour les invités qui ronflent, par exemple ?

Judith sourit à travers ses larmes ; Biddy la prit par le bras et l'entraîna dehors. Elles refermèrent la cabane et traversèrent à nouveau le verger. En remontant, elles entendirent Mr. Baines les appeler de la maison et se dépêchèrent pour l'entretenir au plus vite de leurs projets.

– Allô? Ici Nancherrow.

– Diana, c'est Judith.

– Ma chérie! Où es-tu?

– Au Manoir. J'ai emménagé hier. J'y habite.

– Quelle bonne surprise! Je ne savais même pas que tu étais venue.

– J'ai amené Biddy avec moi. Et son chien. Nous avons eu les clés lundi et nous nous sommes installées hier.

– Pour de bon?

– Pas sûr. En tout cas, pour l'instant. C'est divin. Il faut que je vous remercie énormément de m'avoir laissé tous les meubles. Il me semble que je devrais vous payer quelque chose...

– Seigneur, ne va pas proposer une chose pareille, sinon Edgar sera mortellement offensé. Je crains que nous n'ayons laissé quelques vides en emportant tous ces objets, mais je tenais à ce que les enfants aient un petit souvenir de cette chère chère tante Lavinia.

– Cela n'a pas d'importance, je les comblerai avec mes objets à moi. Comment allez-vous tous?

– La santé est bonne. Nous venons d'avoir Edward pour quelques jours, à l'improviste. Son colonel lui avait accordé un week-end de permission. Quelle joie de le revoir! Et quel dommage que tu n'aies pas été là!

– ... Comment va-t-il?

– Il avait l'air fatigué, amaigri, et il a beaucoup dormi, mais quand il est reparti pour le Kent ou je ne sais où, il était redevenu lui-même. Quand je lui ai annoncé que tu achetais le Manoir, il était enchanté, comme nous tous, évidemment. Il a dit que c'était comme de le garder dans la famille. La prochaine fois qu'il descendra, il viendra te rendre visite pour s'assurer que tu ne te lances pas dans des rénovations intempestives, a-t-il dit.

– Que va-t-il s'imaginer?

– Oh! Je n'en sais rien. Que tu vas rajouter une aile pour y faire une salle de bal. Quand te verrons-nous? Viens déjeuner. Amène ta tante et le chien. Quel jour? Demain?

– Nous ne pourrons pas venir demain, car nous devons aller à Saint-Just voir Phyllis Eddy. Je veux qu'elle vienne habiter ici avec sa petite fille. J'espère qu'elle va être d'accord, on ne sait jamais, n'est-ce pas?

– Ma chérie, *tout* plutôt que Saint-Just! Et vendredi? A déjeuner vendredi?

– Ce serait merveilleux. Et je voudrais que vous entraîniez Biddy à la Croix-Rouge.

– Un peu de sang neuf ne nous ferait pas de mal. Barbara Parker Brown commence à devenir affreusement autoritaire. Elle terrorise tout le monde, sauf moi. On nous répète à l'envi que la guerre fait ressortir ce qu'il y a de meilleur en nous, mais chez elle, ça fait manifestement ressortir le pire. Ma chérie, et toutes ces petites affaires qui sont ici ? Veux-tu les prendre ou préfères-tu que je les garde ?

– Je vais les emporter pour que vous puissiez récupérer la chambre rose.

– Ah, la fin d'une époque... Je vais demander à Mary de les emballer et nous te les enverrons par la camionnette.

– Ce n'est pas urgent. Comment va Athena ?

– Elle grossit à vue d'œil. Je suis en train de décorer le berceau. En broderie anglaise blanche. Ravissant. Je te montrerai quand tu viendras. Vendredi à déjeuner. Je vais prévenir Mrs. Nettlebed pour qu'elle tue le veau gras ou qu'elle torde le cou de l'une des vieilles poules de Loveday. Merci de ton appel. Je suis ravie que tu nous sois revenue.

Le Manoir, Rosemullion, samedi 25 mai.

Chère maman, cher papa,
Une fois de plus, cela fait des siècles que je ne vous ai pas écrit. Je suis désolée, mais il se passe tant de choses. Très important : que pensez-vous de mon papier à lettres ? Ravissant, non ? Je l'ai trouvé dans un tiroir et je n'ai pas pu résister à l'envie de m'en servir. Il était dans une boîte, entièrement gravé en relief, et n'attendait que moi.

Comme vous le voyez, nous avons emménagé, Biddy, son chien et moi. Biddy est ravie, et tout à fait détendue, mieux qu'elle n'a jamais été. Je crois qu'elle trouve la maison très paisible, car, ici, il n'y a pas de souvenirs de Ned. De plus, elle a toujours adoré la Cornouailles. Cet après-midi, nous descendrons nous baigner à la plage. J'espère qu'elle va louer Bickley et rester au moins tout l'été, mais nous n'avons rien arrêté. A elle de décider.

Mercredi, nous sommes allées en voiture jusqu'à Saint-Just pour voir Phyllis. Elle habite la maison de ses parents, où l'on a à peine la place de se retourner. Après les salutations habituelles, l'inévitable tasse de thé et les tranches de gâteau au safran, Biddy et moi avons réussi à la faire sortir dans le jardin. Nous nous sommes assises sur l'herbe et nous lui avons proposé de l'emmener ainsi qu'Anna et de venir vivre ici. (Anna est adorable, elle marche à quatre pattes et commence à parler. Heureusement elle ressemble à Phyllis et non à Cyril, dont le seul charme était d'avoir de jolis sourcils.) Il lui a fallu un moment pour digérer notre proposition. Alors elle a éclaté en sanglots, submergée de bonheur et de gratitude. Voilà ce dont nous sommes convenues (avec l'accord de Mr. Baines) : je lui laisse une sorte de provision pour s'occuper de la maison, pour qu'elle ne soit pas à court d'argent, elle touche aussi quelque chose de la Marine, et elle n'aura pas de loyer à payer. Comme ça, ça devrait aller. Je pensais qu'elle rechignerait à quitter sa mère pour aller si loin (il n'y a pas beaucoup de kilomètres, mais ce n'est quand même pas la porte à côté), mais elle s'est vite fait une raison. Quant à sa mère, quand nous lui avons annoncé la nouvelle, elle était d'autant plus soulagée, je pense, que la maison de Saint-Just est surpeuplée. C'en est malsain.

Hier, j'ai emmené Biddy déjeuner à Nancherrow. J'étais un peu inquiète, je me demandais comment elle s'entendrait avec Diana. Elles se ressemblent à bien des égards et parfois, quand on se ressemble trop, on ne s'entend pas très bien. Mais je m'étais fait du souci pour rien. En un rien de temps elles bavardaient et riaient aux mêmes blagues idiotes. Biddy va faire partie du groupe de la Croix-Rouge de Diana, ce qui lui donnera quelque chose à faire. En attendant, elle est ici comme un coq en pâte et chaque jour qui passe, elle retrouve un peu plus de son ancienne gaieté.

Je ne m'étais pas rendu compte à quel point il lui était pénible de vivre jour après jour dans une maison aussi pleine de souvenirs.

J'ai hâte de vous montrer ma nouvelle maison. Comme j'ai de la chance d'être propriétaire, alors que je n'ai même pas dix-neuf ans !

Je ne vais pas rester ici éternellement. Je désire m'engager dans le corps des auxiliaires féminines de la Marine. Mais il faut d'abord que j'installe tout et tout le monde ici. A la fin de l'été, peut-être.

A présent, je dois aider Biddy. L'un des greniers est encore bourré de vieille malles, de bouts de moquette, et cetera, et Biddy a entrepris de le débarrasser. Pour l'instant, nous n'avons que trois chambres. Phyllis et Anna dormiront sous les combles, dans l'ancienne chambre d'Isobel. Mais, au train où vont les choses, nous aurons vite besoin d'une autre pièce et, dès que nous aurons enlevé tout ce barda, nous passerons une couche de peinture et nous achèterons des meubles.

Les nouvelles du front sont épouvantables. Les Alliés se sont repliés sur Dunkerque. Le colonel Carey-Lewis est convaincu que tout le corps expéditionnaire britannique va être soit massacré soit capturé. Tout s'est passé très vite et, quand vous recevrez cette lettre, Dieu sait quelle sera la situation. Mais Mr. Baines est absolument certain que nous finirons par gagner cette guerre. J'ai donc résolu d'y croire.

Ne vous inquiétez pas pour nous. Je sais que c'est d'autant plus difficile que nous sommes loin les uns des autres. Mais, quoi qu'il arrive, tout ira bien.

Je vous embrasse.

Judith.

L'évacuation des troupes britanniques prises au piège à Dunkerque, que l'on surnommerait bientôt le « Miracle des neuf jours », était terminée. Les premiers hommes avaient été évacués le soir du 26 mai mais, après des jours et des nuits d'attaques permanentes, Dunkerque était en flammes, les jetées et le port détruits. Ce qui restait du corps expéditionnaire britannique se regroupa donc sur les plages et dans les dunes pour attendre patiemment les secours, formant de longs rangs sinueux sur le rivage français.

Sous le feu constant des raids aériens, les transports de troupes et les destroyers stationnaient au large, hors de portée des troupes rassemblées sur la plage. Les consignes de sécurité furent donc levées, un appel fut lancé et, la nuit suivante, une flottille de petits bateaux traversa la Manche, yachts, barges, bateaux de plaisance, remorqueurs et dinghies ; ils venaient des ports et des bassins de Poole ou du Hamble, de Hayling ou de Hastings, de Canvey ou de Burnham. À la barre, des hommes âgés, de jeunes garçons, des directeurs de banque, des pêcheurs, des agents immobiliers à la retraite, bref, n'importe quel plaisancier ou marin du dimanche assez résolu pour risquer sa vie dans cette aventure.

On leur avait donné pour instruction de s'approcher le plus possible des plages, de charger des soldats, et de ramener leur cargaison humaine exténuée sur les navires qui attendaient au large. Sans armes, sous le feu constant de l'ennemi, ils remplissaient leur tâche jusqu'à épuisement de l'essence. Alors il était temps de regagner l'Angleterre pour se restaurer et dormir quelques heures. Avant de repartir.

Neuf jours de suite. Le lundi 3 juin, l'opération prit fin. Grâce à un peu d'improvisation et à d'innombrables actes de courage individuels, plus de trois cent mille soldats purent quitter les plages de Dunkerque et regagner l'Angleterre, sains et saufs. Le pays tout entier en fut reconnaissant, mais quarante mille hommes avaient été laissés sur place, qui devaient rester prisonniers de guerre pendant cinq ans.

La 51e division des Highlands n'était pas à Dunkerque. Ce corps de troupe, comprenant les bataillons de la Garde noire, des Argyll, des Seaforth, des Cameron et des Gordon, était resté en France pour se battre aux côtés de ce qui restait d'une armée française complètement démoralisée. Mais le combat était perdu d'avance. Tous les matins, les journaux anglais montraient les sinistres flèches noires qui marquaient l'inéluctable avancée des Allemands. Il était malheureusement évident que ce dernier et courageux bastion de l'armée britannique était peu à peu repoussé vers la côte.

Saint-Valery-en-Caux, enfin. Impossible d'aller plus loin. Le brouillard empêchait tout sauvetage par la mer, et les bataillons épuisés par le combat étaient encerclés par les puissantes *Panzerdivisionen* allemandes. Le 10 juin, l'armée française capitula et, quelques heures plus tard, ce qui restait de la division des Highlands suivit. Ensuite, désarmés, ils furent autorisés à défiler une dernière fois devant leur général, sous la pluie, avant de s'en aller vers la captivité. La Garde noire, les Argyll, les Seaforth, les Cameron, les Gordon. Gus.

Rétrospectivement, la guerre fut pour Judith comme une sorte de long voyage en avion... des heures d'ennui émaillées d'éclairs de pure terreur. L'ennui était une chose parfaitement naturelle. Il n'était pas humainement possible de vivre six ans de guerre au comble de l'engagement et de la passion. Mais la peur l'était aussi. Durant la sombre période de Dunkerque et de la chute de la France, Judith balança, comme tout le pays, entre l'angoisse et l'expectative.

Au Manoir, la TSF posée sur le buffet de la cuisine marchait toute la journée, jacassant du matin au soir afin que l'on ne manque ni un bulletin ni même un flash d'information. Le soir, Judith, Biddy et Phyllis se réunissaient autour de la radio du salon pour écouter les nouvelles de neuf heures.

Quand revinrent les ciels sans nuages au début de l'été, le désespoir céda la place à un espoir prudent, puis à mesure que l'extraordinaire opération se déroulait avec succès, à la gratitude, à la fierté et enfin à un soulagement intense. Les hommes étaient de retour.

Peu à peu arrivèrent au compte-gouttes des nouvelles des rescapés et de ceux qui étaient restés en France. Palmer, l'ancien jardinier-chauffeur, en avait réchappé, tout comme Joe Warren et son ami Rob Padlow.

Jane Pearson téléphona de Londres à Athena pour lui annoncer la bonne nouvelle : Alistair était sauf, extirpé des eaux par un solide plaisancier, réchauffé par une gorgée du meilleur cognac français et ramené à Cowes [1]. Jane semblait penser que c'était une conclusion tout à fait appropriée aux aventures de son mari. Mais le fils du Lord-Lieutenant avait été blessé et se trouvait à l'hôpital de Bristol. Quant au neveu de Mrs. Mudge et à Charlie Lanyon, l'ami de Heather Warren, ils étaient tous deux portés disparus, présumés morts.

Mais le plus important – pour Diana et Edgar Carey-Lewis, pour Athena, Loveday, Mary Millyway, les Nettlebed et Judith –, c'était qu'Edward Carey-Lewis avait survécu, bien que son escadrille de chasseurs eût effectué nombre de raids au-dessus de Dunkerque pour éparpil-

1. Port de plaisance particulièrement huppé sur l'île de Wight. (N.d.T.)

ler les formations de bombardiers allemands et les éloigner des plages assiégées.

De temps à autre, dès qu'il le pouvait, Edward téléphonait chez lui pour prévenir sa famille qu'il était toujours en vie, et dans sa voix transparaissait toute l'excitation de la mission qu'il venait d'effectuer.

Pour Gus, après Saint-Valery, tout espoir était perdu. Gus avait disparu avec son régiment. On priait pour qu'il soit en vie et qu'il ait été fait prisonnier, mais il y avait eu tant de morts dans la division des Highlands lors des combats féroces qui avaient précédé leur arrivée à Saint-Valery que c'était peu probable. On faisait bonne figure pour Loveday, qui n'avait que dix-sept ans et refusait toute consolation.

– Il faut absolument s'occuper, déclara Mrs. Mudge. C'est ce qu'on me dit, mais c'est plus facile à dire qu'à faire, n'est-ce pas? Comment dire ça à ma pauvre sœur qui se ronge d'inquiétude et qui ignore si son fils est vivant ou mort? Porté disparu, présumé mort, tu parles! On n'a pas idée d'envoyer un télégramme pareil! Et elle était seule à la maison. Son mari était au marché de Saint-Austell, et il n'y avait que le télégraphiste pour lui faire une tasse de thé.

Loveday n'avait jamais vu Mrs. Mudge si déprimée. Les désastres, les décès, les maladies, les opérations et les accidents mortels, dont elle faisait d'ordinaire ses choux gras, n'étaient que des incidents dont on faisait part aux autres et que l'on ressassait ensemble avec délectation. Cette fois, c'était différent. Il ne s'agissait pas du jeune Bob Rogers, celui qui habitait sur la route de Saint-Austell, qui s'était coupé les doigts avec sa faux, ni de la vieille Mrs. Tyson qui s'était écroulée morte dans un fossé alors qu'elle rentrait des vêpres, mais de la proche famille de Mrs. Mudge, pour ainsi dire de sa chair et de son sang.

– Je crois que je devrais aller passer quelques jours chez elle. Juste pour lui tenir compagnie. Elle a des filles qui n'habitent pas loin, mais il n'y a rien de tel qu'une sœur, n'est-ce pas? Avec une sœur, on peut évoquer le bon vieux temps. Ses filles sont frivoles, elles ne savent parler que de mode et de vedettes de cinéma.

– Alors pourquoi n'y allez-vous pas, Mrs. Mudge?

– Mais comment ? J'ai les vaches à traire et la laiterie à surveiller. Les foins commenceront dans une semaine ou deux, et il faudra porter des Thermos de thé dans les champs et nourrir Dieu sait combien de bouches en plus.

– Où habite votre sœur ?

– Son mari a une ferme au-delà de Saint-Veryan. Au-delà, c'est exactement ça. Avec de la chance, il y passe un bus une fois par semaine. Je ne sais pas comment elle supporte ça. Je n'ai jamais su.

Il était dix heures et demie du matin. Assises à la table de la cuisine de Lidgey, elles buvaient du thé. Loveday, qui aidait Walter et son père à la ferme, avait appris à se servir du gros tracteur, nourrissait la volaille et maintenant les cochons (une nouvelle acquisition faite au marché de Penzance dans l'espoir de futurs tranches de bacon), et elle passait la majeure partie de ses journées à Lidgey. Depuis peu, depuis que l'on avait reçu de mauvaises nouvelles de Saint-Valery, elle avait pris l'habitude de s'échapper et de venir ici au moindre prétexte, parfois même sans prétexte du tout. Pour une raison ou pour une autre, la compagnie terre-à-terre de Mrs. Mudge lui semblait plus réconfortante que l'affectueuse compassion de sa mère, de Mary et d'Athena. A Nancherrow, tout le monde se montrait d'une gentillesse presque insupportable. Mais, tandis qu'elle s'efforçait d'accepter la mort de Gus, elle ne désirait qu'une chose : pouvoir en parler comme s'il n'était pas mort. Comme s'il était toujours vivant. Mrs. Mudge était douée pour cela. « Attention, lui avait-elle maintes fois répété, il a peut-être été fait prisonnier », et Loveday lui disait la même chose de son neveu. « Nous ne sommes pas sûrs qu'il soit mort. Il a dû y avoir d'horribles batailles. Comment savoir ? »

Ainsi se consolaient-elles l'une l'autre.

Mrs. Mudge avait fini son thé. Elle se leva lourdement, se dirigea vers le fourneau et se versa une autre tasse. En l'observant, Loveday remarqua que Mrs. Mudge avait perdu de son allant. En fait, elle mourait d'envie d'aller retrouver sa sœur. Il fallait faire quelque chose. Le sens inné des responsabilités des Carey-Lewis, auquel s'ajoutait l'autoritarisme naturel de Loveday, reprit le dessus. Quand Mrs. Mudge se fut rassise, Loveday avait pris une décision.

– Vous devez partir pour Saint-Veryan sur-le-champ,

déclara-t-elle avec fermeté. Aujourd'hui même. Pour une semaine, si c'est nécessaire. Avant le début des foins.

Mrs. Mudge la regarda comme si elle avait perdu la raison.

– Vous dites des bêtises.

– Je ne dis pas de bêtises. Je m'occuperai de la traite. Walter m'aidera, et je trairai moi-même.

– Vous ?

– Oui, moi. J'étais censée participer à l'effort de guerre en travaillant à la ferme. Et je sais traire les vaches. Vous m'avez montré comment faire quand j'étais petite. Je serai peut-être un peu lente, mais j'attraperai vite le coup de main.

– Vous n'y arriverez jamais, Loveday. On commence à six heures du matin.

– Je me lèverai. Je suis capable de me lever à cinq heures et demie. Si Walter me conduit les vaches à l'étable, j'y serai à six heures pour me mettre au travail.

– Il n'y a pas que le matin, il y a le soir aussi.

– Pas de problème.

– Et puis il faut nettoyer les bidons et les amener au bout de l'allée jusqu'au camion de la coopérative. Il arrive à huit heures du matin, et il n'aime pas qu'on le fasse poireauter.

– Je ne le ferai pas poireauter.

Mrs. Mudge lança un regard dubitatif à Loveday, partagée entre le désir d'être auprès de sa sœur endeuillée et le désappointement de ne pas être indispensable.

– Il faudra nettoyer après la traite, la prévint-elle. Walter ne le fera pas pour vous. Ce n'est pas un travail d'homme. Et quand je reviendrai, je ne veux pas trouver une étable boueuse et des bidons sales.

– Je vous promets que non. Laissez-moi faire, Mrs. Mudge. S'il vous plaît. Vous venez de dire que le principal, c'était de s'occuper. Or je suis aussi malheureuse et inquiète que votre sœur. La nuit, je ne dors pas, je pense à Gus. Alors autant me lever à cinq heures et faire quelque chose. Si vous allez la voir, vous nous rendrez service à toutes les deux.

– Ne croyez pas que je ne pense pas à Gus. Charmant jeune homme, ce Gus. Vous vous souvenez du jour où il est venu peindre ma grange ? De la fiente de poulet et du fumier partout, et il n'a pas bronché.

– Téléphonez à votre sœur pour lui annoncer votre

arrivée. Mr. Mudge peut vous conduire ce soir à Saint-Veryan, et restez-y aussi longtemps que l'on aura besoin de vous là-bas.

Mrs. Mudge hocha la tête, perplexe.

— Loveday, vous m'étonnerez toujours. Vous m'épatez. Jamais je ne vous aurais crue si attentionnée...

— Je ne suis pas attentionnée, Mrs. Mudge, je suis égoïste. Je ne ferais sans doute rien si je ne pensais pas en tirer quelque chose.

— Vous vous rabaissez.

— Non. Je suis honnête.

— Vous pouvez toujours dire ce que vous voulez, répliqua Mrs. Mudge. On a le droit de penser autrement.

Tous les matins, à huit heures et demie, après avoir monté les bidons pleins au bout du chemin, les avoir livrés au camion de la coopérative et rapportés vides à la laiterie, Loveday rentrait à Nancherrow, affamée, pour le petit déjeuner.

On était le 18 juin. Mrs. Mudge, qui était partie depuis cinq jours, revenait à Lidgey le lendemain. En un sens, Loveday le regrettait. La traite des vaches, un travail de Romain qu'elle avait entrepris sur un coup de tête, avait été une sorte de défi. Au début, elle s'était montrée lente et maladroite (elle s'énervait), mais Walter, tantôt l'injuriant, tantôt lui prodiguant quelques rudes encouragements (« si t'attends, je te montrerai comment déplacer ce foutu bidon »), s'était montré incroyablement coopératif et l'avait aidée à venir à bout de cette tâche.

Sans bavardages. Walter était du genre taciturne. Loveday ne savait pas trop s'il était au courant de ce qui était arrivé à Gus. Connaissant Mrs. Mudge, il devait l'être. Quoi qu'il en soit, Walter ne dit rien et ne lui témoigna aucune compassion. Quand Gus était à Nancherrow, les deux hommes s'étaient rencontrés un matin à l'écurie. Loveday les avait présentés, mais Walter s'était montré on ne peut plus désinvolte, le type même du palefrenier mal élevé, et, après avoir fait une ou deux tentatives pour engager la conversation, Gus s'était découragé. A l'époque, Loveday avait pensé que Walter était peut-être jaloux, mais c'était totalement invraisemblable : Walter n'avait d'autre loi que la sienne, et elle le connaissait depuis toujours et se sentait toujours à l'aise avec lui.

588

Tous les soirs, quand elle avait trait la dernière vache et que le petit troupeau retournait dans les champs, Loveday se mettait au travail, passait le tuyau et frottait la laiterie, s'enorgueillissant de ses dalles luisantes et de ses seaux impeccables, pour qu'à son retour Mrs. Mudge ne puisse rien lui reprocher. En revanche, la cuisine de Lidgey était une porcherie, emplie de vaisselle sale, de poêles noircies et de vêtements non lavés. Demain peut-être trouverait-elle le temps de nettoyer tout cela. C'était le moins qu'elle puisse faire pour cette pauvre Mrs. Mudge.

Elle traversa la cour de la ferme, grimpa par-dessus le portail qui ouvrait sur le chemin, resta assise un instant sur la barre, d'où elle apercevait l'un de ses paysages pré-férés, particulièrement étincelant ce matin-là. Plus tôt, quand elle était allée travailler, tout était couvert de rosée, paisible sous les premiers rayons obliques. La mer translucide dansait doucement, sans que le vent la ride. Trois heures plus tard, elle était d'un bleu soyeux sous un ciel sans nuages. La brise s'était levée et Loveday enten-dait le bruit lointain des rouleaux au pied des falaises. Les mouettes volaient haut. Sous le soleil, la lande était fauve et les pâturages d'un vert émeraude brillant. Elle aperçut les vaches qui paissaient tranquillement et entendit au loin l'aboiement du chien de Walter.

Elle avait l'esprit curieusement vide. Cela faisait des siècles qu'elle n'avait pas pensé à *rien*, et c'était plutôt agréable, comme un état second, un espace entre deux univers. Peu à peu le vide fut comblé par l'image de Gus, remontant le chemin vers elle avec son attirail de peintre et son sac à dos jeté sur l'épaule. Et elle le vit en France. Il marchait, il défilait, il était blessé, mais il n'était pas mort. Sa présence semblait si forte qu'elle fut aussitôt saisie de l'inébranlable conviction qu'il était encore en vie. En ce moment même, il pensait à elle ; elle entendait presque sa voix, comme un bourdonnement transporté par d'invisibles câbles téléphoniques. Elle ferma les yeux dans une sorte d'extase et s'accrocha des deux mains à la barre du vieux portail. Quand elle rouvrit les yeux, elle n'était plus fatiguée, et le monde était beau et plein de promesses de bonheur.

Elle courut sur le chemin, de plus en plus vite à mesure que la descente devenait plus raide, ses bottes de caout-chouc faisant un bruit mat sur les pierres éparses et dans les ornières de boue sèche. Tout en bas, elle bondit par-dessus le second portail puis, hors d'haleine, remonta de l'autre côté, traversa la route, puis la cour, et entra par la porte de derrière.

– Ôte tes bottes, Loveday, elles sont couvertes de boue.

– Excusez-moi, Mrs. Nettlebed.

– Tu es en retard aujourd'hui. Tu as eu beaucoup de travail ?

– Pas particulièrement. J'ai traîné.

En chaussettes, elle pénétra dans la cuisine. Elle aurait voulu demander si l'on avait reçu des nouvelles, une lettre, si quelqu'un avait entendu parler de quoi que ce soit, mais Mrs. Nettlebed et les autres lui auraient posé des questions. Et, tant qu'elle n'avait pas eu la confirmation que Gus était en sécurité, Loveday ne dirait pas un mot de ce nouvel espoir, à personne, pas même à Judith.

– Qu'y a-t-il pour le petit déjeuner ? Je meurs de faim.

– Des œufs frits et des tomates. Sur la plaque chauffante de la salle à manger. Tout le monde a déjà fini. Tu ferais mieux de te dépêcher pour que Nettlebed puisse desservir.

Loveday se lava donc les mains dans l'arrière-cuisine, puis s'engagea dans le couloir. Du premier étage lui parvinrent le bruit de l'aspirateur et la voix de sa mère qui appelait Mary. La porte de la salle à manger était ouverte et elle allait y entrer quand le téléphone sonna. Elle s'arrêta net, attendit et, comme personne ne répondait, pénétra dans le bureau de son père. La pièce était déserte. Le téléphone, dont la sonnerie était suraiguë, était posé sur le bureau. Elle décrocha.

– Allô, ici Nancherrow.

Elle ignorait pourquoi elle avait la gorge sèche. Elle s'éclaircit la voix avant de répéter :

– Nancherrow.

Clic, clic, et il y eut comme un bourdonnement sur la ligne.

– Allô ? fit-elle, d'un ton un peu désespéré.

Clic, clic.

– Qui est-ce ?

Une voix d'homme, distante, brouillée.

– Loveday.

– Loveday. C'est moi. C'est Gus.

Ses jambes se liquéfièrent, littéralement. Elle s'affaissa sur le sol sans lâcher le téléphone.

– Gus.

– Tu m'entends ? La ligne est effroyablement mauvaise. Je ne peux te parler que quelques instants.

– Où es-tu ?

– A l'hôpital.

– Où ?

– A Southampton. Je vais bien. On me ramène chez moi demain. J'aurais bien appelé plus tôt, mais nous sommes tous logés à la même enseigne et il n'y a pas assez de téléphones.

– Mais... que s'est-il passé ? Es-tu gravement blessé ?

– Juste la jambe. Je marche avec des béquilles, sinon ça va.

– Je savais que tu étais sain et sauf. Je l'ai compris brusquement...

– Nous n'avons plus le temps. Je voulais juste te parler. Je t'écrirai.

– Oui, et moi aussi. A quelle adresse ?

– C'est...

Mais, avant qu'il ait pu le lui dire, la ligne fut coupée.

– Gus ? Gus ? fit-elle en secouant le crochet du récepteur. Gus ?

Mais cela ne servait à rien. Il n'était plus au bout du fil.

Elle reposa l'appareil sur la table. Assise sur le tapis turc, elle appuya la tête contre le bois frais et ciré du bureau de son père et ferma les yeux pour ne pas pleurer, mais les larmes coulèrent sur ses joues.

– Merci, dit-elle à voix haute, sans très bien savoir qui elle remerciait. J'étais sûre que tu étais vivant. J'étais sûre que tu me préviendrais.

Cette fois, elle parlait à Gus.

Peu après elle se redressa et s'essuya les yeux avec le pan de sa chemise. Puis elle se leva et sortit en appelant sa mère, appela, appela, monta l'escalier quatre à quatre, comme si elle avait des ailes aux pieds, et tomba sur Mary. Elle se jeta dans ses bras pour lui annoncer, avec une joie hystérique, l'incroyable nouvelle.

Au Manoir, Biddy, profitant de son énergie retrouvée, avait débarrassé le deuxième grenier. Elle n'avait épargné que deux malles-cabines, pour lesquelles on trouva une place sur le palier du premier étage, leur contenu étant trop personnel et trop ancien pour que Judith prenne la responsabilité de s'en débarrasser.

L'une était remplie de vieilles lettres attachées de rubans de soie fanée, de programmes de ballets, de partitions, de photographies, d'albums, de livres d'anniversaire, d'un livre d'or au cuir élimé datant de 1898. L'autre contenait des parures de l'époque victorienne : de longs gants blancs avec de minuscules boutons de perle, des plumes d'autruche, des bouquets de gardénias artificiels flétris, des sacs brodés de perles et des diadèmes en strass. Trop sentimental et trop joli pour être jeté. Diana Carey-Lewis lui avait promis qu'un jour elle viendrait au Manoir pour trier tous ces vieux souvenirs. En attendant, Judith avait enveloppé les malles-cabines dans de vieux rideaux damassés. Ainsi dissimulées, elles resteraient sans doute à la même place pendant des années.

Tout le reste avait été jugé inutile ou en trop mauvais état (même les cadres des photos étaient vermoulus), et péniblement descendu avant de finir en tas près des poubelles. Lors du prochain passage de la benne à ordures, on donnerait une demi-couronne au chauffeur dans l'espoir qu'il emporte tout cela.

Le grenier était donc vide. Côte à côte, Judith et Phyllis examinaient les lieux en discutant de ce qu'on pourrait en faire. Elles étaient seules : Anna creusait des trous avec une vieille cuillère en fer dans le jardin, à la lisière d'une plate-bande, tandis que Morag faisait de son mieux pour l'assister dans cette entreprise. De temps en temps, Phyllis jetait un coup d'œil par la fenêtre pour s'assurer que l'enfant et le chien ne se faisaient aucun mal. Mais tout paraissait fort paisible.

Biddy était à la cuisine. Avec un enthousiasme de cordon-bleu, elle avait trouvé une recette de cordial de fleurs de sureau dans un vieux livre de cuisine taché de beurre qui avait appartenu à Isobel. Partout les haies étaient lourdes de ces fleurs couleur crème au parfum subtil, et Biddy était tout feu tout flamme. Pour elle, le vin de sureau n'était pas de la cuisine. La cuisine, c'étaient les ragoûts, les gigots, les tartes et les gâteaux, et elle n'avait nullement l'intention de s'y mettre. Mais concocter de délicieux breuvages, cela lui convenait parfaitement, surtout si l'on pouvait se procurer les ingrédients gratuitement dans les buissons au bord des routes.

– A mon avis, nous devrions en faire une autre chambre d'amis, disait Phyllis. Mrs. Somerville occupe la seule que nous ayons. Imagine que quelqu'un d'autre veuille venir.

Mais Judith n'était pas d'accord.

– Une autre chambre d'amis, ce serait gaspiller de l'espace. Moi, je trouve que nous devrions faire une nursery pour Anna. Nous lui installerions un lit, quelques étagères pour ses livres et peut-être un vieux canapé. Elle s'en servira comme salle de jeux et elle aura un endroit où elle pourra faire du désordre les jours de pluie.

– *Judith !* (La discussion tournait au vinaigre.) Nous avons déjà une grande chambre. C'est *ta* maison, pas la mienne. Tu ne peux pas nous donner tant de place...

– Et quand Cyril aura une permission ? Il voudra être avec Anna et toi. Il viendra donc ici, lui aussi. A moins, bien entendu, qu'il ne préfère rester chez tes parents.

– Sûrement pas.

– Bon. Vous ne pouvez quand même pas dormir tous ensemble dans la même pièce. Ce n'est pas bien. Anna n'est plus un bébé.

Phyllis parut un peu gênée.

– Nous nous sommes déjà débrouillés.

– Eh bien, je ne veux pas que vous vous débrouilliez dans *ma* maison. Ce n'est pas la peine. Voilà, c'est décidé. Cette chambre sera pour Anna. Il est temps qu'elle apprenne à dormir toute seule. Et nous achèterons un lit d'une taille convenable. Ainsi, si nous avons un autre invité, nous remettrons Anna dans ta chambre pour lui donner son lit. Que penses-tu de ce compromis ? Et nous ferons poser de la moquette sur le sol...

– Un peu de lino suffirait.

– Le lino, c'est horrible et froid. Il faut de la moquette. Bleue, je pense.

Tout en imaginant la moquette bleue, elle regarda autour d'elle. La pièce était spacieuse, mais il n'y avait qu'une lucarne et le plafond mansardé l'assombrissait.

– Nous peindrons les murs en blanc, ce sera plus lumineux, et nous pourrions mettre une jolie frise tout autour. Malheureusement il n'y a pas de cheminée. Nous devrons trouver le moyen de la chauffer l'hiver...

– Un poêle à paraffine fera l'affaire...

– Je n'aime pas les poêles à paraffine. J'ai toujours trouvé ça dangereux.

– J'adore l'odeur...

– Mais Anna pourrait le renverser, et nous partirions tous en fumée. Peut-être...

Elle ne termina pas sa phrase. Une porte avait claqué au rez-de-chaussée et une voix surexcitée l'appelait.

– Judith !

Loveday. Elle sortit sur le palier en compagnie de Phyllis et se pencha par-dessus la rampe. Loveday grimpait les marches à toute allure. Elle s'arrêta au premier étage.

– Où es-tu ?

– Au grenier !

Elle se rua dans l'escalier du grenier, le visage rougi par la chaleur et l'effort, ses boucles sautillantes et ses yeux violets scintillants de joie. A mi-chemin elle lui annonçait déjà la nouvelle :

– Tu ne vas jamais me croire. Gus vient de téléphoner... (Elle haletait comme si elle avait couru depuis Nancherrow, et non simplement dans les escaliers du Manoir.) Il y a une heure environ. De Southampton. De l'hôpital. Blessé. Il a des béquilles. Mais il va bien...

Judith poussa un hurlement de triomphe et ouvrit grand les bras. Elles s'étreignirent, s'embrassèrent comme des enfants. Loveday avait toujours son vieux pantalon de velours crasseux et elle sentait la vache. Cela n'avait pas d'importance, rien n'avait d'importance : Gus était sain et sauf.

Elles cessèrent enfin de tournoyer, et Loveday se laissa tomber sur la dernière marche.

– Je suis hors d'haleine. Je suis allée à vélo à Rosemullion, j'ai laissé la bicyclette près du cimetière et, je te jure, j'ai remonté toute la pente en courant. Il fallait que je te le dise.

– Tu aurais pu téléphoner.

– Je voulais venir ici pour voir votre tête.

Phyllis avait plutôt l'air inquiète.

– Blessé ? C'est grave ? Comment a-t-il été blessé ?

– Je ne sais pas. Une balle dans la jambe, je crois. Il marche avec des béquilles, mais ça n'avait pas l'air *trop* grave. Nous n'avons pas eu le temps d'en parler. Au bout d'une minute, nous avons été coupés. Demain il rentre en Écosse, et il m'écrira...

– Comment diable est-il sorti de France ? s'enquit Judith. Comment s'est-il enfui ?

– Je viens de te dire que je n'en savais rien. Il a juste eu le temps de me dire qu'il était sain et sauf...

– C'est un miracle.

– C'est ce que je me suis dit. J'avais les jambes qui tremblaient. Maman veut que vous veniez tous ce soir à Nancherrow. Pops ouvrira du champagne. Tous, y compris Phyllis, Anna et Biddy, pour faire une vraie fête...

Biddy. Elles se turent brusquement, comme si chacune avait lu les pensées de l'autre. Gus était sauf, mais Ned ne reviendrait jamais plus. La joie de Loveday en fut un peu refroidie.

– Où est Biddy ? demanda-t-elle en baissant le ton.

– Dans la cuisine.

– Bon sang, j'espère qu'elle ne m'a pas entendue hurler. J'aurais dû y penser.

– C'est normal. Pourquoi y aurais-tu pensé ? On ne peut pas s'empêcher d'être heureux. La mort de Ned ne nous empêche quand même pas d'être contentes pour toi. Nous devrions toutes descendre lui annoncer la nouvelle. Elle est si généreuse, même si ça la rend malheureuse ou amère, elle ne le montrera pas. Elle va beaucoup mieux à présent. Elle prononce même le nom de Ned d'une voix normale. Et si elle a le cafard, nous lui parlerons du champagne et nous nous intéresserons à son vin de sureau.

Ardvray House, Bancharry, Aberdeenshire, vendredi 21 juin

Ma chère Loveday,

Enfin un moment pour t'écrire. Quand je suis rentré à Aberdeen, on m'a de nouveau expédié à l'hôpital, mais tout va bien, je suis à la maison. J'ai toujours des béquilles, mais ma convalescence avance. Ma mère a engagé une infirmière pour faire les pansements, etc. Elle est bâtie comme un lutteur et parle sans arrêt. J'espère qu'elle ne restera pas ici trop longtemps.

J'ai été content de pouvoir te parler, et je suis désolé que nous ayons été coupés si brutalement, mais le standard de l'hôpital était très strict pour ce qui est du rationnement des appels. J'ai dû m'y reprendre à plusieurs fois avant de pouvoir t'appeler, parce que je ne téléphonais pas chez moi. Si j'avais eu le pied plus léger, ce qui n'était pas vraiment le cas, j'aurais fait le mur, sauté dans un train et je serais venu en Cornouailles pour vous voir. La Cornouailles est beaucoup plus proche de Southampton que l'Écosse, et le voyage en train jusqu'à Aberdeen a duré une éternité.

J'ai quitté la France un jour avant la capitulation. Suite à une directive de *sauve-qui-peut* de notre général, quelques petits groupes sont parvenus au port de Veules-les-Roses, à six kilomètres de Saint-Valery. Il y avait quelques soldats français parmi nous. Nous sommes partis de nuit. Jamais six kilomètres ne m'ont paru si longs, ni si périlleux. Mais quand l'aube s'est levée, nous avons aperçu les silhouettes des vaisseaux de la Royal Navy au large (il n'y avait pas beaucoup de brouillard à Veules). Les falaises étaient très hautes, mais des ravines descendaient jusqu'à la plage. Nous avons dû former une file et descendre à la queue leu leu. La Royal Navy débarquait des têtes de pont, bien qu'elle fût bombardée depuis Saint-Valery.

Quelques-uns n'ont pas eu la patience d'attendre leur tour et sont descendus du haut des falaises à l'aide de cordes improvisées. En milieu de matinée, les Allemands tiraient de tous les côtés.

La plage était jonchée de cadavres. J'ai été blessé à la cuisse au bout de cent mètres à peine. Devant moi, deux Écossais qui avaient vu ce qui se passait sont venus à mon secours. Entre eux deux, j'ai réussi à me traîner sur les trois kilomètres de plage qui nous séparaient des bateaux. Au moment où nous sommes tous trois montés dans l'embarcation, les bombardiers en ont coulé une qui contenait une trentaine d'hommes. Un formidable tir de barrage a répondu depuis nos bateaux, et nous avons abattu deux de leurs bombardiers. Enfin, trempés jusqu'aux os et couverts de boue (moi couvert de sang), nous avons été hissés à bord d'un destroyer. A peine nous disions-nous que nous étions sauvés que l'ennemi nous canardait du haut des falaises. Nous sommes restés sur place jusqu'à ce qu'il n'y ait plus aucun de nos hommes sur la plage ou sur les falaises. Ensuite nous avons levé l'ancre et nous sommes partis. C'était le 12 juin, à dix heures du matin environ.

Nous sommes entrés dans le port de Southampton, on m'a transporté à terre sur un brancard et on m'a conduit à l'hôpital, où l'on a extrait la balle de ma jambe. Elle n'avait pas pénétré trop profondément dans la chair et ne semble pas avoir causé de dégâts durables. Ce n'est plus maintenant qu'une question de cicatrisation.

J'ignore ce que nous allons faire. On dit que la division des Highlands est en train de se reconstituer. Si tel est le cas, j'aimerais rester avec eux. Mais les autorités ont peut-être d'autres projets pour moi.

Je vous embrasse, ta famille et toi.

Gus.

C'était une lettre. Mais il y en avait une autre dans l'enveloppe, une feuille simple, sans en-tête et sans date.

Ma très chère Loveday,

J'ai pensé que ton père aimerait peut-être lire le compte rendu que je t'envoie, mais ce petit mot est pour toi seule. J'ai été heureux d'entendre ta voix au téléphone. J'ai pensé à toi pendant tout le temps où je traversais l'enfer qu'était cette plage, bien décidé à m'en tirer. Il fait un temps superbe, ici. Les collines sont en fleurs dans la lumière du matin et la rivière scintille sous le soleil. Quand je marcherai mieux, je descendrai à la rivière et j'essaierai d'attraper du poisson. Écris-moi pour me donner de tes nouvelles. Avec tout mon amour.

GUS.

Le Manoir, Rosemullion, 24 juillet 1940

Chère maman, cher papa,

A deux heures, ce matin, Athena a eu son bébé. Elle a accouché à Nancherrow, dans sa chambre, avec le vieux Dr Wells et Lily Crouch, l'infirmière de Rosemullion, pour l'assister. Les pauvres, être obligés de se déplacer à une heure pareille ! Mais le Dr Wells a dit qu'il n'aurait manqué cela pour rien au monde. Il est maintenant sept heures du matin, et je reviens juste de Nancherrow (à vélo, aller et retour) où je suis allée voir la nouvelle venue. Elle est énorme et ressemble un peu à un Peau-Rouge avec son visage rubicond et plein de cheveux noirs et raides. Elle s'appelle Clementina Lavinia Rycroft. Le colonel a envoyé un télégramme en Palestine pour avertir Rupert. Athena est enchantée, fière comme Artaban, comme si elle avait *tout* fait toute seule (ce qui, en un sens, n'est pas faux). Elle est assise dans son lit, son bébé à côté d'elle dans un berceau à volants. Bien entendu, sa chambre est emplie de fleurs et Athena, délicatement parfumée, porte un ravissant négligé de dentelle.

Loveday et moi serons toutes les deux marraines, mais Clementina ne sera pas baptisée avant que son père ait une permission. C'est fascinant d'avoir ce petit être tout neuf. Je me demande pourquoi nous sommes tellement surexcitées puisque cela faisait des mois que nous attendions sa venue.

Pendant que j'étais à Nancherrow, le vieux Dr Wells est repassé. Soi-disant pour voir comment nous allions tous et vérifier que la mère et l'enfant se portaient bien. Le colonel a ouvert une bouteille de champagne et nous avons mouillé la tête du bébé. (Le colonel sait merveilleusement ouvrir les bouteilles de champagne. Je crains bien qu'un jour elles ne viennent à manquer, car il ne peut plus en acheter. J'espère qu'il en garde au moins une caisse pour le jour où nous fêterons la victoire.) Bref, pendant que nous buvions gentiment et que nous commencions à nous détendre, le Dr Wells nous a annoncé la véritable raison de cette seconde visite. Jeremy est dans un hôpital de la Marine, dans les environs de Liverpool. Nous étions tous consternés, sous le choc, parce que c'était la première fois qu'il nous en parlait. Mais le Dr Wells nous a répondu qu'à deux heures du matin, Athena étant en plein travail, il n'avait pas estimé le moment bien choisi pour annoncer une telle nouvelle. Quelle délicatesse, n'est-ce pas ? Il devait pourtant avoir hâte d'en parler.

Revenons à nos moutons. Jeremy. Son destroyer a été torpillé et coulé par un sous-marin allemand dans l'Atlantique. Trois hommes et lui sont restés une journée et une nuit entières dans l'eau, couverts d'huile et accrochés à un grand radeau, avant d'être repérés et récupérés par un bateau de la marine marchande. C'est difficile à imaginer, n'est-ce pas ? Il souffrait du froid, d'épuisement et de brûlures aux bras dues à l'explosion. Dès que le navire marchand est arrivé à Liverpool, on l'a expédié à l'hôpital de la Marine, où il se trouve toujours. Mrs. Wells a pris le train pour Liverpool pour rester à son chevet. Quand il sortira, il aura un congé maladie et nous espérons tous le voir bientôt. N'est-ce pas merveilleux, miraculeux même, qu'il ait été repéré et sauvé ? J'ignore comment on peut survivre dans de telles circonstances. Je suppose que toute autre issue est alors impensable.

La fièvre de l'invasion a saisi le pays tout entier. Nous faisons tous don de nos casseroles et de nos poêles en aluminium pour qu'elles soient fondues et transformées en Spitfire et en Hurricane. J'ai dû me rendre à Penzance pour acheter une série d'affreux ustensiles émaillés qui s'écaillent et qui attachent, mais on ne peut pas faire autrement. Les Volontaires pour la défense du territoire ont été rebaptisés Garde nationale, ce qui est plus impressionnant. Tout le monde s'y engage. Le colonel Carey-Lewis a repris l'uniforme. En raison de ses états de service lors de la dernière guerre, il a été nommé commandant du détachement de Rosemullion. Des armes et des uniformes ont déjà été distribués, et la mairie du village s'est transformée en QG. Ils disposent d'un téléphone, de panneaux d'affichage, etc., et ils s'entraînent.

Toutes les cloches des églises se sont tues peu après Dunkerque et ne doivent plus sonner que pour annoncer un débarquement allemand. Un pauvre type, recteur d'une paroisse isolée, n'avait pas entendu parler de ce règlement. Un agent de police du coin l'a trouvé en train de sonner ses cloches et l'a arrêté sur-le-champ. Un autre a dû payer une amende de vingt-cinq livres pour avoir répandu des rumeurs : dans un pub, il racontait à qui voulait l'entendre que vingt parachutistes allemands, déguisés en bonnes sœurs, avaient débarqué sur la lande de Bodmin. D'après le juge, il a eu de la chance de ne pas être mis en prison pour propos défaitistes.

Autre chose : tous les panneaux indicateurs ont été enlevés, si bien que, lorsqu'on arrive à un croisement au fin fond de la Cornouailles, on ne sait plus où aller. Biddy ne trouve pas que ce soit une bonne idée. Les autorités s'imaginent sans doute, persifle-t-elle, qu'un escadron de Panzers allemands, marchant sur Penzance, tournera à droite par erreur et se retrouvera à la crique de Lamorna. Où on essaiera probablement de leur vendre un thé à la mode de Cornouailles.

Nous avons beau en rire, le danger se rapproche terriblement. Falmouth a été bombardé il y a deux semaines, et tous les soirs nous écoutons les récits des combats aériens qui se déroulent au-dessus du Kent et de la Manche. On a peine à croire aux exploits de nos pilotes de chasse, qui abattent les bombardiers allemands en plein ciel. Edward Carey-Lewis est l'un d'eux. Dans les journaux, on voit des photos de jeunes pilotes assis au soleil dans des transats et des fauteuils en osier, mais ils sont tout équipés et attendent l'ordre de se ruer à l'attaque dès qu'une formation de stukas est en route. C'est un peu le combat de David contre Goliath. Bien entendu, les îles Anglo-Normandes sont déjà occupées. Et la swastika y a remplacé l'Union Jack. Du moins n'y a-t-il pas eu de combats ni de morts, tout s'est déroulé dans l'ordre, et la seule résistance est venue d'un Irlandais ivre qui a donné un coup de poing dans le nez d'un soldat allemand.

Ici, tout le monde va bien. Biddy, qui travaille pour le Service des volontaires féminines, fait la collecte des casseroles et des poêles pour les avions de combat, et Phyllis a fini de repeindre le grenier pour Anna. Demain, on viendra nous poser la moquette. Elle est bleue avec un motif discret, et recouvrira toute la surface au sol. Je la trouve jolie.

Phyllis est heureuse ici et Anna prospère. C'est une délicieuse petite fille, qui dort beaucoup et ne nous pose aucun problème. Phyllis est affectueuse, mais très sévère avec elle. Cyril est en Méditerranée, à Malte, je crois, mais il n'a pas le droit de donner de détails. Il a suivi une formation et obtenu son diplôme d'artificier de salle des machines. Je ne sais pas trop ce que cela signifie, sans doute un échelon au-dessus de chauffeur. Quoi qu'il en soit, il a été nommé matelot de première classe et il a obtenu un galon. Il a envoyé une photo à Phyllis, où il apparaît en uniforme (avec son galon bien apparent), avec une casquette passée à la terre de pipe. Il a l'air bronzé et en bonne santé. Le plus drôle, c'est que j'entends parler de lui depuis toujours et que je ne l'ai jamais rencontré. Il n'est pas très beau, mais cette photo enchante Phyllis, qui trouve qu'il s'est « bien arrangé ».

J'espère que vous allez tous bien. Cette lettre est un peu longue, je le crains, mais nous vivons une époque tellement extraordinaire que je tiens à vous en rendre compte en détail.

Je vous embrasse tous les deux, ainsi que Jess.

Judith.

Le Manoir, comme toute gentilhommière du XIXᵉ siècle qui se respectait, possédait, groupées près de l'entrée de service, un certain nombre de dépendances. Une ancienne remise pour les voitures à chevaux, une cabane à outils et un cellier, une réserve à charbon et à bois, des toilettes extérieures (que l'on avait attribuées aux domestiques) et une buanderie. Cette dernière contenait la traditionnelle lessiveuse et une puissante essoreuse à rouleaux, et nécessitait d'allumer sans cesse des feux et de charrier péniblement de l'eau. On repassait sur la table de la cuisine, matelassée de couvertures et de vieux draps, avec des fers plats que l'on devait faire chauffer sur le fourneau.

Quand les Boscawen s'y installèrent, Lavinia, qui se préoccupait du confort d'Isobel, procéda à une audacieuse modernisation des lieux. La remise devint garage. On fit construire des toilettes intérieures, au bout d'un petit couloir qui partait de l'arrière-cuisine, et l'on destina les toilettes des domestiques à l'usage du jardinier, pour peu qu'il fût pris de court en retournant ses navets. La buanderie fut convertie en cellier pour conserver les pommes, les pommes de terre et les œufs. On se débarrassa du grand évier de l'arrière-cuisine, qui avait la taille d'un abreuvoir à chevaux et qui était si bas que l'on s'y cassait les reins, et on le remplaça par deux profonds éviers de terre, séparés par une essoreuse. On jeta enfin tous les vieux fers à repasser aux ordures, et l'on offrit à Isobel l'un de ces nouveaux appareils électriques.

Isobel se crut au paradis.

Des années plus tard, Phyllis Eddy eut la même réaction. Après la triste maisonnette de Pendeen et le pavillon surpeuplé de sa mère, les installations domestiques du Manoir lui semblèrent le summum du luxe. Elle ne se lassait pas de voir couler de l'eau bouillante au robinet de l'évier ou de la baignoire. Quant aux corvées de vaisselle et de lessive, qui lui avaient toujours semblé un interminable pensum, elles se faisaient si vite et si facilement qu'elle y prenait presque goût. Et la salle de bains, avec ses épaisses serviettes blanches sur la barre chauffante, ses rideaux de coton aux couleurs gaies qui flottaient dans la brise, et la douce odeur du savon à la lavande de Yardley, était presque aussi belle que celle de Riverview.

Quant au lundi, jour de lessive autrefois tant redouté, Phyllis avait presque hâte d'y arriver. Elle s'occupait chaque jour des couches d'Anna, qu'elle étendait sur la corde à linge telle une enfilade de drapeaux blancs. On donnait encore les draps et les serviettes de bain à la blanchisserie, mais elles étaient quatre à vivre au manoir, et tout le linge de maison, sans parler des chemisiers, des sous-vêtements, des robes de coton, des blouses, des jupes, des pantalons, des bas et des chaussettes, remplissait deux grands paniers par semaine.

En général, Phyllis et Judith s'y attelaient ensemble, pendant qu'Anna jouait avec les pinces à linge sur le sol de l'arrière-cuisine. Phyllis disposait d'une planche à laver et d'un grand pain de savon. Quand une taie d'oreiller ou un vêtement avait été assez frotté, elle le passait dans l'essoreuse, puis dans l'autre bac, où Judith le rinçait dans une eau propre. Travaillant ainsi en tandem, elles en venaient à bout en une heure, étendage compris. S'il pleuvait, on utilisait l'étendoir de la cuisine, que l'on hissait sous le plafond chauffé par le fourneau.

Ce jour-là, il ne pleuvait pas. Le ciel était brumeux et il faisait très chaud. Un vent d'ouest soufflait en rafales, chassant les nuages qui laissaient apparaître par instants des pans de ciel bleu.

Même en calant la porte du fond pour qu'elle reste ouverte, l'arrière-cuisine était humide et embuée. Elle sentait le savon et le linge mouillé. Enfin la dernière pièce, un petit tablier d'Anna, fut rincée, essorée et jetée sur la pile dans le panier d'osier.

– Encore une lessive de faite, dit Phyllis avec une certaine satisfaction, puis elle ôta la bonde pour que l'eau savonneuse s'écoule et repoussa une mèche de son front humide. Il fait chaud, n'est-ce pas ? Je suis en nage.

– Moi aussi. Viens, allons prendre l'air.

Judith cala l'un des lourds paniers contre sa hanche.

– Apporte les pinces à linge, Anna.

Quand elle franchit le seuil, le vent d'ouest lui fouetta le visage et gonfla la mince cotonnade de sa jupe.

La pelouse où l'on étendait le linge se trouvait près du garage. L'herbe y était parsemée de marguerites, et une haie basse d'escallonias, lourde de fleurs roses et poisseuses, la séparait de l'allée de gravier qui menait à la maison. Judith et Phyllis entreprirent d'étendre le linge. Le vent gonflait les taies d'oreiller comme des ballons et s'engouffrait dans les manches des chemises.

– Il va y avoir des couches à Nancherrow, à présent, fit remarquer Phyllis en accrochant un torchon. Qui va s'en occuper, à ton avis ?

– Qui veux-tu que ce soit ? Mary Millyway.

– Je ne voudrais pas faire son métier. J'aime les enfants, mais je ne voudrais pas être gouvernante.

– Moi non plus. Si je devais être domestique, je préférerais être blanchisseuse.

– Tu devrais te faire examiner.

– Pas du tout. Étendre le linge, c'est beaucoup plus agréable que de vider les horribles pots de chambre d'un vieux bonhomme.

– Qui te parle de pots de chambre ?

– Moi.

– Moi, je serais femme de chambre. Coiffer Madame et écouter tous les potins.

– Et supporter les crises de nerfs, et rester debout jusqu'à trois heures du matin à attendre que Madame rentre du bal ! Merci bien !

– Il y a une voiture qui monte la côte.

Elles tendirent l'oreille, s'attendant à ce que le conducteur poursuive sa route. Mais la voiture rétrograda et franchit le portail. Les pneus crissèrent sur le gravier et s'arrêtèrent devant la porte d'entrée.

– Tu sais quoi ? dit inutilement Phyllis. Tu as un visiteur.

– Oui, répondit Judith.

– Tu sais qui c'est ?

– Oui.

– Qui ?

Judith laissa tomber ses pinces à linge dans le panier et lança la combinaison de Biddy à Phyllis. Un sourire stupide se dessina sur ses lèvres, lui illuminant peu à peu le visage.

– C'est Jeremy Wells.

Et elle partit à sa rencontre.

Jeremy Wells. Phyllis les observa à la dérobée par-dessus la corde tout en accrochant la combinaison à la va-vite. Cela faisait longtemps qu'elle attendait de voir Jeremy Wells, le jeune médecin que Judith avait rencontré dans le train de Plymouth. Elle n'avait que quatorze ans, mais il lui avait plu. Pas de doute. Et puis, étrangement, elle l'avait retrouvé à Nancherrow, chez les Carey-Lewis, et, quand Phyllis avait eu vent de cette extraordinaire coïncidence, elle avait pensé que c'était un signe du destin. Écrit dans les astres. Une histoire d'amour qui se terminerait bien.

Bien entendu, Judith prétendait qu'il n'y avait rien de tel. « Oh ! ne sois pas si bête ! » disait-elle à Phyllis quand celle-ci faisait allusion d'un air entendu au jeune médecin. Mais elle avait été fière qu'il s'engage dans la Marine, et bouleversée en apprenant que son navire avait été torpillé et qu'il avait dérivé dans l'Atlantique Dieu sait combien de temps. Phyllis se demandait quel était le pire des cauchemars : se retrouver sur le pont d'un vaisseau en flammes ou plonger dans les eaux sombres, froides, profondes de l'océan ? Ni Phyllis ni Cyril n'avaient jamais appris à nager. Enfin, Jeremy Wells avait été sauvé et il était là. Apparemment, il se portait comme un charme. Dommage qu'il n'ait pas revêtu son uniforme. Elle aurait aimé le voir en uniforme. Rien qu'un vieux pantalon de flanelle gris et une chemise de coton bleue, mais Judith ne semblait pas y trouver à redire, puisqu'elle le laissa la prendre dans ses bras et l'embrasser sur la joue. Et ils bavardaient comme deux pies, avec un sourire jusqu'aux oreilles.

Judith se rappela soudain sa présence, se tourna vers elle en souriant et lui demanda de s'approcher. Phyllis, soudain consciente de ses mains rougies et de son tablier trempé, fut submergée de timidité, mais elle abandonna son linge avec obéissance, se pencha pour prendre Anna dans ses bras et traversa la pelouse en regrettant de n'être pas plus soignée.

– Jeremy, voici Phyllis Eddy. Elle aidait maman à Riverview. A présent elle vit ici avec nous. Son mari est aussi dans la Marine.

– Ah bon ? Que fait-il ?

– Il est artificier en salle des machines, répondit fièrement Phyllis. Matelot de première classe. Il a obtenu son galon.

– C'est formidable. Il doit bien se débrouiller. Où se trouve-t-il ?

– Quelque part en Méditerranée.

– Heureux homme. Il y a du soleil. Qui est cette petite fille ?

– C'est mon Anna. Mais elle ne vous fera pas de sourire. Elle est trop timide.

– Jeremy va passer quelques jours à Nancherrow, dit Judith.

– Très bien, répondit Phyllis.

Il n'était pas vraiment beau, il portait des lunettes, mais il avait le plus charmant sourire qu'elle ait jamais vu et de magnifiques dents blanches. Pour quelqu'un qui venait d'être torpillé, brûlé et naufragé, il était étonnamment en forme.

– On ne m'attend pas avant l'heure du déjeuner, dit-il. Je ne pouvais pas passer à Rosemullion sans venir vous voir, et voir ce que vous aviez fait de la vieille maison.

Phyllis, satisfaite, sourit intérieurement. Il était venu leur rendre visite. Il n'était que dix heures et demie. Il avait deux heures devant lui. Le temps d'un tête-à-tête et d'une bonne causerie. Elle changea Anna de hanche.

– Judith, pourquoi ne fais-tu pas entrer le Dr Wells ? Installez-vous donc dans la véranda. Je vais étendre le reste du linge. Ensuite je vous apporterai une tasse de café.

Elle était heureuse de prononcer ces mots. Comme au bon vieux temps, quand elle travaillait chez la mère de Judith et que Mrs. Dunbar recevait. Jeremy Wells était leur hôte. Quasiment le premier. Une tasse de café, ce n'était pas grand-chose, mais Phyllis aurait fait n'importe quoi pour préparer la voie au grand amour.

Ils avaient beaucoup de choses à se raconter, de retard à rattraper, de nouvelles à échanger. Cela faisait onze mois qu'ils ne s'étaient pas vus, depuis ce chaud dimanche d'août qui avait si bien commencé pour Judith et qui s'était terminé de manière si désastreuse par son départ précipité de Nancherrow. Elle se rappela leur avoir dit au revoir à tous à la fin du déjeuner.

– A tout à l'heure, avait-elle promis, mais elle n'avait revu aucun d'entre eux.

Jusqu'à aujourd'hui. Jeremy, pensa-t-elle en l'observant discrètement, avait changé. Dix mois de guerre et de vie en mer l'avaient durci et affiné. Il y avait sur son visage des rides qui n'étaient pas là auparavant, et son charmant sourire se faisait plus rare. Mais elle l'avait toujours connu adulte et responsable et ne pouvait donc pas pleurer sur sa jeunesse enfuie.

Ils parlèrent d'Athena, de Rupert et de la petite Clementina.

– Elle était énorme, lui dit Judith, presque neuf livres, et elle ressemble à une petite Indienne.

– Je suis impatient de la voir.

– Nous pensions tous qu'Athena la tendrait immédiatement à Mary Millyway. En fait, elle est très maternelle. Elle passe des heures au lit à lui parler. C'est charmant. Un peu comme si Clementina était son petit chien adoré. Quant à Loveday, elle est devenue une véritable agricultrice, elle travaille comme un forçat et s'occupe de dizaines de poules. Elle nous fournit des œufs, à nous aussi. Mr. Nettlebed est responsable de la défense passive, et il s'est aussi chargé du potager de Nancherrow tout en continuant de servir le dîner avec son air pincé. Tu vas trouver ça très amusant. Tout est différent mais, curieusement, rien n'a vraiment changé.

Puis Jeremy lui demanda des nouvelles des Warren à Porthkerris, de son amie Heather, et Judith en fut d'autant plus touchée qu'il ne connaissait la famille que par ouï-dire.

– Ils vont tous bien. Dieu merci, Joe Warren est revenu de Dunkerque. Il a eu une permission avant de repartir, et je ne sais pas exactement où il est en ce moment. Biddy et moi, nous sommes allées y prendre le thé pour avoir des nouvelles. Heather se débrouille très bien. Elle travaille pour le Foreign Office dans un endroit très secret que nous n'avons pas le droit de connaître. Jusqu'à présent, personne n'a eu de nouvelles de son petit ami, Charlie Lanyon. Il était à Dunkerque, lui aussi, et les Warren prient le ciel qu'il ait été fait prisonnier.

Ce qui la fit penser à Gus.

– Et Gus Callender ? Savais-tu qu'il avait réussi à s'échapper de Saint-Valery ?

– Mon père me l'a appris. Quel miracle !

– Si tu avais vu Loveday quand elle est venue nous l'annoncer ! Elle était vraiment malheureuse, elle s'inquiétait et, tout à coup, elle a eu la conviction qu'il était vivant – elle me l'a raconté –, presque comme si elle entendait sa voix. Elle rentrait de Lidgey, elle a foncé jusqu'à Nancherrow et, cinq minutes après, le téléphone sonnait. C'était *lui*. Il appelait de l'hôpital de Southampton. C'était peut-être de la télépathie.

– Quand on s'aime, je crois que la télépathie est une chose tout à fait possible... Et puis, Loveday, née et élevée en Cornouailles, est une vraie petite Celte. Ce ne serait pas étonnant qu'elle ait un don pour la transmission de pensée.

Puis, Judith lui raconta en détail la tragique disparition de Ned Somerville et lui parla de Bob et de Biddy.

– Elle a quitté le Devon pour venir vivre avec nous. Étais-tu au courant ?

– Oui. J'espérais faire sa connaissance.

– On l'a conduite à Penzance ce matin. Elle voulait aller chez le coiffeur. J'ignore quand elle sera de retour. Tout s'est si bien arrangé.

– Pour Phyllis aussi ?

– C'est formidable. Elle est adorable et elle se plaît énormément ici, elle s'épanouit comme une fleur. Nous avons fait une chambre pour Anna, si bien que, quand le mari de Phyllis sera en permission, il pourra venir ici auprès d'elle. Je vais te faire visiter avant que tu partes. J'ai encore peine à croire que c'est ma propre maison. J'ai toujours rêvé, très humblement, d'un endroit à moi, juste une maisonnette de granit et un palmier. Et maintenant tout ça est à moi ! Parfois je me réveille la nuit et je me demande si c'est vrai.

– Tu vas rester ici ?

– Toujours. Mais pas dans l'immédiat. Il faut que j'apporte ma pierre à l'édifice. Je vais sans doute m'engager dans le corps des auxiliaires de la Marine.

Jeremy sourit et lui demanda des nouvelles de sa famille à Singapour. Elle lui répondait quand Phyllis apparut avec un plateau et du café, qu'elle posa sur un tabouret entre eux. Judith remarqua qu'elle avait sorti le joli service de porcelaine de tante Lavinia. Le café fraîchement moulu dégageait un arôme délicieux, et il y avait une assiette de sablés.

Réminiscences de Riverview.

– Tu n'as mis que deux tasses, Phyllis. Tu ne te joins pas à nous ?

– Non, j'ai du travail à la cuisine et vous avez plein de choses à vous dire. J'ai apporté du sucre, docteur Wells. Je ne sais pas si vous en prenez.

Avec un sourire entendu, Phyllis s'éclipsa. En espérant que Jeremy ne l'aurait pas remarqué, Judith versa le café et lui en tendit une tasse.

– Nous avons parlé de tout le monde sauf de toi, dit-elle. Ton bateau a été torpillé et... tu n'as peut-être pas envie de raconter, ajouta-t-elle devant son expression.

– Pas particulièrement.

– Je ne veux pas insister.

– Ça ne me dérange pas.

– Le bateau a-t-il coulé ?

– Oui, très lentement. Je me suis accroché à ce radeau et je l'ai regardé sombrer. D'abord la poupe, et la proue en dernier. Une gigantesque déferlante. Puis plus rien que la mer, l'huile et les débris.

– Avez-vous perdu beaucoup d'hommes d'équipage ?

– Environ la moitié. L'officier de tir et le premier lieutenant ont tous deux été tués. Mon capitaine a été retrouvé, mais il est toujours à l'hôpital.

– Ton père nous a dit que tu avais été brûlé.

– Oui. A l'épaule, au dos et en haut du bras gauche. Pas trop affreux. Pas de greffe de peau. Je récupère.

– Et ensuite ?

– C'est aux autorités d'en décider.

– Tu repartiras sur un autre bateau ?

– Je l'espère de tout cœur.

– De nouveau l'Atlantique ?

– Plus que probable. Des convois. On continue à s'y battre.

– Est-ce que nous remportons la victoire ?

– Il le faut. Pour conserver la maîtrise des routes commerciales vers l'Amérique et protéger notre approvisionnement en nourriture et en armes. Les sous-marins allemands sont partout, comme des loups en chasse. Le convoi règle sa vitesse sur le bateau le plus lent, et nous perdons encore beaucoup trop de navires de commerce.

– N'as-tu pas peur, Jeremy ? A l'idée d'y retourner ?

– Bien sûr que si. Mais on apprend à faire semblant. C'est pour tout le monde pareil. La routine et la discipline aident à se concentrer. Au moins, la prochaine fois, je saurai ce qui m'attend.

Tout cela était très déprimant.

– Tant de batailles, soupira Judith. La bataille de France. Et maintenant la bataille d'Angleterre...

– Et Edward est en plein dedans.

– Oui, je sais.

– As-tu eu de ses nouvelles ?

– Uniquement par sa famille.

– Il ne t'a pas écrit ?

– Non, fit Judith en secouant la tête.

– Et tu ne lui as pas écrit ?

– Non.

– Que s'est-il passé ?

– Rien.

– Ce n'est pas vrai.

– Mais si, rétorqua-t-elle, les yeux dans les yeux. Rien. Mais elle ne savait pas mentir.

– Tu aimais Edward.

– Comme tout le monde. Il est né pour être aimé. De bonnes fées ont dû se pencher sur son berceau.

– Ce n'est pas ce que je voulais dire.

Judith baissa les yeux. Dans le jardin, les arbres bruissaient dans le vent. Quelques mouettes passèrent au-dessus de leur tête en hurlant.

– Je sais ce qu'il en était, dit-il comme elle se taisait. Je l'ai compris ce dimanche où vous étiez tous assis dans le jardin à Nancherrow, avant le déjeuner. Edward et moi, nous avons apporté les rafraîchissements. Tu as levé les yeux et, quand tu l'as aperçu, on aurait dit qu'on venait d'allumer une lampe. Il est venu vers toi, t'a dit quelques mots, et une sorte d'aura magique, scintillante, vous enveloppait tous les deux... vous séparait de nous.

Il lui était presque insupportable qu'il ravive ce souvenir.

– C'était peut-être l'impression que je voulais vous donner.

– Après le déjeuner, vous êtes partis tous les deux voir Mrs. Boscawen. Puis Edward est descendu à la crique, mais nous ne t'avons jamais revue. Tu étais partie. Tu avais quitté Nancherrow. Il s'est passé quelque chose, n'est-ce pas ?

Il savait. Cela ne servait pas à grand-chose de le nier.

– Oui, il s'est passé quelque chose. Je pensais qu'il avait pour moi les mêmes sentiments que j'avais pour lui. Je crois que j'ai toujours aimé Edward, depuis notre première rencontre. Il a quelque chose d'irrésistible, parce qu'il transforme en fête le moment le plus banal. Il a toujours eu ce don incroyable, même quand il était étudiant.

Elle se retourna pour sourire à Jeremy. Un sourire nostalgique auquel répondit aussitôt le bon vieux sourire engageant de Jeremy.

– Mais tu es bien placé pour le savoir.

– Oui.

– Je m'étais imaginé qu'il m'aimait aussi. Bien entendu, ce n'était pas vrai.

– Il t'aimait énormément.

– Mais l'idée de s'engager à vie ne lui disait rien.

– Il est trop jeune pour s'engager.

– C'est ce qu'il m'a dit.

– Et tout a été fini à cause de ça ?

– J'étais allée trop loin et j'en avais trop dit. Je devais prendre mes distances.

– Et quitter Nancherrow ?

– Je ne pouvais pas rester. Pas dans cette maison, avec lui et toute la famille. A le voir tous les jours. Tu ne peux pas ne pas comprendre.

– Es-tu toujours amoureuse d'Edward ?

– J'essaie de ne plus l'être. Mais je suppose qu'on n'oublie pas si vite le premier amour de sa vie.

– Quel âge as-tu ?

– Dix-neuf ans.

– Si jeune.

– Ça ira, dit-elle.

– Tu t'inquiètes pour lui ?

– Sans arrêt. Au fond de moi. Je regarde les photos des combats aériens dans les journaux et, bien que je pense à Edward, je n'arrive pas à l'identifier à tout cela. Un charme le protège peut-être, lui qui est si charmant. Il y a au moins une chose dont nous pouvons être certains : quoi qu'il fasse, il s'amuse.

– Je vois ce que tu veux dire, répondit Jeremy avec un sourire, et je suis navré d'avoir insisté. Je n'avais pas l'intention de m'immiscer dans ton intimité. Mais je connais tellement bien Edward... ses qualités et ses défauts... et j'étais inquiet. J'avais peur qu'il ne t'ait fait du mal.

– C'est fini, maintenant. Je peux en parler et ça m'est égal que tu sois au courant.

– Bien.

Il avait terminé son café. Il posa sa tasse et regarda sa montre.

– Si tu veux me montrer ta maison, nous ferions mieux d'y aller. Je dois partir bientôt.

Ils se levèrent, pénétrèrent dans la maison. La tranquillité qui y régnait dissipa le peu de tension qu'il y avait entre eux, cédant la place à la fierté de Judith, à l'enthousiasme de Jeremy. Bien sûr, il y était venu maintes fois du temps de tante Lavinia, mais il ne s'était jamais aventuré au-delà du salon et de la salle à manger. Cette fois, ils entreprirent un véritable tour d'inspection, de la nouvelle nursery à la cuisine.

– Diana et le colonel m'ont laissé tous les meubles et les objets dont la famille ne voulait pas. Je n'ai donc rien eu à acheter. Je sais bien que le papier peint est défraîchi et que les rideaux sont usés, mais ça me plaît comme ça. Même les tapis élimés. C'est chaleureux, familier, comme des rides sur un visage sympathique. La cuisine est très pratique.

– Comment fais-tu pour chauffer l'eau ? demanda-t-il avec un pragmatisme réconfortant.

– Avec le fourneau. C'est incroyablement efficace, à condition de ne pas oublier de l'alimenter deux fois par jour... La seule chose que j'aimerais avoir, c'est un réfrigérateur, mais je n'ai pas encore eu le temps de m'en occuper. Le magasin de Penzance n'en a pas, il faudra donc aller jusqu'à Plymouth, je suppose. Mr. Baines me conseille de rajouter une salle de bains mais, honnêtement, nous n'en avons pas besoin. Je préférerais installer le chauffage central, comme à Nancherrow. Ça attendra sans doute la fin de la guerre...

– Il faudra une autre chaudière.

– Il y a de la place pour en mettre une dans l'arrière-cuisine...

Elle lui montra l'endroit et ils en discutèrent agréablement pendant quelques minutes, s'interrogeant sur la difficulté de faire passer des tuyaux dans le vieux mur de pierre. Puis Phyllis et Anna, qui étaient allées cueillir des petits pois pour le déjeuner, les rejoignirent. Jeremy regarda sa montre une fois encore et déclara qu'il était temps qu'il s'en aille.

Judith le raccompagna jusqu'à sa voiture.

– Combien de temps restes-tu à Nancherrow ?

– Juste quelques jours.

– Est-ce que je te verrai ? demanda-t-elle, un peu mélancolique.

– Bien sûr. Pourquoi ne passes-tu pas cet après-midi ? Nous descendrons ensemble à la crique. Avec qui voudra nous accompagner. Nous pourrions nous baigner.

L'idée était tentante. Cela faisait si longtemps qu'elle n'était pas allée à la crique.

– D'accord. Je viendrai à vélo.

– Apporte ton maillot de bain.

– Entendu.

– Vers trois heures ?

– J'y serai. Mais s'ils ont d'autres projets et que tu as envie de faire autre chose, passe-moi un coup de fil.

– Très bien.

Il monta dans sa voiture, et elle le regarda s'éloigner. Puis elle retourna dans la cuisine et s'assit à la table en compagnie de Phyllis et d'Anna pour écosser les petits pois.

La longue allée de Nancherrow était bordée d'hortensias en fleur. Dans la lumière diffuse qui filtrait à travers les branchages, elle avait un peu l'impression de pédaler dans le lit d'une rivière bleu azur. Judith avait mis un short et une vieille chemise. Dans le panier de sa bicyclette il y avait sa serviette de plage à rayures, son costume de bain, un gros pull et un paquet de biscuits au gingembre pour grignoter après la baignade. Elle avait envie de nager et elle espérait que Loveday et peut-être Athena se joindraient à eux.

En sortant du sous-bois, elle vit que la brume matinale s'était levée, mais un doux vent d'ouest soufflait encore. Le soleil de l'après-midi jetait des reflets sur les vitres de Nancherrow, et les poules de Loveday, parquées dans leur enclos grillagé, caquetaient et gloussaient, vacarme habituel des basses-cours.

Il semblait n'y avoir personne, mais la porte d'entrée était ouverte. Elle rangea sa bicyclette contre le mur de la maison, prit ses affaires de bain et son pull. Au moment où elle se retournait pour entrer, elle sursauta : comme surgi de nulle part, Jeremy se tenait devant elle.

– Espèce de brute ! Quelle peur tu m'as faite ! Je ne t'ai pas entendu venir !

Il posa les mains sur ses bras et la maintint fermement, comme si elle allait s'échapper.

– N'entre pas, dit-il.

Il avait les traits tirés et le teint pâle. Une veine palpitait à l'angle de sa mâchoire. Judith était ébahie.

– Pourquoi ?

– Un coup de téléphone. Il y a une demi-heure. Edward est mort.

Heureusement, il la tenait bien, car ses genoux se mirent à trembler et, un bref instant, elle fut prise d'une panique épouvantable, et incapable de respirer. *Edward est mort.* Elle secoua frénétiquement la tête en signe de dénégation.

– Non.

– Il a été tué ce matin.

– Non. Pas Edward. Oh ! Jeremy, pas Edward.

– Son officier supérieur a appelé pour annoncer la nouvelle. Il s'est entretenu avec le colonel.

Edward. La peur qui les rongeait tous depuis longtemps, qui s'était lovée en eux en attendant son heure, venait de frapper. Judith leva les yeux vers Jeremy et vit que, derrière ses lunettes, il avait les yeux brillants de larmes refoulées. *Nous sommes tous frappés*, songea-t-elle. *Nous aimions tous Edward, chacun à notre manière. Chacun de nous, chacun de ceux qui l'ont connu, va ressentir un grand vide.*

– Comment est-ce arrivé ? s'enquit-elle. Où ?

– En survolant Douvres. Il y a eu un gigantesque raid aérien sur la flotte qui mouillait dans le port. Des bombardiers qui attaquaient en piqué, des stukas et des avions de chasse, des Messerschmitt. Un bombardement intense. Les chasseurs de la RAF se sont rués sur les formations allemandes. Ils ont abattu douze avions ennemis, mais ils ont perdu trois appareils. Dont le Spitfire d'Edward.

Il *devait* y avoir un espoir, si mince fût-il. Le choc l'avait vidée. Elle se sentit soudain emplie d'une rage vaine.

– Comment le savent-ils ? Comment savent-ils qu'il est mort ? Comment peuvent-ils en être sûrs ?

– L'un des autres pilotes de Spitfire l'a indiqué dans son compte rendu de mission. Il en a été témoin. Un tir de stuka. Un panache de fumée noire. L'avion est descendu en vrille avant de tomber dans la mer. Puis il a explosé. Pas de parachute. Personne ne peut survivre dans ces conditions.

Elle écouta en silence ces mots qui lui faisaient mal, et son dernier espoir s'envola. Jeremy la prit dans ses bras, et ils se consolèrent l'un l'autre comme ils purent. La joue contre son épaule, Judith sentait l'odeur de coton propre de sa chemise, la chaleur de son corps. Elle pensa à ceux qui se trouvaient à l'intérieur de la maison, aux

Carey-Lewis bénis des dieux, au désespoir et au chagrin qui, tels des ennemis, avaient envahi Nancherrow, cette demeure adorable, heureuse et baignée de soleil. A Diana et au colonel. A Athena et à Loveday. Comment allaient-ils surmonter ce deuil déchirant ? C'était inimaginable. Mais, Judith savait qu'elle ne pouvait prendre part à leur peine. Jadis elle s'était imaginé qu'elle faisait partie de leur clan. Un jour, elle éprouverait à nouveau ce sentiment. Mais pour l'instant, elle n'était qu'une étrangère à Nancherrow, une intruse.

Elle s'écarta doucement de Jeremy.

– Ni toi ni moi ne devrions être ici, dit-elle. Nous ne devrions pas rester. Il faut nous en aller. Tout de suite. Les laisser.

Des paroles confuses, prononcées dans l'urgence, mais Jeremy comprit.

– Tu peux t'en aller si tu veux. Je pense que c'est mieux. Rentre chez toi. Avec Phyllis. Mais je dois rester. Juste quelques jours. Le colonel est inquiet pour Diana. Tu sais comme il la protège... Je vais donc rester dans les parages. Il se peut que je sois utile. Ne serait-ce que pour le soutenir moralement.

– Un autre homme dans la maison. Si j'étais le colonel, je souhaiterais que tu restes. J'aimerais être comme toi. Forte. Tu as tant à leur apporter. Moi, je n'ai rien du tout, pour l'instant. J'ai juste envie de fuir. De rentrer chez moi. Dans *ma* maison. N'est-ce pas abominable ?

– Non, fit-il en souriant tristement. Pas abominable du tout. Si tu veux, je te reconduis en voiture.

– J'ai ma bicyclette.

– Sois prudente. Tu es encore sous le choc.

Il ramassa sa serviette roulée et son pull, en retira la poussière et les gravillons et les remit dans le panier. Puis il lui avança sa bicyclette.

– Vas-y.

Elle prit la bicyclette, toujours hésitante.

– Dis à Diana que je reviendrai. Embrasse-la pour moi. Explique-lui.

– Bien sûr.

– Ne repars pas sans venir me dire au revoir.

– Non. Nous irons nous baigner une autre fois.

Pour une raison qu'elle ignorait, cela la fit pleurer.

– Oh ! Jeremy, pourquoi a-t-il fallu que ce soit Edward ?

– Je ne sais pas. Ne me demande pas ça à moi.

Alors elle monta sur sa bicyclette et s'éloigna en pédalant lentement. Il la regarda jusqu'à ce qu'elle ait disparu, après le virage, sous la voûte des arbres.

Pourquoi a-t-il fallu que ce soit Edward ?

Plus tard, Judith ne garda qu'un souvenir confus de son retour au Manoir. Elle appuyait sur les pédales, comme un automate, faisant avancer le vélo, sans penser à rien de précis. Elle avait le cerveau engourdi comme si elle avait reçu un coup violent sur la tête. Plus tard, la souffrance s'éveillerait, et ce serait l'horreur. Pour le moment, elle n'avait qu'une obsession : rentrer chez elle, comme un animal blessé regagne sa tanière, son gîte, son antre, peu importait le nom.

Elle atteignit enfin le portail de Nancherrow et se retrouva en plein soleil, puis elle descendit la côte qui serpentait dans la profonde vallée de Rosemullion. Tout en bas, elle tourna dans le village et prit la route qui longeait la rivière. Une femme qui étendait son linge lui souhaita le bonjour, mais Judith l'entendit à peine et passa son chemin sans tourner la tête.

A la sortie du village, elle gravit la colline jusqu'à ce que la pente vienne à bout de ses forces. Elle descendit de bicyclette et la poussa sur la fin du trajet. Devant le portail du Manoir, elle dut s'arrêter un instant pour reprendre haleine, puis elle fit rouler son vélo sur l'allée empierrée et le laissa tomber devant la porte, la roue avant tournant dans le vide.

La maison l'attendait paresseusement dans la lumière de l'après-midi. Elle posa les mains sur le mur du porche. La vieille pierre était encore chaude du soleil de la matinée. Comme une personne, pensa-t-elle. Un être humain. Vivant, le cœur battant.

Au bout de quelque temps, elle entra, avança sur les dalles du vestibule. On n'entendait que le lent tic-tac de l'horloge. Elle s'arrêta, écouta.

– Biddy ! Biddy ! répéta-t-elle.

Rien. Visiblement, Biddy n'était pas encore rentrée.

– Phyllis !

Mais Phyllis ne répondit pas non plus.

Au fond du vestibule, elle ouvrit la porte vitrée qui donnait sur la véranda. Au-delà s'étendait le jardin. Elle aperçut Phyllis, assise sur l'herbe avec Anna et Morag, entourée de jouets, la balle de caoutchouc que Judith avait achetée pour l'enfant, une dînette de poupée que l'on avait dénichée quand Biddy avait débarrassé le grenier.

Elle traversa la véranda et s'avança vers la pelouse. En l'entendant, Morag se dressa et aboya inutilement avant de la reconnaître.

— Judith ! Nous ne t'attendions pas si tôt. Tu n'es pas allée te baigner ?

— Non.

En arrivant près de Phyllis, Judith s'effondra sur le plaid. L'épaisse laine écossaise était chaude et confortable, comme un gros pull après un bain glacé.

— Mais pourquoi ? Il fait tellement...

— Phyllis, il faut que je te demande quelque chose.

Devant la gravité de son ton, Phyllis fronça les sourcils.

— Ça ne va pas ?

— Si je m'en vais... si je dois m'en aller, est-ce que tu resteras ici pour t'occuper de tante Biddy ?

— De quoi parles-tu ?

— En fait, je ne lui en ai pas parlé, mais je crois qu'elle préférera rester ici, au Manoir, avec toi plutôt que de retourner dans le Devon. Vois-tu, il ne faut pas que tu la quittes. Elle ne doit pas rester seule. La solitude l'angoisse, elle pense à Ned et elle se met à boire pour se remonter le moral. Je veux dire qu'elle boit vraiment pour s'enivrer. C'est déjà arrivé quand je suis partie, et c'est Mrs. Dagg qui me l'a raconté. C'est l'une des raisons pour lesquelles je l'ai amenée ici. Si je te le dis maintenant, c'est que Biddy n'est pas là. Cela reste entre nous, mais tu ne la quitteras jamais, Phyllis, n'est-ce pas ?

Naturellement, Phyllis était perplexe.

— Mais, Judith, qu'est-ce que c'est que cette histoire ?

— Tu savais que je partirais. Un jour ou l'autre. Pour m'engager. Je ne peux pas rester ici indéfiniment.

— Oui, mais...

— Je pars demain pour Plymouth. Pour Devonport. Je prendrai le train. Là-bas je m'engagerai dans le corps des auxiliaires féminines de la Marine. Bien entendu, je reviendrai. Je ne devrais pas recevoir de mission avant au moins deux semaines. Alors, je m'en irai pour de bon. Mais tu ne laisseras jamais tomber Biddy, n'est-ce pas, Phyllis ? Promets-le-moi. Si Anna et toi vous devez vous en aller, arrange-toi pour que quelqu'un vienne vivre ici pour lui tenir compagnie...

616

Elle est dans tous ses états, se dit Phyllis, mais pourquoi? Tendue, pressante, parlant confusément. Ça n'avait pas de sens. Phyllis était à la fois stupéfaite et inquiète. Elle posa la main sur l'épaule de Judith, comme on fait pour calmer et rassurer un poulain nerveux.

– Bon...

Délibérément, elle parla lentement et calmement.

– Ne te mets pas dans un état pareil. Bien sûr, que je ne m'en irai pas. Pourquoi la quitterais-je? Nous connaissons tous Mrs. Somerville. On sait qu'elle aime bien boire un petit coup le soir.

– Mais il ne s'agit pas d'un petit coup! hurla presque Judith. Tu ne *comprends pas*...

– Si. Et je t'ai donné ma parole. Maintenant, détends-toi.

Ce fut efficace. La soudaine flambée de colère s'éteignit. Judith se mordit la lèvre et se tut.

– Voilà qui est mieux, dit Phyllis d'un ton encourageant. Maintenant, parlons calmement. De toi. Je sais que ça fait des mois que tu envisages de t'engager. Mais pourquoi tout de suite? Si soudainement? Partir dès demain pour Devonport. Quand as-tu pris cette décision? Qu'est-ce qui t'y a poussée?

– Je ne sais pas. C'est venu comme ça.

– Il s'est passé quelque chose?

– Oui.

– Tout à l'heure?

– Oui.

– Raconte à Phyllis.

C'était exactement comme autrefois, du temps de Riverview, quand Judith traînait dans la cuisine, inquiète de ses résultats d'examen ou malheureuse qu'on ne l'ait pas invitée à un anniversaire. *Raconte à Phyllis*. Elle respira profondément et lui dit tout.

– Edward Carey-Lewis a été tué. Son avion de chasse a été abattu au-dessus de Douvres.

– Oh! Mon Dieu!

– Jeremy vient de me l'apprendre. C'est pour cela que je ne suis pas allée me baigner. Je suis rentrée à la maison. J'avais envie d'être chez moi. J'avais terriblement besoin d'être avec toi.

Son visage se chiffonna brusquement comme celui d'un enfant, et Phyllis l'attira rudement dans ses bras, lui embrassa la tête et la berça comme un bébé.

– Je ne crois pas que je sois capable de le supporter, Phyllis. Je ne veux pas qu'il soit mort. Il était toujours *quelque part*, et je ne supporte pas l'idée qu'il ne soit plus nulle part. Et maintenant il n'est plus rien...

– Chut...

Tout en berçant Judith, Phyllis comprit. C'était clair comme de l'eau de roche. C'était Edward Carey-Lewis qu'elle aimait. Pas Jeremy Wells. Phyllis s'était trompée. C'était au jeune Carey-Lewis que Judith avait donné son cœur, et il était mort.

– Chut... Voilà...

– Oh! Phyllis...

– Pleure.

La vie était si cruelle, songea Phyllis, et la guerre pire encore. Mais à quoi cela servait d'être courageux et de refouler ses sentiments? Mieux valait se laisser aller, laisser la nature faire son œuvre salutaire, tout balayer devant elle dans un raz de marée de larmes.

Trois jours passèrent avant que Judith retourne à Nancherrow. Le premier jour du mois d'août, il tombait un doux crachin cornouaillais, abreuvant les jardins et les champs, rafraîchissant l'air. La rivière en crue bouillonnait sous le pont, noyant les boutons-d'or qui poussaient sur ses rives. Il y avait des flaques sur les routes et de grosses gouttes tombaient des branches.

Sous la pluie, avec un ciré noir mais tête nue, Judith pédalait. En quittant le village, elle poussa sa bicyclette dans la côte, puis remonta sur la selle devant le portail de Nancherrow et emprunta l'allée sinueuse qui traversait le sous-bois tout scintillant d'humidité.

Quand elle atteignit la maison, elle appuya sa bicyclette près de la porte d'entrée et franchit le seuil. Là elle s'arrêta, distraite par la présence de l'antique landau à courroies de Nancherrow, classique comme une Rolls-Royce. On l'avait rangé dans l'entrée jusqu'à ce que la pluie cesse et que l'on puisse sortir Clementina pour lui faire prendre l'air. Judith ôta son ciré et le posa sur une chaise de bois sculpté, d'où il s'égoutta sur les dalles. Elle alla jeter un coup d'œil dans le landau, car c'était un plaisir que de contempler Clementina. Profondément endormie, avec ses joues rebondies, son teint de pêche et ses cheveux bruns soyeux sur son oreiller de batiste à volants. Elle était enveloppée d'un châle en fin shetland, mais elle avait réussi à dégager un bras, et sa main en étoile de mer, au poignet potelé orné d'un bracelet, reposait comme une offrande sur la petite couverture rose. Son sommeil paisible était comme hors du temps, hors d'atteinte de toutes les choses terribles qui s'étaient produites ou qui allaient se produire. C'était sans doute cela, l'innocence. Elle effleura la main de Clementina, contempla ses ongles minuscules et parfaits et sentit son doux parfum de bébé. Regarder cette enfant était ce qu'elle avait fait de plus réconfortant depuis plusieurs jours.

Puis elle laissa le bébé dormir et entra dans le hall. La maison était calme. Il y avait des fleurs sur la table ronde au pied de l'escalier et la pile habituelle de lettres timbrées attendant que l'on veuille bien les poster. Elle s'arrêta un instant et, comme personne ne venait, elle s'engagea dans le couloir qui menait au petit salon. La porte en était ouverte et elle aperçut Diana à son bureau.

Celui-ci était jonché des divers accessoires de la correspondance, mais Diana avait posé son stylo et se contentait de regarder la pluie tomber par la fenêtre.

Judith l'appela. Diana se retourna et, pendant un bref instant, son beau regard resta vague, puis elle la reconnut.

– Judith, dit-elle en lui tendant un bras. Ma chérie, tu es venue.

Judith traversa la pièce et se pencha pour embrasser Diana.

– Je suis si heureuse de te voir.

Elle était maigre, pâle, incroyablement lasse, mais élégante comme toujours, vêtue d'une jupe de lin plissée et d'un chemisier de soie bleu ciel, un gilet de cachemire assorti jeté sur ses épaules. Et ses perles, ses boucles d'oreilles, son rouge à lèvres, son fard à paupières, son parfum. Et Judith en fut d'autant plus reconnaissante que, si elle l'avait trouvée échevelée ou négligée, c'eût été aussi effrayant et désespérant que la fin du monde. Mais l'apparence de Diana était son armure, le mal qu'elle se donnait pour être ainsi, le temps qu'elle y passait étaient sa manière à elle d'être courageuse. Elle avait toujours été agréable à regarder. Pour sa famille, pour les Nettlebed et Mary, elle le demeurait. Elle sauvait les apparences.

– J'ai cru que tu ne viendrais jamais.

– Oh ! Diana, je suis si triste.

– Ma chérie, ne dis pas ce genre de choses, sinon je m'effondre. Parle-moi normalement. Quelle journée abominable ! Es-tu venue à bicyclette ? Tu dois être trempée. Assieds-toi un moment pour bavarder.

– Je ne vous dérange pas ?

– Si, mais j'ai envie qu'on me dérange. La correspondance n'a jamais été mon fort, mais tant de gens nous ont écrit... il faut quand même bien leur répondre. C'est drôle, j'ai souvent écrit à ceux qui venaient de perdre l'un des leurs, parce que *ça se faisait*. Les bonnes manières. Je ne m'étais jamais rendu compte de ce que cela représentait. Je les lis et les relis, et même les condoléances les plus banales m'emplissent de fierté, me réconfortent. Le plus extraordinaire, vois-tu, c'est qu'elles disent toutes des choses différentes, comme si des dizaines de gens me parlaient de dizaines d'Edward. Certains évoquent sa gentillesse, d'autres se souviennent d'une anecdote amusante ou d'un geste particulièrement attentionné de sa part, d'autres encore de sa drôlerie ou de son charme. Edgar a reçu une lettre très touchante de son commandant. Pauvre homme, qui doit écrire à tous ces parents en deuil, et qui cherche quelque chose à leur dire.

– Qu'a-t-il dit d'Edward ?

– Juste qu'il s'était très bien comporté en France et dans le Kent. Qu'il n'a jamais perdu son sens de l'humour, et que toute son équipe l'aimait et le respectait. Il dit aussi qu'à la fin il était très fatigué, après toutes ces sorties, mais que jamais il n'a montré sa lassitude ni perdu courage.

– Cela a dû plaire au colonel.

– Oui. Il garde cette lettre dans son portefeuille. Je crois qu'elle y restera jusqu'à sa propre mort.

– Comment va-t-il ?

– Anéanti, perdu. Mais, comme nous tous, il s'efforce de ne pas trop le montrer. Cela aussi, c'est étrange. Tous, Athena, Edgar et même la petite Loveday semblent avoir trouvé en eux-mêmes des ressources dont nous ne soupçonnions même pas l'existence. Athena a son bébé, bien sûr. Un trésor, et si gentille. Et Loveday va travailler à Lidgey un peu plus tôt chaque matin. Aussi curieux que cela puisse paraître, je crois que Mrs. Mudge lui apporte une grande consolation. Et puis, faire preuve de courage devant les autres, cela vous aide à en avoir. Je ne cesse de penser à Biddy, à la mort de Ned. Comme cela a dû être affreux pour elle de n'avoir pas d'autres enfants pour l'aider à tenir le coup. Comme elle a dû être seule ! Tu lui as sûrement sauvé la vie.

— Biddy m'a chargée de vous transmettre un message. Elle viendra vous voir quand vous le désirerez, mais elle ne veut pas vous déranger.

— Quand elle voudra, tu peux le lui dire. Ça me fait du bien de parler. Crois-tu que Ned et Edward sont dans un endroit très gai et qu'ils sont devenus amis ?

— Je ne sais pas, Diana.

— C'est stupide, mais ça vient de me traverser l'esprit, dit-elle, puis elle se détourna et contempla la pluie, une fois de plus. Quand tu es arrivée, j'essayais de me rappeler ce qu'on lit le jour de l'anniversaire de l'Armistice. Mais je ne me souviens jamais des poèmes.

Elle se tut, puis elle se tourna vers Judith en souriant.

— Quelque chose comme « rester toujours jeune, ne jamais vieillir ».

Judith comprit aussitôt de quoi elle voulait parler, mais les mots et les associations d'idées étaient si émouvants qu'elle hésitait à les prononcer à voix haute.

— Binyon, dit-elle pour gagner du temps.

Diana fronça les sourcils.

— Laurence Binyon. Il était poète lauréat [1] à la fin de la Grande Guerre. C'est lui qui l'a écrit.

— Qu'a-t-il écrit ?

> *— Ils ne vieilliront pas, comme nous qui vieillirons.*
> *L'âge ne les usera pas, ni les années ne les condam-*
> *neront.*

Elle se tut. Elle avait la gorge serrée et savait qu'elle ne pourrait en dire plus.

Si Diana le remarqua, elle ne le montra pas.

— Cela dit tout, n'est-ce pas ? Ce Mr. Binyon a eu le génie de ramasser l'unique petit grain de consolation sur une montagne de désespoir et d'en faire un poème.

Leurs regards se croisèrent.

— Tu étais amoureuse d'Edward, n'est-ce pas ? demanda Diana très doucement. Ne te fâche pas. Je l'ai

1. Poste conféré par la Couronne d'Angleterre. (N.d.T.)

toujours su, je l'ai vu venir. Il était si jeune, voilà le problème. Jeune par son âge, et jeune de cœur. Irresponsable. J'ai eu un peu peur pour toi, mais je n'y pouvais rien. Tu ne dois pas porter son deuil, Judith.

– Vous voulez dire que je n'en ai pas le droit ?

– Pas du tout. Je veux dire que tu n'as que dix-neuf ans et que tu ne dois pas gâcher ta jeunesse à pleurer sur ce qui aurait pu être. Mon Dieu ! ajouta-t-elle en riant. Je parle comme dans cette horrible pièce de théâtre, *Cher Brutus*, que Tommy Mortimer m'a emmenée voir à Londres. Le public tout entier reniflait, sauf Tommy et moi, qui nous ennuyions à mourir.

– Je ne gâcherai pas ma jeunesse, la rassura Judith. Je ne crois pas, du moins. Mais je m'en vais. Je vous quitte. Je suis allée mardi à Devonport et je me suis engagée dans les auxiliaires féminines de la Marine. Tôt ou tard, je recevrai ma convocation et je partirai.

– Oh ! ma chérie.

– Je savais qu'il me faudrait partir un jour ou l'autre. J'ai repoussé l'échéance. A présent, c'est le moment ou jamais. Et puis, j'ai fait tout ce que j'ai pu. Biddy, Phyllis et Anna sont installées au Manoir et elles y resteront un certain temps, j'imagine. Peut-être pourriez-vous de temps en temps vous assurer que tout va bien...

– Évidemment... De toute façon, je continuerai à voir Biddy à la Croix-Rouge. Que vas-tu faire dans les auxiliaires de la Marine ? Quelque chose de terriblement chic, responsable des équipages par exemple ? L'autre jour, j'ai vu une photo dans le journal. De jolies filles en pantalon qui ont l'air tout droit sorties d'une revue de mode.

– Non, pas les équipages.

– Dommage.

– Sténodactylo probablement. Dans la Marine, ils appellent ça rédactrice.

– Ça n'a pas l'air très excitant.

– C'est un métier.

Diana resta un instant pensive, puis elle poussa un profond soupir.

– Je ne supporte pas l'idée que tu t'en ailles, mais je suppose que c'est ton devoir. J'ai eu du mal à dire au revoir à Jeremy quand il a dû nous quitter. Tu n'imagines pas quel roc il a été durant les deux jours qu'il a passés avec nous. Et puis il est reparti. Sur un autre bateau, sans doute.

– Il est venu au Manoir me dire au revoir. C'est lui qui m'a dit de venir vous voir.

– C'est vraiment l'un des hommes les plus adorables que je connaisse. A propos, dit-elle, et elle se tourna vers son bureau pour fouiller dans l'un de ses minuscules tiroirs. J'ai une clé quelque part. Si tu dois nous quitter, il faut que tu en aies une.

– *Une clé ?*

– Oui, la clé de la maison de Cadogan Mews. Quand la guerre a éclaté, j'en ai fait faire une demi-douzaine. Rupert en a une, et Athena bien entendu. Et Gus. Et Jeremy. Et Edward. Edward en avait une... Ah ! la voilà. Il faudra mettre une étiquette pour ne pas la perdre.

Elle la lança à Judith, qui l'attrapa. Une petite clé de laiton.

– Mais pourquoi me donnez-vous ça ?

– Ma chérie, on ne sait jamais. En temps de guerre, on va, on vient, on passe par Londres, et les hôtels sont bourrés à craquer. De toute façon, ils sont affreusement chers. Ce sera peut-être ton petit refuge, un endroit où poser ta tête pour la nuit. A condition qu'elle ne soit pas bombardée, bien sûr. Je n'ai aucune raison de me rendre à Londres et, si j'y vais et que l'un de vous s'y trouve, je n'y vois aucun inconvénient. Il y a assez de place.

– C'est une merveilleuse idée. C'est vraiment gentil et généreux de votre part.

– Je ne suis rien de tout cela. Partager ma petite maison avec vous tous, c'est le moins que je puisse faire. Est-ce que tu restes pour le déjeuner ? Reste. Il y a de la tourte au lapin, et il y en a beaucoup.

– J'aimerais bien, mais il faut que je rentre.

– Loveday est à Lidgey, mais Athena est là...

– Non, un autre jour. Je voulais juste vous voir.

Diana comprit.

– Entendu, fit-elle avec un sourire. Je le leur dirai. Un autre jour.

Tous les matins, Edgar Carey-Lewis relevait le courrier qu'avait déposé le facteur sur la table du vestibule, l'emportait dans son bureau et en prenait connaissance avant de le transmettre à Diana. Dix jours après la mort d'Edward, il en arrivait encore, de tous les horizons. Il lisait chaque lettre avec attention, écartant celles qui, pleines de bonnes intentions mais maladroites, risquaient de bouleverser sa femme. A celles-là il répondait lui-même avant de les détruire. Les autres, il les plaçait sur son bureau pour qu'elle les parcoure et y réponde à son rythme.

Ce matin-là, à la pile habituelle s'ajoutait une grande enveloppe matelassée, dont l'adresse était rédigée à l'encre noire, en lettres penchées. La belle écriture lui attira l'œil. Il la regarda plus attentivement et vit qu'elle venait d'Aberdeen.

Il emporta la pile de courrier dans son bureau, ferma la porte, et ouvrit la lourde enveloppe avec un coupe-papier en argent. Il en tira une lettre, ainsi qu'une chemise cartonnée fermée par deux trombones. Puis regarda la signature. Gus. Il fut très touché qu'un de ses camarades de Cambridge, un de plus, ait pris la peine de leur écrire.

> Quartier général du régiment des Gordon Highlanders, Aberdeen, 5 août 1940

Cher colonel Carey-Lewis,

Je n'ai appris qu'hier la triste nouvelle, et c'est pourquoi je ne vous ai pas écrit plus tôt. Je vous demande de me pardonner.

J'ai passé dix ans de ma vie en pension, d'abord en Écosse, puis à Rugby, et jamais, pendant tout ce temps, je n'ai eu d'ami proche, avec qui je me sente à l'aise et dont je trouve la compagnie à la fois stimulante et distrayante. Quand je suis arrivé à Cambridge, je pensais qu'il y avait en moi quelque chose, peut-être cette redoutable réserve écossaise, qui m'empêchait d'établir de telles relations. J'ai alors rencontré Edward, et ma vie a changé du tout au tout. Il avait un charme trompeur... dont, je dois l'avouer, je me suis d'abord méfié... mais dès que j'ai appris à le connaître, toutes mes réserves se sont dissipées, car derrière ce charme il avait la force de caractère d'un homme qui sait exactement qui il est, ce qu'il veut et où il va.

De ces quelques mois où nous avons été amis, je garde de merveilleux souvenirs. Sa sociabilité, sa gentillesse et son génie de l'amitié ; son rire et sa bonne humeur ; la générosité de son esprit. Le temps que j'ai passé avec vous tous à Nancherrow juste avant que la guerre éclate, la gentillesse avec laquelle vous m'avez reçu font aussi partie de ces souvenirs heureux que rien n'effacera. Je remercie le ciel d'avoir eu la chance de rencontrer Edward et d'avoir été de ses amis.

En feuilletant mon carnet de croquis de Cambridge, je suis tombé sur ce dessin. L'été, lors d'un match de cricket à l'université, on lui avait demandé de jouer pour compléter une équipe. Ce qu'il avait accepté sans grand enthousiasme, ajouterai-je. Je l'ai dessiné alors qu'il se tenait devant le pavillon, prêt à entrer sur le terrain. Je ne serai pas du tout heurté si vous le jetez au panier, si tel est votre désir, mais j'ai pensé que vous aimeriez peut-être l'avoir.

La division des Highlands se reforme, et l'on m'envoie dans le Second Régiment, qui est déjà outre-mer. Si vous me le permettez, j'aimerais continuer à vous écrire.

Toutes mes amitiés à vous, colonel, à Mrs. Carey-Lewis, à Athena et à Loveday.

Très sincèrement,

Gus.

Edgar posa la lettre et prit le carton de fortune. Non sans difficulté (ses doigts tremblaient un peu), il retira les trombones et l'ouvrit. A l'intérieur il y avait une feuille de papier fort au bord supérieur irrégulier pour avoir été arrachée au carnet de Gus.

Son fils. Rapidement croqué au crayon, puis peint à l'aquarelle, la marque de Gus. Saisi dans l'instant, à jamais. Edward en tenue de cricket, chemise blanche, pantalon de flanelle et foulard de soie rayée aux couleurs vives à la taille. Les manches relevées sur ses bras musclés, une balle en cuir à la main. Le visage de trois quarts, bronzé et souriant, avec cette mèche couleur maïs qui lui retombait obstinément sur le front. Dans une seconde, il lèverait la main et l'écarterait.

Edward.

Soudain, le dessin devint flou. Pris au dépourvu, désarmé, il pleurait. Il sortit un grand mouchoir de coton de sa poche, sécha ses larmes et se moucha avec vigueur. Cela n'avait pas d'importance. Ce n'était pas grave. Personne n'avait été témoin de ce moment de douleur.

Il resta longtemps devant le portrait. Puis il le replaça soigneusement dans son carton, remit les trombones et le rangea dans un tiroir. Un jour, il le montrerait à Diana. Plus tard, il le ferait encadrer et le mettrait sur son bureau. Plus tard. Quand il aurait la force de le regarder. Et de vivre avec.

1942

Quartier des auxiliaires féminines de la Marine
North End, Portsmouth
Vendredi 23 janvier

Chère maman, cher papa,
Je n'ai reçu aucune lettre de vous depuis celle que vous m'avez écrite juste après le nouvel an, et je crains que vous ne puissiez plus m'écrire, à moins que ce ne soit la poste qui marche mal, ou qu'il n'y ait plus assez de bateaux ou d'avions pour le courrier. De toute façon, j'envoie cette lettre à Orchard Road dans l'espoir que vous y serez encore ou que quelqu'un la fera suivre. Je lis les journaux, j'écoute les nouvelles tous les jours. Et je m'inquiète d'autant plus pour vous qu'il semble que les Japonais avancent de jour en jour, les Philippines, Manille, Rangoon et Hong Kong. Le *Prince of Wales* et le *Repulse* ont été coulés, et Kuala Lumpur est tombé. Trop près de vous. Que se passe-t-il ? Pourquoi n'est-on pas capable de les arrêter ? J'ai essayé d'appeler oncle Bob à Scapa Flow pour voir s'il pouvait avoir de vos nouvelles mais, bien entendu, je n'ai pas obtenu la communication. Même si je l'avais eue, je doute qu'on me l'ait passé.
J'ai donc téléphoné à Loveday pour savoir si elle avait des nouvelles de Gus. (Gus Callender appartient au Second Régiment des Gordon Highlanders, basé à Singapour. Vous m'avez écrit, dans votre dernière

lettre, que vous l'aviez rencontré à une réception donnée à la caserne de Selarig, qu'il était venu vers vous et s'était présenté. Vous vous souvenez?) Eh bien, Gus et Loveday s'écrivent beaucoup. C'est pourquoi je pensais qu'elle aurait peut-être de ses nouvelles, mais elle n'avait reçu aucune lettre récemment. D'après elle, il est certainement en mission ou en manœuvres.

Pas de chance, donc, de ce côté-là non plus.

Ce matin, je suis allée dans le bureau du lieutenant-colonel Crombie pour lui faire signer quelques lettres. C'est mon patron, l'officier chargé de l'entraînement des troupes. Il était en train de lire le journal, ce qu'il n'aurait pas dû faire. « Votre famille est à Singapour, n'est-ce pas? » m'a-t-il dit. Assez inattendu chez un homme qui n'est pas chaleureux. Je ne sais pas comment il était au courant. L'officier supérieur des auxiliaires a dû le lui dire. Bref, je lui ai parlé de vous, de mon inquiétude, et il m'a répondu qu'en ce moment la situation est dans l'ensemble assez catastrophique (nous ne faisons de merveilles nulle part, pas même en Afrique du Nord), mais il m'a assuré que Singapour était invincible, parce que c'est une forteresse, mais aussi parce qu'elle dispose de défenses impressionnantes. J'espère qu'il ne se trompe pas, mais j'aime mieux ne pas imaginer ce que donnerait un siège. Je t'en prie, maman, si tu as l'occasion d'être évacuée dans un lieu plus sûr, vas-y. Tu pourras toujours revenir quand il n'y aura plus de danger.

Maintenant que je vous ai dit ce que j'avais sur le cœur, je vais vous parler de moi. Il fait un froid terrible, et nos locaux sont un véritable frigo. Ce matin, il y avait de la glace dans ma carafe d'eau. Quand je me suis réveillée, Portsdown Hill n'était plus vert, mais blanc... la couche de neige, qui n'était pas très épaisse, a fondu. Je suis toujours contente d'aller travailler, parce que les baraquements qui nous tiennent lieu de bureaux sont chauffés. On m'a octroyé un week-end court et je vais passer la soirée à Londres demain. (Ne vous inquiétez pas, le gros des raids aériens est passé, semble-t-il.) Je séjournerai à Cadogan Mews, qui n'a toujours pas été bombardé. Heather Warren viendra elle aussi de l'endroit top-secret où elle se trouve. Je ne l'ai pas revue depuis le début des hostilités. Quand j'ai emménagé au Manoir, elle avait déjà commencé à travailler et avait donc quitté Porthkerris. Nous avons tenté de nous retrouver deux ou trois fois, mais elle a des congés très bizarres, jamais le week-end, seul moment où je sois disponible. Enfin nous avons fixé une date, et j'ai vraiment hâte de la revoir. Vous ai-je dit que Charlie Lanyon est prisonnier de guerre en Allemagne ? Ce n'est pas très drôle pour lui, mais ça aurait pu être pire.

J'ai rendez-vous avec elle devant le *Swan & Edgar's*, puis nous irons déjeuner, et peut-être au concert.

De temps en temps, je reçois une lettre de Nancherrow. Athena m'a écrit parce qu'elle voulait m'envoyer une photo de Clementina qui a dix-huit mois et qui commence à marcher. Elle est plutôt mignonne. Rupert, son mari, est maintenant en Afrique du Nord avec la division blindée. Les chevaux ont finalement été remplacés par des chars.

Donnez-moi des nouvelles dès que vous le pourrez pour me rassurer sur votre sort.

Je vous embrasse tous.

Judith.

Les logements des auxiliaires féminines de la Marine, où vivait Judith depuis dix-huit mois, étaient installés dans un immeuble réquisitionné, construit au moindre coût dans les années trente au nord-est de Portsmouth, dans une morne rue de banlieue. Il eût été difficile de trouver plus laid, plus inconfortable et plus incommode. Ce bâtiment de brique rouge de style moderne possédait un toit plat et d'affreuses fenêtres en acier. Ni jardins ni balcons ne venaient adoucir sa façade sans âme et il y avait derrière une cour cimentée où les malheureux locataires étendaient jadis leur linge, mais que la Marine avait convertie en parking pour les bicyclettes des auxiliaires.

Sur ses trois étages il contenait douze appartements, tous identiques, auxquels on accédait par des escaliers de pierre. Il n'y avait pas d'ascenseurs. Ces appartements étaient tout petits : un salon, deux chambres, une cuisine et une salle de bains. Il n'y avait ni chauffage central ni cheminées. Seul le salon et l'étroit couloir étaient pourvus de radiateurs électriques encastrés dans le mur, et ces derniers avaient été débranchés pour économiser l'énergie. En hiver, il faisait tellement froid que c'en était douloureux.

Dix filles occupaient chaque appartement, dormant sur des couchettes superposées fournies par la Marine. Quatre dans le salon, quatre dans la chambre principale et deux dans l'autre, qui était manifestement conçue pour un tout petit enfant ou un parent âgé prenant peu de place. Judith et une certaine Sue Ford partageaient une pièce exiguë qui devait avoir la taille du garde-manger du Manoir et qui était trois fois plus glaciale. Sue, longue et langoureuse créature originaire de Bath, était auxiliaire au bureau des transmissions. Elle était donc astreinte à faire des gardes, ce qui était tout aussi bien, car il n'y avait pas assez de place pour que deux personnes s'habillent ou se déshabillent en même temps.

Le mess des auxiliaires était situé dans un sous-sol obscur garni de sacs de sable qui servait à la fois de réfectoire et d'abri antiaérien. Le petit déjeuner était à sept heures et demie, le repas du soir à sept heures, et la nourriture innommable.

L'un dans l'autre, ce fut donc un soulagement de sortir, de s'échapper, d'aller à Londres, même si ce n'était que pour une nuit. Emmitouflée dans sa capote, son sac à la main, Judith donna son nom au poste de contrôle et sortit dans l'air vif avec l'intention de prendre un bus qui la conduirait à la gare. (Bien sûr, elle aurait pu s'y rendre à bicyclette, mais il aurait fallu la laisser à la gare et risquer de ne pas la retrouver au retour. Or cette bicyclette était un élément si essentiel de son existence qu'elle n'osa pas prendre le risque de se la faire chiper.)

Cependant elle n'attendit pas le bus. Alors qu'elle arrivait à l'arrêt survint un camion de la Royal Navy. Le jeune marin qui était au volant l'aperçut, se rangea et se pencha pour ouvrir la portière.

— Je vous dépose quelque part ?

— Volontiers, répondit-elle, puis elle grimpa et claqua la porte derrière elle.

— Où ?

— A la gare. Merci, ajouta-t-elle.

— Vous êtes en permission ?

Il s'engagea à nouveau sur la route en faisant grincer le changement de vitesse.

— Un week-end.

— Où allez-vous ?

— A Londres.

— Veinarde, vous allez en ville. Je suis de Hackney.

Enfin, j'étais. Ma mère a été obligée de s'en aller après un bombardement, pendant le Blitz. Elle habite chez un cousin à présent, à Balham. Froid de loup, hein ? Vous voulez une cibiche ?

– Je ne fume pas, merci.

– Quand part votre train ?

– A dix heures et quart, en principe.

– S'il part à l'heure.

Il ne partit pas à l'heure. Il était en retard, mais ce n'était guère surprenant. Arrivé en retard, repartant en retard. Elle attendit un peu en tapant du pied pour faire circuler le sang puis, quand les passagers furent enfin autorisés à monter à bord, elle pénétra avec un air de défi dans un compartiment de première classe. Elle n'avait qu'un billet de troisième, mais un contingent de jeunes marins en grande tenue se rendaient également à Londres, et elle ne se sentait pas la force de jouer des coudes dans le couloir bondé pour chercher une place assise ou de faire le trajet sur un paquetage abandonné dans un coin près des toilettes puantes. Si le contrôleur passait entre Portsmouth et Waterloo – ce qui était assez rare –, elle paierait simplement les quelques shillings de supplément et resterait à sa place.

Le train était délicieusement surchauffé et sentait le renfermé. Elle ôta son manteau et son chapeau, les lança, avec son sac, sur le porte-bagages, puis elle s'installa près d'une fenêtre crasseuse. Son seul compagnon était un commandant du RNVR [1] qui, déjà plongé dans son journal, n'avait nullement l'intention d'engager la conversation. Judith avait, quant à elle, acheté le *Daily Telegraph*, mais elle le posa sur ses genoux et observa la gare par la vitre sale. Elle ne remarquait plus les dégâts causés par les bombardements, tant elle y était accoutumée. Cela faisait partie de sa vie. Mentalement, elle se fit un programme. Arriver à la gare de Waterloo. Prendre le métro jusqu'à Sloane Square. Aller à pied jusqu'à Cadogan Mews. Défaire son bagage et, si elle avait le temps, se mettre en civil. Puis reprendre le métro jusqu'à Piccadilly Circus...

Elle prit alors conscience d'une irritation désagréable,

1. *Royal Naval Volunteer Reserve*, Réserve des volontaires de la Marine. (*N.d.T.*)

au fond de sa gorge, symptôme ordinaire de l'un de ses redoutables coups de froid. Enfant, elle n'en avait jamais souffert, mais, depuis qu'elle s'était engagée dans les auxiliaires féminines et qu'elle vivait dans un logement glacial et surpeuplé, elle en avait déjà attrapé au moins trois.

Je t'ignore, dit-elle à l'irritation en chassant de son esprit le souvenir de Sue Ford revenant la veille de sa garde avec le nez coulant. *Je ne ferai pas attention à toi et tu t'en iras. J'ai deux jours de permission et tu ne vas pas tout gâcher.* Elle avait de l'aspirine dans sa trousse de toilette. Elle en prendrait un cachet en arrivant à Cadogan Mews. Ça irait pour aujourd'hui, demain serait un autre jour.

Elle vit le chef de train avancer sur le quai, claquant les lourdes portes, ce qui signifiait qu'on allait enfin démarrer. A cet instant, une troisième personne, un lieutenant de marine en grand uniforme, entra dans leur compartiment.

– Excusez-moi, ce siège est-il occupé ?

Il ne l'était visiblement pas. Le commandant du RNVR ignora sa présence, Judith dit :

– Non.

– Parfait.

Il referma la porte, se débarrassa de sa casquette et de sa capote, les rangea au-dessus de leur tête, fléchit les genoux pour se regarder dans la glace, se lissa les cheveux de la main et se laissa tomber sur le siège en face de Judith.

– Ouf ! Ric-rac.

Elle eut un coup au cœur. Elle le connaissait. Cela ne la réjouissait nullement, mais elle le connaissait. Anthony Borden-Smythe. Elle l'avait rencontré au club des jeunes officiers de Southsea, où elle était allée avec Sue Ford et quelques sous-lieutenants. Anthony Borden-Smythe, qui était seul, avait tout fait pour se joindre à eux, traînant en marge de leur groupe de la manière la plus agaçante, s'immisçant dans la conversation et payant des tournées avec une encombrante générosité. Mais il avait le cuir aussi épais que celui d'un rhinocéros, supportant le badinage et les insultes. Finalement, Judith, Sue et leurs cavaliers avaient dû prendre leurs cliques et leurs claques et s'en aller.

Anthony Borden-Smythe. Sue l'appelait Anthony

Barbant-Smith, prétendait qu'il descendait de la célèbre famille Barbant, que son père avait barbé toute l'Angleterre et que son grand-père était le fameux champion olympique des barbeurs.

Malheureusement, il la reconnut aussi.

– Hé ! bonjour. Bon sang, quel coup de chance !

– Bonjour.

– Judith Dunbar, n'est-ce pas ? C'est bien ce que je pensais. Vous vous souvenez, nous nous sommes vus au club. Sensationnelle soirée. Dommage que vous ayez dû partir.

– Oui.

Le train avait enfin démarré. Mais cela n'arrangeait rien, puisqu'elle était coincée.

– Vous allez en ville ?

– A Londres, oui.

– Parfait. Moi aussi. Je vais déjeuner avec ma copine. Elle vient de notre campagne pour quelques jours.

Judith lui jeta un regard haineux tout en imaginant sa copine. Elle devait ressembler à un cheval. Anthony avait lui-même quelque chose de chevalin : affreusement maigre avec des oreilles immenses, de grandes dents et de longues, longues jambes grêles. Une petite moustache frisottait sur sa lèvre supérieure. Son bel uniforme était vraiment son seul charme.

– Où êtes-vous affectée ?

– HMS *Excellent*, répondit-elle.

– Oh ! A Whaley ! Comment vous entendez-vous avec tous ces artilleurs en guêtres ? On n'y rigole pas beaucoup, je parie.

Judith songea avec tendresse au taciturne lieutenant-colonel Crombie.

– Ça va très bien pour moi, merci.

– J'y ai suivi mon cours d'artillerie, bien entendu. Je n'ai jamais couru aussi vite. Où logez-vous à Londres ?

– J'ai une maison, mentit Judith.

– Fichtre ! Vraiment ? fit-il en haussant les sourcils, mais elle ne lui donna aucune explication, le laissant imaginer un hôtel particulier de six étages à Eaton Square. En général, je descends à mon club mais, comme ma petite amie est en ville, je logerai sans doute avec elle.

– Comme c'est charmant.

– Vous êtes prise, ce soir ? Vous ne voudriez pas venir au *Quags* avec moi ? Je vous inviterais à un petit dîner.

Nous pourrions danser. Aller au *Coconut*. Je suis connu là-bas. On me donne toujours une table.

« Je n'ai jamais rencontré un homme aussi insupportable », songea-t-elle.

– Je regrette, mais je crains bien que ce ne soit impossible.

– Déjà prise ?

– J'ai un rendez-vous.

– Quel genre ? fit-il avec un sourire suggestif.

– Pardon ?

– Avec un homme ou avec une femme ?

– Une amie.

– Formidable. J'amènerai un autre garçon. Nous serons quatre. Est-elle aussi jolie que vous ?

Judith hésita, se demandant ce qu'elle devait répondre à cette question.

Elle est absolument hideuse.

Elle est très jolie, mais malheureusement elle a une jambe de bois.

Elle est professeur d'éducation physique et elle a épousé un boxeur.

Mieux valait dire la vérité.

– Elle a un poste très important dans l'administration.

Ce fut efficace. Anthony Borden-Smythe eut réellement l'air stupéfait.

– Mon Dieu ! dit-il. Une intello. Je ne suis pas à la hauteur, je le crains.

L'ayant enfin piqué au vif, Judith lui donna le coup de grâce.

– De toute façon, nous n'aurions pas pu aller chez *Quaglino's* ce soir. Nous assistons à une conférence au British Museum. Sur l'art de la dynastie Ming en Chine. Captivant.

À l'autre bout, derrière son journal, le commandant du RNVR émit un léger grognement qui pouvait tout aussi bien refléter sa désapprobation que son amusement.

– Oh, là, là ! Une autre fois.

Mais elle en avait assez. Elle déplia le *Daily Telegraph* derrière lequel elle se réfugia. Elle avait enfin cloué le bec à Barbant-Smith, bref instant de triomphe aussitôt gâché par les dernières nouvelles en provenance d'Extrême-Orient.

« L'avancée des troupes japonaises menace Singapour. » Devant un tel titre, il lui fallut du courage pour regarder les cartes et poursuivre sa lecture.

« Faute de temps, les défenseurs de la Malaisie sont aux abois. Kuala Lumpur étant tombée et sa population en fuite, la 5ᵉ division japonaise marche sur l'État de Johore, où les combats à venir décideront du sort de Singapour... Une brigade indienne vaincue sur le Muar... L'armée du général Percival a dû reculer vers Singapour... »

Elle était pleine d'appréhension. Elle pensa à ses parents et à Jess, pria pour qu'ils aient abandonné leur jolie maison d'Orchard Road, pour qu'ils aient fui Singapour. Qu'ils soient partis pour Sumatra ou Java. N'importe où. Qu'ils soient en sécurité. Jess avait dix ans, à présent, mais Judith la voyait toujours comme elle était au moment de leurs adieux : une toute petite fille en pleurs s'agrippant à sa poupée. Mon Dieu, pria-t-elle, faites qu'il ne leur arrive rien. C'est ma famille, ce sont les miens, et ils me sont si précieux.

Le train s'arrêta à Petersfield. Le commandant du RNVR descendit et retrouva sa femme sur le quai. Personne ne monta dans le compartiment. Anthony Borden-Smythe, qui s'était endormi, ronflait doucement. Judith commençait à avoir très mal à la gorge. Elle replia son journal, le posa à côté d'elle et contempla la grisaille de cette journée d'hiver et les champs gelés du Hampshire. Elle détestait la guerre qui gâchait tout.

La propriété londonienne de Diana, qu'elle n'appelait jamais autrement que sa petite maison, se composait de deux maisons de cocher et des écuries attenantes qui avaient été transformées juste avant la Première Guerre mondiale. La porte d'entrée centrale était flanquée du garage d'un côté et de la cuisine de l'autre. Un escalier étroit menait au premier étage, qui était étonnamment spacieux. Un long salon (lieu de fêtes mémorables avant-guerre), une grande chambre, une salle de bains, des toilettes, une petite chambre qui servait principalement de rangement pour les valises, la planche à repasser et les quelques vêtements que Diana ne s'était jamais donné la peine d'emporter en Cornouailles. Cette dernière contenait néanmoins un lit et se révélait utile quand la maison était pleine.

Il n'y avait pas de salle à manger. Diana ne s'en était jamais souciée car, quand elle était à Londres, elle sortait, à l'exception de rares soirées de solitude qu'elle partageait avec Tommy Mortimer et où ils dînaient sur un plateau en écoutant de la musique sur le gramophone. Mrs. Hickson, qui était jadis au service de Diana, faisait le ménage quand elle y résidait et surveillait la maison quand elle n'y était pas. Elle travaillait maintenant à plein temps pour l'armée : elle servait le thé à la cantine militaire de la gare de Paddington. Mais elle habitait tout près et, deux ou trois soirs par semaine, elle y faisait un saut pour s'assurer que tout allait bien. Mrs. Carey-Lewis ne venait plus à Londres, ce que Mrs. Hickson regrettait beaucoup. Mais elle avait donné ses clés à un certain nombre de jeunes personnes, et Mrs. Hickson ne savait jamais si elle allait tomber sur Athena ou sur quelque officier de l'armée de l'air tout à fait inconnu. Parfois, seuls quelques restes dans le réfrigérateur ou un paquet de draps sur le sol de la salle de bains témoignaient de l'occupation des lieux. Dans ce cas, elle rangeait, mettait des draps propres et rapportait les draps sales chez elle pour les laver. Elle aimait ces brèves rencontres. Il y avait presque toujours un billet de cinq livres sur la coiffeuse, qu'elle fourrait dans la poche de son tablier.

Durant les premiers mois de 1940, pendant ce qui n'était encore que la « drôle de guerre », c'était Edward Carey-Lewis qui venait le plus souvent, en général avec un ami. Il en profitait pour inviter des filles étourdissantes de beauté. Mrs. Carey-Lewis avait écrit elle-même à Mrs. Hickson pour lui annoncer qu'Edward avait été tué, et Mrs. Hickson avait pleuré toute une journée. La surveillante à la cantine militaire, pensant à juste titre que ses larmes risquaient d'assombrir le moral des troupes, avait fini par la renvoyer chez elle.

La petite maison avait miraculeusement survécu au Blitz. Au plus fort des bombardements, un énorme obus était tombé tout près, qui avait terrifié Mrs. Hickson, mais il n'avait provoqué que quelques fissures dans les murs. Tous les carreaux des fenêtres avaient toutefois volé en éclats, il y avait du verre brisé partout, et tout – meubles, porcelaine, verrerie, tableaux, tapis et moquettes – était couvert d'une épaisse couche de poussière. Elle avait dû venir tous les soirs pendant une semaine pour nettoyer.

Judith tourna la clé dans la serrure et entra en refermant derrière elle. A sa droite se trouvait la cuisine. En y jetant un coup d'œil, elle aperçut le réfrigérateur, vide et ouvert, dont elle ferma la porte et qu'elle brancha. Celui-ci se mit à ronfler. Avant la fermeture de la petite boutique au coin de la rue, elle achèterait des rations à conserver au frais. Mais pour l'instant, les courses attendraient.

Son sac de voyage à la main, elle gravit l'escalier raide qui menait directement au salon. Il n'y avait pas de chauffage central et il faisait un peu froid. Plus tard, quand elle reviendrait, elle allumerait le gaz qui réchaufferait la pièce en quelques minutes. Derrière le salon se trouvaient la chambre et la salle de bains. La seconde chambre et les toilettes étaient juste au-dessus de la cuisine.

Elle était soulagée d'être enfin arrivée. Chaque fois qu'elle venait aux Mews (profitant de la généreuse proposition de Diana, elle y était déjà venue deux ou trois fois de Portsmouth), elle avait la sensation réconfortante de rentrer à la maison. Le style de Diana, sa touche personnelle, son goût étaient si particuliers, si originaux, qu'elle avait l'impression de pénétrer dans un Nancherrow miniature. Confortablement aménagé, luxueusement même : des rideaux de soie sauvage couleur crème et une moquette beige dans toutes les pièces et tous les couloirs, égayée çà et là par des tapis persans. Fauteuils et sofas étaient recouverts d'un imprimé liberty. Les meubles étaient de petite taille, élégants. Il y avait des tableaux et des glaces, des coussins rembourrés, des photos de famille. Il ne manquait que les bouquets de fleurs coupées.

Elle se dirigea vers la chambre. Toujours des rideaux crème et un grand lit avec une couette en duvet et un dais de dentelle. Un dessus-de-lit de chintz fleuri de roses, les mêmes roses qui ornaient les volants de la coiffeuse et de la petite méridienne. Diana n'y était pas venue depuis le début de la guerre, mais sa bouteille de parfum était toujours posée sur la coiffeuse, et l'atmosphère confinée était encore chargée de cette fragrance tenace.

Judith ôta son chapeau et son manteau, qu'elle jeta sur le lit, puis s'assit et consulta sa montre. Midi et demi. Pas le temps de se mettre en civil. Heather n'aurait qu'à la prendre comme elle était. Elle avait la gorge rêche et commençait à avoir mal à la tête. Elle prit sa trousse de toilette et pénétra dans la salle de bains de marbre rose pour remplir un gobelet d'eau et prendre deux cachets d'aspirine. Puis elle fouilla dans le placard à pharmacie et trouva un flacon de glycérine de thymol, avec laquelle elle se fit un gargarisme en espérant que ce traitement lui permettrait de tenir la journée. Elle se lava les mains et le visage, puis retourna dans la chambre où elle s'assit devant le miroir pour se coiffer, se maquiller, se parfumer. Derrière elle, le reflet du lit était plus que tentant. Elle songea à se glisser entre les draps, avec des oreillers frais et des bouillottes, à s'endormir et à être malade en paix.

Mais elle était déjà en retard pour son rendez-vous avez Heather. Le lit et tout le reste attendraient donc.

Elle avait l'intention de prendre le métro jusqu'à Piccadilly, mais, en s'engageant dans Sloane Street, elle vit passer un bus, qu'elle prit. Il faisait toujours froid et gris. Les rues de Londres étaient sales et délabrées, les maisons bombardées ouvertes comme des bouches édentées et les vitrines clouées de planches. Au-dessus du parc, les ballons de la défense antiaérienne flottaient haut, perdus dans les nuages, et les pelouses étaient bordées de sacs de sable. Toutes les grilles de fer forgé avaient disparu, fondues en armements, et la vieille et belle église de Saint-James, qui avait été touchée, n'était plus qu'une ruine. A Piccadilly Circus, la statue d'Éros avait été retirée, transportée en lieu sûr, mais on s'asseyait encore sur les marches du socle pour nourrir les pigeons ou vendre des journaux.

C'était une ville en guerre, tout le monde était en uniforme.

Le bus s'arrêta, elle descendit et longea le trottoir jusqu'à *Swan & Edgar's*. Heather était déjà là. On ne pouvait pas la manquer avec ses cheveux noirs et brillants, son magnifique manteau rouge et ses longues bottes de daim fourrées.

– Heather !

– J'ai bien cru que tu n'arriverais jamais.

– Excuse-moi. Dix minutes de retard. Tu n'es pas

gelée ? Non, ne m'embrasse pas, je crois que j'ai attrapé un rhume et je ne veux pas te passer mes microbes.

– Oh ! Je me fiche des microbes.

Elles s'embrassèrent donc et éclatèrent de rire. C'était si bon de se retrouver après tant de temps.

– Qu'allons-nous faire ? demanda Heather.

– Combien de temps as-tu ?

– Juste cet après-midi. Je dois être de retour ce soir. Demain, je suis de garde.

– Demain, c'est dimanche.

– Là où je travaille, nous n'avons pas de dimanche.

– Dommage. Je t'aurais ramenée avec moi chez Diana pour y passer la nuit.

– Ça m'aurait beaucoup plu, mais je ne peux pas. Ça ne fait rien. Mon train ne part que ce soir. Nous avons toute la journée devant nous. Je meurs de faim. Allons déjeuner quelque part. Ensuite nous verrons. Où allons-nous ?

– Si on allait au *Berkeley* ? dit Judith.

– Mais c'est affreusement chic.

– N'importe. De toute façon, ça ne coûtera pas plus de cinq livres. Avec un peu de chance, nous aurons une table.

Remontant Piccadilly, elles parcoururent la faible distance qui les séparait du *Berkeley*. Une fois passée la porte à tambour, elles se retrouvèrent dans un univers luxueux, confortable et chaud. Il y avait beaucoup de monde, le bar était bondé, mais Heather repéra une table libre et deux chaises vides qu'elle s'appropria aussitôt pendant que Judith se mettait en quête du maître d'hôtel pour lui demander s'il leur serait possible de déjeuner. C'était un homme charmant qui ne la regarda pas de haut (une auxiliaire de la Marine, pas même un officier), mais se dirigea vers son bureau pour vérifier ses réservations, puis revint lui annoncer que, si elle voulait bien attendre une quinzaine de minutes, il y aurait une table.

– J'espère qu'elle n'est pas près de la porte des cuisines, dit-elle.

Il parut alors un peu surpris de son assurance, mais demeura respectueux.

– Non, Madame, ce sera près de la fenêtre.

– C'est parfait, répondit-elle en le gratifiant de son plus charmant sourire.

– Je viendrai vous chercher quand la table sera libre.

– Nous sommes au bar.

Elle revint vers Heather en levant discrètement le pouce, et tout devint alors prétexte à s'amuser. Elles se débarrassèrent de leurs manteaux. Un portier apparut aussitôt pour les emporter au vestiaire, puis un serveur s'avança pour leur demander ce qu'elles désiraient boire et, avant que Judith ait pu ouvrir la bouche, Heather avait commandé du champagne.

– Au verre, Madame ?

– Non, une demi-bouteille.

Lorsqu'il fut parti, Judith marmonna :

– Ça me rappelle l'école de Porthkerris.

Et elles se mirent à rire. Judith grignota les chips d'un petit plat de porcelaine et Heather alluma une cigarette.

En l'observant du coin de l'œil, Judith la trouva superbe. Pas grande, mais merveilleusement mince et d'une beauté très originale. Elle avait le teint mat, portait une jupe étroite de flanelle grise et un fin col roulé bleu marine, une longue chaîne d'or autour du cou et des anneaux aux oreilles.

– Tu es magnifique, Heather. Je voulais me changer, mais je n'en ai pas eu le temps.

– Je te trouve superbe, toi aussi. Et ton uniforme me plaît. Heureusement que tu n'as pas choisi les auxiliaires féminines de l'armée de terre ou de l'air. C'est tout en épaulettes, en poches et en boutons. Les chapeaux sont affreux. Tu t'es fait couper les cheveux ?

– Il le fallait. Ils ne doivent pas toucher le col. J'avais le choix entre les raccourcir ou me faire un chignon.

– Ça te va bien, je trouve.

Le serveur revint avec des verres et la bouteille qu'il ouvrit avec cérémonie. Puis il versa adroitement le champagne dans leurs flûtes sans en renverser une seule goutte.

– Merci.

– De rien, Madame.

Elles levèrent leur verre et burent. Judith se sentit tout de suite mieux.

– Le champagne est un excellent remède contre le rhume, déclara-t-elle. Je m'en souviendrai.

Elles sirotèrent leur champagne en regardant autour d'elles les femmes élégantes, les colonels de l'état-major, les officiers de la France libre et les jeunes officiers de la

Garde royale, qui tous parlaient, buvaient et riaient comme s'ils n'avaient pas le moindre souci. Beaucoup d'entre eux avaient invité des femmes qui n'étaient manifestement pas leurs épouses, ce qui ne faisait qu'ajouter un peu de piquant. Liaisons de guerre et parfum d'amours illicites. L'une de ces filles avait beaucoup d'allure avec sa crinière rousse et sa silhouette rendue plus suggestive encore par une robe de jersey noire moulante. Elle avait des ongles immenses vernis de rouge vif, et un manteau de vison était drapé sur le bras de son fauteuil.

Son chevalier servant était un colonel de l'armée de l'air au crâne dégarni, qui haletait d'un désir juvénile.

– Il ne la quitte pas des yeux, fit remarquer Judith, très amusée.

Quand elles eurent terminé leur champagne, le maître d'hôtel vint les chercher pour les installer à leur table et donna à chacune un énorme menu avant de leur demander si elles souhaitaient prendre un apéritif.

Offre qu'elles déclinèrent, se sentant déjà toutes deux de fort bonne humeur.

Ce fut un déjeuner très agréable. Le restaurant, si joli et si clair, était l'antithèse des rues sales, sombres et délabrées qui se trouvaient au-delà des fenêtres. Elles mangèrent des huîtres, du poulet et de la glace en se partageant une bouteille de vin, et se racontèrent tout ce qu'elles ne s'étaient pas dit depuis leur dernière rencontre. Il y avait, bien entendu, des choses très tristes. La mort de Ned, d'Edward Carey-Lewis. Et le neveu de Mrs. Mudge porté disparu, qui était sans doute mort sur les plages de Dunkerque. Charlie Lanyon avait eu plus de chance : il était prisonnier de guerre en Allemagne.

– Est-ce que tu lui écris, Heather ?

– Oui, toutes les semaines. Je ne sais pas s'il reçoit mes lettres, mais ce n'est pas une raison pour cesser d'écrire.

– As-tu eu de ses nouvelles ?

– Il n'a le droit d'écrire qu'à ses parents, qui m'en donnent. Mais il semble aller bien... et il reçoit certains de nos colis.

– L'attendras-tu ?

Heather fronça les sourcils, très étonnée.

– L'attendre ?

– Oui, l'attendre. Lui rester fidèle.

– Non, je ne l'attends pas. Ça n'a jamais été comme ça

entre Charlie et moi. Je l'aime bien, c'est tout. De toute façon, je te l'ai déjà dit, je n'ai pas une envie folle de me marier. Évidemment, je le ferai si j'en ai le désir, un jour. Mais pour moi, ce n'est pas l'alpha et l'oméga de l'existence. Il y a trop de choses à vivre. Trop de choses à faire. Trop de choses à voir.

— Y a-t-il des garçons sympathiques là où tu travailles ?

— Pas mal d'hurluberlus, répondit-elle en riant. Pour la plupart, ils sont tellement intelligents qu'ils en deviennent dingues. Quant à m'enticher de l'un d'eux... ils ne sont pas à prendre avec des pincettes. Mais ça ne veut pas dire qu'ils ne soient pas intéressants... intellectuellement. Très cultivés. Mais bizarres.

— Qu'est-ce que tu fais ? Quel est ton travail ?

Heather haussa les épaules et baissa les yeux. Elle reprit une cigarette et, quand elle releva le nez, Judith comprit qu'elle s'était refermée comme une huître et qu'elle ne dirait plus un mot. Peut-être craignait-elle d'en avoir déjà trop dit ?

— Tu ne veux pas en parler, n'est-ce pas ?

— Non.

— Mais ça te plaît ?

Heather exhala un nuage de fumée.

— C'est passionnant. Maintenant, parle-moi de toi. Que fais-tu ?

— Pas très captivant. Je suis à Whale Island, l'École d'artillerie. Je travaille pour l'officier chargé de l'entraînement.

— Que fait-il ?

— Il recherche et met au point les moyens d'aider les hommes à apprendre à tirer. Des dômes de simulation. Des simulateurs visuels. Ce genre de choses. Des appareils pour enseigner les principes de la force centrifuge. Ça n'en finit pas. Il a sans cesse de nouvelles idées.

— Tu as un petit ami ?

— Des tas, fit Judith avec un sourire.

— Pas un en particulier ?

— Non, pas encore.

— Qu'est-ce que tu entends par là ?

— Edward Carey-Lewis. Je ne veux pas revivre ça. J'attendrai la fin de la guerre. Alors je tomberai sans doute follement amoureuse d'un homme que je n'aurais jamais cru pouvoir aimer, je me marierai, j'aurai une ribambelle d'enfants et je deviendrai ennuyeuse comme la pluie. Tu ne voudras plus de moi.

– Tu étais amoureuse d'Edward ?

– Oui, depuis des années.

– Je ne l'ai jamais su.

– Je ne te l'ai jamais dit.

– Je suis désolée.

– C'est fini maintenant.

Elles parlèrent alors de choses plus positives, de Mr. Warren qui était sergent de la garde nationale de Porthkerris, et de Joe qui devait être promu officier.

– Comment va ta mère ? demanda Judith.

– Fidèle à elle-même. Rien ne l'épate. Elle n'écrit pas beaucoup. Trop occupée, je suppose. Elle m'a quand même annoncé que ce vieil exhibitionniste de Fawcett était tombé raide mort à la banque. Elle avait hâte de me faire part de la nouvelle. Tu te souviens du soir où Ellie est rentrée hystérique du cinéma parce que ce vieux crapaud lui avait montré son machin ? Quelle histoire ! Je n'oublierai jamais ça.

– Heather, tu n'étais même pas là.

– Mais on m'a tout raconté. On n'a parlé que de ça pendant des jours. Maman était intarissable. « Si tu avais vu Judith, répétait-elle sans cesse, une vraie petite furie. »

– Il a fait une crise d'apoplexie, je crois. Parce que le directeur de la banque lui a fait remarquer qu'il était à découvert. C'est Mr. Baines qui m'en a parlé, et notre seule réaction a été d'en rire. Affreusement inconvenant.

– Bon débarras ! Et les Carey-Lewis ? Comment vont-ils ?

Elles parlèrent de Nancherrow, du chagrin de Diana à la mort d'Edward, un peu atténué par la présence de Clementina, sa petite-fille. De même la compagnie peu astreignante de Phyllis et d'Anna avait distrait Biddy Somerville de sa peine.

– Alors elles vivent toutes ensemble au Manoir ?

– Oui, et ça marche. Tu n'as jamais vu ma maison. Il faut que tu viennes un jour où tu auras une permission. Je te la montrerai. Elle va beaucoup te plaire. Comme à moi. Je l'adore.

– J'ai peine à croire que tu aies ta maison, s'émerveilla Heather. Ça fait très adulte. Ne te méprends pas, je ne suis pas du tout envieuse. Pour rien au monde je ne voudrais m'attacher à une maison. Mais pour toi, c'est un rêve devenu réalité. D'autant que ta famille est très loin.

Elle s'interrompit un instant avant d'ajouter :

– Excuse-moi.

– Pourquoi t'excuses-tu ?

– As-tu reçu des nouvelles de ta famille ?

– Pas depuis longtemps.

– Tu es inquiète ?

– Oui. J'espère qu'on les a évacués. Maman et Jess en tout cas. Tout le monde dit que Singapour ne tombera pas, que c'est trop bien défendu, trop important, qu'on lancera toutes les forces dans la bataille. Mais si Singapour résiste, il y aura des raids aériens et toutes sortes d'horreurs. Or il semble que rien, aucune armée, ne soit capable d'arrêter les Japonais. J'aimerais tellement savoir ce qui se passe. Toi... ajouta-t-elle en regardant Heather les yeux dans les yeux, tu ne pourrais pas avoir des informations ?

Le serveur arriva avec le café. Heather écrasa sa cigarette et en alluma une autre. Elles attendirent en silence que le café noir et fort fût versé dans les petites tasses. Quand le serveur fut hors de portée de voix, Heather hocha la tête.

– Non, nous ne nous occupons que de l'Europe.

– Je n'aurais pas dû te le demander, soupira Judith. Gus est là-bas, lui aussi. Gus Callender. Il est dans le Second Régiment des Highlands.

– Je ne te suis pas...

– C'était un ami d'Edward à Cambridge. Il est venu à Nancherrow. Loveday et lui... comment dis-tu déjà ?... ont sympathisé.

– Loveday ? fit Heather, incrédule. Il a plu à Loveday ? Elle ne m'en a jamais rien dit.

– Ça ne m'étonne pas. C'était extraordinaire. Elle n'avait que dix-sept ans. C'était comme un coup de foudre. Une complicité instantanée. Comme s'ils se connaissaient depuis toujours.

– S'il est militaire, et à Singapour en plus, il sera au beau milieu de la mêlée. Je ne parierais pas lourd sur ses chances de s'en tirer.

– Je sais. J'y ai pensé, moi aussi.

– Quelle sale guerre, n'est-ce pas ? Pauvre Loveday. Il ne nous reste plus qu'à attendre la suite des événements.

– L'attente, c'est ce qu'il y a de pire. Attendre des

nouvelles. Faire comme si le pire n'allait pas se produire. Je veux que mes parents et Jess restent en vie, qu'ils soient en sécurité, qu'un jour ils rentrent et viennent au Manoir. Et je veux que Gus reste en vie pour Loveday. Après Saint-Valery, nous l'avons cru mort, mais il a réussi à s'échapper et à rentrer au pays. Quand elle l'a appris, Loveday était transfigurée. Je ne supporte pas l'idée qu'elle passe à nouveau par ces affres.

– Judith, quoi qu'il arrive à Loveday, elle s'en remettra.

– Pourquoi dis-tu ça ?

– Je la connais. C'est une dure à cuire.

– Mais...

Judith s'apprêtait à prendre la défense de Loveday, mais Heather l'interrompit.

– Écoute, si nous bavardons comme ça tout l'après-midi, la journée aura passé sans que nous ayons rien fait. Dans mon portefeuille, j'ai deux billets pour l'Albert Hall [1]. C'est l'homme pour lequel je travaille qui me les a donnés. Le concert commence dans une demi-heure. Veux-tu y aller ou préfères-tu faire des courses ?

– Quel est le programme ?

– Le concerto pour violon de William Walton, et le deuxième concerto pour piano de Rachmaninov.

– Je n'ai pas envie de faire des courses.

Elles terminèrent donc leur café, payèrent l'addition en laissant de gros pourboires, récupérèrent leurs manteaux au vestiaire (encore un pourboire) et plongèrent dans le froid mordant de Piccadilly. Comme elles sortaient, un taxi se rangea le long du trottoir, d'où descendirent deux capitaines de la Marine. Dès qu'ils eurent réglé la course, elles s'y glissèrent.

– Je vous conduis où ?

– A l'Albert Hall, et nous sommes très, très pressées.

Le concert était merveilleux. Judith, comblée au-delà de ses espérances, découvrit le concerto de Walton, mais la musique de Rachmaninov, si familière, la transporta comme toujours hors du temps, dans un autre monde, loin de l'angoisse et de la mort, des bombes et des combats. Le vaste public était tout aussi absorbé et, quand les dernières notes moururent, il fit au chef et à l'orchestre une véritable ovation qui dura au moins cinq minutes.

1. Grande salle de concert londonienne. (*N.d.T.*)

C'était fini. Il était temps de partir. Judith avait l'impression d'avoir flotté deux heures dans les hautes sphères et de devoir soudain retomber sur terre. Elle était tellement captivée qu'elle en avait oublié son rhume. Mais en remontant l'allée bondée vers le foyer et l'entrée principale, ses maux de tête et de gorge reprirent de plus belle. Elle se rendit compte qu'elle n'était pas bien du tout.

Elles avaient prévu de rentrer à pied à Cadogan Mews, ou de prendre le bus, mais quand elles émergèrent dans le crépuscule obscur, il tombait une fine neige fondue, et aucune d'elles n'avait de parapluie. Dans la bousculade devant la salle de concert, leurs chances de trouver un taxi semblaient quasiment nulles.

– Si nous y allons à pied, nous serons trempées. Pourquoi n'ai-je pas pris de parapluie ?

Heather, toujours si efficace, était furieuse contre elle-même.

– Moi, je ne pouvais pas. Nous n'avons pas la permission d'en porter, en uniforme.

Pendant qu'elles tergiversaient en se demandant comment elles allaient rentrer, une voiture avec chauffeur se rangea devant elles ; un lieutenant-colonel de la RAF et sa compagne s'en approchèrent. Il ouvrit la porte, la femme s'engouffra à l'intérieur pour s'abriter le plus vite possible, et le lieutenant-colonel allait la suivre quand il aperçut les deux jeunes filles sous la neige.

– Dans quelle direction allez-vous ? leur demanda-t-il.

– Vers Sloane Square, lui répondit Judith.

– Nous nous rendons à Clapham. Nous pouvons vous déposer.

C'était presque trop beau pour être vrai. Elles acceptèrent avec gratitude, et Heather grimpa sur le siège arrière, tandis que Judith s'asseyait près du chauffeur. On claqua les portières, et la voiture avança dans les rues sombres et mouillées, à la faible lueur des phares encapuchonnés.

A l'arrière Heather était en grande conversation avec leurs sauveurs.

– C'est vraiment très gentil, leur dit-elle. Je ne sais pas ce que nous aurions fait sans vous.

– C'est toujours l'horreur de rentrer chez soi après le théâtre ou le concert. Surtout par ce sale temps...

Judith ne les écoutait plus. Elle était restée debout

sous la neige, elle avait les pieds mouillés et commençait à frissonner. Quand elles seraient rentrées, elle allumerait le poêle à gaz, se ferait chauffer une bouillotte. Auparavant il fallait résoudre la question des provisions, car elle n'avait pas eu le temps de faire des courses.

Ils descendirent Sloane Street. Au fond de la voiture, la conversation allait bon train. On était passé du concert aux charmants récitals que donnait Myra Hess à l'heure du déjeuner dans l'église de Saint-Martin-in-the-Fields.

– C'est toujours plein à craquer. Les gens y passent avant de retourner au bureau...

Le lieutenant-colonel se pencha en avant.

– Où souhaitez-vous aller exactement ? demanda-t-il à Judith. Nous pouvons vous déposer devant votre porte, si cela ne nous détourne pas trop.

– A Cadogan Mews, fit-elle en se retournant. Mais... hésita-t-elle, il faudrait que je m'arrête à l'épicerie. Il n'y a rien à manger à la maison. Je suis montée de Portsmouth ce matin et je n'ai pas eu le temps...

– Ne vous inquiétez pas, la rassura-t-il, et il donna ses ordres au chauffeur.

Celui-ci s'arrêta devant un vieux magasin délabré qui vendait de l'épicerie, des journaux et des cigarettes. Tandis que les autres attendaient, elle y entra et, avec sa carte de rationnement d'urgence, acheta du pain, des œufs, un peu de bacon, de sucre, de la margarine, un quart de litre de lait et un pot de confiture de framboises à l'allure douteuse. La vieille femme derrière le comptoir sortit un sac en papier froissé dans lequel elle emballa le tout. Judith paya et rejoignit les autres.

– Merci beaucoup. C'est parfait. Du moins auronsnous quelque chose à grignoter pour le thé.

– Nous ne vous aurions pas laissé mourir de faim. Alors, où allons-nous à présent ?

Ils firent bien les choses et les déposèrent devant leur porte. Les pavés luisaient dans le maigre faisceau des phares et un chat trempé traversa la rue à la recherche d'un abri. Judith et Heather se confondirent en remerciements, proposant même de payer leur part de la course, ce qui fut poliment mais fermement refusé. Au moment où elles refermaient la porte, le moteur tournait déjà et la voiture s'éloignait.

Elles se retrouvèrent l'une contre l'autre dans l'obscurité totale du petit vestibule.

– N'allume pas la lumière, dit Judith à Heather, tant que je n'aurai pas tiré les rideaux. Reste où tu es, sinon tu vas te casser la figure dans l'escalier.

Elle se rendit à tâtons dans la cuisine, ajusta les rideaux opaques et jeta le sac en papier sur la table. Puis, toujours dans le noir, elle ressortit, monta l'escalier avec précaution et tira les épais rideaux du salon pour respecter le couvre-feu. Elle put enfin appuyer en toute sécurité sur l'interrupteur.

– Maintenant tu peux monter, dit-elle à Heather.

Ensemble elles allèrent tirer les rideaux dans chaque pièce, y compris dans celles que Judith n'avait pas l'intention d'occuper, de sorte qu'aucun rai de lumière ne puisse filtrer. Cette tâche accomplie, Heather se débarrassa de son manteau et de ses bottes trempées, alluma le poêle à gaz et quelques lampes. Tout prit alors une allure plus douillette.

– J'ai très envie d'une tasse de thé, dit Heather.

– Moi aussi, mais il faut d'abord que je prenne de l'aspirine.

– Tu ne te sens pas bien ?

– Non, pas vraiment.

– Ma pauvre. En effet, tu as mauvaise mine. Crois-tu que tu aies attrapé la grippe ?

– Ne m'en parle pas.

– Va prendre un cachet, et je préparerai le thé. (Elle était déjà dans l'escalier.) Ne t'inquiète pas. Je trouverai mon chemin.

– Il y a du pain. Nous pouvons nous faire des toasts à la flamme du poêle.

– Merveilleux.

Judith retira son manteau et l'étendit sur le lit, puis elle ôta ses chaussures et ses bas mouillés pour enfiler des pantoufles de laine. S'étant débarrassée de sa veste, elle mit le shetland qu'elle avait apporté. Puis elle reprit de l'aspirine et se gargarisa. Son reflet dans la glace ne lui remonta guère le moral. Elle avait les traits tirés et de gros cernes noirs sous les yeux.

Quand elle revint au salon, Heather avait préparé le thé et monté le plateau. Elles s'installèrent près du poêle, firent des toasts à l'aide d'une longue fourchette, qu'elles tartinèrent maigrement de margarine et de confiture de framboises.

– Ça me rappelle les pique-niques, déclara Heather

avec satisfaction avant de lécher ses doigts poisseux. Maman faisait toujours des tartines de confiture de framboises. Cette maison me plaît, ajouta-t-elle en jetant un regard circulaire. J'aime bien la manière dont elle est décorée. Tu viens souvent ici ?

– Toujours quand je viens à Londres.

– En tout cas, c'est mieux que les gîtes des auxiliaires de la Marine.

– J'aimerais que tu restes.

– C'est impossible.

– Tu ne pourrais pas appeler et dire que tu as mal à la tête ?

– Non, je suis de service demain.

– A quelle heure est ton train ?

– Sept heures et demie.

– D'où pars-tu ?

– Euston.

– Comment iras-tu ?

– Je prendrai le métro à Sloane Square.

– Veux-tu que je t'accompagne ?

– Non, répondit Heather d'un ton abrupt. Pas avec ce froid. Tu ne dois pas ressortir ce soir. Tu devrais être au lit.

Mais Judith eut le sentiment que, même si sa santé avait été florissante, Heather n'aurait pas voulu qu'elle aille à Euston, parce qu'elle ne voulait pas qu'elle sache dans quelle direction elle partait. Tout cela était si secret que c'en devenait inquiétant. Judith espéra que son amie n'avait pas l'intention de se faire parachuter du haut d'un avion dans l'obscurité, en territoire ennemi.

Il y avait encore des tas de choses dont elles n'avaient pas parlé mais Heather dut bientôt s'en aller.

– Déjà ?

– Je ne prendrai pas le risque de rater ce train, parce que c'est le seul où l'on vienne me chercher à la gare.

Judith imagina une gare de campagne isolée, une voiture officielle attendant patiemment, puis des kilomètres de routes sinueuses. Et enfin l'arrivée. Un portail électrique gardé, une haute clôture de barbelés, des chiens de garde. Au-delà, de longues allées conduisant à la masse sombre de quelque maison de campagne. Elle entendait presque le cri des hiboux.

Sans raison, cette image la fit frissonner, et elle remercia le ciel d'avoir un travail routinier, au vu et au su de tous, où elle transmettait les messages du lieutenant-colonel Crombie, prenait ses appels téléphoniques et lui tapait son courrier. Du moins n'était-elle pas tenue au secret, ni contrainte de travailler le dimanche.

Heather s'apprêtait à partir. Elle remit ses bottes qui avaient plus ou moins séché devant le feu, boutonna son joli manteau rouge et noua un foulard de soie sur ses cheveux de jais.

– Quelle merveilleuse journée ! dit-elle.

– Merci pour le concert. J'ai adoré du début à la fin.

– Il faut essayer de se revoir. Sans attendre si longtemps, cette fois. Ne descends pas. Je trouverai la sortie toute seule.

– Je devrais venir avec toi.

– Ne sois pas idiote. Prends un bain chaud et couche-toi.

Elle embrassa Judith et déclara soudain :

– Je n'ai pas envie de te quitter. Ça m'ennuie de te laisser comme ça.

– Tout ira bien.

– Donne-moi des nouvelles. De ta maman, de ton papa et de Jess. Je penserai à toi. Préviens-moi si tu en reçois.

– Je te le promets.

– Tu as mon adresse ? Mon numéro de boîte postale ? C'est un peu mystérieux, mais le courrier finit par arriver.

– Je t'écrirai. Je te préviendrai.

– Au revoir, ma chérie.

– Au revoir.

Un baiser furtif, et elle avait disparu. La porte claqua en se refermant et le bruit de ses pas s'évanouit à mesure qu'elle s'éloignait.

On n'entendait plus que la pluie qui tombait et le bourdonnement lointain des quelques véhicules qui descendaient Sloane Street. Judith espéra qu'il n'y aurait pas de raid aérien. Vraisemblablement pas, le temps était trop pourri. Les bombardiers préféraient les nuits claires et les clairs de lune. Sans la compagnie de Heather, tout lui sembla soudain morose. Elle mit donc un disque d'Elgar sur le gramophone. Les premiers accords d'un concerto pour violoncelle envahirent la pièce et elle se sentit moins abandonnée. Judith prit le plateau du thé et descendit à la cuisine où elle fit la vaisselle et se prépara une bouillotte. Puis elle remonta, ouvrit le lit et la glissa entre les draps. Elle reprit deux cachets d'aspirine (à présent elle était vraiment malade), fit couler un bain bouillant et se plongea près d'une demi-heure dans la vapeur parfumée. Une fois sèche, elle enfila sa chemise de nuit, puis son pull en shetland. Elgar s'était tu, elle éteignit le gramophone, mais laissa le poêle allumé et la porte de la chambre ouverte pour que la chaleur se répande. Puis elle se coucha avec un vieux numéro de *Vogue* et se laissa aller contre les oreillers moelleux.

Un bruit. Son cœur se mit à battre la chamade. Le déclic de la serrure. La porte d'entrée s'ouvrait et se refermait doucement.

Un intrus. Quelqu'un était entré dans la maison. Pétrifiée, elle tendit l'oreille, puis elle bondit hors du lit et traversa le salon en courant jusqu'au palier, bien décidée à assommer l'intrus dans l'escalier avec le premier objet un peu lourd qui lui tomberait sous la main.

Il était déjà à mi-chemin, emmitouflé dans un gros manteau, ses épaulettes dorées luisant faiblement, sa casquette couverte de gouttes de pluie. Il portait un petit sac de voyage d'une main, de l'autre un gros sac de marin avec des poignées de corde.

Jeremy. Quand elle le reconnut, elle fut si soulagée qu'elle dut s'agripper à la rampe.

– *Jeremy*.

Il leva les yeux, le visage dissimulé par la visière de sa casquette, les traits creusés dans la lumière peu flatteuse qui tombait de la cage d'escalier.

– Mon Dieu, c'est Judith.

– Qui voulais-tu que ce soit ?

– Pas la moindre idée. Mais j'ai su qu'il y avait quelqu'un dans la maison dès que j'ai ouvert la porte, à cause de la lumière.

– Je te croyais en mer. Que fais-tu ici ?

– Je pourrais te poser la même question.

Il gravit les dernières marches, posa son sac de voyage, retira sa casquette trempée et se pencha pour l'embrasser.

– Et pourquoi reçois-tu des messieurs en chemise de nuit ?

– J'étais au lit, évidemment.

– Seule, j'imagine.

– Si tu veux tout savoir, j'ai un rhume. Je ne suis pas bien du tout.

– Alors retourne tout de suite au lit.

– Non, je veux te parler. Tu vas passer la nuit ici ?

– J'en avais l'intention.

– Et moi qui ai piqué la chambre.

– Ça ne fait rien. J'irai dormir avec la planche à repasser et la garde-robe de Diana. Ce ne sera pas la première fois.

– Combien de temps restes-tu ?

– Jusqu'à demain matin.

Il posa sa casquette sur le pilastre et commença à déboutonner sa capote.

– Je dois prendre un train à sept heures.

– Mais d'où viens-tu ?

– De Truro.

D'un mouvement d'épaule il se débarrassa de sa capote, qu'il déposa sur la rampe de l'escalier.

– J'ai eu quelques jours de permission et je suis allé les passer en Cornouailles avec mes parents.

– Ça fait des siècles que je ne t'ai vu.

– Eh oui ! Depuis que je suis venu te dire au revoir au Manoir.

– Tout est si différent. (Elle se rappela soudain un détail capital.) Il n'y a rien à manger ici. Rien qu'une miche de pain et une tranche de bacon. Tu as faim ? L'épicerie du coin est fermée, mais...

– Mais quoi ? fit-il avec un air moqueur.

– Tu peux toujours aller dîner au restaurant. Au *Royal Court Hotel*, par exemple ?

– Ce ne serait pas drôle du tout.

– Si j'avais su que tu viendrais...

– Je sais, tu aurais fait un gâteau. Ne t'inquiète pas. J'ai tout prévu. Ma mère m'a aidé à remplir ma musette, dit-il en ouvrant son sac de toile. Voilà.

Judith y jeta un coup d'œil et vit luire une bouteille.

– Au moins tu as le sens des priorités.

– Ce n'était pas la peine de le traîner jusqu'ici. Ça pèse une tonne. J'aurais dû le laisser dans la cuisine, mais quand j'ai vu de la lumière, j'ai d'abord voulu voir qui était là.

– Qui cela aurait-il pu être, à part moi ? Ou Athena. Ou Loveday. Rupert est dans le désert, et Gus en Extrême-Orient.

– Ah, mais il y en a d'autres. Nancherrow est devenu une sorte de second mess pour jeunes officiers. Ils

652

viennent de Culdrose et du camp d'entraînement de Bran Tor. Dès que Diana s'entiche de quelqu'un, elle lui remet une clé.

– Je n'étais pas au courant.

– Notre club n'est plus aussi fermé. Est-ce que tu viens souvent ?

– Pas très. Le week-end, quelquefois.

– Comme cette fois ?

– Oui, mais je dois regagner Portsmouth demain.

– J'aimerais pouvoir rester. Je pourrais t'inviter à déjeuner.

– Mais tu ne peux pas.

– Non. Tu veux boire quelque chose ?

– Il n'y a rien dans le placard.

– Mais dans mon sac de marin, c'est l'abondance.

Il s'accroupit, le souleva. Le sac semblait extrêmement lourd.

– Viens, je vais te montrer.

Il la précéda dans l'escalier, et ils se retrouvèrent dans la petite cuisine. Il posa pesamment le sac sur la table et commença à le vider. Le linoléum marron était glacé et Judith s'assit à l'extrémité de la table pour le regarder. C'était un peu la hotte du père Noël. On ne savait pas ce qui allait en sortir. Une bouteille de whisky Black and White. Une bouteille de gin Gordon. Deux citrons. Une orange. Trois paquets de chips et une livre de beurre fermier. Une tablette de chocolat noir et enfin un paquet sinistre et taché de sang, enveloppé dans du papier journal.

– Qu'y a-t-il là-dedans ? demanda Judith. Une tête coupée ?

– Des steaks.

– Où les as-tu dénichés ? Et le beurre fermier ? Ta mère ne traficote quand même pas au marché noir ?

– Des patients reconnaissants. Le frigo marche ?

– Bien sûr.

– Bien. Y a-t-il de la glace ?

– Je pense.

Il ouvrit le réfrigérateur, rangea le beurre et le paquet sanglant à côté des maigres rations de Judith puis il prit un bac de glaçons.

– Que veux-tu boire ? Un whisky ferait beaucoup de bien à ce rhume. Un whisky-soda ?

– Il n'y a pas de soda.

– On parie ?

Bien entendu, il trouva un siphon dans un obscur placard. Dans un autre, il prit deux verres, puis sortit les glaçons de leur bac, versa le whisky qu'il aspergea d'eau gazeuse. Leurs grands verres pétillaient délicieusement. Il en tendit un à Judith.

– Je me tourne vers toi.

– Et je lève mon verre, enchaîna-t-elle en souriant.

Ils burent. Jeremy, visiblement détendu, poussa un soupir satisfait.

– J'en avais besoin.

– C'est bon. Je n'ai pas l'habitude de boire du whisky.

– Il y a un temps pour tout. Il fait froid, ici. Montons.

Judith passa devant lui, et ils s'installèrent confortablement près du poêle, Jeremy dans l'un des fauteuils et Judith pelotonnée sur le tapis, tout près de la source de chaleur.

– Heather Warren était là, aujourd'hui. Nous avons fait des toasts pour le thé. C'est pour cela que je suis venue de Portsmouth. Pour la voir. Nous avons déjeuné ensemble, puis nous sommes allées au concert, mais elle a dû prendre un train pour retourner dans son service ultra-secret.

– Où était votre concert ?

– A l'Albert Hall. William Walton et Rachmaninov. On avait donné des billets à Heather. Mais parle-moi de toi, je t'en prie. Que deviens-tu ?

– La routine.

– Tu as eu une permission ?

– Non, pas vraiment. Je devais venir à Londres pour voir l'Amirauté. Je suis promu. Médecin-chef.

– Oh ! Jeremy... fit-elle, ravie et impressionnée. Félicitations !

– Ce n'est pas encore officiel. Alors ne téléphone pas à tout le monde pour l'annoncer.

– Mais tu l'as dit à ta mère ?

– Oui, bien sûr.

– Et ensuite ?

– Je vais partir sur un nouveau bateau. Un croiseur, le HMS *Sutherland*.

– Toujours dans l'Atlantique ?

Il haussa les épaules, l'air évasif.

– Ils t'enverront peut-être en Méditerranée. Il est grand temps que tu voies un peu le soleil.

654

– As-tu reçu des nouvelles de ta famille? demanda-t-il.

– Pas depuis le début du mois. Je ne sais pas pourquoi. Si ce n'est que les nouvelles sont épouvantables.

– Sont-ils toujours à Singapour?

– Je suppose.

– Beaucoup de femmes et d'enfants sont déjà partis.

– Je n'en ai pas entendu parler.

– Il est huit heures et quart, dit-il en regardant sa montre. Nous pourrons écouter le bulletin de neuf heures.

– Je ne suis pas certaine d'en avoir envie.

– Mieux vaut savoir la vérité que d'imaginer le pire.

– En ce moment, ça se vaut. Tout s'est passé si vite. Avant, quand ça allait vraiment mal, comme à Dunkerque et à Portsmouth pendant le bombardement, je me réconfortais en me disant qu'eux au moins étaient en sécurité. Maman, papa et Jess. Quand nous faisions tous la queue pour obtenir nos rations et que nous mangions d'horribles rogatons de viande, je pensais qu'ils mangeaient à leur faim, qu'ils étaient servis par des tas de domestiques et qu'ils voyaient leurs amis au club. Et puis les Japonais ont bombardé Pearl Harbor, et tout à coup, ce n'était plus vrai. Ils courent de bien plus grands dangers que moi. Maintenant je regrette de ne pas y être allée comme prévu. Au moins nous serions tous ensemble...

A son grand dam, sa voix se mit à trembler. Mieux valait se taire si elle ne voulait pas se mettre à pleurer. Elle reprit une gorgée de whisky et fixa les flammes bleutées du poêle à gaz.

– L'incertitude est le pire des tourments, j'imagine, dit-il doucement.

– Ça va. En général, ça va. Mais ce soir, je ne me sens pas très bien, c'est tout.

– Va te coucher.

– Je suis désolée.

– Pourquoi?

– Nous ne nous voyons jamais et, quand ça arrive, j'ai un mauvais rhume et j'ai la trouille d'écouter les informations. Je ne suis pas de très bonne compagnie.

– Je t'aime comme tu es. Mon seul regret, c'est de devoir te quitter si tôt demain matin. Nous ne nous sommes retrouvés que pour être à nouveau séparés. Et tout ça à cause de cette fichue guerre.

655

– Ça ne fait rien. Nous sommes ensemble. Je suis si contente que ce soit toi, et non un type que je n'ai jamais rencontré...

– Moi aussi, je suis content que ç'ait été moi. Maintenant... dit-il en se levant, tu n'as pas le moral et, moi, je meurs de faim. Ce dont nous avons besoin, c'est d'un bon repas chaud et peut-être d'un peu de musique de fond. Retourne au lit, je me charge de la coquerie.

Il se dirigea vers la radio et l'alluma. Les accents familiers de l'orchestre de Carroll Gibbons retentirent, retransmis en direct du *Savoy*, « Begin the Beguine ». Elle imagina les clients quittant leur table pour envahir la piste.

– Qu'y a-t-il au menu ? Des steaks ?

– Quoi d'autre ? Cuisinés au beurre. Je regrette simplement qu'il n'y ait pas de champagne. Tu veux un autre verre ?

– Je n'ai pas encore fini celui-ci.

Il lui tendit la main, elle la saisit et il l'aida à se relever.

– Au lit, dit-il.

Il la poussa doucement en direction de la chambre. De l'embrasure de la porte, elle l'entendit dévaler l'escalier avec agilité, comme s'il descendait l'échelle d'un navire. Elle s'assit devant la coiffeuse, contempla son pâle reflet dans le miroir et se demanda pourquoi il n'avait rien dit de sa coupe de cheveux militaire, un sobre carré, si différent des longues boucles de sa jeunesse. Peut-être ne l'avait-il pas remarqué. Certains hommes ne remarquaient pas ce genre de choses. Elle était un peu étourdie. Sans doute le whisky après le bain chaud et l'aspirine. Ce n'était pas une sensation désagréable. Elle se coiffa, mit un peu de rouge à lèvres, du parfum, et regretta de ne pas avoir une belle liseuse à fanfreluches, comme celles d'Athena et de Diana, qui vous donnaient l'air fragile et tellement féminine. Son vieux pull n'était pas très romantique. Mais c'était Jeremy. Alors, pourquoi vouloir être romantique ? Cette question la prit au dépourvu. Il ne semblait pas y avoir de réponse logique. Elle alla regonfler ses oreillers et se glissa à nouveau dans le lit, où elle sirota son whisky en se délectant des délicieuses odeurs de beurre chaud et de steak qui émanaient du rez-de-chaussée.

« Begin the Beguine » était terminé. Au piano, Carroll Gibbons jouait à présent une vieille chanson d'Irving

Berlin. A ce moment-là, Jeremy apparut dans l'embrasure de la porte. Il avait ôté sa veste et noué un tablier de boucher sur son pull bleu marine.

— Comment aimes-tu le steak ?

— Je ne sais plus. Je n'en ai pas mangé depuis une éternité.

— A point ?

— Ça me paraît bien.

— Et ce verre ?

— Je l'ai terminé.

— Je vais t'en chercher un autre.

— Je vais être ivre morte.

— Pas d'importance, puisque tu es au lit, fit-il en prenant son verre vide. Je t'en remonterai un avec ton dîner, à la place du champagne.

— Jeremy, je ne veux pas dîner seule.

— Mais non.

Le repas fut bientôt prêt ; Jeremy monta le plateau et le posa sur le lit à côté d'elle. Rien ne manquait. Servis avec des chips et des petits pois en boîte qu'il avait trouvés dans la réserve, les steaks grésillaient encore sur les assiettes chaudes. Il avait même fait de la sauce. Il y avait des couteaux, des fourchettes, du sel, du poivre, un pot de moutarde fraîche et deux torchons propres en guise de serviettes. Et deux verres pleins.

— Je parie que tu as prévu un dessert !

— Une demi-orange ou un toast à la confiture.

— Tout ce que j'aime. Le meilleur des dîners. Merci, Jeremy.

— Mange ton steak avant qu'il ne refroidisse.

C'était délicieux et revigorant. Jeremy avait raison. Judith ne s'était pas rendu compte à quel point elle avait faim et besoin d'un vrai repas. Il avait cuisiné les steaks à la perfection. La viande était si tendre qu'elle glissait aisément dans sa gorge douloureuse. Judith fut vite rassasiée. Après des mois de repas mornes et peu appétissants, son estomac avait peut-être rétréci.

— Je ne peux plus rien avaler, dit-elle enfin. Je suis pleine comme un œuf. (Elle se cala sur ses oreillers, la mine satisfaite.) Je n'ai plus de place pour le dessert. Tu pourras te garder toute l'orange. Tu me surprendras toujours. J'ignorais que tu savais faire la cuisine.

— Tout homme qui a navigué sait faire la cuisine, ne serait-ce que faire frire un maquereau. Si je trouve du café, en veux-tu une tasse ? Il ne vaudrait peut-être mieux pas. Ça t'empêchera de dormir. Quand ce rhume a-t-il commencé ?

Tout de suite, il retrouvait ses réflexes de professionnel.

– Ce matin, dans le train. Ma gorge a commencé à me faire mal. La fille qui partage ma chambre a dû me filer ses microbes. Et j'ai mal à la tête.

– As-tu pris quelque chose ?

– De l'aspirine. Et je me suis fait un gargarisme.

– Comment te sens-tu, à présent ?

– Ça va mieux.

– Dans ma valise, j'ai une pilule magique que j'ai rapportée d'Amérique. Je t'en donnerai une.

– Je ne veux pas être K.O.

– Je ne te mettrai pas K.O.

A la radio, le programme musical s'interrompit. Après quelques secondes de silence, le carillon de Big Ben retentit, lent, sonore, lourd de fatalité. « Ici Londres. Voici le journal de neuf heures. » Jeremy jeta un regard interrogateur à Judith, qui acquiesça. Si grave que fût la situation, elle saurait faire face : Jeremy était là, à ses côtés, compréhensif, plein de compassion. Sa présence lui donnait un extraordinaire sentiment de sécurité. C'était si difficile d'être courageuse et raisonnable toute seule. A deux on pouvait se consoler, partager. Se réconforter.

Cela dit, la situation était alarmante, aussi mauvaise qu'elle le craignait. En Extrême-Orient, les Japonais se rapprochaient de Johore. La ville de Singapour avait subi un second bombardement... on creusait des tranchées et on élevait des fortifications... la bataille faisait rage sur le Muar... l'aviation britannique continuait de bombarder et de mitrailler les barges de débarquement des Japonais...

En Afrique du Nord, la 1re division blindée reculait face au général Rommel... attaque sur deux fronts à Adjedabia... toute une division indienne encerclée...

– Ça suffit, dit Jeremy, qui se leva et traversa le salon pour éteindre la radio. (La voix neutre et cultivée du présentateur se tut. Jeremy revint.) Pas très bon, n'est-ce pas ?

– Crois-tu que Singapour tombera ?

– Ce serait un désastre. Si Singapour est perdue, toute l'Indonésie suivra.

– Mais puisque cette île est tellement importante, qu'elle l'a toujours été, on devrait pouvoir la défendre.

– Les canons pointent tous vers le sud, vers la mer. Personne n'avait jamais envisagé une attaque par le nord, je suppose.

– Gus Callender est là-bas. Avec les Gordon Highlanders.

– Je sais.

– Pauvre Loveday. Pauvre Gus.

Il se pencha vers elle, l'embrassa sur la joue et posa une main sur son front.

– Comment te sens-tu ?

– Je ne sais pas trop, répondit-elle en hochant la tête.

– Je vais redescendre le plateau et ranger la cuisine, fit-il en souriant. Puis je t'apporterai ta pilule. Tu iras mieux demain matin.

Il s'en alla et Judith resta seule, étendue dans son lit bien chaud, dans le luxe et le raffinement voulus par Diana Carey-Lewis : belles draperies, chintz imprimé de roses, douceur de la lumière tamisée. L'appartement était étrangement calme. On n'entendait que la pluie qui tombait derrière les rideaux tirés. Les vitres vibrèrent sous l'effet d'une brusque rafale de vent. Tranquillement allongée, elle fixait le plafond et pensait à Londres, au fait de se trouver à Londres, être humain parmi les centaines de milliers d'êtres humains qui peuplaient la métropole. Bombardée, incendiée, délabrée, Londres palpitait pourtant d'une inlassable vitalité, qui lui venait de ceux qui habitaient ses rues et ses immeubles. L'East End et les docks avaient été presque totalement détruits par les bombes allemandes, mais il restait encore quelques pâtés de maisons où les familles se réunissaient pour boire du thé, tricoter, lire les journaux, parler, rire et écouter la radio. Tout comme d'autres se rassemblaient chaque soir sur les quais du métro pour y dormir malgré le bruit d'enfer des rames, parce qu'il y avait de la compagnie, que c'était un peu la fête, et bien plus amusant que de rester seul chez soi.

Il y avait aussi des gens dehors par cette glaciale nuit de janvier. Les artilleurs de la DCA, les responsables de la surveillance contre les incendies et les volontaires de la défense passive qui attendaient près d'un téléphone dans des cabanes de fortune, en fumant des cigarettes et en lisant le *Picture Post* pour occuper les longues heures de veille. Il y avait aussi les militaires en permission déambulant par deux ou trois sur les trottoirs sombres, cherchant à se distraire, s'engouffrant enfin derrière les rideaux de l'entrée de quelque pub. Elle pensa aux prostituées de Soho, à l'abri dans les entrées d'immeubles, qui éclairaient de leur torche leurs bas résilles et leurs chaussures à talons aiguilles. A l'autre extrémité de l'échelle sociale, de jeunes officiers en permission invitaient leur petite amie à dîner au *Savoy* avant d'aller danser toute la nuit au *Mirabelle*, au *Bagatelle* ou au *Coconut*.

Soudain, sans l'avoir voulu, elle songea à sa mère. Non à ce qu'elle était à cet instant, à l'autre bout du monde, à la merci de toutes sortes de dangers mortels, sans doute terrifiée et déconcertée. Mais à ce qu'elle avait été. Au dernier souvenir que Judith en avait gardé, à Riverview.

Riverview. La fin de l'enfance nimbait ce souvenir d'une aura profondément nostalgique. Une maison qui ne leur avait jamais appartenu, mais qui avait été leur foyer pendant quatre ans. Elle se rappela le jardin endormi les soirs d'été, quand les eaux bleues de la marée montante recouvraient la vase du Chenal. Et le bruyant petit train qui, toute la journée, faisait la navette entre Porthkerris et le terminus. Elle prenait ce train en revenant de l'école, grimpait le sentier raide et ombragé qui menait à la maison et entrait en trombe en appelant : « Maman ! » Et elle était toujours là. Au salon, avec le thé sur la table, entourée de ses jolis objets et d'un parfum de fleurs coupées. Elle revit sa mère assise à sa coiffeuse, se changeant pour le dîner, se coiffant et poudrant le bout de son nez. Elle l'entendit lire une histoire à Jess avant que la fillette s'endorme.

Des années sans histoires, où il n'y avait presque jamais d'homme à la maison. Oncle Bob parfois, accompagnant Biddy, ou Ned, venu passer quelques jours un été. Les visites des Somerville étaient des moments marquants dans leur petite vie tranquille, tout comme la pantomime de Noël du club d'art dramatique de Porthkerris et les pique-niques de Pâques à Veglos, à la saison des primevères. Sinon un jour suivait l'autre, une saison l'autre, sans qu'il se produisît rien de passionnant.

Mais la médaille avait son revers, bien sûr. La douce et docile Molly Dunbar s'était révélée une mère insipide.

Qui avait peur de conduire, qui n'aimait pas s'asseoir sur les plages humides battues par le vent du nord, qui ne se faisait pas aisément de nouveaux amis, qui était incapable de prendre une décision. Toute perspective de changement l'inquiétait (Judith se rappela son hystérie quand elle avait appris qu'elle ne retournait pas à Colombo). Elle manquait d'énergie, s'épuisait vite et montait s'allonger pour un oui ou pour un non.

Elle avait toujours besoin d'être dirigée, soutenue. Séparée de son mari, elle s'était tournée vers des femmes plus fortes qu'elle, qui lui disaient ce qu'il convenait de faire et comment le faire. Tante Louise, Biddy Somerville, Phyllis. A Riverview, c'était Phyllis qui gouvernait la maison, organisait tout, traitait avec les commerçants, éloignait Jess dès que l'enfant faisait un caprice.

Molly n'était pas responsable de sa faiblesse, elle était née ainsi. Mais Judith avait beau le savoir, cela n'arrangeait rien. La guerre, les catastrophes, les bouleversements, le manque de confort, la faim, les privations faisaient ressortir, chez certaines femmes, ce qu'il y avait de meilleur, un courage à toute épreuve et la ferme résolution de survivre. Molly Dunbar était dénuée de telles ressources. Elle serait vaincue. Détruite.

– Non.

Judith avait prononcé ce mot à voix haute, dénégation angoissée de ses propres craintes. Comme s'il était possible de chasser ces images de désespoir, elle enfouit son visage dans l'oreiller, se replia dans la position de l'enfant à naître, bien protégé dans le ventre de sa mère. Elle entendit alors Jeremy qui revenait de la cuisine, ses pas dans l'escalier.

Sa voix.

– Tu m'as appelé ?

Blottie contre son oreiller, elle secoua la tête.

– Je t'ai apporté la pilule magique. Et un verre d'eau pour l'avaler.

Elle ne bougea pas.

– Judith ?

Il s'assit au bord du lit, et son poids tira les couvertures, lui découvrant les épaules. Elle se redressa alors et leva vers lui des yeux noyés de larmes.

– Je ne veux pas de pilule, lui dit-elle. Je ne veux rien, juste être avec ma mère.

– Oh ! ma chérie.

– Je m'en veux de ne pas être avec elle.

– Il ne faut pas. Il y a trop de gens qui t'aiment.

Il était tellement imperturbable, tellement réaliste devant son comportement, qu'elle se calma.

– Excuse-moi. Je ne sais plus où j'en suis.

Il ne répondit rien à cela. Se contenta de prendre le cachet et le verre d'eau.

– Avale ça. Ensuite nous parlerons.

Elle le prit d'un air dubitatif.

– Tu es sûr que ça ne va pas m'abrutir ?

– Tout à fait sûr. Tu te sentiras beaucoup mieux et, bientôt, tu dormiras. Il faut quelque temps avant que ça fasse de l'effet, alors prends-le tout de suite.

– D'accord, soupira-t-elle.

Judith prit appui sur le coude, et avala une gorgée d'eau. Jeremy lui sourit d'un air approbateur.

– Parfait, dit-il en lui reprenant le verre. Est-ce que tu veux dormir ?

– Non.

– Tu veux parler ?

– C'est tellement *bête* de ne pas arriver à ne plus *penser*. Je voudrais qu'on me donne un cachet qui m'anesthésie le cerveau.

– Je suis désolé. (Et il avait vraiment l'air désolé.) Je n'en ai pas.

– C'est tellement *bête*. J'ai vingt ans et je veux ma mère. J'ai envie de la prendre dans mes bras, de la toucher, de la savoir en sécurité.

Les larmes, de nouveau, lui montèrent aux yeux. Et elle était trop faible, trop dénuée de toute espèce d'orgueil pour tenter de les refouler.

– Je pensais à Riverview, à notre vie avec Jess... quand il ne se passait jamais rien... tout était si tranquille... nous étions heureuses, je crois. Nous ne demandions pas grand-chose. La dernière fois que nous étions ensemble... déjà six ans... et maintenant...

– Je sais, dit tristement Jeremy. Six ans, c'est beaucoup trop long. C'est désolant.

– Je ne sais plus... je ne sais plus rien. Je voudrais une lettre. Quelque chose. Pour savoir où ils sont... c'est tellement bête...

– Non, ce n'est pas bête. Mais ne perds pas espoir. Pas de nouvelles, bonnes nouvelles. C'est parfois vrai. Qui sait ? Ils sont peut-être loin de Singapour à présent, en route pour l'Inde ou pour un lieu plus sûr. Dans une période comme celle-ci, les communications se détraquent forcément. Ne te décourage pas.

– Tu dis ça pour me remonter le moral...

– Mais non. J'essaie simplement d'être raisonnable. De faire la part des choses.

– Imagine que ce soient *ta* mère et *ton* père...

– Je serais fou d'anxiété. Mais je crois quand même que je m'efforcerais de ne pas perdre espoir.

Judith réfléchit.

– Ta mère n'est pas comme la mienne, dit-elle enfin.

– Qu'est-ce que tu veux dire ?

– Elle est différente.

– Qu'en sais-tu ?

– Je l'ai rencontrée aux funérailles de tante Lavinia. Nous avons un peu parlé. Elle est forte, sensée et pratique. Je l'imagine très bien calmant les patients frénétiques au téléphone, et ne se méprenant jamais sur les messages importants.

– Tu es très perspicace.

– Ma mère n'est pas comme ça. Tu ne l'as vue qu'une fois, dans le train, et nous ne nous connaissions même pas à ce moment-là. Elle n'est pas forte. Elle n'a jamais eu confiance en elle. Elle se préoccupe trop de ce que pensent les autres et elle est incapable de prendre des responsabilités. Tante Louise ne cessait de lui répéter qu'elle était stupide. Jamais elle ne s'est défendue. Jamais elle n'a fait quoi que ce soit pour prouver le contraire.

– Qu'essaies-tu de me dire ?

– Que j'ai peur pour elle.

– Elle n'est pas seule. Elle a ton père. Elle a Jess.

– Jess n'est qu'une petite fille. Elle ne peut pas prendre des décisions à la place de ma mère.

– Jess a dix ans. Ce n'est plus un bébé. Les petites filles de dix ans ont parfois une personnalité redoutable. Quoi qu'il arrive, où qu'ils soient, je suis certain que Jess lui sera d'un grand secours.

– Comment peut-on *savoir*...

Ses larmes coulaient de nouveau, et Judith tenta maladroitement de les essuyer avec le bord du drap. Jeremy se leva, se rendit dans la salle de bains, tordit un gant de toilette sous l'eau froide, prit une serviette et revint auprès d'elle.

– Voilà, dit-il en lui essuyant le visage.

Il lui tendit la serviette dans laquelle elle se moucha vigoureusement.

– Je n'ai pas l'habitude de pleurer comme ça, dit-elle. La dernière fois, c'était à la mort d'Edward, mais c'était différent. C'était la fin de quelque chose. Une fin affreuse, d'ailleurs. Cette fois, j'ai le sentiment que c'est le début de quelque chose d'infiniment pire.

Elle avait l'air si désespérée que Jeremy fit ce qu'il avait eu envie de faire toute la soirée. Il s'allongea à côté d'elle, la prit dans ses bras et la serra contre lui, l'enveloppant dans la chaleur de son étreinte. Elle se blottit contre lui, reconnaissante, et ses doigts se refermèrent sur la laine épaisse de son pull.

– Tu sais, dit-il, quand j'étais petit et que je pleurais, ma mère me consolait en me disant : « Ça passera. Un jour, tu y repenseras et ce sera fini. »

– Est-ce que ça arrangeait les choses ?

– Pas beaucoup. Mais ça m'aidait.

– Je n'arrive pas à t'imaginer petit garçon. Je ne t'ai connu qu'adulte. Quel âge as-tu, Jeremy ?

– Trente-quatre ans.

– S'il n'y avait pas eu la guerre, je suppose que tu serais marié et que tu aurais une famille... C'est drôle de se dire ça, non ?

– Hilarant. Mais c'est peu probable.

– Pourquoi ?

– La médecine me prend trop de temps. Je suis trop occupé pour courir les filles. Et chroniquement fauché.

– Tu devrais te spécialiser. Devenir chirurgien, gynécologue ou je ne sais quoi. Une belle plaque en cuivre sur ta porte : Dr Jeremy Wells, membre de l'Académie royale de Chirurgie. Il y aurait la queue dans la rue et plein de riches femmes enceintes pressées de remettre leur sort entre tes mains.

– Charmante idée.

– Ça ne te plairait pas ?

– Pas vraiment mon genre.

– C'est quoi, ton genre ?

– Comme mon père, je crois. Médecin de campagne, avec le chien dans la voiture.

– Très rassurant.

Elle redevenait peu à peu elle-même, mais restait paisiblement blottie dans ses bras.

– Jeremy ?

– Qu'y a-t-il ?

– Quand tu t'accrochais à ce radeau au milieu de l'Atlantique, à quoi pensais-tu ?

– A garder la tête hors de l'eau. A rester en vie.

– Tu ne te rappelais rien ? De jolies choses ? De beaux paysages ? Des moments heureux ?

– J'ai essayé.

– Quoi en particulier ?

– Je ne sais plus.

– Tu *dois* le savoir.

C'était visiblement important pour elle et, tout en tâchant d'ignorer l'excitation physique qu'engendraient sa proximité et le besoin qu'elle avait de lui, il fit un effort pour faire surgir de sa mémoire quelques souvenirs confus.

– Les dimanches d'automne à Truro et les cloches de la cathédrale sonnant les vêpres. Les promenades sur les falaises de la Nare avec une mer bleue comme du verre et des fleurs sauvages plein les fossés.

A présent, les souvenirs se bousculaient, des images et des sons qui, rétrospectivement, avaient le pouvoir de le rendre heureux.

– Les séjours à Nancherrow, je suppose. Les baignades matinales avec Edward, quand nous remontions en sachant qu'un petit déjeuner pantagruélique nous attendait. La première fois où j'ai joué dans l'équipe de Cornouailles, à Twickenham, et où j'ai marqué deux essais. La chasse au faisan par un matin glacé de décembre, l'attente du gibier, les jappements des chiens, et les arbres nus comme de la dentelle sur le ciel d'hiver. La musique. « Jésus, que ma joie demeure », quand tu es revenue à Nancherrow... Voilà pour moi. A toi maintenant.

– Je ne trouve rien. Je suis trop fatiguée.

– Rien qu'un, la cajola-t-il.

– D'accord, fit-elle en soupirant. Ma maison. Mon chez-moi. C'est encore un peu celle de tante Lavinia, parce qu'elle y a laissé beaucoup de choses, mais c'est quand même à moi. L'atmosphère qui y règne, le tic-tac de l'horloge dans l'entrée, la vue sur la mer et les pins. Savoir que Phyllis est là. Et que je peux y retourner quand je veux. Rentrer à la maison. Et un jour ne plus repartir.

– Accroche-toi à ça, dit-il en souriant.

Elle ferma les yeux. Baissant le regard vers elle, il vit ses longs cils noirs contre ses joues pâles, sa bouche adorable, la courbe pure de sa mâchoire et de son menton. Il se pencha et lui embrassa le front.

– Tu es fatiguée, et je pars de bonne heure. Nous devrions en rester là.

Elle ouvrit aussitôt les yeux, inquiète, et resserra les doigts sur son pull. Jeremy, qui essayait de se convaincre de rester ferme, se dégagea.

– Je vais te laisser dormir.

Mais elle le supplia.

– Ne pars pas, je t'en prie. Ne me quitte pas. Je veux que tu restes avec moi.

– Judith...

– Non, ne t'en va pas... Le lit est grand, ajouta-t-elle, comme s'il avait besoin d'encouragement. Il y a plein de place. J'irai bien si tu restes. S'il te plaît.

Partagé entre son désir et son bon sens, Jeremy hésita.

– Tu es sûre que c'est une bonne idée ? demanda-t-il enfin.

– Pourquoi pas ?

– Parce que si je passe la nuit avec toi, je vais, selon toute probabilité, te faire l'amour.

Elle ne parut ni choquée, ni particulièrement surprise.

– Ça ne fait rien.

– Qu'est-ce que tu entends par *ça ne fait rien* ?

– Si tu en as envie, je veux bien que tu me fasses l'amour.

– Te rends-tu compte de ce que tu dis ?

– Je crois même que j'aimerais beaucoup ça.

Soudain elle sourit. Il ne l'avait presque pas vue sourire de toute la soirée, il en fut tout retourné et son bon sens s'envola.

– Ne t'inquiète pas, Jeremy, ce ne sera pas la première fois.

– Edward ? dit-il.

– Évidemment, Edward.

– Si je te fais l'amour, est-ce que tu penseras à Edward ?

– Bien sûr que non, répondit-elle d'une voix ferme. Je penserai à toi. A Londres. Ici où j'ai vraiment besoin de toi. Je ne veux pas que tu me quittes. Je veux te serrer contre moi et me sentir protégée.

– Je ne peux pas te faire l'amour tout habillé.

– Eh bien, déshabille-toi.

– Je ne peux pas. Tu t'accroches à mon pull.

Elle sourit de nouveau, lâcha prise, mais il ne bougea pas.

– Je t'ai libéré, dit-elle.

– Je suis terrifié à l'idée de te quitter, de peur que tu disparaisses.

– Ne sois pas terrifié.

– Je reviens dans deux minutes.

– Une minute, si tu peux.

– Judith ?

Une voix lointaine, sortant de l'ombre.

– Judith.

Elle bougea, tendit la main pour le toucher, mais le lit était vide. Elle ouvrit péniblement les yeux. Rien n'avait changé. Dans la chambre une lampe était allumée, les rideaux étaient tirés, comme lorsqu'elle s'était endormie. Jeremy était assis au bord du lit, en uniforme, rasé. Elle sentit l'odeur du savon.

– Je t'ai apporté une tasse de thé.

– Quelle heure est-il ?

– Six heures du matin. Je m'en vais.

Six heures du matin. Elle s'étira, bâilla et s'assit. Il lui tendit la tasse fumante, trop chaude pour qu'elle la boive. Elle cligna des yeux pour chasser le sommeil, encore mal réveillée.

– A quelle heure t'es-tu levé ?

– Cinq heures et demie.

– Je ne t'ai pas entendu.

– Je sais.

– Tu as pris ton petit déjeuner ?

– Oui. Un œuf et une tranche de bacon.

– Emporte toutes tes victuailles. Inutile de les laisser ici.

– Ne t'inquiète pas. J'ai tout emballé. Je voulais juste te dire au revoir. Et merci.

– Oh ! Jeremy, c'est moi qui devrais t'être reconnaissante.

– C'était merveilleux. Parfait. Le plus précieux des souvenirs.

Sans qu'elle sût pourquoi, Judith était un peu intimidée. Elle baissa les yeux et but une gorgée de thé brûlant.

– Comment te sens-tu ce matin?

– Bien. Un peu abrutie.

– Le mal de gorge?

– Parti.

– Tu seras prudente, n'est-ce pas?

– Bien sûr.

– Quand dois-tu retourner à Portsmouth?

– Ce soir.

– Une lettre de ta famille t'y attendra peut-être.

– Oui, dit-elle. (Elle songea à cette éventualité et reprit soudain espoir.) Peut-être bien.

– Ne t'inquiète pas trop. Et prends soin de toi. J'aimerais tant pouvoir rester. Hier soir, nous avons bavardé, mais il y a des milliers de choses dont nous n'avons pas parlé. Maintenant nous n'en avons plus le temps.

– Il ne faut pas que tu rates ton train.

– Je t'écrirai. Dès que j'aurai un peu de temps. Je t'écrirai et j'essaierai de te dire tout ce que j'aurais aimé te dire hier soir. Sur le papier, je me débrouillerai sans doute mieux.

– Tu ne t'es pas trop mal débrouillé. Mais j'aimerais beaucoup recevoir une lettre.

– Il faut que je m'en aille. Au revoir, Judith chérie.

– Si tu m'enlèves ce thé, je te dirai au revoir convenablement.

En riant, il lui prit sa tasse et sa soucoupe. Alors ils se serrèrent l'un contre l'autre et s'embrassèrent, comme les amis qu'ils avaient toujours été, comme les amants qu'ils étaient devenus.

– Ne sois plus torpillé, Jeremy.

– Je ferai mon possible.

– Et écris-moi, comme tu l'as promis.

– Tôt ou tard.

– Veux-tu me rendre un service avant de t'en aller?

– De quoi s'agit-il?

– Ouvre tous les rideaux, pour que je voie l'aube se lever.

– Il ne fera pas jour avant des heures.

– J'attendrai.

Il se détacha d'elle et se dirigea vers la fenêtre. Elle l'entendit tirer les rideaux noirs du couvre-feu. Derrière les vitres, il n'y avait pas de lumière en ce matin d'hiver, mais la pluie avait cessé et le vent était tombé.

– C'est parfait.

– Je dois partir.

– Au revoir, Jeremy.

– Au revoir.

Il faisait trop sombre pour qu'elle le distingue, mais elle l'entendit sortir et refermer la porte doucement derrière lui. Il était parti. Elle s'allongea de nouveau et se rendormit presque instantanément.

Elle ne se réveilla qu'à dix heures. Finalement elle n'avait pas vu les premières lueurs de l'aurore. Il faisait déjà grand jour.

Elle songea à Jeremy, dans un train, roulant, dans un bruit de tonnerre, vers Liverpool, Invergordon ou Rosyth. Elle songea à la veille au soir, sourit en se rappelant la manière dont il lui avait fait l'amour, avec infiniment de tendresse et de savoir-faire, si bien qu'elle avait ressenti un plaisir égal à son ardeur. Un intermède magique, inattendu, joyeux.

Jeremy Wells. Tout était transformé, à présent. Jamais ils n'avaient correspondu jusque-là, mais il lui avait promis qu'il lui écrirait.

En attendant, elle se retrouvait seule. Étendue dans son lit, elle se rendit compte qu'elle était guérie. Le rhume avait disparu, ainsi que tous ses symptômes, mal de tête, lassitude et déprime. Cela était-il dû à Jeremy Wells lui-même ou à ses médications et à une bonne nuit de sommeil ? Elle n'aurait su le dire. Peu importait. Elle se sentait de nouveau pleine d'énergie.

Mais que faire ? Elle ne devait pas rentrer à Portsmouth avant le soir, et la perspective d'une journée vide et solitaire, à Londres, un dimanche de guerre, n'était guère réjouissante. Elle se prit à songer à la lettre de Singapour qui l'attendait peut-être. Plus elle y pensait, plus elle avait la certitude qu'il y en aurait une au poste de contrôle, dans la boîte aux lettres marquée d'un D. Soudain, elle comprit qu'elle devait retourner à Portsmouth sur-le-champ. Elle repoussa les couvertures, bondit hors du lit et se dirigea vers la salle de bains.

Baignée, habillée, ses bagages faits, elle fit un peu de ménage, puis elle griffonna un mot pour Mrs. Hickson, qu'elle cala avec quelques pièces d'une demi-couronne, empoigna son sac et partit en claquant la porte. Elle prit le métro jusqu'à Waterloo et sauta dans le premier train pour Portsmouth. A deux heures, elle franchissait le portail du bâtiment des auxiliaires féminines de la Marine et pénétrait dans le poste de contrôle. L'auxiliaire de garde, une fille à la mine revêche et au teint blafard, se rongeait les ongles en se morfondant derrière son bureau.

– N'êtes-vous pas un peu en avance ? demanda-t-elle.

– Je sais.

– Je croyais que vous aviez tout le week-end.

– Tout à fait.

– Eh bien, je ne sais trop que faire, fit l'auxiliaire en lui jetant un regard méfiant, comme si Judith allait commettre une mauvaise action. Enfin, ça ira pour cette fois, j'imagine.

Ce qui ne semblait pas exiger de réponse. En soupirant, Judith signa le registre et se dirigea vers les boîtes aux lettres. Sous la lettre D, il y avait une petite pile de courrier. Elle prit les lettres et parcourut les enveloppes. Auxiliaire Durbridge. Sergent Joan Daly. La dernière était une fine enveloppe bleue portant l'écriture de sa mère.

L'enveloppe était écornée et pas très propre, comme si elle avait subi d'incroyables vicissitudes et fait deux fois le tour du monde. Judith remit les autres lettres en place et regarda la sienne. Son instinct lui dictait de l'ouvrir d'un coup et de la lire sur place, mais l'auxiliaire de service la regardait toujours et elle n'avait pas envie qu'on l'observe. Elle ramassa donc son sac et regagna l'appartement et la pièce exiguë et glacée qu'elle partageait avec Sue. C'était dimanche, il n'y avait personne. Sue était sans doute de garde. Elle ôta son chapeau, s'assit sur la couchette du bas, toujours emmitouflée dans sa capote, et ouvrit l'enveloppe.

Orchard Road, Singapour, le 16 janvier

Ma très chère Judith,

Je n'ai que peu de temps devant moi et cette lettre sera donc assez courte. Demain Jess et moi prenons le bateau, le *Rajah of Sarawak*, pour l'Australie. Il y a quatre jours, Kuala Lumpur est tombée aux mains des Japonais, qui avancent, telle une marée, vers l'île de Singapour. Au nouvel an, le bruit a couru que le Gouverneur avait recommandé une évacuation de toutes les *bouches inutiles*. Autrement dit les femmes et les enfants. En le disant en français, cela paraît moins injurieux. Depuis la chute de Kuala Lumpur, ton père a passé, comme tout le monde, le plus clair de son temps dans les bureaux des compagnies de navigation pour essayer d'obtenir des billets pour Jess et pour moi. Les réfugiés affluent et, ici, c'est la confusion la plus complète. Cependant, il vient de me dire à l'instant (onze heures du matin) qu'il a eu deux couchettes pour nous (en soudoyant un employé ?) et que nous partons demain matin. Nous ne pouvons emporter qu'une petite valise chacune, le bateau étant surchargé. Papa doit rester ici. Il ne peut pas nous accompagner, car il est responsable des bureaux et du personnel de la compagnie. Sa sécurité me préoccupe beaucoup et je redoute la séparation. Si ce n'était pour Jess, je prendrais le risque de rester. Mais comme toujours, je suis partagée entre deux devoirs. Abandonner les domestiques, la maison et le jardin, c'est pour moi aussi terrible que d'être déracinée. Que puis-je faire ?

Jess est très malheureuse à l'idée de quitter Orchard Road, Ah Lin, son amah et le jardinier. Ils étaient tous ses amis. Mais je lui ai dit que nous allions prendre le bateau et que ce serait l'aventure. Elle est en train de faire sa valise avec l'amah. Je suis pleine d'appréhension, mais nous avons de la chance de nous en aller. Quand nous arriverons en Australie, je t'enverrai un télégramme pour t'indiquer l'adresse où tu pourras m'écrire. S'il te plaît, dis à Biddy que je n'ai pas le temps de lui écrire.

Au début, on reconnaissait l'écriture habituelle de Molly Dunbar, une écriture propre et soignée d'écolière, mais au fil des pages, celle-ci se détériorait jusqu'à n'être plus qu'un griffonnage frénétique, criblé de taches d'encre.

C'est étrange mais, toute ma vie, je me suis posé, de temps en temps, des questions auxquelles je n'ai jamais su répondre. Qui suis-je ? Que fais-je ici ? Où vais-je ? Maintenant, tout cela est devenu une terrible réalité, comme un rêve qui m'aurait toujours hantée et qui se réalise enfin. J'aimerais te dire au revoir convenablement, mais je ne peux le faire que par lettre. S'il nous arrive quelque chose, à papa et à moi, tu t'occuperas de Jess, n'est-ce pas ? Je t'aime tant. Je pense à toi tout le temps. Je t'écrirai d'Australie.

Judith, ma chérie.

Maman.

Ce fut la dernière lettre de sa mère. Trois semaines plus tard, un dimanche, le 15 février, Singapour capitula devant les Japonais.

Ensuite, plus rien.

HMS *Sutherland*, Poste restante, Londres, le 21 février 1942

Très chère Judith,

Je t'avais dit que je t'écrirais tôt ou tard, et c'est plutôt tard, puisque cela fait environ un mois que je t'ai quittée. J'aurais pu t'envoyer un petit mot, mais cela n'aurait pas été satisfaisant, et je savais que tu excuserais ce retard.

Mon adresse est délibérément trompeuse. Mon bateau n'est pas ratatiné dans un casier de poste restante. On le remet en état dans le chantier naval de Brooklyn (le rêve de tout marin britannique). New York ouvre tout grand ses portes à la Royal Navy. Je n'avais jamais rencontré une telle hospitalité. La fête a commencé dès que nous avons été en cale sèche et que le travail a démarré. On nous a conduits, le lieutenant de vaisseau (Jock Curtin, un Australien) et moi-même, à un cocktail dans un appartement cossu proche de Central Park, où nous avons été traités comme les héros que nous ne sommes pas, et couverts d'attentions. A cette fête-là (et il y en a eu plus que ne peut en supporter n'importe quel foie), nous avons fait la connaissance d'un couple charmant, Eliza et Dave Barmann, qui nous ont immédiatement invités à passer le week-end dans leur maison de Long Island. Ils sont gentiment venus nous chercher au port en Cadillac, et nous avons pris la voie express jusqu'à leur résidence secondaire. C'est une grande maison ancienne en bardeaux, qui se trouve dans le village de Leesport, sur la côte sud de Long Island. Il nous a fallu environ deux heures pour y parvenir. La route n'est pas belle, entièrement bordée de panneaux publicitaires, de cafétérias et de revendeurs de voitures d'occasion, mais le village est charmant. De la verdure, des clôtures en bois, des arbres qui font de l'ombrage, des rues larges, un drugstore, une caserne de pompiers et une église en bardeaux avec un haut clocher. C'est ainsi que j'ai toujours imaginé l'Amérique, comme dans ces vieux films que nous allions voir autrefois.

La maison est au bord de l'eau, et les pelouses descendent jusqu'au rivage. Ce n'est pas l'océan, car la Great South Bay est une sorte de lagon, limité par les dunes de Fire Island. L'Atlantique est derrière Fire Island. Il y a là une petite marina, la bannière étoilée flotte au vent, et des tas de yachts superbes et de bateaux à voile y sont ancrés.

Voilà, j'ai planté le décor. Dehors il fait froid, mais l'air est vif et sec. Une belle matinée. Je suis assis à un bureau qui donne sur la terrasse d'été et la piscine. A l'intérieur, il fait délicieusement chaud grâce au chauffage central. Aussi la maison est-elle meublée comme pour l'été, avec des parquets cirés sans tapis et des rideaux de cotonnade. Tout est frais et léger. Ça sent le cèdre, avec quelques effluves de cire d'abeille et d'huile solaire. Au premier étage, Jock et moi avons chacun notre chambre et une salle de bains commune. Tu vois, nous sommes comme des coqs en pâte.

Je te l'ai dit, on fait preuve à notre égard d'une gentillesse et d'une hospitalité incroyables, gênantes même, d'autant que nous ne pouvons pas leur rendre la pareille. Il semble que cela fasse partie du caractère américain et c'est, selon moi, la conséquence des temps héroïques des premiers pionniers. Les colons, apercevant un nuage de poussière, en déduisaient qu'un étranger arrivait et criaient à leur femme de rajouter quelques pommes de terre dans le ragoût. En même temps, ils se saisissaient de leur fusil, revers de la médaille américaine.

Je ne te parlerai plus de moi, mais de toi. Je pense à toi tous les jours et je me demande si tu as reçu des nouvelles de ta famille. La chute de Singapour a été un désastre, sans doute la pire défaite de l'histoire de l'Empire britannique.

Apparemment, la défense de la ville a été mal conçue et mal organisée. Ce qui n'est guère rassurant, si tu n'as toujours pas de nouvelles. Mais n'oublie pas que cette guerre aura une fin et, même si cela prend du temps, je suis certain qu'un jour viendra où vous serez tous réunis. Le pire, c'est que la Croix-Rouge n'y a pas accès... Au moins, en Allemagne, les prisonniers profitent-ils de l'organisation suisse. Quoi qu'il en soit, je n'ai pas perdu espoir pour vous. Ni pour Gus Callender. Le pauvre. Quand je pense à ce que je vis et à ce qu'il doit endurer, j'éprouve un terrible sentiment de culpabilité. Mais ce genre de culpabilité a toujours été vain.

A ce moment-là, Jeremy posa son stylo, le regard attiré par un petit ferry-boat qui traversait les eaux calmes et argentées du Sound en direction de Fire Island. Il avait déjà noirci plusieurs feuilles de papier et n'avait pas encore abordé le véritable objet de sa lettre. Peut-être, inconsciemment, repoussait-il le moment de le faire. C'était si personnel, si important qu'il redoutait de ne pas trouver les mots. Au début, il avait une certaine assurance, mais maintenant qu'il en arrivait au point crucial, il n'était plus aussi sûr de lui. Il regarda le ferry-boat jusqu'à ce que celui-ci eût disparu derrière un bosquet. Puis il reprit son stylo et poursuivit sa lettre.

Ce fut pour moi un événement aussi inattendu qu'heureux de te retrouver à Londres, dans la maison de Diana. Je suis tellement content d'avoir été là alors que tu étais malade, inquiète et si malheureuse. Passer avec toi cette nuit où tu m'as laissé partager tes angoisses, et où, je l'espère, je t'ai réconfortée de la manière la plus fondamentale, a été pour moi, quand j'y pense, une sorte de petit miracle. Jamais je n'oublierai ta douceur.

La vérité, c'est que je t'aime beaucoup. Je crois que je t'ai toujours aimée. Je l'ai compris le jour où tu es revenue à Nancherrow et où j'ai entendu « Jésus, que ma joie demeure », venant de ta chambre. J'ai su que tu étais de retour. Tu écrivais à ta mère, je crois. C'est à ce moment-là que j'ai enfin compris à quel point tu comptais pour moi.

Mais il est vain de tomber amoureux en temps de guerre, vain de s'engager, et je suis certain que tu es de mon avis. Tu aimais Edward, il a été tué, et personne ne cherche à subir à nouveau une telle épreuve. Enfin, un jour, cette guerre finira et, avec un peu de chance, nous nous en sortirons, nous retournerons tous en

Cornouailles et nous renouerons les fils de nos vies. Alors j'aimerais, plus que tout au monde, que nous nous retrouvions, parce que je n'envisage pas l'avenir sans toi.

Il s'interrompit une fois de plus, et relut sa lettre. Le dernier paragraphe lui parut affreusement emprunté. Il n'était pas un homme de lettres. Certains, à l'instar d'un Robert Burns ou d'un Browning, savaient exprimer leurs sentiments en quelques phrases bien tournées, mais ce n'était pas un don que Jeremy Wells avait reçu. Ce qu'il avait écrit suffirait. Il était pourtant pris de doute, paralysé par l'hésitation.

Finalement, ce qu'il désirait plus que tout, c'était épouser Judith, mais était-ce bien de le lui proposer ? Il n'était pas une affaire, il fallait bien le reconnaître : beaucoup plus âgé qu'elle, il avait un modeste avenir de médecin de campagne, qui plus est chiche en biens de ce monde. Alors que, grâce à sa tante, Judith était une fille riche, qui possédait déjà quelques biens. Allait-elle s'imaginer, comme le prétendrait sûrement la rumeur, qu'il était attiré par sa fortune ? Et la vie d'épouse de médecin de campagne était une perspective peu alléchante : coups de fil incessants, nuits interrompues, vacances annulées et repas aux horaires fantaisistes. Peut-être méritait-elle mieux que cela. Elle était devenue si ravissante, si désirable... Rien que d'y penser, il en était bouleversé... Il n'était que trop évident que les hommes allaient tomber amoureux d'elle comme les pommes tombent de l'arbre. Se montrait-il épouvantablement égoïste en lui demandant de l'épouser ?

Il n'en savait rien, mais il s'était trop avancé pour ne pas aller jusqu'au bout. Déchiré par l'incertitude, il reprit son stylo et continua de tracer son sillon.

Je te dis tout cela sans avoir la moindre idée de ce que tu ressens pour moi. Nous avons toujours été des amis, je me plais du moins à le penser, et j'aimerais que nous le restions. Je ne veux donc pas t'écrire quoi que ce soit qui puisse gâcher à jamais notre belle amitié. Pour l'instant, je me contenterai donc de cette déclaration d'amour. Mais, je t'en prie, écris-moi dès que tu le pourras et dis-moi ce que tu éprouves et si, avec le temps, tu peux envisager que nous passions le reste de notre vie ensemble.

Je t'aime tant. J'espère que cela ne te contrariera pas et ne te peinera pas. Souviens-toi simplement que je suis prêt à attendre que tu veuilles t'engager. Mais, *je t'en supplie*, écris-moi vite pour apaiser mes doutes.

A toi qui m'es chère à jamais,

Jeremy.

Terminé. Il posa son stylo, se passa les doigts dans les cheveux et contempla d'un air abattu la lettre qu'il avait mis toute la matinée à rédiger. Peut-être n'aurait-il pas dû perdre son temps. Peut-être devait-il la déchirer, oublier tout cela, écrire une autre lettre sans rien lui demander, cette fois. Mais, s'il faisait cela...

– Jeremy ?

Son hôtesse venait le chercher, et il fut reconnaissant de cette interruption.

– Jeremy ?

– Je suis là. (Il rassembla rapidement les feuillets et les glissa sous la couverture de son bloc.) Dans la salle de séjour.

Il se retourna dans son fauteuil. Elle apparut dans l'embrasure de la porte, grande et bronzée, ses cheveux cendrés bouffants et brillants, comme si elle sortait tout juste des mains expertes d'un coiffeur. Elle portait un tailleur de laine léger, un chemisier rayé au col raide, les poignets attachés par des boutons de manchette en or, et des chaussures à talons hauts soulignaient l'élégance de ses longues jambes. Eliza Barmann était un régal pour les yeux.

– Nous vous emmenons déjeuner au club, dit-elle. Nous partons dans un quart d'heure environ. Serez-vous prêt ?

– Bien entendu, répondit-il en rassemblant ses affaires, puis il se leva. Excusez-moi, je ne m'étais pas rendu compte qu'il était si tard.

– Avez-vous terminé votre lettre ?

– Tout juste.

– Désirez-vous la poster ?

– Non... non, j'y ajouterai peut-être quelque chose. Plus tard. Je la posterai en regagnant notre bateau.

– Bien, si vous êtes certain...

– Je vais me préparer...

– Rien d'habillé. Juste une cravate. Dave se demandait si, après le déjeuner, vous aimeriez faire une partie de golf ?

– Je n'ai pas de clubs.

– Ça ne pose aucun problème, fit-elle en souriant. Nous pouvons en emprunter. Ne vous pressez pas, il n'y a aucune raison, si ce n'est qu'il serait agréable de prendre un martini avant de manger.

A la fin du mois d'avril et d'une longue journée, Judith achevait de taper la dernière lettre du lieutenant-colonel Crombie (avec copie pour le capitaine du HMS *Excellent* et le directeur de l'artillerie navale). Elle tira les feuilles d'un coup sec pour les sortir de sa machine à écrire.

Il était presque six heures. Les deux auxiliaires avec lesquelles elle partageait le bureau avaient déjà plié bagage et étaient rentrées à bicyclette. Mais, à la fin de l'après-midi, le lieutenant-colonel Crombie lui avait apporté cette longue missive, aussi secrète qu'urgente, et Judith était restée un peu à contrecœur.

Elle était fatiguée. Il avait fait un temps superbe, une belle journée de printemps. Dans le jardin du capitaine, les jonquilles se balançaient dans la brise. A midi, en se dirigeant vers le bloc O, ragoût de mouton et plum-pudding, elle avait aperçu les pentes verdoyantes de Portsdown Hill. Contemplant avec nostalgie le sommet arrondi de la colline, respirant l'odeur de l'herbe fraîchement coupée, son corps tout entier réagissant à la montée de la sève, au renouveau. J'ai vingt ans, s'était-elle dit, et je ne les aurai plus jamais. Elle avait envie de s'échapper, de se balader, de grimper la colline en respirant l'air vif, de s'allonger dans l'herbe, et d'écouter le vent dans les arbres et le chant des oiseaux. Mais, après une demi-heure consacrée au ragoût de mouton, elle avait regagné le baraquement mal aéré qui servait temporairement de quartier général au service de l'entraînement des troupes.

Elle tria les pages du document, séparant le premier exemplaire des trois carbones, mit le dernier de côté pour l'insérer dans le dossier correspondant, empila soigneusement les autres avant de les glisser dans une chemise en carton pour les soumettre à la signature.

Il fallait pour cela quitter le bureau des dactylos et traverser le bureau principal, où le lieutenant Armstrong et le capitaine Burton, des Royal Marines, étaient encore au travail. Ils ne relevèrent pas la tête sur son passage. La familiarité avait engendré une certaine indifférence professionnelle. A l'extrémité de la pièce se trouvait une porte avec une plaque au nom du lieutenant-colonel. Elle frappa.

– Entrez.

Il était assis à son bureau, guindé, et ne sourit pas. Il avait parfois l'expression d'un homme souffrant d'un douloureux ulcère à l'estomac.

– Voilà votre lettre, colonel. J'ai tapé les enveloppes. Si vous voulez bien la lire, je les enverrai ce soir.

– Mon Dieu, dit-il en consultant sa montre, il est si tard que ça ? N'est-il pas temps pour vous de partir ?

– Eh bien, si je ne suis pas rentrée au quartier à sept heures, je n'aurai rien à manger.

– Ce n'est pas possible. Si vous allez me chercher les enveloppes, je m'occuperai de leur distribution. Comme cela, vous ne mourrez pas de faim.

Il faisait plus de bruit que de mal. Judith l'avait remarqué depuis longtemps et ne s'était jamais laissé intimider. Depuis la chute de Singapour et l'arrêt des missives familiales, il s'était énormément préoccupé de son bien-être, un peu comme un oncle. Il avait une maison à Fareham, où il vivait avec sa femme et son fils. Peu après que le monde horrifié avait appris la capitulation de Singapour, il avait invité Judith à déjeuner chez lui un dimanche. Judith n'avait pas le moins du monde envie d'y aller mais, touchée, elle avait accepté avec un sourire reconnaissant, comme si cette perspective la comblait de joie.

Le dimanche, il n'y avait pas de bus pour Fareham, et elle avait dû faire sept kilomètres à bicyclette pour se rendre dans cette maison banale. Cette visite avait été un échec, car Mrs. Crombie soupçonnait quelque liaison amoureuse et le lieutenant-colonel n'était pas doué pour égayer la conversation. Afin de dissiper le doute, Judith lui avait donné du « mon colonel » tous les deux mots et avait passé le plus clair de son après-midi à aider le petit Crombie à construire un moulin à vent avec son Meccano. Ç'avait été un soulagement quand l'heure était venue de remonter sur son vélo et de pédaler jusqu'au quartier.

Mais c'était l'intention qui comptait.

Elle le laissa à sa lecture, retourna dans son bureau, couvrit sa machine à écrire, prit les enveloppes, son manteau et son chapeau. Le lieutenant Armstrong et le capitaine Burton avaient également décidé d'en rester là. Le lieutenant Armstrong avait allumé une cigarette et, quand elle passa devant eux, il lui dit :

– Nous allons boire un verre au pub, voulez-vous venir avec nous ?

Elle sourit. L'heure était manifestement venue de décompresser et de s'amuser.

– Merci, mais je crois que je n'ai pas le temps.

– Dommage. Une autre fois.

– Merci, fit Judith.

De nouveau face à son patron, elle plia les lettres avec une précision scientifique, les mit dans leur enveloppe qu'elle cacheta et jeta dans le plateau « Envois ».

– S'il n'y a plus rien à faire, je m'en vais.

– Merci, Judith.

Il leva les yeux et lui adressa un de ses rares sourires. Elle aurait aimé qu'il sourît plus souvent. Il était tout aussi exceptionnel qu'il l'appelât par son prénom. Elle se demanda à quel point sa froideur était due à l'évidente jalousie de sa femme, et elle le plaignit.

– Pas de problème.

Tandis qu'elle mettait son manteau, il se cala dans son fauteuil et l'observa.

– Cela fait combien de temps que vous n'avez pas eu de permission ? lui demanda-t-il tout à trac.

Elle s'en souvenait à peine.

– Depuis Noël ?

– Vous avez du retard.

– Vous voulez vous débarrasser de moi ?

– Au contraire. Mais vous avez l'air exténuée.

– L'hiver a été long.

– Réfléchissez-y. Vous pourriez rentrer chez vous, en Cornouailles. Dans votre maison. Un congé de printemps.

– Je verrai.

– Si vous le désirez, j'en toucherai un mot à votre supérieure.

Vaguement inquiète, elle hocha la tête.

– Non, ce n'est pas la peine. Je dois prendre un long week-end, je le sais. Je vais peut-être le demander.

– Vous devriez le faire, si vous voulez mon avis. (Il se leva et retrouva sa brusquerie habituelle.) Alors, allez-y.

– Bonsoir, mon colonel, fit-elle avec un sourire affectueux.

– Bonsoir, Dunbar.

Dans la lumière dorée de ce soir de printemps, elle enfourcha sa bicyclette, traversa la passerelle, remonta Stanley Road et prit la grand-route en direction du nord. Tout en pédalant, elle pensait à sa permission, au retour en Cornouailles... juste pour quelques jours. Retrouver Phyllis, Biddy et Anna, s'affairer dans la maison, s'accroupir, le dos au soleil, pour désherber les parterres de roses. Il était temps de remettre de la créosote dans la cabane pour la saison, et peut-être de chercher un nouveau jardinier. Juste quelques jours. C'était tout ce dont elle avait besoin, et un long week-end ferait l'affaire.

C'était ridicule, mais le pire, dans l'absence totale de contact avec sa famille, c'était surtout l'interruption du courrier. Pendant si longtemps, presque sept ans, elle avait vécu dans l'attente des lettres qui lui apportaient des nouvelles dérisoires et pourtant précieuses de Singapour. A présent, chaque fois qu'elle rentrait au quartier, elle devait se rappeler qu'il n'y aurait rien dans le casier marqué d'un D.

Pas même la lettre que lui avait promise Jeremy Wells. Trois mois avaient passé depuis qu'ils s'étaient dit au revoir à Londres et qu'il l'avait laissée se rendormir dans le lit de Diana. *Je t'écrirai*, avait-il promis. Elle l'avait cru, et rien n'était venu. Ce qui était affreusement démoralisant. Au fil des semaines, le doute la prit quant à l'attitude de Jeremy, et un soupçon désagréable s'insinua en elle. Et si Jeremy lui avait fait l'amour pour la même raison qu'Edward ? Après tout, c'était elle, mal en point et profondément angoissée, qui l'avait supplié de rester, de dormir avec elle, de ne pas la quitter. *Judith chérie*, l'avait-il appelée, mais avait-il été si tendre par compassion ? *Je t'écrirai*, lui avait-il promis, mais il n'avait pas écrit et maintenant elle avait cessé d'attendre.

Plusieurs fois, elle avait pensé lui écrire. Lui dire d'un air dégagé : « Sale brute, je me languis d'attendre de tes nouvelles ; tu m'avais dit que tu m'enverrais une lettre. Je ne te ferai plus jamais confiance. » Mais elle redoutait de précipiter les choses, d'en dire trop. Que son enthousiasme le fasse fuir, comme sa déclaration d'amour avait fait fuir Edward.

Après tout, la guerre faisait rage dans le monde entier. Ce n'était pas le moment de s'engager (les mots d'Edward). Pas le moment de tenir ses promesses.

Il ne s'agissait pas d'Edward. Mais de Jeremy Wells, l'exemple même de la fidélité et de l'honnêteté. Il avait dû se raviser. C'était tout ce qu'elle pouvait imaginer. Loin de Judith, le bon sens avait prévalu. Leurs amours londoniennes n'avaient été qu'un intermède, charmant, mais trop léger et trop éphémère pour avoir une suite, au risque de compromettre leur belle amitié.

Délibérément réaliste, elle se dit qu'elle le comprenait. Mais c'était faux : elle ne le comprenait pas. La vérité, c'était qu'il l'avait blessée.

Elle demeura plongée dans ces réflexions peu encourageantes pendant tout le trajet. Elle fit le tour de l'affreux bâtiment, balança son vélo sur le porte-vélo et passa au poste de contrôle. L'officier de garde était une dame de trente-cinq ans, bien en chair, qui, en temps de paix, était surveillante d'une école primaire de garçons.

– Bonsoir, Dunbar. On fait des heures supplémentaires ?

– Des lettres de dernière minute, madame.

– Ma pauvre, ce n'est pas juste. Il y a eu un coup de fil pour vous. J'ai mis un mot dans votre casier.

– Oh ! merci...

– Grouillez-vous ou vous allez rater la soupe.

– Je sais.

Elle signa la feuille, puis se dirigea vers les casiers et trouva une lettre (de Biddy) et un bout de papier où l'officier de garde avait écrit : « Auxiliaire Dunbar. 16 h 30. Appel de Loveday Carey-Lewis. Rappelez, s'il vous plaît. »

Loveday. Que lui voulait Loveday ?

Elle n'avait pas le temps d'appeler avant le dîner. Judith se rendit donc directement au mess, mangea une tranche de corned-beef, une pomme de terre et une portion de chou trop cuit. Comme dessert, il y avait une part de génoise avec une cuillerée de confiture de prune. C'était si peu appétissant qu'elle n'en prit pas. Elle monta dans sa chambre où elle gardait des fruits en cachette, pour les petites faims. En croquant une pomme, elle se mit en quête d'un téléphone. Il y en avait trois, placés en des endroits stratégiques près des appartements, et, le soir, les filles qui faisaient la queue, assises sur l'escalier, écoutaient chaque mot en attendant leur tour. Mais ce soir-là, Judith eut de la chance. Était-ce la chaleur ? La plupart des auxiliaires étaient sorties et il y avait un téléphone libre.

Elle composa le numéro de Nancherrow, inséra des pièces de monnaie et attendit.

– Allô, ici Nancherrow.

Elle appuya sur le bouton et les pièces tombèrent avec un bruit métallique.

– Qui est-ce ?

– Athena.

– Athena, c'est Judith. J'ai eu un message me demandant de rappeler Loveday.

– Reste en ligne, je vais la chercher. (Et Athena de hurler le nom de Loveday à en assourdir Judith.) Elle arrive.

– Comment va Clementina ?

– Divine. Tu appelles d'une cabine ?

– Oui.

– Alors ne bavardons pas, ma chérie, sinon tu vas manquer de pièces. A bientôt. Voilà Loveday.

– *Judith !* C'est gentil d'avoir rappelé. Désolée. J'ai essayé de t'avoir, mais on m'a dit que tu travaillais. Écoute, je ne serai pas longue. Maman et moi, nous allons passer le week-end à Londres. Est-ce que tu peux venir ? S'il te plaît, viens avec nous. C'est possible ? Essaie.

– A Londres ? Pourquoi vas-tu à Londres ? Tu détestes Londres.

– Je t'expliquerai. Nous y allons ensemble. Et j'aimerais vraiment te voir. (Elle semblait un peu frénétique.) J'ai tant de choses à te dire. Pourras-tu obtenir un congé ?

– Eh bien, je peux essayer de demander un week-end...

– Oui, c'est ça. Dis que c'est très, très important. Une question de vie ou de mort. Maman et moi, nous prenons le train demain. Pas d'essence pour la pauvre vieille Bentley. Demain, nous sommes jeudi. Quand arriveras-tu ?

– Je n'en sais rien. Au plus tôt samedi.

– Parfait. J'y serai, même si maman n'est pas là. Je t'attendrai.

– Je ne pourrai peut-être pas...

– Bien sûr que si. Trouve n'importe quel prétexte. C'est très important.

– J'essaierai...

– Bye. J'ai hâte de te voir.

– Au revoir.

Clic. La ligne fut coupée.

Quelque peu perplexe, Judith reposa le récepteur. Qu'arrivait-il à Loveday ? Pourquoi diable allait-elle à Londres, qu'elle avait toujours juré détester ? Enfin, tout ce qu'elle savait, c'était que, le lendemain matin, elle devrait se présenter devant son officier supérieur et persuader cette femme effrayante de lui signer un laissez-passer pour le week-end. Si elle refusait, Judith la court-circuiterait et en appellerait au lieutenant-colonel Crombie. L'idée qu'il se jette dans la bataille pour la défendre était extrêmement rassurante.

L'officier supérieur des auxiliaires se montra aussi peu coopérative que Judith le craignait. Et il lui fallut se lancer dans de détestables supplications pour l'amener enfin, avec réticence et de mauvaise grâce, à lui signer son laissez-passer. L'humilité avait payé. Judith se confondit en remerciements et fila avant que cette vieille fille acariâtre ne change d'avis.

Dans l'antichambre, l'auxiliaire de service leva les yeux de sa machine à écrire, l'air interrogateur. Judith sourit en levant le pouce.

– Tant mieux pour toi, marmonna la fille. Elle est d'une humeur exécrable, ce matin. J'ai bien cru que tu n'y arriverais pas.

La laissant à sa lettre, Judith retourna, le moral au beau fixe, dans les locaux du service de l'entraînement des troupes et, sans qu'il le lui ait demandé, prépara une tasse de café pour le lieutenant-colonel Crombie, simplement parce qu'elle était heureuse de travailler pour lui, et non pour quelque vieux pruneau desséché à l'autoritarisme maladif.

Le samedi fut une belle matinée d'avril, sans un nuage dans le ciel. En émergeant de la sinistre gare de Waterloo, elle s'offrit le luxe extravagant d'un taxi et se rendit en grande pompe à Cadogan Mews. Dans la chaleur du soleil printanier, Londres paraissait presque agréable. Les arbres avaient des feuilles neuves, les mauvaises herbes donnaient un air de campagne aux sites bombardés, un colvert nageait à la surface d'un réservoir d'eau. Dans le parc, les crocus tachaient l'herbe de pourpre et les jonquilles balançaient leurs têtes jaunes dans la brise. Loin au-dessus de la ville, les ballons des barrages de

DCA luisaient, argentés, dans la lumière. Les drapeaux claquaient sur les bâtiments publics et la clémence du temps avait rendu le sourire aux passants qui arpentaient les trottoirs encombrés.

Le taxi s'arrêta près de l'arche de pierre qui marquait l'entrée des anciennes écuries.

– Ça ira comme ça ?

– Parfait.

Son sac de voyage à la main, elle parcourut à pied l'allée pavée où se faisaient face de petites maisons ornées de bacs emplis de fleurs en boutons. Un chat faisait sa toilette au soleil. Quelqu'un avait fixé une corde pour y étendre du linge, un peu comme à Porthkerris. Elle leva les yeux. Les fenêtres de la maison de Diana étaient grandes ouvertes, un rideau flottait au vent et le bac de bois devant la porte jaune débordait de primevères veloutées.

– Loveday ! appela-t-elle.

– Bonjour ! (La tête de Loveday apparut à la fenêtre.) Te voilà ! Tu es formidable. Je descends t'ouvrir.

– Ne te donne pas cette peine, j'ai ma clé.

Elle ouvrit la porte. Loveday l'attendait en haut de l'escalier.

– J'avais terriblement peur que tu ne puisses pas venir. Est-ce que tu as dû raconter d'horribles mensonges pour avoir une permission ?

– Non, juste faire des courbettes, répondit-elle en montant l'escalier. Et écouter pas mal de bobards sur le retard avec lequel je prévenais mon officier supérieur, le travail supplémentaire que j'imposais à toute l'équipe, mon manque d'égards, les bons de voyage, et bla, bla, bla. Très casse-pieds.

Elle laissa tomber son sac, retira son chapeau, et les deux amies s'embrassèrent.

– Où est Diana ?

– En train de faire des courses, inutile de le dire. Nous avons rendez-vous à une heure moins le quart au *Ritz*. Tommy Mortimer nous invite toutes à déjeuner.

– Comme c'est chic ! Je n'ai rien à me mettre.

– Tu es superbe comme ça, en uniforme.

– Je n'en suis pas sûre. Peu importe. Avec un peu de chance, on ne me jettera pas dehors sous prétexte que je ne suis pas officier.

Elle regarda autour d'elle. La dernière fois qu'elle

était venue, c'était en plein hiver et il faisait froid et sombre. A présent tout était différent, la jolie pièce ensoleillée était aérée et fleurie. Des fleurs de Nancherrow, rapportées de Cornouailles, la touche de Diana.

Elle s'affala sur l'un des larges canapés et poussa un soupir de contentement.

– Divin. J'ai l'impression d'être rentrée à la maison.

En face d'elle, Loveday se pelotonna dans un grand fauteuil.

– Bien que je ne sois pas folle de Londres, je dois reconnaître que cette petite maison est agréable.

– Où allons-nous dormir ?

– Toi et moi, nous partagerons le grand lit, et maman ira avec la planche à repasser.

– Ce n'est pas très correct.

– Elle s'en fiche. Elle dit qu'elle préfère l'intimité au luxe. De toute façon, ce lit est très confortable.

– Quand êtes-vous arrivées ?

– Jeudi. Par le train. Ça n'a pas été trop pénible. A Paddington, Tommy est venu nous chercher en voiture, ce qui est toujours agréable. (Loveday pouffa soudain de rire.) Est-ce que tu sais qu'il a reçu une médaille pour avoir été extraordinairement courageux pendant le Blitz ? Il est trop modeste. Il ne nous en a jamais parlé.

– Une médaille ? Mais qu'a-t-il fait pour ça ?

– Il a sauvé une vieille demoiselle dans une maison en flammes. Il a plongé dans la fumée pour l'en extirper, en la tirant de sous sa table de salle à manger.

Judith était bouche bée d'admiration et d'étonnement. Il était difficile d'imaginer le si mondain Tommy Mortimer, en chemise de soie et costume élégant, se lançant dans une action aussi héroïque.

– Chapeau ! J'espère qu'elle lui en a été reconnaissante.

– Pas le moins du monde. Elle était verte de rage parce qu'il n'avait pas sauvé son canari. Vieille ingrate.

Elle riait. Elle était plus jolie que jamais, se dit Judith, charmante et sophistiquée dans une robe de laine bleu pervenche à manches courtes et à col blanc. Avec des bas de soie sur ses jambes fines, ses chaussures noires à talons hauts, son rouge à lèvres vif, ses cils noirs et ses yeux violets et brillants... Mais il y avait quelque chose de changé.

– Loveday, tu t'es fait couper les cheveux.

– Oui, maman disait que je ressemblais à une poupée de chiffon. Elle m'a traînée chez Antoine, hier. Ça a pris des heures. C'est un peu court, ajouta-t-elle en secouant la tête, mais ça repoussera. Je n'avais jamais le temps de le faire à la maison. A propos, tout le monde t'embrasse. Pops, Athena, Mary et les autres. Y compris les Nettlebed. Clementina est à mourir de rire. Elle a une affreuse poussette de poupée qu'elle traîne partout.

– Avez-vous des nouvelles de Rupert ?

– Il se bat quelque part dans le Sahara occidental. Mais il écrit de longues lettres à Athena, et il a l'air d'avoir le moral.

Elle se tut, et son visage perdit un peu de sa joie.

– Au moins elle a des nouvelles, dit-elle enfin. Rien de ta famille, je suppose ? soupira-t-elle.

– Pas un mot, fit Judith en secouant la tête.

– Je suis désolée.

– C'est comme si on avait fermé les volets. Le bateau qu'ont pris maman et Jess n'est jamais arrivé en Australie. C'est tout ce que nous savons.

– S'ils ont été secourus, j'imagine qu'ils ont été faits prisonniers.

– Probablement.

– Et ton père ?

Elle secoua de nouveau la tête.

– Rien. Et Gus ? demanda-t-elle parce qu'il fallait bien s'y résigner. Rien de Gus non plus, sinon tu m'aurais prévenue, j'imagine.

Pendant quelques instants, Loveday resta les yeux baissés en tripotant le galon du fauteuil. Puis elle se leva brusquement, alla à la fenêtre et regarda dans la rue, tournant le dos à Judith. Le soleil dessinait une auréole autour de ses boucles brunes.

– Gus est mort, dit-elle alors.

Judith, glacée, sous le choc, ne sut que dire.

– Alors tu as eu des nouvelles ?

– Non, mais je le sais.

Consternée, elle vit Loveday hausser ses épaules osseuses.

– Je le sais, c'est tout.

Puis elle se tourna vers Judith en s'appuyant contre le rebord peint en blanc.

– Je le saurais s'il était vivant. Comme après Saint-Valery. C'était comme un message téléphonique, sans les mots. Je t'en avais parlé, et j'avais raison. Il était sain et sauf alors. Maintenant il est mort. Après la chute de Singapour, je me suis assise tous les jours sur le portail de la ferme de Lidgey et j'ai fermé les yeux en pensant à lui très fort. J'ai essayé de faire parvenir un message à Gus en lui demandant de me répondre. Mais il ne s'est rien passé. Il est parti.

Judith était horrifiée.

– Mais, Loveday, c'est comme si tu le tuais toi-même. Tu ne dois pas abandonner tout espoir. Il a besoin que tu continues à espérer et à penser à lui, tout le temps.

– Est-ce ce que *tu* fais ?

– Ne prends pas cet affreux ton condescendant. Bien sûr, c'est ce que je fais. Il le faut bien.

– Crois-tu que ta mère, ton père et Jess soient encore en vie ?

– Je te l'ai dit, il le faut. Pour eux. Ne vois-tu pas comme c'est important ?

– Ce n'est pas important puisque je sais déjà que Gus est mort.

– Cesse de répéter ça. Tu ne peux absolument pas en être certaine. Ce n'est pas parce que la télépathie a marché une fois que ça se reproduira forcément. L'autre fois, Gus était en France, tout près. Cette fois, il est à l'autre bout du monde.

– La distance ne fait rien à l'affaire, déclara Loveday, butée comme chaque fois qu'elle avait une idée en tête et qu'elle ne voulait pas en démordre. Par la transmission de pensée, on parcourt des milliers de kilomètres en un millionième de seconde. S'il était vivant, je le saurais. Et je *sais* qu'il a été tué.

– Loveday, je t'en prie, ne sois pas aussi catégorique.

– Je ne peux pas m'en empêcher.

Il ne semblait rien y avoir à ajouter. Judith soupira.

– C'est ça que tu avais à m'annoncer ? demanda-t-elle enfin. Est-ce pour ça que tu voulais que je vienne à Londres ?

– Pour ça, entre autres.

Judith attendit, non sans appréhension. Alors Loveday laissa tomber sa bombe :

– Je vais me marier.

Elle dit cela d'un air dégagé, comme si elle lui faisait part d'une information sans importance, et Judith crut un instant qu'elle avait mal entendu.

– *Quoi ?*

– Je vais me marier.

– Te marier ? fit-elle, complètement déconcertée. Avec qui ?

– Walter.

– *Walter ?* Walter Mudge ?

– Tu connais un autre Walter ?

Tout cela paraissait tellement inconcevable que Judith en eut le souffle coupé, comme si elle avait reçu un coup au plexus solaire.

– Mais... dit-elle enfin. Mais qu'est-ce qui te prend de vouloir épouser Walter ?

– Je l'aime bien, répondit Loveday en haussant les épaules. Depuis toujours.

– Je l'aime bien aussi, mais ce n'est pas une raison pour passer le reste de ton existence avec lui.

– Ne me dis pas qu'il n'est pas de mon milieu ou que nous n'allons pas ensemble, sinon je vais te voler dans les plumes...

– Jamais je ne dirais une chose pareille et tu le sais parfaitement...

– De toute façon, je l'épouserai. Je le veux.

– Mais tu aimes Gus... ne put s'empêcher de dire Judith.

– Gus est mort ! hurla Loveday brusquement. Je te l'ai dit. Alors je n'épouserai jamais Gus. Et ne me dis pas de l'attendre. A quoi me servirait d'attendre un homme qui ne reviendra jamais ?

Prudemment, Judith ne répondit pas. Il va me falloir être très calme, songeait-elle, sinon nous allons avoir une grosse dispute et nous dire des choses terribles, ce qui ne nous avancera pas à grand-chose.

Elle changea donc son fusil d'épaule.

– Écoute, tu n'as que dix-neuf ans. Même si tu avais raison et que Gus était mort, il y a des milliers d'hommes de par le monde qui te conviendront mieux et qui attendent que tu entres dans leur vie. Je comprends ce que vous éprouvez, Walter et toi. Vous avez toujours été amis, vous travaillez ensemble, et tu le vois tout le temps. Mais cela ne signifie pas que tu doives l'épouser.

– D'accord, je travaille avec lui, répliqua Loveday. Mais je ne pourrai peut-être plus le faire. On mobilise les filles de mon âge, et je ne suis pas officiellement agricultrice.

– Mais tu fais un travail capital pour la bonne marche de la guerre...

– Je ne veux pas prendre le risque d'être mobilisée et expédiée dans un endroit abominable pour fabriquer des munitions. Je ne quitterai jamais Nancherrow.

– Tu veux dire que tu épouses Walter parce que tu as peur d'être mobilisée ? fit Judith sans parvenir à dissimuler son incrédulité.

– Je te l'ai dit. Tu sais ce que je ressens à l'idée de vivre loin de Nancherrow. Ça me rend malade. J'en mourrais.

Autant parler à un mur.

– Mais *Walter*... Loveday, qu'as-tu en commun avec Walter Mudge ?

Loveday leva ses yeux violets au ciel.

– Mon Dieu, nous y revoilà. Tu ne le dis peut-être pas, mais tu le penses. Milieu populaire, sans éducation, ouvrier agricole. Mésalliance. Je m'abaisse.

– Je ne crois pas que...

– J'ai déjà tout entendu, surtout de Mary Millyway qui m'adresse à peine la parole. Jamais je n'ai eu de telles pensées à l'égard de Walter ni de sa mère. Pas plus que toi à l'égard de Joe Warren ou de Phyllis Eddy. Walter est mon ami, Judith. Je suis à l'aise avec lui, j'aime travailler avec lui, nous aimons tous les deux monter à cheval et travailler dans les champs. Ne vois-tu pas que nous sommes de la même espèce ? En plus, il est beau. Viril et séduisant. J'ai toujours trouvé que les amis d'Edward, avec leur menton fuyant et leurs bonnes manières, n'avaient pas le moindre charme.

– Qu'une fille puisse accumuler autant de préjugés stupides en aussi peu de temps me dépasse, fit Judith en hochant la tête.

– J'étais persuadée que *toi*, tu comprendrais. Que tu me soutiendrais.

– Tu sais bien que je te soutiendrai envers et contre tout. Mais je suis incapable de rester les bras croisés alors que tu es en train de ficher ta vie en l'air. Après tout, tu n'es pas *obligée* de l'épouser.

– Si, je vais avoir un bébé, beugla Loveday, comme si Judith était soudain devenue sourde et pour qu'il n'y ait plus l'ombre d'un doute.

– Oh ! Loveday.

– Ne prends pas cette mine atterrée. Ça arrive tous les

jours. On tombe enceinte. On a des enfants. Il n'y a pas de quoi en faire un plat.

– Pour quand ?

– Novembre.

– Il est de Walter ?

– Évidemment.

– Mais... mais... quand... je veux dire...

– Ce n'est pas la peine de prendre des gants. Si tu veux savoir quand il a été conçu, je serai ravie de te l'apprendre. A la fin du mois de février, dans le grenier à foin au-dessus de l'écurie. C'est un peu banal, je sais. Mais c'est comme ça que c'est arrivé et je n'en ai pas honte.

– Tu croyais que Gus était mort ?

– J'en étais certaine. J'étais tellement seule, tellement malheureuse, et personne ne pouvait m'aider. Walter et moi, nous nous occupions des chevaux. Tout à coup, je me suis mise à pleurer et je lui ai parlé de Gus. Il m'a prise dans ses bras et il m'a embrassée pour sécher mes larmes... Le grenier à foin sentait bon l'herbe, on entendait les chevaux qui bougeaient en dessous et il ne m'était jamais rien arrivé d'aussi réconfortant. Je n'avais pas l'impression de faire quelque chose de mal.

Loveday se tut un bref instant et reprit :

– Et je ne veux pas qu'on me culpabilise.

– Ta mère est-elle au courant ?

– Bien entendu. Je le lui ai dit dès que j'en ai été certaine. Et Pops aussi.

– Qu'ont-ils dit ?

– Un peu étonnés, mais gentils. Ils m'ont dit que je n'étais pas obligée de me marier, si je n'en avais pas envie. Un autre petit bébé dans la nursery de Nancherrow, ça ne changerait pas grand-chose et ça ferait une charmante compagnie pour Clementina. Quand je leur ai annoncé que je *voulais* épouser Walter, et pas seulement à cause de l'enfant, ils ont un peu rechigné, mais ils m'ont dit que c'étaient ma décision et ma vie. De plus, ils ont toujours apprécié la famille Mudge. Edward parti, du moins sont-ils assurés que je ne les quitterai pas, que je resterai à Nancherrow. Je crois que ça compte plus à leurs yeux que des bêtises comme l'origine sociale ou l'éducation de Walter.

Toutes choses qui, connaissant les Carey-Lewis, étaient parfaitement plausibles. A leur manière distinguée, privilégiée, ils n'avaient jamais obéi qu'à leur propre loi. Le bonheur de leurs enfants passait avant tout, et aurait toujours plus d'importance que les convenances ou le qu'en-dira-t-on. En se serrant les coudes, Diana et le colonel faisaient manifestement contre mauvaise fortune bon cœur : ils continueraient comme avant et s'enticheraient bientôt de leur nouveau petit-enfant. Judith savait bien que, face à une telle solidarité, l'opinion et l'attitude du reste du monde, y compris les siennes, ne comptaient pas.

Il ne servait plus à rien de discuter. Diana et le colonel avaient déjà donné leur bénédiction. Le plus sensé était donc de rejoindre leur camp et d'accepter l'inévitable, quelles qu'en soient les conséquences. Ce qui, tout compte fait, était beaucoup plus confortable, car elle pouvait refréner son indignation et sa colère, et manifester désormais une joyeuse curiosité

— Ils sont vraiment formidables, dit-elle. Tes parents, je veux dire. Je l'ai toujours su.

Elle souriait malgré le picotement de larmes ridicules.

— Oh, Loveday, je suis navrée, dit-elle en quittant le sofa. Je n'avais pas le droit de faire tant d'histoires.

Loveday vint vers elle, elles se retrouvèrent au milieu de la pièce et s'embrassèrent en riant.

— J'étais simplement sidérée. Surprise. Oublie tout ce que j'ai dit. Walter et toi, c'est très bien.

— Je voulais te l'annoncer moi-même. T'expliquer. Je ne voulais pas que tu l'apprennes autrement.

— Le mariage est pour quand ?

— Le mois prochain, la date n'est pas encore fixée.

— A Rosemullion ?

— Bien entendu. Ensuite il y aura un lunch à Nancherrow.

— Que vas-tu mettre ? Des volants de satin blanc et les dentelles du patrimoine ?

— Le ciel m'en préserve ! Sans doute la robe de confirmation d'Athena, ou un truc de ce genre. Je ne devrais pas me marier en blanc, mais il faut bien sauver les apparences.

— Et la réception ?

Tout à coup, cela devenait passionnant.

— Nous avons pensé faire la cérémonie le matin, puis un lunch... Je déteste les mariages qui ont lieu à midi. Ça coupe la journée. Tu viendras, n'est-ce pas ?

– Je ne raterais ça pour rien au monde. Je vais tout de suite demander une permission d'une semaine. Veux-tu que je sois ta demoiselle d'honneur ?

– Et toi, tu en as envie ?

– Taffetas abricot et jupon de tulle ?

– Tunique plissée et coiffe à rubans ?

– Bouquet d'œillets et de cheveux-de-Vénus ?

Tout allait bien. Elles étaient de nouveau complices. Elles ne s'étaient pas perdues.

– Et d'énormes chaussures en satin abricot avec des talons grands comme des pieds de lavabo.

– Je ne veux pas être demoiselle d'honneur.

– Pourquoi diable ?

– Je risquerais d'éclipser la mariée.

– Ha ! Ha ! Ha !

– Où allez-vous vivre, Walter et toi ?

– Il y a une vieille fermette à Lidgey, un peu délabrée, mais Pops va nous la faire retaper, ajouter une salle de bains convenable. Il n'y a que deux pièces, mais ça ira pour l'instant. Walter ôtera les orties et les détritus du jardin.

– Un vrai petit nid d'amour. Et votre lune de miel ?

– Je n'y ai pas encore songé.

– Il faut que tu aies une lune de miel.

– Athena n'en a pas eu.

– Si vous passiez un long week-end à Brighton ?

– Ou quelques jours à Penzance ? Ce serait drôle. Écoute... enchaîna Loveday en jetant un coup d'œil à sa montre. Il est midi. Nous devons partir pour le *Ritz* dans un instant. Buvons un verre. Nous avons apporté du gin et une bouteille d'orange pressée de Nancherrow. C'est dans le frigo.

– Tu crois vraiment ? Connaissant Tommy Mortimer, nous n'allons pas boire que de l'eau au déjeuner.

– Juste toi et moi. De toute façon, j'ai besoin d'un verre. Je redoutais de t'annoncer tout ça, que tu fasses une bouche en cul-de-poule et que tu ne veuilles plus m'adresser la parole.

– Mary Millyway a-t-elle réagi ainsi ?

Loveday esquiva la question.

– Oh ! Elle s'y fera. Il faudra bien. Elle est la seule qui puisse donner un vague air de robe de mariée à la robe de confirmation d'Athena. Bon, va te pomponner pour le *Ritz* pendant que je prépare les cocktails.

Elle se dirigea vers l'escalier et, avant de descendre, s'arrêta et se retourna avec ce sourire d'écolière espiègle qui était resté gravé dans la mémoire de Judith.

– Que reste-t-il aujourd'hui de Sainte-Ursule ? dit-elle.

– Deirdre Ledingham serait horriblement choquée. Elle nous donnerait sans doute un mauvais point.

– Heureusement que nous avons grandi. Je ne pensais pas que ce serait amusant, mais ça l'est, non ?

La bonne humeur de Loveday était contagieuse et Judith se sentit soudain ragaillardie. Les sombres vagues de la guerre, faites de peur et d'angoisse, refluaient et elle fut tout à coup submergée d'un bonheur enfantin, inexplicable, comme elle n'en avait pas éprouvé depuis longtemps. Après tout, elles étaient toutes deux jeunes et jolies, le soleil brillait et le parfum des fleurs printanières flottait dans l'air. Loveday allait se marier et Tommy Mortimer les invitait à un délicieux déjeuner au *Ritz*. Et surtout, elles étaient toujours amies.

– Oui. Oui, c'est amusant, dit-elle avec un sourire.

Le festin de Tommy Mortimer fut à la hauteur de leurs espérances. Une table près de la fenêtre, avec vue sur le parc, et leur hôte d'une humeur charmante. Diana et lui étaient déjà arrivés et s'étaient assis dans le hall en attendant que la porte à tambour catapulte les deux jeunes filles dans l'hôtel. Puis on se salua bruyamment, chacun étant enchanté de revoir les autres. En dépit de sa célébrité et de sa vaillance, Tommy Mortimer n'avait pas beaucoup changé. Dans son petit tailleur noir, avec un coquin chapeau incliné sur l'œil, Diana faisait plaisir à voir. Ils ne s'arrêtèrent pas pour prendre l'apéritif, mais se dirigèrent aussitôt vers le restaurant, où les attendait une bouteille de champagne que l'on avait mise à rafraîchir dans un seau à glace, au centre d'une table somptueuse.

Ce fut un repas splendide. Le soleil inondait la pièce, la cuisine était délicieuse et le vin coulait à flots. Diana était pétillante. C'était la première fois qu'elle venait à Londres depuis le début de la guerre, et pourtant c'était comme si elle n'en était jamais partie. De vieux amis qu'elle n'avait pas vus depuis des années venaient à leur table pour bavarder. D'autres, l'apercevant, lui faisaient un signe de la main et lui envoyaient des baisers de leur place.

Et elle parla avec enthousiasme du prochain mariage de Loveday, comme si c'était la chose la plus merveilleuse du monde, comme si cela correspondait exactement à ce qu'elle avait prévu pour sa fille cadette.

– C'est pour cela que nous sommes venues en ville, bien entendu, pour commander les faire-part et tâcher d'acheter une sorte de trousseau. Nous avons passé toute la journée d'hier à courir les boutiques, à chercher de jolies choses, n'est-ce pas, ma douce ?

– Et les tickets d'habillement ? s'enquit Judith, toujours pratique.

– Pas de problème, ma chérie, j'ai conclu un petit marché avec Hetty. Je lui ai donné des piles de vêtements dont Athena ne veut plus et, en échange, elle m'a donné six mois de coupons. Et elle a reconnu qu'elle était gagnante dans l'affaire. Ce qui est la stricte vérité.

– Pauvre Hetty, ne put s'empêcher de dire Judith.

– Pas du tout. Elle était ravie. Elle n'a jamais eu une telle garde-robe. Et elle sera invitée au mariage. Bien entendu, nous inviterons également Phyllis, Biddy et Bob.

Bob. Judith fronça les sourcils. Loin de Nancherrow et du Manoir, elle avait un peu perdu le fil des événements et le fait de mentionner le nom de Bob (qui n'avait jamais été associé à la Cornouailles) la surprit.

– Vous voulez parler d'oncle Bob ? Bob Somerville ?

– Évidemment. Il est venu en permission au printemps, juste pour quelques jours, et Biddy l'a amené dîner à Nancherrow. Edgar et lui se sont entendus comme larrons en foire. Quel homme délicieux !

– Biddy a dû m'écrire pour me le raconter, je suppose, mais j'ai oublié. Je me demande s'il pourra venir.

– J'espère bien. Nous allons manquer d'hommes séduisants. Rien que des bancs pleins de vieux grands-pères avec leur canne.

– Parlez-moi de vos projets pour la réception.

– Eh bien... (Diana était dans son élément.) Nous avons pensé à une sorte de fête champêtre dans la cour... tellement plus original qu'un lunch confiné à l'intérieur de la maison. Des ballots de foin, des tonneaux de bière et des tables à tréteaux, tu vois...

– Et s'il pleut ?

– Oh ! Il ne pleuvra pas. Du moins je ne crois pas. Le ciel n'oserait pas.

Tommy rit de sa suffisance.

– Combien d'invités viendront à ce petit déjeuner ? demanda-t-il.

– Nous avons décidé tout ça dans le train, n'est-ce pas, Loveday, ma chérie ? L'église de Rosemullion contient quatre-vingts personnes en se serrant, donc pas plus. Dans l'église, nous avons pensé mettre des bouquets de fleurs sauvages et des brassées de cerfeuil sauvage. Et des gerbes de maïs nouées de ruban blanc à l'extrémité de chaque banc. Très champêtre. Tommy, pourquoi fais-tu cette tête ?

– Ça fait très *Tess d'Urberville*.

– C'est beaucoup trop sinistre. Plus gai que ça.

– Quels cantiques allons-nous chanter ? « Le Gai Laboureur » ? Ou « Les Vagues blondes du maïs » ?

– Ce n'est pas drôle, Tommy. Tu exagères.

– Puis-je mettre ma redingote ou veut-on que je vienne en costume de tweed avec un hameçon au chapeau ?

– Tu peux t'habiller comme tu veux. En pantalon de velours avec une épuisette, si ça peut te faire plaisir.

– Tout ce qui te fait plaisir me fait plaisir, lui répondit Tommy.

Elle lui envoya un baiser et dit qu'il était peut-être temps de commander le café.

Cette humeur légère, exubérante, dura toute la journée, entraînant les deux jeunes filles dans un tourbillon d'énergie. Le déjeuner terminé, le petit groupe se dispersa : Tommy retourna à Regent Street, Diana et Loveday se dirigèrent vers Harrods et Judith, de son côté, se mit en quête d'un cadeau de mariage convenable pour Loveday et Walter. Elle prit un bus vers Sloane Square et erra d'une boutique à l'autre, la tête emplie de poêles, de cuillères en bois, de flûtes en cristal et de lampes à abat-jour. Mais aucun de ces articles ne lui paraissait particulièrement séduisant. Elle se dirigea alors vers le labyrinthe de petites rues au-dessus de King's Road. Au bout de quelque temps, entre deux pubs, elle tomba sur une brocante. Derrière la fenêtre poussiéreuse, on apercevait des ménagères d'argenterie doublées de velours, des tasses fort originales avec leurs soucoupes, des soldats de plomb, des échiquiers d'ivoire, de vieux pots de chambre, des statuettes de bronze et des ballots de rideaux pelucheux et fanés. Emplie d'espoir, elle fit tinter une clochette en ouvrant la porte et s'aventura à l'intérieur. Ça sentait le moisi, c'était sombre, poussiéreux, encombré de meubles, de seaux à charbon et de gongs en bronze. D'une pièce à l'arrière émergea une vieille dame, portant un tablier et un imposant chapeau, qui alluma quelques faibles lampes et demanda à Judith si elle désirait quelque chose. Celle-ci lui expliqua qu'elle cherchait un cadeau de mariage. Et la vieille dame de lui répondre : « Prenez votre temps », avant de s'installer majestueusement dans un fauteuil affaissé pour allumer une cigarette. Judith consacra donc une quinzaine de minutes très agréables à fouiner dans la minuscule boutique, inspectant divers objets bizarres avant de trouver exactement ce qu'elle cherchait. Douze assiettes en porcelaine anglaise, en parfait état, avec des bleus marins et des rouges chauds et vifs. Elles étaient à la fois utiles et décoratives et, si Loveday ne voulait pas s'en servir à table, elle pourrait toujours les disposer sur une étagère.

– Je prendrai ceci, s'il vous plaît.

– Parfait.

La vieille dame laissa tomber son mégot sur le sol, l'écrasa avec le talon de sa pantoufle et s'extirpa de son fauteuil. Il lui fallut un certain temps pour emballer chaque assiette dans du papier journal et les placer dans un vieux cageot. Le tout pesait une tonne. Judith régla, souleva l'encombrant fardeau et se dirigea vers King's Road, où elle attendit un peu avant de trouver un taxi qui la ramena à Cadogan Square.

Il était presque quatre heures et demie, mais Diana et Loveday ne rentrèrent qu'une heure plus tard, chargées de paquets de toutes sortes, se plaignant bruyamment d'avoir mal aux pieds mais toujours en bons termes, ce qui était miraculeux. Elles avaient passé un excellent après-midi, l'expédition avait été couronnée de succès, mais elles mouraient toutes deux d'envie de boire une tasse de thé. Judith fit donc chauffer la bouilloire, prépara un plateau avec des toasts beurrés, et l'on passa une demi-heure à commenter les ravissantes tenues dont on avait fait l'acquisition. Quand Loveday eut enfin terminé et que la pièce ne fut plus qu'un entassement de vêtements et de papier de soie, Judith alla chercher son carton d'épicerie derrière le canapé, là où elle l'avait caché, et le déposa aux pieds de Loveday en disant : « C'est ton cadeau de mariage. » Celle-ci déballa la première assiette, qui fut saluée par les exclamations satisfaites (et satisfaisantes) de la mère et de la fille.

– C'est sublime !

– N'en déballe pas plus. Elles sont toutes pareilles et il y en a douze.

– Superbe. Tu ne pouvais rien m'offrir de plus beau. Nous avons regardé les assiettes, mais elles étaient toutes d'un horrible blanc utilitaire. Celles-ci sont ravissantes. *Ravissantes*. Où les as-tu trouvées ?

Judith le leur expliqua.

– Tu devras les rapporter par le train, je le crains, ajouta-t-elle. Et c'est terriblement lourd. Tu crois que tu y arriveras ?

– Pas de problème. Nous trouverons un porteur, un chariot ou je ne sais quoi, et Pops vient nous chercher à Penzance.

– Elles sont presque trop jolies pour que l'on s'en serve, dit Diana.

– Je les exposerai, décida Loveday. Je vais demander un vaisselier pour les mettre. Elles vont merveilleusement égayer ma petite maison. Merci, Judith chérie. Merci beaucoup.

Tout cela était fort gratifiant. Elles finirent leur thé et grignotèrent des toasts jusqu'à ce que Diana consulte sa montre et annonce qu'il était temps de se préparer pour le spectacle du soir, car Tommy les emmenait au théâtre.

Ce ne fut que le lendemain que Judith se retrouva seule avec Diana. Loveday dormait encore, et elles déjeunèrent en tête à tête à la table de la cuisine... un vrai petit déjeuner, œufs à la coque de Nancherrow et copieuses tasses de café fraîchement torréfié. Elles purent alors aborder des sujets plus graves que la réception de mariage de Loveday, notamment le sort de la famille Dunbar, bloquée en Extrême-Orient par la guerre avec le Japon.

Diana voulut connaître tous les détails de la situation, ce qui s'était passé et quand cela s'était passé. Elle se montra si compatissante, si attentive qu'il ne fut pas difficile de lui raconter la triste suite des événements, jusqu'à la dernière information qui avait filtré et selon laquelle le *Rajah of Sarawak* n'était jamais parvenu en Australie.

– Crois-tu que leur bateau ait été torpillé ?

– Sans doute, bien qu'il n'y ait jamais eu de confirmation officielle.

– Affreux. Ta pauvre mère. Merci de m'avoir confié tout ça. Ça fait parfois du bien de parler. C'est délibérément que je n'ai rien dit hier, quand nous étions tous ensemble, parce que le moment aurait été mal choisi. Et puis je voulais que ce soit la journée de Loveday. J'espère que tu ne m'as pas trouvée horriblement insouciante. Quoi qu'il arrive, tu sais que nous serons toujours là. Edgar et moi. Nous te considérons comme notre troisième fille. Si tu as besoin d'une épaule pour pleurer, tu n'as qu'à décrocher ton téléphone.

– Je le sais. Vous êtes gentille.

Diana soupira, posa sa tasse de café et prit une cigarette.

– Il faut continuer d'espérer, j'imagine.

Dans son déshabillé de satin couleur pêche, avec son ravissant visage non maquillé, elle avait tout à coup l'air immensément triste. Judith attendit qu'elle parle de Gus, car ce nom que l'on ne prononçait pas flottait dans l'air. Mais Diana demeura silencieuse, et Judith comprit que, si elle voulait en parler, c'était à elle de faire le premier pas. Il lui fallut du courage, car c'était prendre le risque que Diana lui ouvre son cœur, lui confie peut-être ses appréhensions quant aux intentions de Loveday. Or, elles étaient si proches que Judith craignait d'avoir à prendre parti.

– J'ai toujours considéré que l'espoir était une arme à double tranchant, dit-elle. Loveday a cessé d'espérer, n'est-ce pas ? Elle est persuadée que Gus est mort.

– Je sais, acquiesça Diana. Totalement convaincue. C'est tragique. Que peut-on dire ? Je suppose que, si elle le ressent très fort, c'est qu'il a dû être tué. Ils étaient si proches, vois-tu. Il y avait entre eux un lien si intense. C'était merveilleux de les voir, extraordinaire. Il est venu à Nancherrow, comme tombé du ciel, et c'était comme s'il avait toujours été là. Un homme si calme, si attachant, un artiste si talentueux. Et tellement amoureux. Ils n'ont jamais tenté de dissimuler leur amour.

Elle se tut. Judith attendit qu'elle poursuive, mais elle n'avait plus rien à dire, semblait-il. Gus était parti, comme l'eau qui coule sous les ponts, et Loveday portait l'enfant de Walter, qu'elle allait épouser. Trop tard pour se raviser, pour douter. Diana et Edgar avaient apparemment affiché la couleur et personne, pas même Judith, ne saurait jamais ce qu'ils éprouvaient réellement.

– Loveday a peut-être raison, dit-elle enfin. On ne peut pas bâtir une vie sur une espérance. Mais c'est tellement impensable, et... Jeremy a dit qu'il était important de garder espoir... ajouta-t-elle sans réfléchir.

Instantanément elle se mordit la langue. Diana fut aussitôt sur le qui-vive.

– Jeremy ? Quand as-tu vu Jeremy ?

– Oh, il y a quelque temps, bredouilla-t-elle, furieuse contre elle-même. En janvier, je crois. Je ne m'en souviens plus. Juste avant la chute de Singapour. Il était de passage à Londres.

– Nous ne l'avons pas vu depuis une éternité. Il allait bien ?

– Je crois. Il a eu une promotion. Médecin-chef.

– Maintenant que tu me le dis, il me semble que son père en a parlé à Edgar. Quel garçon intelligent. Il faut que je lui envoie une invitation pour le mariage. Où est-il ?

– Aucune idée.

– Une adresse ?

– HMS *Sutherland*, poste restante.

– Trop vague. Ça ne nous dit rien. Satanée guerre. Nous sommes tous dispersés. Éparpillés comme des éclats d'obus.

– Je sais. Mais nous n'y pouvons pas grand-chose, fit Judith, compatissante.

Tout à coup Diana sourit.

– Ma chère Judith, tu as parfaitement raison. Maintenant, verse-moi une autre tasse de café et voyons comment nous allons passer cette belle matinée. Tommy veut nous inviter à déjeuner, mais si nous parvenons à tirer Loveday du lit, nous aurons le temps de faire une promenade dans le parc. Ne perdons pas un instant...

Ce soir-là, dans le train qui la ramenait à Portsmouth, Judith repensa aux étonnants événements des deux derniers jours. Loveday et Walter. Mariés. Un couple. Seule, loin des mondanités et des distractions, elle sentit s'évanouir l'euphorie du week-end, et ses propres réserves revenir en foule. Loveday était et avait toujours été une amie très chère, mais Judith ne connaissait que trop bien son entêtement et son caractère rebelle. Depuis toujours, ce que Loveday redoutait le plus au monde, c'était de quitter Nancherrow. Il n'était pas difficile de comprendre les rouages de sa mentalité. Judith espérait simplement qu'on lui avait dit la vérité. Que, dans le grenier à foin, Walter avait séduit Loveday. Et que ce n'était pas Loveday qui, par calcul, avait séduit Walter.

Deux semaines plus tard, jour pour jour, Judith reçut une invitation officielle au mariage de Loveday. Elle la trouva en rentrant de Whale Island, énorme, ostentatoire, à moitié pliée dans son casier sous le reste du courrier. Apparemment Diana n'avait pas perdu de temps. Une lourde enveloppe doublée de papier de soie et une double page de ce luxueux vélin filigrané dont Judith avait oublié jusqu'à l'existence. Elle imagina Diana amadouant le papetier pour qu'il ressorte son précieux stock d'avant-guerre et persuadant l'imprimeur d'exécuter sa commande de toute urgence. Ce qui donnait une pure merveille, somptueusement estampée, d'une splendeur quasi royale. Et ce qui signifiait que l'on n'avait nullement l'intention de faire les choses en catimini.

Le colonel et Mrs. Edgar Carey-Lewis
VOUS PRIENT D'ASSISTER AU
MARIAGE DE LEUR FILLE
Loveday
AVEC
Mr. Walter Mudge
EN L'ÉGLISE DE ROSEMULLION
LE SAMEDI 30 MAI 1942
ET VOUS CONVIENT ENSUITE
A NANCHERROW

R.S.V.P.
NANCHERROW
ROSEMULLION
CORNOUAILLES

A l'intérieur de l'invitation Loveday avait glissé une longue missive. Judith emporta l'enveloppe dans sa chambre, glissa l'invitation dans le cadre du miroir sur la commode et s'assit sur sa couchette pour lire sa lettre.

Nancherrow, le 14 mai

Ma chère Judith,

C'était tellement gentil à toi d'être venue à Londres. Tu as été si gentille et nous étions si contentes de te voir. Voilà l'invitation. N'est-ce pas chic ? Maman est un amour. Elle fait toujours bien les choses.

Ici, c'est le cirque, nous devons régler tant de détails en si peu de temps. Je travaille toujours avec Walter, car maman, Mary et Mrs. Nettlebed sont beaucoup plus efficaces que moi. A part me tenir tranquille pendant que Mary me pique avec ses épingles (en fait, la robe d'Athena ne me va pas si mal), il semble que je ne puisse rien faire d'utile. Quand nous ne sommes pas à la ferme, Walter et moi, nous tentons de nettoyer le jardin du cottage. Avec le tracteur il en a ôté des quantités astronomiques de vieux châlits, de landaus, de seaux sans fond et autres objets indésirables, puis il a tout retourné à la charrue et planté une récolte de pommes de terre. Il appelle ça « déblayer le terrain ». Espérons que, lorsque les pommes de terre seront arrachées, il plantera de l'herbe et que nous aurons une PELOUSE. Les maçons sont en train de démanteler la maison (à mon avis, Pops a dû jouer de son influence auprès du conseil du comté, ce qui ne lui ressemble guère, mais les restrictions en matière de bâtiment sont très rigoureuses et, sans lui, nous n'aurions rien pu faire). Bref, on a tout démantelé puis on a remonté les murs. En plus des deux pièces, il y a maintenant une salle de bains d'un côté, et de l'autre une sorte de débarras avec un sol dallé, où Walter pourra ranger ses bottes, retirer sa salopette et l'accrocher à la patère. Et aussi un nouveau fourneau et des sols neufs. Ce sera très douillet, je crois.

Maman et Pops ont passé des soirées d'angoisse à composer la liste des invités, d'autant que nous devons nous restreindre énormément. Pops est terriblement juste, quarante de nos amis et quarante pour les Mudge. En tout cas, tous les gens bien ont été invités, y compris le Lord-Lieutenant, Biddy, Phyllis, ce cher Mr. Baines, le docteur et Mrs. Wells, et divers amis intimes. Du côté des Mudge, c'est un peu plus compliqué. En effet, j'ai l'impression qu'ils ont beaucoup de parentèle, s'étant mariés entre cousins. Tu seras ravie d'apprendre que les Warren (parents éloignés par alliance) ont été invités. J'ai aussi écrit à Heather, mais elle ne peut pas se libérer. Je suis tellement contente de ne pas travailler dans cet horrible service ultra-secret où elle n'a aucune vie personnelle.

Figure-toi que, pour l'occasion, Mrs. Mudge s'est acheté un nouveau dentier. Et une robe de crêpe bleue et un chapeau « assorti ». Elle a aussi pris rendez-vous pour se faire faire une permanente.

Maman, très optimiste en ce qui concerne le temps, prévoit un déjeuner dans la cour. Pops, plus pessimiste, n'arrête pas de faire des « plans d'urgence », pour tout déménager dans la salle à manger s'il venait à pleuvoir. Mrs. Nettlebed voulait tout préparer elle-même mais, avec le rationnement, ce n'est pas possible. Nous avons donc fait appel à un traiteur de Truro. Maman a exigé qu'il ne nous serve pas de diplomate à la crème industrielle, et lui a donné des tonnes de consignes. Le Lord-Lieutenant a promis quelques saumons. Avec un peu de chance, le déjeuner ne sera pas trop mauvais.

Il n'y aura pas de champagne, parce que nous n'avons pas pu nous en procurer (Pops garde sa dernière caisse pour le retour de Rupert à la fin de la guerre), mais une espèce de vin joyeusement pétillant (venant d'Afrique du Sud ?) et un tonneau de bière.

Mr. Mudge a confié à Pops qu'il a enterré une barrique d'alcool pur dans son jardin, qu'il lui a proposée pour varier les rafraîchissements. Apparemment il l'a ramassée sur les rochers après un naufrage il y a quelques années, et l'a dissimulée aux douaniers et aux inspecteurs. Très excitant. Du pur Daphné du Maurier. Qui aurait pensé ça de lui ? Cela dit, Pops pense qu'il pourrait être dangereux d'abreuver nos hôtes d'alcool pur, et il a donc conseillé à Mr. Mudge de laisser sa barrique où elle se trouvait.

Mais *extraordinairement* généreux.

Mr. Nettlebed est si drôle. Depuis que nous avons annoncé nos fiançailles, il se préoccupe surtout de *ce que va porter Walter*. Incroyable, non ? En fait, Walter allait mettre son unique costume, celui qu'il porte parfois pour les enterrements, même s'il a l'air un peu bizarre parce qu'il appartenait à un oncle qui avait les jambes plus longues et que Mrs. Mudge n'a jamais pris la peine de faire un ourlet. Finalement, Nettlebed a coincé Walter au pub de Rosemullion, lui a offert une ou deux bières et l'a persuadé de le laisser prendre les choses en main. Samedi dernier, ils sont allés à Penzance, et Nettlebed l'a emmené chez Medways pour y choisir un costume de flanelle grise, qu'il a fait ajuster par le tailleur pour que Walter ait vraiment l'air chic. Ils ont aussi pris une chemise couleur crème, et une cravate de soie. Walter avait les coupons, mais c'est Nettlebed qui a payé tous les vêtements, en déclarant que ce serait son cadeau de mariage. Tellement gentil de sa part. Cette tâche accomplie, Nettlebed semble beaucoup plus insouciant et peut désormais s'appliquer à astiquer l'argenterie et à faire scintiller les verres à vin.

Avec tout ça, je ne t'ai pas encore bien remerciée pour les assiettes. Nous les avons rapportées sans encombre à la maison, et Mrs. Mudge va nous donner un vaisselier qui appartenait à sa mère pour que je puisse les y disposer. Elles seront magnifiques. C'était vraiment très gentil. Walter les trouve très belles, lui aussi. Nous avons reçu d'autres cadeaux de mariage. Une paire
de draps (avec leur ruban bleu autour, qui n'ont donc pas encore été utilisés, mais qui sont terriblement sales pour être restés des années au fond d'une armoire à linge), un coussin recouvert d'un patchwork de tricot, un décrottoir et une jolie petite théière du XVIIIe siècle.

J'espère que tu as obtenu ta permission comme prévu, car nous allons vraiment avoir besoin de Biddy et de toi pour fleurir l'église. Il faudra le faire le vendredi soir, parce que les fleurs sauvages fanent très vite. Biddy a dit qu'elle viendrait. Quand arrives-tu ?

Clementina sera demoiselle d'honneur. Elle est beaucoup trop petite, mais Athena insiste. En fait, elle a trouvé une de mes vieilles robes de mousseline blanche à smocks roses et elle meurt d'envie d'en parer sa fille. J'aimerais que tu sois là pour partager notre joie.

Je t'embrasse.

Loveday.

P.-S. : Nous avons reçu un télégramme de félicitations de Jeremy Wells, qui ne pourra pas assister au mariage.

Le lendemain, après que le lieutenant-colonel Crombie eut passé en revue les messages du jour et signé une ou deux lettres, Judith fit sa requête.

– Pensez-vous que je puisse prendre une permission ?

Il leva brusquement la tête.

– Une permission ? Vous êtes en train de me demander une permission ?

Elle ne savait pas trop s'il était sarcastique ou indigné.

– Je voudrais assister à un mariage. Je *dois* assister à un mariage, rectifia-t-elle courageusement. Le 30 mai.

Il se cala dans son fauteuil et croisa ses mains derrière la nuque. Judith s'attendait presque à le voir mettre ses pieds sur le bureau, comme un reporter dans un film américain.

– Le mariage de qui ?

– Une amie. Loveday Carey-Lewis.

Comme si cela pouvait changer quoi que ce fût.

– En Cornouailles ?

– Oui.

– Combien de temps voulez-vous prendre ?

– Deux semaines ?

Il lui fit un grand sourire et cessa d'être sardonique. Elle se sentit alors en terrain plus sûr.

– En ce qui me concerne, je n'y vois aucun inconvénient. Il ne vous reste plus qu'à arranger cela avec l'officier supérieur des auxiliaires.

– Vous êtes sûr ?

– Bien entendu. Une autre fille s'occupera de moi. Vos soins attentionnés me manqueront, mais je survivrai. Il y a quelque temps, j'avais tenté de vous convaincre de prendre un congé, rappelez-vous.

– Avant, je n'avais aucune raison de le faire.

– Mais cette fois, c'est important ?

– Oui.

– Alors, allez braver l'officier dans sa tanière. Dites-lui que je vous ai donné mon accord.

– Merci, fit-elle en souriant. C'est très gentil.

L'officier ne se montra pas aussi coopératif, tant s'en fallut.

– Auxiliaire Dunbar ! Encore vous ? Vous vivez dans mon bureau. De quoi s'agit-il, cette fois-ci ?

Pas très encourageant comme entrée en matière. Judith s'efforça de lui expliquer l'objet de sa requête sans bredouiller ni bégayer.

– Mais vous venez d'avoir une permission... pour aller à Londres.

– C'était juste un week-end, madame.

– Et maintenant vous me demandez deux semaines ?

– Oui, madame.

On lui fit bien sentir qu'elle demandait la lune. Après tout, lui fit-on remarquer avec emphase, Dunbar savait fort bien que tous les membres du personnel affecté au HMS *Excellent* travaillaient d'arrache-pied. Y compris les deux autres rédactrices du service. On ne pouvait quand même pas leur demander de faire des heures supplémentaires en plus de celles qu'elles devaient déjà effectuer. Dunbar était-elle certaine qu'il était indispensable de prendre deux semaines de congé ?

Judith, censée comprendre qu'elle se comportait en traître, en rat désertant le navire, murmura qu'il s'agissait d'un mariage.

– *Un mariage ?* (L'officier supérieur lui jeta un regard de fouine.) La famille ?

– Non, pas la famille. Ma meilleure amie.

Il faut toujours résister aux tyrans, elle avait appris cela à l'école de Porthkerris.

– Ses parents se sont occupés de moi quand mes parents sont partis à l'étranger.

L'expression d'incrédulité qui se peignit sur le visage de l'officier indiquait clairement qu'elle pensait que l'auxiliaire Dunbar essayait de la berner.

– Voyez-vous, je n'ai plus qu'une tante et je voudrais aller la voir. De plus, conclut-elle, j'ai droit à une permission. Je n'en ai pas eu depuis Noël, madame.

L'officier baissa les yeux pour examiner la feuille de congé de Judith.

– En avez-vous parlé au lieutenant-colonel Crombie ?

– Oui. Il est d'accord, si vous l'êtes.

L'officier se mordit la lèvre, songeuse. Judith, qui se tenait en face d'elle avec un air soumis, pensa qu'il serait fort agréable de prendre le volumineux dossier qui se trouvait sur son bureau et d'en donner un grand coup sur la tête de son interlocutrice.

– Très bien, soupira enfin l'officier supérieur. Mais une semaine. Vous aurez largement assez de temps.

Vieille sorcière.

– Merci beaucoup, madame.

Elle se dirigea vers la porte mais, avant qu'elle ait eu le temps de l'ouvrir, l'officier l'interpella à nouveau.

— Dunbar ?

— Oui, madame.

— Je pense que vous devriez vous faire couper les cheveux. Ils ne sont pas très soignés. Ils vous descendent sur le col.

— Bien, madame.

— Parfait. Vous pouvez y aller maintenant.

— *Une semaine ?* répéta le lieutenant-colonel Crombie, quand elle lui raconta son décevant entretien. Pourquoi diable cette vieille...

Il se ressaisit à temps.

— Qu'est-ce qui lui prend ? Il n'y a aucune raison de ne pas vous accorder une quinzaine de jours. Je vais lui parler.

— Oh, non ! l'implora Judith. Si vous allez la trouver, elle ne me le pardonnera jamais. Elle va penser que c'est moi qui vous y ai incité.

— Une semaine... à peine le temps de faire l'aller-retour.

— Si, j'aurai tout le temps. Je partirai le jeudi et je reviendrai le jeudi suivant. Je vous en prie, ne dites rien, sinon elle sera furieuse et supprimera tout congé.

— Elle ne peut tout de même pas faire ça.

— Je n'en donnerais pas ma main à couper. Elle m'a même conseillé de me faire couper les cheveux.

— Je trouve vos cheveux parfaits comme ça, répondit le lieutenant-colonel Crombie, remarque qui les prit tous deux au dépourvu.

Judith le fixa avec étonnement. Quant à lui, il était visiblement sidéré de sa propre impulsivité, car il s'activa aussitôt et remit inutilement de l'ordre dans ses papiers.

— Bien, dit-il en s'éclaircissant la voix, dans ce cas... mieux vaut laisser les choses telles quelles. Il ne vous reste plus qu'à profiter au maximum de chaque journée.

— Ne vous inquiétez pas, fit Judith avec un sourire chaleureux et affectueux, j'y compte bien.

Elle s'en alla en refermant la porte derrière elle et le laissa seul. Il lui fallut quelques instants pour retrouver une contenance. Il regrettait profondément ses propos inconsidérés, mais cela lui avait échappé. C'était une fille si charmante et si séduisante. La Cornouailles. Elle y avait une petite maison à elle. Il le savait, car elle lui en avait parlé. Il laissa un moment son imagination vaga-bonder, luxe rare, se permettant un fantasme de jeune homme où elle l'inviterait à l'accompagner et où rien ne l'empêcherait d'y aller. Les responsabilités, son travail, sa femme et son fils, il abandonnerait tout. Ils marche-raient ensemble sur les falaises ventées, se baigneraient dans le bleu de l'Atlantique, dîneraient à la chandelle dans des auberges de charme, dormiraient la nuit bercés par le bruit des vagues dont le murmure leur parvien-drait par les fenêtres ouvertes...

La sonnerie suraiguë du téléphone le ramena brutale-ment à la réalité. Il tendit la main pour décrocher le récepteur.

– Lieutenant-colonel Crombie, aboya-t-il.

C'était son capitaine à l'autre bout de la ligne.

Le rêve s'estompa et disparut, ce qui était, tout compte fait, aussi bien.

Le Manoir, Rosemullion, Cornouailles
Dimanche 31 mai

Mon cher Bob,

Voilà, le mariage est terminé, et l'heureux couple passe ses trois jours de lune de miel au *Castle Hotel* de Porthkerris.

Comme tu m'as manqué et comme j'ai regretté ton absence ! Non seulement à cause de la fête, mais aussi pour moi. Je n'étais jamais allée à un mariage sans toi et ça m'a semblé bizarre. D'ailleurs, tu as manqué à tout le monde, et j'ai dit une petite prière pour toi, coincé là-haut à Scapa Flow. En ce moment, je suis toute seule. Judith, Phyllis et Anna sont parties pique-niquer dans la crique de Nancherrow, et je peux donc prendre le temps de t'écrire pour te raconter ce mariage dont le souvenir est encore frais.

Commençons par jeudi, jour de l'arrivée de Judith. C'était une journée humide, plutôt triste ; j'ai pris la voiture pour aller la cueillir à l'arrivée du *Riviera*, à Penzance. Elle avait fait un voyage pénible, avait dû changer à Bristol et attendre deux heures le train pro-venant de Londres. Sur le quai, j'éprouvais une cer-taine appréhension. Je ne l'avais pas vue depuis des mois, et il s'était produit tant de bouleversements depuis notre dernière rencontre. Je craignais qu'elle n'ait changé, qu'elle soit plus réservée et qu'il y ait une sorte de barrière entre nous. Nous avons toujours été si proches et je ne veux pas que cela change. Mais tout s'est bien passé, bien que sa pâleur et sa maigreur aient été un choc. Je suppose que ce n'est guère surprenant. Elle a traversé (et traverse encore) des moments abominables.

Quoi qu'il en soit, nous sommes rentrées au Manoir, et elle s'est comportée exactement comme une petite fille revenant pour les vacances scolaires. Elle a vite retiré son uniforme pour mettre de vieux vêtements confortables, puis elle est allée d'une pièce à l'autre, regardant par les fenêtres, touchant les meubles, vérifiant chaque détail de son petit domaine. Et je dois dire que tout était au mieux. Phyllis avait trimé comme une esclave, ciré les parquets, lavé les rideaux, enlevé les mauvaises herbes, et la chambre de Judith était rutilante, emplie de fleurs, et sentait bon le linge propre.

Ce soir-là, après qu'elle s'est couchée, je suis allée lui dire bonsoir et nous avons bavardé pendant des heures. Surtout de Molly, de Bruce et de Jess. En ce qui les concerne, elle est résolue à garder espoir, mais je ne crois pas que nous aurons de leurs nouvelles avant la fin des hostilités. Puis nous avons parlé de Ned et d'Edward Carey-Lewis. Je lui ai posé des questions sur sa vie amoureuse, mais elle ne semble pas en avoir et, pour l'instant, n'en veut pas. Sur ses gardes, je crois. Chat échaudé craint l'eau froide. Ce qui est compréhensible. Nous avons alors parlé de Loveday et de Walter. Aucune de nous deux n'est enchantée de ce mariage, mais nous n'en dirons rien à personne, pas même à Phyllis. Et certainement pas à Diana et Edgar Carey-Lewis, qui font comme si Loveday épousait l'homme de leur choix. Et je leur rends hommage. Quoi qu'il en soit, cela ne nous regarde pas, même si je pense que nous préférerions que Loveday n'attende pas un enfant. J'ai enfin quitté Judith à minuit et demi après lui avoir donné un verre de lait et un somnifère. Le lendemain, c'était une autre femme, le visage plus détendu et les joues moins pâles. Cet endroit est un véritable remède !

Le vendredi, elle est partie à bicyclette pour Nancherrow pour leur rendre visite et jeter un coup d'œil à la nouvelle maison de Loveday, qui n'est pas encore terminée. Pendant son absence, la mère de Phyllis est venue de Saint-Just dans la camionnette du marchand de légumes. Elle a emmené Anna pour le week-end. Le vendredi après-midi, nous avons cueilli des fleurs pour décorer l'église, et le soir nous les avons arrangées. Athena, Diana et Mary Millyway étaient là. Nous avons travaillé jusqu'à la tombée de la nuit, jusqu'à ce que nous ne voyions plus ce que nous faisions. Alors nous avons tout nettoyé et nous sommes rentrées.

Samedi. Jour du mariage et, le croiras-tu ? tous les nuages avaient été balayés et il faisait un temps magnifique. J'imagine que Diana a hurlé de joie. Il n'y a qu'elle pour s'en tirer comme cela. Un petit déjeuner tardif, et nous voilà tous sur un trente et un – un peu usé – dont je t'épargnerai la description, car je suis sûre que ça ne t'intéresse pas le moins du monde. Si ce n'est que Judith n'avait pas de chapeau, et qu'elle a donc pris le vieux chapeau de paille de Livourne avec lequel Lavinia Boscawen jardinait. Phyllis l'a orné d'un ruban rose, et Judith était tout à fait adorable.

Le mariage, donc. Nous avons descendu la côte jusqu'au village et il ne manquait que le son des cloches. L'église était vraiment jolie, je dois le reconnaître, avec ses guirlandes de chèvrefeuille et ses grandes jarres de marguerites blanches. Les bancs se sont remplis peu à peu jusqu'à ce que l'église soit pleine à craquer. Un côté très chic, en jaquette ; l'autre un peu moins solennel mais deux fois plus « habillé ». Diana était ravissante, tout en soie turquoise pâle, et le colonel extrêmement distingué en redingote grise. Athena Rycroft portait un tailleur crème et la petite Clementina s'est révélée une piètre demoiselle d'honneur, retirant ses chaussures et ses chaussettes sous le porche, se grattant les fesses en descendant l'allée avant d'échouer sur les genoux de Mary Millyway où elle a sucé des jujubes.

Quant aux mariés, ils formaient un couple extra-ordinairement séduisant. Walter est très beau avec son air sombre de gitan. Il s'était rasé et fait couper les cheveux. Le témoin était un peu mal dégrossi, mais il a réussi à ne pas perdre les alliances. Loveday était charmante avec sa robe de mousseline blanche, ses bas blancs et ses ballerines blanches. Ni voile ni bijoux. Juste une tresse de marguerites sur sa tête brune.

Tout s'est bien passé et, à la fin de la cérémonie, le photographe attendait à la sortie de l'église. On leur a lancé des confettis et l'heureux couple s'est éloigné dans la Bentley décapotée de Diana (avec Nettlebed au volant). Nous autres, nous nous sommes entassés dans les deux autocars que les Carey-Lewis avaient affrétés, et le reste de la noce est parti en voiture. (Hetty, la fille de cuisine de Nancherrow, qui est un peu simplette, s'est arrangée pour monter avec le Lord-Lieutenant. Peut-être pas si simplette qu'elle en a l'air.)

Nancherrow avait un air de fête, avec le drapeau anglais flottant au sommet de son mât et des fleurs partout, au-dehors comme au-dedans. La cour ensoleillée et abritée du vent avait été décorée : des ballots de foin le long des murs, et le pigeonnier transformé en mât de mai avec des mètres de ruban de couleur flottant au vent et les colombes voletant à l'entour. De longues tables, des nappes blanches damassées, la plus belle argenterie et les plus beaux verres. Et surtout le bar, chargé de bouteilles et de grands verres, auxquels s'ajoutaient deux tonneaux de bière. Les serveurs du traiteur déployaient une activité de fourmis. Bientôt tout le monde eut un verre en main, et la fête commença.

Nous nous sommes mis à table à deux heures et demie et, étant donné les circonstances et le rationnement, ce fut un festin. Chacun y avait contribué dans la mesure de ses moyens. Il y avait donc du saumon froid, du rôti de porc et de merveilleux desserts glacés à la crème. J'étais assise entre Mr. Baines, le notaire de Judith, et Mr. Warren, de Porthkerris. Nous avons beaucoup bavardé. Le repas a duré assez longtemps, puis le Lord-Lieutenant s'est levé pour porter un toast. A ce moment-là, la majeure partie de l'assemblée était un peu éméchée. Son laïus fut bien reçu, beaucoup d'applaudissements et quelques sifflets, vite étouffés. Walter a fait un discours (correct), puis son témoin (incohérent). Ensuite la fête a repris son cours. Quand il fut presque cinq heures, nous nous sommes rendu compte que les mariés étaient sur le point de s'en aller, et nous nous sommes donc précipités vers la porte pour les attendre. Loveday a lancé son bouquet à Judith, qui l'a attrapé avec adresse, puis ils sont de nouveau montés dans la Bentley et Nettlebed les a conduits en grande pompe jusqu'au portail de Nancherrow, où ils ont pris la vieille voiture de Mr. Mudge, et sont partis vers Porthkerris dans un bruit de ferraille.

(Je suis contente que Nettlebed ne les ait pas conduits jusqu'à Porthkerris car, manquant un peu de tenue pour la première fois de sa vie, il avait trop bu. Nettlebed pompette, plus digne que jamais malgré des jambes vacillantes, c'était vraiment un spectacle à ne pas manquer. On l'a même vu valser avec Hetty. Il ne nous reste plus qu'à espérer que Mrs. Nettlebed lui pardonnera cet écart.)

Et voilà. Nous nous sommes tous dit au revoir et nous sommes rentrées à Rosemullion. Judith et moi, nous avons emmené Morag faire une grande promenade. La pauvre bête avait été enfermée toute la journée. Puis nous sommes revenues à Nancherrow pour dîner en famille avec les Carey-Lewis. Nous avons même fait la vaisselle, car les Nettlebed étaient allés se coucher.

Désolée de t'avoir fait un récit aussi long, mais on n'a pas tous les jours pareille occasion. Un peu comme le solstice d'hiver : une fête gaie (ce mariage) au milieu d'un hiver long, froid et sombre (cette guerre empoisonnante). Ça nous a tous fait du bien d'oublier ne serait-ce qu'un instant les nouvelles déprimantes, l'ennui, la solitude et l'angoisse pour nous amuser simplement.

Cela m'a aussi donné l'occasion de penser à l'avenir et à notre propre situation familiale. Si le pire se produit, que Molly, Bruce et Jess ne nous reviennent jamais, Judith, toi et moi devrons tout faire pour rester ensemble. (A l'église, j'ai pensé au jour où elle se mariera, et je t'ai imaginé la conduisant à l'autel et moi organisant tout. Soudain tout cela m'a paru extrêmement important.) Elle possède cette maison ravissante et c'est là la seule certitude de son existence. Je ne crois pas qu'elle la vende ou qu'elle la quitte un jour. Aussi, quand la guerre sera finie et que tu prendras ta retraite, ce serait une bonne idée de trouver un endroit qui ne soit pas trop éloigné de Rosemullion. Helford peut-être, ou Roseland ? Où tu pourrais avoir un petit bateau et où nous aurions un jardin avec un palmier. A vrai dire, je ne crois pas que j'aurai jamais envie de retourner à Bickley. Cette maison est trop pleine des souvenirs de Ned. Ici, je me suis fait des amis, une nouvelle vie, et j'en suis venue à accepter plus ou moins le fait que Ned ne nous reviendra jamais. C'est un endroit où j'aimerais rester. Au bout de deux ans, je n'ai plus envie de m'en aller. Cela t'ennuierait-il, mon cher Bob ? Penses-y.

Je t'embrasse. Prends bien soin de toi.

Biddy.

1945

Trincomalee, Ceylan. Le HMS *Adelaide*, navire marchand réquisitionné pour les besoins de la cause, était le ravitailleur de la 4e flotte de sous-marins. Il avait pour port d'attache la crique de Smeaton, une profonde baie entre deux promontoires couverts de jungle. Avec sa coque basse, ses ponts d'acier cuisant à la chaleur et sa traînée de sous-marins accrochés à ses flancs, il ressemblait à une énorme truie épuisée, venant de mettre bas une portée de porcelets.

Le capitaine Spiros, un réserviste de la Marine sud-africaine, en était le commandant. Comme son bateau ne jouait qu'un rôle purement administratif, deux rédactrices, issues des rangs des auxiliaires féminines de la Marine, venaient chaque jour à bord. Installées dans le bureau du capitaine, elles tapaient les ordres de patrouille des sous-marins, décodaient les messages en provenance de l'Amirauté et s'occupaient des rapports confidentiels. L'une d'elles était une fille languissante qui se nommait Penny Wailes et qui, avant de partir pour l'Extrême-Orient, avait passé deux ans à Liverpool, au quartier général de l'Amirauté. Quand elle ne travaillait pas à bord du HMS *Adelaide*, elle passait son temps en compagnie d'un jeune capitaine, basé au Camp 39, à quelques kilomètres au nord de Trincomalee. Il se trouvait en possession non seulement d'un moyen de transport (une Jeep de la Royal Navy), mais également d'un bateau à voile, qui n'était pas le moindre de ses charmes.

Penny et lui passaient leurs week-ends dans ce petit bateau à naviguer sur les eaux bleues de la baie, les écoutes choquées, à la recherche de criques inaccessibles où pique-niquer et se baigner.

L'autre était Judith Dunbar.

En raison du prestige apparent de leur tâche, elles suscitaient l'envie des autres auxiliaires, qui se contentaient de rester à terre et de prendre tous les matins le chemin de bâtiments banals : le quartier général de la Marine, la capitainerie, le bureau des transmissions et celui de l'approvisionnement. En fait, Judith et Penny menaient une existence éprouvante, tant physiquement que psychologiquement.

En premier lieu, elles faisaient des journées très longues. Les marins suivaient le rythme habituel des quarts sous les tropiques. La plupart finissaient à deux heures et somnolaient tout l'après-midi dans la chaleur étouffante, sur leur couchette, dans un hamac ou à l'ombre sur le pont. A quatre heures, quand il faisait un peu plus frais, ils allaient se baigner. Mais les deux jeunes filles arrivaient à bord à sept heures et demie du matin, après avoir pris leur petit déjeuner et traversé le port en bateau. Et elles ne regagnaient leurs quartiers que le soir, par le bateau de cinq heures et demie, qui ramenait les officiers à terre.

Elles auraient mieux supporté ces longues heures de travail si elles avaient disposé d'une douche pour se rafraîchir dans la journée mais, pour des raisons d'espace, et parce que l'équipage était masculin, ce n'était pas le cas. Quand elles avaient terminé leur tâche fastidieuse (frappe, copies, classement) elles étaient exténuées, trempées de sueur, et leur uniforme blanc, impeccable le matin, était fripé et crasseux.

D'autre part, elles étaient les seules femmes à bord et faisaient partie de l'équipage, ce qui ne simplifiait pas les choses, car elles étaient toujours assises entre deux chaises, entre deux statuts. Elles n'étaient pas censées avoir de relations amicales ou même décontractées avec les officiers, et les matelots, en manque de compagnie féminine, n'appréciaient guère leur intrusion et les tenaient pour les âmes damnées des officiers, guettant avec attention le moindre signe de favoritisme.

Ni Judith ni Penny ne les en blâmaient. Le nombre des auxiliaires féminines de Trincomalee avait toujours été désespérément inférieur à celui des hommes et, la guerre étant terminée en Europe, les bâtiments de la Royal Navy quittaient le Royaume-Uni pour rejoindre la flotte des Indes orientales. Il ne se passait pas une journée sans qu'un croiseur ou un destroyer franchisse l'entrée du port, jette l'ancre et envoie à terre la première vedette et sa cargaison de marins libidineux.

A terre, ils n'avaient pas grand-chose à faire, à part jouer au football, boire un verre au mess ou regarder un vieux film dans le cinéma du service, un immense hangar au toit de tôle ondulée. Pas de rues familières, pas de pubs, pas de cinémas douillets, pas de filles. Il y avait peu de civils européens, et l'unique village indigène n'était qu'un ensemble de huttes en palmes avec des chemins de terre défoncés par les roues des chars à bœufs. Et, pour des raisons évidentes, l'accès en était interdit. Dès que l'on s'éloignait des plages blanches et bordées de palmiers vers l'intérieur des terres, on se retrouvait en terrain hostile, infesté de serpents venimeux et de moustiques.

Pendant la mousson, la situation se détériorait encore : car le terrain de football était inondé, les routes se transformaient en rivières de boue et, la pluie battant contre le toit de tôle, il était aussi plaisant d'aller au cinéma que de s'asseoir à l'intérieur d'un tambour. Par conséquent, une fois le charme de la nouveauté épuisé, le marin faisait peu de cas de Trincomalee.

Pas de pubs, pas de cinémas. Pas de filles. Ce qui était, bien entendu, le pire. Quand un jeune matelot, beau et décidé, réussissait à attirer l'œil d'une auxiliaire et à la convaincre de sortir avec lui, il ne pouvait l'emmener nulle part, à moins qu'elle n'accepte de prendre une tasse de thé dans un établissement minable sur le port appelé *Elephant House*. Il était tenu par une famille cinghalaise, qui pensait rehausser le niveau de la maison en passant en permanence sur un gramophone un horrible disque appelé « Vieux souvenirs anglais ».

Tout cela ne facilitait pas l'existence et la situation était si délicate que, lorsque le commandant suprême des Forces alliées, lord Mountbatten, descendit à Trincomalee depuis son nid d'aigle de Kandy pour rendre officiellement visite au HMS *Adelaide*, Judith et Penny décidèrent de rester dans le bureau du capitaine, et de ne pas s'aligner sur le pont avec le reste de l'équipage. Elles savaient parfaitement qu'en les voyant le grand homme s'arrêterait pour leur dire un mot et que cela ne ferait que déchaîner d'inutiles rancœurs.

Le capitaine Spiros, qui hésitait à les laisser faire, se rendit finalement à leurs arguments. Quand cette visite importante fut terminée, il les remercia de leur tact. Ce qui fut apprécié mais ne surprit guère, car c'était un capitaine très aimé et un officier plein de charme et de bon sens.

En ce début du mois d'août, à la fin d'une journée tout aussi caniculaire que les autres, Judith et Penny attendaient sur le gaillard d'arrière que le bateau des officiers les ramène à terre. Deux commandants de sous-marin, un lieutenant de vaisseau et trois jeunes sous-lieutenants, tous étonnamment propres et en grande tenue, partaient pour une équipée nocturne.

A l'abri de la crique de Smeaton, le HMS *Adelaide* frémissait encore dans la chaleur. Au milieu des bateaux, les eaux grouillaient d'activité : on avait sorti les échelles de corde et deux équipes de matelots disputaient un match de water-polo, s'éclaboussant et fendant les flots comme des dauphins.

Judith les observa en songeant que, de retour au quartier, elle retirerait vite son uniforme raidi de sueur et descendrait en courant le sentier qui menait à la crique privée avant de plonger du ponton dans les eaux fraîches et purificatrices de la mer.

A côté d'elle, Penny bâilla.

– Que fais-tu ce soir ? demanda-t-elle.

– Rien, grâce au ciel. Pas de sortie. Je vais probablement faire ma correspondance. Et toi ?

– Pas grand-chose. Club des officiers avec Martin, sans doute. (Martin était le capitaine à la Jeep.) Ou bien repas de poisson au restaurant chinois. Ça dépend s'il est en fonds ou non.

La vedette se rangea le long du bateau et se stabilisa à l'aide des gaffes. Dans la Royal Navy, on appréciait un vaisseau à ses vedettes, et celles du HMS *Adelaide* étaient rutilantes, leurs ponts bien briqués et leurs cordages parfaitement serrés. Même l'équipage, un barreur et trois matelots, avait certainement été sélectionné sur sa bonne mine, car ils étaient tous bronzés, musclés et beaux. L'officier de garde donna le signal : Judith et Penny descendirent la passerelle en courant et montèrent les premières à bord. Les autres suivirent, le capitaine de vaisseau Fleming et le capitaine du sous-marin HMS *Foxfire* fermant le rang. Les matelots poussèrent au large, le barreur mit les gaz et la vedette s'éloigna en dessinant une grande courbe, la proue levée, laissant derrière elle un sillage d'écume brillante.

Aussitôt l'air devint plus frais, Judith s'assit sur une banquette de toile blanche et propre, face à la brise. De l'entrée du port soufflait le vent frais de l'océan et la proue du bateau soulevait des gerbes de gouttelettes, où le soleil de fin d'après-midi faisait luire un arc-en-ciel. Elle sentit le sel sur ses lèvres.

Ils contournèrent peu à peu le long promontoire boisé qui gardait l'entrée de la crique, la jungle céda la place aux rochers et aux plages de sable blanc bordées de cocotiers, et bientôt le port, merveilleux phénomène naturel et l'un des plus beaux ancrages du monde, apparut devant eux. Dans ce havre abrité se trouvait la majeure partie de la flotte des Indes orientales. Des bateaux de guerre, des croiseurs, des destroyers et des frégates, puissance suffisante pour semer la terreur chez l'ennemi le plus agressif et le plus intrépide. Un croiseur, le HMS *Antigua*, venait d'arriver du Royaume-Uni, le gaillard d'arrière ombragé par une tente d'un blanc éblouissant et l'enseigne blanche de la Royal Navy flottant à la poupe.

Quelques minutes plus tard, ils arrivaient à destination, le débarcadère du quartier général de la Marine. Le bateau ralentit, la proue retomba, tandis que le barreur se préparait à accoster. La longue jetée de béton s'avançait loin dans la mer, toujours animée par l'allée et venue des bateaux, et le débarquement des marins et des marchandises. Dans l'anse de la baie se trouvaient les bâtiments du quartier général de la Marine, le bureau des transmissions, l'ensemble des bâtiments administratifs, la capitainerie. Ils étaient tous carrés et blancs comme des morceaux de sucre, surmontés d'un grand mât où l'enseigne blanche claquait au vent du soir. En toile de fond, les pentes couvertes de jungle de la colline des Éléphants.

Au sommet de cette crête s'élevaient trois grands bungalows dont on apercevait les toits de tuile à travers les arbres. Tout au bout, avec une vue sur le port pour laquelle tout être sain d'esprit se serait damné, se trouvait la résidence du capitaine Curtice, officier commandant le HMS *Highflyer*. Un peu plus bas habitait son second. Le troisième bungalow était l'infirmerie des auxiliaires féminines de la Marine. Ils étaient tous trois ceints de jardins verdoyants et de hauts palmiers. Des sentiers en partaient, serpentant parmi les arbres jusqu'au rivage.

Le bateau fut amarré avec adresse, effleurant à peine les pare-battages. Deux matelots, qui avaient déjà sauté à quai, attachaient solidement des cordes aux bollards. Les officiers descendirent à terre, selon les règles, par ordre de préséance. Judith et Penny venaient en dernier. Judith se retourna pour sourire au barreur, l'un des membres les plus sympathiques de l'équipage.

— Merci, dit-elle.

— Pas de quoi, mademoiselle, répondit-il en levant la main. A demain matin.

La vedette de l'*Adelaide* repartit pleins gaz en traçant un majestueux sillage d'écume. Les deux jeunes filles la regardèrent s'éloigner puis, côte à côte, elles se mirent en route d'un pas las. La jetée était longue. Elles n'étaient qu'à mi-chemin quand elles entendirent un bruit de pas derrière elles, et une voix.

— Ça alors...

Elles se retournèrent. Le bateau qui venait de s'amarrer à quai avait déchargé sa cargaison d'officiers qui se rendaient à terre. L'homme leur était totalement inconnu, et Judith, perplexe et quelque peu agacée, fronça les sourcils.

— Excusez-moi...

Il les rattrapa. Un lieutenant de vaisseau de la Royal Navy, en veste amidonnée, casquette bien enfoncée sur le front.

— Je... je n'aurais pas dû hurler comme ça, mais je vous ai aperçue et... ne seriez-vous pas Judith Dunbar ?

— Si, acquiesça-t-elle, totalement désarçonnée.

— C'est bien ce que je pensais. Il me semblait vous avoir reconnue. Je suis Toby Whitaker.

Ce qui ne lui disait toujours rien. Troublée, Judith hocha la tête.

Un peu gêné à présent, il n'en poursuivit pas moins résolument :

– J'étais l'officier de transmission de votre oncle à Devonport. Le capitaine Somerville. Je suis venu chez votre tante dans le Devon, juste avant que la guerre éclate. Le capitaine Somerville devait se rendre à Scapa Flow...

Le brouillard s'éclaircit. *Bien sûr.* Le lieutenant Whitaker. Ils étaient restés ensemble dans le jardin, à Bickley, et il avait fumé une cigarette. Rétrospectivement, elle avait toujours considéré ce jour-là comme le véritable début de la guerre.

– Ah oui, je me souviens. Excusez-moi, fit-elle, mais c'est si loin.

– Il fallait que je vous parle.

– Bien entendu. (Elle se rappela soudain la présence de Penny.) Voici Penny Wailes. Nous travaillons ensemble. Nous rentrons juste au quartier.

– Bonjour, Penny.

– Salut.

Mais Penny avait d'autres chats à fouetter.

– Écoutez, j'espère que vous ne me trouverez pas affreusement grossière, mais je pars devant. Il faut que je me change avant de sortir. Je vous laisse vous raconter vos vies. (Elle s'en allait déjà.) Ravie d'avoir fait votre connaissance. A demain, Jude.

Elle leur adressa un signe de main désinvolte, et s'en fut d'un bon pas.

– Vous travaillez ensemble ? s'enquit Toby Whitaker.

– Oui. A bord du HMS *Adelaide*. C'est le ravitailleur des sous-marins. Il mouille dans la crique de Smeaton. Nous sommes affectées au bureau du capitaine.

– Qui est votre capitaine ?

– Le capitaine Spiros.

– Ça sonne grec.

– En fait, il est sud-africain.

– Alors c'est pour cela que vous êtes arrivées dans la vedette des officiers. Je n'avais pas fait le lien.

– C'est aussi pour cela que je suis si sale. Nous sommes à bord toute la journée et nous ne pouvons même pas prendre une douche.

– Vous avez l'air très bien.

– Pardonnez-moi de ne pas vous avoir reconnu. En réalité, j'ai passé deux ans à Whale Island avant de venir ici et, comme tous les sous-lieutenants y ont pris des cours, je connais la tête de tous les officiers de marine ou presque, mais je ne me souviens d'aucun nom. Je vois sans arrêt des gens, que je devrais connaître, mais bien sûr je ne les reconnais pas tous. Depuis combien de temps êtes-vous ici ?

– Quelques jours seulement.

– Sur l'HMS *Antigua* ?

– Officier de transmission.

– Je vois.

– Et vous ?

Ils avançaient lentement, côte à côte.

– Ça fait environ un an. Je suis arrivée en septembre 1944. Après le jour J, je me suis portée volontaire pour partir à l'étranger. J'espérais la France, et puis je me suis retrouvée embarquée sur un transport de troupes naviguant vers l'océan Indien.

– Comment ça s'est passé ?

– Ça allait. Quelques alertes de sous-marins après le passage du canal de Suez, mais grâce au ciel rien de plus. Nous étions à bord du *Queen of the Pacific*. Avantguerre, c'était un paquebot absolument somptueux. Après le quartier de Portsmouth, il nous semblait encore très luxueux. Quatre auxiliaires pour une cabine de première classe, et du pain blanc. J'en ai tellement mangé que j'ai dû prendre quelques kilos.

– Apparemment pas.

– La chaleur vous coupe l'appétit, ici. Je me nourris de jus de citron vert et de sel. Le sel est censé prévenir la déshydratation. Autrefois on appelait ça un coup de chaleur et personne n'aurait osé sortir sans son casque colonial. A présent, aucun de nous ne porte de chapeau, pas même sur la plage ou en bateau. Savez-vous que Bob Somerville a été nommé vice-amiral ? Il est à l'état-major de Colombo.

– Oui, je le sais. En fait, j'avais l'intention de lui rendre visite quand l'*Antigua* mouillerait à Colombo pour se ravitailler en eau potable, mais nous n'avons pas eu de permissions pour aller à terre.

– C'est dommage.

– Est-ce que vous l'avez vu ?

– Non. Il n'est là que depuis un mois. Mais j'ai reçu une lettre de lui. Ici, le téléphone marche très mal. Il y a quatre centraux différents et on vous passe invariablement un mauvais numéro. Il avait l'air en pleine forme. Il m'a dit qu'il habitait une belle maison et que, si je le désirais, je pourrais y venir. J'irai sans doute à ma prochaine permission. La dernière fois, je suis allée dans le nord chez des amis, les Campbell, qui possèdent une plantation de thé près de Nuwara Eliya. Mes parents ont habité Colombo, voyez-vous. J'y ai vécu moi aussi jusqu'à ce que ma mère me ramène en Angleterre. Les Campbell étaient leurs amis.

– Où sont vos parents, à présent ?

– Je n'en sais rien. (Ils poursuivaient leur chemin d'un pas régulier.) Ils étaient à Singapour quand les Japonais ont envahi l'île.

– Oh, mon Dieu ! Un carnage. Je suis désolé.

– Oui. Ça fait longtemps, maintenant. Presque trois ans et demi.

– Pas de nouvelles ?

– Rien, fit Judith en hochant la tête.

– Vous êtes parente des Somerville, n'est-ce pas ?

– Oui, Biddy est la sœur de ma mère. Voilà pourquoi j'habitais chez eux dans le Devon. (Une idée lui vint à l'esprit.) Vous savez sans doute que Ned Somerville a été tué. Quand le *Royal Oak* a sombré à Scapa Flow.

– Oui. Je l'ai su.

– Au tout début de la guerre. Il y a si longtemps.

– Cinq ans, c'est long. Que fait Mrs. Somerville ? Vit-elle toujours dans le Devon ?

– Non, elle est en Cornouailles. J'y ai une maison. Elle est venue chez moi peu après la mort de Ned et, quand je me suis engagée, elle y est restée, tout simplement. J'ignore si elle retournera un jour dans le Devon.

– Nous avons une maison près de Chudleigh, dit-il.

– Nous ?

– Ma femme et moi. Je suis marié. J'ai deux petits garçons.

– Comme c'est bien ! Depuis combien de temps ne les avez-vous pas vus ?

– Plusieurs semaines. J'ai eu une permission de quelques jours avant de m'embarquer.

Cette conversation les avait menés au bout de la jetée et, une fois de plus, ils firent une pause et restèrent face à face.

– Où allez-vous ? demanda Judith.

– En fait, je me dirigeais vers la maison du capitaine Curtice. C'est un vieux camarade de bord de mon père. Ils étaient ensemble à Dartmouth. Il m'a envoyé un mes-

721

sage, me demandant de lui rendre visite. Je vais donc lui présenter mes respects.

– A quelle heure êtes-vous attendu ?

– Dix-huit heures trente.

– Dans ce cas, vous avez deux possibilités : soit vous passez par là... (Elle lui indiqua l'étroit sentier qui suivait le rivage.)... et vous gravissez la centaine de marches qui montent jusqu'à son jardin, soit vous suivez la route, ce qui est beaucoup moins ardu.

– De quel côté allez-vous ?

– Par la route.

– Alors je vous accompagne.

Ils poursuivirent agréablement leur promenade le long de la route blanche de poussière, qui portait la trace des roues des innombrables camions qui traversaient le quartier général de la Marine. Ils longèrent bientôt la haute clôture de fils de fer barbelés jusqu'au portail, ouvert, parce qu'il faisait encore jour, mais gardé par deux sentinelles, de jeunes marins, qui se mirent au garde-à-vous et saluèrent quand Toby passa. Au-delà, la route s'incurvait sous les palmiers, et ils parvinrent rapidement à un second portail sous bonne garde, l'entrée du quartier des auxiliaires.

Judith se tourna vers lui.

– Je suis arrivée. C'est ici que nous nous séparons.

Il observa non sans intérêt la vue qui s'offrait à lui au-delà des portes. Un sentier pentu menait au long bâtiment au toit de palme qui servait de mess et de salle de détente aux auxiliaires. Les vérandas croulaient sous les bougainvillées. Il y avait un hibiscus et des plates-bandes fleuries.

– D'ici, ça semble très joli, dit-il.

– Je veux bien le croire. Ce n'est pas mal. Un peu comme un petit village, ou un camp de vacances. Les *bandas* où nous dormons sont à l'opposé et donnent sur la crique. Pour nous baigner, nous avons un ponton privé.

– Je suppose que les hommes n'ont pas le droit d'y mettre les pieds.

– Si, s'ils sont invités. Ils peuvent venir prendre le thé ou un verre au mess. Mais les *bandas* et la crique sont strictement interdites.

– Normal. (Puis, après un instant d'hésitation :) Si je vous le demandais, est-ce que vous accepteriez de sortir avec moi, un soir ? Pour dîner, par exemple ? Le seul problème, c'est que je ne connais rien, ici. Je ne saurais pas où vous emmener.

– Il y a le club des officiers, ou le restaurant chinois. Rien d'autre.

– Vous viendrez ?

Ce fut au tour de Judith d'hésiter. Elle avait un certain nombre d'amis avec lesquels elle allait régulièrement dîner, danser, faire de la voile, nager et pique-niquer. Mais c'étaient de vieilles connaissances du temps de Portsmouth, des relations solides, fidèles et strictement platoniques. Depuis la mort d'Edward et la défection de Jeremy, elle était bien résolue à ne pas s'engager sur le plan sentimental, ce qui, à Trincomalee, était assez compliqué en raison du nombre écrasant d'hommes jeunes et parfaitement présentables qui recherchaient désespérément une compagnie féminine.

Cela dit, Toby Whitaker était quelqu'un qu'elle avait rencontré jadis, il connaissait les Somerville, il habitait le Devon. Il ne lui serait pas désagréable d'évoquer le bon vieux temps, oncle Bob, Biddy et Ned. Et puis il était marié. Bien entendu, le fait de sortir avec un homme marié ne voulait pas dire grand-chose dans cet environnement exceptionnel, Judith l'avait appris à ses dépens. Il était impossible d'ignorer les pulsions sexuelles, attisées par les nuits tropicales, le murmure du vent dans les palmes et les mois de célibat forcé, et, dans la chaleur du moment, on chassait aisément de son esprit une femme lointaine et une couvée de bambins. Plus d'une fois, elle avait dû lutter pour se tirer d'une situation embarrassante et n'avait nullement l'intention que cela se reproduise.

Le silence s'éternisa. Il attendait une réponse. Elle considéra sa proposition avec circonspection. Elle ne le trouvait pas particulièrement séduisant, mais il ne semblait pas du genre à lui sauter dessus. Il allait plus vraisemblablement lui parler de ses enfants et, redoutable perspective, lui montrer des photos.

Plutôt inoffensif. Il serait sans doute mal élevé et blessant de refuser tout de go.

– Oui, bien sûr, dit-elle.

– Génial !

– J'aimerais beaucoup. Mais pas à dîner. Ce serait plus amusant d'aller nous baigner quelque part. Samedi peut-être. Le samedi est mon jour de congé.

– Parfait, mais je suis nouveau ici. Où irons-nous?

– Le mieux, c'est d'aller au YWCA [1].

– Au YWCA? fit-il en fronçant les sourcils.

– C'est très bien. Ça ressemble à un petit hôtel. Pas de prospectus pieux ni de tables de ping-pong. C'est plutôt le contraire. On peut même y prendre un verre.

– Où est-ce?

– Au-delà de Fort Frederick, sur la plage, c'est parfait pour se baigner. Les hommes ne peuvent y entrer qu'invités par une femme. Il n'y a donc jamais foule. Et c'est tenu par une femme superbe, Mrs. Todd-Harper. Nous l'appelons Toddy. C'est quelqu'un de formidable.

– Racontez-moi.

– Pas le temps, pour l'instant. Ce serait trop long. Je vous expliquerai samedi. (Si la conversation s'enlisait, ce qui n'était pas inenvisageable, elle pourrait toujours parler de Toddy.)

– Comment y va-t-on?

– Nous prendrons un camion de la Marine. Ils font sans arrêt la navette, comme des bus.

– Où vous retrouverai-je?

– Ici même, au portail, à onze heures et demie.

Elle le regarda s'éloigner, grimpant la côte d'un bon pas, ses chaussures blanches couvertes de poussière, et soupira en se demandant dans quoi elle s'était fourrée. Puis elle fit volte-face, franchit le portail et le bureau de contrôle (pas de lettre dans sa petite boîte) et remonta l'allée. Dans le réfectoire du mess, les boys cinghalais servaient déjà le dîner de celles qui étaient de garde. Judith se versa un verre de jus de citron vert qu'elle avala d'un trait, puis elle sortit sur la terrasse, où deux filles recevaient leurs petits amis, confortablement allongés sur des chaises longues en rotin. De la terrasse, une allée cimentée menait à l'autre bout du camp, où étaient regroupés les *bandas* et les sanitaires sous les quelques bosquets et palmiers épargnés par le Génie quand ils avaient passé cette portion de jungle au bulldozer pour y bâtir le camp.

A cette heure du jour, la plupart des filles étaient rentrées et il y avait beaucoup d'allées et venues aussi. Les auxiliaires qui travaillaient à terre terminaient leur journée à quatre heures, et avaient donc tout le temps de

---

1. *Young Women's Christian Association*, Association des jeunes femmes chrétiennes. (*N.d.T.*)

faire une partie de tennis ou d'aller se baigner. Des douches sortaient négligemment des silhouettes à demi nues, vêtues en tout et pour tout de tongs et d'une petite serviette. D'autres se promenaient en maillot de bain, accrochaient leur lessive à des cordes à linge, ou s'étaient déjà mises en pantalon kaki et en chemise à manches longues, tenue de rigueur le soir dans cette région infestée de moustiques porteurs de la malaria.

La malaria n'était pas le seul danger. Quelque temps auparavant, la typhoïde avait menacé, et tout le monde avait dû subir une injection douloureuse aux effets secondaires désagréables. Là rôdaient aussi toute une kyrielle d'affections mineures, susceptibles de terrasser quiconque en un instant. Les coups de soleil et les maux de ventre immobilisaient immanquablement toutes les filles qui arrivaient d'Angleterre et qui n'étaient pas encore acclimatées au soleil et à la chaleur. La dengue était une sorte de grippe, mais plus virulente. La transpiration permanente provoquait des éruptions, la plus banale piqûre de moustique ou de fourmi risquait de s'infecter si on ne l'arrosait pas immédiatement d'antiseptique. Chaque trousse de pharmacie en contenait un flacon.

Il y avait douze lits de chaque côté du long dortoir, qui ressemblait à celui d'une école, en beaucoup plus rudimentaire. A côté de chaque lit, une petite commode et une chaise. Des crochets de bois faisaient office de penderie. Le sol était en ciment et des ventilateurs de bois, accrochés au plafond de palme, brassaient l'air pour donner un semblant de fraîcheur. Sur chaque lit, telle une cloche monstrueuse, pendait une moustiquaire blanche.

Comme toujours à cette heure de la journée, on s'adonnait à toutes sortes d'activités. A l'extrémité du dortoir, une fille enveloppée dans une serviette de bain était assise sur son lit, une machine à écrire sur ses genoux nus, et tapait une lettre pour ses parents. D'autres, allongées, lisaient, parcouraient leur courrier, ou se limaient les ongles. Deux filles papotaient en riant autour d'une pile de photos. Une autre avait mis un disque de Bing Crosby sur son gramophone portable, qu'elle écoutait tout en mettant des bigoudis dans ses cheveux mouillés.

Son lit. Ce qui, depuis un an, lui tenait lieu de chez-soi. Elle laissa tomber son sac, retira ses vêtements sales, se noua une serviette de bain autour de la taille et s'écroula, les mains derrière la tête, pour regarder tourner les pales du ventilateur.

Les événements se produisaient de manière étrange. Il se passait des jours entiers sans qu'elle pense à la Cornouailles ou au Devon, au Manoir ou à Nancherrow. Certes, elle avait peu le loisir de ruminer, mais surtout elle avait appris que la nostalgie était vaine. Le bon vieux temps, les amis, la vie d'autrefois étaient loin derrière elle, comme un monde perdu. Son travail, bien que fastidieux, lui occupait l'esprit et elle était rarement seule.

Et puis, soudain, une rencontre de hasard. Toby Whitaker tombait du ciel, la prenant au dépourvu. Parlant de Bickley, de Biddy et de Bob, faisant surgir un flot de souvenirs qui somnolaient au fond d'elle depuis des mois. Elle se rappelait avec exactitude le jour où il était venu chercher Bob Somerville. Bob et elle étaient allés se promener sur la lande avec Morag, Bob portait son vieux costume de tweed et ses bottes de marche...

Et maintenant Bing Crosby. Bing Crosby était intimement lié aux derniers jours de l'été 1939 : Athena avait rapporté de Londres un de ses disques, qu'elle écoutait sans cesse sur le gramophone du salon de Nancherrow.

Elle pensa à leur petit groupe. Ce tableau qui n'avait jamais été peint demeurait dans son imagination comme une œuvre achevée, encadrée, accrochée à quelque mur. *Avant le déjeuner, Nancherrow, 1939.* Les pelouses vertes, le ciel bleu, la mer, la brise qui agitait les franges du parasol de Diana, son ombre projetée sur le gazon. Et les silhouettes assises ou allongées, sur des transats ou sur des plaids. Ils étaient réunis, apparemment oisifs et privilégiés, mais chacun avec ses peurs intimes, douloureusement conscient de l'imminence de la guerre. Avaient-ils la moindre idée de la manière dont elle allait briser leur vie, les séparer et les disperser aux quatre coins de la planète ?

Edward d'abord, bien sûr. Le charmeur béni des dieux, aimé de tous. Mort. Abattu en plein ciel pendant la bataille d'Angleterre. Edward ne retournerait jamais à Nancherrow, ne paresserait plus le dimanche au soleil sur la pelouse.

Athena, tressant avec application une guirlande de marguerites. Sa blondeur étincelante, ses bras nus couleur de miel. Pas encore fiancée à Rupert Rycroft. Elle avait vingt-huit ans à présent, et Clementina cinq. Clementina connaissait à peine son père.

Rupert, étendu dans un transat, ses genoux osseux saillant. L'archétype de l'officier, grand, buriné, la voix traînante, merveilleusement sûr de lui et totalement dénué d'artifice. Comme il avait survécu à la campagne d'Afrique du Nord et combattu en Sicile, on s'était imaginé qu'il avait la chance avec lui, avant d'apprendre l'affreuse nouvelle. Il avait été grièvement blessé en Allemagne, peu après que les Alliés eurent traversé le Rhin, et il avait échoué dans un hôpital, quelque part en Angleterre, où les médecins l'avaient amputé de la jambe droite. Elle avait appris la nouvelle par une lettre de Diana. Bien que profondément bouleversée, celle-ci cachait à peine son soulagement : son gendre n'avait pas perdu la vie.

Gus Callender. Le jeune Écossais sombre, réservé, l'ami d'Edward. L'étudiant ingénieur, l'artiste, le soldat, qui avait si brièvement traversé leur vie pour disparaître dans le feu des combats, lors du siège de Singapour. « Il est mort », avait déclaré catégoriquement Loveday et, comme elle portait l'enfant de Walter Mudge, la famille s'était laissé convaincre. Si Gus avait survécu et si quelqu'un devait le savoir, c'était Loveday. Son bonheur *à elle* était plus important que tout, et Diana et Edgar désiraient plus que tout la garder avec eux. Gus était donc mort. Seule Judith n'était pas convaincue. Elle demeura sceptique jusqu'au mariage de Loveday. Ensuite il ne servait plus à rien de garder espoir. Les dés étaient jetés. Loveday était mariée. Femme d'un fermier de Cornouailles, et mère de Nathaniel, le bébé le plus gros, le plus dur et le plus vociférant que Judith ait jamais vu. On ne prononçait plus le nom de Gus. Il avait disparu.

Et puis, enfin, Jeremy Wells.

Judith avait eu indirectement de ses nouvelles. Il était sorti vivant de la bataille de l'Atlantique, puis on l'avait envoyé en Méditerranée, mais c'était tout ce qu'elle savait. Depuis la nuit qu'elle avait passée avec lui dans la maison de Diana à Londres, elle n'avait pas reçu un mot, pas un message, pas une lettre. Elle s'était convaincue qu'il était sorti de sa vie mais parfois, comme en ce moment, elle aurait tout donné pour revoir son bon visage, pour retrouver sa présence si rassurante, pour lui parler. Peut-être un jour surgirait-il à Trincomalee, médecin-chef de quelque bateau de guerre. Et pourtant, si cela se produisait, qu'auraient-ils à se dire après toutes ces années de silence? Il n'y aurait plus entre eux que réserve et gaucherie. Le temps avait cicatrisé la blessure qu'il lui avait infligée, mais elle restait sur ses gardes. Et puis, pourquoi rouvrir les vieilles cicatrices?

– Judith Dunbar est-elle là?

Une voix forte interrompit le cours de ses pensées. Elle s'étira et se rendit compte qu'il faisait sombre. Le soleil s'était brusquement couché et, derrière les volets de palme ouverts, la nuit était d'un bleu de saphir. L'une des auxiliaires s'avançait vers son lit. Elle avait des cheveux bruns et courts, des lunettes à monture d'écaille, et portait un pantalon et une chemise à manches longues. Judith la reconnut: Anne Dawkins, une auxiliaire de première classe qui travaillait au bureau des transmissions et arborait un accent des faubourgs à couper au couteau.

– Oui, je suis là...

Elle se redressa sans se soucier de remonter sa serviette sur ses seins nus.

– Désolée de faire irruption comme ça, mais je viens de regarder mon courrier et j'ai pris l'une de tes lettres par erreur. Je l'ai ramassée avec les miennes.

Elle lui tendit une grosse enveloppe. Judith reconnut l'écriture de Loveday. Drôle de coïncidence. Toby Whitaker, Bing Crosby, et maintenant une lettre de Loveday. Loveday écrivait rarement, et Judith n'avait rien reçu d'elle depuis des mois. Elle espéra qu'il n'y avait rien de grave.

– Je m'excuse... j'avais la tête ailleurs, poursuivait Anne Dawkins.

– Ça ne fait rien. Merci de me l'avoir apportée.

Elle s'en alla. Judith fit gonfler ses oreillers, s'allongea à nouveau et ouvrit l'enveloppe, dont elle tira un paquet de feuillets pliés. Elle chassa une mouche qui bourdonnait autour de son visage et commença à lire.

Lidgey, Rosemullion, le 22 juillet 1945

Ma chère Judith,

Ne fais pas une crise cardiaque en recevant ma lettre. Tu dois penser, j'en suis sûre, qu'il est arrivé une catastrophe, mais n'aie crainte. Pas de mauvaises nouvelles. Juste que Nat et moi sommes allés prendre le thé au Manoir, que c'était bizarre sans toi, et que tu me manques tant que j'ai pensé à t'écrire. Dieu merci, Nat dort et Walter est allé au pub prendre un pot avec ses copains. Nat n'est pas dans son lit, mais sur le canapé, dans la cuisine. Si je le mets au lit, il braille et en ressort. Je le laisse donc faire. Ensuite, je le remets au lit. Il pèse une tonne. Il a deux ans et demi maintenant et c'est l'enfant le plus énorme qu'on ait jamais vu, avec des cheveux noirs, des yeux presque noirs, une énergie inépuisable et un caractère de chien. Il ne veut jamais rester à l'intérieur, même quand il tombe des hallebardes, et il ne demande qu'à traîner dans les champs, et même à conduire le tracteur avec son père. Il s'assied entre ses genoux et souvent s'endort là. Walter ne s'en occupe pas et continue ce qu'il a à faire. Il ne se tient bien qu'à Nancherrow, parce qu'il a un peu peur de Pops et plus encore de Mary Millyway, qui ne lui passe rien.

Pendant que je prenais le thé avec Biddy, elle m'a dit que ton oncle Bob avait été affecté à Colombo et qu'il était déjà sur place. N'est-ce pas drôle que vous vous retrouviez tous les deux là-bas ? Peut-être pas si drôle, maintenant que la guerre est terminée en Europe et que toute la Marine est en Orient. Je me demande si vous vous êtes vus. J'ai regardé sur la carte et Colombo est à l'opposé de Trincomalee. Alors peut-être pas.

Je me demande si Jeremy Wells finira par s'y retrouver lui aussi. La dernière fois que nous avons eu de ses nouvelles, il était à Gibraltar avec la 7e flotte. Il a passé tant de temps à se battre d'un bout à l'autre de l'Atlantique que ce doit être le paradis de se retrouver en Méditerranée. Au moins il a du soleil.

Des nouvelles de Nancherrow. La maison est vide et triste. Il y a deux mois environ, Athena et Clementina ont fait leurs valises et sont parties dans le Gloucestershire vivre avec Rupert. Maman, Biddy ou quelqu'un d'autre t'aura certainement dit qu'il a été affreusement blessé en Allemagne, après la traversée du Rhin, et qu'on a dû l'amputer de la jambe droite. (Quelle cruauté, quand on pense qu'il a traversé le désert d'El Alamein à Tripoli, puis la Sicile, et qu'il s'est tiré de tous ces combats sans une égratignure pour être frappé juste avant la fin de la guerre.) Quoi qu'il en soit, on l'a ramené chez lui. Il est resté une éternité à l'hôpital, puis dans une espèce de centre de rééducation pour apprendre à marcher avec une jambe artificielle. Athena a laissé Clementina à Nancherrow pour demeurer auprès de lui à l'hôpital. Bien entendu, il ne pouvait pas rester dans son régiment avec une jambe artificielle. Il a donc été renvoyé dans ses foyers. Athena et lui vivent dans une petite ferme sur le domaine de son père. Il va apprendre à diriger la propriété pour le jour où son vieux papa prendra sa retraite. Les adieux ont été déchirants, mais Athena n'était pas trop réticente. Je crois qu'elle est heureuse qu'il n'ait pas été tué. Elle a téléphoné une ou deux fois pour nous dire que le Gloucestershire est une région très jolie, et que la maison sera tout aussi jolie quand elle aura eu le temps de l'arranger. Un peu difficile tant que tout est rationné.

On ne peut même pas se procurer des rideaux, des couvertures ou des draps sans tickets.

Clementina manque beaucoup à Nat, mais il aime bien avoir tous les jouets de la nursery pour lui tout seul, sans qu'elle proteste et lui donne des coups de poupée ou de camion sur la tête.

Nous sommes soulagés que la guerre soit finie, mais la vie quotidienne n'a pas beaucoup changé. Il n'y a toujours pas d'essence, rien dans les magasins et, pour ce qui est de l'alimentation, c'est presque pire. Nous avons de la chance de vivre dans une ferme. Nous pouvons toujours tuer une poule, il y a encore des faisans et des pigeons dans les bois, et bien entendu on peut aller à la pêche. Et des œufs. Nous nous nourrissons d'œufs et nous avons acheté deux douzaines de leghorns pour améliorer l'ordinaire. Le pauvre Nettlebed n'a plus la force de retourner la terre du potager de Nancherrow, et nous avons donc transformé l'un des prés en bas de Lidgey en potager commun. Le père de Walter l'a labouré, et Nettlebed et lui y travaillent ensemble. Pommes de terre, choux, carottes, etc. Des tonnes de haricots et de petits pois. Le père de Walter a été malade, des douleurs à la poitrine et une mauvaise toux. Le médecin lui a conseillé de se ménager, mais il a ri jaune et il a continué comme avant. Mrs. Mudge s'échine toujours à la laiterie, etc.

Elle adore Nat et le gâte trop. C'est l'une des raisons pour lesquelles il est si mal élevé. Il ira à l'école quand il aura cinq ans. J'ai hâte.

Maintenant il faut que je fasse la vaisselle du dîner, que je rentre les poules et que je mette Nat au lit. Il y a aussi une pile de repassage que je ne ferai sans doute pas. De toute façon, ça ne sert pas à grand-chose.

Quel bonheur de te parler ! Réponds-moi. Il m'arrive de ne pas penser à toi pendant plusieurs jours, il m'arrive aussi d'y penser tout le temps, à tel point que ça me fait drôle d'aller à Nancherrow en sachant que tu n'y es pas.

Je t'embrasse très, très fort.

Loveday.

Sous les tropiques, où la mousson constituait l'unique changement de saison et où le soleil perpétuel tendait à devenir lassant, les jours, les semaines et les mois s'écoulaient à une rapidité alarmante, et il était facile de perdre la notion du temps. Cette impression de vivre hors du temps était également due à l'absence de journaux et au manque de temps pour écouter les bulletins d'information. Seules les filles les plus sérieuses prenaient la peine de suivre de près le cours des événements. L'explosion de joie du jour de la victoire avait été le dernier épisode véritablement marquant. Il y avait déjà trois mois de cela.

Pour toutes ces raisons, le rythme des semaines de travail, entrecoupées par les temps forts des week-ends, était encore plus important qu'en Angleterre et contribuait à instiller un peu de normalité dans une existence profondément anormale. Le samedi et le dimanche prenaient une importance particulière, jours de liberté que l'on attendait avec impatience, où l'on avait du temps pour soi et la possibilité de ne rien faire, ou de tout faire.

Ce que Judith appréciait plus que tout, c'était de ne pas avoir à se lever à cinq heures et demie du matin afin d'être au bout de la jetée à temps pour monter à bord du premier bateau rejoignant le HMS *Adelaide*. Elle se réveillait quand même à cinq heures et demie, mais elle se retournait et se rendormait jusqu'à ce qu'il fasse trop chaud pour rester sous la moustiquaire. Il était alors grand temps de prendre une douche et son petit déjeuner.

Ce samedi-là, il y avait des œufs brouillés et, au lieu d'avaler au lance-pierres une unique tartine à la confiture de pêche, elle put prendre son temps et traîner en buvant quelques tasses de thé. Une Irlandaise excentrique, Helen O'Connor, s'était jointe à elle ; elle venait du comté de Kerry et affichait une amoralité extrêmement rafraîchissante. Grande, mince comme un fil, elle avait de longs cheveux noirs et la réputation de collectionner les hommes comme d'autres les timbres. Elle portait un bracelet d'or chargé de breloques, qu'elle appelait ses scalps. Elle était tous les soirs au club des officiers, à flirter à la belle étoile, chaque fois avec un nouveau chevalier servant, passionnément amoureux d'elle.

— Et qu'est-ce que tu vas faire aujourd'hui ? demanda-t-elle à Judith en allumant la première cigarette de la journée, avant d'exhaler un panache de fumée long et satisfait.

Judith lui parla de Toby Whitaker.

— Il est beau ?

— Il n'est pas mal. Marié avec deux enfants.

— Fais gaffe. Ce sont les pires. J'espérais que tu viendrais faire du bateau avec moi. Je me suis laissé tenter par une journée en mer, et j'ai l'étrange impression que je pourrais avoir besoin d'un chaperon.

— Merci bien, fit Judith en riant, mais je crains que tu ne doives trouver quelqu'un d'autre pour tenir la chandelle.

— Ça ne court pas les rues... Bon... (Elle bâilla et s'étira.) Je vais courir le risque. Lutter pour mon honneur de vierge...

Ses yeux bleus se mirent à pétiller comme ceux de Loveday, et Judith ne l'en aima que plus.

Après le petit déjeuner, elle descendit à la crique et nagea. Puis il fut temps de se préparer pour Toby Whitaker. Elle mit un short, une chemise sans manches et une paire de vieilles tennis, prépara un panier pour la journée : un chapeau de paille, un maillot de bain et une serviette. Un livre, s'il y avait un temps mort dans la conversation ou si Toby Whitaker décidait de faire la sieste. A la réflexion, elle ajouta un pantalon kaki, une chemise et une paire de tongs, au cas où la journée se poursuivrait jusqu'au dîner et au-delà.

Le panier à l'épaule, elle traversa le quartier, passa par

le bureau de contrôle et franchit le portail. Elle était un peu en avance, mais Toby Whitaker l'attendait déjà et, divine surprise, il avait réussi à mettre la main sur une Jeep, qu'il avait garée dans un coin d'ombre de l'autre côté de la route. Il était au volant et fumait tranquillement une cigarette. Dès qu'il l'aperçut, il en sortit aussitôt, jeta sa cigarette et vint à sa rencontre. Il était lui aussi en tenue décontractée, short bleu et chemise confortable, mais il était de ces hommes qui, sans uniforme, paraissent un peu diminués, banals. Judith lui trouvait l'air d'un père de famille consciencieux en route pour le bord de la mer. Du moins ne portait-il pas de chaussettes avec ses sandales et l'on pouvait espérer qu'il ne nouerait pas les coins de son mouchoir en guise de chapeau de soleil.

– Bonjour.

– Je suis en avance. Je ne pensais pas que vous seriez déjà là. Où avez-vous trouvé cette Jeep ?

– Le capitaine Curtice me l'a prêtée pour la journée. Il avait l'air très content de lui, à juste titre.

– Génial. Ici, elles valent de l'or.

– Il ne doit pas s'en servir aujourd'hui. Je lui ai parlé de vous, et il m'a dit que, quand on sortait avec une jeune fille, ce n'était pas pour la faire monter dans un camion. Je dois la rendre ce soir.

Démesurément satisfait de lui-même, il lui prit son panier.

– Allons-y.

Ils s'engouffrèrent dans la Jeep, démarrèrent, comme il se devait, dans un nuage de poussière, et prirent la route du port qui épousait la courbe de la côte. Ils ne roulaient pas vite, car il y avait une circulation abondante et hétéroclite : des camions de la Marine, des bicyclettes, des rickshaws et des chars à bœufs. Des groupes d'hommes travaillaient à consolider la digue, et des femmes pieds nus, enveloppées de saris de coton, allaient au marché, des paniers de fruits sur la tête, leurs bébés sur la hanche, suivies de ribambelles d'enfants les fesses à l'air. Derrière la digue, le port était envahi de navires de guerre. Des drapeaux claquaient contre les mâts, des tentes blanches battaient dans le vent chaud, et les sonneries de clairon leur parvenaient par-dessus les flots scintillants.

Tout cela était nouveau pour Toby.

– Vous devrez me servir d'éclaireur, lui dit-il.

Ce qu'elle fit, le guidant jusqu'à la sortie du port, puis sur la piste semée d'ornières qui traversait le village et le marché. Ils laissèrent derrière eux la masse de Fort Frederick et de Swami Rock, et suivirent la route côtière qui menait vers le nord et Nilaveli.

Plus de circulation à présent. Ils avaient la route pour eux, mais il était impossible d'accélérer à cause des ornières, des fossés et des pierres. Ils poursuivirent donc poussivement leur chemin.

– Vous m'avez promis de me parler de la dame qui dirige le YWCA, dit Toby en élevant la voix pour couvrir le bruit du moteur.

– En effet.

Il eût été plus aisé de ne pas parler du tout, mais sans doute un peu grossier de le lui faire remarquer.

– Comme je vous l'ai dit, c'est quelqu'un de formidable.

– Comment s'appelle-t-elle déjà ?

– Toddy. Mrs. Todd-Harper. C'est la veuve d'un planteur de thé. Ils avaient un domaine à Banderewela. En 1939, ils devaient rentrer en Angleterre, mais la guerre a éclaté et les mers grouillaient de sous-marins, et il n'y avait plus de bateaux, alors ils sont restés à Ceylan. Et puis, il y a quelques années, Mr. Todd-Harper est mort d'une crise cardiaque, et elle est restée seule. Elle a confié la direction de la plantation à un contremaître et s'est engagée dans l'équivalent du service des volontaires féminines. Elle aurait préféré les auxiliaires de la Marine, mais elle était trop âgée. Quoi qu'il en soit, elle s'est retrouvée à Trincomalee, où on lui a confié la direction du YWCA.

– Comment savez-vous tout ça ?

– J'ai vécu à Colombo jusqu'à l'âge de dix ans. Les Todd-Harper descendaient de leurs collines de temps en temps pour s'installer au *Galle Face Hotel*, où ils retrouvaient leurs amis.

– Ils connaissaient vos parents ?

– Oui, mais ma mère et Toddy n'avaient pas grand-chose en commun. Je ne crois pas que ma mère l'appréciait beaucoup. Elle la trouvait très « osée ». Une condamnation sans appel.

Toby éclata de rire.

– Donc, après tant d'années, vous vous êtes retrouvées.

734

– Exactement. Elle était déjà là quand je suis arrivée, l'année dernière. Nous avons fêté nos retrouvailles. Ça change tout qu'elle soit là. Quand une soirée se termine tard et que j'ai un laissez-passer, je passe la nuit à l'auberge et, si elle est à court de chambres, elle demande à l'un des boys d'installer un lit et une moustiquaire sur la véranda pour moi. C'est divin de se réveiller dans la fraîcheur du matin et de voir les catamarans rentrer au port avec la pêche de la nuit.

Devant eux, la côte bordée de palmiers était noyée dans la brume de chaleur de midi. Sur la droite, la mer avait des teintes de jade, claire et calme comme du verre. Peu après, l'auberge du YWCA apparut, bâtiment long et bas agréablement situé entre la route et l'océan. Toit de palme et grande véranda, à l'ombre d'une palmeraie. Les seules autres habitations en vue étaient une poignée de huttes indigènes plus loin sur la plage. De la fumée s'élevait des feux ouverts, et les catamarans des pêcheurs étaient tirés sur le sable.

– C'est là que nous allons ? demanda Toby.

– Oui.

– Quel lieu idyllique !

– Ç'a été construit il y a quelques années.

– Je ne pensais pas que les jeunes femmes chrétiennes avaient autant d'imagination.

Encore cinq minutes, et ils y étaient. Il faisait une chaleur étouffante, mais on entendait la mer. Ils traversèrent le sable chauffé à blanc, et gravirent les marches de bois qui menaient à la véranda. La longue pièce, ouverte de tous les côtés pour laisser passer le plus d'air possible, était meublée de tables et de chaises très simples, pour que l'on puisse y dîner. Un boy, en chemise blanche et sarong à damier rouge, mettait paresseusement la table pour le déjeuner. Au-dessus de leur tête, les ventilateurs en bois tournoyaient et, du côté de l'océan, on apercevait des morceaux de ciel, de mer et de plage, encadrés par les auvents ouverts.

Une porte s'ouvrit brusquement à l'autre bout de la salle à manger. Une femme apparut avec une pile de serviettes blanches fraîchement repassées. Elle aperçut Judith et Toby ; le visage rayonnant, elle posa les serviettes sur une table et traversa la pièce pour venir les saluer.

– Ma chérie ! fit-elle en ouvrant grand les bras. Quelle

divine surprise ! J'ignorais que tu venais aujourd'hui. Pourquoi ne m'as-tu pas prévenue ?

Elle serra Judith dans ses bras jusqu'à l'étouffer, et l'embrassa fort sur la joue en laissant de grandes traces de rouge à lèvres.

— Tu n'as pas été malade, au moins ? Ça fait des siècles que tu n'es pas venue me voir...

— Environ un mois, et je n'étais pas malade.

Quand elle la relâcha, Judith essuya furtivement le rouge à lèvres.

— Toddy, je te présente Toby Whitaker.

— Toby Whitaker, répéta Toddy d'une voix rauque qui ne surprenait personne, car elle fumait comme un sapeur. Je ne vous ai encore jamais vu, n'est-ce pas ? fit-elle en l'examinant de près.

— Non, je ne crois pas, répondit Toby, un peu interloqué. Je viens d'arriver à Trincomalee.

— Je pensais bien que je ne vous connaissais pas. Or je connais la plupart des petits amis de Judith.

C'était une femme grande, décharnée, aux hanches minces et à la poitrine plate comme celle d'un homme, vêtue d'un pantalon et d'une chemise très simple. Elle avait la peau tannée comme un cuir et ridée comme un pruneau, mais son maquillage faisait oublier tout cela, sourcils bien soulignés au crayon, ombre à paupières d'un bleu brillant et couche épaisse de rouge à lèvres rouge foncé. Ses cheveux, une masse de boucles ébouriffées et probablement blanches – « les cheveux blancs vous vieillissent tellement, ma chérie » –, étaient teints d'un blond cuivré beaucoup plus gai.

— Vous êtes venus déjeuner ? Merveilleux ! Nous déjeunerons ensemble. Je vous raconterai les derniers potins. Heureusement, nous n'avons pas trop à faire aujourd'hui. Il y a du poisson au menu. Acheté ce matin à l'un des bateaux. Voulez-vous prendre un verre ? Vous devez mourir de soif. Gin-tonic ou gin-fizz ?

Tout en parlant, elle cherchait ses cigarettes et son briquet dans la poche de sa chemise. Elle tira une cigarette de son paquet d'une main experte.

— Judith, il faut que je te dise, nous avons eu une femme épouvantable l'autre soir. C'était un simple lieutenant, je crois. Beaucoup trop vulgaire pour appartenir aux officiers supérieurs. Mais très snob. Elle a parlé trop fort pendant tout le dîner. Beuglé comme si elle était à la chasse. Très gênant. Tu ne la connaîtrais pas, par hasard ?

Judith rit en hochant la tête.

– Pas intimement.

– Mais tu vois de qui je veux parler ? Peu importe, ce n'est pas grave.

Elle alluma sa cigarette, la cala entre ses lèvres peintes et poursuivit :

– J'espère qu'elle ne reviendra plus ici. Bon, l'apéritif. Gin-tonic pour vous deux ? Judith, emmène...

Elle avait déjà oublié son nom.

– Toby, dit celui-ci.

– Emmène Toby sur la véranda et mettez-vous à l'aise. Je vais nous chercher à boire.

La porte claqua derrière elle, et on entendit distinctement sa voix qui donnait des ordres.

Judith regarda Toby.

– Vous avez l'air abasourdi, lui dit-elle.

Il se ressaisit aussitôt.

– Je vois ce que vous voulez dire.

– Osée ?

– Osée, oui. Mais d'une compagnie très agréable, j'en suis certain, ajouta-t-il, comme s'il en avait trop dit.

Ils posèrent leurs paniers et sortirent sur la véranda, meublée de tables et de chaises longues en rotin. C'était visiblement l'endroit où l'on vivait. Plusieurs filles et quelques rares hommes s'y trouvaient déjà, qui profitaient de la fraîcheur et buvaient un verre avant le repas. Sur la plage, d'autres prenaient des bains de soleil, corps bronzés étendus sur le sable, d'autres encore nageaient ou se laissaient paresseusement flotter sur les vagues. Judith et Toby s'accoudèrent à la balustrade en bois pour observer la scène.

Le sable était d'un blanc aveuglant, et les fragments de coquillages rejetés par les rouleaux donnaient au bord de l'eau une teinte rose pâle. Des coquillages exotiques, fort différents des moules et des couteaux ordinaires de Penmarron. Il y avait là des conques et des nautiles, des ptérocères et des porcelaines, des ormeaux à l'intérieur nacré et des carapaces d'oursins.

– Je ne sais si je pourrai attendre longtemps avant de plonger dans cette eau. Peut-on nager jusqu'à ces rochers ?

– Si on veut, mais je ne le fais jamais parce qu'ils sont

couverts d'oursins et que je n'ai vraiment pas envie d'avoir une épine dans le pied. En plus, je n'aime pas aller si loin. Il n'y a pas de filet anti-requins à cause des bateaux de pêche qui entrent et sortent.

– Vous avez vu des requins ?

– Pas ici. Mais une fois je faisais du bateau dans l'avant-port et nous avons été suivis par un requin qui traînait sous la quille. S'il l'avait voulu, il aurait pu nous faire chavirer en une seconde et nous dévorer pour le déjeuner. C'était effrayant.

Une fille sortait de la mer en maillot de bain blanc. Elle était mince, avec de longues jambes et, tandis qu'ils la regardaient, elle leva les mains pour essorer ses cheveux trempés. Puis elle prit sa serviette et remonta la plage à grands pas pour rejoindre l'homme qui l'attendait.

Toby la regarda.

– Dites-moi, fit-il, est-ce que vraiment les filles ici sont beaucoup plus séduisantes que chez nous ? Ou bien suis-je déjà en train de succomber à l'attrait de la rareté ?

– Non, je crois que c'est vrai.

– Pourquoi ?

– Les circonstances, je suppose. La vie en plein air, le soleil, le tennis et la natation. C'est très intéressant. Quand un contingent d'auxiliaires arrive d'Angleterre, elles sont vraiment moches. Et puis elles se mettent à nager et leur permanente frise. Alors elles se font couper les cheveux. Elles s'aperçoivent vite qu'il fait beaucoup trop chaud pour se maquiller, et le maquillage finit à la poubelle. Cette chaleur permanente coupe l'appétit, et elles maigrissent. Enfin, elles bronzent au soleil. Progression naturelle.

– J'ai peine à croire que vous étiez blanche et boulotte.

– Je n'étais pas boulotte, mais j'avais une mine de papier mâché...

– Je suis heureux que vous m'ayez amené ici. C'est un endroit agréable, que je n'aurais jamais trouvé tout seul.

Toddy revint avec des apéritifs glacés et très alcoolisés. Quand ils les eurent terminés, ils prirent un bain rapide, puis déjeunèrent dans la salle à manger avec leur hôtesse. Poisson grillé, si frais que la chair blanche se détachait des arêtes, et comme dessert, une salade de mangue, d'orange et d'ananas. Tout au long du repas,

Toddy les régala des derniers potins, dont certains avaient une bonne chance d'être véridiques, car elle avait passé toute son existence à Ceylan, où elle tutoyait tout le monde, du vice-amiral de Colombo à l'ancien planteur de thé qui dirigeait le camp de travail de Trincomalee.

Toby Whitaker écoutait poliment, souriait bravement, mais Judith comprit qu'il était consterné de tant de médisance et qu'il désapprouvait ces propos. Ce qui l'agaça. Au nom de quoi se montrait-il aussi collet monté ? Elle eut soudain envie de le provoquer. Elle incita donc Toddy à commettre des indiscrétions encore plus scandaleuses.

Tous ces bavardages, alimentés par un second gin-tonic, firent traîner le déjeuner en longueur. Enfin, Toddy y mit un terme en écrasant sa cigarette et en annonçant qu'elle allait faire la sieste dans sa chambre.

— Mais vous voulez peut-être un café ? Je vais demander à Peter de vous en apporter un sur la véranda. Je referai surface vers quatre heures et demie. Nous prendrons le thé ensemble. En attendant, amusez-vous bien.

Ils passèrent l'heure qui suivit à siroter du café glacé comme des sybarites en attendant que le soleil baisse à l'horizon et que vienne le moment de se baigner à nouveau. Judith alla se remettre en maillot de bain. Quand elle ressortit, Toby était déjà dans l'eau et elle courut le rejoindre. L'eau fraîche avait la douceur de la soie sur sa peau et, à la pointe de ses cils, brisait la lumière en arcs-en-ciel.

Ils nageaient tous deux paresseusement, prenant leur temps, quand Toby fut soudain saisi d'une brusque poussée d'énergie, ou d'un désir instinctif et très masculin de faire de l'épate.

— On fait la course, annonça-t-il, et, sans même laisser à Judith le temps de reprendre ses esprits, il s'éloigna en fendant les flots d'un crawl impeccable.

Laissée en plan et quelque peu vexée, Judith ne fit aucun effort pour participer à la compétition. Pourquoi se lancer dans une course aussi vaine ? Et qui aurait pensé qu'un adulte puisse se conduire de manière aussi puérile ? Elle le vit atteindre le rivage, sortir à grandes enjambées de l'écume, se planter triomphalement sur le sable, les mains sur les hanches. Il arborait un sourire très agaçant.

– Lambine, railla-t-il.

Judith refusa de se presser, se laissant propulser par les vagues.

– Vous avez pris un avantage très injuste, lui dit-elle d'un ton sévère.

Une vague, et ses genoux heurtèrent le sable. Elle posa le pied et se redressa.

Une vive douleur s'insinua dans son pied gauche, si violente qu'elle ouvrit la bouche pour crier, mais aucun son n'en sortit. La soudaineté du choc provoqua un spasme qui lui fit perdre l'équilibre. Elle vacilla, tomba en avant, et sa bouche s'emplit d'eau de mer. Suffoquant, au bord de la panique, elle parvint à sortir la tête de l'eau et, sans se préoccuper de sa dignité, rampa sur les mains et sur les genoux.

Tout cela s'était passé en une fraction de seconde, mais Toby était déjà à ses côtés.

– Que s'est-il passé ?

– Mon pied. J'ai marché sur quelque chose. Je ne peux pas me lever. N'essayez pas de me relever.

Il lui mit les mains sous les bras et la souleva, comme une baleine échouée, puis la ramena sur le sable où elle s'étendit en s'appuyant sur les coudes. Ses cheveux étaient collés sur son visage, l'eau de mer lui coulait sur le nez. Elle les repoussa d'une main.

– Ça va ?

Question ridicule.

– Non, ça ne va pas du tout, aboya-t-elle, et elle se reprocha aussitôt son agressivité.

Il était agenouillé auprès d'elle et son sourire satisfait avait cédé la place à une vive anxiété.

– Quel pied ?

– Le gauche.

Des larmes ridicules lui montaient aux yeux, et elle serra les dents pour lutter contre la douleur et la peur, tout en se demandant ce qu'elle s'était fait.

– Restez tranquille, dit Toby, qui prit sa cheville gauche dans sa main et souleva son pied pour regarder ce qu'il y avait.

Judith ferma les yeux pour ne pas voir.

– Mon Dieu, c'est du verre, l'entendit-elle dire. Un éclat de verre. Il y est encore. Je vais le retirer. Serrez les dents...

– Toby, non...

Mais c'était fait. Un spasme atroce mit le feu à chaque terminaison nerveuse de son corps. Elle crut qu'elle allait s'évanouir, mais ne s'évanouit pas. Puis, peu à peu, la douleur s'estompa et elle prit conscience du filet de sang poisseux qui s'écoulait lentement de son pied.

– C'est bon. C'est fini.

Elle ouvrit les yeux.

– Courage. Regardez.

Il leva un méchant triangle de verre, taillé en lame de couteau par la mer. Tesson d'une bouteille qui, jetée par-dessus bord, était allée se briser sur les rochers avant de s'échouer sur le rivage.

– C'est tout ? Tout est parti ?

– Je crois. Il n'y avait que ce morceau.

– J'ai le pied qui saigne.

– C'est un euphémisme, dit Toby en glissant avec précaution le bout de verre dans la poche de son short. Maintenant, mettez vos bras autour de mon cou et accrochez-vous.

Il la souleva et elle se sentit étrangement légère tandis qu'il l'emportait vers le frais refuge de la véranda, où il la déposa sur les coussins d'une chaise longue.

– Non... Je vais mettre un plein de sang sur les coussins de Toddy... fit Judith, mais Toby était déjà à l'intérieur.

Il réapparut aussitôt avec une nappe blanche qu'il avait prise sur une table. Il la plia pour faire un coussinet, qu'il plaça doucement sous son pied. En quelques secondes, celui-ci se tacha de rouge de manière alarmante.

– Il faut faire quelque chose, l'entendit-elle dire désespérément.

– Que se passe-t-il ?

L'une des filles qui se faisaient dorer sur la plage venait aux nouvelles. Le teint hâlé, les cheveux décolorés par le soleil, elle portait le haut d'un maillot de bain deux-pièces et un grand foulard de coton noué en sarong.

– Un accident, fit sèchement Toby.

– Écoutez, je suis infirmière.

Son attitude changea aussitôt.

– Dieu soit loué !

– A l'hôpital naval, précisa-t-elle en se penchant pour inspecter la plaie. Hé, c'est une vilaine coupure. Qu'est-ce que c'était ? Ça a l'air trop profond pour un coquillage.

– Un éclat de verre.

Toby sortit le tesson meurtrier de sa poche en montrant le bord en dents de scie.

– Mon Dieu, c'est horrible de trouver une chose pareille dans le sable ! L'entaille doit être profonde. Regardez, elle saigne comme un bœuf. (Puis, soudain pratique :) Il nous faut de la ouate, un tampon et des bandages. Il doit y avoir une trousse de premiers soins quelque part. Où est Mrs. Todd-Harper ?

– Elle fait la sieste.

– Je vais la chercher. Vous, restez ici et essayez d'étancher le saignement.

Elle disparut. Comme il y avait quelqu'un de compétent pour prendre les choses en main et lui donner des instructions, Toby recouvra son sang-froid. Il s'assit à l'extrémité de la chaise longue et fit de son mieux pour obéir aux ordres.

– Je suis désolé, répétait-il sans cesse.

Elle aurait aimé le faire taire, et fut soulagée de voir revenir l'infirmière avec une boîte marquée d'une croix rouge, Toddy sur ses talons.

– Ma chérie !

Arrachée à sa sieste, Toddy s'était habillée si vite que sa chemise, boutonnée en dépit du bon sens, pendait de son pantalon.

– Mon Dieu, c'est épouvantable. Comment vas-tu ? Pâle comme la mort, bien sûr. (Elle tourna un visage anxieux vers la jeune infirmière.) Est-ce très grave ?

– Assez grave, lui répondit-on. La plaie est profonde. A mon avis, il faudrait faire des points de suture.

Grâce au ciel, elle était non seulement compétente, mais douce. En un rien de temps, la plaie fut nettoyée, pansée avec un amas de coton blanc et bandée.

La jeune infirmière fixa l'extrémité de la bande avec une épingle à nourrice. Elle regarda Toby.

– Vous devriez la conduire à l'infirmerie des auxiliaires ou à l'hôpital. On la recoudra là-bas. Vous avez un moyen de transport ?

– Oui. Une Jeep.

– Ça ira.

Toddy s'était effondrée dans un fauteuil.

– Je suis complètement anéantie, lança-t-elle à la cantonade. Et horrifiée. Ici, nous avons eu toutes sortes d'incidents mineurs : piqûres de méduse, aiguilles d'oursin, et même la peur des requins, mais jamais d'éclats de verre. Comment peut-on être aussi négligent ? Mais nous avons eu de la chance que vous soyez là... ajouta-t-elle en adressant un sourire reconnaissant à l'infirmière, qui rangeait soigneusement le matériel dans la trousse. Je ne vous remercierai jamais assez.

— Ne vous en faites pas. Si je peux utiliser votre téléphone, je verrai si je peux joindre l'infirmerie des auxiliaires. Prévenir la sœur qu'une blessée arrive...

— Si vous voulez bien m'excuser, fit Toby quand elle fut partie, je crois que je ferais mieux de m'habiller. Je ne peux quand même pas retourner à Trincomalee en caleçon de bain mouillé.

Il disparut à son tour, et Judith et Toddy se retrouvèrent en tête à tête. Elles échangèrent un regard déprimé.

— Quel sale truc !

Toddy chercha la cigarette indispensable dans la poche de sa chemise et l'alluma.

— Je suis navrée. Je me sens responsable. Ça fait atrocement mal ?

— Pas très agréable.

— Et tu t'amusais si bien. Ne t'inquiète pas, il y aura d'autres belles journées. Je te rendrai visite à l'infirmerie. Je t'apporterai du raisin, et je mangerai tout. Haut les cœurs ! Voyons les choses du bon côté. Dans une semaine, pas plus, tu seras de nouveau sur pied. Tu vas te reposer gentiment, penses-y. Rester au lit sans rien faire.

Mais cela ne consolait pas Judith.

— Je déteste n'avoir rien à faire.

Mais, en fin de compte, elle ne trouva pas cela irritant le moins du monde. On la mit dans une chambre de quatre, dans un lit près de la porte-fenêtre toujours ouverte qui donnait sur une grande terrasse. Un toit de palme l'ombrageait et des bougainvillées enlaçaient les piliers qui le soutenaient. Le sol était jonché de fleurs tombées, ce qui contraignait le jeune boy à balayer sans cesse. Au-delà, frémissant sous la chaleur, s'étendait le jardin qui descendait en pente douce vers le rivage. On avait une vue magnifique sur le port.

Malgré l'inévitable agitation de la vie hospitalière, l'infirmerie était un endroit tranquille, aéré, et d'une propreté irréprochable. Luxueux même, avec une salle de bains carrelée, des tableaux aux murs (des gravures en couleur représentant des paysages du Sussex et du Lake District), et des rideaux de cotonnade qui gonflaient dans une brise permanente.

Les trois compagnes de Judith en étaient à différents stades de leur rétablissement. L'une avait eu la dengue, l'autre s'était cassé la cheville en sautant sur un rocher au cours d'un pique-nique animé. Seule la troisième était vraiment malade, souffrant de dysenterie amibienne, maladie tenace et redoutée. Elle était déprimée, livide, affaiblie, et le bruit courait parmi les infirmières qu'on la renverrait chez elle dès qu'elle serait en état de supporter le voyage.

Grâce au ciel, il n'y avait pas de pipelette invétérée parmi ses compagnes d'infortune. Elles étaient tout à fait charmantes et sympathiques, mais, une fois qu'elles eurent souhaité la bienvenue à Judith, échangé leurs prénoms et entendu le récit de ses malheurs, elles en restèrent là. Celle qui avait eu la dengue était déjà assez rétablie pour se pencher assidûment sur ses travaux de tapisserie. La cheville cassée était plongée dans un gros roman intitulé *Ambre pour toujours*. De temps en temps, la fille atteinte de dysenterie parvenait à se soulever suffisamment pour tourner les pages d'un magazine, mais elle n'avait visiblement pas l'énergie de faire quoi que ce soit d'autre.

Au début, il lui fallut s'habituer à ce silence, contrastant avec les bavardages perpétuels du dortoir. Peu à peu, Judith se replia sur elle-même comme ses compagnes, se laissant dériver au gré de ses pensées, comme lors d'une promenade solitaire. Quelque chose qu'elle n'avait pas connu depuis bien longtemps.

Par moments, des infirmières entraient en papotant pour prendre les températures, administrer des cachets ou servir le déjeuner mais, la plupart du temps, on n'entendait que la radio qui marmonnait toute seule dans son coin tout au long de la journée, réglée sur la fréquence militaire qui passait continuellement de la musique entrecoupée de courts bulletins d'information. La musique était apparemment choisie au hasard, sorte de loterie où les Andrews Sisters (« Rum and Coca-Cola ») alternaient avec une aria de Verdi et la valse de *Coppélia*. Judith s'amusait à deviner ce qui viendrait ensuite.

Ce qui était à peu près tout ce dont elle était capable. La sœur (poitrine opulente, maintien amidonné, et le bon cœur d'une nounou à l'ancienne) lui avait proposé quelques livres venant de la bibliothèque et de vieux numéros de *Life*. Mais, pour une raison ou pour une autre, Judith n'avait pas le cœur à lire. Il était plus facile et beaucoup plus agréable de tourner la tête sur l'oreiller et de contempler, au-delà de la terrasse et du jardin, l'étonnant paysage marin, les incessantes allées et venues des bateaux, les changements subtils du bleu du ciel. Tout cela était gai, vivant, affairé, curieusement paisible, quand on pensait que la présence de la flotte dans la région était due à l'état de guerre. Elle se rappela le jour où, quelques mois plus tôt, un « objet non identifié » avait franchi le barrage avant de pénétrer dans le port. Ç'avait été la panique totale. On pensait qu'il s'agissait d'un sous-marin japonais miniature, venu torpiller la flotte des Indes orientales et l'anéantir. Or, l'intrus n'était qu'une baleine qui cherchait un coin tranquille pour donner naissance à son petit. Quand le monstrueux accouchement fut terminé, la mère et l'enfant purent reprendre leur voyage, et une frégate les escorta vers le large. Cet événement plaisant avait amusé et captivé tout le monde pendant quelques jours.

Il y avait, dans ce panorama, quelque chose de vaguement familier, mais il lui fallut réfléchir longuement avant de mettre le doigt dessus. Ce n'était pas seulement une question d'*aspect*, mais aussi de *sensation*. Elle eut un peu de mal à retrouver d'où venait ce sentiment de déjà-vu. Puis elle comprit que c'était un souvenir de sa première visite au Manoir, le dimanche où elle était allée déjeuner avec les Carey-Lewis chez Lavinia Boscawen. C'était ça. Par la fenêtre, elle avait contemplé le jardin en pente et le bleu de l'horizon cornouaillais à travers les pins. Ce n'était pas tout à fait pareil, bien entendu, mais cela y ressemblait, vu du haut de la colline, avec le soleil, le ciel et la mer visibles à travers les arbres.

Le Manoir. Il ne lui fut pas difficile de s'imaginer qu'elle y était vraiment. Allant de pièce en pièce, effleurant les meubles, arrangeant les rideaux, redressant un abat-jour. Elle entendait ses propres pas sur le sol dallé du couloir de la cuisine, sentait l'humidité, le linge fraîchement repassé et le parfum des fleurs. Puis elle montait l'escalier, la main sur la rampe cirée, entrait dans sa chambre. Elle vit le grand lit en cuivre, où tante Lavinia avait dormi, les photos dans leurs cadres d'argent, sa boîte chinoise. Elle se dirigea vers la fenêtre, qu'elle ouvrit toute grande, et sentit l'air frais et humide sur ses joues.

Bienfaisant sortilège, ces images l'emplirent de joie. Dix-huit mois s'étaient écoulés depuis qu'elle avait vu sa maison pour la dernière fois, lors de la permission qu'on lui avait accordée avant de s'embarquer. Elle lui avait paru aussi charmante que d'habitude, mais en piteux état, abandonnée. Elle avait besoin que l'on s'occupe d'elle, mais on ne pouvait rien faire à cause de la pénurie et des restrictions dues à la guerre.

Quand... dans un an, deux ans peut-être... la guerre serait terminée et qu'elle pourrait rentrer chez elle, elle s'offrirait une véritable orgie de réparations et de travaux. Sa priorité serait le chauffage central, pour chasser l'humidité qui s'était accumulée au fil des hivers pluvieux de Cornouailles. Puis elle ferait refaire les peintures. En blanc. Du papier peint peut-être. Des jetés-de-lit. Des rideaux. Dans le salon, les rideaux étaient effilochés et décolorés par le soleil. Mais il ne serait pas facile de trouver du chintz pour les remplacer, car Judith voulait que les nouveaux rideaux soient exactement comme les anciens. Qui pourrait l'aider? Elle eut une inspiration soudaine. Diana. Diana Carey-Lewis. Choisir un chintz, c'était tout à fait dans ses cordes.

« Tu sais, ma chérie, je suis certaine que Liberty's aura exactement ce que nous cherchons. Pourquoi ne pas faire un saut à Londres et y passer une charmante matinée? »

Elle sommeilla. Les pensées éveillées se muèrent en rêve. Encore le Manoir. Le salon, ensoleillé. Lavinia Boscawen, assise dans son fauteuil près de la fenêtre, et Jeremy Wells. Lavinia avait perdu une lettre, et Jeremy vidait le bureau pour la chercher.

« Vous l'avez jetée », lui répétait-il, mais elle soutenait qu'elle ne l'avait pas jetée, qu'elle l'avait envoyée chez le blanchisseur.

Et Judith sortait dans le jardin. Il pleuvait à présent, la pluie tombait à verse d'un ciel de granit et, quand elle essayait de rentrer, toutes les portes étaient fermées à clé. Elle grattait une vitre, mais tante Lavinia était partie et Jeremy lui riait au nez d'un air diabolique.

A l'infirmerie, l'heure des visites était relativement fantaisiste. Elles commençaient tôt dans l'après-midi, mais il était souvent dix heures du soir quand on chassait le dernier visiteur. La sœur avait opté pour une certaine souplesse dans l'application des règlements de l'hôpital, car elle savait que les jeunes filles qui étaient à sa charge se trouvaient là parce qu'elles étaient vulnérables, mal en point ou surmenées. Elles accomplissaient toutes, d'une manière ou d'une autre, un travail capital et éprouvant, peinant de longues heures sous une chaleur exténuante. Peu nombreuses, elles étaient très demandées, et leurs précieuses heures de loisir n'avaient rien de reposant. A peine étaient-elles rentrées à la base qu'elles repartaient jouer au tennis, assister à une fête à bord d'un bateau ou danser toute la nuit au club des officiers.

Quand une nouvelle patiente arrivait à l'infirmerie, pour quelque raison que ce soit, la sœur ne se contentait pas de lui administrer médicaments et cachets, elle lui prescrivait également du sommeil, un horaire déstructuré, un peu de confort et de gâteries, comme à la maison. Autrefois, on aurait appelé cela une cure de repos. Pour la sœur, ce régime relevait du simple bon sens.

Il y avait donc le minimum de discipline. Les amies passaient voir les malades en allant au travail ou en en revenant, apportaient le courrier, du linge propre, un livre ou des fruits frais. Les jeunes hommes qui n'étaient pas de service venaient avec des fleurs, des magazines et du chocolat américain, envahissant les salles de leur présence masculine. Pour peu qu'une fille soit jolie et séduisante, il n'était pas rare que l'on voie trois garçons autour de son lit et, quand les rires et les voix atteignaient un niveau inacceptable, la sœur apparaissait et chassait la patiente et son entourage sur la terrasse, où ils s'installaient sur des chaises longues pour admirer le ciel vespéral et s'adonner à de longs tête-à-tête.

Comme ce dimanche-là était son premier jour à l'infirmerie et que la nouvelle de son immobilisation ne s'était pas encore répandue, Penny Wailes fut la seule à rendre visite à Judith, vers cinq heures, après avoir passé la journée en bateau avec un jeune fusilier marin. Elle portait une chemise et un short sur son maillot de bain et ses cheveux salés étaient ébouriffés par le vent.

– Ma pauvre, je suis désolée. Quelle déveine ! C'est l'officier du quartier qui m'a prévenue. Je t'ai apporté un ananas que nous avons acheté au marché. Désires-tu autre chose ? Je ne peux pas rester, parce qu'on donne une soirée à bord du nouveau croiseur. Il faut que je rentre prendre une douche et me pomponner. Demain, je préviendrai le capitaine Spiros. Combien de temps penses-tu rester ici ? Une bonne semaine, j'imagine. Et ne t'inquiète pas pour tous ces trucs barbants à taper. Le chef et moi, nous nous débrouillerons et, si nous n'y arrivons pas, nous te laisserons une grosse pile pour ton retour...

Elle continua de papoter pendant un quart d'heure, puis elle vit l'heure, promit de revenir et s'en alla. Judith crut que c'était fini. Plus de visiteur. Mais, peu après le coucher du soleil, elle entendit prononcer son nom et, levant les yeux, vit Mrs. Todd-Harper traverser la salle à grands pas en venant vers elle.

Très agréable surprise.

– Ma chérie !

Elle portait sa tenue habituelle, pantalon et chemise impeccables, mais elle s'apprêtait visiblement à sortir pour la soirée, ses cheveux blonds disciplinés et brillants comme du cuivre, bien maquillée, avec un nuage de parfum et toute une batterie de lourds bijoux en or, chaînes, boucles d'oreilles et quelques bagues aux doigts. Sa voix tonitruante et son allure excentrique firent sensation, les conversations cessèrent momentanément et les têtes se tournèrent vers elle.

Toddy ignora la curiosité qu'elle suscitait, à moins qu'elle n'en eût pas conscience.

– Toddy, tu n'as quand même pas fait tout ce chemin rien que pour me voir ? fit Judith, très touchée. Et de nuit ? Toute seule dans ta voiture ?

Elle se dit que Toddy était très courageuse. La route depuis l'auberge était déserte, et l'on imaginait aisément une bande de voleurs ou de dacoïts [1] surgissant des fourrés avec de mauvaises intentions. Bien sûr, Toddy connaissait la musique et n'avait peur de rien ni de personne. Les dacoïts assez bêtes pour s'attaquer à elle pouvaient s'attendre à subir une bordée d'invectives et un bon coup de club de golf sur la tête. Quand elle conduisait, Toddy en avait toujours un à portée de la main.

– Pas de problème, répondit-elle en tirant une chaise. De toute façon, je devais venir pour me ravitailler à la

1. Brigands de l'Inde et de Birmanie. (N.d.T.)

centrale d'achats des armées, ajouta-t-elle en vidant le contenu de son panier. J'ai chipé quelques friandises pour toi. Des pêches au sirop. Des pâtes de fruits. Et une bouteille d'huile pour le bain douteuse. Dieu seul sait quelle odeur ça a. Des relents d'épagneul mort, sans doute. Qu'est-ce que c'est que ce gros machin au pied du lit ?

– C'est une grille pour écarter le drap de mon pied.

– Ça fait affreusement mal ?

– Un peu.

De l'obscurité de la terrasse jaillit un éclat de rire masculin. Toddy haussa ses sourcils bien dessinés au crayon.

– On dirait qu'on fait la fête. Je parie que l'un de ces garçons a introduit une fiole de gin en fraude. J'avais pensé t'apporter de l'alcool en douce, mais j'ai eu peur que la sœur ne s'en aperçoive et que nous n'ayons toutes les deux des ennuis. Maintenant parle-moi de ton pauvre petit peton. Que t'ont-ils fait ?

– Ils m'ont fait une anesthésie locale avant de me recoudre.

– Hou ! (Le visage de Toddy se plissa comme si elle venait de mordre dans un citron.) J'espère que tu n'as pas senti l'aiguille. Combien de temps dois-tu rester ici ?

– Dix jours peut-être.

– Et ton boulot ?

– Ils se débrouilleront sans moi, je pense.

– Et Toby Whitaker ? S'est-il bien conduit ? Est-il venu te voir ?

– Il est de garde aujourd'hui.

– Charmant, cet homme, ma chérie, mais un peu coincé. Beaucoup moins marrant que les types que tu m'amènes d'habitude.

– Il est marié, Toddy.

– Ce n'est pas une raison. Je ne comprends pas pourquoi tu sors avec lui.

– En souvenir du bon vieux temps. Il y a des siècles, c'était l'officier de transmission d'oncle Bob.

– Oncle Bob, répéta Toddy pensivement.

Elle avait entendu parler des Somerville, évidemment, du Manoir, de Nancherrow et des Carey-Lewis. Au fil des mois, elles avaient eu de temps à autre l'occasion de bavarder tranquillement, et Toddy était une femme qui s'intéressait toujours aux détails de la vie d'autrui.

– Tu veux parler du vice-amiral Somerville ? Au haut commandement, à Colombo ?

– Toddy, répondit Judith, qui ne put s'empêcher de rire, ça ne fait qu'un mois qu'il est à Colombo. Je ne l'ai même pas encore vu. Tu ne vas quand même pas me dire que tu l'as rencontré.

– Non, mais Johnny Harrington a téléphoné l'autre soir et ils se sont vus à un dîner. Tu te souviens des Finch-Payton ? Ils sont vieux comme Hérode à présent, mais ils jouaient au bridge avec tes parents. Eh bien, apparemment, la pauvre Mavis Finch-Payton s'est saoulée à mort. Elle n'a jamais su s'arrêter, c'est sûr, mais maintenant ça commence à se voir.

– Tu sais que tu devrais tenir la rubrique mondaine dans le *Fleet Newspaper*.

– N'y compte pas. On me traînerait devant les tribunaux jusqu'à ce que je disparaisse de la surface de la Terre... Quelle heure est-il ? demanda-t-elle en regardant l'énorme montre qu'elle portait au poignet. Ça va, je ne suis pas encore obligée de me sauver.

– Où vas-tu ?

– Rien de bien passionnant. Juste prendre un verre au club avec le nouveau colonel de l'armée de l'air.

– Nouveau à Trincomalee ou nouveau pour toi ?

Toddy fit une grimace.

– Les deux, en fait. Maintenant, dis-moi ce que je peux t'apporter la prochaine fois. Un roman salé pour t'aider à passer le temps, par exemple ?

– Ce serait génial. Je n'ai pas très envie de lire en ce moment, mais ça reviendra bientôt.

– Alors, qu'est-ce que tu as fait aujourd'hui ?

– Rien.

– Rien ? Ce n'est pas bien.

– Tu disais que j'adorerais ne rien faire.

– Je voulais dire te reposer. Pas rester allongée à ruminer.

– Qui te parle de ruminer ? En fait, j'ai été tout à fait constructive, j'ai redécoré mentalement ma maison de Cornouailles.

– Tu me jures que c'est vrai ?

– Pourquoi es-tu si inquiète ?

– Eh bien... c'est naturel, n'est-ce pas... ?

Pour une fois, Toddy cherchait ses mots.

– Tu sais, quand l'agitation habituelle ralentit un instant, nous avons tous un peu tendance à ruminer... C'est ce que je faisais à la mort de mon mari. C'est l'une des raisons pour lesquelles je fais ce travail. Ma chérie, tu vois ce que je veux dire...

Judith voyait très bien.

— Tu crois que je me fais un souci de tous les diables pour maman, papa et Jess.

— C'est juste que ces horribles tracas, qui sont toujours là, peuvent refaire surface dès qu'on a le temps d'y penser.

— Je ne les laisse pas refaire surface. C'est le seul moyen que j'aie de tenir le coup.

Toddy se pencha et prit la main de Judith dans sa grande main bronzée aux ongles rouges.

— Je ferais une journaliste redoutable mais une excellente garde-malade, dit-elle. Ce n'est pas forcément une bonne chose de tout refouler. Je ne t'ai jamais parlé de ta famille, parce que je ne voulais pas me mêler de ce qui ne me regardait pas. Mais sache que tu peux toujours te confier à moi.

— A quoi sert de parler ? En quoi cela peut-il les aider ? En plus, j'ai perdu l'habitude. La seule personne à qui j'aie jamais pu me confier, c'était Biddy, qui les connaissait bien. A part tante Louise, il n'y a jamais eu personne d'autre, et elle s'est tuée dans un horrible accident de voiture quand j'avais quatorze ans. Même les Carey-Lewis n'ont jamais connu maman ni Jess. Ce n'est qu'après la mort de tante Louise que j'ai passé mes vacances chez eux à Nancherrow. Je t'ai raconté tout ça, n'est-ce pas ? Je t'ai parlé des Carey-Lewis. Ils sont charmants et infiniment gentils, ils m'ont tenu lieu de famille, mais ils n'ont jamais connu maman ni Jess.

— On n'a pas besoin de connaître quelqu'un pour compatir.

— Non. Mais quand on ne connaît pas, on ne peut pas se souvenir *ensemble*. On ne peut pas dire : « C'était le jour où il tombait des cordes et où nous avons crevé sur la route. » Ou : « C'était le jour où nous sommes allés à Plymouth par le train et où il faisait si froid que la lande de Bodmin était tout enneigée. » Et puis, il y a autre chose. C'est comme quand on est malade, en deuil ou terriblement malheureux. Les amis sont formidables, compatissants, mais leur gentillesse a des limites. Si l'on continue à se lamenter, à gémir, on les ennuie et ils ne viennent plus vous voir. Il faut trouver une sorte de compromis. Quand on est incapable de dire quelque chose de gai, autant se taire. De toute façon, j'en ai pris mon parti. De cette incertitude, je veux dire. De l'absence d'informations. C'est un peu comme la guerre. Aucun de nous ne sait quand elle finira. Nous sommes tous logés à la même enseigne. Ce qu'il y a de pire, ce sont les anniversaires et Noël. Pas de cartes de vœux à envoyer, pas de cadeaux à choisir, à empaqueter et à poster.

— Mon Dieu ! dit Toddy d'une voix faible.

— Voilà encore pourquoi Biddy me manque, parfois. On garde les souvenirs vivants même de gens disparus depuis longtemps, rien qu'en en parlant. Le contraire est tout aussi vrai. Si on cesse de se souvenir des vivants, ils tombent dans l'oubli, deviennent des ombres. Parfois j'ai du mal à me rappeler à quoi ressemblent maman, papa et Jess ! Jess a maintenant quatorze ans. Je ne crois pas que je la reconnaîtrais. Et ça fait quatorze ans que je n'ai pas vu mon père, dix ans que maman m'a laissée au pension-nat et que je lui ai dit adieu. J'ai beau essayer, c'est un peu comme ces photos que l'on trouve dans les albums de famille des autres. Qui est-ce ? demande-t-on. C'est vraiment Molly Dunbar ? Ce n'est pas possible !

Toddy se taisait. Judith la regarda et vit des larmes briller dans ses yeux. Elle eut aussitôt du remords.

— Quel discours long et confus. Je suis navrée. Je n'avais pas l'intention de te dire tout ça... fit-elle en cher-chant quelque chose de plus gai. Quoi qu'il arrive, au moins je ne serai pas dans le dénuement. Quand tante Louise est morte, elle m'a tout légué dans son testament. Mais ce n'est peut-être pas le moment de parler de ce genre de choses.

— Pas du tout, protesta Toddy avec véhémence. Il faut être pratique. L'argent, nous le savons tous, ne fait pas le bonheur, mais on peut au moins avoir un certain confort dans le malheur.

— Et l'indépendance. C'est tout aussi important, je l'ai découvert par moi-même. J'ai pu acheter le Manoir et j'ai donc un chez-moi. Je ne suis pas obligée de vivre chez les autres. Même quand j'étais toute petite, je pensais que c'était la chose la plus importante au monde.

— Et ça l'est.

— Pour l'instant, j'ai un peu l'impression de marquer le pas. Parce qu'il n'est plus possible d'avancer ni de faire des projets tant que je ne sais rien du sort de ma famille.

La seule certitude, c'est qu'un jour on me le dira. Si le pire s'est produit et qu'aucun d'eux ne revient, j'aurai eu dix ans pour apprendre à vivre sans eux.

– A mon avis, il faut que tu t'accroches à ton propre avenir après la guerre, dit Toddy. Mais je sais que c'est difficile quand on est jeune. J'ai beau jeu de dire ça. J'ai vécu longtemps. J'ai l'âge d'être ta mère. Je peux regarder en arrière et mesurer l'importance de tout ce qui m'est arrivé dans la vie. Et même les périodes malheureuses ont un sens. Pour autant que je puisse en juger, il y a peu de chance que tu restes longtemps seule. Tu épouseras un homme charmant et tu auras des enfants que tu regarderas grandir dans ta maison.

– Trop loin, Toddy. A des années-lumière. Pour l'instant, mon imagination se limite à choisir d'hypothétiques rideaux chez Liberty's.

– Du moins est-ce un projet. C'est important d'avoir des projets. De garder la foi. Et puis, cette guerre détestable ne durera pas éternellement. Je ne sais ni comment ni quand, mais elle finira un jour. Peut-être plus tôt que nous ne l'imaginons.

– Sans doute.

Judith regarda autour d'elle. La salle se vidait, les visiteurs faisaient leurs adieux et s'en allaient.

– J'ai perdu la notion du temps.

Elle se rappela soudain le rendez-vous de Toddy au club des officiers et se sentit coupable.

– Tu vas faire attendre ton colonel de l'armée de l'air. Il va croire que tu lui as posé un lapin.

– Oh, il peut attendre. Je devrais peut-être y aller. Ça va bien, maintenant ?

– Oui. Tu es un ange de m'avoir écoutée.

– Dans ce cas...

Toddy prit son panier et se leva, puis elle fit une bise sur la joue de Judith.

– Prends soin de toi. Si tu veux, nous en reparlerons. Entre-temps, je reviendrai avec un roman bien salé pour t'aider à passer le temps.

– Merci d'être venue.

Elle traversa la salle et sortit. Judith détourna la tête et regarda le ciel étoilé. Elle était très fatiguée, curieusement détachée. Elle songea que c'était peut-être ce que ressentent les catholiques après s'être confessés.

« Elle finira un jour. » La voix de Toddy. « Peut-être plus tôt que nous ne l'imaginons. »

Infirmerie de Trincomalee, le 16 août 1945

Ma chère Biddy,

Je ne sais pas pourquoi je suis restée si longtemps sans t'écrire, d'autant que, depuis presque deux semaines, je n'ai rien à faire. Je suis à l'infirmerie parce qu'en allant me baigner avec Toby Whitaker (l'officier de transmission d'oncle Bob à Plymouth avant la guerre), je me suis coupé le pied sur un affreux bout de verre, et j'ai échoué ici. Points de suture, le médecin-chef redoutant une septicémie, retrait des fils et béquilles, mais maintenant je vais bien et je retourne au quartier cet après-midi. Et au travail demain.

Mais, si j'écris cette lettre, ce n'est pas pour te parler de moi. Si tu n'as pas reçu de nouvelles, c'est que, depuis le début de mon immobilisation forcée, j'ai passé le plus clair de mon temps pendue à la radio de notre chambre à écouter les bulletins d'information. Nous avons appris le bombardement d'Hiroshima au premier journal de l'après-midi. Nous étions toutes en train d'écouter Glenn Miller, nous vaquions à nos petites occupations. En général, nous ne prenons pas la peine d'allumer la radio, mais la sœur a déboulé et l'a mise à plein tube pour que nous puissions entendre. Au début, nous avons cru qu'il s'agissait d'un bombardement ordinaire de l'armée américaine, puis nous avons peu à peu compris que c'était beaucoup plus grave et beaucoup plus affreux. On dit que cent mille personnes sont mortes instantanément, et ce n'était pas une très grande ville, mais elle a disparu, rayée de la carte. Tu auras certainement vu ces images terribles dans les journaux, le nuage en forme de champignon et les pauvres survivants brûlés. Rien que d'y penser, c'est insupportable, n'est-ce pas ? Le plus terrible, c'est que c'est *nous* qui avons fait cela. Encore pire que le bombardement de Dresde. Et c'est nous qui détenons ce pouvoir terrible, et nous allons devoir vivre avec le reste de notre existence.

Cependant, j'ai honte d'avouer que nous étions toutes surexcitées, et affreusement frustrées d'être coincées à l'infirmerie au lieu de vivre pleinement l'événement. Cela dit, nous avons beaucoup de visites, on nous a apporté des journaux et, petit à petit, nous avons pris conscience de l'importance de ce qui s'est passé, de l'ampleur de la destruction d'Hiroshima. Le jeudi, nous avons appris que Nagasaki aussi avait été bombardée. Ensuite, il était évident que les Japonais ne tiendraient plus longtemps. Mais nous avons dû attendre dix jours, dans une extrême tension, avant qu'ils capitulent enfin.

Ce matin-là, tous les navires ont célébré un service d'action de grâces, et de toutes parts on entendait les cantiques chantés par tous les équipages, et les clairons de la Marine ont joué la sonnerie aux morts à la mémoire de tous les disparus.

Ce fut une journée fascinante, une journée d'ivresse, où l'on oublia toutes les règles. Toute la journée, les gens se sont baladés de droite et de gauche, et personne ne semblait travailler. Le soir, après la tombée de la nuit, il y a eu de grandes fêtes. Toute la flotte des Indes orientales était illuminée de torches et de flambeaux, les lances à incendie s'étaient transformées en fontaines, des fusées explosaient et toutes les sirènes mugissaient. Sur le gaillard d'arrière du vaisseau amiral, l'orchestre des fusiliers marins jouait, non pas des marches militaires, mais des airs comme *Little Brown Jug* et *In the Mood*.

Nous nous sommes tous massés sur la terrasse pour contempler les festivités, le médecin-chef et deux autres médecins, la sœur et toutes les patientes (dont certaines en fauteuil roulant). Tous ceux qui arrivaient apportaient leur bouteille de gin. Il y avait un boucan du diable et, chaque fois qu'une fusée montait dans le ciel, nous applaudissions et nous hurlions des hourras.

C'était merveilleux, et pourtant cela me faisait peur. Parce que je sais que, tôt ou tard, on viendra me dire ce que sont devenus maman, papa et Jess, et s'ils sont sortis vivants de ces trois ans et demi de terreur. Je n'ai survécu que parce que, délibérément, je n'ai pas trop pensé à eux. Maintenant, je vais devoir cesser de jouer les autruches et affronter la vérité, quelle qu'elle soit. Dès que j'aurai appris *quelque chose*, je t'enverrai un télégramme et je téléphonerai à oncle Bob, à condition de pouvoir obtenir la ligne. Avec tous ces événements, les choses risquent d'être quelque peu désorganisées. Toby Whitaker est passé me voir il y a quelques jours, on parle d'envoyer la flotte à Singapour. Peut-être le HMS *Adelaide* ira-t-il aussi. Je n'en sais rien. Nous verrons bien.

Toddy est venue me voir deux ou trois fois. Je t'ai déjà parlé d'elle dans mes lettres, elle vit à Ceylan depuis son mariage (elle est veuve à présent), elle a connu papa et maman à Colombo dans les années trente. C'est ici la seule personne qui les ait vraiment connus. Nous avons beaucoup parlé d'eux le premier soir que j'ai passé à l'infirmerie. C'était la veille du bombardement d'Hiroshima. Bien sûr, nous n'en savions rien. J'avais mal au pied et j'étais un peu déprimée. « La guerre finira un jour », m'a-t-elle dit pour me remonter le moral. « Peut-être plus tôt que nous ne l'imaginons. » Et le lendemain même il y a eu la bombe, et ce fut le commencement de la fin. Tu ne trouves pas cela extraordinaire ?

Je vous embrasse, toi, Phyllis, Anna, les Carey-Lewis si tu les vois, Loveday et Nat.

Judith.

Tôt ou tard on viendra me dire ce que sont devenus maman, papa et Jess.

Elle attendit. La vie continuait, jour après jour, la routine. Tous les matins le bateau pour la crique de Smeaton et le HMS *Adelaide*. Puis les longues heures passées à taper, à classer, à corriger les notes confidentielles. Tous les soirs, le retour à la base.

« Peut-être maintenant », se disait-elle. « Peut-être aujourd'hui. »

Rien.

Son angoisse se nourrissait des bribes d'information qui filtraient du premier camp de prisonniers japonais libéré. Une saga d'atrocités, d'esclavage, de famine et de maladies. Les gens autour d'elle en discutaient entre eux, mais Judith en était incapable.

Tous ses collègues se montraient particulièrement gentils et attentionnés, même le sous-officier qui faisait office de rédacteur principal, pourtant connu pour son caractère renfrogné et sa brusquerie. Judith comprit que le capitaine Spiros avait fait passer le message, bien qu'elle se demandât comment il avait eu vent de sa situation familiale. Son officier supérieur avait dû le mettre au courant, supposa-t-elle, touchée qu'au plus haut niveau on ait pris cette peine.

Penny Wailes lui fut d'un grand secours. Elles s'étaient toujours bien entendues dans le travail, mais il y avait à présent entre elles une véritable amitié, une compréhension tacite. C'était un peu comme si elle avait eu une grande sœur pour veiller sur elle. Tous les soirs, elles rentraient ensemble, et Penny ne la quittait jamais avant de s'être assurée qu'aucun message, aucune convocation ne l'attendait au poste de contrôle.

Et puis ce moment redouté et espéré à la fois arriva. A six heures, un mardi soir. Judith était dans le dortoir. Elle s'était baignée dans la crique, avait pris une douche. Enveloppée dans sa serviette, elle se coiffait quand l'une des auxiliaires qui travaillaient au poste de contrôle vint la trouver.

– Dunbar ?

Elle se détourna de son miroir, le peigne à la main.

– Oui ?

– Un message pour vous. Vous devez vous rendre demain matin chez l'officier supérieur des auxiliaires.

– Il faut que j'aille travailler, s'entendit-elle dire, très calmement.

– D'après son message, elle s'est arrangée avec le capitaine Spiros. Vous pourrez prendre le bateau suivant pour vous rendre à bord.

– A quelle heure souhaite-t-elle me voir ?

– Dix heures et demie. (L'auxiliaire attendit une réponse.) D'accord ? insista-t-elle.

– Oui. Parfait. Merci.

Judith se tourna à nouveau vers le miroir et continua de se coiffer.

Le lendemain, elle passa ses chaussures au blanc, les mit à sécher au soleil. Elle revêtit un uniforme propre, jupe et chemise de coton blanc, les plis encore marqués par le fer du *dhobi* [1]. Un peu comme un marin, quand un vaisseau part pour le combat : tout l'équipage met des vêtements propres, pour réduire le risque d'infection en cas de blessure. Ses chaussures étaient sèches. Elle les laça, mit son chapeau, sortit sous un soleil éclatant, traversa le camp, franchit le portail, et descendit la route familière qui menait au quartier général de la Marine.

1. Blanchisseur en Inde. (*N.d.T.*)

A Trincomalee, l'officier supérieur responsable des auxiliaires était le commandant Beresford. Avec son état-major, elle occupait trois pièces au dernier étage du quartier général de la Marine, dont les fenêtres donnaient sur la jetée et le port, perspective changeante et toujours animée. Les visiteurs ne manquaient pas d'admirer la vue avant de lui demander comment elle parvenait à se concentrer avec une telle distraction constamment sous les yeux.

Mais, depuis un an qu'elle était là, la vue avait perdu un peu de son charme et, banalisée, avait fini par faire partie de sa vie quotidienne. Son bureau était placé à la perpendiculaire du panorama et, quand elle levait les yeux de ses papiers pour donner un coup de téléphone, elle avait en face d'elle un mur blanc, deux classeurs métalliques et à l'occasion un petit lézard, comme épinglé là en guise d'ornement.

Il y avait aussi trois petites photos, encadrées et posées discrètement sur son bureau pour ne pas nuire à sa concentration professionnelle. Son mari, un lieutenant-colonel d'artillerie, et ses deux enfants. Elle n'avait pas vu ses enfants depuis le début de l'été 1940, quand son mari l'avait persuadée de les envoyer au Canada, chez des parents vivant à Toronto, pour la durée de la guerre. Le souvenir de l'instant où elle les avait mis dans le train à Euston et où elle leur avait dit au revoir était si insupportable qu'elle ne pouvait se permettre de s'y attarder.

Mais à présent, la guerre avait pris fin, terriblement, précipitamment. Ils avaient tous survécu. Un jour, la famille Beresford serait réunie. Ensemble à nouveau. Ses enfants avaient huit et six ans quand ils étaient partis pour le Canada. Ils en avaient à présent treize et onze. Il ne s'était pas passé une journée sans qu'elle pense à eux.

Assez. D'un bref sursaut elle se ressaisit. Ce n'était pas le moment de ruminer. On était le 22 août, un mercredi, et à dix heures et quart il faisait déjà une chaleur insupportable.

La brise qui soufflait de la mer et les ventilateurs omniprésents qui tournaient au-dessus de sa tête ne parvenaient même pas à rafraîchir l'air, et sa chemise de coton, déjà humide, lui collait au cou.

Les documents appropriés attendaient sur son bureau.

Elle les tira vers elle et les lut, bien qu'elle les connût déjà par cœur.

On frappa à la porte. S'étant composé une attitude, elle leva la tête.

– Oui ?

Le sous-officier passa la tête derrière la porte.

– Auxiliaire Dunbar, madame.

– Merci, Richardson, faites-la entrer.

Judith entra. Observa le bureau spacieux, fonctionnel, les ventilateurs qui tournoyaient, la fenêtre ouverte sur le mur d'en face, encadrant la vue du port qui lui était si familière. Derrière son bureau, l'officier supérieur se leva, comme pour accueillir poliment un hôte. C'était une grande femme de presque quarante ans, avec un visage sympathique, des cheveux bruns et lisses tirés en un chignon bien net sur la nuque. Pour une raison quelconque, l'uniforme ne lui allait pas vraiment, et on l'imaginait beaucoup mieux en twin-set et en collier de perles, s'occupant de quelque organisation charitable et fleurissant l'église.

– Dunbar. Merci d'être venue. Prenez une chaise et mettez-vous à l'aise. Désirez-vous une tasse de thé ?

– Non, merci, madame.

La chaise était en bois massif, peu confortable. Elle était assise face à l'officier supérieur, les mains sur les genoux. Leurs regards se croisèrent. L'officier détourna les yeux et s'affaira inutilement, rangeant des papiers, prenant son stylo.

– Vous avez reçu mon message ? Évidemment, sinon vous ne seriez pas là. J'ai eu le capitaine Spiros au téléphone, hier soir, qui m'a dit que vous pouviez prendre votre matinée.

– Merci, madame.

De nouveau un silence.

– Comment va votre pied ?

– Pardon ?

– Votre pied. Vous avez eu un accident à cause d'un éclat de verre. Est-ce guéri ?

– Oui, oui, bien sûr. Ce n'était pas très grave.

– Assez vilain quand même.

Les préliminaires étant terminés, Judith attendit que son officier supérieur en vienne au fait. Ce qu'elle fit, après une dernière hésitation.

– Je crains que les nouvelles ne soient pas très bonnes, Dunbar. Je suis désolée.

– C'est au sujet de ma famille, n'est-ce pas ?

– Oui.

– Que s'est-il passé ?

– Nous avons eu des informations par l'intermédiaire de la Croix-Rouge et du Secours naval. Ces deux organisations travaillent main dans la main. Je... je dois vous dire que votre père est mort. De dysenterie à la prison de Changi, un an après la chute de Singapour. Ses compagnons ont fait tout ce qui était en leur pouvoir pour le soigner, mais les conditions de détention étaient naturellement désastreuses. Il n'y avait pas de médicaments et peu de nourriture. Ils n'ont pas pu faire grand-chose. Mais il a eu des amis pour l'entourer. Essayez de vous dire qu'il n'est pas mort seul.

– Je vois.

Elle eut soudain la bouche si sèche qu'elle avait peine à parler, que les mots sortaient en une sorte de murmure. Elle fit une autre tentative.

– Et ma mère ? Et Jess ?

– Jusqu'à présent, nous n'avons pas de renseignements certains. Nous savons seulement que leur bateau, le *Rajah of Sarawak*, a été torpillé en mer de Java, à six jours de Singapour. Il était surchargé et a coulé presque instantanément. Les passagers n'ont eu que quelques instants pour s'échapper. S'il y a eu des survivants, ils n'étaient qu'une poignée. Voilà le verdict officiel.

– A-t-on retrouvé quelqu'un qui ait survécu ?

– Non, répondit l'officier en hochant la tête. Pas encore. Il y a trop de camps à Java, à Sumatra et en Malaisie, sans parler des quelques camps au Japon même. Cela va prendre du temps de tous les inspecter.

– Peut-être...

– N'ayez pas trop d'espoir, si vous voulez mon avis.

– Est-ce ce que l'on vous a demandé de me dire ?

– Oui, je suis désolée.

Les ventilateurs tournaient au-dessus de leurs têtes. Par la fenêtre ouverte on entendait le moteur d'un bateau qui approchait de la jetée. Quelque part, un homme donnait des coups de marteau. Ils avaient disparu. Ils étaient tous morts. Trois ans et demi d'attente et d'espoir pour en arriver là. Jamais, jamais elle ne les reverrait.

Du fond du long silence qui s'était installé entre elles, elle entendit l'officier lui dire :

– Dunbar ? Ça va ?

– Oui.

Peut-être ne se comportait-elle pas bien. Peut-être aurait-elle dû pleurer, sangloter. Mais jamais les larmes ne lui avaient paru si improbables, si impossibles.

– Oui, ça va, acquiesça-t-elle.

– Peut-être... maintenant... une tasse de thé ou autre chose ?

– Non.

– Je... je suis vraiment navrée.

La voix se brisa. Judith la plaignit d'être si peinée, si maternelle, et d'avoir eu à annoncer des nouvelles aussi épouvantables.

– Je savais que le *Rajah of Sarawak* avait été coulé, dit-elle, et elle s'étonna d'avoir une voix si neutre. En fait, je savais qu'il s'était passé quelque chose, parce qu'il n'a jamais atteint l'Australie. Ma mère m'avait promis de m'écrire une fois que Jess et elle y seraient arrivées, mais je n'ai plus rien reçu après sa dernière lettre de Singapour.

Elle connaissait cette lettre par cœur pour l'avoir relue si souvent et se rappela le dernier paragraphe.

C'est très étrange mais, toute ma vie, je me suis posé, de temps en temps, des questions auxquelles je n'ai jamais su répondre. Qui suis-je ? Que fais-je ici ? Où vais-je ? Maintenant tout cela est devenu une terrible réalité, comme un rêve qui m'aurait toujours hantée et qui se réalise enfin.

Une prémonition, peut-être ? Peut-être n'en saurait-on jamais rien.

– J'étais persuadée qu'il était arrivé quelque chose. Mais je me disais quand même qu'elles avaient survécu, qu'elles avaient été recueillies par un canot de sauvetage ou sur un radeau...

La mer de Java. Les requins. Le cauchemar intime de Judith. Surtout ne plus y penser.

– Mais j'imagine qu'elles n'ont pas eu cette chance. Jess était encore petite. Et ma mère n'a jamais été une bonne nageuse.

– Avez-vous d'autres frères et sœurs ?

– Non.

Une fois de plus, l'officier baissa les yeux sur ses papiers, et Judith se rendit compte que c'était le dossier complet de sa carrière militaire, depuis le lendemain de la mort d'Edward, quand elle s'était rendue à Devonport pour s'engager dans le corps des auxiliaires féminines de la Marine.

– Il est indiqué ici que le capitaine et Mrs. Somerville sont vos plus proches parents.

– Oui. Je ne pouvais pas mettre mes parents, parce qu'ils étaient à l'étranger. Maintenant, mon oncle est vice-amiral, à Colombo. Biddy Somerville est la sœur de ma mère. Je lui ai promis de lui envoyer un télégramme dès que j'aurais des nouvelles, se souvint-elle. Il faut que je le fasse. Elle doit attendre.

– Nous pouvons vous aider. Rédigez votre télégramme et nous demanderons à l'une des auxiliaires de l'envoyer...

– Merci.

– Mais vous avez d'autres amis à Ceylan, je crois? Les Campbell. Vous avez passé votre dernière permission chez eux, à l'intérieur du pays.

– C'est exact. Ils connaissaient mes parents.

– Si je vous en parle, c'est que je pense que vous devriez prendre un congé. Vous éloigner de Trincomalee. Peut-être aimeriez-vous retourner chez eux?

Prise au dépourvu, Judith songea à sa proposition. Nuwara Eliya. Les montagnes, l'air frais et la pluie. Les collines tapissées de théiers et le parfum citronné des eucalyptus. La simplicité et le confort du bungalow, les bûches dans la cheminée le soir... Elle hésita et, finalement, secoua la tête.

– Cela ne vous dit rien?

– Pas vraiment.

Pendant sa permission, elle avait passé un moment merveilleux chez les Campbell, mais ce ne serait pas la même chose. Et elle se sentait incapable de faire face aux cocktails et aux soirées du Hill Club avec leur kyrielle de visages nouveaux. Elle avait envie d'un endroit tranquille. Un lieu où panser ses plaies.

– Les Campbell sont des gens charmants, c'est juste que...

Elle n'eut pas besoin d'en dire plus. L'officier sourit.

– Je vous comprends parfaitement. Les amis les plus intimes sont parfois épuisants. J'ai autre chose à vous proposer. Pourquoi ne pas aller à Colombo passer quelque temps auprès du vice-amiral Somerville ? Sa résidence officielle se trouve sur Galle Road, il a beaucoup de place et des domestiques qui pourront s'occuper de vous. Surtout, vous serez en famille. J'ai l'impression que, pour l'instant, c'est ce dont vous avez vraiment besoin.

Oncle Bob. A ce moment critique de sa vie, Judith savait qu'il n'y avait personne au monde avec qui elle aurait préféré se trouver. Mais...

– Il va travailler toute la journée, dit-elle. Je ne veux pas le déranger.

– Vous ne le dérangerez pas.

– Il m'a bien dit que je pouvais venir. Il m'a écrit dès son arrivée à Colombo. Il était d'accord...

– Alors, qu'est-ce que nous attendons ? Pourquoi ne pas lui téléphoner pour lui en parler ?

– Et mon travail ?

– Nous nous arrangerons pour qu'une rédactrice temporaire donne un coup de main à Miss Wailes.

– Quand pourrai-je partir ?

– Tout de suite, je pense. Ne perdons pas de temps.

– Combien de temps pourrai-je rester à Colombo ?

– Il vous reste deux semaines de congé, mais je pense que nous devrions y ajouter une permission pour convenances personnelles. Ce qui ferait un mois.

– *Un mois ?*

– Ne protestez pas, je ne vous donne rien de plus que ce à quoi vous avez droit.

Un mois. Tout un mois avec oncle Bob. Retrouver Colombo. Elle se rappela la maison où elle avait vécu les dix premières années de sa vie. Elle se rappela sa mère, cousant dans la véranda, et la fraîcheur des vents marins soufflant de l'océan Indien.

Son officier supérieur attendait patiemment. Judith leva le nez et la regarda droit dans les yeux.

– Eh bien ? fit-elle avec un sourire encourageant.

– Vous avez été extrêmement gentille.

Ce fut tout ce que Judith put dire.

– C'est mon métier. Alors c'est décidé ? (Judith acquiesça enfin.) Bien. Dans ce cas, prenons les dispositions nécessaires.

De : Bureau de l'officier supérieur du corps des auxiliaires féminines de la Marine, Trincomalee
A : Mrs. Somerville, le Manoir, Rosemullion, Cornouailles, Angleterre

Le 22 août 1945

CHÈRE BIDDY MAUVAISES NOUVELLES HÉLAS STOP BRUCE DUNBAR EST MORT DE DYSENTERIE À LA PRISON DE CHANGI EN 1943 STOP MOLLY ET JESS ONT PÉRI LORS DU TORPILLAGE DU RAJAH OF SARAWAK EN MER DE JAVA STOP AI TÉLÉPHONÉ À BOB À COLOMBO STOP PARS DEMAIN POUR UN MOIS DE CONGÉ STOP SÉJOURNERAI CHEZ LUI T'ÉCRIRAI DE LÀ-BAS STOP NE SOIS PAS TROP MALHEUREUSE POUR MOI JE VOUS EMBRASSE PHYLLIS ET TOI STOP JUDITH.

De : Somerville, Rosemullion, Cornouailles, Angleterre
A : Judith Dunbar, c/o vice-amiral Somerville, 326, Galle Road, Colombo, Ceylan

Le 23 août 1945

REÇU TÉLÉGRAMME STOP ANÉANTIE PAR LA NOUVELLE STOP CONTENTE QUE TU SOIS AVEC BOB STOP PENSONS TENDREMENT À TOI STOP PHYLLIS ET MOI T'ATTENDRONS ICI À LA MAISON STOP BIDDY.

Résidence du vice-amiral, 326, Galle Road, Colombo
Mardi 28 août 1945

Ma chère Biddy,
Il m'a fallu quelque temps avant de me décider à t'écrire. Pardonne-moi. Merci pour ton télégramme. Cela m'a fait du bien d'avoir de tes nouvelles et de savoir que, bien que nous soyons à des milliers de kilomètres l'une de l'autre, nous partageons la même tristesse. Mais j'aimerais que nous soyons ensemble. Le pire, c'est de savoir qu'ils sont morts il y a si longtemps et que nous l'ignorions. Rien ne nous est jamais parvenu. Les conditions de vie à Changi étaient indescriptibles, et c'est un miracle que des hommes aient pu survivre. Avec tant de maladies, si peu à manger et sans soins. Pauvre papa. Mais on m'a assuré qu'il était

entouré d'amis et qu'il n'était donc pas seul à la fin. Quant à Molly et à Jess, je prie pour qu'elles aient été tuées sur le coup, quand le *Rajah of Sarawak* a été torpillé. Au début, j'ai beaucoup regretté qu'il ne me reste rien d'elles, aucun objet personnel, pas un souvenir. Comme si tout avait été englouti dans l'abîme. Puis je me suis souvenue des cartons de Riverview, tous ces petits trucs que nous avions mis de côté avant le départ de maman et de Jess pour Colombo. Ils sont quelque part. Quand je reviendrai enfin chez nous, nous fouinerons là-dedans.

Je pense à Phyllis aussi, qui aimait tant maman, et je suis contente que vous soyez ensemble.

Quant à moi, je suis ici avec Bob. (Il n'y a plus d'*oncle* Bob. Il dit que je suis trop vieille.) Et je mène une vie d'un luxe incroyable.

Mais commençons par le commencement.

Mon officier supérieur m'a annoncé la nouvelle avec le plus de gentillesse et de délicatesse possible. Elle s'attendait à me voir éclater en sanglots hystériques, je crois, mais je ne l'ai fait qu'un peu plus tard. Elle avait appris le sort de maman, de papa et de Jess par la Croix-Rouge, qui découvre peu à peu ce qu'il est advenu de chacun, recherche les disparus et inspecte les camps de prisonniers libérés. C'est donc tout à fait officiel. Elle m'a conseillé de prendre une permission et nous avons appelé Bob de son bureau. « Qu'elle vienne immédiatement », a-t-il dit.

Mon officier supérieur a tout arrangé. Au lieu de prendre le train de Trincomalee à Colombo (une étuve sale et noire de suie), je suis partie pour Kandy à six heures du matin, dans une voiture de service. Le capitaine Curtice (HMS *Highflyer*) et sa secrétaire s'y rendaient à une réunion d'état-major au quartier général des Alliés. Ils étaient installés à l'arrière de la voiture, moi à l'avant avec le chauffeur, ce qui était agréable parce que je n'étais pas obligée de faire la conversation. Le trajet est magnifique, bien qu'un peu long en voiture. La route sinueuse a traversé des villages où des petits enfants nous faisaient des signes de la main. Il y avait des singes partout, les femmes assises sur le seuil de leur maison tressaient des palmes, les hommes travaillaient aux champs avec des éléphants. Nous nous sommes arrêtés pour déjeuner près de Sigiriya (le capitaine Curtice m'a très gentiment invitée). A Kandy, j'ai passé la nuit dans un hôtel, et une seconde voiture de service m'a conduite jusqu'à Colombo. Vers cinq heures du soir, on m'a déposée devant la porte.

Bob n'était pas à son bureau, il m'attendait. Quand la voiture s'est garée, il est venu à ma rencontre et m'a serrée fort dans ses bras, sans dire un mot.

Tu sais, Biddy, mieux que quiconque, comme son étreinte est solide et réconfortante. C'est à ce moment-là que je me suis effondrée et que je me suis mise à pleurer comme un bébé, non pas tant à cause de mes parents et de Jess que parce que j'étais épuisée, soulagée d'être avec lui, et de ne plus avoir à penser à rien ni à faire preuve de courage.

Il est superbe. Quelques cheveux blancs en plus, peut-être, et quelques rides. Sinon il n'a pas changé.

Il a une maison charmante, un immense bungalow. Un portail avec une sentinelle et des tas de domestiques. Ce n'est pas du côté de la mer mais il y a un très grand jardin ombragé, empli d'arbres et de fleurs. A une vingtaine de mètres plus bas se trouvent les quartiers des auxiliaires féminines de la Marine, et presque en face la maison où nous habitions avant que papa ne parte pour Singapour. La coïncidence n'est-elle pas étonnante ? J'ignore qui y habite à présent, une famille de militaires indiens, je crois.

La maison de Bob. On monte quelques marches et on débouche dans un spacieux vestibule, puis une porte double donne dans un grand salon, qui s'ouvre sur la véranda et sur le jardin splendide (j'ai une chambre fraîche et ravissante avec un sol de marbre, une douche et des toilettes privées). Tu le sais sans doute, il partage cette maison avec un nommé David Beatty, un civil qui travaille dans l'administration. Il a un peu l'air d'un professeur, il est extrêmement intelligent et érudit, et il parle au moins six langues, dont l'hindi et le chinois. Il dispose de son propre bureau, où il travaille souvent, mais il se joint à nous pour le dîner. Il est sympathique et très amusant, du genre pince-sans-rire.

Des domestiques dans tous les coins, je te l'ai dit. Le majordome est un homme charmant, un Tamoul qui s'appelle Thomas, grand, à la peau très foncée, il porte toujours une fleur derrière l'oreille. Il a beaucoup de dents en or. Il apporte les rafraîchissements et sert à table, mais il y a tant de domestiques sous ses ordres qu'apparemment il ne fait pas grand-chose d'autre. Et pourtant, s'il n'était pas là, je suis absolument certaine que tout irait à vau-l'eau. Enfin, il a la réputation de savoir concocter une potion magique et secrète qui guérit la gueule de bois à coup sûr. Un talent bien utile.

D'abord, je n'ai rien fait pendant trois jours, me contentant de dormir beaucoup et de rester étendue sur la véranda à lire et à écouter de la belle musique sur le gramophone de Bob (souvenir de la résidence de Keyham, il y a si longtemps). David Beatty et lui vont travailler tous les matins, bien entendu, et je suis donc restée au calme, avec Thomas qui rôdait dans la maison et m'apportait des rafraîchissements.

Je n'étais pas obligée de rester là à ne rien faire : Bob a deux voitures et deux chauffeurs à sa disposition. Une voiture de service conduite par un marin vient le chercher le matin et le ramène chez lui le soir. Mais il a aussi sa propre automobile avec un chauffeur nommé Azid. Il m'a permis de l'utiliser à mon gré pour faire des courses ou autre chose. Mais je n'avais envie de rien qui requière de l'organisation ou de l'énergie.

Le soir, après le dîner, David ayant regagné son bureau, nous avons beaucoup bavardé. Nous avons évoqué le souvenir de tout et de tous. Nous avons parlé de Ned et même d'Edward Carey-Lewis. Bob m'a appris qu'il projetait de quitter la Marine. Il a combattu pendant deux guerres mondiales, ce qui suffit largement, et il veut prendre le temps de vivre avec toi. Et puis la bombe atomique a changé la face du monde, la puissance navale n'aura plus la même importance et la Royal Navy telle qu'il l'a connue sera modernisée et totalement remodelée. Il m'a dit que tu pensais depuis quelque temps à vendre la maison du Devon pour venir en Cornouailles. Je ne veux pas que tu le fasses pour moi, mais ce serait quand même merveilleux. Je t'en prie, ne quitte surtout pas le Manoir avant mon retour !

Cette lettre n'en finit pas !

Le troisième soir, en rentrant, Bob m'a dit que j'avais assez traîné comme ça et qu'il m'emmenait à un cocktail à bord d'un croiseur de passage. J'ai donc pris une douche, enfilé une robe convenable et nous sommes partis. C'était très amusant. Nous avons traversé le port à l'arrière d'un grand canot. Beaucoup de nouveaux visages, des gens que je ne connaissais pas, des civils et des militaires... un beau mélange.

Au milieu de ces mondanités, Bob m'a présentée à un homme du nom d'Hugo Halley, capitaine de corvette qui travaille également au haut commandement. A la fin de la réception, huit d'entre nous (dont Hugo) sont retournés à terre pour dîner au *Galle Face Hotel*. Tout était exactement comme dans mon souvenir, en plus bondé. Dimanche dernier, Hugo est venu déjeuner, puis nous sommes allés nous promener, lui et moi, au mont Lavinia. Nous avions l'intention de nous baigner, mais il y avait des rouleaux énormes, des lames de fond terribles, et nous sommes restés assis sur le sable avant de rentrer à Colombo nager dans la piscine du club des officiers. Il y a aussi des courts de tennis et nous y jouerons peut-être un jour. Si nous étions ensemble, tu ouvrirais tout grand tes oreilles en demandant des détails. Alors voilà. Hugo est très sympathique, extrêmement présentable, doté d'un excellent sens de l'humour, et il n'est pas marié. Non qu'en ce moment cela ait la moindre importance. Il est d'une compagnie très agréable, mais ça s'arrête là. Alors ne va pas t'imaginer des choses et rêver de robes blanches et de tulle ! Quoi qu'il en soit, il m'a invitée à une autre réception sur un autre bateau. Je vais donc devoir m'occuper de ma garde-robe. Les femmes à Colombo sont très chics et, avec mes vêtements décolorés par le soleil de Trincomalee, j'ai l'air d'une parente pauvre.

J'arrive à la fin de cette lettre. C'est drôle, mais je commence tout juste à me rendre compte à quel point l'incertitude m'a pesé, le fait de ne jamais savoir vraiment ce qu'il était advenu de Bruce, de Molly et de Jess. Maintenant, du moins, le vide qu'a laissé leur départ ne sera pas comblé, mais une sorte d'avenir redevient possible. Je vais donc mieux. Ne t'inquiète pas pour moi.

Seulement j'ai vingt-quatre ans et il est déprimant de constater que, pendant toutes ces années, je n'ai rien *accompli*. Je n'ai même pas eu une éducation correcte, puisque je ne suis jamais allée à l'université. Quand je reviendrai en Angleterre et que je retrouverai le fil de mon existence, ce sera comme si je repartais de zéro, comme si je recommençais au début. Le début de quoi ? Je n'en sais rien encore. Mais je le saurai sûrement un jour.

Je t'embrasse, ma chère Biddy, toi et tous ceux qui t'entourent.

Judith.

Sept heures du matin, l'heure gris perle, calme, la plus fraîche de la journée. Pieds nus, vêtue d'une fine robe de chambre, Judith émergea de sa chambre et longea le couloir de marbre qui traversait toute la maison jusqu'à la véranda. Le *mali* était en train d'arroser l'herbe avec un tuyau. On entendait chanter les oiseaux avec en bruit de fond le bourdonnement lointain de la circulation de Galle Road.

Bob était déjà levé et prenait son petit déjeuner dans la tranquillité et la solitude tout en parcourant l'édition du matin du *Ceylon Times*.

– Bob.

– Mais qu'est-ce que tu fais debout à une heure pareille ?

Surpris, il posa son journal. Elle se pencha pour l'embrasser et s'assit en face de lui.

– J'avais quelque chose à te demander.

– Prends ton petit déjeuner en même temps.

Thomas, qui avait entendu des voix, arrivait déjà avec un plateau contenant une tranche de papaye, un toast chaud et un pot de thé de Chine pour Judith. Il portait ce jour-là une fleur de frangipanier derrière l'oreille.

– Merci, Thomas.

Ses dents en or illuminèrent son sourire.

– Un œuf à la coque ?

– Non, juste de la papaye.

Thomas se retira.

– Que voulais-tu me demander ?

Les cheveux gris, très bronzé, douché, rasé, dans son uniforme blanc aux épaulettes à chevrons dorés de vice-amiral, Bob était très séduisant.

– Il faut que je fasse quelques courses. Puis-je emprunter la voiture et demander à Azid de me conduire ?

– Bien sûr. Tu n'avais pas besoin de te lever si tôt pour me demander ça.

– J'ai pensé que c'était mieux. De toute façon, j'étais réveillée, ajouta-t-elle en bâillant. Où est David Beatty ?

– Déjà parti. Il avait une réunion de bonne heure, ce matin. Que vas-tu acheter ?

– Des vêtements. Je n'ai rien à me mettre.

– J'ai déjà entendu ça.

– C'est vrai. Hugo m'a de nouveau invitée, et je n'ai plus de robes. Voilà, j'ai un problème.

– Quel est le problème ? Tu n'as pas d'argent ?

– Si, j'ai assez de liquide. Mais c'est un exercice que j'ai peu pratiqué, et je ne suis pas certaine d'être très douée.

– Je croyais que toutes les femmes savaient courir les magasins.

– Généralisation hâtive. Tout demande une certaine pratique, même le shopping. Maman était toujours un peu timide quand nous devions faire des achats, et même dans les meilleurs moments elle n'avait pas beaucoup d'argent. Quand je vivais avec Biddy, c'était la guerre, les tickets d'habillement, et ces horribles robes « pratiques ». Beaucoup plus facile de se débrouiller avec ce que l'on avait. La seule personne que je connaisse qui soit une experte en la matière, c'est Diana Carey-Lewis. Elle est comme un poisson dans l'eau dans les boutiques et les vendeurs ne s'ennuient jamais avec elle. Ils ne se fâchent pas non plus.

– Tu crois qu'ils vont s'ennuyer avec toi ou se fâcher ? fit-il, moqueur.

– Non. Mais j'aurais bien aimé qu'une amie m'accompagne.

– Je ne peux t'être d'aucune utilité, je le crains, mais je suis sûr que, malgré ton manque d'expérience, tu te débrouilleras très bien. A quelle heure désires-tu partir ?

– Avant qu'il ne fasse trop chaud. Vers neuf heures ?

– Je demanderai à Thomas de prévenir Azid. Maintenant, ma voiture m'attend. Il faut que j'y aille. Bonne journée.

Elle n'avait gardé qu'un souvenir vague des rues et des boutiques de Colombo, mais elle demanda à Azid de l'emmener chez Whiteaway & Laidlaw, le magasin où

Molly avait coutume de se rendre. Il la déposa donc sur le trottoir encombré et brûlant, et lui demanda quand il devait venir la rechercher.

– Vers onze heures, répondit Judith, bousculée par les badauds sous le soleil brûlant.

– J'attendrai, dit-il en pointant le doigt vers ses pieds. Ici.

Elle gravit l'escalier à l'ombre du grand store et franchit le seuil. Ce fut d'abord la perplexité. Puis elle se ressaisit, monta au premier étage et trouva le rayon des robes, caverne d'Ali Baba emplie de glaces, de mannequins, de portants, de cintres et de vêtements à profusion. Elle ne savait pas par où commencer et hésitait, au milieu du rayon, jusqu'à ce qu'une vendeuse très soignée, en jupe noire et petit corsage blanc, vienne à son secours. Une frêle Eurasienne avec des yeux immenses et des cheveux noirs attachés par un ruban.

– Désirez-vous que je vous aide ? demanda-t-elle timidement.

Ensuite, ce fut un peu plus facile. Que souhaitait-elle acheter ? Elle s'efforça de réfléchir. Des robes de cocktail. Peut-être une robe longue pour aller danser. Des robes de coton pour la journée...

– Nous avons tout. Vous êtes très mince. Venez, nous allons voir ça.

Des vêtements furent choisis et s'empilèrent dans les bras de la vendeuse.

– Vous devez tout essayer.

Dans une cabine fermée d'un rideau, Judith ôta sa chemise et sa jupe de coton et enfila les robes l'une après l'autre. Soies, cotonnades et mousseline. Teintes diaprées, pastel, ou simplicité du noir et blanc. Une robe de bal taillée dans la soie rose d'un sari indien, avec des étoiles d'or le long de l'ourlet. Une robe de cocktail en crêpe de Chine bleu azur semée de grandes fleurs blanches. Un fourreau de shantung couleur de blé mûr, à la fois simple et sophistiqué. Une robe de mousseline de soie noire, avec une jupe de tulle doublée de jupons et un grand col d'organdi blanc sur un décolleté profond...

Le choix était difficile. Elle finit par acheter la robe de bal et trois robes de cocktail (dont l'irrésistible robe noire à col blanc), ainsi qu'une robe bain de soleil à dos nu.

A présent, toute sa timidité avait disparu, et Judith

était lancée. Ses nouvelles robes nécessitaient de nouveaux accessoires. Elle se mit donc en quête du rayon des chaussures, où elle acheta des sandales, des escarpins de couleur vive et une paire de chaussures noires à bride avec des talons hauts pour sa robe noire. Dans la foulée, elle trouva trois sacs à main, un doré et un noir pour le soir, et un joli sac rouge à bandoulière. Des foulards, des bracelets, un châle en cachemire, des lunettes noires et une ceinture de cuir marron à boucle d'argent ciselé.

Au rez-de-chaussée se trouvait le rayon des cosmétiques, petit monde brillant et parfumé, aux comptoirs couverts de boîtes et de pots aux couleurs tendres, de flacons de parfum en cristal taillé, de tubes de rouge à lèvres dorés, de poudriers dorés et de houppettes en duvet de cygne dans des monceaux de mousseline de soie. Très alléchant. Cela faisait si longtemps que ses réserves étaient épuisées, et Trincomalee ne possédait rien d'approchant. Elle fit donc l'acquisition de rouges à lèvres, de parfum, de talc, de savon, de crayons à sourcils, d'ombres à paupières, de mascara, d'huile pour le bain, de shampooing, de vernis à ongles et de crème pour les mains...

Elle était en retard, mais Azid l'attendait quand elle apparut sur le trottoir, vacillant sous le poids des paquets. Il se précipita pour la débarrasser de son fardeau, qu'il mit à l'arrière de la voiture avant de lui ouvrir la porte. Elle s'écroula de lassitude sur le cuir brûlant.

Il s'installa derrière le volant et croisa son regard dans le rétroviseur.

– Vous avez passé un bon moment ?

– Oui, Azid. Merci. Je suis désolée de vous avoir fait attendre.

– Ce n'est pas grave.

Sur le chemin du retour, ses paquets empilés tout autour d'elle, les vitres ouvertes et la brise rafraîchissant son visage moite, Judith réalisa que, depuis deux heures au moins, elle n'avait pensé ni à Molly, ni à son père, ni à Jess. D'autre part, malgré la chaleur et la fatigue, elle se sentait revigorée et... sophistiquée. Il n'y avait pas d'autre mot. Elle comprit soudain, pour la première fois de sa vie, le besoin maladif qui poussait certaines femmes à courir les magasins et à dépenser de l'argent, accumulant une pléthore d'objets luxueux et souvent inutiles. Cela apportait, semblait-il, une certaine consolation quand on était malheureux, un peu d'animation quand on s'ennuyait, l'impression de se faire plaisir quand on se sentait rejetée. Extravagant et frivole peut-être, mais finalement mieux que de collectionner les amants ou de se mettre à boire.

Elle se surprit à sourire. La robe noire était ravissante. Elle retournerait faire des courses.

Puis l'argent qu'elle avait dépensé lui revint en mémoire et elle ajouta, en codicille : « Mais pas trop souvent. »

La nuit était tombée. Par la fenêtre ouverte un palmier se profilait sur le ciel bleu velouté où scintillaient les premières étoiles. Judith s'installa à sa coiffeuse et mit ses boucles d'oreilles. De la véranda lui parvenait le son d'un piano, les notes assourdies s'égrenant comme des gouttes d'eau dans toute la maison. Bob avait mis un disque sur le gramophone, la musique étant toujours pour lui source de plaisir et de réconfort. Elle tendit l'oreille, reconnut l'un des concertos pour piano de Rachmaninov. Elle choisit alors un de ses nouveaux rouges à lèvres, dévissa le tube doré et l'appliqua avec soin. Elle aperçut son reflet dans la douce lumière, ses yeux gris aux cils allongés par le mascara, la courbe de ses lèvres. Elle s'était lavé les cheveux. Ils étaient lisses, courts, décolorés par le soleil.

Du parfum. Le nouveau flacon. *L'Heure bleue*. Elle effleura la base de son cou et l'intérieur des poignets avec le bouchon. Le parfum lui donnait une merveilleuse sensation de luxe, et soudain elle songea à Diana Carey-Lewis, qui approuverait pleinement cette Judith nouvelle et raffinée.

Elle ôta son déshabillé, glissa les pieds dans ses chaussures à talons hauts, et enfila la robe qu'elle avait étalée sur le lit. Elle arrangea la jupe qui bouffait comme autant de nuages noirs puis chercha à tâtons la fermeture Éclair.

Impossible. La personne qui portait cette robe ne pouvait pas fermer la glissière qui remontait tout le long du dos. Le matin, la vendeuse l'avait aidée, et Judith n'avait pas pris conscience du problème. Mais là, il lui fallait visiblement une femme de chambre, un mari ou un amant à demeure. Judith ne possédait rien de tout cela. Ce serait donc Bob. Elle ramassa son sac noir, sortit de sa chambre et se mit en quête de Bob, ses talons claquant sur le sol de marbre et sa robe légère glissant de ses épaules.

Il était installé dans une chaise longue, son whisky à la main, si paisible qu'il était dommage de le déranger.

— Bob ?

— Bonsoir.

— Il faut que tu remontes ma fermeture Éclair.

Il se redressa en riant, elle se baissa en lui tournant le dos et il remonta la glissière d'une main experte. Alors elle lui fit face, soudain inquiète.

— Est-ce qu'elle te plaît ?

— Sensationnelle. Tu l'as achetée ce matin ?

— Oui. Elle était affreusement chère, mais je n'ai pas pu résister. Et des chaussures aussi. Et un nouveau sac à main.

— Tu es belle comme le jour. Et toi qui disais que tu ne savais pas faire des achats !

— Ça n'a pas été très difficile. J'ai appris. (Elle était assise au bout de sa chaise longue.) Divin Rachmaninov. J'aimerais que tu viennes aussi.

— Où allez-vous ?

— Sur un bateau. Un destroyer australien.

— Oh ! *cette* soirée. Entre nous, j'ai reçu une invitation, que j'ai déclinée en prétextant un autre engagement. Alors ne vends pas la mèche.

— Promis.

— Je commence à fatiguer après toutes ces soirées. De temps en temps, j'ai besoin d'être seul et de me coucher tôt.

— Si tu te couches tôt, comment vais-je ôter ma robe ?

— Tu peux très bien demander à Thomas de le faire. De toute façon, il ne se couchera pas tant que tu ne seras pas rentrée.

— Ça ne le gênera pas ?

— Rien ne gêne Thomas.

La sonnerie carillonna. Ils attendirent sans bouger. Entendirent Thomas qui allait ouvrir.

— Bonsoir, *sahib*.

— Bonsoir, Thomas.

— L'amiral est dans la véranda.

— Merci. Je trouverai le chemin tout seul.

Un instant plus tard, il émergeait de la lumière vive qui régnait à l'intérieur de la maison, en grand uniforme, extrêmement distingué, sa casquette sous le bras.

Judith lui sourit.

– Bonsoir, Hugo.

On lui proposa un verre, qu'il refusa poliment. Ils étaient déjà un peu en retard et seraient bombardés de cocktails dès qu'ils monteraient à bord.

– Alors allez-y, fit Bob en se levant. Je vous accompagne.

Il avait visiblement hâte de rester en paix avec sa pipe et son gramophone. Il les accompagna jusqu'à la porte d'entrée. Judith l'embrassa et lui promit de s'amuser. Puis elle monta dans la voiture d'Hugo et ils s'éloignèrent.

Ce soir-là, la lune était pleine, ronde comme un disque d'argent au-dessus des toits de la ville. Ils longèrent Galle Road, en direction du port.

Un destroyer australien mouillait dans le bassin, le gaillard d'arrière tout illuminé. La fête battait déjà son plein. Judith suivit Hugo sur la passerelle et se dirigea vers le brouhaha des voix et des verres qui s'entrechoquaient. Cela ressemblait beaucoup à la réception précédente où elle était allée avec Bob ; elle reconnaissait la plupart des visages sans pouvoir y mettre des noms. La main sous son coude, Hugo la dirigeait vers le capitaine auquel ils se présentèrent. On leur donna un verre et des serveurs attentionnés leur proposèrent des canapés. Puis ce fut l'agréable routine des conversations mondaines.

Judith, séparée d'Hugo, devisait agréablement avec deux jeunes lieutenants australiens lorsqu'elle sentit une main lui serrer le poignet comme un étau. Faisant volte-face, elle se trouva nez à nez avec une dame au teint hâlé dans une robe moulante couleur bleu paon.

– Ma chère, nous nous connaissons. Bob Somerville nous a présentées l'autre soir. Moira Burridge. Vous êtes Judith Dunbar. Quelle robe fabuleuse ! J'adore. Où est cet homme merveilleux ?

Sa prise se relâcha légèrement et Judith put dégager son poignet. L'un des lieutenants australiens s'éloigna en s'excusant poliment. L'autre resta, stoïque, à côté de Judith, le sourire fixe, comme s'il était aux anges.

– Il faut que je le trouve.

Moira Burridge se hissa sur la pointe des pieds (elle n'était pas grande) et jeta un coup d'œil à la ronde par-dessus les têtes des autres invités. Elle avait des yeux globuleux et pâles, et son mascara commençait à couler.

– Je ne le vois nulle part, l'affreux homme.

– Il... il n'est pas venu. Un autre engagement.

– Oh ! flûte ! Dans ces raouts, mon seul plaisir est de plaisanter avec Bob.

Déçue, elle reporta son attention sur Judith.

– Mais alors, qui vous a accompagnée ?

– Hugo Halley.

– *Hugo ?*

Elle était de ces gens qui, en parlant, collent leur visage au vôtre. D'instinct, Judith recula, le plus discrètement possible, mais Moira Burridge se rapprocha de nouveau.

– Quand avez-vous rencontré Hugo ? Ça ne fait que deux minutes que vous êtes là. Vous habitez chez Bob, n'est-ce pas ? Combien de temps comptez-vous rester à Colombo ? Il faudra venir nous voir. Nous allons donner une fête. Quel jour vous conviendrait le mieux, voyons...

Judith murmura qu'elle ne savait pas vraiment si Bob...

– Je lui passerai un coup de fil. Nous avons un appartement dans le fort. Rodney est à l'état-major... Vous connaissez Rodney, n'est-ce pas ?

Moira postillonnait sur sa joue, mais Judith était trop bien élevée pour s'essuyer.

– Non ? Je vais vous le montrer...

Un serveur passa avec un plateau de verres. Rapide comme l'éclair, Moira Burridge posa son verre vide et en saisit un plein.

– Il est là-bas, enchaîna-t-elle. En train de parler avec ce gradé de la Marine indienne.

Non sans difficulté, Judith repéra le capitaine Burridge, un homme très grand au crâne chauve et au visage en forme de poire, mais avant qu'elle eût pu dire quoi que ce soit, Moira Burridge poursuivit :

– Dites-moi maintenant, je n'ai pas bien saisi qui vous étiez exactement. Une parente ? Vous venez d'Angleterre, si je ne me trompe ?

Judith parla de Trincomalee.

– Ne me dites pas que vous êtes basée là-bas. Ma pauvre. L'endroit est abominable. Les moustiques. Je ne sais pas pourquoi je m'étais imaginé que vous débarquiez tout juste d'Angleterre. Nous avons deux rejetons, qui sont en pension là-bas. Ils passent toutes les vacances chez ma mère. Je n'ai pas vu mes pauvres petits coquins depuis deux ans...

Fort heureusement, Moira Burridge n'attendait manifestement pas qu'on lui réponde. De temps à autre Judith acquiesçait ou esquissait un sourire, tandis que Mrs. Burridge, la langue déliée par l'alcool, débitait inlassablement ses vains propos. Judith, piégée, commençait à désespérer.

Hugo, où êtes-vous? Venez vite à mon secours.

– Mais, pour être sincère, je ne suis pas vraiment pressée de retourner en Angleterre. Nous avons une maison à Petersfield, mais ce sera le rationnement, le manque d'essence et *la pluie*. Et, pire que tout, pas de domestiques. Nous sommes fichtrement gâtés, ici. Où allez-vous dîner après cette réception? Pourquoi ne pas aller grignoter quelque chose tous ensemble au *Grand Oriental*...

Horreur.

– Judith?

Il était là, et ce n'était pas trop tôt. Elle crut défaillir de soulagement. Il gratifia Moira Burridge d'un sourire aussi charmeur que rayonnant.

– Bonsoir, Mrs. Burridge, comment allez-vous? Je viens d'avoir une conversation avec votre mari...

– Hugo, espèce de diable! On peut compter sur vous pour servir de cavalier à la plus jolie fille du bord. J'étais justement en train de lui proposer... Si nous dînions tous ensemble? Nous allons au *Grand Oriental*...

– C'est très aimable à vous, fit Hugo avec une expression de profond regret. Mais je crains que ce ne soit impossible. Nous sommes invités à dîner, et nous sommes déjà en retard. Judith, peut-être devrions-nous prendre congé.

– Quel dommage! Vous devez vraiment partir? Nous étions si bien, n'est-ce pas, ma chère? Nous avions encore des tas de choses à nous dire.

Elle chancelait légèrement sur ses hauts talons.

– Tant pis, ce sera pour une autre fois. Nous nous reverrons...

Enfin Judith et Hugo parvinrent à s'échapper. À l'entrée de la passerelle, Judith jeta un regard en arrière et vit que Mrs. Burridge, un nouveau verre à la main, avait coincé un autre invité sur lequel elle déversait un flot de paroles.

– Je n'ai jamais rencontré une femme aussi épouvantable, dit-elle à Hugo quand elle fut sur le quai, hors de portée de voix de l'officier de garde.

– Je suis navré. J'aurais dû mieux veiller sur vous.

Il lui prit le bras et ils traversèrent le quai, contournant les grues et les caisses, enjambant les câbles et les chaînes.

– Elle a la réputation d'être redoutable. Je plains ce pauvre Rodney, si ce n'est qu'il est tellement rasoir qu'il ne l'a pas volé.

– J'ai bien cru que j'allais passer le reste de la soirée avec elle.

– Je ne vous aurais pas laissée faire.

– J'allais prétexter une migraine. Hugo, j'ignorais que nous étions invités à dîner.

– Nous ne le sommes pas. Mais j'ai réservé une table à *La Salamandre*, et je ne voulais pas que Moira Burridge le sache. Sinon elle aurait tenté de nous y suivre.

– Je n'ai jamais entendu parler de *La Salamandre*.

– C'est un club privé dont je suis membre. Nous dînerons et nous y danserons. A moins, bien entendu, que vous ne préfériez le *Grand Oriental* avec les Burridge ? Je peux toujours retourner là-bas à toute vitesse pour leur dire que nous avons changé d'avis.

– Si vous faites ça, je vous tue.

– Dans ce cas, ce sera *La Salamandre*.

Ils avaient laissé la voiture à l'entrée des docks. Ils démarrèrent et quittèrent le fort en direction du sud, traversant un quartier de larges rues bordées de vieilles maisons hollandaises que Judith ne connaissait pas. Au bout de dix minutes ils étaient arrivés. Un impressionnant immeuble à pignons, un peu en retrait avec un haut portail et une allée circulaire menant à la porte principale. Très discret, pas d'enseigne lumineuse. Il y avait un portier avec un uniforme vert et un turban magnifique, et un serviteur pour garer les voitures. Ils gravirent le grand escalier et franchirent une porte sculptée avant de pénétrer dans un hall de marbre au plafond merveilleusement orné. Passant une seconde porte ils se retrouvèrent dans une vaste cour à ciel ouvert où l'on dînait. Au centre se trouvait une piste de danse. La plupart des tables étaient déjà occupées, chacune avec une lampe à abat-jour rouge, mais la piste n'était éclairée que par l'immense lune qui montait dans le ciel. Un orchestre jouait de la musique sud-américaine. Une samba, une rumba, quelque chose de ce genre. Quelques couples tournaient sur la piste, certains bons danseurs, d'autres faisant de leur mieux pour suivre le rythme insidieux.

– Commandant Halley.

En veste amidonnée et sarong blanc, le maître d'hôtel vint les saluer. Il les conduisit jusqu'à leur table et leur tendit le menu avant de s'éloigner à pas furtifs.

Leurs regards se croisèrent.

– Cela vous convient-il ? demanda-t-il.

– Fabuleux. J'ignorais qu'il existait un tel endroit.

– Ça ne fait que six mois qu'il est ouvert. Et le nombre des membres est limité. J'ai eu la chance d'y entrer au début. Maintenant il y a une liste d'attente.

– Qui est le directeur ?

– Oh, un type à moitié portugais, je crois.

– On se croirait dans un film romantique.

– Ce n'est pas pour ça que je vous ai amenée ici, fit-il en riant.

– Pourquoi m'y avez-vous amenée ?

– Pour la cuisine, petite sotte.

Le maître d'hôtel réapparut, suivi du sommelier muni d'un seau à glace contenant une grande bouteille verte.

Judith était sidérée.

– Quand avez-vous commandé ça ?

– Quand j'ai réservé la table.

– Ce n'est quand même pas du *champagne* ? Ce n'est pas possible ?

– Non, mais c'est ce que j'ai trouvé de mieux. Sud-africain. Ça vient du Cap. Un humble petit vin blanc pétillant, sans passé ni prétentions. Un véritable amateur ferait la fine bouche. Moi, je le trouve délicieux.

Le sommelier déboucha la bouteille, versa le vin et laissa le seau près de la table. Judith leva le verre au long pied.

– A votre santé, dit Hugo, puis elle en but une gorgée.

Si ce n'était pas du champagne, c'était presque aussi bon. Frappé, pétillant, exquisément frais.

Il posa son verre.

– Bon, j'ai deux choses à vous dire sans plus attendre.

– Lesquelles ?

– Tout d'abord... quelque chose que j'aurais peut-être déjà dû vous dire. Vous êtes incroyablement jolie.

Elle en fut très touchée. Un peu gênée aussi.

– Oh, Hugo !

779

– Non, ne vous troublez pas. Les Anglaises ne savent pas répondre aux compliments, c'est bien connu. Contrairement aux Américaines, qui sont très douées pour ça et considèrent les mots gentils comme un dû.

– Eh bien, c'est très gentil. C'est une nouvelle robe.

– Elle est ravissante.

– Qu'aviez-vous d'autre à me dire ?

– C'est un peu différent.

– Eh bien ?

Il se pencha vers elle.

– Je suis au courant de ce qui est arrivé à votre famille. Je sais qu'on vient de vous annoncer qu'aucun n'a survécu... après la chute de Singapour. Je sais que vous avez attendu des nouvelles pendant trois ans et demi, pour apprendre finalement qu'il n'y avait plus d'espoir. Je suis vraiment désolé. Et si vous le désirez, nous n'en parlerons plus. Mais je ne voulais pas commencer cette soirée sans vous en parler. Je ne veux pas de non-dits entre nous, pas de zone interdite...

– Vous avez tout à fait raison, répondit Judith après quelque temps. J'aurais peut-être dû vous en parler moi-même. C'est juste que ce n'est pas très facile pour moi...

Il attendit et, comme elle ne terminait pas sa phrase :

– Vous pouvez m'en parler, si vous le souhaitez.

– Pas particulièrement.

– Bien.

Une pensée lui traversa l'esprit.

– Qui vous a mis au courant ? demanda-t-elle.

– L'amiral Somerville.

– Vous en avait-il parlé *avant* que nous fassions connaissance ? Je veux dire, l'avez-vous toujours su ?

– Non, pas avant dimanche dernier, quand je vous ai ramenée à Galle Road après notre baignade. Vous vous êtes éclipsée quelques minutes pour vous changer, et nous sommes restés en tête à tête. C'est à ce moment-là qu'il me l'a dit.

– Je suis contente que vous ne l'ayez pas su avant. Sinon, je vous aurais soupçonné d'être simplement compatissant.

– Je ne comprends pas.

– Oh, vous savez : « Je vous présente ma nièce qui est un peu triste en ce moment. J'aimerais que vous vous occupiez d'elle. »

– Je vous jure que non, fit Hugo en riant. Je ne suis

pas amateur de nièces tristes. Je fuis dès que j'en aperçois une.

Il y eut un bref silence.

– Voilà, dit-il. Le sujet est clos.

– C'est mieux ainsi.

– Parlons d'autre chose. Quand retournez-vous à Trincomalee ?

– Pas avant trois semaines. Bob va voir s'il peut me faire raccompagner en voiture jusqu'à Kandy, et de là je me débrouillerai pour continuer la route.

– Pourquoi ne prenez-vous pas l'avion ?

– Il faudrait trouver un avion de la RAF qui accepte de me prendre.

– Vous avez envie d'y retourner ?

– Pas particulièrement. Il n'y a plus d'urgence, à présent. Depuis que la guerre est finie, il ne nous reste plus qu'à tout boucler et à renvoyer progressivement les gens chez eux. L'*Adelaide* – c'est le ravitailleur de sous-marin sur lequel je travaille – et la 4e flotte vont sans doute partir pour l'Australie. Je devrai prendre un job à terre.

Elle avala une gorgée de ce vin délicieux, puis reposa son verre.

– En fait, j'en ai assez de tout ça, reconnut-elle. Ce que j'aimerais vraiment, c'est embarquer sur un transport de troupes et rentrer chez moi *maintenant*. Mais c'est très improbable.

– Et si vous en avez l'occasion, que ferez-vous ?

– Je rentrerai.

Elle lui avait parlé de la Cornouailles, du Manoir, de Biddy Somerville et de Phyllis, le jour où ils s'étaient assis sur la plage pour regarder les énormes vagues qui les empêchaient de se baigner.

– Et je ne chercherai pas de travail, je ne ferai rien que je n'aie envie de faire. Je me ferai pousser les cheveux jusqu'à la taille, je me coucherai et je me lèverai quand bon me semblera, et je ferai la fête jusqu'au petit matin. J'ai subi assez de règlements pour ma vie entière. L'école, la guerre, le corps des auxiliaires féminines de la Marine. Et j'ai vingt-quatre ans, Hugo. Vous ne croyez pas qu'il serait temps de faire les quatre cents coups ?

– Tout à fait. Mais cette guerre a frappé tous les gens de votre âge. Toute une génération. Et il faut savoir que, pour d'autres, elle a produit l'effet inverse. Une manière d'échapper à une famille conventionnelle, à une impasse professionnelle, à des horizons limités.

Judith songea à Cyril Eddy qui avait saisi cette occasion pour quitter la mine et réaliser enfin son ambition de partir en mer.

— Je connais au moins deux femmes bien élevées qui se sont mariées à vingt ans et quelques, uniquement parce qu'elles n'avaient jamais envisagé autre chose. Avec la guerre, débarrassées de leur mari assommant, elles ont rencontré des Français et des Norvégiens et elles se sont amusées comme des folles.

— Retourneront-elles chez leur mari ?

— Je pense. Elles seront plus âgées et plus sages.

— Bien, dit Judith en riant. Il faut de tout pour faire un monde.

— Et le monde serait très terne s'il n'en était pas ainsi. Elle le trouva très philosophe.

— Quel âge avez-vous ? demanda-t-elle.

— Trente-quatre ans.

— Vous n'avez jamais voulu vous marier ?

— Des dizaines de fois. Mais pas en temps de guerre. La perspective de ma mort ne m'a jamais réjoui, mais je n'aurais pas voulu laisser derrière moi une veuve et une ribambelle d'orphelins.

— Maintenant, la guerre est terminée.

— Exact. Mais mon avenir reste dans la Marine. A moins qu'on ne me renvoie dans mes foyers, qu'on ne me mette dans la naphtaline ou qu'on ne m'affecte à un poste mortellement ennuyeux...

Le maître d'hôtel revint prendre leur commande, ce qui dura un certain temps car ils n'avaient même pas regardé le menu. Finalement ils prirent la même chose, des fruits de mer et du poulet. L'homme remplit leurs verres avant de s'éloigner à pas feutrés.

Ils restèrent silencieux quelque temps. Puis Judith soupira.

— Pourquoi soupirez-vous ? demanda Hugo.

— Je ne sais pas. A l'idée de regagner Trincomalee, je suppose. C'est un peu comme si je retournais en pension.

— N'y pensez plus.

— D'accord, fit-elle d'un air décidé. Et j'ignore comment nous en sommes arrivés à une conversation aussi sérieuse.

— C'est sans doute ma faute. Alors n'en parlons plus et soyons frivoles.

782

– Je ne sais par où commencer.

– Racontez-moi une blague ou posez-moi une devinette.

– Dommage que nous n'ayons pas de cotillons.

– Nous nous ferions remarquer et on nous demanderait de partir. Pensez au scandale. Expulsés de *La Salamandre* avec pertes et fracas. Moira Burridge serait ravie. Ça lui ferait un sujet de conversation pendant des mois.

– Elle dirait que c'est bien fait pour nous.

– Nous devrions faire des projets pour les trois semaines qui viennent, afin de ne pas perdre un instant. Pour que vous retourniez à Trincomalee avec les yeux pétillants et beaucoup de bons souvenirs. Je vous emmènerai à Negombo, où je vous montrerai l'ancien fort portugais. Il est particulièrement beau. Et nous irons nous baigner à Panadura, une plage paradisiaque. Qu'aimeriez-vous encore ? Faire du sport ? Nous pourrions jouer au tennis.

– Je n'ai pas ma raquette.

– Je vous en prêterai une.

– Ça dépend. Vous êtes très bon ?

– Remarquable. L'image même de la grâce masculine quand je saute par-dessus le filet pour aller saluer le gagnant.

L'orchestre entamait à présent un vieil air langoureux, dont un saxophone ténor jouait la mélodie.

Hugo se leva brusquement.

– Venez danser.

Ils descendirent sur la piste, et elle se lova dans ses bras. Comme elle s'y attendait, il dansait avec aisance, la serrant contre lui en inclinant la tête de sorte qu'ils étaient joue contre joue. En contemplant la lune par-dessus son épaule, elle eut le sentiment, un bref instant, de frôler le bonheur.

A deux heures du matin, il la raccompagna à Galle Road. La sentinelle leur ouvrit le portail, la voiture entra et vint se ranger devant le perron. Ils sortirent. Un parfum de jasmin flottait dans l'air, et la lune était si brillante que les ombres du jardin semblaient dessinées à l'encre de Chine. Au pied de l'escalier, Judith se tourna vers lui.

– Merci, Hugo. J'ai passé une merveilleuse soirée. D'un bout à l'autre.

– Même avec Mrs. Burridge ?

– Elle nous a tout de même fait rire.

Elle hésita un instant avant de lui dire :

– Bonne nuit.

Il la prit dans ses bras et se pencha pour l'embrasser. Cela faisait longtemps qu'on ne l'avait pas embrassée comme cela. Plus longtemps encore qu'elle n'avait éprouvé un tel plaisir. Elle lui répondit avec une sorte de passion reconnaissante.

La porte d'entrée s'ouvrit, et ils furent pris dans un faisceau de lumière électrique. Ils s'écartèrent l'un de l'autre en riant, et aperçurent Thomas en haut des marches, le visage impassible. Hugo s'excusa de l'avoir fait veiller si tard et Thomas sourit de toutes ses dents éclatantes dans le clair de lune.

– Bonne nuit, dit Judith, qui gravit l'escalier et rentra.

Thomas lui emboîta le pas, puis ferma les lourds verrous derrière lui.

Les jours se succédèrent avec une rapidité croissante, si bien que ces trois semaines passèrent sans que Judith s'en aperçoive. On était le 18 septembre. Dans trois jours, il serait temps de retrouver Trincomalee, les interminables rapports à taper à la machine et les horaires stricts, et une vie sans boutiques, sans l'animation d'une ville sophistiquée. Sans jolie maison bien ordonnée. Sans Thomas. Sans Bob. Et sans Hugo.

Celui-ci avait tenu parole. « Nous ne devons pas perdre un instant », avait-il dit. Pas un seul jour il n'avait semblé regretter sa promesse. Ne s'ennuyant jamais, il n'était jamais ennuyeux et, bien qu'enchanté de sa compagnie et des moments partagés, Hugo n'avait eu aucune exigence, si bien qu'elle s'était toujours sentie parfaitement à l'aise avec lui.

Ils étaient devenus si proches l'un de l'autre qu'ils avaient même pu en parler, étendus sur le sable désert et brûlant de Panadura en se faisant sécher au soleil après le bain.

– Ce n'est pas que je ne te trouve pas délicieusement séduisante ni que je n'aie pas envie de te faire l'amour. Et je crois que, si je le faisais, ce serait très agréable pour tous les deux. Mais ce n'est pas le bon moment. Tu es trop vulnérable. Comme une convalescente, tu as besoin d'un peu de tranquillité. Pas d'une liaison irréfléchie.

– Ce ne serait pas irréfléchi, Hugo.

– Mais peut-être idiot. A toi de décider.

Il avait raison. L'idée même d'avoir à prendre une décision quelconque lui faisait peur. Elle avait juste envie de se laisser vivre, de dériver au gré du courant.

– Ne crois pas que je sois vierge, Hugo, dit-elle.

– Ma chère enfant, je n'ai pas imaginé un instant que tu l'étais.

– J'ai couché avec deux hommes. Et je les aimais tous les deux beaucoup. Je les ai perdus tous les deux. Depuis lors je me méfie des relations amoureuses. Ça fait trop mal. C'est trop long à cicatriser.

– Je ferais tout mon possible pour ne pas te faire de mal. Mais je ne veux pas jouer avec tes émotions. Pas maintenant. Je t'aime trop.

– Si je pouvais rester à Colombo... Si je n'étais pas obligée de rentrer à Trincomalee... Si nous avions plus de temps...

– Que de si! Les choses seraient-elles si différentes?

– Oh, Hugo, je n'en sais rien.

Il lui prit la main et déposa un baiser dans sa paume.

– Je n'en sais rien non plus. Alors retournons nous baigner.

Azid franchit le portail sous les yeux de la sentinelle, suivit la courbe de l'allée, se gara devant la porte. Il éteignit le moteur et, avant que Judith ait eu le temps de le faire elle-même, il avait bondi pour lui ouvrir la portière.

Ses attentions lui donnaient un peu l'impression d'être une reine.

– Merci, Azid.

Il était cinq heures du soir. Elle gravit les marches du perron, traversa le vestibule frais et le salon vide avant de ressortir sur la véranda. Comme elle s'y attendait, elle y trouva Bob Somerville et David Beatty qui, après leur journée de travail, se détendaient sur des transats et profitaient de ce moment agréable et paisible. Entre leurs chaises longues, le traditionnel thé de l'après-midi était servi sur une table basse.

David Beatty était plongé dans l'un de ses énormes

ouvrages universitaires, et Bob lisait le *Times*, qu'on lui envoyait toutes les semaines par avion. Il était toujours en uniforme. Short blanc, chemise, longues chaussettes et chaussures blanches. Quand il aurait lu son journal, il irait prendre une douche, se raser et se changer. Mais il aimait commencer par prendre le thé, rituel quotidien qu'il chérissait, souvenir réconfortant des humbles plaisirs domestiques, de l'Angleterre et de sa chère épouse.

Il leva les yeux et laissa tomber son journal.

– Te voilà! Je me demandais où tu étais passée. Prends une chaise et une tasse de thé. Thomas nous a confectionné quelques sandwiches au concombre.

– Très civilisé. Bonsoir, David.

David Beatty sursauta en clignant des yeux, aperçut Judith, retira ses lunettes d'un geste sec et entreprit d'extirper son corps long et maigre de sa chaise longue. Cette courtoise pantomime se reproduisait chaque fois qu'elle le prenait au dépourvu.

– Ne vous levez pas, avait-elle pris l'habitude de dire, juste avant que ses pieds ne touchent le sol.

– Excusez-moi, j'étais en train de lire... pas entendu.

Il sourit gentiment, reprit ses lunettes et retourna à son livre. Perdu pour le monde. Les conversations légères n'avaient jamais été son fort.

Bob versa du thé dans une jolie tasse blanche, y mit une rondelle de citron et la lui tendit.

– Tu as joué au tennis, fit-il remarquer.

– A quoi le vois-tu?

– Mes pouvoirs d'observation et de déduction, plus ta tenue sportive toute blanche et ta raquette.

– Extraordinaire.

– Où as-tu joué?

– Au club. Avec Hugo et un autre couple. Du sérieux.

– Qui a gagné?

– Nous, bien sûr.

– Vous sortez ce soir?

– Non, Hugo doit assister à une réception à la caserne. Réservée aux hommes.

– Ce qui signifie qu'on boit trop et qu'après le dîner on se livre à de dangereux chahuts. La prochaine fois que tu le verras, il risque d'avoir une jambe cassée. Avant que j'oublie, j'ai organisé ton départ pour Kandy. Une voiture, samedi matin, viendra te chercher ici, à huit heures.

Judith accueillit cette information avec des sentiments mitigés. Elle fit la moue, comme une enfant.

– Je n'ai pas envie d'y aller.

– Je n'ai pas non plus envie que tu t'en ailles. Tu vas beaucoup me manquer. Mais voilà. Le devoir t'appelle. A propos de devoir, j'ai reçu un message. Du commandant en chef des auxiliaires, rien que ça. Elle m'a appelé cet après-midi pour demander si tu étais disponible demain matin et si elle pouvait compter sur ton aide.

– Mon aide, pour quoi faire ? demanda prudemment Judith.

Elle faisait ce métier depuis assez longtemps pour savoir que l'on ne se portait jamais volontaire sans connaître les tenants et les aboutissants d'une affaire. Elle prit un sandwich au concombre croquant et doux.

– Être gentille avec tous ces types qui le méritent bien.

– Je ne comprends pas.

– Il y a un bateau qui fait escale avant de repartir pour l'Angleterre. L'*Orion*. Un bateau-hôpital. La première fournée de prisonniers de guerre du chemin de fer Bang-kok-Birmanie. Ils étaient à l'hôpital de Rangoon. On leur a permis de descendre quelques heures à terre, histoire de reprendre contact avec la civilisation. Et on donne une espèce de réception en leur honneur au Fort. Le commandant recrute quelques auxiliaires pour faire la conversation et mettre les hommes à l'aise.

– Qu'est-ce que tu as dit ?

– Que je t'en parlerais. Je lui ai expliqué que tu venais d'apprendre que ton père était mort à Changi et que ce serait sans doute un peu difficile de rencontrer tous ces prisonniers mal en point.

Judith hocha la tête. Son sandwich terminé, elle en prit distraitement un autre. Le chantier du chemin de fer de Birmanie. A la fin de la guerre, quand l'armée était arrivée avec ses services médicaux, talonnée de près par la Croix-Rouge (et lady Mountbatten), on avait libéré les camps du chemin de fer. Une horreur. Les rapports et les photos parus dans les journaux avaient soulevé l'incrédulité et l'écœurement, réaction égale à celle du monde occidental quand les Forces alliées, avançant vers l'est, découvrirent les camps d'Auschwitz, de Dachau et de Ravensbrück.

Sur le chantier du chemin de fer de Birmanie, des milliers d'hommes étaient morts, ceux qui survivaient trimant comme des esclaves dix-huit heures par jour dans la chaleur étouffante de la jungle. Des gardes brutaux obligeaient même les malades à travailler. Les prisonniers, affaiblis par la faim et l'épuisement, étaient hébergés dans des conditions épouvantables, et la malaria et la dysenterie avaient fait des ravages dans leurs rangs.

A présent, ils rentraient chez eux.

– Je dois y aller, soupira-t-elle. Si je n'y vais pas, je ne pourrai plus me regarder en face le reste de mon existence. Ce serait une faiblesse impardonnable.

– On ne sait jamais. Ça te remontera peut-être le moral.

– Après ce qu'ils ont enduré, on se demande s'ils auront la force de descendre à terre...

– Ils ont passé quelque temps à l'hôpital, où on les a soignés et nourris correctement. Et on a prévenu leurs familles qu'ils étaient sur le chemin du retour...

– Que dois-je faire ?

– Enfiler ton uniforme et te présenter au rassemblement à neuf heures.

– Où ?

– Au quartier général des auxiliaires de Galle Road. Tu y prendras tes ordres.

– Bien.

– Tu es une fille bien. Reprends une tasse de thé. Ce soir, tu dîneras avec David et moi ? Je préviendrai Thomas que nous serons trois.

Ce matin-là, après s'être douchée, Judith prit seule son petit déjeuner, Bob et David étant déjà partis travailler. Un pamplemousse, du thé de Chine, rien de plus. Elle n'avait pas très faim. Puis elle retourna dans sa chambre, vit que son lit était fait et que Thomas avait sorti son uniforme.

Elle s'habilla, et se souvint du dernier jour à Trincomalee où, emplie d'appréhension, elle avait revêtu un uniforme propre avant son rendez-vous avec l'officier Beresford. Retour au combat. Elle boutonna sa veste, laça ses chaussures, se coiffa, mit son chapeau, du rouge à lèvres et du parfum. Un sac à main était inutile, mais elle prit quelques roupies qu'elle fourra dans la poche de sa chemise.

Thomas l'attendait dans l'entrée, près de la porte ouverte.

– Voulez-vous qu'Azid vous conduise ?

– Non, Thomas, merci, je peux y aller à pied. Ce n'est qu'à quelques centaines de mètres.

– C'est très bien, ce que vous allez faire. Des hommes courageux. Ces Japonais, mon Dieu ! J'aimerais que vous leur disiez qu'ils ont été très courageux.

Son visage sombre reflétait toute sa compassion, et Judith fut touchée par cet épanchement passager.

– Oui, vous avez raison. Je le leur dirai.

Elle sortit dans la lumière aveuglante et la chaleur, et descendit la rue animée. Elle aperçut bientôt le quartier des auxiliaires, un grand édifice blanc, orné comme une pièce montée, au toit plat couronné d'une balustrade décorative. Ancienne demeure d'un riche marchand, il avait perdu un peu de son lustre, et les jardins qui l'entouraient, un vaste parc avec des pelouses et des allées, étaient à présent couverts de bungalows à toits de palme.

Elle franchit le portail ; la jeune sentinelle, le regard admiratif, lui fit un léger signe de tête. Un camion était garé sur le gravier. Le marin de service qui était au volant était plongé dans un vieux magazine londonien. Elle grimpa le petit escalier à l'ombre du porche massif et pénétra dans un grand hall, où l'on avait installé le poste de contrôle. Il y avait des bureaux, des casiers pour le courrier et un certain nombre d'auxiliaires attendaient là, debout, qu'on leur indique ce qu'elles devaient faire. Un jeune officier semblait en assumer la charge, une auxiliaire en chef à ses côtés pour la soutenir moralement. Elle s'embrouillait un peu dans les noms et les matricules.

– Il doit y avoir quatorze auxiliaires. Combien en avons-nous ?

Un crayon à la main, elle entreprit de compter les têtes.

– Une, deux...

– Douze, madame.

L'auxiliaire en chef était visiblement la plus efficace des deux.

– Alors il y en a deux qui ne sont pas encore arrivées, dit-elle, puis elle aperçut Judith qui se joignait au petit groupe. Qui êtes-vous ?

– Dunbar, madame.

– D'où venez-vous ?

— Du HMS *Adelaide*, Trincomalee. Je suis en permission.

— Dunbar. (L'officier parcourut sa liste.) Ah, oui ! Vous voilà. Je vous raye. Mais il nous en manque toujours une.

Elle consulta sa montre d'un air anxieux. Manifestement, tant de responsabilité la déprimait.

— Elle est en retard.

— Non.

La dernière volontaire franchit la porte en coup de vent et affirma :

— Il n'est que neuf heures moins cinq.

Une fille petite et solide, noire comme un pruneau, avec des yeux bleus, vifs et pétillants, et des cheveux bruns, courts, qui bouclaient tout autour de la bande de son chapeau.

— Bien. Parfait, fit l'officier, quelque peu décontenancée par son assurance. Heu... êtes-vous Sudlow ?

— C'est cela. HMS *Lanka*. J'ai obtenu ma matinée.

Elles étaient toutes réunies et enfin prêtes à partir. On donna des ordres. Le camion les emmènerait au Fort, où des chaloupes amèneraient les anciens prisonniers.

— Pourquoi pas sur le port ? demanda l'une des filles.

— Il aurait fallu prévoir des bus pour transporter les hommes au Fort. Comme cela, ils iront à pied jusqu'au Gordon's Green, ce n'est pas loin. Il y a une cale et une jetée. Quand ils seront à terre, vous irez à leur rencontre, vous leur parlerez et vous les escorterez jusqu'aux tentes qui ont été dressées et où l'on servira des rafraîchissements.

— De la bière ? demanda l'auxiliaire Sudlow, emplie d'espoir.

— Non, lui répondit-on d'un ton sec. Du thé, des biscuits, des sandwiches. D'autres questions ?

— Combien de temps devrons-nous rester ?

— Aussi longtemps que vous serez utiles. Faites en sorte qu'ils passent un bon moment, qu'ils se sentent entourés. Mettez-les à l'aise.

— Il n'y aura que nous, madame ? demanda une autre fille, un peu désemparée.

— Bien sûr que non. Il y aura des infirmières de l'hôpital et un contingent de la garnison. Et un orchestre, je crois. Lors de la réception sous la tente, des officiers supérieurs des trois armes seront présents, ainsi qu'un ou deux ministres locaux et quelques dignitaires. Vous ne serez donc pas seules. Compris ? fit-elle en jetant un regard à la ronde. Bien. Allez-y.

– Et bonne chance à l'Angleterre, conclut l'auxiliaire Sudlow à sa place, ce qui fit rire tout le monde sauf l'officier, qui fit comme si elle n'avait rien entendu.

Les quatorze filles sortirent ensemble et le marin de service sauta de la cabine, fit le tour du camion pour abaisser le hayon et donner un coup de main à celles qui en avaient besoin. Elles s'installèrent sur les bancs de bois, face à face. Quand elles furent toutes montées, le camion démarra, franchit le portail et remonta Galle Road en cahotant.

Il y avait un peu de vent car les bords de la bâche du toit avaient été roulés. Judith et l'auxiliaire Sudlow, qui avaient embarqué en dernier, étaient assises côte à côte à l'arrière.

– Quelle histoire ! s'exclama Sudlow. J'ai bien cru que je n'y arriverais pas. J'ai essayé de trouver une voiture, il n'y en avait pas. Alors j'ai dû prendre un rickshaw. C'est pour ça que j'étais presque en retard, fit-elle en regardant Judith. On ne se connaît pas ? Vous êtes de Colombo ?

– Non, de Trincomalee. Je suis en permission.

– Je me disais bien que votre visage m'était inconnu. Comment vous appelez-vous ?

– Judith Dunbar.

– Sarah Sudlow.

– Bonjour.

– Cet officier n'était-elle pas lamentable ? Une vraie nouille. Tout ça ne me dit pas grand-chose, et vous ? Du thé et des biscuits sous une tente militaire, vous parlez d'une réception après ce que ces pauvres types ont vécu !

– Je ne crois pas qu'ils soient capables de supporter davantage.

Derrière elles, Galle Road, large, encombrée et poussiéreuse, filait entre les hauts palmiers. Judith pensa à son père qui, quand il habitait Colombo, passait par là chaque jour, pour aller aux bureaux de la Wilson-McKinnon. Elle l'imagina à Changi, mourant dans la crasse, le désespoir et le dénuement, et tenta de se rappeler son visage, le son de sa voix, mais c'était impossible. C'était trop loin. Dommage, car ce matin-là elle aurait eu besoin d'un peu de soutien paternel dans cette épreuve.

*Papa, je fais un peu cela pour toi, fais en sorte que ce ne
soit pas en vain.*

A côté d'elle, Sarah Sudlow remuait sur le banc dur.

– Mon Dieu, que ne donnerais-je pas pour une sèche.
(Visiblement, elle appréhendait cette mission autant que
Judith.) C'est un peu une épreuve, non ? De trouver
comme ça des choses à dire. On ne peut quand même pas
parler de la pluie et du beau temps, comme dans les cocktails, et je redoute les silences. (Alors qu'elle réfléchissait
à la question, il lui vint une idée.) Je vais vous dire une
chose, ce sera beaucoup plus facile si nous y allons à
deux. Si l'une est à court, l'autre prendra le relais. Qu'en
dites-vous ? Si on restait ensemble ?

– Volontiers, répondit Judith, qui se sentit aussitôt
beaucoup mieux.

Sarah Sudlow. La meilleure partenaire possible dans
cette épreuve.

Le camion traversa le pont et suivit la route qui longeait le Fort. La mer n'était qu'un grand éclat bleu. Pous-
sées par le vent du sud-ouest, les vagues s'écrasaient sans
relâche sur les rochers en contrebas. Elles arrivèrent au
lieu de rendez-vous, un port naturel avec un phare tout
au bout, abrité des intempéries, où les eaux étaient toujours calmes. Il y avait là une jetée et une cale et, tout
près, en rangs bien formés et au garde-à-vous, spectacle
impressionnant, un orchestre de cornemuses sikh en uniforme de cérémonie : shorts et tuniques kaki, et turbans
magnifiques. Le tambour-major était un homme d'une
stature majestueuse, qui portait une énorme masse
d'argent et un large baudrier de soie écarlate superbement frangé sur l'épaule et croisé sur la poitrine.

– J'ignorais que les Sikhs jouaient de la cornemuse,
dit Sarah. Je croyais qu'ils jouaient du sitar et de ces
étranges flûtes qui charment les serpents.

– Ils n'ont pourtant pas l'air mauvais.

– Je réserve mon opinion tant que je ne les ai pas
entendus.

Le camion s'arrêta, on ouvrit le hayon, et elles descendirent. Le comité d'accueil officiel était déjà là : des officiers de la garnison et du quartier général de la Marine,
deux ambulances et quelques infirmières militaires, leurs
voiles blancs et leurs blouses flottant au vent.

A proximité s'élevaient la tour de l'Horloge, les bâtiments publics, la résidence de la reine, divers ministères et des banques. Sur les pelouses du Gordon's Green on apercevait les tentes kaki érigées par l'armée. On y avait fixé des banderoles et au sommet d'un grand mât flottait l'Union Jack.

L'*Orion* mouillait à environ un mille de la côte.

– On dirait un paquebot d'avant-guerre, n'est-ce pas ? fit remarquer Sarah. Quelle ironie quand on sait qu'en fait c'est un bateau-hôpital, et que la plupart de ses passagers sont probablement trop malades ou trop faibles pour faire un tour à terre. Seigneur, les voilà...

Judith vit trois embarcations qui contournaient le phare et se dirigeaient vers la jetée. Chacune était bourrée d'hommes. La distance et la lumière éblouissante fondaient leurs visages en un flou kaki.

– Ils ont l'air assez nombreux...

C'était par nervosité, Judith le savait, que Sarah débitait un tel flot de paroles.

– Je dois dire que je trouve tout ça un peu bizarre. Quand on compare l'affreuse réalité à cette espèce de fête convenue. Drapeaux, banderoles et tout et tout. J'espère simplement qu'ils ne seront pas... *Ciel !*

La voix du tambour-major hurlant son premier ordre réduisit Sarah au silence et la fit sursauter. Le soleil fit étinceler sa masse, les tambours roulèrent et, comme un seul homme, les joueurs de cornemuse soulevèrent leur instrument à hauteur de l'épaule. Puis monta une plainte lugubre tandis qu'ils les gonflaient d'air. Enfin ils se mirent à jouer un vieil air écossais.

– Oh ! Mon Dieu ! s'écria Sarah, j'espère que je ne vais pas pleurer comme un veau.

Les embarcations se rapprochaient, et on pouvait à présent distinguer les traits des hommes qui étaient à bord.

Va mon beau bateau comme un oiseau à tire-d'aile
Emporte le jeune garçon né pour être roi
Par-delà les mers vers la terre de Skye.

Le bateau n'était pas particulièrement beau et ce n'était pas un roi qui abordait au rivage, rien que des hommes ordinaires qui sortaient de l'enfer pour réintégrer un monde réel et familier. Mais ils accostaient en grande pompe au son des cornemuses. Quelle merveilleuse idée, songea Judith. Elle avait déjà entendu des orchestres de cornemuses, bien sûr, à la radio ou aux actualités cinématographiques, mais elle n'avait jamais participé à un tel spectacle ni entendu cette musique sauvage s'envoler vers le ciel au gré du vent. Elle se mit à frissonner. Comme Sarah, les larmes lui montèrent aux yeux.

Elle s'efforça de les refouler et déclara d'une voix aussi posée que possible :

– Pourquoi jouent-ils des mélodies écossaises ?

– Sans doute les seules qu'ils connaissent. En fait, la plupart des prisonniers proviennent de l'infanterie légère de Durham, mais je crois qu'il y a aussi quelques Gordon Highlanders.

Judith se tendit comme un arc.

– Des Gordon ?

– C'est ce que m'a dit mon officier.

– J'ai connu un Gordon Highlander. Il a été tué à Singapour.

– Vous allez peut-être retrouver quelques-uns de ses camarades.

– Je ne connaissais aucun de ses amis.

La première embarcation s'était rangée à quai. Les passagers, bien en ordre, montèrent sur la jetée.

Sarah redressa les épaules.

– Venez. C'est là que nous intervenons. On sourit et on prend un air enjoué.

En dépit de leur appréhension, ce ne fut pas difficile du tout. Ce n'étaient pas des étrangers venus d'une autre planète, mais des hommes jeunes, ordinaires, et dès que Judith entendit le son de leur voix et l'accent rassurant du Northumberland, du Cumberland et de Tyneside, toutes ses réserves s'évanouirent. Maigres à faire peur, tête nue, le visage marqué par la maladie et la malnutrition, ils étaient pourtant propres et soignés, décemment vêtus (par la Croix-Rouge de Rangoon ?) en treillis de coton vert et chaussures de toile. Pas d'insigne indiquant leur rang ou leur grade, pas d'emblèmes de leur régiment. Ils s'avançaient sur la jetée par petits groupes, comme s'ils ne savaient pas trop ce qui les attendait, mais bientôt les auxiliaires et les infirmières se mêlèrent à eux et leur timidité se dissipa.

Bonjour. Je m'appelle Judith. Nous sommes ravies de vous voir. Je m'appelle Sarah. Bienvenue à Colombo. Nous avons même prévu un orchestre à votre intention. Nous sommes tellement contentes de vous voir.

Bientôt chaque fille eut naturellement rassemblé autour d'elle un certain nombre de ces garçons, visiblement soulagés qu'on les prenne en charge.

– Nous allons vous conduire au Gordon's Green, où des tentes vous attendent.

– Formidable.

L'une des infirmières en chef tapa dans ses mains, comme une maîtresse d'école, pour attirer l'attention.

– Vous n'êtes pas obligés de marcher si vous n'en avez pas envie. Nous avons des voitures, si vous le désirez.

Mais dans leur ensemble les hommes déclarèrent qu'ils préféraient y aller à pied.

– Bien. Alors, en avant.

Sans se presser ils gravirent la pente qui partait du rivage.

– Cette infirmière, dit l'homme qui se trouvait à côté de Judith, celle qui tape dans ses mains. Nous avions une institutrice comme elle au pays, quand j'étais gosse.

– Dans quelle région ?

– Alnwick.

– Êtes-vous déjà venu à Colombo ?

– Non. Nous nous sommes arrêtés en route vers Singapour, mais nous ne sommes pas descendus à terre. Les officiers, oui, mais pas les autres. Ils pensaient sans doute que nous allions nous tirer.

Un autre s'immisça dans la conversation.

– Ça n'aurait pas été plus mal.

Il avait le cou marqué de cicatrices et boitait péniblement.

– Ça ne vous ennuie pas de marcher ? Vous ne préféreriez pas qu'on vous conduise en voiture ?

– Ça ne me fera pas de mal de me dégourdir les jambes.

– D'où êtes-vous ?

– Walsingham. Sur la lande. Mon père élève des moutons.

– Appartenez-vous à l'infanterie légère de Durham ?

– C'est exact.

– Y a-t-il des Gordon Highlanders à bord ?

– Oui, mais ils sont dans la dernière embarcation. Ils suivent.

– Pas très gentil de jouer de la musique écossaise au moment où vous débarquez. Ils auraient dû vous jouer des airs du Northumberland.

– Quoi, par exemple ?

– Je n'en sais rien. Je n'en connais pas.

– Comment avez-vous dit que vous vous appeliez ?

– Judith.

– Vous travaillez à Colombo ?

– Non, je suis en permission.

– Pourquoi n'êtes-vous pas ailleurs en train de vous amuser ?

– Mais je m'amuse.

Plus tard, quand tout fut terminé, cette réception officielle en l'honneur des prisonniers de guerre évoqua, dans l'esprit de Judith, le souvenir d'autres festivités typiquement anglaises, comme la fête de Sainte-Ursule ou quelque kermesse paroissiale. Il y en avait là tous les ingrédients : l'odeur de l'herbe foulée, de la toile de tente et d'une humanité surchauffée. Sur la place, l'orchestre de la Marine jouait des airs de Gilbert et Sullivan. Dans l'étuve des tentes grouillaient des hommes en kaki et des dignitaires de passage venus leur présenter leurs respects. (Le curé, le Lord-Lieutenant ou le colonel Carey-Lewis y auraient été tout à fait à leur place.) Puis les rafraîchissements. Tout le long des parois de la tente, les tables à tréteaux étaient couvertes de victuailles. Beignets, sandwiches et petits gâteaux disparaissaient en un temps record, instantanément remplacés comme si la source en était inépuisable. Comme boissons, du café glacé, de la citronnade et du thé chaud. (On s'attendait presque à voir Mrs. Nettlebed ou Mary Millyway veiller au remplissage du pot à thé, et Mrs. Mudge s'occuper des pots de lait et de sucre.)

La tente était si pleine qu'il était difficile d'accéder aux tables. Après avoir dûment mené leurs troupes à bon port, Judith et Sarah furent aussitôt réquisitionnées pour servir, remplir les plateaux, les assiettes et les verres, et veiller à ce que chacun ait sa part du festin.

Les conversations allaient bon train dans la chaleur et le bruit. Enfin les hommes, rassasiés, sortirent s'allonger sur l'herbe, fumer des cigarettes et écouter l'orchestre.

Quand Judith regarda sa montre, il était déjà onze

heures et demie. Sarah Sudlow avait disparu, et les serveurs débarrassaient les reliefs du buffet. Sa chemise lui collait au dos, et il ne semblait plus y avoir grand-chose à faire. Elle sortit et s'avança face à la mer. La brise était délicieusement rafraîchissante.

Elle resta là quelques instants à respirer l'air frais en observant cette scène paisible. Les pelouses du Gordon's Green, l'orchestre parfaitement solennel avec les casques blancs, les groupes d'hommes disséminés qui se détendaient. Puis son regard fut attiré par un garçon qui se tenait debout, lui tournant le dos, et semblait écouter la musique avec attention. Elle le remarqua parce qu'il était différent. Long et décharné comme les autres, il ne portait pas d'uniforme vert jungle. Pas de chaussures de toile. Mais une paire de bottes délabrées, et un *glengarry* [1] sur ses cheveux bruns, dont les rubans flottaient au vent. Une chemise kaki usée, les manches remontées jusqu'au coude. Et un kilt. Un kilt des Gordon. En lambeaux, décoloré, raccommodé tant bien que mal avec de la ficelle.

Gus.

Un instant, elle se dit que ça ne pouvait pas être Gus puisqu'il était mort. Perdu, tué à Singapour. Mais peut-être avait-il connu Gus.

Elle traversa la pelouse. Il ne l'entendit pas venir, ne se retourna pas.

– Bonjour, dit-elle.

Il tressaillit, fit volte-face et elle le dévisagea. Des yeux sombres, des sourcils épais, des joues creuses, la peau striée de fines rides qui n'étaient pas là jadis. Elle éprouva une sensation physique extraordinaire, comme si son cœur avait cessé de battre et que le temps s'était figé.

Ce fut lui qui rompit le silence.

– Mon Dieu, Judith.

Oh, Loveday, tu t'es trompée. Tu t'es complètement trompée.

– Gus.

– D'où sors-tu ?

– D'ici. De Colombo.

Il n'a pas été tué à Singapour. Il n'est pas mort. Il est ici. Avec moi. Vivant.

– Tu es vivant, dit-elle.

1. Coiffure écossaise ressemblant à un calot. (*N.d.T.*)

– Tu croyais que je ne l'étais plus ?

– Oui. Pendant des années, j'ai cru que tu étais mort. Depuis Singapour. Nous l'avons tous cru. Quand je t'ai vu là, je me suis dit que ce n'était pas toi, parce que ça ne pouvait pas être toi.

– Ai-je l'air d'un cadavre ?

– Non, tu es superbe, dit-elle avec sincérité, et c'était vrai. Les bottes, le kilt et le *glengarry*. Comment diable as-tu réussi à conserver tout ça ?

– Rien que le kilt et le calot. Les bottes, je les ai volées.

– Oh, Gus.

– Ne pleure pas.

Elle s'avança vers lui, lui mit les bras autour de la taille et se pressa contre le coton élimé de sa vieille chemise kaki. Elle sentait ses côtes, ses os, entendait les battements de son cœur. Il la prit dans ses bras, et ils restèrent ainsi, simplement, serrés l'un contre l'autre. Et elle pensa à Loveday, brièvement. Pour le moment, une seule chose importait : elle avait retrouvé Gus.

Au bout de quelque temps, ils se séparèrent. Personne n'avait prêté attention à cette manifestation intime d'affection. Elle n'avait pas pleuré, il ne l'avait pas embrassée. C'était fini. On en revint à l'essentiel.

– Je ne t'ai pas vu sous la tente, lui dit-elle.

– Je n'y suis resté que peu de temps.

– Es-tu obligé de rester ici ?

– Pas forcément. Et toi ?

– Pas forcément. Quand dois-tu retourner à bord ?

– Les embarcations partent à trois heures.

– Nous pourrions retourner à Galle Road. C'est là que j'habite. Prendre un verre ou déjeuner. Nous avons le temps.

– Ce qui me ferait vraiment plaisir, dit Gus, c'est d'aller à l'hôtel *Galle Face*. J'y ai une sorte de rendez-vous. Mais je ne peux pas y aller seul, parce que je n'ai pas de roupies. Rien que des billets japonais.

– J'ai de l'argent. Je t'y accompagne.

– Comment ?

– Nous allons prendre un taxi. Il y en a toute une file près de la tour de l'Horloge. Nous pouvons marcher jusque-là.

– Tu es sûre ?

– Évidemment.

– Tu n'auras pas d'ennuis ?

– Je suis en permission. Libre comme l'air.

Ils s'éclipsèrent donc. Personne ne le remarqua et, si on s'en aperçut, on ne dit rien. Ils traversèrent la tente à présent déserte, la pelouse, et se retrouvèrent dans Queen Street, qu'ils remontèrent jusqu'à la tour de l'Horloge. De vieux taxis attendaient là. Les chauffeurs, les voyant venir, bondirent pour se disputer la course, mais Judith et Gus montèrent dans le premier de la file, ce qui leur épargna de longues discussions.

– Tu sais, je ne m'étais jamais rendu compte à quel point il doit être difficile de témoigner, dit-elle. Devant un tribunal. On jurerait sur la Bible qu'on a vu ou qu'on n'a pas vu quelqu'un à un moment crucial. Je sais maintenant que ce que l'on voit *vraiment* dépend de ce que l'on croit, de ce qu'on tient pour vrai.

– Tu veux parler de moi ?

– Ce n'était pas *toi* tant que je n'ai pas vu ton visage.

– Voir le tien est la plus belle chose qui me soit arrivée depuis longtemps. Parle-moi de toi. Tu travailles ici ?

– Non. A Trincomalee. Te souviens-tu de Bob Somerville, mon oncle ? Je ne crois pas que tu l'aies jamais rencontré. Il est vice-amiral au haut commandement. J'habite chez lui. Ma mère était la sœur de sa femme, Biddy.

– Était ?

– Oui. Mes parents se trouvaient à Singapour en même temps que toi...

– Je sais. Je les ai rencontrés lors d'une soirée donnée par le régiment à la caserne de Selaring. C'était juste avant Pearl Harbor, quand il y avait encore des fêtes. Que leur est-il arrivé ? Ont-ils pu s'échapper ?

Judith hocha la tête.

– Non. Mon père est mort à Changi.

– Je suis désolé.

– Ma mère et ma petite sœur ont essayé de partir pour l'Australie, mais leur bateau a été torpillé en mer de Java. Elles n'ont pas survécu.

– Mon Dieu, je suis vraiment désolé.

– C'est pour cela que je suis en permission. Un mois. Chez Bob. Je dois retourner à Trincomalee à la fin de la semaine.

– A quelques jours près, je t'aurais manquée.

– Exactement.

Le taxi longeait Galle Road. Plusieurs petits garçons jouaient au football, dribblant et poussant le ballon de leurs pieds nus. Gus tourna la tête pour les regarder.

– Ce n'est pas tout à fait pareil, mais mes parents sont morts eux aussi. Ni morts de faim ni noyés, mais tranquillement, dans leur lit, ou dans une maison de santé. Ils étaient âgés, ajouta-t-il en se tournant vers elle. Ils l'étaient avant ma naissance. J'étais enfant unique. Peut-être m'ont-ils cru mort, eux aussi.

– Qui t'a dit ça ?

– Une dame très gentille, une sorte d'assistante sociale, à l'hôpital de Rangoon.

– A Singapour, tu n'as pu écrire à personne ? Pas même à tes parents ?

– J'ai essayé de leur envoyer une lettre en douce de Changi, mais je ne pense pas qu'ils l'aient reçue. Je n'ai pas eu d'autre occasion.

Le taxi tourna dans la cour de l'hôtel avant de se garer à l'ombre d'un auvent. Ils pénétrèrent dans le hall, bordé d'arbustes en pots et de vitrines contenant des bijoux très beaux et très chers : colliers et bracelets d'or, broches et boucles d'oreilles de diamant et de saphir, bagues d'émeraude et de rubis.

– Gus, tu as dit que tu avais un rendez-vous.

– Oui.

– Avec qui ?

– Tu verras. (A la réception il demanda à l'employé cinghalais :) Kuttan travaille-t-il toujours ici ?

– Mais bien sûr, monsieur. Il s'occupe du restaurant.

– J'aimerais lui dire un mot. Ça ne prendra qu'un instant.

– Qui dois-je lui annoncer ?

– Le capitaine Callender. Un ami du colonel Cameron. Des Gordon Highlanders.

– Très bien. Si vous voulez bien attendre sur la terrasse ? (Il la leur indiqua d'une main brune et frêle.) Souhaitez-vous des rafraîchissements ? Du café glacé ou quelque chose au bar ?

Gus se tourna vers Judith.

– Qu'est-ce que tu veux ?

– Une citronnade.

– Une citronnade pour cette dame et une bière pour moi.

– Très bien, monsieur.

Ils traversèrent le hall de marbre luisant et sortirent sur la terrasse. Gus, qui la précédait, choisit une table et disposa des fauteuils de rotin. Judith se demandait si cette froideur, ce détachement, cette autorité innée pourraient jamais être pris en défaut. Non seulement il avait survécu au chemin de fer de Birmanie, mais il avait survécu avec classe, semblait-il. Sur lui, les lambeaux de son uniforme ne paraissaient ni ridicules ni bizarres, tout simplement parce qu'il les portait avec orgueil. Mais il y avait autre chose. Une force intérieure aussi palpable qu'impressionnante. C'était un peu déconcertant. Tôt ou tard, elle devrait lui parler de Loveday. Autrefois on coupait la tête des porteurs de mauvaises nouvelles. Elle résolut de ne rien dire tant qu'il ne lui poserait pas de questions.

On leur apporta à boire. Sous la surveillance de leur amah, des enfants nageaient dans la piscine. Le vent agitait les feuilles des palmiers et, au fond du jardin, par-delà la balustrade, on apercevait la mer.

– Rien n'a changé, dit Gus.

– Tu es venu ici ?

– Oui, en allant à Singapour. Je suis arrivé sur un transport de troupes, via Le Cap, avec des gars de mon régiment. Nous avons fait une escale de quatre jours, puis nous avons pris un autre bateau. C'était une époque particulièrement frivole. Fêtes et jolies filles. Une belle époque, dit-il.

– Capitaine Callender.

Ils ne l'avaient pas entendu venir, mais il était là. Gus se leva.

– Kuttan.

Il était rayonnant dans sa tunique blanche avec les épaulettes de soie rouge indiquant sa fonction. Ses cheveux étaient bien coiffés, sa moustache impeccablement taillée. Il portait un plateau d'argent dans la main gauche, sur lequel il y avait une bouteille de whisky Black & White.

– Quand on m'a annoncé que vous étiez ici, sain et sauf, je n'en ai pas cru mes oreilles.

– C'est bon de te voir, Kuttan.

– Vous aussi. Dieu est très bon. Vous êtes arrivé par le bateau de Rangoon ?

– Oui. Nous repartons cet après-midi.

– Je regarderai votre bateau partir. Quand la nuit tombera, tout sera éclairé. Très joli. Je vous regarderai rentrer chez vous.

– Je penserai à toi, Kuttan.

– Voilà la bouteille de Black & White que le colonel Cameron m'avait demandé de lui garder. Je l'ai conservée sous clé pendant tout ce temps. (Il jeta un regard circulaire.) Le colonel Cameron n'est pas avec vous ?

– Il est mort, Kuttan.

Le vieil homme le fixa de ses yeux sombres et tristes.

– Oh ! Capitaine Callender, c'est une très mauvaise nouvelle.

– Je ne voulais pas quitter Colombo sans te prévenir.

– Je n'ai jamais oublié votre séjour ici. Ni le colonel Cameron. Un vrai gentleman, ajouta-t-il en regardant la bouteille de whisky. J'étais persuadé qu'il reviendrait la chercher, comme il l'avait promis. Il l'avait payée, le dernier soir. « Kuttan, a-t-il dit, garde-la-moi. Nous referons la fête en revenant. » Et il n'est pas revenu.

Il posa la bouteille sur la table.

– Vous devez la prendre.

– Je ne suis pas venu pour le whisky, Kuttan, mais pour te voir.

– Je vous en remercie. Viendrez-vous déjeuner au restaurant ?

– Je ne crois pas. Je n'ai pas le temps de déguster ta délicieuse cuisine, ni, je le crains, pas non plus l'estomac pour cela.

– Vous avez été malade ?

– Je vais bien, maintenant. Kuttan, tu es très occupé, je ne voudrais pas te détourner de tes devoirs. (Il lui tendit la main.) Au revoir, vieil ami.

Ils se serrèrent la main. Puis Kuttan recula, serra ses paumes l'une contre l'autre et le salua avec respect et affection.

– Prenez grand soin de vous, capitaine Callender.

Quand il fut parti, Gus se rassit et regarda la bouteille de whisky.

– Il va falloir que je trouve un sac ou un panier pour l'y mettre, dit-il. Je n'ai aucune envie de monter à bord de l'*Orion* sous les regards envieux de tous ces Écossais.

– Nous en trouverons un, lui promit Judith. Tu pourras la rapporter en Écosse.

– C'est comme d'apporter de la glace au pôle.

– Que vas-tu faire, une fois rentré chez toi ?

– Je ne sais pas trop. Me présenter au rapport au quartier général d'Aberdeen, je suppose. Bilan de santé. Permission.

– Tu as été très malade ?

– Pas plus que les autres. Le béri-béri. La dysenterie. Des plaies et des furoncles. La pleurésie, la malaria, le choléra. On a compté environ seize mille morts du côté britannique. Nous avons dû laisser à bord trois fois plus d'hommes qu'il n'en est descendu à terre aujourd'hui.

– Tu n'as pas envie d'en parler ?

– De quoi ?

– De Singapour, de la manière dont tout a commencé. J'ai reçu une dernière lettre de ma mère... mais elle ne me disait pas grand-chose, si ce n'est que c'était le chaos, la confusion la plus totale.

– C'était tout à fait ça. Le lendemain de Pearl Harbor, les Japonais ont envahi la Malaisie. Les Gordon étaient chargés de la défense côtière mais, début janvier, on nous a expédiés à l'intérieur du pays rejoindre une brigade australienne. Nous n'avions pas la moindre chance de tenir et, fin janvier, nous avons battu en retraite sur l'île de Singapour. Sans appui aérien, notre campagne était vouée à l'échec. Or nous ne disposions que d'environ cent cinquante appareils, une grande partie de la RAF se battant en Afrique du Nord. Et puis il y avait des réfugiés. L'île en était pleine. On nous a laissés en arrière-garde au nord de la ville. Nous avons tenu nos positions pendant trois ou quatre jours. On se battait au fusil et à la baïonnette, car nous avons été à court d'artillerie en un rien de temps. On parlait périodiquement de s'échapper, de sortir de là, de fuir vers Java ou ailleurs, mais ce n'étaient que des rumeurs. Une semaine après leur entrée dans Singapour, les Japonais ont atteint les réservoirs qui alimentaient l'île en eau potable. Il y avait au moins un million d'habitants dans la ville, et les Japs ont fermé les robinets. Et voilà. La capitulation.

– Ensuite, que vous est-il arrivé ?

– On nous a mis à Changi. Ce n'était pas trop mal, les gardiens étaient relativement raisonnables. On m'a collé dans une équipe de travail et envoyé réparer les dégâts causés par les bombardements dans les rues. J'ai vite appris à piquer dans les réserves pour avoir des rations supplémentaires. J'ai même vendu ma montre contre des

dollars de Singapour, dont je me suis servi pour acheter
l'un des gardes, qui devait poster une lettre à mes
parents. Je ne sais pas s'il l'a fait ou s'il s'est fait prendre.
Je n'en saurai jamais rien, j'imagine. Enfin, il m'a tout de
même apporté des crayons et un carnet de croquis, que
j'ai réussi à remplir et à cacher pendant trois ans et demi.
Une sorte de mémoire. Mais pas à mettre entre toutes les
mains.

— Tu l'as encore ?

— A bord, fit Gus en hochant la tête. Avec ma brosse à
dents neuve, mon savon neuf et une dernière lettre de
Fergie Cameron, que je dois porter à sa veuve.

— Que s'est-il passé ensuite, Gus ?

— Eh bien, nous sommes restés à Changi pendant six
mois environ, puis le bruit a couru que les Japonais nous
avaient construit des camps sur mesure au Siam. Et nous
nous sommes retrouvés dans des camions à bétail, nous
avons roulé vers Bangkok pendant quatre jours et quatre
nuits. Nous étions trente par camion. Il n'y avait pas la
place de s'allonger. C'était épouvantable. Nous avions
chacun un bol de riz et un bol d'eau par jour. Quand nous
sommes finalement arrivés en Birmanie, bon nombre
d'entre nous étaient vraiment malades, certains étaient
morts. A Bangkok, nous nous sommes écroulés en descendant des camions à bestiaux, affaiblis mais soulagés
que cette épreuve soit terminée. Nous ignorions que ça
ne faisait que commencer.

Les enfants avaient cessé de nager, emmenés à l'intérieur par leur amah. C'était l'heure du déjeuner. La piscine était tranquille. Gus prit son verre et avala le reste
de sa bière.

— Voilà, dit-il. C'est tout. Point final. (Il esquissa un
pauvre sourire.) Merci de m'avoir écouté.

— Merci de m'avoir raconté.

— Pour moi, ça suffit. Je veux que tu me parles de toi.

— Oh, Gus, c'est très banal en comparaison.

— Je t'en prie. Quand t'es-tu engagée dans le corps des
auxiliaires féminines de la Marine ?

— Le lendemain du jour où Edward a été tué.

— Quelle tristesse ! J'ai écrit aux Carey-Lewis. A ce
moment-là, je me trouvais à Aberdeen, après Saint-
Valery. Je désirais tellement leur rendre visite, mais je
n'en ai pas eu le temps avant de partir pour Le Cap, fit-il,
fronçant les sourcils à ce souvenir. Tu as acheté la maison
de Mrs. Boscawen, n'est-ce pas ?

– Oui. Après sa mort. C'est merveilleux. J'ai toujours adoré cette maison. J'ai enfin un chez-moi. Biddy, la femme de Bob Somerville, est venue y vivre avec moi. Et Phyllis, qui travaillait chez ma mère. Et sa petite fille, Anna. Elles y sont encore.

– C'est là que tu retourneras ?

– Oui.

Elle attendit. Il en parla.

– Et Nancherrow ?

– Égal à lui-même. Si ce n'est que Nettlebed n'est plus seulement majordome, mais jardinier. Il brosse toujours les costumes de tweed du colonel, mais les haricots à rames l'intéressent bien davantage.

– Et Diana ? Et le colonel ?

– Fidèles à eux-mêmes.

– Athena ?

– Rupert a été blessé en Allemagne. Il a été démobilisé pour invalidité. Ils habitent dans le Gloucestershire, à présent.

Elle attendit.

– Et Loveday ?

Il la regardait.

– Loveday est mariée, Gus.

– Mariée ? (Son visage refléta la plus totale incrédulité.) Loveday ? Mariée ? Qui a-t-elle épousé ?

– Walter Mudge.

– Le palefrenier ?

– C'est ça.

– Quand ?

– L'été 1942.

– Mais... *pourquoi* ?

– Elle te croyait mort. Elle était absolument convaincue que tu avais été tué. Elle n'avait reçu de toi aucune nouvelle. Rien que le silence. Elle a renoncé.

– Je ne comprends pas, dit-il.

– Je ne sais pas si je peux t'expliquer. Mais au moment de Saint-Valery, elle a eu une sorte de prémonition, elle a senti que tu étais vivant. Et tu l'étais. Tu es revenu. Tu n'avais pas été tué et tu n'avais pas non plus été fait prisonnier. Et elle... elle a cru qu'il y avait entre vous deux une espèce de relation télépathique. Après Singapour, elle a de nouveau essayé. Elle a pensé très, très fort à toi, attendu un signe ou un message. Et rien n'est venu.

– Je ne pouvais pas vraiment décrocher mon téléphone.

– Gus, il faut que tu essaies de comprendre. Tu connais Loveday. Quand elle a une idée en tête, impossible de l'en faire démordre. Bizarrement, elle a nous a tous convaincus. Du moins a-t-elle convaincu Diana et le colonel, précisa-t-elle.

– Mais pas toi ?

– J'étais dans la même situation. J'avais ma famille à Singapour, et pas de nouvelles. Mais j'ai continué d'espérer parce qu'il ne me restait que l'espoir. J'ai continué d'espérer pour *toi* jusqu'au jour de son mariage. Ensuite, ça ne servait plus à rien.

– Est-elle heureuse ?

– Pardon ?

– J'ai demandé : est-elle heureuse ?

– Je crois, bien que je ne l'aie pas vue depuis fort longtemps. Elle a eu un bébé, Nathaniel. Il aura trois ans en novembre. Elle habite dans la petite ferme de Lidgey. Gus, je suis désolée. Je redoutais d'avoir à te l'apprendre. Mais c'est comme ça. C'est la réalité. Il est inutile de te mentir.

– Je pensais qu'elle m'aurait attendu, dit-il.

– Il ne faut pas lui en vouloir.

– Je ne lui en veux pas.

Mais il eut soudain l'air désespérément las. Il se passa la main sur le front. Elle l'imagina rentrant en Écosse, où rien ni personne ne l'attendait. Sans parents ni famille. Sans Loveday.

– Nous ne devons pas nous perdre de vue, Gus, dit-elle. Quoi qu'il arrive. Je vais te donner mon adresse et tu dois me donner la tienne pour que je puisse t'écrire. (Elle réalisa tout à coup qu'aucun d'eux n'avait de quoi écrire.) Je vais chercher du papier et un crayon quelque part, dit-elle en se levant. Et dénicher quelque chose pour cacher ta bouteille de whisky. Attends ici, j'en ai pour deux secondes.

Elle le laissa seul. Rentra dans l'hôtel, paya la note au bar, où on lui donna un gros sac de papier kraft pour dissimuler la bouteille de Black & White. Puis elle se dirigea vers le salon, prit quelques feuilles de papier à lettres à en-tête et un crayon sur un bureau. Quand elle revint vers Gus, il n'avait pas bougé. Il était assis comme elle l'avait laissé, les yeux rivés sur la ligne indéfinie qui séparait deux bleus différents à l'horizon.

– Voilà, dit-elle en lui tendant une feuille et le crayon. Donne-moi ton adresse. L'endroit où je peux te joindre.

Il s'exécuta, et elle fit de même.

– Si j'écris, tu me promets de me répondre, Gus ?

– Bien sûr.

– Il ne nous reste plus grand-chose, ni à l'un ni à l'autre, n'est-ce pas ? Il faut nous soutenir mutuellement. C'est important.

– Oui. Important. Judith... Je crois que nous devrions y aller maintenant. Il ne faut pas que je sois en retard pour embarquer. Que je rate le bateau.

– Je t'accompagne.

– Non. Je préfère y aller seul.

– Nous trouverons un taxi. Tiens...

– Qu'est-ce que c'est ?

– De l'argent pour la course.

– J'ai l'impression d'être un homme entretenu.

– Non, pas entretenu. Juste très spécial.

Il ramassa son paquet et ils retraversèrent le hall. Le portier appela un taxi et ouvrit la portière pour Gus.

– Au revoir, Judith, dit-il d'une voix un peu rauque.

– Je te promets que j'écrirai. Je te préviendrai quand je serai rentrée en Angleterre.

– Encore une chose, dit-il après avoir hoché la tête. Leur parleras-tu de cette journée, là-bas à Nancherrow ?

– Évidemment.

– Dis-leur que je vais bien.

– Oh, Gus.

Elle se hissa sur la pointe des pieds et l'embrassa sur les deux joues. Il monta en voiture, la portière se referma et le taxi s'éloigna. Judith sourit en agitant la main, mais dès que la voiture eut disparu son courageux sourire s'effaça.

Donne-moi de tes nouvelles, lui dit-elle en silence. *Il ne faut pas que tu disparaisses à nouveau.*

– Puis-je vous appeler un taxi ?

En se retournant elle aperçut le portier, attentif et resplendissant dans son uniforme vert bouteille. Pendant un instant, elle se demanda ce que l'on attendait d'elle, où elle devait se trouver. Inutile de retourner au Fort. Elle rentrerait à la maison, prendrait une douche, s'écroulerait sur son lit.

– Oui, un autre taxi. Merci.

De nouveau Galle Road, mais dans l'autre sens, plus confortablement, sans être bringuebalée dans un trois tonnes.

Leur parleras-tu de cette journée, là-bas à Nancher-
row ?

Elle songea à Walter Mudge, à Nathaniel et à Loveday. A ce mariage qui n'aurait jamais dû avoir lieu. A
l'enfant qui n'aurait jamais dû être conçu, jamais dû
naître. Loveday était son amie la plus intime. Y avait-il
au monde quelqu'un de plus charmant, de plus agaçant ?
Tandis qu'elle observait par la fenêtre les trottoirs poussiéreux, les passants, et la grouillante avenue bordée de
palmiers, l'idée du triste retour qui attendait Gus lui fut
presque insupportable. C'était trop injuste. Il ne l'avait
vraiment pas mérité. Le cœur lourd, elle reporta son ressentiment sur Loveday, écuma de rage en silence.

Pourquoi faut-il que tu sois toujours si bornée, si impé-
tueuse ? Pourquoi ne m'as-tu pas écoutée quand nous
étions à Londres ?

J'étais déjà enceinte. Loveday hurlait, comme si Judith
était une pauvre imbécile.

Tu as tout fichu en l'air. Gus est vivant et de retour. Il
n'a plus de famille, ses vieux parents sont morts. Il
devrait retourner à Nancherrow, et te retrouver, toi qui
aurais dû l'attendre. Tout aurait été si parfait. Au lieu de
quoi il retourne en Écosse, dans une maison vide, sans
famille ni amour.

Qu'est-ce qui l'empêche de revenir à Nancherrow ?
C'était l'ami d'Edward. Maman et Pops le trouvaient très
bien. Rien ne l'en empêche.

Comment peut-il venir à Nancherrow, puisque tu as
épousé Walter ? Il t'aimait. Il a passé tout ce temps à
construire ce sale chemin de fer en Birmanie en se disant
que tu l'attendais. Comment peut-il venir à Nancher-
row ?

Il aurait dû me prévenir qu'il était en vie.

Comment ? Comme il l'a si bien dit lui-même, il pouvait difficilement te passer un coup de fil. Il n'a pu
envoyer qu'une seule lettre, à ses parents, et il n'est
même pas certain qu'ils l'aient reçue. Pourquoi as-tu
cessé d'espérer ? Pourquoi ne l'as-tu pas attendu ? Pourquoi ?

Le taxi ralentissait pour se garer sur le bas-côté. Elle
aperçut le portail qu'elle connaissait bien, la sentinelle.
Elle était chez elle. Elle sortit du taxi, régla le chauffeur
et rentra.

Et puis, en ce jour extraordinaire, il se produisit un
dernier événement qui allait chasser de l'esprit de Judith

toute autre préoccupation. Les portes du bungalow étaient ouvertes et, tandis qu'elle remontait l'allée à grands pas, Bob descendit les marches en courant et s'avança à sa rencontre sur le gravier bien ratissé.

– Où étais-tu passée ?

Jamais il ne s'était mis en colère contre elle mais, cette fois, il semblait complètement affolé.

– Je t'attends depuis midi. Pourquoi n'es-tu pas rentrée ? Qu'est-ce que tu faisais ?

– Je... Je...

Complètement décontenancée par cette explosion de colère, elle ne trouvait pas les mots pour s'expliquer.

– ... J'ai rencontré quelqu'un. Je suis allée au *Galle Face*. Excuse-moi...

– Ne t'excuse pas.

Il n'était pas fâché, juste inquiet. Il posa les mains sur ses épaules et la tint, comme si elle pouvait s'effondrer à tout moment.

– Écoute. Ce matin, j'ai reçu un coup de téléphone de ton supérieur de Trincomalee... Ils ont reçu un message de Portsmouth, du HMS *Excellent*... Jess a survécu à Java. Djakarta... Le *Rajah of Sarawak*... Un canot de sauvetage... Une jeune infirmière australienne... camp d'internement...

Elle observa son rude visage, ses yeux brillants d'excitation, sa bouche qui s'ouvrait et se refermait pour prononcer des mots qu'elle comprenait à peine.

– Demain, ou après-demain... la RAF... De Djakarta à Ratmalana... Elle sera ici.

Elle finit par comprendre. Il était en train de lui dire que Jess était vivante. La petite Jess. Pas noyée. Ni tuée dans l'explosion. Sauvée.

– La Croix-Rouge nous préviendra de son arrivée... Nous irons ensemble la chercher à l'aéroport...

– Jess ?

Il lui fallut produire un immense effort simplement pour prononcer son nom.

Brusquement, Bob la prit dans ses bras et la serra à lui briser les côtes.

– Oui, Jess. (Il eut alors dans la voix un sanglot qu'il ne tenta pas de dissimuler.) Elle te revient !

– Sacrée journée pour vous !

– Oui.

– Votre sœur, a dit le colonel.

– Oui.

– Quel âge a-t-elle ?

– Quatorze ans.

Il était cinq heures de l'après-midi. Judith et Bob, qui étaient venus en grande pompe dans la voiture de fonction, s'étaient présentés à la base de la RAF de Ratmalana à quatre heures et quart. Le commandant de la base les avait accueillis et conduits jusqu'au mess, où on leur avait offert une tasse de thé en attendant que la tour de contrôle annonce l'atterrissage de l'avion de Djakarta.

– Pensez-vous que vous la reconnaîtrez ?

– Oui, je crois.

Ils allèrent du mess à la tour de contrôle en traversant le terrain de manœuvres poussiéreux. Bob Somerville et le colonel marchaient devant, tous deux en uniforme, parlant métier. Un officier d'un grade inférieur (secrétaire ? aide de camp ? ordonnance ?) avait emboîté le pas à Judith et lui faisait la conversation. Il arborait une énorme moustache de pilote de chasse et portait sa vieille casquette inclinée sur l'oreille. Il devait avoir la réputation d'un homme à femmes. Quoi qu'il en soit, il se réjouissait manifestement de la présence d'une femme jeune et point laide, qui plus est vêtue d'une robe charmante. Cela le changeait de l'uniforme kaki des auxiliaires féminines de l'armée de l'air.

– Resterez-vous longtemps à Colombo ?

– Je n'en sais vraiment rien.

Derrière un calme de façade, elle tremblait de nervosité. Et si l'avion n'arrivait pas ? Et si, à l'atterrissage, Jess n'était pas à bord ? Et s'il s'était produit une catastrophe, ou une explosion qui aurait fait tomber l'avion et tué tous ses passagers ?

– Vous travaillez pour l'amiral ?

– Non, j'habite simplement chez lui.

– Formidable.

Il faisait de son mieux, mais elle n'avait pas envie de parler.

Devant la tour de contrôle, ils retrouvèrent les autres ainsi que les employés de l'aéroport, en tenue de travail crasseuse, chargés de la maintenance et des camions à essence. Au bout de la piste Judith aperçut des hangars et des appareils bien rangés, des Tornados et des Hurricanes. La piste était dégagée. Le vent gonflait les manches à air.

Pendant quelque temps, tous restèrent silencieux. Ce fut un instant d'attente intense. Puis le capitaine rompit le silence. « Il arrive. » Les hommes de l'aéroport se dirigèrent vers les camions. Une ordonnance en veste rouge apparut en bout de piste. Se protégeant de la main, Judith leva les yeux vers le ciel, mais ne vit que l'éclat éblouissant du soleil couchant. Tendant l'oreille, elle n'entendit que le silence. Elle se demanda si le capitaine était doté de pouvoirs paranormaux. Peut-être avait-il une moustache aussi sensible que celle d'un chat, peut-être était-il capable de...

Puis elle aperçut l'avion, jouet d'argent suspendu dans la lumière. Elle perçut le grondement des moteurs, tandis qu'il descendait petit à petit vers la piste, les roues sorties pour l'atterrissage. Il toucha le sol dans un bruit de tonnerre, les roues caressèrent la piste, et Judith leva instinctivement la main pour se protéger le visage des nuages de poussière étouffants.

Quand la poussière fut retombée, on attendit encore cinq minutes que le Dakota revienne lentement de l'extrémité de la piste et s'arrête enfin dans l'alignement de la tour de contrôle. Les hélices s'immobilisèrent. Les lourdes portes s'ouvrirent de l'intérieur et on approcha une passerelle. Les passagers descendirent un à un et s'avancèrent sur le tarmac. Un chef d'escadrille de la RAF, quelques pilotes américains, trois Tamouls bien habillés, une mallette à la main. Deux soldats, dont un avec des béquilles.

Enfin, alors que Judith était sur le point de perdre espoir, elle parut, descendant péniblement les marches. Maigre et bronzée comme un garçon, vêtue d'un short et d'une chemise d'un vert décoloré, les cheveux éclaircis par le soleil et coupés ras. De méchantes sandales de cuir qui paraissaient deux pointures trop grandes. Un petit sac à dos de toile pendant d'une épaule osseuse.

Elle s'arrêta un instant, visiblement perdue, anxieuse. Puis, courageusement, elle suivit les autres, se penchant sous l'aile de l'avion. Elle était là.

Jess. A ce moment-là, elles étaient seules au monde. Judith vint à sa rencontre, cherchant dans ce petit visage froid, décharné, la trace de l'enfant potelée, de la délicieuse petite fille de quatre ans à qui elle avait dit au revoir des années auparavant. Quand Jess la vit, elle s'arrêta net, mais Judith poursuivit son chemin. Jess ne la quittait pas des yeux, des yeux plus bleus et plus clairs que jamais.

– Jess.

– Judith ?

Elle avait pris un ton interrogateur, ne pouvant en être sûre.

– Oui.

– Je ne pensais pas te reconnaître.

– Je savais que je te reconnaîtrais.

Elle lui tendit les bras. Jess hésita un instant, puis s'y jeta et se laissa étreindre. Elle lui arrivait à présent au menton, et Judith eut l'impression de tenir quelque chose de très fragile, un oiseau affamé, ou une brindille. Elle enfouit son visage dans les cheveux en bataille de Jess, qui sentaient le désinfectant, et ses bras maigres lui enserrèrent la taille.

Quand elles rejoignirent les trois hommes qui les attendaient patiemment, ceux-ci les accueillirent avec beaucoup de gentillesse et de tact. On salua Jess avec une grande simplicité, comme si elle faisait tous les jours le long trajet depuis Djakarta. Bob n'essaya pas de l'embrasser, se contentant de lui ébouriffer doucement les cheveux. Jess ne dit pas grand-chose et ne sourit pas. Mais elle avait l'air d'aller bien.

Le colonel les raccompagna jusqu'à la voiture qui les attendait à l'ombre d'un dais de palme. Bob se tourna vers l'officier.

– Je ne vous remercierai jamais assez.

– De rien, amiral. Nous n'oublierons pas cette journée.

Il ne s'en alla pas tout de suite, mais attendit leur départ en saluant dignement, tandis que la voiture s'éloignait.

– Maintenant, fit Bob en s'installant confortablement et en souriant à sa petite nièce, Jess, tu es vraiment arrivée.

Elle était assise entre eux, à l'arrière de l'immense véhicule. Judith ne pouvait détacher les yeux de sa sœur. Elle avait envie de la toucher, de lui caresser les cheveux. Jess semblait en bonne santé. Elle avait trois vilaines cicatrices violacées à la jambe droite, de la taille d'une pièce de monnaie, et l'on devinait ses côtes sous le fin coton de sa chemise usée jusqu'à la trame. Ses cheveux semblaient avoir été taillés avec un couteau à découper. Elle était belle.

– Quand tu as vu oncle Bob, l'as-tu reconnu? demanda Judith.

– Non, fit Jess en hochant la tête.

Bob éclata de rire.

– Comment l'aurais-tu pu, Jess? Tu n'avais que quatre ans. Et nous sommes restés ensemble si peu de temps. A Plymouth. Et c'était Noël.

– Je me souviens de ce Noël, mais pas de toi. Je me rappelle l'arbre argenté et quelqu'un qui s'appelait Hobbs. Il me faisait du pain perdu.

– Tu veux que je te dise une chose, Jess? Tu parles comme une petite Australienne. Ça me plaît. Ça me rappelle de bons copains, des camarades de navigation d'autrefois.

– Ruth était australienne.

– C'est la fille qui s'est occupée de toi? demanda Judith.

– Oui. Elle était très gentille. Dans mon sac, j'ai une lettre d'elle pour toi. Elle l'a écrite hier. La veux-tu maintenant?

– Non. Attends que nous soyons rentrés. Je la lirai à ce moment-là.

Ils avaient laissé Ratmalana derrière eux et roulaient vers le nord, sur la grand-route qui menait à la ville. Les yeux écarquillés, Jess regardait par la fenêtre avec intérêt.

– Ça ressemble un peu à ce qu'était Singapour.

– Je ne sais pas. Je n'y suis jamais allée.

– Où allons-nous exactement?

– Chez moi, lui dit Bob. Judith habite chez moi.

– C'est une grande maison?

– Assez grande.

– C'est là que j'habiterai?

– Bien sûr.

– Aurai-je ma chambre?

– Si c'est ce que tu désires.

Jess ne répondit pas.

– Il y a deux lits dans la mienne, intervint Judith. Tu peux dormir avec moi, si tu préfères.

Mais Jess ne voulait pas s'engager.

– Je vais y réfléchir. Puis-je changer de place avec toi, pour voir par la fenêtre?

Ensuite elle ne dit plus rien, tournant le dos à Bob et à Judith, observant avec attention le paysage qui défilait. D'abord la campagne, les petites fermes, les chars à bœufs et les puits, ensuite les premières maisons, les échoppes en bord de route et les postes à essence délabrés. Ils s'engagèrent enfin dans la grande artère de Galle Road et ce ne fut que lorsque la voiture ralentit et passa le portail qu'elle ouvrit de nouveau la bouche.

– Il y a un gardien au portail, fit-elle, apparemment inquiète.

– Oui. Une sentinelle, dit Bob. Elle n'est pas là pour nous empêcher de sortir, juste pour empêcher les indésirables d'entrer.

– Est-ce ta sentinelle ?

– Tout à fait. J'ai aussi un jardinier, un cuisinier et un majordome. Ils sont tous à mon service. Le jardinier a rempli la maison de fleurs pour toi, le cuisinier a fait spécialement un gâteau au citron pour le dîner et le majordome, qui s'appelle Thomas, a hâte de faire ta connaissance...

La voiture se gara et s'arrêta.

– En fait, il est déjà là pour t'accueillir.

Ce fut un accueil grandiose. Thomas descendait déjà l'escalier pour lui ouvrir la portière, les cheveux fraîchement huilés, une fleur d'hibiscus à l'oreille, rayonnant de joie, souriant de tout l'éclat de ses dents en or. Il aida Jess à sortir en lui caressant la tête de sa grande main brune. Il prit son sac à dos, la mena à l'intérieur, entourant ses frêles épaules de son bras, comme si elle était son enfant perdue et lui un père aimant.

– Vous avez fait bon voyage ? En avion ? Vous avez faim, n'est-ce pas ? Soif ? Désirez-vous un rafraîchissement ?

Mais Jess, quelque peu dépassée par les événements, dit que ce qu'elle voulait vraiment, c'était aller aux toilettes. Judith s'approcha, saisit le sac à dos et la guida dans le couloir qui menait au sanctuaire paisible et frais de sa chambre.

– Il ne faut pas en vouloir à Thomas.

– Je ne lui en veux pas.

– Il est dans un tel état depuis qu'il a appris que tu allais venir. La salle de bains est là...

Jess resta dans l'embrasure de la porte à contempler le marbre luisant, les robinets polis et l'étincelante porcelaine blanche.

– C'est tout pour toi ? demanda-t-elle.

– Pour toi et moi.

– Il n'y avait que deux salles de bains pour tout le camp d'Asulu. Ça puait. Ruth les nettoyait.

– Ça ne devait pas être très agréable.

Ce qui n'était pas très malin, mais c'était tout ce qu'elle avait trouvé à dire.

– Non, en effet.

– Pourquoi ne vas-tu pas faire pipi ? Ça ira mieux après.

Ce que fit Jess, sans prendre la peine de fermer la porte. Puis Judith entendit le robinet couler et Jess se laver les mains et le visage.

– Je ne sais pas quelle serviette prendre.

– N'importe laquelle. Ça n'a pas d'importance.

Elle s'assit devant sa coiffeuse et, ne sachant que faire, se coiffa. Jess revint et se percha au pied de l'un des lits. Leurs regards se croisèrent dans le miroir.

– Ça va mieux ?

– Oui. Merci.

– As-tu pris une décision ? Est-ce que tu veux dormir ici avec moi ?

– D'accord.

– Je vais prévenir Thomas.

– Je pensais que tu ressemblerais à maman, mais non.

– Je suis désolée.

– Non. Tu es différente, c'est tout. Tu es plus jolie. Elle ne portait jamais de rouge à lèvres. Quand je suis descendue de l'avion, je me disais que tu ne viendrais peut-être pas me chercher. Ruth m'a dit que, si tu n'étais pas là, je devais rester dans la base de la RAF jusqu'à ton arrivée.

Judith posa son peigne et se tourna vers Jess.

– Tu veux que je t'avoue une chose ? J'étais dans le même état. Je me répétais sans cesse que tu ne serais pas dans cet avion. Et puis quand je t'ai vue... ç'a été un tel soulagement.

– Oui. (Jess bâilla.) Tu vis ici, chez oncle Bob ?

– Non. Juste pour l'instant. Je travaille à Trincomalee. C'est une base de la Marine sur la côte est de Ceylan.

– Les gens de la Croix-Rouge n'avaient trouvé personne pour moi. Nous avons dû rester au camp jusqu'à ce qu'ils te trouvent.

– J'ai du mal à imaginer comment ils se débrouillent

pour régler ce genre de problème. C'est comme chercher une aiguille dans une meule de foin. Voilà ce qui s'est passé : j'ai fini par apprendre que papa et maman étaient morts. Et même toi, d'ailleurs. On m'a donné une permission pour convenances personnelles, comme ils disent, et Bob m'a invitée ici.

– J'ai toujours su que maman était morte. Depuis le naufrage. Mais on vient de me prévenir pour papa. Ils avaient reçu un message de la Croix-Rouge de Singapour. Il est mort en prison. A Changi.

– Oui, je sais. J'ai encore du mal à l'accepter. J'essaie de ne pas trop y penser.

– Des femmes sont mortes à Asulu, mais elles avaient toujours des amies.

– Je crois que papa, lui aussi, avait des amis auprès de lui.

– Oui, dit-elle en regardant Judith. Nous allons rester ensemble ? Toi et moi ?

– Oui. Ensemble. Fini la séparation.

– Où irons-nous ? Où vivrons-nous ?

– En Cornouailles. Dans ma maison.

– Quand ?

– Je ne sais pas, Jess. Je ne le sais pas encore. Mais nous trouverons un arrangement. Oncle Bob nous y aidera. Maintenant, poursuivit-elle en consultant sa montre, il est six heures et demie. C'est l'heure où, d'habitude, nous prenons une douche et nous nous changeons. Ensuite nous nous retrouvons sur la véranda. Nous prenons un verre. Puis le dîner. Ce soir, nous dînerons tôt à cause de toi. Nous avons pensé que tu serais peut-être un peu fatiguée, que tu aurais besoin de sommeil.

– Au dîner, il n'y aura qu'oncle Bob, toi et moi ?

– Non. David Beatty sera là également. Il partage cette maison avec oncle Bob. C'est un homme très sympathique.

– A Singapour, maman s'habillait toujours pour le dîner.

– Nous nous changeons aussi, en général. Pas pour être élégants, mais pour être à l'aise, frais.

– Je n'ai que ces vêtements.

– Je t'en prêterai. Ça devrait t'aller, tu es presque aussi grande que moi, à présent. Un autre short et peut-être une jolie chemise. J'ai aussi des sandales rouge et or que tu peux prendre.

Jess tendit ses jambes et regarda ses pieds avec dégoût.

– Ils sont horribles. Je n'ai pas porté de chaussures depuis une éternité. C'est tout ce que j'ai pu trouver.

– Demain nous emprunterons la voiture de Bob et nous irons faire des courses. Nous t'achèterons une nouvelle garde-robe, et des vêtements chauds pour le retour en Angleterre. Un pull-over. Et un imperméable. De bonnes chaussures et des chaussettes chaudes.

– Peut-on acheter ce genre de vêtements à Colombo ?

– Dans la montagne, il fait froid et humide. C'est là qu'on cultive le thé. Maintenant, que veux-tu faire ? Prendre une douche ?

– J'aimerais faire le tour du jardin.

– Pourquoi ne pas d'abord prendre une douche, te changer ? Ensuite tu auras l'impression d'avoir fait peau neuve. Il y a tout ce dont tu as besoin dans la salle de bains et, quand tu auras fini, tu te choisiras une tenue, puis nous irons chercher Bob et explorer le jardin avant qu'il ne fasse nuit.

– J'ai une brosse à dents, dit Jess en tendant la main vers son sac à dos.

Elle défit les attaches et, des profondeurs de son sac, sortit une brosse à dents, un petit savon et un peigne. Puis une chose enveloppée dans un lambeau de tissu délavé qui, quand elle l'eut déplié, ressemblait à une flûte, taillée dans une tige de bambou.

– Qu'est-ce que c'est ?

– C'est un garçon du camp qui me l'a donnée. Il l'a faite lui-même. On peut très bien en jouer. Une fois, nous avons donné un concert. C'est Ruth et l'une des dames hollandaises qui l'ont organisé.

Elle posa la flûte sur le lit et fouilla à nouveau dans son sac à dos.

– Qu'est devenue Golly ?

– Elle a explosé avec le bateau, lui répondit Jess d'un ton neutre.

Elle tira de son sac un paquet de feuillets quadrillés, arrachés d'un bloc-notes, pliés. Elle le lui tendit.

– C'est pour toi. De la part de Ruth.

Judith le prit.

– Ça a l'air d'une lettre très longue. Je la lirai plus tard.

Elle la posa sur la coiffeuse, la cala avec le lourd flacon d'*Heure bleue*.

Puis Judith montra à Jess comment se servir de la douche et l'y laissa. Quand, au bout de quelque temps, elle en émergea, elle était nue, à l'exception de la petite serviette qu'elle avait nouée autour de sa taille. Ses cheveux mouillés étaient tout hérissés, et elle était si maigre qu'on aurait pu compter ses côtes. Mais ses seins commençaient à gonfler, et elle ne sentait plus le désinfectant, mais le savon au géranium rosat.

Elles passèrent un bon moment à choisir des vêtements avant de se décider pour un short de tennis blanc et une chemise de soie chinoise bleue. Quand elle l'eut boutonnée et qu'elle en eut remonté les manches sur ses coudes pointus, Jess prit le peigne pour aplatir ses cheveux humides.

– Tu es parfaite. Tu te sens bien ?

– Oui. J'avais oublié le contact de la soie. Maman portait des robes en soie. Où est oncle Bob ?

– Sur la véranda, j'imagine.

– Je vais le chercher.

– Vas-y.

Il lui parut bon, un bref instant, de se retrouver seule, épuisée qu'elle était par l'émotion. Il était important de rester lucide pour rebâtir de toutes pièces une relation avec Jess. Du côté de Jess, ce n'était pas le souvenir de l'amour passé, mais le soulagement de n'avoir été ni oubliée ni abandonnée qui expliquait l'élan d'affection de leurs retrouvailles à Ratmalana. Dix ans, c'était trop long pour que l'amour perdure, et Jess avait vécu trop de choses. Mais tout irait bien si Judith était patiente, prenait son temps, respectait l'intimité de Jess et la traitait comme si elle était déjà adulte. Elle était de retour, apparemment normale, posée, sans traumatisme. Partir de là.

Elle se leva, se déshabilla, se doucha et enfila un pantalon fin et une chemise sans manches. Elle mit du rouge à lèvres, prit le flacon d'*Heure bleue* et effleura la peau de son cou et le creux derrière ses oreilles avec le bouchon. Puis elle saisit les feuillets de la lettre de l'Australienne.

Djakarta, le 19 septembre 1945

Chère Judith,
Je m'appelle Ruth Mulaney. J'ai vingt-cinq ans. Je suis australienne.

En 1941, j'ai terminé mes études d'infirmière à Sydney et je suis partie pour Singapour chez des amis de mes parents.

Quand les Japonais ont envahi la Malaisie, mon père m'a envoyé un télégramme pour que je rentre. J'ai réussi à avoir un billet pour le *Rajah of Sarawak*. C'était un vieux rafiot, surchargé de réfugiés.

Après avoir navigué six jours dans la mer de Java, nous avons été torpillés vers cinq heures du soir. La mère de Jess était descendue un instant et m'avait demandé de la surveiller.

Le bateau a coulé très vite. Au milieu des cris et de la confusion, j'ai attrapé Jess et un gilet de sauvetage, et nous avons sauté par-dessus bord. J'ai réussi à la retenir, puis un canot de sauvetage est venu, dans lequel nous avons pu monter. Mais nous étions les dernières. Il était déjà trop plein et, quand d'autres ont voulu grimper à bord, nous avons dû les repousser et les frapper avec des rames.

Il n'y avait pas assez de canots, pas assez de gilets de sauvetage. Nous n'avions ni eau ni rations d'urgence, mais j'avais une bouteille d'eau, une autre femme aussi. Il y avait avec nous des Chinois, des Malais et un homme d'équipage, un matelot indien. Quatre enfants et une vieille dame, qui se trouvaient à notre bord, sont morts dans la nuit.

Nous avons dérivé une nuit, une journée et la nuit suivante. Le lendemain matin, nous avons été repérés par un bateau de pêche indonésien, qui nous a remorqués. Ils nous ont emmenés à Java, dans leur village au bord de la mer. Je voulais me rendre à Djakarta pour essayer de prendre un autre bateau pour l'Australie, mais Jess était malade.

Elle s'était coupé la jambe, ça s'infectait, elle avait de la fièvre et elle était dangereusement déshydratée.

Les autres survivants ont poursuivi leur route, mais nous sommes restées dans ce village de pêcheurs. J'ai cru que Jess allait mourir, mais c'est une gamine très solide, et elle s'en est tirée.

Quand elle a été suffisamment remise pour pouvoir partir, les avions japonais ont fait leur apparition dans le ciel. Nous avons finalement réussi à nous faire conduire en char à bœufs sur la route de Djakarta, et nous avons fait la dernière vingtaine de kilomètres à pied. Les Japonais étaient déjà là. Ils nous ont capturées et nous ont expédiées au camp de Bandung, avec bon nombre de femmes et d'enfants hollandais.

Bandung était le premier de quatre camps. Le dernier, Asulu, fut le pire de tous. C'était un camp de travail, où l'on forçait les femmes à travailler dans les rizières et à nettoyer les caniveaux et les latrines. Jess était encore trop jeune pour travailler. Nous avions toujours faim, parfois à la limite du supportable. Comme punition, on nous privait parfois tous de nourriture pendant deux jours.

Nous mangions du riz, du sagou et de la soupe d'épluchures de légumes. Les Indonésiens nous jetaient de temps en temps des fruits par-dessus le grillage, et je parvenais parfois à me procurer un œuf ou un peu de sel. Il y avait deux autres Australiennes, des infirmières. L'une d'elles est morte, l'autre a été abattue.

Jess n'est jamais vraiment retombée malade, mais elle a eu des plaies et des furoncles qui ont laissé des cicatrices.

Nous avons tenté de monter une petite école pour les enfants, mais les gardiens nous ont confisqué tous nos livres.

Nous avons su que la guerre arrivait à son terme. Des femmes courageuses avaient fait entrer en fraude les pièces d'une radio, qu'elles avaient remontée et cachée.

Vers la fin du mois d'août, on nous a annoncé que les Américains avaient bombardé le Japon et que les Forces alliées allaient débarquer à Java. Ensuite le commandant et les gardes ont tous disparu, mais nous sommes restées dans le camp, parce que nous n'avions nulle part où aller.

Un avion américain qui nous a survolés nous a lancé des caisses avec des parachutes, des boîtes de conserve et des cigarettes. Ce fut une bonne journée.

Puis les Anglais sont arrivés, et les maris hollandais qui, eux aussi, étaient sortis vivants de leur camp. Je crois qu'ils ont eu un sacré choc en voyant dans quel état nous étions.

Il y a deux raisons à la lenteur avec laquelle vous avez appris que Jess était vivante.

Tout d'abord, la révolte couve en Indonésie, parce

que les Indonésiens ne veulent pas du retour des colons hollandais. Ce qui a tout ralenti.

En second lieu, Jess était inscrite sur les listes sous mon nom, Jess Mulaney. Nous disions à tout le monde que nous étions sœurs. Je ne voulais pas qu'on nous sépare. Même aux Hollandaises nous n'avons pas révélé que nous n'étions pas sœurs.

Je craignais d'être rapatriée avant elle et de devoir l'abandonner. Je n'ai donc rien dit jusqu'au moment du départ. Alors seulement l'armée a su qu'elle s'appelait Jess Dunbar.

Durant ces trois ans et demi, Jess a été témoin d'événements terribles, d'atrocités et de morts. Il semble qu'elle ait appris à accepter tout cela. Les enfants possèdent apparemment une certaine capacité de détachement. C'est une petite personne formidable, et très courageuse.

Pendant tout le temps que nous avons passé ensemble, nous sommes devenues très proches, et nous tenons beaucoup l'une à l'autre. Elle prend l'avion demain et elle est très malheureuse de me quitter. Elle comprend aussi que nous ne pouvons pas rester ensemble plus longtemps.

Pour faciliter les choses, je lui ai dit que ce n'était pas un adieu définitif, qu'un jour elle viendrait en Australie chez moi, dans ma famille. Nous sommes des gens ordinaires. Mon père est entrepreneur du bâtiment, et nous habitons une petite maison à Turramurra, un faubourg de Sydney.

Si vous lui permettiez de faire le voyage, quand elle sera un peu plus âgée, je vous en serais reconnaissante.

Je rentre chez moi après le départ de Jess, dès que je pourrai obtenir un billet de bateau ou d'avion.

Prenez soin de notre petite sœur,

Amicalement,

Ruth Mulaney.

Elle lut deux fois la lettre, la plia et la glissa dans le premier tiroir de sa coiffeuse. *Prenez soin de notre petite sœur.* Pendant trois ans et demi, Ruth avait assuré la sécurité de Jess. C'était vers Ruth que se portaient son amour et sa fidélité. Et elle avait dû lui dire adieu, l'abandonner.

Il faisait nuit, à présent. Judith se leva et se mit en

quête de Jess. Elle la trouva sur la véranda éclairée, tournant les pages de l'un des énormes albums de photos de Bob. Quand Judith apparut, elle leva les yeux.

– Viens voir. Ils sont si drôles. Maman et papa. Il y a des siècles. Si jeunes.

Judith s'installa à côté de Jess sur les coussins du canapé en rotin et lui entoura les épaules de son bras.

– Où est oncle Bob ?

– Parti se changer. Il m'a donné ça pour que je le regarde. Elles ont été prises au temps où ils vivaient ici, à Colombo. Et là il y en a une de toi avec un affreux chapeau, dit-elle en tournant la page. Et qui sont ces gens ?

– Ce sont nos grands-parents. Le père et la mère de maman.

– Ils ont l'air vieux.

– Ils l'étaient. Et abominablement ennuyeux. Je détestais aller chez eux. Je ne crois pas que tu aimais beaucoup ça non plus, même si tu n'étais qu'un bébé. Et voilà Biddy, la femme d'oncle Bob. La sœur de maman. Elle te plaira. Elle est drôle. Elle nous fait rire tout le temps.

– Et là ?

– C'est Ned, quand il avait à peu près douze ans. Leur fils. Notre cousin. Il a été tué au début de la guerre, lorsque son bateau a été coulé.

Jess ne dit rien. Se contenta de tourner une autre page.

– J'ai lu la lettre, dit Judith. Ruth me semble être quelqu'un de très important.

– Elle l'a été. Et courageuse. Elle n'avait jamais peur de rien.

– Elle dit que, toi aussi, tu étais très courageuse. (Jess haussa les épaules, ostensiblement.) Elle dit que, dans les camps, vous étiez sœurs.

– Nous faisions semblant de l'être. Au début. Et puis c'est devenu réel, en quelque sorte.

– Ça a dû être très dur de la quitter.

– Oui.

– Elle dit que, quand tu seras un peu plus grande, elle veut que tu viennes la voir en Australie.

– Nous en avons parlé.

– A mon avis, c'est une excellente idée.

Jess releva brutalement la tête et, pour la première fois, regarda Judith droit dans les yeux.

– Je *pourrai* ? Je pourrai y aller ?

– Bien sûr. Absolument. Disons, quand tu auras dix-sept ans ? Ce n'est que dans trois ans.

– Trois *ans* ?

– Tu devras aller à l'école, Jess. Quand nous serons rentrées. Tu auras beaucoup de choses à rattraper. Mais tu ne seras pas obligée d'aller en pension. Tu pourras aller à Sainte-Ursule, là où j'étais. Comme demi-pensionnaire.

Mais Jess n'avait pas envie de parler d'école.

– Je pensais que tu allais dire que c'était impossible, fit Jess, qui ne voulait pas changer de sujet. Je croyais que ce serait trop cher. L'Australie, c'est si loin de l'Angleterre...

– Ce ne sera pas trop cher, je te le promets. Quand tu reviendras d'Australie, peut-être pourras-tu ramener Ruth chez nous.

– Vraiment ?

– Vraiment.

– C'est ce que j'aimerais le plus au monde. Si je n'avais qu'un souhait à faire, ce serait celui-là. C'est pour ça que c'était si pénible de se dire adieu, ce matin. Penser que je ne la reverrais jamais, jamais plus. Puis-je lui écrire pour le lui dire ? J'ai son adresse en Australie. Je l'ai apprise par cœur, au cas où je perdrais le papier.

– Tu devrais lui écrire dès demain. Ne pas perdre de temps. Ensuite vous attendrez ce moment avec impatience. Mais... hésita-t-elle, entre-temps, nous devrions nous préoccuper de choses plus immédiates.

– Quoi, par exemple ? fit Jess en fronçant les sourcils.

– Je pense qu'il est grand temps de rentrer à la maison.

Judith faisait les bagages. Cette corvée était d'autant plus compliquée qu'elles étaient deux et qu'il y avait quatre valises. Deux qu'elles utiliseraient pendant le voyage, et deux qui resteraient en soute.

Pour tout ce qui n'était pas indispensable, elle avait pris une grande et solide valise de cuir, ceinte de lanières à boucles. Assez robuste, pouvait-on espérer, pour supporter le maniement des dockers tant de Colombo que de Liverpool, et ne pas éclater s'ils la laissaient tomber. Pour ce dont elle avait besoin pour le voyage, elle utilisa sa propre valise, celle qu'elle avait achetée à Trincomalee. Pour Jess, elle fit l'acquisition d'un gros fourre-tout de cuir marron.

Whiteaway & Laidlaw, encore une fois, avait comblé leurs vœux.

La grande expédition vestimentaire avait duré presque toute la journée et Judith avait dépensé sans compter. Au diable la prudence. Elle savait qu'en Angleterre l'habillement était plus rationné que jamais, et qu'une fois rentrées elles ne pouvaient espérer acheter quoi que ce soit. Sans compter qu'il faudrait sans doute un certain temps pour s'acquitter de toutes les formalités officielles et que, tant qu'elles ne l'auraient pas fait, ni Judith ni Jess n'auraient accès aux tickets de rationnement et aux bons d'essence.

Jess eut donc droit à une garde-robe complète, y compris la lingerie. Des chemises, des pulls, des jupes, des chaussettes de laine, des pyjamas, quatre paires de chaussures, une robe de chambre chaude et un imperméable confortable. Tout était disposé sur son lit en tas bien pliés, destinés à partir dans la soute du transport de troupes. Pour le voyage de retour, elle ne mit de côté que l'essentiel. Le bateau, leur avait-on dit, était rempli jusqu'aux plats-bords de troupes regagnant le pays, et l'espace personnel serait restreint. Donc un short de coton, quelques pulls, un cardigan, une chemise de nuit légère, des chaussures de toile. Et, pour le jour où l'on débarquerait, un pantalon et une veste de daim fauve, souple.

Quatre heures de l'après-midi : la chaleur était si étouffante que Judith avait peine à croire que, dans trois semaines, Jess et elle seraient contentes d'avoir tous ces vêtements épais, lourds et rugueux. Plier un pull en shetland était aussi incongru que tricoter pendant une vague de chaleur. La sueur lui dégoulinait sur la nuque, et l'humidité de l'air lui poissait le front.

– Missy Judith ?

La douce voix de Thomas. Elle se redressa et se retourna, dégageant les cheveux de son visage. Elle avait laissé la porte ouverte pour faire un courant d'air. Thomas attendait là, hésitant à l'interrompre.

– De quoi s'agit-il, Thomas ?

– Un visiteur. Il vous attend. Sur la véranda.

– Qui ?

– Le commandant Halley.

824

– Oh !

Instinctivement, Judith porta la main à sa bouche. Hugo. Elle avait des remords à son égard. Depuis une semaine que Jess était revenue, elle ne l'avait pas vu, ne l'avait pas appelé et, à vrai dire, avait à peine pensé à lui. Ces derniers jours, elle avait eu tant de choses à faire, tant de dispositions à prendre, qu'elle n'avait jamais trouvé le temps de décrocher son téléphone et de composer son numéro. A mesure que les jours passaient, le remords la tourmentait et, ce matin, elle s'était fait une note lapidaire, APPELER HUGO, qu'elle avait glissée dans le cadre de son miroir. Et il était *là*. Il avait pris l'initiative, et elle était honteuse et confuse de son manque de courtoisie.

– Je... j'arrive dans un instant, Thomas. Vous le prévenez ?

– Je vous apporte du thé.

– Ce sera parfait.

Thomas s'inclina et s'éloigna discrètement. Judith, qui ne se sentait pas à son avantage, abandonna ses valises, lava ses mains moites et son visage, et s'efforça d'arranger ses cheveux. Sa robe de coton sans manches n'était pas très nette, mais cela irait. Elle enfila une paire de tongs et s'apprêta à faire amende honorable.

Une épaule appuyée au pilier de la véranda, il lui tournait le dos et contemplait le jardin. Il était en uniforme, mais il avait jeté sa casquette sur un fauteuil.

– Hugo.

Il se retourna.

– Judith.

Son expression ne trahissait ni reproche ni colère, ce qui la soulagea. Comme d'habitude, il avait l'air enchanté de la voir.

– Oh, Hugo, j'ai honte.

– Pourquoi diable ?

– Parce que j'aurais dû te téléphoner depuis longtemps pour te mettre au courant. Mais j'ai eu tant à faire que je n'en ai jamais trouvé le temps. C'est grossier. Excuse-moi.

– Ne t'excuse pas.

– Et je suis à peine présentable, mais tout ce que j'ai de propre est déjà emballé.

– Tu es très bien. Et certainement plus propre que moi. J'ai passé toute la journée à Katakarunda. J'ai juste fait un saut en rentrant au Fort.

– Ça me fait plaisir. Parce que nous partons demain.

– Déjà ?

– J'ai mis un mot sur ma coiffeuse pour ne pas oublier de t'appeler ce soir.

– C'est peut-être moi qui aurais dû te téléphoner. Mais, connaissant la situation, je n'ai pas voulu vous déranger.

– Je ne serais jamais partie sans te dire au revoir.

Il leva les mains en signe de capitulation.

– Oublions tout ça. Tu as l'air éreintée, et je le suis aussi. Si nous allions simplement nous asseoir pour nous détendre un peu ?

C'était sans doute la meilleure chose à faire. Judith s'écroula dans la chaise longue de Bob et posa les jambes sur le repose-pieds avec un soupir de soulagement, tandis que Hugo tirait un tabouret et s'asseyait en face d'elle, penché, les coudes sur ses genoux nus et bronzés.

– Commençons par le commencement. Tu pars demain ?

– Cet après-midi, j'ai essayé de boucler mes valises.

– Et les auxiliaires de la Marine ? Et ton travail ?

– J'ai obtenu une permission illimitée pour convenances personnelles et, quand je serai rentrée, on me libérera pour les mêmes raisons. C'est réglé. C'est le commandant en chef de Colombo qui a tout arrangé.

– Comment rentres-tu ?

– Sur un transport de troupes. Bob nous a obtenu deux couchettes au dernier moment.

– Le *Queen of the Pacific* ?

– C'est ça. C'est drôle, c'est aussi sur ce vieux paquebot que je suis arrivée. Mais pour ce voyage, nous allons vraiment être serrés comme des sardines. Des familles de Ceylan qui rentrent au pays, et un contingent de la Royal Air Force qui revient d'Inde. Mais ça n'a pas d'importance. La seule chose qui compte, c'est que nous soyons à bord. (Elle sourit, de nouveau taraudée par un sentiment de culpabilité.) C'est affreux à dire, mais ça aide d'avoir un vice-amiral dans la famille. Bob n'a pas seulement tiré les ficelles, il a hissé les haussières. C'est grâce à lui si nous en sommes là.

– Et Trincomalee ?

– Je n'y suis pas retournée. Je n'y retournerai jamais.

– Et ta tenue ? Les affaires que tu as laissées là-bas ?

– Tout ce à quoi je tenais, je l'avais emporté à

Colombo. Je n'ai laissé que quelques livres, des vêtements usés et mon uniforme d'hiver. Je me fiche de ce qu'il en adviendra. La semaine dernière, Jess et moi, nous sommes allées chez Whiteaway & Laidlaw et nous avons dévalisé le magasin. Nous sommes prêtes à parer à toute éventualité.

– J'aime bien la manière dont tu dis ça, fit-il en souriant.

– Dont je dis quoi ?

– Jess et moi. On croirait que vous n'avez jamais été séparées.

– N'est-ce pas un miracle, Hugo ? N'est-ce pas comme dans un rêve ? Je *parle* peut-être comme si nous n'avions jamais été séparées, mais je me réveille encore la nuit en me demandant si je n'ai pas tout imaginé. Il faut que j'allume la lumière et que je la regarde dans le lit d'à côté pour être sûre que c'est bien vrai.

– Comment va-t-elle ?

– Étonnamment bien. Elle a beaucoup de ressort. Plus tard, elle aura peut-être des problèmes. Physiques ou psychologiques. Mais pour l'instant, elle semble s'en être plutôt bien tirée.

– Où est-elle ?

– Bob l'a emmenée au zoo. Elle voulait voir les alligators.

– Je suis navré de l'avoir manquée.

– Ils vont revenir d'un moment à l'autre. Reste jusqu'à leur retour.

– Je ne peux pas. J'ai été convié à une réception au haut commandement et, si je suis en retard, on me fera passer en cour martiale.

Ils furent interrompus par Thomas qui s'approchait avec le plateau du thé. Hugo tira une table vers eux et Thomas, avec sa solennité coutumière, posa le plateau, s'inclina et se retira.

– Je sais que Bob t'a tout raconté, le camp de Java et le reste, mais t'a-t-il parlé de Gus Callender ? demanda-t-elle quand Thomas eut disparu.

– Qui est Gus Callender ? Veux-tu que je joue les mères de famille et que je serve le thé ?

– S'il te plaît. Alors, il ne t'a rien dit. C'était absolument extraordinaire. Tout est arrivé en même temps. Le matin du jour où nous avons appris que Jess était vivante. Tu as entendu parler du bateau-hôpital ?

L'*Orion* ? De ces hommes qui revenaient des camps de travail du chemin de fer de Birmanie ?

— Oui. Ils sont restés une journée avant de repartir dans la soirée.

— Eh bien, je suis allée accueillir ceux qui sont descendus à terre...

Il lui tendit une tasse et une soucoupe, elle sentit le frais parfum du thé de Chine et l'odeur acidulée du citron.

— ... Et il y avait cet homme, un capitaine des Gordon Highlanders...

Elle lui parla de l'étrange rencontre. Persuadée que Gus était mort, elle le retrouvait brusquement, vivant. L'après-midi qu'ils avaient passé à l'hôtel *Galle Face*. Les touchantes retrouvailles avec le vieux serveur, la bouteille de Black & White. Elle lui raconta comment Gus était vêtu, et comment elle avait fini par le mettre dans un taxi, direction le Fort et le bateau-hôpital.

— ... Ensuite je suis revenue ici et, avant même que j'aie pénétré dans la maison, Bob m'a annoncé que Jess était vivante. Deux personnes que je croyais perdues à jamais. Le même jour. N'est-ce pas étrange, Hugo ?

— Tout à fait sidérant, répondit Hugo d'un ton convaincu.

— Seulement je ne suis pas aussi heureuse pour Gus que pour Jess. Ses vieux parents sont morts alors qu'il était prisonnier et qu'il construisait ce chemin de fer. C'est à Rangoon qu'il a appris leur disparition. Il n'a aucune autre famille. Ni frères ni sœurs. Quand il sera de retour en Écosse, ça va être plutôt sinistre.

— D'où vient-il ?

— Quelque part dans l'Aberdeenshire. Je ne sais pas exactement où. Je ne le connaissais pas très bien. C'était un ami d'amis, en Cornouailles. Il était venu chez eux l'été qui a précédé la guerre. Je ne l'avais plus revu depuis, jusqu'à ce que je le retrouve, planté là, sur Gordon's Green.

— A-t-il un foyer où retourner ?

— Oui. Une sorte de domaine, je crois. Apparemment, il a pas mal d'argent. Il a fait des études à Cambridge, et auparavant à Rugby. Il se baladait à l'époque dans une Lagonda très élégante.

— Apparemment, ça devrait aller.

— Mais les gens comptent aussi, non ? La famille, les amis.

– S'il a servi dans un régiment écossais, il a sûrement une bande de copains.

– J'espère, Hugo. J'espère vraiment.

Son thé avait refroidi. Elle en but une gorgée.

– Mais il ne faut pas que je perde le contact, dit-elle en pensant toujours à Gus.

– Et vers qui retournes-tu, *toi*? demanda Hugo.

– Une joyeuse maisonnée de femmes, répliqua-t-elle en riant.

– Et Jess?

– Tôt ou tard, elle devra aller à l'école. Pas tout de suite, peut-être. Il faut lui laisser le temps de s'acclimater, de trouver ses repères, de s'amuser un peu.

– Des amis, de la famille?

– Bien sûr.

– Pas de soupirant qui t'attende? Pour te passer la bague au doigt?

Il était parfois difficile de savoir si Hugo plaisantait. Elle le regarda droit dans les yeux et vit qu'il ne plaisantait pas.

– Pourquoi me le demandes-tu?

– Parce que s'il y en avait un, je dirais qu'il a de la chance.

Elle se pencha pour reposer sa tasse sur la table.

– Hugo, je ne voudrais surtout pas que tu croies que je me suis servie de toi.

– Jamais je ne penserais une chose pareille. Il se trouve que j'étais là quand tu traversais une période difficile. J'aurais simplement préféré que nous ayons plus de temps pour nous deux.

– Nous en avons déjà parlé. Je ne crois pas que cela aurait changé quelque chose.

– Non. Probablement pas.

– Mais cela ne signifie pas que ce n'était pas merveilleux. Te rencontrer, et tout ce que nous avons fait ensemble. Et s'apercevoir que la guerre n'avait pas tué toutes ces choses banales, frivoles et amusantes que l'on faisait avant qu'elle éclate. Comme danser au clair de lune, porter une robe neuve et hurler de rire à cause de l'horrible Moira Burridge. Je t'en suis très reconnaissante. Personne ne l'aurait fait aussi gentiment que toi.

Il prit sa main dans la sienne.

– Quand je retournerai en Angleterre, je ne sais quand, nous verrons-nous?

— Bien sûr. Viens chez moi, en Cornouailles. J'ai une maison de rêve, tout près de la mer. Tu peux y passer les vacances d'été. Tout seul, ou bien avec une amie affriolante. Avec le temps, tu y amèneras ta femme et tes enfants, et nous irons faire des châteaux de sable tous ensemble.

— Ça me plaît.

— Qu'est-ce qui te plaît ?

— Les intentions claires.

— Je ne veux pas m'accrocher à toi, Hugo. Nous n'avons jamais eu ce genre de rapport. Mais je ne veux pas te perdre non plus.

— Comment te retrouverai-je ?

— Dans l'annuaire. Dunbar, le Manoir, Rosemullion.

— Et si je t'appelle, tu me jures de ne pas me dire : « Qui diable êtes-vous ? »

— Non, je ne crois pas que je te dirai jamais ça.

Il resta encore un peu, ils bavardèrent de choses et d'autres, puis il regarda sa montre et dit qu'il était temps de s'en aller.

— J'ai des coups de fil à donner, une lettre à écrire et je dois me présenter au haut commandement en tenue, cinq minutes avant l'heure convenue.

— A quelle heure ?

— Six heures et demie. Une réception officielle. Lord et lady Mountbatten, ni plus ni moins.

— Moira Burridge sera-t-elle là ?

— Le ciel nous en préserve !

— Transmets-lui mon bon souvenir.

— Fais attention, sinon je lui donne ton adresse en Cornouailles et je lui dis que tu as hâte de l'y recevoir.

— Si tu fais ça, je te tue.

Elle l'accompagna jusqu'à sa voiture, garée devant le perron. Il se tourna vers elle.

— Au revoir.

— Au revoir, Hugo.

Ils s'embrassèrent. Sur les joues.

— C'était bien.

— Oui. Très bien. Merci.

— Je suis tellement content que tout se soit bien terminé pour toi.

— Ce n'est pas encore terminé, dit-elle. Ce n'est qu'un début.

Queen of the Pacific, Méditerranée, vendredi
12 octobre 1945

Cher Gus,
Je suis assise sur un pont promenade très venté,
entourée d'enfants braillards, de mères angoissées et
d'un grand nombre d'aviateurs qui s'ennuient à mourir. Il n'y a rien pour s'asseoir et nous sommes tous
assis sur nos talons, comme des réfugiés, de plus en
plus crasseux à mesure que les jours passent, car il y a
peu d'installations sanitaires.

Il faut d'abord que je t'explique. A partir du
moment où nous nous sommes dit au revoir devant le
Galle Face. Quand je suis rentrée à la maison, Bob
(mon oncle, le vice-amiral Somerville) m'a annoncé
que l'on avait retrouvé Jess, ma petite sœur, dans un
camp d'internement de Java. Toi d'abord, et puis elle !
La journée des miracles. Bob, grand chasseur de faisans devant l'Éternel, appelle ça un tir groupé.

Elle a quatorze ans à présent. Elle a fait le voyage de
Djakarta à Colombo dans un appareil de l'aviation
américaine. Bob et moi sommes allés la chercher à la
base de Ratmalana. Elle est maigre, brunie par le soleil,
et sera bientôt aussi grande que moi. Elle va bien.

Après une semaine d'organisation intensive, nous
voilà toutes les deux sur le chemin du retour. Je suis
libérée pour convenances personnelles et nous rega-
gnons le Manoir ensemble.

J'ai beaucoup pensé à toi... peut-être es-tu déjà en
Écosse. J'enverrai cette lettre à l'adresse que tu m'as
donnée et je la posterai en arrivant à Gibraltar.

Quel bonheur de te retrouver et de passer un
moment avec toi ! Mais j'étais navrée de devoir
t'apprendre le mariage de Loveday. Je comprendrais
très bien que, pendant quelque temps du moins, tu ne
veuilles pas venir en Cornouailles, à cause d'elle. Mais
quand tu te seras réinstallé à Ardvray et que ta vie
aura repris son cours, tu changeras peut-être d'avis.
Alors tu sauras que tu es le bienvenu. Non seulement
chez moi, mais à Nancherrow aussi. Quand tu voudras.
Viens simplement. Et apporte ton carnet de croquis.

Écris-moi, je t'en prie, donne-moi de tes nouvelles
et parle-moi de tes projets.

Je t'embrasse,

Judith.

Le Manoir, Rosemullion, dimanche 21 octobre
ANNIVERSAIRE DE TRAFALGAR

Mon cher Bob,

Elles sont arrivées. Saines et sauves. J'ai pris un énorme taxi et, endredi, je suis allée les cueillir à la descente du *Riviera*, à Penzance. Le train est entré en gare et peu après je les ai aperçues sur le quai, entourées de monceaux de bagages. Jamais je n'avais été dans un tel état d'excitation.

Elles semblent toutes deux en bonne santé, bien que fatiguées et un peu émaciées. Jess n'a plus rien à voir avec le gros bébé gâté qui était venu chez nous à Keyham pour Noël. A l'exception de ses yeux bleus toujours aussi vifs. Elle m'a beaucoup parlé de toi et de son bref séjour à Colombo.

Le plus touchant, ce furent les retrouvailles avec Phyllis. Quand le taxi est arrivé au Manoir, Phyllis et Anna sont sorties de la maison pour venir à notre rencontre, Morag sur leurs talons. Personne n'a rien dit à Jess, mais dès qu'elle a aperçu Phyllis, elle a bondi du taxi pour se jeter dans ses bras. Je crois qu'Anna est un peu jalouse, mais Jess est particulièrement gentille avec elle. Dans les camps, elle s'est beaucoup occupée des plus petits.

Judith m'a montré la lettre de cette adorable Australienne qui s'est chargée de Jess quand elles étaient internées. Quel enfer elles ont vécu ! Je suis certaine que, tôt ou tard, Jess parlera de cette affreuse expérience. Je suis également certaine que, quand elle le fera, ce sera à Phyllis.

Ce matin, je suis allée à l'église pour dire merci. Nous sommes dimanche après-midi, et il fait frisquet en ce jour d'octobre, le vent dénude les arbres et il y a quelques averses. Judith a emmené Jess à Nancherrow pour prendre le thé avec Loveday, Nat et tous les autres. Elles sont parties à pied il y a une heure environ, emmitouflées dans leur imperméable, avec des bottes de caoutchouc. A la première occasion, nous achèterons une bicyclette pour Jess. C'est absolu ment indispensable, car nous n'avons qu'une cuillère à thé d'essence par semaine. La voiture de Judith restera coincée au garage tant qu'elle n'aura pas obtenu de ration de carburant.

A la maison, nous sommes un peu serrées, mais nous vivons confortablement. Anna a déménagé dans la chambre de sa mère, et Jess a pris celle d'Anna. Le temps est venu pour moi, je crois, de m'envoler de ce nid et d'en bâtir un autre pour toi et moi. La semaine dernière, j'ai vu une maison ravissante à Portscatho, trois chambres et deux salles de bains, pas dans le village mais sur la colline avec vue sur la mer. Ce n'est qu'à sept cents mètres du village, à trois kilomètres de Saint-Mawes (un mouillage pour ton bateau ?). Elle est en bon état et nous pourrions y emménager demain, si nous le désirions. Je vais donc faire une proposition et voir si nous pouvons l'acheter. L'autre jour, j'ai eu Hester Lang au téléphone, qui m'a promis de venir m'aider pour le déménagement. Je voudrais que tout soit prêt pour ton retour pour que nous puissions nous y retrouver.

En ce qui concerne Phyllis, il y a une grande nouvelle : Cyril a décidé de rester définitivement dans la Marine. Il s'est très bien débrouillé, il est devenu sous-officier avec d'excellents états de service et une médaille. Il est très important que Phyllis ait sa propre maison. Molly n'étant plus là, je me sens un peu responsable d'elle, après tant de bonnes années passées ensemble. Cela dépendra des économies que Cyril aura pu faire sur sa paye, mais il leur faut un logis, un endroit où il puisse venir en congé. Peut-être un petit cottage à Penzance. Si ce n'est pas dans leurs moyens, pourrions-nous y participer un peu ? Je suis sûre que Judith lui donnerait volontiers un coup de pouce, mais il faut qu'elle pense à Jess, à ses études, etc. Je lui en toucherai deux mots quand il y aura moins d'agitation.

Voilà, c'est à peu près tout. Si je ne m'arrête pas maintenant, je vais manquer la dernière levée. Imagine-moi descendant la côte, les pieds dans les flaques, pour glisser cette lettre dans la boîte. J'emmènerai Morag. Ça lui fera un peu d'exercice. Elle vieillit, mais elle frétille encore quand on prononce le mot « balade ».

Bob, mon chéri, comme nous avons de la chance.

J'attends ton retour avec impatience. Ne traîne pas trop.

Je t'embrasse et je t'aime.

Biddy.

— J'avais oublié que cette route était si longue.

— On a l'impression que ça ne s'arrêtera jamais.

— C'est parce que nous marchons. A vélo, ce n'est pas grand-chose.

L'allée de Nancherrow n'était pas très bien entretenue, pleine d'ornières et de flaques, et de chaque côté les buissons commençaient à empiéter sur la chaussée. Les hortensias étaient fanés depuis longtemps. Les averses, venant de la mer, n'avaient pas cessé de tout l'après-midi. Au-dessus de leur tête, les branches dénudées dansaient dans le vent, sous un ciel pâle, plombé de lourds nuages gris.

— La première fois que je suis venue à Nancherrow, cette allée m'a paru si longue et si tortueuse que j'étais persuadée que j'allais tomber sur une maison effrayante. Évidemment, il n'en était rien. Elle est assez neuve, tu verras. Quand j'ai lu *Rebecca,* ça m'a rappelé Nancherrow lors de ma première visite.

— Je n'ai pas lu *Rebecca.*

— Tu n'en as pas eu l'occasion. Mais tu vas te régaler. Tant de plaisirs t'attendent ! Je vais te nourrir de livres, comme je nourris Morag de pâtée pour chien !

— Quand j'étais petite, j'avais un livre, on me l'avait offert pour Noël. Il était énorme et plein de couleurs, d'images et d'histoires. Je me demande ce que tout ça est devenu.

— Il a été emballé avec le reste, je suppose. Avec toutes nos affaires. Il y en a des caisses entières. Il faudra les retirer du garde-meubles. Des choses qui appartenaient à maman, des porcelaines. Ce sera comme ouvrir la boîte de Pandore...

Les arbres s'éclaircissaient. Elles étaient presque arrivées. La maison apparut après le dernier virage, mais la bourrasque se levait, qui leur cachait la mer, tel un rideau. Elles s'arrêtèrent pour regarder la maison, avec leurs imperméables dégoulinants et leurs cache-cols claquant au vent.

— C'est vraiment grand, dit enfin Jess.

– Il leur fallait une grande maison. Ils avaient trois enfants, des tas de domestiques et des tas d'amis qui venaient tout le temps chez eux. J'avais ma propre chambre. La chambre rose. Après le thé, je te la montrerai. Viens, ou nous allons encore nous faire saucer.

Elles traversèrent le terre-plein de gravier pour se mettre à l'abri du porche au moment où la pluie se remettait à cingler. Elles retirèrent leur imperméable, leurs bottes de caoutchouc. Puis Judith poussa la porte et, en chaussettes, elles pénétrèrent dans le hall.

Rien n'avait changé. La même odeur. Il faisait un peu froid, peut-être, malgré les bûches qui se consumaient dans l'immense cheminée, mais il y avait un bouquet de chrysanthèmes et de feuilles d'automne, lumineux comme des flammes, et au centre de la table ronde, où l'on avait oublié les laisses des chiens, se trouvaient le livre d'or et la petite pile de courrier qui attendait le passage du facteur.

Pas un bruit. Rien que le tic-tac de la vieille horloge.

– Où sont-ils tous ? murmura Jess, quelque peu ébahie.

– Je ne sais pas. Nous allons voir. D'abord au premier étage.

Depuis le palier elles entendirent le son assourdi de la radio de la nursery, qui flottait dans le couloir. La porte de la nursery était entrouverte. Judith la poussa doucement et aperçut Mary, absorbée par une pile de linge à repasser. Elle prononça son nom.

– Oh, *Judith.*

Elle posa son fer et lui ouvrit les bras.

– J'ai du mal à croire que tu es de retour parmi nous. Que tu es vraiment *là*. Ça fait si longtemps ! Et voilà Jess ? Bonjour, Jess, je suis ravie de faire votre connaissance. Regardez-moi ces têtes ! Vous êtes trempées. Vous êtes venues à pied, n'est-ce pas ?

– Oui. Nous n'avons qu'un vélo. Où est Loveday ?

– Elle va arriver. Elle descend de Lidgey à pied avec Nat. Elle a dû aider Walter à mettre quelques veaux dans un pré.

– Comment va Nat ?

– C'est un petit diable.

Mary avait quelques cheveux gris et quelques rides de plus sur le visage. Elle avait maigri, et, curieusement, cela lui allait bien. Son cardigan bleu était reprisé par endroits, et le col de son chemisier un peu usé, mais elle sentait toujours le savon pour bébé et le linge fraîchement repassé.

– Vous avez vu Mrs. Carey-Lewis ?

– Non. Nous sommes d'abord montées vous voir.

– Alors, descendons pour lui annoncer que vous êtes là.

Elle prit le temps de débrancher son fer, d'éteindre sa radio et de remettre une bûche dans son petit feu (« Heureusement que nous avons des arbres ici, sinon nous serions tous morts de froid »), puis elle les précéda dans l'escalier et le couloir qui menait au salon. Elle frappa à la porte, l'entrebâilla et passa la tête.

– Vous avez de la visite !

D'un geste théâtral, elle ouvrit grand la porte.

Ils étaient là, de part et d'autre de la cheminée, Diana avec sa tapisserie et le colonel avec le *Sunday Times*. A ses pieds dormait le vieux Tiger, mais Pekoe, qui somnolait sur le sofa, se dressa sur son séant en jappant. Diana leva les yeux, enleva ses lunettes, posa son ouvrage et se leva d'un bond.

– Tais-toi, Pekoe ! Ce n'est que Judith. C'est *Judith*.

Frustré de son plaisir, Pekoe s'affala d'un air boudeur sur les coussins.

– Judith, ma chérie. Ça fait des siècles. Viens, laisse-moi te serrer dans mes bras.

Elle était élancée, grande et toujours aussi ravissante, bien que ses cheveux couleur de blé aient viré à l'argent.

– Tu es revenue, ma troisième fille chérie, et tu es absolument superbe ! Tu as amené Jess. Jess, je suis Diana Carey-Lewis. Nous avons beaucoup entendu parler de toi, mais c'est la première fois que nous nous voyons...

Après avoir embrassé Diana, Judith se tourna vers le colonel, qui attendait patiemment son tour. Il avait longtemps paru plus vieux que son âge. Mais à présent, le temps semblait l'avoir rattrapé. Et ses vêtements, une antique veste de tweed et un pantalon de velours élimé qu'il aurait jadis jeté depuis longtemps, tombaient piteusement sur sa longue et maigre carcasse.

– Ma chère.

Cérémonieux. Comme toujours, un peu timide. Elle lui prit les mains et ils s'embrassèrent.

– Comme nous sommes contents que tu sois revenue chez nous.

– Pas autant que moi d'être ici.

Avec sa bonne volonté habituelle, Tiger s'était dressé, et Judith se baissa pour lui caresser la tête.

– Il a l'air vieux, dit-elle tristement.

Il l'était, lui aussi. Pas gras, mais lourdaud et arthritique, avec un museau tout gris.

– Aucun de nous ne rajeunit. Je devrais me mettre en quête d'un jeune labrador, mais je n'en ai pas le cœur...

– Edgar, mon chéri, dis bonjour à Jess.

– Comment allez-vous, Jess ? fit-il en lui tendant la main. Il faut que je vous présente mon chien, Tiger. Tiger, voici Jess. (Il sourit de ce sourire doux et charmant auquel aucun enfant ne résistait jamais.) Vous venez de loin. Comment trouvez-vous la Cornouailles ? Il ne pleut pas comme ça tout le temps.

– En fait, je me rappelle la Cornouailles, répondit Jess.

– Vraiment ? C'est pourtant bien loin. Asseyez-vous et racontez-moi... Là, prenez le tabouret près du feu... (Il écarta quelques magazines.) Quel âge aviez-vous quand vous êtes partie ?

– J'avais quatre ans.

– J'ignorais que vous étiez si grande. Alors, bien entendu, vous avez gardé des souvenirs. J'en ai qui remontent à l'âge de deux ans. J'étais assis dans mon parc, et un autre enfant m'avait fourré un caramel dans la bouche...

A ce moment-là, Mary éleva légèrement la voix pour annoncer qu'elle allait mettre la bouilloire pour le thé. Tout le monde s'accorda à trouver l'idée excellente. Quand elle se fut éclipsée, Diana se cala dans son fauteuil, et Judith s'installa à l'extrémité du sofa que Pekoe n'occupait pas.

– Ma chérie, tu as dû en voir de toutes les couleurs. Tu es si mince. Extrêmement élégante. Est-ce que tu vas bien ?

– Bien sûr que je vais bien.

– Loveday meurt d'envie de te voir et de te montrer ce chenapan de Nat. Ils seront là dans un moment. Et la petite Jess ! Quelle enfant courageuse ! Être passée par là... Biddy m'a téléphoné dès qu'elle a reçu le télégramme de Bob. Elle nous avait dit que...

Prenant soudain conscience de ce qu'elle allait dire, Diana s'arrêta net. Elle regarda Jess qui, en grande conversation avec le colonel, lui tournait le dos. *Jess était morte*, dit-elle avec les lèvres. Judith acquiesça.

– ... Et puis avoir des *nouvelles*. Apprendre que ce n'était pas vrai. Tu as dû mourir de joie.

– C'était très exaltant.

– Ma chérie, c'est tellement triste, ce qui est arrivé à tes parents. Je voulais t'écrire, mais tu ne m'en as pas laissé le temps. Biddy m'a raconté toutes ces horreurs mais, avant que j'aie pu prendre ma plume, nous avons appris que tu étais sur le chemin du retour. Avez-vous fait bon voyage ?

– On ne peut pas parler de voyage. C'était plus une épreuve d'endurance. Le bateau était plein à craquer. Trois services pour les repas, vous imaginez.

– Affreux. A propos de repas, les Nettlebed t'embrassent et m'ont dit de te dire qu'ils te verront bientôt. Ils ont tout leur dimanche à présent, et ils sont allés à Camborne rendre visite à un parent âgé dans une maison de retraite. N'était-ce pas merveilleux de revenir au Manoir ? Le jardin n'est-il pas joli ? J'ai donné des boutures à Phyllis...

D'une voix cassée par l'excitation, elle poursuivit ce bavardage incessant. Judith faisait mine de l'écouter, mais elle pensait à Gus Callender. Le moment était-il venu d'annoncer à Diana et au colonel que Gus était vivant ? Non, se dit-elle. Plus tard, elle trouverait le moyen de le faire.

– Où dort la petite Jess ?

– Dans la chambre d'Anna. Il y a assez de place. Anna s'est installée chez Phyllis. Pour l'instant.

– Et tu as des projets pour Jess ?

– Il va falloir que j'aille trouver Miss Catto pour lui demander si elle peut la prendre à Sainte-Ursule.

– Mais, ma chérie, bien sûr qu'elle la prendra. La boucle est bouclée, n'est-ce pas extraordinaire ? Où ai-je la tête ? Je ne t'ai pas parlé d'Athena. Elle attend un second enfant. Pour le printemps, je crois. Formidable. Tu n'imagines pas à quel point ils nous ont manqué après leur départ. Sans enfant, la maison était complètement vide...

A peine eut-elle prononcé ces mots que l'on entendit la voix perçante de Nathaniel Mudge, qui venait de la cuisine, en pleine discussion avec sa mère.

– Je ne veux pas ôter mes bottes.

– Il le faut. Elles sont couvertes de boue.

– Elles ne sont pas couvertes de boue.

– Si. Tu en as mis plein sur le sol de la cuisine. Viens ici...

– Non...

– Nat...

Hurlement. Loveday l'avait attrapé et lui retirait ses bottes de force.

– Mon Dieu, dit Diana d'une voix faible.

Un instant plus tard, la porte s'ouvrit brutalement et son petit-fils entra en trombe dans la pièce, en chaussettes, les joues écarlates d'indignation et la lèvre inférieure saillant en une moue boudeuse.

– De quoi s'agit-il? demanda Diana.

Et Nat lui répondit d'un ton catégorique :

– Maman m'a ôté mes bottes. Elles sont neuves. Elles sont rouges. Je voulais te les montrer.

– Nous les verrons une autre fois, fit Diana pour l'apaiser.

– Moi, je veux que tu les voies maintenant.

Comme Judith se levait, Loveday apparut dans l'embrasure de la porte. Elle avait gardé son allure d'adolescente et n'avait absolument pas l'air d'être la mère de cette tornade de trois ans. Elle portait un pantalon, un vieux pull-over et des chaussettes rouges, et ses cheveux bouffaient toujours en boucles brunes et brillantes.

En silence, elles se regardèrent en souriant.

– Regardez qui est là, dit enfin Loveday. Dieu que c'est bon de te voir.

Elles s'étreignirent, s'embrassèrent comme elles en avaient l'habitude.

– Désolée d'être en retard, mais... Nat, ne mets pas les doigts dans l'œil de Pekoe. Tu sais bien que tu n'en as pas le droit.

Nat lança un regard noir de défi à sa mère et, malgré toutes ses bonnes intentions, Judith éclata de rire.

– Il semble que tu aies trouvé à qui parler.

– Oh, il est affreux. N'est-ce pas, Nat? Tu es charmant, mais tu es affreux.

– Mon papa dit que je suis un petit voyou, annonça Nat à l'assistance puis, apercevant Jess, une autre étrangère, il la fixa sans ciller.

– Bonjour, dit Jess, visiblement amusée.

– Qui es-tu ?

– Je m'appelle Jess.

– Qu'est-ce que tu fais ici ?

– Je suis venue prendre le thé.

– Ma maman et moi, nous avons apporté des biscuits au chocolat dans mon sac.

– Tu vas m'en donner un ?

Nat réfléchit et dit :

– Non, je vais tous les manger.

Puis il grimpa lourdement sur le sofa et se mit à sauter. On eut alors l'impression qu'allait s'installer la pagaille la plus totale, mais Mary réapparut pour rétablir la situation, leur annoncer que le thé était servi, attraper Nathaniel en plein saut et l'emporter, hurlant de joie, espérait-on du moins, en direction de la salle à manger.

– C'est la seule personne qui puisse en tirer quelque chose, déclara Loveday avec une sorte de fière impuissance.

– Et Walter ?

– Oh, Walter est pire que lui. Viens, maman, allons manger.

Ils se dirigèrent tous vers la salle à manger, le colonel s'arrêta pour mettre le pare-feu devant la cheminée et ferma la marche. On avait dressé la table et disposé toutes ces bonnes choses qui faisaient les délices des enfants, tartines de confiture, cake en forme de couronne et biscuits au chocolat apportés par Loveday.

La table était plus petite que celle dont Judith avait gardé le souvenir. On avait retiré les rallonges, et ce qui restait semblait trop petit dans cette salle immense et solennelle. La lourde nappe blanche damassée avait disparu au profit d'un simple tissu de coton à carreaux bleus et blancs, humble mais pratique. Mary présidait au bout de la table et veillait sur la grosse théière (Judith se souvint que la traditionnelle argenterie avait été rangée au début de la guerre), Nat assis à côté d'elle sur une chaise haute.

Face à Mary, le colonel était assis à côté de Jess.

– Préférez-vous une tartine de confiture ou un peu de cake ? lui demanda-t-il poliment.

Jess lui répondit qu'elle prendrait de la confiture, tandis que Nat donnait de grands coups sur la table avec une cuillère en clamant qu'il voulait, tout de suite, un biscuit au chocolat.

840

On le fit enfin taire, on lui donna une tartine, et la conversation put reprendre normalement. Mary servit le thé. Chaleureuse et charmante, Diana se tourna vers Jess.

– Maintenant, Jess, il faut nous raconter tous les beaux projets que vous avez faits avec Judith depuis votre retour. Par quoi commence-t-on ?

Jess, qui avait tous les yeux rivés sur elle, était un peu embarrassée. Elle se hâta d'avaler son morceau de tartine et dit : « Je ne sais vraiment pas », avant de jeter un coup d'œil à Judith à l'autre bout de la table pour l'appeler au secours.

– Et la bicyclette ? fit aussitôt Judith.

– Oh, oui. Nous allons m'acheter une bicyclette.

– Il faudra peut-être en prendre une d'occasion, les prévint Diana. Il est très difficile de s'en procurer. Comme les voitures. Aujourd'hui, il est quasiment impossible d'acheter une voiture neuve. Quoi d'autre ? Avez-vous l'intention d'aller voir votre ancienne maison de Penmarron ? Là où vous habitiez ?

– Nous envisageons de prendre le train un de ces jours. Et d'aller à Porthkerris aussi.

– Quelle bonne idée !

– Nous ne pourrons pas entrer dans la maison. A Riverview, je veux dire. D'autres gens y habitent, maintenant.

Comme on ne l'interrompait pas et que tous l'écoutaient gentiment, la timidité de Jess disparut naturellement.

– Mais nous pensions y jeter un coup d'œil. Et aller voir...

Mais elle avait oublié le nom. Une fois de plus, elle se tourna vers Judith.

– Mrs. Berry, lui rappela celle-ci. Au village. Celle qui te donnait des pâtes de fruits. Et peut-être Mr. Willis, au bord de l'estuaire. C'était mon seul ami. Je ne crois pas qu'il ait jamais vu Jess.

– Porthkerris vous plaira, Jess, intervint le colonel. C'est plein de bateaux, d'artistes, de drôles de petites rues...

– Et les Warren, ajouta Loveday. Il faut y emmener Jess. Mrs. Warren serait très offensée que vous alliez à Porthkerris sans prendre un gigantesque thé chez elle.

– Qu'est devenue Heather ? Je n'ai pas eu de ses nouvelles depuis des années. Est-elle toujours dans cet horrible centre d'espionnage ?

— Non, elle est partie en mission en Amérique, pour le compte des Affaires étrangères. La dernière fois que nous avons eu de ses nouvelles, elle était à Washington.

— Bonté divine ! Elle aurait pu me prévenir.

— Qui veut un morceau de cake ? demanda Loveday en coupant le gâteau.

Jess, qui avait terminé sa tartine, en prit une énorme tranche.

— Qui est Heather ? dit-elle.

— Une de nos amies d'autrefois, lui répondit Loveday. Judith et moi, nous allions chez elle. L'été qui a précédé la guerre, il a fait un temps radieux et nous avons passé notre temps sur la plage. Judith venait d'acheter sa voiture. Nous nous sentions *terriblement* adultes.

— Était-elle en classe avec vous ? demanda Jess.

— Non, elle était dans une autre école. Nous étions à Sainte-Ursule.

— Judith pense que je devrais y aller, dit Jess.

— Une petite novice de plus pour le couvent.

— Oh, Loveday ! s'écria Mary qui, à l'extrémité de la table, trônait derrière sa grande théière. Tu m'agaces quand tu dis ce genre de bêtises. Surtout à Jess. Sainte-Ursule est une excellente école. Tu y as été très heureuse. Et tu as assez fait la comédie pour y aller, non ?

— Mais Mary, ces uniformes ! Et toutes ces règles farfelues !

Jess commençait à manifester une certaine inquiétude. Le colonel, qui le remarqua, posa sa main sur la sienne.

— Ne faites pas attention à ma sotte de fille. C'est une excellente école, et Miss Catto est une femme extraordinaire. Il le fallait pour supporter Loveday.

— Merci, Pops, merci beaucoup.

— De toute façon, fit Diana en tendant sa tasse, on n'y porte plus d'uniforme. La guerre a mis fin à tout ça. Ils ont dû intégrer une école de filles du Kent, qui avait été évacuée. Elles n'avaient pas le même uniforme. Et on a dû construire des préfabriqués dans le parc, parce qu'il n'y avait pas assez de salles de classe pour tout le monde.

— Elles ne portent plus l'uniforme ? demanda Judith.

— Juste des cravates.

— Quel soulagement ! Je n'oublierai jamais cette interminable liste de vêtements que maman a dû acheter.

– Chez Medways, ma chérie. C'est là que nous t'avons vue pour la première fois. Nous étions toutes en train de nous procurer ces horribles uniformes. Ça fait une éternité, n'est-ce pas ?

– Une éternité, reprit Loveday d'un ton sec. Bien, Nat, tu peux prendre un biscuit au chocolat maintenant.

Quand on eut fini le thé, la nuit tombait sur cet après-midi d'octobre, humide et froid. Il pleuvait sans relâche, et pourtant personne ne se leva pour tirer les lourds rideaux.

– Quelle bénédiction ! dit Diana. Plus de couvre-feu. Je ne me suis pas encore habituée à cette liberté. Pouvoir rester à l'intérieur et contempler le crépuscule sans avoir à tout boucler. Il nous a fallu tant de temps pour faire tous ces rideaux noirs et les accrocher, et trois jours seulement pour les décrocher. Mary, ne commencez pas à vous agiter autour des tasses. Nous ferons la vaisselle plus tard. Emmenez Nat à la nursery pour que Loveday ait quelques instants de tranquillité. Peut-être Jess souhaite-t-elle y aller aussi, ajouta-t-elle en se tournant vers l'adolescente. Non que nous voulions nous débarrasser de toi, ma chérie, mais il y a là-haut des tas de choses qui pourraient t'intéresser. Des livres, des puzzles et de très jolis meubles de poupée. Mais ne laisse pas Nat mettre la main dessus.

Jess hésita. Diana sourit.

– Seulement si tu en as envie, conclut-elle.

– Oui, j'aimerais y aller.

Mary essuya le visage de Nat avec une serviette.

– Nat n'aime pas les maisons de poupée. Il aime les briques et les petits tracteurs, n'est-ce pas, mon canard ?

Elle se leva et le prit dans ses bras.

– Venez, Jess, nous allons voir ce que nous pouvons vous trouver.

Quand ils furent partis, le calme revint. Diana vida sa tasse, puis elle alluma une cigarette.

– Quelle fille charmante, Judith ! Tu peux être fière d'elle.

– Je le suis.

– Si sûre d'elle.

– C'est trompeur. Elle tâtonne encore.

Le colonel s'était levé pour aller chercher un cendrier sur le buffet. Il le posa sur la table à côté de sa femme, qui leva les yeux vers lui avec un sourire reconnaissant.

– Pas de larmes ? Pas de cauchemars ? Pas de séquelles ?

– Je ne pense pas.

– Tu ferais sans doute bien de lui faire faire un bilan de santé par un médecin. Même si elle paraît en pleine forme, je dois le reconnaître. A propos, le vieux Dr Wells est passé en coup de vent, l'autre jour, pour examiner Nat, qui toussait et reniflait. Mary et Loveday étaient inquiètes, ce n'était pas grave, rien qu'une bronchite. Il nous a dit que Jeremy espérait bien avoir bientôt une permission et rentrer quelque temps chez lui. Ça fait deux ans qu'il n'a pas pris de congé. Il est resté coincé en Méditerranée. Où déjà... ?

– A Malte, dit le colonel.

– Je ne me souvenais plus si c'était Malte ou Gibraltar. Je savais que c'était *quelque part*.

– Je pense qu'il sera bientôt démobilisé, fit Judith, enchantée d'avoir pu dire cela d'un air détaché. Étant donné qu'il a été parmi les premiers à s'engager.

Loveday reprit distraitement une tranche de cake.

– Je ne le vois pas s'installant à Truro après toutes ces aventures sur les mers du globe.

– Moi si, dit Diana. Le parfait médecin de campagne, avec son chien à l'arrière de sa voiture. Tu ne l'as pas revu, Judith ?

– Non. Je m'étais dit qu'il viendrait peut-être à Ceylan avec la flotte. Tout le monde finissait un jour ou l'autre par faire escale à Trincomalee. Pas lui.

– J'ai toujours pensé qu'il se marierait. Il n'a peut-être pas trouvé chaussure à son pied à Malte.

Elle se cala dans son fauteuil en bâillant et observa le désordre et les miettes sur la table.

– Nous ferions mieux de débarrasser tout ça et de faire la vaisselle.

– Ne t'inquiète pas, maman, lui dit Loveday en grignotant un dernier morceau de cake. Judith et moi, nous allons le faire. Comme deux petites écolières qui essaient de gagner des bons points.

– Qu'est devenue Hetty ? demanda Judith.

– Oh, elle a fini par échapper aux griffes de Mrs. Nettlebed et par participer à l'effort de guerre. Fille de salle à l'hôpital de Plymouth. Pauvre Hetty. Elle est tombée de Charybde en Scylla. Vous allez vraiment vous occuper de tout ça, mes trésors ? Il est plus de six heures, et nous appelons toujours Athena le dimanche soir...

– Embrassez-la pour moi.
– D'accord.

La grande cuisine à l'ancienne, un peu plus chaude que le reste de la maison, semblait étrangement vide sans les Nettlebed et sans le fracas des activités de Hetty dans l'arrière-cuisine.

– Qui récure les poêles, à présent ? demanda Judith en nouant un tablier autour de sa taille avant de faire couler de l'eau chaude dans le vieil évier.

– Mrs. Nettlebed, je suppose. Ou Mary. Certainement pas ma mère.

– Mr. Nettlebed cultive-t-il toujours des légumes ?

– Avec Mr. Mudge. Nous mangeons tous des tonnes de légumes, parce qu'il n'y a pas grand-chose d'autre. Et, bien que la maison soit vide ce week-end, il y a toujours autant d'invités. Maman a adopté des tas de militaires qui sont basés dans les environs et qui continuent d'aller et de venir. Quand ils seront démobilisés, je crains que leur compagnie ne lui manque.

– Et Tommy Mortimer ?

– Oh, il descend de Londres de temps en temps. Ainsi que d'autres vieux amis. Ils distraient maman. Quand Athena et Clementina sont parties, ç'a été terrible pour elle.

Judith pressa du savon liquide dans l'eau et remua pour faire de la mousse avant d'y plonger la première pile d'assiettes.

– Comment va Walter ? demanda-t-elle.

– Il va bien.

– Comment marche la ferme ?

– Bien.

– Et Mr. Mudge ?

– Il travaille toujours, mais il commence à être un peu dépassé.

– Que se passera-t-il quand il prendra sa retraite ?

– Je n'en sais rien. Je suppose que Walter et moi, nous emménagerons à la ferme. Nous ferons un échange. Je ne sais pas.

Elle répondait de manière si laconique, si détachée, que Judith en eut froid dans le cœur.

– Que faites-vous quand il ne travaille pas ? Est-ce que vous allez au cinéma, ou prendre un verre au pub ?

845

– J'allais quelquefois au pub, mais je ne peux plus depuis que j'ai Nat. Je pourrais le laisser à Mrs. Mudge mais, à vrai dire, je n'aime pas tant que ça aller dans les pubs. Alors, Walter y va tout seul.

– Oh, Loveday.

– Pourquoi prends-tu ce ton sinistre ?

– Ça n'a pas l'air très amusant.

– Ça va. Parfois nous invitons des amis à dîner. Mais je ne suis pas un cordon-bleu.

– Et les chevaux ? Est-ce que vous montez toujours ensemble ?

– Pas souvent. J'ai vendu Fleet, et je n'ai jamais réussi à racheter un cheval. Et il n'y a plus de chasse, tous les chiens ayant été abattus au début de la guerre.

– Maintenant que la guerre est finie, tout ça va sans doute recommencer.

– Oui, sans doute.

Elle essuyait les assiettes et les tasses avec un torchon, très lentement, une par une, avant de les poser en piles sur la table.

– Es-tu heureuse, Loveday ?

Loveday prit une assiette sur l'égouttoir.

– Qui a dit que le mariage était une cage à oiseaux posée dans un jardin ? Et que tous les oiseaux en liberté voulaient y entrer, et que tous les oiseaux en cage voulaient en sortir ?

– Je ne sais pas.

– Tu es un oiseau libre. Tu peux voler où tu veux.

– Non. J'ai Jess.

– Tu n'as pas envie d'entrer dans la cage ?

– Non.

– Pas de marin qui soupire après toi ? Je n'y crois pas. Ne me dis pas que tu es toujours amoureuse d'Edward ?

– Edward est mort depuis des années.

– Excuse-moi, je n'aurais pas dû dire ça.

– Ça ne me gêne pas. C'était ton frère.

Loveday essuya deux autres assiettes.

– J'ai toujours pensé que Jeremy était amoureux de toi.

Judith frotta la croûte poisseuse et récalcitrante du moule à cake.

– Je pense que tu te trompes.

– Vous êtes restés en contact ? Vous êtes-vous écrit ?

– Non. La dernière fois que je l'ai vu, c'était à Londres

au début de 1942. Juste avant Singapour. Je ne l'ai pas revu depuis, et je n'ai pas eu de ses nouvelles.

— Vous vous êtes querellés ?

— Non, nous avons simplement décidé de suivre des chemins séparés.

— Je me demande pourquoi il ne s'est jamais marié. Il est horriblement vieux, maintenant. Il doit avoir trente-sept ans. Quand il reviendra, son père prendra sa retraite et Jeremy aura la charge de tous les furoncles et rhumes du voisinage.

— C'est ce qu'il a toujours désiré.

La dernière assiette, puis la théière. Judith tira sur la bonde et regarda s'écouler l'eau sale.

— C'est la vie.

Elle dénoua son tablier et le pendit au crochet, puis s'adossa au rebord de l'évier.

— Je suis désolée, dit soudain Loveday en prenant une assiette sur l'égouttoir.

— Pourquoi ? fit Judith en fronçant les sourcils.

— De t'avoir dit ça pour Edward. En ce moment, je dis des choses horribles que je ne pense pas, ajouta-t-elle en posant l'assiette sur la pile. Tu viendras me voir, n'est-ce pas ? A Lidgey. Tu n'as jamais vu ma drôle de maisonnette. Et j'adore la ferme et les animaux. J'adore Nat, aussi, bien que ce soit un petit diable. (Elle retroussa la manche élimée de son pull pour regarder sa montre. Dieu tout-puissant, il faut que j'y aille. C'est la pagaille dans ma cuisine, et je dois préparer le thé de Walter et mettre Nat au lit...

— N'y va pas, dit Judith.

— Il le faut, répondit Loveday, sidérée.

— Dans cinq minutes. J'ai quelque chose à te dire.

— Quoi ?

— Tu me promets que tu m'écouteras jusqu'au bout sans m'interrompre ?

— D'accord.

Loveday se hissa sur la table, les épaules voûtées et les jambes pendantes.

— Vas-y.

— Il s'agit de Gus.

Loveday se figea. Dans l'arrière-cuisine dallée et pleine de courants d'air, on n'entendit plus que le bourdonnement du réfrigérateur et l'un des robinets de laiton qui gouttait dans l'évier en terre.

– Oui, Gus ?

Judith lui raconta tout.

– ... Alors, quand il m'a dit qu'il était temps de regagner le navire-hôpital, nous avons appelé un taxi et nous nous sommes dit au revoir. Fin de l'histoire.

Loveday avait tenu parole. N'avait fait aucun commentaire, n'avait posé aucune question. Elle était restée immobile comme une statue, à l'écouter. Elle ne disait toujours rien.

– Je... je lui ai écrit du transport de troupes et j'ai posté ma lettre à Gibraltar. Mais il n'a pas répondu.

– Est-ce qu'il va bien ? demanda Loveday.

– Je n'en sais rien. Il avait l'air étonnamment bien, étant donné tout ce qu'il avait subi. Mince, mais il n'a jamais été très gros. Et un peu las.

– Pourquoi ne nous a-t-il pas prévenus...

– Je te l'ai expliqué. Il ne le pouvait pas. Il n'a envoyé qu'une lettre, à ses parents. Eux ne savaient rien de toi, ni de tes parents. Même s'ils l'ont reçue, ils n'ont pu transmettre le message.

– J'étais tellement sûre qu'il était mort.

– Je sais, Loveday.

– C'était comme si je l'avais su par toutes les fibres de mon corps. Une sorte de vide. Un gouffre.

– Ne te fais pas de reproches.

– Que va-t-il devenir ?

– Il s'en tirera. Tout le monde sait que les régiments écossais sont des clans. Comme une famille. Ses amis l'entoureront.

– Je ne veux pas qu'il vienne ici, déclara Loveday.

– Je te comprends. A vrai dire, je ne crois pas que cette idée le tente.

– Croyait-il que je l'attendrais ?

– Oui.

Il n'y avait pas d'autre réponse possible.

– Oh, mon Dieu !

Sous la lumière froide de la lampe de l'arrière-cuisine, Loveday avait un visage sombre, crispé, et ses yeux violets étaient vides de toute expression.

– Je suis navrée, Loveday.

– Ce n'est pas ta faute. C'est entièrement la mienne. Entièrement.

– Je regrette d'avoir dû te le dire.

– Il est vivant. Je devrais m'en réjouir. Au lieu de rester assise avec une mine d'enterrement.

– Ce n'était pas drôle non plus de l'annoncer à Gus. Que tu étais mariée.

– C'est différent. C'était la fin de quelque chose. Pour Gus, la vie commence. Du moins n'est-il ni fauché ni démuni. Il a *quelque chose* vers quoi retourner.

– Et toi ?

– Oh, j'ai tout ce qu'il me faut. Un mari, un fils, la ferme. Nancherrow. Maman et Pops. Mary. Rien n'a changé. Tout ce que j'ai toujours voulu.

Elle se tut un instant avant d'ajouter :

– Maman et Pops sont-ils au courant pour Gus ?

– Non, je voulais d'abord te le dire à toi. Si tu veux, je vais leur en parler maintenant.

– Non, je le ferai. Quand vous serez parties, Jess et toi. Avant de retourner à Lidgey. C'est mieux comme ça. (Une fois de plus, elle consulta sa montre.) Ensuite il faudra vraiment que je rentre chez moi. (Elle se laissa glisser de la table.) Walter va ronger son frein en attendant son thé.

– Ça va ?

– Oui.

Loveday réfléchit à tout cela et sourit, et fut de nouveau la petite fille têtue, intrépide et espiègle qu'elle avait été.

– Oui, ça va.

Le lendemain, Diana vint au Manoir.

C'était un lundi. Après le petit déjeuner, la maisonnée s'était dispersée. Tout d'abord Anna avait descendu la côte d'un pas traînant pour se rendre à l'école primaire de Rosemullion, son cartable sur le dos, un biscuit dans la poche. Puis Biddy était partie, car c'était sa journée de Croix-Rouge à Penzance. Jess, qui avait découvert la cabane au cours de ses explorations personnelles, était tombée amoureuse de ce lieu si charmant et, pleine d'enthousiasme, s'était munie de balais et de chiffons pour y faire un peu de ménage.

Il était onze heures, et elle n'était pas encore revenue. Phyllis accrochait la lessive de la semaine sur les cordes à linge et, dans la cuisine, Judith préparait la soupe. Elle

849

avait fait bouillir la carcasse du poulet de la veille pour avoir du bouillon et, devant l'évier, elle épluchait les légumes. La confection de la soupe l'avait toujours apaisée, l'odeur qu'elle dégageait en cuisant était aussi réconfortante que celle du pain chaud.

Elle était en train de couper les carottes quand elle entendit une voiture gravir la côte, franchir le portail et se garer devant la maison. Levant les yeux, elle vit par la fenêtre Diana qui sortait de la petite camionnette délabrée du poissonnier, que l'on avait acquise pour économiser l'essence au début de la guerre et qui avait rendu de grands services depuis lors.

Judith sortit de la cuisine par la porte de derrière. Diana bavardait avec Phyllis par-dessus la haie d'escallonias qui entourait la pelouse où l'on étendait le linge. Elle portait une jupe droite en tweed, une veste ample et, au bras, l'un de ces grands paniers dont on se servait jadis pour aller au marché.

– Diana ?

Celle-ci se retourna.

– Ma chérie, j'espère que je ne te dérange pas ? Je t'ai apporté des légumes de Nancherrow et des œufs frais. (Elle traversa l'étendue de gravier dans d'élégantes chaussures cirées.) J'ai pensé que tu en aurais l'usage, et je voulais te dire deux mots.

– Je suis dans la cuisine. Entrez, je vais vous faire une tasse de café.

Elle passa devant elle pour franchir le seuil. Diana posa son panier sur la table, tira une chaise et s'assit. Judith saisit la bouilloire, qu'elle remplit avant de la poser sur le fourneau.

– Ça sent divinement bon, ma chérie.

– La soupe. Cela vous ennuie que je continue de couper mes légumes ?

– Pas du tout.

Elle ôta l'écharpe de soie qu'elle avait élégamment drapée autour de son cou.

– Loveday nous a parlé de Gus, dit-elle.

– Oui, elle m'a dit qu'elle le ferait.

– Quand tu lui as tout dit, a-t-elle paru bouleversée ?

– Je crois qu'elle était anéantie. Mais pas de larmes.

– Ma chérie, on pleure les morts, pas les vivants.

– C'est à peu près ce qu'elle a dit.

– Quel gâchis, n'est-ce pas ?

– Non. Je ne crois pas que ce soit du gâchis. C'est dommage qu'elle ait été si catégorique quant à la mort de Gus. Et si triste qu'elle n'ait pas gardé espoir. Mais ce n'est pas du gâchis. Ils ne sont pas ensemble, c'est tout. Ils ne seront jamais ensemble. Loveday a fait sa vie, et Gus devra faire la sienne.

– D'après ce que m'a raconté Loveday, il va sans doute avoir besoin d'un peu d'aide.

– Il sera difficile de l'aider s'il ne répond pas aux lettres et refuse de donner signe de vie.

– Mais c'était un bon ami d'Edward. C'est une raison suffisante, me semble-t-il, pour l'entourer et le soutenir. Et puis, il a écrit une si belle lettre à la mort d'Edward. Et il nous a envoyé le portrait qu'il en avait fait. C'est le bien auquel Edgar tient le plus. Tellement plus parlant que n'importe quelle photo. Il est sur son bureau. Comme ça, il l'a tous les jours sous les yeux.

– Je sais. Mais il n'est pas facile de l'entourer alors que Gus habite à l'autre bout du pays.

– Il pourrait venir ici. Crois-tu que je peux lui écrire pour l'inviter à Nancherrow ?

– Non, je ne crois pas que ce soit une bonne idée. Plus tard, peut-être. Mais pas maintenant.

– A cause de Loveday ?

– Elle ne veut pas qu'il vienne. Et même si vous l'invitiez, je ne crois pas qu'il viendrait. Pour la même raison.

– Alors, qu'allons-nous faire ?

– Je lui écrirai de nouveau dans quelque temps, en espérant qu'il finira par répondre. Nous saurions au moins à quoi nous en tenir. Comment il se débrouille.

– Nous l'aimions tant, Edgar et moi. Je sais bien qu'il n'est pas resté longtemps chez nous, mais nous étions devenus si proches...

Elle soupira.

– Diana, ne ruminez pas sur ce qui aurait pu être. Ça ne sert à rien de regarder en arrière.

– Tu m'en veux ?

– Vous en vouloir à vous ?

– De l'avoir laissée épouser Walter ?

– Vous pouviez difficilement l'en empêcher. Elle attendait Nathaniel.

– Nathaniel n'entrait pas en ligne de compte. Nathaniel aurait très bien pu naître et vivre à Nancherrow, et nous aurions tous été très contents. Les gens auraient cancané, et alors? Je ne me suis jamais occupée du qu'en-dira-t-on.

L'eau bouillait. Judith mit du café dans le filtre et le remplit d'eau, avant de le laisser reposer quelques instants sur le fourneau.

— Mais elle voulait épouser Walter.

— Oui. Et non seulement nous l'avons laissée faire, mais d'une certaine façon nous l'y avons encouragée. Notre bébé. Edward était parti, et je ne pouvais pas supporter l'idée de perdre aussi Loveday. En épousant Walter, elle restait auprès de nous. Lui, nous l'avons toujours bien aimé, malgré son manque de savoir-vivre et ses manières un peu rudes. Edgar l'apprécie parce qu'il est bon avec les chevaux et qu'il s'est toujours bien occupé de Loveday, la surveillant les jours de chasse, lui donnant un coup de main quand elle s'est mise à travailler à la ferme. Il était son ami. J'ai toujours considéré que le plus important, quand on se marie, c'est d'épouser un ami. La passion tiédit avec le temps, alors que l'amitié est éternelle. J'ai vraiment cru qu'ils étaient faits l'un pour l'autre.

— Y a-t-il une raison de penser qu'ils ne le sont pas?

— Non, soupira Diana. Pas vraiment. Mais elle n'avait que dix-neuf ans. Peut-être aurions-nous dû être un peu plus fermes, lui dire d'attendre...

— Diana, si vous vous y étiez opposés, elle n'en aurait été que plus résolue à n'en faire qu'à sa tête... Elle est faite comme ça. J'ai essayé de discuter, le jour où nous nous sommes retrouvées à Londres et où elle m'a annoncé qu'elle était fiancée. Elle m'a volé dans les plumes.

Le café était prêt. Judith remplit deux tasses et en posa une devant Diana. Au premier étage, on entendit soudain un rugissement sourd. En ayant terminé avec le linge, Phyllis passait l'aspirateur sur le palier.

— J'ai vraiment cru que ça marcherait, dit Diana. Ça a marché pour moi.

— Je ne comprends pas.

— Je n'ai jamais été amoureuse d'Edgar, mais il a toujours été mon ami. Je le connaissais depuis que j'étais petite fille. Il était l'ami de mes parents. Je le trouvais trop vieux. Antique. Il m'emmenait au parc et nous donnions à manger aux canards. Et puis la guerre est venue... La Première Guerre. J'avais seize ans, et j'étais follement amoureuse d'un jeune homme que j'avais rencontré à Eton. Il faisait partie des Coldstream Guards et il est parti pour la France. Un jour, il est revenu en permission. Mais bien entendu, il a dû retourner sur le front. Il a été tué dans les tranchées. J'avais alors dix-sept ans. Et j'étais enceinte.

Diana avait dit cela d'une voix égale, évoquant ses souvenirs d'un ton aussi dégagé que si elle décrivait un chapeau ravissant.

– *Enceinte ?*

– Oui. Par négligence, ma chérie, mais nous n'étions pas très averties à cette époque.

– Qu'est-il arrivé ?

– Edgar. Je ne pouvais pas en parler à mes parents, alors je me suis confiée à Edgar. Et Edgar m'a dit qu'il m'épouserait, qu'il serait le père de mon bébé et que je n'aurais plus jamais à m'inquiéter. (Diana éclata de rire.) Et c'est ce qui s'est passé.

– Et le bébé ?

– Athena.

– Mais...

Il n'y avait rien à ajouter.

– Ma chérie, tu n'es pas choquée au moins ? C'était une autre sorte d'amour. Je n'ai jamais eu l'impression de me *servir* d'Edgar. Après la tourmente, la passion, la tragédie et le désespoir, vivre avec lui, c'était entrer dans un port paisible en sachant que rien ne pourrait plus me faire de mal. Nous en sommes restés là. Il en a toujours été ainsi.

– Athena. Je n'ai jamais soupçonné un seul instant...

– Pourquoi l'aurais-tu soupçonné ? Edward a été le premier enfant d'Edgar, mais il n'y a pas eu d'enfant plus aimée qu'Athena. Elle me ressemble, je le sais. Mais elle a quelque chose de son père, que seuls Edgar et moi verrons jamais. C'était un si beau jeune homme. Grand, les yeux bleus, blond. Ma mère l'appelait Adonis. « Ce garçon, disait-elle, est un véritable Adonis. »

– Athena le sait-elle ?

– Non, bien sûr que non. Pourquoi devrait-on le lui dire ? Edgar est son père. Il l'a toujours été. C'est bizarre. Cela fait des années que je n'y ai pas pensé. En fait, je ne sais pas trop pourquoi je te le dis maintenant.

– Loveday.

– Évidemment. Pour justifier notre décision. L'histoire se répète. Encore une guerre atroce, un bébé en route, et l'homme fidèle vers lequel on se tourne. L'ami. (Elle but une gorgée de café.) Je ne l'ai jamais dit à personne d'autre.

– Je n'en dirai jamais rien à quiconque.

– Ma chérie, je le sais bien. Ce que je veux dire, c'est qu'Edgar est toute ma vie.

– Je sais.

Elles se turent. Judith pensait à Tommy Mortimer et à l'énigme qu'avait été pour elle son amitié avec Diana. A présent, connaissant la vérité, elle comprenait tout. *Edgar est toute ma vie.* Mais il était plus âgé, il avait ses habitudes. Gentleman-farmer jusqu'au bout des ongles. Diana avait perdu son amour, mais jamais sa jeunesse. Elle avait toujours besoin d'une autre dimension, de Londres, des concerts, des fêtes, des boutiques. Des déjeuners au *Ritz*. Tommy Mortimer était la clé de cet autre monde.

– Ma chérie, qu'est-ce qui te rend si songeuse ?

– Je pensais à Tommy Mortimer.

– Il n'a jamais été mon amant.

– Ce n'était pas à ça que je pensais.

– Ce n'est pas son genre. Non qu'il soit homosexuel. Juste confortablement asexué.

– La première fois que je suis venue à Nancherrow, il était là... Je ne comprenais pas.

– Ma chérie, tu te disais qu'Edgar aurait dû le balancer par la fenêtre ?

– Pas exactement.

– Il n'a jamais présenté aucun danger. Edgar le savait. Juste quelqu'un dont j'avais besoin. Edgar me laissait sortir avec lui. Parce que c'est le plus charmant, le plus généreux des hommes. Et il m'a rendue si heureuse. Tu vois, ça a marché pour moi. C'est pourquoi j'ai pensé que c'était bien pour Loveday.

– Diana, c'est Loveday qui a décidé. Pas vous.

A ce moment-là, une porte claqua à l'avant de la maison.

– Judith !

– Je suis à la cuisine, répondit Judith en élevant la voix.

– Jess, dit Diana. C'est affreux, mais j'avais complètement oublié qu'elle était là.

Elles en riaient encore quand la porte s'ouvrit brusquement devant une Jess couverte de toiles d'araignée, les cheveux en bataille, mais très satisfaite.

– J'ai tout fait, mais il me faut un produit pour nettoyer les vitres.

Apercevant Diana, elle devint hésitante.

– Je... je suis désolée, mais j'ignorais que vous étiez là.

– Ne sois pas désolée, ma chère Jess. Je passais juste pour apporter des œufs et des légumes. Qu'est-ce que tu as fait ?

– J'ai nettoyé la cabane. Elle était pleine de toiles d'araignée, de mouches mortes et de tas de trucs, mais j'ai tout balayé. Il y avait aussi deux cadavres de souris sur le plancher. Il nous faudrait vraiment un chat. Avons-nous quelque chose pour faire les vitres ?

– Je ne sais pas. Je vais voir ça dans un instant.

– Cette petite maison n'est-elle pas ravissante ? fit Diana en souriant. On l'a fait construire pour mes enfants, Athena et Edward. Ils y ont passé des heures, des jours, des semaines. Ils y dormaient l'été et se faisaient cuire des saucisses qui sentaient horriblement fort.

– Quand l'été viendra, j'irai dormir là-bas. Tout le temps.

– Tu ne te sentiras pas seule ?

– J'emmènerai Morag pour me tenir compagnie.

– Tu veux du café ? demanda Judith.

– Pas vraiment, répondit Jess en fronçant le nez.

– Alors prends un bol de lait. Et un biscuit, par exemple.

– Je veux nettoyer les vitres.

– Cinq minutes pour prendre un petit en-cas, et ensuite tu continueras ton ménage.

– D'accord.

– Le lait est dans le réfrigérateur, et les biscuits dans la boîte en fer. Sers-toi.

Jess obtempéra.

– Est-ce que tu as appelé Sainte-Ursule ? demanda-t-elle.

– Oui. Nous avons rendez-vous avec Miss Catto demain après-midi.

– Tu lui as parlé ?

– Évidemment.

– Je ne serai pas obligée de commencer tout de suite, n'est-ce pas ?

– Non, mais au milieu du trimestre.

– Quand est-ce ?

– Vers le 5 novembre.

– Le jour de la fête de Guy Fawkes, dit Diana.

– Qu'est-ce que c'est que la fête de Guy Fawkes ? fit Jess en plissant le front.

– C'est la commémoration bestiale d'un horrible événement, où l'on brûle l'effigie de ce pauvre Guy Fawkes. On tire des feux d'artifice et on se conduit généralement comme une bande de vauriens.

– Ça a l'air plutôt amusant.

– Seras-tu demi-pensionnaire ou interne ?

Jess haussa ostensiblement les épaules.

– Aucune idée.

Elle prit une tasse sur le vaisselier et y versa du lait.

– Il vaudrait mieux qu'elle soit demi-pensionnaire, dit Judith, mais il y a le problème du transport et de l'essence. Il n'y a plus de bus. Peut-être pourrait-elle rentrer chaque week-end ? Nous verrons.

Jess avait pris deux biscuits dans la boîte de fer-blanc. Après avoir avalé le premier, elle se pencha sur l'épaule de Judith.

– Judith, j'aimerais vraiment que tu me trouves quelque chose pour nettoyer les vitres.

– Ça dépend, dit Miss Catto, si Jess a acquis des bases solides dans son école de Singapour. Quel âge avait-elle quand elle l'a quittée ?

– Onze ans.

– Et aucune scolarisation depuis ?

– Non. Mais les Hollandaises du camp étaient pour la plupart des femmes bien éduquées et cultivées. Elles avaient organisé des cours pour les enfants, mais les Japonais leur ont confisqué tous leurs livres. Elles en ont donc été réduites à leur raconter des histoires, à leur transmettre des connaissances générales et à leur apprendre des chansons. Elles ont même réussi à organiser un ou deux concerts. Un petit garçon a taillé une flûte pour Jess dans une tige de bambou.

Miss Catto hocha tristement la tête.

– On a peine à imaginer.

Elles se trouvaient dans le bureau de Miss Catto, lieu de tant de coups de théâtre. C'était là que Miss Catto avait annoncé à Judith l'accident de voiture de tante

Louise. Là que Mr. Baines lui avait parlé de l'héritage de tante Louise, qui avait bouleversé sa vie et fait d'elle une fille riche.

Il était quatre heures de l'après-midi. Un étrange silence planait sur Sainte-Ursule. A trois heures, les cours avaient pris fin, et toutes les filles étaient sorties en rangs pour se rendre au terrain de sport. Seules quelques-unes parmi les plus grandes étaient restées travailler à la bibliothèque, ou s'exerçaient au piano ou au violon. Au loin on entendait l'écho de leurs gammes.

Pour ce qui était de l'aspect extérieur, Sainte-Ursule ne s'était pas améliorée. Les années de guerre y avaient laissé leur empreinte. Miss Catto, alors responsable de deux écoles, avait dû faire face à quantité de problèmes : le manque d'espace, le rationnement alimentaire, le couvre-feu, les raids aériens, un personnel trop âgé ou pas assez qualifié, et le manque total d'aide domestique.

Tout en portait visiblement les cicatrices. Bien qu'il ne fût pas trop envahi par les mauvaises herbes, le domaine n'avait plus rien de commun avec les jardins impeccablement entretenus de jadis et, de la fenêtre du bureau de Miss Catto, on apercevait les six préfabriqués hideux que l'on avait construits sur l'ancien court de tennis et sur les pelouses de croquet.

Même le joli petit bureau de Miss Catto semblait un peu défraîchi, avec les dossiers qui s'empilaient sur sa table et une vieille bouilloire électrique posée dans l'âtre vide. Les rideaux (que Judith reconnut) étaient élimés, les tissus recouvrant les fauteuils étaient décolorés et troués, le tapis usé jusqu'à la trame.

Miss Catto non plus n'était pas indemne. A quarante et quelques années, elle paraissait beaucoup plus âgée, avec ses cheveux gris et les rides qui marquaient son front et sa bouche. Il émanait pourtant d'elle une aura de tranquillité et de compétence, et son regard était resté le même, sage et doux, pétillant d'intelligence et d'humour. Après avoir passé une heure en sa compagnie, Judith avait remis Jess entre ses mains sans l'ombre d'une réserve.

– A mon avis, nous devrions d'abord l'intégrer en quatrième. Les filles dans sa classe auront un an de moins, mais elles sont particulièrement gentilles. Je ne veux pas qu'elle soit dépassée et qu'elle risque de perdre confiance.

– Je pense qu'elle est très intelligente. Si on l'y encourage, il ne lui faudra pas longtemps pour tout rattraper.

Miss Catto avait manifestement plu à Jess. Au début, inquiète, celle-ci avait répondu par monosyllabes à ses questions, mais elle s'était vite détendue. L'entretien guindé s'était alors mué en une agréable conversation, où l'on avait beaucoup ri. Un peu plus tard, on avait frappé à la porte. L'une des élèves les plus âgées s'était présentée et avait proposé à Jess de lui faire faire le tour de l'établissement. La jeune fille portait une jupe de flanelle grise et des chaussures de cuir bicolores à talons plats. Judith l'avait trouvée beaucoup plus séduisante qu'elle-même et Loveday ne l'étaient au même âge, fagotées dans leurs tweeds verts informes et leurs bas marron.

– Merci, Elizabeth, c'est très gentil. Une demi-heure ? Je pense que ce sera largement suffisant. Et n'oubliez pas de montrer à Jess les dortoirs, le gymnase et les salles de musique.

– Bien, Miss Catto. (Elle avait souri.) Viens, Jess.

Elles n'étaient pas encore de retour.

– A-t-elle étudié une langue étrangère ?

– Un peu de français, je crois. Mais elle a probablement tout oublié.

– On peut envisager des cours particuliers. Il ne faut pas pour autant surcharger cette enfant de travail. Venons-en à l'essentiel. Quand souhaitez-vous qu'elle commence ?

– Qu'en pensez-vous ?

– A mon avis, le plus tôt possible. Après les vacances d'automne. La rentrée est le 6 novembre.

Cela parut bien tôt à Judith.

– Pourrions-nous en parler à Jess ? Je tiens à ce qu'elle soit d'accord. Qu'elle ait voix au chapitre.

– Vous avez parfaitement raison. Nous en discuterons toutes les trois quand elle reviendra. Sera-t-elle demi-pensionnaire ou interne ? Si vous le désirez, elle peut rentrer le week-end, mais ce n'est pas un arrangement que je recommande. C'est parfois très déstabilisant, surtout quand la situation de l'enfant est un peu particulière. Enfin, c'est à Jess et à vous d'en décider.

– Je ne pense pas qu'elle puisse être demi-pensionnaire. Ce n'est pas possible avec si peu d'essence et pas de bus.

– Pensionnaire, alors ? Nous en parlerons. Je suis certaine que, quand elle aura fini son petit tour, elle sera rassurée et comprendra qu'elle ne sera pas incarcérée ici comme dans un autre camp de prisonniers.

– Nous aurons une liste de vêtements, je suppose ?

– Vous serez ravie d'apprendre, fit Miss Catto avec un sourire, que celle-ci a été considérablement réduite. A présent, elle tient sur un feuillet. Les règlements ont dû être révisés par notre conseil d'établissement. Il m'arrive de penser que nous étions terriblement vieux jeu avant la guerre, presque victoriens. En fait, je suis enchantée de voir toutes ces filles se promener avec des vêtements gais. Aujourd'hui, chacune a sa personnalité propre, aisément reconnaissable. (Elles se regardèrent pardessus le bureau.) Je vous promets, ma chère, que je ferai de mon mieux pour que Jess soit heureuse.

– J'en suis certaine.

– Et vous, Judith ? Comment allez-vous ?

– Je vais bien.

– Et votre vie ?

– Je n'ai jamais pu entrer à l'université.

– Je sais. Je sais tout de vous. De temps en temps, je croise Mr. Baines, qui me donne de vos nouvelles. La disparition de vos parents m'a causé un immense chagrin, mais du moins avez-vous Jess. De plus, vous êtes en mesure de lui donner un foyer. Mais ne vous engluez pas dans la domesticité, Judith, ajouta-t-elle en souriant. Vous êtes trop intelligente pour cela, vous avez un trop bel avenir devant vous.

– Je ne pourrai plus entrer à l'université.

– Non, je suppose, répondit Miss Catto avec un soupir. Ce serait une sorte de régression. Ce n'est pas grave. Nous avons tenté notre chance... Avez-vous revu Loveday Carey-Lewis ?

– Oui.

– Est-elle heureuse ?

– Elle en a l'air.

– Je n'ai jamais très bien su ce qu'il adviendrait d'elle. En général, j'arrive à imaginer quelle sera plus ou moins la vie de mes élèves, j'ai une petite idée de ce que chacune fera après sa scolarité. Mais pas Loveday. C'était soit l'euphorie soit le désastre, et je ne suis jamais parvenue à savoir ce qui l'emporterait.

– Peut-être à mi-chemin ? fit Judith, après un temps de réflexion.

Miss Catto éclata de rire.

– Très bien ! Une tasse de thé ? Jess reviendra dans un moment. J'ai quelques biscuits au chocolat pour elle.

Elle se leva en rajustant sa toge noire élimée sur ses épaules.

– Fini le temps des femmes de chambre et des plateaux de thé. Je fais chauffer ma bouilloire et je me débrouille très bien toute seule.

– Je ne vous ai jamais considérée comme une femme d'intérieur.

– Je ne le suis pas.

Le Manoir, Rosemullion, samedi 3 novembre

Cher oncle Bob,

Pardonne-moi de ne pas t'avoir écrit plus tôt, mais j'ai rencontré des tas de gens avec Judith et j'ai nettoyé la cabane qui se trouve dans le jardin. J'irai y dormir quand il fera assez chaud.

Merci beaucoup de m'avoir reçue à Colombo. J'ai été très heureuse, surtout de voir les alligators.

Je rentre en classe mardi. J'aurais préféré ne pas être pensionnaire, mais Miss Catto dit que l'on a des tas d'activités le week-end : on fait du théâtre, des lectures à voix haute ou des promenades. J'aurai la permission de téléphoner à Judith quand je le voudrai. Mais le soir, pas dans la journée.

Miss Catto est très gentille et très drôle.

Morag va bien.

J'espère que toi aussi.

Transmets toute mon affection à Mr. Beatty et à Thomas.

Je t'embrasse,

Jess.

P.-S. : Biddy t'embrasse.

– Je ne veux pas que tu entres, Judith. Je préfère te dire au revoir sur le perron. Si tu entres, ça ne fera que prolonger les choses.

– C'est vraiment ce que tu désires ?

– Oui. Elizabeth, cette fille si gentille, m'a dit qu'elle viendrait nous accueillir, me montrer mon dortoir et le reste. Elle m'attendra à la porte.

– C’est gentil.

– Elle a dit que, pendant ce trimestre, elle se chargerait de moi et que, si j’étais perdue, je n’avais qu’à venir
la voir et qu’elle m’aiderait.

– Ça me paraît un bon système.

Elles étaient presque arrivées. Judith quitta la route
principale et gravit la côte jusqu’au portail de l’école. Il
était deux heures et demie et il pleuvait, une bruine
tenace qui trempait les jardins désolés et les arbres nus.
Les essuie-glaces marchaient depuis qu’elles avaient
quitté Rosemullion.

– C’est tellement drôle, dit Judith.

– Qu’est-ce qui est drôle ?

– L’histoire se répète. Quand maman m’a emmenée à
Sainte-Ursule, je lui ai dit exactement la même chose.
« N’entre pas. Dis-moi adieu sur le seuil. » Et c’est ce
qu’elle a fait.

– Mais c’est différent, n’est-ce pas ?

– Oui. Grâce au ciel, c’est différent. Quand je lui ai dit
adieu, je pensais que c’était pour quatre ans. Cela me
semblait une éternité. C’était pour *toujours*, mais heureusement je ne le savais pas. Toi et moi, nous n’avons
pas vraiment à nous dire adieu. Juste au revoir. Parce
que Phyllis, Biddy et moi, nous ne serons jamais loin.
Même quand Biddy s’en ira dans sa nouvelle maison,
nous serons tout près les unes des autres. Et puis, Noël
n’est pas dans longtemps.

– Aurons-nous un vrai Noël ?

– Le plus beau qui soit.

– Ferons-nous un sapin, comme Biddy à Keyham ?

– Blanc et argenté. Qui montera jusqu’au plafond.

– Ça va me faire drôle sans toi, dit Jess.

– Tu me manqueras aussi.

– Mais je ne m’ennuierai pas de la maison.

– Non, Jess. Te connaissant, je suis sûre que non.

Leurs adieux ne durèrent pas très longtemps. Comme
elle l’avait promis, Elizabeth les attendait devant l’entrée
principale. En apercevant la voiture, elle enfila son
imperméable et vint à leur rencontre.

– Bonjour. Vous voilà. Quelle horrible journée ! Y
avait-il beaucoup de brouillard sur la route ?

Son assurance chaleureuse dissipa rapidement toute
gêne et toute tension.

– Je vais prendre ta valise et ta crosse de hockey.

Peux-tu porter le reste ? Ensuite, nous monterons au premier étage et je te montrerai où tu dormiras...

Tout fut transporté à l'intérieur. Avec tact, Elizabeth s'affaira hors de portée de leurs voix. Sur le seuil, Judith et Jess se firent face.

– Eh bien, voilà ! fit Judith en souriant. C'est ici que je te quitte.

– Oui, dit Jess d'un ton posé et ferme. Ici. Tout ira bien.

Elle était si calme, elle maîtrisait si bien la situation que Judith eut honte de ses propres appréhensions, et de se conduire au moindre encouragement comme la plus sentimentale des mères.

– Merci de m'avoir accompagnée.

– Au revoir, Jess.

– Au revoir.

– Je t'aime.

Elles s'embrassèrent. Jess lui fit un drôle de petit sourire, se détourna et disparut.

Sur le chemin du retour, Judith pleura un peu dans la voiture, mais uniquement parce que Jess avait été formidable, que le Manoir allait lui sembler vide sans elle et qu'on leur avait laissé peu de temps. Elle prit un mouchoir et se moucha en se traitant d'imbécile. A Sainte-Ursule, Jess allait s'épanouir et profiter de la compagnie de filles de son âge. Elle avait vécu trop longtemps au milieu d'adultes. Elle avait connu la faim, les privations, le deuil et toutes les horreurs d'un monde adulte et cruel. Maintenant, enfin, elle aurait le loisir de redécouvrir les joies et les aventures d'une enfance normale. C'était ce dont elle avait besoin. La meilleure chose à faire.

Mais comment ne pas se sentir vide et triste ? En traversant lentement la lande brumeuse, Judith ressentit le besoin de voir quelqu'un de son âge et décida de rendre visite à Loveday. Elle n'était pas encore allée à Lidgey, tout simplement parce que, ces derniers temps, elle s'était entièrement consacrée à Jess. Comme promis, elles avaient visité Penmarron ; pris le train à Porthkerris, exploré la fascinante petite ville, rendu visite aux Warren et bu le traditionnel thé. Et il avait fallu équiper Jess pour Sainte-Ursule. La liste de vêtements était bien moins longue et compliquée que du temps de Judith, et Jess avait déjà fait l'acquisition de tous les vêtements indispensables à Colombo. Mais il lui manquait encore de nombreux articles, qu'il fallut dénicher dans les boutiques tristement vides de Penzance. Une crosse et des chaussures de hockey, du papier à lettres, une boîte de peinture. Une blouse pour les travaux pratiques, un stylo à plume, des ciseaux de couture et du matériel de géométrie. Enfin et surtout une bible et le *Livre de prières avec des chants anciens et modernes,* indispensable dans tout établissement anglican qui se respecte. Puis il avait fallu préparer les bagages de Jess.

Loveday avait donc été quelque peu négligée. Cet après-midi, l'occasion se présentait de passer une heure ou deux en sa compagnie. Elle regretta de n'y avoir pas songé plus tôt. Elle aurait pu acheter des fleurs à Penzance et peut-être un jouet ou des bonbons pour Nat. Trop tard, maintenant. Les cadeaux attendraient.

Elle traversa Rosemullion, gravit la côte, passa devant le portail de Nancherrow et poursuivit sa route jusqu'au virage qui descendait vers la ferme. Le chemin d'accès était pentu, étroit et rocailleux comme le lit d'un ruisseau, enfoui entre des haies d'ajoncs. Près de la plate-forme de pierre où Walter déposait chaque jour les bidons que ramassait le camion de lait, un panneau indiquait Lidgey.

Une allée carrossable serpentait sur un bon kilomètre avant d'arriver à la ferme mais, à mi-chemin, sur la gauche, s'élevait le cottage de pierre que le colonel avait fait rénover quand Loveday et Walter s'étaient mariés. Il épousait la courbe de la pente, son toit d'ardoise luisant sous la pluie, aisément reconnaissable au linge étendu qui claquait et ondulait dans le vent humide. Judith s'arrêta au portail ouvert et calé par une grosse pierre, au-delà duquel s'étendait ce qui aurait dû être un jardin, mais n'en était pas un : rien que de l'herbe, quelques buissons d'ajoncs et des jouets qui traînaient. Un tricycle rouillé, une pelle en fer et un seau. Quelque part, un chien aboyait. Elle remonta l'allée dallée de granit et ouvrit une porte à la peinture écaillée.

— Loveday ?

Elle se retrouva dans un minuscule vestibule où étaient accrochés de vieux manteaux et des imperméables. Sur le sol, un enchevêtrement de bottes pleines de boue.

— Loveday !

Elle ouvrit une seconde porte.

– C'est moi.

Cuisine et séjour réunis en une seule pièce, comme chez Mrs. Mudge. Un fourneau cornouaillais chauffant doucement, des vêtements accrochés à un séchoir en hauteur, un sol dallé, quelques tapis ; la table, l'évier de terre, les bols des chiens, le seau à épluchures pour les cochons, les piles de vieux journaux, le vaisselier bourré d'objets disparates, le sofa affaissé.

Allongé sur le sofa, le pouce dans la bouche, Nat dormait profondément. Il portait une salopette crasseuse dans laquelle il avait fait pipi. Perchée sur l'une des étagères du vaisselier, la radio marmonnait dans son coin. Loveday repassait.

Quand la porte s'ouvrit, elle leva les yeux.

– C'est moi, dit Judith, inutilement.

– Eh bien ! (Loveday posa son fer avec un bruit mat.) D'où viens-tu comme ça ?

– De Sainte-Ursule. Je viens d'y déposer Jess.

– Mon Dieu, comment va-t-elle ?

– Elle a été sensationnelle. Très courageuse. Pas de larmes. C'est moi qui ai failli pleurer comme une Madeleine.

– Tu crois qu'elle s'y plaira ?

– Oui, je pense. Elle a la permission de me téléphoner si elle a le cafard. Pour l'instant, le cafard, c'est moi qui l'ai. Alors je suis venue pour que tu me remontes le moral.

– Je crains que tu ne te trompes d'adresse.

– Moi, ça me va. J'ai très envie d'une tasse de thé.

– Je vais faire chauffer la bouilloire. Retire ton manteau. Pose-le quelque part.

Judith chercha en vain un endroit où le mettre. Il y avait une pile de linge sur une chaise, un énorme chat tigré sur une autre, et Nat étalé sur le sofa. Elle retourna donc dans le vestibule et pendit son imperméable à un crochet par-dessus un ciré noir crotté.

– Je suis vraiment désolée de n'être pas venue plus tôt, Loveday, mais je n'ai pas eu une minute. Il y avait tant à faire pour Jess...

Judith se dirigea vers le sofa et baissa les yeux vers Nat. Il avait les joues rouge vif et serrait dans son poing potelé un vieux lambeau de couverture.

– Fait-il toujours la sieste l'après-midi ?

– Généralement pas. Mais il ne s'est pas couché avant deux heures du matin. Il m'en a fait voir de toutes les couleurs. Il doit faire ses dents.

Loveday remplit la bouilloire au robinet de l'évier et la posa sur le fourneau.

– A vrai dire, je ne sais jamais s'il va dormir ou non. Il a toujours eu un sommeil horriblement fantaisiste. Quand il dort, je le laisse faire, parce que c'est le seul moment où j'ai la paix. C'est pour cela que j'essayais de faire du repassage.

– Si nous le réveillons maintenant, peut-être qu'il dormira ce soir.

– Oui, peut-être.

Mais l'idée ne semblait guère emballer Loveday.

– Une fois qu'il sera réveillé, il sera réveillé, et voilà. Et puis le temps est trop humide pour qu'il joue dehors.

Elle alla éteindre la radio.

– Je l'avais mise pour me tenir compagnie. Je vais ranger tout ça pour te faire un peu de place...

Elle ramassa la pile de linge non repassé, mais Judith l'arrêta.

– Je vais le faire. Laisse-moi terminer pendant que tu prépares le thé. Réveille Nat, et nous goûterons tous ensemble...

– Tu crois vraiment ? C'est trop dur...

– A quoi servent les amies, ma chère ? demanda Judith en imitant la voix de Mary Millyway, puis elle prit une chemise froissée sur le dessus de la pile. Faut-il que ce soit impeccable ? Parce que, dans ce cas, je devrai la mouiller un peu.

– Ça n'a pas d'importance. Plie-la simplement pour que je puisse la ranger dans le tiroir de Walter. (Loveday s'écroula sur le canapé à côté de son fils endormi.) Il est mouillé, lui aussi, le vilain, dit-elle avec indulgence. Hé, Nat. Réveille-toi. Nous allons prendre le thé.

Elle se pencha pour l'embrasser. Tout en repassant, Judith l'observait. Elle avait mauvaise mine. Elle semblait épuisée, avait des cernes sous les yeux. Judith se demanda s'il arrivait que la petite maison soit joliment arrangée, ou même simplement propre et ordonnée, et en douta.

Nat ouvrit les yeux. Loveday le prit sur ses genoux et le câlina un peu en lui parlant jusqu'à ce qu'il soit bien réveillé. En regardant autour de lui, il aperçut Judith.

– Qui est cette dame ?

– C'est Judith. Tu l'as vue l'autre jour. Chez mamie.

Les yeux noirs de Nat ressemblaient à deux grains de raisin juteux.

– Je me rappelle pas.

– Eh bien, elle se souvient de toi et elle est venue te voir, dit-elle en se levant avec Nat dans les bras. Viens, je vais changer ton pantalon.

– Puis-je venir aussi pour visiter la maison ? demanda Judith.

– Non, lui répondit-on fermement. C'est beaucoup trop en désordre. Si tu m'avais annoncé ta venue, j'aurais rangé. Il faut me prévenir avant les visites guidées. Un peu comme dans les demeures historiques. Je te montrerai tout la prochaine fois.

Il y avait une porte au fond de la cuisine, derrière laquelle elle disparut en la laissant ouverte, si bien que Judith put apercevoir une immense tête de lit en cuivre. Tout en faisant de son mieux pour aplatir les plis de la chemise froissée et sèche, elle écouta Loveday qui parlait à Nat. Elle l'entendit ouvrir et fermer des tiroirs, faire couler des robinets, tirer la chasse d'eau. Puis ils réapparurent. Avec sa salopette propre et ses cheveux brossés, Nat avait la tête d'un chérubin à qui l'on aurait donné le bon Dieu sans confession. Loveday le posa sur le sol, lui donna un petit camion et l'abandonna à ses jeux.

L'eau bouillait. Elle saisit la théière.

– J'ai fait *une* chemise.

– Ça suffit comme ça. Éteins le fer. Si tu veux m'aider, mets la table... Les tasses sont dans ce placard. Les assiettes aussi. Il y a un bout de gâteau au safran dans la corbeille et du beurre dans le récipient au-dessus du frigo...

Elles dressèrent une table de fortune en écartant quelques papiers et des exemplaires du quotidien local pour faire de la place. Elles invitèrent Nat à les rejoindre, mais il déclina leur offre, préférant le sol et son camion, qu'il poussait en imitant le bruit du moteur. Loveday le laissa faire.

– Excuse-moi pour cette pagaille et pour ne pas t'avoir invitée à voir le reste.

– Ne sois pas ridicule.

– Quand j'aurai fait un grand nettoyage de printemps, je t'enverrai une invitation en bonne et due forme. En fait, c'est très mignon, et la nouvelle salle de bains est ravissante. Avec des carreaux, des tuyaux chauffants pour les serviettes et tout et tout. Ce cher Pops s'est vraiment montré généreux. Seulement, nous n'avons qu'une chambre. Je sais que Nat dormirait mieux s'il était tout seul, mais nous n'y pouvons rien. Ta maison est toujours si bien rangée, ajouta-t-elle en versant le thé, rien qui ne soit à sa place.

– C'est grâce à Phyllis, et puis nous n'avons pas d'enfant de trois ans plein de vie en vadrouille.

– C'est moins pénible quand il fait beau. Il joue dehors la plupart du temps. Mais quand il pleut, c'est impossible. Des traînées de boue à chaque fois qu'il rentre.

– Où est Walter ?

– Quelque part. Dans le champ du haut, je crois. Il rentrera bientôt pour la traite.

– Est-ce que tu l'aides toujours ?

– Quelquefois. Quand Mrs. Mudge n'est pas là.

– Et aujourd'hui ?

– Non, pas aujourd'hui, Dieu merci.

– Tu as l'air fatiguée, Loveday.

– Tu le serais aussi, si tu n'avais pas dormi avant trois heures du matin.

Elle se tut et baissa les yeux, ses coudes osseux posés sur la table, les mains sur sa tasse de thé chaud. Ses longs cils noirs ombraient ses joues pâles et, à son grand désarroi, Judith y vit perler des larmes.

– Oh, Loveday.

Loveday secoua la tête en une sorte de déni mécontent.

– Je suis fatiguée, c'est tout.

– S'il y a quelque chose qui ne va pas, tu peux me le dire, tu le sais bien.

Loveday secoua de nouveau la tête. Une larme lui coula sur la joue. Elle l'essuya du revers de la main.

– Ça ne sert à rien de tout garder pour toi. Ce n'est pas bon.

Loveday ne dit rien.

– S'agit-il de Walter et de toi ?

Il lui avait fallu un certain courage pour le demander, car elle savait qu'elle risquait de se faire rembarrer, mais c'était dit. Et Loveday ne se mettait pas en colère.

– Il y a quelque chose qui ne va pas entre vous ?

Loveday marmonna.

– Pardon ?

– J'ai dit : il y a une autre femme. Il a une autre femme.

Judith crut qu'elle allait défaillir.

– En es-tu sûre ? demanda-t-elle en posant soigneusement sa tasse sur la table.

Loveday acquiesça.

– Comment le sais-tu ?

– Je le sais. Il va la voir. Le soir, au pub. Quelquefois il ne rentre pas à la maison avant le petit matin.

– Mais comment le *sais*-tu ?

– C'est Mrs. Mudge qui me l'a dit.

– Mrs. Mudge ?

– Oui. Elle en a entendu parler au village. Elle me l'a dit parce qu'elle pensait que je devais le savoir. Avoir une explication avec Walter. Lui dire d'arrêter.

– Elle est de ton côté ou du sien ?

– De mon côté. Jusqu'à un certain point. Elle pense que, quand un homme court le jupon, c'est qu'il y a quelque chose qui cloche avec sa femme.

– Pourquoi ne l'engueule-t-elle pas ? C'est son fils.

– Elle dit que ce n'est pas à elle d'intervenir. Et je dois admettre qu'elle ne l'a jamais fait. C'est tout à son honneur.

– Qui est cette femme ?

– Une loque. Elle est descendue à Porthkerris durant l'été avec une espèce de peintre. De Londres. Elle a vécu un peu avec lui, puis ils se sont querellés, ou il en a trouvé une autre, et elle s'est tirée.

– Où habite-t-elle à présent ?

– Dans une caravane, derrière la colline de Veglos.

– Où Walter l'a-t-il rencontrée ?

– Dans un pub quelconque.

– Comment s'appelle-t-elle ?

– Tu ne vas pas le croire.

– Dis toujours.

– Arabella Lumb.

– Ce n'est pas possible.

Tout à coup, aussi incroyable que cela puisse paraître, elles se mirent à rire alors que les larmes coulaient toujours sur les joues de Loveday.

– Arabella Lumb !

Ainsi répété, ce nom semblait encore plus improbable.

– Est-ce que tu l'as déjà vue ?

– Oui, une fois. Elle était à Rosemullion un soir où je suis allée prendre une bière avec Walter. Elle est restée assise dans un coin près du bar toute la soirée à le lorgner mais, comme j'étais là, ils ne se sont pas adressé la parole. C'est une vieille fêtarde. Elle a l'air d'une romanichelle avec sa grosse poitrine... tu vois le genre, bracelets, perles, sandales et vernis vert sur des ongles de pied plutôt sales.

– Pas très ragoûtant.

– Elle est quand même sexy. Comme un gros fruit trop mûr. Mais j'ai bien l'impression que Walter s'est entiché d'elle.

Loveday se cala sur sa chaise et fouilla dans la poche de son pantalon, dont elle tira un paquet de cigarettes froissé et un briquet bon marché. Elle en prit une et l'alluma.

– Je ne sais pas quoi faire, dit-elle.

– Suis les conseils de Mrs. Mudge. Explique-toi avec lui.

Loveday renifla bruyamment, puis elle leva les yeux et croisa le regard de Judith.

– J'ai essayé hier soir, fit-elle, abattue. J'étais en colère et j'en avais marre. Walter est rentré à onze heures. Il avait bu du whisky. Je l'ai senti. Quand il se saoule, il devient agressif. Nous nous sommes affreusement disputés et, comme nous hurlions, nous avons réveillé Nat. Alors il a dit qu'il ferait ce qu'il voudrait et qu'il verrait qui il voudrait, merde ! Et que, de toute façon, c'était ma faute, parce que je n'étais bonne à rien comme mère et comme femme, que la maison était une porcherie et que je ne savais même pas faire la cuisine...

– C'est méchant et injuste.

– Je sais bien que je ne suis pas très douée pour la cuisine, mais c'est horrible de se l'entendre dire. Et puis, il y a autre chose. Il n'aime pas que j'emmène Nat à Nancherrow. Ça lui déplaît, je crois. Comme si ça le rabaissait d'une manière ou d'une autre...

– Walter a moins que quiconque le droit d'être aigri.

– Il prétend que je suis en train de faire de Nat une mauviette. Il tient à ce que ce soit un Mudge, pas un Carey-Lewis.

Tout cela était fort compréhensible, mais non moins stupéfiant.

– Est-ce qu'il aime Nat ?

– Oui, quand Nat est gentil ou drôle. Pas quand il est fatigué, pénible, qu'il a besoin que l'on s'occupe de lui. Il se passe parfois plusieurs jours sans qu'il lui adresse seulement la parole. Il peut être terriblement lunatique. Et ces derniers temps, il a vraiment été impossible.

– Depuis qu'Arabella Lumb est entrée en scène ?

Loveday acquiesça.

– Ce n'est certainement pas sérieux, Loveday. Tous les hommes traversent des périodes de folie, et si elle a sorti l'artillerie lourde, il n'avait aucune chance de lui résister.

– Elle ne s'en ira pas, Judith.

– Peut-être que si. (Mais, en prononçant ces mots, Judith songea que c'était très optimiste.) Tu as été heureuse avec Walter. Fais contre mauvaise fortune bon cœur et attends qu'il retrouve la raison. Ça ne sert à rien de s'engueuler, ça ne fait qu'envenimer les choses.

– C'est un peu tard pour dire ça.

– Je ne te suis pas d'une grande utilité, n'est-ce pas ?

– Si. Rien que de pouvoir en parler, ça fait du bien. Le pire, c'est de n'avoir personne à qui me confier. Maman et Pops deviendraient fous s'ils l'apprenaient.

– Ça m'étonne qu'ils ne le sachent pas déjà.

– La seule personne qui pourrait en avoir entendu parler, c'est Nettlebed. Et nous savons toutes les deux que jamais Nettlebed ne leur en soufflerait mot.

– Non. Non, bien évidemment.

Pendant tout ce temps, Nat était resté à jouer par terre avec la plus grande application. Il songea soudain qu'il avait faim, se leva en chancelant, s'approcha de la table et se hissa sur la pointe des pieds pour voir ce qu'il y avait dessus.

– Je veux manger.

Loveday éteignit sa cigarette dans la soucoupe qu'elle avait à portée de la main, se pencha et le prit sur ses genoux. Elle déposa un baiser sur ses cheveux bruns et épais et, en le serrant dans ses bras, lui beurra une tranche de gâteau au safran.

Il mâcha bruyamment en fixant Judith sans ciller.

– Je voulais t'apporter un cadeau, Nat, dit-elle en souriant, mais il n'y avait pas de magasin. Je t'apporterai quelque chose la prochaine fois. Qu'est-ce qui te ferait plaisir ?

– J'aimerais bien une voiture.

– Une petite voiture ?

– Non. Une grosse, dans laquelle on peut monter.

– Tu as des goûts de luxe, toi ! s'écria Loveday qui riait. Judith ne peut pas t'acheter une voiture.

Judith lui frotta les cheveux.

– N'écoute pas ta mère. Je fais ce que je veux.

Quand elles eurent terminé leur thé, il était plus de cinq heures.

– Il faut vraiment que je parte, dit Judith. Biddy et Phyllis vont se demander ce qui m'est arrivé et s'imaginer que Jess a fait un drame.

– Je suis contente de t'avoir vue. Merci d'être venue.

– Moi aussi, je suis contente. La prochaine fois, je ferai *tout* le repassage, fit-elle en allant récupérer son imperméable. Amène Nat au Manoir un de ces jours. Pour déjeuner.

– Ça nous ferait très plaisir, n'est-ce pas, Nat ? Judith, tu ne le répètes à personne. Ce que je t'ai dit.

– Pas un mot. Mais tu me tiens au courant.

– D'accord.

Loveday souleva Nat dans ses bras et ils accompagnèrent Judith jusqu'à la porte. Dehors la brume s'était épaissie, il faisait gris et humide. Judith remonta le col de son imperméable et s'apprêtait à courir sous la pluie quand Loveday l'appela. Elle se retourna.

– As-tu reçu des nouvelles de Gus ?

– Pas un mot, fit Judith en secouant la tête.

– Je me posais juste la question.

Judith se sentait triste en rentrant chez elle. Elle traversa Rosemullion, gravit la côte et franchit le portail du Manoir. Une chaude lumière jaune émanait de la fenêtre de la cuisine. On avait laissé allumée la lampe au-dessus de la porte d'entrée. Elle rangea la voiture de Biddy au garage, où sa propre Morris reposait, dépouillée de ses roues, sur des blocs de bois, drapée d'un drap crasseux qui la protégeait de la poussière. Les autorités ne lui avaient pas encore fait parvenir les indispensables coupons d'essence et, tant qu'elle n'en aurait pas, il était inutile de faire remettre les roues ou de recharger la batterie pour voir si la petite voiture avait survécu à ses années d'immobilisation.

Elle traversa la cour et entra par la porte de derrière. Dans la cuisine, elle trouva Phyllis en train d'abaisser de la pâte, tandis qu'Anna, à l'autre bout de la table, essayait de faire ses devoirs.

– Il faut que j'écrive une phrase avec le mot « parlé ».

– Eh bien, ça ne devrait pas être trop difficile... Judith, où étais-tu passée ? Nous t'attendons depuis des heures.

– Je suis allée voir Loveday et Nat.

– Nous nous demandions si ça s'était mal passé avec Jess, si elle t'avait retenue.

– Je sais. J'aurais dû téléphoner. Ne vous inquiétez pas. Tout va bien. Elle n'a même pas voulu que j'entre avec elle. Je lui ai dit au revoir sur le seuil.

– Tant mieux ! Ça fait drôle sans elle, non ? Comme si elle avait toujours vécu ici. Elle va nous manquer, n'est-ce pas, Anna ? Allons, fais ce devoir.

Anna soupira profondément.

– Je ne sais pas quoi dire.

Judith vint à son secours.

– Et si tu mettais : « J'ai téléphoné à Jess et je lui ai parlé » ?

– Je ne sais pas écrire « téléphoné », répliqua Anna.

– Alors mets « vu ». « J'ai vu Jess et je lui ai parlé. »

– Ça ira.

Serrant son crayon entre ses doigts, Anna écrivit, le bout de la langue pincé entre les dents à force de concentration.

– Tu veux une tasse de thé ?

– Non, merci, j'en ai déjà pris une. Où est Mrs. Somerville ?

– Dans le salon. Elle attend ton retour. Elle a quelque chose à t'annoncer.

– Quoi ?

– Pas à moi de le dire.

– J'espère que c'est une bonne nouvelle.

– Va voir.

Judith y alla donc, se débarrassant de son manteau en chemin. En ouvrant la porte du salon, elle découvrit une scène des plus douillettes. Les lampes étaient allumées, il y avait du feu. Devant l'âtre, sur une carpette, était étendue Morag. Biddy était installée dans son fauteuil, près du feu, et tricotait un carré. Sa compétence en la matière s'arrêtait là. Elle utilisait pour ce faire de vieux bouts de laine et, quand elle avait une bonne dizaine de carrés, elle les apportait à la Croix-Rouge où une autre dame, un peu plus habile, les rassemblait au crochet pour faire des couvertures en patchwork un peu voyantes. Que l'on expédiait ensuite à la Croix-Rouge allemande pour les distribuer dans les camps de personnes déplacées. Biddy parlait de « contribuer à l'effort de paix ».

— Judith, dit-elle en posant son tricot et en retirant ses lunettes. Tout va bien ? Pas de problèmes avec Jess ?

— Pas du tout.

— Très bien. Il y a un drôle de mélange en elle. Tantôt c'est une petite fille, tantôt elle possède une grande maturité. Elle va se débrouiller à merveille, j'en suis sûre, mais la maison sera un peu vide sans elle. Où étais-tu ?

— Passée voir Loveday, répondit Judith qui tira les rideaux sur le crépuscule de novembre. Si j'en crois Phyllis, tu as quelque chose à me dire.

— Oui. Formidable. Quelle heure est-il ?

— Six heures moins le quart.

— Prenons un verre. Un whisky-soda. Qu'en dis-tu ?

— Je dis oui. Je suis vannée.

— Alors, assieds-toi, mets-toi à l'aise et je t'en apporte un.

Elle se leva et se dirigea vers la salle à manger où l'on rangeait traditionnellement les bouteilles et les verres. Seule, Judith mit une bûche dans le feu et se cala dans l'autre fauteuil. En fait, c'était surtout sa conversation avec Loveday qui l'avait épuisée. Mais il était hors de question qu'elle en parle à Biddy.

Biddy revint avec deux verres. Elle en tendit un à Judith et s'assit en posant le sien sur la table à côté d'elle. Elle alluma une cigarette.

— Voilà, dit-elle quand elle eut tout à portée de la main.

— Dis-moi.

— La maison est à moi. La maison de Portscatho. L'agent immobilier m'a prévenue cet après-midi.

— Biddy, c'est merveilleux.

— Je peux m'y installer quand je veux à partir de la mi-janvier.

— Déjà ?

— Mais il y a des tas de choses à faire. J'y ai réfléchi, j'ai dressé des listes. Je devrai retourner dans le Devon pour vendre la maison de Bickley.

— A qui vas-tu la vendre ?

– A la famille qui l'habite, qui l'a louée pendant toute la guerre. Ça fait deux ans qu'ils veulent l'acheter mais, si je l'avais vendue, j'aurais dû mettre tous mes meubles au garde-meubles. En fait, ils me les ont gardés.

– Ils souhaitent toujours l'acheter ?

– Ils n'attendent que ça. Il ne me reste donc plus qu'à me rendre à Bovey Tracey pour régler l'affaire, faire l'inventaire de tout ce que je possède, m'arranger avec les déménageurs et ainsi de suite. Je vais appeler Hester Lang ce soir pour lui demander si je peux loger chez elle. Je m'occuperai de tout ça bien plus facilement si je suis sur place. Eh bien... fit-elle en levant son verre, à la tienne, ma chérie.

– A Portscatho.

Elles portèrent un toast à la nouvelle maison.

– Quand as-tu l'intention d'y aller ? demanda Judith.

– Au cours de la semaine prochaine, je pense. Et je resterai quelque temps chez Hester.

Judith commença à s'inquiéter.

– Mais tu seras de retour pour Noël ?

– Si tu veux bien de moi.

– Oh, Biddy, il *faut* que tu sois là pour Noël. J'ai promis à Jess qu'elle aurait un vrai Noël, et je n'en ai jamais organisé. Je vais avoir besoin d'aide et de conseils. Nous devrons acheter un arbre et préparer un dîner avec tout le tralala. Il faut que tu sois là.

– Très bien, alors je reviendrai. Jusqu'à la mi-janvier. Ensuite ce sera le grand déménagement. Je veux que tout soit prêt avant le retour de Bob.

– C'est tout à fait passionnant, mais Dieu que tu vas me manquer.

– Tu me manqueras aussi. Et sans Phyllis, je vais devoir réapprendre à m'occuper d'une maison. Mais il faut toujours aller de l'avant, même les vieilles peaux comme moi. Tiens, il me vient une autre idée. Quand j'irai chez Hester, je prendrai le train et je te laisserai ma voiture. Tu en as plus besoin que moi et, le cas échéant, Hester peut toujours me prêter la sienne.

– Biddy, c'est trop gentil.

– Mais non. Et puis j'ai quelques coupons d'essence périmés en réserve. A proprement parler, c'est illégal, mais la station-service en haut de la route est très accommodante. Ils ferment les yeux. Ça devrait aller, dit-elle en reprenant son tricot. C'est quand même merveilleux, non ? Je n'arrive pas à croire que cette maison est vraiment à moi. Exactement ce que j'ai toujours voulu. Et nous ne serons pas très loin de toi. Juste une heure de route. Et cette vue sur la mer. Il suffit de prendre le sentier qui descend jusqu'aux rochers pour aller se baigner. Et le jardin est juste assez grand.

– J'ai hâte de la voir.

– J'ai hâte de te la montrer. Mais pas avant que tout soit en ordre et que j'y sois bien installée.

– Tu ne vaux pas mieux que Loveday. Elle n'a pas voulu que je visite son cottage sous prétexte qu'il était trop en désordre.

– Pauvre Loveday. Tu as dû la prendre au dépourvu. Comment va-t-elle ? Nat a-t-il encore fait des siennes ?

– Non, il était plutôt gentil. Il veut que je lui offre une voiture à pédales.

– Seigneur, rien que ça !

– Pas du tout. Pourquoi n'en aurait-il pas une ? fit Judith en s'étirant.

La chaleur du feu et le whisky lui avaient donné sommeil. Elle bâilla.

– Si j'en trouve l'énergie, je vais prendre un bain.

– C'est ça. Tu as l'air épuisée.

– Ç'a été une rude journée. Où il s'est passé beaucoup de choses. Tout change. Les gens s'en vont. D'abord Jess, et puis toi. Je ne suis pas malheureuse, mais Jess n'est pas restée très longtemps avec moi. C'était bien, mais ça s'est terminé trop vite.

– Tu as bien fait.

– Oui, je sais. C'est juste... que tout arrive si vite, fit-elle en haussant les épaules.

Tout ce qu'elle savait, c'était que, depuis le jour où on lui avait annoncé la mort de Molly et de Bruce, les événements s'étaient succédé à une cadence inouïe. Hugo Halley, Gus qu'elle retrouvait vivant. Jess qui revenait miraculeusement saine et sauve de Java. Mais Jess était déjà partie, emportée par sa nouvelle vie. Et Biddy s'en allait aussi. Tôt ou tard, Phyllis et Anna partiraient vers leur nouveau foyer et le sous-officier Cyril Eddy.

Plus déprimantes encore, ces confidences qu'elle aurait préféré ne pas entendre : Athena n'était pas la fille d'Edgar ; et ce salaud de Walter Mudge s'envoyait en l'air avec Arabella Lumb et rendait Loveday malheureuse.

– Tout arrive trop vite, dit-elle d'une voix faible.

– Tu es fatiguée. Va prendre un bain. Prends la dernière goutte de mon Floris Stephanotis, c'est délicieux. Pour le dîner, Phyllis nous prépare une « tourte aux légumes économique de Mr. Woolton ». Je pense que nous devrions fêter ça. Je vais ouvrir une bouteille de vin.

Cette idée avait tellement l'air de l'enchanter que Judith ne put s'empêcher de rire.

– Veux-tu que je te dise une chose, Biddy ? Tu as parfois des idées géniales. Que vais-je faire sans toi ?

Biddy changea d'aiguilles et commença un nouveau rang.

– Des tas de choses.

Le Manoir, Rosemullion, 14 novembre

Cher Gus,

Je me demande si tu as reçu la lettre que j'ai écrite sur le transport de troupes et que j'ai postée à Gibraltar. Je l'ai envoyée à Ardvray, mais peut-être n'étais-tu pas encore rentré ? Quoi qu'il en soit, j'envoie celle-ci au QG des Gordon Highlanders, à Aberdeen. Là, tu l'auras sûrement.

Nous sommes de retour ici depuis le 19 octobre. Quel bonheur de se retrouver chez soi. Je me suis beaucoup occupée de Jess. Elle est maintenant pensionnaire dans mon ancienne école. La directrice, Miss Catto, qui a aussi été la mienne, est particulièrement gentille et compréhensive. Je n'ai pas revu Jess depuis que je l'ai quittée, mais elle nous a écrit des lettres pleines d'entrain. Il semble qu'elle se soit bien intégrée.

J'ai vu tout le monde à Nancherrow. Loveday aussi. Son fils, Nat, est un beau petit garçon plein de vie, et elle l'adore. Je lui ai acheté une voiture à pédales d'occasion, il l'aime tant qu'il veut l'emporter au lit.

Écris-moi, s'il te plaît, dis-moi ce que tu deviens et que tu vas bien.

Je t'embrasse.

Judith.

Cher Gus,

Toujours rien de toi. Je regrette que tu habites si loin. Sinon je serais partie à ta recherche. Envoie-moi un mot, ne serait-ce qu'une carte postale des plates-bandes de la mairie d'Aberdeen. Tu m'avais promis que tu me donnerais de tes nouvelles pour me rassurer et, si tu désires que je te fiche la paix, si tu ne veux plus recevoir de lettres, dis-le, je comprendrai très bien.

Ici, la maisonnée est réduite. Biddy Somerville est partie vendre sa maison du Devon. Elle en a acheté une autre dans un endroit qui s'appelle Portscatho, près de Saint-Mawes, où elle a l'intention de s'installer à la mi-janvier. Elle emmènera son chien, Morag. Jess adorait cet animal. Je pense donc lui en offrir un pour la remplacer, quand elles nous quitteront pour de bon.

Judith fit une pause et réfléchit à ce qu'elle allait dire et à la manière de le dire. « Je ne veux pas que Gus vienne ici », avait déclaré Loveday d'un ton catégorique. Mais pour une fois Loveday ne passerait pas en premier. Ses problèmes, si graves fussent-ils, n'étaient pas du même ordre que ceux de Gus Callender. Quoi qu'il lui arrive, elle était entourée d'une famille qui l'aimait et la soutenait, alors que Gus n'avait personne pour l'aider à se réinsérer après les horreurs des camps de Birmanie. A mesure que les jours passaient sans qu'elle reçoive de ses nouvelles, l'anxiété de Judith allait croissant. « Pas de nouvelles, bonnes nouvelles », disait-on, mais son instinct lui criait haut et fort qu'il n'allait pas bien du tout.

Biddy sera de retour pour Noël. Nous serons cinq femmes à la maison mais, si tu en as envie, viens chez nous. Peut-être n'es-tu pas seul. Je n'en sais rien, puisque tu ne m'as jamais écrit. Si tu viens, je ne te forcerai pas à aller à Nancherrow, ni à voir Loveday, ni rien, je te le jure. Tu feras ce que tu voudras de tes journées.

Si je m'immisce dans ton existence et si je suis importune, dis-le-moi, je t'en prie. Je ne t'écrirai plus avant que tu m'aies donné signe de vie.

Je t'embrasse.

Judith.

A mesure que Noël approchait, le temps se détériorait et la Cornouailles montrait son plus vilain visage : ciels de granit, pluie, vent mordant. Les vieilles fenêtres mal ajustées du Manoir n'isolaient rien, les chambres étaient glaciales et, comme on allumait le feu dans le salon à neuf heures tous les matins, le tas de bûches diminuait à vue d'œil. Il fallut donc appeler d'urgence le fournisseur, c'est-à-dire Nancherrow. Le colonel ne leur fit pas faux bond et les livra en personne, gravissant la côte en tracteur avec la remorque chargée qui suivait péniblement. La veille, dimanche, Phyllis, Judith et Anna avaient passé la plus grande partie de la journée à ranger les bûches en un tas bien net contre le mur du garage, là où la pente du toit les protégeait du gros de la pluie.

Lundi, et il pleuvait encore. Phyllis, fervente de la tradition, avait fait la lessive, mais il était impossible de l'étendre au-dehors. On avait donc hissé le tout sur le séchoir à poulie de la cuisine au-dessus du fourneau, d'où le linge s'égouttait en dégageant de la vapeur.

Judith se débattait avec une recette de pudding de Noël spéciale pour temps de guerre (carottes râpées et une cuillerée de marmelade) lorsque le téléphone sonna dans le vestibule. Elle attendit que Phyllis décroche, mais celle-ci nettoyait les chambres et n'avait manifestement pas entendu la sonnerie. Judith trouva un sac en papier dans lequel elle glissa ses mains couvertes de farine et se déplaça.

— Allô, le Manoir.

— Judith, c'est Diana.

— Bonjour. Quel temps affreux !

— Abominable. Mais tu as ton bois.

— Votre adorable mari me l'a livré et nous avons de nouveau bien chaud.

— Ma chérie, j'ai une nouvelle extraordinaire. Jeremy Wells est de retour. Et le plus beau, c'est qu'il ne s'agit pas seulement d'une permission, mais d'une démobilisation. Il rentre pour de bon. N'est-ce pas incroyable ? Apparemment, il en a fait la demande parce que le vieux Dr Wells est vraiment trop vieux et trop las pour continuer tout seul. Alors on l'a laissé partir... Judith ? Tu es toujours là ?

— Oui, oui, je suis là.

878

– Tu ne dis rien. J'ai cru qu'on nous avait coupées.

– Non, j'écoute.

– N'est-ce pas formidable ?

– Si, c'est merveilleux. Je suis vraiment contente. Quand... quand avez-vous appris la nouvelle ?

– Il est rentré chez lui samedi. Il m'a appelée ce matin. Il vient mercredi à Nancherrow pour quelques jours. Nous avons pensé faire une vraie fête pour l'accueillir. Mercredi soir. Loveday, Walter, Jeremy et toi. Viens, s'il te plaît. Edgar va ouvrir les dernières bouteilles de champagne. Il les a gardées tout ce temps, et je prie le ciel qu'il ne soit pas madérisé. S'il l'est, nous devrons trouver autre chose. Tu viendras, n'est-ce pas ?

– Bien sûr, avec plaisir.

– A huit heures moins le quart ? C'est tellement fabuleux de vous avoir à nouveau autour de moi. De bonnes nouvelles de Jess ?

– Oui, de bonnes nouvelles. C'est une championne de hockey, et elle a rattrapé son retard.

– Intelligente, cette petite. Et Biddy ?

– Elle a téléphoné samedi. La maison est vendue, si bien que maintenant elle peut payer la nouvelle.

– Embrasse-la pour moi quand elle rappellera.

– D'accord...

– A mercredi, ma chérie.

– Parfait. Je serai ravie de venir.

Elle raccrocha et resta à contempler le téléphone. Jeremy. De retour. Démobilisé. Non plus commodément exilé en Méditerranée, mais là pour de bon. Elle n'en était ni mécontente ni contente. De toute façon, il leur faudrait avoir une grande explication avant de reprendre quelque relation que ce soit. Elle devait se préparer à l'affronter, lui et la déception qu'il lui avait causée. Que tout cela se soit produit trois ans plus tôt ne changeait rien. Jeremy lui avait fait une promesse qu'il n'avait pas tenue, et n'avait jamais fait le moindre effort pour se justifier ou pour lui présenter des excuses...

– Que fais-tu là à regarder dans le vague ?

Phyllis descendait l'escalier avec sa pelle et ses chiffons et s'était arrêtée à mi-course, perplexe, la main sur la hanche.

– Pardon ?

– Tu as une tête de bouledogue. Je n'aimerais pas te croiser par une nuit sans lune, ajouta-t-elle en descendant. Quelqu'un a téléphoné ?

– Oui, Mrs. Carey-Lewis.

– Qu'est-ce qu'elle a dit?

– Oh, rien. (Judith sourit bravement.) C'était juste pour m'inviter à dîner mercredi. (Phyllis attendit qu'elle poursuive.) Jeremy Wells est de retour.

– Jeremy, fit Phyllis, bouche bée de ravissement. Jeremy Wells? Bien. C'est merveilleux. En permission?

– Non. Oui. Congé de démobilisation. De retour pour de bon.

– Ça alors! Écoutez-moi ça. Il n'y a pas de nouvelle qui me fasse plus de plaisir. Alors, pourquoi cette tête? J'aurais cru que tu serais aux anges.

– Oh, *Phyllis*.

– Eh bien, quoi? C'est un homme charmant. Un excellent ami depuis le jour où tu l'as rencontré dans le train de Plymouth. Un vrai soutien, le jour où Edward Carey-Lewis a été tué.

– *Je sais*, Phyllis.

– Tu lui as toujours plu. Ça se voyait comme le nez au milieu de la figure. Et puis, il est grand temps qu'il y ait un homme ici. Qu'on s'amuse un peu. Rester coincée avec toutes ces femmes... Tu n'es pas faite pour ça.

Ce fut la goutte d'eau qui fit déborder le vase. Judith perdit patience.

– Tu n'en sais rien.

– Qu'est-ce que tu veux dire, je n'en sais rien?

– Ce que je dis. Et il faut que je fasse le pudding.

Sur ce, elle retourna dans la cuisine au pas de charge. Mais Phyllis ne s'en laissa pas conter si aisément et lui emboîta le pas.

– Nous n'allons pas en rester là...

– Phyllis, ce ne sont pas tes oignons.

– C'est ce qu'on va voir. Il n'y a plus que moi, ici. Si tu prends la mouche dès qu'on prononce le nom de Jeremy Wells, j'ai bien le droit de savoir pourquoi, fit-elle en rangeant sa pelle et son chiffon dans un placard. T'es-tu disputée avec lui?

– C'est ce que tout le monde me demande. Non, nous ne nous sommes pas disputés.

– Alors?

Il était impossible de résister.

– Manque de communication. Incompréhension. Je ne sais pas. Tout ce que je sais, c'est que je ne l'ai pas vu depuis presque quatre ans et qu'il ne m'a jamais donné signe de vie.

880

– C'était la guerre. La guerre est finie à présent. (Judith ne dit rien.) Écoute, tu es en train de faire de la bouillie pour chat de ce pudding. Ôte-toi de là et laisse-moi faire...

A contrecœur, Judith abandonna la cuillère en bois.

– C'est un peu sec, non? Je vais peut-être rajouter un œuf, dit Phyllis, puis elle remua d'une main experte, et Judith, assise au bord de la table, la regarda faire. Comment vas-tu t'habiller?

– Je n'y ai même pas pensé.

– Eh bien, penses-y. Quelque chose de beau. Tu es si jolie, une vraie vedette de cinéma quand tu es maquillée. Il faut le faire tomber à la renverse.

– Non, Phyllis, je ne crois pas que j'en aie envie.

– Très bien. Fais ta tête de mule, si tu veux. Garde tout pour toi. Mais je vais te dire une bonne chose. Mieux vaut oublier le passé. Ça ne sert à rien d'entretenir sa rancune. (Elle cassa le deuxième œuf dans le bol et fouetta le mélange comme si tout cela était sa faute.) Tu ne devrais pas te laisser mener par ton esprit de contradiction.

Cette remarque ne semblait pas appeler le moindre commentaire. Judith n'ajouta rien, elle avait le désagréable sentiment que Phyllis n'avait peut-être pas tort.

Rupert Rycroft, ex-major des Dragons de Sa Majesté, franchit en clopinant les portes de Harrods et s'arrêta sur le trottoir en se demandant ce qu'il allait faire. Il était midi et demi, et il faisait un froid de canard en ce jour de décembre. Le vent était glacé, mais grâce au ciel, il ne pleuvait pas. Sa réunion à Westminster avait duré presque toute la matinée, son incursion chez Harrods ayant occupé ce qui en restait. Il avait la journée devant lui. Il songea à héler un taxi pour se rendre à Paddington et reprendre le train pour Cheltenham. A moins d'aller déjeuner à son club auparavant? Ayant faim, il opta pour cette dernière solution.

S'il y avait énormément de monde allant et venant, des employés de bureau, des gens qui faisaient leurs courses de Noël, de jeunes hommes en uniforme, de moins jeunes avec une mallette à la main, sortant du métro ou sautant de bus bondés, il y avait en revanche une nette pénurie de taxis. Quand il en apparaissait un à l'horizon, il était invariablement occupé. Plus alerte, Rupert aurait pris avec joie le 22 jusqu'à Piccadilly, mais sa jambe l'empêchait de fournir l'effort physique nécessaire pour monter dans un bus et, pis encore, pour en redescendre. Il lui fallait donc un taxi.

Il attendit, grande silhouette dotée d'une certaine prestance, convenablement vêtu d'un pardessus bleu marine, d'une cravate de son régiment et d'un chapeau melon. Au lieu de l'indispensable parapluie il portait une canne qui lui tenait lieu de troisième jambe et sans laquelle il avait peine à se déplacer. Les escaliers surtout lui posaient un problème. De l'autre main, gantée de cuir, il tenait un sac vert foncé de chez Harrods. Celui-ci contenait une bouteille de xérès Harvey's Tio Pepe, une boîte de cigares, et une écharpe de soie à carreaux, cadeau pour sa femme. Faire des courses chez Harrods, ce n'était pas vraiment faire des courses. Alors que, dans les autres magasins, il se sentait perdu, chez Harrods il prenait plaisir à dépenser son argent dans cette sorte de club pour gentlemen, superbement exclusif et rassurant par sa familiarité.

Il était sur le point d'abandonner tout espoir quand un taxi apparut enfin de l'autre côté de la rue. Rupert le héla en levant son sac comme un drapeau car, s'il avait levé sa canne, il serait probablement tombé. Le chauffeur l'aperçut, fit demi-tour et vint se ranger devant lui.

– Où allez-vous, monsieur ?

– Au club de la Cavalerie, s'il vous plaît.

– D'accord.

Rupert se penchait pour ouvrir la portière quand soudain son regard et toute son attention furent attirés par un jeune homme qui venait vers lui. Grand – presque aussi grand que lui –, pauvrement vêtu, mal rasé et décharné. Il avait quelque chose de vaguement familier. Terriblement maigre. D'épais cheveux noirs tombant sur le col retourné de sa veste de cuir élimée, un vieux pantalon de flanelle grise et des chaussures éculées. Il portait un carton d'épicerie d'où émergeaient un céleri-rave et le col d'une bouteille. Ses yeux sombres regardaient droit devant eux, comme si la seule chose qui lui importait était la direction de ses pas.

En quelques secondes, il passa devant Rupert et poursuivit son chemin. Une hésitation, et il aurait disparu dans la foule. Juste avant qu'il ne soit trop tard, Rupert éleva la voix :

– Gus !

Il s'arrêta net, comme un homme qui vient de recevoir une balle. Se retourna. Aperçut Rupert près du taxi. Pendant un long moment, il ne se passa rien. Puis, lentement, il revint sur ses pas.

– Gus. Rupert Rycroft.

– Je sais. Je me souviens.

De près, il avait un aspect encore plus déprimant. Tout ce que Rupert savait de Gus, c'était qu'il avait été prisonnier de guerre des Japs. On l'avait cru mort, mais il avait survécu. Il n'en savait pas davantage.

– Vous me croyiez mort ?

– Non. J'ai appris que vous vous en étiez tiré. J'ai épousé Athena Carey-Lewis. La nouvelle nous est donc parvenue de Nancherrow. Je suis enchanté de vous revoir. Que faites-vous à Londres ?

– J'y suis juste pour quelque temps.

A ce moment-là, le chauffeur de taxi, qui en avait assez d'attendre, intervint dans la conversation :

– Vous prenez ce taxi, oui ou non, monsieur ?

– Oui, lui dit froidement Rupert. Attendez un instant. (Il se tourna vers Gus.) Où allez-vous ?

– Fulham Road.

– Vous habitez là ?

– Pour le moment. J'y ai loué un appartement.

– Et si vous veniez déjeuner ?

– Avec vous ?

– Avec qui d'autre ?

– Merci, mais non. Je vous ferais honte. Je ne suis même pas rasé...

Rupert comprit soudain que, s'il laissait Gus disparaître, il ne le reverrait plus jamais. Il insista donc.

– J'ai toute la journée devant moi. Pas de rendez-vous. Pourquoi ne pas retourner chez vous faire un brin de toilette ? Ensuite nous irons dans un pub, si vous voulez. Nous bavarderons. Nous rattraperons le temps perdu. Ça fait si longtemps.

Gus hésitait encore.

– C'est un endroit plutôt moche...

– Ça n'a pas d'importance. (Le temps était venu d'agir. Rupert ouvrit la portière et s'écarta.) Allez, mon vieux, montez.

Gus se glissa au bout de la banquette et posa son carton d'épicerie entre ses pieds. Rupert le suivit un peu moins agilement, mettant doucement sa jambe en position avant de claquer la portière.

– Toujours au club de la Cavalerie, monsieur?

– Non, dit-il en se tournant vers Gus. Mieux vaudrait que vous lui indiquiez le chemin.

Gus lui donna son adresse à Fulham, et le taxi s'engagea dans le flot de la circulation.

– Vous avez reçu une balle, dit-il alors.

Ce n'était pas une question.

– Oui. En Allemagne, quelques mois avant la fin des hostilités. J'ai perdu une jambe. Comment l'avez-vous su?

– Judith m'en a parlé. A Colombo. Quand j'étais sur le chemin du retour.

– Judith. Bien sûr.

– Vous n'êtes plus dans l'armée?

– Non. Nous habitons dans le Gloucestershire, dans une maison sur le domaine de mon père.

– Comment va Athena?

– Égale à elle-même.

– Toujours ravissante?

– Je trouve.

– Et vous avez une petite fille, je crois?

– Clementina. Elle a cinq ans maintenant. Athena attend un autre enfant pour le printemps.

– Loveday m'écrivait pour me donner des nouvelles de toute la famille. C'est comme ça que je l'ai su. Que faites-vous dans le Gloucestershire?

– Je potasse tout ce que j'aurais dû apprendre il y a des années... comment gérer le domaine, les fermes, la forêt et la chasse. L'armée, je m'en suis rendu compte, ne nous prépare pas vraiment à la vie civile. J'ai caressé quelque temps l'idée de suivre les cours du Collège agricole de Cirencester, mais je crois que je vais exercer autrement mes modestes talents.

– C'est-à-dire?

– La politique.

– Mon Dieu, quelle idée!

Gus tâtait la poche de sa veste en cherchant un paquet de cigarettes et un briquet. Il en alluma une, et Rupert remarqua le tremblement de sa main et ses longs doigts fins jaunis par la nicotine.

– Qu'est-ce qui vous a mis ça dans la tête?

– Je ne sais pas. Vraiment, je ne sais pas. Après être

sorti de l'hôpital, j'ai rendu visite aux familles de quel-ques-uns des hommes de mon régiment qui ont été tués quand j'ai été blessé. Ceux des blindés, notamment. Des hommes avec lesquels je m'étais battu dans le désert d'Afrique et en Sicile. Des hommes bien. Leurs familles vivent dans des conditions sordides. Des cités indus-trielles, des logements collés les uns aux autres, des che-minées fumantes, tout est laid et crasseux. C'était la première fois de ma vie que je voyais comment vivait l'autre bord. Franchement, j'ai trouvé cela écœurant. Et j'ai décidé de faire quelque chose pour améliorer leur sort. Pour faire de ce pays un endroit où l'on puisse vivre avec fierté. Cela semble un peu naïf et idéaliste, mais je suis profondément convaincu que c'est de cela que je dois m'occuper.

– Bravo. Si vous pensez que ça changera les choses.

– Ce matin, j'ai eu un entretien à la Chambre des communes avec le président du parti conservateur. Il faut d'abord que je sois accepté comme candidat poten-tiel dans une quelconque circonscription... probablement un fief du parti travailliste, imprenable fût-ce en mille ans, mais ce sera une bonne expérience. Et puis, avec le temps et un peu de chance, je deviendrai membre du Parlement de Westminster.

– Qu'en pense Athena ?

– Elle me soutient.

– Je l'imagine sur une estrade du parti conservateur avec un chapeau à fleurs.

– Ce n'est pas pour demain...

Gus écrasa sa cigarette et se pencha pour parler au chauffeur.

– C'est à droite, juste après l'hôpital...

– Bien, monsieur.

Apparemment, ils étaient arrivés. Ne connaissant pas ce quartier de Londres, Rupert regarda avec intérêt par la fenêtre du taxi. Son royaume, qui comprenait le *Ritz*, le *Berkeley*, son club et les hôtels particuliers des amis de sa mère, était délimité, aux quatre points cardinaux, par le fleuve, Shaftesbury Avenue, Regent's Park et Har-rods. Au-delà, c'était une terre inconnue. Il constata les dégâts causés par les bombardements, les cratères provi-soirement entourés de palissades et les murs vides qui avaient jadis soutenu de petites maisons mitoyennes. Tout était délabré et démoli. Les boutiques étalaient leurs marchandises jusque sur les trottoirs.

Le taxi s'arrêta et Gus en descendit avec son carton. Rupert le suivit. Une fois sur le trottoir, il chercha de la monnaie dans sa poche de pantalon, mais Gus le devança.

– Gardez la monnaie.

– Merci beaucoup.

– Venez, dit Gus en traversant la chaussée, et Rupert lui emboîta le pas.

Entre un café et une petite épicerie il y avait une porte étroite dont la peinture marron s'écaillait. Gus prit sa clé, l'ouvrit et s'engagea dans un couloir froid et humide, au bout duquel un escalier montait dans la pénombre. Il y avait du linoléum par terre. Il régnait une odeur de renfermé, de matou et de toilettes sales. Quand la porte se referma derrière eux, il faisait presque noir.

– Je vous avais dit que c'était moche, dit Gus en s'avançant dans l'escalier.

Rupert saisit sa canne et son sac et le suivit en boitant, prenant appui sur la rampe.

A mi-étage, une porte ouverte donnait sur une salle de bains glaciale au linoléum gondolé, d'où émanait une odeur de toilettes. Ils poursuivirent leur chemin jusqu'au premier. Gus ouvrit une porte et précéda Rupert dans une grande pièce haute de plafond, avec deux fenêtres donnant sur la rue.

La première chose qui frappa Rupert, ce fut le froid intense. Il y avait une cheminée, mais pas de feu. L'âtre n'était qu'un cimetière d'allumettes usagées et de mégots. Le petit radiateur électrique près du pare-feu n'était pas allumé et, même s'il l'avait été, on avait peine à imaginer qu'il pût réchauffer l'air ambiant. Les murs étaient tapissés d'un papier abondamment fleuri – un cauchemar pour les abeilles, aurait dit Athena –, sale et décoloré, décollé dans les coins. Les rideaux, étroits et beaucoup trop courts, avaient manifestement été conçus pour une autre pièce. Rupert distingua un sofa et des fauteuils recouverts de tissu marron. Sur la table s'entassaient de vieux journaux et des magazines, une tasse et une assiette sales, et une mallette usée d'où sortaient de vieilles lettres et des factures.

Pas très gai, se dit Rupert.

Gus posa son carton sur la table, puis il se tourna vers Rupert.

– Désolé, mais je vous avais prévenu.

Cela ne servait à rien de chercher des faux-fuyants.

– De ma vie, je n'ai rien vu d'aussi déprimant.

– Comme vous dites. La vie de l'autre bord. Ce n'est même pas un appartement. Rien que quelques pièces. Je me sers de la salle de bains dans l'escalier. La cuisine et la chambre sont de l'autre côté du palier.

– Que diable faites-vous ici ?

– Je l'ai loué. Je ne voulais pas descendre à l'hôtel. Je voulais être seul. Quelqu'un d'autre y a séjourné avant moi, qui y a laissé sa crasse. Je ne me suis pas encore décidé à tout nettoyer. En fait, j'ai eu la grippe et j'ai été cloué au lit pendant trois jours. C'est pour cela que je ne suis pas rasé. Il fallait que je sorte, ce matin, parce que je n'avais plus rien à manger. Et c'est d'autant moins commode que je n'ai pas de carte de rationnement.

– Si je puis me permettre, vous pourriez être mieux organisé.

– Possible. Désirez-vous quelque chose à boire ? J'ai une bouteille d'un whisky douteux, et je n'ai que de l'eau du robinet à vous proposer pour l'allonger. A moins que vous ne préfériez une tasse de thé. Pas grand-chose d'autre, je le crains.

– Non, merci. Je ne veux rien.

– Eh bien, asseyez-vous et mettez-vous à l'aise. Je vais me changer. Accordez-moi cinq minutes. Voilà... (Il plongea la main dans son carton et en sortit le *Daily Mail*.) Vous pourrez toujours lire ça pendant mon absence.

Rupert prit le journal, mais ne le lut pas. Une fois que Gus eut disparu, il le posa sur la table avec son sac Harrods et traversa la pièce jusqu'à la fenêtre, d'où il observa la circulation dans Fulham Road à travers la vitre sale.

L'esprit quelque peu troublé, il tenta de mettre de l'ordre dans les souvenirs qu'il avait gardés de Gus Callender et de l'été 1939, où ils étaient tous réunis à Nancherrow. Il était arrivé au volant de sa superbe Lagonda, venant d'Écosse, l'ami de Cambridge d'Edward. Un jeune homme réservé, un beau ténébreux qui semblait indubitablement fortuné. Que leur avait-il dit de lui ? Qu'il était allé à l'école à Rugby ; que son père avait une maison dans le Deeside, une région connue pour ses grands domaines et sa noblesse fort ancienne, parfois même royale. Alors, que s'était-il passé ?

Il se rappela d'autres choses à propos de Gus. La manière dont il s'était doucement adapté au mode de vie d'une famille qu'il ne connaissait pas, devenant obscurément l'un des leurs. Son talent pour le dessin, la peinture et les portraits. L'esquisse d'Edward qui trônait sur le bureau d'Edgar Carey-Lewis était le portrait le plus émouvant, le plus fin et le plus ressemblant que Rupert eût jamais vu. Et puis la petite Loveday. Elle n'avait que dix-sept ans, mais l'amour qu'elle avait pour Gus et l'affection qu'il lui portait avaient touché tous les cœurs.

Après la chute de Singapour, Loveday était si sûre, si convaincue que Gus était mort qu'elle était parvenue à persuader sa famille qu'il ne reviendrait jamais. A cette époque, Rupert était en Afrique du Nord avec sa division blindée, mais il recevait des lettres d'Athena lui racontant par le menu tout ce qui se passait à Nancherrow.

Finalement Loveday avait épousé Walter Mudge.

Il poussa un profond soupir. Il commençait à avoir froid et son moignon le faisait souffrir, signe qu'il était resté trop longtemps debout. Il se détourna de la fenêtre et, à ce moment-là, Gus revint. Rasé, ses longs cheveux peignés, vêtu d'un col roulé bleu marine et d'une vénérable veste de tweed, il avait meilleure allure.

– Désolé de vous avoir fait attendre. Vous auriez dû vous asseoir. Vous êtes sûr que vous ne voulez rien boire ?

– Non, fit Rupert en hochant la tête. (Il avait hâte de sortir de cet endroit.) Mettons-nous en quête d'un pub.

– Il y en a un un peu plus bas. Pourrez-vous y aller à pied ?

– A condition que vous ne me fassiez pas courir.

– Nous marcherons tranquillement, dit Gus.

Le pub était l'un de ceux qui avaient miraculeusement échappé aux bombardements, bien que de chaque côté de la rue les immeubles aient volé en éclats, laissant le *Crown and Anchor* isolé, surgissant de l'asphalte comme une vieille dent. L'intérieur était sombre et accueillant, tout en acajou et en cuivre, avec des aspidistras en pots et une cheminée où brûlait un feu de charbon qui répandait une odeur de hall de gare.

Au bar ils commandèrent deux bières, et la barmaid leur proposa des sandwiches, mais elle n'avait que de la mortadelle et des cornichons. Va pour la mortadelle et les cornichons. Ils emportèrent leur bière près du feu, où ils trouvèrent une table libre, et, Rupert ayant retiré son pardessus et son chapeau melon, ils s'installèrent confortablement.

– Depuis combien de temps êtes-vous à Londres, Gus ?

– Je n'ai plus la notion du temps, répondit celui-ci en allumant une autre cigarette. Quel jour sommes-nous ?

– Mardi.

– Je suis arrivé vendredi ? Oui, c'est ça. Et j'ai été aussitôt terrassé par la grippe. C'est du moins ce que je crois. Je n'ai pas vu de médecin. Je me suis contenté de rester au lit et de dormir.

– Ça va mieux maintenant ?

– Je me sens un peu faible. Vous savez ce que c'est.

– Combien de temps allez-vous rester ici ?

Gus haussa les épaules.

– Pas de projets.

Rupert se dit que tout cela ne menait à rien et que mieux valait prendre le taureau par les cornes.

– Écoutez, Gus, dit-il, cela vous ennuie-t-il que je vous pose des questions ? Si oui, je me tairai. Mais, comprenez-moi, il est naturel que je me demande comment vous en êtes arrivé là.

– Ce n'est pas aussi terrible que ça en a l'air.

– Là n'est pas la question.

– Par où voulez-vous commencer ?

– Colombo peut-être ? C'est là que vous avez rencontré Judith ?

– Oui, Judith. J'ai été très heureux de la revoir. Elle est si charmante et elle a été si gentille avec moi. Nous n'avions pas beaucoup de temps, rien que quelques heures avant que je retourne à bord. J'avais une bouteille de whisky, du Black & White, que le vieux serveur de l'hôtel *Galle Face* avait gardée pour le retour de Fergie Cameron ; mais Fergie était mort et il me l'a donnée.

– Quand êtes-vous rentré en Angleterre ?

– Oh, je ne sais pas. Vers la mi-octobre, je suppose. Londres, puis on nous a tous ramenés à Aberdeen. Saviez-vous que mes parents étaient morts ?

– Non, je l'ignorais. Je suis navré.

– On me l'a annoncé à l'hôpital de Rangoon. Ils étaient très âgés, tous les deux. Ils avaient déjà la cinquantaine quand j'étais petit. Mais j'aurais bien aimé les revoir. Je leur ai écrit de Singapour, de Changi, mais ils n'ont jamais reçu mes lettres. Ils me croyaient mort, et ma mère a fait une grave crise cardiaque. Elle est restée trois ans dans une maison de santé avant de mourir. Pendant ce temps, mon père vivait à Ardvray avec des gouvernantes et des domestiques pour s'occuper de lui. Il ne voulait pas retourner à Aberdeen. Il avait sans doute peur de perdre la face. C'était un vieil homme très têtu, et très orgueilleux.

– Que voulez-vous dire ? demanda Rupert en fronçant les sourcils. *Retourner* à Aberdeen ? Je pensais que vous aviez toujours vécu à Ardvray.

– C'est ce que tout le monde s'est toujours imaginé : un grand domaine, des landes couvertes de grouses, une noblesse terrienne bien établie. Et je ne les ai jamais détrompés, parce qu'il était plus facile pour moi d'abonder dans leur sens. En vérité, ma famille n'était ni noble ni terrienne. Mon père était un modeste habitant d'Aberdeen, qui avait fait fortune tout seul à la force du poignet. Quand j'étais petit, nous vivions en ville, dans une maison. Les trams passaient au bout du jardin. Mais mon père voulait que je sois un gentleman. Nous avons donc quitté Aberdeen pour le Deeside et une affreuse maison victorienne où ma mère n'a jamais été heureuse. On m'a envoyé dans une école privée, puis à Rugby et enfin à Cambridge. Un gentleman, de noble origine, avec une excellente éducation. Pour une raison ou pour une autre, l'origine sociale et l'éducation étaient importantes à l'époque, avant la guerre. Je n'avais pas honte de mes parents. En fait, je les admirais. Mais en même temps, je savais qu'ils étaient socialement inacceptables. Rien que de dire une chose pareille, ça me fout en l'air.

– Qu'est-il advenu de votre père ?

– Il est mort, crise cardiaque, peu après ma mère. Quand je suis revenu à Aberdeen, je pensais qu'au moins je serais à l'aise, que j'aurais assez d'argent pour recommencer. C'est alors que j'ai appris la vérité. L'argent avait fondu peu à peu. Chute du marché immobilier, frais d'hôpital pour ma mère, et puis on a entretenu Ardvray pour un vieil homme seul, payé les domestiques, la cuisinière, les jardiniers. Il n'a jamais envisagé de réduire son train de vie. Il a préféré attaquer le capital. Les actions. Je ne m'étais jamais rendu compte qu'il avait autant investi en Malaisie, le fer et le caoutchouc. Et bien entendu, tout cela a disparu.

Rupert se dit que ce n'était pas le moment de mâcher ses mots.

– Vous êtes fauché ? demanda-t-il tout de go.

– Non. Non, je ne suis pas fauché. Mais il faut que je trouve un travail. J'ai mis Ardvray en vente...

– Et votre voiture ? La splendide Lagonda ?

– Marrant que vous vous rappeliez ça ! Elle est quelque part dans un garage, à Aberdeen. Je n'ai pas encore eu le temps de la réclamer.

– Excusez-moi, Gus, mais ça n'a pas l'air très joyeux comme retour chez soi.

– Je m'y attendais, dit-il calmement. Du moins suis-je revenu.

Ils furent interrompus par la barmaid qui apportait les sandwiches.

– Je crains bien que ce ne soit pas terrible, mais c'est tout ce que j'ai. Mettez-y un peu de moutarde, comme moi, après, on peut toujours faire comme si c'était du jambon.

Ils la remercièrent, et Rupert commanda deux autres bières. Elle emporta les verres vides. Gus alluma une autre cigarette.

– Et Cambridge ? demanda Rupert.

– Quoi, Cambridge ?

– Je ne me rappelle plus ce que vous y étudiiez...

– Je faisais des études d'ingénieur.

– Pourriez-vous retourner à l'université pour terminer votre cursus ?

– Non, je ne pourrais pas y retourner.

– Et la peinture ?

– Je n'ai rien fait depuis que nous avons été libérés par l'armée et qu'on nous a emmenés à l'hôpital de Rangoon. Le désir de dessiner m'a quitté.

– Vous étiez sacrément bon. Je suis sûr que vous pourriez en vivre.

– Merci.

– Cette esquisse d'Edward. Fabuleuse.

– C'était il y a longtemps.

– Un talent comme le vôtre ne meurt pas.

– Je n'en suis pas si sûr. Je ne suis plus sûr de rien. A

l'hôpital, on m'a incité à me remettre à dessiner. On m'a donné du papier, des crayons, des couleurs...

– A l'hôpital de Rangoon ?

– Non, pas à Rangoon. Ces sept dernières semaines, j'étais dans un autre hôpital. L'hôpital psychiatrique de Dumfries. Ça n'allait plus du tout alors les médecins m'y ont envoyé. Je ne dormais plus. Cauchemars. Tremblements. Torrents de larmes. Une sorte de dépression, je suppose...

Rupert était consterné.

– Mon cher ami, pourquoi ne me l'avez-vous pas dit plus tôt ?

– Tellement ennuyeux. Je ne suis pas très fier...

– Vous a-t-on aidé ?

– Oui. Ils ont été formidables. Patients. Ils tenaient absolument à ce que je reprenne le dessin, mais je fais un blocage. J'ai donc refusé, alors on m'a fait faire un panier. Le parc était superbe, et une charmante petite volontaire de la Société de secours aux blessés m'emmenait me promener. Il y avait le ciel, les bois, l'herbe, mais rien ne me semblait réel. C'était comme si je regardais un autre monde à travers une vitre épaisse, tout en sachant qu'il n'avait rien à voir avec moi.

– Êtes-vous encore dans cet état d'esprit ?

– Oui. C'est pour cela que je suis venu à Londres. Je me suis dit que, si j'allais dans le lieu le plus éprouvant, le plus populeux et le plus anonyme et que j'arrivais à survivre, alors je pourrais retourner en Écosse et repartir de zéro. Un type qui se trouvait avec moi à l'hôpital m'a proposé de me prêter son appartement. Ça m'a semblé une bonne idée. Mais quand je suis arrivé ici et que j'ai attrapé la grippe, l'idée m'a paru beaucoup moins bonne. Maintenant, ça va.

– Avez-vous envie de retourner en Écosse ?

– Je ne sais pas encore.

– Vous pourriez aller en Cornouailles.

– Non.

– A cause de Loveday ?

Gus ne répondit pas. La barmaid revint avec leurs verres et Rupert paya en laissant un gros pourboire sur le plateau.

– Oh, merci, monsieur. Vous n'avez pas encore mangé vos sandwiches. Ils vont être tout secs.

– Nous allons les manger. Merci beaucoup.

Le feu était en train de mourir. Elle le remarqua et remit une pelletée de charbon sur les braises. Pendant un instant, la pièce fut envahie de fumée noire, puis les flammes montèrent à nouveau en tremblant.

– Loveday, c'est ce qui m'a été le plus pénible.

– Pardon ?

– Quand Judith m'a dit que Loveday était mariée. C'est de penser à elle et à Nancherrow qui m'avait permis de survivre sur ce putain de chemin de fer. Une fois, j'ai eu une grave dysenterie, j'étais presque mort, ç'aurait été si facile de me laisser glisser, mais je ne l'ai pas fait. Je me suis accroché. Je ne voulais pas mourir parce que je savais que je la retrouverais, qu'elle m'attendrait. J'ai cru qu'elle m'attendrait. Mais elle me croyait mort et elle ne m'a pas attendu.

– Je sais. Je suis navré.

– J'ai gardé son image, aussi précise qu'une photo. Et l'eau, aussi. Je pensais à l'eau. Aux ruisseaux noirs de tourbe d'Écosse, qui dégringolent sur les pierres en moussant comme de la bière. A l'eau qu'on regarde rouler sur une plage déserte. A l'eau que l'on écoute, que l'on boit, dans laquelle on se baigne. A l'eau courante et froide. Qui lave, guérit, purifie. A la crique de Nancherrow, et à la mer à marée haute, profonde, claire et bleue comme du verre. La crique, Nancherrow et Loveday.

Après un instant de silence, Rupert dit :

– Je crois que vous devriez retourner en Cornouailles.

– Judith m'y a invité. Elle m'a écrit. Trois lettres. Et je ne lui ai jamais répondu. J'ai essayé une ou deux fois, mais ça n'allait pas. Je ne trouvais rien à lui dire. Mais j'ai mauvaise conscience. Je lui avais promis de lui donner des nouvelles, et je ne l'ai pas fait. A présent, elle a dû renoncer. (L'ombre d'un sourire glissa sur ses traits sombres.) Elle a dû m'oublier, et je ne lui en veux pas.

– Si vous voulez mon avis, ne restez pas à Londres, Gus.

Gus mordit dans son sandwich pour voir quel goût il avait.

– Ce n'est pas si mal.

Rupert ne savait pas s'il parlait du sandwich ou de Londres.

– Écoutez, fit-il en se penchant, si vous ne voulez pas aller en Cornouailles, et je comprends parfaitement vos sentiments, alors venez avec moi dans le Gloucestershire. Tout de suite. Aujourd'hui même. Un taxi nous conduira jusqu'à Paddington, et nous prendrons le train pour Cheltenham. Ma voiture est là-bas. Nous rentrerons chez moi. Vous resterez avec nous. Ce n'est pas la Cornouailles, mais une campagne très agréable. Athena vous accueillera à bras ouverts, j'en suis certain. Vous resterez aussi longtemps que vous le souhaiterez. Mais, je vous en prie, faites-moi le plaisir de ne pas retourner dans cet horrible appartement.

– Londres est censé être la fin du voyage, dit Gus. Je ne peux quand même pas continuer à fuir comme ça.

– Je vous en prie, venez.

– Vous êtes très gentil, mais c'est impossible. Essayez de comprendre. C'est *moi-même* que je dois accepter. Une fois que j'y serai parvenu, je pourrai m'en sortir.

– Je ne peux pas vous laisser comme ça.

– Si. Je vais tout à fait bien. Le pire est derrière moi.

– Vous ne ferez pas de bêtises ?

– Me faire sauter la cervelle, par exemple ? Non. Mais ne croyez pas que je n'apprécie pas votre geste.

Rupert sortit son portefeuille de la poche intérieure de sa veste. Une fraction de seconde, Gus parut quelque peu amusé.

– Et j'ai assez d'argent. Je n'ai pas besoin d'aumône.

– Vous m'insultez. J'allais vous donner ma carte. Mon adresse et mon numéro de téléphone.

Il la lui tendit, Gus la prit.

– Promettez-moi de me passer un coup de fil, si c'est trop dur ou si vous avez besoin de quoi que ce soit.

– C'est très gentil de votre part.

– Mon invitation tient toujours.

– Ça ira, Rupert.

Il ne leur restait plus grand-chose à se dire. Ils terminèrent leur sandwich et leur bière. Rupert récupéra son pardessus et son chapeau melon, prit sa canne et son sac de chez Harrods. Ils quittèrent le pub et, par cet après-midi gris et froid, firent quelques pas jusqu'à ce qu'un taxi apparaisse dans la rue. Gus le héla et, tandis qu'il se rangeait au bord du trottoir, ils se tournèrent l'un vers l'autre.

– Au revoir.

– Au revoir, Rupert.

– Bonne chance.

– Embrassez Athena pour moi.

Il monta dans le taxi, et Gus claqua la portière derrière lui.

– Je vous dépose où, monsieur ?

– A la gare de Paddington, s'il vous plaît.

Quand le taxi redémarra, il se retourna sur son siège pour regarder par la vitre arrière. Mais Gus s'éloignait déjà et en un instant il le perdit de vue.

Ce soir-là, juste avant neuf heures, après en avoir parlé à Athena, Rupert Rycroft téléphona au Manoir. Judith et Phyllis passaient une soirée agréable et reposante au coin du feu. En tricotant, elles avaient écouté une opérette à la radio. Celle-ci étant terminée, elles attendaient les informations quand, derrière la porte close, le téléphone sonna.

– La barbe ! dit Judith.

Non qu'elle veuille particulièrement écouter les nouvelles, mais le téléphone était toujours dans le vestibule et, par cette froide nuit de décembre, on y gelait. Elle posa son tricot, tira son gilet sur ses épaules et brava les courants d'air glacés.

– Allô, le Manoir.

– Judith, c'est Rupert. Rupert Rycroft. J'appelle du Gloucestershire.

– Ça alors ! Ravie de vous entendre.

La conversation allait sans doute s'éterniser, songea-t-elle en prenant une chaise pour s'asseoir.

– Comment allez-vous tous ? Et Athena ?

– Nous allons tous bien. Mais ce n'est pas pour ça que j'appelle. Est-ce que vous avez un moment ?

– Bien sûr.

– C'est un peu compliqué, alors, s'il vous plaît, ne m'interrompez pas...

Elle ne l'interrompit pas. Il parla, elle écouta. Il avait passé la journée à Londres. Vu Gus Callender. Gus vivait dans un appartement délabré de Fulham Road. Ils étaient allés déjeuner dans un pub et, là, Gus avait raconté à Rupert tout ce qui lui était arrivé depuis son retour. La mort de ses parents, l'évaporation de la fortune paternelle, son séjour en hôpital psychiatrique.

– A l'hôpital psychiatrique ? (La nouvelle était alarmante.) Pourquoi ne nous a-t-il pas prévenus ? Il aurait dû nous prévenir. Je lui ai écrit, mais il n'a jamais répondu.

— Il me l'a dit. Trois lettres. Mais je ne crois pas qu'il était capable d'y répondre.

— Est-ce qu'il va bien, à présent ?

— Comment le savoir ? Il a une mine épouvantable. Il fume comme un sapeur.

— Mais pourquoi est-il à Londres ?

— Je crois qu'il veut simplement être tout seul quelque part.

— Il ne pouvait pas se payer l'hôtel ?

— Je ne pense tout de même pas qu'il en soit là. Mais non, il ne voulait pas descendre à l'hôtel. Il veut être seul. Se prouver qu'il en est capable. Un ami lui a prêté la clé de cet endroit affreux mais, dès qu'il est arrivé à Londres, il a été terrassé par la grippe. Peut-être est-ce pour ça qu'il avait l'air si mal en point et que l'appartement était si crasseux.

— Vous a-t-il parlé de Loveday ?

— Oui.

— Alors ?

Rupert hésita.

— Il n'a pas dit grand-chose. A mon avis, la défection de Loveday est grandement responsable de sa dépression.

— Oh, Rupert, c'est insupportable. Que pouvons-nous faire ?

— C'est pour ça que j'appelle. Je lui ai demandé de venir avec moi dans le Gloucestershire. De rester quelque temps chez nous. Mais il a refusé. De manière tout à fait charmante, mais catégorique.

— Alors pourquoi m'appelez-vous ?

— Il vous connaît mieux que moi. C'est vous qui l'avez retrouvé à Colombo. Et puis, vous ne faites pas partie de la famille. Athena et moi, nous sommes trop proches. Nous avons pensé que vous pourriez peut-être lui venir en aide.

— Comment ?

— En allant le voir à Londres, par exemple. J'ai noté son adresse. Il faut essayer de le sortir de là. Il viendrait peut-être en Cornouailles, si c'était chez vous.

— Rupert, je l'ai déjà invité. Dans mes lettres. Dans ma dernière lettre, je l'ai même invité pour Noël. Je ne crois pas qu'il souhaite que j'intervienne...

— A mon avis, il faut en prendre le risque. Est-ce possible ?

– Oui.

Rupert hésita à nouveau.

– Je ne voudrais pas insister, mais vous ne devriez pas perdre une seconde.

– Vous êtes inquiet, n'est-ce pas ?

– Oui, vraiment.

– Dans ce cas, j'y vais. Demain, si vous voulez. Biddy n'est pas là, mais il y a Phyllis et Anna. Je peux laisser la maison, dit-elle, commençant à s'organiser. Je pourrais même y aller en voiture. Ce serait mieux que par le train. Ça me donnera un argument supplémentaire.

– Et l'essence ?

– Biddy m'a laissé une pile de coupons périmés. Je demanderai au garage du coin de me les échanger.

– La route est longue en cette saison.

– Ça ira. Je l'ai déjà faite. Et puis, il n'y a pas beaucoup de circulation sur les routes. Si je pars demain, je passerai la nuit à Cadogan Mews, et j'irai à Fulham Road dès le lendemain matin.

– En le voyant, vous allez peut-être trouver que je fais une montagne d'un pain de sucre, mais je ne pense pas. Je crois surtout que Gus a besoin de ses vieux amis. Nancherrow étant hors de question, il ne reste plus que vous.

– Donnez-moi son adresse.

Elle prit un crayon et la nota à la hâte sur la couverture de l'annuaire.

– C'est après l'hôpital de Brompton, du côté droit de la rue...

– Ne vous inquiétez pas, je trouverai.

– Judith, vous êtes un ange. Vous m'ôtez un poids de la conscience.

– Je ne pourrai sans doute pas faire grand-chose.

– Essayez toujours.

– J'essaierai. Merci d'avoir appelé. Je me suis tellement inquiétée pour lui. J'ai eu tant de mal à lui dire adieu à Colombo, il semblait si vulnérable, si terriblement seul.

– C'est exactement ça. Et tenez-nous au courant.

– Promis.

Ils bavardèrent encore un peu, se dirent au revoir, et Judith raccrocha. Elle se rendit compte qu'elle frissonnait, glacée jusqu'aux os, non seulement par le froid qui régnait dans le vestibule, mais parce que toutes ses craintes étaient confirmées. Elle retourna dans le salon, remit une bûche sur le feu et se réchauffa, accroupie devant les flammes.

Les informations venaient de se terminer. Phyllis tendit la main pour éteindre la radio.

– Long coup de fil, fit-elle remarquer.

– Oui. C'était Rupert Rycroft. Il voulait me parler de Gus Callender.

Phyllis savait tout de Gus. Au fil des semaines, Judith lui avait raconté leur rencontre à Colombo, et son chagrin d'avoir à lui apprendre que Loveday avait épousé Walter Mudge.

– Qu'est-ce qui se passe ? demanda Phyllis.

Judith le lui expliqua. Phyllis posa son tricot et l'écouta, la mine de plus en plus attristée.

– Le pauvre ! C'est injuste, n'est-ce pas ? Rupert n'a rien pu faire pour lui ?

– Il lui a proposé de le ramener dans le Gloucestershire, mais Gus a refusé.

– Alors, qu'attend-il de toi ? s'inquiéta Phyllis.

– Que j'aille à Londres et que j'essaie de persuader Gus de venir ici, j'imagine.

– Il n'est pas violent, au moins ?

– Oh, Phyllis, le pauvre garçon... bien sûr que non.

– On ne sait jamais avec les malades mentaux. J'ai lu des choses terribles dans les journaux...

– Ce n'est pas ça du tout. (Elle pensa à Gus.) Ce ne sera jamais ça.

– Alors, tu y vas ?

– Oui, je crois qu'il le faut.

– Quand ?

– Demain. Pas de temps à perdre. J'irai en voiture. Je rentrerai jeudi.

Il y eut un long silence. Puis Phyllis dit :

– Tu ne peux pas y aller demain. Demain, c'est mercredi. Le dîner à Nancherrow. Jeremy Wells. Tu ne peux pas rater ça.

– J'avais oublié.

– Comment as-tu pu oublier ? s'indigna Phyllis. Pourquoi te précipiterais-tu vers l'ami d'une autre, alors que tu dois songer à ta propre existence ? A ton propre avenir. Repousse ton voyage à Londres d'une journée. Pars jeudi. Un jour de plus, ça ne tuera personne.

– Phyllis, je ne peux pas.

– Eh bien, je trouve ça très impoli. Que va penser

898

Mrs. Carey-Lewis ? Que va penser Jeremy, qui croit qu'il va te revoir après toutes ces années et à qui l'on annoncera que tu es partie à Londres voir un autre homme ?

– Gus n'est pas n'importe quel autre homme.

– Pour moi, si. Même si c'était l'ami d'Edward, ce n'est pas une raison pour tout gâcher.

– Phyllis, si je n'y vais pas, je ne pourrai plus me regarder en face le restant de mes jours. Te rends-tu compte de ce qu'il a subi ? Trois ans d'enfer à construire ce chemin de fer dans une jungle étouffante. Malade, presque mort de dysenterie, battu et brutalisé par des gardiens cruels et sadiques. Il a vu ses amis mourir ou se faire tuer. Ou pire. Te rends-tu compte qu'il vient de faire une dépression ? Comment pourrais-je penser à Jeremy dans de telles circonstances ?

Cette explosion d'indignation réduisit Phyllis au silence. Elle resta assise devant le feu, l'air buté.

– C'est comme les Allemands et les Juifs, reprit-elle enfin. Je ne comprends pas comment des êtres humains peuvent être aussi cruels les uns envers les autres. Jess m'a raconté des choses, quand nous étions seules, quand nous faisions la cuisine, ou quand j'allais lui dire bonsoir dans son lit. Peut-être n'était-ce pas aussi terrible pour elles, elles n'ont pas été obligées de poser des rails. Dans le dernier camp où elles sont allées, à Asulu, les conditions de vie étaient si mauvaises, il y avait si peu de nourriture que des femmes sont allées se plaindre auprès du commandant. Il les a toutes fait battre, leur a fait raser la tête et les a enfermées cinq jours dans une cage de bambou. Ça me hante, ça, Judith. S'ils étaient capables de faire ça à des femmes et à des enfants...

– Je sais, dit Judith.

Jess ne lui avait rien dit mais elle s'était confiée à Phyllis. Et Judith était contente, car cela signifiait qu'elle ne gardait pas toutes ces horreurs enfouies au fond d'elle-même.

– Je sais, répéta-t-elle.

– Eh bien, voilà, soupira Phyllis. Quand pars-tu ?

– Demain matin à la première heure. Je prendrai la voiture de Biddy.

– Tu penses qu'il reviendra avec toi ?

– Je n'en sais rien.

– S'il vient, où dormira-t-il ?

– Il prendra la chambre de Mrs. Somerville.

– Je vais y faire le ménage. Changer les draps. Tu ferais mieux d'appeler Mrs. Carey-Lewis.

– Dans un moment.

– Tu as l'air vidée avec toutes ces histoires. Que dirais-tu d'une bonne tasse de chocolat chaud ?

– Le plus grand bien.

– Alors je vais en préparer une.

Phyllis roula son tricot et planta les aiguilles dans la pelote de laine.

– Ça nous remontera un peu le moral avant d'aller nous coucher.

De nouveau dans le vestibule, Judith composa le numéro de Nancherrow.

– Allô ?

– Diana, c'est Judith.

– Ma chérie.

– Excusez-moi d'appeler si tard.

– Qu'est-ce qui se passe ?

Des explications, une fois de plus. De temps en temps, Diana poussait des exclamations horrifiées mais, cela mis à part, elle ne posa aucune question et ne l'interrompit pas.

– ... Je vais donc à Londres demain. Si cela ne vous ennuie pas, je passerai la nuit à Cadogan Mews et j'espère ramener Gus avec moi jeudi.

– Mon dîner !

– Je sais. Je suis navrée. Mais je ne pourrai pas être là.

– Ma chérie, ce n'est pas possible ! Nous avions prévu un tel festin !

– Je suis vraiment désolée.

– Oh, flûte ! Pourquoi faut-il toujours que ces choses arrivent au mauvais moment ?

N'ayant pas de réponse à cette question, Judith ajouta :

– Et Loveday ?

Long silence, puis Diana soupira :

– Oui, je vois.

– Loveday ne veut pas de Gus en Cornouailles. Elle ne veut pas le voir. Elle me l'a dit.

– Oh, ma chérie, c'est si difficile !

– À mon avis, mieux vaut ne pas lui parler de Gus. S'il vient au Manoir, mieux vaut ne pas la mettre au courant. Il n'y a aucune raison de la prévenir.

900

– Elle l'apprendra tôt ou tard.

– Oui, mais pas tout de suite. D'après Rupert, il ne semble pas que Gus soit en état de supporter une telle confrontation.

– Je déteste les secrets.

– Moi aussi. Mais juste pour un jour ou deux, le temps de voir comment ça se passe. Faites votre dîner et dites à Loveday que j'ai dû m'absenter. Dites au colonel et à Jeremy de ne rien lui dire non plus. Si Gus revient avec moi et qu'il reste un peu ici, il faudra évidemment en parler à Loveday. Mais pour l'instant, mieux vaut nous taire.

Diana demeura longtemps silencieuse. Judith retint son souffle. Quand Diana ouvrit de nouveau la bouche, ce fut simplement pour dire :

– Oui, bien sûr. Tu as raison.

– Je suis désolée de gâcher votre fête.

– Je crois que ce cher Jeremy sera très déçu, lui aussi.

On lui avait donné la vieille chambre qu'il connaissait bien. Il était monté seul, traînant derrière lui sa valise verte de marin, usée jusqu'à la corde. Cela faisait si long-temps qu'il n'était pas venu à Nancherrow qu'il la jeta sur la banquette au pied du lit et se précipita à la fenêtre. Il l'ouvrit et contempla avec satisfaction la vue dont il avait gardé le souvenir. Il était presque midi. Le soleil perçait par intermittence à travers les nuages. Le linge se balançait sur la corde, et les colombes se pavanaient en roucoulant sur la plate-forme du colombier, sans doute pour se plaindre du froid. C'était un moment délicieux. La guerre était finie, il était de retour en Cornouailles, pour de bon, il devait de temps en temps se le rappeler. Avec un peu de chance, il ne s'éloignerait plus jamais de cet endroit magique qu'il avait toujours considéré comme sa seconde maison. Il remercia le ciel d'être vivant, et d'avoir pu revenir.

Il ferma la fenêtre et allait s'occuper de sa valise quand il entendit de petits pas pressés dans le couloir et la voix de Diana.

– Jeremy !

Elle ouvrit brusquement la porte et apparut dans un confortable pantalon de flanelle grise et un immense pull de mohair bleu ciel ; elle paraissait fragile et extrême-ment féminine.

– Mon cher ! Désolée de ne pas avoir été là pour t'accueillir. J'étais au téléphone, comme d'habitude. Comment vas-tu ?

Elle l'embrassa affectueusement avant de s'installer sur le lit avec l'intention manifeste de bavarder avec lui.

– As-tu fait bonne route ?

Comme s'il avait parcouru une centaine de kilomètres alors qu'il ne venait que de Truro.

– Dieu que c'est bon de te revoir ! Tu es superbe. Bronzage méditerranéen. Ne serait-ce pas un cheveu gris que j'aperçois là sur ta tempe ?

Un peu gêné, Jeremy porta la main à ses cheveux.

– Je crois bien que oui.

– Ne t'inquiète pas. C'est plutôt distingué. Et regarde-moi : tout argentée comme une pièce de six pence. Écoute-moi bien, maintenant, j'ai tant de choses à te raconter. Je ne sais pas par où commencer. D'abord, tu sais que Judith est rentrée ?

– Oui, mon père me l'a dit. Il m'a aussi appris la mort de ses parents et le retour de Jess.

– Pauvre petite, elle en a vu de rudes, mais elle est tellement courageuse. Ça me déplaît de dire qu'elle est raisonnable, c'est un mot tellement assommant, mais je n'ai jamais vu quelqu'un qui ait autant de bon sens. Extrêmement jolie, par-dessus le marché. Une silhouette ravissante. Mais ce que j'ai de plus important à te dire ne concerne pas Judith... Jeremy, tu te souviens de Gus Callender ? Il est venu ici, le dernier été avant la guerre.

– Mais bien sûr. Le garçon dont Loveday était amoureuse. Celui qui a été tué à Singapour.

– Mon cher, il n'a pas été tué. Il a survécu. Prisonnier de guerre. Les chemins de fer de Birmanie. Une abomination. Judith l'a croisé à Colombo alors qu'il était sur le chemin du retour. Elle lui a dit que Loveday était mariée et, bien entendu, il en a été affreusement bouleversé. Dès qu'elle est rentrée ici, elle a dit à Loveday que Gus était vivant, et Loveday nous l'a rapporté, à Edgar et à moi.

– Seigneur !

Ce fut tout ce que Jeremy trouva à dire.

– Je sais. Tout ça est un peu délicat, n'est-ce pas ? Quoi qu'il en soit, il est retourné en Écosse, où il a disparu en quelque sorte. Judith lui a écrit, je crois qu'elle se faisait du souci pour lui, mais il ne lui a jamais répondu.

Et puis hier, Rupert, le mari d'Athena, a rencontré Gus à Londres. Il traînait dans les rues comme un clochard. Déprimant à souhait. Rupert a réussi à le convaincre de déjeuner avec lui, et celui-ci lui a avoué qu'il venait de faire une horrible dépression nerveuse, qu'il avait passé plusieurs semaines dans une sorte d'asile, que ses vieux parents étaient morts pendant qu'il était prisonnier et que toute la fortune familiale avait disparu... bref, l'abomination de la désolation. Rupert était très ému. Il a tenté de l'entraîner dans le Gloucestershire, mais Gus a refusé.

– Où habite-t-il?

– Dans une espèce d'appartement sordide, dans un quartier horrible où personne ne met jamais les pieds.

– Alors que s'est-il passé?

– Dieu que c'est long à raconter, mais c'est quand même important. Eh bien, Judith est partie aujourd'hui pour Londres pour voir si elle peut faire quoi que ce soit pour l'aider. Peut-être le ramener au Manoir.

– Et Loveday?

– Loveday nous a dit qu'elle ne voulait pas voir Gus. Je crois qu'elle a un peu honte. Non qu'il y ait lieu d'avoir honte, mais... (Sa voix faiblit, et elle regarda Jeremy d'un air suppliant.) Tu comprends, n'est-ce pas, Jeremy?

– Oui, je suppose, soupira-t-il.

– Tout cela est d'autant plus déprimant que, ce soir, j'avais organisé une belle fête pour toi, que Nettlebed avait plumé des faisans, que Mrs. Nettlebed allait nous confectionner une mousse à la prune et qu'Edgar était joyeusement descendu à la cave pour choisir le vin. Et puis Judith a téléphoné hier soir pour m'annoncer qu'elle partait pour Londres, et Loveday a appelé à son tour pour prévenir que Walter ne serait pas là non plus. Nous avons donc décidé de laisser tomber, pour l'instant. Comme c'est décevant.

– Ne vous inquiétez pas, la rassura vaillamment Jeremy. C'était déjà très gentil d'y avoir pensé.

– Sans doute. Ce sera pour une autre fois.

Elle se tut un instant, puis regarda sa minuscule montre en or.

– Il faut que j'y aille. J'ai promis à Edgar de téléphoner au marchand de grain pour la nourriture des poules. Nous n'avons pas été livrés et les pauvres chéries meurent de faim, fit-elle en se levant. Le déjeuner à une heure, d'accord ?

– Parfait.

Elle se dirigea vers la porte puis, la main sur la poignée, se tourna vers lui.

– Jeremy, si Gus revient vraiment avec Judith, nous n'en dirons rien à Loveday. Au début. Ensuite, nous verrons où il en est.

Jeremy comprit.

– Bien.

Elle hocha la tête d'un air attristé.

– Je déteste les conspirations, pas toi ?

Et elle disparut avant qu'il ait eu le temps de répondre. Il défit le reste de ses bagages, l'esprit tourmenté. La guerre était terminée depuis peu, mais sa nouvelle vie semblait déjà semée de problèmes.

Il ne lui restait plus que quelques formalités à remplir avant de quitter définitivement le corps des réservistes de la Marine, avec d'excellents états de service, le grade de capitaine et une petite pension que lui verserait le pays reconnaissant. Mais, en rentrant, il avait trouvé son vieux père très morose. Un gouvernement travailliste était au pouvoir et l'on parlait d'un projet de service de santé national qui changerait totalement la pratique de la médecine. Ce ne pouvait être qu'une bonne chose, se disait Jeremy, tout en comprenant fort bien que son père était trop âgé pour affronter tant de bouleversements.

Au lieu de reprendre le cabinet de Truro, peut-être le moment était-il venu de changer ? Des hommes jeunes, des méthodes nouvelles... Un collègue de la Marine lui avait déjà fait part d'une idée qui le séduisait énormément. Toutefois, il ne s'engagerait pas tant qu'il n'aurait pas eu une conversation avec Judith.

Le problème le plus urgent, c'était elle. Il avait hâte de la revoir tout en redoutant une confrontation qui risquait de mettre un terme aux rêves qu'il caressait depuis si longtemps. Depuis cette nuit qu'ils avaient passée ensemble à Londres, il pensait constamment à elle. Au beau milieu de l'Atlantique, à Liverpool, à Gibraltar et à Malte, il avait commencé des lettres qu'il n'avait jamais terminées. Chaque fois, les mots lui manquaient, il perdait courage, froissait les pages inachevées avant de les jeter à la corbeille. A quoi bon ? Elle l'aurait oublié, elle aurait trouvé quelqu'un d'autre.

Elle n'était pas mariée. Cela, il le savait. Mais les révélations que venait de lui faire Diana sur Gus Callender l'emplissaient d'inquiétude. Il était aisé de comprendre ce que signifiait, pour Loveday, le retour de Gus. Mais Judith, semblait-il, était également impliquée dans l'affaire. Le fait qu'elle ait choisi de ne pas venir dîner chez Diana pour filer à Londres auprès de Gus ne lui disait rien qui vaille. Et puis Gus avait été l'ami d'Edward, et Edward avait été le grand amour de Judith. Cela avait peut-être un rapport. Sa compassion s'était-elle changée en une émotion plus profonde ? Il l'ignorait. Il ignorait tout depuis trop longtemps.

Il eut soudain envie, plus que de tout au monde, de quelque chose à boire. Un gin-grenadine. Les valises pouvaient attendre. Il alla se laver les mains dans la salle de bains, se donna un coup de peigne et descendit, en quête d'un remontant.

Judith jeta un dernier regard à la ronde pour s'assurer qu'elle n'avait rien oublié. Les draps étaient changés, la vaisselle du petit déjeuner lavée, rincée et mise à sécher sur l'égouttoir. Le réfrigérateur éteint, les fenêtres fermées. Elle prit son petit sac de voyage, descendit l'étroit escalier, sortit et referma la porte derrière elle.

Il était neuf heures du matin et il faisait à peine jour. Le ciel était sombre et couvert. Pendant la nuit, il avait gelé à pierre fendre. La lumière aux fenêtres des petites maisons de Cadogan Mews dessinait des carrés jaunes sur les pavés glacés. Pas de fleurs dans les jardinières, mais quelqu'un avait acheté un arbre de Noël qu'il avait appuyé au mur près d'une porte d'entrée. Peut-être le rentrerait-on aujourd'hui pour le décorer de guirlandes féeriques.

Elle fourra son sac dans le coffre de la voiture de Biddy et se mit au volant. La voiture n'aimait pas coucher dehors et toussa deux ou trois fois avant que le moteur ne se mette en route en crachant des nuages de fumée.

C'était étrange de revoir Londres sans les ballons de la défense anti-aérienne flottant dans le ciel et avec les réverbères allumés. Partout, on voyait encore les traces des bombardements. En remontant Sloane Street, elle remarqua que, bien que l'on eût remplacé les planches par des vitres à la devanture des boutiques, les vitrines de Noël n'avaient plus rien du luxueux étalage d'avant-guerre.

A cette heure-là, il y avait encore beaucoup de gens dans la rue. Des mères se dépêchant de conduire les enfants à l'école, des employés aspirés par files entières par les bouches de métro ou faisant la queue aux arrêts de bus. Tous paraissaient las, harassés, et certaines femmes avaient des allures de paysannes, ficelées dans leur manteau, avec des bottes et un fichu.

En haut de Sloane Street, elle tourna à gauche, descendit Brompton Road et s'engagea dans Fulham Road. *Une chose à la fois*, se dit-elle tout en conduisant. Elle se répétait cela depuis que, la veille, elle avait quitté Rosemullion. *Faire le plein d'essence et remplir les bidons de secours* (sur la route, les garages ne seraient peut-être pas aussi accommodants pour les coupons périmés). *Aller jusqu'à Londres. Aller chez Diana. Y passer la nuit.* A présent, elle en était à *Trouver l'appartement de Gus. Sonner à la porte. Attendre qu'il vienne ouvrir.* S'il ne venait pas, que faire ? Enfoncer la porte ? Appeler la police ou les pompiers ? Et s'il venait, qu'allait-elle lui dire ? Elle songea à Diana. Diana n'était jamais à court. *Mon cher Gus, bonjour. C'est moi. Quelle belle matinée !*

Elle dépassa l'hôpital de Brompton et ralentit, observant les numéros au-dessus des boutiques et des porches. Elle y était presque. Entre deux rues latérales, une enfilade de petits magasins, dont émergeaient les commerçants qui entassaient des cageots de choux de Bruxelles sur le trottoir ou installaient leur présentoir de journaux. Elle aperçut le café indiqué par Rupert, et se gara. La porte étroite était coincée entre le café et une petite épicerie. Sur le montant il y avait deux sonnettes et des noms inscrits sur des bouts de carte : NOLAN et PELOVSKI. Pas d'un grand secours. Elle hésita, puis appuya sur PELOVSKI.

Rien. Elle appuya à nouveau. S'il n'y avait pas de réaction, elle essaierait NOLAN. Malgré ses bottes fourrées, elle commençait à avoir froid aux pieds. Gus était peut-être encore au lit, endormi. Peut-être que la sonnette ne marchait pas. Peut-être devrait-elle aller prendre une tasse de thé au café en attendant...

Puis des pas, quelqu'un qui descendait un escalier. Un bruit de clé, la porte s'ouvrit et enfin Gus apparut.

Sans un mot, ils se regardèrent, Judith muette de soulagement et Gus totalement ébahi de la trouver à sa porte.

Il fallait qu'elle dise quelque chose.

– J'ignorais que tu t'appelais Pelovski.

– Ce n'est pas moi. C'est quelqu'un d'autre.

Il n'avait pas l'air trop mal en point. Pas aussi ravagé qu'elle le redoutait. Terriblement maigre et pâle, évidemment, mais rasé et vêtu d'un épais col roulé et d'un pantalon de velours.

– Tu devrais changer l'étiquette.

– Judith, que diable fais-tu ici ?

– Je suis venue te voir. Et je gèle. Puis-je entrer ?

– Bien sûr. Excuse-moi... fit-il en reculant pour la laisser passer.

Quand elle eut franchi le seuil, il referma la porte derrière eux. Il faisait très sombre, et une odeur rance et désagréable flottait dans l'air confiné.

– Pas terrible comme entrée, s'excusa-t-il. Monte.

Il passa devant elle et elle le suivit dans l'escalier sinistre. En arrivant sur le palier, elle aperçut une porte entrebâillée. Ils pénétrèrent dans la pièce au papier peint fleuri et aux rideaux trop courts. Dans l'âtre, un petit feu électrique brûlait résolument, ses deux résistances dégageant une faible chaleur, mais les vitres sales étaient toujours couvertes de givre. Il faisait affreusement froid.

– Tu ferais mieux de garder ton manteau, dit-il. Désolé, tout ça est un peu sordide. Hier, j'ai passé la matinée à faire le ménage, mais je n'ai pas amélioré grand-chose.

Elle remarqua, sur un coin de table, les traces d'un petit déjeuner, une tasse à thé et une croûte de pain grillé sur une assiette.

– Je t'ai dérangé, dit-elle.

– Pas du tout. J'ai terminé. Installe-toi...

Il se dirigea vers la cheminée, prit un paquet de cigarettes et un briquet. Quand il eut allumé sa cigarette, il s'adossa au manteau de cheminée. Ils se regardèrent. Judith était assise sur le bras de l'un des gros fauteuils marron.

Cela ne servait à rien de tourner autour du pot.

– Rupert m'a téléphoné, dit-elle.

– Ah ! (Comme si tout devenait soudain clair.) Je vois. C'est bien ce que je pensais.

– Il ne faut pas lui en vouloir. Il était vraiment inquiet.

– C'est un type sympathique. Mais j'ai bien peur qu'il ne m'ait vu sous un mauvais jour. La grippe, tout ça. Je vais mieux maintenant.

– Il m'a dit que tu avais été malade. Que tu étais allé à l'hôpital.

– Oui.

– As-tu reçu mes lettres ? (Gus fit oui de la tête.) Pourquoi ne m'as-tu pas répondu ?

– Je n'étais pas en état de le faire, dit-il en hochant la tête. Je suis désolé. Tu as été si gentille.

– Comme je n'avais pas de nouvelles, je me suis vraiment fait du mauvais sang.

– Tu ne dois pas t'inquiéter. Tu as tes problèmes. Comment va Jess ?

– Bien. Elle est dans une école.

– Quel miracle de là retrouver !

– Oui. Mais, Gus, je ne suis pas venue ici pour parler de Jess.

– Quand es-tu arrivée à Londres ?

– Hier. En voiture. Elle est garée dans la rue. J'ai passé la nuit dans la maison de Diana. Ensuite je suis venue ici. Rupert m'avait donné ton adresse. Je n'ai pas eu trop de mal à trouver.

– Tu fais des courses de Noël ?

– Non, je ne suis pas venue faire des courses. Je suis venue te chercher. C'est l'unique raison.

– Très flatteur. C'est très généreux de ta part.

– Je veux que tu reviennes en Cornouailles avec moi.

– Je ne peux pas, dit-il aussitôt sans la moindre hésitation. Merci, mais non.

– Pourquoi restes-tu à Londres ?

– C'est un endroit comme un autre.

– Pourquoi ?

– Pour être seul. Y voir plus clair. M'habituer à vivre seul, à me débrouiller. L'hôpital psychiatrique vous émascule. Et puis, un jour ou l'autre, il faudra que je cherche du travail. J'ai des relations ici. De vieux camarades de classe, des gars de l'armée. Une sorte de réseau.

– En as-tu déjà revu ?

– Pas encore...

Elle ne croyait pas tout ce qu'il lui racontait, mais comprit qu'il essayait de la rassurer pour se débarrasser d'elle.

– Est-ce si important ? D'avoir du travail ?

– Oui. Pas urgent, mais nécessaire. Rupert t'a probablement mise au courant pour l'héritage de mon père. Je ne peux plus mener une existence de gentleman oisif.

– Te connaissant, je n'aurais pas pensé que cela te poserait un problème.

– Non. Mais il faut quand même s'en occuper.

– Pas tout de suite. Tu as été malade. Tu as traversé une période pénible. Nous sommes en plein hiver, il fait un temps affreux et c'est bientôt Noël. Tu ne peux pas rester seul pour Noël. Viens avec moi. Maintenant. (Elle eut conscience de son ton suppliant.) Prépare ton sac, verrouille ta porte, et nous rentrons ensemble.

– Désolé. Vraiment. C'est impossible.

– A cause de Loveday ? demanda-t-elle timidement. Elle pensait qu'il nierait, mais il acquiesça.

– Tu ne serais pas obligé de voir Loveday.

– Enfin, Judith, ne sois pas stupide. Comment pourrions-nous ne pas la voir ? Il est impossible que nous ne nous croisions pas.

– Nous ne sommes pas obligés de le dire à quiconque...

– Et qu'attends-tu de moi ? Que je me promène avec une fausse barbe, une paire de lunettes noires, en prenant un faux accent d'Europe de l'Est ?

– Nous t'appellerions Mr. Pelovski.

La plaisanterie n'était pas bonne, il ne la trouva pas drôle.

– Je ne veux pas lui empoisonner l'existence.

« Elle n'a pas besoin de toi pour cela. Walter Mudge et Arabella Lumb s'en chargent déjà très bien. » Elle ravala les mots qu'elle avait sur le bout de la langue. Heureusement. Une fois dits, elle n'aurait pas pu les effacer.

– Loveday n'est pas aussi importante que toi, Gus, dit-elle. C'est à toi que tu dois penser.

Il ne répondit pas.

– Écoute, si tu ne veux pas venir à Rosemullion, laisse-moi t'emmener dans le Gloucestershire. Je t'y laisserai en compagnie d'Athena et de Rupert. Ils seront ravis de t'avoir, je le sais.

Son visage était inexpressif, son regard sombre. Il n'y avait rien à en tirer et Judith, qui jusque-là ne s'était pas départie de sa patience, commençait à se fâcher. Il n'y avait rien au monde de plus enrageant qu'un homme entêté.

– Oh, Gus, pourquoi faut-il que tu sois aussi têtu qu'une mule ? Pourquoi ne nous laisses-tu pas t'aider ?

– Je n'ai pas besoin d'aide.

– C'est ridicule ! Égoïste et horrible. Tu ne penses qu'à toi. A ton avis, que ressentons-nous en te voyant si seul, sans famille, sans foyer... sans rien ? Nous ne pourrons rien pour toi si tu n'y mets pas du tien. Je sais que tu as vécu l'enfer, je sais que tu as été malade, mais donne-toi une chance. Ne reste pas dans cet horrible appartement à ruminer sur Loveday...

– La ferme !

Pendant un instant pénible, Judith crut qu'elle allait éclater en sanglots. Elle se leva, s'approcha de la fenêtre et observa la circulation dans la rue jusqu'à ce que ses yeux aient cessé de la picoter.

– Excuse-moi, dit-il dans son dos.

Elle ne répondit pas.

– J'aimerais beaucoup venir avec toi. Une part de moi en meurt d'envie. Mais j'ai peur de moi-même. Ou de ce qui pourrait arriver. De craquer à nouveau.

– Il n'y a rien de pire que cet endroit, marmonna-t-elle.

– Pardon ?

– Je disais : il n'y a rien de pire que ça.

Le silence retomba. Au bout de quelque temps, elle l'entendit dire :

– Écoute, je n'ai plus de cigarettes. Je descends en chercher chez le marchand de journaux. Reste ici. Ne t'en va pas. J'en ai pour une minute. Ensuite, je te ferai une tasse de thé.

Judith ne bougea pas. Elle entendit ses pas rapides dans l'escalier. La porte de la rue s'ouvrit et claqua.

Gelée, épuisée et découragée, elle poussa un long soupir. Que faire maintenant ? Que dire ? Elle se retourna et jeta un regard circulaire dans la pièce déprimante. Alla jusqu'à la table, prit le journal de la veille, seule distraction apparente. Ses pages mal pliées recouvraient d'autres objets qu'elle découvrit alors : une vieille mallette, ouverte, pleine de lettres et de factures ; une chemise en carton ; un carnet de croquis attaché par un élastique épais. Intriguée, elle le regarda de plus près. Remarqua que la couverture était sale, tachée de graisse, écornée. Elle entendit la voix de Gus, sur la terrasse de l'hôtel *Galle Face*, lui raconter les derniers jours de Singapour. Il avait vendu sa montre contre quelques dollars, soudoyé un gardien de prison pour qu'il lui apporte du papier, des crayons et un bloc à dessin.

Son carnet de croquis. *Une sorte de mémoire. Mais pas à mettre entre toutes les mains.*

Elle n'aurait pas dû se montrer indiscrète, elle n'en avait même pas envie. Mais ses mains semblaient posséder une volonté propre. Elle ôta l'élastique et ouvrit le carnet au hasard. Des dessins au crayon, minutieux. Page après page. Des hommes émaciés, à demi nus, le dos ployant sous le fardeau des rails, marchant dans la jungle en file indienne. Une silhouette affaissée, attachée à un poteau, qui se déshydratait sous un soleil impitoyable jusqu'à ce que mort s'ensuive. Un gardien japonais, le canon de son fusil levé au-dessus d'un prisonnier squelettique étendu dans la boue, face contre terre. Une exécution, le sang jaillissant d'un cou sectionné en deux jets...

La nausée la gagnait et elle sentit un goût âpre dans sa bouche.

Elle entendit la porte de la rue claquer, et le pas de Gus dans l'escalier. Elle referma d'un coup sec le carnet de croquis et appuya des deux mains sur la couverture, comme pour refermer une boîte contenant des horreurs vivantes, mortelles, grouillantes.

Assez. Elle le dit tout haut.

– *Ça suffit.*

Il était à la porte.

– Tu as dit quelque chose ?

– Oui, fit-elle en se tournant vers lui. Je ne m'en irai pas sans toi, Gus. Je ne te demande pas de venir avec moi, je te l'*ordonne*. Et si tu ne viens pas, alors je resterai ici à te harceler jusqu'à ce que tu acceptes.

Stupéfait de cette explosion, son regard passa de son visage à la table, et il aperçut le carnet et l'élastique posé à côté.

– Tu n'aurais pas dû l'ouvrir, dit-il calmement.

– Eh bien, je l'ai fait. Et j'ai regardé. Tu ne devrais pas trimballer ça avec toi, comme si c'étaient les seuls souvenirs qui te restaient. Ils seront toujours là. Ils ne disparaîtront jamais. Mais un jour, ils s'estomperont, si tu les laisses faire. Mais tu ne peux pas y parvenir seul. Il faut que tu *partages*. Si tu ne reviens pas avec moi, ce n'est pas bien. Ça n'aura servi à rien. J'ai fait tout ce chemin dans la voiture de Biddy qui ne dépasse pas le quatre-vingts à l'heure, j'ai raté le dîner que Diana donnait en l'honneur du retour de Jeremy Wells, et maintenant je vais repartir et toi, tu restes planté là comme un zombie momifié...

– Judith...

– Je ne veux plus discuter. Mais pour la dernière fois, *je t'en prie*. Si je ne pars pas maintenant, je n'arriverai jamais chez moi. La route est longue et il fait nuit à quatre heures...

Ce fut soudain trop pour elle : sa déception, son refus de l'écouter, le contenu terrible du carnet de croquis. Sa voix se brisa et elle éclata en sanglots, d'émotion et d'épuisement.

– Oh, Gus...

– Ne pleure pas, dit-il, et il s'approcha d'elle, l'enveloppa de ses bras et la serra contre lui jusqu'à ce que ses pleurs s'apaisent. Tu as vraiment renoncé à une fête avec Diana, Jeremy et tous les autres... pour moi ?

Elle hocha la tête en cherchant un mouchoir.

– Ça n'a pas d'importance. Il y en aura d'autres.

Elle se moucha.

– Ça me déplaît de t'imaginer seule sur la route de Cornouailles. A quatre-vingts kilomètres à l'heure.

Du bout des doigts Judith essuya les larmes de ses joues.

– Tu n'y peux pas grand-chose.

– Si. (Pour la première fois, il sourit.) Accorde-moi juste cinq minutes.

Ils prirent la direction de l'ouest en passant par Hammersmith et Staines, avant de s'engager sur l'A30. Judith conduisait. Peut-être Gus aurait-il envie de dormir et, de toute façon, elle était habituée aux caprices de la vieille guimbarde de Biddy. A côté d'elle, Gus suivait leur itinéraire sur une carte en lambeaux en suçant des bonbons acidulés parce que, disait-il, il était trop bien élevé pour fumer dans une voiture qui n'était pas la sienne. Bientôt ils quittèrent les derniers faubourgs. Les petites villes qu'ils traversèrent ensuite étaient de gros bourgs de campagne avec des marchés, des pubs aux noms vieillots et des maisons de briques rouges alignées dans la rue principale. Salisbury, Crewkerne, Chard et Honiton. A Honiton, ils s'arrêtèrent et, tandis que Gus remplissait le réservoir avec les derniers bidons, Judith chercha de quoi les sustenter. Elle revint avec deux feuilletés douteux et quelques bouteilles de soda au gingembre. Ils mangèrent ce maigre pique-nique dans la voiture.

— Des feuilletés, déclara Gus avec satisfaction, avant de croquer le sien.

Il mâcha pendant quelques instants, puis regarda Judith d'un air consterné.

— Ça n'a pas le goût d'un feuilleté.

— Quel goût ça a ?

Il en reprit une bouchée et mâcha.

— Un goût de souris enveloppée dans un gant de toilette.

— On ne peut quand même pas s'attendre aux feuilletés de Mrs. Nettlebed. Pas après six ans de guerre. Il faut acheter la meilleure viande pour en avoir un convenable, tout le monde a oublié le goût que ça a. De toute façon, nous sommes dans le Devon. Dans le Devon, ça ne s'appelle pas un feuilleté, mais une tourte.

— Où as-tu glané cette information totalement dénuée d'intérêt ?

— Il suffit d'avoir été dans la Marine pour savoir ce que c'est qu'une tourte.

Ils poursuivirent leur route. Les nuages londoniens avaient disparu et la soirée était claire et froide. Le soleil hivernal, rond et rouge comme une orange, était bas sur les collines du Dartmoor. Exeter. Okehampton. Launceston. La nuit à présent, les phares et la solitude de la lande de chaque côté de la route étroite.

La Cornouailles.

Gus se taisait depuis un long moment. Puis :

— T'est-il déjà arrivé d'avoir des fantasmes, Judith ?

— Quel genre de fantasmes ?

— Tu sais bien. Galoper dans le désert sur la selle d'un beau cheikh. Ou sauver la vie d'un plaisancier qui se noie et découvrir que c'est ta vedette de cinéma préférée.

— Non, pas particulièrement. Mais je m'imaginais que le *Riviera*, le train qui va en Cornouailles, était l'*Orient-Express* et que je me rendais à Istanbul pour livrer des documents secrets, avec de sinistres espions à mes trousses. Le genre Agatha Christie, très excitant. Et toi ?

— Les miens n'étaient pas aussi aventureux. Je ne crois pas avoir été un jeune homme très aventureux. Mais ils me paraissaient très réels. J'en avais trois. Bien distincts.

D'abord, j'allais en Cornouailles, où je n'étais jamais allé, et j'y menais la vie de bohème d'un peintre. J'habitais dans une petite maison de pêcheur blanchie à la chaux, je me laissais pousser les cheveux et je portais un chapeau comme Augustus John [1], des espadrilles et un bleu de travail comme les ouvriers français. Et je fumais des gitanes, j'avais un atelier et je fréquentais un pub où j'étais tellement célèbre et respecté que les gens m'offraient à boire.

– C'est assez inoffensif. Mais pourquoi la Cornouailles, si tu n'y étais jamais allé ?

– J'avais vu des photos, des peintures, des œuvres d'art. Des articles dans le *Studio*. L'École de Newlyn. L'École de Porthkerris. La couleur de la mer et les falaises. L'extraordinaire qualité de la lumière.

– Comme peintre, tu aurais eu du succès. J'en suis certaine.

– Peut-être. Mais ce n'était qu'un passe-temps, comme disait mon père. Alors je suis allé à Cambridge et j'ai fait des études d'ingénieur. (Il s'interrompit, songeur.) Nous sommes peut-être la dernière génération qui aura fait ce qu'on lui disait de faire.

– Quels étaient tes deux autres fantasmes ?

– Des images, encore. Un Laura Knight, une gravure que j'avais découpée dans un magazine et fait encadrer. Je l'ai emportée partout avec moi, à l'école, à la maison, à l'université. Une fille sur une falaise, avec un vieux pull et une paire de tennis. Brune comme une gitane, avec des boucles lui tombant sur les épaules. Belle.

– Tu l'as toujours ?

– Non. Encore une chose perdue à Singapour.

– Et le troisième ?

– C'est moins précis. Plus dur à expliquer. J'arrivais dans un endroit, une maison, où je me sentais chez moi. En harmonie avec moi-même. Où j'étais bien accueilli sans que l'on se préoccupe de mes origines, de ma fortune ou de ma réputation. Je pouvais enfin baisser la garde et montrer mon vrai visage.

– Jamais je n'aurais cru que cela te posait un problème.

---

1. Peintre anglais (1878-1961) qui fit notamment le portrait d'hommes célèbres, comme G.B. Shaw ou Dylan Thomas. (*N.d.T.*)

– Si, pourtant, jusqu'à ce que je rencontre Edward Carey-Lewis. Ensuite tout a changé. Même mon nom. Avant Edward, j'étais Angus. Après Edward, je suis devenu Gus. Nous avons passé des vacances en France ensemble. Puis il m'a invité à Nancherrow. Je n'étais jamais allé en Cornouailles et je suis descendu d'Aberdeen, seul, en voiture. En arrivant dans la région, j'ai vraiment eu l'impression que j'avais déjà vu tout ça. Tout m'était familier et très cher. Et quand je suis arrivé à Nancherrow, c'était comme si tout avait été orchestré. Fait exprès. Voulu. A Nancherrow, j'ai trouvé Loveday. Et quand Edward m'a présenté son père, le colonel m'a dit : « Gus, mon cher ami, comme nous sommes heureux de vous voir. C'est merveilleux de vous avoir parmi nous », ou quelque chose comme ça. Ce n'étaient plus des fantasmes, mais la réalité. Tous ces rêves, pour un bref instant, sont devenus réels.

– Oh, Gus ! soupira Judith, je ne sais pas si c'est la maison ou les gens qui l'habitent, mais tu n'es pas le seul à avoir ressenti ça à Nancherrow. Et ce n'est pas seulement du passé. Edward est parti, je le sais. Et Loveday aussi, pour toi, je suppose. Mais reste l'avenir. Qu'est-ce qui t'empêche de devenir peintre ? De vivre là, d'acheter un atelier, de faire fructifier tes talents ? Rien ne t'en empêche.

– Non. Rien. Si ce n'est mon absence totale de confiance en moi. Mon manque de volonté. Ma peur de l'échec.

– Pour l'instant, seulement. Tu as été malade. Ça ne durera pas toujours. Tu iras mieux. Tu reprendras des forces. Les choses changeront.

– Peut-être. Nous verrons. (Il étira autant que possible ses membres engourdis.) Tu dois en avoir marre, ma pauvre.

– Ce n'est plus très loin.

Il baissa sa vitre et ils furent momentanément assaillis par une bouffée d'air froid. Il inspira un grand coup.

– Tu veux que je te dise une chose ? Je sens la mer.

– Moi aussi.

Il referma la fenêtre.

– Judith ?

– Qu'y a-t-il ?

– Merci.

Une tasse de Wedgwood emplie d'un thé fort et brûlant à la main, Judith frappa à la porte de la chambre de
Biddy.

– Gus ?

Elle ouvrit la porte et reçut un souffle glacé en plein
visage. Les fenêtres étaient grandes ouvertes, les rideaux
battaient dans le courant d'air et la porte lui échappa
presque de la main. Elle la referma à la hâte, les rideaux
retombèrent un peu.

– Tu dois geler, dit-elle.

– Non.

Il était au lit, calé contre les oreillers, les mains croisées derrière la tête. Il avait une veste de pyjama bleue et
le menton noirci par la barbe de la nuit.

– Je t'ai apporté une tasse de thé.

Elle la posa sur la table de chevet.

– Tu es un ange. Quelle heure est-il ?

– Dix heures et demie. Ça t'ennuie si je ferme la
fenêtre ? Le courant d'air se répand dans toute la maison
et nous essayons de conserver la chaleur.

– Excuse-moi. J'aurais dû y penser. C'était tellement
bon de sentir l'air frais sur mon visage. L'hôpital était
surchauffé et, à Londres, l'air est toujours lourd et vicié,
sans parler du bruit de la circulation.

– Je vois ce que tu veux dire.

Elle ferma la vieille fenêtre à guillotine et regarda un
instant le paysage. Il y avait un ciel de pluie, lourd de
nuages. Il avait plu et il y aurait bientôt une autre averse.
Les flaques luisaient sur les allées, et les branches nues
des arbres s'égouttaient sur l'herbe broussailleuse de la
pelouse. Le vent gémissait, cognait contre la maison, faisait grincer les châssis des fenêtres. Elle revint s'appuyer
au pied de cuivre du grand lit de Biddy.

– As-tu bien dormi ?

– Pas trop mal.

Il s'était redressé, les genoux fléchis contre la poitrine
sous les couvertures, ses longs doigts enserrant la tasse
chaude, une mèche de cheveux noirs lui tombant sur le
front.

– Il faisait encore nuit quand je me suis réveillé. Je
suis resté allongé à regarder le jour poindre. Aurais-je dû
me lever dès potron-minet pour le petit déjeuner ?

916

– Non, je te l'ai dit hier soir. Je ne t'ai dérangé que parce que je dois me rendre à Penzance pour acheter de quoi manger. Veux-tu que je te rapporte quelque chose ?

– Des cigarettes.

– D'accord.

– Et puis du savon à barbe...

– En tube ou en bol ?

– On trouve encore des bols ?

– Je peux toujours essayer.

– J'aurais besoin d'une brosse à cheveux.

– C'est tout ?

– Je crois. Je vais te donner de l'argent.

– Ne t'en fais pas. Je te présenterai la note en rentrant. Je n'en aurai pas pour longtemps. Je serai là pour le déjeuner. Phyllis prépare une tourte au lapin et au pigeon. Tu manges du lapin et du pigeon ?

– Quand on a mangé de la tourte du Devon, on peut avaler n'importe quoi.

Elle rit.

– Lève-toi quand tu en auras envie. Prends un bain si tu veux. Le journal de ce matin est dans le salon, et j'ai allumé le feu. A tout à l'heure.

Quand elle revint à une heure moins le quart, une bonne odeur de tourte au lapin emplissait la cuisine, et Phyllis était en train de préparer des choux de Bruxelles. Judith posa ses paniers pleins au bout de la table et en sortit son butin.

– J'ai trouvé du maquereau frais, que nous ferons pour le dîner. Et un os à moelle pour la soupe. Nos rations de beurre et de sucre. J'ai l'impression qu'elles diminuent de semaine en semaine.

– Mr. Callender a-t-il une carte de rationnement ?

– Il faudra que je le lui demande. Je ne crois pas.

– Il va en avoir besoin, prévint Phyllis. Un homme de cette taille, ça mange deux fois plus que nous.

– Nous le gaverons de pommes de terre. Il est levé ?

– Oui. Il est venu ici me dire bonjour, puis il s'est promené dans le jardin. Maintenant il est au salon en train de lire le journal. Je lui ai dit d'entretenir le feu. De mettre une bûche de temps en temps.

– Comment le trouves-tu ?

– Un peu mince, non ? Le pauvre. Mieux vaut ne pas penser à ce qu'il a enduré.

Judith rassembla ce qu'elle avait acheté pour Gus et partit à sa recherche. Elle le trouva confortablement installé dans le fauteuil de Biddy. Quand elle entra, il posa le journal à côté de lui.

— Ma conscience me tenaille déjà d'avoir été si paresseux.

— Tu es là pour ça. Veux-tu boire quelque chose ? Je crois que j'ai une bouteille de bière.

— Non, merci.

— Voilà tes affaires.

Elle s'assit sur le tabouret près du feu et les lui tendit une à une, les sortant d'un sac en papier bien usé.

— Du savon à barbe à la lavande Yardley dans un bol en bois de cèdre, ni plus ni moins. Ils ont eu ça pour Noël, et le pharmacien m'en a sorti un de sous le comptoir. Un blaireau. Et des cigarettes. Et puis un cadeau.

— Judith ! Qu'est-ce que c'est ?

— Regarde.

C'était un gros paquet très lourd, enveloppé de papier blanc et attaché par de la ficelle. Il le prit sur ses genoux et l'ouvrit, découvrant un bloc épais de papier, une boîte de crayons HB, un coffret de peinture Winsor & Newton en émail noir et trois beaux pinceaux de martre.

— Je sais que tu n'as pas envie de peindre pour l'instant, dit-elle aussitôt, mais je suis sûre que ça va bientôt changer. J'espère que ça ne t'ennuie pas. J'ai tout acheté chez le marchand de couleurs. Le papier n'est probablement pas de la qualité que tu souhaiterais, mais c'était ce qu'ils avaient de mieux...

— C'est parfait, un cadeau merveilleux.

Il se pencha, l'attira contre lui et lui embrassa la joue.

— Tu es une fille adorable. Merci.

— Je te promets que c'est la dernière fois que je me mêle de tes affaires.

— Même si tu recommençais, je ne crois pas que ça m'ennuierait beaucoup.

Ils déjeunèrent tous les trois dans la cuisine bien chaude et, après la tourte et les prunes au sirop et à la crème fleurette, Judith et Gus enfilèrent des imperméables et s'en allèrent dans le vent et la pluie. Ils ne descendirent pas vers la mer, mais remontèrent la côte qui partait de Rosemullion vers la lande. Puis ils s'enfoncèrent dans les broussailles, les fougères brunes et les massifs de bruyère en suivant les sentiers de berger qui menaient au cairn au sommet de la colline. L'ombre des nuages venant de la mer était chassée par le vent. Des mouettes et des courlis volaient au-dessus de leur tête et, quand ils eurent enfin escaladé le rocher, face au vent, ils eurent tout le pays à leurs pieds et l'horizon qui les encerclait.

Ils revinrent par un autre chemin. La promenade en fut allongée et, quand ils franchirent le portail du Manoir, il était quatre heures et demie et la nuit était tombée. Anna était rentrée de l'école et, assise à la table de la cuisine, elle faisait consciencieusement ses devoirs. Quand ils entrèrent, épuisés et décoiffés par le vent, elle posa son crayon et leva les yeux, intriguée à l'idée de rencontrer enfin cet homme étrange qui était venu leur rendre visite et dont sa mère lui avait tant parlé.

Phyllis avait mis la bouilloire à chauffer pour le thé.

– Vous en avez mis, du temps. Vous devez être morts de fatigue.

– Ça fait drôle de se promener sans Morag. Il va nous falloir un chien à nous. Bonjour, Anna. Voilà Gus Callender. Vous n'avez pas encore fait connaissance, n'est-ce pas ?

Gus lui sourit tout en dénouant son cache-col.

– Bonjour, Anna.

– Bonjour, répondit Anna, paralysée de timidité.

– Qu'est-ce que tu fais ?

– Mes devoirs. Des additions.

Il tira une chaise et s'assit à côté d'elle.

– Tu additionnes des sommes d'argent ? C'est ce qu'il y a de plus difficile...

Phyllis tartinait de margarine des tranches de gâteau au safran.

– Jeremy Wells a appelé de Nancherrow, dit-elle sans lever les yeux.

Judith tressaillit involontairement, et se reprocha sa propre bêtise.

– Que voulait-il ?

– Oh, pas grand-chose. Il se demandait juste si tu étais de retour. J'ai dit que oui, que tu étais allée te promener avec Mr. Callender.

919

– Comment s'est passée la soirée donnée en son honneur ?

– Mrs. Carey-Lewis l'a remise à plus tard. Tu ne pouvais pas venir et Walter avait autre chose à faire.

Judith attendit que Phyllis lui donne davantage de précisions, mais celle-ci se tut. Elle désapprouvait manifestement son attitude envers Jeremy.

– Dois-je le rappeler ? demanda Judith pour l'apaiser.

– Non, il a dit de ne pas te déranger. Que ce n'était pas grave. Rien d'important.

Onze heures, et il n'était toujours pas rentré.

Loveday, pelotonnée dans un coin du canapé, regardait le cadran de l'horloge. Les minutes s'écoulaient si lentement. Le vent s'était levé de la mer et hurlait contre les fenêtres de la maisonnette et faisait grincer les portes. De temps à autre, elle entendait les chiens de Walter aboyer dans le chenil, mais elle ne s'aventura pas audehors pour voir ce qui les perturbait. Un renard, sans doute, ou un blaireau fouinant dans les poubelles.

Il était parti à sept heures. La traite terminée, il s'était lavé, changé, puis il avait sauté dans la voiture sans même prendre le temps de manger le hachis Parmentier qu'elle lui avait préparé. Il était toujours dans le four grand ouvert, tout desséché à présent. Cela n'avait pas d'importance. Elle l'avait laissé partir en silence car, si elle avait dit quoi que ce soit, protesté, exigé des explications, ils se seraient encore querellés et Walter serait parti en claquant la porte. Ils n'avaient plus rien à se dire, il ne leur restait plus à échanger que des mots cruels et blessants.

Loveday avait été proche de la panique quand sa mère l'avait joyeusement invitée au dîner donné en l'honneur du retour de Jeremy Wells. En effet, avec l'état d'esprit dans lequel il se trouvait actuellement, Walter n'aurait peut-être pas fait bonne figure. Ses parents auraient senti son animosité et se seraient posé des questions. Il lui fallut même un certain courage pour en parler à Walter et ce fut presque un soulagement quand il lui répliqua qu'il avait mieux à faire que d'aller à des dîners chics et que, de toute façon, il avait d'autres projets pour sa soirée.

– Tu aimais bien Jeremy, pourtant.

– Lui, oui.

– Tu n'as pas envie de le revoir ?

– Je le reverrai bien assez tôt. Et s'il veut me voir, il n'a qu'à monter jusqu'à la ferme. Il m'y trouvera.

Loveday avait donc téléphoné à sa mère, présentant les excuses de Walter, pour s'entendre dire que la petite soirée était annulée pour l'instant, Judith ne pouvant non plus y assister.

– Que fait-elle ? avait demandé Loveday.

– Elle est partie pour Londres.

– Londres ? Pour quoi faire ?

– Oh, je n'en sais rien. Des courses de Noël, sans doute. De toute façon, ma chérie, c'est annulé. Nous remettons ça à un autre soir. Comment va Nat ?

– Il va bien.

– Embrasse-le pour moi.

Ce fut donc un souci de moins, mais il y en avait beaucoup d'autres.

Depuis cet après-midi où Judith était venue prendre le thé et où Loveday s'était confiée à elle, ses relations avec Walter s'étaient détériorées de manière alarmante. Elle commençait à croire que non seulement il ne l'aimait plus, mais qu'il la haïssait vraiment. Cela faisait quatre ou cinq jours qu'il n'avait pas eu un mot gentil pour Nat et, quand ils prenaient un repas ensemble, Walter demeurait silencieux d'un bout à l'autre, lisant le journal. Au début, elle avait essayé de lui poser des questions sur la ferme et les animaux, à peu près tout ce qu'ils avaient en commun à présent, mais il lui répondait par monosyllabes. Elle était abattue. Ces derniers temps, elle ne tentait même plus de briser le mur sinistre et effrayant de son hostilité. Elle avait le sentiment terrible que, si elle insistait, il serait capable de se lever pour la battre.

Onze heures et quart. Nerveuse, Loveday décida de se faire une tasse de chocolat. Elle se leva et mit une casserole de lait à chauffer sur le fourneau, puis elle alluma la radio pour avoir un peu de compagnie. Il y avait toujours de la musique sur Radio-Luxembourg. Elle entendit Bing Crosby chanter *Deep Purple*, la chanson préférée d'Athena, l'été juste avant la guerre. Quand Gus était venu à Nancherrow.

Elle pensa à Gus. Elle ne pensait pas souvent à lui, car le souvenir de ce qu'elle avait fait l'emplissait d'angoisse et de regret. Elle ressentait un tel dégoût pour elle-même qu'elle était sûre que Gus pensait exactement la même chose. A dix-neuf ans, se disait-elle, elle avait fait preuve d'une faiblesse lamentable ; avec sa puérilité habituelle, elle n'en avait fait qu'à sa tête. Refusant d'admettre qu'elle s'était peut-être trompée, que Gus n'était pas mort à Singapour. Résolue à rester à Nancherrow, à ne jamais s'éloigner de la famille qui l'aimait. Et alors qu'elle était en train de sombrer, elle avait saisi la première planche de salut, qui se trouvait être Walter. Son intuition lui disait qu'Arabella Lumb n'était que le révélateur d'une mésentente plus profonde. Si ce n'avait pas été Arabella, c'eût été quelque chose ou quelqu'un d'autre. Nat était la seule bonne chose qui fût sortie de ce désastre.

Elle était certaine qu'elle ne reverrait jamais Gus. « Je ne veux pas qu'il vienne ici », avait-elle dit à Judith. Ce n'était pas parce qu'elle ne *voulait* pas le voir, mais simplement parce qu'elle avait honte de ce qu'elle avait fait. Et si elle-même se jugeait si sévèrement, qu'en était-il de lui ? L'amour sans fidélité et sans confiance n'était rien. S'il l'avait chassée de son esprit pour s'engager dans une autre voie, elle ne pouvait pas l'en blâmer. Elle ne pouvait s'en prendre qu'à elle-même.

Mais ils avaient vécu des moments délicieux.

En attendant que le lait chauffe, elle sentit les larmes lui monter aux yeux sans savoir si c'était sur elle ou sur Gus qu'elle pleurait.

Elle entendit Nat dans la chambre. Il l'appelait. Elle retira le lait du feu et attendit avec le faible espoir qu'il se calme et se rendorme. Bien entendu, il se mit à brailler plus fort. Elle alla donc le chercher, le sortit de son lit, enveloppé dans une grosse couverture, et le ramena dans la cuisine, où elle l'installa sur le canapé.

– Pourquoi pleures-tu ?

– Je veux mamaaaan.

– Je suis là. Ne pleure plus.

Le pouce planté dans la bouche, il l'observa sous ses cils recourbés. Elle prit une tasse, prépara le chocolat, puis revint vers lui et lui parla un peu en lui donnant quelques gorgées du liquide chaud et sucré qu'il aimait tant. Alors il se rendormit. Quand elle eut fini son chocolat, elle posa la tasse sur l'égouttoir, éteignit la radio et s'allongea près de lui, le bras sur son petit corps chaud et solide, sous la couverture qui les enveloppait tous les deux. Elle avait ses doux cheveux contre ses lèvres. Il émanait de lui une bonne odeur de savon. Au bout de quelque temps elle ferma les yeux.

Elle se réveilla à sept heures. La lampe électrique avait brûlé toute la nuit, et elle comprit aussitôt que Walter n'était pas rentré. Nat dormait paisiblement. Elle dégagea son bras et, avec précaution, se redressa et se laissa glisser du sofa en replaçant la couverture autour du corps potelé de son fils.

Elle s'étira. Cette nuit passée dans une position inconfortable lui avait laissé les membres douloureux. Au-dehors, le vent était un peu tombé, mais le temps était encore incertain. Elle tendit l'oreille, mais aucun aboiement ne lui parvint. Après avoir fait la bombe toute la nuit, Walter avait dû retourner à la ferme pour la traite du matin et sortir les chiens en descendant à l'étable. Elle se demanda, avec un certain détachement, s'il avait une abominable gueule de bois ou si sa conscience le tenaillait. Ni l'un ni l'autre, sans doute. Peu lui importait. Jadis elle y aurait attaché de l'importance, mais, après cette nuit, la conduite de son mari ne l'intéressait plus.

Elle se dirigea vers le fourneau, ouvrit la porte du bas et sortit les restes solidifiés du hachis Parmentier qu'elle jeta dans le seau des cochons. Puis elle déblaya les cendres et fit du feu. Le fourneau chauffait doucement, prêt pour une nouvelle journée. Elle n'en ferait pas davantage.

Dans le vestibule, elle prit son gros imperméable et l'enfila. Noua une écharpe de laine sur sa tête et mit ses bottes de caoutchouc. Puis elle retourna dans la cuisine et prit Nat dans ses bras, l'emmitouflant dans l'épaisse couverture comme un bébé. Il ne se réveilla pas. Elle éteignit la lumière et quitta la pénombre de la cuisine pour le vent froid de cette matinée de décembre. Elle n'avait pas besoin de torche, connaissant chaque mètre, chaque pierre, chaque échalier du chemin comme sa poche. Elle prit le sentier qui passait par les champs et, au pied de la colline, rejoignit l'allée qui menait à Nancherrow. Portant Nat, elle entreprit la longue marche qui la ramenait chez elle.

A sept heures du matin, Nettlebed était toujours le premier descendu. Autrefois, même à cette heure matinale, il avait l'habitude de s'habiller avec toute la solennité qui convenait à l'importance de sa fonction. Mais les années de guerre, où le métier de jardinier avait alterné avec celui de majordome, avaient mis un terme à tant d'apparat, et il avait opté pour une sorte de compromis. Chemise de flanelle à rayures, col blanc détachable, cravate noire et pull en V bleu marine. Lorsqu'il effectuait un travail salissant, qu'il fasse la cuisine, plume des faisans ou fasse reluire les cuivres, il enfilait par-dessus cette tenue un tablier de boucher à rayures bleues et blanches, dont Mrs. Nettlebed considérait que la commodité n'entamait en rien la dignité de son statut.

Sa ronde matinale suivait un ordre immuable.

Déverrouiller et ouvrir la porte d'entrée. Tirer les rideaux de la salle à manger et des deux salons, entrebâiller les fenêtres pour aérer et éliminer l'odeur de cigare. Puis retour à la cuisine. La bouilloire sur le fourneau pour le thé matinal du colonel. Tirer le verrou de la porte de l'arrière-cuisine qui donnait sur la cour. Ensuite prendre le couloir de l'armurerie, où Tiger dormait encore (au fil des ans, Pekoe s'était insinué dans la chambre de Mrs. Carey-Lewis et dormait avec elle. Il avait un panier purement symbolique dans un coin de la chambre, mais chacun savait qu'il préférait le pied du lit).

Tiger était raide le matin, et Nettlebed plaignait le vieux chien. Il souffrait lui aussi de rhumatismes, étant, à soixante-cinq ans, debout presque toute la journée. Quand le vent d'est soufflait, ses chevilles enflées lui faisaient atrocement mal.

— Viens là, mon vieux, lui disait-il d'un ton affectueux, et Tiger se hissait sur ses pattes avant de sortir d'un pas lourd dans l'obscurité et le vent maudit.

Nettlebed l'accompagnait, afin d'être sûr que Tiger faisait bien ses besoins.

Ce matin-là, il mit un temps fou, et Nettlebed était glacé jusqu'aux os quand ils rentrèrent enfin dans la maison. Il était triste de voir vieillir un bon chien. Nettlebed n'avait jamais eu beaucoup de temps à consacrer aux chiens, mais il aimait bien Tiger. Tiger avait aidé le colonel à surmonter la tristesse des années de guerre. Il ne se passait pas une journée sans que Nettlebed pensât à Edward.

Tiger sur ses talons, il regagna la cuisine. Le vieux

chien s'installa sur sa couverture près du poêle. L'eau bouillait. Nettlebed ébouillanta la petite théière blanche. La pendule indiquait sept heures et demie. Il leva la main pour attraper la boîte à thé et, ce faisant, entendit la porte de l'arrière-cuisine s'ouvrir brutalement, laissant pénétrer une rafale qui balaya le sol dallé.

– Qui est là ? cria-t-il, stupéfait, avant d'aller voir.

– Ce n'est que moi, Nettlebed.

Loveday, qui avait dans les bras un paquet informe enveloppé d'une couverture qui ne pouvait être que Nat, donna un coup de pied dans la porte pour la refermer. Elle avait une allure invraisemblable, se dit Nettlebed, avec ses bottes boueuses, la tête emmitouflée dans des écharpes comme une réfugiée.

– Loveday ! Que faites-vous ici à cette heure indue ?

– Je viens de Lidgey.

– Avec Nat ? fit-il, horrifié.

– Oui. Je suis épuisée. Je ne m'étais pas rendu compte qu'il pesait si lourd.

Elle traversa l'arrière-cuisine et entra dans la cuisine, où elle déposa délicatement son fils sur l'immense table, lui faisant un oreiller d'un coin de couverture et l'installant le plus confortablement possible.

Nat ne bougea pas d'un pouce. Loveday se redressa avec précaution, les mains sur la chute des reins, et poussa un soupir de soulagement.

L'étonnement de Nettlebed vira à l'indignation.

– Vous n'auriez pas dû porter Nat sur une aussi longue distance. Vous allez vous blesser, c'est sûr.

– Ça va. Mais il fait si froid dehors.

Elle se dirigea vers le fourneau et posa un instant les mains sur la surface chaude avant de s'accroupir pour dire un mot à Tiger.

– Bonjour, mon chéri.

La queue de Tiger battit l'air. Ils s'étaient toujours adorés.

Le cœur lourd, Nettlebed contempla la scène. Il redoutait le pire. Il savait depuis quelque temps que la crise couvait à Lidgey. Deux soirs par semaine, pas plus, Nettlebed avait l'habitude de descendre au pub de Rosemullion pour y bavarder avec un ou deux vieux compères, faire une partie de fléchettes et boire une bonne bière. Il avait aperçu Walter avec cette femme, cette Arabella Lumb, et il avait compris aussitôt qu'il y avait du grabuge en perspective. Il les avait vus ensemble plus d'une fois, cachés à une table d'angle, et il suffisait d'avoir des yeux pour voir qu'ils ne s'y étaient pas retrouvés par hasard.

Jadis Nettlebed aimait bien Walter, mais c'était avant qu'il n'épouse Loveday. Alors il restait à sa place (aux écuries), et livrait le lait et la crème à la porte de service. Quand on leur avait annoncé que Loveday et lui allaient devenir mari et femme, Nettlebed et Mrs. Nettlebed avaient fortement désapprouvé mais, par respect pour la volonté de leurs employeurs, avaient gardé leur opinion pour eux. Tout ce que Nettlebed avait pu faire, ç'avait été d'offrir à Walter un costume décent pour le mariage, pour qu'il ne fasse pas honte à la famille devant le Lord-Lieutenant et ses élégants amis.

Mais, dernièrement, il s'était dit qu'il aurait mieux fait d'étrangler Walter avec une cravate, de le jeter à la mer et d'en subir les conséquences.

Tiger sommeillait à nouveau. Loveday se redressa, s'adossa au fourneau.

– Où est Mrs. Nettlebed ?

– Là-haut, dans l'appartement. Elle a pris sa matinée. Ses varices lui font un mal de chien.

– Oh, la pauvre ! Elle devrait peut-être se faire opérer. C'est désolant.

– C'est moi qui prépare le petit déjeuner, ce matin. Voulez-vous une tasse de thé ?

– Peut-être. Dans un moment. Ne vous donnez pas ce mal. Je peux le faire moi-même.

Elle dénoua son écharpe de laine, qu'elle fourra dans la poche de son manteau. Nettlebed remarqua qu'elle avait des cernes noirs de fatigue sous les yeux et que, malgré sa longue marche depuis Lidgey, elle avait les joues bien pâles.

– Tout va bien, Loveday ? dit-il.

– Non, Nettlebed. Tout ne va pas bien. Tout va mal.

– C'est Walter ?

– Il n'est pas rentré à la maison hier soir.

Se mordant la lèvre, elle croisa son regard triste et soucieux.

– Vous êtes au courant, n'est-ce pas ? Pour Arabella Lumb. J'en étais sûre.

– Oui, soupira-t-il, j'ai deviné.

– Je crois que tout est fini. Walter et moi, je veux dire. Je sais que c'est fini. Dès le début, je suppose, c'était une erreur gigantesque, affreuse.

– Vous êtes rentrée à la maison ?

– Oui. Et je ne retournerai pas là-bas.

– Et le petit Nat ? C'est le fils de Walter.

– J'ignore ce que je ferai de Nat. En fait, j'ignore ce que je vais faire de moi-même. Je n'ai pas eu le temps d'y réfléchir, fit-elle en fronçant les sourcils. Il faut que ce soit clair dans ma tête avant que je les affronte tous. Pops, maman et Mary. Je crois que ce que j'aimerais vraiment, c'est rester seule quelque temps. Aller me promener. M'éclaircir les idées.

– Vous n'avez pas assez marché comme ça ?

– Je n'emmènerai pas Nat, dit-elle en regardant l'enfant qui dormait profondément sur son lit de fortune. Mais s'ils le voient, ils sauront que je suis venue. Je ne veux pas encore qu'ils sachent... pas tant que je n'aurai pas de réponse à toutes les questions que je me pose.

En l'écoutant s'exprimer si posément, Nettlebed se dit qu'il était devant une Loveday qu'il ne connaissait pas. Pas de larmes, pas de crise de nerfs, pas de cinéma. Rien que l'acceptation stoïque d'une situation difficile, et pas un mot de rancœur ou de reproche. Peut-être, songea-t-il, avait-elle enfin grandi, et il fut empli d'admiration et d'un respect nouveau pour elle.

– Je pourrais emporter le petit Nat dans notre appartement, avança-t-il. Mrs. Nettlebed le surveillera en attendant. Et personne ne saura qu'il est là tant que vous ne l'aurez pas décidé. Tant que vous ne serez pas de retour.

– Et ses varices ?

– Il ne s'agit que de le surveiller. Pas de le porter.

– Nettlebed, vous êtes gentil. Et vous ne direz rien, n'est-ce pas ? Je veux tout leur raconter moi-même.

– Le petit déjeuner est à huit heures et demie. Je serai muet comme une carpe jusqu'à votre retour.

– Merci.

Elle s'approcha de lui, lui entoura la taille de ses bras et se serra contre lui en appuyant sa joue contre la laine de son pull. Il ne se souvenait pas qu'elle ait jamais fait une chose pareille et il en resta interloqué, ne sachant trop que faire de ses mains. Mais, avant qu'il ait pu l'étreindre à son tour, elle s'écarta pour aller vers la table, prendre Nat qui dormait toujours comme une souche et le lui tendre. Le petit garçon était lourd, et les genoux rhumatisants de Nettlebed ployèrent légèrement sous le poids. Mais il emporta l'enfant à travers la cuisine, puis dans l'étroit escalier de service qui menait à ses appartements privés au-dessus du garage. Quand, ayant laissé Nat entre les mains de sa femme éberluée, il revint, Loveday était partie avec Tiger.

En se réveillant, il eut l'impression de remonter à la surface d'une eau sombre et profonde. D'abord noire, s'éclaircissant en tirant sur l'indigo, puis virant au bleu azur avant de jaillir dans une lumière éblouissante. Il ouvrit les yeux, étonné de se retrouver dans l'obscurité. Par la fenêtre il aperçut un ciel de nuit criblé d'étoiles. Du rez-de-chaussée, il entendit le doux carillon de l'horloge qui sonnait sept heures. Cela faisait une éternité qu'il n'avait pas dormi aussi long temps, aussi profondément, aussi paisiblement. Ni rêves, ni cauchemars, ni réveil au petit matin, un hurlement aux lèvres. Les draps étaient lisses, preuve qu'il avait à peine remué, et son corps dans toute sa longueur était parfaitement détendu, frais et dispos.

Cherchant à comprendre la raison d'une félicité aussi inhabituelle, il pensa à ce qu'il avait fait la veille et se rappela une journée tranquille et sereine, où il avait fait beaucoup d'exercice et profité du grand air. Le soir, à la veillée, il avait joué au piquet avec Judith en écoutant une symphonie de Brahms à la radio. Quand était venue l'heure de se coucher, Phyllis lui avait préparé une tasse de lait chaud au miel, agrémenté d'une cuillerée de whisky. Cette potion magique lui avait peut-être procuré un repos sans pareil, mais il était sûr que tout cela tenait aux propriétés intemporelles et curatives de la vieille maison de Lavinia Boscawen. Un sanctuaire. Il ne trouva pas d'autre mot.

Il y avait longtemps qu'il ne s'était pas senti empli d'une telle énergie. Il ne pouvait plus rester au lit. Il se leva, se dirigea vers la fenêtre ouverte et se pencha pour humer l'air marin et entendre le murmure du vent dans les pins. A huit heures, le soleil se lèverait. Il fut assailli par de vieux rêves d'eau profonde, froide et claire, de vagues se brisant sur le rivage, moussant sur les rochers.

Il songea à la journée qui commençait. Le soleil pointait à l'horizon, les premiers rayons inondaient le ciel d'un rose pâle qui se reflétait sur le gris plombé d'une mer mouvante. Et il fut à nouveau obsédé par son vieux désir de fixer tout cela, de le traduire dans son propre langage. De capturer, à coups de crayon, de brosse et de gouache, les différentes nuances de l'obscurité se fondant dans le prisme de la lumière. Il fut si heureux de cette résurgence de son instinct créateur qu'il se mit à trembler.

Peut-être n'était-ce que le froid. Il recula et ferma la fenêtre. Sur la coiffeuse étaient soigneusement rangés le carnet de croquis, les crayons, les couleurs et les pinceaux de martre que Judith lui avait achetés. « Plus tard, leur dit-il. Pas tout de suite. Quand il y aura de la lumière, et des ombres, et le scintillement de la pluie sur l'herbe, alors nous nous mettrons au travail. » Il s'habilla rapidement. Son pantalon de velours côtelé, sa chemise épaisse, son gros col roulé, sa veste de cuir. Ses chaussures à la main (comme tous ceux qui furètent dans les couloirs avec des intentions romantiques), il ouvrit la porte de sa chambre, la referma doucement derrière lui et descendit l'escalier. L'horloge égrenait paisiblement les minutes. Il traversa la cuisine, mit ses chaussures puis il fit glisser le verrou de la porte du fond et sortit dans le froid.

C'était trop loin pour y aller à pied et il avait hâte d'y être. Il ouvrit donc la lourde porte du garage où étaient rangées, l'une derrière l'autre, les deux vieilles voitures. Et la bicyclette de Judith. Il saisit le guidon et la fit rouler jusqu'au gravier. Il y avait un phare à l'avant, qu'il alluma, mais il était bien faible. Peu importait. A cette heure-là, il y aurait peu de circulation sur la petite route de campagne.

La bicyclette, que l'on avait achetée pour une fillette de quatorze ans, était beaucoup trop petite pour lui, mais cela n'avait pas d'importance. Il s'élança à toute allure dans la descente avant de traverser Rosemullion, ses genoux osseux saillant de chaque côté. Après le pont, il dut descendre pour la pousser dans le raidillon. Devant le portail de Nancherrow, il remonta en selle et pédala le long de la route sombre, bordée d'arbres, cahotant et tressautant sur la chaussée défoncée qui était jadis parfaitement goudronnée. Au-dessus de sa tête les branches nues des ormes et des hêtres se balançaient dans le vent avec d'étranges craquements. De temps à autre, un lapin surgissait dans le faisceau vacillant de la petite lampe.

A la sortie du bois, la maison apparut, telle une masse pâle. Au-dessus de la porte d'entrée, il y avait de la lumière derrière les rideaux. La salle de bains du colonel. Gus l'imagina devant sa glace en train de se raser avec son vieux coupe-chou. Les roues de la bicyclette crissaient sur le gravier. Il craignait que le rideau de la salle de bains ne s'entrouvre et que le colonel n'aperçoive en baissant les yeux une silhouette sinistre et menaçante. Mais il n'en fut rien. Il laissa la bicyclette contre le mur à côté de la porte d'entrée, éteignit le phare, et contourna la maison sans bruit, en marchant sur l'herbe.

Le ciel s'éclaircissait. Au-delà des arbres, sous la longue traînée d'un nuage d'un noir de charbon, le soleil sortait de la mer, rouge sang et bien rond, teintant de rose le bas du ciel. Les étoiles disparaissaient une à une. Une odeur de mousse et d'humus flottait dans l'air, tout était propre, frais et pur. Il suivit la pente des pelouses pour rejoindre le sentier qui s'enfonçait à travers bois. Il perçut un bruit d'eau courante, de cascade et d'éclaboussures, traversa le petit pont de bois et courba la tête sous le tunnel des gunnéras. Quand il arriva à la carrière, il faisait assez jour pour qu'il distingue les marches taillées dans la roche et le passage rocailleux entre les buissons de ronces et d'ajoncs. Il passa le portail, traversa la route, puis ce furent le mur de pierre et l'échalier, et enfin le sommet de la falaise.

La mer était basse et la plage, faucille de sable gris, était bordée d'un cercle noir d'algues et de varech. Le soleil était levé à présent, et les premières longues ombres s'étendaient sur le sommet herbeux de la falaise. Alors il se souvint de l'après-midi d'août, l'été qui avait précédé la guerre, où il avait rencontré la sœur d'Edward pour la première fois. Elle l'avait emmené à la crique. Ils s'étaient assis à l'abri du vent et il avait eu le sentiment d'être en compagnie de quelqu'un qu'il avait connu toute sa vie. Quand était venue l'heure de repartir, elle s'était tournée vers la mer. Et il avait reconnu la fille de la falaise, le tableau de Laura Knight, l'une des choses auxquelles il tenait le plus.

Il chercha le rocher où Loveday et lui s'étaient assis ensemble. Et alors il l'aperçut. Incrédule, il plissa les yeux contre l'éclat du soleil levant. Elle lui tournait le dos, assise sur ses talons et adossée au rocher, le chien contre son flanc, son bras autour de son cou. Pendant une seconde, il crut qu'il était redevenu fou, qu'il n'était pas encore guéri, qu'il souffrait d'une quelconque hallucination. Mais Tiger, qui avait instinctivement senti sa présence, leva la tête, se dressa sur ses pattes et s'avança lourdement vers l'intrus, entre les grosses pierres et les touffes d'herbe. Il aboya, un aboiement en forme d'avertissement. *Qui es-tu ? Va-t'en !* Puis ses yeux usés aperçurent Gus et il cessa d'aboyer ; il approcha, la queue ballante, les oreilles aplaties, aussi vite que ses pattes arthritiques le lui permettaient, en grognant de satisfaction.

Quand il arriva près de Gus, celui-ci s'accroupit pour lui caresser la tête et constata que son museau était gris. Tiger accusait le poids des ans.

– Bonjour, Tiger. Bonjour, mon vieux.

Quand il se redressa, il la vit debout, les mains dans les poches, dos à la mer. Son écharpe de laine avait glissé de sa tête et ses boucles brunes, éclairées par le soleil, formaient comme une auréole.

Loveday. Rien n'avait changé. Rien. Sa gorge se serra, simplement parce qu'il l'avait retrouvée, qu'elle était toujours là. C'était comme si elle avait su qu'il viendrait, comme si elle l'avait attendu.

Il l'entendit crier son nom, « Gus », et le vent emporta son cri vers l'intérieur des terres, loin au-dessus des champs.

– Oh, Gus !

Et elle courut vers lui, et il alla à sa rencontre.

Samedi matin, Jeremy Wells ne se réveilla pas à temps. Sans doute parce qu'il ne s'était pas endormi avant l'aube, ayant bu trois tasses de café après le dîner et un excellent cognac en compagnie du colonel. Il avait donc attendu le sommeil, les yeux grands ouverts, le cerveau en ébullition, à écouter le vent se lever et le châssis de la fenêtre grincer, allumant la lumière de temps à autre pour lire un moment. Cela n'avait pas été très satisfaisant.

Et il ne s'était pas réveillé à l'heure. Pas de beaucoup, mais c'était une règle à Nancherrow que de prendre le petit déjeuner à huit heures et demie, et il n'était descendu qu'à neuf heures moins le quart. Dans la salle à manger, Diana, le colonel et Mary Millyway étaient en train de déguster toasts et marmelade, avec une seconde tasse de café ou de thé.

Il leur présenta ses excuses.

– Je suis désolé. Je ne me suis pas réveillé.

– Mon cher, ça n'a aucune importance. C'est Nettlebed qui a préparé le petit déjeuner ce matin, nous avons des œufs à la coque. Je crois bien que nous avons déjà terminé notre ration de bacon.

Elle était en train d'ouvrir son courrier, entourée de lettres à moitié lues et d'enveloppes déchirées.

– Qu'est-il arrivé à Mrs. Nettlebed ?

– Elle a pris sa matinée. Elle a d'épouvantables varices, la pauvre. Tu pourrais peut-être y jeter un coup d'œil. Nous tentons de la persuader de se faire soigner, mais elle est terrifiée à l'idée de se faire opérer. Elle dit qu'elle ne veut pas du scalpel. Je dois avouer que je la comprends. Seigneur, une invitation à un cocktail. A Falmouth. Comment peut-on penser que l'on va consommer toute une ration d'essence pour un misérable verre de xérès ?

Le colonel, quant à lui, était plongé dans le *Times*. Comme il passait devant lui en se rendant au buffet, Jeremy lui posa la main sur l'épaule.

– Bonjour, monsieur.

– Oh, Jeremy. Bonjour. Avez-vous bien dormi ?

– Pas vraiment. Trop de café noir hier soir et trop de vent cette nuit.

Mary le rejoignit au buffet.

– Il est un peu tombé, mais il souffle toujours, dit-elle en soulevant le couvercle de la cafetière. Ça me semble un peu froid. Je vais en faire du frais.

– Ce n'est pas la peine, Mary. Je peux très bien boire du thé.

– Mais vous avez toujours préféré le café. Je le sais. J'en ai pour une minute.

Et elle quitta la pièce.

Jeremy prit son œuf à la coque et se versa une tasse de thé en attendant. Le colonel lui tendit en silence le *Western Morning News* soigneusement plié. Diana était plongée dans son courrier. A Nancherrow, on n'avait jamais entretenu la conversation au petit déjeuner. Jeremy prit sa cuillère et trancha net son œuf.

A neuf heures moins vingt, Nettlebed commençait à être nerveux, car Loveday n'était pas rentrée. Non qu'il pensât à un accident, ou à quelque désastre : Loveday connaissait les falaises comme sa poche et elle avait le pied aussi agile que celui d'une chèvre. Mais la responsabilité dont il se sentait investi le tenaillait. Il regrettait déjà de s'être fait son complice et espérait simplement qu'elle serait de retour avant qu'il ne fût contraint de tout révéler et d'annoncer au colonel que non seulement Loveday avait quitté son mari, mais qu'elle avait également disparu.

Préoccupé, il tournicotait dans la cuisine, ce qui n'était pas dans ses habitudes, allait voir à la fenêtre, buvait une gorgée de thé, emportait une casserole dans l'arrière-cuisine, essuyait une trace de lait, retournait à la fenêtre.

Aucun signe de cette vilaine fille. Son inquiétude se teintait à présent d'une certaine irritation. Quand elle reviendrait, il lui dirait sa façon de penser, comme une mère donne une claque à l'enfant qui a failli se faire renverser par un bus.

A neuf heures moins dix, las de traîner et de regarder la pendule, il sortit par la porte de l'arrière-cuisine, traversa la cour, s'en alla sur le chemin qui menait vers la mer pour voir si elle n'arrivait pas. Mais il n'y avait personne sur l'allée qui montait du sous-bois. De sa position stratégique il apercevait le grand garage où l'on rangeait les voitures de la famille ; l'une des portes était ouverte. Il alla donc vérifier et constata que la camionnette du poissonnier avait disparu. Tout cela était de fort mauvais augure. A moins, bien entendu, qu'un cambrioleur ne soit venu dans la nuit. Mais un cambrioleur n'aurait certainement pas pris la camionnette, alors qu'il était aussi simple de voler la Bentley de Mrs. Carey-Lewis.

Dans un état d'agitation avancé, il retourna à la maison mais, cette fois, passa par la porte de l'armurerie. Et il y trouva Tiger, exténué, qui dormait profondément dans son panier.

Il se produisit alors un troisième événement, qui acheva de le décider. En regagnant la cuisine, Nettlebed entendit, venant de son propre appartement, les hurlements de rage de Nathaniel Mudge.

Le moment est venu, se dit-il.

A cet instant, Mary Millyway apparut dans l'embrasure de la porte du couloir, le pot de café à la main.

– J'allais juste... (Elle sursauta, puis s'arrêta net.) Qu'est-ce que c'est que ce raffut ?

Nettlebed se sentit comme un écolier pris en faute.

– C'est Nat Mudge. Il est dans l'appartement avec Mrs. Nettlebed.

– Que fait-il ici ?

– Loveday l'y a laissé. A sept heures et demie du matin.

– Laissé ? Où est-elle passée ?

– Je n'en sais rien, avoua Nettlebed d'un air penaud. Elle est partie se promener en disant qu'elle avait besoin de réfléchir. Elle devait être de retour pour le petit déjeuner. Et elle n'est pas là.

– Réfléchir ? Qu'entend-elle par là ?

– Vous savez bien. Walter et elle.

– Bon Dieu ! dit Mary, preuve de son désarroi, car, depuis tant d'années qu'ils travaillaient ensemble, jamais Nettlebed ne l'avait entendue blasphémer.

– Elle avait emmené Tiger, mais il est de retour dans l'armurerie, poursuivit Nettlebed, du ton de quelqu'un qui est déterminé à tout avouer. Et la petite camionnette n'est plus au garage.

– Vous pensez qu'elle s'est enfuie ?

– Je n'en sais rien.

Les hurlements de Nat allaient crescendo. Mary posa la cafetière.

– Je ferais mieux d'aller m'occuper de cet enfant. Pauvre Mrs. Nettlebed, elle va devenir folle. (Elle traversa la cuisine avant de monter l'étroit escalier.) Qui fait tout ce ramdam ? Mary voudrait bien le savoir !

Il y avait au moins un problème de réglé. De nouveau seul, Nettlebed ôta son tablier de boucher, qu'il posa sur le dos d'une chaise. Il lissa d'une main ses cheveux clairsemés et, raide et digne, s'en alla trouver le colonel.

Il pénétra dans la salle à manger et referma la porte derrière lui. Personne ne prêta attention à lui. Il s'éclaircit la gorge.

Le colonel leva le nez de son journal.

– Qu'est-ce qu'il y a, Nettlebed ?

– Puis-je vous dire un mot, Monsieur ?

– Bien sûr.

A présent, Mrs. Carey-Lewis et le jeune médecin étaient tout ouïe.

– C'est... plutôt délicat, Monsieur.

– Délicat, Nettlebed ? intervint Mrs. Carey-Lewis. Comment cela, délicat ?

– Cela concerne la famille, Madame.

– Eh bien, Nettlebed, nous faisons tous partie de la famille. A moins que vous ne souhaitiez pas que Jeremy et moi entendions.

– Non, Madame.

– Alors dites-nous tout.

– Il s'agit de Loveday, Madame.

– Loveday ? fit le colonel d'un ton brusque, car il sentait venir les problèmes.

– Elle est arrivée dans ma cuisine ce matin, Monsieur, à sept heures et demie. Avec le petit Nat. Elle était venue de Lidgey à pied. Il semble...

Il s'éclaircit à nouveau la gorge avant de poursuivre :

– Il semble qu'il y ait quelques problèmes au sein du jeune ménage. Entre Walter et elle.

Long silence.

– Elle l'a quitté ? demanda Mrs. Carey-Lewis d'un ton qui ne plaisantait plus.

– Il semblerait, Madame.

– Mais que s'est-il passé ?

– Je crois, Madame, qu'une personne a séduit Walter. Une jeune femme. Il va la retrouver au pub de Rosemullion. Il n'est pas rentré chez lui hier soir.

Tous trois le fixaient du regard, sans un mot, totalement éberlués. « Ils n'en savaient rien », se dit Nettlebed, ce qui ne lui facilitait guère la tâche.

– Où est-elle, à présent ? fit le colonel.

– C'est justement là le problème, Monsieur. Elle est partie se promener, pour être seule. Elle a dit qu'elle serait de retour à huit heures et demie pour le petit déjeuner.

– Il est presque neuf heures.

– Oui, Monsieur. Et elle n'est pas là. Elle avait emmené Tiger avec elle et Tiger est rentré à l'armurerie. Mais la petite camionnette n'est plus au garage.

– Oh ! s'écria Mrs. Carey-Lewis, manifestement inquiète. Ne me dites pas qu'elle s'est enfuie.

– Je me fais des reproches, Madame. Je l'ai laissée partir et je ne l'ai pas entendue revenir. Je m'occupais du petit déjeuner. Et avec ce vent qui cogne dans tous les coins, Madame, je n'ai même pas entendu la voiture.

– Oh, Nettlebed, ce n'est absolument pas votre faute. C'est très mal d'être partie comme ça. Mais où diable a-t-elle bien pu aller ? fit-elle après un temps de réflexion. Et où est Nat ?

– Mrs. Nettlebed le garde dans notre appartement. Il dormait, mais maintenant il est réveillé. Mary est auprès de lui.

– Oh ! Le pauvre petit chou !

Mrs. Carey-Lewis repoussa précipitamment sa chaise et se leva.

– Il faut que j'aille voir ce petit garçon...

En passant près du colonel, elle déposa un baiser sur le sommet de sa tête.

– Ne te mets pas dans tous tes états. Il n'y aura pas de problèmes. Nous la retrouverons...

Sur ce, elle quitta la pièce.

Le colonel leva les yeux vers Nettlebed, qui soutint son regard.

– Étiez-vous au courant de cette liaison, Nettlebed ?

– En fait, oui. J'ai vu Walter et la jeune femme ensemble plus d'une fois au pub de Rosemullion.

– Qui est-ce ?

– Elle s'appelle Arabella Lumb, Monsieur. Très mauvais genre. Comme on pouvait s'y attendre.

– Vous ne nous en avez jamais rien dit.

– Non, Monsieur. Ce n'était pas à moi de le faire. J'espérais que ça passerait.

– Oui, soupira le colonel. Je vois.

De nouveau le silence puis, pour la première fois, Jeremy prit la parole.

– Vous êtes absolument certain qu'elle n'est plus sur la falaise ?

– Sûr et certain, Monsieur.

– Pensez-vous que je devrais aller y jeter un coup d'œil ?

Le colonel considéra sa suggestion.

– Ce serait peut-être aussi bien. Ne serait-ce que pour nous tranquilliser. Mais les suppositions de Nettlebed sont sans doute justes. Tiger ne serait pas rentré à la maison sans elle.

Jeremy se leva.

– De toute façon, j'y vais. Jeter un coup d'œil.

– Ce serait très gentil de votre part. Merci.

Le colonel se leva à son tour, plia son journal et le posa soigneusement à sa place.

936

– Avant de faire ou de dire quoi que ce soit, je vais faire un tour à Lidgey et voir ce qui se passe là-bas, nom d'un chien !

En l'espace d'une demi-heure, Jeremy était descendu au pas de course jusqu'à la falaise, il avait fait un tour de reconnaissance, puis il avait remonté la côte. Heureusement, il était en forme.

Il les trouva tous dans la cuisine, Diana, Mary, les Nettlebed, et le petit Nat en pyjama terminant son petit déjeuner à l'extrémité de la table de la cuisine. Mary était assise à côté de lui. Tous les autres, diversement installés, se tenaient compagnie comme on aime à le faire dans les temps d'incertitude ou d'anxiété. Dès qu'il entra, tous se turent pour le regarder. Il hocha la tête.

– Pas la moindre trace. J'ai traversé la plage de bout en bout. Loveday n'y est pas.

– J'étais persuadé qu'elle n'y serait pas, déclara Nettlebed.

Ses grosses jambes enserrées dans des bas élastiques, Mrs. Nettlebed gardait la théière à portée de la main, bien au chaud sur le fourneau.

– En voulez-vous une tasse, docteur Wells ?

– Non merci.

– Pensez-vous... commença Diana qui s'interrompit pour jeter un coup d'œil à Nat qui dévorait un toast grillé. Jeremy, nous nous efforçons de ne pas en dire trop devant lui.

– Les petites cruches ont de grandes anses, dit Mary.

– Quand il aura terminé son petit déjeuner, Mary, vous pourriez l'emmener à la nursery. Lui trouver quelque chose d'autre que ce pyjama. (Elle jeta un regard perdu à Jeremy.) Je me demande ce qui se passe. J'aimerais bien qu'Edgar revienne et nous le dise...

Ce qu'il fit, à peine eut-elle prononcé ces mots. Il était allé à pied jusqu'à Lidgey, parce que cela ne valait pas la peine de sortir la voiture, la distance étant plus longue par la route. Il retira sa casquette de tweed avec un air sombre et furieux que Jeremy ne lui connaissait pas.

– Mary, emmenez cet enfant, dit-il, et, quand la porte se fut refermée sur Nat et elle, le colonel s'avança vers la table, tira une chaise et s'installa.

Ils attendaient tous, en proie à une vive agitation, et il

leur raconta la triste histoire. En arrivant à la grande ferme, il était entré et avait trouvé les Mudge en état de choc. Il n'y avait pas d'autres mots pour décrire la situation.

Mr. Mudge, muet de stupéfaction et de honte, lui avait à peine dit un mot, mais Mrs. Mudge, qui se délectait toujours des catastrophes, même quand elles touchaient les siens, avait, d'une voix indignée, fait au colonel un compte rendu animé de ce qui s'était produit, entre-coupé d'innombrables tasses de thé.

Walter n'était pas rentré à temps pour s'occuper de la traite, et ses vieux parents avaient fini par s'y atteler. Leur vagabond de fils, avec de beaux habits qui n'étaient vraiment pas de mise, avait fait son apparition une fois que tout était terminé, les vaches sorties et la laiterie récurée à fond.

Il n'avait pas manifesté le moindre remords. Quand on lui avait fait des reproches, il avait rétorqué qu'il en avait marre d'être ici, qu'il plaquait tout et partait. Il en avait sa claque de Nancherrow, de Lidgey, des Carey-Lewis et du servage. Marre de ses responsabilités de mari et de père, d'un mariage auquel on l'avait contraint, et de beaux-parents qui le regardaient de haut. Il s'en allait. On lui avait proposé un emploi dans un garage sur la route de Nancledra et il partait vivre sur la colline de Veglos, dans la caravane d'Arabella Lumb, et avec elle.

Quand le colonel eut terminé, il y eut un long silence, que seuls troublaient le tic-tac de la pendule de la cuisine et le léger ronronnement du réfrigérateur. Ils se comportent tous, songea Jeremy, comme une assemblée de matelots attendant les ordres du capitaine. Seule Diana ouvrit la bouche pour faire un quelconque commentaire mais, croisant le regard étonnamment dur de son époux, elle s'abstint prudemment.

– Voilà donc la situation. J'ai fait de mon mieux pour rassurer les Mudge. On ne peut en aucune manière les tenir pour responsables de la conduite de leur fils. Je leur ai aussi demandé, pour l'instant, de se taire. Mudge n'aura aucun mal à tenir sa langue, mais Mrs. Mudge est bavarde de nature. Cependant, ils ont compris que les ragots n'arrangeront pas les choses, même si, je le crains, la nouvelle se sera répandue dans tout le canton de West Penwick en moins de vingt-quatre heures. Nous devons également observer la plus grande discrétion. Pour

Loveday. Roger Baines, notre notaire, doit être la première personne informée, ajouta-t-il en plongeant la main dans sa poche pour en sortir sa montre de chasse. Dix heures. Il devrait être à son étude. (Le colonel se leva.) Je vais lui téléphoner de mon bureau.

Il jeta un regard circulaire, d'un visage grave à l'autre. Tous acquiescèrent. Puis son regard se posa sur sa femme, ses traits s'adoucirent et il sourit.

– Je suis désolé, ma chère Diana, tu allais dire quelque chose.

– C'est juste que... j'ai pensé que Loveday était peut-être chez Judith. C'est certainement vers Judith qu'elle se sera tournée.

– Judith ne nous aurait-elle pas appelés ?

– Peut-être pas. Elles sont peut-être encore en train de bavarder.

– C'est une idée. Veux-tu que je donne un coup de fil au Manoir ?

– Non, dit Diana. Je ne pense pas qu'il faille téléphoner. Cela pourrait inquiéter Judith si Loveday n'est pas là-bas. A mon avis, mieux vaut se rendre au Manoir pour lui expliquer la situation.

Elle tourna la tête et, à l'autre bout de la table, son beau regard croisa celui de Jeremy, à qui elle adressa un sourire persuasif.

– Jeremy ira pour nous, j'en suis certaine.

– Bien sûr.

Il se demanda si elle se rendait compte de ce qu'elle était en train de lui faire. Ou de faire pour lui.

– Tu nous téléphoneras quand tu y seras. Pour nous informer, de toute façon.

Jeremy se leva.

– J'y vais tout de suite, dit-il.

Pour une fois, Judith était seule. C'était samedi, Anna n'était donc pas à l'école et Phyllis avait accepté la proposition de Mr. Jennings, dont la femme tenait la poste de Rosemullion, de les emmener en voiture. Juste après le petit déjeuner, à huit heures, la vieille Austin de Mr. Jennings s'était garée à la porte de service, Phyllis et Anna y étaient montées et étaient parties en grande pompe à Saint-Just passer la journée chez la mère de Phyllis.

Il était plus de dix heures du matin et l'autre occupant de la maison, Gus, n'avait pas encore fait son apparition. La porte de sa chambre demeurait obstinément close et Judith en était ravie. Il faisait certainement la grasse matinée. Quand il descendrait enfin, elle lui préparerait un petit déjeuner mais, en attendant, elle avait d'autres choses en tête.

C'était l'occasion ou jamais de faire ce qui restait en suspens depuis une éternité : prendre les mesures des fenêtres du salon pour les nouveaux rideaux, les vieux étant à présent si usés qu'on les déchirait chaque jour un peu plus en les tirant. Elle aurait parfaitement pu le faire en présence de Phyllis, mais celle-ci était si efficace et si diligente que, dès que l'on s'attelait à une tâche, elle donnait d'abord un ou deux conseils avant de faire elle-même le travail. Un peu irritant, mais concluant.

Elle s'était donc mise à l'œuvre. Un quelconque ministère lui avait enfin envoyé ses tickets de rationnement. Il y avait de quoi acheter du tissu pour les nouveaux rideaux, à condition de se servir des anciens ou de draps de coton comme doublures. Dès qu'elle aurait pris les mesures, elle écrirait à Londres, chez Liberty's, pour demander des échantillons.

En équilibre en haut de l'escabeau, Judith mesurait la cantonnière quand elle entendit la porte d'entrée s'ouvrir et se refermer. Elle s'interrompit et attendit, espérant que le visiteur, quel qu'il soit, n'entendant rien et pensant la maison déserte, s'en irait.

Mais il ou elle ne s'en alla pas. Des pas dans le vestibule. La porte du salon s'ouvrit et Jeremy entra dans la pièce.

Il portait un épais gilet de laine, il avait noué une écharpe rouge autour de son cou. Elle pensa d'abord qu'il n'avait pas changé, que toutes ces années depuis leur dernière rencontre n'avaient pas laissé de traces. Puis elle eut exactement la même réaction que le soir, à Londres, où elle était si malade et si malheureuse, et où il était venu à l'improviste. Quand elle l'avait entendu gravir l'escalier, elle s'était dit que, si elle avait eu le choix, c'était la seule personne qu'elle aurait vraiment eu envie de voir.

Ce qui était d'autant plus agaçant qu'elle avait eu la ferme intention de lui témoigner une certaine froideur.

– Que fais-tu ? demanda-t-il.

– Je prends les mesures de la fenêtre.

– Pourquoi ?

– Pour faire de nouveaux rideaux.

Alors il lui sourit.

– Bonjour.

– Bonjour, Jeremy.

– Est-ce que tu peux descendre de là ? J'ai à te parler et, si tu restes là-haut, je vais attraper un torticolis.

Elle descendit avec précaution, il s'approcha pour l'aider à descendre les marches branlantes. Quand elle atteignit le sol, il garda sa main dans la sienne et l'embrassa sur la joue.

– Ça fait si longtemps, dit-il. C'est tellement bon de te revoir. Tu es seule ?

– Phyllis et Anna sont à Saint-Just...

– Je viens juste de Nancherrow...

– Elles sont allées chez la mère de Phyllis.

– Loveday n'est pas là ?

Judith le regarda droit dans les yeux et comprit qu'il n'était pas venu au Manoir uniquement pour la voir. Il y avait quelque chose qui n'allait pas.

– Pourquoi Loveday serait-elle ici ?

– Elle a disparu.

– *Disparu ?*

– Elle a quitté Walter. Ou plutôt, c'est Walter qui l'a plaquée. Écoute, c'est assez compliqué. Si nous nous asseyions pour que je t'explique ?

Elle n'avait pas allumé de feu, il faisait froid dans la pièce, mais ils s'assirent sur la banquette près de la fenêtre, au soleil. Très simplement, Jeremy lui raconta ce qui s'était passé à Nancherrow pendant la matinée, depuis l'arrivée de Loveday et de Nat jusqu'aux découvertes du colonel et aux conclusions qu'il en avait tirées.

– ... C'est donc fini. Apparemment, leur ménage bat de l'aile. Et nous ne savons pas où est passée Loveday.

Judith avait écouté cette triste histoire avec un désarroi croissant. Elle ne savait que dire, car c'était encore plus terrible qu'elle ne l'avait imaginé.

– Oh, mon Dieu, fit-elle. Je la plains beaucoup. Pauvre petite Loveday. Je sais qu'elle a été très malheureuse. J'étais au courant, moi aussi, pour Arabella Lumb. Si je n'ai rien dit, c'est que Loveday me l'avait expressément demandé.

– Alors, elle n'est pas venue chez toi ?

– Non, répondit Judith en hochant la tête.

– Gus est dans les parages ?

– Évidemment. Il est chez moi.

– Où est-il ?

– Là-haut. Il n'est pas encore réveillé. Il dort.

– Tu en es sûre ?

Judith fronça les sourcils. Jeremy avait l'air soupçonneux.

– Évidemment. Pourquoi en douterais-je ?

– Juste une idée. Tu devrais peut-être aller voir. Ou j'y vais, si tu préfères.

– Non, fit-elle d'un ton sec. J'y vais.

Elle tenait toujours le mètre. Elle l'enroula soigneusement et le posa sur la banquette, puis elle se leva, quitta la pièce et monta l'escalier.

– Gus ?

Pas de réponse.

Elle ouvrit la porte de la chambre et tomba sur un lit défait, des draps ouverts et sur l'oreiller l'empreinte d'une tête. La fenêtre était close. Sur la coiffeuse il y avait les quelques objets qu'il possédait : une brosse à cheveux à manche de bois, une boîte de pilules, le carnet à croquis et la boîte de peinture qu'elle lui avait offerts. Il avait jeté son pyjama bleu sur une chaise, mais ses vêtements, ses chaussures, sa veste de cuir avaient disparu. Et Gus aussi.

Sidérée, elle ferma la porte et redescendit.

– Tu as raison, dit-elle à Jeremy. Il n'est pas là. Il a dû partir tôt, avant notre réveil. Je n'ai rien entendu. Je pensais qu'il dormait.

– J'ai l'impression qu'il est avec Loveday, fit-il.

– Loveday et Gus ?

– Il faut appeler Nancherrow...

A ce moment-là, le téléphone sonna.

– C'est peut-être Diana... dit Judith, qui alla répondre dans le vestibule.

Jeremy lui emboîta le pas pour être auprès d'elle quand elle décrocherait.

– Allô, le Manoir.

– Judith ?

Ce n'était pas Diana. C'était Gus.

– Gus, où es-tu ? Que fais-tu ?

– Je suis à Porthkerris. J'appelle de chez tes amis, les Warren.

– Qu'est-ce que tu fais là?

– Loveday préfère te l'expliquer elle-même. Elle veut te parler.

– Elle est avec toi?

– Bien sûr.

– A-t-elle téléphoné à ses parents?

– Oui, à l'instant. Eux d'abord, toi ensuite. Écoute, avant de te la passer, j'ai trois choses à te dire. Première-ment, excuse-moi, mais je t'ai volé ta bicyclette, qui est toujours à Nancherrow, où je l'ai rangée près de la porte d'entrée. Deuxièmement, je suis ton conseil et j'ai décidé d'être peintre. Du moins d'essayer. Nous verrons bien si ça marche.

Tant de choses à la fois, c'était difficile à suivre.

– Mais quand as-tu...

– Il y a encore une chose que je veux te dire. Je te l'ai déjà dite, mais il faut que je le redise.

– Qu'est-ce que c'est?

– Merci.

– Oh, Gus...

– Je te passe Loveday.

– Mais... Gus...

Mais il était déjà parti, et Loveday était en ligne, la voix suraiguë comme jadis, quand elles étaient petites filles, jeunes et totalement insouciantes.

– Judith, c'est moi.

Et Judith était si heureuse, si soulagée de lui parler qu'elle en oublia son anxiété et son irritation.

– Loveday, tu es *invraisemblable*. Qu'est-ce que tu as encore fait?

– Ne t'énerve pas, Judith. D'abord, j'ai appelé maman et Pops, tu n'as donc plus de souci à te faire pour eux. Et puis, je suis avec Gus. J'étais descendue seule aux falaises pour voir ce que j'allais dire à tout le monde, j'avais emmené ce cher vieux Tiger, et nous ruminions tous les deux en regardant le soleil se lever. Tout à coup, j'ai entendu Tiger aboyer, je me suis retournée et Gus était là. Il ne savait pas que j'y serais. Il était juste venu là pour revoir les falaises. Alors j'ai décidé que je ne retour-nerais jamais chez Walter. C'était fabuleux, magique, et nous étions de nouveau ensemble. Je ne savais même pas qu'il était revenu en Cornouailles. Je ne savais même pas qu'il était chez toi. Tout à coup il était là, au moment même où je le désirais le plus.

– Loveday, je suis tellement contente pour toi.

– Pas autant que moi.

– Alors qu'est-ce que vous avez fait ?

– Nous avons parlé, parlé. J'ai réalisé que je ne pourrais plus m'arrêter, que nous devions rester ensemble. Nous sommes donc retournés à la maison. Sur la pointe des pieds, j'ai ramené Tiger à l'armurerie, et Gus a fait démarrer la camionnette du poissonnier. Nous sommes allés à Porthkerris par la lande.

– Pourquoi à Porthkerris ?

– Nous ne pouvions pas aller plus loin sans tomber en panne d'essence. Non, pas pour cette raison stupide. Nous avons choisi Porthkerris parce que nous savions que nous y trouverions un atelier pour Gus. Pour qu'il travaille et, j'espère, qu'il y vive et ne retourne plus jamais dans cette affreuse Écosse. Il a toujours voulu peindre. Toujours. Bien entendu, nous ne savions pas par où commencer. Alors, j'ai pensé aux Warren. S'il y a quelqu'un qui connaît bien Porthkerris, c'est Mr. Warren. Il pourrait nous dire où chercher et connaîtrait peut-être un atelier à louer ou à acheter. Et nous ne pouvions pas aller ailleurs puisque aucun de nous deux n'avait d'argent. Gus a compté la monnaie qu'il avait dans sa poche de pantalon, ça faisait quelques dizaines de pence. Ça ne nous avançait pas à grand-chose. Alors nous sommes venus ici. Ils ont été absolument adorables, comme d'habitude, et Mrs. Warren nous a fait le plus gros petit déjeuner que j'aie jamais vu. Mr. Warren a passé son temps au téléphone et, dès que j'aurai raccroché, nous allons visiter un appartement près de la plage. Juste un atelier, mais il y a une espèce de salle de bains et ce qu'on appelle une kitchenette. J'ignore ce qu'est exactement une kitchenette, mais je suis sûre que ça nous conviendra très bien...

Elle aurait pu continuer ainsi indéfiniment, mais Judith se dit qu'il était temps de l'interrompre.

– Quand rentres-tu à la maison ? demanda-t-elle.

– Oh, ce soir. Nous serons de retour ce soir. Nous ne nous sommes pas *enfuis* en amoureux, non. Nous sommes juste tous les deux. Nous faisons des projets. Des projets pour la vie.

– Et Walter ?

– Walter est parti. Pops me l'a dit. Arabella Lumb a gagné. Je lui souhaite bonne chance.

– Et Nat ?

– Pops en a parlé à Mr. Baines. Ils supposent que je peux garder Nat. Nous verrons bien. Gus dit qu'il a toujours voulu un petit garçon et que c'est une excellente idée de commencer une vie de couple avec l'avantage d'une famille toute faite.

Elle se tut un instant, puis poursuivit d'une voix totalement différente :

– Je l'ai toujours aimé, Judith. Même quand j'étais convaincue qu'il était mort, mais c'était difficile de vous l'expliquer à vous tous. Gus est le seul homme que j'aie jamais aimé. Quand tu m'as annoncé qu'il était revenu de Birmanie, c'était à la fois la pire et la meilleure des choses pour moi. Mais il ne m'était pas très facile d'en parler. J'ai été impossible, je le sais...

– Oh, Loveday, si tu n'étais pas impossible, tu ne serais plus toi-même. C'est pour cela que nous t'aimons tant.

– Viens ce soir, dit Loveday. Viens à Nancherrow. Que nous soyons tous ensemble. Comme autrefois. Il n'y a qu'Edward qui est parti. Mais je crois qu'il sera là, lui aussi, pas toi ?

– Il ne manquerait ça pour rien au monde, dit Judith à travers ses larmes. Bonne chance, Loveday.

– Je t'aime.

Quand elle raccrocha, elle pleurait à chaudes larmes.

– Je ne pleure pas parce que je suis malheureuse, je pleure de joie. Est-ce que tu as un mouchoir ?

Bien entendu, Jeremy avait un mouchoir. Il le prit dans sa poche, impeccable et bien plié, et le lui tendit. Elle se moucha et essuya ses larmes imbéciles.

– Si je comprends bien, dit Jeremy, tout va pour le mieux.

– Oui. Ils sont ensemble. Ils sont amoureux. Ils l'ont toujours été. Il va se remettre à peindre et vivre dans un atelier à Porthkerris. Avec une kitchenette.

– ... Et Loveday.

– Probablement. Je l'ignore. Elle ne me l'a pas dit. Ça n'a pas d'importance. (Elle ne pleurait plus.) Je garde ton mouchoir. Je te le laverai.

Elle le glissa dans la manche de son pull et lui sourit. Soudain ils se retrouvaient face à face. Sans rien ni personne qui fît diversion. Rien qu'eux deux. Et pour la première fois, une légère réserve, une certaine timidité.

– Est-ce que tu veux une tasse de café ou autre chose ? demanda Judith, en manière d'esquive.

– Non, je ne veux ni café ni Gus ni Loveday ni personne d'autre. Je ne veux que toi et moi. Il est temps que nous ayons une conversation.

Ils retournèrent dans le salon, sur la confortable banquette près de la fenêtre. Un soleil bas faisait naître des reflets brillants sur les vieux meubles et les rideaux fanés, allumait des arcs-en-ciel sur les pendeloques du lustre de cristal de Lavinia Boscawen.

– Par où commençons-nous cette conversation ? demanda Judith.

– Par le commencement. Pourquoi n'as-tu jamais répondu à ma lettre ?

– Mais tu ne m'as jamais écrit, fit-elle en fronçant les sourcils.

– Si, de Long Island.

– Je n'ai jamais reçu de lettre.

– Tu en es sûre ?

Ce fut lui qui, cette fois, fronça les sourcils.

– Évidemment. J'ai attendu, attendu. Tu m'avais promis de m'écrire, ce matin-là, à Londres. Et tu ne l'as jamais fait. Je n'ai rien reçu. J'ai pensé que tu avais changé d'avis, que tu avais eu peur. Je me suis dit que finalement tu n'avais pas eu envie de garder le contact.

– Oh, Judith.

Il poussa un soupir qui ressemblait à un gémissement.

– Toutes ces années... dit-il en prenant sa main dans la sienne. Je t'ai écrit. J'étais dans une maison de Long Island et je me suis échiné à essayer de trouver les mots justes. Puis j'ai emporté cette lettre à New York pour l'envoyer avec le courrier officiel, la boîte postale du HMS *Sutherland*.

– Alors que s'est-il passé ?

– Un bateau a dû couler, j'imagine. La bataille de l'Atlantique faisait rage. Le courrier et ma lettre ont dû échouer au fond de l'océan.

– Je n'y avais pas pensé, fit-elle en hochant la tête. Que disait-elle, cette lettre ?

– Elle disait des tas de choses. Elle disait que je n'oublierais jamais cette nuit que nous avons passée ensemble à Londres, alors que tu étais si malheureuse, et où j'ai dû te quitter au petit matin pour regagner mon bateau. Elle te disait combien je t'aimais. Combien je

946

t'avais toujours aimée depuis que je t'avais aperçue dans ce train à Plymouth et que nous avions regardé la flotte en traversant le pont de Saltash. Elle parlait aussi de ton retour à Nancherrow, de la musique qui, venant de ta chambre, me disait que tu étais là et à quel point tu étais importante, essentielle dans mon existence. A la fin de ma lettre, je te demandais de m'épouser. Parce que je ne pouvais plus envisager mon avenir sans toi. Et je te demandais de m'écrire. De me répondre. De dire oui et de m'apaiser.

– Et tu n'as pas eu de réponse.

– Non.

– Ça ne t'a pas paru bizarre ?

– Pas vraiment. Je ne me suis jamais considéré comme un beau parti. J'ai treize ans de plus que toi et les biens de ce monde m'ont toujours fait défaut. Tu avais tout. La jeunesse, la beauté et l'indépendance financière. Le monde t'appartenait. Et tu méritais sans doute mieux qu'une vie de femme de médecin de campagne. Cela ne m'a pas paru bizarre de ne pas avoir de réponse. C'était juste la fin de tout.

– J'aurais dû t'écrire, peut-être, fit Judith, mais je n'étais pas sûre de moi. Nous avions fait l'amour ensemble, c'est vrai. Tout semblait parfait. Mais Edward m'avait aimée parce qu'il avait pitié de moi. Et j'avais tellement peur que tu n'aies agi pour les mêmes raisons. Parce que je traversais une sale période et que tu voulais me réconforter.

– Pas du tout, ma chérie.

– Je comprends, maintenant. Mais j'étais plus jeune. Pas tellement sûre de moi. Inexpérimentée. (Elle le regarda.) Il y a une chose dont nous n'avons pas parlé. Jess. J'ai Jess, à présent. Elle fait partie de ma vie. Nous sommes une famille. Ce qui m'arrive lui arrive à elle aussi.

– Cela l'ennuierait que je fasse irruption dans ta vie ? J'aimerais beaucoup que nous soyons tous les trois ensemble. Je me souviens d'elle dans ce train, si vilaine, qui te jetait sa poupée à la figure. J'ai hâte de la revoir.

– Elle a quatorze ans à présent, elle est très adulte. La pauvre poupée n'existe plus. Elle a disparu en mer.

– J'ai affreusement honte. Je ne t'ai pas dit un mot de tes parents ni de Jess. Je n'ai parlé que de moi. Mais j'étais tellement triste pour toi. Et tellement heureux

947

quand mon père m'a appris que Jess était revenue. Elle est à Sainte-Ursule ?

– Oui, et elle s'y plaît. Mais tant qu'elle ne sera pas capable de se débrouiller seule, je suis responsable d'elle.

– Ma chère Judith, ce n'est pas nouveau. Tu as toujours assumé tes responsabilités depuis le jour où je t'ai rencontrée. Responsable de toi-même, de Biddy, de Phyllis et de ta propre maison. Et puis la guerre, et le corps des auxiliaires de la Marine. (Il soupira de nouveau.) C'est la seule réserve que je ferai.

– Je ne comprends pas.

– Peut-être auras-tu envie de prendre le temps de t'amuser un peu avant de te marier. Comme Athena avant-guerre. Tu sais, être frivole, acheter des chapeaux et traîner dans les boîtes de nuit. Être invitée à déjeuner au *Ritz* par des hommes éblouissants. Partir en croisière sur des yachts et siroter des martinis sur des terrasses inondées de soleil.

– Quelle imagination ! A t'entendre, on dirait un cauchemar.

– Mais sérieusement ?

Il était très doux.

– As-tu rencontré, dans la Marine, un homme qui se nommait Hugo Halley ? demanda-t-elle après avoir réfléchi à la question.

– Non, je ne crois pas.

– Il était tout à fait charmant. J'ai fait sa connaissance à Colombo, quand j'étais chez Bob Somerville. La guerre était finie et ne nous préoccupait donc plus. Nous avons fait toutes ces choses dont tu parles. Nous n'étions pas amoureux l'un de l'autre, nous n'étions pas liés. Et nous nous sommes amusés, nous avons mené la grande vie. Donc, je connais. J'ai connu cela. Juste quelque temps. Alors, quand nous nous marierons, je ne me sentirai frustrée en aucune manière.

– Tu as vraiment dit ça ?

– Quoi donc ?

– Quand nous nous marierons ?

– Je crois bien.

– J'ai des cheveux gris.

– Je sais. Je les ai vus, mais je suis beaucoup trop bien élevée pour te le faire remarquer.

– J'ai trente-sept ans. Je suis terriblement vieux. Mais je t'aime tant que j'espère que mon âge ne pèsera pas lourd dans la balance.

948

Il attendit qu'elle lui dise : *Bien sûr que non*, mais elle ne le dit pas. Elle se contenta de rester là avec un air d'intense concentration.

– Tu as l'air bien absorbée dans tes pensées...

– Je fais des calculs. Et je n'ai jamais été très rapide en calcul mental.

– Des calculs ?

– Oui. Sais-tu que l'âge idéal pour se marier, c'est quand la femme a la moitié de celui de l'homme plus sept ?

Déconcerté, Jeremy hocha la tête.

– Non.

– Donc tu as trente-sept ans. La moitié de trente-sept, c'est dix-huit et demi. Et dix-huit et demi plus sept, ça fait...

– Vingt-cinq et demi.

– Eh bien, j'ai vingt-quatre ans et demi, ce n'est pas si mal. Si nous n'avions pas attendu quatre ans, ça n'aurait pas été du tout. Ç'aurait pu être un désastre. Mais comme ça...

Elle éclata de rire et il l'embrassa, longuement. Tout son corps en fut troublé et une pensée lui traversa l'esprit. Et s'il la prenait dans ses bras, s'il l'emmenait sur le lit le plus proche pour lui faire l'amour longtemps et passionnément ? Mais le bon sens qui n'était jamais très loin lui soufflait que le moment était mal choisi. Les drames de Nancherrow passaient avant tout et, quand il lui ferait à nouveau l'amour, il voulait que ce soit sans hâte, et que cela dure toute la nuit.

Doucement, il s'écarta d'elle et balaya une mèche couleur de miel de son visage.

– Qui parlait du tumulte de la méridienne et de la paix profonde, profonde, d'un grand lit ?

– Mrs. Patrick Campbell.

– Je savais que tu le saurais. Et si, pour le moment, nous nous ressaisissions pour faire quelques projets d'avenir ?

– Je ne suis pas sûre d'être capable de faire des projets.

– Alors c'est moi qui les ferai. Si ce n'est que je n'ai encore pris aucune décision en ce qui me concerne, encore moins en ce qui vous concerne, Jess et toi.

– Est-ce que tu vas retourner à Truro pour reprendre le cabinet de ton père ?

– C'est ce qui te plairait ?

Judith fut honnête.

– Non, dit-elle. Je suis désolée, c'est terrible, mais je ne veux pas quitter cette maison. On ne doit pas laisser les pierres décider de notre vie, mais je tiens trop à cet endroit. Non seulement à cause de tante Lavinia, mais aussi parce que ç'a été un refuge pour tant de gens. Biddy est venue ici après la mort de Ned. Puis Phyllis et Anna. Et Jess qui est revenue ici après tout ce qu'elle a traversé. Même Gus qui avait renoncé et qui croyait qu'il ne retrouverait jamais le bonheur. Tu comprends ?

– Tout à fait. Donc, rayons Truro de la liste.

– Ton père n'en sera pas contrarié ?

– Je ne pense pas.

– Alors que vas-tu faire ?

– J'ai un ancien collègue de la Marine, un bon ami nommé Bill Whatley, qui m'a soumis une idée il y a quelques mois, quand nous étions tous les deux à Malte. Et si nous ouvrions ensemble un nouveau cabinet ici même ? A Penzance ?

Judith, qui osait à peine l'espérer, fixa Jeremy.

– Tu pourrais faire ça ?

– Pourquoi pas ? La guerre est finie. Tout est possible. Bill est londonien. Il souhaite installer sa famille à la campagne, de préférence au bord de la mer. C'est un grand marin. Nous en avons beaucoup parlé, mais je ne voulais pas m'engager tant que je n'avais pas tâté le terrain de ton côté. Je ne voulais pas revenir dans ta vie si tu ne voulais pas de moi. Un peu gênant d'avoir un vieux soupirant fou d'amour à sa porte.

– Penzance, ce n'est pas à ma porte. Et si tu es médecin généraliste à Penzance, tu ne pourras pas habiter ici. C'est trop loin. Les appels de nuit et tout ça...

– Nous serons deux au cabinet. Nous pourrons nous relayer. Nous construirons un centre médical moderne, où il y aura un appartement très utile pour les gardes de nuit.

– Avec une kitchenette ?

Mais Jeremy riait.

– Tu sais quoi, ma chérie ? Nous sommes en train de mettre la charrue avant les bœufs. Laissons l'avenir tranquille. Les choses se feront d'elles-mêmes.

– Quels clichés ! On croirait entendre un politicien.

– Très bien. Ça pourrait être pire, je suppose, dit-il en

regardant sa montre. Seigneur, il est midi moins le quart. Et j'ai complètement oublié pourquoi je suis venu ici. Il faut que je rentre à Nancherrow, sinon Diana va croire que j'ai suivi l'exemple des deux autres et que je t'ai enlevée. Tu viens avec moi, Judith ?

– Si tu veux.

– Je veux.

– Est-ce qu'on leur annonce ? Pour toi et moi ?

– Pourquoi pas ?

Pour une raison étrange, cette perspective l'intimidait.

– Que vont-ils dire ?

– Si on allait voir ?

Achevé d'imprimer en mai 1998
sur les presses de l'Imprimerie Bussière
à Saint-Amand (Cher)

POCKET - 12, avenue d'Italie - 75627 Paris Cedex 13
Tél. : 01-44-16-05-00

— N° d'imp. 1219. —
Dépôt légal : juin 1998.

Imprimé en France